中華書局

縮印本

國音・粵音

中華新字典

第 7 版

□ 責任編輯：郭子晴　劉綽婷　黃海鵬
□ 裝幀設計：明日設計事務所
□ 排　版：楊舜君
□ 印　務：劉漢舉

中華新字典

（第 7 版）

（縮印本）

□
編著
中華書局

□
出版
中華書局（香港）有限公司
香港北角英皇道 499 號北角工業大廈一樓 B
電話：(852) 2137 2338　傳真：(852) 2713 8202
電子郵件：info@chunghwabook.com.hk
網址：http://www.chunghwabook.com.hk

□
發行
香港聯合書刊物流有限公司
香港荃灣德士古道 220-248 號
荃灣工業中心 16 樓
電話：(852) 2150 2100　傳真：(852) 2407 3062
電子郵件：info@suplogistics.com.hk

□
印刷
中華商務彩色印刷有限公司
香港大埔汀麗路 36 號中華商務印刷大廈 14 字樓

□
版次
1976 年 8 月第 1 版第 1 次印刷
2024 年 8 月第 7 版第 6 次印刷
© 1976 2024 中華書局（香港）有限公司

□
規格
32 開（130 mm×95 mm）

□
ISBN：978-988-8463-70-1

目　錄

凡 例

1. 本字典按部首檢字法查字，另附筆畫檢字表、漢語拼音檢字表、粵語拼音檢字表及倉頡碼檢字表。

2. 本字典所收單字，包括簡體字及異體字在內，共計 8500 個左右，收帶註解的複音詞、詞組 3200 個左右，附錄共八種。

3. 本字典對形同而音、義不同的字頭分立條目。例如：長 (cháng) 和長 (zhǎng)、嶼 (zeoi6 敍) 和嶼 (jyu4 余)。形、義相同而音不相同，各有適用範圍的，也分立條目，例如：剝 (bāo) 和剝 (bō)。形同音同而在意義上需要分別處理的，也分立條目。所有分立條目的單字，在字的右上方均標注阿拉伯數字以示區別，如：「上¹」、「上²」、「上³」、「上⁴」、「上⁵」。

4. 不同寫法的詞條以有註解者為推薦詞形。如該詞條為非推薦詞形，只註同推薦詞形，如：【倘佯】同【徜徉】，見 193 頁。【倘佯】為非推薦詞形。

5. 本字典所收簡體字及異體字均不單獨列出普通話及粵語標音，義項只註該字所對應的繁體字或正體字的頁碼，以便讀者翻查。

6. 本字典的字頭先列出繁體字，簡體字外加（ ）。繁體字字形參照香港教育局制定的《香港小學學習字詞表》，簡體字以國家語言文字工作委員會編訂的《簡化字總表》為準。

7. 受限於排版技術，若本字典中部分內文字形與字頭字形有不相符合者，均以字頭字形為準。

8. 絕大多數字頭後附倉頡碼，以 ⑥ 作標記。少數漢字沒有倉頡字碼，從缺。

9. 本字典有兩種注音：

   9.1 普通話注音：每個字頭後，採用通行的《漢語拼音方案》標注漢語普通話字音，以 ⑧ 為記。

   9.2 粵語注音：在普通話注音後，採用香港語言學會粵語拼音方案標注粵音，以 ⑥ 為記。在粵語音標後是漢字粵音直音字；有些字沒有適當的直音字或直音字太僻，則注以同聲韻不同調的字，再按照標調讀音。例如：「限」作「閒六聲」。若沒有同聲韻不同調的字，則再以切音代替。例如：「氹」作「提凜切」。

10. 有些字頭連注兩個音, 在第二個注音前附注 ⊗ 字, 表示又讀。

11. 有些字頭註有「舊讀」, 表示舊時讀法。

12. 字頭不只一種義項, 俱分條註解, 以①②③ 等表示義項的順序。順序以先本義, 再引申義, 後比喻義排列。【　】內的複音詞或詞組, 如分條註解也用上述次序。

13. 本字典中分析意義基本以現代漢語為標準, 不詳列古義。

14. 某些字必須特別注意筆畫, 如:「卑」字說明「卑字上作甶」;「拼、拚」等字要辨別意思區別, 都予特別說明。

筆畫檢字表

屯	164	公	44	巴	174	功	59	冊	45
帀	174	凶	49	幻	179	匝	65	同	45
廿	185	分	50	弔	186	叵	77	凸	49
戈	212	刈	51	引	186	匯	65	凹	50
扎	216	勾	63	比	306	卉	67	北	65
支	248	匀	63	毋	306	去	72	卡	68
无	258	勿	64	水	310	古	75	占	68
木	270	化	65	爿	358	可	76	叩	75
不	270	午	67			冇	77	另	75
歹	302	升	67	一 五畫 一		夯	133	叮	76
牙	360	卅	67			巧	173	叨	75
犬	362	卬	69	〔、〕		巨	173	叫	76
王	368	反	73	主	1	左	173	叭	76
		壬	130	充	41	布	174	叻	76
〔丨〕		夭	133	半	67	平	178	只	76
中	5	手	216	穴	150	戌	212	卟	75
內	43	斤	255	它	150	戊	212	叱	77
丹	45	月	268	宄	150	打	217	史	77
少	159	欠	298	市	174	扔	217	叼	77
曰	258	父	304	疒	180	扒	217	叶	77
日	266	毛	307	必	195	未	270	四	111
止	301	氏	308	叨	195	朮	271	囚	111
		气	308	疙	215	本	270	央	133
〔丿〕		爪	357	永	310	札	270	且	258
丹	1	父	357	氷	310	正	301	田	380
丰	5	文	358	汁	311	玉	369	由	380
仁	13	片	359	汀	310	瓦	377	甲	381
什	13	牛	360	氾	311	甘	378	申	381
仂	13			玄	368	石	407	皿	396
仃	13	〔一〕		穴	426	示	416	目	398
仆	13	丑	4	立	429				
仇	13	予	9					〔丿〕	
仍	14	允	40	〔一〕		〔丨〕		丘	4
今	14	及	73	丙	4	且	4	乍	6
介	14	孔	148	世	4	以	16	乎	6
仉	13	尹	161	丕	4	兄	40	乏	6
仐	44	尺	161	刊	51	冉	45		

仔	14	〔一〕		守	151	医	65	老	471
付	15	屮	6	安	151	吏	67	考	472
仕	14	冰	8	州	172	吉	78	而	472
他	14	出	50	并	179	更	79	耳	474
仗	15	加	59	忙	195	在	115	臣	492
代	15	召	76	忖	195	圲	115	至	493
仙	15	台	76	次	299	圫	115	西	560
㐱	15	司	77	汝	311	圭	115	邘	627
仟	14	奴	137	汗	311	圳	115	邛	627
仡	15	奶	137	汐	311	地	115		
令	15	孕	148	汕	311	圬	115	〔丨〕	
仝	16	尻	161	污	311	圮	116	乩	8
仨	16	尼	161	汚	311	圾	116	光	41
仫	16	幼	179	汙	311	夷	134	劣	59
冬	47	弁	185	汛	311	夸	134	吁	78
包	64	弘	186	氿	311	夼	134	吃	78
匆	64	弗	186	氾	311	存	148	同	78
卯	69	母	306	汉	311	寺	157	吋	78
厄	69	民	308	江	311	圪	160	吆	78
句	75	疋	384	池	311	式	185	吊	79
生	115	矛	406	汎	312	戎	212	吐	79
外	131			宄	426	戍	212	吣	79
失	133	一 六畫 一		米	442	戌	212	吒	79
斥	255			羊	467	成	212	吖	79
氐	308	〔丶〕		肎	477	扣	217	因	112
气	309	交	11	邟	627	扛	217	团	112
犯	363	亦	11			托	217	囝	112
执	363	亥	11	〔一〕		扦	218	回	112
瓜	377	衣	552			扠	218	朿	160
生	379	冰	47	互	10	有	268	屹	165
用	380	冱	47	共	44	朴	271	屺	165
甩	380	冲	47	再	46	朽	271	帆	174
白	393	决	47	列	52	死	302	早	258
皮	395	妄	138	划	51	灰	346	旵	259
矢	406	字	148	刬	52	圢	369	曲	266
禾	420	宇	150	刑	52	百	394	曳	266
肒	477	宅	150	匡	66			此	301
				匠	65				

却	69	批	218	玕	369	吽	81	芋	499
吞	80	抆	219	玖	369	吲	81	芍	500
否	80	抃	218	甫	380	呂	82	芏	499
吾	82	抒	220	矴	407	吻	81	芎	500
圻	116	投	220	豆	582	吼	82	芑	500
址	116	抓	220	豕	583	呀	82	芉	499
均	116	抔	220	赤	593	吱	82	芄	499
坊	116	抵	220	走	594	吡	81	虬	535
圾	117	抯	220	車	606	呔	81	見	561
坂	117	抗	220	辰	613	吨	83	貝	585
坍	117	抖	220	迂	614	呎	82	足	596
坎	117	折	220	邢	627	吧	82	邑	626
坑	117	抑	221	邪	627	呆	82	里	638
夾	134	抝	221	邦	627	呃	82		
夾	134	攷	249	酉	632	困	112	〔丿〕	
孝	149	攻	249			囤	112	伯	18
孛	148	更	267	〔丨〕		囬	112	伜	18
尬	160	李	271	串	6	囫	113	伝	18
尪	161	杏	271	兕	42	发	165	伴	19
巫	173	材	271	囧	46	岑	165	估	18
弄	185	村	272	刪	52	岈	165	伽	19
形	189	杉	271	別	52	岍	165	伺	19
志	195	杆	271	助	60	岐	165	伸	19
忎	195	杠	272	卣	68	岜	165	似	19
忒	195	杌	271	呔	79	岠	165	你	18
戒	213	权	271	吭	80	忐	195	伶	19
扭	218	束	272	吩	80	忘	196	位	20
扳	218	杜	272	吠	80	旱	259	住	20
扯	218	杖	272	吟	80	旴	259	佇	20
扮	218	杞	272	呃	80	步	301	佃	19
抄	219	杚	272	吳	81	男	381	但	20
技	218	杙	272	呈	81	町	381	低	20
扶	218	杓	272	吹	81	盯	398	佈	20
抉	219	代	272	吸	81	半	467	佀	19
把	219	毐	306	吮	80	肖	478	佗	21
抴	219	求	310	吵	81	芒	500	佛	21
找	219	汞	311	吶	81				

何	20	氜	309	壯	130	— 八畫 —		怙	197
佐	20	氙	309	妝	138			怗	197
佑	20	灸	346	妒	138	〔丶〕		作	197
佔	20	牡	360	妞	138	並	5	怯	198
余	20	牠	360	妖	138	享	11	怵	198
佝	20	牣	361	妓	138	京	11	怪	198
佚	21	忙	360	妊	138	冼	48	性	197
佘	20	狃	363	妗	138	冽	48	怩	198
佞	21	犼	363	妨	139	初	52	怫	198
佣	21	狄	363	妣	139	刻	54	怊	197
作	21	狂	363	妙	138	券	54	怔	199
佧	21	甸	381	妍	139	劾	60	房	215
佟	21	皁	394	妤	139	劼	60	戾	215
免	42	皂	394	孜	149	卒	67	宦	215
兵	44	私	420	局	162	卷	70	放	249
利	52	禿	420	屄	162	夜	132	氓	308
刨	53	秀	420	尿	162	妾	139	沱	315
劬	60	系	446	尾	161	宗	151	河	315
卵	69	肝	478	忌	195	宓	151	沫	314
含	80	肘	478	忍	195	宕	151	沮	315
告	82	肛	478	改	249	定	152	泛	314
囷	113	肚	478	災	346	官	151	沭	315
坐	117	肜	478	甬	380	宜	152	泐	314
坌	117	角	563	矣	406	宙	152	沐	315
妥	139	谷	582	迪	614	宛	152	沛	314
孚	148	豸	584	巡		帘	175	沴	315
岔	165	身	605		172	庚	181	沽	316
希	174	迋	614	迅	614	府	181	沼	315
郗	174	邪	627	那	627	底	180	沸	315
屜	174	邦	627	防	668	庖	181	油	315
廷	184			阮	668	店	181	治	315
彤	189	〔乛〕		阱	668	快	197	泂	315
彷	190	努	60	阪	668	怖	197	泃	316
役	190	劭	60	阰	668	怕	197	泌	316
我	213	即	69	阯	668	怡	197	泓	316
攸	249	卲	69	阧	669	恆	197		
每	306	君	79			怦	197		

牧	361	邲	628	帑	175	叛	74	染	276
物	361	邱	628	延	185	妟	74	柒	277
狎	363	采	637	弦	187	姿	87	洦	318
狗	363	金	639	弧	186	哀	89	泚	318
狐	363	阜	668	弩	187	奕	135	洄	318
狒	363	隹	674	弨	187	姜	140	洋	318
狉	363	非	681	弢	187	姿	141	洲	319
狍	364			戕	213	宣	152	洌	318
狙	364	〔一〕		承	221	客	152	洱	319
狝	364	函	50	斨	255	宦	152	洗	319
的	394	刷	53	舭	306	室	152	活	319
知	406	剁	53	沓	314	宥	152	洶	319
秉	420	叁	72	琳	358	帝	175	洶	319
秈	420	妹	139	狀	363	庠	181	洒	318
季	420	妮	139	甾	381	度	181	洊	318
竺	430	姊	139	糾	446	庥	181	洳	319
肺	479	妯	139	虱	535	奕	185	洙	319
肥	478	姒	139	邵	627	彥	189	洑	318
肬	478	妹	139	邰	628	恍	199	洞	320
肢	478	姐	139	陀	669	恆	199	洽	319
股	478	姁	139	阿	669	恃	199	派	319
肪	479	妁	140	阻	669	恂	199	洛	320
胼	479	姑	140	附	669	恟	199	洹	319
肰	479	姆	140	陂	669	恰	200	洨	320
肱	479	姐	140	陉	669	恨	199	洴	319
胝	479	姍	140	陟	669	恓	199	洭	319
肴	479	始	139			恢	199	洚	319
胗	479	姓	140	— 九畫 —		恬	200	洪	320
胎	479	孟	149			恫	199	津	320
肼	479	孤	149	〔、〕		洧	199	洧	320
肷	479	抱	149	亭	12	恤	199	洸	320
臾	494	孥	149	亮	12	恓	200	洩	320
舍	495	居	162	亱	12	恈	201	洮	320
迎	614	屍	162	玅	42	扁	216	洫	320
返	614	屈	162	冠	46	扃	216	洧	320
近	614	屆	162	剃	55	施	256	洺	320
迕	615	帛	175	前	55	昶	261	洒	320

洇	320	衫	552	垛	119	枯	274	泵	314
流	322	計	565	垧	119	枒	275	珏	369
炫	347	訂	565	坦	120	枰	275	玷	369
炯	347	訃	565	城	120	柈	275	玻	370
炮	347	軍	606	垵	120	枷	275	玲	369
為	347	郊	628	垚	120	柟	274	珊	370
炳	348	郎	628	奎	135	枵	275	珍	370
炬	347	酉	632	奏	135	枳	275	珀	370
炮	347	音	686	爹	135	某	275	玿	370
炸	348	首	699	威	141	柄	275	珂	370
炤	348			封	157	柑	275	珈	370
炷	348		〔一〕	巷	174	枸	275	珅	370
炘	347	亟	10	廼	185	柏	275	珉	370
畑	347	剌	55	拭	225	柁	275	珐	370
妖	348	剋	55	拮	225	柘	276	甚	378
玅	368	勅	61	拱	225	柬	276	甬	380
疫	386	剄	55	持	226	柵	277	盃	396
疤	385	勃	60	指	226	樞	276	盆	396
疥	385	勁	60	挎	226	柯	276	相	399
疢	386	南	68	拯	225	柚	276	砂	407
疣	385	脆	70	拴	225	查	276	研	407
祉	416	厚	70	挑	226	柞	276	砌	408
祈	416	庫	70	挎	226	柳	276	砍	408
祇	416	厘	71	挲	225	柙	276	砑	408
祊	416	咸	88	挓	225	柢	276	砒	408
袄	417	哉	90	挖	227	柝	276	砘	408
穿	426	型	119	按	226	奈	277	耇	472
突	426	垠	119	拼	226	柵	277	耐	472
窀	426	垣	119	拽	227	柏	277	耍	473
窄	426	垢	119	拾	227	枹	277	耶	474
竑	429	垮	119	政	250	炮	277	耷	474
粁	442	垓	119	故	254	歪	302	胡	481
籼	442	垞	119	斫	255	殃	303	致	493
籽	442	垟	120	春	260	殆	303	虷	535
美	467	垤	119	柿	275	殂	303	要	560
姜	467	垌	119	柱	274	珍	303	赴	594
袂	552	垛	119			毒	306		

徊	192	秕	421	郇	628	彖	189	韋	685
律	191	竽	430	重	638	怒	198	飛	693
徇	191	笀	430	釓	639	急	198		
後	192	笆	431	釧	639	拏	225	― 十畫 ―	
徉	192	缸	464	風	692	既	258		
怎	198	籽	473	食	694	架	274	〔丶〕	
愬	198	胅	480	香	700	柰	275	亳	12
急	198	胖	480			柔	276	党	42
忽	198	胛	481	〔一〕		娑	307	兼	45
怨	199	胎	480	勇	60	癸	347	冤	47
拜	224	胂	480	叠	70	炯	359	冥	47
昝	261	胙	480	咫	87	癸	393	冢	47
段	304	胚	481	姚	140	皆	394	凇	48
毡	307	胞	481	姹	141	盈	396	凉	48
氟	309	胤	481	姘	141	眉	400	清	48
氡	309	胝	481	姨	141	矜	406	淒	48
泉	318	胸	481	姥	141	紂	446	淨	48
爰	357	胲	481	姪	141	紅	447	凍	48
牲	361	胼	481	姦	141	紀	446	凌	48
牯	361	胍	481	姻	141	約	446	准	48
牴	361	脉	481	姮	141	紆	446	凋	48
牮	361	舌	494	姱	141	紃	446	勐	56
狩	364	叟	74	妍	141	紉	447	剌	56
狠	364	舢	496	姝	140	紇	447	剡	56
狡	364	舡	496	娩	140	紈	447	剖	55
筎	380	衍	550	姣	141	羿	469	剜	56
皇	395	舫	564	娃	141	胥	481	勁	61
皈	394	舡	565	姓	141	尬	565	勉	61
盆	396	負	585	孩	149	迦	615	唐	92
盾	399	逆	615	宗	160	迢	615	姿	142
看	400	迣	615	屎	163	迨	615	辛	153
矧	406	迭	615	屏	163	陋	669	害	153
眷	407	迫	615	屍	163	限	670	宴	153
禹	419	迤	615	屋	162	陌	669	宮	152
科	421	郊	628	屌	163	降	669	宵	153
秒	421	郅	628	建	185	陔	670	宬	152
秋	420	郏	628	弭	187			家	153

容	153	拳	278	烘	348	窄	426	迷	616
宸	154	案	280	烤	349	宵	427	送	616
宦	154	欯	299	烙	349	窈	427	逆	616
差	173	浙	321	烔	349	窕	427	迸	617
席	175	浚	321	烜	348	窆	427	酒	632
庫	181	涔	321	畝	382	站	429	高	707
庭	181	浜	321	畜	382	竚	429		
座	181	浪	321	疲	386	竝	429	[一]	
羞	200	浦	321	疳	386	料	254	剗	56
恣	200	浸	321	疾	386	粉	442	剞	56
悄	201	海	321	病	386	粑	442	剗	56
悔	201	浬	321	疸	386	粃	442	勒	61
悝	201	浮	321	疼	386	紊	447	匪	66
悦	201	浴	321	疹	386	羔	467	原	71
悃	201	浩	321	痂	386	殺	467	厝	71
悵	201	涅	321	疽	386	脊	483	哥	90
悟	201	浣	321	疰	386	衲	553	哲	91
悚	201	浹	321	痈	386	衰	552	唇	93
悍	201	涕	322	疴	386	衷	553	埂	120
悌	201	消	322	疲	386	衽	553	埔	120
悖	201	涇	322	疱	387	衿	553	埋	120
悒	201	涓	322	症	387	袛	553	埃	120
悛	201	涉	322	痊	387	袲	553	埌	120
扇	216	浹	322	痁	387	袤	553	埕	121
庪	216	涅	322	益	396	訐	566	埘	120
廖	216	涔	322	祕	417	討	565	埝	120
拳	225	浯	322	祐	417	訌	566	埒	121
效	250	涷	322	祖	417	訕	566	夏	130
敉	250	浠	322	祓	417	訊	566	套	135
旁	257	涘	322	祠	417	託	566	奘	149
旅	257	浛	322	神	417	訓	566	奊	157
施	256	涌	323	祝	417	訖	566	彧	189
旃	257	淀	323	祗	417	記	566	恐	200
旄	257	浇	323	祚	417	訐	566	恚	200
斾	257	涂	323	祛	417	訒	566	恥	200
朔	269	涓	324	袚	417	迸	616	恭	200
朗	269	烊	348	祐	417	迹	616	恋	200

恝	200	栱	278	琉	372	逅	617	唻	92
振	228	栝	277	盍	396	郆	628	唟	92
捂	227	桂	279	盎	396	部	629	唷	95
挺	227	栽	279	真	400	郟	629	圃	113
挪	227	格	278	砰	408	配	632	圄	113
挫	228	桁	279	砧	408	酌	632	峯	167
挨	227	桀	279	砝	408	酐	632	峰	167
挈	227	框	279	破	408	酎	632	峭	166
抄	228	桐	280	砥	408	馬	700	峨	166
挹	228	桃	279	砣	408	高	710	峩	166
捏	229	桅	279	砟	408			峴	166
捎	229	桎	280	砬	409	〔丨〕		莽	167
挾	228	桄	279	砼	409	剟	55	峽	167
捆	228	桓	280	砸	409	剛	56	峻	167
捉	228	桔	280	砷	409	哨	90	峪	167
捐	229	栖	280	砲	409	哩	90	崁	167
捄	228	栠	280	砭	409	哭	91	崀	167
捅	228	栢	280	砢	409	員	90	悅	175
捋	228	栿	280	硅	409	哦	90	恩	200
捍	228	柏	280	泰	421	唁	91	時	262
按	228	桜	280	素	448	哼	91	晏	261
捕	229	枸	280	索	448	哺	91	晃	261
挽	229	梳	282	紮	449	哮	91	晌	262
捍	229	殊	303	翅	469	唧	91	晅	262
捌	229	殉	303	毪	472	哽	91	晁	261
晉	262	泰	318	耆	472	哇	91	晟	262
校	277	烈	348	耿	475	唉	91	柴	277
栗	277	珠	370	耽	475	唄	91	桌	279
栓	277	珞	370	珊	475	唆	92	畔	382
栟	277	珧	370	袁	553	唔	92	畛	382
桉	277	珩	370	豇	582	唉	92	盉	396
核	278	珥	370	貢	586	哪	92	眙	400
根	278	班	371	起	594	唏	92	眩	401
栩	278	珮	371	軒	606	哳	92	眠	400
株	278	珪	371	軔	606	唑	91	眨	400
栲	278	琪	371	軏	606	啍	92	罟	465
栳	278	珣	371	辱	613	哷	93	罝	465

字	頁	字	頁	字	頁	字	頁	字	頁
置	465	蚋	536	倉	28	恁	200	盂	396
茶	506	蚶	537	倖	29	息	200	眚	400
茫	507	蚩	537	值	30	拿	227	睿	400
荔	506	蚣	537	借	29	朕	269	矩	406
茲	506	蚨	536	倚	29	脁	269	秤	421
茗	506	蚧	536	倏	29	桀	279	秣	421
茨	507	蚘	537	倔	29	欯	299	秧	421
茳	507	眨	561	候	29	殷	304	租	421
茜	506	豈	583	倘	29	毢	307	秩	421
荏	506	財	586	倅	29	毯	307	秘	422
茸	507	舭	586	倜	29	氣	309	秫	422
茵	507	豹	596	倮	30	氧	309	称	421
茴	507	迴	616	俏	30	氨	309	笋	431
茹	507	郊	629	倢	30	氦	309	笆	431
荀	507	閃	662	保	31	氪	309	笑	431
茱	507	骨	706	做	31	鳥	348	笄	431
荚	507	門	710	倦	31	爹	358	笏	431
茼	507			倥	30	釜	639	笈	431
茯	507	〔丿〕		倩	30	特	361	笊	431
荒	508	乘	7	倨	30	牸	361	缺	464
草	508	俯	27	倡	30	狼	364	翁	469
茬	508	併	27	倭	30	狮	364	耙	473
荃	508	俸	27	倪	30	狹	364	秒	473
菱	508	倆	28	倫	30	狷	364	耘	473
荇	508	俺	27	健	31	猁	364	耕	473
荆	508	倀	27	倏	31	狳	364	耗	473
黄	509	俱	27	倬	30	狸	365	胱	482
萁	509	俳	27	荆	55	狳	365	胰	482
茷	509	修	27	卿	70	狲	365	胭	481
荟	509	伸	27	奚	136	狰	365	胴	482
虔	533	俵	27	射	157	峻	377	脆	482
蚊	536	俶	27	島	167	頜	377	胸	482
蚪	536	倌	28	猛	167	姓	379	胷	482
蚓	536	倍	28	師	176	留	382	胼	482
蚌	536	倒	28	徑	192	皋	395	胯	482
蚜	536	們	28	徐	192	皰	395	胺	482
蚍	536	個	28	徒	192			脂	483

脇	483	針	639	屑	163	陣	670	惋	202
脈	483	釕	639	帬	175	陸	670	悴	202
胲	482	剑	639	弱	187	陘	670	悽	202
脒	482	釘	639	恕	200	陝	670	情	202
脬	483	隻	674	書	267	陘	670	悼	202
胳	483	隼	674	桑	280	陛	670	惜	203
胱	483	舢	694	烝	349	胏	670	悼	202
臭	493	釓	694	羘	359	除	670	惆	203
臬	493	釘	694	畚	382	階	670	惕	202
舀	494	邕	710	畠	384	陘	670	悸	202
舁	494	鬼	710	絡	408			愡	203
舐	496			崇	417	－ 十一畫 －		惇	202
航	496	〔一〕		紋	447			悱	202
舫	497	剝	56	純	447	〔丶〕		惰	203
舨	497	剟	56	紐	447	減	48	惦	203
舩	497	勘	61	納	447	湊	48	惟	203
般	497	智	91	紓	447	剪	57	悰	203
芻	502	圅	113	紡	448	商	94	惓	203
瓬	533	奘	135	紗	448	堂	122	惝	203
峀	550	娘	142	紕	448	堃	123	慊	204
釶	550	娜	142	級	448	婆	143	扈	216
衾	553	娟	142	紜	448	執	149	挲	228
豺	584	娛	142	紟	448	寂	154	敝	251
豹	584	娓	142	紙	448	密	154	族	257
躬	605	姬	142	紛	448	寇	154	旋	257
追	616	娠	142	紘	448	寅	154	旌	257
逃	616	娌	142	紅	449	寄	154	旎	257
逅	616	娉	142	絅	449	宿	154	望	269
逄	617	妲	142	紬	469	宷	154	梁	282
逢	616	娭	142	胊	483	常	176	棄	283
邪	628	娣	142	能	483	庵	182	毫	307
迥	616	娩	142	娥	533	康	182	涎	323
郛	628	娥	142	蚤	536	庸	182	涼	323
郜	628	孫	149	退	616	庶	182	液	323
郤	629	展	163	邕	626	庚	182	涯	323
都	629	屐	163	郡	629	庹	182	涸	323
釘	639	屣	163	院	670	悵	202		

涵	323	清	326	竟	429	〔一〕		埼	123
涪	323	淵	326	粒	442	乾	8	採	123
淌	324	淹	326	粗	442	副	56	塊	123
淇	323	淹	326	粕	442	勒	61	奢	136
淋	324	淌	327	粘	442	勘	61	娶	143
淑	324	淆	327	羚	467	勔	61	婪	143
淅	323	渚	327	羞	468	匏	65	專	157
淒	324	烹	349	瓶	468	甌	66	帶	176
淘	324	焊	350	翊	469	匿	66	彗	189
淯	323	烽	349	袞	553	區	66	彬	190
淄	323	烯	349	袖	553	匾	66	曼	213
添	323	烺	349	袒	554	則	71	捲	230
淀	323	烷	349	袍	553	厢	71	捷	230
淖	324	焅	349	袤	554	域	121	捧	229
淙	324	悟	349	被	554	埠	121	掘	229
淡	324	焙	349	袢	554	坤	121	捱	229
淤	325	焌	350	祛	554	執	121	振	229
淞	324	牽	361	袪	554	培	121	捨	229
淚	324	率	368	袴	555	埻	121	据	229
淨	325	瓶	378	袙	555	埭	121	捭	229
淦	325	瓷	378	訝	567	埏	121	掉	230
淩	325	產	379	訣	567	垸	121	掃	230
淜	324	痔	387	訥	567	埝	121	掄	230
淥	325	痕	387	訟	566	堊	121	授	230
淝	324	疵	387	訪	567	基	122	掀	230
淳	325	痊	387	訛	567	堵	122	捻	230
混	326	庚	387	訢	567	填	121	捺	230
淵	326	痍	387	許	567	場	121	掂	230
涇	325	痼	387	設	567	堋	122	捽	230
淪	325	眷	401	訩	568	埡	122	掇	230
深	325	着	401	這	618	堘	122	掖	231
淮	325	祥	418	部	629	堝	122	掘	231
淬	325	桃	418	郭	629	堅	122	掙	231
涑	326	窓	427	郯	629	堆	123	排	231
淴	325	窒	427	飡	694	堆	123	掊	231
添	326	窕	427	鹿	728	埜	123	掐	231
淺	326	章	429	廑	730	埽	123	掠	232

控 232
探 232
接 232
措 232
掛 231
推 232
採 232
掩 233
掬 233
掞 232
掭 233
掟 233
捯 233
掯 233
掮 233
掴 234
掏 233
掎 233
掑 234
敔 250
敖 250
救 251
教 251
敕 251
斬 255
曹 267
桶 281
梆 281
桴 281
桫 280
梓 281
梗 281
梃 281
梅 281
梏 281
桷 281
梯 282
梢 282
桿 282
梧 282
械 282
梭 282
梫 282
桲 282
梽 282
梲 282
梵 282
梔 282
梐 283
梧 283
梩 282
梘 283
殍 303
焉 349
爽 358
琅 371
球 371
理 371
現 371
琊 372
珽 372
琇 371
珺 371
瓠 377
盔 397
硃 409
硌 409
砭 409
硇 409
硫 410
硎 410
硒 409
硅 410
硐 409
票 418
硂 410
紮 449
聊 475
聆 475
聃 475
脣 484
舂 494
規 561
豉 583
責 587
赧 593
赦 593
軛 607
軟 607
逐 617
逕 617
逋 617
逑 617
逗 617
逝 618
連 619
速 618
都 629
鄄 629
郰 629
郴 629
酞 633
酗 633
酖 633
酚 633
酕 632
雩 677
雱 677
靪 682
頂 686
麥 729
〔丨〕
冕 46
剮 56
勖 61
勗 61
匙 65
啊 93
唯 93
啞 94
唱 93
啤 93
啜 94
唧 94
唳 93
唼 93
唵 94
啈 93
啉 94
啄 95
啡 94
問 95
啁 94
啐 95
唪 95
啌 96
啪 95
啦 95
啃 95
啖 96
啕 96
唸 96
啗 96
唬 96
啵 95
唡 95
唰 95
啥 96
唫 96
圈 113
國 113
圉 114
圊 114
圇 114
婁 143
崇 167
崆 167
崎 167
崑 168
崚 167
崒 167
崪 167
崛 168
崖 168
崕 168
崢 168
崔 168
崙 168
崤 168
崗 168
崞 168
崬 168
崟 168
崯 168
崩 169
崧 169
崍 169
崦 168
崮 169
惋 176
帳 176
帷 176
彪 190
患 202
敗 251

晚	262	莘	510	逍	617	動	62	牦	361
晤	262	菫	510	逛	618	匐	64	觕	362
晨	262	莒	510	野	638	售	93	猜	365
晦	262	莓	510	閉	663	啟	93	猛	365
晞	262	莜	510	閆	663	啓	94	猖	365
晡	262	莠	510	雀	674	夠	132	猙	365
晗	263	婪	510	圇	727	彩	189	猝	365
曼	267	萊	511			彫	189	猞	365
略	382	莫	511	〔丿〕		得	192	猗	365
眭	383	覓	511			徙	193	猇	365
畢	382	莨	511	假	31	徘	192	猵	365
異	383	莩	511	偃	31	徠	193	猁	365
眾	401	莝	511	偌	31	徜	193	猊	365
眦	401	莛	511	偉	31	徛	193	猞	365
眶	401	莪	511	偎	31	從	193	甜	379
眸	401	莽	512	偏	31	御	193	皎	395
眵	401	荷	511	條	31	恿	201	盒	397
眥	401	荳	511	偭	31	悉	201	盛	397
眼	401	荳	511	偈	31	悠	202	祭	418
眺	401	處	534	偭	31	您	202	移	422
眯	401	蚶	537	偽	32	戚	213	秸	422
眠	401	蚱	537	停	32	敏	251	筍	431
眸	401	蚯	537	做	32	敘	251	筐	432
眥	409	蚰	537	健	32	敕	250	第	431
累	449	蚺	537	偕	32	斛	254	笭	431
罜	465	蛇	537	側	32	斜	254	笠	431
莖	509	蛀	537	偲	32	條	281	笨	431
荷	509	蛄	537	偬	33	梟	282	笛	431
莛	510	蛆	537	偺	33	梨	283	第	432
莎	510	蛉	537	偶	33	欲	299	符	431
莊	509	蛐	538	偵	33	軟	299	笙	431
莉	509	販	586	偷	33	殺	305	笤	431
荻	509	趾	596	偯	33	毬	307	笞	431
茶	509	趺	596	偪	33	氫	310	笳	432
莆	509	趼	597	偓	33	氪	310	笧	432
莟	510	跂	596	兜	42	犁	361	笪	432
琰	509	朔	597	凰	49	悟	361	筍	432
莞	510	趿	597	剮	57	牾	361	笸	432

字	頁	字	頁	字	頁	字	頁	字	頁
鉢	464	逖	617	將	158	蛋	538	廐	182
翎	469	途	617	尉	158	袈	553	惺	204
耙	473	逛	618	屛	163	貫	587	惰	204
脘	484	造	619	屠	163	通	618	愒	204
脛	484	逢	619	屝	163	逡	619	慨	204
脞	484	郫	629	屙	163	陪	671	惱	204
脬	484	釬	640	巢	172	陳	671	愎	204
脒	484	釵	640	張	187	陰	671	惶	204
脫	484	釦	640	強	187	陬	671	惲	204
脲	484	釣	640	弸	187	陵	671	愇	204
脩	484	釧	640	悉	201	陸	671	愜	205
脜	484	釭	640	晝	262	陶	671	愕	205
脝	484	釩	640	欷	299	陷	671	側	205
脖	484	釤	640	欲	299	頃	687	愉	205
脢	484	釹	640	酕	307	尵	699	愀	205
脯	484	釫	640	疏	385			愣	206
脭	484	飥	694	絅	449	－ 十二畫 －		惛	206
朘	484	魚	712	紬	449			愠	206
舵	497	鳥	719	絁	449	〔 、 〕		厓	216
舷	497			紹	450			庹	216
舶	497	〔 一 〕		緋	450	湥	49	掌	233
舸	497	務	61	絀	450	割	57	敦	252
舳	497	參	72	細	449	勞	62	斌	254
舴	497	婉	143	紳	450	啬	96	旐	257
舲	497	婦	143	終	450	善	97	普	263
衒	550	婀	142	紱	449	奠	136	曾	267
術	550	斌	143	絎	449	葬	150	欻	299
袋	553	婚	143	紺	449	寒	155	湔	327
覓	561	婕	143	給	450	富	154	渡	327
觖	564	婷	143	絆	450	寓	155	湊	327
豚	583	娼	143	絃	450	寐	154	渠	327
貧	586	婢	143	組	450	寋	155	減	327
貨	586	婊	143	紲	450	尊	158	湖	328
貪	587	嫩	143	統	452	就	161	湍	327
躭	605	婭	143	翌	469	廊	182	渝	327
透	617	婞	143	習	469	廁	182	渙	327
		婬	144	毱	499	廂	182	湎	327

淳	327	焰	350	視	562	場	124	揩	236
溢	327	焜	350	訴	568	堰	124	揣	235
湧	328	焯	350	訶	568	堠	124	握	235
渣	328	焠	350	註	568	堙	123	揭	236
湛	328	焱	350	詠	568	堞	123	揪	236
湘	328	甯	380	評	569	塄	124	揹	235
溼	328	痛	387	詁	568	塅	124	換	235
湯	328	痘	387	詔	569	堵	124	揳	235
溉	328	痢	388	詐	568	堤	124	擺	235
湲	328	痣	388	詆	568	城	124	揸	235
湟	328	痙	388	診	568	堉	130	揸	236
渫	328	痞	388	詎	568	壹	130	搵	236
滑	328	痠	388	詗	568	壺	130	揍	236
湜	328	痧	388	詒	568	羿	136	捏	236
湫	328	痦	387	詞	569	彭	190	揮	236
港	329	痤	388	証	569	惠	204	搜	236
游	329	盜	397	詛	569	惑	203	援	236
湞	329	裋	418	詖	569	甚	203	搦	236
渥	329	裙	418	詘	569	惪	204	揹	236
渤	329	窨	427	逭	620	惡	204	掏	236
渭	329	窗	427	郵	630	戟	213	敫	249
渴	329	窖	427	雇	675	戞	213	散	251
渺	329	童	430	馮	700	揀	234	敢	252
測	329	竣	430			揆	234	斑	254
渦	329	竢	430	**〔一〕**		捶	234	斯	263
湃	329	㪢	430	博	68	揶	234	晢	265
湉	329	粢	443	廈	71	揔	234	替	267
湉	329	栖	443	厥	71	揄	234	期	269
溫	330	釉	443	厤	71	揠	234	朝	269
湦	330	粧	443	喜	98	搭	235	棊	286
渾	329	羝	468	喪	99	描	234	棋	283
溈	330	翔	470	喆	99	揉	234	棉	283
湝	330	袱	554	報	123	插	235	楮	283
湄	329	裍	554	堝	123	提	234	棕	284
滇	330	袷	554	埡	123	揖	235	棘	283
溴	330	裋	554	堯	124	揚	235	棗	283
灡	330	袼	555	堪	124	揎	234	棟	284
焙	350								

棒	283	煮	351	臺	472	雯	677	喚	98
棍	283	羹	350	聒	475	雯	677	喙	98
棚	283	琤	372	栽	482	雲	677	喑	98
椑	284	琱	372	腎	485	靮	682	喁	98
椥	284	琢	372	蛩	538	靭	683	單	99
棺	285	琥	372	裁	554	靱	683	喻	98
椅	285	琛	372	裂	554	項	687	喫	99
棵	284	琦	372	單	560	頇	687	喤	98
森	284	琨	372	貳	587	馭	700	喳	99
棶	284	琭	372	貰	587	髡	708	喧	99
棹	284	琚	372	貴	588	黃	730	喱	99
棬	284	琺	373	越	595			喈	100
棱	285	琪	372	超	595	〔丨〕		喫	100
棖	284	琳	372	趁	595	凱	49	嵒	169
械	284	琵	373	趄	595	剀	57	圍	114
棣	285	琶	373	軸	607	勛	62	嵌	169
棻	285	琴	372	軹	607	喀	96	嵐	169
棲	285	琯	372	軫	607	啼	96	崴	169
植	285	琮	372	軺	607	啾	96	嵋	169
椒	285	琬	372	軻	607	啷	96	嵎	169
椎	285	琰	373	軒	607	喏	96	惠	169
椏	285	琫	373	軶	607	喵	96	崺	169
椓	285	琲	373	軼	607	喁	97	崗	169
椆	285	甦	380	辜	612	喊	97	嵗	170
棁	285	畱	395	達	620	喂	97	幅	176
棑	285	硝	410	逶	622	喇	97	幃	177
椀	285	硬	410	鄆	630	喋	97	帽	176
椁	286	硤	410	鄄	630	喃	97	幀	176
棃	373	硻	410	酣	633	唾	97	幃	177
棊	286	硪	410	酡	633	喲	97	幄	177
欺	300	磚	410	酤	633	喉	97	悶	203
款	300	硯	410	酢	633	喏	97	惄	203
歇	300	砭	410	酥	633	喧	98	敞	251
殘	303	确	410	雁	675	喝	98	斝	254
殖	303	砮	410	雅	675	喘	98	晰	263
殼	305	粟	442	雄	675	喔	98	晴	263
焚	350	絜	451	雰	677	喟	98	晶	263

景	263	華	513	蛭	538	閆	664	棠	284
暑	263	菱	513	蛛	538	閌	664	棃	285
晾	263	菰	513	蛤	538	閟	664	欹	299
暑	263	菲	513	蚰	539	黑	731	欲	300
晬	263	菾	513	蛞	538	黹	733	殻	305
最	267	萃	514	蜓	538			毵	307
棠	284	菾	514	蛸	539	〔丿〕		毳	307
晙	383	萊	514	覘	562	傢	33	氮	310
晥	402	菽	514	詈	568	傀	33	氯	310
睇	402	萄	514	貯	587	傣	33	氬	310
睌	402	菨	514	貽	587	傍	34	氰	310
睏	402	菹	514	貴	587	傈	34	焦	350
睄	402	萁	514	買	587	傍	34	無	350
睏	402	菫	514	貶	587	傅	34	然	350
睃	402	菜	514	眅	588	備	34	牌	359
禹	420	萘	515	貼	588	傑	34	牋	359
紫	451	萍	514	跎	597	傖	34	愃	362
胃	465	萋	514	跋	597	傘	34	椅	362
罘	465	萌	514	跚	597	傚	34	犂	362
胾	481	菱	515	跑	597	傜	34	猥	366
菅	511	萆	515	跌	597	催	35	猦	366
菁	512	菭	515	跋	598	創	57	猹	366
菌	512	崔	515	跙	597	剩	57	猶	365
菊	512	菧	514	跏	597	勝	62	猥	365
菀	511	茶	515	跕	597	喬	99	猨	366
菇	512	菇	515	跗	597	堡	124	猴	366
菪	512	菴	515	跖	597	稀	169	猩	366
菩	512	著	515	距	598	復	193	猰	366
菠	512	菟	515	違	620	循	194	猢	366
菜	512	菏	515	遏	620	徨	193	猱	366
菔	512	菂	515	鄂	630	偏	193	瓶	378
萁	512	萴	516	量	638	悲	203	甥	380
菘	512	虛	534	開	663	掰	233	番	383
菌	513	蛙	538	閒	663	掣	233	畬	383
菖	512	蛔	538	閔	664	犇	233	畬	383
萏	512	蜉	538	閏	664	斐	254	皖	395
菓	512	蛟	538	閑	664	智	263	皓	395

短	406	腓	485	鈇	640	腧	144	鄉	630
焯	407	腊	485	鈦	641	厤	150	廓	630
稍	422	腜	486	鈄	641	尋	158	陽	672
稈	422	腕	486	鈁	641	巽	174	隅	672
稀	422	腒	486	鈥	641	幾	180	隆	672
稂	422	脺	486	鈥	642	弼	188	陲	672
稅	422	腴	486	鈎	642	彘	189	隊	672
稌	423	皐	493	鈃	642	敧	251	階	672
程	422	舄	494	鈧	641	淼	326	隋	672
硬	422	舒	496	集	675	犀	362	隍	672
稃	422	舜	496	順	687	畫	383	隄	672
等	432	衆	550	須	687	疏	385	隈	672
筆	433	歮	550	飧	694	登	393	陧	672
筐	433	街	551	飩	694	發	393	陾	672
筍	432	衕	551	飪	694	皴	395	陰	672
筏	433	衚	551	飯	694	喬	406	靭	685
筌	432	舼	564	飲	694	粥	443		
笲	432	舺	564	飭	694	結	450	－ 十三畫 －	
策	433	象	583	飫	694	絕	451		
筒	433	貂	584	黍	730	絞	451	〔、〕	
答	433	貸	588			絡	451	亶	12
筋	433	貿	588	〔一〕		給	451	劇	57
筑	433	賀	588	巽	174	絝	452	塑	125
筴	433	躰	605	婷	144	絍	452	堃	125
筘	433	週	619	媚	144	絨	451	塞	125
餅	464	逸	620	媒	144	絮	452	塗	125
禽	470	進	620	媛	144	絲	452	塈	126
稊	473	逶	620	媯	144	絢	451	湊	155
腖	485	郵	630	嫠	144	経	452	廎	183
脾	485	鈀	640	嵋	144	絳	452	廉	183
腊	485	鈔	641	媕	144	絪	452	廈	183
腚	485	鈕	641	媧	144	絎	452	鷹	183
腔	485	鈣	641	嫂	144	綅	451	意	205
腋	485	鈉	640	媼	144	肅	477	慎	206
跗	485	鈞	641	娜	144	費	588	愫	206
腆	485	鈍	641	婿	144	逮	619	愴	206
腌	485	鈐	641	媦	144	遑	620	愧	206

愷	206	滇	332	痰	388	詢	569	勢	57
慍	206	滅	332	痹	388	詡	569	勢	62
愫	206	滄	332	瘈	388	詫	570	勤	63
慌	207	滈	333	瘃	388	該	570	勤	63
慄	206	滋	332	痼	388	詳	570	匯	66
慎	206	溮	332	療	388	詯	570	嗇	101
慊	207	潕	333	瘁	388	詰	570	塚	125
愒	207	溎	333	痱	388	話	570	塌	125
新	255	瀚	332	痴	388	詭	570	塊	124
歆	300	溳	332	瘦	389	詬	570	塢	125
滑	330	滓	333	棋	418	詮	570	塨	125
溫	330	湯	333	祿	418	誇	571	塹	124
溲	330	灌	333	裸	423	誃	571	塸	125
源	330	滔	333	窟	427	誠	571	塘	125
溝	331	潘	333	窠	427	誅	571	塔	125
溢	331	渦	333	窣	427	誆	571	填	126
滏	331	溹	333	梁	443	誆	571	塏	126
準	331	煎	351	粳	443	詢	571	塒	126
溜	330	煤	351	粁	443	誅	571	塒	125
溏	330	煉	351	義	468	詵	571	塝	126
溠	330	煜	351	羨	468	絫	583	塙	126
溚	331	煌	351	翟	468	資	589	埕	125
溢	331	煥	351	羧	468	運	621	壺	130
溯	331	煒	351	哀	554	遊	621	尠	160
溶	332	熒	351	裔	555	遂	621	幨	161
溥	331	煸	351	裙	555	道	622	觥	173
溺	332	煆	351	裎	555	道	622	幹	179
溪	331	煳	351	裡	555	鄜	630	彀	188
溧	331	煙	352	裌	555	鄘	630	想	205
溟	332	煩	352	裏	555	雍	675	感	206
溴	331	煬	352	裟	556	靖	681	惷	206
溱	331	煨	352	補	555	頏	687	戡	214
滁	331	煖	352	裕	555	甭	728	搓	236
潿	332	煤	352	試	569	麀	728	損	236
溠	331	煇	352	詩	570			搨	236
溷	331	獻	366	詣	569	〔一〕		搏	237
滂	332	甌	378			剽	57	搔	237

圓	114	睫	403	葬	518	朘	589	僂	35
尳	160	睦	403	葩	517	䏰	589	傴	35
嵩	170	督	403	葭	518	跟	598	傺	35
嵫	170	睹	403	葳	518	跨	598	働	36
嵯	170	睞	403	葯	518	跪	598	僅	36
嵊	169	睥	403	蒂	518	跐	598	傾	35
嵬	170	睨	403	葷	518	跣	598	傸	36
幌	177	睢	403	葶	519	跩	598	傺	36
惹	204	睒	403	蒎	519	跡	599	僂	35
愚	205	粲	443	葺	518	路	599	僉	36
戠	214	罥	466	蕙	518	跳	599	滕	125
戡	214	罩	466	韮	519	跺	599	奧	136
敬	252	罪	465	葅	519	跤	599	滕	145
敫	252	署	466	荳	518	跬	598	弒	186
暉	264	罨	466	虞	534	踐	598	微	194
暈	263	萱	516	虜	534	筆	608	徬	194
暄	264	葵	516	號	534	農	614	徯	194
暗	264	萬	516	蛺	539	遇	621	徭	194
暖	264	落	516	蛹	539	遄	621	愛	206
暘	264	葉	517	蜀	539	遏	622	愁	205
暍	264	葑	516	蛾	539	過	621	愈	205
暇	264	萵	516	蜂	539	鄅	630	愆	205
暌	264	葆	516	蜆	539	閘	664	敫	252
業	287	萩	517	蛸	539	閟	664	會	267
歃	300	葰	517	蛻	539	睢	675	歇	300
歲	302	葷	517	蜓	540	酨	706	歆	300
照	351	葛	517	蜈	540	鼎	733	毀	305
煦	351	葡	517	蜊	540	黽	733	毓	306
當	383	董	517	蜎	540			鍵	307
畹	383	葑	517	蜉	540	〔ノ〕		觥	307
畸	384	葚	517	蜍	540	亂	8	氳	310
盟	397	蒪	517	蒿	564	催	34	煞	351
睛	402	葓	517	訾	569	傭	34	煲	352
睞	402	葤	518	賄	589	債	35	爺	358
睜	402	葸	518	貲	588	傲	35	牐	360
睖	402	葵	518	賊	589	傳	35	牒	360
睚	402	葫	517	賂	589	傷	35	鍵	362

猵 362
猿 366
猻 366
獉 366
獅 366
猾 366
獁 366
矮 407
禽 420
稖 423
稜 423
稚 423
稠 423
稔 423
稞 423
稙 423
稗 423
筠 433
筢 433
筷 434
節 434
筮 434
筧 434
筻 434
筭 434
筩 434
筲 434
筥 433
筱 434
筰 434
筞 434
筯 434
筦 434
粵 443
絛 452
綉 470
耡 473
腥 486
腧 486
腱 487
腰 487
腮 486
腳 487
腫 487
腦 486
腠 486
腩 487
腯 487
腸 487
腹 487
腺 487
腷 487
腡 487
膀 488
腼 488
膃 488
舅 494
艇 497
艄 497
衙 551
衕 551
裊 555
解 564
觥 564
詹 570
訾 571
貊 585
貉 584
貅 584
賃 588
躲 605
辠 612
逾 620
遁 620
遍 621
遑 622
鄒 630
鄔 630
釉 637
鈸 642
鈴 642
鈹 642
鉀 643
鉑 643
鉉 643
鉅 642
鈿 642
鉈 642
鉥 643
鉧 642
鉕 643
鉢 643
鉗 643
鈾 643
鉛 643
鉤 643
鈺 643
鉦 643
鉞 643
鉭 644
鉬 644
鈷 644
鉋 644
鉍 644
鉚 644
鉔 644
鈮 644
鉏 644
銃 645
雋 675
雉 675
頒 688
頌 687
頎 687
飿 695
飼 695
飴 695
飽 695
飾 695
魛 712
鳧 719
鳩 720
麁 728
鼠 734

〔乛〕

剿 57
勦 63
勠 63
疊 74
嫁 144
嫉 145
媾 145
嫣 145
媳 145
媲 145
嫋 145
媸 145
嫌 145
嫄 145
媿 145
媼 145
彙 189
愍 205
戥 214
暋 264
殿 305
肈 496
絹 452
經 453
綑 453
綁 453
綏 453
綈 453
綆 453
綎 452
絺 452
綃 452
綌 453
羣 468
群 468
裝 556
辟 612
違 623
遐 622
隘 673
隔 673
隕 673
隗 672
隖 673
預 688

– 十四畫 –

〔、〕

澌 49
凴 49
塵 126
塾 126
寞 155
寧 155
寡 155
寥 155
實 155
寨 156

字	頁	字	頁	字	頁	字	頁	字	頁
損	239	槍	290	碱	412	靽	683	嘀	104
摸	240	槎	290	碾	412	鞁	683	嘣	104
摟	239	楂	289	蔂	453	靿	683	槑	290
摺	240	榧	290	緊	455	韶	683	團	114
摧	240	楣	289	壽	470	馼	700	圖	114
摭	240	榲	290	聝	476	駃	700	墓	126
摶	240	橐	290	聚	475	髦	708	墅	126
摳	240	榎	290	臺	494	髣	708	夥	132
摽	240	榥	290	覡	562	髯	708	夢	132
搴	239	槿	290	誓	571	髱	708	對	158
撤	241	樑	290	豨	584	髤	708	嶄	170
摻	241	歌	300	赫	593	魂	711	嶇	170
摺	240	殞	304	趙	595	鳶	720	嶂	170
摞	240	熙	352	趕	595			嶁	170
摅	241	爾	358	趑	599	〔丨〕		嶍	170
摣	241	瑣	374	輔	608	嗾	102	嵦	170
撒	242	瑤	374	輊	608	嗽	102	幛	177
斡	254	瑪	374	輕	608	嗷	102	幗	177
斠	255	瑰	374	輓	609	嘟	102	幔	177
暍	268	瑭	375	粹	613	嘈	102	幘	177
榜	289	瑢	375	遠	623	嘩	102	幕	177
榨	289	瑱	374	遘	623	嘌	102	慈	207
榕	289	瑜	374	鄌	631	嘀	103	嘆	264
榛	289	甄	378	鄲	631	嘗	103	暢	264
榻	289	寨	385	鄂	631	嘔	103	獄	366
榫	289	監	397	酵	634	嘍	103	瞄	403
槌	288	碟	412	酸	634	嘖	103	瞇	403
榦	289	碧	411	酷	634	嘘	103	瞅	403
槍	289	碩	412	醒	634	嘩	103	瞍	403
榖	289	碣	412	醐	634	嘞	103	睿	403
槁	289	碴	412	酴	634	嘡	103	睡	404
槓	290	碼	412	醑	634	嘛	103	罰	466
構	290	碳	412	酺	634	嘆	104	罳	466
榷	290	碲	412	需	678	嘎	104	罱	466
榴	289	碹	412	粗	683	鳴	720	閨	475
槐	290	磁	412	䩄	683	嘧	104	蒙	519
				羚	683	喊	104	菇	519

鍼	647	瞽	264	障	673	潛	337	瑩	374
銶	647	熊	353	際	673	潑	337	瘟	389
銼	647	疑	385	敽	685	潦	338	瘠	390
雒	676	盡	397	鳲	720	潔	337	瘩	390
領	688	瞀	403			潭	338	瘤	390
頗	688	綜	453	— 十五畫 —		潮	338	瘡	390
颮	692	縮	454			潤	337	瘞	390
颭	692	網	454	〔丶〕		澗	337	瘥	390
鮚	695	綱	454	凜	49	潘	337	瘧	390
餄	695	綢	453	寮	156	潯	338	瘝	390
餎	695	維	454	寬	156	潢	337	瘢	390
餏	696	綏	454	審	156	潵	337	瘭	390
飲	695	綣	453	寫	156	潼	338	禚	419
餅	695	繳	453	廚	183	澄	338	禢	419
餌	696	綿	453	廟	184	潊	339	窯	428
餉	695	綻	455	廞	183	清	338	窳	428
魁	711	綷	455	廣	183	澎	339	窴	428
鳳	720	綴	454	廢	184	澇	338	糊	444
鼻	735	綺	454	廠	184	潰	338	糅	444
		綵	454	廛	184	潟	339	糈	444
		綸	454	廡	184	潲	338	糉	444
〔一〕		緒	454	慶	208	澕	338	糇	444
凳	49	緄	455	憐	209	潛	338	糌	444
劃	58	綹	454	憎	209	潠	339	糈	444
嫡	145	綾	455	憔	209	澇	339	糅	468
嫽	146	綠	455	憋	209	潰	339	養	695
嫩	146	綿	455	憓	209	澍	339	羬	468
嫗	145	緇	455	憤	209	潵	339	翦	470
嫖	145	緋	455	憧	209	澌	339	嘉	543
嬈	146	綫	456	憫	209	潕	339	複	557
媽	146	綳	456	憬	209	潣	339	褊	557
嫜	145	緔	456	憚	209	潤	339	褐	557
嫚	146	翠	470	憤	210	熱	353	褒	557
嫫	146	翟	470	憮	210	熠	354	褓	557
厲	164	臧	492	摩	240	熵	354	褌	557
厴	164	遜	623	敵	252	熳	354	褙	557
態	207	陳	673	毅	305	熥	354	課	573
斲	255							誰	573

諄	573	墟	127	撫	242	熬	353	輜	609
誼	573	增	127	嬈	242	熱	354	輟	609
談	574	墦	127	揮	243	磬	362	輗	609
諄	574	墡	127	撣	243	獒	367	輥	609
諂	574	墳	128	摋	243	璋	375	輞	609
調	573	墩	128	敷	252	璃	375	肇	609
誹	573	境	128	毆	252	瑾	375	輪	609
諒	574	墠	128	暫	264	璀	375	輞	609
誕	574	爽	136	槽	291	璇	375	輬	610
請	574	斲	207	樅	291	璉	375	箴	614
諉	574	慧	208	槲	291	璆	375	遨	624
論	575	惠	208	樗	291	璁	375	遭	624
諍	574	憂	209	椿	291	甌	378	遷	625
讖	574	感	209	樺	293	磋	412	醉	634
諑	574	慼	208	權	291	確	412	醇	634
諸	575	摯	240	槧	291	碾	413	醋	635
誤	575	撥	241	樑	292	碼	413	醃	634
諗	575	撳	241	樞	292	磅	413	酷	634
廣	590	撤	241	標	292	磙	413	醌	635
賞	590	撞	242	樓	291	磊	413	醆	635
適	624	撐	242	樊	291	磕	413	酶	635
遮	624	撈	241	樑	291	磁	413	鋆	649
鄭	631	撑	241	樽	292	碟	413	鑒	649
鄭	631	撓	242	樣	292	磚	413	霄	678
鄱	631	斯	242	樟	292	穀	424	霆	678
鋆	648	撤	242	樠	292	覩	562	震	678
鞏	683	撚	242	模	292	豌	583	霉	679
頪	689	摶	242	槊	292	豎	583	霅	679
頦	689	撳	242	樘	292	豬	584	霈	678
餐	696	撅	241	植	292	賚	590	霖	678
鳩	720	撟	241	慢	293	賢	590	靚	681
麾	730	橋	242	歐	300	賣	590	鞍	683
		撲	243	歎	300	贊	591	鞏	683
[一]		撰	243	蓮	304	賞	591	鞉	683
區	66	撩	242	蕩	304	賭	594	頡	689
厲	71	撮	243	毆	305	趙	596	駐	701
墀	127	播	242	氂	308	趣	595		

駒	701	噍	105	嘆	265	蔦	524	踝	600
駔	701	噏	105	瞎	404	莚	524	踢	600
駘	701	噔	106	瞇	404	蔽	525	踏	599
駝	702	噉	105	瞌	404	蔬	525	腳	600
騃	702	嘿	106	瞑	404	蕙	524	踞	600
駛	701	嘩	106	瞋	404	蝠	542	踣	600
駙	701	噎	105	馬	466	蝙	541	踪	600
駓	701	嘆	106	罷	466	蝗	542	踩	600
髮	708	噌	105	膚	489	蝌	542	踡	600
髺	708	噁	106	藝	378	蝓	542	踠	600
髻	708	厥	106	蓮	522	蝘	542	踔	600
髽	708	喝	106	蓬	522	蝟	542	踟	600
鴉	720	嘴	107	蕯	522	蝴	543	踦	600
鴈	720	噴	106	蔻	523	蝶	543	踐	600
鴇	720	嚆	107	蕓	523	蝦	542	輝	609
麩	729	噉	106	蕁	522	蝸	543	鄲	631
麪	729	罌	107	蓼	523	蝥	542	閭	666
		墨	127	蓧	522	蝤	542	閬	665
〔丨〕		嶒	170	蕘	523	蛵	542	閫	665
劇	58	嶓	170	蔗	523	蝮	542	閨	665
劌	58	嶔	171	蔚	524	蝵	543	骷	706
勱	63	嶗	170	蔓	523	蝻	543	骶	706
嘮	104	嶙	170	蔜	523	蝘	543	鬧	710
嘬	104	嶠	171	蔔	523	蝻	543	齒	736
嘻	105	嶢	170	蕾	523	蝛	543		
嘹	105	幟	177	蕙	523	艘	562	〔丿〕	
嘲	105	幢	177	葺	523	闇	573	儀	38
噓	104	幡	177	華	523	賠	590	僻	38
嘶	105	幞	177	蔣	524	賜	590	僵	37
嘰	105	影	190	蔡	524	賧	590	價	37
嘵	105	慮	208	蔸	524	賦	591	儆	37
嘖	105	慕	208	蔟	524	賤	590	儇	37
嘽	105	摹	240	蕭	524	睛	590	健	38
嘸	105	數	252	蔫	524	賙	590	儌	38
嘷	105	暮	264	蕕	524	賬	591	億	38
嘩	105	暴	264	蒂	524	賭	591	儂	38
嘽	105	暱	265	蔓	524	踐	599	儍	38

僧	38	箴	436	鋤	648	魯	712	緣	456
儉	38	篆	436	鋁	647	魴	712	線	456
儋	38	篇	436	銀	647	魷	712	緞	456
儆	38	箽	436	鋏	647	黎	730	緝	456
儌	38	箠	436	錂	648			總	456
儔	38	篌	436	鋒	647	[一]		緶	456
劉	58	箍	436	鋌	647	劈	58	練	457
劍	58	箧	436	鋪	648	勰	63	緯	457
創	58	箂	437	鋰	648	墜	127	緘	457
夐	131	縣	455	銀	648	墮	128	緬	457
德	194	翩	470	銼	648	嬉	146	緩	457
徵	194	耦	474	鋯	649	嫻	146	緱	457
慫	208	腔	489	錢	648	嫺	146	緲	457
慾	209	膜	489	銹	648	嬋	146	緇	457
憋	209	膊	489	銅	648	燋	146	緺	457
滕	333	膝	489	鋥	648	嬌	146	緼	458
膚	360	膠	489	鋌	649	嬀	146	緻	457
獗	367	膘	489	鋰	649	嬈	146	緹	458
獠	367	膣	489	銲	649	層	164	緱	458
瞠	395	膕	489	銥	649	履	164	瓾	470
瞞	395	胲	490	靠	682	屧	164	鞏	470
瞋	395	膲	489	頫	689	彈	188	蝨	542
瞰	396	鋪	496	頜	689	慰	208	螯	543
盤	397	號	535	領	688	戮	214	鄧	631
磬	413	衛	551	頡	689	槳	291	隣	673
稿	424	衝	551	颭	693	樂	291	駕	701
稼	424	衚	551	餓	696	魞	307	駑	701
稽	424	質	591	餕	696	漿	336	鴇	720
稷	424	躺	605	餘	696	潁	336	蕭	733
稻	424	蕫	609	餑	696	熨	354		
積	424	舖	613	鋪	696	犛	362	— 十六畫 —	
箭	436	遮	624	餕	696	獎	367		
箸	436	鄭	631	短	696	畿	384	[、]	
箑	436	銷	647	魄	711	緗	456	窴	47
篩	436	銳	647	魅	711	締	456	凝	49
箱	436	鋅	647	魃	711	緝	456	劓	58
範	436	銻	647	魷	712	編	457	壅	128

璜	375	輼	610	叡	74	氅	308	螞	544
璣	375	遠	624	嘴	106	氄	378	螗	543
璘	375	遶	625	噗	107	暘	384	蝥	544
璟	375	醒	635	器	107	臧	396	螈	543
璞	375	醖	635	噥	107	盧	398	螅	543
璠	375	醐	635	噢	107	瞠	404	螄	543
璔	375	醍	635	噶	107	瞞	404	蟓	544
瓢	377	醒	635	噠	107	瞟	404	螯	544
甌	378	隸	674	噼	107	瞢	404	賵	592
瞖	404	霎	679	噫	107	瞠	404	踱	601
磚	414	霑	679	噹	108	瞢	404	蹂	600
磽	414	霖	679	噸	108	瞤	404	踹	600
磬	414	霍	679	噪	107	瞘	404	踵	601
磻	414	霓	679	噤	108	瞥	404	踽	601
磑	414	霏	679	噯	108	縣	458	踰	601
磧	414	靛	681	噬	108	罹	466	蹄	601
磣	414	靜	681	噲	108	蕊	525	踩	601
磡	414	靦	682	噻	108	蕈	525	蹉	601
磜	414	鞘	684	嘰	108	蕃	525	蹀	601
碯	414	鞓	684	噥	108	蕉	525	蹈	601
穀	459	頹	689	罵	108	蕖	525	蹁	601
翰	470	頸	690	圜	115	蕓	525	遺	624
翮	470	頭	689	嶨	171	蕆	525	鄴	631
臻	494	頤	689	嶧	171	蕎	525	閭	666
融	543	駭	702	嶬	171	蕡	525	閼	666
螽	544	駢	702	嶩	171	蕙	526	閻	666
褧	558	駱	702	幨	177	蕨	526	閿	666
褎	564	駮	702	戰	214	蕩	526	閹	666
賴	591	髻	708	戲	214	蕪	526	閼	666
頰	594	髭	708	曉	265	蕞	526	頻	690
趨	596	髹	708	曄	265	蕘	526	餐	696
輻	610	鴣	721	曇	265	蓋	526	骸	706
輳	610	蕭	733	曚	265	蕕	525	骼	706
輯	610			曀	265	蓮	526	骺	706
輸	610	〔丨〕		暨	265	鄉	526	閼	710
輮	610	冀	45	暹	265	螃	543	鴦	721
輴	610	劓	59	歔	301				

鴨	721	築	437	鄶	631	鮓	712	綢	458
鴉	721	簀	437	鋸	649	鮒	712	縟	458
默	731	篔	437	鋼	649	鮎	712	縱	458
黔	731	篇	437	鍱	649	鮁	713	縊	458
		簑	437	錠	650	鮃	713	綾	459
〔丿〕		篤	437	錄	649	鮊	713	縚	459
儒	38	篠	437	錚	650	鮍	713	罵	470
儔	39	簒	437	錐	650	鮫	713	豫	584
儐	38	篩	437	錙	650	穌	424	選	624
儕	39	篦	437	錯	649	鮐	713	遲	624
儘	39	篥	437	錯	651	舵	720	遷	624
劓	59	篚	437	錢	650	鴒	720	隧	673
劒	59	篠	437	錫	650	鴛	721	隨	673
勳	63	篪	437	錦	650	馱	721	險	673
墾	128	滕	458	錕	650	鴣	721	陳	673
學	128	翮	471	鋼	651	鴟	721		
學	150	耨	474	鋼	650	龜	738	－十七畫－	
毆	171	構	474	錚	651				
嚳	171	榜	474	欽	651	〔一〕		〔丶〕	
徽	194	膳	490	錶	651	壁	128	濱	49
憨	210	膩	490	錳	651	壤	147	賽	577
憊	210	膨	490	鍺	651	嬗	147	賽	592
歙	301	膵	490	鉄	651	嬛	147	應	211
獵	308	膰	490	鍆	651	燦	147	懂	210
歛	355	膰	490	錆	651	嫒	146	懦	211
獨	367	膽	490	雕	676	嬖	147	懨	211
獪	367	臲	493	領	690	彊	188	氊	253
獫	367	興	495	頲	690	彝	189	氈	308
獬	367	舘	496	頭	689	翥	308	濘	341
盥	398	艘	498	館	697	潁	419	濟	341
盦	398	艙	498	餞	697	穎	425	濠	341
禦	419	滕	544	餗	697	縊	458	濤	341
積	424	衡	552	餛	696	縑	458	濫	342
穆	424	衞	551	餡	697	縛	458	濡	341
穄	425	衝	552	餚	697	縞	458	濕	342
穇	425	覦	562	矮	697	縝	458	濬	341
穗	425	貓	585	鮑	712	縉	458	濱	342

濠	342	糠	445	齋	736	橫	296	蟄	545
濯	342	糜	445			檟	295	覷	562
澀	342	縻	460	〔一〕		殭	304	穀	565
濟	342	膺	490	勵	63	殮	304	賞	592
濩	342	氂	558	壕	129	璩	376	檀	594
濰	342	褶	558	壓	129	環	376	趨	596
濞	342	襄	558	壔	129	璦	376	轅	610
澗	342	褸	558	邇	161	璨	376	轄	611
濮	343	禍	558	幫	178	璫	376	輾	610
燧	355	褪	558	懋	211	璐	375	轂	611
營	355	禧	559	懃	210	璪	375	輻	611
燦	356	褛	558	戴	215	鬅	378	鄴	631
燥	356	襉	558	擊	244	螯	398	醣	635
燠	356	裸	559	擠	245	礎	414	醜	635
燮	356	謎	577	擰	245	磯	414	醚	635
燭	356	謐	577	擦	245	礀	414	醞	636
燉	356	謝	577	擢	245	磷	414	醛	635
燴	356	謊	577	擯	245	礁	415	醡	635
甑	378	謅	577	擬	246	磺	415	隸	674
療	391	謗	577	擱	246	磱	414	霜	679
癃	391	謙	577	擣	246	磻	415	霡	679
癆	391	講	577	擣	246	礫	415	霞	679
癌	391	謠	578	擤	246	礅	415	霢	679
癉	391	謝	578	壄	246	磽	415	鞠	684
癇	391	謖	578	檯	294	磹	415	鞚	684
癍	391	謚	577	檔	295	縶	459	韓	684
癜	391	豁	582	檄	295	繄	460	鞟	684
盪	398	蹇	601	檜	295	罄	464	鞜	684
禧	419	邅	626	櫛	295	翳	471	韓	685
禪	419	鎏	655	檉	295	螯	476	顆	690
隆	428	頜	690	檟	295	聲	476	駢	702
窾	428	馘	699	檣	295	聰	476	駿	702
糜	445	薮	714	檔	295	聯	476	騂	702
糞	445	鴻	722	檢	295	臨	492	駸	702
糙	444	鴟	721	檣	296	艱	498	騃	702
穆	445	鵑	721	檜	296	螫	544	黝	708
糟	445	麋	728	檁	296	螯	544	鑒	708

鬁 709
鴯 722
鴷 722
麰 729
麯 729
黏 730
黿 733

〔丨〕
嚎 109
嚀 109
嚐 109
嚅 109
嚇 109
嚆 109
嚄 109
嚏 109
嚓 109
壑 129
嬰 147
嬲 147
嶼 171
嶺 171
嶸 171
嶷 171
嶽 171
幪 178
幬 178
戲 214
擊 243
斁 253
曙 265
曖 265
檠 295
疃 384
瞳 405
瞪 405
瞰 405
瞬 404
瞧 405
瞭 405
瞯 405
罾 466
罽 466
蕭 526
薄 526
蕷 527
薙 527
蕾 527
薑 527
薔 528
薛 528
薇 527
薊 527
薏 527
蕹 528
薈 527
薐 527
薪 528
薜 528
薯 528
薨 528
蕻 528
薤 528
蕺 528
薅 528
薟 528
蟇 545
虧 535
螳 544
螬 544
螵 545
蟀 545
蟆 545
螻 545
螺 545
蟈 545
蟋 545
蟎 545
蟑 546
蟒 546
螭 546
覬 562
豳 584
賺 592
賻 592
購 592
蹉 601
蹋 601
蹈 601
蹊 602
蹍 601
蹏 602
蹐 602
蹌 602
遽 625
邁 625
還 625
闋 667
闌 667
闈 666
闆 666
闇 666
闃 666
闊 666
雖 676
顆 690
骾 706
點 731
黜 732
黝 732
黻 733
齔 736

〔丿〕
優 39
償 39
儡 39
儲 39
徽 194
懇 211
斂 253
斵 255
爵 357
獰 367
獲 367
獴 367
獮 367
皤 395
矯 407
矰 407
穉 425
穗 425
篷 438
簌 437
篰 437
簕 438
簇 438
簍 438
篾 438
篠 438
簏 438
篲 438
簀 438
篡 438
篳 438
簉 438
簃 438
篸 438
篼 438
簰 438
繁 460
繇 461
罅 464
耬 474
聳 476
臆 490
膿 490
膾 490
臊 491
臁 491
臃 491
膽 491
臉 491
膻 491
臌 491
舉 495
艚 498
[illegible] 498
螽 545
謄 577
谿 582
豀 582
貔 585
賸 592
輿 610
邂 625
邀 625
錘 652
錨 652
鍋 652
鍍 652
鍛 652
錶 652
鍚 652

鬃	684	曛	266	蹬	602	簪	439	鐫	655
䩄	684	瞿	405	蹻	602	簞	439	鎔	655
鞭	684	瞻	405	蹤	602	簣	439	鎚	655
韜	684	瞼	405	闔	667	簡	439	鎗	655
韙	684	舊	495	闐	667	簅	439	鎌	655
鵝	684	薩	528	闕	667	簏	439	鎬	655
鞠	684	薦	528	闑	667	簁	439	雙	676
韓	684	藉	529	闌	667	簉	439	雛	676
顒	690	薰	529	躉	685	幬	465	雞	676
饕	697	薺	529	題	690	幬	464	臉	676
騣	703	薹	529	顎	690	翻	471	颺	693
驗	703	薄	529	顏	690	翱	471	颳	693
騎	702	薔	529	顓	690	耮	474	颱	693
騏	702	藏	530	顯	691	臍	491	觼	697
騠	703	藍	529	顆	707	臏	491	䰗	698
騑	703	藕	529	髀	707	臑	491	䱻	697
騅	702	藐	530	闋	710	鎚	498	鎦	698
鬆	709	藎	530	鵑	722	觴	565	䱻	698
鬆	709	蟛	546	點	732	貘	585	馥	700
鬠	709	蟢	546	黟	732	軀	605	魏	711
鬏	709	蟬	546	黿	733	邈	626	魍	711
鵒	722	蟪	546	黼	736	鎊	654	魅	711
鷙	734	蟣	546			鎖	654	魑	711
		蟬	546	〔丿〕		鎬	654	魁	711
〔丨〕		蟛	546	龐	39	鎘	654	鯉	714
叢	74	蟯	546	朦	269	鎵	654	鯽	714
嚕	109	蟲	546	歟	301	鎡	654	鯀	714
嚜	109	蟠	547	歸	302	鎧	654	鯇	714
𡃉	109	蟥	547	獵	368	鎢	655	鮒	714
嚙	109	豐	583	獷	368	鎳	655	鯁	714
壘	129	蹣	602	斂	395	鎮	654	鮸	714
檮	676	蹦	602	穡	425	鎰	654	鯈	714
橃	178	蹟	602	穢	425	鎘	654	鴿	722
懟	211	蹕	602	穠	425	鎦	655	鵝	722
曜	265	蹠	602	簫	439	鎖	655	鵠	722
曜	266	蹢	602	簧	439	鋒	655	鶩	722
曚	265								

餽	734	璧	129	譏	579	櫜	297
饏	734	寵	157	譖	579	機	297
饁	734	寶	157	譜	579	櫨	297
餉	734	龐	184	識	579	藝	297
饁	734	廬	184	譚	579	釐	376
龜	738	懷	211	譙	579	璱	376
		懶	211	謐	579	瓊	376
〔一〕		懵	211	謐	579	礙	415
攈	110	瀝	343	贊	592	礦	415
燼	147	瀕	343	簪	656	礫	415
屬	164	瀛	344	靡	682	礴	416
獷	188	瀟	344	韻	686	繫	462
彝	189	瀚	343	類	691	蘂	561
戳	215	瀘	343	羹	715	霸	561
斷	256	瀧	344	鶊	723	霰	584
壁	376	瀠	344	鵰	723	曠	592
甓	378	瀣	344	鶄	723	轔	611
繚	461	瀟	344	麒	728	轎	611
織	461	爆	356	麕	729	醱	636
繕	461	爍	356	麑	728	醮	636
繞	461	攉	377			醯	636
繙	461	癢	392	**〔一〕**		醴	636
繘	461	癡	392	廬	72	鏨	656
繢	461	禱	419	醓	110	鏨	657
繒	461	禰	419	壜	129	難	677
繡	461	簷	465	壚	129	靈	680
總	461	罋	469	壞	129	霧	680
繳	461	羹	469	壟	129	韛	684
績	461	羸	469	壢	129	鞴	684
醬	636	贏	547	攀	247	鞿	685
贖	674	襠	559	攏	247	鞳	685
醨	677	襟	559	攉	247	願	691
韞	685	襖	559	欄	297	顏	691
		襝	559	櫥	297	騙	703
- 十九畫 -		襝	559	櫝	297	騖	703
		譁	579	檜	297	騠	703
〔、〕		證	579	櫟	297	騙	703
勸	63	譎	579				

騪	703	鵲	723	
騷	703	鶄	723	
鬆	709	鶴	723	
鬍	709	鶺	723	
鬋	709	鶿	723	
鬎	709	鶊	723	
鵲	723	鶬	723	
鶄	723	麗	729	
鶴	723	麓	729	
鶺	723	麴	729	
鶿	723			
鶬	723	**〔丨〕**		
鵰	723	嚦	110	
鶬	723	嚦	110	
		寵	110	
		孽	150	
		曠	266	
		曝	266	
		熱	356	
		獸	368	
		嬰	378	
		疇	384	
		矇	405	
		蘭	462	
		羅	466	
		羆	467	
		羼	471	
		藕	530	
		藷	530	
		藩	531	
		藝	530	

第一欄

釀	636
釀	636
欗	680
韝	685
顳	691
飄	693
馨	700
騷	704
驊	704
騠	703
驅	704
驃	704
鬐	709
鬃	709
贔	709
鷉	724
鶼	724
麵	729

〔丨〕

勸	63
嚷	110
嚶	110
嚙	110
嚴	110
孽	150
巉	171
懸	211
曦	266
寵	266
獻	368
饗	405
罍	465
耀	471
藻	531
藹	531
蘭	531

第二欄

藿	531
蘀	531
壢	531
斬	531
蘅	532
蘑	532
蘆	532
蘋	532
蘊	532
蘂	532
蘇	532
蘺	532
蠔	548
蠕	548
蠐	547
蠑	548
蠙	548
蠛	548
覿	563
警	579
贍	593
蹕	604
躉	604
躒	604
躅	604
闞	668
闡	668
鷄	724
鶺	724
鶹	723
鶹	724
鹹	728
黥	732
黨	732
齟	736
齣	736

第三欄

齡	736
齠	736
龅	736

〔丿〕

劈	110
敫	253
朧	269
獮	368
矍	376
穭	425
籛	440
籌	440
籃	440
籍	440
纂	463
臘	492
臊	492
艦	498
艨	498
覺	563
觸	565
釋	637
鐘	657
鏡	657
鐐	658
鐵	657
鐦	658
鏵	657
鐒	658
鐯	657
鐗	658
鋼	658
錫	658
鏽	658
錯	658
鐙	658

第四欄

鏌	658
鐷	658
鐝	658
飂	693
鐃	698
鐖	698
饐	698
鑲	698
饙	698
徽	698
鐥	699
騰	703
鯤	715
鰤	715
鰻	715
鯻	715
鯮	716
鱷	716
鰛	716
鰓	716
鰍	716
鰈	716
鰒	716
鰭	716
鰉	716
鷟	724
鷙	732
麛	735

〔一〕

孀	147
孃	147
纊	462
纏	463
纈	463
譬	580
璧	604

第五欄

輺	686
驚	703
鶩	724
鷉	724

-二十一畫-

〔丶〕

劗	59
燮	131
懼	212
憻	212
權	212
爛	254
灌	344
澧	344
灉	345
瀽	344
爛	357
癭	392
癩	392
譬	416
竈	429
襴	445
纇	463
襫	559
襬	559
譴	580
護	580
譸	580
譅	580
顣	593
辯	613
魔	712
鶯	724
鷁	725
鷂	725

鶲	725	聽	704	蕎	704	飈	693	灑	345
鶴	724	驚	704	饅	707	飂	693	灘	345
麝	729	鬢	709	鷄	724	飜	694	灕	345
齎	736	戮	725	鶺	725	饔	699	瓢	377
		蠢	734	鶻	724	懿	711	癱	392
〔一〕		醫	737	鷥	724	鰜	716	癬	392
攜	247			齹	728	鰡	716	瘦	392
攝	247	〔丨〕		黯	732	鰍	716	褵	419
攜	247	嚙	110	歔	737	鰭	717	纊	463
攛	247	嚼	111	齦	736	鰷	717	彎	477
櫻	298	齧	111	齦	737	鰣	717	襲	559
欄	298	巋	171			鱇	717	襯	559
櫼	298	巋	171	〔丿〕		鰟	717	讀	580
欅	298	囊	266	儻	39	臕	717	讅	580
櫨	298	藥	533	儸	39	縶	717	讄	581
殲	304	顫	378	儹	39	鏽	718	讇	580
瓔	376	龐	405	儺	39	鷀	725	顫	691
瓔	376	疊	463	劗	59	鷁	725	囊	699
礴	416	疊	465	攘	362	鷄	724	縶	718
蠢	548	襄	532	獷	368	鷂	724	鷦	725
覼	563	斂	532	藤	440	鷊	725	鷥	726
覽	563	蘭	533	樓	474	鷗	725	鷹	729
趯	596	蘇	533	膽	498			龔	737
轟	612	蘆	533	巉	550	〔一〕			
醺	636	蠱	548	譽	580	屬	164	〔一〕	
醻	636	蠣	548	鐮	659	續	463	囊	111
霧	680	蠟	548	鐲	658	纈	463	懿	212
霸	680	蛾	548	鐫	659	纉	463	攤	248
霹	680	臢	593	鐳	659	屢	469	攢	248
露	680	臢	593	鐵	659	蠢	548	權	298
鞲	685	躊	604	鐺	659	鑒	659	瓘	377
韝	685	躋	604	鐸	659	響	686	礴	416
飆	693	躍	604	鐿	659	饗	699	聽	476
驃	704	酆	632	鐶	659			覿	563
驅	704	闥	668	顤	691	－二十二畫－		糱	612
驍	704	闡	668	顧	691			酈	632
驂	704	顥	691	飆	693	〔丶〕		鑒	660
						塵	12		

-二十四畫-

〔、〕

灝　345
灞　345
灤　345
癱　393
顢　393
讀　581
讌　581
讖　581
讕　581
贛　593
鷹　727
灂　727
鸇　727
鼇　733

〔一〕

壩　130
攬　248
矗　405
矗　549
驇　549
釅　637
醾　637
釀　637
靨　680
靈　681
罎　680
鞬　680
鞭　685
驟　705
鬢　709
魘　712
鹽　728
鼈　733

〔丨〕

囑　111
囓　111
羈　467
艷　499
蠷　549
蹬　604
鼕　692
髖　707
鷺　726
鹼　728
齰　737
齭　737
齲　737

〔丿〕

籥　441
罐　465
衢　552
鑪　660
鑫　660
鼍　719
鑤　719
鑢　719
鑰　719
鷥　726
鬣　735

〔一〕

屭　164
轆　686
鵑　726

-二十五畫-

〔、〕

廳　184

〔丨〕

灣　345
攥　560
讜　581

〔一〕

攥　248
欖　298
欄　298
蠹　464
蠻　561
韄　681
鬣　709
釁　734

〔丨〕

囔　111
矙　406
觀　563
躝　605
躡　605
顴　692
齇　707
驚　727
黷　732
蠱　733

〔丿〕

籬　441
籮　441
籯　441
籮　585
鑲　661
鑰　661
鑭　661
釁　637
鑱　699
鑯　719

鑄　719
鸑　727
戀　730
鱸　735

〔一〕

羅　445
纘　464
纙　492
蠻　549

-二十六畫-

〔、〕

灤　345
讞　582
讚　581

〔一〕

趲　596
釅　637
醨　637
韉　685
驢　705
驥　705
驫　732

〔丨〕

齻　308
矚　406
蠼　549
躦　605

〔丿〕

钁　441
龘　441
鑷　661

鑹　719
鑲　699
鑰　719

〔一〕

䮘　189

-二十七畫-

〔、〕

灡　345
灝　345
讜　582
讟　582

〔一〕

釀　637
顳　692
驤　705
鬱　710

〔丨〕

纝　605
躪　605
顳　692
鬮　710
鸕　727
黷　732

〔丿〕

钁　661
鑽　661
鑸　719
鑢　719

〔一〕

纜　464
鑾　661

漢語拼音檢字表

ā

吖	79
阿	669
啊	93
腌	485
錒	650

á

啊	93
嗄	100

ǎ

啊	93

à

啊	93

a

啊	93

āi

哀	89
哎	87
唉	92
埃	120
娭	142
挨	227
欸	299
噯	108
鎄	652

ái

厓	70
挨	227
嵦	168
崖	168
捱	229
鐦	395
癌	391
騃	702

ǎi

毐	306
欸	299
矮	407
噯	108
藹	531
靄	680

ài

艾	499
唉	92
砹	409
嗌	101
愛	206
隘	673
噯	108
嬡	146
曖	265
璦	376
礙	415
靉	681

ān

厂	70
安	151
垵	120
按	277
氨	309
庵	182
菴	515
鞌	683
鞍	683
盦	398
諳	576
鮟	713
鵪	723

ǎn

垵	120
俺	27
唵	94
埯	123
揞	235
銨	645

àn

犴	363
岸	166
按	226
案	280
胺	482
暗	264
闇	666
黯	732

āng

骯	706

áng

卬	69
昂	259

àng

盎	396

āo

凹	50
熬	353

áo

敖	250
嗷	102
嗸	170
廒	183
熬	353
獒	367
遨	624
翱	471
聱	476
螯	544
翱	471
謷	578
鏖	656
鰲	718
鼇	733

ǎo

拗	221
拗	224
媼	144
媪	145
襖	559

ào

拗	221
坳	118
坳	117
拗	224
昇	136
傲	35
奧	136
墺	171
懊	210
澳	340
隩	673
驁	656
鶩	704

bā

八	43
巴	174
叭	76
扒	217
吧	82
岜	165
芭	501
疤	385
捌	229
笆	431
粑	442

bá

拔	224
胈	480
跋	597
魃	711
颰	734

bǎ

把	219

鈀	640	唄	91	浜	321	**bǎo**		**běi**	
靶	683	敗	251	梆	281	保	26	北	65
		稗	423	幫	178	堡	124		
bà		韛	686			葆	516	**bèi**	
把	219			**bǎng**		鮑	695	孛	148
爸	358	**bān**		綁	453	褓	557	貝	585
耙	473	扳	218	榜	289	鴇	720	邶	628
罷	466	攽	250	膀	488	寶	157	背	480
鮁	713	班	371			寶	157	偹	29
鈀	713	般	497	**bàng**				倍	28
霸	561	斑	254	旁	257	**bào**		悖	201
霸	680	搬	238	蚌	536	刨	53	狽	364
壩	130	頒	688	傍	34	抱	221	被	554
灞	345	癍	390	棒	283	豹	584	備	34
欛	298	瘢	391	搒	238	趵	596	焙	350
				稻	423	報	123	琲	373
ba		**bǎn**		蒡	519	菢	514	碚	411
吧	83	坂	117	磅	413	鉋	644	蓓	521
罷	466	岅	165	謗	577	暴	264	誖	573
		阪	668	鎊	654	鮑	712	鞁	683
bāi		板	273			瀑	342	褙	557
掰	233	版	359	**bāo**		曝	266	蕜	609
		舨	497	包	64	爆	356	鋇	648
bái		闆	666	孢	149	鑤	660	憊	210
白	393			炮	277			糒	444
		bàn		炮	347	**bēi**		韝	684
bǎi		半	67	胞	481	卑	67	鞁	659
百	394	伴	19	苞	503	杯	272		
伯	18	扮	218	剝	56	陂	669	**bei**	
佰	24	拌	223	煲	352	盃	396	唄	91
柏	275	枠	275	褒	557	背	480	臂	490
栢	280	絆	450	齙	736	栖	283		
捭	229	靽	683			悲	203	**bēn**	
擺	246	辦	613	**báo**		揹	236	奔	134
襬	559	瓣	377	雹	678	椑	284	栟	277
				薄	526	碑	411	賁	588
bài		**bāng**						錛	651
拜	224	邦	627						

běn		繃	460	婢	143	髀	707	總	456
本	270	蹦	602	敝	251	裝	559	辦	613
苯	504			椑	283	躄	604	辮	463
畚	382	**bī**		畢	382	躄	604	辯	613
		屄	162	閉	663			變	581
bèn		偪	33	弼	188	**biān**			
夯	133	逼	620	愎	204	砭	408	**biāo**	
坌	117			腷	395	煸	351	杓	272
奔	134	**bí**		萆	514	編	457	彪	190
倴	30	荸	509	詖	569	蝙	541	摽	240
笨	431	鼻	735	賁	588	鞭	684	標	292
逩	622			痺	388	邊	626	膘	489
		bǐ		腷	487	鯿	715	瘭	390
bēng		匕	65	辟	612	蝙	715	臕	492
伻	18	比	306	鉍	644	籩	441	藨	531
枋	416	吡	81	睥	102			鏢	657
崩	169	妣	139	幣	177	**biǎn**		飆	693
嘣	104	沘	314	弊	185	扁	216	飇	693
綳	456	彼	190	碧	411	窆	427	飈	693
繃	460	秕	421	箅	436	匾	66	驃	704
		俾	27	蓖	520	貶	587	鑣	660
béng		粃	442	裨	556	碥	412		
甭	380	筆	432	滭	338	褊	557	**biǎo**	
		鄙	630	蓽	523	藊	529	表	552
běng				蔽	525			婊	143
琫	373	**bì**		壁	128	**biàn**		裱	556
菶	515	必	195	變	147	卞	68	錶	651
綳	456	庇	180	篦	437	弁	185		
繃	460	泌	316	鷝	564	忭	196	**biào**	
		畀	381	縻	253	抃	218	俵	27
bèng		毖	307	濞	342	汴	312	摽	240
泵	314	芯	505	篳	438	苄	502	鰾	717
蚌	536	狴	364	臂	490	薛	528		
迸	617	祕	417	薛	528	便	25	**biē**	
綳	456	秘	422	避	625	昪	261	憋	209
繫	378	陛	670	璧	376	徧	193	瘪	392
				躄	602	遍	621	鱉	718

鱉　733

bié
別　52
鱉　602

biě
癟　392

biè
彆　188

bīn
邠　627
彬　190
斌　254
賓　589
儐　38
濱　342
豳　584
檳　296
瀕　343
繽　462
鑌　659

bìn
鬢　708
擯　245
殯　304
臏　491
髕　707
鬢　709

bīng
氷　310
冰　47
并　179

兵　44
屏　163
枡　277
屏　163
檳　296

bǐng
丙　4
秉　420
邴　628
屏　163
柄　275
炳　348
屏　163
稟　418
稟　423
餅　695

bìng
並　5
併　21
倂　27
病　386
竝　429
拼　236

bō
波　317
玻　370
剝　56
盋　396
般　497
艵　499
菠　512
鉢　643
缽　464
幡　170

撥　241
播　242
餑　696
蕃　525

bó
伯　18
孛　149
帛　175
泊　316
勃　60
柏　275
亳　12
浡　321
脖　484
舶　497
博　68
渤　329
搏　237
鈸　642
鉑　643
襆　37
箔　435
膊　488
駁　700
踣　600
壆　128
駮　702
鲌　713
薄　527
餺　698
鵓　722
礴　416

bǒ
跛　598
簸　440

bò
擘　245
檗　296
薄　527
簸　440

bo
啵　95
蔔　523

bū
晡　262
逋　617

bú
醭　636

bǔ
卜　68
卟　75
哺　91
捕　229
堡　124
補　555

bù
不　4
布　174
佈　20
怖　80
埗　118
佈　197
埔　120
埠　121
部　629
鈈　642

瓿　378
餔　696
節　437
簿　440

cā
嚓　109
擦　245

cǎ
礤　415

cāi
偲　32
猜　365

cái
才　216
材　271
財　586
裁　554
纔　464

cǎi
采　637
保　31
彩　189
採　232
睬　403
跴　598
綵　454
踩　600

cài
采　637
埰　123
菜　154

菜 512	**cāo**	**céng**	扱 552	幨 177
蔡 524	糙 444	曾 267	蹭 601	攙 247
	操 244	層 164	鑔 659	
cān		嶒 170		**chán**
參 72	**cáo**		**chà**	單 99
湌 694	曹 267	**cèng**	叉 73	孱 150
餐 696	嘈 102	蹭 603	妊 138	僝 37
驂 704	漕 337		汊 311	嬋 146
	槽 291	**chā**	岔 165	廛 184
cán	螬 414	叉 73	杈 271	潺 338
殘 303	艚 498	扠 218	侘 24	澶 340
慚 208	蠐 544	杈 271	刹 54	禪 419
斬 207		臿 494	姹 141	瀍 343
蠶 549	**cǎo**	差 173	扱 552	蟬 546
	艸 499	喳 99	詫 570	蟾 547
cǎn	草 508	插 235		巉 171
慘 207		碴 412	**chāi**	纏 463
穇 425	**cè**	嚓 109	拆 223	讒 581
篸 438	冊 45	鍤 653	差 173	饞 699
	側 32		釵 640	
càn	廁 182	**chá**		**chǎn**
孱 150	惻 205	叉 73	**chái**	剗 56
粲 443	測 329	垞 119	柴 277	產 379
摻 241	策 433	查 276	豺 584	剷 57
燦 356	筴 434	茬 506	儕 39	滻 335
璨 376		茶 506		諂 574
	cēn	嵖 169	**chǎi**	蕆 525
cāng	參 72	猹 366	茝 510	鏟 657
倉 28		搽 238		闡 668
傖 34	**cén**	楂 286	**chài**	囅 111
滄 332	岑 165	詧 571	瘥 390	驏 705
蒼 520	涔 322	察 155	蠆 547	
艙 498		槎 290		**chàn**
鶬 724	**cēng**	碴 412	**chān**	剗 56
	噌 105		覘 562	懺 212
cáng		**chǎ**	摻 241	羼 469
藏 530		叉 73		韂 685

顫　691

chāng

昌　259
伥　27
倡　30
猖　365
菖　512
閶　666
鯧　715

cháng

長　662
倘　29
常　176
徜　193
場　124
萇　514
腸　487
嘗　103
塲　127
嫦　146
裳　556
償　39
嚐　109
鱨　719

chǎng

昶　261
惝　203
場　124
敞　251
廠　71
塲　127
廠　184
氅　308

chàng

倡　30
鬯　710
唱　93
悵　202
場　374
暢　264

chāo

吵　81
抄　219
弨　187
怊　197
焯　350
超　595
鈔　641
剿　57
勦　63
綽　455

cháo

晁　261
巢　172
朝　269
嘲　105
潮　338
鼂　733
謿　579

chǎo

吵　81
炒　346

chào

耖　473

chē

車　606

碑　410

chě

尺　161
扯　218
撦　239

chè

坼　118
掣　233
徹　194
撤　242
澈　339

chēn

抻　222
捵　234
郴　629
琛　372
嗔　101
瞋　404

chén

臣　492
忱　196
沈　313
沉　313
辰　613
宸　154
晨　262
陳　671
塵　126
諶　576

chěn

磣　410
磼　414

chèn

疢　386
趁　595
稱　423
齔　736
櫬　297
襯　559
讖　581

chen

傖　34

chēng

琤　372
稱　423
噌　105
撐　241
撐　242
瞠　404
頳　594
樘　295
鏿　547
鐺　659

chéng

丞　5
成　212
呈　81
承　221
城　120
乘　7
埕　121
宬　152
盛　397
根　284
程　422
塍　125

裎　555
誠　571
酲　634
鋮　647
澄　338
橙　294
懲　211

chěng

逞　618
裎　555
騁　702

chèng

秤　421
稱　424

chī

吃　78
哧　92
蚩　537
郗　629
眵　401
笞　431
喫　99
瓻　378
嗤　102
媸　145
痴　388
絺　452
鴟　721
螭　546
癡　392
魑　711

chí

弛　186

池	311
坻	118
持	226
芨	431
茬	506
匙	65
馳	700
墀	127
踟	600
麂	437
遲	624

chǐ

尺	161
呎	82
侈	23
恥	200
豉	583
齒	736
褫	558

chì

彳	190
叱	77
斥	255
赤	593
抶	222
勅	61
勑	61
翅	469
敕	251
啻	96
飭	694
傺	35
瘈	389
瘛	390
熾	354

鶒	724

chōng

充	41
冲	47
忡	196
沖	314
茺	508
涌	323
舂	469
舂	494
憧	209
衝	551
艟	498

chóng

重	638
崇	167
蟲	546

chǒng

寵	157

chòng

冲	47
銃	645
衝	551

chōu

抽	222
紬	449
搊	237
瘳	390

chóu

仇	13
倜	202

愁	205
稠	423
訓	570
酧	633
酬	633
綢	453
裯	556
儔	39
幬	178
疇	384
籌	440
躊	604
薵	636
讎	581
讐	581

chǒu

丑	4
眜	403
醜	635

chòu

臭	493

chū

出	50
初	52
樗	292
齣	736

chú

芻	502
除	670
滁	331
耡	473
蜍	540
廚	183

鋤	648
橱	294
篨	437
幮	178
雛	676
櫥	297
躇	603
鶵	725
蹰	604

chǔ

杵	273
處	534
楮	283
楚	286
褚	557
儲	39
礎	415

chù

亍	10
怵	198
俶	27
畜	382
絀	450
處	534
搐	239
滀	333
憷	210
黜	732
觸	565
矗	405

chuā

欻	299
歘	301

chuāi	
揣	235
搋	237

chuái

膗	489

chuǎi

揣	235

chuài

啜	94
揣	236
嘬	104
膪	490
踹	600

chuān

川	172
氚	309
穿	426

chuán

舡	496
舩	497
船	497
傳	35
椽	286
遄	621
篅	436

chuǎn

舛	496
喘	98
踳	601

chuàn

串	6

釧	640	錘	652	齜	737	賜	590	俎	303
		鎚	655						
chuāng				**cī**		**cōng**		**cù**	
創	57	**chūn**		刺	54	匆	64	卒	67
窗	427	旾	260	呲	87	囱	113	促	25
瘡	390	春	260	差	173	忽	198	猝	365
牕	428	椿	286	疵	387	恖	201	酢	633
窓	427	鰆	716	粢	443	葱	518	蔟	524
				跐	598	樅	291	趣	596
chuáng		**chún**				瑽	375	踧	600
床	180	唇	93	**cí**		蓯	523	醋	635
牀	358	純	447	祠	417	蔥	524	簇	438
噇	105	淳	325	茨	507	聰	476	趨	596
幢	177	脣	484	茲	506	驄	704	蹙	602
		蒓	521	瓷	378				
chuǎng		蓴	522	詞	569	**cóng**		**cuān**	
闖	667	醇	634	慈	207	從	193	汆	310
		鶉	723	薋	378	悰	203	撺	247
chuàng				磁	413	淙	324	躥	605
刱	56	**chǔn**		雌	675	琮	372	鑹	661
創	57	惷	206	糍	444	蓯	294		
愴	206	蠢	548	辝	613	叢	74	**cuán**	
				瓷	696			攢	248
chuī		**chuō**		辭	613	**còu**		欑	298
吹	81	逴	620	鷀	724	湊	48		
炊	346	踔	600	鶿	724	輳	327	**cuàn**	
		戳	215			腠	486	篡	437
chuí				**cǐ**		輳	610	竄	428
垂	119	**chuò**		此	301			爨	357
捶	234	娖	142	泚	318	**cū**			
椎	285	啜	94	跐	598	粗	442	**cuī**	
陲	672	婥	143			觕	362	衰	552
搥	236	愰	204	**cì**		麤	728	崔	168
棰	287	婼	144	次	299	麤	729	催	34
槌	288	綽	455	伺	19			摧	240
箠	436	輟	609	伙	22	**cú**		榱	289
		歠	301	刺	54	徂	191	縗	459

cuǐ

璀 375

cuì

倅 29
脆 482
啐 95
悴 202
淬 325
毳 307
焠 350
脺 486
萃 514
瘁 388
粹 443
翠 470
膵 490
顇 690

cūn

村 272
邨 627
皴 395

cún

存 148
蹲 603

cǔn

忖 195

cùn

寸 157
吋 78

cuō

搓 236
撮 243
磋 412
蹉 601

cuó

痤 388
矬 407
嵯 170
瘥 390
鹺 728

cuǒ

脞 484

cuò

剉 55
厝 71
挫 228
措 232
莝 511
銼 648
錯 651

dā

咑 87
耷 474
荅 509
答 433
嗒 100
搭 238
噠 107
褡 558

dá

打 217
妲 139
怛 197
沓 314
荅 509
笪 432
答 433
達 622
靼 683
瘩 390
闒 667
韃 685

dǎ

打 217

dà

大 132

da

墶 129
瘩 390
繨 462

dāi

呆 82
呔 79
待 191
獃 366

dǎi

歹 302
傣 33
逮 619

dài

大 132
代 15
岱 165
甙 186
待 191
怠 198
殆 303
玳 370
迨 615
埭 121
帶 176
紿 450
袋 553
貸 588
逮 619
瑇 374
駘 701
戴 215
黛 731
襶 560
靆 680

dān

丹 1
眈 400
耼 475
耽 475
聃 475
躭 605
單 99
儋 38
鄲 631
擔 245
殫 304
癉 391
簞 439

dǎn

担 225
疸 386
亶 12
撢 243
撣 243
賧 590
膽 491

dàn

旦 258
石 407
但 19
疍 384
啖 96
啗 96
淡 324
蛋 538
氮 310
萏 515
亶 12
蜑 540
噉 106
彈 188
憚 209
誕 574
擔 245
澹 340
癉 391
膻 491

dāng

當 383
噹 108
璫 376
簹 439
襠 559
鐺 659

dǎng

党 42

擋	244	**dào**		**děng**		嫡	145	蒂	524
黨	732	到	53	等	432	滌	334	諦	576
攩	248	倒	29	戥	214	翟	470		
讜	582	悼	202			敵	252	**diǎ**	
		盜	397	**dèng**		蹢	602	嗲	100
dàng		道	622	凳	49	鏑	656		
氹	8	稻	424	澄	339	耀	445	**diān**	
凼	50	燾	178	鄧	631	覿	563	战	250
宕	151	纛	356	瞪	405			掂	230
菪	512	蠹	464	磴	414	**dǐ**		滇	332
當	384			橙	297	坁	118	顛	691
碭	412	**dé**		蹬	603	底	180	巔	172
擋	244	得	192	鐙	658	抵	222	癲	393
蕩	526	惠	204			邸	628		
檔	295	德	194	**dī**		柢	276	**diǎn**	
盪	398	鍀	651	氐	308	牴	361	典	45
				低	20	砥	408	跕	597
dāo		**de**		的	394	舥	564	碘	411
刀	50	地	116	瓵	468	詆	568	踮	600
叨	75	底	180	堤	124	甀	706	點	731
忉	195	的	394	提	234			點	731
朷	309	得	192	隄	672	**dì**			
魛	712	賦	484	嘀	103	地	116	**diàn**	
				滴	334	弟	186	佃	19
dáo		**děi**		磾	414	的	394	甸	381
叨	75	得	193	鏑	656	帝	175	坫	118
捯	233					娣	142	店	181
		dèn		**dí**		第	432	阽	669
dǎo		扽	220	狄	363	棣	284	玷	369
倒	28			迪	185	睇	402	惦	203
島	167	**dēng**		的	394	葑	515	淀	323
搗	237	登	393	迪	615	蒂	518	奠	136
導	159	噔	106	唙	92	碲	412	殿	305
擣	246	燈	354	笛	431	禘	418	鈿	642
蹈	601	簦	439	荻	509	遞	623	電	678
禱	419	蹬	603	髢	708	鋅	646	墊	127
		鐙	658	嘀	103	締	456	澱	340

靛	681	昳	261	定	152	働	36	**dú**	
癜	391	迭	615	訂	565			毒	306
簟	439	昳	377	釘	639	**dōu**		頓	688
		喋	97	釘	694	哣	91	獨	367
diāo		堞	123	椗	285	兜	42	瀆	49
刁	50	絰	452	腚	485	都	629	瀆	343
叼	77	疊	472	碇	411	蔸	524	櫝	297
凋	48	疊	74	錠	650	篼	438	牘	360
彫	189	牒	360					犢	362
琱	372	碟	412	**diū**		**dǒu**		讀	580
貂	584	婕	541	丟	5	斗	254	髑	707
碉	411	蝶	543			抖	220	黷	732
雕	676	諜	575	**dōng**		蚪	669	讟	582
鯛	714	蹀	601	冬	47	枓	273		
鵰	723	鰈	716	咚	87	蚪	536	**dǔ**	
		疊	384	東	272	陡	670	肚	478
diǎo		氎	308	氡	309	鈄	641	堵	122
屌	163			菄	168			睹	403
鳥	719	**dīng**		蝥	734	**dòu**		覩	562
		丁	2	鶇	723	豆	582	賭	591
diào		仃	13			鬥	710	篤	437
弔	186	叮	76	**dǒng**		脰	484		
吊	79	玎	369	董	517	荳	511	**dù**	
掉	230	町	381	懂	210	逗	617	妒	138
釣	640	疔	385			痘	387	杜	272
銚	645	盯	398	**dòng**		閗	710	肚	478
錭	645	耵	474	侗	23	餖	696	芏	499
藋	522	酊	632	垌	119	竇	429	妬	140
調	573	釘	639	峒	166	讀	580	度	181
竂	428	靪	682	恫	199			渡	327
				洞	320	**dū**		螙	544
diē		**dǐng**		凍	48	厾	161	斁	253
爹	358	酊	632	胴	482	乢	72	鍍	652
跌	597	頂	686	動	62	厾	163	蠹	549
跕	597	鼎	733	硐	409	都	630		
				棟	284	督	403	**duān**	
dié		**dìng**		腖	486	嘟	102	岩	473
垤	119	矴	407						

端　430

duǎn

短　406

duàn

段　304
塅　124
椴　288
煅　351
緞　456
鍛　652
斷　256
籪　441

duī

堆　123

duì

兌　41
敦　252
隊　672
碓　411
對　158
憝　210
懟　211

dūn

惇　202
敦　252
墩　128
撤　242
噸　108
墪　241
礅　415
蹲　603
蹾　604

dǔn

不　270
盹　400
蠢　604

dùn

囤　112
沌　313
盾　399
砘　408
鈍　641
楯　288
遁　620
頓　688
遯　624
燉　354

duō

多　131
咄　85
哆　89
剟　56
掇　230
敠　251
裰　556

duó

度　181
奪　136
踱　601
鐸　659

duǒ

朵　271
朶　271
垛　119
埵　123

躲　605
亸　110

duò

刴　53
剁　53
垛　119
垜　119
柁　275
柮　277
舵　497
惰　204
跥　599
敠　695
馱　700
墮　128

ē

阿　669
婀　142
屙　163

é

囮　113
俄　25
哦　90
娥　142
峨　166
莪　166
莪　511
訛　567
蛾　539
鈋　648
額　689
額　690
鵝　722
鷲　722

e

呃　82

ê̄

欸　299

調　579

ě

噁　106

è

厄　70
厏　215
呃　82
扼　219
阨　668
堊　122
軛　607
惡　204
愕　205
鄂　630
腭　488
萼　516
遏　622
喔　106
頞　689
娥　696
噩　107
謣　575
閼　666
鍔　652
顎　690
鰐　716
鶚　724
鱷　737
鱷　719

e

呃　82

ê̄

欸　299

誒　573

ê̄

欸　299
誒　573

ê̌

欸　299
誒　573

ề

欸　299
誒　573

ēi

欸　299
誒　573

éi

欸　299
誒　573

ěi

欸　299
誒　573

èi

欸　299
誒　573

ēn

奀　134
恩　200
蒽　521

èn

摁　239

ēng	
鞥	684

ér	
而	472
兒	42
洏	320
鮞	722

ěr	
耳	474
洱	319
珥	370
爾	358
鉺	645
餌	696
邇	626

èr	
二	9
佴	23
刵	54
貳	587

fā	
發	393
醗	636

fá	
閥	665
乏	6
筏	433
伐	18
垡	119
罰	466

fǎ	
法	316

砝	408

fà	
琺	370
髮	708

fān	
帆	174
番	383
幡	177
旛	258
蕃	525
翻	471
藩	531
攀	416
飜	694

fán	
凡	49
氾	311
釩	640
煩	352
璠	127
樊	291
燔	355
璠	375
膰	490
蕃	525
繁	460
緐	461
蹯	603

fǎn	
反	73
返	614

fàn	
氾	311

犯	363
汎	312
泛	314
販	382
范	505
梵	282
販	586
飯	694
範	436

fāng	
方	256
坊	116
邡	627
枋	273
芳	502
鈁	641

fáng	
坊	116
妨	139
防	668
房	215
肪	479
魴	712

fǎng	
仿	17
彷	190
昉	259
倣	31
紡	448
舫	497
訪	567
髣	708

fàng	
放	249

fēi	
妃	138
非	681
飛	693
啡	94
扉	216
菲	513
緋	455
蜚	541
霏	679
騑	703

féi	
肥	478
腓	485
淝	324

fěi	
匪	66
俳	202
斐	254
菲	514
榧	290
翡	470
蜚	541
誹	573
篚	437

fèi	
吠	80
沸	315
狒	363
肺	479
芾	502
茀	55
痱	386
費	588

fèi	
痱	388
廢	184
鐨	657

fēn	
分	50
雰	677
酚	633
氛	309
吩	80
棻	515
芬	501
紛	448

fén	
汾	312
棻	285
焚	350
墳	128
濆	339
羒	734
豶	584

fěn	
粉	442

fèn	
分	51
份	17
念	197
債	36
憤	210
奮	136
糞	445

fēng	
丰	5

gǎi			
改	249		
胲	482		

gài			
丐	3		
溉	328		
鈣	641		
戤	214		
概	288		
蓋	521		

gān			
干	178		
甘	378		
杆	271		
玕	369		
肝	478		
坩	118		
泔	316		
矸	407		
柑	275		
竿	430		
苷	503		
疳	386		
酐	632		
乾	8		
尲	161		
尷	161		

gǎn			
桿	282		
敢	252		
稈	422		
感	206		
趕	595		
澉	339		

擀	244		
橄	293		

gàn			
旰	259		
淦	325		
紺	450		
幹	179		
榦	289		
贛	593		
贛	593		
灨	345		

gāng			
扛	217		
杠	272		
肛	478		
岡	165		
缸	464		
剛	56		
罡	465		
崗	168		
掆	234		
釭	640		
棡	285		
堽	125		
摃	239		
綱	454		
鋼	649		

gǎng			
崗	168		
港	329		

gàng			
杠	272		
筻	434		

槓	290		
鋼	649		
戇	212		

gāo			
皋	395		
羔	467		
高	707		
皐	493		
槔	290		
睾	403		
膏	488		
橰	293		
篙	437		
糕	444		
餻	698		
櫜	297		

gǎo			
杲	273		
搞	239		
槁	289		
稿	424		
縞	458		
鎬	654		

gào			
告	82		
郜	628		
膏	489		
誥	572		
鋯	649		

gē			
戈	212		
仡	15		
圪	115		

肐	478		
疙	385		
咯	87		
紇	447		
哥	90		
胳	483		
割	57		
袼	555		
歌	300		
鉻	695		
擱	246		
謌	578		
鴿	721		

gé			
革	682		
格	278		
胳	483		
鬲	710		
蛤	538		
嗝	100		
滆	333		
葛	517		
隔	673		
搿	238		
膈	488		
閣	664		
閤	665		
頜	688		
骼	706		
擱	246		
鎘	654		
轕	612		

gě			
各	78		
合	77		

個	28		
哿	91		
舸	497		
葛	517		
蓋	521		

gè			
各	78		
虼	536		
個	28		
硌	409		
箇	434		
鉻	646		

gěi			
給	451		

gēn			
根	278		
跟	598		

gén			
哏	90		

gěn			
艮	498		

gèn			
亙	10		
艮	498		
茛	509		

gēng			
更	267		
庚	181		
畊	382		
浭	321		

関 665
瘝 390
關 667
鰥 717
觀 563

guǎn
莞 510
琯 372
筦 434
管 435
舘 496
館 697

guàn
丱 6
冠 46
貫 587
慣 208
摜 239
盥 398
灌 344
瓘 377
罐 465
觀 563
鸛 727

guāng
光 41
洸 320
桄 279
胱 482

guǎng
廣 183
獷 368

guàng
桄 279
逛 618

guī
圭 115
皈 394
珪 371
硅 410
規 561
媯 144
瑰 374
閨 665
嬀 146
槼 292
龜 738
鮭 713
歸 302
瓌 376

guǐ
宄 150
庋 180
佹 24
姽 140
癸 393
軌 606
鬼 710
匭 66
晷 263
詭 570
簋 438

guì
炅 346
桂 279
貴 587
跪 598
劊 58
劌 58
檜 295
櫃 296
鱖 718

gǔn
衮 553
袞 553
滾 333
緄 455
輥 609
鮌 713
鯀 714
磙 413

gùn
棍 283

guō
崞 168
郭 629
堝 123
渦 329
聒 475
過 621
蟈 545
鍋 652
彍 188

guó
國 113
幗 177
摑 239
聝 476
膕 489
虢 535
馘 699

guǒ
果 274
椁 286
菓 512
蜾 541
裹 556
槨 292
餜 697

guò
過 621

guo
過 622

hā
哈 89
鉿 646

há
蛤 538
蝦 542

hǎ
哈 89

hà
哈 89

hāi
咳 88
嗨 100

hái
孩 149
骸 706
還 625

hǎi
海 321
胲 482
醢 636

hài
亥 11
害 153
氦 309
嗐 100
駭 702

hān
蚶 537
酣 633
頇 687
憨 210
鼾 735

hán
汗 311
邗 627
含 80
函 50
邯 628
圅 113
浛 322
晗 263
涵 323
焓 349
寒 155
韓 685

hǎn
罕 465

虹	535	侯	24	瑚	373	護	580	**huài**	
紅	448	厚	70	葫	517			壞	129
閧	664	垕	120	槲	291	**huā**			
葒	518	後	192	蝴	543	花	501	**huān**	
葓	517	候	29	衚	551	砉	407	懽	212
蕻	528	逅	616	觳	459	華	513	獾	368
鴻	722	堠	124	醐	635	嘩	106	歡	301
鬨	730	鱟	719	縠	565			讙	581
				糊	697	**huá**		貛	585
hǒng				鵠	723	划	51	驩	705
哄	89	**hū**		鬍	709	華	513		
		乎	6	櫧	724	搳	238	**huán**	
hòng		呼	85	鶘	725	滑	330	洹	319
哄	89	忽	196			猾	366	郇	628
訌	566	烀	347	**hǔ**		劃	58	桓	280
閧	665	唿	96	虎	533	嘩	106	崔	515
鬨	710	惚	203	唬	96	豁	582	圜	115
蕻	528	滹	325	琥	372	譁	579	嬛	147
		軤	607	滸	334	鏵	657	寰	156
hōu		幠	103			驊	705	澴	340
齁	735	滹	334	**hù**				環	376
		糊	444	互	10	**huà**		還	626
hóu		戲	214	戶	215	化	65	鍰	653
侯	24	戲	214	沍	47	畫	383	繯	462
喉	97			沪	314	華	513	轘	611
猴	366	**hú**		岵	166	話	570	鐶	659
瘊	389	囫	113	怙	197	劃	58	鬟	709
篌	436	和	86	宦	215	樺	293		
糇	444	弧	186	枑	273			**huǎn**	
餱	706	狐	363	祜	417	**huái**		緩	457
鯸	697	胡	481	笏	431	徊	192		
		核	278	扈	216	淮	325	**huàn**	
hǒu		斛	254	瓠	377	槐	290	幻	179
吼	82	壺	130	楛	288	踝	600	奐	135
		湖	328	滬	334	懷	211	宦	152
hòu		猢	366	鄠	631	纏	474	浣	321
后	79	搰	237	糊	444			患	202
		煳	351						

喚	98	鍠	653	迴	185	蕙	526	驊	703
換	235	簧	439	泂	318	諱	576		
渙	327	蟥	546	茴	507	檜	295	**huó**	
睆	402	鰉	716	蚘	537	燴	356	和	86
遃	620			廻	616	篲	438	活	319
煥	351	**huǎng**		蛔	538	薈	527		
豢	583	恍	199	蛕	539	穢	425	**huǒ**	
澴	336	晃	261			繢	461	火	345
瘓	389	幌	177	**huǐ**		蟪	546	伙	18
擐	245	謊	577	虺	536	繪	462	鈥	641
澣	341			悔	201			夥	132
鯇	714	**huàng**		毀	305	**hūn**		漷	334
轘	612	晃	262	燬	356	昏	259		
				譭	580	婚	143	**huò**	
huāng		**huang**				惛	203	和	86
肓	478	慌	207	**huì**		葷	518	或	213
荒	508			卉	67	闇	666	貨	586
塃	124	**huī**		恚	200			惑	203
慌	207	灰	346	彗	189	**hún**		禍	418
		恢	199	晦	262	混	326	霍	679
huáng		虺	535	喙	98	渾	329	嚄	109
皇	395	揮	236	惠	204	琿	373	獲	367
凰	49	暉	264	匯	66	魂	711	豁	582
喤	98	煇	352	彙	189	餛	696	臒	676
徨	193	琿	373	會	267			穫	425
惶	204	詼	571	滙	333	**hùn**		藿	531
湟	328	撝	128	賄	589	混	326	蠖	548
隍	672	翬	470	僡	37	溷	332	鑊	659
黃	730	輝	609	誨	572	諢	575		
煌	351	麾	730	慧	208			**jī**	
遑	622	徽	194	憓	209	**huō**		几	49
潢	337	隳	674	槥	291	劐	57	乩	8
篁	436			潰	338	秳	473	肌	477
蝗	542	**huí**		暳	523	劃	59	扱	117
璜	375	囘	45	噦	108	嚯	109	奇	134
癀	391	回	112	殨	304	豁	582	芨	501
磺	414	囬	112	澮	340	攉	247	剞	56

唧	91	吉	78	給	451	髻	708	忝	200
姬	142	即	69	麂	728	濟	341	郟	629
屐	163	岌	165	霽	245	績	460	夏	213
笄	431	汲	312	濟	341	闋	466	英	511
飢	694	佶	24	蟣	546	薊	527	憂	213
基	122	亟	10			覬	562	袷	554
稘	169	急	198	**jì**		薺	529	蛺	539
幾	180	革	682	伎	17	蹟	602	袈	555
期	269	疾	386	妓	138	鯽	714	鋏	647
犄	362	笈	431	忌	195	繫	462	頰	689
畸	384	級	448	技	219	繼	463		
箕	435	棘	283	季	149	霽	680	**jiǎ**	
嘰	105	集	675	芰	501	鱭	719	甲	381
畿	384	嫉	145	坿	120	驥	705	岬	165
稽	424	戢	214	既	258			胛	481
緝	456	楫	287	泊	318	**jiā**		假	31
賫	591	極	286	紀	446	加	59	斝	254
畿	128	瘶	303	計	565	伽	19	賈	589
機	294	詰	570	記	566	夾	134	鉀	643
激	340	蒺	520	迹	616	佳	22	蝦	103
璣	375	瘠	390	偈	31	枷	275	榎	290
積	424	蹐	600	寂	154	珈	370	瘕	389
擊	244	輯	610	奇	154	茄	505	檟	295
磯	414	截	528	徛	193	迦	615		
賫	592	蹐	602	悸	202	家	153	**jià**	
雞	676	藉	529	祭	418	浹	322	架	274
譏	579	籍	440	基	203	痂	386	假	31
饑	698	鶺	725	勣	63	笳	432	嫁	144
躋	604			跡	599	袈	553	價	37
鶏	724	**jǐ**		暨	264	傢	33	稼	424
齏	736	己	173	跽	599	跏	597	駕	701
羇	561	沛	314	際	673	葭	518		
齏	736	紀	446	齊	735	嘉	103	**jia**	
羈	467	脊	483	稷	424	鎵	654	家	154
纚	561	掎	233	冀	45				
		幾	180	劑	58	**jiá**		**jiān**	
jí		戟	213	穄	425	夾	134	奸	137
及	73								

尖 159
戔 213
肩 479
姦 141
兼 45
堅 122
淺 326
湔 327
牋 359
菅 511
間 663
搛 237
煎 351
犍 362
瑊 373
漸 336
監 397
箋 434
蒹 520
緘 457
縑 458
艱 498
濺 342
鞬 684
櫼 298
殲 304
鰜 716
鶼 725
籛 440
鰹 717
韉 685

jiǎn

囝 112
柬 276
減 48
剪 57
梘 283
趼 597
堿 124
揀 234
減 327
筧 434
絸 452
戩 214
碱 412
儉 38
翦 470
撿 245
檢 295
謇 577
蹇 601
瞼 405
簡 439
襇 558
謭 578
繭 462
鬋 709
瀽 344
鐧 658
劗 59
譾 580
鹼 728

jiàn

件 16
見 561
建 185
洊 318
牮 361
健 32
間 664
楗 286
毽 307
腱 487
僭 36
漸 336
監 397
劍 58
澗 337
賤 590
踐 599
劒 59
諫 576
餞 697
瞷 405
薦 528
鍵 653
檻 296
濺 342
覸 563
艦 498
鐧 658
鑑 660
鑒 660

jiāng

江 311
姜 140
茳 507
豇 582
將 158
僵 37
漿 336
殭 304
薑 527
礓 415
韁 384
繮 462
韁 685

jiǎng

槳 291
獎 367
膙 490
蔣 524
耩 474
講 577

jiàng

匠 65
洚 319
虹 535
降 669
將 158
弶 187
強 187
絳 452
犟 362
彊 188
糨 445
醬 636

jiāo

交 11
艽 499
姣 141
郊 628
茭 507
教 251
椒 285
焦 350
蛟 538
跤 599
僬 37
嬌 146
澆 339
膠 489
蕉 525
礁 415
鮫 713
鵁 721
轇 611
驕 704
鷦 726
峧 166

jiáo

矯 407
嚼 110

jiǎo

角 563
佼 23
狡 364
皎 395
湫 328
筊 433
絞 451
勦 57
勦 63
敫 252
腳 487
僥 36
鉸 644
餃 695
儌 38
撟 242
徼 194
矯 407
皦 395
繳 462
攪 248

jiào

叫 76

敬 252
靖 681
境 126
獍 367
踁 599
靚 681
靜 681
鏡 657
競 430

jiōng

坰 118
扃 216

jiǒng

冏 46
泂 315
炅 346
炯 347
迥 615
逈 616
絅 449
窘 427
褧 558

jiū

究 426
糾 446
赳 594
啾 96
揪 236
鳩 720
鬏 709
鬮 710

jiǔ

九 8
久 6
灸 346
玖 369
韭 686
酒 632
韮 519

jiù

臼 494
咎 86
疚 385
柩 276
捄 228
桕 280
救 251
就 161
廄 182
舅 494
僦 37
廐 183
舊 495
蹴 603
鷲 726

jū

且 4
車 606
居 162
拘 224
泃 316
狙 364
苴 505
疽 386
罝 465
娵 143
据 229
掬 233
琚 372
腒 486
趄 595
雎 675
裾 557
鋦 648
駒 701
鋸 649
鞠 684
鞫 684

jú

局 162
侷 25
桔 280
湨 330
菊 512
跼 599
鋦 648
橘 294
鶪 724

jǔ

咀 85
沮 315
枸 275
柜 274
矩 406
莒 510
筥 433
鉏 644
榘 289
蒟 519
踽 601
舉 495
齟 736
櫸 298

jù

句 75
巨 173
具 44
拒 221
沮 315
炬 347
苣 503
俱 27
倨 30
犋 362
菹 514
詎 568
距 598
鉅 642
聚 475
劇 58
踞 600
據 244
澽 340
窶 428
鋸 649
屨 164
遽 625
颶 693
醵 636
懼 212

juān

娟 142
捐 229
涓 322
圈 113
朘 484
鐫 655
鵑 722
鎸 659
蠲 549

juǎn

卷 70
捲 230

juàn

卷 70
倦 31
勌 61
桊 278
狷 364
圈 113
眷 401
睊 402
罥 465
鄄 630
絹 452
雋 675

juē

噘 106
撅 241
撧 243
屩 164
蹻 603

jué

孓 148
決 47
抉 219
決 312
角 563
玦 369
玨 369
倔 29
崛 168

掘	231	鈞	641	開	663	**kàn**		挎	226

掘 231
桷 281
觖 564
訣 567
催 35
厥 71
絕 451
腳 487
劂 57
駃 700
獗 367
噱 108
橛 294
蕨 526
爵 357
譎 579
蹶 603
嚼 110
鐍 405
覺 563
鐍 658
钁 658
攫 248
矍 605
钁 661

juě
蹶 603

juè
倔 29

jūn
君 79
均 116
軍 606
菌 512

鈞 641
筠 433
麏 396
麇 728
龜 738

jùn
俊 25
峻 167
珺 228
浚 321
郡 629
焌 350
珺 371
睃 383
竣 430
菌 512
雋 675
儁 38
餕 696
濬 342
駿 702

kā
咔 83
咖 86
喀 96
撾 243

kǎ
卡 68
佧 21
咔 83
咯 87

kāi
揩 236

開 663
鐦 658

kǎi
豈 583
凱 49
剴 57
慨 204
塏 125
愷 206
楷 287
鍇 653
鎧 654
闓 667

kài
欬 299
愾 206

kān
刊 51
看 400
栞 280
勘 61
堪 124
戡 214
龕 737

kǎn
坎 117
侃 22
砍 408
莰 509
欿 300
檻 296
顑 690
轗 612

看 400
崁 167
嵌 169
墈 126
磡 414
瞰 405
闞 668
矙 406

kāng
忼 196
康 182
閌 664
慷 208
槺 292
穅 425
糠 445
鏮 718

káng
扛 217

kàng
亢 11
伉 17
匟 65
抗 220
炕 346
鈧 641

kāo
尻 161

kǎo
攷 249
考 472

挎 226
栲 278
烤 349

kào
犒 362
鐯 646
靠 682

kē
匼 66
坷 118
柯 276
牁 359
珂 370
科 421
苛 503
疴 386
砢 409
棵 284
軻 607
嗑 102
搕 237
稞 423
窠 427
榼 289
瞌 404
磕 413
蝌 542
頦 689
顆 690
髁 707

ké
咳 88
揢 235
殼 305

kě		裾	557	釦	640	胯	482	**kuáng**	
可	76			筘	433	跨	598	狂	363
坷	118	**kēng**		寇	523			誑	571
岢	165	吭	80	戭	725	**kuǎi**			
渴	329	坑	117			蒯	520	**kuǎng**	
軻	607	硜	410	**kū**		擓	244	夼	134
		硻	414	刳	53				
kè		鏗	656	矻	407	**kuài**		**kuàng**	
可	76			枯	274	快	196	况	48
克	41	**kōng**		哭	91	塊	124	況	316
刻	54	空	426	窟	427	會	268	框	279
剋	55	倥	30	骷	706	筷	434	眶	401
客	152	崆	167			儈	38	眖	588
恪	199	箜	435	**kǔ**		噲	108	壙	129
尅	157			苦	504	澮	340	鄺	631
氪	310	**kǒng**		楛	288	獪	367	曠	266
嗑	102	孔	148			郐	631	礦	415
溘	331	倥	30	**kù**		膾	490	纊	463
緙	457	恐	200	庫	181	繪	719	鑛	660
課	573			絝	452				
錁	649	**kòng**		袴	555	**kuān**		**kuī**	
騍	703	空	426	酷	634	寬	156	刲	53
		控	232	褲	558	髖	707	悝	201
kēi		鞚	684	嚳	110			盔	397
剋	55					**kuǎn**		窺	428
		kōu		**kuā**		欵	299	虧	535
kěn		扠	502	夸	134	款	300	闚	668
肎	477	摳	240	姱	141	窾	428	巋	171
肯	479	瞘	404	誇	571				
啃	95					**kuāng**		**kuí**	
墾	128	**kǒu**		**kuǎ**		匡	66	奎	135
懇	211	口	74	侉	21	劻	60	馗	699
齦	737			咵	90	哐	90	喹	99
		kòu		垮	119	洭	319	揆	234
kèn		叩	75			筐	433	達	620
揯	233	扣	217	**kuà**		誆	571	暌	264
裉	554	寇	154	挎	226			葵	518

陝	672	鯤	715	砬	409	瀨	344	**láng**	
睞	403	鵾	723	喇	98	癩	392	郎	628
魁	711	鵾	724	磖	414	籟	441	狼	364
蛵	542							琅	371
騤	703	**kǔn**		**lǎ**		**lán**		娜	144
夔	131	悃	201	喇	98	婪	143	廊	182
		捆	228			嵐	169	稂	422
kuǐ		壸	130	**là**		闌	667	榔	288
傀	33	綑	453	剌	55	藍	529	瑯	374
跬	598	閫	665	落	516	攔	247	鋃	543
				瘌	389	瀾	344	鋃	647
kuì		**kùn**		辢	613	籃	440	閬	665
喟	98	困	112	辣	612	襤	559		
媿	145	睏	402	臘	491	斕	254	**lǎng**	
愧	206			鬎	709	欄	298	朗	269
匱	66	**kuò**		癩	392	蘭	533	烺	349
憒	209	括	225	蠟	548	讕	581	塱	126
潰	338	栝	277	鑞	660	鑭	661		
簣	526	蛞	538					**làng**	
蕢	559	廓	183	**la**		**lǎn**		埌	120
簣	439	濶	342	啦	95	覽	466	崀	167
聵	476	闊	666	鞡	684	壈	129	浪	321
鐀	698	鞟	684			瀨	147	蓈	511
饋	698	擴	246	**lái**		懶	211	蒗	519
		鞹	685	來	23	覽	563	閬	665
kūn				崍	169	攬	248		
坤	117	**lā**		徠	193	灠	345	**lāo**	
昆	259	垃	118	淶	326	欖	298	撈	241
堃	123	拉	223	萊	514	纜	464		
崑	168	啦	95	錸	651			**láo**	
焜	350	喇	97			**làn**		牢	360
琨	372	邋	626	**lài**		濫	342	勞	62
髡	708			徠	193	爛	357	嘮	104
髨	708	**lá**		睞	402			嶗	170
禈	557	旯	259	屬	71	**lāng**		癆	391
醌	635	拉	223	賚	590	啷	96	醪	636
錕	650	剌	55	賴	591			鐒	658

lǎo

老　471
佬　23
姥　141
栳　278
鋂　646
潦　338

lào

烙　349
絡　451
落　516
酪　633
嫪　105
樂　291
澇　339
耮　474

lē

肋　477

lè

仂　13
叻　76
泐　314
勒　61
樂　291
竻　438
鰳　717

le

了　9
餎　695

lēi

勒　61

léi

累　449
雷　678
縲　146
擂　244
檑　295
纍　459
礧　415
羸　469
礨　416
纝　463
畾　465
鐳　659

lěi

耒　473
累　449
誄　571
磊　413
儡　39
蕾　527
壘　129
蠱　463

lèi

肋　477
淚　324
累　449
酹　634
擂　244
類　691
纇　463

lei

嘞　103

léng

崚　167
塄　124
棱　285
楞　288
稜　423
薐　527

lěng

冷　47

lèng

塄　122
愣　206
睖　402

lī

哩　90

lí

厘　71
狸　365
梨　283
犁　361
喱　99
黎　285
犛　362
劦　57
蜊　540
藜　145
漓　333
貍　585
聲　362
璃　375
黎　730
罹　466
縭　459
褵　558
醨　636

董　638
離　676
璃　376
藜　530
麗　729
鸝　732
蠡　548
灕　345
劙　59
籬　441
驪　705
蠡　719
鸝　727

lǐ

李　271
里　638
俚　25
娌　142
悝　201
浬　321
理　371
裏　555
裡　555
鋰　649
澧　340
禮　419
鯉　714
醴　636
蠡　548
邐　626
鱧　719

lì

力　59
立　429

吏　79
利　52
例　23
戾　215
沴　315
俐　25
栗　277
猁　365
荔　506
高　710
唳　93
笠　431
粒　442
茘　511
莉　509
俪　34
凓　49
麻　71
痢　388
詈　568
慄　206
溜　330
溧　331
蒞　519
厲　71
曆　265
歷　302
篥　437
隸　674
勵　63
隸　674
鬁　708
癘　391
嚦　110
壢　129
櫟　297
瀝　343

麗	729	鐮	659	緉	453
櫪	297	鏈	717	魎	711
礪	415				
礫	415				

līn

拎　223

lín

林	274
啉	94
淋	324
琳	372
粼	443
嶙	170
鄰	631
隣	673
燐	355
璘	375
遴	624
霖	679
磷	414
臨	492
麐	728
轔	611
鱗	718
麟	729

第一欄：

藶	531
儷	39
蠡	392
糲	445
蠣	548
躒	604
轢	612
酈	632
靂	680

li

哩　90

liǎ

倆　28

lián

帘	175
連	619
廉	183
奩	136
漣	334
磏	66
憐	209
蓮	522
濂	341
聯	476
臁	491
褳	558
鎌	655
簾	440
蠊	547
鬑	709

liǎn

璉	375
斂	253
臉	491
襝	559
蘞	532

liàn

楝	287
煉	351
練	457
殮	304
鍊	653
鏈	656
瀲	344
戀	212

liáng

良	498
涼	48
梁	282
涼	323
莨	511
量	638
粱	443
踉	599
椋	291
輬	610
糧	445

liǎng

兩	43
倆	28
啢	95

liàng

亮	12
涼	48
凉	323
晾	263
量	638
踉	599
諒	574
輛	609
靚	681

liāo

撩	242
蹽	603

liáo

聊	475
僚	36
寥	155
嘹	105
寮	156
撩	242
潦	338
獠	367
燎	354
遼	625
療	391
繚	461
鷯	726

liǎo

了	9
釕	639
蓼	523

燎	354
瞭	405

liào

尥	160
料	254
釕	640
廖	183
撂	240
撩	242
瞭	405
鐐	658

liē

咧　88

lié

咧	88
裂	554

liè

列	52
劣	59
冽	48
洌	318
埒	120
烈	348
捩	229
裂	554
趔	595
鬣	722
獵	368
躐	604
鬛	709

lie

咧　88

lǐn

凜	49
廩	184
懍	210
檁	296

lìn

吝	80
淋	324
賃	588
膦	490
藺	531
躪	605

戮	214	率	368	淪	325	烙	349
蓼	523	氯	310	綸	454	珞	370
潞	340	葎	517	論	575	硌	409
錄	649	綠	455	輪	609	絡	451
璐	375	慮	208			落	516
簏	438	濾	343	**lùn**		擸	240
轆	611			論	575	漯	335
麓	729	**luán**				犖	362
露	680	孿	147	**luō**		雒	676
鷺	440	攣	150	捋	229	駱	702
鷺	726	孿	172	落	516	濼	342
		孿	248	囉	111	躒	604
lu		欒	298				
氌	308	臠	492	**luó**		**luo**	
		灤	345	腡	487	囉	111
lú		鑾	661	螺	545		
閭	665	鸞	727	羅	466	**ḿ**	
櫚	297			覼	563	呣	86
轤	705	**luǎn**		儸	39	嘸	105
		卵	69	覶	563		
lǔ				騾	704	**m̀**	
呂	82	**luàn**		囉	111	呣	86
侶	25	亂	8	玀	368		
捋	228			欏	298	**mā**	
旅	257	**lüè**		蘿	533	抹	222
稆	423	掠	232	邏	626	媽	145
僂	36	略	382	蠡	705	摩	240
屢	164			籮	441	嫲	544
筥	488	**lūn**		鑼	661		
履	164	掄	230			**má**	
鋁	647			**luǒ**		麻	730
褸	460	**lún**		倮	30	蔴	524
樓	558	侖	23	蓏	522	蟆	545
穭	425	倫	30	裸	556	蟇	545
		圇	114	贏	547		
lù		崙	168			**mǎ**	
律	191	掄	230	洛	320	馬	700

嗎	101
獁	366
瑪	374
碼	413
螞	544
mà	
禡	419
罵	466
螞	544
罵	108
ma	
嗎	101
嘛	103
麼	730
mái	
埋	120
霾	680
mǎi	
買	587
蕒	525
mài	
脈	481
脈	483
麥	729
衇	550
勱	63
賣	590
邁	625
霡	679
霢	679
mān	
姏	146

眯	401	密	154	**miāo**		**mín**		**mìng**	
瞇	404	覔	561	喵	96	旻	259	命	85
		嘧	104			珉	370		
mí		蜜	541	**miáo**		民	308	**miù**	
迷	616	謐	577	苗	503	苠	505	謬	578
瞇	404			描	234	岷	166	繆	460
彌	188			瞄	403	緡	456		
麋	460	**mián**		鶓	723			**mō**	
謎	577	眠	400			**mǐn**		摸	240
醚	635	棉	283	**miǎo**		閩	665		
糜	728	綿	455	杪	272	閔	664	**mó**	
襧	419	縣	455	眇	400	皿	396	嫫	146
靡	682			秒	421	澠	330	麼	730
麿	729	**miǎn**		淼	326	泯	318	摩	240
瀰	344	丏	3	渺	329	繁	717	摹	240
獼	368	免	42	緲	457	敏	251	模	292
蘼	533	沔	313	藐	530	憫	209	膜	489
醾	637	勉	60	邈	626	抿	223	磨	413
醿	637	娩	142			瞀	264	爐	147
釄	637	偭	31	**miào**		愍	205	謨	578
		冕	46	妙	138	黽	733	饃	698
mǐ		勔	61	玅	368			蘑	532
米	442	湎	327	廟	184	**míng**		劘	59
芈	467	腼	488	繆	460	明	260	魔	712
弭	187	黽	733			瞑	264	饝	699
敉	250	緬	457	**miē**		冥	47		
脒	482	澠	340	乜	7	瞑	404	**mǒ**	
眯	401	靦	682	咩	90	銘	645	抹	222
麛	682	鮸	714	哶	93	溟	331		
						洺	320	**mò**	
mì		**miàn**		**miè**		螟	544	万	2
糸	446	囬	87	滅	332	名	79	末	270
汨	312	眄	399	蠛	550	鳴	720	沒	313
宓	151	面	682	篾	438	茗	506	妹	139
泌	316	麵	729	蠛	548			抹	222
祕	417	麪	729	蔑	523	**mǐng**		歿	303
秘	422					酩	633	沫	314

冒	46
脉	481
茉	506
陌	669
秣	421
脈	483
眿	401
莫	511
貉	585
貊	585
寞	155
漠	337
鞤	683
嘿	106
墨	127
瘼	391
磨	414
默	731
貘	585
鏌	657
礳	416
驀	704
饃	474

mōu

哞	88

móu

牟	360
侔	23
眸	401
蛑	538
謀	576
繆	460
鍪	653
鞮	729

mǒu

某	275

mú

毪	307
模	292

mǔ

母	306
牡	360
姆	139
拇	223
姥	141
畝	382
鉧	642

mù

木	270
仫	16
目	398
牟	360
沐	313
牧	361
首	503
募	63
睦	403
鉬	644
墓	126
幕	177
慕	208
暮	264
霂	678
穆	424

ń

唔	92

mǒu

某	275

nā

那	627

ná

拏	225
拿	227
鎿	655

nǎ

哪	92

nà

呐	81
那	627
肭	479
娜	142
衲	553
捺	230
鈉	640

na

哪	92

nǎi

乃	6
奶	137
氖	309
艿	499
酾	185
廼	617
嬭	147

nài

佴	23
奈	135
奈	277

nài

耐	472
能	483
萘	515
鼐	733
褦	557

nān

囡	112

nán

男	381
南	68
柟	274
喃	97
楠	287
難	677

nǎn

赧	593
腩	487
蝻	543

nàn

難	677

nāng

囔	111
囊	111

náng

饢	699
囊	111

nǎng

曩	266
攮	248
饢	699

nàng

齉	735

nāo

孬	149

náo

呶	84
猱	167
硇	409
猱	366
撓	242
巎	171
蟯	546
鐃	657
巎	171

nǎo

惱	204
瑙	374
腦	486

nào

淖	324
鬧	664
鬧	710
臑	491

né

哪	92

nè

呐	81
那	627
訥	567

ne

呢	83

nĕi
哪 92
餒 696

nèi
內 43
那 627

nèn
恁 200
嫩 146

néng
能 483

ńg
唔 92
嗯 101

ňg
嗯 101

ǹg
吭 79
嗯 101

nī
妮 139

ní
尼 161
呢 83
坭 118
怩 197
泥 317
倪 30
猊 365
鈮 644
蜺 541
輗 609
霓 679
鯢 715
麑 728

nǐ
你 18
旎 257
擬 246

nì
泥 317
昵 261
逆 616
匿 66
堄 121
惄 203
溺 332
睨 403
暱 265
膩 490

niān
拈 223
蔫 524

nián
年 178
秊 420
粘 442
鮎 712
黏 731
鯰 715

niǎn
捻 230
撚 242
碾 413
輦 609
蹍 601
輾 610
攆 246

niàn
廿 185
念 196
唸 96
埝 121

niáng
娘 142
孃 147

niàng
釀 637

niǎo
鳥 719
嫋 145
裊 555
蔦 524
嬝 147
嬲 147

niào
尿 162
脲 484
溺 332

niē
捏 229
揑 236

nié
苶 505

niè
乜 7
涅 322
臬 493
陧 670
湼 330
隉 672
臲 493
嚙 109
聶 476
鎳 655
孽 150
孼 150
囁 110
蘖 533
齧 737
糱 445
糵 445
囓 111
躡 605
鑷 661
顳 692

nín
您 202

níng
寧 155
凝 49
嚀 109
擰 245
獰 367
檸 296
聹 476

nǐng
擰 245

nìng
佞 21
甯 380
寧 156
擰 245
濘 341

niū
妞 138

niú
牛 360

niǔ
忸 196
扭 218
狃 363
紐 447
鈕 641

niù
抝 221
拗 224

nóng
農 614
儂 38
辳 614
噥 107
濃 341
膿 490
穠 425
醲 636

nòng									
弄	185								

nòng

弄　185

nòu

耨　474
鎒　655

nú

奴　137
孥　149
帑　175
駑　701

nǔ

努　60
弩　187
胬　408

nù

怒　198

nǚ

女　137
釹　640

nǜ

恧　200
朒　269
衄　550

nuǎn

暖　264
煖　352

nüè

虐　533
瘧　389

nuó

娜　142
挪　227
難　677
儺　39

nuò

喏　96
搦　237
稬　424
諾　576
懦　211
鍩　652
糯　425
糯　445

ō

喔　98
噢　107

ó

哦　90

ǒ

噁　109

ò

哦　90

ōu

區　66
漚　337
歐　300
毆　305
甌　378
謳　578
鷗　725

ǒu

偶　33
嘔　103
耦　474
藕　530

òu

慪　208
漚　337

pā

趴　596
啪　95
葩　517

pá

扒　217
杷　273
爬　357
耙　473
琶　233
琶　373
鈀　640
筢　433

pà

帕　175
怕　197

pāi

拍　223

pái

俳　27
徘　192
排　231
棑　285

pái

牌　359
簿　438
簰　439

pǎi

迫　185
迫　615
排　231

pài

哌　88
派　319
湃　329

pān

番　383
潘　337
攀　247

pán

爿　358
胖　480
般　497
槃　290
盤　397
磐　413
磻　415
蟠　547
蹣　602

pàn

判　52
拚　224
泮　318
叛　74
盼　399
畔　382

páng

祥　554
鎜　649
襻　560

pāng

乓　1
胮　483
雱　677
滂　332
膀　488
霶　680

páng

彷　190
房　215
旁　257
逄　616
徬　194
膀　488
蒡　520
磅　413
螃　543
龐　72
龐　184
鰟　717

pǎng

嗙　102
榜　474

pàng

胖　479
胖　480

pāo

拋　221
抛　221

泡	317	錇	649
胕	484		

páo

刨	53
咆	85
庖	181
狍	364
炮	347
袍	553
匏	65
跑	597
麅	728

pǎo

跑	597

pào

奅	134
泡	317
炮	347
疱	387
皰	395
砲	409
礮	415

pēi

呸	83
胚	481
衃	550
醅	634

péi

培	121
陪	671
裴	556
賠	590

pèi

沛	312
佩	21
帔	175
斾	256
珮	371
配	632
霈	678
轡	612

pēn

噴	106

pén

盆	396
湓	327

pèn

噴	106

pēng

怦	197
抨	221
砰	408
烹	349
澎	339

péng

芃	499
朋	268
棚	122
彭	190
棚	283
搒	238
硼	411

澎	339
蓬	522
膨	490
篷	438
蟛	546
鬅	709
鵬	723

pěng

捧	229

pèng

碰	411

pī

丕	4
伓	18
批	218
坯	118
披	221
狉	363
邳	628
砒	408
紕	448
铍	612
鈹	642
劈	58
噼	107
霹	680

pí

皮	395
枇	273
陂	669
毗	307
疲	386
蚍	536

啤	93
埤	121
郫	629
椑	284
琵	373
脾	485
铍	642
蜱	540
裨	556
鲅	713
貔	585
羆	467
鼙	734

pǐ

仳	16
匹	66
庀	180
疋	384
圮	116
吡	81
否	80
痞	388
劈	58
擗	244
癖	391
嚭	110

pì

屁	162
埤	121
淠	324
媲	145
睥	403
辟	612
僻	38
澼	341

piān

片	359
扁	216
偏	31
犏	362
篇	436
翩	470

pián

便	25
骈	482
缏	456
蹁	601
駢	702

piǎn

谝	575

piàn

片	359
骗	703

piāo

剽	57
漂	335
縹	460
螵	545
薸	529
飃	693
飄	693

piáo

朴	271

嬈	145	**pǐn**		泊	316	掊	231	**pù**	
瓢	377	品	89	陂	669	裒	554	堡	124
闞	668	榀	287	釙	639			暴	265
				頗	688	**pǒu**		舖	496
piǎo		**pìn**		潑	337	掊	231	鋪	648
殍	303	牝	360	濼	343			瀑	342
莩	511	聘	475	醱	636	**pū**		曝	266
漂	335			鏺	658	仆	13		
瞟	404	**pīng**				噗	106	**qī**	
縹	460	乒	7	**pó**		撲	243	七	2
		俜	26	婆	143	鋪	648	沏	314
piào		娉	142	鄱	631			妻	139
票	418			皤	395	**pú**		柒	277
嘌	102	**píng**		繁	460	匍	64	淒	48
漂	335	平	178			脯	484	悽	202
驃	704	凭	49	**pǒ**		莆	509	戚	213
		坪	118	叵	77	菩	513	淒	324
piē		屏	163	笸	432	葡	517	郪	629
氕	309	絣	175	鉕	643	僕	36	敧	249
撇	241	枰	275			蒲	520	期	269
瞥	404	洴	320	**pò**		醭	634	棲	285
		苹	505	朴	271	璞	375	欹	300
piě		屛	163	廹	185	濮	342	欺	300
苤	506	瓶	378	珀	370	鏷	658	萋	514
撇	241	帡	177	迫	615			喊	104
		缾	464	破	408	**pǔ**		榿	290
pīn		萍	514	粕	442	圃	113	漆	335
姘	141	評	569	魄	711	埔	120	慼	209
拼	226	馮	700			浦	321	緝	456
		甭	49	**po**		普	263	蹊	602
pín		憑	209	桲	282	溥	331	顚	690
貧	586	鮃	713			樸	293	曝	266
頻	690	蘋	532	**pōu**		氆	308	蹙	529
嬪	147			剖	55	譜	579	魌	711
蘋	532	**pō**				蹼	603		
顰	692	朴	271	**póu**		鐠	658	**qí**	
		坡	117	抔	220			圻	116

岐	165	**qǐ**		掐	231	**qián**		**qiāng**	
其	44	乞	8	袷	554	拑	221	戕	213
奇	134	企	17			前	55	斨	255
歧	302	屺	165	**qiǎ**		虔	533	羌	467
祁	416	杞	272	卡	68	乾	8	將	158
芪	501	芑	500			掮	233	腔	485
俟	26	豈	583	**qià**		鈐	641	嗆	100
祇	416	起	594	恰	200	楗	362	搶	238
祈	416	啓	94	洽	319	鉗	643	戧	214
旂	257	啟	93	髂	707	箝	435	槍	290
耆	472	棨	284			潛	337	瑲	374
埼	123	綮	454	**qiān**		蕁	525	蜣	540
崎	167	綺	454	千	67	錢	650	鎗	655
淇	323	稽	424	仟	14	黔	731	鏘	656
畦	383			扦	218			鏹	656
跂	596	**qì**		阡	668	**qiǎn**			
萁	286	亓	10	妍	165	肷	479	**qiáng**	
棋	283	气	308	汧	313	淺	326	強	187
琦	372	汽	312	玬	377	嗛	101	墻	128
琪	372	迄	614	芊	499	膁	488	嬙	147
棊	514	妻	139	牽	361	遣	623	彊	188
碁	411	泣	317	釬	640	繾	463	檣	296
碕	411	炁	346	僉	36	譴	580	牆	359
祺	418	亟	10	愆	205			薔	528
頎	687	契	135	鉛	643	**qiàn**		艢	498
旗	257	砌	408	慳	208	欠	298		
綦	453	栔	279	搴	238	芡	500	**qiǎng**	
蜞	541	氣	309	遷	625	倩	30	強	187
齊	735	訖	566	褰	558	茜	506	搶	238
濟	491	棄	283	謙	577	嵌	169	羥	468
騎	702	跂	597	簽	439	慊	207	彊	188
騏	702	葺	518	鵮	723	塹	126	襁	558
麒	728	器	107	蹇	703	歉	300	繈	461
蘄	531	憩	209	籤	441	蒨	519	鏹	656
薺	547	器	107	韆	685	槧	291		
鰭	709	憩	210			縴	459	**qiàng**	
蠐	717	磧	414					嗆	100

餓　214
熗　353
蹌　602
蹡　602

qiāo
悄　201
雀　674
劁　58
敲　252
墝　128
橇　294
磽　415
鍫　653
鍬　653
繰　462
蹺　603
蹻　603

qiáo
荍　509
喬　99
僑　36
嶠　170
憔　209
樵　293
橋　294
蕉　525
蕎　525
瞧　405
礄　415
翹　471
譙　579
轎　685
顦　691

qiǎo
巧　173

悄　201
雀　674
愀　205

qiào
俏　25
峭　166
陗　670
殼　305
誚　572
撬　242
鞘　684
竅　429
翹　471

qiē
切　51

qié
伽　19
茄　505

qiě
且　4

qiè
切　51
妾　139
怯　198
郄　628
挈　227
愜　205
趄　595
慊　207
朅　268
篋　436
鍥　653

竊　429

qīn
侵　24
衾　553
欽　299
嵚　171
親　562
駸　702

qín
芩　501
芹　502
矜　406
秦　421
琴　372
琹　373
覃　560
勤　63
嗪　100
溱　332
禽　420
噙　106
擒　243
螓　544
懃　210
檎　295

qǐn
梫　282
寢　155
鋟　648

qìn
唚　82
吣　196
沁　312

唚　91
撳　237
嶔　241

qīng
青　681
卿　70
圊　114
氫　310
清　326
頃　687
傾　35
蜻　540
輕　608
鯖　714

qíng
剠　56
勍　61
情　202
晴　263
氰　310
睛　590
擎　243
檠　295
黥　732

qǐng
苘　504
頃　687
廎　183
請　574
綮　296
謦　578

qìng
倩　30

清　48
箐　435
綮　454
慶　208
磬　414
親　562
罄　464

qióng
邛　627
穹　426
惸　204
笻　432
蛩　538
煢　351
蛬　598
窮　428
瓊　376
藭　531

qiū
丘　4
坵　117
邱　628
秋　420
秌　348
蚯　537
湫　328
楸　288
萩　516
龜　738
鞦　684
鞧　684
鰍　716
鶖　724

qiú
仇　13

囚	111	趨	596	闃	666	**quē**		蚺	537
犰	363	麯	729	覷	562	炔	346	然	350
求	310	軀	605	覻	563	缺	464	髯	708
虬	535	麴	729			闕	667	髥	708
泅	316	黢	732	**quān**				燃	354
蚯	535	驅	704	悛	201	**qué**			
俅	27			圈	113	瘸	391	**rǎn**	
逑	565	**qú**		棬	284			冄	45
酋	632	佢	19			**què**		冉	45
毬	307	劬	60	**quán**		却	69	染	276
球	371	朐	481	全	43	卻	70	苒	505
逑	617	渠	327	佺	24	埆	121		
觓	173	葉	525	泉	318	雀	674	**rāng**	
裘	555	鴝	721	拳	225	确	410	嚷	110
逎	622	璩	376	荃	508	塙	126		
賕	590	磲	415	惓	203	推	237	**ráng**	
璆	375	瞿	405	痊	387	権	290	勷	63
蝤	542	鼩	734	筌	432	慤	207	瀼	344
		蕖	533	詮	570	愨	208	蘘	532
qiǔ		氍	308	輇	608	確	412	瓤	377
糗	444	臞	492	蜷	541	闋	667	禳	419
		癯	392	銓	645	闕	667	穰	425
qū		蘧	441	踡	600	鵲	723		
曲	266	蠼	549	醛	635			**rǎng**	
屈	162	衢	552	鬈	709	**qūn**		嚷	110
胠	481	蠷	549	縓	716	困	113	壤	130
袪	417			權	298	逡	619	攘	247
區	66	**qǔ**		顴	692				
焌	350	曲	266			**qún**		**ràng**	
蛆	537	取	74	**quǎn**		帬	175	瀼	344
祛	554	苣	503	犬	362	羣	468	讓	581
袖	443	娶	143	畎	382	群	468		
蛐	539	齲	737	綣	453	裙	555	**ráo**	
詘	569					橐	728	嬈	146
嶇	170	**qù**		**quàn**				橈	294
敧	252	去	72	券	54	**rán**		蕘	526
斬	701	趣	595	勸	63	蚺	537	饒	698

摡	234			沙	314
塞	125	**sàng**		刹	54
腮	486	喪	99	砂	407
噻	108			抄	228
顋	690	**sāo**		紗	448
鰓	716	搔	237	挲	228
		繅	461	殺	305
sài		臊	491	莎	510
塞	126	繰	462	痧	388
賽	592	騷	704	煞	351
				裟	556
sān		**sǎo**		鯊	714
三	2	掃	230	鎩	656
叁	72	嫂	144		
毵	307			**shá**	
		sào		啥	96
sǎn		埽	123		
粖	442	掃	230	**shǎ**	
伞	34	瘙	390	傻	35
散	251	臊	491	儍	38
糁	445				
繖	461	**sè**		**shà**	
馓	698	色	499	沙	314
		啬	101	唼	93
sàn		塞	126	厦	71
散	251	瑟	374	嗄	100
		铯	646	廈	183
sāng		涩	342	歃	300
桑	280	穑	425	煞	351
喪	99	罶	580	箑	435
				霎	679
sǎng		**sēn**			
嗓	101	森	284	**shāi**	
搡	239			筛	437
磉	413	**sēng**		釃	637
颡	691	僧	37		
				shǎi	
		shā		色	499
		杉	271		

shài		**shàn**	
曬	266	汕	311
		疝	385
shān		苫	505
山	164	剡	56
删	52	扇	216
杉	271	訕	566
姍	140	掞	232
芟	500	釤	640
栅	277	善	97
珊	370	單	99
舢	496	墠	128
苦	504	墡	127
衫	552	撣	243
疝	387	鄯	631
埏	121	嬗	147
釤	640	擅	244
跚	597	膳	490
搧	237	禪	419
煽	352	鐥	654
潸	338	繕	461
潛	338	蟮	546
膻	491	贍	593
羶	469	鐥	657
		鳝	699
shǎn		騸	704
閃	662	蟺	718
陕	670	鱔	718
睒	402		
晱	403	**shāng**	
		商	94
shàn		湯	328
汕	311	傷	35
疝	385	賜	384
苫	505	墒	126
剡	56	殇	304
扇	216	熵	354
		觞	565
		shǎng	
		垧	119
		晌	262
		賞	590

shàng		紹	450	麝	729	譖	580	勝	62
上	3	稍	422					嵊	169
尚	160	潲	338	**shéi**		**shèn**		聖	475
緔	456			誰	573	甚	379	贂	592
鞝	684	**shē**				胂	480		
		奢	136	**shēn**		腎	485	**shī**	
shang		猞	365	申	381	慎	206	尸	161
上	3	畬	383	伸	19	椹	288	失	133
裳	556	賒	383	身	605	葚	517	虱	535
		畬	608	呻	85	蜃	539	屍	163
shāo		賒	589	珅	370	愼	206	施	256
捎	229			籸	442	滲	334	師	176
梢	282	**shé**		娠	142	蔘	391	絁	449
稍	422	舌	495	姺	379			溮	333
筲	434	余	20	砷	409	**shēng**		溼	331
艄	497	折	220	參	73	升	67	獅	366
蛸	539	舍	495	深	325	生	379	葹	519
燒	355	虵	536	紳	450	昇	259	詩	570
鞘	684	蛇	537	莘	510	牲	361	蓍	521
				蓡	517	陞	670	鳾	720
sháo		**shě**		詵	571	笙	431	噓	104
勺	63	捨	229	燊	355	甥	380	蝨	542
杓	272			蔘	522	聲	476	鶳	720
芍	500	**shè**		糝	445			濕	342
苕	503	社	416			**shéng**		釃	637
韶	686	舍	495	**shén**		澠	340		
		庫	70	甚	378	繩	462	**shí**	
shǎo		拾	227	神	417			十	67
少	159	射	157			**shěng**		什	13
		涉	322	**shěn**		省	399	石	407
shào		設	567	沈	314	眚	400	拾	227
少	159	慴	208	哂	89			食	694
召	76	歙	301	矧	406	**shèng**		時	262
劭	60	儴	212	審	156	乘	7	祏	417
邵	69	攝	247	諗	575	晟	262	寔	155
邵	627	灄	345	嬸	147	盛	397	湜	328
哨	90			瀋	343	剩	57	埘	125

實	155	勢	62	狩	364	**shǔ**		**shuà**
蝕	542	嗜	101	售	93	暑	263	刷	54
匙	734	弒	186	授	230	黍	730		
識	579	筮	434	壽	130	署	466	**shuāi**
鰣	717	試	569	綬	454	蜀	539	衰	553
		軾	608	瘦	389	鼠	734	摔	239
shǐ		鈰	644	獸	368	數	252		
史	77	飾	695			曙	265	**shuǎi**
矢	406	蒔	519	**shū**		薯	528	甩	380
豕	583	誓	571	殳	304	藷	530		
使	22	奭	136	卡	160	屬	164	**shuài**
始	139	適	624	抒	220			帥	175
屎	163	噬	108	叔	74	**shù**		率	368
駛	701	澀	340	姝	140	戍	212	蟀	545
		謚	577	倏	31	束	272		
shì		螫	544	書	267	沭	315	**shuān**
士	130	謐	577	梳	282	述	615	拴	225
氏	308	釋	637	殊	303	恕	200	閂	662
世	4			紓	447	庶	182	栓	277
仕	14	**shi**		條	31	術	550		
市	174	匙	65	淑	324	豎	430	**shuàn**
示	416	殖	303	疏	385	腧	486	涮	326
𠱓	67			疎	385	鉥	643		
式	185	**shōu**		舒	496	墅	126	**shuāng**
似	19	收	249	菽	514	漱	335	霜	679
事	9			鮄	307	數	252	雙	676
侍	23	**shóu**		樞	292	澍	339	瀧	344
室	152	熟	353	蔬	525	豎	583	孀	147
峙	166			輸	610	樹	293	礵	416
恃	199	**shǒu**		攄	247			鷞	725
拭	225	手	216					鸘	727
是	261	守	151	**shú**		**shuā**		
柿	275	首	699	秫	422	刷	53	**shuǎng**
祇	496	箒	436	孰	149	唰	95	爽	358
逝	618			塾	126			
視	562	**shòu**		熟	353	**shuǎ**		**shuí**
賞	587	受	74	贖	593	耍	473	誰	573

shuǐ		虒	533	埃	430	艘	498	肅	477
水	310	偲	32	嗣	102	嫂	543	訴	568
		斯	255	肆	477	鎪	655	嗉	101
shuì		絲	452	飼	695	餿	697	塑	125
悦	175	澌	49	駟	702	颼	693	愫	206
税	422	厮	71	飤	694			溯	331
睡	404	罳	466			**sǒu**		僳	37
説	572	嘶	105	**sōng**		叜	74	愬	207
		嘶	105	忪	197	叟	74	膆	489
shǔn		廝	183	松	273	嗾	102	觫	564
吮	80	撕	242	凇	48	瞍	403	遡	623
楯	288	漸	339	崧	169	擻	246	蔌	524
		緦	456	淞	324	藪	531	嗽	437
shùn		螄	543	菘	512			縮	459
舜	496	鍶	653	嵩	170	**sòu**		謖	578
順	687	飅	693	鬆	709	嗽	102	鷫	726
瞬	404	驚	726			擻	246		
				sǒng				**suān**	
shuō		**sǐ**		悚	201	**sū**		狻	364
説	572	死	302	竦	430	甦	380	痠	388
				慫	208	酥	633	酸	634
shuò		**sì**		聳	476	窣	427		
妁	137	巳	173	攫	247	穌	424	**suàn**	
朔	269	四	111			蘇	532	筭	434
搠	239	寺	157	**sòng**		囌	111	算	435
槊	290	汜	311	宋	151			蒜	519
碩	412	伺	19	送	616	**sú**			
蒴	520	似	19	訟	566	俗	26	**suī**	
數	252	兕	42	頌	687			尿	162
爍	356	姒	139	誦	572	**sù**		荽	510
鑠	660	泗	317			夙	131	睢	403
		祀	416	**sōu**		泝	318	濉	341
sī		俟	26	嗖	100	涷	322	雖	676
厶	72	食	694	廋	183	素	448		
司	77	涘	322	搜	236	宿	154	**suí**	
私	420	笥	431	溲	330	速	618	隋	672
思	198	耜	473	蒐	519	粟	442	綏	453

遂	621	娑	142	溚	331	擡	246	鐔	465
隨	673	挱	228	獺	368	檯	296	壜	129
		峯	228	鰨	716	臺	529	譚	579
suǐ		桫	280					罎	465
髓	707	梭	282	**tà**		**tǎi**			
		莎	510	拓	223	呔	80	**tǎn**	
suì		眵	402	沓	314			忐	195
崇	417	嗍	102	嗒	100	**tài**		坦	117
歲	170	嗦	101	撻	238	大	132	袒	554
碎	411	羧	468	榻	289	太	133	毯	307
遂	621	簑	521	澾	335	汰	312	菼	512
彗	523	簔	437	遝	623	泰	318	鉭	644
誶	573	縮	459	傝	38	酞	633		
隧	673			踏	600	鈦	641	**tàn**	
燧	355	**suǒ**		撻	243	態	207	炭	347
穗	425	所	215	澾	340			探	232
簆	438	索	448	蹋	601	**tān**		嘆	104
繐	461	嗩	101	闥	667	坍	117	碳	412
邃	626	瑣	374	鞳	685	怹	198	歎	300
		鎖	654	闒	668	貪	587		
sūn		鏁	655			攤	248	**tāng**	
孫	149			**tāi**		灘	345	湯	328
飧	694	**tā**		台	76	癱	393	嘡	103
猻	366	他	14	胎	480			鏜	474
殠	304	它	150	苔	503	**tán**		羰	468
蓀	520	她	137			郯	629	趟	596
		牠	360	**tái**		覃	560	蹚	602
sǔn		趿	597	台	77	替	384	鐋	656
笋	431	塌	125	抬	225	痰	388		
隼	674	湯	333	邰	628	彈	188	**táng**	
筍	432	鉈	642	枱	277	潭	338	唐	92
損	236	邋	623	炱	347	談	574	堂	122
榫	289	踏	599	苔	503	壇	128	棠	284
		褟	558	臺	494	曇	265	塘	125
suō				颱	692	澹	340	搪	238
唆	92	**tǎ**		駘	701	檀	294	溏	330
		塔	125	鮐	713			瑭	630

táng
瑭 375
楻 292
膛 489
糖 444
螗 543
螳 544
赯 594
醣 635
鐋 697
鏜 656

tǎng
帑 175
倘 29
惝 203
淌 324
躺 605
儻 40
钂 661

tàng
趟 596
燙 355

tāo
叨 75
弢 187
挑 233
搯 237
滔 333
絛 452
綯 459
縚 461
濤 341
燾 356
韜 685
饕 699

táo
咷 90
洮 320
迯 615
桃 279
逃 616
啕 96
淘 324
陶 671
萄 514
鞀 683
醄 635
桃 683
檮 296
鼗 734

tǎo
討 565

tào
套 135

tè
忑 195
忒 195
特 361
慝 208
鋱 649
螣 544
蟘 547

tēng
熥 354
鼟 734

téng
疼 386

téng
滕 333
縢 458
謄 544
膡 577
藤 530
騰 703
籐 440
籐 717

tī
剔 55
梯 282
踢 600
銻 647
鷈 725
體 707

tí
荑 509
嗁 96
提 234
睼 102
緹 453
緹 458
蹄 601
醍 635
蹢 602
題 690
鮷 714
鵜 722
騠 703
鯷 715

tǐ
軆 605
體 707

tì
剃 55
涕 320
倜 27
個 29
悌 201
涕 322
屜 163
惕 202
逖 617
替 267
邊 620
綈 453
裼 556
嚏 109
薙 528
鬄 709
趯 596

tiān
天 132
添 326
黇 730

tián
田 380
佃 19
恬 200
畋 381
畑 347
甜 379
湉 329
菾 513
塡 126
填 126
鈿 642
闐 667

儵 714

tiǎn
忝 196
殄 303
捵 234
腆 485
舔 496
菾 695
覥 562
靦 682

tiàn
掭 233
瑱 374

tiāo
佻 23
挑 226
祧 418

tiáo
岧 165
苕 503
迢 615
條 281
笤 432
蜩 541
調 573
髫 708
鰷 736
鰷 717

tiǎo
挑 226
朓 483
窕 427

tiào		
眺	401	
跳	599	
糶	445	

tiē		
帖	175	
怗	197	
貼	588	
萜	515	

tiě		
帖	175	
銕	647	
鐵	659	

tiè		
帖	175	
餮	697	

tīng		
汀	310	
桯	282	
烴	349	
桯	684	
聽	476	
廳	184	

tíng		
廷	184	
亭	12	
庭	181	
停	32	
葶	511	
婷	144	
渟	327	
葶	519	

蜓	540	
霆	678	

tǐng		
町	381	
侹	27	
挺	227	
梃	281	
珽	372	
艇	497	
鋌	647	
頲	689	

tìng		
梃	281	

tōng		
恫	199	
痌	387	
通	618	

tóng		
仝	16	
同	78	
佟	21	
彤	189	
侗	23	
峂	166	
垌	119	
峒	166	
洞	320	
桐	280	
烔	349	
砼	409	
茼	507	
童	430	
酮	633	

僮	37	
銅	645	
潼	338	
瞳	405	
鮦	714	

tǒng		
侗	23	
捅	228	
桶	281	
統	452	
筒	433	
筩	434	

tòng		
同	79	
通	618	
痛	387	
衕	551	
慟	207	

tōu		
偷	33	
媮	144	

tóu		
投	220	
骰	706	
頭	689	

tǒu		
鈄	641	

tòu		
透	617	

tū		
凸	49	

tū		
禿	420	
突	426	
葵	516	

tú		
徒	192	
涂	323	
屠	163	
荼	509	
途	617	
莵	515	
塗	125	
腯	487	
圖	114	
酴	634	

tǔ		
土	115	
吐	79	
釷	640	

tù		
吐	79	
兔	42	
堍	123	
莵	515	

tuān		
湍	327	

tuán		
團	114	
摶	240	
糰	445	

tuǎn		
疃	384	

tuàn		
彖	189	

tuī		
忒	195	
推	232	
蓷	523	

tuí		
頹	690	
蹪	425	

tuǐ		
腿	488	

tuì		
退	616	
蛻	539	
焴	352	
褪	557	

tūn		
吞	80	
暾	265	

tún		
屯	164	
囤	112	
豚	583	
飩	694	
魨	712	
臀	490	

tǔn		
余	310	

tùn		
褪	557	

tuō					
托	217	蘀	531	**wān**	
侂	23	籜	440	剜	56
拖	224			帵	176
託	566	**wā**		蜿	541
脫	484	穵	426	豌	583
飥	694	哇	89	彎	188
		挖	227	灣	345
tuó		媧	144		
佗	21	蛙	538	**wán**	
坨	118	窪	428	丸	1
沱	315			刓	52
陀	669	**wá**		汍	311
柁	275	娃	141	完	151
砣	409			玩	369
跎	597	**wǎ**		紈	447
酡	633	瓦	377	烷	349
鉈	642	佤	18	頑	688
馱	700			貦	470
橐	290	**wà**			
駝	702	瓦	377	**wǎn**	
馳	701	腽	488	宛	152
槖	293	膃	488	挽	229
鮀	720	襪	559	婉	143
鼉	734	韤	686	惋	202
鼍	733			晚	262
		wa		脘	484
tuǒ		哇	89	椀	285
妥	139			琬	372
庹	182	**wāi**		皖	395
橢	293	歪	302	菀	511
		喎	98	畹	383
tuò				碗	411
拓	224	**wǎi**		綰	454
柝	276	崴	169	輓	609
唾	97				
跅	597	**wài**		**wàn**	
		外	131	万	2

腕	486	隈	672
萬	516	微	194
蔓	523	溦	333
		煨	352
wāng		葳	518
尫	161	薇	527
汪	312	巍	171
wáng		**wéi**	
亡	10	圩	115
王	368	為	347
		韋	685
wǎng		桅	279
网	465	唯	93
往	191	帷	176
枉	273	惟	203
罔	465	圍	114
惘	203	幃	177
網	454	溈	330
輞	609	嵬	170
魍	711	違	623
		維	454
wàng		潙	339
王	369	濰	342
妄	138	闈	666
忘	195		
旺	259	**wěi**	
望	269	尾	161
		委	140
wēi		洧	320
危	69	娓	142
委	140	偉	31
威	141	偽	32
偎	31	猥	365
崴	169	萎	515
萎	515	煒	351
逶	620	瑋	373

痿 388
葦 517
隗 673
骫 706
僞 37
緯 457
諉 574
頠 689
鮪 713
韙 685
亹 12

wèi
未 270
位 20
味 84
為 348
畏 382
胃 480
尉 158
喂 97
渭 329
猬 366
碨 412
慰 208
蔚 524
蝟 542
衛 551
衞 551
謂 576
遺 624
餧 697
餵 697
魏 711

wēn
温 330
榅 288
溫 330
榲 290
瘟 389
瘟 389
輼 610
轀 611
鰛 716
鰮 716

wén
文 253
炆 346
紋 447
蚊 536
雯 677
聞 475
螡 544
閿 666
蟁 546

wěn
刎 51
吻 81
抆 219
紊 447
脗 484
穩 425

wèn
汶 312
問 95
揾 236
搵 237
璺 376

wēng
翁 469
嗡 102
滃 332
鶲 725

wěng
滃 332
蓊 521

wèng
蕹 527
甕 378
罋 465
齆 735

wō
倭 30
喔 98
渦 329
萵 516
窩 427
蝸 543
踒 600
撾 245

wǒ
我 213

wò
沃 313
卧 492
臥 492
偓 33
涴 326
幄 177
握 235
渥 329
硪 410
斡 254
齷 737

wū
圬 115
汙 311
汚 311
污 311
巫 173
杇 272
於 256
屋 162
烏 348
惡 204
嗚 101
鄔 630
誣 572
鎢 655

wú
亡 10
无 258
毋 306
吳 81
吾 82
唔 92
浯 322
郚 629
梧 282
無 350
蜈 540
蕪 526
鼯 735

wǔ
五 10
午 67
仵 16
伍 17
忤 196
武 302
迕 615
侮 24
捂 227
娬 143
牾 361
摀 239
舞 496
嫵 146
廡 184
憮 210
潕 339
鵡 723

wù
兀 40
勿 64
戊 212
阢 668
杌 271
物 361
卼 70
悞 201
悟 201
烏 348
務 61
晤 262
焐 349
婺 144
惡 204
痦 387
靰 682
塢 126
隖 673

瘔	155	稀	422	**xí**		隟	673	螑	464
誤	572	楈	443	席	175	潟	339		
鎠	648	翕	470	習	469	戲	214	**xiān**	
霧	680	腊	485	熄	145	戯	214	仙	15
鶩	703	谿	194	嶍	170	餏	697	先	41
鷔	724	溪	331	嵰	170	閱	710	忺	196
		皙	395	蓆	521	繫	462	氙	309
xī		傃	36	覡	562	屭	164	秈	420
夕	131	熄	352	檄	295			袄	417
兮	44	熙	352	隰	674	**xiā**		籼	442
汐	311	蜥	540	蠵	559	呷	84	掀	230
西	560	裼	557	鳛	717	瞎	404	僊	36
吸	81	豨	584			蝦	542	酰	633
希	174	嘻	105	**xǐ**				銛	646
昔	260	噏	105	枲	275	**xiá**		暹	265
析	273	嬉	146	洗	318	匣	66	鍁	651
矽	407	膝	489	徙	193	狎	363	襳	528
穸	426	嶲	171	喜	98	俠	26	鮮	713
肸	479	樨	293	葸	518	柙	276	躚	604
恓	200	歙	301	屣	164	峽	167	纖	463
唏	92	熹	354	銑	645	狹	364	蠶	719
奚	136	窸	428	葈	524	硤	410		
息	200	羲	469	禧	419	陜	672	**xiǎn**	
栖	280	螅	543	蟢	546	暇	264	弦	187
浠	322	錫	650	蠒	376	瑕	373	咸	88
茜	507	蟋	545			舝	496	唌	94
郗	629	谿	582	**xì**		遐	622	涎	323
悉	201	礮	582	系	446	轄	611	絃	450
惜	203	蹊	602	係	25	霞	679	舷	497
晞	262	犧	676	盼	399	鎋	655	閑	664
欷	299	醯	636	郄	628	黠	732	閒	664
淅	323	蘺	638	郤	629			嫌	145
烯	349	曦	266	細	449	**xià**		銜	551
硒	409	犠	357	鳥	494	下	3	衘	646
晰	263	巇	362	舄	494	夏	130	嫻	146
皙	263	鸃	735	綌	453	廈	183	嫺	146
犀	362	灕	727	椺	418	嚇	109	撏	241

賢	590	縣	458	釀	699	**xiáo**	
癇	391	餡	697			洨	320
鹹	728	鑲	652	**xiàng**		崤	168
鷴	726	獻	368	向	79	淆	323
鷴	726	矐	680	巷	174	殽	305
				相	399		
xiǎn		**xiāng**		衖	551	**xiǎo**	
冼	48	相	399	象	583	小	159
洗	319	香	700	項	687	筱	434
筅	432	廂	71	像	36	曉	265
尟	160	廂	182	橡	294	篠	438
尠	160	湘	328	嚮	110		
蜆	539	鄉	630			**xiào**	
跣	598	箱	436	**xiāo**		孝	149
銑	645	緗	456	削	55	肖	478
獫	367	薌	526	枵	275	効	60
險	673	襄	558	宵	153	咲	88
獮	367	瓖	376	消	322	哮	91
鮮	714	鑲	661	虓	533	效	250
燹	356	驤	705	梟	282	校	277
蘚	533			猇	365	笑	431
玁	368	**xiáng**		逍	617	傚	34
顯	692	庠	181	硝	410	嘯	107
		降	669	綃	452	斅	253
xiàn		祥	418	脩	470		
見	561	翔	470	蛸	539	**xiē**	
限	670	詳	570	嘵	105	些	10
峴	166			銷	647	揳	235
現	371	**xiǎng**		霄	678	楔	287
莧	511	享	11	蕭	526	歇	300
陷	671	想	205	鴞	721	蠍	543
羨	468	餉	695	魈	711	蠍	547
腺	487	蠁	714	簫	439		
綫	456	饗	715	瀟	344	**xié**	
線	456	響	686	囂	111	叶	77
憲	210	饗	699	蠨	549	邪	627
				驍	705	协	68

挾	228		
脅	483		
脇	483		
裹	553		
偕	32		
斜	254		
絜	451		
携	239		
勰	63		
鞋	683		
頡	689		
諧	576		
鮭	713		
擷	246		
鞵	685		
攜	247		
纈	463		
xiě			
血	549		
寫	156		
xiè			
地	346		
卸	70		
泄	316		
契	135		
洩	320		
炮	347		
屑	163		
离	420		
偰	33		
械	282		
紲	450		
渫	328		
絏	451		
解	564		

絮	452	**xuǎn**		芡	504	噂	106	**yá**
溆	333	晅	262			濤	338	牙	360
煦	351	烜	348	**xuě**		蕃	525	伢	18
盱	589	選	624	雪	677	蟫	719	玡	165
潊	336	蘚	392	鱈	718	鱘	718	厓	70
緒	454							玡	369
蓄	521	**xuàn**		**xuè**		**xùn**		芽	502
嶼	171	券	54	血	549	汛	311	蚜	536
續	463	泫	317	謔	575	迅	614	崕	168
		炫	347			徇	191	崖	168
xu		眩	401	**xūn**		孫	149	涯	323
蓿	523	旋	257	勛	62	殉	303	琊	372
		衒	550	塤	125	浚	321	睚	402
xuān		渲	329	熏	353	訊	566	衙	551
宣	152	絢	451	窨	427	訓	566		
軒	606	楥	287	勳	63	巽	174	**yǎ**
喧	98	楦	288	壎	129	馴	700	疋	384
揎	234	鉉	643	曛	266	薰	353	啞	94
暄	264	碹	412	燻	356	遜	623	雅	675
瑄	374	礄	414	薰	529	噀	105		
萱	516	鏇	655	醺	636	潠	339	**yà**
儇	37					蕈	525	猰	366
褕	419	**xuē**		**xún**				亞	10
揎	575	削	55	巡	184	**yā**		軋	606
諼	575	靴	683	旬	259	丫	5	迓	614
翾	471	薛	528	巡	172	呀	82	砑	408
蘐	532	鞾	685	峋	166	押	222	婭	143
				恂	199	枒	274	控	233
xuán		**xué**		洵	319	啞	94	訝	567
玄	368	穴	426	紃	446	啞	122	揠	235
痃	386	孛	149	郇	628	椏	285	氫	310
旋	257	茓	599	栒	280	雅	675	壓	129
漩	335	噱	108	珣	371	鴉	720		
璇	375	學	150	荀	507	鴨	721	**ya**
璿	376	嶨	171	尋	158	壓	129	呀	82
懸	211	斅	253	循	194	鵶	723	
		鷽	726	詢	569			**yān**
								奄	134

咽	88	闇	666	研	407	鞅	683	夭	133
殷	304	檐	296	唁	91	鴦	721	吆	78
胭	481	顏	690	宴	153			妖	138
崦	168	簷	439	晏	261	**yáng**		祅	303
洝	327	嚴	110	盰	561	羊	467	約	446
淹	326	巖	172	堰	124	佯	21	要	560
嫣	349	鹽	728	焰	350	垟	120	腰	487
溼	328			焱	350	徉	192	徼	194
腌	485	**yǎn**		硯	410	洋	318	邀	625
菸	514	奄	134	雁	675	烊	348		
煙	352	兗	42	厭	71	揚	235	**yáo**	
嫣	146	弇	185	贗	720	蛘	538	爻	358
鄢	631	衍	550	餍	355	陽	672	肴	479
醃	634	剡	56	燕	355	敭	252	垚	120
燕	355	偃	31	諺	577	暘	264	姚	140
闇	666	掩	233	鴳	721	楊	286	珧	370
闞	666	眼	401	驗	703	煬	352	陶	671
懨	211	揅	235	曣	110	瑒	374	傜	34
壓	211	琰	373	贋	592	瘍	389	堯	124
臙	492	罨	216	鷃	724	錫	652	軺	607
		鄾	630	讌	581	鸉	693	徭	194
yán		罨	466	醼	637			搖	237
妍	139	演	336	醼	699	**yǎng**		僥	37
言	565	蝘	542	驗	705	仰	16	瑤	374
岩	165	縯	459	鷃	726	氧	309	遙	623
延	185	魇	72	艷	499	養	695	銚	645
沿	316	躽	737	灔	345	癢	392	嶢	171
炎	346	甗	378	讞	582			窯	428
芫	501	儼	40	釅	637	**yàng**		餚	697
阽	669	鼴	735	豓	583	怏	197	繇	461
姸	141	巘	172	灩	345	恙	200	謠	578
研	407	魘	712			烊	348	颻	693
閆	663	黶	732	**yāng**		漾	336	鰩	717
喦	169			央	133	鞅	683		
鉛	643	**yàn**		泱	318	樣	292	**yǎo**	
筵	434	咽	88	映	303			杳	273
蜒	540	彥	189	秧	421	**yāo**		咬	87
						幺	179		

劍	59	陰	671	呁	81	**yíng**		哟	97
嶧	171	喑	98	殷	305	迎	614		
憶	210	堙	123	蚓	536	盈	396	**yo**	
懌	210	愔	206	飲	694	塋	125	哟	97
瞳	265	湮	328	靷	683	楹	288		
禋	304	絪	452	廕	295	榮	333	**yōng**	
檖	355	裀	554	隱	674	熒	353	邕	626
臀	404	陰	672	糮	392	螢	374	庸	182
繶	458	慇	207			赢	147	傭	34
歝	253	禋	418	**yìn**		縈	458	雍	675
黳	471	銦	646	印	69	瑩	544	墉	127
翼	471	蔭	522	胤	481	營	355	傭	208
臆	490			飲	695	瀅	343	鄘	631
蕙	527	**yín**		廕	183	瀠	654	廱	128
應	391	吟	80	窨	427	瀛	344	擁	243
鎰	654	圻	116	蔭	522	瀠	344	臃	491
繹	462	垠	119	憖	210	蠅	547	雝	677
藝	530	狺	364	卸	713	贏	593	鏞	656
譯	580	唫	96			蠯	441	澭	344
議	579	婬	144	**yīng**		籯	441	饔	699
鐿	698	寅	154	英	505			鱅	718
鐿	659	崟	168	媖	373	**yǐng**		癰	392
鷁	725	崯	168	嬰	147	郢	629		
豷	111	淫	325	應	211	影	190	**yóng**	
懿	212	貪	132	膺	490	穎	336	喁	97
驛	705	鄞	631	罃	378	穎	425	顒	691
讛	582	銀	644	嚶	110	潁	419		
		闇	573	攖	247	癭	392	**yǒng**	
yīn		醫	109	罌	465			永	310
因	112	蟫	546	櫻	298	**yìng**		甬	380
姻	141	靈	680	瓔	376	映	260	咏	86
洇	320	齗	736	鶯	724	硬	410	泳	318
音	686	齦	737	纓	463	媵	145	俑	26
殷	304			鷹	727	應	211	勇	60
氤	309	**yǐn**		鸎	727			恿	201
茵	507	尹	161	鸚	727	**yō**		湧	328
婣	144	引	186			唷	95	詠	568

蛹	539	輶	610	瘀	388	輸	542	郁	628
憑	207	蘇	461			諛	575	叟	494
蹱	600			**yú**		餘	696	峪	167
		yǒu		于	9	覦	562	彧	189
yòng		友	73	予	9	諭	601	浴	321
用	380	有	268	余	20	輿	610	淯	324
佣	21	卣	68	妤	139	歟	301	域	121
		酉	632	於	256	璵	376	尉	158
yōu		羑	467	盂	396			御	193
攸	249	莠	510	臾	494	**yǔ**		欲	299
呦	84	銪	645	俞	43	宇	150	喻	98
幽	180	牖	360	禺	419	羽	469	寓	155
悠	202	黝	732	竽	430	雨	677	庽	182
麀	728			娛	142	俁	25	棫	284
憂	209	**yòu**		狳	365	禹	419	喬	406
優	39	又	73	舁	494	圉	113	粥	443
櫌	474	右	77	雩	677	圄	114	菀	511
		幼	179	魚	712	庾	182	飫	694
yóu		有	268	喁	97	敔	250	馭	700
尤	160	佑	20	嵎	169	傴	35	愈	205
由	380	侑	23	崳	169	瑀	373	毓	306
油	315	狖	364	愉	205	瘐	389	煜	351
肬	479	囿	113	揄	234	與	494	裕	555
柚	276	宥	152	渝	327	語	572	遇	621
疣	385	柚	276	畬	383	窳	428	鈺	643
莜	510	祐	417	腴	486	嶼	171	預	688
蚰	537	蚴	538	萸	516	齬	737	嫗	145
游	329	釉	637	隅	672			獄	366
猶	365	誘	572	愚	205	**yù**		瘉	389
郵	630	鼬	734	榆	287	予	9	與	494
猷	366			歈	300	玉	369	蜮	541
遊	621	**yū**		瑜	373	聿	477	語	572
鈾	643	吁	78	虞	534	育	479	慾	209
蝣	542	迂	614	逾	620	芋	499	熨	354
蝤	542	於	256	漁	334	谷	582	蔚	524
魷	712	紆	446	窬	428	雨	677	澦	341
繇	525	淤	325	與	494	昱	261	燏	355

齊	735	瑑	372	**zhàng**		詔	569	這	618
齎	736	振	239	丈	3	照	351	嗻	103
		盞	397	仗	14	罩	466	蔗	523
zhái		斬	170	杖	272	肇	477	鷓	725
宅	150	黕	692	帳	176	趙	595		
翟	470	皵	404	脹	485	嫳	265	**zhe**	
擇	244	輾	610	嶂	170	櫂	297	着	402
		黵	732	幛	177			著	515
zhǎi				漲	336	**zhē**			
窄	426	**zhàn**		障	673	蜇	540	**zhèi**	
		佔	20	賬	591	遮	624	這	618
zhài		站	429	瘴	390				
岩	409	棧	284			**zhé**		**zhēn**	
祭	418	湛	328	**zhāo**		折	220	珍	370
責	587	綻	455	招	224	哲	91	珒	370
債	35	戰	214	昭	261	喆	99	胗	481
寨	156	顫	692	釗	639	蜇	540	貞	586
療	390	蘸	533	啁	94	摺	240	真	400
				着	401	輒	608	砧	408
zhān		**zhāng**		朝	269	磔	413	針	639
占	68	張	187	嘲	105	蟄	545	偵	33
沾	316	章	429	謅	579	謫	578	幀	176
氈	307	嫜	145			轍	611	滇	330
旃	257	彰	190	**zháo**		讁	581	斟	254
粘	442	漳	336	着	401	讋	581	椹	288
詹	570	獐	367					楨	287
霑	679	樟	292	**zhǎo**		**zhě**		溱	332
氊	308	璋	375	爪	357	者	472	獉	366
氊	626	蟑	546	找	219	赭	594	榛	289
瞻	405	麞	729	沼	315	鍺	651	甄	378
譫	580					褶	558	碪	412
鱣	719	**zhǎng**		**zhào**		福	560	禎	418
鸇	727	仉	13	召	76			蓁	521
		長	662	兆	40	**zhè**		箴	436
zhǎn		掌	233	炤	348	柘	276	臻	494
展	163	漲	336	笊	431	浙	321	鋮	652
斬	255	礃	415	棹	284	淛	327		

zhěn					
枕	273	鉦	643	脂	483
畛	382	箏	435	隻	674
疹	386	蒸	520	梔	282
診	568	徵	194	椥	284
軫	607	錚	650	植	423
稹	424	鯖	714	蜘	541
縝	458	癥	392	織	461
鬒	709				
顯	732	zhěng		zhí	
		拯	225	侄	24
zhèn		整	253	直	399
圳	115			姪	141
甽	381	zhèng		值	30
振	228	正	301	埴	121
朕	269	政	250	執	121
紖	449	症	387	植	285
陣	670	証	231	殖	303
酖	633	証	569	跖	597
陳	671	諍	574	摭	240
瑱	374	鄭	631	繁	459
賑	589	錚	650	職	476
震	678	證	579	蹠	602
鴆	720			蹢	602
鎮	654	zhī		躑	604
		之	6		
zhēng		支	248	zhǐ	
丁	2	氏	308	止	301
正	301	卮	69	只	76
征	191	汁	311	旨	258
怔	199	吱	82	址	116
爭	357	巵	174	黹	174
烝	349	枝	274	抵	220
崢	168	知	406	沚	314
掙	231	肢	478	趾	668
猙	365	芝	500	芷	502
睜	402	胝	481	咫	87
		衼	417	恉	201

zhǐ		zhì	
指	226	鳶	183
枳	275	潪	331
祇	416	稚	423
祉	416	置	466
紙	448	輊	608
衹	553	雉	675
趾	596	滯	333
輊	607	寨	385
黹	733	瘦	389
酯	634	製	557
徵	194	誌	571
		幟	177
zhì		摯	240
至	493	緻	457
志	195	膣	489
忮	196	質	591
豸	584	櫛	295
制	53	稺	425
庢	70	擲	246
帙	175	贄	592
治	315	觶	565
炙	346	識	579
峙	166	騺	703
致	493	躓	604
郅	628	鷙	725
桎	280	鑕	660
狾	364		
秩	421	zhōng	
陟	670	中	5
梽	282	松	197
猘	365	忠	196
痔	387	盅	396
窒	427	衷	553
彘	189	終	450
智	263	螽	545
痣	388	鍾	653
蛭	538		

鐘	657	磚	412	

zhǒng

冢	47
塚	125
腫	487
種	423
踵	601

zhòng

中	5
仲	16
重	638
眾	401
衆	550
種	423

zhōu

州	172
舟	496
侜	22
周	84
洲	319
啁	94
粥	443
週	619
輈	608
賙	590
盩	398
謅	577
鵃	498
鶖	722
譸	580

zhóu

妯	139
軸	607

zhǒu

肘	478
帚	175

zhòu

紬	207
呪	86
咒	83
宙	152
昼	88
紂	446
胄	480
酎	632
晝	262
倜	34
軸	607
荮	518
皺	378
僽	38
皺	396
縐	458
繇	461
籀	439
驟	705

zhū

朱	271
侏	23
洙	319
邾	628
株	278
珠	370
茱	507
硃	409
蛛	538

zhú (左欄)

誅	571
銖	645
諸	575
豬	584
瀦	343
櫧	297
藷	297

zhú

朮	271
竹	430
竺	430
舳	497
逐	617
瘃	388
燭	356
蠋	547
躅	604

zhǔ

主	1
拄	222
渚	327
煮	351
羜	350
褚	557
麈	728
屬	164
囑	111
矚	406

zhù

佇	20
住	20
助	60
杼	273
注	317

柱	274
炷	348
苧	504
疰	387
砫	409
祝	417
竚	429
紵	449
蛀	537
筑	433
著	515
註	568
貯	587
筯	434
箸	436
蠹	470
駐	701
築	437
鑄	660

zhuā

抓	220
撾	245
簻	708

zhuǎ

爪	357

zhuāi

拽	227

zhuǎi

跩	598
轉	611

zhuài

拽	227

zhuān

專	157
塼	127
膞	489
甎	378
磚	414
顓	690

zhuǎn

轉	611

zhuàn

沌	313
傳	35
撰	243
篆	436
賺	592
轉	611
饌	698
囀	111
籑	699

zhuāng

妝	138
莊	509
粧	443
裝	556
樁	291

zhuǎng

奘	135

zhuàng

壯	130
狀	363
僮	37
幢	177

撞	242	梲	282	孳	150	自	493	縱	459
戇	212	涿	323	鎡	170	倳	30		
		焯	350	滋	332	剚	56	**zōu**	
zhuī		鐯	658	粢	443	恣	200	耶	629
佳	674			笛	512	牸	361	陬	671
追	616	**zhuó**		觜	564	眥	401	鄒	630
椎	285	灼	346	訾	569	眦	401	緅	453
錐	650	卓	68	貲	588	胾	481	諏	574
騅	702	斫	255	資	589	裁	482	鄹	631
		茁	505	赼	595	漬	335	鯫	715
zhuì		浞	323	緇	455			騶	703
惴	204	酌	632	輜	609	**zi**			
綴	454	啄	95	諮	576	子	148	**zǒu**	
腏	488	着	402	趑	596			走	594
墜	127	椓	285	錙	650	**zōng**			
醊	635	琢	372	髭	708	宗	151	**zòu**	
縋	458	著	515	薵	733	棕	284	奏	135
贅	592	斱	255	鯔	654	椶	288	揍	236
		禚	419	緇	715	綜	453		
zhūn		諑	574	齜	736	椶	291	**zū**	
屯	164	鋜	649			踪	600	租	421
肫	479	濁	341	**zǐ**		蹤	602	苴	514
迍	615	擢	245	子	147	騣	703	菹	519
窀	426	斮	255	仔	14	鬃	709		
諄	574	濯	342	姊	139	騌	703	**zú**	
衝	552	繳	462	籽	442			足	596
		鐲	658	秄	473	**zǒng**		卒	67
zhǔn		鷟	726	秭	421	傯	33	崒	167
准	48			梓	281	傯	36	崪	167
埻	121	**zī**		笫	431	摠	241	族	257
準	331	仔	14	紫	451	總	460	鏃	655
		孜	149	滓	333				
zhuō		呲	87	訾	569	**zòng**		**zǔ**	
拙	224	咨	87			粽	444	阻	669
卓	30	姿	141	**zì**		糭	444	俎	25
捉	228	茲	506	字	148	瘲	390	祖	417
桌	279	淄	323					組	450

| 詛 | 569 | | 鑽 | 661 | | 蕞 | 526 | | 嘬 | 104 | | 坐 | 117 |
| | | | | | | 槜 | 295 | | | | | 岞 | 166 |

zuān

						檇	290		**zuó**			作	197
鑽	660		**zuī**						昨	261		阼	669
躜	605		朘	484		**zūn**			捽	230		柞	276
鑚	661					尊	158		筶	432		胙	480
			zuǐ			樽	293		琢	372		唑	91
zuǎn			咀	85		遵	624		筰	434		座	181
纂	463		觜	564		鐏	464					祚	417
篹	699		嘴	107		鱒	718		**zuǒ**			做	32
纘	464								左	173		酢	633
			zuì			**zǔn**			佐	20			
zuàn			晬	263		撙	242		撮	243			
賺	592		最	267									
攥	248		罪	465		**zuō**			**zuò**				
鑚	660		辠	612		作	21		作	21			
			醉	634									

、 部

丸 ⓐwán ⓑjun4 元 ⓧjyun2 苑
ⓒKNI
①球形的小東西：彈丸／藥丸兒／肉丸子。
②量詞：一丸藥／一天服三丸。

之 ⓐINO 見丿部，6頁。

丹 ⓐdān ⓑdaan1 單 ⓒBY
①紅色：丹桂／丹楓／丹砂（朱砂）。
②一種依成方配製成的中藥，通常是顆粒狀或粉末狀的。因道家煉藥多用朱砂，所以稱做「丹」：丸散膏丹／靈丹妙藥。

卜 ⓐYY 見卜部，68頁。

主 ⓐzhǔ ⓑzyu2 煮 ⓒYG
①接待別人的人，跟「客」、「賓」相對：東道主／賓主相得。②權力或財物的所有者：物主／工廠主人。③事件中的當事人：事主／失主。④基督教徒對上帝、伊斯蘭教徒對真主的稱呼。⑤最重要的，最基本的：主力／以預防為主，治療為輔。⑥主張，決定：主戰／主和／力主／婚姻自主。⑦預示：早霞主雨，晚霞主晴。⑧死者或祖先的靈牌：神主牌。
【主顧】商店稱買貨的人。
【主觀】①屬於自我意識方面的，跟「客觀」相反：主觀願望。②不依據客觀事物，但憑自己的偏見：他的意見太主觀了。
【主權】一個國家獨立自主的權力。

【主席】①開會時主持會議的人。②某些國家、國家機關、黨派、團體等的領導人。
【主義】①對於客觀世界、社會生活以及學術問題所持的有系統的理論與主張：浪漫主義／現實主義。②思想作風：樂觀主義。③社會制度、政治經濟體系：社會主義／資本主義。
【主張】①對事物的見解：心裏有主張。②認為應該如何處理事情：老師主張我們組成閱讀小組。

乓 ⓐpāng ⓑpong1 旁一聲
ⓧbam1 泵 ⓒOMI
①象聲詞：乓的一聲摔破了玻璃。②見【乒乓】，7頁。

一 部

一 1 ⓐyī ⓑjat1 壹 ⓒM
①數目字，大寫作「壹」，又作「弌」。②相同：一樣／大小不一。③另外的：番茄一名西紅柿。④滿，全：一屋子人／一身是膽。⑤純，專：一心一意。⑥放在重疊的動詞中間，表示稍微，輕鬆：看一看／聽一聽。⑦與「就」呼應，表示兩個動作緊接發生：天一亮他就走／天一亮他就起來。⑧一旦，一經：一失足成千古恨。⑨用在某些詞前加強語氣：一至於此。⑩放在「何」字前，表示程度深：一何怒／一何悲。
【一般】①同樣：我們兩個人一般高。②普通的：一般的讀物／一般人的意見。
【一定】①確定不變：一定去／一定按期

完成。②特定：一定的程序。③相當的：取得一定的成績。

【一律】①一個樣子，相同：千篇一律。②副詞。適用於全體，沒有例外：各民族一律平等。

【一致】①一樣，沒有分歧：行動一致。全體一致通過。②一齊：一致對外。

【一塊兒】①同一個處所：他倆過去在一塊兒上學。②副詞。一同：他們一塊兒參軍。

一 2 ⓟyī ⓒjat1 壹
舊時民族音樂樂譜記音符號的一個，相當於簡譜的低音「7」。

七 ⓟqī ⓒcat1 漆 ⓢJU
①數目字。大寫作「柒」。②中國傳統上人死後每隔七天祭奠一次，直到第四十九天為止，共分七個「七」。

丁 1 ⓟdīng ⓒding1 叮 ⓢMN
①成年男人：壯丁。②人口：添丁／丁口（男女的合稱）。③指從事某種勞動的人：園丁。

【丁當】見「叮當」，76頁。
【丁寧】見「叮嚀」，76頁。

丁 2 ⓟdīng ⓒding1 叮
天干的第四位（甲、乙、丙、丁），常用作順序的第四。

丁 3 ⓟdīng ⓒding1 叮
小方塊：肉丁兒／鹹菜丁兒。
【丁點兒】極少的，極小的：一丁點兒毛病都沒有。

丁 4 ⓟzhēng ⓒzaang1 睜

【丁丁】形容彈琴、伐木等的聲音：伐木丁丁。

才 ⓟDH 見手部，216頁。

三 1 ⓟsān ⓒsaam1 衫 ⓢMMM
數目字。大寫作「叁」，又作「弎」。

三 2 ⓟsān ⓒsaam3 衫三聲
再三，多次：三思而行／三令五申。

万 1 ⓟmò ⓒmak6 墨 ⓢMS

【万俟】（Mòqí）複姓。

万 2 ⓟwàn ⓒmaan6 慢
數目。通作「萬」。現在作「萬」的簡寫。

上 1 ⓟshàng ⓒsoeng6 尚 ⓢYM
①方位詞。位置在高處的，跟「下」相對：樓上／山上／上面／上部／上頭。②次序或時間在前的：上篇／上卷／上星期。③等級或品質高的：上等／上級／上品／上策。④向上面：上升／上進。

上 2 ⓟshàng ⓒsoeng5 尚五聲
舊時民族音樂樂譜記音符號的一個，相當於簡譜的「1」。

上 3 ⓟshàng ⓒsoeng5 尚五聲
①動詞。由低處到高處：上山／上樓／上樹／上車。②動詞。去，到：上街去／你上哪兒？上電影院。③動詞。向前進：同學們快上啊！④動詞。向上級進呈：上書／此上／謹上。⑤動詞。增加，添上：上貨。⑥動詞。安裝：上螺絲。⑦動詞。塗

上：上顏色/上蔡膏。⑧動詞。登載，記上，在電視上播映/上電視/上了報紙。⑨動詞。擰緊發條：上弦。⑩動詞。按規定時間進行某種活動：上課/上班/上學。⑪動詞。達到，夠(一定程度或數量)：成千上萬。⑫(又 shǎng)上聲，漢語四聲之一：平上去入。

上 4 🔤shàng 🔤soeng5 尚低去
　①在動詞後，表示完成：排上隊/說上兩句/選上代表。②在動詞後，表示趨向：騎上去/爬上來。

上 5 🔤·shang 🔤soeng6 尚
　①用在名詞後，表示物體的表面：臉上/衣上/桌上。②用在名詞後，表示範圍內：會上/課堂上。

丈 1 🔤zhàng 🔤zoeng6 象　🔤JK
　①長度單位，十尺。②測量長度面積：丈量/丈地。

丈 2 🔤zhàng 🔤zoeng6 象
　①對老人或長輩的稱呼：老丈。②對某些女性親戚丈夫的尊稱：姑丈/姨丈。

【丈夫】(zhàngfū) 成年男子的通稱。

【丈夫】(zhàng·fu) 婦女的配偶，跟「妻子」相對。

【丈人】①舊稱老年男人。②稱妻子的父親。

下 1 🔤xià 🔤haa6 夏　🔤MY
　①方位詞。位置在低處的，跟「上」相對：樓下/山下。②次序或時間靠後的：下篇/下卷/下月。③在名詞後，表示屬於一定範圍、情況、條件等：名下

在這種情況下。④等次或品級低的：下品/下策/下級士兵必須服從長官命令。⑤表示當某個時間或時節：時下/節下/年下。⑥由高處到低處：下山/下樓/下臺。⑦(雨、雪等)降落：下雨/下雪。⑧發佈，投遞：下令/下戰書。⑨往，去：下鄉/下江南。⑩進行(棋類遊藝或比賽)：下圍棋。⑪卸掉，取下：下車。⑫做出(言論、判斷等)：下結論/下定義。⑬使用，開始使用：下刀/下功夫/下力氣。⑭(動物)生產：雞下蛋/母貓下小貓了。⑮攻克，攻陷：攻下/連下數城。⑯退讓：各不相下。⑰到規定時間結束日常工作或學習等：下班/下課/下工。⑱少於某數：不下三百人。

下 2 🔤xià 🔤haa6 夏 五聲
　①量詞。用於動作次數：鐘響了三下/搖了幾下旗子。②「下子」，在「兩」、「幾」後面，表示技能或本領：幾下子/他真有兩下子。

下 3 🔤xià 🔤haa6 夏
　趨向動詞。用在動詞後。①表示從高處到低處：坐下/躺下。②表示有空間，能容納：坐得下/此處能容下數十人。③表示動作的完成或結果：打下基礎/定下計劃。

丐 🔤gài 🔤koi3 概
　🔤MYVS
①乞求。②討錢、討飯的人：乞丐。

丏 🔤miǎn 🔤min5 免
　🔤MLVS
①遮蔽，看不見。②姓。

不 ⓐbù ⓑbat1畢 ⓒMF
注意「不」筆畫直筆不鈎。
①用在動詞、形容詞和其他副詞前面表示否定：不去/不能/不多/不一定。②加在名詞或名詞性詞素前面，構成形容詞性詞語：不法/不規則。③單用，做否定性的回答：他剛來吧？不，他到很久了。④用在肯定句末，構成疑問句：他來不？/你知道不？⑤用在動補結構中間，表示不可能達到某種結果：拿不動/做不好/看不出。⑥在「甚麼」之後，「不」字的前後重複使用相同的詞，表示不在乎或不相干：甚麼累不累的，有工作就得做。⑦……就……，表示選擇：他在休息的時候，不是看書，就是看報；⑧不用，不要（用於某些客套話）：不謝/不送/不客氣。
【不啻】①不只，不止：不啻如此。②不異於：不啻兄弟。
【不妨】表示可以這樣做，沒有甚麼不可以：不妨試試。
【不忿】不服氣，不平：心裏不忿。
【不過】①指明範圍，含有往小裏或輕裏說的意味：不超過，僅僅：一共不過五六個人。②用於後半句的開頭，表示轉折：他看起來並不強壯，不過力氣很大。
【不時】①非定時，不定時：不時之需。②副詞。常常：不時有霧靄。
【不朽】精神、功業等不磨滅：永垂不朽。
【不脛而走】沒有腿卻能跑，形容傳佈迅速。

丑 (丑) ¹ ⓐchǒu ⓑcau2醜 ⓒNG
地支的第二位（子、丑、寅、卯）。

丑 (丑) ² ⓐchǒu ⓑcau2醜
舊戲曲裏的滑稽角色：丑角/小丑。

且 ¹ ⓐjū ⓑzeoi1追 ⓒBM
①助詞。等於「啊」：狂童之狂也且。②用於人名。

且 ² ⓐqiě ⓑce2扯
①暫且，姑且：且慢。②表示經久（常跟「呢」同用）：他要一說話，且完不了呢。

且 ³ ⓐqiě ⓑce2扯
①尚且：死孔不怕，困難又算甚麼？②並且，而且：既高且大。

丕 ⓐpī ⓑpei1披 ⓒMFM
大：丕業/丕變。

世 ⓐshì ⓑsai3細 ⓒPT
①人的一輩子：一生一世。②一代一代相傳的：世醫/世交/世家。③一個時代：近世/當今之世。④世界，人間，社會：世上/世人/世事。

丙 ⓐbǐng ⓑbing2炳 ⓒMOB
①天干的第三位（甲、乙、丙、丁）用作順序的第三：丙等。②丙丁屬火，因稱火為「丙丁」。「丙」亦指火：付丙（燒掉）。

丘 ⓐqiū ⓑjau1休 ⓒOM
①土山，土堆：土丘/沙丘/丘陵②墳墓：丘基/丘冢。③量詞。一塊水田叫一丘：一丘五畝大的稻田。④用磚石封

有屍體的棺材,浮厝:先把棺材丘起來。
⑤姓。

丟 ⓐdiū ⓑdiu1 ㄉ ⓒHGI
①失去,遺落:丟臉(失面子)/丟
三落四/丟了一枝鋼筆。②扔:丟果皮。
③放下,拋開:這件事可以丟開不管。

丞 ⓐchéng ⓑsing4 ㄔㄥ ⓒNEM
古代幫助主要官員做事的官吏:
縣丞/府丞。
【丞相】古代輔佐皇帝的最高級官吏。

並(并) ⓐbìng ⓑbing6 備認
ⓒTTC
①一齊,平排着:並駕齊驅/並肩作戰/
並排坐着。②副詞。表示不同的事物同
時存在,不同的事情同時進行:兩說並
存/相提並論。③副詞。放在否定詞前面,
表示不像預料的那樣:並不太冷/並非
不知道/他並沒忘了你。④連詞。並且:
我完全同意並擁護領導的決定。
【並且】①連接並列的動詞或形容詞,
表示幾個動作同時進行或幾種性質同
時存在,平列:他每天上課,並且練習彈
琴兩小時。②表示進一層,常跟「不但」
相應,也單用「並」:他不但贊成,並且肯
幫忙。

　　　　　| 部 ──────

丫 ⓐyā ⓑaa1 鴉 ⓒCL 注意筆畫直
筆不鈎。
①分叉的地方:丫叉/樹枝丫兒/腳丫縫

兒。②女孩子:小丫。
【丫頭】①受人役使雇用的女孩子,俗稱
婢女。

丫頭①謂幼女頭梳雙髻。②丫鬟。

中¹ ⓐzhōng ⓑzung1 宗 ⓒL
①和四方、上下或兩端距離同等
的地位:中央/中路/中途。②中
國的簡稱:中醫/中文/古今中外。③在
一定的範圍內,裏面:空中/房中/水中。
④性質、等級在兩者之間:中級/中學/
中等貨。⑤表示動作正在進行:在討論
中/在印刷中。⑥適於,合於:中看/中聽。
⑦成,行,好:中不中?/中。
【中堅】骨幹:中堅分子。
【中人】社會上買賣房屋田地時居間介
紹的人。
【中心】①跟四周的距離相等的位置。
②事物的主要部分:中心任務/中心環
節。③在某一方面佔重要地位的城市或
地區:政治中心/文化中心。
【中央】①指中間的部分。②國家政權
的最高領導機構。
【中用】有用,有能力:不中用(無用、無
能)。
【中子】構成原子核的一種不帶電荷的
微粒。

中² ⓐzhòng ⓑzung3 眾
①正對上,恰好合上:中的/中肯/
猜中/說中/中要害/正中要害。②遭受,受
到:中毒/中暑/中彈。

丰 ⓐfēng ⓑfung1 風 ⓒQJ
美好的容貌或姿態:丰采/丰姿。

丱 🔊guàn 🔊gwaan3慣 🔊VLLLM
指古時的小孩子束髮成兩角的樣子。

串 🔊chuàn 🔊cyun3寸 🔊LL
①連貫：串講／貫串。②量詞。許多個貫成一行的：一串珠子。③串通，互相勾結，勾通：串供／串騙。④錯誤連接：電話串線／字寫得密密麻麻的，看起來容易串行。⑤由這裏到那裏走動：串親戚／串門兒。⑥指扮演戲劇、雜耍等中的角色：客串／反串。

―――― 丿部 ――――

乂 🔊yì 🔊ngaai6艾 🔊K
治理，安定：乂安（太平無事）。

乃 🔊nǎi 🔊naai5奶 🔊NHS
①表示判斷，相當於「是」、「為」：失敗乃成功之母／魯迅先生乃中國大文豪。②於是，就：風浪靜，乃登船上岸。③才：吾求之久矣，今乃得之。④人稱代詞。你，你的：乃父／乃兄。
【乃至】甚至：這份報告書，引起了全國乃至國際上的重視。

久 🔊jiǔ 🔊gau2九 🔊NO
時間長：年深日久／很久沒有見面了。

之 1 🔊zhī 🔊zi1支 🔊INO
動詞。往，到：君將何之？／送孟浩然之廣陵。

之 2 🔊zhī 🔊zi1支
①代詞。代替人或事物，限於作賓語：愛之重之／取之不盡／偶一為之／言之成理／操之過急。②代詞。虛用，無所指：久而久之。③指示代詞。這個：之子於歸（這個女子出嫁）。

之 3 🔊zhī 🔊zi1支
①用在定語和中心詞之間，表示領屬等關係，相當於「的」：赤子之心／以子之矛，攻子之盾。②用在定語和中心詞之間，表示一般的修飾關係：光榮之家／無價之寶／千里之外。③用在主謂結構之間，取消其獨立性，使變成偏正結構：大道之行也，天下為公。

乍 🔊zhà 🔊zaa3炸 🔊HS
①剛，起初：新來乍到。②忽然：風乍起／乍冷乍熱。

乎 1 🔊hū 🔊fu4符 🔊HFD
①文言助詞。表示疑問或反問，同「嗎」：傷人乎？②文言助詞。同「呢」，表示選擇的疑問：然乎？否乎？③文言助詞。同「吧」，表推測和疑問：信息如常乎？④文言助詞。同「吧」，表示祈使：長鋏歸來乎！⑤文言歎詞。同「啊」：天乎！

乎 2 🔊hū 🔊fu4符
①於（放在動詞或形容詞後）：出乎意料／合乎情理／不在乎好看，在乎實用。②形容詞或副詞後綴：巍巍乎／確乎重要。

乏 🔊fá 🔊fat6伐 🔊HINO
①缺少：缺乏／貧乏／乏味／不乏

其人。②疲倦：疲乏／人困馬乏／跑了一天，身上有點乏。

乒 Ⓟpīng ⓖping1 伻 ⓒOMH
①象聲詞：乒的一聲槍響。②指乒乓球：乒賽／乒壇。
【乒乓】①象聲詞：乒乓一聲。②指乒乓球。

乓 ⓒOMI 見丿部，1頁。

丟 ⓒHGI 見一部，5頁。

乖 1 Ⓟguāi ⓖgwaai1 怪一聲
ⓒHJLP
①(小孩) 不鬧，聽話：東東很乖，大人們都喜歡他。②機靈，伶俐：經過這個教訓，他學乖了。
【乖乖】①順從，聽話：孩子們都乖乖地坐好。②對小孩的暱稱。

乖 2 Ⓟguāi ⓖgwaai1 怪一聲
①違反，背離：有乖人情。②(性情、行為) 不正常：乖僻／乖戾。

垂 ⓒHJTM 見土部，119頁。

重 ⓒHJWG 見里部，638頁。

乘 1 Ⓟchéng ⓖsing4 成 ⓒHDLP
注意筆畫直筆不鈎。

①借助交通工具或牲畜出行，騎，坐：乘馬／乘車／乘飛機。②趁，利用，就着：乘便／乘機／乘勢。

乘 2 Ⓟchéng ⓖsing4 成
算術中指一個數使另一個數變為若干倍：五乘二等於十。

乘 3 Ⓟshèng ⓖsing6 剩
古代史書稱乘，後泛指一般史書：史乘／野乘。

乘 4 Ⓟshèng ⓖsing6 剩
量詞。古代四匹馬拉的車一輛為一乘：千乘之國 (比喻大國、強國)。

―――――― 乙部 ――――――

乙 1 Ⓟyǐ ⓖjyut3 月三聲 ⓧjyut6 月
ⓒNU
天干的第二位 (甲、乙、丙、丁)，用作順序的第二：乙等／乙級。

乙 2 Ⓟyǐ ⓖjyut3 月三聲
ⓧjyut6 月
舊時民族音樂樂譜記音符號的一個，相當於簡譜的「7」。

乜 1 Ⓟmiē ⓖme1 咩 ⓒPN
【乜斜】①眼睛因睏倦而瞇成一條縫：乜斜睡眼。②眼睛略瞇而斜着看，多指不滿意或看不起的神情：他乜斜着眼嘲笑。

乜 2 Ⓟmiē ⓖmat1 勿一聲
粵方言「甚麼」：乜嘢 (甚麼東西)。

乜 3 Ⓟniè ⓖne6 呢六聲
姓。

九 普jiǔ 粵gau2 久 倉KN
①數目字，大寫作「玖」。②表示多次或多數：九霄雲外／九牛二虎。③從冬至起每九天是一個「九」，從一「九」數到九個「九」，共八十一天：數九寒天。

乞 普qǐ 粵hat1 瞎一聲 倉ON
乞求，向人討、要、求：乞憐／乞恕／乞食／乞丐。

也 1 普yě 粵jaa5 廿五聲 倉PD
①文言助詞。用在句末，表示判斷的語氣：荀子，戰國人也／是不能也，非不為也。②文言助詞。表示疑問或反詰：何也？／是何言也？／何為不去也？③文言助詞。用在句中，表示停頓：向也不怒而今也怒，何也？

也 2 普yě 粵jaa5 廿五聲
①副詞。表示同樣：你去，我也去。②副詞。單用或重複使用，強調兩事並列或對待：他會英語，也會法語。③副詞。連用表示無論這樣或那樣，結果都相同：他左想也不是，右想也不是。④副詞。用在轉折或讓步的句子裏（常跟前文「雖然、即使」連用）：即使是假日，他也在工作／雖然忙得很，她也抽時間學習。⑤副詞。在否定句裏跟「再」、「一點」、「連」等連用表示語氣的加強：再也不敢鬧了／這話一點也不錯／連一個人影也沒找到。

氹 普dàng 粵tam5 提凜切 倉NE
同「凼」（多用於地名），見50頁。
【氹仔】澳門地名。

乩 普jī 粵gei1 基 倉YRU
見【扶乩】，218頁。

乳 普rǔ 粵jyu5 羽 倉BDU
①乳房中分泌出來的白色奶汁。②像奶汁的液體：豆乳。③乳房，分泌奶汁的器官。④初生的，幼小的：乳燕／乳鴿。⑤生，生殖：孳乳。

乾(干) 1 普gān 粵gon1 肝 倉JJON
①沒有水分或水分少的，跟「濕」相對：乾燥／乾柴／乾糧。②乾的食品或其他東西：餅乾／豆腐乾兒。③枯竭，盡淨，空虛：外強中乾。④空，徒然：乾等／乾着急／乾看着。⑤指拜認的親屬關係：乾娘。
【乾杯】飲盡杯中飲料（常作祝酒語）。
【乾脆】①爽快，簡捷：説話乾脆，做事也乾脆。②索性：那人不講理，乾脆別理他。

乾 2 普qián 粵kin4 虔
①八卦之一，卦形是「☰」，代表天。②舊時稱男性的：乾宅（婚姻中的男家）。

亂(乱) 普luàn 粵lyun6 聯六聲 倉BBU
①沒有秩序，沒有條理：紛亂／不要亂説／這篇稿子寫得太亂，重抄一下吧。②戰爭武裝騷擾：變亂／叛亂／兵亂／避亂。③使混淆，使紊亂：擾亂／以假亂真。④心緒不寧：心煩意亂。⑤任意，隨便：亂吃／亂跑／淫亂。
【亂來】胡來：住手！不許亂來！

丨 部

了¹ ⓐ•le ⓑliu5 瞭五聲 ⓒNN

① 放在動詞或形容詞後，表示動作或變化已經完成或將要發生：買了一本書／水位低了兩尺。② 放在動詞或形容詞後，用於預期的或假設的動作：他要是知道了這個消息，一定很開心／放了假就回家。③ 助詞。用在句子末尾或句中停頓的地方，表示已經出現或將要出現某種情況：下雨了／開飯了／今天已經星期六了，明天就是星期日了。④ 助詞。用在句子末尾或句中停頓的地方，表示認識、想法、主張、行動等有變化：他今年暑假不回家了／我現在明白他的意思了／我本來沒打算去，後來還是去了。⑤ 助詞。用在句子末尾或句中停頓的地方，表示在某種條件之下出現某種情況：你早來一天就見着他了。⑥ 助詞。用在句子末尾或句中停頓的地方，表示催促或勸止：走了，走了，不能再等了！／算了，不要老說這些事了！

了² ⓐliǎo ⓑliu5 瞭五聲

① 完畢，結束：話猶未了／不了了之／事情已經了結／不能敷衍了事／說起話來沒完沒了。② 在動詞後，跟「不」、「得」連用，表示可能或不可能：這事你辦得了／這本書我看不了。③ 完全（不），一點（也沒有）：了無起色／了不相干。

【了當】爽快：直截了當。

【了得】① 有「能辦、可以」的意思，多用於反詰語句中，表示不平常，嚴重：這還了得？② 能幹，厲害：真了得。

【了不得】表示不平常，嚴重：疼得了不得／了不得，着了火了！／他的本事真了不得。

予¹ ⓐyú ⓑjyu5 余 ⓒNINN

人稱代詞。我。

予² ⓐyǔ ⓑjyu5 羽

給：授予獎狀／予以協助／予以處分。

事 ⓐshì ⓑsi6 士 ⓒJLLN

① 事情，自然界和社會中的一切現象和活動。② 變故：出事／平安無事。③ 職業：他現在做甚麼事？④ 關係或責任：你回去吧，沒有你的事了／這件案子裏還有他的事呢。⑤ 侍奉：善事高堂。⑥ 做，從事：不事生產／事必躬親。

【事變】突然發生的重大政治、軍事性事件：七七盧溝橋事變。

【事故】由於某種原因而發生的不幸事情，如工作中的死傷等。

【事態】形勢或局面：事態嚴重。

爭 ⓐBSD 見爪部，357頁。

二 部

二 ⓐèr ⓑji6 異 ⓒMM 「二」與「兩」用法不同，參看「兩」字註。

① 數目字。大寫作「貳」。一加一後所得的數目：十二個／兩丈二尺。② 兩樣：不要三心二意。

于¹ ⓐyú ⓑjyu1 迂 ⓒMD

同「於3」，見256頁。

于 ²　⬤yú　⬤jyu4 如
姓。

亍　⬤chù　⬤cuk1 速　⬤MMN
小步而行。見【彳亍】，190頁。

云　⬤yún　⬤wan4 雲　⬤MMI
①說：詩云／人云亦云。②文言助
詞。表示強調：云誰之思？／歲云暮矣
蓋記時也云。

互　⬤hù　⬤wu6 戶　⬤MVNM
互相，彼此：互助／互訪／互不干涉。
【互生】指植物每節長出一片葉子，相
間地各生在一邊。

五 ¹　⬤wǔ　⬤ng5 午　⬤MDM
數目字。大寫作「伍」。

五 ²　⬤wǔ　⬤ng5 午
舊時民族音樂樂譜記音符號的一
個，相當於簡譜的「6」。

亓　⬤qí　⬤kei4 奇　⬤MML
姓。

井　⬤jǐng　⬤zing2 整　⬤zeng2 紙頸
切　⬤TT
①人工挖成能取出水的深洞，洞壁多砌上
磚石。②形式跟井相像的：天井／鹽井／
礦井。③整齊，有秩序：井井有條／秩序
井然。④星宿名，二十八星宿之一。

互(亙)　⬤gèn　⬤gang2 梗
⬤MBM

空間或時間上延續不斷：綿互數十里／
互古及今。

些　⬤xiē　⬤se1 賒　⬤YPMM
①表示不定的數量：看些書／有些
學生／長些見識／說了些話。②用在形容
詞後，表示略微的意思：認真些／病輕些
了。
【些微】略微：字些微大一點就好了。

亞(亚) ¹　⬤yà　⬤aa3 阿
⬤MLLM
①較差（多用於否定式）：他的技術不亞
於你。②次一等的：亞軍／亞熱帶。

亞(亚) ²　⬤yà　⬤aa3 阿
指亞洲，世界七大洲
之一。

亜(亟) ¹　⬤jí　⬤gik1 激
⬤MEM
急切：需款甚亟／缺點亟應糾正。

亜(亟) ²　⬤qì　⬤kei3 冀
屢次：亟來問訊。

────── 亠 部 ──────

亡 ¹　⬤wáng　⬤mong4 忙　⬤YV
①逃跑：逃亡／亡命／流亡。②失
去：亡失／亡羊補牢（比喻事後補救）。
③死：死亡／傷亡很少。④死去的：亡弟
⑤滅：滅亡／亡國／唇亡齒寒（比喻利害
相關）。

亡 ²　⬤wú　⬤mou4 毛
古同「無」。

亢

●kàng ●kong3 抗 ●YHN

①高：高亢。②高傲：不卑不亢。③過甚，極：亢旱／亢奮。④星宿名，二十八星宿之一。

衣

●YHV 見衣部，552頁。

交

●jiāo ●gaau1 郊 ●YCK

①付託，付給：這事交給我辦／貨已經交齊了。②動詞，到（某一時或季節）：交子時／交九的天氣。③接合，交叉，相遇：交界／兩線交於一點。④相接連的地方和時間：春夏之交。⑤互相來往聯繫：打交道／交流經驗／交換意見／公平交易。⑥友誼，交情：建交／結交朋友。⑦（人）性交，（動、植物）交配：交媾／雜交。⑧一齊，同時：風雨交加／飢寒交迫。

【交代】①負責辦理事務的新舊兩方面辦轉移手續：他正在辦交代。②也作「交待」。把事情或意見向有關的人説明：交代問題。③囑咐：爺爺交代我要注意安全。

【交割】一方交付，一方接收，雙方結清手續。

【交際】人事往來接觸。

【交涉】互相商量解決彼此間相關的問題：我去跟他交涉一下／那件事還沒有交涉好。

交通：各種運輸和郵電事業的總稱：交通銀行／發展交通。

交²

●jiāo ●gaau1 郊

舊同「跤」，見599頁。

亥

●hài ●hoi6 害 ●YVHO

地支的第十二位。

亦

●yì ●jik6 翼 ●YLNC

也（表示同樣），也是：反之亦然。

【亦步亦趨】比喻自己沒有主張，或為了討好，每件事都效仿或依從別人，跟着別人走。

亨

●hēng ●hang1 鏗 ●YRNN

通達，順利：萬事亨通。

享

●xiǎng ●hoeng2 響 ●YRND

享受，受用：享福／享用／坐享其成／每個公民都享有選舉權。

京

●jīng ●ging1 經 ●YRF

①國家的首都：京城／京師。②北京的簡稱：京劇／京九直通車。

【京白】京劇中指用北京話唸的道白。

【京官】舊時稱在京城供職的官員。

【京族】中國少數民族名。

夜

●YONK 見夕部，132頁。

卒

●YOOJ 見十部，67頁。

音

●YTA 見音部，686頁。

帝

●YBLB 見巾部，175頁。

尭
●YCRHU 見儿部, 42頁。

亭¹
●tíng ●ting4 廷　●YRBN
① 有頂無牆, 供休息用的建築物, 多建築在路旁或花園裏。② 形狀像亭子的小房子: 書亭／郵亭。

亭²
●tíng ●ting4 廷
適中, 均勻: 調配得很亭勻。
【亭亭】① 形容高聳。② 見【婷婷】, 144頁。
【亭午】正午, 中午。
【亭亭玉立】形容女子身材細長或花草等形體挺拔。

㐱
●YOAM 「夜」的異體字, 見132頁。

亮 (亮)
●liàng ●loeng6 諒
●YRBU
① 光線強: 明亮／豁亮。② 發光: 天亮了／書房裏亮着燈。③(聲音)強, 響亮: 洪亮。④(心胸、思想等)開朗, 清楚: 你這一說, 我心裏頭亮了⑤ 顯露, 顯示清楚: 打開天窗說亮話。⑥ 明擺出來, 顯示: 亮相。

毫
●bó ●bok3 博　●YRBP
注意「毫」下邊不是「毛」。
【亳州】地名, 在安徽。

高
●YRBR 見高部, 707頁。

商
●YCBR 見口部, 94頁。

毫
●YRBU 見毛部, 307頁。

烹
●YRNF 見火部, 349頁。

率
●YIOJ 見玄部, 368頁。

亶¹
●dǎn ●taan2 坦　●YWRM
注意「亶」下邊不是「且」。
實在, 誠然: 亶其然乎。

亶²
●dàn ●daan6 但
同「但」。

齊
●YX 見齊部, 735頁。

豪
●YRBO 見豕部, 584頁。

亹¹
●mén ●mun4 門　●YHBM
【亹源】回族自治地, 在青海。今作「門源」。

亹²
●wěi ●mei5 尾
【亹亹】勤力不倦的樣子: 亹亹不倦。

───── 人 部 ─────

人
●rén ●jan4 仁　●O
① 有思想感情, 能製造工具並能使用工具勞動的高等動物: 人類／人們。

男人／女人。②每個人，一般人：人所共知／人手一冊。③指成年人：長大成人。④指某種人：主人／客人／工人／遊人／介紹人。⑤別人：待人處事／人云亦云。⑥指人的品質、性情：這位先生人不錯。⑦指人的身體、健康、意識等：我今天人不大舒服／送到醫院，人已昏迷。⑧人手、人才：缺人／人浮於事。

【人次】一人一次為一人次。例如參觀的人第一次二百人，第二次三百人，第三次四百人，來參觀的人總共九百人次。

【人口】①居住在一定地區內的人的總數。②一戶人家的人的總數。

【人事】①指所謂人情等故。②關於工作人員的錄用、培養、調配、獎懲等工作。

【人手】指參加某項工作的人：人手齊全。

化
⬤OP 見匕部，65頁。

什
什[1] ⬤shí ⬤sap6 ⬤OJ
同「十」(多用於分數或倍數)：什一(十分之一)／什百(十倍或一百倍)。

什[2] ⬤shí ⬤zaap6 雜
各種的，雜樣的：什物／家什(家用雜物)。

【什錦】有多種原料製成或多種花樣的(多指食品)：什錦糖／素什錦／什錦火鍋。

仁
仁[1] ⬤rén ⬤jan4 人 ⬤OMM
①同情、友愛、互助的心情：仁慈／仁心／仁政／仁至義盡。②敬辭，用於表示對方的尊敬：仁兄／仁弟／仁伯。

仁[2] ⬤rén ⬤jan4 人
①果核的最內部，種子，或其他硬殼中可吃的部分：桃仁兒／花生仁兒。②像仁兒的東西：蝦仁兒。

仂
⬤lè ⬤lak6 勒 ⬤OKS
餘數。
【仂語】詞組的舊稱。

仃
⬤dīng ⬤ding1 丁 ⬤OMN
見【伶仃】，19頁。

仄
仄[1] ⬤zè ⬤zak1 側 ⬤MO
①狹窄：逼仄。②心裏不安：歉仄。

仄[2] ⬤zè ⬤zak1 側
指仄聲。
【仄聲】古漢語四聲中上聲、去聲、入聲的總稱(相對「平聲」而言)。

仆
⬤pū ⬤fu6 付 ⬤puk1 潘卜切 ⬤OY
向前跌倒：前仆後繼(形容不怕犧牲，奮勇向前)。

仇
仇[1] ⬤chóu ⬤sau4 愁 ⬤cau4 酬 ⬤OKN
①仇敵：疾惡如仇／與子同仇(比喻一致對付仇敵)。②仇恨：結仇／兩家有仇。

仇[2] ⬤qiú ⬤kau4 求
姓。

仉
⬤zhǎng ⬤zoeng2 掌 ⬤OHN
姓。

今 🔊jīn 🔊gam1 甘 🔊OIN
①現在,現代,跟「古」相對:當今/今人/厚古薄今/古為今用。②當前的(年、天及其部分):今天/今年/今冬明春。③指示代詞。此,這:今番/今次。

介[1] 🔊jiè 🔊gaai3 戒 🔊OLL
①在兩者當中:介乎兩者之間。②介紹:內容簡介。③放在心裏:不必介意/無介於懷。
【介詞】表示地點、時間、方向、方式等關係的詞,如「從、向、在、以、對於」等。
【介紹】使兩方發生關係:介紹人/介紹工作。

介[2] 🔊jiè 🔊gaai3 戒
①鎧甲:古代軍人穿的護身衣服。②甲殼:介蟲。

介[3] 🔊jiè 🔊gaai3 戒
耿直,有骨氣:耿介。

介[4] 🔊jiè 🔊gaai3 戒
個(用於人,多表示微賤):一介書生。

介[5] 🔊jiè 🔊gaai3 戒
戲曲腳本裏表示情態動作用於舞臺指示的詞:打介(打)/飲酒介(飲酒)。

仍 🔊réng 🔊jing4 形 🔊ONHS
①仍然,依然,還:仍須努力/他雖然感冒了,仍出席酒會。②照舊:一仍其舊(完全照舊)。③頻繁:頻仍。

仔[1] 🔊zǎi 🔊zai2 濟二聲 🔊OND
①同「崽」。②男青年:肥仔/打工仔。③粵語方言:凡屬小的東西都叫「仔」:銀仔(硬幣)。

仔[2] 🔊zǐ 🔊zi1 資
【仔肩】所擔負的職務、責任。

仔[3] 🔊zǐ 🔊zi2 子
幼小的(多指牲畜;家禽等):仔雞/仔豬。
【仔密】衣物等質地緊密:襪子織得十分仔密。
【仔細】①周密,細緻:仔細研究/仔細考慮。②當心,注意:路很滑,仔細點兒。③儉省:日子過得仔細。

仟 🔊qiān 🔊cin1 千 🔊OHJ
數目字「千」的大寫。

仕 🔊shì 🔊si6 事 🔊OG
舊稱做官:出仕/仕途。
【仕女】①宮女。②舊時指做官人家的女子。③也作「士女」。以美女為題材的中國畫。

他 🔊tā 🔊taa1 它 🔊OPD
①人稱代詞。稱自己和對方以外的某個人。一般指男性,有時泛指,不分性別:他們。②人稱代詞。虛指(用在動詞和數量詞之間):睡他個好覺/唱他幾句。③指示代詞。指別一方面或其他地方:排他/早已他去。④指示代詞。另外的,其他的:他人/他鄉/他日。

仗[1] 🔊zhàng 🔊zoeng3 漲 🔊OJK
①兵器的總稱:儀仗。②戰爭:勝仗/敗仗/打仗。

仗 [2] 普zhàng 粤zoeng6 丈
①憑藉，依靠：倚仗/仗恃/仗義疏財/仗着大家的力量。②拿着（兵器）：仗劍。

仙 普xiān 粤sin1 先 倉OU
①神話中稱有特殊能力，可以長生不死的人：來仙/成仙。②比喻在某方面有特別表現的人：詩仙/酒仙。③英語「cent」的音譯。港幣一元等於一百個仙。

付 [1] 普fù 粤fu6 父 倉ODI
①交給：付印/付表決/付諸實施/付出了辛勤的勞動。②動詞。給（錢）：付款/支付。

付 [2] 普fù 粤fu6 父
同「副2」，見57頁。

仞 普rèn 粤jan6 刃 倉OSHI
古時以八尺或七尺為一仞：萬仞高峯。

仡 [1] 普gē 粤go1 哥 倉OON

【仡佬族】中國少數民族，主要分佈在貴州。

仡 [2] 普yì 粤ngat6 兀

【仡仡】①強壯勇猛：仡仡勇夫。②高大：崇墉仡仡。

代 普dài 粤doi6 待 倉OIP
①替：替代/代理/代班/代課。②代理：代銷/代局長。③歷史上劃分的時期、時代：古代/近代/世代/現代。④朝代：漢代/改朝換代。⑤世系的輩分：第二代/下一代。
【代表】①受委託或被選舉出來替別人或大家辦事：我代表他去/他代表這個選區的選民。②被派遣的人：公會代表/學生會代表。③人或事物表示某種意義或象徵某種概念：不同顏色代表不同情緒。
【代詞】代替名詞、動詞、形容詞、數詞、量詞、副詞等的詞。主要分為以下三種：一、人稱代詞。如「你、我、他」。二、指示代詞。如「這、那」。三、疑問代詞。如「誰、甚麼」。
【代價】①獲得某種東西所付出的價錢。②為達到某種目的所花費的精力和物質。

令 [1] 普líng 粤ling4 靈 倉OINI

【令狐】①複姓。②古地名。

令 [2] 普líng 粤lim1 廉一聲
英語ream的音譯。量詞。原張的紙五百張為一令。

令 [3] 普lìng 粤ling6 另
①動詞。命令，上級對下級的指示：明令規定/令其切實執行。②名詞。命令：指令/法令/口令。③使，使得：令人興奮/令人肅然起敬。④酒令，宴會中助興的遊戲：猜拳行令。⑤小令（多用於詞調、曲調名）：如夢令。⑥古代官名：縣令。

令 [4] 普lìng 粤ling6 另
時令，時節：月令/夏令/當令。

令 [5] 普lìng 粤ling6 另
①美好，善：令名/令德。②敬稱：

令兄/令尊(稱別人的父親)。

【令愛】也作「令嬡」。敬辭,稱別人的女兒。

全 ⓟtóng ⓖtung4 同 ⓦOM
①「同」的異體字,見78頁。②姓。

以 1 ⓟyǐ ⓖji5 已 ⓦVIO
①介詞。用、拿、把、將:以少勝多/曉之以理/以身作則。②介詞。依、按照:以筆畫為序/眾人次第坐。③介詞。因、因為:不以失敗自餒,不以成功自滿。④連詞。表示目的:多鍛煉,以提高體質/遵守交通規則,以免發生意外。⑤介詞。在(時間):該組織以去年一月一日成立。⑥文言連詞。跟「而」用法相同:其責己也重以周,其待人也輕以約。

【以及】連接並列的詞、片語(「以及」前面往往是主要的):花圃裏有狀元紅、矢車菊、夾竹桃以及其他各色花木。

【以為】心裏想,認為:意以為未足/我以為應該這樣做。

【以致】因……而導致……:由於沒注意克服小缺點,以致犯了嚴重錯誤。

以 2 ⓟyǐ ⓖji5 已
　　用在單純的方位詞前,組成合成的方位詞或方位結構,表示時、方位、數量的界限:以上/十天以後交報告/三日以內完成任務/五嶺以南,古稱百粵。

仁 ⓟsā ⓖsaam1 三 ⓦOMMM
　　本字後面不能再用「個」字或其他量詞。
　　數量詞。三個:仁人。

【仁瓜倆棗】比喻一星半點的小事、小東西。

仫 ⓟmù ⓖmuk6 牧 ⓦOHI
【仫佬族】中國少數民族名。

仰 ⓟyǎng ⓖjoeng5 養五聲 ⓦOHVL
①臉面向上,跟「俯」相反:仰起頭來/仰天大笑/人仰馬翻。②敬慕:久仰/信仰/敬仰。③依賴:仰賴/仰人鼻息。

仲 ⓟzhòng ⓖzung6 頌 ⓦOL
①地位居中的、中裁(居間調停裁判)。②指農曆每季的第二個月:仲冬(冬季第二月)。③兄弟排行常用伯、仲、叔、季為次序,仲是老二:仲兄。

伾 ⓟpǐ ⓖpei2 鄙 ⓦOPP
【伾離】夫妻分離。專指妻子被離棄。

仵 ⓟwǔ ⓖng5 五 ⓦOOJ
①仵作,舊時官署檢驗命案死屍的人員。②姓。

件 ⓟjiàn ⓖgin6 健 ⓦOHQ
①量詞。用於個體事物:件數/一件事/兩件衣服。②指可以一一計算的事物:零件/配件/部件。③指文書、信函等:文件/急件/郵件/掛號件。

价 ⓟjiè ⓖgaai3 戒 ⓦOOLL
舊時稱派遣傳送東西或傳達事物

的人：尊价／恕乏价催。

任1 @rén @jam4吟 @OHG
①姓。②任縣、任丘，地名，都在河北。

任2 @rèn @jam6 舐
①任用，給予職務：委任。②擔任：任職／連選連任。③擔當，承受：任勞任怨。④職務：到任／一身而二任。

任3 @rèn @jam6 舐
①由着，聽憑：任意／任性／放任／不能任其自然發展。②不論，無論：任人皆知。

仿1 @fǎng @fong2訪 @OYHS
①效法，照樣做：仿效／仿造／仿製。②類似，像：他長得跟他舅舅相仿。③依照範本寫的字：仿紙／寫了一張仿。

仿2 @fǎng @fong2訪
【彷佛】見【彷彿】，190頁。

份 @fèn @fan6 焚六聲 @OCSH
①整體中的一部分：股份／分成三份／每人一份。②量詞。指成組成件的：一份飯／一份禮。③量詞。用於報刊，文件等：一份報／合同一式兩份。④用在年、月、省、縣後面，表示劃分的單位：年份／省份。

企 @qǐ @kei5其五聲 @OYLM
踮着腳看，含有盼望的意思：企望／企待／企盼。
【企圖】圖謀。

【企業】從事生產、運輸等經濟活動的部門，企業的規模一般都比較大。

优 @kàng @kong3抗 @OYHN
①對等，相稱：优儷。②高大。
【优儷】指配偶，夫婦：优儷之情。

伊1 @yī @ji1衣 @OSK
①文言助詞。用於詞語的前面，加強語氣或感情色彩：就職伊始。②姓。

伊2 @yī @ji1衣
人稱代詞。彼，他，她。二十世紀初期，文學作品中用「伊」專指女性。
【伊斯蘭教】也作「清真教」、「回教」。宗教名，穆罕默德所創，所奉經典名《古蘭經》（也譯作《可蘭經》）。唐代傳到中國。

伍 @wǔ @ng5五 @OMDM
①古代軍隊的編制，五個人為一伍。後泛指軍隊：入伍／行伍。②同伙的人：相與為伍／羞與為伍。③數目字「五」的大寫。④姓。

伎 @jì @gei6忌 @OJE
①古同「技」。②古代以歌舞娛人的女子：藝伎／歌伎／舞伎。
【伎倆】不正當的手段，花招：騙人的伎倆。

伕 @fū @fu1呼 @OQO
舊時服勞役的人，特指做苦工的人。

伏 @fú @fuk6服 @OIK
①趴，臉向下，體前屈：伏地／伏案

讀書。②低落下去：山巒起伏。③隱藏：伏兵/伏擊/潛伏期。④屈服，承認錯誤或受到懲罰：伏罪/伏法。⑤使屈服：降伏/降龍伏虎。

伐¹ 🔊fá 🔊fat6佛 🔊OI
①砍：伐樹/採伐木材。②攻打：討伐/北伐。

伐² 🔊fá 🔊fat6佛
自誇：伐善(誇自己的好處)/不矜不伐(不自大不自誇)。

休¹ 🔊xiū 🔊jau1 丘 🔊OD
①停止：休業/休學/休會/爭論不休。②歇息：休息。③舊時丈夫把妻子趕回娘家，斷絕夫妻關係：休妻。④表示禁止或勸阻：休想/休要這樣性急。

休² 🔊xiū 🔊jau1 丘
吉慶，美善：休咎(吉凶)/休戚(喜和憂)相關。

伙 🔊huǒ 🔊fo2 火 🔊OF
①飯食：起伙/包伙。②夥計，同伴，一同做事的人：同伙/伙友/伙伴。③由同伙組成的集體：合伙/成羣搭伙。④量詞。用於人羣：一伙人/分成兩伙。⑤共同，聯合起來：伙同/伙買車輛。
【伙伴】泛指共同參加某種組織或從事某種活動的人。
【伙計】①合作的人，伙伴(多用來當面稱對方)。②舊時稱店員。

伢 🔊yá 🔊ngaa4 牙 🔊OMVH
小孩子。

佤 🔊wǎ 🔊ngaa5 瓦 🔊OMVN
【佤族】中國少數民族名。

伻 🔊bēng 🔊ping1 平一聲 🔊OMFJ
①使，令。②使者。

伾 🔊pī 🔊pei1 披 🔊OMFM
【伾伾】眾多勢盛的樣子。

伯¹ 🔊bǎi 🔊baak3 百 🔊OHA
大伯子，即丈夫的哥哥。

伯² 🔊bó 🔊baak3 百
①伯父，父親的哥哥。②對年齡大、輩分高的人的尊稱：老伯。③兄弟排行常用伯、仲、叔、季做次序，伯是老大。
【伯仲】不相上下的人或事物。

伯³ 🔊bó 🔊baak3 百
古代五等爵位(公、侯、伯、子、男)的第三等。

估¹ 🔊gū 🔊gu2 古 🔊OJR
揣測，大致地推算：估計/估量/估價/不要低估了小學生的力量/你估一估這件衣服多少錢？

估² 🔊gù 🔊gu3 故
【估衣】出售的舊衣服或原料較次、加工較粗的新衣服。

你 🔊nǐ 🔊nei5 尼五聲 🔊ONF
「你」有時亦可泛指「你們」，例如

你校、你公司。

① 稱對方（一個人）：你是誰？② 泛指任何人（有時實際上指我）：你追我趕／你一言，我一語／他的才學叫你不得不佩服。

伴 　普 bàn　粵 bun6 叛　倉 OFQ

① 同在一起而能互助的人：伴侶／找個伴兒學習。② 陪伴，陪同：伴奏／伴遊／陪伴。

伶 　普 líng　粵 ling4 零　倉 OOII

舊時稱以唱戲為職業的人：坤伶（女的）／伶人／優伶。

【伶俐】聰明，靈活：口齒伶俐／很伶俐的孩子。

【伶仃】形容孤獨。

伸 　普 shēn　粵 san1 辛　倉 OLWL

（肢體或物體的一部分）舒展開：伸手／伸縮／伸懶腰。

伺 1　普 cì　粵 si6 士　倉 OSMR

【伺候】在別人身邊聽候使喚，照料飲食起居。

伺 2　普 sì　粵 zi6 自

偵候，觀察，守候：窺伺／伺敵／伺機。

似 1　普 shì　粵 ci6 侍　倉 OVIO

【似的】也作「是的」。用在名詞、代詞或動詞後面，跟某種事物或情況相似：白得像雪似的／飄瀑似的大雨。

似 2　普 sì　粵 ci5 恃

① 像，相類：類似／相似／似是而非。② 好像，表示不確定：似乎／似應再行研究／這個建議似乎有理。③ 表示比較，有超過的意思：一個高似一個。

伽 1　普 jiā　粵 gaa1 加　倉 OKSR

譯音字。

【伽倻琴】朝鮮族的弦樂器，有點像箏。

伽 2　普 qié　粵 ke4 騎

【伽藍】梵語「僧伽藍摩」的省稱，指僧眾所住的園林，後來直指佛寺。

【伽南香】沉香。

佃 1　普 diàn　粵 din6 電　倉 OW

向地主租地耕種，以維持生活的農民：佃戶／佃農。

佃 2　普 tián　粵 tin4 田

耕種田地。

但 　普 dàn　粵 daan6 憚　倉 OAM

① 只，僅，只要：但見／但願／我們不但完成任務，還贏得讚美。② 不過，可是：但是／我想去游泳，但媽媽不答應。

【但凡】只要：但凡我有時間，就練習書法。

佢 　普 qú　粵 keoi5 距　倉 OSS

人稱代詞。他。粵語仍使用：佢請假。

佇(佇) 🔊zhù 🔊cyu5 柱 🔊OJMN

長時間站着：佇候／佇立。

佈(布) 🔊bù 🔊bou3 報 🔊OKLB

①宣告，對眾陳述：宣佈／佈告／開誠佈公。②分佈，散佈：陰雲密佈。③設置，安排：佈置／佈防／佈景／佈局／佈下天羅地網。

位 🔊wèi 🔊wai6 胃 🔊OYT

①所在或所任的地方：座位／位子／部位。②職位，地位：名位／身居高位。③特指君主的位置：即位／在位。④每個數字所佔的位置：五位數／個位／百位／千位。⑤量詞。表人數（含敬意）：諸位先生／三位客人。

低 🔊dī 🔊dai1 帝一聲 🔊OHPM

①從下向上距離小，離地面近，跟「高」相對：低空／低飛／水位降低了。②一般標準或平均程度之下：低調／低聲講話／眼高手低。③等級在下的：低年級學生／我比哥哥低一班。④俯，頭向下垂：低頭。

住 🔊zhù 🔊zyu6 朱六聲 🔊OYG

①長期居留或暫時歇息：住了一夜／住在香港／他家在這裏住了好幾代。②停，止，歇下：住手／雨住了。③用做動詞的補語，表示穩定或牢固：站住／捉住／把住方向盤。④用做動詞的補語，表示停頓或靜止：把他問住了。⑤表示力量夠得上（跟「得」或「不」連用）：禁得

住／支持不住。

佐 🔊zuǒ 🔊zo3 助三聲 🔊OKM

①輔佐，幫助：佐理／佐餐（下飯）。②輔助別人的人：僚佐／官佐。

佑 🔊yòu 🔊jau6 又 🔊OKR

保護，幫助：保佑／庇佑。

佔(占) 🔊zhàn 🔊zim3 尖三聲 🔊OYR

①有，用強力取得：佔據／佔領／攻佔敵軍據點。②處於某地位，某情形：佔先／佔優勢／佔上風。

佝 🔊gōu 🔊kau3 扣 🔊keoi1 拘 🔊OPR

【佝僂】駝背彎腰。

何 🔊hé 🔊ho4 河 🔊OMNR

①疑問代詞，甚麼：何人？／何事？／為何？／有何困難？②哪裏：欲何往？③為甚麼：否何畏彼哉？④表示反問：何濟於事？／何足掛齒？⑤姓。
【何妨】用反問語氣表示不妨：你何妨去看看？
【何況】連詞。用反問語氣表示更進一層的意思：他都不行，何況是我？

佘 🔊shé 🔊se4 蛇 🔊OMMF

姓。

余 🔊yú 🔊jyu4 如 🔊OMD

①代詞。我。②姓。

佚 粵yì 普jat6日 倉OHQO
同「逸」，見620頁。

佗 粵tuó 普to4陀 倉OJP
負荷。

佛¹ 粵fó 普fat6乏 倉OLLN
①梵語「佛陀」的省稱，是佛教徒對「得道者」的稱呼。特指佛教的創始人釋迦牟尼。②指佛教，釋迦牟尼創立的宗教。③佛號或佛經：唸佛/誦佛。

佛² 粵fú 普fat1拂
仿彿。見【彷彿】，190頁。

佛³ 粵fú 普fat1拂
同「拂③」，見222頁。

佧 粵kǎ 普kaa1卡一聲 倉OYMY
【佧佤】佤族的舊稱。佧是奴隸的意思，現已廢除「佧佤」之稱，而稱「佤族」。

作¹ 粵zuō 普zok3昨 倉OHS
作坊，舊時手工業製造或加工的地方：油漆作坊/洗衣作坊。

作² 粵zuò 普zok3昨
①起，興起：振作精神/一鼓作氣。②做某事，從事某種活動：自作自受。③寫作：著作/作曲。④文學家或藝術家所創造出來的東西：作品/佳作/傑作。⑤裝：作態/裝腔作勢。⑥當成，作為：作保/作廢/認賊作父。⑦寫成，寫為(多用於校勘和辭書)：古書中「伏羲」又作「伏犧」。⑧發作：作怪/作嘔。
【作風】①人們在作品、工作或行動中表現出來的態度和行為。②風格。
【作用】功能，使事物發生變化的力量：起作用/帶頭作用。

佞 粵nìng 普ning6擰六聲 倉OMMV
①善辯，巧言諂媚：奸佞/佞口/佞人(有口才而不正派的人)。②有才智：不佞(舊時謙稱)。
【佞臣】奸佞的臣子：佞臣當道。

佟 粵tóng 普tung4同 倉OHEY
姓。

佣 粵yòng 普jung2擁 倉OBQ
【佣金】買賣東西時，介紹紹人的錢。

佩 粵pèi 普pui3配 倉OHNB
①佩帶，掛：佩戴勳章/腰間佩着一支手槍。②佩服，心悅誠服：這種精神十分可佩。

併(并) 粵bìng 普bing3柄 倉OTT
合在一起：歸併/合併/併發症/併案辦理/三組成員併成兩組。

佯 粵yáng 普joeng4羊 倉OTQ
假裝：佯攻/佯作不知。

侉 粵kuǎ 普kwaa2誇二聲 倉OKMS
①口音與本地語音不合：他說話有

點侉。②土氣：這身衣服侉得要命。③粗大，不細巧。

使 1 ⓟshǐ ⓒsi2 史 Ⓧsai2 駛
ⓒOJLK

①用：使勁／使用電腦／這枝筆很好使。②派，差遣：支使／使人前往。③讓，令，叫：使人高興／迫使敵人放下武器。④假若：假使。

使 2 ⓟshǐ ⓒsi3 試
奉使命辦事的人：大使／公使／特使。
【使命】奉命去完成的某項任務，多比喻重大的責任：歷史使命。

佳 ⓟjiā ⓒgaai1 皆 ⓒOGG
美，好的：佳音（好消息）／佳句／佳節／佳作。

㑊 ⓟcì ⓒci3 次 ⓒOIMO
幫助：㑊助。

侜 ⓟzhōu ⓒzau1 周 ⓒOHBY
誑，騙。
【侜張】作偽，欺騙：侜張為幻。

佾 ⓟyì ⓒjat6 日 ⓒOCB
古代樂舞的行列。

侃 1 ⓟkǎn ⓒhon2 罕 ⓒORHU
①剛直。②和樂的樣子。
【侃侃】理直氣壯，從容不迫的樣子：侃侃而談。

侃 2 ⓟkǎn ⓒhon2 罕
閒談，閒聊：兩人侃起來沒完沒了。

來(来) 1 ⓟlái ⓒloi4 萊
ⓒDOO 注意筆畫直筆不鈎。

①從別的地方到說話人所在的地方，跟「去」、「往」相對：來信／我來香港三年了。②（問題、事情等）發生，到到：問題來了／開春以後，農忙來了。③做某一動作（代替前面的動詞）：再來一個！／這樣可來不得！／我辦不了，你來吧！／他打球很好，你也來一下？④趣向動詞。跟「得」或「不」連用，表示有能力或沒有能力，也表示可能或不可能：這首歌我唱不來／他們倆很談得來。⑤在動詞前，表示要做某事：我來問你／我來唸一遍吧！／大家來想想辦法。⑥用在另一動詞後，表示來做某件事：我們實習來了。⑦動詞，來着。用於句尾，表示曾經發生過甚麼事情：我昨天上廣州去來着／剛才我們在這兒開會來着。⑧現在以後：未來／來年（明年）。⑨方位詞。以來，表示從過去到現在：從來／向來／自古以來／這一年來他的進步很大。⑩助詞。在動詞「一」、「二」、「三」後，表示列舉：他一來有才華，二來努力，所以能獲得成功。⑪助詞。表示約略估計的數目，將近某一數目：十來個／三尺來長／五十來歲。
【來往】交際。

來(来) 2 ⓟlái ⓒloi4 萊
詩歌中間用做襯字，

或為了聲音規律配合的音節：正月裏來
是新春。

來(来)

[普] lái [粵] loi4 萊

3 在動詞後，表示動作
的趨向：拿來／進來／上來／一隻燕子飛
過來／大哥託人捎來了一封信。

佟

[普] chǐ [粵] ci2 此 [倉] ONIN
① 浪費，用財物過度：生活奢佟。
② 誇大：佟談。

例

[普] lì [粵] lai6 勵 [倉] OMNN
① 可以做依據的事物：例證／史無
前例／舉一個例子。② 規定：條例／
發凡起例。③ 調查或統計時，指合於某條
件的事例：病例／十五例中，五例情況改
善，三例情況惡化，七例維持不變。④ 按
條例規定的，照規成進行的：例會／例行
公事。

【例外】不按規定的，和一般情況不同的：
全體參加，沒有一個例外／遇到例外的
事就得機動處理。

侍

[普] shì [粵] si6 士 [倉] OGDI
服侍，伺候，在旁邊陪着：侍立／
服侍病人。

佬

[普] lǎo [粵] lou2 勞二聲 [倉] OJKP
注意筆畫右下作匕。
成年的男子（含輕視意）：闊佬。

侏

[普] zhū [粵] zyu1 朱 [倉] OHJD
矮小。

【侏儒】身材特別矮小的人。

佻

[普] tiāo [粵] tiu1 挑 [倉] OLMO
輕薄，不莊重：輕佻。

【佻健】態度不嚴肅，輕佻。

佴

[普] èr [粵] ji6 二 [倉] OSJ

1 置，停留。

佴

[普] nài [粵] noi6 耐

2 姓。

佗

[普] tuō [粵] tok3 托 [倉] OIHP
寄託，依託。

佼

[普] jiǎo [粵] gaau2 狡 [倉] OYCK
美好：佼人。

【佼佼】勝過一般水平的：庸中佼佼／佼
佼者。

侑

[普] yòu [粵] jau6 又 [倉] OKB
勸人吃喝：侑食／侑觴（勸酒）。

侔

[普] móu [粵] mau4 謀 [倉] OIHQ
相等，齊：相侔。

侖(仑)

[普] lún [粵] leon4 輪
[倉] OMBT
條理，倫次。

侗

[普] dòng [粵] dung6 洞 [倉] OBMR

1

【侗族】中國少數民族名。

侗

[普] tóng [粵] tung4 同

2 幼稚無知。

侗

[普] tǒng [粵] tung4 同

3 儱侗。見【籠統】，441頁。

侘 ⓐchà ⓑcaa3 詫 ⓒOJHP
【侘傺】形容失意的樣子。

供 1 ⓐgōng ⓑgung1 公 ⓒOTC
①準備東西給需要的人應用：供給/提供/供銷/供應/供參考/供求相應/供小孩兒唸書。②指按期拿出錢款還貸：供車/供房。③指按月還貸所提供的錢款：車供/月供。
【供養】(gōngyǎng) 供給生活所需，贍養或撫養。

供 2 ⓐgòng ⓑgung3 貢
①把香燭等放在神佛或祖先像（或牌位）前表示敬奉：供養祖先/遺照前供鮮花。②祭祀時陳列，表示虔敬的東西：上供。
【供養】(gòngyǎng) 用供品祭祀（神佛和祖先）。

供 3 ⓐgòng ⓑgung1 公
①招詞。被審問時在法庭上述説事實：招供/供認。②名詞。供詞：口供/供狀。

依 ⓐyī ⓑji1 衣 ⓒOYHV
①緊挨着：依偎/依山傍水。②靠，仗賴：依靠/相依為命。③按照：依照/依次前進/依樣畫葫蘆。④順從，答應：不依不饒/依違兩可。
【依依】①留戀，不忍分離：依依不捨。②形容樹枝柔弱，隨風搖動的樣子：楊柳依依。

傀 ⓐguǐ ⓑgwai2 軌 ⓒONMU
①乖戾。②奇異，不平常的：傀辯。

③傀然：傀得傀失（偶然得到和偶然失去）。

佶 ⓐjí ⓑgat1 吉 ⓒOGR
健壯。
【佶屈】曲折：佶屈聱牙（也作「詰屈聱牙」。文句拗口，不通順）。

佰 ⓐbǎi ⓑbaak3 百 ⓒOMA
數目字「百」的大寫。

侄 ⓒOMIG 「姪」的簡體字，見 141 頁。

佺 ⓐquán ⓑcyun4 全 ⓒOOMG
用於人名。

侮 ⓐwǔ ⓑmou5 母 ⓒOOWY
欺負，輕慢：侮辱/欺侮/抵禦外侮/民意不可侮。

侯 1 ⓐhóu ⓑhau4 喉 ⓒONMK
注意筆畫右上作コ。
①中國古代五等爵位的第二等：封侯/諸侯。②泛指達官貴人：侯門似海。③姓

侯 2 ⓐhòu ⓑhau6 后
閩侯。地名，在福建。

侵 ⓐqīn ⓑcam1 尋一聲 ⓒOSME
①侵犯，奪取別人的權利：侵害/侵吞。②漸近：侵曉/侵晨。
【侵略】侵犯別國領土、主權，掠奪別國財富，奴役別國人民。有時也採用政治干預、經濟和文化滲透等方式。

侶(侣) 粵lǚ 粵leoi5呂 倉ORHR
同伴：伴侶/情侶。

侷(局) 粵jú 粵guk6局 倉OSSR
同「局3②」，見162頁。

便¹ 粵biàn 粵bin6辨 倉OMLK
①方便，順序，沒有困難或阻礙：便利/行人稱便/便於攜帶。②便利的時候或順便的機會：便中請來信/得便就送去。③簡單的，禮節上非正式的：便條/便衣/家常便飯。④排泄屎尿或排泄出來的屎尿：大便/小便/便祕(大便困難)/糞便可做肥料。⑤就：前面使是/說了便做/沒有經濟上的獨立，政治獨立便不完整。

【便宜】(biànyí) 方便合適，使用或行動起來不感困難：出入便宜。

【便宜行事】(biànyí) 也作「便宜從事」。經過特許，不必請示，根據實際情況和臨時變化就斟酌處理。

便² 粵pián 粵pin4駢
【便便】肚子肥大的樣子：大腹便便。
【便宜】(pián‧yi) ①物價較低：這些花布都很便宜。②不應佔的小利，私利：不要貪小便宜。

係(系) 粵xì 粵hai6繫 倉OHVF
①有關聯的：干係/關係。②相當於「是」：確係實情。

俟(俟) 粵yǔ 粵jyu5語 倉ORVK

【俟俟】身材高大。

促 粵cù 粵cuk1束 倉ORYO
①時間短：急促/短促。②催，推動：督促/促進/促其成功。③靠近：促膝談心(對坐着談心裏話)。

俄¹ 粵é 粵ngo4娥 倉OHQI
短時間，突然間：俄頃/俄而。

俄² 粵é 粵ngo4娥
俄羅斯的簡稱。
【俄羅斯族】①中國少數民族名。②俄羅斯聯邦的人數最多的民族。

俎 粵zǔ 粵zo2左 倉OOBM
①古代祭祀時放祭品的器物。②古代切肉或菜時墊在下面的砧板：刀俎/俎上肉(比喻任人欺壓的人或國家)。

俏 粵qiào 粵ciu3肖 倉OFB
①漂亮，相貌美好：俊俏/俏佳人。②貨物的銷路好：俏貨/行情看俏。③烹調時為增加滋味、色澤，加上少量青蒜、香菜、木耳之類：俏點兒蒜頭。

俊 粵jùn 粵zeon3進 倉OICE
①容貌美麗：俊秀/俊俏/那個小姑娘真俊。②才智過人的：俊傑/俊士/英俊。

俐 粵lì 粵lei6利 倉OHDN
見【伶俐】，19頁。

俚 粵lǐ 粵lei5里 倉OWG
民間的，通俗的：俚歌/俚語。

俑 粵yǒng 粵jung2 擁 倉ONIB
古時殉葬的偶像：陶俑／兵馬俑。

俗 粵sú 粵zuk6 濁 倉OCOR
①風俗：移風易俗／入境問俗。②大眾化的，最通行的：俗語／通俗讀物。③趣味不高的，令人討厭的：這張畫畫得太俗。④指沒出家的人（區別於出家的佛教徒等）：僧俗。

俘 粵fú 粵fu1 呼 倉OBND
①名詞。打仗時被擒的敵人：俘虜／戰俘／遣俘。②動詞。打仗時擒住敵人：被俘／俘獲／俘虜。

俟¹ 粵qí 粵kei3 其 倉OIOK
万俟（Mòqí），一個複姓。

俟² 粵sì 粵zi6 自
等待：俟機／俟該書出版後即寄去。

俛 倉ONAU「俯」的異體字，見27頁。

保 粵bǎo 粵bou2 補 倉ORD
①看守住，護着不讓受損害或喪失：保衛／保護／保健／保家衛國。②維持，使持久：保水土（用造林、種草、開梯田等方法使雨水儘量滲到地下去，不沖走土壤）。③保證，擔保：保贈／我敢保他一定做得好。④擔保（不犯罪、不逃走等）：保釋／取保候審。⑤保險：投保／保單。⑥舊時戶口的一種編制，若干戶為一甲，若干甲為一保。
【保守】①守舊，不求改進：這個計劃訂得太保守了，要重新修訂。②保持不失去：保守祕密。
【保險】①個人或企業按期向保險公司交納保險費，發生災害或遭受損失時，由保險公司按預定保險額數賠償。②保證靠得住：這樣做保險不會錯。
【保育】對幼兒的撫養教育。
【保障】①維護：婚姻法保障了配偶雙方的利益。②作為衞護的力量：強大的陸海空軍是國家安全的保障。
【保證】切實負責：保證完成任務。
【保安族】中國少數民族名。

俠（侠） 粵xiá 粵haap6 峽 粵hap6 合 倉OKOO
指依着自己的力量幫助別人的人或行為：武俠／俠客／俠義。

信¹ 粵xìn 粵seon3 迅 倉OYMR
①確實：信史／信而有徵。②信用：失信／守信／威信。③信任，不懷疑認為可靠：信託／這話我不信。④信仰崇奉：信徒／信教。⑤聽憑，隨意，放任：信步／信口開河。⑥憑據：信號／信物／印信。⑦函件：書信／介紹信／給他寫封信⑧音信，消息：報信／喜信兒。
【信號】傳達消息、命令、報告等的記號：放信號槍。

信² 粵xìn 粵seon3 迅
【信石】砒霜。因產地在江西信州得名。

傳 粵pīng 粵ping1 乒 倉OLWS
見【伶俜】，19頁。

俅[1] 🔊qiú 🔊kau4 求 🔊OIJE

【俅人】中國少數民族獨龍族的舊稱。

俅[2] 🔊qiú 🔊kau4 求

【俅俅】恭順的樣子。

侹 🔊tǐng 🔊ting5 挺
🔊ONKG
平而直。

俯 🔊fǔ 🔊fu2 苦 🔊OIOI
① 向下，低頭，跟「仰」相對：俯衝/俯視山下/俯仰之間（低頭、抬頭之間，比喻很短的時間）。② 敬辭。書信中稱對方對自己的行動：俯允/俯念。

修（脩）[1] 🔊xiū 🔊sau1 收
🔊OLOH 注意「修」右上作攵。
① 修飾：裝修/修辭。② 修理，整治：修修/修橋補路。③ 書寫，撰寫：修書/修史。④ （學問、品行方面）學習和鍛煉：修業/自修。⑤ 修行：修煉/修道。⑥ 建造：修鐵道/修橋。⑦ 剪或削，使整齊：修指甲/修樹枝。

修（脩）[2] 🔊xiū 🔊sau1 收
長：修長/茂林修竹。

俱 🔊jù 🔊keoi1 拘 🔊OBMC
副詞。全，都：父母俱存/面面俱到。
【俱樂部】為達到某些目的，如社交、休閒活動和娛樂等而組織的團體及其使用場所。

俳 🔊pái 🔊paai4 排 🔊OLMY
① 古代稱滑稽戲或演滑稽戲的人。② 滑稽：俳諧。

俵 🔊biào 🔊biu2 表 🔊OQMV
按份或按人分發。

俶[1] 🔊chù 🔊cuk1 束 🔊OYFE
① 開始。② 整理：俶理（整理行裝）。
【俶爾】忽然。

俶[2] 🔊tì 🔊tik1 惕
俶儻。見【倜儻】，29頁。

俸 🔊fèng 🔊fung2 鳳二聲
🔊OQKQ
舊稱官員等所得的薪金：俸祿/薪俸。

俺 🔊ǎn 🔊jim3 厭 🔊OKLU
① 人稱代詞。我：俺村。② 人稱代詞。我們（不包括聽的人）：俺那裏出棉花。

俾 🔊bǐ 🔊bei2 比 🔊OHHJ
使（達到某種效果）：俾便考查/俾眾周知。

倀（伥） 🔊chāng 🔊coeng1 昌
🔊OSMV
古時迷信說被老虎咬死的人變成的鬼，幫助虎傷人：為虎作倀（比喻幫惡人作惡）。

併 🔊OHJJ 「併」的異體字，見21頁。

倆（俩） 1 ⓟliǎ ⓒloeng5 兩
ⓒOMLB
① 兩個。本字後面不能再用「個」字或其他量詞：咱倆／你們倆／夫婦倆／買碗饅頭。② 不多，幾個：只有這幾人，恐怕搬不動／只有幾錢，還亂花？

倆（俩） 2 ⓟliǎng ⓒloeng5 兩
見【伎倆】，17頁。

倉（仓） ⓟcāng ⓒcong1 艙
ⓒOIAR
① 收藏用的建築物：米倉／穀倉／貨倉。② 指投資者所持有的証券、期貨等的金額佔其資金總量的比例：補倉／減倉。
【倉庫】儲藏東西的房子。
【倉促】也作「倉猝」。匆忙：倉促應戰／時間倉促，來不及解釋。

個（个） 1 ⓟgě ⓒgo3 哥三聲
ⓒOWJR
見【自個兒】，493頁。

個（个） 2 ⓟgè ⓒgo3 哥三聲
① 量詞。指一般單體的東西：三個月／一個人。② 量詞。用於約數前面，使句子顯得語氣輕鬆、隨便：一天走個百八十里，不在話下。③ 量詞。用於帶賓語的動詞後面，有表示動量的作用：見個面／說個話兒。④ 量詞。用於動詞和補語的中間（跟「得」連用）：吃個飽／笑個不停／雨下個不停／掃得個乾乾淨淨。⑤ 單獨的：個人／個體。

個（个） 3 ⓟgè ⓒgo3 哥三聲
① 量詞。「些」的後綴：那些個花兒／有一些個令人鼓舞的消息。

② 加在「昨兒」、「今兒」、「明兒」等時間詞後面，跟「昨天」、「今天」、「明天」的意思相近。

倌 ⓟguān ⓒgun1 官 ⓒOJRR
① 農村中專管飼養某些家畜的人：牛倌。② 舊時稱服雜役的人：堂倌（茶、酒、飯館的招待人員）。

倍 ⓟbèi ⓒpui5 配五聲 ⓒOYTR
① 跟原數相同的數，某數的幾倍就是用幾乘某數：二的五倍是十。② 加倍：精神百倍（精神旺盛）／事半功倍（指費力少而收效大）。

們（们） ⓟ‧men ⓒmun4 門
ⓒOAN 名詞前有量詞的話，後面不加「們」，例如不說「兩個學生們」。
詞尾，用在代詞或人的名詞後面，表示複數：你們／咱們／他們的／學生們／師徒們。

倒 1 ⓟdǎo ⓒdou2 睹 ⓒOMGN
① 豎立的東西躺下來：摔倒／牆倒了／大風颳倒了老樹。②（事業）失敗，垮臺：倒閉／倒臺。③ 進行反對活動，使政府、首腦人物等垮臺：倒閣／倒袁（世凱）。
【倒霉】也作「倒楣」。事情不順利，受挫折。

倒 2 ⓟdǎo ⓒdou2 睹
① 對調，轉移，更換，改換：倒車／倒手（東西從一隻手轉到另一隻手上也指甲把貨賣給乙）。② 騰挪：地方太小

倒不開身。③把公司出售給他人繼續經營：鋪子倒出去了。④低價買進高價賣出：倒糧食／倒買倒賣。

倒³ 🔊dào 🔊dou3到
　①位置上下前後顛倒：這面鏡子掛倒了。②反面的，相反的：喝彩／倒錢。③動詞。使向相反的方向移動或顛倒：倒車／把那幾本書倒過來。④副詞。表示跟意料相反：你太客氣，倒顯得見外了。⑤副詞。表示事情不是那樣，有否定、責怪的語氣：你説得倒容易，可做起來並不易。⑥副詞。表示讓步：東西倒挺好，就是太貴。⑦副詞。表示催促或追問，有不耐煩的語氣：你倒是説話呀！
【倒背如流】指着背誦像流水那樣順暢，形容詩文等讀得很熟。

倒⁴ 🔊dào 🔊dou2睹
　把容器反轉或傾斜使裏面的東西出來：倒茶／倒水。

倅 🔊cuì 🔊ceoi3趣 🔊OYOJ
　①副職。②輔佐。

倔¹ 🔊jué 🔊gwat6掘 🔊OSUU
【倔強】也作「倔犟」。性情剛強不屈，固執：人很直爽，就是性情倔強。

倔² 🔊jué 🔊gwat6掘
　性子直，態度生硬：倔脾氣／那老頭子真倔。

倖 🔊xìng 🔊hang6杏 🔊OGTJ
　①僥倖。即煩惱，多見於早期白話。②「幸④-⑤」的異體字，見79頁。

倘¹ 🔊cháng 🔊soeng4常 🔊OFBR
【倘佯】同「徜徉」，見193頁。

倘² 🔊tǎng 🔊tong2淌
　假使，如果：倘若努力，一定成功。

候¹ 🔊hòu 🔊hau6后 🔊OLNK
　注意「候」右上作ㅗ。
　①等待：等候／候車室／你稍候，他就來。②問候，問好。

候² 🔊hòu 🔊hau6后
　①時節：時候／氣候／季候風。②古代五天為一候，現在氣象學上仍沿用。③情況：症候。
【候鳥】隨氣候變化而遷移的鳥，像大雁、燕子都是。

倚 🔊yǐ 🔊ji2椅 🔊OKMR
　①靠着：倚門／倚窗望遠。②仗恃：倚勢欺人／倚老賣老。③偏：不偏不倚。

傛 🔊OHEW「備」的異體字，見34頁。

倜（俶） 🔊tì 🔊tik1惕 🔊OBGR
【倜儻】也作「俶儻」。灑脱，不拘束。多用於形容男子。

借 🔊jiè 🔊ze3蔗 🔊OTA
　①暫時使用別人的財物等：借兄弟的錢／借朋友的車。②把財物等暫時給別人使用：借給他幾塊錢。

【借光】客套話, 用於請別人給自己方便或向人詢問。

值 🔊zhí 🔊zik6夕 🔊OJBM
① 價格, 價錢：物值相等。② 物和價相當：值一百元。③ 數學上指依照數學式演數所得結果。④ 值得, 有意義或有價值：不值一提。⑤ 遇到, 碰上 (某個時間)：時值春耕／正值國慶。⑥ 輪流擔任一定時間內的工作：值日／值班。

倡 1 🔊chāng 🔊coeng1 窗 🔊OAA
① 指以演奏、歌舞為業的人。② 同「娼」, 見143頁。
【倡優】① 古代指擅長樂舞、諧戲的人。② 娼妓和優伶。

倡 2 🔊chàng 🔊coeng3 唱
帶頭發動, 首先提出：倡議／倡導／倡言／倡辦。

倥 1 🔊kōng 🔊hung1 空 🔊OJCM
【倥侗】童蒙無知。

倥 2 🔊kǒng 🔊hung2 孔
【倥偬】① 事情迫促：戎馬倥偬。② 窮困。

倨 🔊jù 🔊geoi3 據 🔊OSJR
傲慢：倨傲／前倨後恭 (起初傲慢, 其後謙順, 形容人態度變化, 含諷刺意)。

倩 1 🔊qiàn 🔊sin6 善 🔊OQMB
注意「倩」右下作ㄐ。
美好：倩影。

倩 2 🔊qìng 🔊cing3 秤
請人代做：倩人代筆。

倴 🔊bèn 🔊ban6 笨 🔊OKJT
【倴城】地名, 在河北。

倪 🔊ní 🔊ngai4 危 🔊OHXU
見【端倪】, 430頁。

倫 (伦) 🔊lún 🔊leon4 輪 🔊OOMB
① 人倫：倫常／倫理／五倫。② 條理, 次序：語無倫次。③ 同類, 同等：無與倫比／不倫不類。
【倫次】語言、文章的條理次序：文筆錯雜, 毫無倫次。

倬 🔊zhuō 🔊coek3 綽 🔊OYAJ
顯著, 大。

倭 🔊wō 🔊wo1 窩 🔊OHDV
中國古代稱日本。
【倭瓜】南瓜。
【倭寇】14–16世紀屢次騷擾搶劫朝鮮和我國沿海的日本海盜。抗日戰爭時期也稱日本侵略者為倭寇。

倮 🔊luǒ 🔊lo2 裸 🔊OWD
同「裸」, 見556頁。

傳 🔊OJLN「剸」的異體字, 見56頁

保
⊜OBD 「眛」的異體字，見 403 頁。

做
⊜OYSK 「仿1」的異體字，見 17 頁。

倢
⊜jié ⊜zit3折 ⊜OJLO
①同「捷1」，見 230 頁。②同「婕」，見 143 頁。

倦
⊜juàn ⊜gyun6 捐六聲
⊜OFQU 注意「倦」右下作巳。
①疲乏：疲倦。②厭倦：孜孜不倦／誨人不倦。

倏
⊜shū ⊜suk1 叔 ⊜OLOK
極快地，忽然：倏急／倏爾而逝。
【倏地】極快地，迅速地：倏地閃過一個人影。

倐
⊜OLHF 「倏」的異體字，見 31 頁。

偃
⊜yǎn ⊜jin2 堰 ⊜OSAV
①仰面倒下，放倒：偃卧／偃旗息鼓。②停止：偃武修文 (停止武備，提倡文教)。

假
1 ⊜jiǎ ⊜gaa2 賈 ⊜ORYE
①不真實的，不是本來的，跟「真」相反：假髮／假話／假仁假義。②假定：假設／假說。③假如：假若／假使。④借用，利用：假借／假手於人／假公濟私／久假不歸。⑤憑藉，依靠：不假思索 (指不費思考，用着不想。形容説話做事迅速)。

【假如】連詞。如果。
【假使】連詞。如果。

假
2 ⊜jià ⊜gaa3 嫁
照規定或經請求暫時不工作或不學習的時間：例假／寒假／假期／請假。

偈
1 ⊜jì ⊜gai6 計六聲 ⊜OAPV
佛經中的唱詞。

偈
2 ⊜jié ⊜git6 傑
①勇武。②跑得快。

偉(伟)
⊜wěi ⊜wai5 卉五聲
⊜ODMQ 注意「偉」下作牛。
①大：身體魁偉／偉大的事業。②壯美：偉岸／偉丈夫。

偌
⊜ruò ⊜je6 夜 ⊜OTKR
指示代辭。這麼，那麼 (多見於早期白話)：偌大年紀。

倻
⊜yē ⊜je4 椰 ⊜OSJL
見【伽倻琴】，19 頁。

偎
⊜wēi ⊜wui1 煨 ⊜OWMV
緊挨着，親密地靠着：孩子偎在母親懷裏。

偭
⊜miǎn ⊜min5 免 ⊜OMWL
①向，面向。②違背：偭規越矩 (違背禮法)。

偏
⊜piān ⊜pin1 篇 ⊜OHSB
①歪，不在中間：鏡子掛偏了／太

陽偏西了。②僅重視一方面, 不全面, 不公正:偏重/偏愛/偏於一端。③輔助的, 不佔主要地位的:偏將/偏師。④與某個標準相比有差距:工資偏低/體溫偏高。⑤偏巧:偏不湊巧/大家都背熟了詩, 偏他沒背。

【偏差】①運動的物體離開確定方向的角度。②工作上產生的過分或不及的差錯:掌握政策不出偏差。

【偏偏】①表示故意跟客觀要求或現實情況相反:媽媽要他留在家中, 他偏偏要外出。②表示事實與期望的恰恰相反:我們打算星期天去郊遊, 偏偏這天下起了雨。

【偏向】①執行政策方針不正確, 不全面:糾正偏向。②偏於贊成(某一方面):我偏向於選擇方案甲。③(對一方)無原則地支持或祖護。

偕 ⓟxié ⓒgaai1 佳 ⓔOPPA
共同, 在一塊兒:偕老/偕行/相偕遊園。

做 ⓟzuò ⓒzou6 造 ⓔOJRK
①製造:做制服/做紙雕塑。②幹, 進行工作或活動:做工/做事/做買賣。③舉行慶祝或紀念活動:做壽/做生日。④充當, 為:做父母的/我願意做一個好學生。⑤當作:這篇文章可以做教材/樹皮可以做造紙的原料。⑥結成(某種關係):做朋友/做對頭/做親家。⑦裝, 扮:做鬼臉/做好做歹。

【做作】表情或動作不自然。

停[1] ⓟtíng ⓒting4 廷 ⓔOYRN
①停止:停辦/雨停了。②停留:我在杭州停了三天。③停放, 停泊:停靈/一輛汽車停在門口。④齊備, 妥當:停妥/停當。

停[2] ⓟtíng ⓒting4 廷
總數分成幾等份, 其中一份叫一停兒:十停兒有九停兒是好的。

偽(伪) ⓟwěi ⓒngai6 魏 ⓔOIKF
①有意做作掩蓋本來面貌的, 不真實:真偽/偽鈔/偽造/偽裝/去偽存真。②不合法的, 竊取政權的:偽政府。

健 ⓟjiàn ⓒgin6件 件 ⓔONKQ
①強壯, 身體好:健康/健全。②使強健:健腦/健身。③在某一方面顯示的程度超過一般, 善於:健談/健忘。

【健存】健在:許多同輩相繼去世, 健存的屈指可數了。

【健全】①強健而沒有缺陷。②完備無缺或使完備:制度很健全。

【健忘】容易忘記, 記憶力不強。

偲[1] ⓟcāi ⓒcaai1 猜 ⓔOWP
多才。

偲[2] ⓟsī ⓒsi1 司
【偲偲】朋友互相切磋, 督促。

側(侧)[1] ⓟcè ⓒzak1 則 ⓔOBCN
①旁:樓側/側面。②向旁邊斜着:側目

側耳細聽／側身而入。

【側重】偏重，着重某一方面。

側（側） 2 ⓷zè ⓹zak1 則

同「仄2」，見13頁。

側（側） 3 ⓷zhāi ⓹zak1 則

傾斜，不正：側歪。

【側稜】向一邊傾斜：側稜着身子睡覺。

【側歪】傾斜：車在山坡上側歪着走。

偵（偵） ⓷zhēn ⓹zing1 晶　⓹OYBC

探聽，暗中察看：偵探／偵察機／偵查案件。

偶 1 ⓷ǒu ⓹ngau5 藕　⓹OWLB

用木頭或泥土等製成的人像：木偶／偶像（後比喻崇拜的對象）。

偶 2 ⓷ǒu ⓹ngau5 藕

①雙，對，成雙或成對，跟「奇」相反：偶數／無獨有偶。②配偶：佳偶。

偶 3 ⓷ǒu ⓹ngau5 藕

偶然，偶爾：中途偶遇／偶一為之／偶感風寒。

【偶然】①事理上不一定要發生而發生的，超出一般規律的，間或發生的：偶然事件／取得這些成就絕不是偶然的。②不經常：偶然去一次。

偷 ⓷tōu ⓹tau1 透一聲　⓹OOMN

注意「偷」右上作人。

①趁人不知道拿人東西，據為己有：偷竊。②指偷盜的人：慣偷／小偷。③暗地裏勾搭異性，與人私通：偷情。④副詞。偷，行動瞞着人：偷看／偷聽／偷懶（趁人

不知道少做事）。⑤抽出（時間）：偷空／偷閒。⑥苟且，只顧眼前：偷安／偷生。

偓 ⓷wò ⓹ak1 扼　⓹OSMG

用於人名。

偬 ⓷zǒng ⓹zung2 腫　⓹OPKP

見【倥偬】，30頁。

偺 ⓹OHOA「咱」的異體字，見88頁。

偪 ⓹OMRW「逼」的異體字，見620頁。

偰 ⓷xiè ⓹sit3 屑　⓹OQHK

①「契3」的異體字，見135頁。②姓。

傣 ⓷dǎi ⓹taai3 太　⓹OQKE

傣族，中國少數民族名。

傢（家） ⓷jiā ⓹gaa1 家　⓹OJMO

【傢伙】①指工具或武器：這傢伙真鋒利。②指人（輕視或玩笑）：這傢伙真滑稽。③指牲畜：這傢伙真乖巧，見了主人就擺尾。

【傢具】日常生活用的桌、椅等器具。

傀 ⓷kuǐ ⓹faai3 塊　⓹OHI

【傀儡】①木偶戲裏的木頭人。②比喻受人操縱的人或組織（多用於政治方面）：傀儡政府。

傅[1] 🔊fù 🔊fu6 父 🔊OIBI
①輔助，教導。②教授或傳授技藝的人：師傅。③姓。

傅[2] 🔊fù 🔊fu6 父
①附着，使附着：皮之不存，毛將安傅？（比喻事物互相依存）。②塗抹：傅粉。

【傅會】見【附會】，669頁。

傍 🔊bàng 🔊bong6 磅 🔊OYBS
①靠：依山傍水／船傍了岸。②臨近（多指時間）：傍午／傍黑／傍晚。③依靠，依附：傍人門戶。

傑(杰) 🔊jié 🔊git6 桀 🔊ONQD
①才能出眾的人：英雄豪傑。②特異的，超過一般的：傑作／傑出的人才。

傖(伧)[1] 🔊cāng 🔊cong1 倉 🔊OOIR
譏諷人粗俗，鄙賤：傖俗／傖父（粗野的人）。

傖(伧)[2] 🔊chen 🔊cong1 倉
寒傖。見【寒磣】，155頁。

傶(佋) 🔊zhòu 🔊zau3 縐 🔊OPUU
乖巧，伶俐，漂亮（元曲中常用）。

傘(伞) 🔊sǎn 🔊saan3 汕 🔊OOOJ
①擋雨或遮太陽的用具，可張可收：雨傘。②像傘的東西：燈傘／降落傘。

備(备) 🔊bèi 🔊bei6 鼻 🔊OTHB
①具備，具有：德才兼備。②預備，事先安排好：備課／有備無患／自備伙食／備而不用。③防備：防旱備荒／攻其不備。④設備：裝備／軍備。⑤齊全：求全責備（指對人對事要求完美無缺）／學習用具都齊備了。⑥表示完全：愛護備至／備受歡迎。

【備案】向主管機關做書面報告，以備查考。

【備不住】也作「背不住」。說不定，或許：這件事他備不住是忘了。

傚 🔊xiào 🔊haau6 校 🔊OYKK
同「效2」，見250頁。

傈 🔊lì 🔊leot6 律 🔊OMWD
【傈僳族】中國少數民族名。分佈在雲南和四川。

傜 🔊OBOU 「徭」的異體字，見194頁。

催 🔊cuī 🔊ceoi1 吹 🔊OUOG
①催促，使趕快行動：催辦／催他早點動身。②使事物產生、變化加快：催眠／催生。

傭(佣) 🔊yōng 🔊jung4 容 🔊OILB
①雇用：傭工／雇傭。②僕人：女傭／男傭。

傲（傲） 🔊ào 🔊ngou6 遨
🔊OGSK

自高自大：驕傲／傲慢無禮／心高氣傲。

傳（传） 1 🔊chuán 🔊cyun4全
🔊OJII

① 由一方交給另一方，由上代交給下代：流傳／古代傳下來的文化遺產。② 把學問、技藝教給別人：師傅把手藝傳給徒弟。③ 推廣，散佈：傳單／宣傳／學校籃球隊勝利的消息傳遍了校園。④ 傳導：傳電／傳熱。⑤ 表達，表現：傳神／眉目傳情。⑥ 發出命令叫人來：傳人／傳訊。⑦傳染，間接觸或由其他媒介而感染疾病：這種病傳人。

傳（传） 2 🔊zhuàn 🔊zyun6專
六聲

① 記載。特指記載某人一生事跡的文字：小傳／別傳／外傳。② 敘述歷史故事的作品（多用於小說名稱）：《水滸傳》。③ 舊時解說經文的註釋文字：經傳。

傴（伛） 🔊yǔ 🔊jyu2於二聲
🔊OSRR

曲（背），彎（腰）：傴人／傴僂。

傷（伤） 🔊shāng 🔊soeng1商
🔊OOAH

① 人體或其他物體受到的損害：內傷／傷口不下火線。② 傷害，損害：傷感情／傷了筋骨。③ 悲哀：傷感／傷心。④ 因過度而感到厭煩（多指飲食）：吃糖吃傷了。⑤ 妨礙：無傷大雅／有傷風化。
【傷天害理】指做事殘忍，滅絕人性。

債（债） 🔊zhài 🔊zaai3 齋三聲
🔊OQMC

欠別人的錢財：還債／公債。

條 🔊OLOF 見糸部，452頁。

傺 🔊chì 🔊cai3 砌 🔊OBOF

見『侘傺』，24頁。

傻 🔊shǎ 🔊so4 疏四聲 🔊OHCE

① 糊塗，不明事理：傻子／傻瓜／說傻話／裝瘋賣傻／傻頭傻腦。② 死心眼，不知變通：傻幹／傻等。

催 🔊jué 🔊gok3 各 🔊OOBG

用於人名。

傾（倾） 🔊qīng 🔊king1 頃
🔊OPMC

① 歪，斜：傾斜／身體稍向前傾。② 傾向，趨向：左傾／右傾。③ 倒塌：傾陷。④ 使器物反轉或歪斜，倒出裏面的東西：傾盆大雨／傾箱倒篋。⑤ 盡數拿出，毫無保留：傾吐／傾心（拿出真心）／傾家蕩產。⑥ 壓倒：權傾朝野。
【傾銷】為了壟斷市場，把商品減價大量出售。
【傾軋】互相排擠。

僂（偻） 1 🔊lóu 🔊lau4 流
🔊OLWV

① 見『佝僂』，20頁。② 僂儸。見【嘍囉】，103頁。

僂（偻）

2 粵lau4 ●leoi5 呂
脊背彎曲：僂傴。

僂（偻）

●粵lau4 ●leoi5 呂
迅速：不能僂指（不能迅速指出來）。

僅（仅）

1 ●jǐn ●gan2 緊
●OTLM
只：不僅如此／絕無僅有／這些意見僅供參考／這本書我僅看了五十頁／他不僅識字，還能寫文章。

僅（仅）

2 ●jìn ●gan2 緊
將近，幾乎（多見於唐人詩文）：山城僅百層／士卒僅萬人。

僉（佥）

●qiān ●cim1 簽
●OMRO
全，都：僉同（一致贊成）。

傯

●OMWU「仙①-②」的異體字，見15頁。

働

●OHGS「動②」的異體字，見62頁。

傯

●OHWP「您」的異體字，見33頁。

像

●xiàng ●zoeng6 象 ●ONAO
①對照人物做成的形象：畫像／塑像。②從物體發出的光線經平面鏡、球面鏡、透鏡等反射或折射後所形成的與原物相似的圖像。③在形象上相同或有某些共同點：他的面貌像他哥哥。④副

詞。好像：像要下雨了。⑤比如，比方：像這樣的事是值得注意的。

僑（侨）

●qiáo ●kiu4 喬
●OHKB
①寄居在國外（從前也指寄居在外鄉）：僑居。②寄居在國外的人：華僑／外僑。

僕（仆）

●pú ●buk6 瀑
●OTCO
①對被雇的人的稱呼：僕人／女僕。②古時男子謙稱自己。

【僕從】舊時指跟隨在主人身邊的人。現比喻跟隨別人，自己不能做主的人或集團。

僚

●liáo ●liu4 聊 ●OKCF
①官吏。現在把不深入實際工作的領導作風和工作作風叫「官僚主義」。②同一官署的官吏：同僚／僚屬。

僖

●xī ●hei1 希 ●OGRR
喜樂。

僭

●jiàn ●cim3 簽三聲 ●OMUA
古時指超越本分，指地位在下者冒用在上的名義或器物等等：僭越。

債（债）

●fèn ●fan5 奮 ●OJTC
敗壞，破壞：債事／債軍之將。

僥（侥）

1 ●jiǎo ●hiu1 囂
●OGGU 注意「僥」右上作三土。

【僥幸】也作「儌倖」、「徼倖」。由於偶然的原因而得到成功或免去災害：存着僥幸心理。

僥(侥) 2 [普]yáo [粵]jiu4 搖
見【僬僥】，37頁。

僰 [普]bó [粵]baak6 白 [倉]DBO
中國古代西南的少數民族。

僦 [普]jiù [粵]zau6 就 [倉]OYFU
租賃：僦屋。

僧 [普]sēng [粵]zang1 增 [倉]OCWA
梵語「僧伽」的省稱，佛教指出家修行的男性佛教徒、和尚：僧人/唐僧。

僬 [普]jiāo [粵]ziu1 招 [倉]OOGF
【僬僥】古代傳說中的矮人。

僮 1 [普]tóng [粵]tung4 同 [倉]OYTG
同「童③」，見430頁。

僮 2 [普]zhuàng [粵]zong6 撞
中國少數民族壯族的「壯」字原作「僮」。

僱 [倉]OHSG 「雇」的異體字，見675頁。

僡 [普]huì [粵]wai6 衞 [倉]OJIP
同「惠」，見204頁。

僳 [普]sù [粵]suk1 粟 [倉]OMWD
見【傈僳族】，34頁。

僝 [普]chán [粵]saan4 潺 [倉]OSND
【僝僽】①愁苦、煩惱。②憔悴。③折磨、摧殘的意思。④憂怨、埋怨。⑤排遣。

僞 [倉]OBHF 「偽」的異體字，見32頁。

儆 [普]jǐng [粵]ging2 竟 [倉]OTRK
使人警醒，不犯過錯：儆戒/懲一儆百。

僵 [普]jiāng [粵]goeng1 疆 [倉]OMWM
①直挺挺，不靈活：僵屍/僵蠶/手凍僵了。②雙方相持不下，兩種意見不能調和：僵局/鬧僵了/僵持不下。③收斂笑容，表情嚴肅：臉僵着，很可怕。

儇 [普]xuān [粵]hyun1 圈 [倉]OWLV
①輕浮：儇薄。②慧黠。

價(价) 1 [普]jià [粵]gaa3 嫁 [倉]OMWC
①價錢，商品所值的錢數：價目/減價/物價穩定。②價值：等價交換。
【價格】把商品的價值以貨幣形式表現。
【價值】①政治經濟學上指體現在商品中的商品生產者的社會勞動。②通常指用途或重要性：有價值。

價(价) 2 [普]·jie [粵]gaa3 嫁
①用在否定副詞後面加強語氣：不價/甭價/別價。②用在某些狀語的後面：震天價響/成天價忙。

僻 ●pì ●pik1 辟 ●OSRJ
①偏僻,距離中心地區遠的:僻巷/窮鄉僻壤。②性情古怪,不合羣:乖僻/孤僻。③不常見的:冷僻。

儀(仪) 1 ●yí ●ji4兒 ●OTGI
①儀表,人的外表或舉止:儀容/威儀。②儀式,按程式進行的禮節:司儀/行禮如儀。③禮物:賀儀/謝儀。④傾心,嚮往:心儀已久。

儀(仪) 2 ●yí ●ji4兒
儀器,供測量、繪圖、實驗等用的器具:渾天儀/地動儀。

儁 ●OOGS 「俊②」的異體字,見25頁。

儂(侬) ●nóng ●nung4農 ●OTWV
①人稱代詞.你。②人稱代詞.我(多見於舊詩文)。

億(亿) ●yì ●jik1益 ●OYTP
數目,一萬萬。舊日也指十萬。

儈(侩) ●kuài ●kui2繪 ●OOMA
以拉攏買賣,從中取利為職業的人:市儈/牙儈。

儉(俭) ●jiǎn ●gim6兼六聲 ●OOMO
節省,不浪費:儉樸/勤儉/省吃儉用/以儉養廉。

儋 ●dān ●daam1 耽 ●ONCR
【儋州】地名,在海南。

儎(儎) ●zài ●zoi3再 ●OGIJ
①運輸工具所裝的東西:卸儎/過儎。②一隻船裝運的貨物叫一儎。

儌 ●jiǎo ●giu1 驕 ●OHSK
儌倖。同【僥幸】,見37頁。

儍 ●tà ●taat3 撻 ●OYGQ
見【佻儍】,23頁。

儎 ●zhòu ●zau3 咒 ●OHFP
見【儎儎】,37頁。

儏 ●OUCE 「傻」的異體字,見35頁。

儒 ●rú ●jyu4 余 ●OMBB
①指儒家:儒術/儒學。②舊時指讀書人:腐儒(不明事理的讀書人)/儒生。
【儒家】先秦時期的一個思想流派,以孔子為代表,提倡以仁為中心,主張禮治仁政,強調傳統倫理教育。

儐(傧) ●bīn ●ban3 殯 ●OJMC

【儐相】①古代稱迎接客人的人。②陪伴新郎、新娘行婚禮的人。

儔(俦) 　⑯chóu ⑲cau4 酬
⑱OGNI

①同伴，伴侶：儔侶。②等，輩：儔類。

儕(侪) 　⑯chái ⑲caai4 柴
⑱OYX

同輩，同類的人：吾儕（我們）/同儕/儕輩。

儘(尽) 　⑯jǐn ⑲zeon2 準
⑱OLMT

①力求達到最大限度：儘早/儘量/儘先錄用/儘着力氣做/儘可能減少失誤。②（有時跟「着」連用）表示以某個範圍為極限，不得超過：儘着三天把事情辦好。③（有時跟「着」連用）表示讓某些人或事物優先：先儘着舊衣服穿/座位先儘着請來的客人坐。④副詞，用在表示方位的詞前面，跟「最」相同：儘前頭/儘北邊。【儘管】①縱然，即使：儘管他不接受這個意見，我還是要向他提。②只管，不必顧慮：有話儘管說吧！③老是、總是：有了些小治，儘管耽擱着也不好。

償(偿) 　⑯cháng ⑲soeng4 常
⑱OFBC

①歸還，補還：賠償損失/得不償失。②滿足：如願以償。

儡 　⑯lěi ⑲leoi5 呂 ⑱OWWW

見【傀儡】，33頁。

優(优) 　1 ⑯yōu ⑲jau1 休
⑱OMBE

①美好的：優等/品質優良/生活優裕。②充足，富裕：優渥/優裕。③優待。【優柔】①從容：優柔不迫。②平和，柔和。③猶豫不決：優柔寡斷。

優(优) 　2 ⑯yōu ⑲jau1 休
古代指演劇的人：俳優/優伶。

儲(储) 　⑯chǔ ⑲cyu5 柱
⑱OYRA

①儲蓄，積聚：儲存/儲藏/儲備。②繼承皇位等最高統治權的人：王儲/儲君。

儱(伩) 　⑯lǒng ⑲lung5 壟
⑱OYBP

【儱侗】同【籠統】，見441頁。

儷(俪) 　⑯lì ⑲lai6 屬 ⑱OMMP

①成對的，對偶：儷辭/儷句（對偶的文辭）。②指夫婦或情侶：儷影（夫婦、情侶的合照或身影）。

儸(㑩) 　⑯luó ⑲lo4 羅
⑱OWLG

僂儸。見【嘍囉】，103頁。

儺(傩) 　⑯nuó ⑲no4 挪
⑱OTOG

舊指迎神賽會，驅逐疫鬼。

儹 　⑯OHUC 「攢2」的異體字，見248頁。

儻（僓）

🔊tǎng 🔊tong2 躺
🔊OFBF

①同「儻2」，見 29 頁。②見【倜儻】，29 頁。

儼（俨）

🔊yǎn 🔊jim5 染
🔊ORRK

①恭敬，莊嚴。②很像真的，活像：儼如白晝。

【儼然】①莊嚴：望之儼然。②整齊：屋舍儼然。③很像真的：儼然是個大人。

─────── 儿 部 ───────

兀

🔊wù 🔊ngat6 屹　🔊MU

①高高地突起：突兀。②形容山禿，泛指禿：兀鷲。

【兀自】仍舊，還是：想起方才的噩夢，心頭兀自突突地跳。

允

🔊yǔn 🔊wan5 尹　🔊IHU

允1 答應，認可：不允／沒得到允許。

允2 公平得當：公允／允當／平允。

元

🔊yuán 🔊jyun4 原　🔊MMU

元1 ①開始，第一：元始／元旦／元月／元年。②為首的：元首／元帥／元勳。③主要，根本：元素／元氣。④一元論／二元論。⑤構成一個整體的：單元。

【元寶】舊時較大的金銀錠。

【元素】①要素。②由具有相同化學性質的一定種類的原子構成的物質。

【元宵】①元宵節，農曆正月十五日晚上。②一種江米麵團子，多在元宵節吃。

元2 🔊yuán 🔊jyun4 原
貨幣單位。同「圓⑤-⑥」，114 頁。

元3 🔊yuán 🔊jyun4 原
朝代名。公元 1206 年，由蒙古孛兒只斤·鐵木真（成吉思汗）建立。1271 年，忽必烈改國號為元。1279 年滅南宋，定都大都（今北京）。

兄

🔊xiōng 🔊hing1 卿　🔊RHU

①哥哥：兄嫂／胞兄。②親戚中同輩而年紀比自己大的男子：表兄。③對男性朋友的尊稱：仁兄／某兄。

【兄弟】(xiōngdì) 哥哥和弟弟：兄弟二人。

【兄弟】(xiōng·di) ①弟弟。②稱呼年紀比自己小的男子（親切口氣）。③謙辭，男子跟輩分相同的人或對眾人說話時的自稱：兄弟我剛到這裏，請多多關照。

兆

🔊zhào 🔊siu6 紹　🔊LMUO

兆1 ①預兆：徵兆／佳兆。②預先顯示：瑞雪兆豐年。

兆2 🔊zhào 🔊siu6 紹
①數目。一百萬。②古代指一萬億。

兇（凶）

🔊xiōng 🔊hung1 空　🔊UKHU

①惡，暴：兇惡／兇暴／兇狠／窮兇極惡。②厲害：你鬧得太兇了／雨來得很兇。③指殺害或傷害人的行為：行兇／兇犯。④進行兇惡作惡的人：正兇／幫兇／元兇。

充 🔊chōng 🔊cung1 匆 🔊YIHU
①滿,足:充足/充其量/理由充分/內容充實。②填滿,裝滿:充耳不聞/充滿愉快的心情。③當,擔任:充當/充王。④假裝:充行家/充能幹。

先 🔊xiān 🔊sin1 仙 🔊HGHU
①時間在前的,次序在前的:先進/先例/領先/有言在先/爭先恐後。②表示某一行為或事件發生在前:他比我先到/我先簡單説兩句。③暫時:這件事情先放一放,以後再考慮。④祖先,上代:先人。⑤敬辭。對死去的人的尊稱:先烈/先哲/先父/先皇。
【先進】水準高,成績好,走在前頭,值得推廣和學習的。
【先生】①老師。②對知識分子和有一定身份的成年男子的尊稱(有時也尊稱有身份、有聲望的女性)。③稱別人的丈夫或稱自己的丈夫。④舊時稱管賬的人。⑤舊時稱以説書、相面、算卦、看風水等為業的人:算命先生。
【先天】人或某些動物的胚胎時期:先天不足。

光 🔊guāng 🔊gwong1 桄 🔊FMU
①太陽、火、電等放射出來照耀人的眼睛,使人感到明亮,能看見物體的那種東西:陽光/電光/燈光明亮。②景物:春光/風光/觀光。③光榮,榮譽:為國增光/光榮之家。④指好處:沾光/叨光/借光。⑤敬辭。表示光榮,用於對方來臨:光臨/光顧。⑥光大,使顯耀:光宗耀祖/光裕後。⑦明亮:光明/光澤。⑧光滑,平滑:磨光/光溜。⑨完了,一點不剩:喝光/精光。⑩露着:光頭/光膀子。⑪單,只:大家都走了,光剩下他一個人了。
【光景】①風光景物。②情況:他家的光景不錯/初次見面的光景,叫人印象深刻。③表示大約的時間或數量(用在表時間或數量的詞語後面):半夜光景起了風。④看樣子,表示推測:今天天悶熱,光景要下雨。
【光明】①名詞。亮光。②形容詞。明亮。③正義的或有希望的:光明大道。④坦白,無隱私:正大光明。

克 1 🔊kè 🔊hak1 刻 🔊JRHU
①能:不克分身/克勤克儉。②克服,制伏:克己奉公/以柔克剛/克服困難。③戰勝,攻下據點:克敵/攻無不克/連克數城。④消化:克食/克化。
【克復】戰爭而收回失地。

克 2 🔊kè 🔊hak1 刻
公制重量或質量單位,一克等於一公斤的千分之一。

克 3 🔊kè 🔊hak1 刻
藏族地區容量單位,一克青稞約二十五市斤。也是地積單位,播種一克種子的土地稱為一克地,一克約合一市畝。

兌 1 🔊duì 🔊deoi3 對 🔊CRHU
①用舊的金銀首飾、器皿向銀樓換取新的。②憑票據支付或領取現款:兌換/兌款/匯兌/兌現。③摻和(多指液體):茶太濃,兌點水吧。

兌 2

⊜duì ⊜deoi3 對

八卦之一，卦形是「☱」，代表沼澤。

免

⊜miǎn ⊜min5 緬 ⊜NAHU

①去掉，除掉：免冠／免職／免費／免稅。②不被某種事物所涉及：免疫／事前做好準備，以免臨時瞎抓。③勿，不可：閒人免進／免開尊口。

兒(儿) 1

⊜ér ⊜ji4 而 ⊜HXHU

①小孩子：嬰兒／兒童節／小兒科／別把這事當做兒戲。②年輕的人（多指青年男子）：男兒／健兒。③兒子：生兒育女／他有一兒一女。④雄性的：兒馬。

兒(儿) 2

⊜ér ⊜ji4 而

詞尾，同前一字連成一個兒化韻。①表示小：短褂兒／小狗兒／小孩手的胖手。②使動詞形容詞等名詞化：沒救兒／煙捲兒／拐彎兒／叫好兒／擋着兒。③使具體事物抽象化：門兒／油水兒。④區別不同的詞義：信和信兒（指消息）／心和心兒（指菜心）／肝和肝兒（專指牛羊豬的肝）／手和手兒（指辦法手段）。⑤少數動詞的後綴：玩兒。

兔

⊜tù ⊜tou3 吐 ⊜NUI

哺乳動物，耳大，尾短，上脣中間裂開，後腿較長，跑得快。

【兔脫】比喻迅速地逃走。

兕

⊜sì ⊜zi6 自 ⊜SUHU

古書上指雌犀牛。一說指雌的犀牛。

兗(兖)

⊜yǎn ⊜jin5 演五聲
⊜YCRHU

【兗州】地名，在山東。

党

⊜dǎng ⊜dong2 擋 ⊜FBRHU

【党項】古代羌族的一支，北宋時建立西夏政權，地區包括今甘肅、陝西、內蒙古的各一部分和寧夏。

兜

⊜dōu ⊜dau1 斗一聲
⊜HVHU

①作用和口袋相同的東西：兜子／衣兜／網兜。②做成兜形把東西攏住：船帆兜風／用手巾兜着。③兜攬，招攬：兜買賣④環繞，圍繞：兜抄／兜圈子。⑤承擔或包下來：沒關係，有問題我兜着。

兢

⊜jīng ⊜ging1 京 ⊜JUJRU

【兢兢】小心，謹慎：戰戰兢兢／兢兢業業。

競

⊜YUYTU 見立部，430頁。

―――― 入部 ――――

入

⊜rù ⊜jap6 熠六聲 ⊜OH

①進來或進去，跟「出」相對：入倉／入汛／投入／入冬。②參加團體或組織成為成員：加入／入會／入伍。③收進，進款：量入為出／入不敷出。④合乎，合於：入時／入情入理。⑤入聲，漢語四聲之一

普通話沒有入聲。有的方言（如廣東話）有入聲，發音一般比較短促。

內 ⓟnèi ⓒnoi6 耐 ⓔOB

①裏面，跟「外」相對：內室／內衣／內科／內情／國內。②稱妻子或其親屬：內子／內兄／內姪。③指內心或內臟：內幕／內疚。④指皇宮：大內。
【內幕】內部的實際情形（多指隱祕不好的事）。
【內行】①對於某種事情或工作有豐富的知識和經驗：他對養狗很內行。②內行的人。
【內務】①集體生活上的日常事務：整理內務。②指國內事務（多指民政）：內務部。

全 ⓟquán ⓒcyun4 泉 ⓔOMG

①完備，齊備，完整，不缺少：齊全／這部書不全了／百貨公司的貨很全。②保全，成全，使不受損傷：兩全其美。③整個，遍：全國／全校／全神貫注。④都：代表們全來了。
【全面】顧到各方面的，不片面：全面規劃／看問題要全面。

氽 ⓔOE 見水部，310頁。

兩(兩) 1 ⓟliǎng ⓒloeng5 倆 ⓔMLBO

①數目，一般用於量詞和「半、千、萬、億」前：兩半／兩萬／兩本書／兩匹馬／兩個人。注意「兩」和「二」用法不全同。讀數目字只用「二」不用「兩」，如「一、二、三、四」、「二、六、四、八」。小數和分數只用「二」不用「兩」，如「零點二 (0.2)、三分之二、二分之一」。序數也只用「二」，如「第二、二哥」。在一般量詞前，用「兩」字不用「二」：兩個人用兩種方法／兩條路通兩個地方。在傳統的度量衡單位前，「兩」和「二」一般都可用，用「二」為多。新的度量衡單位前一般用「兩」，如「兩噸、兩公里」。在多位數中，百、十、個位用「二」不用「兩」，如「二百二十二」。「千、萬、億」的前面，「兩」和「二」一般都可用，但如「三萬二千」、「兩億二千萬」，「千」在「萬、億」後，以用「二」為常。②雙方：兩便／兩下裏／兩相情願。③表示不定的數目（十以內的），和「幾」差不多：過兩天再說吧／他真有兩下子（有本領）。

兩(兩) 2 ⓟliǎng ⓒloeng2 量 二聲

①重量單位，一斤是十兩（舊制一斤十六兩）。②用於「斤兩」，表示分量，多用於比喻：他的話有斤兩。

俞 ⓟyú ⓒjyu4 余 ⓔOMBN

①表示答應的詞：俞允。②姓。

—— 八部 ——

八 ⓟbā ⓒbaat3 捌 ⓔHO

①數目字，大寫作「捌」。②表示多數或多次：八輩子／這事你都說了八遍了。
【八卦】上古時候用來占卜的八種符號，相傳是伏羲氏所創。

公¹ 🔊gōng 🔊gung1 工 🔊CI
①屬於國家的或集體的事，跟「私」相對：公文／公事。②公共，共同的，大家承認的，大多數適用的：公式／公有制／愛國公約／幾何公理。③讓大家知道：公開／公告／公佈。④公平，道義：買賣公平／辦事公道。⑤公事，公務：辦公／因公出差。
【公式】依照科學上已經發現的法則提出來的可以通用於同類的基本格式：代數公式／經濟學上的公式。
【公司】合股組成的一種企業組織，現在指一部分較大的企業：百貨公司／電訊公司。

公² 🔊gōng 🔊gung1 工
①古代五等爵位（公、侯、伯、男）的第一等：公爵／王公大臣。②對上了年紀的男子的尊稱：諸公／張公。③丈夫的父親：公公／公婆。④雄性的：公雞／公羊。

六¹ 🔊liù 🔊luk6綠 🔊YC
數目字。大寫作「陸」。

六² 🔊liù 🔊luk6綠
舊時民族音樂樂譜記音符號的一個，相當於簡譜的「5」。

兮 🔊xī 🔊hai4奚 🔊CMVS
助詞，相當於現代的「啊」或「呀」：大風起兮雲飛揚。

共 🔊gòng 🔊gung6供六聲 🔊TC
①相同的，共同具有的：共性／共通。②共同具有或承受：同甘共苦／和平共處。③副詞。在一起，一齊：同舟共濟④副詞。總，合計：共計／總共／一共二十人。⑤共產黨的簡稱：中共。

兵 🔊bīng 🔊bing1 冰 🔊OMC
①兵器，武器：短兵相接。②軍人，軍隊：當兵／兵種。③軍隊中最基層的成員：官兵一致。④與軍事或戰爭有關的：紙上談兵（比喻不合實際的空談、議論）

其¹ 🔊qí 🔊kei4奇 🔊TMMC
①人稱代詞。他（她、它）的；他（她、它）們的：各得其所。②人稱代詞。他（她、它）；他（她、它）們：不能任其自流／促其早日實現。③指示代詞。那，那個，那些：其他／其次／本無其事／其中有個原因。④指示代詞。虛指：忘其所以。
【其實】實在的，事實上：他故意說不懂，其實懂得。

其² 🔊qí 🔊kei4奇
①表示揣測，反詰：豈其然乎？／其奈我何？②表示命令，勸勉：子其勉之！

其³ 🔊qí 🔊kei4奇
詞尾，在副詞後：極其快樂／尤其偉大。

具¹ 🔊jù 🔊geoi6巨 🔊BMMC
①器具，器物：餐具／工具／傢具／文具／農具。②量詞。用於棺材、屍體或某物：一具屍體。

具² 🔊jù 🔊geoi6巨
①備有：具備／具有／略具規模／具具一格。②備，辦：具呈／敬具菲酌。③陳

述，寫出：具名/條具時弊。

【具體】① 細節方面很明確的，不抽象，不籠統：這個計畫訂得很具體。② 特定的：具體的人/具體的工作。③ 把理論或原則等結合到特定的人或事物上（後面帶「到」）：個人經歷起止時間具體到月份。

典 ¹ 普diǎn 粵din2 碘 倉TBC
① 標準，法則：範典/典章。② 可以作為標準、典範的書籍：典籍/詞典/字典/引經據典。③ 詩文裏引用歷史故事或古書中的詞句：典故/用典。④ 鄭重舉行的儀式、典禮：開學典禮/開幕典禮。⑤ 指主持，主管：典試/典獄。

【典型】① 有概括性或代表性的人或事物：用典型示範的方法推廣先進經驗。② 具有代表性的：這個案例很典型，可以用來指導學生。

典 ² 普diǎn 粵din2 碘
一方把土地、房屋等押給另一方使用，換取一筆錢，不付利息，議定期限，到期還款，收回原物：典當。

兼 普jiān 粵gim1 檢一聲 倉TXC
① 加倍，把兩份併在一起：兼旬（二十天）/兼程（加倍速度趕路）。② 所涉及的或所具有的不只一方面：兼任/兼有各家之長。

【兼併】把別的國家的領土併入自己的國家或把別人的產業併吞為己有。

巽 普xùn 粵RUTC 見己部，174頁。

與 倉HXYC 見臼部，494頁。

冀 ¹ 普jì 粵kei3 暨 倉LPWTC
希望，希圖：希冀/冀求/冀盼。

冀 ² 普jì 粵kei3 暨
河北的簡稱。

興 倉HXBC 見臼部，495頁。

翼 倉SMWTC 見羽部，471頁。

―――――― 冂 部 ――――――

丹 倉BMM 「冉」的異體字，見45頁。

冇 普mǎo 粵mou5 武 倉KB
粵語方言，沒有。

冉 普rǎn 粵jim5 染 倉GB
① 姓。② 冉冉。見下。

【冉冉】① 慢慢地：斜陽冉冉下沉。② 柔軟貌：柳枝冉冉拂水。

回 倉BRU 「回」的異體字，見112頁。

冊（册）普cè 粵caak3 拆 倉BT
① 古時稱串好的許多竹簡，現在指裝訂好的紙本子：畫冊/手冊/史冊/紀念冊。② 量詞。指書籍：十冊精裝書。③ 帝皇封爵的命令：冊封。

再 🔴zài 🔵zoi3 載 🟢MGB
①兩次或第二次：再版/一再表示／一而再，再而三。②表示事情或行為重複，繼續（與「又」不同）：再說一遍/明天再來一次/再要再下，就太多了。③連接兩個動詞，表示先後的關係：吃完飯再溫習英語/把材料整理好了再動筆寫。④更，更加：再好沒有了/再大一點就好了。⑤不管如何：再貴，我也要買。⑥表示加重語氣：不允許再遲到了。⑦相當於另外：學校有老師和學生，再就是校工。
【再三】用在動詞前或後。不止一次，一次又一次地：再三考慮。
【再說】①表示留待以後辦理或考慮：這事先擱一擱，過兩天再說。②表示推進一層：去約他，已經來不及了，再說他也不一定有工夫。
【再現】（過去的事情）再次出現。
【再造】重新給予生命（多用來表示對於重大恩惠的感激）：同同再造。

冏 🔴jiǒng 🔵gwing2 炯 🟢BCR
①光。②明亮。

閚 🔴BTYV 見冈部，465頁。

冒 1 🔴mào 🔵mou6 務 🟢ABU
「冒」上作⺍。
①向外透、往上升：冒泡/冒煙/冒火。②不顧（惡劣的環境或危險等）：冒雨/冒險。③不加小心，魯莽，衝撞：冒昧/冒犯。④用假的充當真的，詐託：冒牌/冒名。

【冒號】標點符號名。
【冒進】不顧具體條件，急躁進行。
【冒失】魯莽，輕率。

冒 2 🔴mò 🔵mak6 墨
【冒頓】（頓 🔴dú 🔵duk6 獨）漢初匈奴族的一個君主名。

冕 🔴miǎn 🔵min5 免 🟢ANAU
「冕」字上作⺍。
①古代地位在大夫以上的官員的禮帽後代專指帝王的禮帽：加冕。②形狀像冕的東西：日冕。③指冠軍的榮譽稱號：衛冕。

━━━━ 一 部 ━━━━

冗 🔴rǒng 🔵jung2 湧 🟢BHN
①閒散的，多餘無用的：冗員/文詞冗長。②煩瑣：冗雜。③忙，繁忙的事：撥冗。

罕 🔴BCMJ 見网部，465頁。

軍 🔴BJWJ 見車部，606頁。

冠 1 🔴guān 🔵gun1 官 🟢BMUI
①帽子。古代指禮帽或較莊重場合戴的帽子：衣冠整齊。②形狀像帽子或在頂上的東西：雞冠子。

冠 2 🔴guàn 🔵gun3 貫
①把帽子戴在頭上：沐猴而冠

(沐猴, 獼猴, 喻裝扮得像個人而實際不符)。②在前面加上某種名號或文字：冠名贊助。③超出眾人，居第一位：勇冠三軍。④指冠軍：奪冠。

冥 ⓐmíng ⓒming4 明 ⓦming5 茗 ⓨBAYC
① 昏暗：幽冥。② 深沉：冥想。③ 愚昧：冥頑不靈。④ 迷信稱人死以後進入的世界：冥府。

冢 ⓐzhǒng ⓒcung2 寵 ⓨBMMO
墳墓：古冢/衣冠冢（埋葬逝者衣帽和其他遺物的墳墓）。

冤 ⓐyuān ⓒjyun1 淵 ⓨBNUI
① 冤枉，屈枉：鳴冤/伸冤。② 仇恨：仇冤/冤家/冤孽。③ 欺騙：不許冤人。④ 上當，不合算：白跑一趟，真冤。

冪(冪) ⓐmì ⓒmik6 覓 ⓨBTAB
① 覆蓋東西的巾。② 覆蓋，罩。③ 表示一個數自乘若干次的形式叫冪。如t個a乘以n次的冪為tⁿ。
【乘冪】一個數自乘若干次的積數。也叫「乘方」。如5的4乘方又叫5的4乘冪或5的4次冪。

────── 冫部 ──────

冬 ⓐdōng ⓒdung1 東 ⓨHEY
四季中的第四季，氣候最冷：過冬/隆冬。

【冬烘】迂腐淺陋，不達世務。
【冬至】二十四節氣之一，在陽曆十二月二十一、二十二或二十三日。這一天太陽經過冬至點，北半球白天最短，夜間最長。

冰 ⓐbīng ⓒbing1 兵 ⓨIME
① 水因冷凝結成的固體。② 使人感到寒冷：河裏的水有點冰手。③ 使東西變涼：把汽水冰上。④ 像冰的東西：冰片/冰糖。

冱 ⓨIMMVM 「冱」的簡體字，見314頁。

決 ⓨIMDK 「決」的簡體字，見312頁。

次 ⓨIMNO 見欠部，299頁。

冲 ⓨIML 「沖」和「衝」的簡體字，分別見314及551頁。

冶¹ ⓐyě ⓒje5 野 ⓨIMIR
熔煉金屬：冶金。

冶² ⓐyě ⓒje5 野
形容女子裝飾艷麗（含貶義）：妖冶/冶容。

冷 ⓐlěng ⓒlaang5 離猛切 ⓨIMOII
① 溫度低，跟「熱」相對：寒冷/冷霜/昨天下了雪，今天真冷。② 使冷（多指食物）：太燙了，冷一下再吃。③ 不熱情，不

温和:冷臉子/冷言冷語/冷酷無情。④寂靜,不熱鬧:冷清/冷清清。⑤生僻,少見的:冷僻/冷字。⑥不受歡迎的,沒人過問的:冷貨(不流行或不暢銷的貨物)。⑦乘人不備的,暗中的,突然的:冷箭/冷槍/冷不防。⑧形容灰心或失望:心灰意冷。

【冷靜】①人少而靜,不熱鬧。②不感情用事:頭腦應該冷靜。

【冷笑】含有輕蔑、譏諷的笑。

況
⬛IMRHU「況」的簡體字,見316頁。

冽
⬛liè ⬛lit6列 ⬛IMMNN
寒冷:北風凜冽。

洗
⬛xiǎn ⬛sin2 癬 ⬛IMHGU
姓。

淨
⬛IMBSD「淨2」的異體字,見325頁。

准
⬛zhǔn ⬛zeon2準 ⬛IMOG
允許,許可:批准/不准入境。

清
⬛qìng ⬛zing6淨 ⬛IMQMB
「清」與「清」不同。
①冷,涼:河裏的水遶遶清咧。②使涼快:冬温夏清。

凋(凋)
⬛diāo ⬛diu1丿
⬛IMBGR
衰落:凋零/凋謝/松柏後凋。

凍(冻)
⬛dòng ⬛dung3東三聲 ⬛IMDW
①液體或含水分的東西遇冷凝結:化凍/冷凍/河裏有凍冰了。②凝結了的湯汁:肉凍兒/魚凍兒/果子凍兒。③感到寒冷或受到寒冷:小心別凍着/外面很冷,真凍得慌。

凇
⬛sōng ⬛sung1鬆 ⬛IMDCI
「凇」與「淞」不同。
霧凇:水氣在樹枝上結成的冰花。

凌1
⬛líng ⬛ling4零 ⬛IMGCE
①欺凌,侵犯,欺壓:凌辱/盛氣凌人。②接近:凌晨。③升,高出:凌雲/凌空而過。④。

凌2
⬛líng ⬛ling4零
冰(多指塊狀或錐狀):滴水成凌/河裏的凌都化了。

凄
⬛IMJLV「淒」和「悽」的簡體字分別見324及202頁。

涼
⬛IMYRF「涼」的簡體字,見323頁。

湊
⬛IMQKK「湊」的簡體字,見327頁。

減
⬛IMIHR「減」的簡體字,見327頁。

滄
⬛IMOIV 見食部,694頁。

凓 ●lì ●leot6 律 ●IMMWD
因寒冷而使人顫慄：凓冽。

馮 ●IMSQF 見馬部，700 頁。

澌 ●sī ●si1 詩 ●IMTCL
解凍時隨水流動的冰。

凜（凛） ●lǐn ●lam5 廩
●IMYWD
①寒冷：北風凜冽。②嚴肅，嚴厲：凜遵（嚴肅地遵照）/威風凜凜/大義凜然。③畏懼，害怕：凜於夜行。

凝 ●níng ●jing4 仍 ●IMPKO
①凝結，液體遇冷變成固體，氣體因溫度降低或壓力增加變成液體：果凍還沒有凝住／水蒸氣凝結成雲。②聚集，集中：凝神／凝視／獨坐凝思。

瀆 ●IMGWC 「瀆2」的異體字，見343 頁。

───── 几 部 ─────

几 ●jī ●gei1 基 ●HN
小或矮的桌子：茶几／窗明几淨。

凡 1 ●fán ●faan4 煩 ●HNI
①平凡，平常的，不出奇的：凡人／自命不凡／在平凡的工作中，找到大樂趣。②宗教或神話中所指的人間：凡塵／仙女下凡。

凡 2 ●fán ●faan4 煩
①凡是，所有的：凡事要商量。②總共：不知凡幾／全書凡二十萬字。③大凡，概略。
【凡例】書前面說明內容和體例的文字。

凡 3 ●fán ●faan4 煩
舊時民族音樂樂譜記音符號的一個，相當於簡譜的「4」。

凭 ●OGHN 「憑」的簡體字，見209 頁。

凰 ●huáng ●wong4 王 ●HNHAG
傳說中指雌鳥。見【鳳凰】，720 頁。

凱（凱） ●kǎi ●hoi2 海
●UTHN
軍隊得勝回來奏的樂曲：凱歌／奏凱／凱旋（得勝回還）。

凳 ●dèng ●dang3 鄧 ●NOMRN
有腿沒有靠背的坐具：板凳／小凳兒。

凴 ●IFHN 「憑」的異體字，見209頁。

───── 凵 部 ─────

凶 ●xiōng ●hung1 空 ●UK
①不幸的，不吉利的：凶事（喪事）/吉凶。②莊稼收成不好：凶年。

凸 ●tū ●dat6 突 ●BSS
高出，跟「凹」相對：凸出／凸透鏡。

凹

⊜āo ⊜aau3 拗 ⊗nap1 粒
⊗waa1 蛙 ⊜SSU

窪下，跟「凸」相對：凹透鏡／凹凸不平。

出

1 ⊜chū ⊜ceot1 齣 ⊜UU

① 從裏面走向外面，跟「入」、「進」相對：出門／從屋裏出來。② 來到：出席／出場。③ 超出：出軌／出界／不出三年。④ 往外拿：出主意／有力出力。⑤ 產，生長：出品／這裏出米。⑥ 發生：出事／出問題了。⑦ 出版：中華書局出了不少好書。⑧ 發出，發洩：出芽／出氣。⑨ 顯露：出名／出頭。⑩ 支出：量入為出。

【出色】特別好，超出一般的：他的技巧真是出色／出色地完成了任務。

出

2 ⊜·chū ⊜ceot1 齣

放在動詞後，表示趨向或效果：提出問題／分不出哪是水哪是岸。

凼

⊜dàng ⊜tam5 提潭切 ⊜UE

水坑，田地裏漚肥的小坑：水凼／糞凼。

函

⊜hán ⊜haam4 咸 ⊜NUE

① 匣，套子：石函／鏡函／全書共四函。② 信件（古代寄信用木函）：函件／來函／公函／函授。

────── 刀 部 ──────

刀

⊜dāo ⊜dou1 都 ⊜SH

① 用來切、割、斬、削的工具：一把菜刀／刀刃／單刀／旋刀／小刀子／鉛筆刀兒。② 與刀形狀相似的東西：冰刀（冰鞋

下的刀狀物）。③ 紙張單位，通常為一百張。

刁

⊜diāo ⊜diu1 丟 ⊜SM

① 狡猾，無賴：刁棍（惡人）／刁滑／刁悍／這個人真刁。② 過分挑剔：嘴刁／刁姿。

【刁難】故意難為人：百般刁難。

刃

⊜rèn ⊜jan6 孕 ⊜SHI

① 刀槍等鋒利的部分：這刀刃兒有缺口了。② 借指刀：白刃戰／手持利刃／迎刃而解（比喻事情很容易解決）。③ 用刀殺：手刃賊人。

刅

⊜SK 「刃」的異體字，見50頁。

分

1 ⊜fēn ⊜fan1 昏 ⊜CSH

① 使整體事物變成幾部分或使連在一起的事物離開，跟「合」相對：分裂／分離／分散。② 分配：這工作分給你。③ 辨別：分辨／分別是非／不容分說／不分青紅皂白。④ 由機構分出的部分：分會／分隊／分局／分公司。⑤ 分數：得分／扣分⑥ 用於某些計量單位或抽象事物：九分成績／一分缺點。⑦ 單位名。長度，十分是一寸。地積，十分是一畝。重量，十分是一錢。幣制，十分是一角。時間，六十分是一小時。圓周或角，六十分是一度。利率，月利一分按百分之一計算，年利一分按十分之一計算。

【分寸】比喻說話或辦事的適當標準或限度：說話要有分寸／這個人辦事太沒

分寸。

【分號】①標點符號名（；）。②分店：本店只此一家，別無分號。

【分化】①由一種事物演變成幾種不同的事物：兩極分化。②在生物體發育的過程中，細胞向不同方向發展，轉化為不同的構造和機能的器官和組織。③使瓦解：分化敵人／「他」字分化成「他」、「她」、「它」。

【分解】①一種化合物分成兩種以上的元素或化合物。②細說：且聽下回分解。

【分析】把事物、現象、概念等劃分成簡單的部分，找出它的本質、屬性或因素：化學分析／分析問題／把這件事分析一下。

分 ² ⓟfēn ⓒfan6 份
　　分數。數學中表示除法的式子，畫一道橫線，把被除數寫在線上面叫分子，把分數寫在線下面叫分母。

【分子】①物體分成最細小而不失原物性質的顆粒：一個分子的水中，含有兩個原子的氫和一個原子的氧。②分數中寫在橫線上的被除數。

分 ³ ⓟfèn ⓒfan6 份
　　①成分：水分／養分。②名位、職責、權利的限度：本分／分所當然／恰如其分。③情分，情誼：看在老朋友的分上，原諒他吧。

切 ¹ ⓟqiē ⓒcit3 徹 ⓒPSH
　　①用刀從上往下割：切成片／把瓜切開。②幾何學上直線與弧線或兩個Ⅰ面相接於一點：切線／切點／兩圓相切。

【切磋】比喻在業務、思想方面商量、

研討，互相吸取長處，糾正缺點。

切 ² ⓟqiè ⓒcit3 徹
　　①合，符合：文章切題／說話不切實際。②密合，貼近：親切／切身利害。③緊急：迫切需要／回家心切／急切不能等待。④切實，實在，着實：切記／切忌／言辭懇切。⑤舊時漢語標音的一種方法，取上一字的聲母與下一字的韻母，拼成一個音，也叫「反切」。如「同」字是徒紅切。

【切齒】咬牙表示痛恨：切齒之仇。

切 ³ ⓟqiè ⓒcai3 砌
　　用於「一切」。

刈 ⓟyì ⓒngai6 艾 ⓒKLN
　　割（草或穀類）：刈禾／刈除雜草。

刊 ⓟkān ⓒhon1 看一聲 ⓧhon2 罕 ⓒMJLN
　　①刻：刊石／刊印。②排版印刷：刊行／停刊。③報紙、雜誌等出版物：專刊／月刊。④削除，修改：不刊之論（喻至理名言）。

刎 ⓟwěn ⓒman5 敏 ⓒPHLN
　　割脖子：自刎。

【刎頸之交】也作「刎頸交」。指同生死共患難的朋友。

划 ¹ ⓟhuá ⓒwaa1 娃 ⓧwaa4 華 ⓒILN
　　用槳撥水使船行動：划船。

【划拳】也作「搳拳」。飲酒時兩人同時伸出手指並各說一個數，誰說的數目跟雙方所伸手指的總數相符，誰就算贏，輸的人喝酒：划拳行令。

【划子】用槳撥水行駛的小船。

划 2 ❶huá ❷waa4 華
合算，按利益情況計較相宜不相宜：划不來。

刓 ❶wán ❷jyun4 元 ❸MULN
①削去稜角：刓方以為圓。②（用刀子等）挖，刻。

刖 ❶yuè ❷jyut6 月 ❸BLN
古代的一種酷刑，把腳砍掉。

列 ❶liè ❷lit6 烈 ❸MNLN
①排列：羅列／列隊。②歸類，安排到某種事物之中：列入議程／列為重要任務。③行列，排成的行：站在前列。④量詞，用於成行列的事物：一列火車。⑤陳列，擺出：姓名列後／開列賬目。⑥類：不在討論之列。⑦眾多，各：列國／列位。
【列席】參加會議，有發言權而沒有表決權。

刑 ❶xíng ❷jing4 形 ❸MTLN
①對犯人各種處罰的總稱：刑罰／死刑／徒刑／緩刑。②對人的體罰或折磨，如拷打等：刑法／受刑／動刑。

利 ❶lì ❷lei6 吏 ❸HDLN
①鋒利，銳利：利刃／利劍／利爪／利口（比喻善辯）。②順利，與願望相合：吉利／形勢不利我方隊員。③好處，跟「害」、「弊」相對：利益／這件事對居民有利。④利息，貸款或儲蓄所得的子金：本利兩清／放高利貸是違法的行為。⑤賺到的錢：薄利／利潤。⑥使得到好處：毫不利己，專門利人。
【利害】利益和損害：不計利害。
【利落】①（言語、動作）靈活敏捷，不拖泥帶水：他做事很利落。②整齊有條理：東西收拾利落了。③妥當，完畢：事情已經辦利落了。
【利索】手腳利索。
【利用】發揮人或事物的作用，使其對自己方面有利：廢物利用／利用他的長處／利用這個機會。

初 ❶chū ❷co1 蹉 ❸LSH
①開始，表示時間、地位、等級、次序等都在前的：初句／初稿／初學／正月初一／初等教育／旭日初升。②原來，原來的情況：初衷／和好如初。

刪（删） ❶shān ❷saan1 山 ❸BTLN
除去，去掉文字中不妥當的部分：刪改，刪節／這個字應刪去。

判 ❶pàn ❷pun3 鋪貫切 ❸FQLN
①分開，分辨：判斷／判別是非。②明顯截然不同：判若兩人。③判決，司法機關對案件的決定：判案／判處徒刑。④判斷：評判／裁判。

別（别） 1 ❶bié ❷bit6 鼈 ❸RSLN
①分離：分別／離別／告別／臨別贈言。②另外的：別人／別名／別開生面。③轉動，變：她別過頭去。

別(別) 2 普bié 粵bit6鱉

①分辨，區分：分門別類／分別清楚。②差別：天淵之別。③類別，分類：性別／職別。

別(別) 3 普bié 粵bit6鱉

①繃住或卡住：別針／胸前別着鮮花／用大頭針把兩張表格別在一起。②用腿使絆把對方摔倒。

別(別) 4 普bié 粵bit6鱉

①不要（禁止或勸阻的語氣）：別動手！／別用玩笑！②表示揣測，通常跟「是」字合用（所揣測的事情，往往是自己所不願意的）：約定的時間過了，別是他不來了吧？

【別致】跟尋常不同的，新奇的：花樣別改。

【別字】①也叫「白字」。寫錯了的或唸錯了的字。②別號。

刨 1 普bào 粵paau4庖 倉PULN

推刨木料等使平滑的工具。

【刨花】刨木料時刨下來的薄片，多呈卷狀。

刨 2 普páo 粵paau4庖

①挖掘（像用鎬的動作）：刨坑／刨花生。②減，除去：刨去他還有倆人／十五天刨去五天，只剩下十天了。

刉 倉GILN「劫1」的異體字，見60頁。

刮 普guā 粵gwaat3颳 倉HRLN

①用刀子去掉物體表面的東西：刮臉。②在物體表面上塗抹。③搜刮（財物）：貪官污吏只會刮地皮（比喻搜取民財）。

到 普dào 粵dou3妒 倉MGLN

①達到，到達：到場／到尖東／十二點／堅持到底／不到兩萬人。②往：到郊外去／到民眾中去。③表示動作的效果：想到／聽到／辦得到／做不到／找到工作。④周到，全顧得着：他看問題很周到／有招呼不到的地方請原諒。

【到處】處處，不論哪裏。

剁 倉NDLN「剁」的異體字，見53頁。

剁 普duò 粵do2躲 又doek3啄 倉HDLN

用刀向下砍：剁碎／剁餃子餡。

刳 普kū 粵fu1枯 倉KSLN

從中間破開再挖空：刳木為舟。

刲 普kuī 粵gwai1歸 倉GGLN

切割：刲羊肉。

制 普zhì 粵zai3際 倉HBLN

①規定，訂立：制定新法律。②限定，約束，管束：制止／制裁／限制。③制度，法度，法則：學制／體制／民主集中制。

【制服】¹依照規定樣式做的衣服。

【制服】²用強力壓制使馴服：這匹烈馬很難制服。

刷 1 普shuā 粵caat3察 倉SBLN

①用成束的毛棕等製成的清除

東西或塗抹東西的用具：牙刷。②用刷子或類似刷子的用具來清除或塗抹：刷牙/刷鞋/刷鍋/用石灰刷牆。③淘汰：在第一輪比賽就被刷掉了。

刷

刷[2] 🔴shuā 🔵caat3 察
同「唰」，見95頁。

刷[3] 🔴shuà 🔵caat3 察
挑揀：從這堆梨裏頭刷出幾個好的給奶奶送去。
【刷白】色白而略微發青。

刵

刵 🔴èr 🔵ji6二 🔵SJLN
古時割耳朵的一種刑罰。

刺

刺[1] 🔴cī 🔵ci3次 🔵DBLN
象聲詞。形容摩擦聲、撕裂聲：刺的一聲，滑了一個跟頭/刺刺地直冒火星兒。

刺[2] 🔴cì 🔵ci3次
①用有尖的東西穿進或殺傷：刺繡/刺殺。②偵察：刺激鼻子。③刺探，偵探。④用尖刻的話指責人的缺點：諷刺/譏刺。⑤尖銳像針的東西：魚刺/刺蝟。⑥名片：名刺。
【刺激】①光、聲、熱等引起生物體活動或變化的作用。②一切使事物起變化的作用。③使人激動，精神上受到挫折、打擊：這件事對他刺激很大。
【刺刺不休】説話沒完沒了。

刺[3] 🔴cì 🔵cik3戚 🔵ci3次
暗殺：遇刺/被刺。

刻

刻 🔴kè 🔵hak1克 🔵YOLN
①雕，用刀子挖：雕刻/刻圖章。②古

代用漏壺計時，一畫夜共一百刻。③用鐘錶計時，十五分鐘為一刻。④時間：立刻/即刻/頃刻（時間短）。⑤形容程度極深：深刻/刻苦。⑥刻薄：尖刻/苛刻。
【刻苦】①不怕難，肯吃苦：刻苦用功。②儉樸：生活很刻苦。

刼

刼 🔴GISK 「劫1」的異體字，見60頁

券

券[1] 🔴quàn 🔵hyun3勸 🔵FQSH
票據或作憑證的紙片：公債券/入場券。

券[2] 🔴xuàn 🔵quàn 🔵hyun3勸
拱券：發券/打券。

刹（刹）

刹（刹）[1] 🔴chà 🔵saat3 殺 🔵caat3察 🔵KCLN
梵語，原義土或田，轉為佛寺：古刹。
【刹那】梵語，極短的時間。

刹（刹）[2] 🔴shā 🔵saat3殺
①止住（車、機器等）
刹車。②比喻停止或制止：刹住不正之風。

則（則）

則（則）[1] 🔴zé 🔵zak1仄
①模範：以身作則。②規則，制度，規程辦事細則。③效法：則先烈之言行。④量詞。指成文的條數：試題三則/新聞兩則，寓言一則。

則（則）[2] 🔴zé 🔵zak1仄
①表示兩事在時間上相承：每一巨彈墜地，則火光迸裂。②表

示因果關係的詞，就、便：雨少則旱，雨多則澇。③表示對比：這篇文章太長，另一篇文章則又過短。④用在相同的兩個詞之間表示讓步：好則好，只是太貴。⑤用在「一、二、三」等後面，列舉原因或理由：一則力乏，二則腳痛。⑥表示肯定判斷的詞，乃是：此則余之罪也。

剃 ⓐtì ⓔtai3 替 ⓒCHLN
用刀刮去毛髮：剃頭／剃光。

剄(剄) ⓐjǐng ⓔging2 境
ⓒMMLN
用刀割脖子：自剄。

剉 ⓒOGLN ①「銼」的異體字，見648頁。②「挫①」的異體字，見228頁。

削 1 ⓐxiāo ⓔsoek3 爍
ⓒFBLN
用刀平切去外面的一層：削鉛筆／把梨皮削掉。

削 2 ⓐxuē ⓔsoek3 爍
義同「削1」，用於一些複合詞：削除／削減／削弱／剝削。

剋(克) 1 ⓐkè ⓔhak1 克
ⓒJULN
①剋服，制伏：剋己奉公／以柔剋剛／剋服困難。②攻下據點，戰勝：剋敵／攻必剋。③消化：剋食。

剋(克) 2 ⓐkè ⓔhak1 克
嚴格限定：剋期／剋日完成。

剋 3 ⓐkēi ⓔhak1 克
①打(人)：挨了一頓剋。②申斥。
【剋架】打架。

剌 1 ⓐlá ⓔlaa1 啦 ⓒDLLN
同「拉3」，見223頁。

剌 2 ⓐlà ⓔlaat6 辣
違背常情、事理：乖剌／剌謬。

前 ⓐqián ⓔcin4 錢 ⓒTBLN
①方位詞。正面的部分，人或物正面所朝的方向，跟「後」相對：前門／村前村後。②向前行進：勇往直前／畏縮不前。③次序靠近頭裏的位置：前排／前幾名。④過去的時候，較早的時間：日前／前天／前年。⑤從前的：前校長。⑥未來(用於展望)：前程／前景／往前看。

剔 ⓐtī ⓔtik1 惕 ⓒAHLN
①分解骨肉，把肉從骨頭上剔下來：把肉剔得乾乾淨淨。②從縫隙或孔洞裏往外挑撥東西：剔牙／剔指甲／把油燈剔亮。③把不好的挑出來：剔除／把有傷的果子剔出去。④漢字的筆畫，即「挑」(〆)。

荆 ⓐfèi ⓔfei6 非六聲 ⓒLMYYN
古時斬腳的一種刑罰。

剖 ⓐpōu ⓔpau2 瓿 ⓥfau2 否
ⓒYRLN
①破開：剖解／把瓜剖開。②分析，分辨：剖析／剖明事理。
【剖面】也叫截面、切面或斷面，東西切開後現出的平面：橫剖面／縱剖面。

剗（划） 1 ⓟchǎn ⓒcaan2 產　ⓐIILN

舊同「鏟②」，見 657 頁。

剗（划） 2 ⓟchàn ⓒcaan2 產　用於「一剗」，即全部，一律：一剗新／一剗都是平川。

刺 ⓟzì ⓒzi3 志　ⓐJNLN

用刀刺進去。

剟 ⓟduō ⓒzyut3 啜　ⓐEEEEN

①刺、擊。②削除，刪改。③割取。

剛（刚） 1 ⓟgāng ⓒgong1 江　ⓐBULN

硬、堅強，跟「柔」相對：剛強／性情剛正。

剛（刚） 2 ⓟgāng ⓒgong1 江　①正好，恰巧：剛合適／剛好一杯。②表示勉強達到某種程度，僅僅：清早出發的時候天還很黑，剛能看出前面那人的背包。③才，剛才：剛來就走／剛說了一句話。

剡 1 ⓟshàn ⓒsim6 事豔切　ⓐFFLN

【剡溪】水名，在浙江。

剡 2 ⓟyǎn ⓒjim5 染　①尖，銳利。②削，刮。

剜 ⓟwān ⓒwun1 烏寬切　ⓒwun2 碗　ⓐJULN

用刀挖，挖去：剜肉補瘡。

剝（剥） 1 ⓟbāo ⓒmok1 莫一聲　ⓐVELN

去掉外面的皮殼或其他東西：剝花生／剝牛皮。

剝（剥） 2 ⓟbō ⓒmok1 莫一聲　義同「剝1」，用於複合詞。

【剝奪】①以強制方法奪去。②依照法律取消：剝奪公民權利。

剞 ⓟjī ⓒgei1 基　ⓒgei3 己　ⓐKRLN

【剞劂】①雕刻用的曲刀。②雕版，刻書。

剟 ⓟTTSK 「創2」的異體字，見57頁。

剮 ⓟYFLN 「縣」的異體字，見732頁

剮（剐） ⓟguǎ ⓒgwaa2 寡　ⓐBBLN

①被尖銳的東西劃破：把手剮破了／褲子上剮了個口子。② 古時一種殘酷的死刑，把人的身體割成許多塊。

副 1 ⓟfù ⓒfu3 富　ⓐMWLN　①第二的，輔助的，跟正、主相對：副主席／副總統。②輔助職務的，擔任輔助職務的人：團副／二副。③附帶的或次要的：副業／副食／副作用／副產品。④相稱，相配：名不副實／名實相副。

【副本】①書籍原槁以外的謄錄本。②重要文件正式的、標準的一份以外的若干份

【副詞】修飾動詞或形容詞的詞，表示範圍、程度等，如很、太等。

副 2 ⊜fù ⊜fu3 富
① 量詞。實物的一組一套：一副對聯／一副擔架／全副武裝。② 量詞。用於面部表情：一副笑容／一副和藹的面孔。

剳 ⊜QRLN 「䶎」的異體字，見703頁。

剪 ⊜jiǎn ⊜zin2 展 ⊜TBNH
① 一種鉸東西的用具：剪刀／剪子。② 形狀像剪子的器具：火剪／夾剪。③ 用剪子鉸斷：剪斷／剪開／修剪／裁剪。④ 除掉：剪滅／剪除。⑤ 姓。
【剪影】① 按人影的輪廓剪成的人像。② 比喻事物的一部分或概況。

剴（剴）⊜kǎi ⊜hoi2 海 ⊜UTLN
【剴切】① 符合事理：剴切中理。② 切實：剴切教導。

割（割）⊜gē ⊜got3 葛 ⊜JRLN
① 切斷，截下：割麥／割草／割闌尾（俗說割盲腸）。② 捨去：割捨／割愛。
【割據】一國之內有武力的人佔據部分地區，形成分裂對抗的局面：割據稱雄。
【割線】數學上稱橢圓或曲線在兩點或多點相交的直線。

創（创）1 ⊜chuāng ⊜cong1 倉 ⊜ORLN

① 傷：創傷／刀創。② 使受損傷：重創。

創（创）2 ⊜chuàng ⊜cong3 愴
開始，開始做：創舉／創造／創作／首創。

剩 ⊜shèng ⊜sing6 盛 ⊜HPLN
多餘，餘留下來：剩餘／剩飯／剩貨。

荊 ⊜TMTN 見艸部，508頁。

勦 1 ⊜chāo ⊜caau1 抄 ⊜VDLN
因襲套用別人的語言文句作為自己的：勦説。

勦 2 ⊜jiǎo ⊜ziu2 沼
討伐，消滅：勦匪。

剷（铲）⊜chǎn ⊜caan2 產 ⊜YMLN
① 用鏟削平或取土來：把土剷平。② 消滅：剷除社會惡勢力。

劙 ⊜lí ⊜lei4 離 ⊜JKMSH
用刀分割：劙面（用刀劙面）。

剽 ⊜piāo ⊜piu5 殍 ⊜MFLN
① 搶劫，掠奪：剽掠。② 動作輕捷：剽悍。
【剽悍】也作「慓悍」。敏捷而勇猛。
【剽竊】抄襲他人著作。

劂 ⊜jué ⊜kyut3 決 ⊜MOLN
見【剞劂】，56頁。

劁 𣿬qiāo 𣿬ciu4 潮　ᴓOFLN
割去牲畜的生殖器，驅：劁豬/劁羊。

劗 𣿬TBLN 見艸部, 520 頁。

劃 (划) 1 𣿬huá 𣿬waak6 或 ᴓLMLN
用刀或其他東西把別的東西分開或從上面擦過：劃火柴/把這個瓜用刀劃開/劃了一道口子。

劃 (划) 2 𣿬huà 𣿬waak6 或 ᴓLMLN
①分開：劃清界限。②劃撥：劃付/劃賬。③設計：計劃/你去籌劃籌劃這件事。
【劃一】①一致、一律：整齊劃一。②使一致：劃一制度。
【劃時代】由於出現了具有偉大意義的新事物, 在歷史上開闢一個新的時代。

劃 (划) 3 𣿬huà 𣿬waak6 或 同「畫2」, 見 383 頁。

劇 (剧) 1 𣿬jù 𣿬kek6 展 ᴓYOLN
文藝的一種形式, 作家把一定的主題編寫出來, 利用舞臺由演員化裝演出：戲劇/歌劇/話劇。

劇 (剧) 2 𣿬jù 𣿬kek6 展
厲害, 很, 極：劇痛/爭論得很劇烈。

劈 1 𣿬pī 𣿬pik1 僻 𣿬pek3 撇吃切 ᴓSJSH
①用刀斧等破開：劈木頭。②(木頭等)裂開：板子劈了。③衝着, 正對着：劈臉/大雨劈頭澆下來。④雷電毀壞或擊斃；大樹讓雷劈了。⑤尖劈, 物理學上兩斜面合成的助力器械。
【劈頭】①迎頭：才出門劈頭就見到哥哥回來了。②也作「辟頭」。一開始, 起首：他一進來劈頭就問起我的考試成績。

劈 2 𣿬pǐ 𣿬pik1 僻 𣿬pek3 撇吃切
①分開：劈柴/劈成兩份兒/劈一半給你。②腿或手指等過分叉開。
【劈叉】兩腿向相反方向分開, 臀部着地。體操武術等的一種動作。

劉 (刘) 𣿬liú 𣿬lau4流 ᴓHCLN
姓。

劊 (刽) 𣿬guì 𣿬kui2繪 ᴓOALN
砍斷。
【劊子手】①稱處決死刑犯的人。②比喻屠殺人民的人。

劍 (剑) 𣿬jiàn 𣿬gim3兼三聲 ᴓOOLN
古代的一種兵器, 兩面有刃。

劌 (刿) 𣿬guì 𣿬gwai3貴 ᴓYHLN
刺傷, 割。

劑 (剂) 𣿬jì 𣿬zai1 擠 ᴓYXLN
①調和, 調配：調劑。②配合而成的藥：藥劑/麻醉劑。③指某些化學作用或物理作用的物質：殺蟲劑。④做

嫚頭、餃子等時，從和好了的長條形的
麵上分出來的小麵塊：麵劑兒。⑤量詞，
用於若干味藥配合起來的湯藥：一劑藥。

劓 ⑧yì ⑨ji6義 ⑥HLLN
古代的一種刑罰，把鼻子割掉。

劖 ⑧huō ⑨wok6獲 ⑥TELN
①用刀尖插入物體然後順勢拉開：
鑱是劖地用的/把魚肚子用刀劖開。②同
"秙"，見473頁。

劎 ⑥OOSHI 「劍」的異體字，見58
頁。

劏 ⑧mó ⑨mo4磨 ⑥IYLN
切削。

劐（劏） ⑧jiǎn ⑨zin2展
⑥HCLN
同「剪①-④」，見57頁。

劐 ⑧lí ⑨lai6禮 ⑥VILN
割破：劐面/劐割。

―――――― 力部 ――――――

力 ⑧lì ⑨lik6歷 ⑥KS
①物質之間的相互作用，是使物體
改變速度和發生形變的外因。力有三個
要素，即力的大小、方向和作用點。②力
量，能力：人力/物力/目力/藥力/浮力/
說服力/生產力。③特指體力：大力士/四
肢無力。④用極大的力量，盡力：力戰/

據理力爭/力爭上游。

功 ⑧gōng ⑨gung1工 ⑥MKS
①貢獻較大的成績：功勞/立功/
記大功一次。②成就，成效：成功/大功
告成/好大喜功/徒勞無功。③技術和技
術修養：唱功/基本功。④物理學上指用
力使物體移動的工作。功的大小等於所
施的力和所移動的距離的乘積。
【功夫】①本領，造詣：他的詩功夫很深。
②指武術：中國功夫。③（做事）所耗費的
時間和精力：下功夫/苦功夫。

加 ¹ ⑧jiā ⑨gaa1家 ⑥KSR
①兩個或兩個以上的東西或數
目合在一起：二加三等於五。②使數量
比原來大或程度比原來高，增加：加大/
加強/加快/加速。③把本來沒有的添上
去：加上一個引號。④施以某種動作：特
加注意/不加思索/加以保護。
【加法】把幾個數目合併起來的算法。
【加工】①對原料製成品：來料加工/
加工成型。②使粗製物品更完美、精緻而
做的各種工作：技術加工/藝術加工。
【加油】①添加燃油、潤滑油等。②比喻
努力，加勁。

加 ² ⑧jiā ⑨gaa1家
指加拿大。

幼 ⑥VIKS 見么部，179頁。

劣 ⑧liè ⑨lyut3捋 ⑥FHKS
惡，不好，跟「優」相對：惡劣/劣

等/劣勢/不分優劣/土豪劣紳/品質惡劣。

助 🔊zhù 🔊zo6 座 🔊BMKS
幫：互助/助理/請你多幫助我。
【助詞】自己不能獨立，只能依附在別的詞、詞組或句子上表示一定語法意義的詞，包括結構助詞，如「的、地、得」；時態助詞，如「了、着、過」；語氣助詞，如「吧、嗎、啊」等。

努 🔊nǔ 🔊nou5 腦 🔊VEKS
① 儘量地使出（力量）：努力。② 凸出：努着眼睛/努嘴。③ 因用力太過，身體內部受傷：箱子太重，你別扛，當心努了腰。

劫¹ 🔊jié 🔊gip3 澀 🔊GIKS
① 強取，掠奪：搶劫/趁火打劫。② 威逼，脅制：劫持（要挾）。

劫² 🔊jié 🔊gip3 澀
災難：遭劫/浩劫。

劬 🔊qú 🔊keoi4 渠 🔊PRKS
勞苦，勤勞：劬勞。

劭 🔊shào 🔊siu6 紹 🔊SRKS
① 勸勉：先帝劭農。② 美好（多替道德品質）：年高德劭。

劼 🔊jié 🔊kit3 揭 🔊GRKS
① 謹慎。② 努力。

効 🔊xiào 🔊haau6 校 🔊YKKS
同「效3」，見250頁。

劻 🔊kuāng 🔊hong1 康 🔊SGKS
【劻勷】也作「恇儴」。急迫的樣子。

劾 🔊hé 🔊hat6 核 🔊YOKS
揭發罪狀：彈劾/參劾。

勁(劲)¹ 🔊jìn 🔊ging6 京六聲 🔊MMKS
① 力氣，力量：有多大勁使多大勁。② 作用，效力：藥效。③ 精神，情緒：幹勁。④ 神情態度：瞧他那股驕傲勁兒。⑤ 趣味：沒勁兒
【勁兒】① 精神、情緒、興趣等：幹活起勁兒/一個勁兒地（一直地）做。② 指屬性的程度：香勁兒/鹹勁兒/你瞧這塊布這個白勁兒。

勁(劲)² 🔊jìng 🔊ging6 京六聲
強有力：勁旅/強勁/剛勁/疾風知勁草

勃 🔊bó 🔊but6 撥 🔊JDKS
旺盛：蓬勃/勃勃。
【勃勃】精神旺盛或慾望強烈的樣子：朝氣勃勃/興致勃勃/野心勃勃。
【勃谿】也作「勃豀」。家庭中衝突吵架：姑嫂勃谿。

勇 🔊yǒng 🔊jung5 湧五聲 🔊NBKS
① 有膽量，敢幹：勇敢/英勇/很勇/勇氣/奮勇前進。② 清朝稱戰爭時臨時招募，不在平時編制內的兵：散兵遊勇

勉 🔊miǎn 🔊min5 免 🔊NUKS
① 努力：奮力。② 使人努力：勉勵

互勉/有則改之，無則加勉。③力量不夠
還盡力做：勉強/勉為其難。
【勉力】努力，盡力：勉力為之。
【勉強】①能力不夠，還盡力做：勉強支
持下去。② 剛剛夠，不充足：勉強及格／
這種説法很勉強（理由不充足）。③ 不是
心甘情願的：勉強答應。④ 強人去做不
願做的事：不要勉強他。⑤ 將就，湊合：
這點兒食物勉強足夠吃一天。

勂 🅐NBKS 見角部，564頁。

勑 🅐DLKS「敕」的異體字，見251頁。

勍 🅐qíng 🅑king4 鯨 🅒YFKS
強：勍敵。

勌 🅐FUKS「倦」的異體字，見31頁。

勐[1] 🅐měng 🅑maang5 猛
🅒NTKS
猛。

勐[2] 🅐měng 🅑maang5 猛
雲南西雙版納傣族地區舊時的行
政區劃單位。

勑 🅐DOKS「敕」的異體字，見251頁。

脅 🅐KSKSB 見肉部，483頁。

勒[1] 🅐lè 🅑lak6 仂 🅒laak6 利墨切
🅒TJKS
① 套在牲畜頭上帶嘴子的籠頭。② 收住
繮繩不使前進：懸崖勒馬。③ 強制：勒令／
勒索。④ 統率：親勒六軍。

勒[2] 🅐lè 🅑lak6 仂 🅒laak6 利墨切
刻：勒石/勒碑。

勒[3] 🅐lè 🅑lak6 仂 🅒laak6 利墨切
量詞。勒克斯的簡稱。1流(流明)
的光通量均匀地照在1平方米面積上時
的光照度是1勒。

勒[4] 🅐lēi 🅑laak6 肋
用繩子等捆住或套住，再用力拉
緊：勒緊點，免得散了。

勖 🅐xù 🅑juk1 郁 🅒AUKS
勉勖：勖勉。

勖 🅐ABMS「勖」的異體字，見61頁。

勘 🅐kān 🅑ham3 磡 🅒TVKS
① 校對，核定：校勘/勘誤/勘正。
② 實地查看，探測：勘探/勘驗/勘測/推
勘/查勘。

勔 🅐miǎn 🅑min5 免
🅒MWKS
勉勉，勉力。

務（务） 🅐wù 🅑mou6 冒
🅒NHOKS
① 從事，致力於：務農。② 事情：事務/任務/
公務/醫務。③ 舊時收税的關卡(今只用

於地名）。④務必，必須，一定：務請準時出席/你務必去一趟。

勝似一個/事實勝於雄辯/他的技術勝過我。②優美的：勝地/勝景/勝境。③優美的景物或境界：名勝/引人入勝。

動(动) ❶dòng ❷dung6洞　❸HGKS

「働」是「勞動」的「動」的異體字。

①從原來位置上離開，改變原來的位置或姿態，跟「靜」相對：站住別動！/風吹草動。②行動，動作，行為：一舉一動/輕舉妄動。③改變(事物)原來的位置或樣子：搬動/挪動/改動。④使動，使起作用：動手/動筆/動腦筋。⑤感動，情感起反應：動情/動心/動人/動怒。⑥吃、喝，多用於否定式：他向來不動酒/病了，不宜動葷。⑦動不動，常常：動輒得咎/影片一經上演，觀眾動以萬計。

【動詞】表示人或事物的動作、存在、變化的詞，如「走、來、去、打、吃、愛」等。

【動靜】①動作或説話的聲音：屋子裏一點動靜也沒有。②(打聽或偵察的)情況：沒有動靜/偵查敵人的動靜。

【動彈】(人、動物或能轉動的東西)活動：身體動彈不得。

【動員】①戰爭要發生時，國家調動軍隊，把平時編制改變為戰時編制。②號召大家做某種工作，或説服別人做某種工作。

【動不動】表示很容易發生，常跟「就」連用：動不動就爭吵/動不動就引古書。

勝(胜) 1 ❶shèng ❷sing3姓　❸BFQS

①佔優勢，跟「敗」相對：得勝/打勝仗。②打敗(別人)：以少勝多/戰勝敵人。③比另一個優越(後面常帶「於、過」)：一個

勝(胜) 2 ❶shèng ❷sing3姓
古代戴在頭上的一種首飾：方勝。

勝(胜) 3 ❶shèng ❷sing1升
能擔任，能承受：勝任愉快/不勝其煩。

勞(劳) 1 ❶láo ❷lou4盧　❸FFBKS

①人類創造物質或精神財富的活動：體力勞動/腦力勞動。②辛苦，辛勤：疲勞/任勞任怨/積勞成疾。③使勞苦，使疲勞：勞神/勞民傷財。④功績：功勞/勛勞/汗馬之勞。

【勞駕】請人幫助的客氣話：勞駕開門。

勞(劳) 2 ❶láo ❷lou6路
用言語或食物、禮品慰問：勞軍/犒勞/慰勞。

勛(勛) ❶xūn ❷fan1昏　❸RCKS

①特殊功勞：功勛/屢建奇勛。②勛章：授勛。

勢(势) ❶shì ❷sai3世　❸GIK

①勢力，權力，威力：權勢/人多勢眾/仗勢欺人。②一切事物力量表現出來的趨向：來勢/勢如破竹。③自然界現象或形勢：山勢/地勢/水勢。④關於政治、軍事或其他方面的狀況或情勢：時勢/大勢所趨/乘勢追擊逃敵。⑤姿態：姿勢/手勢。⑥雄性生殖器：去勢。

勦 🅟VDKS 「剿」的異體字，見57頁。

勠 🅟lù 🅒luk6錄 🅦SHKS
①侮辱。②同「戮」，見215頁。

募 🅟mù 🅒mou6務 🅦TAKS
廣泛徵求（財物或兵員等）：募捐/招募/募了一筆款。

勛（勛） 🅟jì 🅒zik1積
🅦QCKS
①用於人名。②「績②」的異體字，見460頁。

勤¹ 🅟qín 🅒kan4芹 🅦TMKS
①做事盡力，不偷懶：勤勞/勤快/勤學。②經常，次數多：勤洗澡/夏天雨勤/房子要勤加打掃。③按規定時間上班的工作：內勤/外勤/出勤/缺勤。

勤² 🅟qín 🅒kan4芹
見【殷勤】，305頁。

勱（勱） 🅟yì 🅒jai6曳 🅧ji6異
🅦PCKS
①勞苦。②器物逐漸磨損，失去稜角、鋒芒等：螺絲扣勱了。

勱（劢） 🅟mài 🅒maai6賣
🅦TBKS
力，勉力。

勰 🅟xié 🅒hip6協 🅦KSWP
協和，多用於人名。

勳 🅟HFKS 「勛」的異體字，見62頁。

勵（励） 🅟lì 🅒lai6厲 🅦MBKS
①勸勉，奮勉，勸勉：勵志/勉勵/鼓勵/獎勵。②振作，振奮：勵精圖治。

勷 🅟ráng 🅒joeng4羊 🅦YVKS
見【勤勷】，60頁。

勸（劝） 🅟quàn 🅒hyun3券
🅦TGKS
①勸解，勸說，說服，講明事理使人聽從：勸導/規勸/勸他不要喝酒。②勉勵：勸勉/勸學。

—— 勹部 ——

勺 🅟sháo 🅒zoek3酌 🅧soek3削
🅦PI
①一種有柄的可以舀取東西的器具：鐵勺/馬勺/把勺兒。②容量單位，一升的百分之一。

勻 🅟yún 🅒wan4雲 🅦PIM
①平均，使平均：均勻/顏色塗得不勻/這份兒多少不均，勻一勻吧。②從中抽出一部分給別人：把你買的紙勻給我一些/先勻出兩間房給新住客。

勾¹ 🅟gōu 🅒ngau1鷗 🅦PI
①畫出鉤形符號，表示刪除或截取：一筆勾銷/勾了這筆賬/勾出精彩文

句。②描畫,用線條畫出形象的邊緣:勾臉。③用灰塗抹建築物上磚、瓦或石塊之間的縫:勾牆縫/用灰勾抹房頂。④牽引:勾引/勾魂/勾起回憶。⑤勾結:勾通/勾搭。

【勾留】停留:在那兒勾留幾天。

勾² 🔘gōu 🔘ngau1 鷗
中國古代稱不等腰直角三角形中構成直角的較短的邊。

勾³ 🔘gòu 🔘ngau1 鷗
①同「夠」,多見於早期白話。②姓。

【勾當】事情(多指壞事)。

勿 🔘wù 🔘mat6 物 🔘PHH
別,不要:請勿動手/聞聲勿驚/切勿上當。

包 🔘bāo 🔘baau1 胞 🔘PRU
①用紙、布或其他薄片把東西裹起來:包餃子/把書包起來。②包好的東西:茶包/背包/行李包/病包兒(比喻多病)。③裝東西的袋:書包/皮包/被包。④量詞。用於成包的東西:一包米/一包糖果。⑤腫脹的疙瘩:腿上起個大包。⑥氈製的圓形帳幕:蒙古包。⑦圍繞,包圍:紙包不住火/士兵分路包了過去。⑧容納在內,總括在一起:包含/包括/無所不包。⑨總攬,負全責:包銷/包教。⑩保證:包在我身上/包他完成任務。⑪約定的,專用的:包飯/包車/包場。⑫為婚外異性提供金錢等並與其長期保持性關係:包養。⑬姓。

【包辦】①一手辦理,總負全責。②不和有關的人商量、合作,自作主張。

【包裹】①纏裹:把傷口包裹起來。②指郵寄的包。

【包涵】寬容,原諒。

匆 🔘cōng 🔘cung1 沖 🔘PKK
急,忙:匆忙/匆促。

句 🔘PR 見口部,75頁。

匈 🔘xiōng 🔘hung1 空 🔘PUK
同「胸」。

【匈奴】中國古代北方的民族。

旬 🔘PA 見日部,259頁。

甸 🔘PW 見田部,381頁。

匑 🔘PYMR 見言部,565頁。

匍 🔘pú 🔘pou4 袍 🔘PIJB

【匍匐】①爬,手足並行:匍匐前進。②趴弟弟匍匐在桌上畫畫。

芻 🔘PUPU 見艸部,502頁。

匐 🔘fú 🔘baak6 白 🔘fuk6 伏 🔘PMRW
見【匍匐】,64頁。

匏 🔊páo 🔊paau4 刨　🔊KSPRU

【匏瓜】一年生草本植物，俗稱「瓢葫蘆」，葫蘆的一種，果實比葫蘆大，對半剖開可以做水瓢。

—— 比部 ——

匕 1 🔊bǐ 🔊bei6 備　🔊UH

指匕首：圖窮匕現。

【匕首】短劍或狹長的短刀。

匕 2 🔊bǐ 🔊bei2 比

古人取食的器具，後代的羹匙由比演變而來。

化 1 🔊huà 🔊faa3 花三聲　🔊OP

①事物在形態上或本質上產生新的狀況：化膿／化名／化裝／頑固不化／化整為零／化險為夷。②感化：教化／潛移默化。③熔化，融化，溶化：化凍／化鐵／化水化了。④消化，消除：化痰／化食。⑤燒：火化／焚化。⑥(僧道)死：生化／羽化。⑦指化學：理化／化肥。⑧放在名詞或形容詞後，表示轉變成某種性質或狀態：綠化／惡化／科學化／電氣化。

化 2 🔊huà 🔊faa3 花三聲

(僧道)向人求布施：化緣。

北 1 🔊běi 🔊bak1 兵德切　🔊LMP

①方向，早晨面對太陽左手的一邊，跟「南」相對：北風／北門／由南往北。②北的地方，在中國通常指淮河流域及其以北地區：北味／北貨。

北 2 🔊běi 🔊bak1 兵德切

打了敗仗往回跑：敗北／三戰三北／追奔逐北(追擊敗走的敵人)。

匙 1 🔊chí 🔊ci4 池　🔊AOP

舀湯或粉末狀物體的小勺子。又叫「調羹」：湯匙／茶匙／羹匙。

匙 2 🔊shi 🔊si4 時

鑰匙。

—— 匚部 ——

巨 🔊SS 見工部，173 頁。

匠 🔊SR 見口部，77 頁。

匝 🔊zā 🔊zaap3 砸　🔊SLB

①周：繞樹三匝。②滿，遍：匝月(滿一月)／柳蔭匝地。③環繞：清渠匝庭堂。

匜 🔊yí 🔊ji4 移　🔊SPD

古代盥洗時用來注水的器皿。

匠 🔊jiàng 🔊zoeng6 象　🔊SHML

①有手藝的人：木匠／瓦匠／鐵匠／能工巧匠。②指在某方面很有造詣的人：宗匠／文學巨匠。

医 🔊SYHN 「炕①」的異體字，見346頁。

匡 ⓿kuāng ❸hong1 康 ❹SMG
①糾正:匡謬/匡正。②救,幫助:匡助。③粗略計算;估計:匡計/匡算。④料想(多見於早期的話):不匡。

匣 ⓿xiá ❸haap6 俠 ❹SWL
收藏東西的器具,通常指方形的,有蓋可以開合。

匪 1 ⓿fěi ❸fei2 誹 ❹SLMY
搶劫財物的歹人,強盜:慣匪/土匪/匪徒。

匪 2 ⓿fěi ❸fei2 誹
不,非:獲益匪淺/匪夷所思(不是常人的想法)。

匭(匦) ⓿guǐ ❸gwai2 軌 ❹SJJN
箱子,匣子:票匭。

匯(汇) 1 ⓿huì ❸wui6 彙 ❹SEOG
水流會合在一起:百川所匯/匯成巨流。

匯(汇) 2 ⓿huì ❸wui6 彙
①把款項由甲地寄到乙地:匯款/匯兌。②指外匯:換匯/創匯。

匱(匮) ⓿kuì ❸gwai6 跪 ❹SLMC
缺乏:匱乏。

匲 ❹SOMO 「奩」的異體字,見136頁。

───── 匸部 ─────

匹 1 ⓿pǐ ❸pat1 疋 ❹SC
①相當,相配,比得上。②單獨:匹夫。
【匹敵】彼此對等:無與匹敵。
【匹配】①結成婚姻;婚配。②(元器件等)配合:功率匹配。

匹 2 ⓿pǐ ❸pat1 疋
①量詞。用於騾、馬等:三匹馬。②量布的單位。古以四丈作一匹,今以十文作一匹:一匹紅布。

匼 ⓿kē ❸hap1 恰 ❹SOMR
【匼河】地名,在山西。
【匼匝】周圍環繞。

匾 ⓿biǎn ❸bin2 貶 ❹SHSB
①匾額,題字的橫牌,掛在門、牆的上部:光榮匾/金字紅匾。②用竹篾編成的器具,圓形平底,邊框很淺,用來養蠶或盛糧食。

匿 ⓿nì ❸nik1 溺 ❹STKR
隱藏,不讓人知道:隱匿/藏匿/匿名信/匿居荒野。

區(区) 1 ⓿ōu ❸au1 歐 ❹SRRR
姓。

區(区) 2 ⓿qū ❸keoi1 拘
①分別,劃分:區別/區分。②地域:市區/工業區/風景區。③個

放區域，有跟省平行的自治區和比市低
一級的市轄區等。

【區別】①劃分：目的和手段要區別開。
②差異：區別不大。

【區區】①小，細微：區區小事，何足掛
齒？②舊時謙辭，用於自稱（語氣不莊重）。

—— 十部 ——

十 🔊shí 🔊sap6拾 🔊J
①數目，大寫作「拾」。②表示達到
頂點：十足／十全十美／十分好看。

千 🔊qiān 🔊cin1遷 🔊HJ
①數目，十個一百。②表示極多，
常跟「萬」連用：千呼萬喚／千言萬語／千
頭萬緒／千方百計。
【千萬】務必：千萬不要自高自大。

卅 🔊sà 🔊saa1沙 🔊TJ
三十：五卅運動。

升 1 🔊shēng 🔊sing1星 🔊HT
①向上，高起：升旗／上升／旭日
升。②提高：升級。

升 2 🔊shēng 🔊sing1星
①容量單位，符號L（l）。一升等
於一千毫升。也叫公升。②容量單位，十
升（🔊gě🔊gap3夾）等於一升，十升等
於一斗。一市斗合一公升。③量糧食的
器具，容量為斗的十分之一。

午 🔊wǔ 🔊ng5五 🔊OJ
①地支的第七位。見【干支】，178

頁。②日中的時候，白天十二點：中午／
上午／午飯／午睡／午前／下午一點開會。
【午夜】半夜。夜裏十二點鐘前後。

半 🔊bàn 🔊bun3搬三聲
🔊FQ
①二分之一：半年／過半／半尺布／分給他
一半／十個中一半是五個。②不完全的：
半透明／半脫產／半途而廢／半新不舊。
③在中間：半夜／半路上／半途中。④表
示很少：一鱗半爪／一星半點兒。

卉 🔊huì 🔊wai4毀 🔊JT
各種草（多指觀賞的）的總稱：花
卉。

岀 🔊JT 「世」的異體字，見4頁。

卑 🔊bēi 🔊bei1悲 🔊HHJ 「卑」字
上作「白」。
①（位置）低：地勢卑濕。②（地位）低下：
自卑感／卑不足道。③（品質）低劣、下
流：卑鄙無恥。④謙恭：卑恭／卑辭。

卒 1 🔊cù 🔊cyut3撮 🔊YOOJ
同「猝」，見365頁。
卒 2 🔊zú 🔊zeot1崒
①古時指兵：小卒／士卒。②差役：
走卒／獄卒。
卒 3 🔊zú 🔊zeot1崒
①完畢，終了：卒業／卒讀。②究
竟，終於：卒勝敵軍／卒底於成。③死亡：
病卒／生卒年月。

卜部

卓 働zhuó 働coek3 綽 働YAJ
①高而直：卓立。②高明，不平凡：卓見/卓越的成績。
【卓絕】超越尋常，沒有能比的：堅苦卓絕。

協(协) 働xié 働hip6 歉六聲 働hip3 歉 働JKSS
①調和，和諧：協調/協和。②共同合作，和洽：協力/協商問題。③協助：協理/協辦。
【協會】為促進某種共同事業的發展而組成的團體：對外友好協會。

南 働nán 働naam4 男 働JBTJ
①方向，早晨面對太陽右手的一邊，跟「北」相對：南方/南風/指南針。②南部地區，在中國通常指長江流域及其以南的地區：南味/南貨。

率 働YIOJ 見玄部，368頁。

博¹ 働bó 働bok3 駁 働JIBI
①多，廣：博學/博覽/地大物博。②知道得多：博古通今。③大：寬衣博帶。
【博士】①學位名。②古代掌管學術的官名。
【博物】動物、植物、礦物、生理等學科的總稱。

博² 働bó 働bok3 駁
①用自己的行動換得：博得同情/聊博一笑。②古代的一種棋戲，後泛指賭博：博徒/博局。

卜 働bǔ 働buk1 僕 働Y
①占卜：卜卦/卜辭（商代刻在龜板、獸骨上記錄占卜事情的文字）。②預料：預卜/存亡未卜。③選擇（處所）：卜全/卜居。④姓。

卞 働biàn 働bin6 辨 働YY
①急躁：卞急。②姓。

占 働zhān 働zim1 尖 働YR
占卜：占卦/占課。

卡¹ 働kǎ 働kaa1 咖 働YMY
①卡路里，熱量單位，就是使1克純水的溫度升高1℃所需的熱量。②卡車，載重的大汽車：十輪卡。
【卡其】一種質地較密較厚的斜紋布，英文為khaki。舊譯作「咔嘰」。

卡² 働kǎ 働kaat1 咭
①卡片，小的紙片（一般是比較硬的紙）：資料卡/圖書卡片。②磁卡：闆卡/銀行卡/信用卡。

卡³ 働qiǎ 働kaa1 咖
①夾在中間，堵塞：魚刺卡在喉子裏/卡在裏邊拿不出來了。②把人或財物留住（不肯調撥或發給），阻擋：卡住敵人的退路。③用手的虎口緊緊按住：卡脖子。④在交通要道設置的檢查或收費的地方：關卡。

卣 働yǒu 働jau5 有 働YWS
古代盛酒的器皿，樣子像個銅

子，小口，大肚，上頭有蓋，有提樑。

卦 @guà @gwaa3 掛 @GGY
古代的占卜符號，後也指占卜活
動所用的器具：占卦/打卦求籤。

───── 卩 部 ─────

卬 @áng @ngong4 昂 @HVSL
人稱代詞：我。

卣 @zhǐ @zi1 支 @HMSU
古代盛酒的器具。

卯 1 @mǎo @maau5 牡 @HHSL
地支的第四位。
卯時】稱早晨五點至七點。

卯 2 @mǎo @maau5 牡
器物接榫的地方凹入的部分：對
眼/整個卯兒。

印 @yìn @jan3 因三聲 @HPSL
①圖章，戳記：蓋印/鈐印/私印
/信。②痕跡：烙印/腳印兒。③留下痕
。特指文字或圖畫等留在紙上或器物
：印書/翻印/排印。④符合：印證/心
相印。
印刷】把文字圖畫等製成版，加油墨印
紙上，可以連續印出很多的複製品。
印象】外界事物反映在腦中所留下的
象。
印證】①證明與事實相符。②用來印證
事物。

危 @wēi @ngai4 巍 @NMSU
①不安全：危險/轉安為安。②損
害：危害/危及家國。③指人快要死：臨
危/病危。④高的，陡的：危樓。⑤端正，
正直：正襟危坐。⑥星名，二十八星宿之
一。
【危言聳聽】故意說嚇人的話使聽的人
震驚。

即 @jí @zik1 積 @AISL
①靠近：若即若離。②到，開始從
事：即位。③當下，目前：即日/即刻/成
功在即/即景生情/即席發表談話。④就
是：非此即彼/知了即蟬。⑤便，就：勝利
即在眼前/用畢即予奉還。⑥連詞，即使，
常和「也」字連用表示假定或就算是：這
樣安排，即使你不來也不要緊。

卵 @luǎn @leon5 輪五聲 @HHSLI
①動植物的雌性生殖細胞，與精
子結合後產生第二代：受精卵。②昆蟲學
上特指受精的卵，是昆蟲生活週期的第
一個發育階段。③特指動物的蛋：鳥卵/
雞卵/卵生。④稱睪丸或陰莖（多指人
的）。

邵 @shào @siu6 紹 @SRSL
同「劭②」，見60頁。

却 @GISL 「卻」的簡體字，見70頁。

卹 @HTSL 「恤」的異體字，見199頁。

卷[1] 🔊juǎn 🔊gyun2 捲
🔊FQSU
①裹成圓筒狀的東西：紙卷／膠卷。②量詞。用於成卷的東西：一卷紙。

卷[2] 🔊juàn 🔊gyun2 捲
① 書本：手不釋卷。② 書籍的冊本或篇章：卷二／上卷／第一卷。③ 考試用的紙：試卷／交卷／歷史卷子。④ 案卷，分類匯存的檔案、文件：卷宗／查一查底卷。

卺 🔊jǐn 🔊gan2 僅 🔊NEMSU
瓢，古代結婚時用做酒器：合卺（舊時夫婦成婚的一種儀式）。

卸 🔊xiè 🔊se3 瀉 🔊OMSL
① 把東西去掉或拿下來：卸貨／卸車／大拆大卸。② 把牲口身上拴的套解開或取下：卸牲口。③ 解除：卸責／卸任／推卸。

卻（却） 🔊què 🔊koek3 丐卓切
🔊CRSL
① 退：退卻／望而卻步。② 使退卻：卻敵。③ 推辭；拒絕：推卻／卻之不恭。④ 表示轉折的連詞：這個道理大家都明白，他卻不知道。⑤ 去，掉：失卻力量／了卻一件心事。

卹 🔊wù 🔊ngat6 兀 🔊MUNMU
見【皒卹】，493頁。

卿 🔊qīng 🔊hing1 兄 🔊HHAIL
① 古時高級官名：卿相／三公九卿。② 古時君稱臣。③ 古代夫妻或好朋友之間表示親愛的對稱。

皒 🔊HDNMU 見自部，493頁。

───── 厂部 ─────

厂 🔊ān 🔊am1 菴 🔊MH
同「庵」（多用於人名）。

厄 🔊è 🔊ak1 握 🔊MSU
① 險要的地方：險厄。② 災難：厄運／困厄。③ 受困：厄於風浪。

厓 🔊MGG 「崖」的異體字，見168頁。

厔 🔊zhì 🔊zat6 姪 🔊MMIG
盩厔。地名，在陝西。今作「周至」。

厍（厙） 🔊shè 🔊se3 卸
🔊MJWJ
① 村莊（多用於村莊名）。② 姓。

厚 🔊hòu 🔊hau5 侯五聲 🔊MANI
① 名詞。厚度。扁平物體上下兩面的距離：長寬厚／五分厚的木板／下二寸厚的雪。② 形容詞。扁平物體上兩個面的距離較大的，跟「薄」相對：厚紙／厚棉襖。③ 感情深，重：厚望／厚情／厚味／深厚的友誼。④ 指不刻薄，待人好：厚道。⑤（利潤）大，（禮物）價值大：厚利／厚禮。⑥ 形容（味道）濃：酒味

（家庭）富有：家底兒厚。⑧優待、推崇、重視：厚待／厚古薄今。

厘 粵lí 普lei4 離 倉MWG
「釐¹」的異體字，見638頁。

原¹ 粵yuán 普jyun4 元 倉MHAF
①最初的，開始的：原始／原人／原生／原稿。②原來，本來：原作者／放還原處／原班人馬／原有人數。③沒有經過加工的：原油／原煤。
【原子】構成元素的最小粒子。

原² 粵yuán 普jyun4 元
諒解，寬容：原諒／情有可原。

原³ 粵yuán 普jyun4 元
①寬廣平坦的地方：原野／平原／高原／大草原。②同「塬」，見125頁。

厝 粵cuò 普cou3 措 倉MTA
①安置：厝火積薪（比喻隱患）。②停放，把棺材停放待葬或淺埋以待改葬。

厠 倉MBCN「廁」的異體字，見182頁。

厢 倉MDBU「廂」的簡體字，見182頁。

厥¹ 粵jué 普kyut3 決 倉MTUO
氣閉，昏倒：暈厥／痰厥。

厥² 粵jué 普kyut3 決
①指示代詞。其他的，那個的：厥症／厥後／大狄厥疾。②副詞。乃：左丘失明，厥有《國語》。

厤 倉MHDD「曆」的異體字，見265頁。

雁 倉MOOG 見隹部，見675頁。

厦 倉MMUE「廈」的簡體字，見183頁。

厮 倉MTCL「廝」的簡體字，見183頁。

厰 倉MFBK「廠」的異體字，見184頁。

厭（厌） 粵yàn 普jim3 淹三聲 倉MABK
①滿足：貪得無厭。②嫌惡，憎惡：厭惡／討厭／吃厭了。

厲（厉）¹ 粵lài 普laai3 賴 倉MTWB
古同「癩」，見392頁。

厲（厉）² 粵lì 普lai6 麗
①嚴格，切實：厲行節約／厲禁。②嚴肅，嚴厲：正言厲色。③古同「礪」，見415頁。
【厲害】也作「利害」。①難以對付或忍受，劇烈，兇猛：鬧得厲害／疼得厲害／天熱得厲害。②嚴厲：這個老師很厲害，學生都怕他。

曆 倉MDA 見日部，265頁。

麗 ⓑMYBP「麗」的異體字，見184頁。

屬（厴） ⓑyǎn ⓒjim2 掩　ⓑMKWL
①螃蟹的臍。②動物學稱田螺等殼口之圓片狀物。

――――― 厶 部 ―――――

厶 ⓑsī ⓒsi1 斯　ⓑVI
「私」的古字，見420頁。

去 1 ⓑqù ⓒheoi3 虛三聲　ⓑGI
①離開所在的地方到別處，由自己一方到另一方，跟「來」相對：馬上就去／我要去學校／給他去封信／已經去了一個電報。②離中：去國／去世／去職。③失去；失掉：大勢已去。④除去；除掉：去病／去火／去皮。⑤距離，差別：相去不遠／去今五十年。⑥已過的。特指剛過去的一年：去年。⑦婉辭，指人死：他不到四十歲就先去了。⑧用在另一動詞前表示要做某事：自己去想辦法。⑨用在動詞或動詞結構後表示做某事：看電影去了／參加宴會去了。⑩用在動詞結構（或介詞結構）與動詞（或動詞結構）之間，表示前者是後者的方法、方向或態度，後者是前者的目的：提了一桶水去澆花／要從主要方面去檢查。⑪用在「大、多、遠」等形容詞後，表示「非常……」、「……極了」的意思（後面加「了」）：他到過的地方多了去了！⑫漢語。四聲之一：去聲。

去 2 ⓑqù ⓒheoi3 虛三聲
扮演（戲曲裏演角色）。

去 3 ·qù ⓒheoi3 虛三聲
①趨向動詞。用在動詞後，表示人或事物離開原地：拿去／捎去。②趨向動詞。用在動詞後，表示動作繼續：一眼看去／信步走去。

乬 ⓑdū ⓒduk1 督　ⓑNGI
用指頭、棍棒等輕擊輕點：點乬（畫家隨意點染）／乬一個點兒。

叁 ⓑsān ⓒsaam1 仁　ⓑIKMM
數目字「三」的大寫。

參（参） 1 ⓑcān ⓒcaam1 攙　ⓑIIIH
①參與，加入在內：參戰／參軍／參加工作。②參考：參看／參閱。
【參半】各佔半數：疑信參半。
【參觀】實地觀察（事業、設施、名勝等）。
【參考】用有關的材料幫助研究某事物。
【參天】（樹木等）高入雲霄：古木參天。

參（参） 2 ⓑcān ⓒcaam1 攙
①指進見：參謁／參見。②封建時代指彈劾：參他一本。

參（参） 3 ⓑcān ⓒcaam1 攙
探究並領會（道理、意義等）：參透／參破。

參（参） 4 ⓑcēn ⓒcaam1 攙
【參差】①長短不齊：參差不齊。②大約；幾乎：參差十萬人家。③錯誤；蹉跎：期參差。

參(参) 5
⑤shēn ⑥sam1 心
星名。二十八星宿之一。

【參商】①比喻親友分離不得相見。②比喻親友感情不和睦：兄弟參商。

參(参) 6
⑤shēn ⑥sam1 心
人參、黨參等的統稱，一般指人參。

又 部

又
⑤yòu ⑥jau6 右 ⑥NK
① 重複或連續：他又犯錯了／今天又下雨了。② 表示幾種性質或情況同時存在（多重複使用）：又好又快／溫柔又大方。③ 表示補充、追加：孔子是教育家，又是思想家。④ 表示整數之外再加零數：一又二分之一。⑤ 説明另一方面的情況：心裏有千言萬語，可嘴裏又説不出。⑥ 用在否定句或反問句裏，加強語氣：我又不是客人，你就不用客氣了。

叉 1
⑤chā ⑥caa1 差 ⑥EI
① 一頭有長齒，一頭有柄，便於扎取的器具：魚叉／刀叉／三齒叉。② 用叉扎取：叉魚。③ 叉形符號（×），一般用來標誌錯誤或廢棄的事物。

叉 2
⑤chá ⑥caa1 差
擋住，堵塞住，互相卡住：遊行隊伍把路口都叉住了。

叉 3
⑤chǎ ⑥caa1 差
動詞。分開，成叉形：叉腿。

叉 4
⑤chà ⑥caa1 差
名詞。條狀物末端的分支：頭髮乾燥容易分叉。

及
⑤jí ⑥kap6 吸六聲 ⑥NHE
① 達到：波及／普及／及格／由表及裏／將及十載。② 趁着，乘，趕上：及早／及時／望塵莫及。③ 比得上：論學問，我遠不及他。④ 推及，顧及：老吾老以及人之老／攻其一點，不及其餘。⑤ 連詞。和，跟（通常主要成分在前）：煙、酒及其他有刺激性的東西對於身體都是有害的。

友
⑤yǒu ⑥jau5 有 ⑥KE
① 朋友：好友／益友／戰友。② 有友好關係的：友軍／友邦。③ 相好，互相親愛：友愛／友好往來。

反 1
⑤fǎn ⑥faan1 翻 ⑥HE
【反切】中國傳統的一種注音方法，用二字注另一個字的音，例如「紅」為「胡籠切」。被切字的聲母跟反切上字相同，被切字的韻母、聲調跟反切下字同。

反 2
⑤fǎn ⑥faan2 返
① 翻轉的，顛倒的，跟「正」相對：放反了／反穿外套／反背着手／這紙看不出反面正面／圖章上刻的字是反的。② （對立面）翻轉，顛倒：反敗為勝／反守為攻／易如反掌。③ 回，還：反攻／反光／反問。④ 反對，反抗：反加税／反學校制制。⑤ 背叛：反叛／官逼民反。⑥ 指反革命，反動派：反一箭之仇。⑦ 類推：舉一反三。⑧ 副詞。反而；相反地：我一勤，他反而更生氣了。
【反芻】① 倒嚼，牛、羊、駱駝等使粗粗吃下去的食物再回到嘴裏細嚼。② 比喻對過去的事物反覆地追憶、回味。
【反倒】正相反，常指和預期相反：希望

他走, 他反倒坐下了。

【反覆】①翻來覆去:反覆無常。②重複:
反覆練習。

【反間】利用敵人的間諜, 使敵人內部自
相矛盾。

【反省】對自己行為加以檢查其中的錯誤。

【反映】①把客觀事物的實質表現出來:
這篇作品反映了現實。②把情況、意見
等告訴上級或有關部門。③物體的形象
反着映射到另一個物體上。

【反正】(fǎnzhèng)①舊指平定混亂局
面, 恢復原來秩序:撥亂反正。②敵方的
軍隊投到己方。

【反正】(fǎn·zhēng)①表示情況雖然不
同而結果並無區別:反正去不去都是一
樣。②無論如何, 不管怎麼樣:反正我要
去, 你不去也行。

叔 ⓐshū ⓑsuk1 宿 ⓒYFE
①父親的弟弟:叔父/二叔。②稱
跟父親同輩而年紀較小的男子:大叔/張叔
叔。③丈夫的弟弟:叔嫂/小叔子。④兄弟
排行, 常用伯、仲、叔、季為次序, 叔是老三。

取 ⓐqǔ ⓑceoi2 娶 ⓒSJE
①拿:取書⁄到銀行取款。②得到:
招致:取暖⁄取笑 (開玩笑)。③挑選:錄
取⁄取道新加坡。

【取消】廢除, 撤消。

受 ⓐshòu ⓑsau6 壽 ⓒBBE
①接納別人給的東西:受助⁄受教
育⁄受信人⁄接別人的意見。②忍耐某
種遭遇:受罪⁄忍受痛⁄受不了。③遭到:

受暑⁄受批評⁄受害⁄受風。④中, 適合
他這話倒是很受聽⁄受看⁄受吃。

叛 ⓐpàn ⓑbun6 伴 ⓒFQHE
背叛:反叛⁄叛賊⁄眾叛親離⁄離
經叛道。

叙 ⓒODE 「敍」的簡體字, 見250頁

安 ⓒJFE 「叟」的異體字, 見74頁。

叟 ⓐsǒu ⓑsau2 手 ⓒHXLE
年老的男人。

叠 ⓒEEEM 「疊」的簡體字, 見384
頁。

叡 ⓐruì ⓑjeoi6 銳 ⓒYUE
①「睿」的異體字, 見403頁。②用
於人名:曹叡, 三國魏明帝。

叢(丛) ⓐcóng ⓑcung4 從
ⓒTCTE
①聚集, 許多事物湊在一起:草木叢生⁄
百事叢集。②聚在一起的人或物:人叢⁄
草叢。③量詞。形容叢生的草:一叢雜草

───── 口 部 ─────

口 ⓐkǒu ⓑhau2 侯二聲 ⓒR
①嘴, 動物吃東西和發聲的器官。
②指話語:口才⁄口氣。③指人口:戶口⁄

家口/拖家帶口。④出入通過的地方：門口/河口/關口。⑤特指長城的某些關口：口北/口豁/口馬。⑥破裂的地方：傷口/缺口/衣服撕了個口兒。⑦鋒刃：刀還沒有開口。⑧牲畜的年齡，因為牲畜的年齡可以由牙齒的多少看出來：六歲口/這匹馬口還輕。⑨量詞。指人：一家五口。⑩指牲畜：一口豬。⑪量詞。指器物：一口鍋/一口鐘。
【口舌】①聽覺見的話，因談話引起的爭論。②指勸說、爭辯、交涉時說的話：班長費了很多的口舌，才說服他躺下來休息。
【口味】①食品的滋味：這個菜的口味很好。②各人對於味道的愛好：食堂裏的菜不對我的口味。③比喻對事物的喜好：這件事正合他的口味。
【口吻】從語氣間表現出來的意思。

叨

叨[1] 〔普〕dāo 〔粵〕dou1 刀 〔倉〕RSH
【叨叨】沒完沒了地說；嘮叨。

叨[2] 〔普〕dáo 〔粵〕dou1 刀
【叨咕】小聲絮叨：他一肚子不滿意，一邊收拾，一邊叨咕。

叨[3] 〔普〕tāo 〔粵〕tou1 滔
承受（好處）：叨光/叨教。
【叨擾】謝人款待的話。

古

古 〔普〕gǔ 〔粵〕gu2 鼓 〔倉〕JR
①時代久遠的，過去的，跟「今」相對：遠古/古廟/古書/厚古薄今。②經歷

多年的：古畫/古城/古墓。③具有古代風格的：古拙/古樸。④真摯純樸：人心不古/古道熱腸。⑤古體詩：五古/七古。

句

句[1] 〔普〕gōu 〔粵〕ngau1 鈎 〔倉〕PR
同「勾1-2」，見63頁。

句[2] 〔普〕gōu 〔粵〕ngau1 鈎
①高句驪。古國名。②用於人名：春秋時越王名句踐。

句[3] 〔普〕gòu 〔粵〕ngau1 鈎
同「勾3」，見64頁。

句[4] 〔普〕jù 〔粵〕geoi3 據
①句子：語句/造句。②量詞。用於語言：寫了兩句詩/三句話不離本行。
【句】【讀】古代稱文辭停頓的地方為「句」和「讀」。連續句讀時，句是語意完整的一小段，讀是句中語意未完，語氣可停的更小段落。

另

另 〔普〕lìng 〔粵〕ling6 令 〔倉〕RKS
①指示代詞。指所指範圍之外的人或事物：另一回事/我還要跟你談另一件事情。②副詞。比喻另立門戶或另搞一套：另議/另找門路。

卟

卟 〔普〕bǔ 〔粵〕buk1 卜 〔倉〕RY
【卟吩】有機化合物的一種，是葉綠素、血紅蛋白的重要組成部分。

叩

叩 〔普〕kòu 〔粵〕kau3 扣 〔倉〕RSL
①敲打：叩門。②叩頭（首），磕頭，一種舊的禮節。③詢問，打聽：叩問/叩以文義。

只 ㊦zhǐ ㊧zi2 止 ㊥RC
① 表示僅限於某個範圍：只知其一，不知其二。② 只有；僅有：家裏只有我一個人。
【只是】① 但是（口氣較輕）：我很想看戲，只是沒時間，不能去。② 就是：人家問他，他只是不開口。③ 僅僅是：我到銅鑼灣去，只是逛書店，沒有逛商場。

叻 ㊦lè ㊧lik1 礫 ㊥RKS
中國僑民稱新加坡，也叫「叻埠」。

叫 ㊦jiào ㊧giu3 嬌三聲 ㊥RVL
① 人或動物的發音器官發出較大的聲音，表示某種情緒、感覺或慾望：拍手叫好／大叫一聲。② 招呼，呼喚：叫他明天來／請你把他叫來。③ 告訴某些人送來所需要的東西：叫車／叫兩個菜。④ 稱呼，稱為：這叫圓珠筆／他叫甚麼名字？⑤ 使，令：叫人不容易懂／這件事應該叫他知道。⑥ 被（後面必須說出主動者）：他叫雨淋透了／別叫風吹倒了。

召¹ ㊦zhào ㊧ziu6 趙 ㊥SHR
召喚：號召／召見／召集／召開會議。

召² ㊦zhào ㊧ziu6 趙
寺廟（多用於地名）：羅布召（在內蒙古）。

召³ ㊦shào ㊧siu6 紹
姓。

叭 ㊦bā ㊧baa1 巴 ㊥RC
象聲詞：叭的一聲，弦斷了。

叮 ㊦dīng ㊧ding1 丁 ㊥RMN
① 蚊子等用針形口器吸食：被蚊子叮了一口。② 追問：叮問。
【叮當】也作「丁當」、「玎璫」。象聲詞。多指金屬、玉飾等撞擊的聲音。
【叮嚀】也作「丁寧」。反覆地囑咐。
【叮囑】再三囑咐。

可¹ ㊦kě ㊧ho2 呵二聲 ㊥MNR
① 是，對，表示准許：許可／認可，不加可否。② 適合：可人意／這碗茶正可口（冷熱適中）／這回倒可了他的心了。③ 表示允許：可以，你去吧！④ 表示值得，夠得上（用在動詞前）：可憐／可愛。可惡。⑤ 副詞。大約：長可六尺/年可三十許。⑥ 盡，就某種範圍不加增減：可着錢花／可着腦袋做帽子。

可² ㊦kě ㊧ho2 呵二聲
① 連詞。表示轉折，意思跟「可是」相同：雖然立春了，可天氣還很冷。② 副詞。加強語氣的說法：他寫字可快了／這篇文章可寫完了。③ 副詞。用在反問句裏加強反問的語氣：這事我可怎麼辦呢？④ 副詞。用在動詞、形容詞的前面表示疑問：你可知道？這話可是真的？
【可能】能夠，有實現的條件：這個計劃可能提前實現。

可³ ㊦kè ㊧hak1 克
【可汗】古代鮮卑、突厥、回紇、蒙古等族統治者的稱號。

台¹ ㊦tāi ㊧toi4 抬 ㊥IR
天台，山名，又地名，在浙江。

【台州】地名, 在浙江。

台² 🔊tái 🔊toi4 抬
敬辭, 舊時用于稱呼對方或跟對方有關的動作: 兄台／台鑒。

台³ 🔊tái 🔊toi4 抬
同「臺」, 見494頁。

比 🔊chì 🔊cik1 斥 🔊RP
呼喊, 大聲斥罵。
【比咤】發怒的聲音。

史 🔊shǐ 🔊si2 屎 🔊LK
①歷史, 自然或社會以往發展的進程, 也指記載歷史的文字和研究歷史的學科: 史學／近代史／世界史。②古代掌管記載史事的官。③古代圖書四部分類法(經史子集): 史書／史部。

右 🔊yòu 🔊jau6 又 🔊KR
①面向南時靠西的一邊, 跟「左」相對: 右手／右邊。②西方(以面向南為準): 江右／山右。③較高的位置或等級: 無出其右。④崇尚: 右文。⑤政治思想上屬於保守的或反對激烈變革的: 右傾／右派。

叵 🔊pǒ 🔊po2 頗 🔊SR
①不可: 叵耐／居心叵測。②便; 就。

司 🔊sī 🔊si1 斯 🔊SMR
①主管: 司賬／司令／司法／各司其職。②中央各部中所設立的分工辦事的單位: 司長／外交部禮賓司。

叶 🔊xié 🔊hip6 協 🔊RJ
和洽, 合: 叶韻。

叼 🔊diāo 🔊diu1 刁 🔊RSM
用嘴夾住(物體的一部分): 叼着煙捲兒。

占 🔊YR 見卜部, 68頁。

合¹ 🔊gě 🔊gap3 鴿 🔊OMR
①容量單位, 一升的十分之一。②量糧食的器具, 容量是1合, 方形或圓筒形, 多於木頭或竹筒製成。

合² 🔊hé 🔊hap6 盒
①閉, 對攏: 合眼／合抱／合圍(四面包圍)。②聚, 集: 合力／合辦／合唱。③全: 合村／合家。④不違背, 一事物與另一事物相應或相符: 合格／合法／合理。⑤計, 折算: 一英鎊合多少港幣?／這件衣服做成了合多少錢?⑥應該: 理合聲明。⑦量詞。舊小説中指交戰回合: 大戰五十合。
【合計】(héjì)合在一起計算: 兩處合計六十人。
【合計】(hé-ji)①盤算: 他心裏老合計這件事。②商量: 大家合計合計這事該怎麼辦。
【合龍】修築堤壩或橋樑時從兩端施工, 最後在中間接合。
【合同】兩方或多方為經營事業或在特定的工作中規定彼此職責所訂的契約。
【合作】互相配合做某事或共同完成某項工作。

合 3 ⓟhé ⓒhap6 盒
　　舊時民族音樂樂譜記音符號的一個，相當於簡譜的低音「5」。

吇 1 ⓟxū ⓒheoi1 虛 ⓦRMD
　　①歎息：長吇短歎。②歎詞。表示驚疑：吇，是何言歟！

吇 2 ⓟyū ⓒheoi1 虛
　　吮喝牲口的聲音。

吃 1 ⓟchī ⓒhek3 喜隻切 ⓦRON
　　①食用東西：吃飯/吃藥。②依靠某種事物來生活：吃老本/靠山吃山，靠水吃水。③吸：吃煙/吃墨紙。④消滅（多用於軍事、棋戲）：吃掉他的炮/吃掉敵人一個團。⑤承受，支援：這個任務很吃重/吃不住太大的分量。⑥受；挨：吃虧/吃驚。⑦耗費：吃力/吃勁。⑧被（宋元小說戲曲裏常用）：吃那廝騙了。
【吃力】①費力氣。②疲勞。
【吃水】①取用生活用水：高山地區吃水困難。②取水分：這塊地不吃水。③船身入水的深度。根據吃水的深淺可以計算全船載貨的重量。

吃 2 ⓟchī ⓒgat1 吉 ⓧhek3 喜隻切
　　口吃。說話不流利。

各 1 ⓟgě ⓒgok3 閣 ⓦHER
　　特別（含貶義）：這人真各。

各 2 ⓟgè ⓒgok3 閣
　　①指示代詞。表示不止一個（指某一範圍內的所有個體）：各方/各界/各位來賓。②副詞。表示不止一人同做某事或不止一物同有某種屬性：各不相

同/各領風騷/各執一詞。③姓。

吉 ⓟjí ⓒgat1 桔 ⓦGR
　　幸福的，吉利的，跟「凶」相對：吉慶/吉祥/吉日/吉期。

吋 ⓟcùn ⓒcyun3 寸 ⓦRDI
　　英寸舊也作吋。

吆 ⓟyāo ⓒjiu1 腰 ⓦRVI
　　大聲喊：吆喝/吆牲口/吆五喝六

同 1 ⓟtóng ⓒtung4 童 ⓦBMR
　　①一樣，沒有差異：同等/同義/同感/大同小異/情況不同。②跟……相同：同上/同前。③共，在一起：同學/同事/同伴/同伙/共同努力。④介詞。引進動作的對象，與「跟」相同：我同他商討一下。⑤介詞。引進比較的事物，與「跟」相同：現在同以前不一樣了。⑥介詞。表示與某事有無聯繫，與「跟」相同：他同這事無關。⑦介詞。表示交給，跟「給」相同：這封信我一直同你保存着。⑧連詞。表示並列關係，跟「和」相同：我同你一起去。
【同化】不同的事物逐漸變得相近或相同。
【同情】①和對方抱同樣的情感：我們同情失業者。②對於別人的行動表示贊成：我們同情並支持該國人民的正義鬥爭。
【同時】①在同一個時候。②表示進一層，並且：廣泛閱讀可以增加知識，同時可以大開眼界。

同

² 🔴tóng 🔵tung4 童
見【胡同】，481頁。

名

🔴míng 🔵ming4 明 🔵NIR
① 人或事物的稱謂：名字／您給他
起個名兒吧。② 名字叫作：他姓陳名大
文。③ 名義：你不該以出差為名，到處游
山玩水。④ 聲譽：名譽／有名／出名／不為
名不為利。⑤ 有聲譽的，大家都知道的：
名醫／名畫／名山／名言／名產。⑥ 説出：
無以名之／莫名其妙。⑦ 佔有：一文不名／
不名一錢。⑧ 量詞，指人：學生四名。⑨ 量
詞。用於名次：第三名。
【名詞】表示人、地、事、物的名稱的詞。
如學生、南丫島、戲劇、桌子等。

后

🔴hòu 🔵hau6 後 🔵HMR
① 君主的妻子：皇后／后妃。② 古
代稱君主：周之先后5。③ 姓。

吏

🔴lì 🔵lei6 利 🔵JLK
① 舊時代沒有品級的小官吏：胥
吏。② 舊時泛指官員：酷吏／官吏。

吐

¹ 🔴tǔ 🔵tou3 兔 🔵RG
① 使東西從嘴裏出來：吐瓜子殼／
不要隨地吐痰。② 説出：吐露實情／堅不
吐實。③ 露出，放出：蠶吐絲／高粱吐穗
了。

吐

² 🔴tù 🔵tou3 兔
① (消化道或呼吸道裏的東西)
不自主地從嘴裏湧出：嘔吐／吐血／上吐
下瀉。② 比喻被迫退還侵佔的財物：叫
他把吞沒的款項吐出來。

向

¹ 🔴xiàng 🔵hoeng3 鄉 🔵HBR
① 方向，目標：風向／志向／方向
錯了。② 對着，朝着：向前看／這間房子
向東。③ 將近，接近：向曉／向晚。④ 偏
祖，祖護：偏向。⑤ 介詞，引進動作的方
向、目標或對象：向東走／向他學習。

向

² 🔴xiàng 🔵hoeng3 鄉
① 從前；舊時：向者。② 副
詞。向來；從開始到現在：本處向無此人。
【向來】從來；一向：向來如此／他做事
向來認真。

吽

「嗯3」的異體字，見101頁。

吊

🔴RLB「弔」的簡體字，見186頁。

吒

¹ 🔴zhā 🔵zaa1 渣 🔵RHP
① 用於神話中人名。② 用於地名。

吒

² 🔴zhà 🔵zaa3 炸
同「咤」，見87頁。

吖

🔴ā 🔵aa1 丫 🔵RCL
譯音字。用於藥名：吖啶黃。

君

🔴jūn 🔵gwan1 軍 🔵SKR
① 古代指帝王：國君／君臣。② 對
人的尊稱：張君。
【君子】舊指有地位的人，又指品行好的
人。

呔

¹ 🔴dāi 🔵toi2 胎二聲 🔵RKI
突然大喝一聲，使人注意 (多用於

早期白話）。

呔

2 @tǎi @toi2 胎二聲

說話帶外地口音。

吝

@lìn @leon6 論 @YKR

當用的財物捨不得用，過分的愛惜：他一點也不吝嗇／該花的錢不要吝惜。

吞

@tūn @tan1 吐根切 @HKR

①不細咀嚼，整個咽下去：圇圇吞棗／狼吞虎咽。②兼併，侵佔：吞沒／吞併。

吟

@yín @jam4 淫 @ROIN

①唱，聲調抑揚地念：吟詩／吟詠／抱膝長吟。②呻吟，歎息。③古典詩歌的一種名稱：《梁甫吟》。

否

1 @fǒu @fau2 剖 @MFR

①否定：否決／否認。②副詞。表示不同意，相當於口語的「不」。③助詞。用在表示疑問的詞句裏：然否？／先生知其事否？④「是否、可否、能否」等表示「是不是、可不可、能不能」等意思：明日能否出發？

【否定】①否認事物的存在或事物的真實性，跟「肯定」相對：全盤否定。②屬性詞。表示否認的、反面的：否定判斷。

【否決】否定（議案）：提案被否定了。

【否認】不承認：矢口否認。

否

2 @pǐ @pei2 鄙

①惡，壞：否極泰來。②貶斥：臧否人物（評論人家好壞）。

吩

@fēn @fan1 芬 @RCSH

【吩咐】也作「分付」。口頭指派或命令：母親吩咐他早去早回。

吥

@bù @bat1 不 @RMF

見【噴吥】，101頁。

吠

@fèi @fai6 揮六聲 @RIK

狗叫：狂吠／蜀犬日吠（比喻少見多怪）。

含

@hán @ham4 酣 @OINR

①嘴裏放着東西，不吐出來也不吞下去：含一口水／嘴裏含着薄荷糖。②藴着；包括在內：含着淚／含水分／含養分③帶有某種意思、情感等，不完全表露出來，心裏懷着：含怒／含羞／含而不露

【含糊】也作「含胡」。①馬虎，不認真：這事一點也不能含糊。②不明確，不清晰：含糊其詞。③怯懦，畏縮，常跟「不」連用：真不含糊。

吭

1 @háng @hong4 杭 @RYHN

喉嚨，嗓子：引吭（拉長了嗓音）高歌。

吭

2 @kēng @hang1 坑

出聲，發言：一聲不吭／問他甚麼他也不吭聲。

吮

@shǔn @syun5 旋五聲 @RIHU

聚攏嘴唇來吸：吮乳／吮癰舐痔（秦王有病召醫診治，凡能使膿瘡破疽的人，給車一輛；能用嘴舐痔瘡的，給車五輛。後比喻奉承、諂媚之徒）。

呈 ⓟchéng ⓒcing4 情 ⓡRHG
①具有（某種形式）；呈現（某種顏色、狀態）：呈現一片新氣象／蛋糕的形狀呈星形／特別炮製的飲料呈薄荷綠。②恭敬地送上去：送呈／謹呈。③舊時稱下級報告上級的文件：呈文。④姓。

吳（吳）ⓟwú ⓒng4 吾 ⓡRVNK
①周代的一個國，在現在長江下游一帶。②三國時代孫權建立的國（公元 222-280 年），在現在長江中下游和東南沿海一帶。③指江蘇南部和浙江北部一帶。④姓。

吵¹ ⓟchǎo ⓒcaau2 炒 ⓡRFH
【吵吵】指高聲說話或吵嚷。

吵² ⓟchǎo ⓒcaau2 炒
①聲音大而雜亂：吵得慌／臨街的房子太吵。②吵擾使人不得安靜：吵人／把他吵醒了。③打嘴架，口角：吵架／丁半子／他倆吵起來了。

吶¹ ⓟnà ⓒnaap6 納 ⓡROB
吶喊│大聲叫喊助威：搖旗吶喊。

吶² ⓟnè ⓒnaap6 納
同「訥」，見 567 頁。

吸 ⓟxī ⓒkap1 級 ⓡRNHE
①從口或鼻把氣體引入體內，跟「呼」相對：吸氣／吸煙。②吸收：吸墨紙／藥棉花吸水。③吸引：吸鐵石。
【吸收】攝取，採納：吸收寶貴經驗／植物由根吸收養分。

吽 ⓟhōng ⓒhung1 空 ⓡRHQ
佛教咒語用字。

吹 ⓟchuī ⓒceoi1 崔 ⓡRNO
①合攏嘴唇用力出氣：吹燈／吹笛。②（風和氣流等）流動；衝擊：吹風機／氫氧吹管／不怕風吹日曬。③說大話；誇口：瞎吹／胡吹一通。④（事情）失敗，（感情）破裂：事情吹了／他們倆吹了。
【吹牛】說大話，自誇。也說「吹牛皮」。
【吹噓】誇大地或無中生有地說自己或別人的優點；誇張地宣揚：自我吹噓。

吰 ⓟhóng ⓒwang4 宏 ⓡRKI
見【嘭吰】，105 頁。

吡¹ ⓟbǐ ⓒbei2 比 ⓡRPP
【吡啶】有機化合物，可做溶劑和化學試劑。

吡² ⓟpǐ ⓒpei2 鄙
詆，毀，斥責。

吻 ⓟwěn ⓒman5 敏 ⓡRPHH
①嘴唇；接吻／唇吻。②用嘴唇接觸表示喜愛。
【吻合】完全符合：對方意見吻合。

吲 ⓟyǐn ⓒjan5 引 ⓡRNL
【吲哚】有機化合物，無色或淡黃色片狀結晶，可用來製香料、染料、藥物等。

吼 ⓟhǒu ⓒhau3 口三聲　ⓒRNDU

①獸大聲叫：牛吼／獅子吼。②發怒或情緒激動時大聲呼喊：怒吼／狂吼。③（風、汽笛、大炮等）發出很大響聲：北風怒吼／汽笛長吼。

吱 ⓟzhī ⓒzi1 支　ⓒRJE

象聲詞。形容某些尖細的聲音：小鳥吱吱地叫／老鼠吱的一聲跑了。

吾 ⓟwú ⓒng4 吳　ⓒMMR

①人稱代詞。我，我們：吾師／吾國／一日三省吾身。②姓。

峇 ⓒPR 「呢」的異體字，見196頁。

告(告) ¹ ⓟgào ⓒgou3 高三聲　ⓒHGR

①說給別人，通知：告訴我這是怎麼一回事？／為人坦蕩，沒有不可告人的事。②提起訴訟：告發／原告／被告／控告。③請求：告假／告饒。④聲明：自告奮勇／告辭。⑤宣佈或表示某種情況的實現：告成／告一段落。

告(告) ² ⓟgào ⓒguk1 谷

用於「忠告」。規勸的意思。

呀 ¹ ⓟyā ⓒaa1 鴉　ⓒRMVH

①歎詞。表示驚疑：呀，這怎麼辦！②象聲詞。形容開門的摩擦聲等：門呀的一聲開了。

呀 ² ⓟ·ya ⓒaa3 亞

助詞。「啊」受前一字韻母a, e, o, ü收音的影響而發生的變音：大家快來呀！／這個瓜呀，甜夌很！／你怎麼不學一學呀！

呂(呂) ⓟlǚ ⓒleoi5 旅　ⓒRHR

①見【律呂】，191頁。②姓。

呃 ¹ ⓟè ⓒak1 握　ⓒRMSU

表示感歎提醒等：呃，別忘了帶雨傘。

【呃逆】因橫膈膜拘攣引起的打嗝兒。

呃 ² ⓟ·e ⓒak1 握

助詞。用在句末，表示讚歎或驚異的語氣：飄雪了呃。

呆 ⓟdāi ⓒngoi4 哀四聲　ⓧdaai1 待一聲　ⓒRD

①（頭腦）遲鈍；不靈敏：呆頭呆腦。②臉上表情死板；發愣：發呆／嚇呆了／他呆呆地站在那裏。③同「待1」，見191頁。

呎 ⓟchǐ ⓒcek3 赤　ⓒRSO

量詞。英尺舊也作「呎」。

吧 ¹ ⓟbā ⓒbaa1 巴　ⓒRAU

①酒吧：吧檯／吧女。②出售酒水食品或供人從事某些休閒活動的場所：網吧／酒吧。

【吧嗒】（bādā）象聲詞。形容物體輕微撞擊或液體滴落等聲音：吧嗒一聲／眼淚吧嗒吧嗒地往下掉。

【吧唧】(bājī) 象聲詞。形容腳掌拍打泥濘地面等的聲音。

吧 2 [普]·ba [粵]baa6 罷
①助詞。用在祈使句末，使語氣變得較為舒緩：幫幫他吧／我們走吧。②助詞。用在陳述句末，使語氣變得不十分確定：今天不會下雨吧。③助詞。用在疑問句末，使原來的提問帶有推測、估量的意味：您就是李師傅吧？④助詞。用於後續句的末尾，表示認可、同意等口氣：好吧，就這麼辦吧。⑤助詞。用在句中停頓處，表示假設、舉例或讓步：説吧，又有點不好意思；不説吧，問題又不能解決。

吅 [倉]RYJ 「叫」的異體字，見76頁。

邑 [倉]RAU 見邑部，626頁。

呢 1 [普]·ne [粵]ne1 女奢切 [倉]RSP
①助詞。使句子略停頓：喜歡呢，就買下；不喜歡呢，就不買。②助詞。用在陳述句末尾，表示確定語氣，使對方信服（多含誇張的語氣）：還沒有來呢。③助詞。用在疑問句末尾，表示提醒和深究的語氣（句中含有疑問詞）：你去哪兒呢？④助詞。用在陳述句末尾。表示動作和情況正在繼續：外面下着大雨呢。

呢 2 [普]ní [粵]nei4 尼
一種毛織物：呢絨／厚呢大衣。
【呢喃】象聲詞。①常指燕子的叫聲。②形容小聲説話聲：呢喃細語。

咁 [粵]gam3 禁 [又]gam2 感 [倉]RTM
粵語方言。如此，這樣：咁多／咁好。

呸 [普]pēi [粵]pei1 披 [倉]RMFM
歎詞。表示斥責或唾棄：呸！胡説八道。

咔 1 [普]kā [粵]kaa1 卡一聲 [倉]RYMY
象聲詞。形容事物清脆的撞擊聲：咔的一聲關上抽屜。
【咔嚓】也作「喀嚓」。象聲詞。折斷的聲音。

咔 2 [普]kǎ [粵]kaa1 卡一聲
【咔嘰】見【卡其】，68頁。

咋 1 [普]zǎ [粵]zaa3 炸 [倉]RHS
疑問代詞。怎，怎麼：咋好／咋辦。

咋 2 [普]zé [粵]zaa3 炸
咬住。
【咋舌】咬着舌頭，形容驚訝，害怕，説不出話來。

咋 3 [普]zhā [粵]zaa3 炸
【咋呼】也作「咋唬」。①吆喝。②炫耀。

呴 [普]xǔ [粵]heoi1 虛 [倉]RPR
張口呼氣：相呴相濡（比喻人處困境時，以微力互相救助）。

咒 [普]zhòu [粵]zau3 奏 [倉]RRHN
①某些宗教或巫術中的密語，用以除災或降災的語句：咒語。②説希望人不順利的話：咒罵。

呦 🔊yōu 🔊jau1 丘 🔊RVIS

歎詞。表示驚異：呦，碗怎麼破了？

【呦呦】鹿鳴聲。

周（周） 1 🔊zhōu 🔊zau1 舟 🔊BGR

①圈子：圓周／周長。用於動作環繞的圈數：地球繞太陽一周是一年。②周圍：周邊地區／學校四周都種了樹。④環繞，繞一圈：而行復始。⑤普遍，全面：周身／眾所周知。⑥完備：周到／計劃很周密。⑦時期的一輪。特指一個星期：上周／下周／周末。

【周旋】①迴旋；盤旋。②打交道，交際，應酬：與客人周旋。③（與敵人）較量，相機進退。

周（周） 2 🔊zhōu 🔊zau1 舟
給，接濟：周濟／周急。

【周濟】也作「賙濟」。對窮困的人給予物質上的幫助。

周（周） 3 🔊zhōu 🔊zau1 舟
①朝代名，姬發（武王）所建立（約公元前1046–公元前256年）。②姓。

呱 1 🔊gū 🔊gu1 孤 🔊RHVO

【呱呱】古書上指小兒哭聲：呱呱墜地。

呱 2 🔊guā 🔊gwaa1 瓜

【呱嗒】也作「呱噠」。象聲詞。形容清脆、短促的撞擊聲。

【呱呱】形容鴨子、青蛙等的響亮叫聲。

【呱呱叫】也作「刮刮叫」。形容極好。

【呱嗒板兒】唱蓮花落等打拍子的器具。

呱 3 🔊guǎ 🔊gwaa2 寡
拉呱兒，即聊天。

味 🔊wèi 🔊mei6 未 🔊RJD

①舌頭嘗東西所得到的感覺：味道／滋味／五味／帶甜味兒。②體會，研究；辨別味道：回味／品味／體味。③指某類菜餚、食品：臘味／山珍海味。④鼻子聞東西所得到的某種嗅覺的特性：氣味，香味兒／臭味兒。⑤情趣：意味／趣味／意味深長。⑥量詞。指藥的種類：這個方子一共七味藥。

呵 1 🔊hē 🔊ho1 苛 🔊RMNR
呼（氣）；哈（氣）：呵凍／一氣呵成。

【呵欠】人在疲勞或沉悶的時候張嘴深呼吸的現象。

呵 2 🔊hē 🔊ho1 苛
怒責：呵斥／呵禁。

【呵呵】象聲詞。形容笑：笑呵呵。

呵 3 🔊hē 🔊o1 柯
同「嗬」，見104頁。

呶 🔊náo 🔊naau4 撓 🔊RVE

叫嚷：喧嚷。

【呶呶】形容説話沒完沒了：呶呶不休。

呷 1 🔊gā 🔊gaa1 嘉 🔊RWL

【呷呷】見【嘎嘎】，104頁。

呷 2 🔊xiā 🔊haap3 掐
小口兒地喝：呷茶／呷一口酒。

呻 畫shēn 畫san1 申 畫RLWL

【呻吟】哼哼，痛苦時口中發出聲音：無病呻吟（喻説話作文沒有內容）。

呼 1 畫hū 畫fu1 乎 畫RHFD

① 生物體把體內的氣體排出體外，跟「吸」相對：呼吸／呼出一口氣。② 大聲喊：歡呼／高呼口號／大聲疾呼。③ 喚，叫：呼應（彼此聲氣相通，互相照應）／呼之即來。

【呼哨】也作「嚯哨」。用手指放在嘴裏吹出的高尖音：打呼哨。

【呼聲】① 呼喊的聲音：呼聲動天。② 代表大眾希望的言論：傾聽羣眾的呼聲。

【呼籲】向個人或社會申述，請求援助或主持公道：奔走呼籲。

呼 2 畫hū 畫fu1 乎

象聲詞。形容北風等：北風呼呼也吹。

命 1 畫mìng 畫ming6明六聲
畫meng6萬病切 畫OMRL

① 動物、植物的生活能力，也就是跟礦物、水等所以有區別的地方：生命／救命／牲命。② 壽命：短命／長命百歲。③ 迷信的人認為生來就注定的富貴、壽數等：尊命打卦瞎胡説。

命 2 畫mìng 畫ming6明六聲

① 名詞。上級對下級的指示：命令／奉命／遵命。② 動詞。上級對下級有所指示：命大軍前進。③ 給予（名稱等）：命名／命題。

【命中】射中或擊中目標：命中率。

咀 1 畫jǔ 畫zeoi2 沮 畫RBM

含在嘴裏細細玩味：含英咀華。

【咀嚼】① 細嚼。② 比喻對事物反覆體會。

咀 2 畫zuǐ 畫zeoi2 沮

「嘴」俗作咀，見107頁。

咄 畫duō 畫deot1 丁出切 畫RUU

① 表示呵叱：厲聲咄之。② 表示驚異。

【咄咄】表示驚怪或感歎：咄咄怪事。

【咄嗟】吆喝：咄嗟立辦（馬上就辦到）。

咆 畫páo 畫paau4 庖 畫RPRU

【咆哮】① 猛獸怒吼。② 形容水流奔騰轟鳴，也喻人暴怒叫喊。

和 1 畫hé 畫wo4 禾 畫HDR

① 相安，諧調：兄弟和睦。② 平靜，不猛烈：溫和／心平氣和／日暖。③ 平息爭端：講和／和解。④（下旗或賽球）不分勝負：和棋／和局。

【和平】① 沒有戰爭的狀態：和平環境。② 溫和，不猛烈：藥性和平。

【和氣】① 態度溫和：他説話真和氣。② 和睦：相處和氣。③ 和睦的感情：別為小事傷了和氣。

【和尚】佛教男性僧侶的通稱。

和 2 畫hé 畫wo4 禾

① 連帶：和盤托出（完全説出來）／和衣而臥。② 介詞。對，向：你和孩子講話要講得淺易些。③ 連詞。跟，同：我和他意見相同／小美和小遠是好朋友。④ 連

詞。表示選擇關係，常用在「無論、不論、不管」後：不論參加和不參加，都得好好考慮。⑤ 數學上指兩個以上的數加起來的總數：二跟三的和是五。

和 3 〔普〕hé 〔粵〕wo4 禾
指日本：和服。

和 4 〔普〕hè 〔粵〕wo6 禍
① 聲音相應。特指依照別人詩詞的體裁或題裁而寫詩詞：和詩。② 和諧地跟着唱：曲高和寡／一唱百和。

和 5 〔普〕huó 〔粵〕wo4 禾
在粉狀物中加水攪拌或揉弄使黏在一起：和麵／和泥。

和 6 〔普〕huò 〔粵〕wo6 禍
粉狀或粒狀物攙和在一起，或加水攪拌：和藥。

和 7 〔普〕huò 〔粵〕wo6 禍
① 量詞。洗衣物換水的次數：衣裳已經洗了兩和。② 量詞。煎藥加水的次數：頭和藥／二和藥。

和 8 〔普〕hú 〔粵〕wu4 胡
打麻將或鬥紙牌時某一家的牌合乎規定要求，取得勝利。

咎 (咎) 〔普〕jiù 〔粵〕gau3 究　〔倉〕HOR
① 過失，罪：咎由自取。② 怪罪，處分：既往不咎。③ 凶：休咎（吉凶）。

咖 1 〔普〕gā 〔粵〕gaa3 駕　〔倉〕RKSR
【咖喱】用胡椒、薑黃等做的調味品。

咖 2 〔普〕kā 〔粵〕kaa1 卡　〔叉〕gaa3 駕

【咖啡】常綠灌木，產在熱帶，葉子長卵形，先端尖，花白色，有香味，結果實，果實紅色，內有兩顆種子，種子可製飲料。也指這種飲料。

咐 〔普〕fù 〔粵〕fu3 富　〔倉〕RODI
見【吩咐】，80頁。

呪 〔倉〕RRHU 「咒」的異體字，見83頁。

咕 〔普〕gū 〔粵〕gu1 姑　〔倉〕RJR
象聲詞。形容母雞、斑鳩等的叫聲，布穀鳥咕咕地叫。
【咕咚】象聲詞。重東西落下或大口喝水吞咽的聲音。
【咕嘟】(gūdū) 象聲詞。形容水響。
【咕嘟】(gū·du) ① 大瓶，長時間煮：東西咕嘟爛了吃，容易消化。② 鼓起：他氣得把嘴咕嘟起來。
【咕唧】也作「咕唧」。小聲交談或自言自語。

咂 〔普〕zā 〔粵〕zaap3 匝　〔倉〕RSLB
① 舌頭與顎接觸發聲：咂嘴。② 用唇吸：咂滋味／咂一口酒。③ 仔細辨別（滋味）。

喑 1 〔普〕ḿ 〔粵〕m2 唔二聲　〔倉〕RWYI
歎詞。表示疑問：喑，甚麼？

喑 2 〔普〕ṁ 〔粵〕m6 唔六聲
歎詞。表示答應：喑，知道了。

咏 〔倉〕RINE 「詠」的簡體字，見568頁。

面 🔊MWR「面」的異體字，見682頁。

知 🔊OKR 見矢部，406頁。

咚 🔊dōng 🔊dung1 東 🔊RHEY
象聲詞。形容敲鼓或敲門等的聲音。

哰 🔊dā 🔊daak1 多測切
🔊RQMN
(發音短促) 吆喝牲口前進的聲音。

呲[1] 🔊cī 🔊ci1 痴 🔊RYMP
申斥，斥責：挨呲。

呲[2] 🔊zī 🔊zi1 資
同「齜」，見736頁。

哎 🔊āi 🔊aai1 唉 🔊RTK
① 歎詞。表示不滿或驚訝：哎，你怎麼能這麼說呢！② 歎詞。表示提醒：哎，你們看，誰來了！
【哎呀】① 表示驚訝。② 表示埋怨、不耐煩、惋惜、為難等。
【哎喲】表示驚訝、痛苦、惋惜等。

咤 🔊zhà 🔊zaa3 炸
🔊RJHP
【叱咤】，77頁。

咦 🔊yí 🔊ji2 綺 🔊RKN
歎詞。表示驚訝：咦！這是怎麼回事？

咨 🔊zī 🔊zi1 支 🔊IOR
① 跟別人商議，詢問：咨詢。② 咨文。
【咨文】① 舊時用於同級機關的一種公文。② 指某些國家元首向國會提出的關於國事情況的報告。

咪 🔊mī 🔊miu1 喵 🔊RFD
貓叫聲。

咫 🔊zhǐ 🔊zi2 子 🔊SORC
古代稱八寸為咫。
【咫尺】比喻距離很近：近在咫尺。

咬 🔊yǎo 🔊ngaau5 肴五聲
🔊RYCK
① 上下牙咬住，壓碎或夾住東西：咬緊牙關／咬了一口麵包。② 審訊或受責難時拉扯上不相關的人：反咬一口／不許亂咬好人。③ 狗叫：雞叫狗咬。④ 正確地讀出字音；過分地計較 (字句的意義)：咬文嚼字／咬定字我咬不準。⑤ 追趕進逼：雙方得分咬得很緊。
【咬文嚼字】① 推敲詞句。② 譏笑文人迂腐不知變通。③ 指賣弄文才。

咯[1] 🔊gē 🔊lok3 洛 ✕gok3 各
🔊RHER
【咯噔】形容皮鞋踏地或物體撞擊等聲音：咯噔咯噔的皮鞋聲。
【咯吱】形容竹、木等器物受擠壓發出的聲音 (多疊用)：扁擔壓得咯吱咯吱響。

咯[2] 🔊kǎ 🔊kat1 咳
用力使東西從食道或氣管裏出來：

咯痰／咯血／把魚刺咯出來。

咯 3 ⑧lo ⑧lo1 囉
①助詞。用法如「了」:那倒好咯！
②語氣較重:當然咯。

哌 ⑧pài ⑧paai3 派 ⑧RHHV

【哌嗪】有機化合物，用於驅除蛔蟲等。

咧 1 ⑧liē ⑧le4 哩四聲 ⑧RMNN

【咧咧】(liē·lie) 亂說，亂講:他就是好說，一天到晚瞎咧咧。

咧 2 ⑧liě ⑧le1 哩

【咧咧】(liē·lie) 小兒哭:哭哭咧咧。

咧 3 ⑧liě ⑧lit6 列
①嘴向旁邊斜着張開:咧嘴／咧着嘴笑。②說(含貶義):胡咧。

咧 4 ⑧·lie ⑧le1 哩
助詞。意思相當於「了」、「啦」:好咧／他來咧。

咱 1 ⑧zá ⑧zaa1 渣 ⑧RHBU

【咱家】人稱代詞。我(含有自高自大的口氣，多用於早期白話)。

咱 2 ⑧zán ⑧zaa1 渣
①人稱代詞。見【咱們】。②人稱代詞。我:咱不懂他的話。
【咱們】①「我」的多數，跟「我們」不同，包括聽話的人在內:你們是廣東人，我們是山東人，咱們都是中國人。②借指我或你:咱們別急，會趕上這班車的。

咱 3 ⑧·zan ⑧zaa1 渣
用在「這咱、那咱、多咱」裏，是「早晚」的合音。

咮 ⑧zhòu ⑧zau3 咒 ⑧RHJD
鳥嘴。

咳 1 ⑧hāi ⑧haai1 孩一聲
⑧RYVO
歎詞。表示惋惜或後悔:咳，我為甚麼這麼糊塗！

咳 2 ⑧ké ⑧kat1 欬
呼吸器官受刺激而起一種反射作用，把吸入的氣急急呼出，聲帶振動發聲:咳嗽／乾咳／百日咳。

咲 ⑧RTK「笑」的異體字，見 431 頁。

咸 ⑧xián ⑧haam4 函 ⑧IHMR
副詞。全，都:少長咸集／咸知其不可。

哞 ⑧mōu ⑧mau4 謀 ⑧RIHQ
象聲詞。牛叫的聲音。

咻 ⑧xiū ⑧jau1 幽 ⑧ROD
吵，亂說話。

咽 1 ⑧yān ⑧jin1 煙 ⑧RWK
咽頭，口腔深處通食道和喉頭的部分，通常混稱咽喉。

咽 2 ⑧yàn ⑧jin3 燕
同「嚥」，見110頁。

咽³ 粵yè 普jie3 噎

聲音受阻而低沉：嗚咽／哽咽。

伊（咿） 粵yī 普ji1 衣 ❺ROSK

咿唔》象聲詞。形容讀書的聲音。
咿呀》①小孩子學話的聲音。②搖槳的
聲音。

哀 粵āi 普oi1 埃 ❺YRHV

①悲痛，悲傷：悲哀／哀鳴／喜怒哀
樂。②悼念：哀悼／默哀。③憐憫：哀憐／
哀矜（哀憐，體恤）／哀其不幸。

哇¹ 粵wā 普waa1 蛙 ❺RGG

象聲詞。形容大哭聲、嘔吐聲等：
哇哇大哭／哇哇大叫／哇的一聲吐了一
地。

哇² 粵·wa 普waa1 蛙

助詞（前面緊接着的音一定是u、
ao結尾的）。義同「啊5」：你別哭哇／
好哇／快走哇。

品 粵pǐn 普ban2 稟 ❺RRR

①物品，物件：商品／贈品／非賣品。
②等級：上品／下品。③古代官吏級別共
分九級。④種類：品種／品類。⑤性質：人
品／品質。⑥體察出來好壞，優劣等：品
味／我品出他的為人來了。⑦吹奏（管樂
器，多指簫）：品竹彈絲。

哂 粵shěn 普can2 診 ❺RMCW

微笑：哂笑／聊博一哂。

哂納》客套話，用於請人收下禮物。

哄¹ 粵hōng 普hung6 汞 ❺RTC

①形容許多人大笑聲或喧嘩聲：
哄堂大笑。②好多人同時發聲：哄傳。

哄² 粵hǒng 普hung6 汞

①説假話騙人：哄騙／你不要哄
我。②用語言或行動使人歡喜：他很會
哄小孩兒。

哄³ 粵hòng 普hung6 汞

同「鬨」，見710頁。

哆 粵duō 普do1 多 ❺RNIN

【哆嗦】因受外界刺激而身體不由自主
地顫動：冷得打哆嗦。

哈¹ 粵hā 普haa1 蝦 ❺ROMR

①張口呼氣：哈欠／哈了一口氣。
②象聲詞。形容笑聲：哈哈笑。③歎詞。表
示得意或滿意：哈哈，我贏了／哈哈，我
説中了。

哈² 粵hā 普haa1 蝦

哈腰，稍微彎腰，表示禮貌。

哈³ 粵hǎ 普haa1 蝦

斥責：哈他一頓。

【哈達】一種薄織品，藏族、蒙古族用以表
示敬意或祝賀。

【哈巴狗】①一種個兒小腿短的狗，也叫
獅子狗，巴兒狗。②常用來比喻溫順的
奴才。

哈⁴ 粵hà 普haa1 蝦

【哈士蟆】也作「哈什螞」。青蛙一類的
動物，雌的腹內有脂肪狀物質，中醫用做
補品。

哉 ⓤzāi ⓥzoi1 災 ⓦJIR
①助詞。表示感歎的語氣：嗚呼哀哉！／誠哉斯言！②助詞。表示疑問，反問：有何難哉？／豈有他哉？

哏 ⓤgén ⓥgan1 巾 ⓦRAV
滑稽，可笑，有趣：逗哏／這話真哏。

哐 ⓤkuāng ⓥhong1 匡 ⓦRSMG
象聲詞。撞擊聲：哐啷／哐的一聲臉盆掉在地上了。

咩 ⓤmiē ⓥme1 媽呢切 ⓦRTQ
象聲詞。羊叫的聲音。

咷 ⓤtáo ⓥtou4 桃 ⓦRLMO
哭：號咷（嚎啕）。

咵 ⓦRKMS「侉」的異體字，見21頁。

員(员) 1 ⓤyuán ⓥjyun4 元 ⓦRBUC
①指工作或學習的人：學員／演員。②指團體組織中的分子：會員。③量詞。指武將：一員大將。

員(员) 2 ⓤyún ⓥwan4 雲
古人名用字：伍員（即伍子胥）。

員(员) 3 ⓤyùn ⓥwan6 運
姓。

哥 ⓤgē ⓥgo1 歌 ⓦMRNR
①同父母或只同父、只同母而年紀比自己大的男子：哥哥／大哥／二哥。②只同父母或同族同輩而年齡比自己大的男子：表哥。③稱呼年齡跟自己差不多的男子：張大哥。

哦 1 ⓤé ⓥngo4 俄 ⓦRHQI
低聲地唱：吟哦。

哦 2 ⓤó ⓥo4 柯四聲
歎詞。表示將信將疑：哦，是這樣的嗎？／哦，是怎麼一回事？

哦 3 ⓤò ⓥo6 柯六聲
歎詞。表示領會、醒悟：哦，我明白了。

哨 1 ⓤshào ⓥsaau3 梢三聲 ⓦRFB
①偵察，巡邏：哨探。②巡邏，警戒防守的崗位：放哨／哨兵／前哨。③量詞。支，隊（用於軍隊）：一哨人馬。

哨 2 ⓤshào ⓥsaau3 梢三聲
①鳥叫。②說話，閒談（含貶義）：胡吹海哨。③一種能吹響的器物：吹哨集合。

哩 1 ⓤlī ⓥle1 咧 ⓦRWG
【哩哩啦啦】形容零零散散或斷斷續續地下去：雨哩哩啦啦下了一天／瓶子⋯了，裏面的水哩哩啦啦地灑了一地。

哩 2 ⓤlǐ ⓥlei5 理
英里舊也作哩。

哩 3 ⓤ·li ⓥle1 咧
①助詞。跟普通話「呢」相同，不用於疑問句：雪還沒融化哩。②助詞。用於列舉，跟普通話「啦」相同：照片⋯

…繪圖哩，照相機哩，都準備好了。

嘆詞。表示不滿意或不信任的聲音：哼，你信他的！

哭 普kū 粵huk1 酷一聲 倉RRIK
因痛苦悲哀而流淚發聲：痛哭流/哭哭啼啼。

哮 普xiào 粵haau1 敲 倉RJKD
①吼叫：咆哮。②急促喘氣的聲音：…喘。

哲 普zhé 粵zit3 節 倉QLR
①聰明有智慧：哲人。②有智慧的…：先哲。
…哲學〕社會關於世界觀、價值觀、方法…的學說。它研究自然界、社會和思維…普遍的規律，是關於自然知識和社會…識的概括和總結，是關於世界觀的理…。

哺 普bǔ 粵bou6 步 倉RIJB
①餵不會取食的幼兒：哺養/哺育/…乳。②嘴裏含着的食物：吐哺。

㝷 倉RSME 「叱」的異體字，見196頁。

哼 1 普hēng 粵hang1 亨 倉RYRN
①鼻子發出聲音：他疼得直哼哼。…低唱或吟哦：他一面走着，一面哼着歌。
…哼哟〕嘆詞。做重體力勞動時，為協調…此的動作而發出的有節奏的聲音。

哼 2 普hng（h跟單純的舌根音拼合的音）粵hng6 賀誤切

哽 普gěng 粵gang2 梗 倉RMLK
①食物堵塞喉嚨不能下咽。②因感情激動而致聲音阻塞發不出聲音：哽咽。

哫 普dōu 粵dau1 兜 倉RGYO
嘆詞。怒斥聲（多用於早期白話）。

唁 普yàn 粵jin6 彥 倉RYMR
對遭遇喪事表示慰問：弔唁/慰唁/唁電（弔喪的電報）。

唄(唄) 1 普bài 粵baai6 敗 倉RBUC
見【梵唄】，282頁。

唄(唄) 2 普·bei 粵bui6 焙
①助詞。表示事實或道理明顯，很容易了解。②助詞。表示勉強同意或讓步等語氣，跟「吧」相近：好唄/你去唄。

唧 普jī 粵zik1 即 倉RAIL
用水射擊：唧筒/唧他一身水。
【唧咕】象聲詞。小聲說話。
【唧噥】象聲詞。小聲說話。

哿 普gě 粵go2 哥二聲 又ho2 可 倉KRMNR
嘉；快意。

唑 普zuò 粵zo6 座 倉ROOG
譯音用字。見【噻唑】，108頁。

唆 粵suō 普so1 梳 倉RICE
挑動別人去做壞事：唆使／唆訟／受人調唆。

唉1 粵āi 普aai1 埃 倉RIOK
①歎詞。表示答應：唉，我知道了。②歎詞。表示歎息：唉，有甚麼辦法呢？
【唉聲歎氣】歎息的聲音。

唉2 粵āi 普aai1 埃
歎詞。表示傷感或惋惜：唉，病了兩個月，把工作都耽擱了。

唏 粵xī 普hei1 希 倉RKKB
歎息。
【唏噓】抽搐，哭泣後不自主地急促呼吸。也作「欷歔」。

唐1 粵táng 普tong4 堂 倉ILR
①（言談）虛誇：唐大無驗。②空，徒然：功不唐捐（功勞不白費）。

唐2 粵táng 普tong4 堂
①朝代名，李淵所建立（公元618–907年）。②姓。

唣 粵zào 普zou6 造 倉RHAP
見【囉唣】，111頁。

唽 粵zhā 普zaat3 札 倉RQHL
見【嘀唽】，94頁。

唔1 粵ń 普m4 嘸 倉RMMR
粵語方言，作「不」字解。

唔2 粵ńg 普ng2 吳二聲
同「嗯1」，見101頁。

唔3 粵wú 普ng4 吳
見【咿唔】，89頁。

哪1 粵nǎ 普naa5 那 倉RSQL
①疑問代詞。後面跟量詞或數量詞，表示要求在所問範圍中有所確定：你喜歡讀哪種書？／哪兩幅畫是你畫的？②疑問代詞。單用跟「甚麼」相同，常和「甚麼」交互用着：甚麼叫吃虧，哪叫上算，我都談不到。③疑問代詞。虛指，表示不能確定的某一個：哪天有空，我們去打球。④疑問代詞。任指，表示任何一個（常跟「都」「也」等呼應）：你借哪一本看都行。⑤疑問代詞。表示反問：沒有耕耘，哪有收穫？
【哪兒】疑問代詞。哪裏：你在哪兒住？他哪兒笨啊？

哪2 粵·na 普naa1 拿一聲
義同「啊5」。助詞。「啊」受到前一字韻母n收音的影響而發生的變音：「同學們，加油幹啊！

哪3 粵né 普naa4 拿
【哪吒】神話中的人物，李靖之子。

哪4 粵něi 普naa5 那
「哪」（nǎ）的口語詞。「哪」後跟量詞或數詞加量詞的時候，在口語中常常讀něi：哪個／哪些／哪年／哪幾

啾 倉RKHF「嘀2」的異體字，見10○頁。

哧 粵chī 普ci1 雌 倉RGLC
象聲詞。笑聲或撕裂聲：哧哧笑／哧一聲撕了一塊布。

唇 ⑧MVR「脣」的簡體字,見484頁。

芈 ⑧RTMJ「咩」的異體字,見90頁。

啊 ¹ ⑧ǎ ⑳aa1 呀 ⑧RNLR
嘆詞。表示驚異或讚歎:啊!出彩了!

啊 ² ⑧á ⑳haa2 嗄 ⑧aa2 啞
嘆詞。表示追問:啊,你說甚麼?/啊,你再說!

啊 ³ ⑧ǎ ⑳haa2 嗄 ⑧aa2 啞
嘆詞。表示驚疑:啊?這是怎麼回事?

啊 ⁴ ⑧à ⑳aa1 呀
①嘆詞。表示應諾:啊,好吧。②嘆詞。表示明白過來:啊,原來是你。

啊 ⁵ ⑧à ⑳haa4 霞 ⑳aa4 亞四聲
嘆詞。表示應諾或醒悟:啊,好吧/啊,原來是你呀!

啊 ⁶ ⑧·a ⑳aa1 呀
助詞。在句末,表示驚歎的語氣(常前面字音不同而發生變音,可用不同字來表示):快些來啊(呀)!/您好(哇)!/同學們加油幹啊(哪)!

售 ⑧shòu ⑳sau6 受 ⑧OGR
①賣:售賣/零售/銷售/售後服務。②施展(奸計):以售其奸/其計不售。

唯 ¹ ⑧wéi ⑳wai4 圍 ⑧ROG
①副詞。單單,只:唯一無二。②副詞。只是:他很能幹,唯耐性不足。

【唯是是圖】也作「惟利是圖」。只貪圖財利,別的甚麼都不顧。
【唯命是聽】也作「惟命是聽」、「唯命是從」。讓做甚麼就做甚麼,絕對服從。
【唯我獨尊】也作「惟我獨尊」。認為只有自己最了不起,形容人極狂妄自大。

唯 ² ⑧wéi ⑳wai2 委
答應的聲音:唯唯諾諾/唯唯否否。

唱 ⑧chàng ⑳coeng3 暢 ⑧RAA
①歌唱,依照音律發聲:唱歌/唱戲/唱曲。②高呼,大聲叫:唱名。③歌曲:地方小唱。

喉 ⑧lì ⑳leoi6 類 ⑧RHSK
(鶴、鴻雁等)鳴叫:風聲鶴喉。

唼 ⑧shà ⑳zaap3 呷 ⑧RYTV
【唼喋】象聲詞。魚鳥聚食水裏食物的聲音。

哼 ⑧hēng ⑳hang1 亨 ⑧RGTJ
嘆詞。表示禁止。

啤 ⑧pí ⑳be1 巴些切 ⑧RHHJ
【啤酒】用大麥作主要原料製成的酒。

啟(启) ⑧qǐ ⑳kai2 溪二聲 ⑧HROK
①打開:啟封/啟門。②開導:啟蒙。③開始:啟用。④陳述:敬啟者/某某啟(書信

用語)。⑤書信：書啟/小啟。

【啟發】闡明事例，使對方因聯想而領悟：啟發教育。

【啟示】①對人加以指點使認識到某些事物。②通過啟發提示而領悟的道理：影片給了我們有益的啟示。

【啟事】向公眾說明事件的文字，現在多登在報紙上。

啓 ⓟHKR「啟」的異體字，見93頁。

啉 ⓟlín ⓒlam4 林 ⓒRDD
見【嘌啉】，99頁。

唵[1] ⓟǎn ⓒam2 黯 ⓒRKLU
歎詞。表示疑問：唵，東西都收拾好了嗎？

唵[2] ⓟǎn ⓒam2 黯
譯音字。佛教咒語的發聲詞。

啜[1] ⓟchuài ⓒzyut3 輟 ⓒREEE
姓。

啜[2] ⓟchuò ⓒcyut3 猝
飲，吃：啜茗（喝茶）/啜粥。

啜[3] ⓟchuò ⓒzyut3 輟
哭泣的時候抽곱的樣子：啜泣。

唧 ⓟROML「衕1」的異體字，見646頁。

啞(哑)[1] ⓟyǎ ⓒak1 握 ⓒRMLM
【啞啞】形容烏鴉的叫聲、小兒的學語

聲等。

啞(哑)[2] ⓟyǎ ⓒaa2 鴉二聲
①因生理缺陷或疾而不能說話：聾啞/啞口無言（比喻話可說）。②嗓子乾澀，發音困難或不楚：嗓子喊啞了。③無聲的：啞劇/啞（一種運動器械）。④因發生故障，炮子彈等打不響：啞火/啞了三炮。

【啞巴】由於生理缺陷或疾病而不能話。

啞(哑)[3] ⓟyǎ ⓒak1 握
笑聲：啞然失笑（不自主地笑出聲來）。

啡 ⓟfēi ⓒfei1 非 ⓧfe1 科些切 ⓒRLMY
音譯字：嗎啡/咖啡。

啁(周)[1] ⓟzhāo ⓒzaau1 嘲 ⓒRBGR
【啁哳】也作「嘲哳」。形容聲音雜亂細

啁(周)[2] ⓟzhōu ⓒzau1 周
【啁啾】象聲詞。形容鳥叫的聲音。

商[1] ⓟshāng ⓒsoeng1 雙 ⓒYCE
①商量，兩個以上的人在一起劃，討論：有要事商討/面商/協商。②意，買賣：商業/通商/經商。③指收買的人：商人/布商/富商。④除法中的數：八被二除商數是四。⑤用某數做被二除八商四。

【商品】為交換而生產的勞動產品，有使用價值和價值的兩重性。

㕷[2] 普shāng 粵soeng1 雙

①古代五音「宮、商、角、徵、羽」之一。②二十八星宿之一，就是「心」宿。

商 普shāng 粵soeng1 雙

朝代名。湯所建立（約公元前1600─公元前1046年）。

啄 普zhuó 粵doek3 琢 粵RMSO

鳥類用嘴叩擊並夾住東西：雞啄／啄木鳥。

問(问) 普wèn 粵man6 紊 粵ANR

①有不知道或不明白的請人解答：到辦事處去問一問。②慰問：問候／問好。③審訊，追究：問案／問供。④管，干預：不聞不問／概不過問。⑤介詞。向（某方面某人要東西）：我問他借兩本書。

【問號】①標點符號（?），表示疑問句末的停頓。②借指疑問：這件事成與不成還是個問號。

【問題】①要求回答或解釋的題目。②須要研究討論並加以解決的矛盾、疑難：思想問題。③關鍵，重要之點：重要的問題在於學習。④事故或麻煩：他又鬧問題了。⑤屬性詞。有問題的，非正常的，不符合要求的：問題少年。

唪 普fěng 粵fung2 俸 粵RQKQ

佛教徒、道教徒高聲唪唸經。

啐 普cuì 粵ceoi3 翠 粵RYOJ

①用力從嘴裏吐出來：啐一口痰。②表示唾棄、斥責或辱罵。

嗮(唡) 普liǎng 粵loeng2 兩 粵RMLB

英兩（盎司）舊也作嗮。

啵 普bo 粵bo1 波 粵REDE

助詞。表示商量、請求、命令等語氣：你想想辦法，好啵？

唰 普shuā 粵caat3 察 粵RSBN

象聲詞。形容迅速擦過去的聲音：小雨唰唰地下起來了。

啪 普pā 粵paa1 趴 粵RQHA

象聲詞。形容東西落地、撞擊或器物碰碰聲。

啃 普kěn 粵hang2 肯 粵RYMB

把東西一點一點地往下咬：啃書（比喻讀書）／狗啃骨頭／啃老玉米／老鼠把抽屜啃壞了。

【啃青】①指莊稼未熟就收下來吃。②指牲畜吃青苗。

唷 普yō 粵jo1 喲 粵RYIB

見【哼唷】，91頁。

啦[1] 普lā 粵laa1 喇 粵RQYT

見【哩哩啦啦】，90頁。

啦[2] 普la 粵laa1 喇

助詞。「了」「啊」合音，作用大致和「了①③-⑥」一樣：他已經來啦／他早就走啦。

嗯 ⓟhū ⓒfat1 忽 ⓒRPHP
象聲詞：風嗯嗯地颳。

唅 ⓟshá ⓒsaa2 灑 ⓒROMR
疑問代詞。甚麼：你姓唅？/他是唅地方人？

嗋 ⓟtáo ⓒtou4 桃 ⓒRPOU
哭：號唅。

啖 ⓟdàn ⓒdaam6 淡 ⓒRFF
①吃或給人吃。②拿利益引誘人：啖以私利。

啗 ⓒRNHX 「啖」的異體字，見 96 頁。

唬（唬） ⓟhǔ ⓒfu2 虎 ⓒRYPU
虛張聲勢、誇大事實來嚇人或蒙混人：你別唬人了。

唸（念） ⓟniàn ⓒnim6 念 ⓒROIP
①誦讀：唸書/唸詩。②指上學：他剛唸一年級。

唫[1] ⓟjìn ⓒjam4 壬 ⓒRC
閉口不言。

唫[2] ⓟyín ⓒjam4 壬
「吟」的異體字，見 80 頁。

喏[1] ⓟnuò ⓒnok6 諾 ⓒRTKR
歎詞。表示讓人注意自己所指示的事物：喏，這不就是你的傘？

喏[2] ⓟnuò ⓒnok6 諾
同「諾」，見 576 頁。

喏[3] ⓟrě ⓒje5 野
古代表示敬意的呼喊：唱喏（舊說中常用，對人作揖，同時出聲致敬）。

喵 ⓟmiāo ⓒmiu1 苗一聲 ⓒRTW
象聲詞。貓叫聲。

奢 ⓟchì ⓒci3 次 ⓒYBLBR
副詞。但，只：不奢/何奢/奚奢

啼 ⓟtí ⓒtai4 提 ⓒRYBB
①哭，出聲地哭：啼哭/悲啼/啼皆非/用不着哭哭啼啼。②鳥獸叫：雞啼/猿啼/月落烏啼。

啾 ⓟjiū ⓒzau1 周 ⓒRHDF
【啾啾】象聲詞。形容小鳥一起叫的聲也形容淒厲的叫聲。

啷 ⓟlāng ⓒlong1 郎一聲 ⓒRIIL
【啷當】助詞。左右，上下（表示年齡）才二十啷當，做事很帶勁。

喀[1] ⓟkā ⓒkaa3 卡三聲 ⓒRJHR
【喀斯特】可溶性巖石（石灰石、石膏被水侵蝕而形成的地貌，形狀奇特，洞穴，也有峭壁。

喀[2] ⓟkā ⓒhaak1 嚇
象聲詞。形容嘔吐、咳嗽等的聲

喁[1] 粵yóng 粵jung4 容 倉RWLB
魚口向上，露出水面。
【喁喁】形容眾人景仰歸向的樣子。

喁[2] 粵yú 粵jyu4 餘
【喁喁】①隨聲附和。②形容低聲：喁喁
語。

善 粵shàn 粵sin6 羨 倉TGTR
①善良，品質或言行好：善事／善
／與人為善。②高明的，良好的：善策、
交好，和好：友善／相善。④熟習：面善。
辦好，弄好：工欲善其事，必先利其器。
長於，能做好：善辭令（長於講話）／勇
善戰。⑦好好地：善為說辭。⑧容易，易
：善變／善疑。
【善後】妥善地料理和解決某些事故、事
生以後的問題。

喲（喲）[1] 粵yō 粵jo1 唷 倉RVFI
表示略感驚異（有時
玩笑的語氣）：喲，你踩到我了。

喲（喲）[2] 粵·yo 粵jo1 唷
①助詞。用在句末或
中停頓處：大家一齊用力喲！／話劇喲，
戲喲，他都很喜歡。②助詞。歌詞中作
字：呼兒嗨喲！

喂 粵wèi 粵wai3 畏 倉RWMV
歎詞。打招呼時用：喂，是誰／喂，
來呀。

喃 粵nán 粵naam4 男 倉RJBJ

【喃喃】連續不斷，小聲說話：喃喃自語。

喈 粵jiē 粵gaai1 皆 倉RPPA
①象聲詞。形容敲擊鐘、鈴等的聲
音：鼓鐘喈喈。②象聲詞。鳥禽鳴叫聲：
雞鳴喈喈。

唾 粵tuò 粵to3 拖三聲 倉RHJM
①唾沫，唾液，口腔裏的消化液，無
色、無臭。②啐，從嘴裏吐出來：唾棄（輕
視、鄙棄）／唾手可得（比喻容易得到）。

喉 粵hóu 粵hau4 侯 倉RONK
頸的前部和氣管相通的部分，通
常把咽喉混稱「嗓子」或「喉嚨」。

喊 粵hǎn 粵haam3 咸三聲
倉RIHR
①大聲叫：喊口號。②呼：喊他一聲。③稱
呼：論輩分他要喊我姨媽。

喋[1] 粵dié 粵dip6 碟 倉RPTD
【喋血】也作「蹀血」。動詞。流血滿地（殺
人很多）。

喋[2] 粵dié 粵dip6 碟
【喋喋】囉唆，語言煩瑣：喋喋不休。

喋[3] 粵zhá 粵zaap6 習
見【唼喋】，93頁。

喇[1] 粵lā 粵laa1 啦 倉RDLN
用於「呼喇」。象聲詞。旗子等迎
風飄動聲。

喇 2 ⓤlá ⓒlaat6 辣
用於「哈喇子」，油質食物變壞。

喇 3 ⓤlǒ ⓒlaa3 罅
【喇叭】①一種管樂器。②像喇叭的東西：電喇叭（擴音器）/ 汽車喇叭。

喇 4 ⓤlǎ ⓒlaa1 啦
【喇嘛】蒙、藏佛教的僧侶，原義為「上人」。

喎（喎） ⓤwāi ⓒwaa1 娃 ⓒRBBR
歪：口眼喎斜。

喑 ⓤyīn ⓒjam1 陰 ⓒRYTA
①啞，不能說話：喑啞。②緘默，不說話：萬馬齊喑。

喔 1 ⓤō ⓒo1 柯 ⓒRSMG
歎詞。表示了解：喔，就是他！/ 喔，我懂了。

喔 2 ⓤwō ⓒak1 握
雞叫聲。

喘 ⓤchuǎn ⓒcyun2 付 ⓒRUMB
①急促地呼吸：喘息 / 累得直喘 / 苟延殘喘。②氣喘：哮喘 / 到了冬天，喘得更甚。

喙 ⓤhuì ⓒfui3 悔 ⓒRVNO
①嘴，特指鳥獸的嘴。②借指人的嘴：無庸置喙（不要插嘴）/ 百喙莫辯。

喚（唤） ⓤhuàn ⓒwun6 換 ⓒRNBK
呼叫，使對方覺醒、注意：喚醒 / 喚起 / 呼喚。

喜 ⓤxǐ ⓒhei2 起 ⓒGRTR
①高興，快樂：喜歡 / 歡喜 / 喜望外。②可慶賀的，特指關於結婚的：喜 / 辦喜事。③婦女懷孕：害喜 / 她有了。④愛好：喜讀書 / 好大喜功。

喝 1 ⓤhē ⓒhot3 渴 ⓒRAPV
①吸食液體飲料或流質食物，飲：喝水 / 喝酒 / 喝粥。②特指喝酒：愛喝 / 醉了。

喝 2 ⓤhè ⓒhot3 渴
大聲喊叫：呼喝 / 大喝一聲。
【喝彩】也作「喝采」。大聲叫好。

喟 ⓤkuì ⓒwai2 毀 ⓒRWB
歎氣的樣子：喟然長歎。

喧 ⓤxuān ⓒhyun1 圈 ⓒRJMM
大聲說話，聲音雜亂：喧嘩 / 喧鬧 / 鑼鼓喧天。

喻 ⓤyù ⓒjyu6 遇 ⓒROMN
「喻」，右上今作「人」。
①比方：我給你打個比喻。②明白，了解：不言而喻 / 家喻戶曉。③說明，使了解：喻之以理。

喤 ⓤhuáng ⓒwong4 黃 ⓒRHAG
①象聲詞。形容大而和諧的鐘

聲。②象聲詞。小兒洪亮的啼哭聲。

喪(丧) 1 普sāng 粵song1 桑 粵GRRV

跟死了人有關的事:喪事/治喪。

喪(丧) 2 普sàng 粵song3 桑 三聲

①丟掉,失去:喪命/喪失立場。②情緒低落,失意:懊喪/頹喪。
【喪氣】不吉利(迷信),倒霉:喪氣話。

喫 粵RQHK「吃1」的異體字,見78頁。

喬(乔) 1 普qiáo 粵kiu4 橋 粵HKRBR

①高:喬木(樹幹和樹枝有明顯區別的大樹,如松、柏、楊、柳等)。②姓。

喬(乔) 2 普qiáo 粵kiu4 橋

做假,裝:喬裝(改變服裝面貌,掩蔽身份)。
【喬遷】祝賀人遷居的客氣話。

單(单) 1 普chán 粵sin4 仙四聲 粵RRWJ

【單于】①古代匈奴的統治者。②姓。

單(单) 2 普dān 粵daan1 丹

①屬性詞。只有一個的,跟「雙」相對:單扇門/單人床。②屬性詞。奇數的:單日/單號/單數(一、三、五、七等,跟雙數相對)。③獨,一:單數(某些語言中的詞在語法上跟複數相對,如英語中 man 表示單個的人,men 表示複數的人)/單身/單打/單槍匹馬。

④副詞。只,僅:做事單靠熱情不夠/不提則以的,單說這件事。⑤不複雜:簡單/單純。⑥薄弱/勢孤力單。⑦衣服被褥等只有一層的:單衣/單褲。⑧記載事物用的紙片:單據/傳單/賬單/清單/藥單。⑨覆蓋用的布:被單/牀單/褥單。
【單薄】①指天涼或天冷的時候穿的衣服薄而且少:那孩子穿得很單薄。②(身體)瘦弱:他身子太單薄。③(力量、論據等)薄弱,不充實:人力單薄。
【單位】①計算物體輕重、長短及數量的標準。②統屬於一個機構下的各種工作部門:那裏有五個直屬單位。

單(单) 3 普shàn 粵sin6 善

①姓。②單縣。地名,在山東。

喹 普kuí 粵fui1 灰 粵RKGG

【喹啉】有機化合物,無色液體,有特殊臭味。醫藥上做防腐劑,工業上供製染料。

喆 普zhé 粵zit3 節 粵GRGR

①「哲」的異體字,見91頁。②用於人名。

喱 普lí 粵lei1 里一聲 粵RMWG

見【咖喱】,86頁。

喳 1 普chā 粵zaa1 渣 粵RDAM

【喳喳】(chāchā)象聲詞。形容低聲說話的聲音:嘁嘁喳喳。

【喳喳】(chā-cha) 小聲説話。

喳

2 @zhā @zaa1 渣

象聲詞。形容鳥叫等聲音:喜鵲喳喳叫。

畠

@RRRU 見山部，169頁。

嗒

@RHOA 「咱」的異體字，見88頁。

嗖

@sōu @sau1 修 @RHXE

象聲詞。形容迅速通過的聲音:子彈嗖嗖地飛過/汽車嗖的一聲過去了。

嗝

@gé @gaak3 隔 @RMRB

①胃裏的氣體從嘴裏出來而發出聲音。②橫膈膜痙攣，聲門突然關閉而發出聲音。

嗪

@qín @ceon4 秦 @RQKD

譯音用字，如吡嗪、哌嗪等。

嗄

1 @á @aa2 啞 @RMUE

同「啊1」，見93頁。

嗄

2 @shà @saa3 沙三聲

嗓音嘶啞。

嗒

1 @dā @daap1 答一聲 @RTOR

象聲詞。形容機關槍、馬蹄聲等。

嗒

2 @tà @taap3 塔

【嗒然】形容懊喪的神情:嗒然若喪。

【嗒喪】失意的樣子。

嗅

@xiù @cau3 臭 @RHUK

聞，用鼻子辨別氣味:嗅覺/小狗在地上嗅來嗅去。

嗐(嗐)

@hài @haai6 械

@RJQR

歎詞。表示傷感、惋惜等:嗐！想不到他病得這樣重。

嗨

1 @hāi @haai1 揩 @REOY

【嗨喲】歎詞。做重體力勞動(多為集體操作)的呼喊聲。

嗨

2 @hēi @hei1 希

同「嘿1」，見106頁。

嗆(嗆)

1 @qiāng @coeng1 槍 @ROIR

水或食物進入氣管而引起不適或咳嗽:喝水嗆着了/吃飯吃嗆了。

嗆(嗆)

2 @qiàng @coeng3 唱

有刺激性的氣體使鼻子、嗓子等器官感到不舒服:煙嗆嗓子/辣椒味很嗆，嗆得人想要流眼淚。

嗟(嗟)

@jiē @ze1 遮 @RTQM

①招呼聲:嗟乎。②歎息:嗟歎。

嗲

@diǎ @de2 爹二聲

@RCKN

①形容撒嬌的聲音或態度:嗲得很/嗲聲嗲氣。②好:味道嗲。

嗇(嗇) ●sè ●sik1 色 ●GOWR

小氣，當用的財物捨不得用：不浪費也不吝嗇/這個人太嗇刻了。

嗦 ●sù ●sou3 素 ●RQMF

【嗦囊】鳥類喉嚨下裝食物的地方，通稱嗦子。

唆 ●suō ●so1 梳 ●RJBF

①見【哆嗦】，89頁。②囉嗦。見【囉嗦】，111頁。

嗩 ●suǒ ●so2 所 ●RFBC

【嗩吶】樂器名，形狀像喇叭，長一尺餘。

嗌 ●ài ●aai3 隘 ●RTCT
咽喉阻塞。

嗌 ●yì ●jik1 益
咽喉：嗌不容粒。

嗯 ●ńg ●ng 二聲 ●RWKP
歎詞。表示疑問：嗯？你說甚麼？

嗯 ●ň ●ng 二聲
歎詞。表示不以為然或出乎意外：嗯！你怎麼還沒去？／嗯！我看不一定是那麼回事。

嗯 ●ǹ ●ng6 誤
歎詞。表示答應：嗯！就這麼辦吧。

嗊(嗊) ●gòng ●gung3 貢 ●RMBC

【嗊吥】地名，在柬埔寨。今作「貢布」。

嗎(吗) ●mǎ ●maa5 馬 ●RSQF

【嗎啡】用鴉片製成的有機化合物，白色粉末，味很苦。醫藥上用做鎮痛劑。

嗎(吗) ●·ma ●maa1 媽

①助詞。表疑問，用在句末：你聽明白了嗎？②助詞。用在句末表示反問：你這樣做，對得起朋友嗎？

嗓 ●sǎng ●song2 爽 ●REED
①喉嚨：嗓子。②發音器官的聲帶及發出的聲音：啞嗓兒。

嗔 ●chēn ●can1 親 ●RJBC
①生氣：嗔怒／轉嗔為喜。②對人不滿，怪罪：嗔怪。

嗚(呜) ●wū ●wu1 烏 ●RHRF

象聲詞。形容風聲、汽笛聲等：輪船的汽笛嗚嗚地叫。

【嗚呼】①也作「烏呼」、「於呼」、「於戲」。文言歎詞。表示歎息：嗚呼哀哉。②舊時祭文常用「嗚呼」。借指死亡：一命嗚呼。

嗛 ●qiǎn ●him2 險 ●RTXC
猴子的頰囊。

嗜 ●shì ●si3 試 ●RJPA
特別喜愛，愛好：嗜學。

【嗜好】對於某種東西特別愛好，因而成癖（多指不良的）。

嗣 粵sì 粵zi6自 倉RBSMR
①接續，繼承：嗣位/嗣子。②子孫：後嗣。

嗡 粵wēng 粵jung1翁 倉RCIM
象聲詞。形容昆蟲飛動等聲音：飛機嗡嗡響/蜜蜂嗡嗡地飛。

嗍 粵suō 粵sok3朔 倉RTUB
吮吸：嬰兒嗍乳頭。

嗤 粵chī 粵ci1雌 倉RUMI
譏笑：嗤之以鼻。

嗑1 粵kē 粵hap6合 倉RGIT
說話：嘮嗑/閒嗑。

嗑2 粵kè 粵hap6合
上下門牙對咬有殼的或硬的東西：嗑瓜子。

嗥 粵háo 粵hou4豪 倉RHAJ
野獸吼叫。

嗁 倉RHYU「啼」的異體字，見96頁。

嗙 粵pǎng 粵pong3謗
倉RYBS
誇大，吹牛，信口開河：你別聽他瞎嗙/他一向是好胡吹亂嗙的。

嗶(哔) 粵bì 粵bat1畢
倉RWTJ
【嗶嘰】一種斜紋的紡織品。

嗽 粵sòu 粵sau3秀 倉RDLO
咳嗽：乾嗽。

嗾 粵sǒu 粵sau2手 乂zuk6俗
倉RYSK
①指使狗的聲音。②發出聲音來指使狗。
【嗾使】教唆指使。

嗷(嗸) 粵áo 粵ngou4遨
倉RGSK「嗷」中間作「青」。
【嗷嗷】象聲詞。形容哀號或喊叫聲：嗷嗷叫/嗷嗷待哺。

嘌 粵piào 粵piu1飄 倉RMWF
疾速。
【嘌呤】有機化合物。在人體內氧化成尿酸。

嘈 粵cáo 粵cou4曹 倉RTWA
雜亂(多指聲音)：人聲嘈雜。

嘟1 粵dū 粵dou1都 倉RJAL
象聲詞。形容喇叭等的聲音：喇叭嘟嘟響。

嘟2 粵dū 粵dou1都
(嘴)向前突出；噘着：弟弟聽說不讓他去，氣得嘟起了嘴。
【嘟嚕】①向下垂着；耷拉：嘟嚕着臉。②量詞。用於連成一簇的東西：一嘟嚕鑰匙/一嘟嚕葡萄。③舌或小舌連續顫動而發出的聲音：打嘟嚕兒。
【嘟囔】連續不斷地自言自語：別瞎嘟囔啦！

嘉 ❶jiā ❷gaa1 加 ❸GRTR
① 美好：嘉賓。② 讚美：嘉許／精神可嘉。

嘍（喽） 1 ❶lóu ❷lau4 留 ❸RLWV
【嘍囉】也作「僂儸」、「嘍羅」。舊時稱盜賊的部下，現比喻追隨惡人的人。

嘍（喽） 2 ·lou ❷lau1 摟
助詞。意思相當於「了」：夠嘍，別說嘍！

嘏 ❶gǔ❷jiǎ ❷gaa2 假 ❸gu2 古 ❸JRRYE
福。

嘀 1 ❶dī ❷dik6 敵 ❸RYCB
形容哨聲、喇叭聲等。

嘀 2 ❶dí ❷dik6 敵
【嘀咕】① 小聲說私話：他們倆嘀咕甚麼呢？② 猜疑，猶豫不定：拿定主意別犯嘀咕。

嘞 ❶·lei ❷laa1 啦 ❸RTJS
助詞。跟「嘍」相似：雨不下了，走嘞！

嘑 ❸RYPD 「呼」的異體字，見85頁。

嘔（呕） ❶ǒu ❷au2 毆 ❸RSRR
吐：嘔吐／嘔血。

【嘔心】形容費盡心思（多用於文藝創作）：嘔心之作。

嘖（啧） ❶zé ❷zaak3 責 ❸RQMC
① 爭辯，人多口雜：嘖有煩言。② 象聲詞。形容咂嘴聲。
【嘖嘖】① 形容咂嘴聲或說話聲：嘖嘖稱羨／人言嘖嘖。② 形容鳥叫的聲音：雀聲嘖嘖。

嘡 ❶tāng ❷tong1 湯 ❸RFBG
象聲詞。形容打鐘敲鑼放槍一類聲音：嘡嘡連響了兩槍。

嘗（尝） ❶cháng ❷soeng4 常 ❸FBRPA
① 辨別滋味：嘗鹹淡。② 經歷，體驗：備嘗艱苦。③ 曾經：未嘗／何嘗。
【嘗試】試：嘗試一下。
【嘗新】吃應時的新鮮食品：這是剛摘下的荔枝，嘗嘗新吧。

嘛 ❶zhè ❷ze1 遮 ❸RITF
舊時僕役對主人或賓客的答應的聲音，表示「是」的意思。

嘛 1 ❶·ma ❷maa3 嗎三聲 ❸RIJC
① 助詞。表示道理顯然而易見：有意見就提嘛。② 助詞。表示期望、勸阻：你走快點兒嘛。③ 助詞。用在句中停頓處，喚起聽話人對於下文的注意：這件事嘛，其實也不能怪他。

嘛 2 ⓟ·ma ⓒmaa4 麻
見【喇嘛】，98頁。

嘧 ⓟmì ⓒmat6 物 ⓒRJPU
【嘧啶】有機化合物。有刺激性氣味，用以製化學藥品。

嘎 1 ⓟgā ⓒgaa1 嘉 ⓒRMUI
象聲詞。形容短促而響亮的聲音：汽車嘎的一聲停住了。
【嘎巴】(gā·bā) ① 形容樹枝等折斷的聲音：嘎吧一聲，棍子斷了。② 形容清脆的咀嚼聲。
【嘎巴】(gā·ba) 黏東西凝結在器物上。
【嘎嘎】(gāgā) 也作「呷呷」。形容鴨子、大雁等叫的聲音。
【嘎吱】形容物件受壓力而發出的聲音(多疊用)：老房子的木板地被踩得嘎吱嘎吱響。
【嘎巴兒】(gā·bar) 凝結在器物上的東西：衣裳上有好多粥嘎巴兒。
【嘎渣兒】① 瘡傷結的痂。② 食物烤黃的焦皮：飯嘎渣兒／餅子嘎渣兒。

嘎 2 ⓟgá ⓒgaa4 嘉四聲
【嘎嘎】(gá·ga) 同【尜尜】，見160頁。

嘎 3 ⓟgǎ ⓒgaa2 假
① 乖僻，脾氣不好 ② 調皮。

嗚 ⓒRHAF 見鳥部，720頁。

嘆 ⓒRTLO「歎」的異體字，見300頁。

嚄 ⓟhě ⓒho1 苛 ⓒRTOR
歎詞。表示驚歎：嚄！真棒。

嘣 ⓟbēng ⓒbang1 崩 ⓒRUBB
象聲詞。東西跳動或爆裂聲：心裏嘣嘣直跳／嘣的一聲，氣球爆炸了。

嘁 ⓟqī ⓒci1 痴 ⓒRIHF
【嘁嘁喳喳】也作「嘁嘁嚓嚓」。象聲詞。形容細碎的説話聲音。

噓(嘘) 1 ⓟshī ⓒheoi1 虛 ⓒRYPM
歎詞。表示反對、制止等：噓，別作聲。

噓(嘘) 2 ⓟxū ⓒheoi1 虛
① 從嘴裏慢慢地吐氣，呵氣。② 歎氣：仰天而噓。③ 火或蒸氣的熱力熏炙：小心別燙着手／把乾糧放在鍋裏噓一噓。
【噓唏】也作「歔欷」。哭泣時抽噎。

槑 ⓒRDRD 見木部，290頁。

嘬 1 ⓟchuài ⓒcaai3 踩三聲 ⓒRASE
咬，吃。

嘬 2 ⓟzuō ⓒzyut3 啜
吮吸：小孩嘬奶。

嘮(唠) 1 ⓟláo ⓒlou4 勞 ⓒRFFS
【嘮叨】説話沒完沒了：嘮嘮叨叨的讓人心煩。

嘮(嘮)

2 ⓟlào ⓒlou4 勞

說話，閒談：來，咱們嘮一嘮。

嘰(叽)

ⓟjī ⓒgei1 機 ⓒRVII

象聲詞。形容小雞、小鳥等的叫聲：小鳥嘰嘰地叫。

【嘰咕】也作「唧咕」。小聲說話。

嚍

ⓟzǎn ⓒzaap3 匝 ⓒRMUA

①叮，銜。②咬。

嘲

ⓟcháo（舊讀zhāo）ⓒzaau1 啁 ⓒRJJB

譏笑，拿人取笑：嘲笑/冷嘲熱罵。

嘵(哓)

ⓟxiāo ⓒhiu1 鼻 ⓒRGGU

【嘵嘵】象聲詞。①形容鳥類因為害怕而亂嚷亂叫的聲音。②形容爭辯的聲音：嘵嘵不休。

嘶

ⓟsī ⓒsai1 西 ⓒRTCL

①馬叫：人喊馬嘶。②聲音啞：力竭聲嘶。

嘸

ⓟxī ⓒkap1 級 ⓒRORY

①同「吸」，見81頁。②收斂。

嘸(呒)

ⓟḿ ⓒm4 唔 ⓒROTF

沒有：嘸辦法。

嚉

ⓟchuáng ⓒzong6 撞 ⓒRYTG

毫無節制地大吃大喝：嚉得爛醉。

嘷

ⓒRHUJ「嘷」的異體字，見102頁。

嘹

ⓟliáo ⓒliu4 聊 ⓒRKCF

【嘹亮】也作「嘹喨」。聲音響亮：歌聲嘹亮。

嘻

ⓟxī ⓒhei1 希 ⓒRGRR

①歎詞。表示驚歎。②象聲詞。形容笑的聲音：笑嘻嘻。

噀

ⓟxùn ⓒseon3 信 ⓒRRUC

含在口中而噴出：噀水。

噍

ⓟjiào ⓒziu3 照 ⓒROGF

嚼，吃東西。

【噍類】能吃東西的動物，特指活着的人。

噎

ⓟyē ⓒjit3 咽 ⓒRGBT

①食物塞住食管：噎住了/因噎廢食（比喻因為偶然出毛病而停止正常的活動）。②因為迎風、煙嗆等而呼吸困難。③用言語頂撞人或使人受辱沒法接着說下去：他一句話就把人家給噎回去了。

噌1

ⓟcēng ⓒzang1 增 ⓒRCWA

象聲詞。形容短促摩擦或快速行動的聲音：噌的一聲，火柴劃着了。

噌2

ⓟchēng ⓒcang1 層一聲

【噌吰】形容鐘鼓的聲音。

嘶(咝)

ⓟsī ⓒsi1 絲 ⓒRVFF

①象聲詞。形容槍彈等

很快地在空中飛過的聲音：子彈嘶嘶地從身旁飛過。② 象聲詞。形容吹口哨的聲音。③ 象聲詞。形容某些動物的叫聲：毒蛇突然發出嘶嘶的聲音。

噓(潯) ⓟxún ⓒcam4 尋 ⓔRSMI

英美制計量水深的單位，一噓是六英尺，合1.828米。

噔 ⓟdēng ⓒdang1 登 ⓔRNOT

象聲詞。形容重東西落地的響聲或撞擊物體的聲音：噔噔噔地上樓。

噘 ⓟjuē ⓒkyut3 決 ⓔRMTO

翹起（嘴脣）：噘嘴。

嘩(嘩)¹ ⓟhuā ⓒwaa1 蛙 ⓔRTMJ

象聲詞。形容撞擊、水流等的聲音：流水嘩嘩地響。

嘩(嘩)² ⓟhuá ⓒwaa1 蛙

人多聲雜，亂吵：喧嘩／全場大嘩。
【嘩變】（軍隊）突然叛變。
【嘩眾取寵】在眾人面前誇耀自己，迎合眾人，以騙取眾人好感。

嘿¹ ⓟhēi ⓒhei1 希 ⓔRWGF

① 歎詞。表示驚異或讚歎：嘿，這個真好！／嘿，你倒有理啦！② 表示招呼或提起注意：嘿，老張，快走吧！
【嘿嘿】象聲詞。多指冷笑。

嘿² ⓟmò ⓒmak6 墨

同「默」，見731頁。

噙 ⓟqín ⓒkam4 琴 ⓔROYB

含在裏面：噙煙袋／眼裏噙着眼淚／嘴裏噙了一口水。

噗 ⓟpū ⓒpok6 樸 ⓔRTCO

象聲詞。形容水、氣擠出來的聲音：噗，一口氣吹滅了燈。

噁(惡)¹ ⓟě ⓒok3 惡 ⓔRMMP

【噁心】① 要嘔吐；胃不舒服，感到陣陣噁心。② 厭惡，令人厭惡：這樣的醜事讓人噁心。

噁(噁)² ⓟè ⓒok3 惡

二噁英的「噁」。

噉 ⓔRMJK 「啖」的異體字，見96頁。

噴(噴)¹ ⓟpēn ⓒpan3 盼三聲 ⓔRJTC

(液體、氣體、粉末等)受壓力而散着射出：噴壺／噴泉／火山噴發／噴氣式飛機。
【噴嚏】也作「噴嚏」。因鼻黏膜受刺激，急劇吸氣，然後由鼻孔噴出並發出聲音，這種現象叫打噴嚏。

噴(噴)² ⓟpèn ⓒpan3 盼三聲

① 蔬菜、魚蝦、瓜果等上市正盛的時期：西瓜噴兒／對蝦正在噴兒上。② 開花結

實的次數或成熟收割的次數:頭噴棉花/綠豆結二噴角了/麥子開頭噴花兒了。

囂

RRMRR 「器」的異體字,見107頁。

噢(噢)

ō ❸o1 柯 ❸RHBK

歎詞。表示了解:噢,原來是他。

噶

gá ❸gaa1 加 ❸RTAV

【噶倫】原西藏地方政府主要官員。

嘴

zuǐ ❸zeoi2 咀 ❸RYPB

①口的通稱:張嘴/閉嘴。②形狀或作用像嘴的東西:山嘴/壺嘴兒。③指說的話:多嘴/嘴甜。

噤

jìn ❸gam3 禁 ❸RDDF

①閉口,不作聲:噤若寒蟬。②因寒冷而打哆嗦:寒噤。

嘯(啸)

xiào ❸siu3 笑 ❸RLX

①撮口作聲,打口哨:長嘯一聲,山鳴谷應。②動物拉長聲音叫:虎嘯/猿嘯。③泛指發出長而尖利的聲音:風嘯/飛機尖嘯着飛了過去。

噼

pī ❸pik1 闢 ❸RSRJ

【噼啪】象聲詞。形容連續不斷的爆裂、拍打等的聲音。

噥(哝)

nóng ❸nung4 農 ❸RTWV

【噥噥】小聲説話:她在姐姐的耳邊噥噥了好半天。

噠(哒)

dā ❸daat6 達 ❸RYGQ

同「嗒1」,見100頁。

器

qì ❸hei3 氣 ❸RRIKR

①具的總稱:瓷器/木器/武器/容器。②器官:消化器/生殖器。③人的度量,才幹:器量。④人才;才能:成器/大器晚成。⑤器重。

【器官】生物體中具有某種獨立生理機能的部分,如耳、眼、花、葉等,也省稱「器」。

【器重】長輩對晚輩,上級對下級看重,看得起:他的工作能力強,對自己要求嚴,深受公司器重。

噩

è ❸ngok6 岳 ❸MGRR

兇惡驚人的,不吉利的:噩夢/噩耗/噩運。

【噩耗】指親近或敬愛的人死亡的消息。

【噩運】指壞運氣。

噪

zào ❸cou3 燥 ❸RRRD

①鳥或蟲子叫:鵲噪/蟬噪。②大聲吵嚷:聒噪/鼓噪而進。③名聲廣為傳揚:聲名大噪。

噫

yī ❸ji1 衣 ❸RYTP

①歎詞。表示悲痛或歎息:噫嘻。

②歎詞。表示驚異：噫，你怎麼公眾假期還到公司去？

噬 @shì @sai6誓 @RHMO

咬：吞噬／反噬。

【噬臍莫及】比喻後悔莫及。

噱 1 @jué @koek6卻六聲 @RYPO

大笑：可發一噱。

噱 2 @xué @koek6卻六聲 @coek3卓

笑：發噱／噱頭（逗笑的話或舉動）。

噲（哙） @kuài @faai3快 @ROMA

咽下去。

噸（吨） @dūn @deon1敦 @RPUC

①重量單位，公制一噸等於1000公斤。英制一噸（長噸）等於2240磅，合1016.05公斤。美制一噸（短噸）等於2000磅，合907.18公斤。②指登記噸，計算船隻容積的單位，一噸等於2.83立方米（合100立方英尺）。

噯（嗳） 1 @āi @aai1唉 @RBBE

同「哎」，見87頁。

噯（嗳） 2 @ài @aai1唉

歎詞。表示否定或不同意：噯，別那麼説／噯，不是這樣放。

噯（嗳） 3 @ǎi @oi2藹

【噯氣】胃裏的氣體從嘴裏出來，並發出聲音。通稱「打嗝」。

噯（嗳） 4 @ài @aai1唉

歎詞。表示懊惱、悔恨：噯，早知道是這樣，我就不來了。

噹（当） @dāng @dong1當 @RFBW

象聲詞。撞擊金屬器物的聲音：噹的一聲／小鑼敲得噹噹響。

【噹啷】搖鈴或其他金屬器物撞擊的聲音：噹啷噹啷，上課鈴響了。

噦（哕） 1 @huì @wai3慰 @RYMH

鳥鳴聲。

【噦噦】形容鈴聲。

噦（哕） 2 @yuě @jyut6月

①嘔吐時嘴裏發出的聲音：噦的一聲，吐了一地。②嘔吐：乾噦／剛吃的藥都噦出來了。

罵 @RRSQF 「罵」的異體字，見466頁。

噻 @sāi @sak1塞 @RJTG

【噻唑】一種有機化合物，無色液體，容易揮發。供製藥物和染料用。

噷 @hm（h跟單純的雙脣鼻音拼合的音）@hm1 @RYAO

歎詞。表示申斥或不滿意：噷，你還鬧甚麼？／噷，你騙不了我！

嚄¹ 普huō 粵o2 哦 倉RTOE
歎詞。表示驚訝：嚄，好大的水庫！

嚄² 普huò 粵wok6 獲
①大呼，大笑。②歎詞。表示驚訝。

嚄³ 普ǒ 粵o2 哦
歎詞。表示驚訝：嚄，你們也去呀！

嘈 倉RFBA 「嘗①-②」的異體字，見103頁。

嚎 普háo 粵hou4 毫 倉RYRO
①大聲叫：狼嚎／一聲長嚎。②同「號1②」，見534頁。

嚅 普rú 粵jyu4 如 倉RMBB
【嚅動】想要說話而嘴脣微動：她嚅動着嘴脣，想要說甚麼。
【嗫嚅】見【嗫嚅】，111頁。

嚆 普hāo 粵hou1 蒿 倉RTYB
【嚆矢】帶響聲的箭。比喻發生在先的事物或事物的開端。

嚀(嚀) 普níng 粵ning4 寧 倉RJPN
見【叮嚀】，76頁。

嚇(吓)¹ 普hè 粵haak3 客 倉RGCC
以要挾的話或手段威脅人，嚇唬：恐嚇／恫嚇。

嚇(吓)² 普hè 粵haak1 黑
歎詞。表示不滿：嚇，怎能這麼做？

嚇(吓)³ 普xià 粵haak3 客
使害怕：嚇我一跳／你看多嚇人。
【嚇唬】使人害怕，威脅：你別嚇唬人。

嚔 普tì 粵tai3 替 倉RJBO
打噴嚔。

嚓¹ 普cā 粵caat3 擦 倉RJBF
象聲詞。形容物體摩擦等的聲音：摩托車嚓的一聲停住了。

嚓² 普chā 粵caat3 擦
象聲詞。形容短促的斷裂、摩擦等的聲音。

嚕(噜) 普lū 粵lou1 撈 倉RNWA
【嚕嗦】囉唆。

囂 普yín 粵ngan4 銀 倉RRSLR
①愚蠢而頑固。②奸詐。

嚙(啮) 普niè 粵jit6 熱 粵ngit6 五熱切 倉RYMU
(鼠、兔等)用牙啃或咬：蟲咬鼠嚙。

嚒 普·me 粵maa1 媽 倉RWGG
助詞。跟「嘛1」的用法相同，見103頁。

嚮（向） [1] ⓶xiàng ⓷hoeng3 向 ⓸VLHBR
①方向，趨向。②對着，朝着：相嚮而行。③臨近：嚮晚。

嚮（向） [2] ⓶xiàng ⓷hoeng3 向
從前；舊時：嚮日／嚮者。

嚭 ⓶pǐ ⓷pei2 鄙 ⓸GRMFR
大。

嚦（呖） ⓶lì ⓷lik6 歷 ⓸RMDM
【嚦嚦】象聲詞。形容鳥類清脆的叫聲：嚦嚦鶯聲。

嚥（咽） ⓶yàn ⓷jin3 燕 ⓸RTLF
使嘴裏食物或別的東西通過喉頭吞到食道裏：細嚼慢嚥／狼吞虎嚥／把話嚥下肚裏。

嚨（咙） ⓶lóng ⓷lung4 龍 ⓸RYBP
喉嚨，咽喉。見「喉」，97頁。

嚴（严） ⓶yán ⓷jim4 炎 ⓸RRMMK
①緊密，沒有空隙：把罐子蓋嚴了／房上的草長嚴了。②認真，不放鬆：嚴屬／嚴格／嚴肅／規矩嚴。③厲害的，高度的：嚴冬／嚴寒。④舊引指父親：家嚴。
【嚴肅】①（神情、氣氛等）使人感到敬畏的：他是個很嚴肅的人。②（作風、態度等）鄭重認真：態度很嚴肅。

嚳（喾） ⓶kù ⓷guk1 谷 ⓸HBHGR
上古帝王名。

嚲（亸） ⓶duǒ ⓷do2 躲 ⓸YDRRJ
下垂。

嚶（嘤） ⓶yīng ⓷jing1 英 ⓸RBCV
象聲詞。形容鳥叫、啜泣等的聲音。

嚷 [1] ⓶rāng ⓷joeng6 讓 ⓸RYRV
【嚷嚷】①吵鬧：大家亂嚷嚷／鬧嚷嚷的許多人。②聲張：別嚷嚷出去。

嚷 [2] ⓶rǎng ⓷joeng6 讓
①大聲喊叫：大嚷大叫／你別嚷了，大家都睡覺了。②吵鬧：嚷也沒用，還是另想辦法吧。③責備、訓斥：這事讓媽媽知道了又這嚷我了。

嚼 [1] ⓶jiáo ⓷zoek3 雀 ⓸RBWI
用牙齒磨碎食物：嚼不爛／細嚼慢嚥。
【嚼舌】①信口胡說，搬弄是非：在人背後嚼舌。②無謂地爭辯：沒工夫跟你嚼舌。

嚼 [2] ⓶jiào ⓷ziu6 趙
用於「倒嚼」，即反芻。

嚼 [3] ⓶jué ⓷zoek3 雀
義同「嚼1」，用於書面語或複合詞：咀嚼／過屠門而大嚼。

囁（嗫） ⓶niè ⓷zip3 接 ⓸RSJJ

【囁嚅】口動，吞吞吐吐，想說又停止。

囀(囀) 　普zhuàn 粵zyun2轉
倉RJJI

鳥婉轉地叫：鶯啼鳥囀。

囂(嚻) 　普xiāo 粵hiu1僥
倉RRMCR

喧嘩：叫囂。
【囂張】(惡勢力、邪氣)放肆，亂說亂動：
氣燄囂張。

囈(呓) 　普yì 粵ngai6藝 倉RTGI
「藝」字中作丸，與「九」
不同。

夢話：夢囈／囈語。

囅(冁) 　普chǎn 粵cin2淺
倉RJSTV

笑的樣子：囅然而笑。

囉(啰) 　1 普luó 粵lo1 羅一聲
倉RWLG

【囉唆】也作「囉嗦」。①(言語)繁複。②(事
情)瑣碎，麻煩。③反覆地說，絮叨地說。

囉(啰) 　2 普luó 粵lo4羅
倉RWLG

【囉唣】吵鬧尋事(多用於早期白話)。

囉(啰) 　3 普·luo 粵lo3羅三聲
助詞。用在句末，表示
肯定語氣：你去就成囉。

囊 1 　普nāng 粵nong4瓤 倉JBRRV

【囊膪】豬的胸腹部肥而鬆軟的肉。

囊 2 　普náng 粵nong4瓤
①口袋：探囊取物(喻極容易)。
②像口袋的東西：腎囊／毛囊。③用袋子
裝：囊括。
【囊括】全體包羅：囊括四海。

囌(苏) 　普sū 粵sou1蘇
倉RTND

見【嚕囌】，109頁。

囒 　倉RQHU「囒」的異體字，見109
頁。

囑(嘱) 　普zhǔ 粵zuk1竹
倉RSYI

託付：遺囑／以事相囑。
【囑咐】告訴對方記住應該怎樣，不應
該怎樣：母親囑咐他好好學習。

囔 　普nāng 粵nong4囊 倉RJBV

【囔囔】小聲說話。

─────── 口部 ───────

囚 　普qiú 粵cau4酬
倉WO

①關押，拘禁：囚在牢房裏。②被拘禁的
人：死囚／囚徒。

四 1 　普sì 粵sei3死三聲 2 si3試
倉WC

數目字。

四 2 ⑥sì ⑧sei3 死三聲 ⑨si3 試
　舊時民族音樂樂譜記音符號的一個，相當於簡譜的低音的「6」。

囡 ⑥nān ⑧naam4 南 ⑨WV
　①小孩兒。②女兒：她有一個兒子一個囡。

囝 ⑥jiǎn ⑧zai2 仔 ⑨WND
　①兒子。②兒女。

囟 ⑥xìn ⑧seon3 信 ⑨HWK
　通常指嬰兒頭頂骨未合縫的地方，在頭頂的前部中央。

因 ⑥yīn ⑧jan1 欣 ⑨WK
　①依，順着，沿襲：因勢利導/因襲成規/因陋就簡。②原因，緣故，事物發生前已具備的條件：事出有因/找出它的原因。③由於某種緣故：會議因故改期/生活因而改善。
　【因為】①連詞。表示理由或緣故：因為今天下雨，我沒有出門。②介詞。表示接在後面的部分是原因：他因為這件事受到了處分。
　【因循】①守舊，不改變：因循舊習。②拖沓，不振作，得過且過。

回 1 ⑥huí ⑧wui4 徊 ⑨WR
　①還，從別處回到原來的地方：回家/回國/回原校唸高中。②掉轉：回過身來。③答覆，答報：回信/回話/回敬。④回稟。⑤謝絕(邀請)，退掉(預定的宴席)，辭去(僱工)：送禮都回了。⑥量詞。

指事件的次數：兩回/這是另一回事。⑦量詞。中國長篇小説的章節：《紅樓夢》一共一百二十回。
　【回頭】①把頭轉向後方：一回頭就看見了。②回來，返回：一去不回頭。③改邪歸正：浪子回頭。④等一會：回頭再説吧。⑤連詞。不然，否則：快去吧，回頭要遲了。

回 2 ⑥huí ⑧wui4 徊
　【回紇】唐代西北的民族。
　【回族】中國少數民族名。

回 3 ⑥·huí ⑧wui4 徊
　趨向動詞。用在動詞後，表示人或事物隨動作從別處到原處：擺回架上/從老師那拿回作業。

囤 1 ⑥dùn ⑧deon6 頓 ⑨WPU
　用竹篾、荊條等編成的或用席箔等圍成的盛糧食的器物：糧食囤/大囤滿，小囤流。

囤 2 ⑥tún ⑧tyun4 團
　積存，儲存貨物、糧食：囤積/囤貨。

困 ⑥kùn ⑧kwan3 睏 ⑨WD
　①陷在艱難痛苦裏：為病所困。②控制在一定範圍裏，包圍住：把敵人困在城裏。③窮苦，艱難：困難/困境/困苦。④疲乏：困頓/困乏。

囬 ⑨WSL「回」的異體字，見112頁。

囪 ⓟcōng ⓒcung1 充 ⓣHWNI
煙囪，爐竈出煙的通道。

囫 ⓟhú ⓒfat1 忽 ⓣWPHH
【囫圇】整個的，完全不缺。
【囫圇吞棗】把棗兒整個吞下，比喻不加分析地籠統接受。

囮 ⓟé ⓒngo4俄 ⓧjau4由 ⓣWOP
【囮子】也作「圝子」。捕鳥時用以引誘同類鳥的鳥。

囹 ⓟlíng ⓒling4零 ⓣWOII
【囹圄】也作「囹圉」。古代稱監獄：身陷囹圄。

囷 ⓟqūn ⓒkwan1坤 ⓣWHD
古代一種圓形的穀倉。

固1 ⓟgù ⓒgu3故 ⓣWJR
①結實，牢靠：堅固／穩固。②堅定，不變動：頑固／固執己見。③堅硬：固體／凝固。④使堅固：固本／固防。⑤鄙陋：固陋。

固2 ⓟgù ⓒgu3故
①副詞。本來，原來：固當如此／固所願也。②連詞。固然：坐車固可，走路亦無不可。
【固然】連詞。①表示承認原來的意思，引起下文轉折：這項工作固然有困難，但是一定能完成。②表示承認甲事實，

不否認乙事實。

囿 ⓟyòu ⓒjau6右 ⓣWKB
①圍起來的養動物的園子：鹿囿。②局限，被限制：囿於成見。

圃 ⓟpǔ ⓒpou2普 ⓣWIJB
種植菜蔬、花草、瓜果的園子：花圃／菜圃／苗圃。

圄 ⓟyǔ ⓒjyu5語 ⓣWMMR
見【囹圄】，113頁。

函 ⓣNIWTJ「函」的異體字，見50頁。

國 (国) ⓟguó ⓒgwok3郭 ⓣWIRM
①國家：國內／祖國／外國／國土／保家衛國。②屬於本國的：國貨／國畫／國術／國產。③代表或象徵國家的：國徽／國歌／國旗／國花。④在一國內最好的：國手／國色。

圈1 ⓟjuān ⓒgyun6倦 ⓣWFQU
①用柵欄把家畜圍起：把小雞圈起來。②把人關起來：把小孩圈在家裏不好。

圈2 ⓟjuàn ⓒgyun6倦
養牲畜的柵欄：豬圈／羊圈。

圈3 ⓟquān ⓒhyun1喧
①環形或圈形的東西：鐵圈／畫一個圈兒。②範圍：這話說得出圈兒了。③在四周加上限制，包圍：鐵絲網把這

瓜圍圈起來。④畫環形：圈選/圈錯字/圈個紅圈作記號。

圇(仑) ⓟlún ⓒleon4 倫
ⓦWOMB

見【囫圇】，113頁。

圉 ⓟyǔ ⓒjyu5 雨 ⓦWGTJ
養馬的地方：圉人（掌管養馬的人）。

圊 ⓟqīng ⓒcing1 青 ⓦWQMB
廁所：圊土/圊肥。

圍(围) ⓟwéi ⓒwai4 惟
ⓦWDMQ
① 環繞，四周攔擋起來：圍攏/包圍。
② 四周：四圍都是山/這地方周圍有多大？③ 某些物體周圍的長度：胸圍/腰圍。④ 量詞。兩隻手的拇指和食指合攏起來的長度：腰大十圍。⑤ 量詞。指兩隻胳膊合攏起來的長度：樹大十圍。

園(园) ⓟyuán ⓒjyun4 元
ⓦWGRV
① 種植菜蔬花果的地方。② 供人遊玩或娛樂的地方：公園/動物園。
【園地】① 菜園、花園、果園等的統稱。② 比喻活動的範圍：藝術園地。

圓(圆) ⓟyuán ⓒjyun4 元
ⓦWRBC
① 從心的中心點到周邊任何一點的距離都相等的形狀。② 形狀像圓圈或球的：圓桌/滾圓/滴溜圓。③ 完備，周全：結果

很圓滿。④ 使之周全（多指掩飾矛盾）：圓謊/自圓其說。⑤ 貨幣的單位，也作「元」。⑥ 圓形的貨幣，也作「元」：銀圓/銅圓。

圖(图) ⓟtú ⓒtou4 徒
ⓦWRYW
① 用繪畫表現出來的形象：地圖/藍圖/插圖。② 謀取，希望得到：圖謀/力圖。③ 貪圖：唯利是圖/一味圖外表好看，卻忽略了品質。④ 計謀，計劃：良圖/鴻圖。⑤ 畫：繪影圖形。
【圖解】① 畫圖或列表解釋事物。② 比喻機械地理解、分析：文學創作不能簡單地圖解現實生活。
【圖騰】原始社會用動物或植物作為區別種族或氏族血統的標誌，並把它當做祖先來崇拜，這種被崇拜的對象或符號叫「圖騰」。

團(团) ⓟtuán ⓒtyun4 屯
ⓦWJII
① 圓形：團扇/雌蟹是團臍的。② 把東西揉成球形：團泥球/團飯團子。③ 結成球形的東西：紙團兒/棉花團。④ 會合在一起：團聚/團圓。⑤ 聚眾的組織：文工團/交流團。⑥ 軍隊的編制單位，是營的上一級（專指抽象的事物）：一團糟/一團和氣。⑧ 量詞。用於成團的東西：一團線/一團碎紙。
【團結】① 動詞。為了集中力量實現共同理想或完成共同任務而聯合或結合：團結起來。② 形容詞。齊心協力，結合緊密，和睦：大家很團結。

【團體】許多人結合在一起的集會：他喜歡團體生活／工會、婦女聯合會都是團體。

圜

圜 1 ⓐhuán ⓑwaan4 環 ⓒWWLV
見【轉圜】，611頁。

圜 2 ⓐyuán ⓑjyun4 元
同「圓」，見114頁。

------- 土 部 -------

土

土 1 ⓐtǔ ⓑtou2 討 ⓒG
①地面上的沙、泥等混合物：土壤／沙土／黏土／陶土／土山。②灰塵：颳了一天風，桌上落了一層土。③土地，疆域：國土／領土。④本地的：土產／土風／土話。⑤指民間生產的，出自民間的：土紙／土專家。⑥不開通，不合潮流：土裏土氣／土頭土腦。

土 2 ⓐtǔ ⓑtou2 討
土族。

垩

垩 ⓐgǎ ⓑgaa2 假 ⓒOG
同「嘎3」，見104頁。

在

在 ⓐzài ⓑzoi6 再六聲 ⓒKLG
①存在：留得青山在／我祖父已經不在了（即已去世）。②存在於某地點：書在桌子上呢／我今天晚上在家。③留在，處在：在職。④參加（某團體），屬於（某團體）：在黨／在組織。⑤在於，關係於某方面，指出着重點：學習進步，主要在自己努力。⑥「在」和「所」連用，表示強調，下面多連接「不」：在所不辭／在

所難免。⑦介詞，表示事情的時間、地點、情形、範圍等：在晚上讀書／在禮堂開會／在這種條件之下。⑧正在，表示動作的進行：他在跳繩／我正在看戲。
【在乎】①在於：東西不在乎好看，而在乎實用。②在意，介意（多用於否定式）：滿不在乎。

圩

圩 1 ⓐwéi ⓑwai4 圍 ⓧjyu4 余 ⓒGMD
江淮低窪地區周圍防水的堤。
【圩田】有土堤包圍能防止外邊的水侵入的農田。

圩 2 ⓐxū ⓑheoi1 虛
閩粵等地區稱集市：圩市／趕圩。

圪

圪 ⓐgē ⓑgat6 桔六聲 ⓝngat6 疙 ⓒGON
【圪墶】①同「疙瘩」。②小土丘，多用於地名。

圳

圳 ⓐzhèn ⓑzan3 振 ⓒGLLL
田ração水溝。多用於地名，如深圳、圳口，都在廣東。

圬

圬 ⓐwū ⓑwu1 烏 ⓒGMMS
①瓦工用的抹子。②抹牆，粉刷。

圭

圭 1 ⓐguī ⓑgwai4 歸 ⓒGG
①古代帝王、諸侯在舉行典禮時拿的一種玉器，上圓（或劍頭形）下方。②圭表。古代測日影的器具。
【圭臬】①古代測量日影的儀器。②借指標準，法度。

圭 2 ⓐguī ⓐgwai1 歸
古代容量單位，一升的十萬分之一。

圯 ⓐyí ⓐji4 而 ⓐGRU
橋。

圮 ⓐpǐ ⓐpei2 鄙 ⓐGSU
塌壞，倒塌：傾圮。

地 1 ⓐ·de ⓐdei6 大味切 ⓐGPD
助詞。用在詞或詞組後表明副詞性：天漸漸地熱了／順利地完成任務。

地 2 ⓐdì ⓐdei6 大味切
①地球，八大行星的一個，人類生長活動的所在，又指地殼：天地／地心／地層。②陸地：地面／地勢／高地。③土地，田地：荒地／兩畝地。④較大範圍的地方：各地／內地／外地。⑤中國省、自治區設立的行政區域，一般包括若干縣、市：省地領導。⑥某一區域，空間的一部分：無地自容。⑦地點：目的地／所在地。⑧地位：易地而處。⑨地步：置之死地。⑩底子：質地／藍白花布地。⑪指路程，用在里數後：里把地／三十里地。

【地道】(dìdào)地下挖成的隧道：地道戰。

【地道】(dì·dao)①有名產地出產的：地道藥材。②比喻真正的，純粹的：一口地道北京話。③（工作或材料的質量）實在，夠標準。

【地方】(dìfāng)①各省、市、縣，相對全國和中央：地方政府／地方服從中央。②軍隊方面指軍隊以外的部門、團體等：培養

軍隊和地方兩用人才。③本地，當地：他在農村的時候，常給地方上的羣眾治病。

【地方】(dì·fang)①某一區域，空間的一部分：飛機在甚麼地方飛？／那地方出了很多文人作家。②點，部分：他這話有的地方很對。

【地位】①人在社會關係中所處的位置。②（人或物）所佔的地方。

【地下】(dìxià)地面下，土裏：地下鐵道。②比喻祕密的，不公開的：地下工作。

【地下】(dì·xia)地面上：掉在地下了。

寺 ⓐGDI 見寸部，157頁。

坊 1 ⓐfāng ⓐfong1 方 ⓐGYHS
①里巷的名稱。②店鋪：坊間／書坊。③牌坊，為表彰與紀念人物或表示美觀的建築物：節義牌坊／忠孝牌坊。

坊 2 ⓐfáng ⓐfong1 方
作坊，某些小手工業的工作場所：染坊／油坊／粉坊／磨坊。

圻 1 ⓐqí ⓐkei4 其 ⓐGHML
地的邊界。

圻 2 ⓐyín ⓐngan4 銀
同「垠」。

址 ⓐzhǐ ⓐzi2 止 ⓐGYLM
地址，地基，地點：舊址／住址／校址／遺址。

均 ⓐjūn ⓐgwan1 君 ⓐGPIM
①平，勻：均勻／均分／均數／勢均

力敵。②使相等：均貧富／把東西均一均。③都，皆：老少均安／均已佈置就緒。

坂

🔊bǎn 🔊baan2 版 🔊GME

山坡，斜坡：坂上走丸（喻迅速）。

坌

坌¹ 🔊bèn 🔊ban6 笨 🔊CSHG

翻（土），刨：坌地。

坌² 🔊bèn 🔊ban6 笨

①灰塵：塵坌／微坌。②聚集：坌集。

坌³ 🔊bèn 🔊ban6 笨

①粗劣。②笨，不靈巧。

坍

🔊tān 🔊taan1 灘 🔊GBY

崖岸、建築物或堆起的東西倒塌，從基部崩壞：牆坍了／房坍了。

坎

🔊kǎn 🔊ham2 砍 🔊GNO

①八卦之一，代表水，卦形是「☵」。②田野中自然形成的或人工修築的像臺階形狀的東西：土坎兒／田坎兒／前面有道坎兒，小心。③低陷不平的地方，坑穴。

【坎坷】也作「轗軻」。①路不平的樣子。②形容經歷曲折，不得志：一生坎坷。

【坎壈】困頓，不得志：一生坎壈。

坑

🔊kēng 🔊haang1 客撐切

🔊GYHN

①窪下去的地方：水坑／泥坑。②地洞，地道：坑道／礦坑。③把人活埋：坑殺／焚書坑儒。④坑害，使人受到損失：坑人。

坐

🔊zuò 🔊zo6 助 🔊co5 鋤五聲

🔊OOG

①坐立的「坐」：坐在凳子上／坐在沙灘上吹海風。②乘，搭：坐車／坐船。③（房屋）背對着某一方向：坐北朝南。④物體向後施壓力：房子往後坐了／這槍坐力不小。⑤把鍋、壺等放在爐火上：坐一壺水。⑥同「座①」。⑦瓜果等植物結實：坐果／坐瓜。⑧舊指定罪：連坐／反坐。⑨形成（疾病）：打那次受傷之後，就坐下了腰疼的病根兒。⑩介詞。因：坐此解職／停車坐愛楓林晚，霜葉紅於二月花。

圾

🔊jī 🔊saap3 颯 🔊GNHE

見【垃圾】，118頁。

坳

🔊ào 🔊aau3 坳 🔊GSSU

同「坳」，多用於地名：黃坳。

坡

🔊pō 🔊bo1 波 🔊GDHE

①傾斜的地方：山坡／高坡／上坡／下坡。②傾斜：坡度（斜面與地平面所成的角度）／板子坡着放。

坤

🔊kūn 🔊kwan1 昆 🔊GLWL

①八卦之一，卦形是「☷」，代表地。②稱女性的：坤鞋／坤車／坤角（舊時指演戲的女演員）。

坵

🔊GOM 「丘①-③」的異體字，見4頁。

坦

🔊tǎn 🔊taan2 袒 🔊GAM

①平坦，寬而平：坦途／平坦。②坦率，沒有隱瞞：坦陳／坦言。③心裏安定：坦然。

【坦白】①心地純潔，直爽，沒有私隱：他是個坦白人。②如實地說出（自己的錯誤或罪行）。

【坦稱】坦率地說：他坦稱不了解情況。

【坦克】一種裝有履帶的戰車，用內燃機發動，外包鋼甲，內裝武器，有掩護步兵進攻等作用。

坩

⊕gān ⊜ham1 堪 ⊛GTM

【坩堝】用來熔化金屬或其他物質的器皿，多用陶土或白金製成，能耐高溫。

站

⊕diàn ⊜dim3 店 ⊛GYR

古時室內放置食物、酒器等的土臺子。

坭

⊕ní ⊜nai4 泥 ⊛GSP

地名用字：白坭（在廣東）。

坼

⊕bù ⊜bou3 布 ⊛GKLB

茶坼，地名，在福建。

坯

⊕pī ⊜pui1 胚 ⊛GMFM

①磚瓦、陶瓷、景泰藍等製作過程中，用原料做成器物形狀，還未燒製成形的叫坯。②特指砌牆用的土坯：打坯／土坯牆。③半製成品：醬坯子／麵坯兒（煮好但還未加作料的）。

坰

⊕jiōng ⊜gwing1 炯一聲
⊛GBR

野外。

坷

⊕kē ⊜ho1 呵 ⊛GMNR

【坷垃】也作「坷拉」。土塊。

坷

⊕kě ⊜ho2 可

見【坎坷】，117 頁。

坼

⊕chè ⊜caak3 冊 ⊛GHMY

裂開：天寒地坼。

坳

⊕ào ⊜aau3 拗 ⊛GVIS

山間平地：山坳。

坿

⊛GODI「附」的異體字，見 669 頁。

垃

⊕lā ⊜laap6 蠟 ⊛GYT

【垃圾】①髒土或扔掉的破爛東西。②比喻沒有價值或有不良作用的事物：垃圾郵件／不要成為社會垃圾。

坨

⊕tuó ⊜to4 駝 ⊛GJP

①麵食煮熟後粘在一塊：麵條坨了。②成塊或成堆的。

坻

⊕chí ⊜ci4 辭 ⊛GHPM

水中的小塊陸地。

坻

⊕dǐ ⊜dai2 抵

寶坻，地名，在天津。

坪

⊕píng ⊜ping4 平 ⊛GMFJ

①平坦的場地：草坪。②土地或房屋面積單位，1坪約合3.3平方米（用於臺灣）。

幸 粵GTJ 見干部，179頁。

垂 粵chuí 粵seoi4 誰 倉HJTM
①東西一頭掛下來：下垂/垂釣/垂涎（喻羨慕）/垂楊柳。②敬辭。用於別人（多是長輩或上級）對自己的行動：垂詢/垂念。③傳下去，傳留後世：永垂不朽/名垂千古。④接近，快要：垂老/功敗垂成。

型 粵xíng 粵jing4 形 倉MNG
①鑄造器物用的模子。②類型，樣式：新型/小型汽車。

垛¹ 粵duǒ 粵do2 躲 倉GHND
用泥土、磚石等建築成的掩蔽物：門垛子/城牆垛口。

垜² 粵duò 粵do2 躲
①莊稼、柴、瓦等堆積成的堆：麥垛/一垛磚。②整齊地堆積起來：柴火垛得比房還高/順牆根垛着一堆瓦。

垜 粵GNSD「垛」的異體字，見119頁。

峒¹ 粵dòng 粵dung6 洞 倉GBMR
田地。多用於地名，如良峒、中峒等，都在兩廣。

峒² 粵tóng 粵tung2 統
峒塚。地名，在湖北。

垧 粵shǎng 粵hoeng2 享 倉GHBR
量詞。計算土地面積的單位，各地不同。在東北一般一垧合十五畝。

垓¹ 粵gāi 粵goi1 該 倉GYVO
數目，古代指一億。

垓² 粵gāi 粵goi1 該
【垓下】古地名，在今安徽，項羽被圍困的地方。

垠 粵yín 粵ngan4 銀 倉GAV
邊際，界限：一望無垠。

垢 粵gòu 粵gau3 究 倉GHMR
①污穢，髒東西：油垢/牙垢/藏污納垢。②恥辱：忍垢。③污穢，骯髒：蓬頭垢面。

垣 粵yuán 粵wun4 援 倉GMAM
①牆，矮牆：斷瓦頹垣。②城：省垣（省城）。

垞 粵chá 粵caa4 茶 倉GJHP
小土山（多用於地名）：勝垞（在山東）。

堼¹ 粵fá 粵fat6 乏 倉OIG
翻耕過的土塊：曬堼/秋堼地（秋耕）。

堼² 粵fá 粵fat6 乏
地名用字：榆堼（在北京）。

垤 粵dié 粵dit6 秩 倉GMIG
小土堆：丘垤/蟻垤。

垮 粵kuǎ 粵kwaa1 誇 倉GKMS
①倒塌，坍塌：房子垮了。②比喻事情敗壞：垮臺/這件事讓他搞垮了。

垟 ⓟyáng ⓒjoeng4 羊
ⓒGTQ
田地(多用於地名):翁垟/上家垟(都在浙江)。

埃¹ ⓟǎn ⓒam1 庵 ⓒGJV
用於地名:曾厝垵(在福建)。

埃² ⓟǎn ⓒam1 庵
同「埯」。

垕 ⓟhòu ⓒhau5 厚 ⓒHMRG
神垕。地名,在河南。

垚 ⓟyáo ⓒjiu4 搖 ⓒGGG
山高。多用於人名。

坿 ⓟjì ⓒgei6 忌 ⓒGHBU
堅硬的土。

城 ⓟchéng ⓒsing4 成 ⓒGIHS
①城牆:城池/萬里長城。②城牆以內的地方:城區/東城。③城市,都市,跟「鄉」相對:滿城風雨/連下數城/城鄉物資流通。④指大型營業性場所:商城/服裝城。

埋¹ ⓟmái ⓒmaai4 買四聲 ⓒGWG
①把東西放在坑裏用土蓋上:埋地雷。②指隱藏,使不顯露:隱姓埋名。
【埋沒】①掩埋,埋起來。②使顯露不出來,使不發揮作用:埋沒人才。

埋² ⓟmán ⓒmaai4 買四聲

【埋怨】因為事情不如意而對人或事物表示不滿,責怪:他自己不小心,還埋怨別人。

埌 ⓟlàng ⓒlong6 浪 ⓒGIAV
見【壙埌】,129頁。

垸 ⓟyuàn ⓒjyun6 願 ⓒGJMU
【垸子】長江中游地區,在沿江、湖地帶圍繞房屋、田地等修建的像堤壩的防水構築物。

埂 ⓟgěng ⓒgang2 梗
ⓒGMLK
①田間稍稍高起的小路:田埂兒/地埂子。②地勢高起的長條地方。③用泥土築成的堤防。

袁 ⓒGRHV 見衣部,553頁。

埃 ⓟāi ⓒoi1 哀 ⓒGIOK
灰塵:塵埃。

埒 ⓟliè ⓒlyut3 劣 ⓒGBDI
①同等,(相)等:富埒皇室/二人才力相埒。②指矮牆、田埂、堤防等。

埔¹ ⓟbù ⓒbou4 布 ⓒGIJB
大埔。地名,一在廣東,一在香港新界。

埔² ⓟpǔ ⓒbou3 布
用於地名:黃埔,在廣東。

埕¹ ●chéng ●cing4 呈 ●GRHG
指埕田。福建、廣東沿海一帶飼
養蟶類的田。

埕² ●chéng ●cing4 呈
酒甕。

埆 ●què ●kok3 確 ●GNBG
土地不肥沃。

埏 ●shān ●sin1 先 ●GNKM
用水和泥：埏埴。

培 ●péi ●pui4 陪 ●GYTR
為保護植物或牆、堤等，在根基部
分加土。
【培養】①訓練教育：培養技術人員。②使
繁殖：培養菌苗。
【培育】①培養幼小的生物，使它發育成
長：培育樹苗。② 按照一定目的長期地
教育和訓練使成長：培育人才。

埞 ●nì ●ngai6 藝 ●GHXU
見【埤埞】，121頁。

埝 ●niàn ●nim6 念 ●GONP
用土築成的小堤或副堤：堤埝。

域 ●yù ●wik6 蜮 ●GIRM
① 在一定疆界內的地方：域外。
②泛指某種範圍：音域。

埠 ●bù ●fau6 阜 Ⓧbou6 步
●GHRJ
① 碼頭，多指有碼頭的城鎮：船埠/本埠。

② 商埠：開埠。
【埠頭】停船的碼頭，靠近水的地方。

埤¹ ●pí ●pei4 皮 ●GHHJ
增加。

埤² ●pì ●pai3 批三聲
【埤堄】城牆上開有小孔的矮牆，可以向
城下瞭望。

埭 ●dài ●doi6 代 ●GLE
土壩（多用於地名）：石埭（在安
徽）。

執 (执) ●zhí ●zap1 汁
●GJKNI
① 拿着，掌握：執筆。② 掌管：執政/執
掌政權。③固執，堅持（意見）：執意要去。
④行，實行：執法。⑤ 捕捉，逮捕：戰敗被
執。⑥ 憑証：回執/收執。⑦ 好朋友：父執/
友執。
【執行】① 依據規定的原則、辦法做事。
②實際主持工作的：執行主席。
【執照】由機關發給的正式憑證。

埻 ●zhǔn ●zeon2 准
●GYRD
箭靶的中心。

埴 ●zhí ●zik6 直 ●GJBM
黏土。

場 ●yì ●jik6 亦 ●GAPH
①田間的界限。②邊境：疆場。

堊(垩) 🅱è 🅰ok3 惡 🅒MMG

①白土。泛指可用來塗飾的土。②塗，用白色的土粉飾。

堵 🅱dǔ 🅰dou2 賭 🅒GJKA

①阻塞，擋：堵老鼠洞／水溝堵住了／別堵着門站着！②心中不暢快：心裏堵得慌。③牆。④量詞。用於牆：一堵牆。

埢 🅱lèng 🅰ling4 陵 🅒GGCE

地名用字：長埢（在江西）。

埡(垭) 🅱yā 🅰aa3 亞 🅒GMLM

兩山之間的狹窄地方，山口（也用於地名）：黃桷埡（地名，在重慶）。

堌 🅱gù 🅰gu3 固 🅒GWJR

堤。多用於地名，如河南有牛王堌，山東有青堌集。

基 🅱jī 🅰gei1 機 🅒TCG

①建築物的根腳：地基／牆基。②根本的：基數／基層組織。③化學上，化合物的分子中所含的一部分原子被看做是一個單位時，叫做「基」：氫基／氨基。

【基本】①主要的部分：基本建設。②根本的：基本條件。③大體上：基本上已經取得勝利。

【基礎】①建築物的根腳和柱石。②事物發展的根本或起點：老師給我們打下牢固的語文基礎。

【基督】基督教徒稱耶穌，意為「救世主」。

【基金】社會團體為某種目的集聚的款項：福利基金。

【基督教】宗教名，猶太人耶穌所創。11世紀分為羅馬教會（天主教）和希臘教會（東正教）兩派；16世紀羅馬教會又分為新教和舊教。現在一般稱新教為基督教。

堋 🅱péng 🅰pang4 朋 🅒GBB

中國戰國時代科學家李冰在修建都江堰時所創造的一種分水堤，作用是減弱水勢。

堂 🅱táng 🅰tong4 唐 🅒FBRG

①正房，高大的屋子：堂屋。②專為某種活動用的房屋：課堂／禮堂。③過去官吏審案辦事的地方：大堂／過堂。④用於廳堂名稱，舊時也指某一家、某一房或某一家族：三槐堂。⑤用於商店牌號：同仁堂。⑥表示同祖父的親屬關係：堂兄弟／堂姐妹。⑦量詞。用於成套的傢具：一堂傢具。⑧量詞。用於分節的課程：兩堂課。⑨量詞。用於場景、壁畫等：三堂內景／一堂壁畫。

【堂皇】①氣勢盛大：富麗堂皇。②表面上莊嚴或正大的樣子：冠冕堂皇。

【堂堂】①儀容端正，有威嚴：相貌堂堂。②有志氣或有氣魄：堂堂中華兒女。③陣容或力量壯大：堂堂之陣。

堅(坚) 🅱jiān 🅰gin1 肩 🅒SEG

①結實，硬，不容易破裂：堅固／堅不可破／堅壁清野。②堅固的東西或陣地：攻

堅/無堅不摧。③不動搖:堅強/堅決/堅持/堅守。

埯 ⓐǎn ⓑam2黯 ⓒGKLU
①點播種子挖的小坑。②挖小坑點種:埯瓜/埯豆。③量詞。指點種的植物:一埯兒花生。

垛 ⓒGBD「采3」的異體字,見637頁。

埽 ⓐsào ⓑsou3訴 ⓒGSMB
①河工上用的秫秸、樹枝等材料。②用秫秸等修成的堤壩或護堤。

堆 ⓐduī ⓑdeoi1對一聲 ⓒGOG
①纍積,聚集在一塊:堆積/堆了一桌子書。②纍積在一起的東西:沙堆/草堆/柴火堆。③小山(多用於地名):雙堆集(在安徽)。④量詞。用於成堆的事物或人羣:一堆土/一堆人。
【堆肥】聚集雜草、泥土等腐爛發酵而成的肥料。
【堆砌】①疊積磚石並用泥灰黏合:堆砌假山。②比喻寫文章用大量華麗而無用的詞語。

堃 ⓐkūn ⓑkwan1昆 ⓒYSG
①「坤」的異體字,見117頁。②用於人名。

埜 ⓒDDG「野」的異體字,見638頁。

埼 ⓐqí ⓑkei4奇 ⓒGKMR
彎曲的岸。

塊 ⓐtù ⓑtou3吐 ⓒGNUI
橋兩頭靠近平地的地方。

埵 ⓐduǒ ⓑdo2躲 ⓒGHJM
①土硬的土。②土堆。

塪(堝) ⓐguō ⓑwo1窩 ⓒGBBR
見【坩堝】,118頁。

報(报) ⓐbào ⓑbou3布 ⓒGJSLE
①傳達,告知:報捷/報喜/報信/報曉。②回答:報友人書/報以熱烈掌聲。③報答:報恩/報酬。④報銷:藥費已經報了。⑤報復:報仇/報怨。⑥報應:現世報。⑦報紙,也指刊物,是傳播報道的工具:日報/登報/學報。⑧指用文字報道消息或發表意見的東西:喜報/海報。⑨傳遞消息和言論的文件或信號:情報/捷報。
【報酬】由於使用別人的勞動或物件而付給的錢或實物:這是我應盡之責,不要報酬。
【報復】用敵對的行動回答對方。
【報告】對上級或大眾的陳述。

堙 ⓐyīn ⓑjan1因 ⓒGMWG
①堵塞。②土山。

堞 ⓐdié ⓑdip6碟 ⓒGPTD
城上如齒狀的矮牆。

堠 ⓟhòu ⓒhau6後 ⓒGONK
瞭望敵情的土堡。

堪 ⓟkān ⓒham1坎一聲 ⓒGTMV
①可以，能，足以：堪以告慰/堪稱佳作。②忍受，能支持：難堪/不堪。

塄 ⓟléng ⓒling4陵 ⓒGWLS
田地邊上的坡：地塄/塄坎。

嘏 ⓟduàn ⓒdyun6段 ⓒGHJE
指面積較大的平坦地區（常用作地名）：田心嘏（在湖南）。

堯(尧) ⓟyáo ⓒjiu4搖 ⓒGGGU
傳說中上古帝王名。

堡 1 ⓟbǎo ⓒbou2保 ⓒODG
堡壘：碉堡/橋頭堡。
【堡壘】①軍事上防守用的建築物。②比喻難以攻破的事物或不易接受新事物、新思想的人：科學堡壘/頑固堡壘（極頑固的人）。

堡 2 ⓟbǔ ⓒbou2保
堡子，有城牆的村鎮。又多用於地名：吳堡（在陝西）/柴溝堡（在河北）。

堡 3 ⓟpù ⓒpou3鋪
地名用字。五里鋪、十里鋪等的「鋪」字，有的地方寫作「堡」。

堰 ⓟyàn ⓒjin2演 ⓒGSAV
較低的擋水的堤壩，作用是提高上游水位，便利灌溉和航運。

場(场) 1 ⓟcháng ⓒcoeng4祥 ⓒGAMH
①平坦的空地，多半用來打稻稱：打場/場院裏堆滿了糧食。②量詞。常指一件事情的經過：下了一場大雨/經過一場激烈鬥爭。

場(场) 2 ⓟchǎng ⓒcoeng4祥
①處所，許多人聚集的地方：會場/市場/商場/打開場子。②舞臺：上場/下場。③指某種活動範圍：官場/名利場。④事情發生的地點：當場/現場/在場。⑤表演或比賽的全場：開場/終場。⑥戲劇的一節：三幕五場。⑦量詞。用於場次或場地的文娛體育活動：三場球賽/一場精彩的舞蹈。
【場合】某時某地或某種情況：在公共場合，要遵守秩序。

堤 ⓟdī ⓒtai4啼 ⓒGAMO
用土、石等材料修築的擋水的高岸：河堤/修堤築壩。

堦 ⓒGPPA「階①」的異體字，見672頁。

堿 ⓒGIHR「鹼」的異體字，見412頁。

塃 ⓟhuāng ⓒfong1荒
開採出來的礦石。

塊(块) ⓟkuài ⓒfaai3快 ⓒGHI

①成疙瘩成團的東西：糖塊／土塊／塊根／塊莖。②量詞。用於塊狀或某些片狀的東西：一塊／一塊布／一塊肥皂。③量詞。用於銀幣或紙幣：一塊錢。

塌 普tā 粵taap3 塔 倉GASM
① 倒，下陷：坍塌／房頂塌了／圍牆塌了。②凹下，下垂：垂頭塌翼／這朵花曬得癟秧了／人瘦得兩腮都塌下去了。③安定，鎮定：塌下心來。

塋(茔) 普yíng 粵jing4 營 倉FFBG
墳墓，墳地：坐地／祖塋。

塍 普chéng 粵sing4 成 倉BFQG
田間的土埂子。

塏(垲) 普kǎi 粵hoi2 海 倉GUMT
地勢高而乾燥：爽塏。

塑 普sù 粵sou3 訴 倉TBG
① 用泥土等做成人物的形象：塑像／泥塑木雕。②塑料：全塑像具。
【塑膠】具有可塑性的高分子化合物的統稱，種類很多，用途很廣。

塚 倉GBMO「冢」的異體字，見47頁。

塤(埙) 普xūn 粵hyun1 圈 倉GRBC
古代用陶土燒製的一種樂器。

堽 普gāng 粵gong1 江 倉GWLM
堽城屯。地名，在山東。

塬 普yuán 粵jyun4 原 倉GMHF
中國西北部黃土高原地區因流水沖刷而形成的高地，四邊陡，頂上平。

塔 普tǎ 粵taap3 榻 倉GTOR
① 佛教特有的建築物，通常五層到十三層不等，頂尖。②像塔形的建築物：水塔／燈塔／紀念塔。

塒(埘) 普shí 粵si4 時 倉GAGI
在牆上搭的雞窩。

塗(涂) 1 普tú 粵tou4 途 倉EDG
①使顏色、油漆等附着在上面：塗飾／塗脂抹粉／塗上一層油。②亂寫亂畫：塗鴉。③抹去：塗改／把錯字塗掉。④泥濘：塗炭。
【塗炭】爛泥和炭火，比喻困苦的境遇或使處於困苦的境遇。

塗(涂) 2 普tú 粵tou4 途 同「途」。

塘 普táng 粵tong4 堂 倉GILR
①堤岸，堤防：河塘／海塘。②水池：池塘／荷塘／葦塘。③浴池：澡塘。

塞 1 普sāi 粵sak1 沙克切 倉JTCG
①堵，填滿空隙：把洞塞住／堵塞漏洞／塞了一嘴米飯。②堵住器物口上的東西：瓶子塞兒／軟木塞兒。

塞[2] 🔊sài 🔊coi3 菜
可以做屏障的險要地方：要塞／塞外。

塞[3] 🔊sè 🔊sak1 沙克切
義同「塞1」，用於某些詞語中，如閉塞、阻塞等。
【塞責】對自己應負的責任敷衍了事。

塡 🔊GPBC「填」的異體字，見126頁。

塨 🔊gōng 🔊gung1 公 🔊GTCP
用於人名。

塩 🔊GYRB「確」的異體字，見412頁。

塑 🔊lǎng 🔊long5 朗 🔊IBG
用於地名：河塑（在廣東）。

塡 🔊tián 🔊tin4 田 🔊GJBC
①把空缺的地方塞滿或補充：填平窪地。②填寫，在空白表格上按照項目寫：填表／填志願書。③補充：填補。

塢(坞) 🔊wù 🔊wu2 滸 🔊ou3 澳 🔊GHRF
①小障蔽物，防衛用的小堡：村塢。②四面高中間凹下的地方：山塢。③四面高而擋風的建築物：船塢／花塢。

塵(尘) 🔊chén 🔊can4 陳 🔊IPG
①飛揚的或附在物體上的小灰土：塵土／

一塵不染。②佛家、道家指人間，和他們幻想的理想世界相對：塵世。

墓 🔊mù 🔊mou6 暮 🔊TAKG
埋葬死人的地方：墳墓／公墓／烈士墓。

塹(堑) 🔊qiàn 🔊cim3 簽三聲 🔊JLG
隔斷交通的溝：長江天塹（喻險要）／吃一塹，長一智。

塾 🔊shú 🔊suk6 熟 🔊YIG
舊日私人設立的教學的地方：私塾／家塾。

墁 🔊màn 🔊maan6 慢 🔊GAWE
用磚或石塊鋪地面：花磚墁地。

墅 🔊shù 🔊seoi2 睡 🔊seoi5 結 🔊WNG
住宅以外供遊玩休養的園林房屋：別墅。

墒 🔊shāng 🔊soeng1 商 🔊GYCB
田地裏土壤的濕度：夠墒／驗墒／搶墒／保墒／墒情。

境 🔊jìng 🔊ging2 景 🔊GYTU
①疆界：邊境／國境／入境。②地方，處所：漸入佳境／如入無人之境。③境況，境地：家境／處境／事過境遷。

塃 🔊kàn 🔊ham3 勘 🔊GTVS
高的堤岸（多用於地名）：塃上（在

江西)。

塘

@yōng @jung4 容 @GILB
城牆，高牆。

墊 (垫)

@diàn @din3 電三聲
@GIG

「墊」右上作「丸」，與「丸」字不同。
①襯托，放在底下或鋪在上面：墊桌子/
墊上褥子/在熨衣板上墊塊厚布才好衣
服。②襯托的東西：草墊子/鞋墊兒/椅
墊子。③填補空缺：正戲還沒開演，先墊
一齣小戲。④替人暫付款項：墊款/墊錢/
墊資。

墐

@jìn @gan6 近 @gan2 僅
@GTLM
①用泥土塗塞：墐戶(到了冬天，用泥土將
門戶縫隙塗塞住)。②同「殣①」，見304
頁。

塼

@GJII「磚」的異體字，見414頁。

塝

@GOAH「場」的異體字，見124
頁。

墀

@chí @ci4 池 @GSYQ
臺階上面的空地。臺階。

墜 (坠)

@zhuì @zeoi6 序
@NOG
①落，掉下：墜馬/搖搖欲墜。②(沉重的
東西)往下垂：船錨往下墜。③繫在器物

上垂着的東西：扇墜/耳墜子。
【墜子】①也作「耳墜子」、「耳墜兒」。耳
朵上的一種裝飾。②流行於河南、山東
的一種曲藝。③墜琴。

塨

@shàn @sin6 善 @GTGR
白色的黏土。

墟 (墟)

@xū @heoi1 虛
@GYPM
①有人住過而現在已經荒廢的地方：廢
墟/殷墟。②集市，同「圩2」，見115頁。
【墟里】村落。

增

@zēng @zang1 憎
@GCWA
加多，添：增加/增產/增高/增長/增補/
有增無減/為國增光。

墦

@fán @faan4 凡 @GHDW
墳墓。

墨 1

@mò @mak6 麥 @WGFG
①寫字繪畫用的黑色顏料：墨汁/
一錠墨/紙筆墨硯。②寫字畫畫用的各
色顏料：紅墨/藍墨/水墨/油墨。③借指
寫的字或畫的畫：墨寶/遺墨。④比喻讀
書或識字能力：胸無點墨。⑤木工打直
線用的墨線，借指規矩、準則：繩墨。⑥黑
色或近於黑色的：墨鏡/墨菊。⑦貪污：
墨吏。⑧古代一種刑罰，在臉上刺字。也
叫「黥」。⑨指墨家。

墨 2

@mò @mak6 麥
指墨西哥。

墩 ⓟdūn ⓒdeon1 敦 ⓧdan2 躉 ⓑGYDK

①土堆：土墩。②墩子。③量詞。用於叢生的或幾棵合在一起的植物：柳墩／一墩穀子。

【墩子】①矮而粗大的整塊石頭、木頭：石墩子／門墩子／橋墩子。②矮的圓柱形的坐具：錦墩子／坐墩子。

墽（磽） ⓟqiāo ⓒhaau1 敲 ⓑGGGU

田地瘠薄。

墮（堕） 1 ⓟduò ⓒdo6 惰 ⓑNBG

掉下來，墜落：墮地／墮海。

【墮落】①思想、行為向壞的方向發展。②淪落，流落（多見於早期白話）：墮落風塵。

墮（堕） 2 ⓟhuī ⓒfai1 輝 同「隳」，見674頁。

墠（墠） ⓟshàn ⓒsin6 善 ⓑGRRJ

古代指為祭祀而修整的一塊平地。

墳（坟） ⓟfén ⓒfan4 焚 ⓑGJTC

埋葬死人築起的土堆：墳墓。

墣 ⓑDDG 「野」的異體字，見638頁。

壁 ⓟbì ⓒbik1 逼 ⓑSJG

①牆：牆壁／四壁／壁報／銅牆鐵壁。

②某些物體上作用像圍牆的部分。③陡削的山石：絕壁／峭壁。④壁壘，軍營的圍牆：堅壁清野／作壁上觀（坐觀雙方勝敗，不幫助任何一方）。

【壁虎】爬行動物，身體扁平，尾巴圓錐形，四肢短，趾上有吸盤，捕食蚊、蠅等。

墾（垦） ⓟkěn ⓒhan2 很 ⓑBVG

用力翻土，開墾，開闢荒地：墾荒／墾殖／墾區。

塻（坐） ⓟbó ⓒbok3博 ⓑHBG

粵語方言。壆：石壆。

壅 ⓟyōng ⓒjung2 湧 ⓧjung1 翁 ⓑYVGG

①堵塞：水道壅塞。②把土或肥料培在植物根上：壅土／壅肥。

壇（坛） ⓟtán ⓒtaan4 檀 ⓑGYWM

「壇」右下作「旦」。

①古代舉行祭祀、誓師等大典時的土築的高臺：天壇／登壇拜將。②講學或發表言論的場所：講壇／論壇。③用土堆成的平臺，多在上面種花：花壇。④指文藝界、體育界等的活動領域：文壇／影壇／體壇。

墼 ⓟjī ⓒgik1 擊 ⓑJEG

土坯或類似土坯的塊狀物。

墻 ⓑGGOW 「牆」的異體字，見359頁。

壞 🔊lǎn 🔊lam5 凜
🔊GYWD

見【坎壞】，117頁。

壌(垯) 🔊·da 🔊daat6 達
🔊GYGQ

見【圪壌】，115頁。

壓(压) 1 🔊yā 🔊aat3 遏
🔊MKG

①從上面加重力：壓住／壓碎。②超過，勝過：才不壓眾／技壓群芳。③使穩定，使平靜：壓住陣腳。④用武力制服，鎮服：鎮壓／壓制。⑤逼近：壓境／太陽壓樹梢。⑥擱置，按住不發：積壓資金。

壓(压) 2 🔊yà 🔊aat3 遏

【壓根兒】根本，從來。

壝 🔊GHGF「塤」的異體字，見125頁。

壑 🔊hè 🔊kok3 確
🔊YEG

山溝或大水坑：溝壑／千山萬壑。

壕 🔊háo 🔊hou4 豪 🔊GYRO

①護城河：城壕。②壕溝：戰壕／防空壕。

壙(圹) 🔊kuàng 🔊kwong3 鄺
🔊GITC

①墓穴。②曠野。

【壙埌】形容原野一望無際的樣子。

壘(垒) 🔊lěi 🔊leoi5 呂
🔊WWWG

①古代軍中作防守用的牆壁：兩軍對壘／深溝高壘。②把磚、石等重疊砌起來：把井口壘高一些。

壟(垄) 🔊lǒng 🔊lung5 隴
🔊YPG

①田地分界的稍稍高起的小路，田埂。②農作物的行或行與行間的空地：寬壟密植。③像壟的東西：瓦壟。

【壟斷】操縱市場，把持權柄，獨佔利益。

壠 🔊GYBP「壟」的異體字，見129頁。

壢 🔊GAMI「壢」的異體字，見465頁。

壚(垆) 1 🔊lú 🔊lou4 勞
🔊GYPT

黑色堅硬的土。

壚(垆) 2 🔊lú 🔊lou4 勞

酒店裏安放酒甕的土臺子，借指酒店：酒壚／當壚（賣酒）。

壢(坜) 🔊lì 🔊lik6 力
🔊GMDM

中壢，臺灣地名。

壞(坏) 🔊huài 🔊waai6 懷六聲
🔊GYWV

①跟「好」相對：工作做得不壞。②品質惡劣的，起破壞作用的：壞人／這人壞透了。

③不健全的, 無用的, 有害的：水果壞了。④使變壞：吃了不乾淨的食物容易壞肚子。⑤放在動詞後, 表示程度深：氣壞了／真把我忙壞了。⑥壞主意：使壞／一肚子壞。

壞

⒜răng ⒝joeng6 樣 ⒞GYRV
①土壤：沃壤。②地：天壤之別。③地區：窮鄉僻壤。

壩（坝）

⒜bà ⒝baa3 霸 ⒞GMBB
①截住河流的建築物：攔河壩。②河工險要處鞏固堤防的建築物。③平地。常用於中國西南各省地名。

──── 士 部 ────

士

⒜shì ⒝si6 事 ⒞JM
①古代指未婚男子。②古代次於卿大夫的一個階層。③舊時指讀書人：學士／農工商。④泛指軍人：士氣／身先士卒。⑤指某些技術人員：醫士／護士／助產士。⑥對人的好稱呼：志士／壯士／烈士／戰士。

壬

⒜rén ⒝jam4 吟 ⒞HG
①天干的第九位, 用作順序的第九。②姓。

壯（壮）

1 ⒜zhuàng ⒝zong3 葬 ⒞VMG
①健壯, 有力：強壯／壯力／年輕力壯／莊稼長得很壯。②雄壯, 大：壯觀／壯志／理

直氣壯。③增加勇氣或力量：壯一壯膽子。
【壯年】習慣謂人三四十歲的時期。

壯（壮）

2 ⒜zhuàng ⒝zong3 葬 ⒞zong6 撞
壯族, 中國少數民族名。

壹

⒜yī ⒝jat1 一 ⒞GBMT
數目字「一」的大寫。

壺（壶）

⒜hú ⒝wu4 胡 ⒞GBLM
一種有把有嘴的器具, 通常用來盛茶、酒等液體：酒壺／茶壺。

堉

⒞GNOB 「婿」的異體字, 見144頁。

壼（壸）

⒜kǔn ⒝kwan2 捆 ⒞GBMM
宮裏面的路。

壽（寿）

⒜shòu ⒝sau6 受 ⒞GNMI
①長壽：萬壽無疆！②年歲, 生命：壽命。③壽辰, 生日：做壽。④婉辭。生前預備的, 裝殮死者的：壽材／壽衣。

──── 夊 部 ────

夏

1 ⒜xià ⒝haa6 下 ⒞MUHE
四季中的第二季, 氣候最熱。
【夏曆】陰曆, 農曆, 舊曆, 這種曆法的基本部分是夏朝創始的。

【夏至】夏季節氣，在陽曆六月二十一日或二十二日。

夏

⊜xià ⊜haa6下
①夏朝。傳說是禹建立的（約公元前21世紀—約公元前16世紀）。②華夏，中國的古名。

愛

⊜BBPE 見心部，206頁。

夐

⊜xiòng ⊜hing3慶 ⊜NBBUE
①遠，遼闊：夐若千里。②久遠：夐古。

憂

⊜MBPHE 見心部，209頁。

夔

1 ⊜kuí ⊜kwai4葵 ⊜TCHE
古代傳說中一種龍形的動物。

夔

2 ⊜kuí ⊜kwai4葵
【夔州】古地名，在今重慶奉節一帶。

夕 部

夕

⊜xī ⊜zik6直 ⊜NI
①日落的時候：朝夕／夕照／朝令夕改。②泛指晚上：前夕／除夕／風雨之夕。

外

⊜wài ⊜ngoi6礙 ⊜NIY
①跟「內」、「裏」相對：門外／國外。②不是自己這方面的：外國／外鄉。③指外國：外僑／對外貿易／古今中外。④稱母親、姐妹或女兒方面的親戚：外甥／外孫／外祖母。⑤關係疏遠的：外人／見外。⑥另外：外加／外帶。⑦方位詞。以外：此外／除外。⑧非正規的，非正式的：外號／外傳。

【外行】①對某種業務不通曉，缺乏經驗。②外行的人。

【外子】舊時對人稱自己的丈夫。

夙

⊜sù ⊜suk1宿 ⊜HNMNI
①早：夙興夜寐。②素有的，平素：夙願／夙志。

多

⊜duō ⊜do1朵一聲 ⊜NINI
①數量大，跟「少」、「寡」相對：多年／多種多樣。②超出原有或應有的數目，比原來的數目有所增加：這句話多了一個字。③過分，不必要的：多嘴（說不應該說的話）／多心（生疑心，用不必要的心思）。④（用在數詞或數量詞後）表示有零頭：十多個／一年多。⑤表示相差的程度大：好得多／厚多了。⑥疑問代詞。問程度或數量：有多大呢？⑦副詞。大多，大都：團隊裏多是年輕人。⑧多麼，表示驚異、讚歎：多好！／多香！

【多虧】表示由於別人的幫助或某種有利因素，避免了不幸或得到了好處：多虧你來幫忙／多虧他加一把力量，推動了這工作。

【多少】①指數量的大小：這本書多少錢？／你要多少拿多少／這一班有多少學生？②稍微：一立秋，天氣多少有點兒涼意了。③或多或少：多少有些困難。

舛 ⓐNIQ 見舛部，496頁。

夜 ⓐyè ⓟje6 耶六聲　ⓒYONK
①從天黑到天亮的一段時間，跟「日」、「晝」相對：日日夜夜／白天黑夜／晝夜不停。②用於計算夜：三天三夜／每日每夜。

夠(够) ⓐgòu ⓟgau3 救
ⓒNNPR
①足，滿足一定的限度：夠數／夠用／夠多／夠好。②達到，及：夠格／夠得着。③表示程度高：天氣夠冷的／這椅子夠結實的。

飧 ⓐNIOIV 見食部，694頁。

夢(梦) ⓐmèng ⓟmung6 蒙六聲　ⓒTWLN
①睡眠時體內體外各種刺激或殘留在大腦裏的外界刺激引起的影像活動。②做夢：夢見。③比喻幻想：夢想。

夤 ⓐyín ⓟjan4 人
ⓒNIJMC
①深：夤夜。②敬畏：夤畏。
【夤緣】攀緣上升。比喻拉攏關係，向上巴結。

夥 ⓐhuǒ ⓟfo6 火　ⓒWDNIN
①多：夥頤／獲益甚夥。②同「伙②-⑤」，見18頁。

大部

大¹ ⓐdà ⓟdaai6 戴六聲　ⓒK
①在體積、面積、數量、力量、強度等方面超過一般或超過所比較的對象，跟「小」相對：房子大／地方大／年紀大／聲音太大／團結力量大。②程度深：學問大／眼光大／大紅大綠。③用於「不」後，合起來表示程度淺或次數少：不大愛說話／還不大會走路。④排行第一：大哥／老大。⑤年紀大的：一家大小。⑥敬辭：大作／尊姓大名。⑦用在時令或節日前，表示強調：大清早／大熱天。
【大夫】古代官職名稱。
【大黃】也叫「川軍」。多年生草本植物，葉子大，開黃色小花，根入藥。
【大王】①古代尊稱國王。②指擅長於某種事情的人，如爆破大王。③指近代壟斷資本家，如鋼鐵大王。
【大致】大概，大體情形：大致不差／大致已結束。

大² ⓐdài ⓟdaai6 戴六聲
義同「大1」，用於「大夫」、「大王」等。
【大夫】醫生。
【大王】舊戲曲中對國王或大幫強盜首領的稱呼。

大³ ⓐtài ⓟtaai3 泰
同「太」、「泰」，如「大子」「大山」等。

天 ⓐtiān ⓟtin1 田一聲　ⓒMK
①在地面以上的高空：滿天彩霞／頂天立地。②位置在頂部的：天窗／天頭（書頁上部空白部分）／天橋。③日，一晝

夜，或專指畫間：今天/一整天/白天黑夜工作忙。④量詞，用於計算天數：每天/第二天/三天三夜。⑤一天裏某一段時間：五更天/天還早。⑥季節，時節：春天/熱天。⑦氣候：天冷/天熱/天氣（冷、熱、陰、晴等現象）。⑧天然的，天生的：天性/天資。⑨自然界：天災/人定勝天。⑩迷信的人指神佛仙人或他們所住的地方：天堂/老天爺。⑪古代指君主或朝廷：天兵/天廷。

【天平】一種精確度高的稱重量的器具。橫桿兩頭各懸一小盤，稱物時，一頭放物品，一頭放砝碼。

【天竺】「印度」的古譯名。

太 ⓟtài ⓒtaai3 泰 ⓦKI

①大，高：太空/太學/太湖。②極端，最：太好/太古（最古的時代）/太偉大了。③對大兩輩的尊長的稱呼所加的字：太老伯。④表示程度過分（可用於肯定或否定）：太長/太熱。⑤表示程度極高（用於讚歎，只限於肯定）：這辦法太好了。⑥很（用於否定式，含委婉語氣）：不太好/不太滿意。

【太平】平安無事：天下太平。

【太陽】① 日頭。② 人頭上眉梢處低凹的部分，也叫「太陽穴」。

夫 ¹ ⓟfū ⓒfu1 呼 ⓦQO

①丈夫，跟「妻」、「婦」相對：夫妻/夫婦。②舊時成年男子的通稱：匹夫/萬夫不當之勇。③從事某種體力勞動的人：農夫/漁夫/車夫。④舊時稱服勞役的人：役夫。

【夫人】對別人妻子的敬稱。

【夫子】①對學者的尊稱：孔夫子。②舊時稱老師。③舊時妻稱夫。④稱讀古書而思想陳腐的人。

夫 ² ⓟfú ⓒfu4 符

①指示代詞。那，這：獨不見夫螳螂乎？②人稱代詞。他：使夫往而學焉。③文言助詞：逝者如斯夫。④文言發語詞：夫天地者。

夭 ¹ ⓟyāo ⓒjiu2 搖二聲 ⓦHK

未成年人死去：天亡。

夭 ² ⓟyāo ⓒjiu1 腰

茂盛：桃之夭夭。

失 ⓟshī ⓒsat1 室 ⓦHQO

①丟：遺失/失物招領/坐失良機。②沒有掌握住：失足/失言/失火。③找不着：迷失/失羣之雁。④沒有達到目的：失意/失望/失敗（計劃或希望沒能達到）。⑤改變常態：失色/失聲痛哭。⑥違背：失信/失約。⑦過失，錯誤：千慮一失。

央 ¹ ⓟyāng ⓒjoeng1 秧 ⓦLBK

懇求：央求/央了半天，他還是不去。

央 ² ⓟyāng ⓒjoeng1 秧

中央，中心：水中央。

央 ³ ⓟyāng ⓒjoeng1 秧

盡，完了：夜未央/長樂未央。

夯 ¹ ⓟbèn ⓒban6 笨 ⓦKKS

舊同「笨」（見於《西遊記》、《紅

樓夢》等書)。

夯 2 ⓟhāng ⓒhaang1 坑
① 砸地基的工具，有木夯、石夯、鐵夯等：打夯。② 用夯砸：夯實/夯土。

夼 ⓟkuǎng ⓒkong3 抗 ⓒKLLL
兩山之間的谷地，窪地(多用於地名)：大夼/劉家夼(都在山東)。

夷 1 ⓟyí ⓒji4 而 ⓒKN
① 平坦，平安：化險為夷。② 破壞建築物(使成為平地)：夷為平地。③ 消滅：夷滅。

夷 2 ⓟyí ⓒji4 而
① 中國古代稱東部的民族。② 舊時泛指外國或外國的。

夸 ⓟkuā ⓒkwaa1 誇 ⓒKMMS
姓。

夾(夾) 1 ⓟgā ⓒgaap3 甲 ⓒKOO
夾肢窩，即腋下。

夾(夾) 2 ⓟjiā ⓒgaap3 甲
① 從兩個相對的方面加壓力，使物體固定不動：夾菜。② 夾在胳膊底下或手指等中間：夾着書包/手指間夾着一支雪茄煙。③ 處在兩者之間：兩山夾一水/書裏夾着一張紙。④ 摻雜：夾雜/夾七雜八。⑤ 夾東西的器具：皮夾兒。

夾(夾) 3 ⓟjiá ⓒgaap3 甲
兩層的衣物：夾褲/夾被。

夭 ⓟēn ⓒngan1 銀一聲 ⓒMFK
瘦小。

奄 1 ⓟyān ⓒjim1 淹 ⓒKLWU
古又同「閹」，見666頁。

奄 2 ⓟyǎn ⓒjim2 掩
① 覆蓋，包括：奄有四方。② 忽然，突然：奄忽。

奄 3 ⓟyǎn ⓒjim1 淹
【奄奄】氣息微弱：奄奄一息(快斷氣)。

奅 ⓟpào ⓒpaau3 豹 ⓒKHHL
① 大。② 謊話：大奅佬(說大話的人)。

奇 1 ⓟjī ⓒgei1 基 ⓒKMNR
① 數目不成雙的，跟「偶」相對：一、三、五、七、九是奇數。② 零數：五十有奇。

奇 2 ⓟqí ⓒkei4 旗
① 特殊的，稀罕，不常見的：奇事/奇聞。② 出人意料的，令人不測的：奇兵/奇計/奇襲：出奇制勝。③ 驚異，引以為奇：世人奇之。

奔 1 ⓟbēn ⓒban1 賓 ⓒKJT
① 急走，跑：奔跑/狂奔/東奔西跑。② 趕忙或趕急辦事：奔喪/奔命。
【奔波】勞苦奔走。

奔 2 ⓟbèn ⓒban1 賓
① 直往，投向：投奔/直奔學校。② 介詞。朝、向：奔這邊去。③ 年紀接近(四十歲、五十歲)：他是奔六十的人

了。④為某事奔走。

奈
働nài 働noi6 耐 働KMMF

奈何，怎樣，如何：無奈/怎奈/無奈何（無可奈何）。

奉
働fèng 働fung6 鳳 働QKQ

①獻給：雙手奉上。②接受（多指上級或長輩的）：奉命/昨奉手書。③尊重，遵守：奉行/奉公守法。④信奉，信仰：素奉佛教。⑤供養，伺候：奉養/供奉/侍奉。⑥敬語：奉陪/奉勸/奉送/奉還。

【奉承】用好聽的話恭維人，向人討好。

奎
働kuí 働fui1 灰 働KGG

奎星，二十八星宿之一。

奏
働zòu 働zau3 咒 働QKHK

①作樂，依照曲調吹彈樂器：奏樂/伴奏/提琴獨奏。②發生，取得：奏效。奏功。③古代臣子對皇帝上書或進言：啟奏。

奐(奂)
働huàn 働wun6 喚 働NBK

①盛，多。②文采鮮明：美輪美奐。

奕
働yì 働jik6 亦 働YCK

盛大。

【奕奕】精神煥發的樣子：神采奕奕。

㢱¹
働zhā 働zaa1 渣 働KNIN

【㢱山】地名，在湖北。

㢱²
働zhà 働zaa3 炸

張開：頭髮㢱著/這件衣服下襬太㢱了。

契¹
働qì 働kai3 溪三聲 働QHK

①用刀雕刻。②刻的文字：書契/殷契。③買賣房地產等的文書，也是所有權的憑證：地契/房契。④相合，情意相投：默契/相契/契友。

契²
働qì 働kit3 揭

【契丹】中國古代東胡族的一支。

契³
働xiè 働sit3 屑

商朝的祖先，傳說是舜的臣。

㚟
働KSJ 見耳部，474 頁。

奘¹
働zàng 働zong6 臟 働VGK

①壯大，用於人名，如唐代和尚玄奘。②說話粗魯，態度生硬。

奘²
働zhuǎng 働zong1 裝

粗大：這棵樹很奘。

套
働tào 働tou3 吐 働KSMI

①罩在外面的東西：褥套/外套/手套/書套。②加罩：套鞋/套上一件毛背心。③重疊的：套色/套印（兩種顏色以上的印刷）/套間（正房兩旁的房，門通正房）。④河流或山勢彎曲的地方（多用於地名）：河套（地域名，在內蒙古自治區和寧夏回族自治區境內，黃河三面繞着）。⑤裝在衣物裏的棉絮：被套/褥套/棉花套子。⑥用繩子等做成的環：雙

套結/牲口套/大車套/用繩子做個活套兒。⑦用套拴繫：套車（把車上的牲口套在牲口身上）。⑧用計騙取：用話套他/套出他的話來。⑨模擬，照做：這是從那篇文章上套下來的。⑩同類事物合成的一組：一套制服/一套茶具/全套新機器/他說了一大套/他總是那一套。

【套語】也作「客套話」。照例的應酬話，如「勞駕、借光、慢走、留步」等。

奚 ⓐxī ⓑhai4兮 ⓒBVIK
疑問代詞。何。

【奚落】譏諷，嘲笑。

爽 ⓒKKKK 見爻部，358頁。

奢 ⓐshē ⓑce1車 ⓧse1些
ⓒKJKA
①用錢沒有節制，過分享受：奢侈/奢華。②過分的：奢望。

奠1 ⓐdiàn ⓑdin6電 ⓒTWK
奠定，穩穩地安置：奠基/奠都。

奠2 ⓐdiàn ⓑdin6電
對死者陳設祭品致敬：祭奠/奠酒/奠儀。

奡 ⓐào ⓑngou6傲 ⓒMUKLL
①同「傲」，見35頁。②矯健：排奡（文章有力）。

奧(奧) ⓐào ⓑou3澳 ⓒHBK
中作釆，七畫，不作米。

①含義深，不容易懂：深奧/奧妙。②古時指房屋的西南角，也泛指房屋的深處。③姓。

奪(夺)1 ⓐduó ⓑdyut6杜月切 ⓒKOGI
①搶，強取：搶奪/奪目（耀眼：光彩奪目）/把敵人的槍奪過來。②爭取得到：奪冠/奪錦標。③勝過，壓倒：先聲奪人/巧奪天工。④使失去：剝奪/褫奪。⑤失去：勿奪農時。

【奪魁】爭取第一，奪取冠軍：他們班在班際歌唱比賽中奪魁。

【奪取】①用武力強取：奪取敵人的陣地。②努力爭取：奪取新的勝利。

【奪權】奪取權力（多指奪取政權）。

【奪門而出】擺脫阻攔，衝出門去。

奪(夺)2 ⓐduó ⓑdyut6杜月切
定奪，裁奪，決定如何處理。

奩(奁) ⓐlián ⓑlim4廉 ⓒKSRR
女子梳妝用的鏡匣：妝奩（嫁妝，舊時女子出嫁從母家帶去的衣服用具等）。

樊 ⓒDDK 見木部，291頁。

奭 ⓐshì ⓑsik1式 ⓒKMAA
盛大的樣子。

奮(奋) ⓐfèn ⓑfan5憤 ⓒKOGW

①振作，鼓勁：奮翅／奮擊／奮不顧身／奮發圖強。②搖動，舉起：奮臂高呼。

———— 女 部 ————

女¹ 🔲nǔ 🔲neoi5 餒 🔲V
①女子，女人，婦女：女士／女工／男女平等。②女兒：一兒一女。

女² 🔲rǔ 🔲jyu5 雨
古同「汝」，見311頁。

奴 🔲nú 🔲nou4 努四聲 🔲VE
①古代本指獲罪入官服雜役的人，後泛指奴僕：奴隸／奴婢。②像對待奴隸一樣地驅使，役使：奴役。③對人鄙視、輕蔑的稱呼：守財奴／賣國奴。④謙稱自己，後專用作女子的自稱（多見於早期白話）。

奶 🔲nǎi 🔲naai5 乃 🔲VNHS
①乳房，哺乳的器官。②乳汁：牛奶／奶油／奶粉。③主要為產奶而飼養的：奶牛。④用自己的乳汁餵養孩子：奶孩子。⑤初生的，嬰兒時期的：奶牙／奶名。
【奶奶】①祖母。②對老年婦人的尊稱：老奶奶。

奸 🔲jiān 🔲gaan1 艱 🔲VMJ
①虛偽，狡詐：奸雄／奸笑／老奸巨滑。②不忠於國家或君主的：奸臣。③出賣國家、民族或團體利益的人：漢奸／鋤奸／奸細（替敵人刺探消息的人）。④自私，取巧：藏奸耍滑。
【奸宄】違法作亂的人或事（由內而起叫奸，由外而起叫宄，也有相反的說法）。

她 🔲tā 🔲taa1 他 🔲VPD
稱你、我以外的女性第三人稱。

妁 🔲shuò 🔲zoek3 爵 🔲VPI
見〔媒妁〕，144頁。

好¹ 🔲hǎo 🔲hou2 浩二聲 🔲VND
①優點多的或使人滿意的，跟「壞」相對：好人／好漢／好馬／好事／好東西。②合宜，妥當：初次見面，不知跟他說甚麼好。③很，甚：好冷／好快／好大的風。④友愛，和睦：相好／友好／我跟他好。⑤指生活幸福、身體健康或疾病消失：他的病完全好了。⑥用於客套話：您好走！⑦完，完成：預備好了沒有？／我穿好衣服就去／我們的計畫已經訂好了。⑧表示讚許、應允或結束等口氣的詞：好，不要再討論了！／好，你真不愧是英雄！／好，就照你的意思做吧！⑨易於，便於：這件事情好辦／請你閃開點，我好過去。
【好不】用在某些雙音形容詞前面表示程度深，並帶感歎語氣，跟「多麼」相同：好不高興。
【好手】精於某種技藝的人，能力很強的人：游泳好手。
【好像】①有些像，像：他們倆一見面就好像多年的老朋友。②表示不十分確定的判斷或感覺：我好像見過他／天色陰沉，好像要下雨了。

好² 🔲hào 🔲hou3 耗
①愛，喜歡：愛好／好學／好勞動／

這孩子不好哭。② 容易 (發生某種事情)：剛學會走路的孩子好摔跤。

如¹ ⓐrú ⓑjyu4 余 ⓒVR

① 依照：如法炮製/如期完成。② 像，相似，同甚麼一樣：如此/堅強如鋼/整舊如新。③ 及，比得上：我不如你/自以為不如/與其這樣，不如那樣。④ 用於比較，表示超過：光景一年強如一年。⑤ 如果，假若，假使：如不同意，可提意見。⑥ 表示舉例：唐朝有很多大詩人，如李白、杜甫、白居易等。⑦ 到，往：縱(聽任)舟之所如。

【如今】現在：事到如今，只好不了了之。

如² ⓐrú ⓑjyu4 余

詞尾，表示情況：突如其來/空空如也。

妃 ⓐfēi ⓑfei1 飛 ⓒVSU

① 古代稱天子的妾，地位次於后：貴妃/妃子。② 太子或諸侯的配偶：王妃/太子妃。③ 對女神的尊稱：湘妃(湘水女神)。

妄 ⓐwàng ⓑmong5 網 ⓒYVV

① 亂，荒誕不合理：妄動/妄想/勿妄言。② 非分地，出了常規地：妄動/妄求/妄加猜疑。

妊 ⓒVHP 「姙」的異體字，見141頁。

妓 ⓐjì ⓑgei6 忌 ⓒVJE

妓女，賣淫的女人。

妊 ⓐrèn ⓑjam6 任 ⓒVHG

懷孕：妊婦/妊娠。

妒 ⓐdù ⓑdou3 到 ⓒVHS

因為別人好而忌恨：嫉妒。

妖 ⓐyāo ⓑjiu1 天 ⓒjiu2 擾 ⓒVHK

① 傳說中反常又能害人的東西，多具有法術，能作各種變化：妖魔鬼怪。② 邪惡而迷惑人的：妖言/妖術/妖道。③ 裝束、神態不正派：妖裏妖氣。④ 媚，艷麗：妖嬈。

【妖嬈】嬌豔美好，嫵媚多姿。

妗 ⓐjìn ⓑkam5 琴五聲 ⓒVOIN

【妗母】舅母。

【妗子】① 舅母。② 妻兄、妻弟的妻子：大妗子/小妗子。

妝 (妆) ⓐzhuāng ⓑzong1 莊 ⓒVMV

① 化妝：梳妝。② 特指婦女的裝飾：紅妝。

【妝奩】① 女子梳妝用的鏡匣。② 借指嫁妝。

妞 (妞) ⓐniū ⓑnau2 鈕 ⓒVNG

女孩子：妞兒。

妙 ⓐmiào ⓑmiu6 廟 ⓒVFH

① 美，好：妙品/妙不可言。② 奇巧，神奇：巧妙/妙計/妙訣/妙用。

妣 舊bǐ 粵bei2 彼 倉VPP
舊稱已經死去的母親：先妣。

妍 舊yán 粵jin4 然 倉VMT
美麗，跟「媸」相對：百花爭妍。

妤 舊yú 粵jyu4 如 倉VNIN
見【婕妤】，143頁。

妥 舊tuǒ 粵to5 橢 倉BV
①適當，合適：妥為保存／已經商量妥了／這樣做不妥當。②齊備，停當：貨已購妥／事情商量妥了。
【妥協】在發生爭執或鬥爭時，一方讓步或彼此讓步（有時也指屈服）：在原則性問題上決不能妥協。

妨 舊fáng 粵fong4 房 倉VYHS
妨害，阻礙：妨礙／這樣做倒無妨／隨地吐痰會妨害衞生。

姊 舊zǐ 粵zi2 紙 倉VLXH
【姊妹】①姐姐和妹妹：他們一共姊妹三個。②同輩女朋友親熱的稱呼。

姒 舊sì 粵ci5 似 倉VVIO
①古代稱姐姐。②古代稱丈夫的嫂子：娣姒（妯娌）。

姁 舊xǔ 粵heoi2 許 倉VPR
【姁姁】安樂溫和的樣子。

妲 舊dá 粵daat3 笪 倉VAM
用於人名。

妮 舊nī 粵nei4 尼 倉VSP
女孩子：妮子／妮兒。

妯 舊zhóu 粵zuk6 族 倉VLW
【妯娌】兄和弟的妻子的合稱：她們倆是妯娌。

妹 舊mèi 粵mui6 昧 倉VJD
①稱同父母而比自己年齡小的女子。②對比自己年齡小的親戚中的同輩女性的稱呼：表妹。③年輕女孩子。

妹 舊mò 粵mut6 末 倉VDJ
古人名用字：妺喜。

妻 1 舊qī 粵cai1 棲 倉JLV
男子的配偶，跟「夫」相對。

妻 2 舊qì 粵cai3 砌
以女嫁人。

妾 舊qiè 粵cip3 徹脅切 倉YTV
①舊時男子在正妻以外娶的女子。②謙辭，舊時女人自稱。

姆 舊mǔ 粵mou5 母 倉VWYI
保姆，負責教養兒童的婦女。

始 舊shǐ 粵ci2 此 倉VIR
①起頭，最初：始祖／開始報告／自始至終／原始社會。②從頭起，從某一點

起：週而復始／不自今始。③ 才：講座至下午五點始畢。

姍（姗）⊜shān ⊜saan1 山 ⊜VBT
【姍姍】形容走路緩慢從容：姍姍來遲。

姐 ⊜jiě ⊜ze2 者 ⊜VBM
① 稱同父母而比自己年紀大的女子。② 對比自己年紀大的親戚中的同輩女性的稱呼：表姐。③ 對年輕女性的稱呼：小姐。

姓 ⊜xìng ⊜sing3 性 ⊜VHQM
① 表明家族系統的字：姓氏。② 以……為姓：我姓劉／你姓甚麼？

姑¹ ⊜gū ⊜gu1 孤 ⊜VJR
① 父親的姊妹。② 丈夫的姊妹：姑嫂／大姑子。③ 妻稱夫的母親：翁姑（公婆）。④ 出家修行或從事迷信職業的婦女：尼姑／三姑六婆。
【姑娘】(gū·niang) ① 未婚女子的通稱。② 女兒。

姑² ⊜gū ⊜gu1 孤
姑且，暫且：姑妄言之／姑置勿論／姑且試一試。
【姑息】無原則地寬容：姑息養奸。

委¹ ⊜wēi ⊜waai1 威 ⊜HDV
【委蛇】① 同《逶迤》，見620頁。② 敷衍，應付：虛與委蛇。

委² ⊜wěi ⊜wai2 毀
① 任，派，把事交給人辦：委任／委以重任。② 拋棄，捨棄：委棄／委之於地。③ 推託，卸：委罪。④ 指委員會或委員：編委／市委。

委³ ⊜wěi ⊜wai2 毀
曲折，彎轉：委曲／話說得很委婉。
【委屈】含冤受屈或心裏苦悶：心裏有委屈，又不肯說。

委⁴ ⊜wěi ⊜wai2 毀
① 積聚：委積。② 水流所聚，水的下游：原委／窮原竟委。

委⁵ ⊜wěi ⊜wai2 毀
無精打采，不振作：委頓。
【委靡】(萎靡) 頹喪，不振作：精神委靡。

委⁶ ⊜wěi ⊜wai2 毀
確實：委係實情／委實不錯。

妒 ⊜VMR「妒」的異體字，見138頁。

姚 ⊜yáo ⊜jiu4 搖 ⊜VLMO
姓。

姜 ⊜jiāng ⊜goeng1 疆 ⊜TGV
姓。

姝 ⊜shū ⊜zyu1 株 ⊜syu1 舒 ⊜VHJD
① 美好。② 美女。

媿 ⊜guǐ ⊜gwai2 鬼 ⊜VNMU
【媿嫿】形容女子嫻靜美好。

姥

姥[1] 國lǎo 粵lou5 老 倉VJKP

【姥姥】也作「老老」。①外祖母。②舊時接生的婦人。

姥[2] 國mǔ 粵mou5 母

年老的婦女。

姦(奸)

國jiān 粵gaan1 艱 倉VVV

男女發生不正當的性行為：姦淫／通姦／姦污。

姨

國yí 粵ji4 疑 倉VKN

①姨母，母親的姊妹。②妻的姊妹：大姨子／小姨子。③稱呼跟母親輩分相同、年紀差不多的無親屬關係的女性。

姮

國héng 粵hang4 衡 倉VMAM

姮娥，同【嫦娥】，見146頁。

姪(侄)

國zhí 粵zat6 疾 倉VMIG

弟兄的兒子，同輩親友的兒子。

姱

國kuā 粵kwaa1 誇 倉VKMS

美好。

姸

倉VMJJ 「妍」的異體字，見139頁。

姹

國chà 粵caa3 岔 倉VJHP

美麗：姹紫嫣紅。

【姹紫嫣紅】形容各種顏色的花卉豔麗、好看：花園裏姹紫嫣紅，十分絢麗。

姻

國yīn 粵jan1 因 倉VWK

①婚姻：聯姻。②姻親，沒有血緣關係的親戚。古代專指家族。

【姻婭】也作「姻亞」。親家和連襟，泛指姻親。

姯

國pīn 粵ping1 娉 倉VTT

非夫妻關係而發生性行為：姯夫／姯婦。

姿

國zī 粵zi1 支 倉IOV

①面貌，容貌：姿容。②形態，樣子：姿態／姿勢／雄姿／舞姿。

威

國wēi 粵wai1 委一聲 倉IHMV

①表現出來，使人敬畏的氣魄：示威／威力／威望／威信。②憑藉力量或勢力：威脅／威逼。

姣

國jiāo 粵gaau2 搞 倉VYCK

相貌美：姣好。

娃

國wá 粵waa1 蛙 倉VGG

①小孩子：女娃兒／胖娃娃。②特指男孩兒。

要

倉MWV 見兩部，560頁。

耍

倉MBV 見而部，473頁。

姃

倉VOMG 「妊」的異體字，見138頁。

娓 _普wěi _普mei5 美 _普VSHU

【娓娓】形容談論不倦或說話動聽的樣子：娓娓而談／娓娓動聽。

娭 _普āi _普oi1 哀 _普VIOK

【娭毑】① 稱祖母。② 尊稱年老的婦女。

娉 _普pīng _普ping1 平一聲 _普VLWS

【娉婷】形容女性的姿態美：體態娉婷／舉止娉婷。

娌 _普lǐ _普lei5 里 _普VWG

見【妯娌】，139頁。

娑 _普suō _普so1 疏 _普EHV

見【婆娑】，143頁。

娖 _普chuò _普cuk1 促 _普VRYO

① 謹慎。② 整頓隊伍。

娘 _普niáng _普noeng4 那羊切 _普VIAV

① 母親。② 稱長一輩或年長的已婚婦女：大娘。③ 對年輕女子的稱呼：漁娘／新娘。
【娘子】① 舊日對少女的通稱。② 舊稱妻。

娛（娛） _普yú _普jyu4 魚 _普VRVK

① 快樂：歡娛／耳目之娛。② 使人快樂：聊以自娛。

娜 _普nà _普no4 挪 _普VSQL

¹ 用於人名。

² _普nuó _普no5 挪五聲
① 見【裊娜】，555頁。② 見【婀娜】，142頁。

姬 _普jī _普gei1 機 _普VSLL

① 古代對婦女的美稱。② 舊時稱妾。③ 舊時稱以歌舞為業的女子：歌姬。

娠 _普shēn _普san1 申 _普VMMV

胎兒在母體中微動。泛指懷孕。

娟 _普juān _普gyun1 捐 _普VRB

秀麗，美好：娟秀。

娣 _普dì _普dai6 弟 _普VCNH

① 古代稱妹妹。② 古代稱丈夫的弟婦：娣姒（妯娌）。

娥 _普é _普ngo4 俄 _普VHQI

舊指美女：宮娥／嬌娥。

孬 _普MFVND 見子部，149頁。

娩 _普miǎn _普min5 免 _普VNAU

分娩，婦女生孩子。

婀 _普ē _普o1 柯 _普VNLR

【婀娜】柔美的樣子：婀娜多姿。

婆 普pó 粤po4 頗四聲 倉EEV
①年老的婦人：老太婆／苦口婆心。
②舊時指從事某些職業的婦女：媒婆。
③丈夫的母親：婆媳。
【婆娑】①盤旋舞蹈的樣子：婆娑起舞。
②枝葉扶疏的樣子：楊柳婆娑。③眼淚下滴的樣子：淚眼婆娑。

斌 普VMPM 「斌」的異體字，見146頁。

娶 普qǔ 粤ceoi3 翠 文ceoi2 取
倉SEV
指男子結婚，跟「嫁」相對：娶妻。

婁（娄） 普lóu 粤lau4 留
倉LWLV
①二十八星宿之一。②姓。

婉 普wǎn 粤jyun2 宛 倉VJNU
①(說話)婉轉：婉謝／婉拒。②和順，溫和：婉商／委婉。③美好。
【婉轉】也作「宛轉」。①(說話)溫和而曲折，但不失本意：措詞婉轉。②(歌聲、鳥鳴聲等)抑揚動聽：歌聲婉轉。

婦（妇） 普fù 粤fu5 扶五聲
倉VSMB
①婦人，已經結婚的女子：少婦。②女性的通稱：婦科／婦女。③妻，跟「夫」相對：夫婦。

婕 普jié 粤zit3 折 倉VJLO

【婕妤】也作「倢伃」。古代宮中女官名，是帝王妃嬪的稱號。

婞 普xìng 粤hang6 幸 倉VGTJ
倔強固執：婞直。

婚 普hūn 粤fan1 分 倉VHPA
結婚，男女結為夫婦：已婚／未婚／結婚證。
【婚姻】嫁娶，結婚的事：婚姻自主。

婪 普lán 粤laam4 籃 倉DDV
貪愛財物：貪婪成性。

娵 普jū 粤zeoi1 狙 倉VSJE
姓。

婥 普chuò 粤coek3 卓 倉VYAJ
婥約。同【綽約】，見455頁。

婢 普bì 粤pei5 疕五聲 倉VHHJ
婢女：奴婢／奴顏婢膝。

娼 普chāng 粤coeng1 昌 倉VAA
妓女：暗娼／淪落為娼。

婭（娅） 普yà 粤aa3 亞
倉VMLM
見【姻婭】，141頁。

婊 普biǎo 粤biu2 表 倉VQMV
【婊子】指被迫賣淫的妓女。多用作罵人的話。

姪 ❸VBHG「淫③」的異體字，見325頁。

媩 ❸VLXL「姻」的異體字，見141頁。

婷 ❸tíng ❷ting4 亭 ❸VYRN
【婷婷】也作「亭亭」。形容人或花木美好。

媯（妫）❸guī ❷gwai1 歸 ❸VIKF
【媯河】水名，在北京。

媂[1] ❸chuò ❷coek3 卓 ❸VTKR
不順。

媂[2] ❸ruò ❷joek6 若
【媂羌】地名，在新疆維吾爾自治區。今作「若羌」。

婺 ❸wù ❷mou6 務 ❸NKV
①二十八星宿中的女宿。②指婺州。

媒 ❸méi ❷mui4 煤 ❸VTMD
①撮合男女婚事的人：媒妁／媒人。②媒介：媒質／觸媒。
【媒介】使雙方發生關係的人或物：蚊子是傳播瘧疾的媒介。
【媒妁】媒人：父母之命，媒妁之言。

媛[1] ❸yuán ❷wun4 垣 ❸VBME
見【嬋媛】，146頁。

媛[2] ❸yuàn ❷jyun6 願
美女。

媚 ❸mèi ❷mei6 未 ❸VAHU
①諂媚，逢迎：獻媚。②美好，可愛：春光明媚。

媢 ❸mào ❷mou6 務 ❸VABU
嫉妒：媢嫉。

媧（娲）❸wā ❷wo1 窩 ❸VBBR
女媧，神話中的天神，傳說她曾經煉五色石補天。

媮 ❸VOMN「偷⑥」的異體字，見33頁。

婿 ❸xù ❷sai3 世 ❸VNOB
①夫婿，丈夫。②女婿，女兒的丈夫。

媼 ❸ǎo ❷ou2 奧二聲 ❸VABT
年老的婦人。

嫏 ❸láng ❷long4 郎 ❸VIIL
嫏嬛。同【琅嬛】，見371頁。

嫂 ❸sǎo ❷sou2 掃二聲 ❸VHXE
哥哥的妻子。

嫁 ❸jià ❷gaa3 架 ❸VJMO
①女子結婚：出嫁／嫁娶。②把禍害、怨恨推到別人身上：嫁怨／嫁禍於人。

【嫁接】把不同品種的兩種植物用芽或枝接在一起，以改良品種。所用的枝或芽叫接穗，被接的幹叫砧木。

媳 ⓐxí ⓑsik1 息 ⓒVHUP
兒媳，兒子的妻子：媳婦。
【媳婦】(xí·fu) ① 妻子：兄弟媳婦兒。② 已婚的年輕婦女。

媵 ⓐyìng ⓑjing6 認 ⓒBFQV
① 隨嫁的人。② 妾。

媸 ⓐchī ⓑci1 痴 ⓒVUMI
面貌醜，跟「妍」相對。

媪 ⓒVWOT 「媼」的異體字，見144頁。

媽（妈）ⓐmā ⓑmaa1 嗎 ⓒVSQF
① 稱呼母親。② 對女性長輩的稱呼：張媽/大媽/姑媽。

婤 ⓐgòu ⓑgau3 夠 ⓒVTTB
① 結為婚姻：婚媾（兩家結親）。② 交好：媾和（講和）。③ 交配：交媾（雌雄配合）。

嫉 ⓐjí ⓑzat6 姪 ⓒVKOK
① 因別人比自己好而憎恨：嫉妒/他很羨慕你，但並不嫉妒你。② 憎恨：嫉惡如仇。

媷 ⓒVNMM 「㜷」的異體字，見555頁。

媲 ⓐpì ⓑpei3 譬 ⓒVHWP
並，比：媲美。

嫌 ⓐxián ⓑjim4 鹽 ⓒVTXC
① 嫌疑，可疑之點：避嫌。② 嫌怨：前嫌/挾嫌。③ 厭惡，不滿意：討人嫌/這種布很結實，就是嫌太厚。

嫄 ⓐyuán ⓑjyun4 元 ⓒVMHF
用於人名。姜嫄，傳說是周朝祖先后稷的母親。

媿 ⓒVHI 「愧」的異體字，見206頁。

嫠 ⓐlí ⓑlei4 梨 ⓒJKMV
寡婦：嫠婦。

嫖 ⓐpiáo ⓑpiu4 瓢 ⓒVMWF
指玩弄妓女的腐化墮落行為：嫖妓/嫖娼。

嫗（妪）ⓐyù ⓑjyu2 於二聲 ⓒVSRR
年老的女人：老嫗/翁嫗。

嫜 ⓐzhāng ⓑzoeng1 章 ⓒVYTJ
古時女子稱丈夫的父親：姑嫜（姑，丈夫的母親）。

嫡 ⓐdí ⓑdik1 的 ⓒVYCB
① 宗法制度下指家庭的正支，跟庶相對：嫡出。② 親的，血統最近的：嫡親哥哥/嫡堂兄弟。③ 正宗，正統：嫡傳。

嫣 ⓐyān ⓑjin1 煙 ⓒVMYF
容貌美好。

嫦 ⓐcháng ⓑsoeng4 常 ⓒVFBB
【嫦娥】也作「姮娥」。神話中住在月亮裏的仙女。

嫫 ⓐmó ⓑmou4 模 ⓒVTAK
【嫫母】傳說中的醜婦。

嫩 ⓐnèn ⓑnyun6 暖六聲 ⓒVDLK
① 初生而柔弱，嬌嫩，跟「老」相對：嫩芽／肉皮嫩。② 經火力燒製的時間短：雞蛋煮得嫩。③ 淡，淺：嫩黃／嫩綠。④ 閱歷淺，不老練：他擔任這個職位還嫌嫩了點。

嫚 1 ⓐmān ⓑmaan6 慢 ⓒVAWE
女孩子：嫚子。

嫚 2 ⓐmàn ⓑmaan6 慢
輕慢，侮辱。

縲 ⓐléi ⓑleoi4 雷 ⓒVWVF
【縲祖】人名，傳說是黃帝的妃，發明養蠶術。

嬉 ⓐxī ⓑhei1 希 ⓒVGRR
遊戲，玩耍。

嫺（嫻） ⓐxián ⓑhaan4 閒 ⓒVAND
①熟練：技術嫺熟。②文雅：嫺靜。

嬈（娆） 1 ⓐráo ⓑjiu4 饒 ⓒVGGU
見【妖嬈】，138 頁。

嬈（娆） 2 ⓐrǎo ⓑjiu5 繞
煩擾，擾亂。

嬋（婵） ⓐchán ⓑsim4 蟬 ⓒVRRJ
【嬋娟】①（姿態）美好。多用來形容女子。②指月亮：千里共嬋娟。
【嬋媛】①形容女子姿態美好。② 牽連，相連：垂條嬋媛。

嫻 ⓒVANB「嫺」的異體字，見146頁。

嬀 ⓒVBHF「媯」的異體字，見144頁。

嬌（娇） ⓐjiāo ⓑgiu1 驕 ⓒVHKB
①美好可愛：嬌嫩。②嬌氣。意志脆弱，不能吃苦：嬌生慣養／小孩子別太嬌。③愛憐過甚，過分珍惜：嬌生慣養／小孩子別太嬌。

嫵（妩） ⓐwǔ ⓑmou5 武 ⓒVOTF
【嫵媚】形容女子、花木等姿態美好。

嬡（媛） ⓐài ⓑoi3 愛 ⓒVBBE
令嬡。同【令愛】，見16頁。

女部

嬴 粵yíng 普jing4型 倉YRBVN
姓。

嬖 粵bì 普pei3 譬 倉SJV
①寵幸：嬖愛／嬖昵。②受寵愛：嬖
臣／嬖妾。③受寵愛的人。

嬗 粵shàn 普sin6善 倉VYWM
更替，變法。

嬙（嬙） 粵qiáng 普coeng4祥
倉VGOW
古時宮廷女官名：妃嬙。

嬛 粵huán 普hyun1喧 倉VWLV
見【琅嬛】，371頁。

嬝 倉VHAV「裊」的異體字，見555頁。

嬪（嬪） 粵pín 普pan4頻
倉VJMC
皇帝的妾，古代皇宮裏的女官。

嬰（嬰）¹ 粵yīng 普jing1英
倉BCV
嬰兒，剛生下來的小孩兒。

嬰（嬰）² 粵yīng 普jing1英
觸，纏繞：嬰疾（得病）。

嬲¹ 粵niǎo 普niu5 鳥 倉WSVWS
戲弄，相擾。

嬲² 粵niǎo 普nau1扭一聲
怒火：發嬲。

嬤 倉VMFB「奶」的異體字，見137頁。

嬷（嬤） 粵mó 普maa1媽
倉VIDI
【嬤嬤】① 稱呼年老的婦人。② 舊時稱
奶媽。

嬸（婶） 粵shěn 普sam2審
倉VJHW
叔叔的妻子。

嬾 倉VDLC「懶」的異體字，見211頁。

孀 粵shuāng 普soeng1湘
倉VMBU
孀婦，死了丈夫的婦人。

孃 倉VYRV「娘①」的異體字，見142
頁。

孌（娈） 粵luán 普lyun5戀五聲
倉VFV
相貌美。

—— 子 部 ——

子¹ 粵zǐ 普zi2止 倉ND
① 古代指兒女，現在專指兒子：
父子／子女／獨生子。② 指一般的人：男
子／女子。③ 古代對對方的尊稱，特指有
學問的男人：諸子百家。④ 古代指你：以
子之矛，攻子之盾。⑤ 古代圖書四部分

類法（經史子集）的第三類：子部。⑥植物的種子：菜子／蓮子／桐子／瓜子／結子。⑦動物的卵：魚子／蠶子／雞子等。⑧幼小的：子雞／子薑。⑨比喻派生的、附屬的：子公司。⑩小而堅硬的塊狀物或粒狀物：棋子兒／槍子兒／石頭子兒。

【子弟】①弟弟、兒子、姪子等，泛指子姪輩。②後輩人，年輕人。

【子虛】虛無的，不實在：事屬子虛。

子² 🔊zǐ 🔊zi2 止
封建制度五等爵位的第四等。

子³ 🔊zǐ 🔊zi2 止
地支的第一位。

【子夜】深夜。

子⁴ 🔊zǐ 🔊zi2 止
①名詞後綴。加在名詞性詞素後：孩子／珠子／桌子／椅子。②名詞後綴。加在形容詞或動詞性詞素後：胖子／拐子／瞎子／亂子／墊子。③個別量詞後綴：一檔子事／打了兩下子門。

孑 🔊jié 🔊kit3 揭 🔊NNM
單獨，孤單：孑立／孑然一身。

【孑孓】俗稱「跟頭蟲」，是蚊子的幼蟲。夏天在水中孵化，沒有腳，游泳時身體一屈一伸。

孓 🔊jué 🔊kyut3 決 🔊NNO
見【孑孓】，148頁。

孔 🔊kǒng 🔊hung2 恐 🔊NDU
①小洞，窟窿：鼻孔／針孔／無孔不入。
②姓。

孕 🔊yùn 🔊jan6 刃 🔊NSND
①懷胎：孕育。②身孕：有孕／孕婦。

字 🔊zì 🔊zi6 自 🔊JND
①文字，用來記錄語言的符號：漢字／字眼／字體／常用字。②字音：咬字清楚／字正腔圓。③字體：楷體字／美術字。④書法作品：字畫／一幅字。⑤字詞：他說得，誰還敢說半個「不」字。⑥字據，合同，契約：立字為憑。⑦根據人名中的字義另取的別名叫「字」，也叫「表字」，現在多稱「號」：岳飛字鵬舉。⑧舊時稱女子許配：待字。

【字典】註明文字的音義，列舉詞語說明用法的工具書。

【字母】表語音的符號：拼音字母／拉丁字母。

存 🔊cún 🔊cyun4 全 🔊KLND
①東西在那裏，人活着：存在／存亡／存在／存歿。②儲存，保存：封存／存糧。③蓄積，聚集：存食／新建的水庫已經存滿了水。④儲蓄：存款／存摺。⑤寄放：存車／把這幾本書存在你這裏吧！⑥保留，留下：存根／實存／存案／去偽存真／除惡存真。

【存心】①居心，懷着一種想法：存心不良。②有意，故意：你這不是存心叫我為難嗎？

孚 🔊fú 🔊fu1 呼 🔊BND
使人信服：深孚眾望。

孛¹ 🔊bèi 🔊but6 脖 🔊JBND
古書上指光芒四射的彗星。

孛

2 🅰bó 🅱but6 脖
同「勃」，見60頁。

孜

🅰zī 🅱zi1 支　🄲NDOK

【孜然】安息茴香的種子，有特殊香氣，可用來做燒烤羊肉等的調料。

【孜孜】也作「孳孳」。勤勉，不懈怠：孜孜不倦。

孝

🅰xiào 🅱haau3 巧三聲　🄲JKND

①盡心奉養父母：孝順/孝敬。②舊時尊長死後在一定時期內遵守的禮俗：私孝。③居喪的禮儀或服飾：守孝/戴孝。

孝

🄲YKND「學」的異體字，見150頁。

孟

🅰mèng 🅱maang6 盲六聲　🄲NDBT

①兄弟姊妹排行有時用孟、仲、叔、季做次序，孟是老大：孟兄/孟族。②四季中月份在開頭的：孟春（春季第一個月）。

【孟浪】魯莽，考慮不周到：此事不可孟浪。

季

🅰jì 🅱gwai3 貴　🄲HDND

①一年分春夏秋冬四季，一季三個月。②季節：雨季/旺季。③指一個時期的末了：季世/清季（清末）。④指農曆一季的第三個月：季春（春季末一個月）。⑤兄弟排行裏代表第四或最小的：季弟/季父（小叔叔）。⑥姓。

孤

🅰gū 🅱gu1 姑　🄲NDHVO

①幼年失去父親或父母雙亡的：孤兒。②孤兒：託孤。③單獨：孤獨/孤雁/孤立。④封建王侯的自稱：孤王/稱孤道寡。

【孤掌難鳴】一個巴掌拍不響，比喻單獨不能有為。

孥

🅰nú 🅱nou4 奴　🄲VEND

①兒女。②指妻子和兒女：妻孥。

孢

🅰bāo 🅱baau1 包　🄲NDPRU

孢子，某些低等動物和植物的無性生殖細胞。

孩

🅰hái 🅱hoi4 海四聲　🅭haai4 鞋　🄲NDYVO

孩童。

孫(孙)

🅰sūn 🅱syun1 宣　🄲NDHVF

①兒子的兒子。②孫子以後的各代：玄孫/子孫（後代）/十二世孫。③跟孫子同輩的親屬：外孫/姪孫。④植物再生的：稻孫/竹孫。

孫(孙)

2 🅰xùn 🅱seon3 迅
古同「遜」，見623頁。

孬

🅰nāo 🅱bou2 保　🄲MFVND

①不好，壞：窮苦人總是吃得孬，穿得孬。②怯懦，沒有勇氣：孬種。

孰

🅰shú 🅱suk6 淑　🄲YDKNI

①疑問代詞。誰：人非聖賢，孰能

無過？②疑問代詞。甚麼；是（這個）可忍，孰不可忍？③疑問代詞。哪個（表示選擇）：孰勝孰負。

孱[1]

⑥càn ⑧caan3 燦
⑤SNDD

義同「孱2」，只用於「孱頭」。
【孱頭】軟弱無能的人。

孱[2]

⑥chán ⑧saan4 潺
瘦弱，弱小：孱弱。

孴（孳）

⑥zī ⑧zi1 支　⑤TVID
滋生，繁殖：孳生得很快。

孵

⑥fū ⑧fu1 呼　⑤HHSLD
鳥類伏在卵上，使卵內的胚胎發育成雛鳥。

學（学）

⑥xué ⑧hok6 鶴　⑤HBND
①學習：學彈琴／學畫畫／活到老，學到老。②模仿：他學杜鵑叫學得很像。③學問，學到的知識：飽學／博學多能。④分門別類的有系統的知識：哲學／物理學／語言學。⑤學校：中學／大學／上學。
【學生】①在校學習的人。②向前輩學習的人。
【學士】①學位名。②指讀書人：文人學士。
【學術】一切學問的總稱：學術界。
【學徒】在工作中學習技能的人。

孺

⑥rú ⑧jyu4 如　⑤NDMBB
孺子，小孩子，幼兒：婦孺。

孽

⑥niè ⑧jit6 熱　⑧jip6 葉　⑤THJD
①邪惡，也指邪惡的人：妖孽。②罪惡：造孽／罪孽。③不忠或不孝：孽臣／孽子。

孼

⑤UJND「孽」的異體字，見150頁。

孿（孪）

⑥luán ⑧lyun4 聯
⑤VFND
雙生，一胎兩個：孿生子。

────── 宀 部 ──────

宄

⑥guǐ ⑧gwai2 鬼　⑤JKN
見【奸宄】，137頁。

它

⑥tā ⑧taa1 他　⑤JP「它」下作「匕」，撇筆不過し。
人稱代詞。用來稱人和動物以外的事物的代詞：它們。

宂

⑤JHU「冗」的異體字，見46頁。

宅

⑥zhái ⑧zaak6 擇　⑤JHP
①住所：家宅／深宅大院。②待在家裏不出門（多指沉迷上網和玩電子遊戲等室內活動）：宅男／宅女。

宇

⑥yǔ ⑧jyu5 羽　⑤JMD
①屋簷，泛指房屋：廟宇／屋宇／棟宇。②上下四方，所有的空間，世界：宇宙／寰宇。③風度，氣節：眉宇／器宇。

守
🔊shǒu ⬤sau2首 ⬤JDI
①保持，護衛：守城／堅守陣地。②看護，侍候：守護／守着病人。③遵守，依照：守舊／守法／守時／守紀律／守信用。④靠近，依傍：守着水的地方，要多種稻子。

安1
🔊ān ⬤on1 鞍 ⬤JV
①平靜，穩定：平安／安定／安心（心情安定）／安居樂業。②使平靜，使安定（多指心情）：安慰／安神。③感到滿足，合適：安於現狀。④平安，安全，跟「危」相對：公安／治安／轉危為安。⑤使有合適的位置：安插／安頓。⑥安置，裝設：安排／安電燈／安營紮寨／安裝機器。⑦加上：安罪名／安個頭銜。⑧存着，懷着：安的甚麼心？

安2
🔊ān ⬤on1 鞍
①疑問代詞。問處所，跟「哪裏」相同：而今安在？②疑問代詞。表示反問，跟「怎麼」、「哪裏」相同：不探虎穴，安得虎子？

字
⬤JND 見子部，148頁。

宋
🔊sòng ⬤sung3 送 ⬤JD
①周代國名，在今河南商丘一帶。②朝代名，劉裕所建立的朝代。③朝代名，趙匡胤所建立的朝代。④姓。

宏
🔊hóng ⬤wang4 弘 ⬤JKI
廣大：宏偉／規模宏大。

完
🔊wán ⬤jyun4 元 ⬤JMMU
①齊全：完整／完美無缺／準備得很完善。②盡，沒有了：用完了／貨品賣完了／事情辦完了。③做成，做了，了結：完工／完婚／完成任務。④交納：完糧／完稅。

牢
⬤JHQ 見牛部，360頁。

宕
🔊dàng ⬤dong6 蕩 ⬤JMR
①拖延：延宕／推宕。②放蕩，不受拘束：跌宕。

宓1
🔊fú ⬤fuk6服 ⬤JPH
姓。

宓2
🔊mì ⬤mat6 物
①安靜。②姓。

宗
🔊zōng ⬤zung1 中 ⬤JMMF
①祖宗：列祖列宗。②家族，同一家族的：同宗／宗兄。③宗派，派別：禪宗／正宗／北宋山水畫。④宗旨：開宗明義／萬變不離其宗。⑤眾人師法的人物：文宗／詞宗。⑥量詞。指件或批：一宗心事／大宗款項。
【宗法】①古代社會以家族為中心，按血統遠近區別親疏的法則：宗法制度。②師法，效法：他的字宗法柳體。

官1
🔊guān ⬤gun1 觀 ⬤JRLR
①在政府機關擔任一定公職的人員：長官／外交官。②指屬於政府或公家的：官窯／官款／官辦／官費生。③公共的，

公用的：官話/官道。

【官話】①舊時指通行廣大區域的普通話，特指北京話。②指推託敷衍的話：説官話。

官 2 ⓟguān ⓒgun1 觀 ⓒJMVO
器官，生物體有特定機能的部分：五官/感官/消化器官。

宙 ⓟzhòu ⓒzau6 袖 ⓒJLW
古往今來，指所有的時間。

定 ⓟdìng ⓒding6訂六聲 ⓒJMYO
①鎮靜，安寧（多指情緒）：心神不定/定定神再説。②固定，使固定：定睛。③決定，使確定：定案/否定/決定/定勝負/定章程/定制度。④不可變更的，規定的，不動的：定律/定論/定量/定期/定立/拿定主意。⑤約定：定酒席。⑥副詞，必然地：定能成功。

宛 1 ⓟwǎn ⓒjyun2 苑 ⓒJNIU
曲折。
【宛轉】①輾轉。②同【婉轉】，見143頁。

宛 2 ⓟwǎn ⓒjyun2 苑
宛然，彷彿：音容宛在。

宜 ⓟyí ⓒji4 疑 ⓒJBM
①適合，適當：適宜/相宜/因地制宜。②應該，應當（多用於否定式）：事不宜遲/不宜操之過急。③當然，無怪：宜無往而不利。

宣 ⓟxuān ⓒsyun1 孫 ⓒJMAM
①發表，公開説出：宣誓/宣告/宣佈/宣傳。②宣旨召見。③疏導：宣泄。

客 ⓟkè ⓒhaak3 嚇 ⓒJHER
①客人，跟「主」相對：賓客/招待客人。②寄居或遷居外地：客居/作客他鄉。③旅客：客車/客店。④顧客：乘客/客滿。⑤稱奔走各地從事某些活動的人：政客/説客。⑥非本地區或非本單位、非本行業的，外來的：客隊/客座/客串。⑦在人類意識外獨立存在的：客觀/客體。⑧量詞。用於論份出售的食品、飲料：一客蛋炒飯。

宥 ⓟyòu ⓒjau6 右 ⓒJKB
寬容，原諒：寬宥/原宥。

室 ⓟshì ⓒsat1 失 ⓒJMIG
①屋子：室內/教室。②機關團體內的工作單位：檔案室/祕書室。③妻子：妻室/繼室。④家，家族：皇室/十室九空。

宦 ⓟhuàn ⓒwaan6 幻 ⓒJSLL
①官吏：宦海。②做官：仕宦。③宦官。
【宦官】也作「太監」。古代經過閹割在皇宮裏伺候皇帝及其家族的男人。

宬 ⓟchéng ⓒsing4 成 ⓒJIHS
古代的藏書室：皇史宬（明清兩代保藏皇室史料的處所，在北京）。

宮（宫） 1 ⓟgōng ⓒgung1 公
ⓒJRHR
①房屋，古代專指帝王的住所：故宮/東

宮。②神話中神仙居住的房屋：天宮／龍宮／月宮。③廟宇的名稱。④指子宮：宮頸／宮外孕。

【宮刑】古代五刑之一，閹割男子生殖器。

宮(宫)² [普]gōng [粵]gung1 公
古代五音「宮、商、角、徵、羽」之一。相當於簡譜的1。

宰¹ [普]zǎi [粵]zoi2 載 [倉]JYTJ
①主管，主持：主宰／宰制。②古代官名：太宰。

【宰相】古代輔助君主掌管國家大事的最高官員的通稱。

宰² [普]zǎi [粵]zoi2 載
殺（牲畜）：宰殺／屠宰／宰豬。

宴 [普]yàn [粵]jin3 燕 [倉]JAV
①拿酒飯招待客人：宴客。②聚會在一起吃酒飯：宴會。③安，樂：宴安鴆毒（貪圖享受等於喝毒酒自殺）。

害¹ [普]hài [粵]hoi6 亥 [倉]JQMR
①有損的：害蟲／害鳥。②禍害，壞處：為民除害／喝酒過量對身體有害。③使受損傷：害人不淺／危害國家。④殺害：此人在數日前被害。⑤發生疾病：害病。⑥心理上發生不安的情緒：害羞／害臊／害怕。

害² [普]hé [粵]hot3 喝
古同「曷」，見267頁。

宵 [普]xiāo [粵]siu1 消 [倉]JFB
夜：通宵。

【宵小】盜賊晝伏夜出，叫做宵小，現泛指壞人：宵小行為。

容¹ [普]róng [粵]jung4 溶 [倉]JCOR
①容納，包含，盛：容器／容量／屋子小，容不下。②對人度量大：容忍／不能寬容。③讓，允許：不容人説話／決不能容他這樣做。④副詞。或許，也許：容或有之。

容² [普]róng [粵]jung4 溶
①臉上的神情和氣色：愁容／笑容滿面。②相貌，儀表：容貌／容顏。③比喻事物呈現的景象、狀態：軍容／市容／陣容。

家¹ [普]jiā [粵]gaa1 加 [倉]JMSO
①家庭，人家：他家有五口人／張家和王家是親戚。②共同生活的眷屬和他們所住的地方：回家／我家住在城裏。③經營某種行業或有某種身份的人家：農家／酒家。④掌握某種專門學識或有豐富實踐經驗以及從事某種專門活動的人：科學家／電腦專家。⑤學術流派：儒家／法家／百家爭鳴。⑥指相對各方中的一方：上家／公家。⑦謙辭。指親屬中比自己年紀大或輩分高：家兄／家父。⑧量詞。用來計算家庭或企事業單位等：一家人家／兩家飯館。

【家常】家庭日常生活：敍家常／家常便飯。

【家畜】由人餵養的禽獸，如馬、牛、羊、雞、豬等。

【家庭】共同生活的眷屬和他們所住的地方。

家[2] 普jiā 粵gaa1 加
詞尾。指一類的人(多按年齡或性別分):姑娘家/孩子家。

家[3] 普·jie 粵ze1 嗟
詞尾。用在某些狀語的後面:整天家/成年家。

宸 普chén 粵san4 神 倉JMMV
① 屋宇,深邃的房屋。② 舊日指帝王住的地方。

宦 普yí 粵ji1 宜 倉JSLL
古代稱屋子裏的東北角。

案 倉JVD 見木部,280頁。

密 普mì 粵mat6 蜜 倉JPHU
① 事物和事物之間距離短,空隙小,跟「稀」、「疏」相對:小株密植/麥子長得很密/中國沿海人口稠密。② 關係近,感情好:密友/他們兩個人很親密。③ 精緻,細緻:精密/細密。④ 不公開:密謀/保密/信用卡密碼。

寂 普jì 粵zik6 直 倉JYFE
① 靜,沒有聲音:萬籟俱寂/寂然無聲。② 寂寞:枯寂/孤寂。

宿[1] 普sù 粵suk1 粟 倉JOMA
① 住,過夜,夜裏睡覺:露宿/住宿/宿舍。② 平素,素有的:宿志/宿願得償。③ 年老的,長久從事某種工作的:宿將(經驗多,老練的指揮官)。

宿[2] 普xiǔ 粵suk1 粟
量詞。用於計算夜:住了一宿/談了半宿。

宿[3] 普xiù 粵sau3 秀
中國古代的天文學家把天上某些星的集合體叫做宿:星宿/二十八星宿。

寀 倉JBD 「采3」的異體字,見637頁。

寄 普jì 粵gei3 記 倉JKMR
① 託付,寄託:寄存/寫詩寄懷/希望於兒童。② 依靠,依附:寄居/寄食/寄生/寄宿/寄人籬下。③ 託人傳送。特指由郵局傳遞:寄信/寄錢/寄包裹。④ 認的(親屬):寄父/寄母/寄兒。

寅 普yín 粵jan4 仁 倉JMLC
地支的第三位。
【寅時】凌晨三點至五點。

寇 普kòu 粵kau3 扣 倉JMUE
① 盜匪,侵略者:仇寇。② 侵略者來侵略:寇邊。

富 普fù 粵fu3 副 倉JMRW
① 財產多,跟「貧」、「窮」相對:富有/富戶/富裕。② 充裕,多,足:富饒/富想象力。③ 使變富:富國強兵。④ 資源,財產:財富/富源。

寐 普mèi 粵mei6 味 倉JVMD
睡,睡着:夜不能寐/夙興夜寐/夢寐以求。

寒 ⓟhán ⓒhon4 韓 ⓠJTCY

① 冷，跟「暑」相對：寒冷／禦寒／
天寒／受了一點寒。② 害怕，畏懼：心寒／
膽寒。③ 窮困：貧寒。

【寒磣】也作「寒傖」。① 醜，難看：這孩
子長得不寒磣。② 丟臉，不體面：得到這
樣的成績，真寒磣。③ 使人沒面子：說起
來怪寒磣人。

【寒門】① 貧寒微賤的家庭：出身寒門。
② 舊時謙辭，對人稱自己的家。

【寒舍】舊時謙辭。對人稱自己的家：請
光臨寒舍一敍。

【寒暄】普通的客套，談家常。

寓 ⓟyù ⓒjyu6 遇 ⓠJWLB

① 居住：寓所／暫時寓人家。② 住
的地方：公寓。③ 寄託，含蓄在內：寓言／
寓意。

寔 ⓟshí ⓒsat6 實 ⓠJAMO

① 放置。② 此。③ 同「實①-④」，見
155頁。

寖 ⓠJESE「浸③」的異體字，見322
頁。

塞 ⓠJTCG 見土部，125頁。

寞 ⓟmò ⓒmok6 莫 ⓠJTAK

安靜，冷落：落寞／寂寞。

察 ⓟchá ⓒcaat3 擦 ⓠJBOF

仔細看，調查研究：考察／視察教
學工作。

寡 ⓟguǎ ⓒgwaa2 褂二聲 ⓠJMCH

① 少，缺少：寡言／優柔寡斷。② 淡而無
味：清湯寡水。③ 婦女死了丈夫：寡婦。

【寡人】古代君主的自稱。

寢（寑） ⓟqǐn ⓒcam2 侵二聲 ⓠJVME

① 睡覺：晝寢／廢寢忘食。② 睡覺的地方：
就寢／壽終正寢。③ 停止進行：事寢。④ 帝
王的墳墓：陵寢。

寤 ⓟwù ⓒng6 悟 ⓠJVMR

睡醒。

實（实） ⓟshí ⓒsat6 失六聲 ⓠJWJC

① 充滿：虛實／實心的鐵球。② 真，誠：
照實說／實心實意／實話實說／實事求是。
③ 確實，的確：實屬不易／實非所宜。④ 實
際，事實：失實／名實相副。⑤ 果實，種子：
開花結實。

寥 ⓟliáo ⓒliu4 聊 ⓠJSMH

① 稀疏：寥若晨星／寥寥無幾。② 靜
寂：寂寥。③ 空虛，空曠：寥廓／寥無人煙。

寧（宁） 1 ⓟníng ⓒning4 檸 ⓠJPBN

① 安寧：寧靜。② 使安寧：息事寧人。③ 省
視，探望（父母）：寧親／歸寧。④ 南京的
別稱。

寧(宁) ② ⑩nìng ⑩ning4 檸
寧可，表示選擇後決定的語詞，情願：寧死不屈／寧缺毋濫。

寨 ⑩zhài ⑩zaai6 砦 ⑩JTCD
① 防守用的柵欄的地方：營寨。② 舊時駐兵的地方：營寨。③ 強盜聚居的地方：山寨／寨主。④ 四周有柵欄或圍牆的村子。
【寨子】① 四周的柵欄或圍牆。② 四周有柵欄或圍牆的村子。

賓 ⑩JMHC 見貝部，589頁。

蜜 ⑩JPHI 見虫部，541頁。

搴 ⑩JTCQ 見手部，238頁。

審(审) ⑩shěn ⑩sam2 嬸
⑩JHDW
① 詳細，周密：審慎／精審。② 仔細思考，反覆分析，推究：審查／審核／這份稿子審完了。③ 審問，訊問案件，問訴訟兩方的當事人和有關聯的人：審案／審判／公審。④ 知道：審悉。⑤ 副詞。一定地，果然：審如其言。

寫(写) ¹ ⑩xiě ⑩se2 捨
⑩JHXF
① 寫字的「寫」。② 寫作：寫詩／寫小說。③ 描寫：抒寫／寫景。④ 繪畫：寫真／寫生。
【寫意】(xiěyì) 國畫的一種畫法，用筆不求工細，注重表現神態和情趣。

寫(写) ² ⑩xiè ⑩se2 捨
【寫意】(xièyì) 舒暢愉快。

寬(宽) ⑩kuān ⑩fun1 歡
⑩JTBI
① 闊大，跟「窄」相對：寬廣／寬闊／馬路很寬。② 物體橫的方面的距離，長方形多指短的一邊：四邊形的面積是長乘寬。③ 放寬，使鬆緩：寬心。④ 寬大，不嚴：寬容／從寬處理。⑤ 寬裕，寬綽：他雖然手頭比過去寬多了，但仍很注意節約。
【寬綽】① 寬闊，不狹窄。② (心胸) 開闊。③ 富裕：他們的生活越來越寬綽了。

寮 ⑩liáo ⑩liu4 聊 ⑩JKCF
小屋：茶寮／茅寮。

寰 ⑩huán ⑩waan4 環
⑩JWLV
廣大的地域：寰宇／寰海／人寰。

憲 ⑩JQMP 見心部，210頁。

襄 ⑩JTCV 見衣部，558頁。

賽 ⑩JTCC 見貝部，592頁。

謇 ⑩JTCR 見言部，577頁。

塞 粵JTCO 見足部，601頁。

寵（宠） 粵chǒng 普cung2 冢
粵JYBP
偏愛，過分的愛：寵愛／別寵壞孩子。

寶 粵JMFC 「寶」的異體字，見157頁。

寶（宝） 粵bǎo 普bou2 保
粵JMUC
①珍貴的：寶刀／寶石。②珍貴的東西：獻寶／珠寶／國寶。③敬辭：稱對方的家眷、店鋪等：寶眷／寶號。
【寶貝】①珍貴的東西。②對小孩兒的愛稱。③指無能或奇怪荒唐的人（含諷刺意）：這個人真是個寶貝！
【寶刀不老】指年紀雖老但功夫或技術並沒有減退。

—— 寸 部 ——

寸 粵cùn 普cyun3 串 粵DI
①長度單位，一尺的十分之一。②形容短小：寸步／手無寸鐵／鼠目寸光。

寺 粵sì 普zi6 自 粵GDI
①古代官署名：太常寺。②寺院，佛教出家人居住的地方。③伊斯蘭教徒禮拜的地方：清真寺。

耐 粵MBDI 見而部，472頁。

封¹ 粵fēng 普fung1 風 粵GGDI
①疆界：封疆。②古代帝王把土地或爵位給予親屬、臣屬：封侯／封王。

封² 粵fēng 普fung1 風
①密閉：封瓶口／封河（河面凍住）／查封。②封起來的或用來封東西的紙包或紙袋：信封／套封。③量詞。用於封起來的東西：一封信。
【封鎖】①（用強制力量）包圍起來使跟外界斷絕聯繫：經濟封鎖／封鎖消息。②（採取軍事措施）使不能通行：封鎖邊境／軍事封鎖線。

射 粵shè 普se6 麝 粵HHDI
①放箭，用推力或彈力送出子彈等：射擊／掃射／高射炮／射人先射馬。②液體受到壓力迅速流出：噴射／注射。③放出光、熱等：反射／光芒四射。④有所指：暗射／影射。

辱 粵MVDI 見辰部，613頁。

尅 粵JUDI 「剋」的異體字，見55頁。

專（专） 粵zhuān 普zyun1 磚
粵JIDI
①單純，獨一，集中在一件事上：專心／專賣／專修科／專愛開玩笑。②在學術、技能方面有某種特長：他知識廣博，但不專。③副詞。光，只，專門：他專愛說反話／王醫生專治頭痛。④獨自掌握或享有：專權／專制／專利。

【專家】對某一門學問有專門研究的人、擅長某項技術的人。

將(将) 1 粵jiāng 普zoeng1 張 倉VMBDI

①帶，領，扶助：將雛/扶將。②保養：將養/將息。③獸類生子：將駒/將小豬。④做（事）：慎重將事。⑤下象棋時攻擊對方的「將」或「帥」：將軍。⑥用言語使激動：別把他惹急了/只要拿話一將，他就會幹。⑦拿：將功折罪/將雞蛋碰石頭。⑧把：將窗門打開/將書拿來。⑨ 副詞。將要，快要：船將啟碇。⑩副詞。又，且（重複使用）：將惊將疑。⑪助詞。用在動詞和「出來」、「起來」、「上去」等的中間：走將出來/叫將起來/趕將上去。

將(将) 2 粵jiàng 普zoeng3 障

①軍銜名，在校級之上。也泛指軍官。②統率指揮：韓信將兵，多多益善。

【將領】高級軍官：陸軍將領。

將(将) 3 粵qiāng 普coeng1 窗 願，請：將進酒。

尉 1 粵wèi 普wai3 畏 倉SFDI

①古官名：太尉。②軍官名。尉官：少尉/上尉。③姓。

尉 2 粵yù 普wat1 屈

【尉遲】複姓。

【尉犁】地名，在新疆維吾爾自治區。

尊 1 粵zūn 普zyun1 專 倉TWDI

①地位或輩分高：尊長/尊卑。②敬重：尊敬/自尊/尊師愛徒。③敬辭。稱對方有關的人或事物：尊府/尊駕。④量詞。用於神佛塑像：一尊佛像。⑤量詞。用於炮：一尊大炮。

尊 2 粵zūn 普zeon1 津 同「樽」，見293頁。

尋(寻) 1 粵xún 普cam4 沉 倉SMMRI

古代的長度單位，八尺為尋。

【尋常】平常，素常（古代八尺為「尋」，倍尋為「常」。尋和常都是平常的長度）：這不是尋常的事情。

尋(寻) 2 粵xún 普cam4 沉 找，搜求：找尋/尋覓/尋人/尋求真理。

對(对) 粵duì 普deoi3 兌 倉TGDI

①對答，答話，回答：無問可對/對答如流。②對待，看待，應付：他對我很客氣。③向着，朝着：面對太陽/對着鏡子理髮。④二者相對，彼此相向：對調/對流/對立。⑤對面的，敵對的：對方/對手/作對。⑥組合，適合：對勁/對症下藥。⑦把兩個東西放一起互相比較，看是否符合；對證：校對/對相片/對筆跡。⑧調整使合於一定標準：對好照相機的焦距/拿胡琴來對弦。⑨正確：這話很對。⑩摻和（多指液體）：在茶壺裏對點兒開水。⑪平分，一半：對開/對半。⑫聯語：喜聯。⑬雙，成雙的：對聯/配對。⑭介詞。對於，說明事物的關係：我對這件事情還有意見/他對中外的歷史很有研究。

【對比】相反的事物放在一塊比較。

【對頭】① 仇敵，敵對的方面：死對頭。② 對手。

【對象】① 思考或行動（如研究、批評、攻擊、幫助等等）所及的事物或人。特指戀愛的對方：他有對象了。

【對照】不同的事物放在一塊，互相比較參照。

【對得起】對人無愧，不虧負。也說「對得住」。

奪 KOGI 見大部，136頁。

導(导) 普dǎo 粵dou6 道 碼YUDI

① 指引，帶領：導師／嚮導／倡導。② 開導：教導／指導／訓導。③ 傳導，引導，傳達：導熱／導電／導體。④ 導演：導戲／執導。

────── 小 部 ──────

小 普xiǎo 粵síu2 筱 碼NC

① 在體積、面積、數量、力量、強度等方面不一般的或不及比較的對象，跟「大」相對：小河／小桌子／地方小。② 副詞。時間短：小坐／小住。③ 副詞。稍微：小有名氣／牛刀小試。④ 略微次於，將近：這裏離北京有小二百里。⑤ 年幼，排行最末的：他比你小／他是我的小弟弟。⑥ 年紀小的人：上有老，下有小。⑦ 指妾：討小。⑧ 謙辭，稱自己或與自己有關的人或事物：小弟／小女／小店。⑨ 前綴。用於

人、排行次序、某些人等：小王／小明／小二。

【小暑】二十四節氣之一，在陽曆七月六、七或八日。

【小心】謹慎，注意，留神：小心火燭（謹慎防火）。

【小雪】① 二十四節氣之一，在陽曆十一月二十二或二十三日。② 下不大的雪。

少¹ 普shǎo 粵siu2 小 碼FH

① 數量小，跟「多」相對：少數服從多數。② 不夠原有或應有的數目：少一半。③ 丟，遺失：屋裏少了東西。④ 虧欠：少人家的錢都還清了。⑤ 副詞。暫時，稍微：少等／少待。⑥ 別，不要（多用於命令或祈使）：你少來這一套。

少² 普shào 粵siu3 笑

① 年輕，跟「老」相對：少女／少年人／男女老少。② 少爺：惡少／闊少。

尕 普gǎ 粵gaa1 加 碼NSF

小：尕娃。

尖 普jiān 粵zim1 沾 碼FK

① 末端極細小：把鉛筆削尖了。② 物體銳利的末端或細小的部分：筆尖兒／刀尖兒／塔尖兒。③ 聲音高而細：尖聲尖氣。④ 感覺敏銳：眼尖／耳朵尖。⑤ 使嗓音高而細：她尖着嗓子喊。⑥ 出類拔萃的人或物品：她的成績是班上拔尖的。⑦ 尖刻：他嘴尖，說話不留情面。

【尖刻】① 物體有鋒芒，容易刺破其他體物的：把錐子磨得尖銳的。② 刺耳的：尖銳的聲音。③ 認識客觀事物靈敏而深刻：尖

鋭的批評。④（言論、鬥爭等）激烈：矛盾尖鋭化。

朮　❸YMF「荮」的異體字，見514頁。

肖　❸FB 見肉部，478頁。

尚¹　❶shàng ❷soeng6 上 ❸FBR
①尊崇，注重：崇尚／尚文／尚武。②風尚：時尚。

尚²　❶shàng ❷soeng6 上
①副詞。還：為時尚早／尚待研究／年紀尚小／尚不可知。②尚且。
【尚且】連詞。表示進一層的意思，跟「何況」連用：你尚且不行，何況是我？／細心尚且出錯，何況馬虎隨便？

尜　❶gá ❷gaat3 加壓切 ❸FKF
【尜尜】（gá·ga）①也作「嘎嘎」。一種兒童玩具，兩頭尖中間大，也叫尜兒。②像尜尜的：尜尜棗／尜尜湯（用玉米麵等做的食品）。

省　❸FHBU 見目部，399頁。

堂　❸FBRG 見土部，122頁。

常　❸FBRLB 見巾部，176頁。

棠　❸FBRD 見木部，284頁。

掌　❸FBRQ 見手部，233頁。

尠　❸TVFH「尠²」的異體字，見714頁。

尠　❸AOFH「尠²」的異體字，見714頁。

當　❸FBRW 見田部，383頁。

嘗　❸FBRPA 見口部，103頁。

─────── 尢部 ───────

尤¹　❶yóu ❷jau4 由 ❸IKU
①特異的，突出的：拔其尤／無恥之尤。②副詞。更，格外：尤其好。

尤²　❶yóu ❷jau4 由
①過失：勿效尤（不要學着做壞事）。②怨恨，歸咎：怨天尤人。

尥　❶liào ❷liu6 料 ❸KUPI
【尥蹶子】騾馬等跳起來用後腿向後踢。

尬　❶gà ❷gaai3 介 ❸KUOLL
見【尷尬】，161頁。

尪 ⓐwāng ⓑwong1 汪 ⓔKUMG
①脛、背或胸部彎曲的病。②瘦弱。

就 ⓐjiù ⓑzau6 袖 ⓔYFIKU
①湊近，靠近：遷就／避難就業。
②從事，開始進入：就學／就業／就位。
③被，受：就擒。④完成，確定：功成名就／培養和造就人材。⑤隨同吃下去：花生仁就酒。⑥靠近：就地解決／就事論事／就着燈光看書。⑦介詞，表示動作的對象或話題的範圍：我們就畢業典禮的表演節目提意見／就兄弟姐妹來說，小弟最好動。⑧副詞。立刻，不用經過很多時間：他要就結婚了／他一來，我就走。⑨連詞，就是，即便，即使，表示假定：就是不增加人，也能完成任務／你要是送來，我也不要。⑩副詞。表示加強肯定的語氣：這麼一來就好辦了。⑪副詞。單，只，偏偏：他就愛看書／怎麼就是我不能去？

戵 ⓔKUTXC「尵」的異體字，見161頁。

尵(尷) ⓐgān ⓑgaam1 監
ⓧgaam3 鑒 ⓔKUSIT
【尷尬】①處境困難，不易處理。②(神色、態度)不自然：表情尷尬。

尸 部

尸 ⓐshī ⓑsi1 詩 ⓔS
①尸首，死人的身體。同「屍」。②古代祭祀時代表死者受祭的活人。

【尸位】空佔職位不做事情。

尺 1 ⓐchě ⓑce2 扯
ⓔSO
舊時民族音樂樂譜記音符號的一個，相當於簡譜的「2」。

尺 2 ⓐchǐ ⓑcek3 赤
①長度單位，寸的十倍是一尺，十尺是一丈：1米等於三市尺。②量長短的器具。③畫圖的器具：丁字尺／放大尺。④像尺的東西：鐵尺／戒尺。
【尺寸】①衣物的大小長短：尺寸要量得準確。②分寸：他辦事很有尺寸。
【尺牘】書信(因古代的書簡約長一尺)。

尹 ⓐyǐn ⓑwan5 允 ⓔSK
①舊時官名：令尹／府尹／道尹。②姓。

尻 ⓐkāo ⓑhaau1 敲 ⓔSKN
古書上指屁股。

尼 ⓐní ⓑnei4 妮 ⓔSP
梵語「比丘尼」的省稱，佛教指出家修行的女子，通常叫「尼姑」。

屄「屍」的異體字，見163頁。

尾 1 ⓐwěi ⓑmei5 美 ⓔSHQU
①鳥、獸、蟲、魚等身體末端突出的部分：豬尾巴／長尾猴。②末端：排尾／有頭無尾。③在後面跟：尾隨其後。④主要部分以外的，沒有了結的事情：尾數。
⑤量詞。用於魚：一尾魚。

尾 ❷⊜yǐ ⊜mei5美
① 馬尾上的毛：馬尾羅。② 蟋蟀等尾部的針狀物：三尾兒（雌蟋蟀）。

尿 1 ⊜niào ⊜niu6鳥六聲 ⊜SE
① 小便，從尿道排泄出來的液體。② 排泄小便。

尿 2 ⊜suī ⊜seoi1 雖
口語：小便（限於名詞）：一泡尿。

屄 ⊜pì ⊜pei3譬 ⊜SPP
① 從肛門排出的臭氣。② 比喻沒用的或不足道的事物：屁話／屁大點的事也大嚷大叫。③ 泛指任何事物，相當於「甚麼」：你懂個屁。

局 1 ⊜jú ⊜guk6焗 ⊜SSR
① 棋盤：棋局。② 棋類等比賽：開局／對局／當局者迷。③ 下棋的形勢或結局：和局／平局／勝局。④ 下棋或其他比賽一次叫一局：下了一局棋。⑤ 比喻事情的形勢、情況：結局／大局／時局。⑥ 人的氣量：局量／局度。⑦ 稱某些聚會：飯局／賭局。⑧ 圈套：騙局。
【局面】① 一個時期內事情的狀態：穩定的局面。② 規模：這家商店局面不大，貨色倒齊全。

局 2 ⊜jú ⊜guk6焗
① 部分：局部麻醉。② 機關及團體組織分工辦事的單位：郵局／教育局。③ 商店的稱呼：書局。

局 3 ⊜jú ⊜guk6焗
① 屈曲不舒展：局躇。② 拘束：局促／局限。

【局促】也作「侷促」、「跼促」。① 狹小：房間局促。②（時間）短促：兩天時間太局促，交不了稿。③ 拘謹不自然：局促不安。

君 ⊜SKR 見口部，79 頁。

屍 ⊜bī ⊜bei1 悲 ⊜SJC
女性外生殖器。

居 ⊜jū ⊜geoi1裾 ⊜SJR
① 住：分居／久居鄉間。② 住處：新居／民居／魯迅故居。③ 站在，處於（某種位置）：居中／居間。④ 佔據，屬於（某種情況）：居多／二者必居其一。⑤ 當：以前輩自居。⑥ 積蓄，儲存：奇貨可居／囤積居奇。⑦ 停留，固定：變動不居／歲月不居。⑧ 用於飯館名稱：砂鍋居。
【居然】副詞。竟，出乎意外地：他居然來了。

屈 ⊜qū ⊜wat1 鬱 ⊜SUU
① 使彎曲，跟「伸」相對：屈膝／屈指可數。② 服輸，低頭，使屈服：屈服／寧死不屈／威武不能屈。③ 委屈，冤枉：受屈／叫屈。④ 理虧：理屈詞窮。

屆（届） ⊜jiè ⊜gaai3介 ⊜SUG
① 到（時候）：屆時／屆期。② 次，期：第一屆／上一屆。

屋 ⊜wū ⊜uk1 ⊜SMIG
① 屋子，房間：裏屋／外屋／一間屋子。② 房子：房屋／屋頂。

屍（尸）
⦿shī ⦿si1 詩 ⦿SMNP
人或動物死後的身體：屍首／屍體。

屎
⦿shǐ ⦿si2 史 ⦿SFD
①大便，糞。②眼、耳所分泌的東西：眼屎／耳屎。

咽
⦿SORC 見口部，87 頁。

屌
⦿diǎo ⦿diu2 弔二聲 ⦿SRLB
男性生殖器。

屏 1
⦿bīng ⦿bing1 兵 ⦿STT
【屏營】惶恐的樣子（多用於奏章、書禮）。

屏 2
⦿bǐng ⦿bing2 丙
①除去，排除：屏除／屏棄不用／屏退左右。②抑止（呼吸）：屏氣／屏息。

屏 3
⦿píng ⦿ping4 平
①遮擋：屏風（擋風用的傢具）／屏蔽。②形狀像屏風的東西：屏幕／孔雀開屏。③字畫的條幅，通常以四幅或八幅為一組：四扇屏。
【屏障】像屏風那樣遮擋着的東西（多指山嶺、島嶼）。

展
⦿zhǎn ⦿zin2 剪 ⦿STV
①張開，舒張開：展翅／展眼舒眉／展開激烈鬥爭。②施展：一籌莫展。③展覽：展出／預展／書展。④放寬：展期／展限。

屐
⦿jī ⦿kek6 劇 ⦿SHOE
①木頭鞋：木屐。②泛指鞋：屐履。

屑
⦿xiè ⦿sit3 泄 ⦿SFB
①碎末：煤屑／木屑。②瑣碎：瑣屑。③認為值得做：不屑一顧。

屜（屉）
⦿tì ⦿tai3 替 ⦿SHOT
器物中可以隨放拿出的盛放東西的部分，常常是匣形或是分層的格架：抽屜／籠屜／五層櫃。

屠
⦿dū ⦿duk1 督 ⦿SHOT...

①屁股。②器物的底部。③緊跟（在後面）。
【屠子】①屁股。②蜂或蠍子等尾部的毒刺。

屙
⦿ē ⦿o1 柯 ⦿SNLR
排泄（大小便）：屙屎。

屛
⦿SHJJ 「屏」的異體字，見163頁。

屠
⦿tú ⦿tou4 徒 ⦿SJKA
①宰殺牲畜：屠宰／屠狗／屠戶。②屠殺，大量殘殺。

犀
⦿SYYQ 見牛部，362 頁。

屢
⦿SNDD 見子部，150 頁。

屢

屢(屡) 🔊lǚ 🔊leoi5呂 🔊SLWV
副詞。屢次，接連着，不止一次：屢見不鮮／屢戰屢勝。

屣 🔊xǐ 🔊saai2徙 🔊SHOO
鞋：敝屣。

層(层) 🔊céng 🔊cang4 曾 🔊SCWA
①重疊，重複：層巒疊嶂／層出不窮。②重疊事物的部分：雲層／外層。③量詞。用於重疊、積纍的東西：五層大樓／多層包裝紙。

履 🔊lǚ 🔊lei5里 🔊SHOE
①鞋：革履／削足適履（喻遷就得極無道理）。②踐，踩在上面，走過：如履薄冰。③腳步：步履。④履行，實行：履約。【履歷】①個人的經歷。②記載履歷的文件。

屧 🔊xiè 🔊sit3屑 🔊SHOD
木板拖鞋。

屨(屦) 🔊jù 🔊geoi3句 🔊SHOV
古代用麻、葛等製成的鞋。

屩(屩) 🔊juē 🔊goek3 腳 🔊SHOB
草鞋。

屬(属) 1 🔊shǔ 🔊suk6 蜀 🔊SYYI
①類別：金屬。②生物學中把同一科的生物按照彼此相似的特徵分為若干羣，每一羣叫一屬。③有管轄關係的：隸屬／直屬／屬員。④歸屬：屬於自然科學。⑤同一家族的：家屬。⑥為某人或某方所有：這本書屬你。⑦用干支紀年，十二支配合十二種動物，人生在哪年，就屬哪種動物叫「屬相」：甲子、丙子等子年生的都屬鼠。

屬(属) 2 🔊zhǔ 🔊zuk1 燭
①連綴：屬文／前後相屬。②（意念）集中在一點：屬意／屬望。

屭(屃) 🔊xì 🔊hei3氣 🔊SBCC
傳說中的一種動物：贔屭。

——— 屮 部 ———

屯 1 🔊tún 🔊tyun4 豚 🔊PU
①聚集，儲存：屯糧。②駐軍防守：屯兵／屯門。③村莊（多用於村莊名）：皇姑屯。

屯 2 🔊zhūn 🔊zeon1 津
屯邅。同【迍邅】，見615頁。

芻 🔊PUPU 見艸部，502頁。

——— 山 部 ———

山 🔊shān 🔊saan1 珊 🔊U
①地面上由土石構成的高起部分：深山／山高水深／人山人海（喻人多）。②形

狀像山的：冰山。

屹
🔊yì 🔊ngat6 迄 🔊UON
山勢高聳的樣子：屹立。
【屹立】像山峯一樣穩固地立着，比喻堅定不可動搖：屹立不動。

屺
🔊qǐ 🔊hei2 起 🔊USU
沒有草木的山。

炭
🔊jǐ 🔊kap1 級 🔊UNHE
山高的樣子。
【炭炭】①山高。②比喻危險，快要傾覆或滅亡：炭炭可危。

岔
🔊chà 🔊caa3 詫 🔊CSHU
①分歧的，由主幹分出的：岔道/三岔路。②離開原來的方向而偏到一邊：車子岔上了小道。③轉移主題：打岔/拿話岔開。④互相讓開（多指時間）：把這兩個會的時間岔開。⑤亂子，事故：出岔子。

岅
🔊UME 「坂」的異體字，見117頁。

岐
🔊qí 🔊kei4 其 🔊UJE
①岐山。山名，又地名，在陝西。②同「歧」，見302頁。

岑
🔊cén 🔊sam4 忱 🔊UOIN
①小而高的山。②姓。

岈
🔊yá 🔊ngaa4 牙 🔊UMVH
嵖岈。山名，在河南。

岊
🔊bā 🔊baa1 巴 🔊UAU
地名用字：岊關嶺（地名，在廣西）。

岍
🔊qiān 🔊hin1 牽 🔊UMT
岍山。山名，在陝西。今作千山。

岡(冈)
🔊gāng 🔊gong1 江 🔊BTU
較低而平的山脊：山岡/景陽岡。

岢
🔊kě 🔊ho2 可 🔊UMNR
岢嵐。地名，在山西。

岧
🔊tiáo 🔊tiu4 條 🔊USHR
【岧岧】形容高。

岩
🔊yán 🔊ngaam4 癌 🔊UMR
①同「巖」，見172頁。②姓。

岫
🔊xiù 🔊zau6 就 🔊ULW
①山洞：白雲出岫。②山：遠岫。

岬
🔊jiǎ 🔊gaap3 甲 🔊UWL
①岬角（突入海中的尖形陸地，多用於地名）：成山岬（也叫「成山角」，在山東）。②兩山之間。

岱
🔊dài 🔊doi6 代 🔊OPU
泰山的別稱，也叫岱宗，岱嶽。也多用於地名。

岳
🔊yuè 🔊ngok6 鄂 🔊OMU
①同「嶽」，見171頁。②稱妻的父母或妻的叔伯：岳父/叔岳。③姓。

岵 ⓟhù ⓒwu6 戶 ⓒUJR
多草木的山。

岝 ⓟzuò ⓒzok6 昨 ⓒUOS
岝山。既是地名，又是山名，都在山東。

峒 ⓟtóng ⓒtung4 銅
ⓒUHEY
峒峪。地名，在北京。

岷 ⓟmín ⓒman4 民 ⓒURVP
岷山。在四川北部，綿延於川、甘兩省邊境。

峁 ⓟmǎo ⓒmaau5 牡
ⓒUHLL
小山頂：下了一道坡，又上一道峁。

岸 ⓟàn ⓒngon6 卧汗切
ⓒUMMJ
①江河、湖、海邊的地：河岸。②高傲：傲岸。③高大：偉岸。

岣 ⓟgǒu ⓒgau2 九 ⓒUPR
岣嶁。山名，衡山主峯，也指衡山，在湖南。

峒¹ ⓟdòng ⓒdung6 動 ⓒUBMR
田地（多用於地名）：麻峒（在廣西）。

峒² ⓟtóng ⓒtung4 同
崆峒。山名，在甘肅。又島名，在山東。

峙¹ ⓟshì ⓒsi6 是 ⓒUGDI
繁峙。地名，在山西。

峙² ⓟzhì ⓒci5 似
直立，聳立：兩峯對峙。

峋 ⓟxún ⓒseon1 荀 ⓒUPA
見【嶙峋】，170頁。

峧 ⓟjiāo ⓒgaau1 交 ⓒUYCK
地名用字。

炭 ⓒUMF 見火部，347頁。

耑 ⓒUMBL 見而部，473頁。

幽 ⓒUVII 見幺部，180頁。

峨 ⓟé ⓒngo4 俄 ⓒUHQI
①高：峨冠／巍峨。②峨眉。山名，在四川，又作「峨嵋」。

嶬 ⓒUHQI「峨」的異體字，見166頁。

峭 ⓟqiào ⓒciu3 俏 ⓒUFB
①山又高又陡：峭壁／陡峭。②比喻嚴屬：峭直／冷峭。

峴（峴） ⓟxiàn ⓒjin6 現
ⓒUBUU
峴山。山名，在湖北。

峯 (峰) ⓟfēng ⓒfung1 風 ⓔUHEJ

①高而尖的山頭：山峯/頂峯/峯巒。②形狀像峯的事物：波峯/駝峯。③量詞。用於駱駝：一峯駱駝。

峰 ⓔUHEJ「峯」的簡體字，見167頁。

島 (岛) ⓟdǎo ⓒdou2 睹 ⓔHAYU

海洋或湖泊裏四面被水圍着的陸地叫島。三面被水圍着的陸地叫半島。

峻 ⓟjùn ⓒzeon3 俊 ⓔUICE

①山高而陡：高山峻嶺。②嚴厲苛刻：嚴峻/嚴刑峻法。

崀 ⓟlàng ⓒlong6 浪 ⓔUIAV

崀山。地名，在湖南。

峸 ⓟlòng ⓒlung6 弄 ⓔUMGT

石山間的小片平地。

崁 ⓟkàn ⓒham3 勘 ⓔUGNO

赤崁。地名，在臺灣。

猫 (猫) ⓟnáo ⓒnaau4 撓 ⓔKHNGU

古山名，在今山東臨淄一帶。

峽 (峡) ⓟxiá ⓒhaap6 俠 ⓔUKOO

①兩山夾水的地方：三峽。②海峽。兩旁有陸地夾着的形狀狹長的海：臺灣海峽。

峪 ⓟyù ⓒjuk6 玉 ⓧjyu6 裕 ⓔUCOR

山谷 (多用於地名)：嘉峪關 (在甘肅)。

豈 ⓔUMRT 見豆部，583頁。

崇 ⓟchóng ⓒsung4 宋四聲 ⓔUJMF

①高：崇山峻嶺/崇高的品質。②尊重：推崇/崇拜/尊崇。

崆 ⓟkōng ⓒhung1 空 ⓔUJCM

崆峒。山名，在甘肅。又島名，在山東。

崒 ⓟzú ⓒzeot1 卒 ⓔUYOJ

山峯高而險峻。

崒 ⓔUYOJ「崒」的異體字，見167頁。

崚 ⓟléng ⓒling4 菱 ⓔUGCE

【崚嶒】形容山高。

崎 ¹ ⓟqí ⓒkei1 崎 ⓔUKMR

傾斜，不平坦。

【崎嶇】①形容山路不平。②比喻處境困難：崎嶇的一生。

崎 ² ⓟqí ⓒkei4 其

長崎。日本地名。

崑(昆) 普kūn 粵kwan1 坤
粵UAPP

【崑崙】山名。西從帕米爾高原起，分三支向東分佈。

【崑曲】流行於中國江浙一帶的劇種。2001年被聯合國教科文組織列入「人類口述和非物質遺產代表作」。

崟 普yín 粵jam4 吟 粵UC
見【嵌崟】，171頁。

崖 普yá（舊讀ái）粵ngaai4 捱
粵UMGG

① 高地的邊，山邊：山崖／懸崖勒馬（喻到了危險的地步趕緊回頭）。② 邊際：崖略。

崕 粵UMGG 「崖」的異體字，見168頁。

崗(岡) 1 普gāng 粵gong1 江
粵UBTU
同「岡」，見165頁。

崗(岡) 2 普gǎng 粵gong1 江
① 不高的山或高起的土坡：黃土崗。② 平面上凸起的長道：眉毛脫光了，只剩下兩道凹崗兒。③ 守衛的位置：站崗／門崗／佈崗。④ 泛指職位。

【崗位】① 守衛的位置。② 職位：工作崗位。

崙(仑) 普lún 粵leon4 輪
粵UOMB
見【崑崙】，168頁。

崛 普jué 粵gwat6 掘 粵USUU

【崛起】① 興起：他以科幻小説崛起於文壇。② 突起：平原上崛起了幾座小山。

崞 普guō 粵gwok3 國 粵UYRD
崞山。山名，在山西。崞陽。地名，也在山西。

崢(峥) 普zhēng 粵zaang1 爭
粵UBSD

【崢嶸】① 高峻：山勢崢嶸。② 比喻才氣、品格等不凡：崢嶸歲月／頭角崢嶸。

崬(岽) 普dōng 粵dung1 東
粵UDW
崬羅。地名，在廣西。

崒 粵UC 「崟」的異體字，見168頁。

崤 普xiáo 粵ngaau4 肴
粵UKKB
崤山。山名，在河南。

崔 普cuī 粵ceoi1 吹 粵UOG
①（山）高大。② 姓。

【崔巍】（山、建築物）高大雄偉：高山崔巍／殿閣崔巍。

【崔嵬】① 有石頭的土山。② 高大，高峻：山嶺崔嵬。

崦 普yān 粵jim1 淹 粵UKLU

【崚嶬】①山名，在甘肅。②古代指太陽下山的地方：日薄崚嶬。

崩 〔普〕bēng 〔粵〕bang1 蹦 〔倉〕UBB
① 倒塌：山崩地裂。② 破裂：把氣球吹崩了。③ 被彈射出來的東西突然打中：放爆竹崩了手。④ 古代稱帝王之死：駕崩。
【崩潰】垮臺，徹底失敗（多指國家政治、經濟、軍事等）：該國面臨經濟崩潰。

崮 〔普〕gù 〔粵〕gu3 固 〔倉〕UWJR
四周陡削，上端較平的山。多用於地名，如山東有孟良崮、抱犢崮。

崍(崍) 〔普〕lái 〔粵〕loi4 來 〔倉〕UDOO
邛崍。山名，在四川。也叫「崍山」。

崧 〔普〕sōng 〔粵〕sung1 鬆 〔倉〕UDCI
① 同「嵩」，見170頁。② 用於地名。

崴 1 〔普〕wǎi 〔粵〕waai2 歪二聲 〔倉〕UIHV
① 山路不平。② 崴子（用於地名）：海參崴。③ (腳) 扭傷：走路不小心，把腳給崴了。
【崴子】山、水彎曲處。多用於地名，如吉林有三道崴子。

崴 2 〔普〕wēi 〔粵〕wai1 威
【崴嵬】山高的樣子。

崽 〔普〕chá 〔粵〕caa4 查 〔倉〕UDAM
崽岈。山名，在河南。

嵇 〔普〕jī 〔粵〕kai1 溪 〔倉〕HDIUU
姓。

崽 〔普〕zǎi 〔粵〕zoi2 宰 〔倉〕UWP
① 兒子。② 幼小的動物：貓崽兒/狗崽兒。

嵋 〔普〕méi 〔粵〕mei4 眉 〔倉〕UAHU
峨嵋。見「峨」，166頁。

嵌 1 〔普〕kàn 〔粵〕ham3 勘 〔倉〕UTMO
同「崁」，見167頁。

嵌 2 〔普〕qiàn 〔粵〕ham6 撼
把較小的東西卡在較大東西上的空隙裏：鑲嵌/嵌入/戒指上嵌着紅寶石。

嵎 〔普〕yú 〔粵〕jyu4 余 〔倉〕UWLB
① 山彎曲的地方。② 同「隅」，見672頁。

嵐(岚) 〔普〕lán 〔粵〕laam4 藍 〔倉〕UHNI
山裏的霧氣：山嵐/煙嵐。

嵒 〔倉〕RRRU 「巖」的異體字，見172頁。

嵛 〔普〕yú 〔粵〕jyu4 余 〔倉〕UOMN
崑嵛。山名，在山東。

嵊 〔普〕shèng 〔粵〕sing6 剩 〔倉〕UHDP
嵊州。地名，在浙江。

礠（礠） ⓔzī ⓟzi1 茲 ⓒUTVI
見【崦礠】, 169頁。

嵩 ⓔsōng ⓟsung1 鬆 ⓒUYRB
①嵩山, 五嶽中的中嶽, 在河南登封北。②高聳的。

礷 ⓒUKJJ 見車部, 608頁。

嵬 ⓔwéi ⓟngai4 危 ⓒUHI
高大聳立：嵬然／嵬嵬。

嵳（嵳） ⓔcuó ⓟco1 初 ⓒUTQM
【嵳峨】形容山勢高峻。

嵗 ⓒUIHH 「歲」的異體字, 見302頁。

嶇（岖） ⓔqū ⓟkeoi1 拘 ⓒUSRR
見【崎嶇】, 167頁。

嶅（嶅） ⓔáo ⓟngou4 熬 ⓒGKU
嶅山, 山名, 在廣東。嶅陰, 地名, 在山東。

嶂 ⓔzhàng ⓟzoeng3 漲 ⓒUYTJ
直立像屏障的山：層巒疊嶂。

嶍 ⓔxí ⓟzaap6 習 ⓒUSMA
嶍峨。山名, 在雲南。

嵾 「嵾」的異體字, 見170頁。

嶄（崭） ⓔzhǎn ⓟzaam2 斬 ⓒUJJL
高峻, 高出：嶄新（簇新）／嶄露頭角。

嶁（嵝） ⓔlǒu ⓟlau5 柳 ⓒULWV
岣嶁。山名, 衡山主峯, 也指衡山, 在湖南。

嶒 ⓔcéng ⓟcang4 層 ⓒUCWA
見【崚嶒】, 167頁。

嶓 ⓔbō ⓟbo1 波 ⓒUHDW
嶓冢。山名, 在甘肅。

嶗（崂） ⓔláo ⓟlou4 勞 ⓒUFFS
嶗山。山名, 在山東。也作勞山。

嶠（峤） 1 ⓔjiào ⓟgiu6 撬 ⓒUHKB
山道。

嶠（峤） 2 ⓔqiáo ⓟkiu4 喬
山尖而高。

嶙 ⓔlín ⓟleon4 倫 ⓒUFDQ
【嶙峋】①形容山石重疊不平：怪石嶙峋。②形容人消瘦露骨：瘦骨嶙峋。③形容人有骨氣：傲骨嶙峋。

嶤 (嶢) 　⊜yáo ⊜jiu4 搖　⊜UGGU

形容山高峻。

嶔 (嶔) 　⊜qīn ⊜jam1 音　⊜UCNO

【嶔崟】形容山高的樣子。

嶲 　⊜xī ⊜seoi5 緒　⊜UOGS

越嶲。地名，在四川。今作越西。

嶧 (嶧) 　⊜yì ⊜jik6 譯　⊜UWLJ

嶧山。山名，在山東。

嶴 (峞) 　⊜ào ⊜ou3 奧　⊜HKU

浙江、福建等沿海一帶稱山間平地（多用於地名）。

嶰 　⊜xiè ⊜haai5 蟹　⊜UNBQ

山澗：嶰壑／幽嶰。

嶨 (峃) 　⊜xué ⊜hok6學　⊜HBU

嶨口。地名，在浙江。

嶶 　⊜UTWV「猛」的異體字，見167頁。

嶬 　⊜yí ⊜ji4 疑　⊜UPKO

九嶬。山名，又是地名，都在湖南。也作九疑。

嶺 (岭) 　⊜lǐng ⊜ling5 領　⊜UOIC

①山脈：秦嶺／南嶺。②頂上有路可通行的山：一道嶺／翻山越嶺。③特指大庾嶺等五嶺：嶺南。

嶼 (屿) 　1　⊜yǔ（舊讀 xù）　⊜zeoi6 敍　⊜UHXC

小島：島嶼。

嶼 (屿) 　2　⊜yǔ ⊜jyu4 余

大嶼山。香港最大的島嶼。

嶽 (岳) 　⊜yuè ⊜ngok6 鄂　⊜UKHK

高大的山：五嶽（中國五座名山。即東嶽泰山，西嶽華山，南嶽衡山，北嶽恆山，中嶽嵩山。）

巉 　⊜chán ⊜caam4 慚　⊜UNRI

山勢高險的樣子。
【巉巖】危峻的山石：峭壁巉巖。

巋 (岿) 　⊜kuī ⊜kwai1 規　⊜UHMB

【巋然】高大獨立的樣子：巋然不動／巋然獨存。

巍 　⊜wēi ⊜ngai4 危　⊜UHVI

形容高大：巍然／巍峨。

巎 　⊜náo ⊜naau4 撓　⊜UTCE

同「猛」，見167頁。另可用於人名。

巒（巒） ⓐluán ⓑlyun4 聯　ⓒVFU

連着的山：山巒／岡巒／層巒疊障。

巔（巔） ⓐdiān ⓑdin1 顛　ⓒUJCC

山頂。

【巔峯】頂峯，多用於比喻最高的水平：巔峯狀態／事業的巔峯。

巖（岩） ⓐyán ⓑngaam4 癌　ⓒURRK

①高峻的山崖。②巖石，構成地殼的石頭：水成巖／火成巖。③山中的洞穴。

巘（巘） ⓐyǎn ⓑjin5 演　ⓒUYBK

山峯，山頂：絕巘。

巛 部

川 ⓐchuān ⓑcyun1 穿　ⓒLLL

①河流：高山大川／川流不息。②平地，平原：平川／米糧川。③指四川：川馬／川菜。

【川資】旅費。

州 ⓐzhōu ⓑzau1 舟　ⓒILIL

①舊時的一種行政區劃。現多保留於地名，如杭州，柳州。②指自治州。

巡（巡） ⓐxún ⓑceon4 秦　ⓒYVVV

①往來查看：巡夜／巡哨。②遍（用於給全座斟酒）：酒過三巡。

【巡回】按一定路線到各處：巡回展覽／巡回演出。

邕 ⓐVVRAU 見邑部，見 626 頁。

巢 ⓐcháo ⓑcaau4 抄四聲　ⓒVVWD

①鳥搭的窩，也指蜂蟻等動物的窩。②借指盜匪等盤踞的地方：匪巢／傾巢出動。

工 部

工 1 ⓐgōng ⓑgung1 公　ⓒMLM

①①工人：礦工／技工／產業工人。②工作，所做的事：做工／工具／手工。③工程：動工／竣工。④工業：化工／工交系統。⑤一個工人一天的工作：這件工程需要二十個工才能完成。⑥技術和技術修養：唱工／畫工。⑦善於，長於：工詩善畫。⑧精細：工精／工整／工巧／工筆畫。

【工程】關於製造、建築、開礦等，有一定計劃進行的工作：土木工程／水利工程。

【工夫】①時間（指佔用的時間）：今天抽不出工夫／有工夫來一趟。②空閒的時間：明天有工夫再來玩吧。

工 2 ⓐgōng ⓑgung1 公

舊時民族音樂樂譜記音符號的一個，相當於簡譜的「3」。

【工尺】中國舊有的音樂記譜符號，計有合、四、一、上、尺、工、凡、六、五、乙，相當於簡譜的 5、6、7、1、2、3、4、5、6、

7。工尺是這些符號的總稱。

左 🔊zuǒ 🔊zo2阻 🔊KM
①面向南時靠東的一邊，跟「右」相對：左手。②東方（以面向南為準）：江左（古代指長江下游以東的地方，即今江蘇南部等地）。③邪，偏，差錯：左道旁門。④錯，不對頭：越説越左／你想左了。⑤相反：意見相左。⑥對社會經濟及政治秩序的看法，採行激進變革的某團體或個人：左派／左翼。

巧 🔊qiǎo 🔊haau2考 🔊MMVS
①用心精妙，技術高明：巧計／巧於／能工巧匠。②靈巧，靈敏，手的技能好：他很巧／心靈手巧。③虛浮不實（指話）：花言巧語。④恰好，正遇在某種機會上：湊巧／碰巧。

巨 🔊jù 🔊geoi6具 🔊SS
大：巨變／巨款／巨型飛機。

功 🔊MKS 見力部, 59頁。

巫 🔊wū 🔊mou4無 🔊MOO
神鬼的代言人或是代人祈禱，求鬼神賜福、解決問題的人：巫師／巫婆。

攻 🔊MOK 見攴部, 249頁。

差(差) 1 🔊chā 🔊caai1又 🔊TQM
①不同, 不同之點：差別／差異。②稍微, 較, 尚：差可／差強人意（大體上還能使人滿意）。③差數, 兩數相減的餘數。

差(差) 2 🔊chà 🔊caai1 又
①錯誤：説了差。②不相同, 不相合：差得遠／差不多。③欠缺：差一道手續／還差一個人。④不好, 不夠標準：成績差。

差(差) 3 🔊chāi 🔊caai1釵
①派遣去做事：差遣。②稱被派遣的人。③差事, 被派遣去做的事：兼差／出差。

差(差) 4 🔊cī 🔊ci1 雌
見【參差】, 72頁。

觥(觩) 🔊qiú 🔊kau4 球
🔊MMYIU
有機化合物中含硫和氫的基, 符號 SH。

——————— 己 部 ———————

己 1 🔊jǐ 🔊gei2幾 🔊SU
自己, 對人稱本身：捨己為人。

己 2 🔊gei2 幾
天干的第六位, 用作順序的第六。

已 🔊yǐ 🔊ji5 以 🔊SU
①止, 罷了：爭論不已／有加無已。②已經, 已然, 表過去：時間已過。③副詞。後來, 過了一會兒：已忽不見。④副詞。太, 過：其細已甚。⑤古同「以」。

巳 🔊sì 🔊zi6自 🔊RU
地支的第六位。

【巳時】指上午九點到十一點。

巴¹ 普bā 粵baa1 叭 倉AU
① 巴望，盼，期望：巴不得馬上放暑假。② 黏貼，依附在別的東西上：飯巴鍋了／爬山虎巴在牆上。③ 黏結着的東西：鍋巴。④ 貼近：前不巴村，後不巴店。

巴² 普bā 粵baa1 叭
古代國名，在四川東部和重慶一帶。因此四川東部別稱「巴」。

巴³ 普bā 粵baa1 叭
巴士：大巴／中巴／小巴。

厄 倉HMAU　「厄」的異體字，見69頁。

巷¹ 普hàng 粵hong6 項 倉TCRU
【巷道】採礦或探礦時挖的坑道。

巷² 普xiàng 粵hong6 項
較窄的街道：大街小巷／街頭巷尾。

巽 普xùn 粵seon3 信 倉RUTC
八卦之一，卦形是「☴」，代表風。

───── 巾 部 ─────

巾 普jīn 粵gan1 斤 倉LB
擦東西或包裹、覆蓋東西用的紡織品：手巾／頭巾／毛巾。

帀 倉MLB　「匝」的異體字，見65頁。

市 普shì 粵si5 試 倉YLB
① 做買賣的地方：開市／菜市／夜市。② 買賣貨物：市惠。③ 人口密集的或行政中心或工商業、文化發達的地方：城市／都市／市容。④ 一種行政區劃，有直轄市和省（或自治區）轄市等：北京市／深圳市。⑤ 屬於中國度量衡市用制的：市尺／市升／市斤。
【市道】市場價格的狀況，行市：市道低迷。
【市儈】本指買賣的中間人，後指唯利是圖、庸俗可厭的人。

布 普bù 粵bou3 報 倉KLB
① 用棉紗、麻紗等織成的、可以做衣服的材料。② 古代的一種錢幣。③ 同「佈」，見20頁。
【布匹】布的總稱。

帆 普fān 粵faan4 凡 倉LBHNI
「帆」字右作凡，與凢不同。
① 掛在桅杆上的布篷，利用風力使船前進：一帆風順。② 指帆船：征帆／千帆。
【帆布】用棉紗或亞麻等織成的一種粗厚的布，可以做船帆、鞋等。

希¹ 普xī 粵hei1 嬉 倉KKLB
盼望：希出席為幸／希望快點過生日。

希² 普xī 粵hei1 嬉
同「稀②」，見422頁。

帋 倉HPLB　「紙」的異體字，見448頁。

帔 🔵pèi 🔵pei3 屁 🔵LBDHE
古代披在肩背上的服飾。婦女用的帔繡着各種花紋：鳳冠霞帔。

帑[1] 🔵nú 🔵nou4 奴 🔵VELB
古同「孥」，見149頁。

帑[2] 🔵tǎng 🔵tong2 躺
國庫裏的錢財：公帑。

帕 🔵pà 🔵paak3 拍 🔵LBHA
包頭或擦手臉用的布或綢：絲帕/手帕。

帖[1] 🔵tiē 🔵tip3 貼 🔵LBYR
①妥適：妥帖/安帖。②順從，馴服：服帖/俯首帖耳（含貶義）。

帖[2] 🔵tiě 🔵tip3 貼
①便條：字帖兒。②邀請客人的通知：請帖/喜帖。③舊時寫着生辰八字等的紙片：庚帖/換帖。④量詞，用於配合起來的若干味湯藥：一帖藥。

帖[3] 🔵tiè 🔵tip3 貼
學習寫字或繪畫時臨摹用的樣本：碑帖/字帖。

帘 🔵lián 🔵lim4 簾 🔵JCLB
用布做成的望子：酒帘（酒店門前懸掛的旗幟）。

帙 🔵zhì 🔵dit6 秩 🔵LBHQO
包書的套子。

帚 🔵zhǒu 🔵zau2 走 🔵zaau2 爪 🔵SMBLB
掃除塵土、垃圾、油垢等的用具：掃帚/炊帚。

帛 🔵bó 🔵baak6 白 🔵HALB
絲織品的總稱：布帛/財帛/玉帛。

帥(帅)[1] 🔵shuài 🔵seoi3 歲 🔵HRLB
軍隊最高指揮官：元帥/統帥。

帥(帅)[2] 🔵shuài 🔵seoi3 歲
英俊、瀟灑、漂亮：哥哥長得帥/他的字寫得帥。

帡 🔵píng 🔵ping4 平 🔵LBTT
【帡幪】①古代稱覆蓋用的東西，指房屋、帳幕等。在旁的叫帡，在上的叫幪。②庇護。

帝 🔵dì 🔵dai3 蒂 🔵YBLB
①皇帝、君主：稱帝/先帝/三皇五帝。②天神，宇宙的主宰：上帝/玉皇大帝。③泛指其他尊貴的神。

帨 🔵shuì 🔵seoi3 歲 🔵LBCRU
古時佩巾，像現在的手絹兒。

帬 🔵SRLB「裙」的異體字，見555頁。

席 🔵xí 🔵zik6 直 🔵ITLB
①用葦篾、竹篾、草等編成的片狀物、用來鋪牀或搭棚子等：草席/涼席/竹席。②座位：出席（到場）/缺席（不到場）/入席。③酒席，成桌的飯菜：擺了兩

席。④量詞：一席話／一席酒。⑤特指議會中的席位，表示當選的人數。

師(师) 1 ⓐshī ⓔsi1 詩
ⓒHRMLB

①稱某些傳授知識技術的人：教師／師傅／師徒關係。②榜樣：前事不忘，後事之師。③擅長某種技術的人：工程師／醫師／理髮師。④效法：師其意不師其辭。⑤指由師徒關係產生的：師母／師兄。⑥對和尚和道士的尊稱：法師／禪師。

師(师) 2 ⓐshī ⓔsi1 詩
①軍隊：誓師／出師／勞師動眾。②軍隊的編制單位，是團的上一級。

帳(帐) ⓐzhàng ⓔzoeng3漲
ⓒLBSMV

①用布或其他材料做成的帷幕（多指張在牀上的）：蚊帳／圓頂帳子。②舊同「賬」。

帵 ⓐwān ⓔjyun2宛 ⓒLBJNU

【帵子】裁衣服剩下的大片材料。

帶(带) ⓐdài ⓔdaai3戴
ⓒKPBLB

①用皮、布或紗線等物做成的長條：皮帶／腰帶／鞋帶兒。②輪胎：外帶／裏帶。③地帶，區域：寒帶／溫帶／江浙一帶人口稠密。④隨身拿：帶着乾糧／帶着行李。⑤捎，順便做，連着一起做：把門上給我帶個口信去／上街帶包茶葉來／連送信帶買茶。⑥呈現，顯出：面帶笑容／帶色的。⑦領，率領：帶路／帶兵／起帶頭作用。⑧含有：說話帶刺兒／這瓜帶苦味。⑨連着，附帶：連說帶笑／帶葉的橘子。⑩帶動：以點帶面／他這樣一來帶得大家都勤快了。⑪照看（孩子）：奶奶帶小外孫。⑫白帶。女子陰道流出的白色黏液，如量過多是陰道或子宮發炎的一種症狀，白帶有血的叫「赤帶」。

常 ⓐcháng ⓔsoeng4裳 ⓒFBRLB

①平常，普通的，一般的：常識／常態／常事／反常／習以為常。②長久，經久不變：常綠樹／冬夏常青。③副詞。時時，不只一次：時常／常常做家務。④指倫常：三綱五常。

帷 ⓐwéi ⓔwai4圍 ⓒLBOG

圍在四周的帳幕：車帷／運籌帷幄。

幅 ⓐfú ⓔfuk1福 ⓒLBMRW

①幅面，布匹、呢絨等的寬度：這塊布的幅面寬／這種布是雙幅的。②泛指寬度：幅度／幅員／振幅。③量詞。用於布帛、呢絨、圖畫等：一幅畫。
【幅員】寬窄叫幅，周圍叫員，指疆域領土面積：中國幅員廣大。

帽 ⓐmào ⓔmou6冒 ⓒLBABU

①帽子。②作用或形狀像帽子的東西：帽釘／筆帽兒／螺絲帽兒。

幀(帧) ⓐzhēn ⓔzing3正 ⓒLBYBC

量詞。圖畫的一種：一幀水彩畫。

幃（幃） ❶wéi ❷wai4 圍 ❸LBDMQ
①同「帷」，見176頁。②香囊。

幄 ❶wò ❷ak1 握 ❸LBSMG
帳幕。

幈 ❶píng ❷ping4 平 ❸LBSTT
同「屏3」，見163頁。

幌 ❶huǎng ❷fong2 訪 ❸LBAFU
帳幔，簾帷。
【幌子】① 商店門外的招牌或標誌物。
② 比喻借某種名義進行活動：打着開會的幌子自己出遊。

幔 ❶màn ❷maan6 慢
❸LBAWE
為遮擋而懸掛起來的布、綢子、絲絨等：布幔／窗幔。

幕 ❶mù ❷mok6 莫 ❸TAKB
① 覆蓋在上面的大塊的布、綢、氈子等，帳篷：帳幕。② 垂掛着的大塊的布、綢、絲絨等：開幕／閉幕／銀幕。③ 形狀或作用像幕的東西：雨幕／煙幕。④ 古代戰爭時將帥或行政長官辦公的地方：幕府／幕僚。⑤ 話劇或歌劇的一個段落：獨幕劇。

幗（幗） ❶guó ❷gwok3 國
❸LBWIM
古代婦女包頭的巾、帕：巾幗英雄（女英雄）。

幘（幘） ❶zé ❷zik1 即 ❸LBQMC
古代的一種頭巾。

幛 ❶zhàng ❷zoeng3 障 ❸LBYTJ
【幛子】上面題有詞句的整幅綢布，用做慶賀或弔唁的禮物。

幣（币） ❶bì ❷bai6 弊 ❸FKLB
錢幣，交換各種商品的媒介：銀幣／紙幣。

幟（帜） ❶zhì ❷ci3 翅
❸LBYIA
①旗子：旗幟／獨樹一幟。②標記。

幡 ❶fān ❷faan1 番 ❸LBHDW
用竹竿等挑起來直着掛的長條形旗子。

幢1 ❶chuáng ❷cong4 牀 ❸LBYTG
① 古代旗子一類的東西：幡幢。
② 一種刻有佛號或經咒的石柱子：經幢。
【幢幢】形容影子搖曳：人影幢幢。

幢2 ❶zhuàng ❷zong6 撞
量詞。房屋一座叫一幢。

幞 ❶fú ❷fuk6 伏 ❸buk6 僕
❸LBTMO
①同「袱」，見554頁。②幞頭。古代男子用的一種頭巾。

幨 ❶chān ❷zim1 詹 ❸LBNCR
古時車上四周的帷幕。

幬（帱） 1 ⓟchóu ⓒcau4 籌
ⓔLBGNI
①帳子。②車帷。

幬（帱） 2 ⓟdào ⓒdou6 道
覆蓋。

幫（帮） ⓟbāng ⓒbong1 邦
ⓔGIHAB
①輔助：幫助／幫你做。②指從事僱傭勞動：幫傭。③物體（裏面一般是空的）兩旁或周圍的部分：鞋幫兒／白菜幫兒。④量詞。伙，集團：大幫人馬。⑤幫會：青幫／洪幫。

【幫忙】替人分擔工作，泛指在別人有困難的時候給予幫助：請大家來幫忙。

【幫手】幫助工作的人。

【幫兇】① 幫助行兇或作惡。② 幫助行兇或作惡的人。

幪 ⓟméng ⓒmung4 蒙
ⓔLBTBO
見【幪幪】，175頁。

幨（帪） ⓟchú ⓒcyu4 除
ⓔLBIGI
樣子像櫥的牀帳：紗幨。

———— 干 部 ————

干 1 ⓟgān ⓒgon1 肝 ⓔMJ
古代指盾牌：動干戈（喻戰亂）。

干 2 ⓟgān ⓒgon1 肝
① 冒犯，觸犯：干犯／有干禁條。
② 關連，涉及：不相干／這事與你何干？

③追求（職位俸祿等）：干祿。
【干涉】① 過問或制止，常指不應管而硬管：互不干涉內政。② 關涉，關聯：二者了無干涉。

干 3 ⓟgān ⓒgon1 肝
水邊：江干／河干。

干 4 ⓟgān ⓒgon1 肝
天干，曆法中用的「甲、乙、丙、丁、戊、己、庚、辛、壬、癸」十個字，也作編排次序用。
【干支】天干和地支，曆法上把兩組字結合起來，表示日子或年份。

平 ⓟpíng ⓒping4 瓶 ⓔMFJ
① 不傾斜，無凹凸，像靜止的水面那樣：平地／把紙鋪平了／像水面一樣平。②使平：把地平一平。③兩者比較沒有高低、先後，不相上下：平量／平列／平局／平起平坐。④ 達到相同的高度：平了世界紀錄。⑤ 均等：平分／公平合理。⑥ 安定，安靜：平心靜氣／風平浪靜。⑦用武力鎮壓，平定：平叛／平抑（怒氣）。⑧ 先把氣平下去再說。⑨ 經常的，一般的：平日／平淡無奇。⑩ 平聲，漢語四聲之一。普通話的平聲分陰平和陽平兩類：陰平調子高而平，符號作「ˉ」；陽平調子向高揚起，符號作「ˊ」。
【平行】① 兩個平面或在一個平面內的兩條直線永遠不相交：平行線／平行面。②地位相等，互不隸屬：平行機關。③同時進行的：平行發展。

年 ⓟnián ⓒnin4 尼言切 ⓔOQ
① 時間的單位。地球繞太陽一周

的時間。現行曆法規定平年365日，閏年366日。②量詞。用於計算年數：三年五載。③每年的：年報/年會/年產量。④年紀，歲數：年齡/年歲/年老/年輕。⑤人一生所經年歲的分期：青年/壯年。⑥時期：光緒年間/民國初年。⑦年景，年成，收成：豐年/歉年。⑧年節，一年的開始：過年/給大家拜年。⑨有關年節的(用品)：年畫/年貨。⑩科舉時代同年登科的關係：同年/年兄。

【年代】①時代，時期，時間(多指過去較遠的)：年代久遠。②十年的時期(前面必須有確定年份)：二十世紀九十年代(1990–1999)。

【年頭】①一個全年的時間：看看已是三個年頭。②時代：這年頭大家的環保意識都加強了。③莊稼的收成：今年年頭真好，比去年多收一倍。

并 ⓐbīng ⓒbing1 冰 ⓙTT

山西太原的別稱。

幸 ⓐxìng ⓒhang6 杏 ⓙGTJ

①幸福，幸運：榮幸/三生有幸。②認為幸福而高興：慶幸/欣幸。③希望：幸勿推卻。④意外地得到成功或免去災害：幸免於難。⑤寵幸：幸臣。⑥古代指帝王到某地：巡幸/幸臨。

【幸而】多虧：幸而你來了，否則後果不堪設想。

【幸虧】副詞。表示由於偶然出現的有利條件而避免了某種不利的事情：幸虧他帶了雨衣，不然全身都得濕透。

【幸事】值得慶幸的事。

幹(干) 1 ⓐgàn ⓒgon3 趕三聲 ⓙJJOMJ

①事物的主體，重要的部分：樹幹/軀幹/幹線。②幹部。

【幹部】①指機關團體的領導或管理人員。②指一般公職人員。

幹(干) 2 ⓐgàn ⓒgon3 趕三聲

①做(事)：你在幹甚麼？/這件事我可以幹。②有才能的，善於辦事的：幹才/幹員。③擔任，從事：他幹過廠長。④壞，糟：事情幹/幹了，忘了帶錢包。

【幹練】又有才能，對辦事又很有經驗。

——— 幺 部 ———

幺 ⓐyāo ⓒjiu1 邀 ⓙVI

①小，排行最末的：幺叔/幺妹/幺兒。②細，小：幺小/幺麼。③數目「一」的另一個說法(用於電話號碼等)。

【幺麼】微小：幺麼小丑(指微不足道的壞人)。

幻 ⓐhuàn ⓒwaan6 患 ⓙVIS

①空虛的，不真實的：虛幻/夢幻/幻境/打消不切實際的幻想。②奇異地變化：變幻/幻術。

【幻燈】一種娛樂和教育用的器具。利用凸透鏡和燈光把圖片放大，映射在白幕上。

【幻滅】幻想或不真實的事受到現實的打擊而消滅。

幼 ⓐyòu ⓒjau3 休三聲 ⓙVIKS

①年紀小，初出生的：幼兒/幼蟲/

幼苗。②小孩：扶老攜幼。
【幼稚】①年紀小的。②形容頭腦簡單或知識見解淺薄、缺乏經驗的：思想幼稚。

幽[1] 🔊yōu 🔊jau1 優 🔊UVII
　①形容地方很僻靜、光線暗：幽谷/幽林/幽室。②隱藏，不公開的：幽居/幽會。③使人感覺沉靜、安閒的：幽香/幽美/幽靜。④幽禁，把人關起來不讓跟外人接觸。⑤陰間的：幽靈。

幽[2] 🔊yōu 🔊jau1 優
　古地名，大致相當於今河北、遼寧一帶：幽燕。
【幽默】有趣可笑而意味深長的。

茲 🔊TVII 見艸部，506頁。

幾(几)[1] 🔊jī 🔊gei1 基 🔊VIHI
　幾乎，差一點：幾為所害/我幾乎忘了。

幾(几)[2] 🔊jǐ 🔊gei2 紀
　①詢問數量多少的疑問：幾個人？/來幾天了？②表示大於一而小於十的不定的數目：所剩無幾/他才十幾歲。
【幾何】①多少。②幾何學，研究點、線、面、體的性質、關係和計算方法的學科。

────── 广 部 ──────

庀 🔊pǐ 🔊pei2 痞 🔊IP
　①治理。②準備：鳩工庀材（招集工人，準備材料）。

床 🔊ID「牀」的簡體字，見358頁。

庇 🔊bì 🔊bei3 祕 🔊IPP
　遮蔽，掩護：庇護/包庇。

庋 🔊guǐ 🔊gwai2 軌 🔊gei2 紀
　🔊IJE
　①放東西的架子。②放置，保存：庋藏。

序[1] 🔊xù 🔊zeoi6 聚 🔊ININ
　①次第：次序/順序/工序/前後有序。②排列次第：序齒（按年齡排次第序）。③開頭的，在正式內容之前的：序文/序曲/序幕。④序文，序言：寫一篇序。

序[2] 🔊xù 🔊zeoi6 聚
　①古代指廂房：東序/西序。②庠序，古代的學校。

底[1] 🔊·de 🔊dik1 嫡 🔊IHPM
　舊同「的①②」，見394頁。

底[2] 🔊dǐ 🔊dai2 抵
　①最下面的部分：鍋底/海底/鞋底。②事情的根源或內情：交底/摸底/刨根問底。③根基，基礎，留作根據的：底稿/底照/那件事要留個底兒。④（年和月的）末了：月底/年底。⑤花紋圖案的襯托面：白底紅花碗。⑥達到：終底於成。
【底細】內情，詳情，事件的根柢。

底[3] 🔊dǐ 🔊dai2 抵
　疑問代詞。何，甚麼：底事/底處。

底[4] 🔊dǐ 🔊dai2 抵
　①指示代詞。此，這：竹籬茅舍是藏春處。②指示代詞。如此，這樣：長

歌底有情。

府

⑧fǔ ⑥fu2 苦 ⑤IODI

① 舊時指官吏辦理公事的地方，現在指國家政權機關：官府／政府。② 舊時官府儲藏文書或財物的地方：府庫充實／天府（喻物產富饒的地方）。③ 古代貴族和官僚的住宅：王府／公府／相府。④ 敬辭。稱對方的家：貴府。⑤ 舊時行政區域名，等級在縣和省之間。

【府上】敬辭。稱對方的家或老家：改日我一定到府上請教。

庖

⑧páo ⑥paau4 刨 ⑤IPRU

① 廚房：庖廚。② 廚師：名庖。

【庖代】代替廚師做飯，借指替人處理或擔任事情。

庚

⑧gēng ⑥gang1 羹 ⑤ILO

① 天干的第七位，用作順序的第七。② 年齡：同庚。

店

⑧diàn ⑥dim3 惦 ⑤IYR

① 商店，鋪子：書店／店員／零售店。② 舊式的旅館：住店／客店／驛馬店。

度1

⑧dù ⑥dou6 道 ⑤ITE

① 計算長短的器具或單位：度量衡。② 依照計算的標準劃分的單位：溫度／濕度／經度／用了二十度電。③ 程度，事物所達到的境界：知明度／透明度／高度的責任感。④ 限度：適度／勞累過度／以能熔化為度。⑤ 法則，應遵行的標準：制度／法度。⑥ 對人對事的寬容程度，能

容受的量：氣度／度量大。⑦ 人的氣質或姿態：風度／態度。⑧ 一定範圍內的時間或空間：年度／國度。⑨ 所打算或計較的：置之度外（不放在心上）。⑩ 次：一度／再度／屢度。⑪（指時間）過，由此到彼：度日／歡度元旦。

【度量】也作「肚量」。指能寬容人的限度：他脾氣好，度量大，能容人。

度2

⑧duó ⑥dok6 踱

忖度，揣度，計算，推測：度德量力。

庠

⑧xiáng ⑥coeng4 詳 ⑤ITQ

古代的學校：庠序。

庥

⑧xiū ⑥jau1 丘 ⑤IOD

庇蔭，保護。

座

⑧zuò ⑥zo6 助 ⑤IOOG

① 座位：入座／座位已滿。② 托着器物的東西：鐘座／茶座。③ 星座／人馬座。④ 敬辭。舊時稱高級長官：座師。⑤ 量詞。多用於較大或固定的物體：一座山／三座樓。

庫(庫)

⑧kù ⑥fu3 富 ⑤IJWJ

① 儲存東西的建築或設備：倉庫／入庫／水庫。② 指數據庫。

庭

⑧tíng ⑥ting4 停 ⑤INKG

① 院子：前庭／廳堂：大庭廣眾。③ 法庭，審判案件的處所或機構：開庭（審理案件）／庭長。

席
⬚ITLB 見巾部，175頁。

唐
⬚ILR 見口部，92頁。

麻
⬚IJCC 見麻部，730頁。

庵
⬚ān ⬚am1 諳 ⬚IKLU
①圓形草屋。②小廟（多指尼姑居住的）：庵堂。

庶[1]
⬚shù ⬚syu3 恕 ⬚ITF
①眾多：富庶。②平民，百姓：庶民。③宗法制度下指家庭的旁支，旁出的：庶出/庶母。

庶[2]
⬚shù ⬚syu3 恕
①庶幾。但願，表示希望：王庶改之！②或許，也許可以。表示推測：若同心協力，庶可成大業。

庹
⬚tuǒ ⬚tok3 托 ⬚ITSO
成人兩臂左右伸直的長度（約五尺）。

康
⬚kāng ⬚hong1 腔 ⬚ILE
①安寧：康樂/身體健康。②富足，豐饒：康年（豐年）/小康。
【康莊大道】平坦通達的大路，比喻光明美好的前途。

庸[1]
⬚yōng ⬚jung4 容 ⬚ILB
①平常，不高明的：平庸/庸言/

庸俗。②不高明，沒有作為的：庸人/庸醫/庸庸碌碌。

庸[2]
⬚yōng ⬚jung4 容
①用（多用於否定式）：無庸細述/毋庸諱言。②表示反問。豈，怎麼：庸可棄乎？

庚
⬚yǔ ⬚jyu5 雨 ⬚jyu4 如
⬚IHXO
①露天的穀倉。②姓。

廄
⬚IAIE「廏」的異體字，見183頁。

廁（厕）[1]
⬚cè ⬚ci3次 ⬚IBCN
廁所，茅廁。

廁（厕）[2]
⬚cè ⬚cak1 測
參與，混雜在裏面：廁身其間。

廂（厢）
⬚xiāng ⬚soeng1 商
⬚IDBU
①廂房，在正房前面兩旁的房屋：東廂房/西廂房。②邊，方面：這廂/兩廂。③靠近城的地區：城廂/關廂。④類似房子隔間的地方：車廂/包廂。

廎
⬚IWLB「寓」的異體字，見155頁。

廊
⬚láng ⬚long4 郎 ⬚IIIL
走廊，有頂的過道：遊廊/長廊。
【廊簷】房屋前簷伸出的部分，可避風雨，遮太陽。

廀 ⓟsōu ⓨsau1 收 ⓒIHXE
隱藏，藏匿。

廈（厦） 1 ⓟshà ⓨhaa6 夏
ⓒIMUE
①（高大的）房子：高樓大廈／廣廈千萬間。
②房子裏靠後牆的部分，在柁之外：前廊後廈。

廈（厦） 2 ⓟxià ⓨhaa6 夏
【廈門】地名，在福建。

廌 ⓟzhì ⓨzi6稚 ⓨzaai6寨 ⓒIXF
解廌。又作「獬豸」。古時一種野獸，像鹿，只有一角。傳說其性忠直，見人爭鬥，牠會用犄角觸撞無理的人。

廉 ⓟlián ⓨlim4簾 ⓒITXC
①不貪污：廉潔、樸素的工作作風。
②便宜，價錢低：低廉／廉價。

廒（廒） ⓟáo ⓨngou4熬 ⓒIGSK
收藏糧食的倉房。

廖 ⓟliào ⓨliu6料 ⓒISMH
姓。

廄（厩） ⓟjiù ⓨgau3究 ⓒIHPU
馬棚，泛指牲口棚。

廓 ⓟkuò ⓨkwok3擴 ⓩgwok3國 ⓒIYDL
①物體的周圍：輪廓／耳廓。②空闊：寥廓／廓落。③開拓，擴大：廓張。④清除，澄清：廓除／廓清。

廕 ⓟINLI「蔭2②-③」的異體字，見522頁。

廎（庼） ⓟqǐng ⓨking2頃 ⓒIPMC
小廳堂。

廣（广） 1 ⓟguǎng ⓨgwong2
瓜枉切 ⓒITMC
①（面積、範圍）寬，大：地廣人多／這個玩意流行很廣。②多：兵多將廣／大庭廣眾。③擴大，擴充：推廣／以廣流傳。
【廣播】利用電波播送新聞、文章、文藝節目等。

廣（广） 2 ⓟguǎng ⓨgwong2
瓜枉切
指廣東、廣州。廣西簡稱廣只限於「兩廣」（廣東和廣西）一說。

廚（厨） ⓟchú ⓨceoi4除 ⓩcyu4薯 ⓒIGTI
①廚房，做飯做菜的地方。②廚師：名廚。

廝（厮） 1 ⓟsī ⓨsi1司 ⓒITCL
①男性僕人（多見於早期白話）：小廝。
②對男子輕慢的稱呼（宋以來的小說中常用）：這廝／那廝。

廝（厮） 2 ⓟsī ⓨsi1司
互相：廝守／廝打。

廟(庙) 　普miào 粤miu6妙
　倉IJJB

①古代為供奉祖先建造的房屋：家廟。②供神佛或歷史上有名人物的地方：岳廟／龍王廟。③廟會，設在寺廟裏或附近的集市：趕廟。④指朝廷：廟堂／廊廟。

廠(厂) 　普chǎng 粤cong2敞
　倉IFBK

①工廠：紗廠／機械廠／造紙廠。②有空地方可以存貨並進行加工、出售的場所：木廠／煤廠。

廡(庑) 　普wǔ 粤mou5武
　倉IOTF

正房對面和兩側的小屋子。

廢(废) 　普fèi 粤fai3肺 倉INOE

①停止，不再使用：廢學／半途而廢／聲明作廢／廢寢忘食／廢除不平等條約。②失去效用的，沒有用的：廢紙／廢物利用。③荒蕪，衰敗：廢園／廢墟。④肢體傷殘，使傷殘：殘廢／那次事故廢了他一條腿。⑤廢黜。

廛 　普chán 粤cin4前 倉IWCG

古代指一戶人家所住的房屋，泛指城邑、民居。

慶 　倉IXE 見心部，208頁。

賡 　倉ILOC 見貝部，590頁。

廨 　普xiè 粤gaai3戒 乂haai6械

古代官吏辦事的地方。

廩(廪) 　普lǐn 粤lam5凜
　倉IYWD

①米倉：倉廩。②指糧食。

廬(庐) 　普lú 粤lou4勞 倉IYPT

簡陋的房舍：茅廬。

龐(庞) 1 　普páng 粤pong4旁
　倉IYBP

①大（指形體或數量）：數字龐大／龐然大物。②雜亂：龐雜。

龐(庞) 2 　普páng 粤pong4旁

面龐，臉盤。

靡 　倉IDLMY 見非部，682頁。

廳(厅) 　普tīng 粤teng1梯腥切
　乂ting1梯星切 倉ISGP

①聚會或招待客人用的大房間：客廳／餐廳。②政府機關的辦事單位：辦公廳。

―――――― 廴部 ――――――

巡 　倉NKVVV 「巡」的異體字，見172頁。

廷 　普tíng 粤ting4停 倉NKHG

古代君主辦事與發佈政令的地方：朝廷／宮廷。

延 🔊yán 🔊jin4 賢 🔊NKHYM
①引長：延長／延年／蔓延。②(時間)展緩，推遲：延期／遲延／遇雨順延。③引進，邀請：延師／延聘／延醫。

迪 🔊NKLW「迪」的異體字，見615頁。

廹 🔊NKHA「迫」的異體字，見615頁。

建 🔊jiàn 🔊gin3 見 🔊NKLQ
①建築：新建／擴建／建了一座大樓。②立，設立，成立：建立／建都／建軍。③首倡，首倡：建議。
【建設】創立新事業或增加新的設施：經濟建設／文化建設。
【建議】向人提出有具體辦法的意見。

廼 🔊NKMCW「乃」的異體字，見6頁。

廻 🔊NKWR「迴」的異體字，見616頁。

--- 廾部 ---

廿 🔊niàn 🔊jaa6 義訐切 🔊je6 夜 🔊T
二十：廿四史。

弁 🔊biàn 🔊bin6 便 🔊IT
①古代男子戴的一種帽子。②舊日稱低級武官。

【弁言】序言，序文。

弄1 🔊lòng 🔊lung6 龍六聲 🔊MGT
弄堂，小巷，小胡同：里弄／弄堂／一條小弄。

弄2 🔊nòng 🔊lung6 龍六聲
①手拿着、擺弄着或逗引着玩：他又弄鴿子去了。②搞，做：弄好／弄菜／弄壞了。③設法取得：弄點水喝。④把玩，戲耍：玩弄／戲弄。

弇 🔊yǎn 🔊jim2 掩 🔊OMRT
覆蓋，遮蔽。

弈 🔊yì 🔊jik6 亦 🔊YCT
①古代稱圍棋。②下棋：對弈。

舁 🔊HXT 見臼部，494頁。

弊 🔊bì 🔊bai6 敝 🔊FKT
①欺蒙人的壞事：作弊／營私舞弊。②弊病，害處，跟「利」相對：流弊／興利除弊。

--- 弋部 ---

弋 🔊yì 🔊jik6 亦 🔊IP
①用帶着繩子的箭來射鳥：弋鳧與雁。②用來射鳥的帶有繩子的箭。

式 🔊shì 🔊sik1 色 🔊IPM
①物體外形的樣子：新式。②特定的規格：格式／程式。③儀式，典禮：開幕

式／閱兵式。④ 自然科學中表明某些規律的一組符號：方程式／分子式。

貳 ⓔdài ⓒdoi6代 ⓟIPTM

有機化合物的一類，廣泛存在於植物體中，中藥車前、甘草、陳皮等都是含貳的藥物。

貳 ⓟIPMMC 見貝部，587頁。

弒（弑） ⓔshì ⓒsi3試 ⓟKCIPM

古時候稱地位在下的人殺死地位在上的人：弒君／弒父。

弓部

弓 ⓔgōng ⓒgung1公 ⓟN

① 射箭或發彈丸的器具：弓弦／弓背／弓箭。② 像弓的用具：胡琴弓子。③ 丈量地畝的器具。一弓等於五尺，二百四十弓（平方弓）為一畝。④ 彎曲：弓腰。

引 ⓔyǐn ⓒjan5蚓 ⓟML

① 牽引，拉：穿針引線。② 引導：引路／引港。③ 退卻：引退／引避。④ 拉，伸：引弓／引領（伸脖子）。⑤ 引起，使出現：引紙引火／拋磚引玉。⑥ 招惹：他這一句話，引得大家笑了起來。⑦ 用來做證據、憑藉或理由：引書／引證／引以為榮。⑧ 古代教車的繩索：發引（出殯）。⑨ 舊長度單位，一引等於十丈。⑩ 樂曲體裁之一，有序奏之意。又唐宋雜曲的一種體制。

【引子】① 樂曲、戲劇開始的一段。② 中醫稱主藥以外的副藥：這劑藥用薑做引子。

弔（吊）¹ ⓔdiào ⓒdiu3釣 ⓟNL

祭奠死者或對遭到喪事的人家、團體給予慰問：弔唁／弔喪。

【弔民伐罪】慰問受苦的民眾，討伐有罪的統治者。

弔（吊）² ⓔdiào ⓒdiu3釣

① 懸掛：房樑上弔着四盞大紅燈。② 用繩子等繫着向上提或向下放：把和好的水泥弔上去。③ 收回：弔銷執照。④ 量詞。舊時一千個制錢或值一千個制錢的銅幣數量叫「一弔」。

弗 ⓔfú ⓒfat1忽 ⓟLLN

副詞。不：弗去／弗許／自愧弗如。

弘 ⓔhóng ⓒwang4宏 ⓟNI

① 大：弘願／弘旨。現多作「宏」。② 擴充：恢弘。

弛 ⓔchí ⓒci4池 ⓟNPD

① 放鬆，鬆懈：一張一弛。② 解除：弛禁／廢弛。③ 鬆懈：鬆弛。

弟 ⓔdì ⓒdai6第 ⓟCNLH

① 弟弟：二弟／小弟／胞弟。② 親戚中同姓而年紀比自己小的男子：表弟／妻弟。③ 朋友之間的謙稱（多用於書信）。

弧 ⓔhú ⓒwu4狐 ⓟNHVO

① 古代指木弓。② 圓周上任意兩點間的部分：弧形／弧線。

弢 ❶tāo ❷tou1 滔 ❸NUE
用於人名。

弦 ❶xián ❷jin4 賢 ❸NYVI
①弓上發箭的繩：弓弦。②樂器上發聲的線。③鐘錶等的發條：錶弦斷了。④數學名詞。連接圓周上任意兩點的線段。⑤中國古代稱不等腰直角三角形中對著直角的邊。
【弦子】樂器名。三弦的通稱。

弩 ❶nǔ ❷nou5 腦 ❸VEN
一種利用機械力量射箭的弓。

弨 ❶chāo ❷ciu1 超 ❸NSHR
①放鬆弓弦。②弓。

弭 ❶mǐ ❷mei5 美 ❸NSJ
止，息：水患消弭。

弱 ❶ruò ❷joek6 藥 ❸NMNIM
①力氣小，勢力差，跟「強」相對：軟弱/衰弱/弱勢/身體弱。②差，不如：他的本領不弱於那些人。③年幼：老弱。④不堅強，柔弱：脆弱/懦弱。⑤喪失（指人死）：又弱一個。

張(张) ❶zhāng ❷zoeng1 章 ❸NSMV
①開，展開：張嘴/張牙舞爪/張網捕魚。②擴大，誇大：虛張聲勢。③陳設，鋪排：張燈結綵。④看，望：東張西望。⑤商店開業：新張/開張。⑥量詞。用於紙、牀、嘴、臉和弓等：一張弓/兩張紙/一張桌子/一張琴/一張嘴。⑦二十八星宿之一。⑧姓。
【張皇】慌忙失措。
【張羅】①各方面照料，四處想辦法：張羅事。②籌劃：張羅一筆錢。③應酬，接待：顧客很多，一個售貨員張羅不過來。
【張冠李戴】姓張的帽子戴到姓李的頭上，比喻弄錯了對象或弄錯了事實。

弶 ❶jiàng ❷goeng6 薑六聲 ❸NYRF
①捕捉老鼠鳥雀等的工具。②用弶捕捉。

魠 ❸LNNAU 見色部，499頁。

強(强)¹ ❶jiàng ❷goeng6 薑六聲 ❸NILI
固執，強硬不屈：倔強。

強(强)² ❶qiáng ❷koeng4 其羊切
①勢力，力量大，跟「弱」相對：強大/強壯/強健/身強力壯。②程度高，堅強：要強/她責任心很強。③強迫，使用強力：強佔/強搶/強索財物。④使強大或強壯：富國強兵/強身之道。⑤好，優越，用於比較：他寫的字比你的強。⑥表示略多於某數，用於分數或小數後面：四分之一強。
【強調】特別着重某種事或某項任務，用堅決的口氣提出。

強(强)³ ❶qiǎng ❷koeng5 襁
硬要，迫使：勉強/強詞奪理/強人所難。

弼 普bì 粵bat6拔 倉NMAN
輔助:輔弼。

粥 倉NFDN 見米部,443頁。

彀¹ 普gòu 粵gau3究 倉GNHNE
使勁張弓。
【彀中】① 箭能射及的範圍。② 比喻牢籠,圈套:入我彀中。

彀² 普gòu 粵gau3究
同「夠」,見132頁。

彆(別) 普biè 粵bit3別
倉FKN
改變別人堅持的意見或習性(多用於「彆不過」):我彆不過你。
【彆扭】① 不順:心裏彆扭/看着彆扭。② 意見不相投:鬧彆扭/他的脾氣挺彆扭。③(説話、作文)不流暢:這句子寫得彆扭。④ 不自然,拘謹:跟陌生人在一起吃飯,多少有點兒彆扭。

彈(弹)¹ 普dàn 粵daan6但
倉NRRJ
① 可以用彈力發射出去的小丸:彈丸。② 裝有爆炸物,可以擊毀人、物的東西:槍彈/炮彈/炸彈/手榴彈。

彈(弹)² 普tán 粵taan4檀
倉VFN
① 被其他手指壓住的手指用力伸開的動作:用手指彈他一下/把帽子上的土彈開。② 用手指、器具撥弄或敲打,使物振動:彈弦子/彈琵琶/彈鋼琴。③ 利用一個物體的彈性把另一個物體放射出去:彈射。④ 揮灑(淚水):男兒有淚不輕彈。⑤ 有彈性:彈簧。⑥ 指檢舉達法失職的官吏:彈劾。
【彈詞】民間文藝的一種,配着弦樂唱的曲詞。
【彈性】① 物體因受外力暫變形狀,外力一去即恢復原狀的性質。② 事物的伸縮性。

彊 倉NMWM 「強」的異體字,見187頁。

彌(弥) 普mí 粵nei4尼
②mei4眉 倉NMFB
① 滿,遍:彌天大罪。② 填補,遮掩:彌補。③ 副詞。更加:彌堅/欲蓋彌彰。
【彌月】① 小孩兒滿月。② 滿一個月:新婚彌月。

彄(弪) 普guǒ 粵kwok3擴
倉NITC
拉滿弓弩。

疆 倉NGMWM 見田部,384頁。

彎(弯) 普wān 粵waan1灣
倉VFN
① 形容詞。屈曲不直:彎曲/彎路。② 使彎曲:彎腰。③ 曲折的部分:轉彎抹角/這根竹竿有個彎兒。④ 拉弓:彎弓。

礬 倉NNMRB 見高部,710頁。

礬

—— ⺕ 部 ——

彖 普tuàn 普teon3 拖信切
普VNMO

論斷，判斷：彖凶吉。
【彖辭】《易經》斷定卦義之辭。

彗(篲) 普huì（舊讀suì）
普wai6惠 又seoi6遂
普QJSM

掃帚。
【彗星】俗稱「掃帚星」，拖有長光像掃帚。

彘 普zhì 普zi6自 普VMPOP
豬。

彙(汇) 普huì 普wui6匯
普VMBWD

①聚集，聚合：彙報／彙印成書。②聚集而成的東西：詞彙／總彙。

彝 普VMFHT「彝」的異體字，見189頁。

彝 1 普yí 普ji4夷 普VMFFT
①古代盛酒的器具。又為古代宗廟常用的祭器的總稱：彝器／鼎彝。②常規，法度：彝訓／彝憲。

彝 2 普yí 普ji4夷
彝族，中國少數民族名。

彠(彠) 普yuē 普wok6獲
①尺度。②用秤稱量。

—— 彡 部 ——

彤 普tóng 普tung4銅 普BYHHH
紅色。

形 普xíng 普jing4仍 普MTHHH
①樣子：地形／形式／三角形／創造形象。②實體，實質：形影不離。③表現：喜怒不形於色。④對照，比較：相形之下／相形見絀。
【形成】逐漸發展成為某種事物：愛護公物已形成一種風氣。
【形容】①面容：形容枯槁。②對事物的樣子、性質加以描述。
【形式】事物的形狀，結構等。
【形勢】①地理上指地勢的高低，山、水的樣子。②事物發展的狀況：國際形勢。
【形容詞】表示人或事物的特徵、性質、狀態的詞，如大、小、好、壞等。

彦(彦) 普yàn 普jin6現
普YHHHH

舊指有才德的人：俊彦。

彧 普yù 普juk1郁 普IKRM
有文采。

彫 普BRHHH「雕」的異體字，見676頁。

彩 普cǎi 普coi2采 普BDHHH
①顏色：五彩／彩霞。②同「綵」。彩色的絲綢：剪彩／張燈結綵。③稱讚誇獎的歡呼聲：喝彩／滿堂彩。④花樣，精彩

的：豐富多彩。⑤ 過去指賭博或某種競賽中贏得的東西：得彩／彩金。⑥ 指負傷流的血：掛彩。

彪(彪) 魯biāo 粵biu1 標 ⊜YUHHH

① 小虎，比喻軀幹魁梧：彪形大漢。② 虎身上的斑紋，借指文采：彪炳。

彬 魯bīn 粵ban1 奔 ⊜DDHH

【彬彬】形容文雅：文質彬彬。

須 ⊜HHMBC 見頁部，687頁。

彭 魯péng 粵paang4棚 ⊜GTHHH
姓。

彰 魯zhāng 粵zoeng1 張 ⊜YJHHH

① 明顯，顯著：彰明昭著／相得益彰。② 表彰，顯揚：以彰其名。

影 魯yǐng 粵jing2映 ⊜AFHHH
① 物體擋住光線時所形成的四周有光中間無光的形象。② 比喻不真切的形象或印象：這件事在我腦子裏還有一點影子了。③ 照片：小影／合影。④ 指電影：影評。⑤ 描摹：影本。

【影壁】門內或門外作為遮擋視線或裝飾用的短牆。

【影響】① 對別人的思想或行動起作用（如影之隨形，響之應聲）：父母應該用

自己的模範行為去影響孩子。② 一件事物對其他事物所發生的作用：這件事造成很大的影響。

【影印】用照相方法製版印刷。

鬱 ⊜DDBUH 見鬯部，710頁。

─────── 彳部 ───────

彳 魯chì 粵cik1 斥 ⊜HO
左腳走叫「彳」，右腳走叫「亍」，合起來叫做「行」。

【彳亍】慢慢走路的樣子：獨自在河邊彳亍。

彷1 魯fǎng 粵fong2晃 ⊜HOYHS

【彷彿】也作「髣髴」、「仿佛」。① 好像：這幅畫我彷彿在哪裏見過。② 像，類似：他的模樣還和十年前相彷彿。

彷2 魯páng 粵pong4旁

【彷徨】也作「旁皇」。遊移不定，不知道往哪裏走好。

役 魯yì 粵jik6亦 ⊜HOHNE
① 戰事：淮海戰役。② 指勞力的事，需要出力氣的事：服勞役。③ 服兵役：現役／預備役。④ 使役：奴役。⑤ 舊日稱被役使的人：校役／僕役。

彼 魯bǐ 粵bei2比 ⊜HODHE
① 指示代詞。那，那個：彼岸／彼處／

顧此失彼。②人稱代詞。他，對方：知己知彼。

【彼此】人稱代詞。①那個和這個。特指人和我兩方面：彼此有深切的了解/不分彼此。②客套話，表示大家一樣（常疊用作答話）：「您辛苦了！」「彼此彼此！」

彿 🔊fú 🔊fat1 忽 🔊HOLLN
見【彷彿】，190頁。

往 🔊wǎng 🔊wong5 王五聲 🔊HOYG
①去，到：往返。②向某處去：一個往東，一個往西。③介詞。表示動作的方向：往外走/此車開往上海。④過去：往年/往事/往昔。
【往往】副詞。表示根據以往的經驗，某種情況在一定條件下時常存在或經常發生：這些小事情往往被人忽略了。

征 🔊zhēng 🔊zing1 晶 🔊HOMYM
①遠行：征帆（遠行的船）/踏上征途。②征討：征伐/出征/南征北伐。
【征服】①用武力制服。②（意志、感染力等）使人信服或折服：他動人的表演征服了觀眾。

徂 🔊cú 🔊cou4 曹 🔊HOBM
①往。②過去，流逝：歲月其徂。③開始：六月徂暑。④同「殂」，見303頁。

待[1] 🔊dāi 🔊doi6 代 🔊HOGDI
停留，逗留，遲延，也作「呆」：你待一會兒再走。

待[2] 🔊dài 🔊doi6 代
①對待：待人接物/大家待我太好了。②招待：待客。
【待遇】①對待人的情形：第一流的待遇。②指權利、社會地位等：政治待遇/待遇平等。③特指工資、食宿、福利等：調整待遇。

待[3] 🔊dài 🔊doi6 代
①等，等候：等待/待機出擊敵人。②需要：自不待言/尚待研究。③將，要（古典戲曲小說和現代某些方言的用法）：正待出門，有人來了。

衍 🔊HOEMN 見行部，550頁。

徇 🔊xùn 🔊seon1 荀 🔊HOPA
①從，曲從：絕不徇私舞弊。②對眾宣示。③同「殉②」。

很 🔊hěn 🔊han2 狠 🔊HOAV
副詞：非常，表示程度相當高：很漂亮/好得很。

律 🔊lù 🔊leot6 栗 🔊HOLQ
①法則，規章：法律。②約束：律己。③中國古代審定樂音高低的標準，把聲音分為六律和六呂，合稱十二律。④舊詩的一種體裁：五律/七律。
【律呂】古代用竹管或金屬管製成的校正樂律的器具。後來用「律呂」作為音律的統稱。
【律詩】一種詩體，有一定的格律和字數，分五言、七言兩種。

後(后) ᴇhòu ᴇhau6 候
ᴇHOVIE

①方位詞。跟「前」相對,指空間,在背面的,在反面的:後門/村後。②指時間,晚,未到的:後天/日後/先來後到。③指次序,在後的:後排/後十名。④後繼的(親屬關係):後媽/後爹。⑤後代,子孫:無後。
【後備】①屬性詞。為補充而事先準備好的:後備軍。②指後備的人員、物資等。
【後盾】指後方護衛、支援的力量。
【後勤】指後方對前方的一切供應工作。也指機關、團體的行政事務性工作。

徉 ᴇyáng ᴇjoeng4 陽 ᴇHOTQ
見【徜徉】,193頁。

徊 ᴇhuái ᴇwui4 回 ᴇHOWR
見【徘徊】,192頁。

徐 ᴇxú ᴇceoi4 除 ᴇHOOMD
①緩,慢慢地:徐步/清風徐來/火車徐徐開動了。②姓。

徑(径) ᴇjìng ᴇging3 敬
ᴇHOMVM

①小路:捷徑。②比喻達到目的的方法:門徑/捷徑。③副詞。徑直:請徑向有關部門舉報。④直徑,兩端以圓周為界,通過圓心的直線:半徑/口徑。
【徑賽】各種長短距離的賽跑。
【徑庭】比喻相差太遠:大相徑庭。

徒 ᴇtú ᴇtou4 途 ᴇHOGYO
①步行(不用車、馬):徒步。②弟

子:學徒。③同一派系或信仰同一宗教的人:教徒/黨徒。④指某種人(多指壞人):匪徒/不法之徒。⑤徒刑。剝奪犯人自由的刑罰,分有期徒刑和無期徒刑兩種。⑥空的,沒有憑藉的:徒手。⑦只,僅僅:徒託空言/不徒無益,反而有害。⑧徒然白白地:徒勞往返/徒勞無益。

徘 ᴇpái ᴇpui4 培 ᴇHOLMY
【徘徊】①來回地走:他在花園裏徘徊賞月。②猶疑不決:左右徘徊。③比喻事物在某個範圍內來回波動、起伏。

得 1 ᴇdé ᴇdak1 德 ᴇHOAMI
①拿到,接受:得勝/得獎/這個倡議得到了廣大青年的擁護。②演算產生結果:二三得六。③適合:得當/得法/得勁。④得意,滿意:揚揚自得。⑤完:飯得了(le)/衣服做得了(le)。⑥表示同意:得,就這麼辦。⑦用於情況不如人意的時候,表示無可奈何:得,這一張又畫壞了。⑧助動詞。可以,許可:不得隨地吐痰/年滿十八歲的公民得參加選舉。⑨助詞。用在別的動詞前,表示可能這樣(多用於否定式):水渠昨天剛剛手挖,沒有三天不得完。

得 2 ᴇde ᴇdak1 德
①在動詞後表可能:她去得,我也去得。②用在動詞和補語中間,表示可能:拿得動/辦得到/回得來。③用在動詞或形容詞後連接表結果或程度的補語:跑得快/香得很/急得滿臉通紅。④用在動詞後面,表示動作的完成或動作、狀

態的持續：出得門來。

得 3 畫 děi 粵 dak1 德
①助動詞。必須，需要：你得用功/可得注意。②助動詞。表示揣測的必然：快下雨了，要不快走，就得捱淋。③滿意，高興，舒適：這椅子坐着真得。

徙 普xǐ 粵saai2 璽 粵HOYLO
①遷移：遷徙。②調動官職。

徜 普cháng 粵soeng4 常 粵HOFBR
【徜徉】也作「倘佯」。自由自在地來回走：徜徉湖畔。

徛 普jì 粵gei3 寄 粵HOKMR
站立。

徠（徕） 1 普lái 粵loi4 來 粵HODOO
見【招徠】，224頁。

徠（徕） 2 普lài 粵loi6 來六聲 粵HODOO
慰勞：勞徠。

從（从） 1 普cóng 粵cung4 叢 粵HOOOO
①跟隨：願從其後。②依順：服從/言聽計從。③參與：從商/從事/從軍。④採取某一種原則：從速解決/一切從簡/從寬處理。⑤跟隨的人：僕從/隨從。⑥次要的：主從/分別首從（分別主犯與從犯）。⑦指室房親屬：從兄弟/從伯叔。⑧介詞，起於，「從……」表示「拿……做起點」：從現在起/從不懂到懂/從上海到

香港。⑨介詞，表示經過，用在表示處所的詞語前面：你從橋上過，我從橋下走。⑩介詞，表示根據：從筆跡看，這字像孩子寫的。
【從而】上文是原因、方法等，下文是結果、目的等。因此就：多做運動，從而增強體質。
【從來】向來，一向（多用於否定式）：他從來不為個人打算。

從（从） 2 普cóng 粵sung1 鬆
【從容】①不慌不忙：舉止從容/從容不迫。②充裕，寬綽：手頭從容/生活從容。

御 普yù 粵jyu6 預 粵HOOML
①駕駛車馬：御車/御者（趕車的人）。②封建社會指上級對下級的管理或支配：御下。③舊時稱與皇帝有關的：御用。

復（复） 1 普fù 粵fuk6 服 粵HOAOE
①回去，返回：反復/循環往復。②還原，使如舊：復古/修復/康復/恢復/光復/身體復原。③回報：復仇/報復。④再，又：日復一日/舊病復發/死灰復燃。

復（复） 2 普fù 粵fuk1 福
回答，答覆：復信/敬復。

徧 粵HOHSB 「遍」的異體字，見621頁。

徨 普huáng 粵wong4 皇 粵HOHAG
見【彷徨】，190頁。

循 ⓟxún ⓒceon4 巡
ⓒHOHJU

遵守，依照：循規蹈矩／循序漸進／有所遵循。

【循環】週而復始地運動或變化：血液循環／循環演出。

微（微）ⓟwēi ⓒmei4 眉
ⓒHOUUK

①小，細小：細微／相差甚微。②衰落，低下：衰微。③卑賤：卑微／人微言輕。④精深，精妙：微妙／微言大義。⑤少，稍：稍微／微感不適。

傍
ⓒHOYBS「彷2」的異體字，見190頁。

徯 ⓟxī ⓒhai4 兮 ⓒHOBVK

①等待。②同「蹊」，見602頁。

傜（徭）ⓟyáo ⓒjiu4 遙
ⓒHOBOU

【傜役】古時官府指派成年男子義務性的勞役，包括修城、鋪路、戍防等。

德 ⓟdé ⓒdak1 得 ⓒHOJWP

①好的品行：德才兼備。②恩澤，恩惠：何以報德？③心意：一心一德。

徵（征）¹ ⓟzhēng ⓒzing1 晶
ⓒHOUGK

①政府召集人民去服務：徵兵。②國家依法收集使用：徵稅／徵用。③徵求：徵稿／徵文。

徵（征）² ⓟzhēng ⓒzing1 晶

①證明：文獻足徵／信而有徵。②表現出來的跡象：徵候／徵兆。

徵³ ⓟzhǐ ⓒzi3 止

古代五音「宮、商、角、徵、羽」之一。

徹（彻）ⓟchè ⓒcit3 設
ⓒHOYBK

通，透：徹夜（通宵）／冷風徹骨／徹頭徹尾（自始至終）。

【徹底】也作「澈底」。根本的，不是表面的：徹底轉變。

徼¹ ⓟjiǎo ⓒhiu1 囂 ⓒHOHSK
徼倖。見【僥幸】，37頁。

徼² ⓟjiào ⓒgiu3 叫
①邊界。②巡察。

徼³ ⓟyāo ⓒjiu1 腰
同「邀2」，見625頁。

徽 ⓟhuī ⓒfai1 揮 ⓒHOUFK
①標誌：國徽／校徽。②美好的：徽號。

黴
ⓒHOUFK 見黑部，732頁。

—— 心 部 ——

心 ⓟxīn ⓒsam1 深 ⓒP

①心臟，人和高等動物身體內主管血液循環的器官。②習慣上把思想的

器官和思想情況，感情等都説做心：心思／心得／用心／心情／開心（快樂）／傷心／談心／全心全意。③中央，在中間的地位或部分：掌心／江心／圓心。④二十八星宿之一。

【心腹】①比喻最要緊的：心腹之患。②親信的人。

【心理】①思想、感情、感覺等活動過程的總稱。②泛指人的想法，思想情況：這是一般人的心理。

【心胸】①內心深處，胸中。②比喻氣量：心胸寬大。③志氣，抱負。

必 🔊bì 🔊bit1 別一聲 🔊PH
①必定，一準，一定：他未必來／必成功。②副詞。必須，一定要：事必親躬。
【必須】①表示事理上和情理上要，一定要：在圖書館裏必須保持安靜。②加強命令語氣。
【必需】一定要有，必不可少的：必需品。

忉 🔊dāo 🔊tou1 滔 🔊dou1 刀 🔊PSH
形容憂愁：勞心忉忉。

忌 🔊jì 🔊gei6 技 🔊SUP
①嫉妒，憎恨：猜忌／忌才。②怕，畏懼：肆無忌憚。③認為不適宜而避免：忌口／忌食生冷。④禁戒：忌酒。
【忌諱】①由於風俗、習慣等的顧忌，言談或動作有所隱避，日久成為禁忌。②對某些能產生不利後果的事力求避免：做事最忌諱虎頭蛇尾。

忖 🔊cǔn 🔊cyun2 喘 🔊PDI
揣度，思量：忖度。

忙 🔊máng 🔊mong4 亡 🔊PYV
①事情多，沒空閒：忙忙碌碌／白天黑夜工作忙。②急迫，急速地做：大家忙着佈置聯歡會場地。

忍 🔊rěn 🔊jan2 隱 🔊SIP
①耐，把感情按住不讓表現：忍耐／忍痛／忍受／實在不能容忍。②狠心，殘酷：忍心／殘忍。
【忍俊不禁】忍不住笑。

忐 🔊tǎn 🔊taan2 坦 🔊YMP
【忐忑】心神不定：忐忑不安。

忑 🔊tè 🔊tik1 剔 🔊MYP
見【忐忑】，195頁。

志 🔊zhì 🔊zi3 至 🔊GP
①意向，要有所作為的決定：立志／志向不小／有志者事竟成。②志氣，意志：人窮志不短。

忘 🔊wàng 🔊mong4 亡 🔊YVP
忘記，不記得，遺漏：別忘了拿書／喝水不忘掘井人。

忒¹ 🔊tè 🔊tik1 惕 🔊IPP
差錯：差忒。

忒² 🔊tuī 🔊tik1 惕
副詞。太：風忒大／路忒滑。

吣 粵qìn 粵cam3 譖 倉RP
①貓狗嘔吐。②謾罵：滿嘴胡吣。

忠 粵zhōng 粵zung1 中 倉LP
盡心誠敬待人的美德，忠誠：效忠／盡忠職守。

忡 粵chōng 粵cung1 充 倉PL
憂慮不安：憂心忡忡。

忤 粵wǔ 粵ng5午 倉POJ
不順從，不和睦：忤逆／不以為忤。

快 粵kuài 粵faai3塊 倉PDK
①速度大，跟「慢」相對：快車／進步很快。②副詞。趕緊，從速：快上學吧！／快回去吧！③副詞。將，就要，接近：天快亮了／他五十歲了／我快畢業了。④靈敏：腦子快／眼疾手快。⑤（刀、剪、斧子等）銳利：刀不快了，該磨一磨／快刀斬亂麻（喻辦事爽利有決斷）。⑥爽快，直截了當：快人快語／這人真爽快。⑦高興，身體舒服：快樂／快活／快事／大快人心／身子不快。

忭 粵biàn 粵bin6辨 倉PYY
高興，快樂。

忮 粵zhì 粵zi3置 倉PJE
嫉妒：不忮不求。

忱 粵chén 粵sam4岑 倉PLBU
真實的情意：熱忱／謝忱。

忸（忸） 粵niǔ 粵nuk6女六切 凵nau2扭 倉PNG
【忸怩】不好意思或不大方的樣子：別忸忸怩怩的，大方一些。

忺 粵xiān 粵him1謙 倉PNO
高興，適意（唐宋詩詞常用）。

忻 粵xīn 粵jan1思 倉PHML
①同「欣」，見299頁。②姓。

忼 倉PYHN 「慷」的異體字，見208頁。

忝 粵tiǎn 粵tim2添 倉HKP
謙辭。表示辱沒他人，自己有愧：忝列門牆（愧在師門）／忝在至交。

念 1 粵niàn 粵nim6唸 倉OINP
①惦記，常常地想：念念／懷念故人。②念頭，思想，想法：雜念／一念之差。

念 2 粵niàn 粵nim6唸
「廿」的大寫。

念 3 粵niàn 粵nim6唸
同「唸」，見96頁。

忽 1 粵hū 粵fat1拂 倉PHP
粗心，不注意：忽略／忽視／疏忽。

忽 2 粵hū 粵fat1拂
突然地，忽爾：他忽然病了／天氣忽冷忽熱。

忽 3 粵hū 粵fat1拂
單位名，十忽是一絲，十絲是一毫。

忿1 ⓟfèn ⓒfan5 憤 ⓔCSHP
舊同「憤」。
【忿忿】見【憤憤】，210頁。

忿2 ⓟfèn ⓒfan6 份
甘願，服氣：氣不忿兒（看到不平的事心中不服氣）。

忪1 ⓟsōng ⓒsung1 鬆 ⓔPCI
見【惺忪】，204頁。

忪2 ⓟzhōng ⓒzung1 中
見【怔忪】，199頁。

忪
ⓔPUK 「恂」的異體字，見199頁。

作
ⓟzuò ⓒzok6 昨 ⓔPHS
慚愧：愧作。

怖
ⓟbù ⓒbou3 布 ⓔPKLB
懼怕：恐怖／情景可怖。

怗
ⓟtiē ⓒtip3 貼 ⓔPYR
平定，平息。

怏
ⓟyàng ⓒjoeng2 央二聲
ⓧjoeng3 央三聲 ⓔPLBK
【怏然】①形容不高興：怏然不悅。②形容自大的樣子：怏然自足。

怕
ⓟpà ⓒpaa3 趴三聲
ⓔPHA
①害怕：老鼠怕貓。②禁受不住：瓷器怕碰。③恐怕，或許，表示疑慮或猜想：他怕不來了／恐怕他別有用意。

怙
ⓟhù ⓒwu6 戶 ⓔPJR
依靠，仗恃：失怙（死了父親）／怙惡不悛（堅持作惡，不肯悔改）。

怛
ⓟdá ⓒdaat3 笪 ⓔPAM
①憂傷，悲苦。②畏懼，懼怕。

怡
ⓟyí ⓒji4 宜 ⓔPIR
和悅，愉快：心曠神怡／怡然自得。

怦
ⓟpēng ⓒping1 娉
ⓔPMFJ
象聲詞。形容心跳的聲音：嚇得心裏怦怦直跳。

性
ⓟxìng ⓒsing3 姓
ⓔPHQM
①性質，物質本身所具有的能力、作用等：鹼性／彈性／藥性。②性格：個性／天性／耐性。③後綴。加在名詞、動詞或形容詞之後構成抽象名詞或屬性詞，表示事物的某種性質或性能：紀律性／創造性。④有關生物的生殖或性慾的：性器官／性行為。⑤性別：男性／女性。
【性格】個人的思想、行動上的特點。
【性命】生命。
【性子】①性情，脾氣：他的性子很急。②酒、藥等的刺激性。

怩
ⓟní ⓒnei4 尼 ⓔPSP
見【忸怩】，196頁。

怊
ⓟchāo ⓒciu1 超 ⓔPSHR
悲憤，失意。

怯 粵qiè 粵hip3 脅 倉PGI
膽小，沒勇氣：膽怯／懦怯／怯場。

怪 粵guài 粵gwaai3 乖三聲 倉PEG
①奇異，不平常：奇怪／怪事／怪模怪樣。②覺得奇怪：大驚小怪／見怪不怪。③怨，責備：這不能怪他／你沒有告訴他，難怪他不知道。④副詞，很，非常：怪累的／這孩子怪討人喜歡的。
【怪物】①傳說中的妖魔之類。②比喻性情乖僻或形狀異樣的人。
【怪不得】①不能責備，別見怪：昨天出了那事，他今天表現不好，也怪不得他。②表示明白了原因，覺得沒有甚麼可怪：天氣預報說今晚有雨，怪不得這麼悶熱。

佛 粵fú 粵fat6 乏 倉PLLN
憂鬱或怒的樣子：佛然作色。

怵（怵） 粵chù 粵zeot1 卒 倉PIJC 「怵」右偏旁作朮。
恐懼：怵惕（恐懼警惕）／心裏犯怵。

忽 倉PKP 「匆」的異體字，見64頁。

佗 粵tā 粵taa1 他 倉ODP
「他」的敬稱。

怎 粵zěn 粵zam2 枕 倉HSP
疑問詞。如何：怎樣／怎辦。
【怎麼】疑問詞。詢問性質、狀態、方式、原因等：你怎麼也知道了？／這是怎麼

回事？／「難」字怎麼寫？

怒 粵nù 粵nou6 奴六聲 倉VEP
①生氣，氣憤：發怒／怒髮衝冠（形容盛怒）／怒容滿面。②氣勢盛：怒濤／怒潮／草木怒生。

思 1 粵sāi 粵soi1 腮 倉WP
形容鬍鬚很多：于思。

思 2 粵sī 粵si1 司
①想，考慮，動腦筋：要事三思／不加思索／思前想後。②想念，掛念：思念故人。③思路，想法：構思。④心思，情緒：情思／憂思。
【思維】也作「思惟」。①在表象、概念的基礎上進行分析、綜合、判斷、推理等認識活動的過程。②進行思維活動：思維方式。
【思想】①即理性認識。正確的思想來自社會實踐，是經過由實踐到認識，由認識到實踐多次的反覆而形成的。②思考：思了半天，還是拿不定主意。③想法，念頭。

思 3 粵sī 粵si1 司 粵si3 試
意思，思緒：詩思／文思。

怠 粵dài 粵toi5 殆 粵doi6 代 倉IRP
①懶惰，鬆懈：怠惰／懶怠／懈怠。②輕慢，不恭敬：怠慢。

急 粵jí 粵gap1 笈 倉NSP
①焦躁：焦急／不要急／真急死人了。②使着急：火車快開了，他還不來，實在急人。③容易氣惱，急躁：急性子／

沒說上三句話他就也急了。④ 迅速，又快
又猛：急流／急病／急驚風（病名）／水流
得急。⑤ 迫切，要緊：急事／急件／不急之
務。⑥ 緊急嚴重的事情：告急／急中生智。
⑦ 對大家的事或別人的困難趕快幫助：
急難／急公好義。
【急就章】為了應付需要，匆忙完成的作
品或事情。

恇

● zhēng ● zing1 征　● PMYM

【恇忡】驚悸。

【恇怯】驚懼。

怨

● yuàn ● jyun3 冤三聲　● NUP

① 仇恨：怨恨。② 不滿意，責備：各
無怨言／任勞任怨／別怨他，這是我的錯。

【怨不得】怪不得。

恆(恒)

● héng ● hang4 衡　● PMBM

① 持久：恆心／永恆。② 恆心：有恆／持之
以恆。③ 經常的，普通的：恆言／人之恆
情。

恂

● xún ● seon1 荀　● PPA

① 誠實，恭順：恂謹。② 恐懼：恂然。

恃

● shì ● ci5 似　● PGDI

依賴，仗着：有恃無恐／失恃（死
了母親）。

恟

● xiōng ● hung1 空　● PPUK

恐懼，驚駭。

恍

● huǎng ● fong2 訪　● PFMU

① 恍然，忽然：恍然大悟。② 彷彿（跟
「如」、「若」等連用）：恍若置身其境。

【恍惚】也作「恍忽」。① 神志不清，精神
不集中：精神恍惚。② 看得、聽得、記得
不真切：我恍惚看見他了。

恢

● huī ● fui1 灰　● PKF

大，寬廣：恢宏／恢恢有餘。

【恢復】① 變成原來的樣子：秩序恢復。
② 把失去的收回來：恢復失地。

恤

● xù ● seot1 率　● PHBT

① 對別人表同情，憐憫：體恤。② 救
濟：恤金／撫恤。

恨

● hèn ● han6 痕六聲　● PAV

① 怨，仇視：怨恨／恨入骨髓。② 懊
悔，令人懊悔或悔恨的事：遺恨。

恪

● kè ● kok3 確　● PHER

恭敬，謹慎：恪遵／恪守。

恫

1 ● dòng ● dung6 動　● PBMR

① 恐懼：恫恐。② 恐嚇。

【恫嚇】嚇唬。

恫

2 ● tōng ● tung1 通　● PBMR

病痛：恫瘝在抱（喻關懷人的疾
苦如同身受）。

恠

● PKLG 「怪」的異體字，見198頁。

恬 🔵tián 🔵tim4 甜 🔵PHJR
①安靜：恬靜。②滿不在乎，坦然：恬不知恥/恬不為怪。

恰 🔵qià 🔵hap1 洽
🔵POMR
①正巧，剛剛：恰巧/恰到好處/恰好他來了。②合適，適當：恰如其分/這裏有幾個字不恰當。

恁 🔵nèn 🔵jam6 任 🔵OGP
①指示代詞。那麼：恁大/恁高/要不了恁些（那麼多）。②指示代詞。那：恁時/恁時節。

恐(恐) 🔵kǒng 🔵hung2 孔
🔵MNP 「恐」右上作孔，與凡不同。
①害怕，心裏慌張不安：恐懼/恐怖/唯恐完成不了任務。②使害怕：恐嚇。③恐怕，表示疑慮不定，有「或者」、「大概」的意思：恐不可信。
【恐嚇】以要挾的話或手段威脅人。
【恐慌】因擔憂、害怕而慌張不安：經濟恐慌/恐慌萬狀。

恕 🔵shù 🔵syu3 戌 🔵VRP
①以仁愛的心待人，用自己的心推想別人的心：忠恕/恕道。②不計較（別人的）過錯：寬恕/饒恕。

恙 🔵yàng 🔵joeng6 讓
🔵TGP
病：無恙/偶染微恙。

恚 🔵huì 🔵wai6 胃 🔵GGP
恨，怒：恚恨。

恝 🔵jiá 🔵gaat3 加壓切 🔵aat3 壓
🔵QHP
不經心，淡然。

恣¹ 🔵zì 🔵zi3 至 🔵ci3 次 🔵IOP
放縱，無拘束：恣意/恣情。
恣² 🔵zì 🔵zi1 支
暴戾恣睢。形容窮兇極惡。

恥(耻) 🔵chǐ 🔵ci2 齒 🔵SJP
①羞愧：可恥/知恥。
②恥辱：雪恥/奇恥大辱/不以為恥。

恓 🔵xī 🔵sai1 西 🔵PMCW
【恓惶】驚恐煩惱的樣子。

恧 🔵nǜ 🔵nuk6 挪玉切 🔵MBP
慚愧：恧恧。

恩 🔵ēn 🔵jan1 因 🔵WKP
①恩惠：恩德/恩深似海。②深厚的情誼，情愛：恩愛/一日夫妻百日恩。

恭 🔵gōng 🔵gung1 工 🔵TCP
肅敬，謙遜有禮貌：恭敬/恭賀/恭順。

息 🔵xī 🔵sik1 昔 🔵HUP
①呼吸時進出的氣：鼻息/喘息。②消息：信息。③停止：息怒/自強不息。

④歇：安息（安歇、休息，也指死亡）/按時作息。⑤滋生，繁殖：休養生息。⑥利錢：年息。⑦兒女：子息。

悋 粵PPA 同「吝❶①」，見258頁。

悔 粵huǐ 普fui3 晦 倉POWY
後悔，懊惱過去做得不對：悔過/悔之已晚。

悃 粵kǔn 普kwan2 菌 倉PWD
誠實，誠心。

恩 倉HWP 「匆」的異體字，見64頁。

悝1 粵kuī 普fui1 灰 倉PWG
用於人名。李悝，中國戰國初年著名政治家，也是戰國早期法家重要代表人物之一。著有《法經》一書。

悝2 粵lǐ 普lei5 俚
憂，悲。

悄1 粵qiāo 普ciu2 俏二聲 倉PFB
【悄悄】沒有聲音或聲音很低。

悄2 粵qiǎo 普ciu2 俏二聲
①寂靜無聲：低聲悄語/悄然無聲。②憂愁。

悅 粵yuè 普jyut6 越 倉PCRU
①高興，愉快：喜悅/和顏悅色/心悅誠服。②使愉快：悅耳/悅目。

悌 粵tì 普dai6 弟 倉PCNH
敬愛哥哥：孝悌。

悍 粵hàn 普hon6 汗 普hon5 旱 倉PAMJ
①勇敢：強悍/短小精悍。②兇暴：兇悍/悍然不顧。

悒 粵yì 普jap1 泣 倉PRAU
愁悶，不安：悒悒不樂。

悖 粵bèi 普bui6 焙 倉PJBD
①違反，相衝突：並行不悖。②違背道理，錯誤：悖謬。③迷惑、糊塗：悖晦。

悚 粵sǒng 普sung2 聳 倉PDL
害怕，恐懼。

悛 粵quān 普syun1 酸 倉PICE
改：怙惡不悛（堅持作惡，不肯悔改）。

悞 倉PRVK 「誤」的異體字，見572頁。

悟 粵wù 普ng6 誤 倉PMMR
理解，明白，覺醒：醒悟/恍然大悟/執迷不悟/悟出這個道理來。

惥 粵yǒng 普jung2 湧 倉NBP
見【慫惥】，208頁。

悉 粵xī 普sik1 昔 倉HDP
①知道：得悉一切/熟悉此事。②盡，全：悉心/悉數捐獻。

悠¹ 畨yōu 粤jau4 由 倉OKP
①久，遠：悠久／悠揚。②閒適，閒散：悠閒／悠然。

悠² 畨yōu 粤jau4 由
悠盪：站在鞦韆上來回悠。

患 畨huàn 粤waan6 幻 倉LLP
①災禍：災患／禍患／有備無患／防患未然／免除水患／患難之交。②憂慮：不要患得患失。③害病：患病／患腳氣。

您 畨nín 粤nei5 你 倉OFP
人稱代詞。「你」的敬稱。

悵(怅) 畨chàng 粤coeng3 唱 倉PSMV
失意，不痛快：悵然／惆悵／悵惘。

悱 畨fěi 粤fei2 匪 倉PLMY
想說可是不能夠恰當地說出來。
【悱惻】形容內心悲苦。

悴 畨cuì 粤seoi6 瑞 倉PYOJ
見【憔悴】，209頁。

悸 畨jì 粤gwai3 季 倉PHDD
因害怕而心跳：悸動／驚悸／猶有餘悸。

悻 畨xìng 粤hang6 杏 倉PGTJ
【悻悻】①怨恨憤怒的樣子：悻悻而去。②失意的樣子：悻悻而歸。

悼 畨dào 粤dou6 道 倉PYAJ
悲傷，哀念：哀悼／追悼（追念死者）。

悽(凄) 畨qī 粤cai1 妻 倉PJLV
悲傷：悽然／悽切。

情 畨qíng 粤cing4 呈 倉PQMB
①感情，情緒，外界事物所引起的愛、憎、愉快、不愉快、懼怕等的心理狀態。②情面，情分：說情／求情。③愛情。④情慾，性慾：春情／發情期。⑤狀況：實情／真情／軍情。⑥情理，道理：合情合理／不情之請。
【情報】關於各種情況的報告，多帶機密性質。
【情況】事情在進行中的狀況：報告大會情況。
【情形】事物呈現出來的情況和形勢：根據實際情形逐步解決。

惆(惆) 畨chóu 粤cau4 囚 倉PBGR
【惆悵】傷感，失意。

惇 畨dūn 粤deon1 敦 倉PYRD
敦厚，篤厚。

惋 畨wǎn 粤wun2 碗 畨jyun2 苑 倉PJNU
驚歎，痛惜：惋惜。

惕 畨tì 粤tik1 剔 倉PAPH
小心謹慎：警惕。

惘 粵wǎng 粵mong5 網
粵PBTV

不得意，精神恍忽：惘然／悵惘。

惚 粵hū 粵fat1 忽 粵PPHP

見【恍惚】，199 頁。

惛 粵hūn 粵fan1 婚 粵PHPA

心智不明，糊塗：心惛意亂。

惜 粵xī 粵sik1 昔 粵PTA

①愛惜，重視，不隨便丟棄：惜光陰（愛惜時間）／愛惜公物。②可惜，感到遺憾：惜未成功。③吝，捨不得：吝惜／惜別／惜指失掌（比喻因小失大）／不惜犧牲。

【惜力】捨不得用力氣。

惟 [1] 粵wéi 粵wai4 圍 粵POG

同【唯1】。

【惟悄惟妙】形容描寫或模仿得非常好，非常逼真。

惟 [2] 粵wéi 粵wai4 圍

語助詞。用在年、月、日之前：惟二月既望。

惟 [3] 粵wéi 粵wai4 圍

思考，想。思惟也作「思維」。

惊 粵cóng 粵cung4 從 粵PJMF

①樂趣。②心情：幽惊。

惦 粵diàn 粵dim3 店 粵PIYR

惦念，記掛，不放心：請勿惦念／心裏老惦着演講活動，不能安心看書。

惝 粵chǎng 粵tǎng 粵cong2 廠
粵tong2 倘 粵PFBR

【惝恍】也作「惝怳」。①失意不高興。②不清楚，迷迷糊糊。

悲 粵bēi 粵bei1 碑 粵LYP

①傷心，哀痛：悲哀／悲喜交集。②憐憫：慈悲／悲天憫人。

悶（闷） [1] 粵mēn 粵mun6 門六
聲 粵ANP

①因空氣不流通而起的感覺：天氣悶熱／這屋子矮，又沒有窗子，太悶了。②密閉：茶剛泡上，悶一會兒再喝。③不吭聲，不張聲：悶聲不響。④聲音不響亮：這人說話悶聲悶氣。⑤在屋裏待着，不到外面去：他整天悶在家裏看書。

悶（闷） [2] 粵mèn 粵mun6 門六
聲

①心煩，不痛快：悶得慌／悶悶不樂。②密閉，不透氣：悶葫蘆罐兒／悶罐子車。

怒 粵nì 粵nik6 溺 粵YEP

憂思：怒焉憂之。

惓 粵quán 粵kyun4 拳
粵PFQU

惓惓。見【拳拳】，225 頁。

惎 粵jì 粵gei6 技 粵TCP

①怨恨，忌刻。②教，指點。

惑 粵huò 粵waak6 或 粵IMP

①疑惑，不明白對與不對：大惑不

解／我很疑惑。②使迷亂：迷惑／惑亂人心／謠言惑眾。

惠 🔊huì 🔊wai6衛 🔊JIP
①給予的或受到的好處，恩惠：小恩小惠／施惠於人。②給人好處：根據互惠的原則，建立貿易關係。③敬辭。用於對方對待自己的行動：惠贈／惠臨。④柔順，善良：賢惠／惠風。

惡（恶） 1 🔊è 🔊ok3堊 🔊MMP
①惡劣，不好：惡感／惡習。②兇狠：兇惡／惡狗／惡戰／惡鬥。③犯罪的事，極壞的行為：惡行／罪大惡極。

惡（恶） 2 🔊wū 🔊wu1烏
①同「烏2」，見348頁。②歎詞。表示驚訝：惡，是何言也！

惡（恶） 3 🔊wù 🔊wu3烏三聲
討厭，憎恨：好惡／可惡／深惡痛絕。

惠 🔊JMP 「德」的異體字，見194頁。

惙 🔊chuò 🔊zyut3拙 🔊PEEE
①憂愁。②疲乏。③（氣）短、弱：氣息惙然。

惲（恽） 🔊yùn 🔊wan6運 🔊PBJJ
姓。

惰 🔊duò 🔊do6墮 🔊PKMB
懶，懈怠，跟「勤」相對：懶惰／怠惰。

慨 🔊kǎi 🔊koi3概 🔊PAIU
①憤激：慷慨激昂。②慨歎，歎氣：感慨。③慷慨，豪爽，不吝嗇：慨允／慨然相贈。

惹 🔊rě 🔊je5野 🔊TKRP
①招引（不好的事情）：惹事／惹禍。②（言語、行動）觸動對方：不要把他惹翻了。③（人或事物的特點）引起愛憎等的反應：惹人注意／惹人討厭。

惱（恼） 🔊nǎo 🔊nou5腦 🔊PVVW
①發怒，忿恨：惱羞成怒。②使生氣，觸怒：你別惱我。③煩悶，苦悶：煩惱／苦惱。

惴 🔊zhuì 🔊zeoi3醉 🔊cyun2喘 🔊PUMB
又憂愁又恐懼的樣子：惴惴不安。

愊 🔊bì 🔊bik1碧 🔊POAE
乖戾，執拗：剛愊自用（固執己見）。

惶 🔊huáng 🔊wong4王 🔊PHAG
恐懼：惶恐／人心惶惶／惶恐不安。

惇 🔊PPAD 「惇」的異體字，見351頁。

惺 🔊xīng 🔊sing1星 🔊PAHM
①聰明。②醒悟，清醒。
【惺忪】也作「惺鬆」。剛睡醒而眼睛模糊不清。
【惺惺】①清醒。②聰明。③聰明的人：惺

惺相惜。④假惺惺。虛情假意的樣子。

惻（恻）⚓cè ⚓cak1 測 ⚓PBCN

悲傷：悽惻。

【惻隱】指對遭難的人表示同情，心裏難過：惻隱之心。

愀 ⚓qiǎo ⚓ciu2 超二聲 ⚓PHDF

【愀然】形容臉色嚴肅或不愉快：愀然作色。

愉 ⚓yú ⚓jyu4 俞 ⚓POMN

喜歡，快樂：輕鬆愉快。

愕 ⚓è ⚓ngok6 嶽 ⚓PRRS

驚訝，發愣：愕然／驚愕。

愜（愜）⚓qiè ⚓hip3 怯 ⚓PSKO

（心裏）滿足，暢快：愜意／愜心。

想 ⚓xiǎng ⚓soeng2 賞 ⚓DUP

①動腦筋，思索：我想出一個法子來了。②推測，認為：我想他不來了／我想這麼做才好。③希望，打算：他想報讀理科／要想學習好，就得努力。④懷念，惦記：時常想家。⑤回憶，回想：十幾年前的事，他已經想不起來了。⑥記住：讓弟弟想着給媽媽寫信。

愁 ⚓chóu ⚓sau4 仇 ⚓HFP

①憂慮：憂愁／發愁／不愁吃／不

愁穿。②憂傷的心情。

愆 ⚓qiān ⚓hin1 牽 ⚓HNP

①罪過，過失：罪愆。②錯過（時期）：愆期。

愈¹ ⚓yù ⚓jyu6 預 ⚓OMBP

副詞。重複使用，跟「越……越……」相同：山路愈走愈陡。

愈² ⚓yù ⚓jyu6 預

較好，勝過：彼愈於此。

愍 ⚓mǐn ⚓man5 吻 ⚓RKP

同「憫」，見209頁。

意¹ ⚓yì ⚓ji3 慧 ⚓YTAP

①心願，願望：中意／任意／好意。②語言文字等的意義：語意／詞不達意。③料想：意外／出其不意。④思想，想法：立意／創意。

【意見】①對事情的一定的看法或想法：談談你對工作的意見。②（對人、對事）認為不對因而不滿意的想法：大家對他的意見很多。

【意志】為了達到既定目的而自覺地努力的心理過程，往往由語言和行動表現出來。

意² ⚓yì ⚓ji3 慧

指意大利，歐洲的國家。

愚 ⚓yú ⚓jyu4 如 ⚓WBP

①傻，笨：愚蠢／愚人／愚昧無知／大智若愚。②愚弄，欺騙，耍：愚弄人。③謙辭：愚見／愚以為。

愛（爱）
⚫ài ⚫oi3 媛 ⚫BBPE

① 喜愛，對人或事物有深摯的感情：愛同胞／愛家庭／哥哥愛上一個文雅的女孩。② 喜好：愛游泳／愛乾淨。③ 愛惜，愛護：愛公物／愛集體榮譽。④ 常常，容易發生某種行為：愛哭／愛笑／鐵易生鏽。

愔
⚫yīn ⚫jam1 音 ⚫PYTA

【愔愔】形容無聲，默默無言。

愣
⚫lèng ⚫ling6 另 ⚫PWLS

① 呆，失神：兩眼發愣／嚇得他一愣。② 魯莽，說話做事不考慮後果：愣頭愣腦／他說話做事太愣。③ 蠻，硬，不管行得通行不通：愣幹／明知不對，他愣那麼說。

愠
⚫yùn ⚫wan3 溫三聲 ⚫PABT

怒：愠色。

感
⚫gǎn ⚫gam2 錦 ⚫IRP

① 感覺，覺察，感到：感想／感應／感觸／感興趣／感到很溫暖。② 感動：感人肺腑。③ 懷着謝意：感謝／感激／感恩。④ 中醫指感受風寒：外感／內感。⑤ 客觀事物在腦中引起的反映，情感，情緒：美感／好感／觀感／雜感／百感交集。⑥ 受外界某種因素影響而發生變化：感光。

愙
⚫QKAP「愨2」的異體字，見548頁。

愠
⚫PWOT「愠」的異體字，見206頁。

愧
⚫kuì ⚫kwai5 揆 ⚫kwai3 規三聲 ⚫PHI

羞慚：慚愧／問心無愧／他真不愧是大律師。

愬
⚫sù ⚫sou3 素 ⚫PQMF

真實的情意，誠意：情愬。

愴（怆）
⚫chuàng ⚫cong3 創 ⚫POIR

悲傷：悽愴／愴然淚下。

愷（恺）
⚫kǎi ⚫hoi2 海 ⚫PUMT

快樂，和樂。

慎
⚫shèn ⚫san6 腎 ⚫PJBC

小心，謹慎：不慎／慎思／小心謹慎／辦事要慎重。

愼
⚫PPBC「慎」的異體字，見206頁。

愾（忾）
⚫kài ⚫koi3 概 ⚫POND

憤怒，恨：同仇敵愾（大家一致痛恨敵人）。

慄（栗）
⚫lì ⚫leot6 栗 ⚫PMWD

發抖，因害怕或寒冷而肢體顫動：不寒而慄。

慊[1] 粵qiàn 普him3 欠 倉PTXC
憾，恨。

慊[2] 粵qiè 普hip3 怯
滿足，滿意：不慊（不滿）。

慌[1] 粵huāng 普fong1 方 倉PTYU
慌張，急忙，忙亂：慌忙／慌裏慌張／他做事太慌。

慌[2] 粵·huang 普fong1 方
表示難忍受（用作補語，前面加「得」）：累得慌／悶得慌。

愿 粵yuàn 普jyun6 縣 倉MFP
老實，謹慎：鄉愿（外貌忠厚老實，實際上不能明辨是非的人）／誠愿／謹愿之士（端莊正直的人）。

慇（殷） 粵yīn 普jan1 因 倉HEP
慇勤。見【殷勤】，305頁。

慈（慈） 粵cí 普ci4 詞 倉TVIP
①和善：慈母／心慈手軟。②（上對下）疼愛：敬老慈幼。③指母親：家慈。

態（态） 粵tài 普taai3 泰 倉IPP
①形狀，樣子：形態／狀態／姿態／事態／變態。②神情，態度：憨態／神態／失態。
【態度】①指人的舉止動作：態度大方。②對於事理採取的立場或看法：態度鮮明／表明態度。

愸（怕） 粵zhòu 普zau3 縐
固執：愸脾氣／性情愸傷。

愬 粵EBP「愬」的異體字，見201頁。

愬 粵sù 普sou3 素 倉TBP
用於人名。李愬，唐朝人。

愨 粵GEP「愨」的異體字，見208頁。

慘（惨） 粵cǎn 普caam2 參二聲 倉PIIH
①惡毒：慘無人道。②悲傷，使人難受：悲慘／慘不忍睹。③程度嚴重：慘重／球賽輸得很慘。

憳 粵JLP「慚」的異體字，見208頁。

慟（恸） 粵tòng 普dung6 洞 倉PHGS
極悲哀（指痛哭）。

慢 粵màn 普maan6 漫 倉PAWE
①遲緩，速度小，跟「快」相對：慢車／我的錶慢了五分鐘。②從緩：且慢。③莫，不要：慢說是狗，就是狼，我也不怕。④態度冷淡，不熱情：怠慢／傲慢。
【慢條斯理】遲緩，不急忙。

慣（惯） 🔊guàn ⓒgwaan3 關
三聲 ⓜPWJC
①習以為常的，積久成性的：慣技／慣例／
穿慣了短裝。②縱容，放任：嬌生慣養／
慣壞了脾氣。

慳（悭） 🔊qiān ⓒhaan1 閒一
聲 ⓜPSEG
①吝嗇：慳吝。②欠缺：緣慳一面（缺少
一面之緣）。

慚（惭） 🔊cán ⓒcaam4 蠶
ⓜPJJL
羞愧：自慚／慚愧。

慴 ⓜPSMA「懾」的異體字，見212頁。

慵 🔊yōng ⓒjung4 容 ⓜPILB
困倦，懶：慵困／慵懶。

慥（慥） 🔊zào ⓒcou3 燥
Ⓩzou4做 ⓜPYHR
【慥慥】忠厚誠實的樣子。

慷 🔊kāng ⓒhong1 康 Ⓩhong2 杭
二聲 ⓜPILE
【慷慨】①充滿正氣，情緒激昂：慷慨陳
詞。②待人熱誠，肯用財物幫助人：他待
人很慷慨。

慕 🔊mù ⓒmou6 募 ⓜTAKP
①羨慕，仰慕：慕名。②依戀，思念：
愛慕／思慕。

慝 🔊tè ⓒtik1 剔 ⓜSRP
邪惡，罪惡，惡念：隱慝（人家不知
道的罪惡）。

慧（慧） 🔊huì ⓒwai6 惠
ⓜQJSMP
聰明，有才智：智慧／聰慧／慧心。

慫（怂） 🔊sǒng ⓒsung2 聳
ⓜHOP
①驚懼。②鼓動：別老慫着他做壞事。
【慫恿】鼓動別人去做（某事）。

慮（虑） 🔊lǜ ⓒleoi6 類
ⓜYPWP
①思考，尋思：考慮／深思遠慮／千慮一
得。②擔憂，發愁：憂慮／顧慮／不足為慮。

慪（怄） 🔊òu ⓒau1 歐
ⓜPSRR
故意惹人惱怒或使人發笑，逗弄：你別慪
人了／慪得他直冒火。
【慪氣】鬧彆扭，生悶氣：不要慪氣。

慰 🔊wèi ⓒwai3 餵 ⓜSIP
①安慰，使別人心裏舒適：慰問傷
患／慰勞前方戰士。②心安：欣慰／甚慰。

慤（悫） 🔊què ⓒkok3 確
ⓜGEP
誠實。

慶（庆） 🔊qìng ⓒhing3 磬
ⓜIXE

①祝賀：慶賀／慶功大會／慶祝創刊二十周年。②可祝賀的事：國慶／校慶。

感 粵IFP 「感2」的異體字，見213頁。

慾(欲) 普yù 粵juk6玉 倉COP

慾望：食慾／求知慾。

憂(忧) 普yōu 粵jau1幽 倉MBPHE

①發愁：憂傷／憂愁。②可憂愁的事：憂患。③擔心，憂慮：杞人憂天（喻過慮）。

慹 粵MTP 「懇」的異體字，見210頁。

憋 普biē 粵bit3別三聲 倉FKP

①抑制或堵住不讓出來：憋着一口氣／憋一肚子話沒處說。②呼吸不暢：心裏憋得慌／憋得人透不過氣來。

憓 普huì 粵wai6衛 倉PJIP

同「惠」，見204頁。

憑(凭) 普píng 粵pang4朋 倉IFP

①靠在東西上：憑欄／憑几。②依靠，仗恃：憑着雙手開創事業／演唱光憑多練習是不夠的，還要灌注情感。③根據：憑票付款／憑大家的意見作出決定。④證據：憑證／空口無憑。⑤任憑，無論：憑你跑得多快，我也趕得上。

憎 普zēng 粵zang1增 倉PCWA

厭惡，嫌，跟「愛」相反：憎惡／愛憎分明。

憐(怜) 普lián 粵lin4連 倉PFDQ

①可憐：我們決不憐惜壞人。②愛：憐愛。

憒(愦) 普kuì 粵kui2繪 倉PLMC

昏亂，糊塗：昏憒。

憔 普qiáo 粵ciu4樵 倉POGF

【憔悴】也作「蕉萃」。黃瘦，臉色不好：面容憔悴。

憧 普chōng 粵cung1充 倉PYTG

【憧憧】形容往來不定或搖曳不定：人影憧憧。
【憧憬】嚮往：憧憬着幸福的明天。

憚(惮) 普dàn 粵daan6但 倉PRRJ

怕，畏懼：不憚煩／肆無忌憚。

憫(悯) 普mǐn 粵man5敏 倉PANK

①哀憐：其情可憫。②憂愁：憫然涕下。

憬 普jǐng 粵ging2景 倉PAYF

覺悟：憬悟／憬然。

憮(怃)
@wǔ @mou5 舞
@POTF
①愛憐。②失意：憮然。

憊(惫)
@bèi @bei6 備
@baai6 敗 @OBP
疲憊，極度疲乏。

憗(慭)
@yìn @jan6 刃
@DKP
①寧願。②損傷。
【憗憗】謹慎的樣子。

憨(憨)
@hān @ham1 堪
@MKP
①傻，痴呆：憨笑。②樸實，天真：憨態。
【憨厚】忠厚，不刻薄。

憝
@duì @deoi6 隊
@YKP
①怨恨。②壞，惡：大憝。

憲(宪)
@xiàn @hin3 獻
@JQMP
①法令。②指憲法：立憲。
【憲法】國家的根本法。確定社會、經濟制度，國家機關活動的原則，公民的權利義務等。

憩
@qì @hei3 器 @HUP
休息：小憩／憩息。

憤(愤)
@fèn @fan5 奮
@PJTC
因為不滿意而感情激動：氣憤／公憤。

【憤憤】也作「忿忿」。很憤慨的樣子：憤憤不平。

憶(忆)
@yì @jik1 億 @PYTP
①想念：回憶／憶故人。
②記得，記憶：記憶力。

憾
@hàn @ham6 撼 @PIRP
悔恨，心中感到不美滿：憾事／遺憾。

懂
@dǒng @dung2 董 @PTHG
了解，明白：一看就懂／懂一點日語。

懈
@xiè @haai6 械 @PNBQ
鬆懈，不緊張：懈怠／始終不懈。

懊(懊)
@ào @ou3 奧 @PHBK
煩惱，悔恨：懊悔。
【懊喪】因失意而鬱悶不樂，精神不振。

懌(怿)
@yì @jik6 譯 @PWLJ
歡喜，高興。

憷
@chù @zeot1 卒 @PDDO
害怕，畏縮：他遇到任何難事，也不發憷。

懍(懔)
@lǐn @lam5 廩 @PYWD
①畏懼，戒懼。②嚴肅。

懃
@qín @kan4 勤 @TSP
慇懃。見【殷勤】，305頁。

懇(恳) 粵kěn 普han2 很 ＱBVP

誠懇，真誠：懇求／懇託。

應(应) 1 粵yīng 普jing1 英 ＱIGP

① 答應，允許：應許／應允／應承他十天完工。② 該，當：應當／應該／應有盡有。

應(应) 2 粵yìng 普jing3 英三聲

① 回答或隨聲相和：答應／呼應／應聲蟲／山鳴谷應。② 應付，對待：應戰／隨機應變／應接不暇。③ 適合，配合：適應／應時／應用／得心應手。④ 滿足要求，允許，接受：應聘／有求必應／應邀演講。

懋 粵mào 普mau6 茂 ＱDDP

① 勤勉。② 盛大：懋典。

懣(懑) 粵mèn 普mun6 悶 ＱEBP

① 煩悶。② 憤慨，生氣：憤懣。

懕 ＱMAKP「懨」的異體字，見211頁。

懨(恹) 粵yān 普jim1 淹 ＱPMAK

【懨懨】形容患病而精神疲乏的樣子：病懨懨／懨懨欲睡。

懦 粵nuò 普no6 糯 ＱPMBB

怯懦，軟弱無能：懦弱／懦夫。

懟(怼) 粵duì 普deoi6 隊 Ｘzeoi6 序 ＱTIP

怨恨。

懲(惩) 粵chéng 普cing4 呈 ＱHKP

① 警誡：懲前毖後。② 責罰：懲罰／嚴懲／懲一警百。

懷(怀) 粵huái 普waai4 淮 ＱPYWV

① 胸前：把小孩抱在懷裏。② 心懷，胸懷，情懷：壯懷／襟懷／抒懷。③ 思念：懷念／懷友。④ 腹中有胎：懷胎。⑤ 心裏存有：懷恨／胸懷壯志。

懜 粵měng 普mung5 蒙五聲 Ｘmung2 蒙二聲 ＱPTWU

糊塗，不明白事理：懵懂。

懶(懒) 粵lǎn 普laan5 蘭五聲 ＱPDLC

① 怠惰，不喜歡工作：懶惰／懶漢／好吃懶做要不得／人勤地不懶。② 疲倦，沒力氣：因為感冒，身子發懶。

懸(悬) 粵xuán 普jyun4 元 ＱBFP

① 掛，弔在空中：懸燈結綵。② 公開揭示：懸賞。③ 抬，不着地：寫大字時最好把手腕懸起來。④ 沒有着落，沒有結束：懸案／那件事還懸着呢。⑤ 掛念：懸念。⑥ 憑空設想：懸擬／懸想。⑦ 距離遠：懸隔／懸殊。⑧ 危險，不牢靠：一個人摸黑走山路，真懸！

懺 (忏)　⓿chàn ⓿caam3 杉
⓿POIM

①懺悔。②指佛教、道教代人懺悔時唸的一種經文。

【懺悔】① 認識了過去的錯誤或罪過而感覺痛心。② 向神佛表示悔過,請求寬恕。

懼 (惧)　⓿jù ⓿geoi6 具
⓿PBUG

害怕:恐懼/臨危不懼。

懾 (慑)　⓿shè ⓿sip3 攝
⓿zip3 接　⓿PSJJ

恐懼,害怕:懾服/威懾(用武力使對方感到恐懼)。

懽　⓿PTRG「歡」的異體字,見301頁。

懿　⓿yì ⓿ji3 意　⓿GTIOP

美,好(多指德、行):懿行/懿德。

戀 (恋)　⓿liàn ⓿lyun2 聯二聲
⓿VFP

①想念不忘,不忍捨棄,不想分開:留戀/戀戀不捨。②戀愛:初戀/失戀/戀人。

戇 (戆)　¹⓿gàng ⓿zong3 壯
⓿ngong6 昂六聲
⓿YCP

傻:戇頭戇腦。

戇 (戆)　²⓿zhuàng ⓿zong3
壯　⓿ngong6 昂六聲

【戇直】憨厚而剛直。

戈 部

戈　⓿gē ⓿gwo1 果一聲　⓿I

古代的一種兵器。橫刃,用青銅或鐵製成,裝有長柄。

戊　⓿wù ⓿mou6 務　⓿IH

天干的第五位,也做順序的第五。

戉　⓿IV「鉞」的異體字,見643頁。

戌　⓿xū ⓿seot1 恤　⓿IHM

地支的第十一位。

【戌時】下午七點到九點。

戍　⓿shù ⓿syu3 庶　⓿IHI

軍隊防守:衞戍。

戎　¹⓿róng ⓿jung4 容　⓿IJ

①兵器,武器:兵戎。②軍隊,軍事:從戎/戎裝。

戎　²⓿róng ⓿jung4 容

中國古代稱西部的民族。

成　¹⓿chéng ⓿sing4 乘　⓿IHS

①做好事情:完成/成事/完成任務。②成全:成人之美。③成為,變為:雪化成水/他成外科醫生了。④成果,成就:坐享其成/一事無成。⑤事物生長發展到一定的形態或狀況:成蟲/成人/五穀成熟。⑥已定的,定形的:成規/成見。

⑦夠,達到一定的數量:成千上萬/成車的慰勞品。⑧可以,能行:這麼辦可不成/成,就那麼辦吧。⑨稱讚人能力強:你們小組真成,又蟬聯唱歌比賽冠軍。

成 2 🔴chéng 🟢sing4 乘

十分之一:八成/提出一成做公益金。

戒 🔴jiè 🟢gaai3 介 🔵IT

①防備:戒心/戒備森嚴。②警惕着不要做或不要犯:戒驕戒躁。③革除嗜好:戒酒/戒瘾。④佛教約束教徒的條規:五戒/清規戒律。

【戒嚴】非常時期在全國或一地所採取的增設警戒、限制交通等措施。

我 🔴wǒ 🟢ngo5 鵝五聲 🔵HQI

①人稱代詞。自稱。有時亦能指「我們」。②人稱代詞。自己:自我批評/忘我精神。

戔(戋) 🔴jiān 🟢zin1 煎 🔵II

【戔戔】少,細微:為數戔戔。

戕 🔴qiāng 🟢coeng4 牆 🔵VMI

殺害,殘害:自戕。

【戕賊】傷害,損害:戕賊骨肉。

或 🔴huò 🟢waak6 劃 🔵IRM

①或者,也許,表示不定的詞:或遠或近/或者你去,或者我去。②指示代詞。某人,有人:或告之曰。③副詞。稍微:不可或缺。

哉 🔴JIR 見口部, 90頁。

咸 🔴IHMR 見口部, 88頁。

威 🔴IHMV 見女部, 141頁。

栽 🔴JID 見木部, 279頁。

戚 1 🔴qī 🟢cik1 斥 🔵IHYMF

親戚,因婚姻聯系的關係。

戚 2 🔴qī 🟢cik1 斥

悲哀,憂傷:休戚相關。

戛 🔴jiá 🟢gaat3 加壓切 🔵MUI

輕輕敲打:戛擊。

【戛戛】①形容困難:戛戛乎難哉。②形容獨創:戛戛獨造。

【戛然】象聲詞。①形容嘹亮的鳥鳴聲。②形容聲音突然中止:戛然而止。

戢 🔴JIOBO 見肉部, 482頁。

戟 🔴jǐ 🟢gik1 擊 🔵JJI

古兵器的一種,長柄頭上附有月牙狀的利刃。

戞 🔴MBI 「戛」的異體字,見213頁。

裁 粵JIYHV 見衣部, 554頁。

幾 粵VIHI 見幺部, 180頁。

戢 普jí 粵cap1 輯 倉RJI
收斂, 收藏：戢翼／干戈載戢(把兵器收藏起來)。

戥 普děng 粵dang2等 又dang6鄧 倉AMI
用戥子稱重量：把這包藥戥一戥。
【戥子】一種小型的秤，用來稱金、銀、藥品等分量小的東西。

戡 普kān 粵ham1堪 倉TVI
(用武力)平定叛亂。

溉 普gài 粵koi3概 倉NTI
冒牌圖利。

截 普jié 粵zit6捷 倉JIOG
①割斷, 弄斷：截開這根木料／截長補短。②量詞。段：上半截／一截路／一截兒木頭。③阻攔：截住他。④截止：截至。
【截然】分明地, 顯然地：截然不同。
【截止】到期停止：截止報名／到月底截止。
【截至】截止到(某個時候)：報名日期截至本月底。

餞(饯) 1 普qiāng 粵coeng1 昌 倉ORI
①逆, 反方向：餞風／餞水。②(言語)衝突：說餞了。

餞(饯) 2 普qiàng 粵coeng3 唱
支持, 支撐：牆要倒, 拿杠子餞住。

戩(戬) 普jiǎn 粵zin2剪 倉MAI
①剪除, 剪滅。②福。

臧 粵IMSLL 見臣部, 492頁。

戮 普lù 粵luk6錄 倉SHI
殺：殺戮。
【戮力】合力, 並力：戮力同心。

戲 粵YMI 「戲」的異體字, 見214頁。

戰(战) 1 普zhàn 粵zin3顫 倉RJI
①戰爭, 通常指打仗：宣戰／戰時／戰士／百戰百勝。②與戰爭有關的：戰法／戰果／戰機。

戰(战) 2 普zhàn 粵zin3顫
害怕, 發抖：戰抖／打戰／膽戰心驚。

戲(戏) 1 普hū 粵fu1呼 倉YTI
於戲。同【嗚呼①】, 見101頁。

戲(戏) 2 普xì 粵hei3氣
①玩耍：集體遊戲／不

要當做兒戲。②嘲弄，開玩笑：戲言。③戲劇，也指雜技：看戲／唱戲／聽戲／馬戲／皮影戲。

戴 ⓐ dài ⓔ daai3 帶　ⓕJIWTC

①加在頭、面、頸、手等處：戴帽子／戴眼鏡／戴手套／戴手鐲子②頭頂着：披星戴月 (喻夜裏趕路或在外勞動)。③尊奉，推崇：推戴／擁戴／愛戴。

戳 ⓐ chuō ⓔ coek3 綽　ⓕSGI

①用尖端觸物：用手指頭戳了一下。②因猛觸硬物而受傷：打球戳傷了手。③豎立：把棍子戳起來。④圖章：蓋戳子。

—— 户 部 ——

户 ⓐ hù ⓔ wu6 互　ⓕHS

①門：夜不閉户。②人家，住户：户籍／專業户／千家萬户。③門第：門當户對。④户口：存户／賬户。⑤量詞，用於家庭：島上只有幾户人家居住。

戹 ⓕHSN 「厄」的異體字，見70頁。

戽 ⓐ hù ⓔ fu3 富　ⓕHSYJ

①戽斗，泛指灌田汲水用的器具。②用戽斗汲水灌田：戽水抗旱。

戾 ⓐ lì ⓔ leoi6 淚　ⓕHSIK

①罪過。②乖戾，乖張：暴戾。

所 1 ⓐ suǒ ⓔ so2 鎖　ⓕHSHML

①處，地方：住所／場所／各得其所。②機關或其他辦事的地方：研究所／診療所。③量詞。指房屋、學校等：兩所房子／一所醫院／一所學校。

所 2 ⓐ suǒ ⓔ so2 鎖

①跟「為」或「被」合用，表示被動：甲隊為乙隊所大敗。②用在做定語的主謂結構的動詞前面，表示中心詞是受事：我所認識的人／大家所提的意見。③放在動詞前，動詞後再用「者」或「的」字代表事物：吾家所寡有者／這是我們所反對的。④放在動詞前，跟動詞構成名詞結構：所剩無幾／所得甚少。

[所以] ①表因果關係，常跟「因為」相應：因為下大雨，所以不出門／他有要緊的事，所以不能等你／他所以進步得這樣快，是因為努力學習的緣故。②用在上半句主語和謂語之間，提出需要說明原因的事情，下半句說明原因：我所以對她比較熟悉，是因為先前一起工作過。

房 1 ⓐ fáng ⓔ fong4 防　ⓕHSYHS

①房子，住人或放東西的建築物：房屋／樓房／瓦房／庫房。②房間：客房／書房。③形狀像房間的：蜂房／蓮房／心房。④稱家族一支：大房／長房。⑤用於妻子、兒媳等：兩房兒媳。⑥二十八星宿之一。

房 2 ⓐ páng ⓔ pong4 旁

阿房宮。秦始皇所造的大宮殿，後被項羽放火燒掉。

肩 🔊HSB 見肉部，479頁。

扁 1 🔊biǎn 🔊bin2 匾 🔊HSBT
① 物體平而薄：鴨子嘴扁。② 打、揍：挨扁/扁他一頓。

扁 2 🔊piān 🔊pin1 偏
扁舟，小船：一葉扁舟。

扃 🔊jiōng 🔊gwing1 瓜英切 🔊HSBR
① 從外面關門的閂、門環等。② 門，門扇。③ 關門。

扇 🔊shàn 🔊sin3 線 🔊HSSMM
① 搖動生風取涼的用具：摺扇/蒲扇。② 指板狀或片狀的東西。③ 量詞。用於門窗等：一扇門/一扇磨/兩扇窗子。

宸 🔊yǐ 🔊ji2 倚 🔊HSYHV
古代一種屏風。

廖 🔊yí 🔊ji4 移 🔊HSNIN
見【㷛廖】，216頁。

扈 🔊hù 🔊wu6 戶 🔊HSRAU
隨從：扈從。

扉 🔊fēi 🔊fei1 非 🔊HSLMY
① 門：柴扉/心扉。② 書刊封面之內印着書名、著者等項的一頁：扉頁/扉畫（書籍正文前的插畫）。

㷛 🔊yǎn 🔊jim5 染 🔊HSFF

【㷛廖】閂門。

雇 🔊HSOG 見隹部，675頁。

——— 手 部 ———

手 🔊shǒu 🔊sau2 首 🔊Q
① 人體上肢前端能拿東西的部分。② 拿着：人手一冊。③ 小巧而便於拿的：手冊。④ 親手：手訂/手抄。⑤ 手段，手法：出手不凡/眼高手低。⑥ 量詞。用於技能、本領：有兩手兒。⑦ 做某種事情或擅長某種技能的人：選手/水手/神槍手/生產能手。
【手絹】手帕。
【手腕】① 胳膊下端跟手掌相連的部分。② 本領，能耐：他是個有手腕的人。③ 指待人處事不正當的方法：耍手腕騙人。
【手續】辦事的程序、步驟。

才 1 🔊cái 🔊coi4 財 🔊DH
① 能力：才能/口才/才幹/這人很有才幹。② 指某類人：奴才/蠢才/通才/奇才。

才 2 🔊cái 🔊coi4 財
通「纔」，見464頁。

扎 1 🔊zhā 🔊zaat3 紮 🔊QU
① 刺：扎針/扎花（刺繡）。② 鑽：扎猛子（游泳時頭朝下鑽入水中）/扎在人羣裏。

扎 2 🔊zhá 🔊zaat3 紮

【扎掙】勉強支持：病人扎掙着坐起來。

扒

扒 1 ●bā ●paa4 爬 ●QC

①抓住，把着：扒着欄杆／扒着樹枝。②刨開，挖：城牆扒了個豁口。③剝，脫：扒皮／扒下衣裳。

【扒拉】①撥動：扒拉算盤／扒拉開眾人。②去掉，撤除：人太多了，要扒拉下去幾個。

扒 2 ●pá ●paa4 爬

①用手或耙子一類工具使東西聚攏或散開：扒草／扒土。②搔，抓：扒癢。③扒竊：錢包被小偷扒走了。④燉爛，煨爛：扒豬頭／扒海參。

【扒手】也作「掱手」。從別人身上偷竊財物的小賊。

打

打 1 ●dǎ ●daa2 低啞切 ●QMN

①用手或器具撞擊物體：打人／打門／打鼓。②器皿、蛋類等因撞擊而破碎：難飛蛋打。③毆打，攻打：打架／打垮。④發生與人交涉的行為：打官司／打交道。⑤建造：打井／打牆。⑥製，做：打鐮刀／打桌椅。⑦攪拌：打餡／捆紮：打鋪蓋捲／打裹腿。⑧編織：打毛衣／打草鞋。⑩塗抹，印，畫：打蠟／打格子／打圖樣／打個問號。⑪揭，整開：打開蓋子／打井。⑫舉：打傘／打燈籠／打旗子。⑬通，發：打電話／給他打了一封信去。⑭除去：打皮／打沫（把液體上面的沫去掉）／打食（服藥幫助消化）。⑮舀取：打水。⑯購買：打酒／打醬油。⑰捉（禽獸等）：打魚。⑱用割、砍等動作來收集：打草／打柴。⑲定，計算：打草稿／精打細算／設備費打二百元。⑳從事或擔任某些工作：打雜／

打埋伏。㉑玩耍，玩弄：打球／打遊戲／打撲克。㉒表示身體上的某些動作：打滾／打手勢／打冷戰／打哈欠。㉓採取某種方式：打官腔／打比方。

【打擊】①敲打，撞擊：打樂器。②攻擊，使受到挫折：打擊侵略者。

【打尖】①掐去棉花等植物的尖。②旅途中休息飲食。

打 2 ●dá ●daa2 低啞切

從，自：打去年起／打哪裏來？

打 3 ●dá ●daa1 低鴉切

十二個叫一「打」。

扔

扔 ●rēng ●jing4 仍 ●wing1 榮一聲 ●QNHS

①拋，投擲：扔球／扔磚。②丟棄，捨棄：把這些破爛扔了吧／這事他早就扔在腦後了。

扛

扛 1 ●gāng ●gong1 缸 ●QM

①兩手舉東西：力能扛鼎。②抬東西。

扛 2 ●káng ●gong1 缸

①用肩膀承擔：扛糧食／扛着一桿槍。②支撐，忍耐：冷得扛不住了。

【扛活】舊指給人當長工。

托

托 ●tuō ●tok3 託 ●QHP

①用手掌承着東西：托着槍。②承托器物的東西：茶托兒／花托兒。③襯，墊：烘雲托月。

扣

扣 ●kòu ●kau3 叩 ●QR

①用圈、環等東西套住或攏住：把

門扣上/把紐子扣好。② 把器物口朝下放或覆蓋著東西：把碗扣在桌上/用盆把魚扣上。③ 比喻安上（罪名或不好的名義）：扣帽子/扣上罪名。④ 扣留，強留：扣起來/扣下行李。⑤ 從中減除：扣薪水/七折八扣（喻一再減少）。⑥ 使相合：這句話扣在題上了。⑦ 繩結：活扣兒。⑧ 衣紐：衣扣。⑨ 同力朝下擊打：扣球。⑩ 同「筘」：絲絲入扣。⑪ 指螺紋：螺絲扣沒有稜角了。

扞 粵hàn 普hon6汗 倉QMJ
① 同「捍」，見229頁。② 扞格（互相抵觸）：扞格不入。

扦 粵qiān 普cin1千 倉QHJ
① 用金屬或竹、木製成的一頭尖的用具。② 插，插進去：扦花/用針扦住。

扱 粵chā 普caa1叉 倉QEI
用叉子扎取：扱魚。

扳 粵bān 普baan1班 倉QHE
① 使位置固定的東西改變方向或轉動：扳開/扳槍機/扳不倒/扳指頭算。② 把輸掉的贏回來：扳回一局。

扭(扭) 粵niǔ 普nau2紐 倉QNG
① 轉動，掉轉：扭過臉來/扭轉身子。② 擰：扭斷了木棍。③ 擰傷筋骨：扭了筋/扭了腰。④ 身體搖擺轉動：扭秧歌／一扭一扭地走。⑤ 揪住：扭打/兩人扭在一起。⑥ 不正：七扭八歪。

扮 粵bàn 普baan3辦三聲
　　又baan6辦 倉QCSH
① 化裝成（某種人物）：裝扮/扮老頭兒/扮演（化裝成某種人物出場表演）。② 面部表情裝成（某種樣子）：扮鬼臉。

扯 粵chě 普ce2且 倉QYLM
① 拉：扯住他不放。② 不拘形式不拘內容地談：開扯/不要把問題扯遠了。③ 撕破：他把信扯了。

抃 粵biàn 普bin6辦 倉QYY
鼓掌，表示歡喜：歡抃/抃踴（歡欣跳躍）。

扶 粵fú 普fu4符 倉QQO
① 攙，用手支持人或使不倒：扶着他走/扶老攜幼/把他扶起來。② 用手按着或把持着：扶牆/扶杖而行。③ 幫助，援助：救死扶傷/扶危濟困。
【扶乩】也作「扶箕」。占卜問疑的一種方法。兩個人扶着一支「丁」字形的木筆，在沙盤上畫出字句來，作為神的指示。
【扶手】手扶着可以當倚靠的東西，如拐杖，樓梯旁的欄杆等。

批[1] 粵pī 普pai1匹低切 倉QPP
① 對下級文件表示意見或對文章加以批評（多寫在原件上）：批示/批准/批改作文。② 批評，批判：批駁/挨了一通批。
【批判】① 分析、批駁錯誤的思想、觀點和行為。② 分析判別，評論好壞。

批 2 普pī 粵pai1 匹低切
①大量或成批(買賣貨物)：批發／
批購。②指批發或批購：批了點貨。③量
詞。用於大宗的貨物或多數的人：一批
貨／一批人。
【批發】大宗發售貨物。

扼 普è 粵ak1 呃 倉QMSU
①用力掐着，抓住：力能扼虎。②把
守，控制：扼守／扼制。
【扼守】據守要地，防止敵人侵入。
【扼要】抓住要點，簡要。

找 1 普zhǎo 粵zaau2 爪 倉QI
為了要見到或得到所需求的人或
事物而努力：找東西／找事做／找出路／
丟了不好找。

找 2 普zhǎo 粵zaau2 爪
退回，補還：找錢／找零。

技 普jì 粵gei6 妓 倉QJE
才能，手藝：技藝／技能／技巧／口
技／技師／一技之長。
【技術】①進行物質資料生產所憑藉的
方法或能力。②專門的技能：他打球的
技術很高明。

抄 1 普chāo 粵caau1 鈔 倉QFH
①謄寫，照原文寫：抄書／抄文件。
②照着別人的作品寫下來當作自己的：抄
襲。③抓取，拿：抄起一把鐵鍬就走。④搜
查而沒收：抄賭／抄家／抄查。

抄 2 普chāo 粵caau1 鈔
①走簡捷的路：抄後路／抄小道走。

②兩手在胸前交互插在袖子裏：抄手。

挍 普wèn 粵man5 敏 倉QYK
擦，拭：挍淚。

抉 普jué 粵kyut3 決 倉QDK
剔出：抉擇。

把 1 普bǎ 粵baa2 靶 倉QAU
①拿，抓住：把手／把住欄杆。②控
制，掌握：把舵／把犁。③把守，看守：把
門／把風(守候，防有人來)。④束住，
使不裂開。⑤手推車、自行車等的柄：車
把。⑥可以用手拿的小捆：草把兒。⑦量
詞。用於有柄和把手的東西：一把刀／
一把扇子。⑧量詞。用於可以一手抓的：
一把米／一把眼淚。⑨量詞。用於某些抽
象的事物：加把勁。⑩量詞。用於手的動
作：拉他一把。⑪介詞。意思和「將」一
樣：把話說明白了／把更多的時間用在
練習書法上。⑫放在量詞或「百、千、萬」
等數詞的後面，表示約略估計：丈把高
的樹／個把月以前／大約有百把人。
【把持】①專權，一手獨攬，不讓他人參
與：把持包辦。②控制(感情等)：把持不
住內心的激憤。
【把握】①握，拿：司機把握着方向盤。
②掌握，控制，有效的處理：把握時機。
③事情成功的可靠性：這次試驗，他很
有把握。

把 2 普bà 粵baa2 靶
①物體上便於手拿的部分，柄：刀
把兒／扇子把兒。②花、葉或果實的柄：
花把／梨把。

抒 ❶shū ❷syu1 舒 ❸QNIN

抒發，表達：抒情詩／各抒己見。

抓 ❶zhuā ❷zaau2 找 ❸QHLO

①用指或爪撓：抓耳撓腮。②用手或爪拿取：抓一把米。③捉捕：抓賊／老鷹抓小雞。④把握住，不放過：抓工夫／抓重點／抓緊時間。⑤特別注意，加強：抓工作。⑥吸引（人注意）：他一出場就抓住了大家的注意力。

抵 ❶zhǐ ❷zi2 紙 ❸QHVP

「抵」與「抵」，形音義都不同。
側手擊：抵掌（擊掌，表示高興）。

拕 ❶dèn ❷dan3 帝印切 ❸QPU

兩頭同時用力，或一頭固定而另一頭用力，把繩子、布匹、衣服等猛一拉：拕線／把繩子拕一拕。

抔 ❶póu ❷pau4 爬牛切 ❸QMF

①用手捧東西。②量詞。把，捧：一抔土。

投 ❶tóu ❷tau4 頭 ❸QHNE

①拋，擲，扔（多指有目標的）：投石／投入江中。②跳進去：投河／投井／投火。③放進去，送進去：投票／投資。④（光線等）射：把陽光投到他身上。⑤寄，遞送：投遞／投信／投稿。⑥找上去，參加進去：投宿／棄暗投明。⑦合，迎合：投其所好／情投意合。

【投奔】歸向，走去依靠：投奔自由／投奔親戚。

【投機】①意見相合：他倆一見面就很投機。②利用時機，求取利益名位：投機取巧／投機分子。

抖 ❶dǒu ❷dau2 斗 ❸QYJ

①振動：抖抖單／抖去身上的雪。②哆嗦，戰慄：冷得發抖。③全部倒出，徹底揭露：他幹的醜事都被抖出來了。④振作，鼓起（精神）：抖起精神辦故事。⑤稱人得到富貴（多含諷諭義）：抖起來了。

【抖擻】振作：抖擻精神。

抗 ❶kàng ❷kong3 亢 ❸QYHN

①抵禦：抵抗／抗旱／抗澇／抗寒／抗日戰爭。②拒絕，不接受：抗命／抗糧／抗稅。③對，抵：抗衡（不相上下，抵得過）／分庭抗禮（行平等的禮節，喻勢均力敵）。

折 ❶shé ❷zit3節 ❸QHML

１　①斷（多用於長條形的東西）：繩子折了／棍子折了。②虧損：折本。③受挫，失敗：這次考試又折了。

【折耗】物品在製造、運輸、保管過程中造成數量上的損失：青菜折耗太大。

折 ❶zhé ❷zit3 節

２　①斷，弄斷：禁止攀折花木／夭折（比喻幼年死亡）。②損失：損兵折將。③彎轉，屈曲：折腰／曲肱。④返轉，回轉：走到半路又折回來了。⑤心服：折服／心折。⑥抵作，對換，以此代彼：折賬／折變。⑦折扣，按成數減少：打折扣／九折。⑧雜劇一

本分四折，一折相當於現代戲曲的一齣。

【折磨】使人在肉體上，精神上受苦難：在過去受盡了折磨。

【折中】也作「折衷」。對幾種對立意見取調和態度：採取折中的辦法。

抑¹ ⓐyì ⓑjik1億 ⓒQHVL

向下壓，壓制：抑制／抑惡揚善。

【抑鬱】心有怨憤，不能訴説而憂悶。

抑² ⓐyì ⓑjik1億

① 連詞。表擇選，相當於還是、或是：本月抑下月出發？② 連詞，表轉折，相當於可是、但是：若聖與仁，則吾豈敢。抑為之不厭，誨人不倦，則可謂云爾已矣。③ 連詞。表示遞進，相當於而且：非惟天時，抑亦人謀也。

承 ⓐchéng ⓑsing4成 ⓒNNQO

「承」，中間三橫畫。

① 在下面接受，托着：承重／承塵（天花板）。② 承擔，擔當：承攬／承應／這工程由建築公司承包／責任由我承擔。③ 蒙，受到，接受（別人的好意）：承情／承教／承文家熱心招待。④ 繼續，接連着：繼承／承接／承上啟下。

【承認】① 表示肯定，同意，認可：承認錯誤／他承認有這麼回事。② 國際上指肯定新國家、新政權的法律地位。

抛 ⓒQKNS「拋」的簡體字，見221頁。

扚 ⓒQVIS「扚」的異體字，見224頁。

拒 ⓐjù ⓑkeoi5距 ⓒQSS

① 抵擋，抵抗：抗拒／拒敵／拒捕。
② 拒絕：拒收。

抱 ⓐbào ⓑpou5泡 ⓒQPRU

① 用手臂圍住：擁抱／抱着孩子／抱頭痛哭。② 領養（孩子）：這孩子是抱的，不是她生的。③ 結合在一起：大家抱成團，就有力量。④ 存在心裏（想法、意見等）：抱歉／抱屈／抱怨／抱不平／抱着必勝的決心。⑤ 孵：抱窩／抱小雞。⑥ 表示兩臂合圍的量：一抱草／兩抱粗的大樹。

拋（拋） ⓐpāo ⓑpaau1泡一聲 ⓒQKUS

① 扔，投：拋球／拋磚引玉。② 丟下：拋妻別子／他一起跑就把對手拋在後頭。③ 暴露：拋頭露面。④ 拋售：拋出股票。

抨 ⓐpēng ⓑping1乒 ⓒQMFJ

抨擊，攻擊對方的短處。

拑 ⓒQTM「鉗②」的異體字，見643頁。

拽 ⓒQPT「曳」的異體字，見266頁。

披 ⓐpī ⓑpei1丕 ⓒQDHE

① 覆蓋在肩背上：披着大衣／披星戴月（喻早出晚歸，辛勤勞動或晝夜趕路，旅途勞頓）。② 打開：披襟／披卷／披肝瀝膽（喻開誠佈公或極盡忠誠）。③ 裂開：竹竿披了／指甲披了。

押 ⓟyā ⓖaap3 鴨 ⓒQWL
①在文書契約上簽名或畫記號：
畫押／簽押。②拿財物給人作擔保：抵
押。③拘留：看押／押起來。④跟隨看管：
押車／押運貨物。⑤賭博時在某一門上
下注。

抵 1 ⓟdǐ ⓖdai2底 ⓒQHPM
①支撐：抵住門別讓風颳開。②擋，
拒，用力對撐著：抵制。③彼此對立，排
斥：抵觸／抵牾。④抵押：抵債。⑤抵銷：
收支相抵。⑥相當，能替代：一個抵兩個。
【抵償】用價值相等的事物作為賠償或
補償。
【抵觸】跟另一方有矛盾：他的話前後
抵觸。
【抵制】抵抗，阻止，不讓侵入。

抵 2 ⓟdǐ ⓖdai2底
到達：抵京。

抹 1 ⓟmā ⓖmaat3 麻壓切 ⓒQDJ
「抹」，直單不鈎。
①擦：抹桌子。②用手按著並向下移動：
把帽子抹下來／把衣服抹平。③撤銷（職
務）。

抹 2 ⓟmǒ ⓖmut3 秣
①塗：塗抹／抹上石灰／傷口上抹
上點藥。②揩，擦：抹眼淚／他吃完飯就
隨手把嘴一抹。③除去：抹零兒（不計算
尾數）。④量詞。用於雲霞等：一抹彩霞。
【抹殺】也作「抹煞」。一概不計：一筆抹
殺。

抹 3 ⓟmò ⓖmut3 秣
①把和好了的泥或灰等塗上後再

用抹子弄平：他正在往牆上抹石灰。②緊
挨著繞過：轉彎抹角。

抶 ⓟchì ⓖcik1 斥 ⓒQHQO
鞭打：怒抶其馬。

抽 1 ⓟchōu ⓖcau1 秋 ⓒQLW
①把夾在中間的東西取出：從
信封裏抽出信紙。②從事物中提出一部
分：抽簽／抽空兒／抽調人力。③（某些植
物體）長出：抽芽。④吸：抽水／抽氣機／
抽煙。
【抽風】①手足痙攣、口眼歪斜的症象。
②比喻做違背常情的事。
【抽象】①從各種事物中抽取共同的本
質特點成為概念。②籠統，概括：問題這
樣提太抽象了，最好舉一個具體的例子。

抽 2 ⓟchōu ⓖcau1 秋
①減縮：抽價／這布一洗抽了一
寸。②用細長的、軟的東西打：他不再用
鞭子抽牲口了。

押 ⓟchēn ⓖcan2 診 ⓒQWL
扯，拉：抻麵（抻麵條或抻的麵條）／
把衣服抻抻／把袖子抻出來。

拂 ⓟfú ⓖfat1 彿 ⓒQLLN
①輕輕擦過：春風拂面。②甩動，
抖：拂袖。③違背，不順：拂耳／拂逆／拂
意。

拄 ⓟzhǔ ⓖzyu2主 ⓒQYG
用手扶着杖或棍支持身體的平衡：
拄拐棍。

拆 @chāi @caak3 冊 @QHMY
① 把合在一起的弄開，卸下來：拆信/拆卸機器。② 拆毀：拆牆/拆舊房子。

拇 @mǔ @mou5 母 @QWYI
拇指，手的第一個指頭。

拈 @niān @nim1 念一聲 @QYR
兩三個指頭夾取東西：拈鬚/拈花/拈鬮（抓鬮兒）。

拉[1] @lā @laai1 賴一聲 @QYT
①牽，扯，拽。用力使朝自己所在的方向或跟着自己移動：拉車/把魚網拉上來。② 用車運載：平板車能拉貨，也能拉人。③ 帶領轉移（多用於隊伍）：把二連拉到河那邊去。④ 牽引樂器的某一部分使樂器發出聲音：拉小提琴。⑤ 使延長：拉長聲兒。⑥ 拖欠：拉虧空/拉下不少賬。⑦ 撫養：他母親很不容易地把他拉大。⑧ 幫助：拉他一把。⑨ 牽累，拉扯：自己做的事，為甚麼要拉上別人？⑩ 拉攏，聯結：拉關係。⑪ 組織（隊伍等）拉幫結黨。⑫ 招攬：拉生意。⑬ 放在某些動詞後，構成複合詞。如：扒拉、趿拉、撥拉等。

拉[2] @lá @laai1 賴一聲
排泄糞便：拉屎。

拉[3] @lá @laai1 啦
割，用刀把東西切開一道縫或切斷：拉下一塊肉/拉了一個口子。

拊 @fǔ @fu2 府 @QODI
拍，拊掌大笑。

拌 @bàn @bun6 畔 @QFQ
攪和：拌和/拌草餵牛。

拍 @pāi @paak3 帕 @QHA
① 用手掌或片狀物輕輕地打：拍球/拍手。② 樂曲的節奏：節拍/這首歌每節有四拍。③ 拍打東西的用具：蠅拍/球拍。④ 攝影：拍照片/拍製影片。⑤ 拍賣：拍賣品。⑥ 拍馬屁。

拎 @līn @ling1 令一聲 @QOII
用手提：拎着一籃子菜。

抿[1] @mǐn @man5 敏 @QRVP
刷，抹：抿頭髮。

抿[2] @mǐn @man5 敏
① 收斂：抿着嘴笑/水鳥一抿翅，往水裏一扎。② 收斂嘴唇，少量沾取：他真不喝酒，連抿都不抿。

拐[1] @guǎi @gwaai2 乖二聲 @QRSH
①轉折：拐角/拐彎抹角/拐過去就是大街。② 腿腳有毛病，失去平衡，走路不穩：走路一瘸一拐。③ 拐棍，拐杖，走路時幫助支持身體的棍子：扶着拐杖。

拐[2] @guǎi @gwaai2 乖二聲
用欺騙手段把人或財物騙走：拐誘/拐款潛逃。

拓[1] @tà @taap3 榻 @QMR
在刻鑄文字、圖像的器物上，蒙一張紙，捶打後使凹凸分明，塗上墨，顯出文字、圖像來。

拓 2 ^普tuò ^粵tok3 托

開闢，擴充：開拓／拓寬公路。

拔 (拔) ^普bá ^粵bat6 跋
^倉QIKK

①抽，拉出，連根拉出：拔草／拔牙／一毛不拔 (喻吝嗇)／不能自拔。②吸出 (毒氣等)：拔毒／拔火。③挑選，提升：選拔人才／提拔 (挑選人員使擔任更重要的工作)。④超出：出類拔萃 (人才出眾)／海拔 (地面超出海平面的高度)。⑤奪取軍事上的據點：連拔數城／拔去敵人的據點。

拖 ^普tuō ^粵to1 佗一聲 ^倉QOPD

①牽引，拉，拽：拖車／拖拉機／拖泥帶水 (喻做事不爽利)。②用拖把擦 (地)：拖地板。③在身體後面牽拉着：拖着兩條辮子／拖着個尾巴。④拖延，拉長時間：這件事應該快結束，不能再拖。⑤牽制，牽累：拖累。

拗 1 ^普ǎo ^粵aau2 坳二聲 ^倉QVIS

彎曲使斷，折：竹竿拗斷了。

拗 2 ^普ào ^粵aau3 坳三聲

不順，不順從：拗口／違拗。

拗 3 ^普niù ^粵aau3 坳三聲

固執，不馴順：執拗／脾氣很拗。

拘 ^普jū ^粵keoi1 俱 ^倉QPR

①逮捕或扣押：拘票／拘留／拘禁。②限，限制：拘束／不拘多少。③拘束：拘謹／無拘無束。④不變通：拘泥成法。

拙 ^普zhuō ^粵zyut3 茁 ^倉QUU

①笨，不靈巧：笨拙／手拙／拙嘴笨舌／弄巧成拙／勤能補拙。②謙辭 (稱自己的文章、見解等)：拙作／拙著／拙見。

拼 (拼) ^普pàn ^粵pun3 判
^倉QIT 「拼」與「拼」字不同。「拼命」為豁出生命的意思，俗誤作「拼命」。「拼」字有綴合事物意。二字字形相混，「拼命」誤作「拼命」，連讀音多也一同改變。

捨棄不顧：拼棄／拼命。

招 1 ^普zhāo ^粵ziu1 蕉 ^倉QSHR

①舉手上下揮動：招手／招之即來。②用公開的方式使來：招集／招收學生／招聘人員。③引來：招螞蟻。④惹起：招事／招笑。
【招待】應接賓客。
【招呼】①召喚：有人招呼你。②用語言或動作表示問候。③吩咐，關照。④照料：招呼老人。
【招徠】招攬：以廣招徠／招徠顧客。

招 2 ^普zhāo ^粵ziu1 蕉

承認自己的罪狀：不肯招認。

招 3 ^普zhāo ^粵ziu1 蕉

伎倆，手段：花招兒。

拜 ^普bài ^粵baai3 擺三聲
^倉HQMQJ

①行禮表示敬意：回拜／叩拜。②見面行禮表示祝賀：拜年／拜壽。③拜訪。④舊時用一定的禮節授與某種名義或結成某種關係：拜將／拜把子。⑤敬辭。用於

人事往來：拜託／拜領／拜讀。

挈 ⓐVEQ「拿」的異體字，見227頁。

担 ⓐ dǎn ⓑ daan6 但 ⓒ QAM
同「擔1」，見243頁。

抬 ⓐtái ⓑtoi4 臺 ⓒQIR
① 舉，提高，使上升：抬手／抬腳／抬價／抬頭頻來。② 共同用手或肩膀搬東西：抬擔架／把桌子抬過來。③ 抬槓（比喻爭辯）。④ 量詞。用於兩個或以上的人共同抬的東西：十抬妝奩。
【抬頭】① 把頭抬起來。② 比喻不再被抑制或受欺侮：推翻了不合理的制度，才能抬頭。③ 函牘上另起一行或空格書寫，表示尊敬。④ 發票、收據上寫的戶頭。

拳 ⓐquán ⓑkyun4 權 ⓒFQQ
① 屈指捲握起來的手：拳頭／雙手握拳。② 拳術，一種徒手的武術：打拳／太極拳。③ 肢體彎曲：拳起腿來。
【拳拳】形容懇摯：情意拳拳／拳拳之忱。亦作「惓惓」。

括 ⓐkuò ⓑkut3 聒 ⓒQHJR
① 紮，束：括髮／括約肌（在肛門、尿道等靠近開口的地方，能收縮擴張的肌肉）。② 包容：總括／包括。③ 對部分文字加上括號：把這幾個字用括號括起來。

拭 ⓐshì ⓑsik1 式 ⓒQIPM
擦：拭淚／拭几。

拮 ⓐjié ⓑgit3 潔 ⓒQGR
【拮据】缺少錢，困窘。

拱 1 ⓐgǒng ⓑgung2 肇 ⓒQTC
① 拱手，兩手相合表示敬意。② 環繞：拱衛／眾星拱月／四山環繞大湖。③ 肢體彎曲成弧形：拱肩膀／拱肩縮背。④ 建築物上呈弧形的結構，大多中間高兩側低：拱門／連拱壩／拱式建築物。
【拱券】門窗、橋樑等建築成弧形的部分。

拱 2 ⓐgǒng ⓑgung2 肇
① 用身體撞動別的東西或撥開土等物體：蟲子拱土／豬用嘴拱地。② 植物生長，從土裏向外鑽或頂：拱芽。

拯 ⓐzhěng ⓑcing2 逞 ⓒQNEM
援救，救助：拯救。

拃 ⓐzhā ⓑzaa1 渣 ⓒQJHP
【拃挲】張開：拃挲着手。

拴 ⓐshuān ⓑsaan1 閂 ⓒQOMG
「拴」，右上作入。
① 用繩子繫上：拴馬／拴車。② 比喻纏住而不能自由行動：被瑣事拴住了。

拶 1 ⓐzā ⓑzaat3 扎 ⓒQVVN
逼迫：逼拶。

拶 2 ⓐzǎn ⓑzaat3 扎
【拶指】舊時用拶子夾手指的酷刑。
【拶子】舊時夾手指的刑具。

拷¹ 畠kǎo 畠haau2 考 畠QJKS
打：拷打／拷問。

拷² 畠kǎo 畠haau2 考
拷貝。用拍攝成的電影底片洗印出來的膠片。

持 畠chí 畠ci4 池 畠QGDI
①拿着，握住：持筆／持槍。②抱有（某種見解、態度）：持相反意見／持公正的態度。③支持，維持，保持：堅持／持久。④主管，料理：持家／主持。⑤控制，挾制：劫持／挾持。⑥對抗：僵持／相持不下。

指 畠zhǐ 畠zi2 旨 畠QPA
①手指頭。②一個手指頭的寬度叫一指：下了三指雨。③用尖端對着，向着：用手一指／時針指着十二點。④（頭髮）直立：髮指。⑤點明，告知：指導／指出他的錯誤。⑥意思上針對：這不是指你說的，是指他說的。⑦仰伏，倚靠：不應指着別人生活／單指一個人是不能把事情做好的。
【指摘】指出缺點，加以批評。

挎 畠kuà 畠kwaa3 胯 畠QKMS
①胳膊彎起來掛着東西：他胳膊上挎着籃子／兩人挎着胳膊走。②把東西掛在肩頭或掛在腰間：肩上挎着攝錄機。

挑¹ 畠tiāo 畠tiu1 跳一聲 畠QLMO
①選，揀：挑選／挑揀／挑好的送給他。②挑剔：挑剔／挑毛病。
【挑剔】①嚴格地揀選，把不合規格的除去。②故意找錯。

挑² 畠tiāo 畠tiu1 跳一聲
①用肩擔：挑水／別人挑一擔，他挑兩擔。②挑、擔的東西：挑着空挑子。

挑³ 畠tiǎo 畠tiu1 跳一聲
①用竹竿把東西舉起或支起：挑起簾子來／把旗子挑起來。②用條狀物或有尖的東西撥開或弄出來：挑刺／把火挑開／挑了挑燈心。③撥弄，引動：挑釁／挑撥是非。④漢字由下斜着向上的一種筆形。
【挑戰】①激怒敵人出來打仗。②刺激對方和自己較量。③鼓動對方和自己競賽：兩個足球隊互相挑戰。④指需要應付、處理的局面或難題。

按¹ 畠àn 畠on3 案 畠QJV
①用手或指頭壓、摁：按脈／按電鈴。②止住，壓住：按兵不動／按下此事不表。③抑制：按不住心頭怒火。④介詞：依照：按人數算／按理說你應該去。
【按摩】一種醫術，按揉或撫摩病人身體的一定部位，幫助血液循環。
【按部就班】依照程序辦事：學習知識，應該按部就班循序漸進。
【按圖索驥】按圖像尋找好馬，比喻按照線索尋找，也比喻辦事機械、死板。

按² 畠àn 畠on3 案
①查考，核對：有原文可按。②經過考核研究後下論斷：按語／編者按。

拼 畠pīn 畠ping1 乒 畠ping3 聘
畠QTT 「拼」與「拚」不同。
①連合，湊合：拼音／拼湊／東拼西湊／把兩塊板子拼起來。②幾個人拼合起來做

某事：拼車/拼飯。③比拼：拼技術/拼實力。

挖 ⓹wā ⓺waat3 猾三聲 ⓼QJCN
掘，掏：挖個坑。
【挖苦】用尖刻的話譏笑人：挖苦人/這話真挖苦。

拽¹ ⓹yè ⓺jai6 曳 ⓼QLWP
舊同「曳」，見266頁。

拽² ⓹zhuāi ⓺jai6 曳
用力扔：拽了吧，沒用了/把球拽過來。

拽³ ⓹zhuài ⓺jai6 曳
拉，拖，牽引：拽不動/把門拽上。

拾¹ ⓹shè ⓺sap6十 ⓼QOMR
輕步而上：拾級而上。

拾² ⓹shí ⓺sap6十
從地上拿起來：拾麥子/拾了一枝筆。
【拾掇】①整理：把屋子拾掇一下/把書架拾掇拾掇。②修理：拾掇鐘錶/拾掇機器。

拾³ ⓹shí ⓺sap6十
「十」字的大寫。

挈 ⓹qiè ⓺kit3 揭 ⓼QHQ
①用手提着：提綱挈領。②帶，領：挈眷/扶老挈幼。

拿 ⓹ná ⓺naa4 那四聲 ⓼OMRQ
①用手取，握在手裏：拿筆/拿槍/拿張紙來。②用強力取，捉：拿下敵人的碉堡。③掌握，把握：拿主意/做好做不

好，我可拿不穩。④拿捏，挾制：這樣的事拿不住人。⑤裝做，故意做出：拿架子。⑥領取，得到：拿工資/拿金牌。⑦侵蝕，侵害：這塊木頭讓藥水拿白了。⑧介詞。用：拿這筆錢買一套西裝。⑨介詞。把：我拿你當自家人看待。
【拿手】擅長，特長：拿手好戲/做這樣的事，我還很拿手。

挪 ⓹nuó ⓺no4 娜 ⓼QSQL
移動：挪用款項/把桌子挪一挪。

挺 ⓹tǐng ⓺ting5 艇 ⓼QNKG
①筆直：筆挺/挺進（勇往直前）/直挺挺地躺着不動。②撐直：挺起腰不/仍挺身而出。③勉強支撐：他雖然受了傷，仍硬挺着不下火線。④支持：力挺/我們全力挺你。⑤特出：英挺/挺拔。⑥副詞。很：挺好/挺和氣/挺愛學習/這花挺香。⑦量詞。指機槍：一挺機關槍。
【挺拔】①直立而高聳。②堅強有力：筆力挺拔。

挨¹ ⓹āi ⓺aai1 埃 ⓼QIOK
①依次，順次：挨家問。②靠近：你挨着我坐吧。

挨² ⓹ái ⓺ngaai4 涯
①遭受，親身受到：挨打/挨罵/挨餓受凍。②拖延：挨日子/別挨磨了，快走吧。

捂 ⓹wǔ ⓺wu2 塢 ⓼QMMR
遮蓋住或封閉起來：捂着嘴笑/捂着鼻子。

挫 🔊cuò 🔊co3 錯 🔊QOOG
① 挫折，事情進行不順利，失敗：事情挫阻／經過了許多挫折。② 按下，使音調降低：語音抑揚頓挫。

振 🔊zhèn 🔊zan3 震 🔊QMMV
① 搖動：振鈴／振筆直書。② 振動：共振／振幅。③ 奮起，興起：振興／精神一振。
【振幅】振動的物體從往復運動的中點到運動所能達到的一頭的路徑的長度。

抄 🔊QEFH「挙」的異體字，見 228 頁。

挲 🔊sā 🔊so1 桫 🔊EHQ
摩挲 (mā·sa)。用手輕輕按着一下一下地移動：摩挲衣裳。
挲² 🔊shā 🔊saa1 沙
挓挲。張開：挓挲着手。
挲³ 🔊suō 🔊so1 桫
摩挲 (mósuō)。即用手撫摩。

挹 🔊yì 🔊jap1 邑 🔊QRAU
舀，把液體盛出來。
【挹注】比喻從有餘的地方取出來，以補不足。

捄 🔊QIJE「救」的異體字，見 251 頁。

捅 🔊tǒng 🔊tung2 桶 🔊QNIB
① 用棍、棒、刀、槍等戳刺：把窗戶捅破了／捅馬蜂窩（喻惹禍）。② 碰，觸動：我用胳膊捅了他一下。③ 揭露：把問題全捅出來了。

挼¹ 🔊ruá 🔊no4 挪 🔊QBV
（紙、布等）皺，不平展：那張紙挼了。
挼² 🔊ruó 🔊no4 挪
揉搓：把紙條挼成團。

挾(挾) 🔊xié 🔊hip6 協
🔊QKOO
① 用胳膊夾住：挾泰山以超北海（喻不可能）。② 倚仗勢力或抓住人的弱點強迫人服從：要挾／挾制。③ 依靠：挾技術優勢開發新產品。④ 心裏懷着（怨恨等）：挾嫌／挾恨。

捃 🔊jùn 🔊kwan2 菌 🔊QSKR
拾取：捃摭。

捆 🔊kǔn 🔊kwan2 菌 🔊QWD
① 把散的東西用繩紮起來：把行李捆上。② 量詞。指捆在一起的東西：一捆兒柴火／一捆兒竹竿／一捆報紙。

捉 🔊zhuō 🔊zuk1 足 🔊QRYO
① 抓，逮：捉老鼠／捉蝗蟲／捕風捉影。② 握：捉筆。
【捉襟見肘】拉一下衣服就露出胳膊肘，形容衣服破爛，比喻困難重重，窮於應付。

挕¹ 🔊lǚ 🔊lyut3 劣 🔊QBDI
用手指順着抹過去，整理：挕鬍子。

捋² 粵luò 普lyut3 劣
用手捋着條狀物，順着東西移動：
捋榆錢／捋虎鬚（喻冒險）。

捎 粵shāo 普saau1 梢 倉QFB
捎帶，順便給別人帶東西：捎封信
去。

捏 粵niē 普nip6 囁 倉QHXM
①用拇指和其他手指夾住：捏着
一粒糖。②用手指把軟的東西做成一定
的形狀：捏餃子／捏泥人兒。③握，攢：捏
緊拳頭／捏一把汗。④使合在一起：捏合。
⑤假造，虛構：捏造／捏報。

捐 粵juān 普gyun1 娟 倉QRB
①捨棄，拋棄：損生／捐軀。②捐助，
獻出：捐錢／捐獻／捐舊衣／為國捐軀。③賦
稅的一種：房捐／苛捐雜稅。

捕 粵bǔ 普bou6 步 倉QIJB
捉，逮：捕蠅／捕風捉影（喻毫無
事實根據）／一個強盜被捕了。

捌（捌） 粵bā 普baat3 八
倉QRSN
數目字「八」的大寫。

捍 粵hàn 普hon6 汗 倉QAMJ
保衛，抵禦：捍衛祖國／捍海堰（擋
海潮的堤）。

挽 粵wǎn 普waan5 輓 倉QNAU
①拉，牽引：挽弓／挽車。②設法使
局勢好轉或恢復原狀：挽救／挽回。③向
上捲（衣服）：挽起袖子。④同「輓」，見
609頁。

捧 粵pěng 普pung2 鋪擁切
倉QQKQ
①兩手托着：捧着花生／捧着一大堆書。
②奉承或代人吹噓：捧場／用好話捧他。
③量詞。用於成把的東西：一捧米。
【捧腹】捧着肚子，借指大笑：令人捧腹。

据 粵jū 普geoi1 居
倉QSJR
見【拮据】，見225頁。

捨（舍） 粵shě 普se2 寫
倉QOMR
①放棄，不要了：捨身為國／捨近求遠／
四捨五入。②施捨：捨粥／捨衣。

捩 粵liè 普lit6 列 倉QHSK
扭轉：轉捩點（轉折點）。

挰（扪） 粵mén 普mun4 門
倉QAN
按，摸。
【挰心自問】摸摸胸口，表示反省。

捭 粵bǎi 普baai2 擺
倉QHHJ
分開：縱橫捭闔（分化或拉攏）。

挳 倉QMGG「挨²」的異體字，見227
頁。

捲(卷) ⓟjuǎn ⓒgyun2 卷 ⓔQFQU

① 把東西彎轉裹成圓筒形：捲行李／捲簾子。② 一種大的力量把東西撮起或裹住：捲入旋渦（喻被牽涉到事件中）／捲入爭論。

捷[1] ⓟjié ⓒzit6 截 ⓔQJLO

戰勝：捷報／我軍大捷。

捷[2] ⓟjié ⓒzit6 截

快速：敏捷／捷徑（近路）。
【捷足先登】比喻行動敏捷，先達到目的地。

捺 ⓟnà ⓒnaat6 拿達切 ⓔQKMF

① 用手按。忍耐：捺着性子。③ 漢字上從上向右斜下的筆畫：「人」字是一撇一捺。

捻 ⓟniǎn ⓒnin2 呢演切 ⓒnim2 呢掩切 ⓔQOIP

① 用手指搓轉：捻線／捻麻繩。② 用紙、布條等搓成的像線繩樣的東西：紙捻兒／藥捻兒／燈捻兒。

捽 ⓟzuó ⓒzeot1 卒 ⓔQYOJ

揪：捽他的頭髮。

掀 ⓟxiān ⓒhin1 軒 ⓔQHLO

① 揭起，打開：掀鍋蓋／掀簾子／掀書頁。② 翻動，翻動：白浪掀天。

掃(扫)[1] ⓟsǎo ⓒsou3 素 ⓔQSMB

① 拿笤帚等除去塵土：掃地／掃雪。② 除去，消滅：掃興／掃除文盲。③ 很快地左右移動：掃射／眼睛四下裏一掃。④ 歸攏在一起：掃數歸還。

掃(扫)[2] ⓟsào ⓒsou3 素

掃帚，一種用竹枝等做的掃地用具。

掄(抡)[1] ⓟlūn ⓒleon4 淪 ⓔQOMB

手臂用力旋動：掄刀／掄拳。

掄(抡)[2] ⓟlún ⓒleon4 淪

挑選：掄材。

掂 ⓟdiān ⓒdim1 店一聲 ⓔQIYR

用手托着東西估量輕重：掂一掂／掂着不輕。
【掂掇】① 掂：你掂掇一下這塊石頭有多重。② 斟酌：你掂掇着辦吧。③ 估量：我掂掇着這麼辦能行。

掇 ⓟduō ⓒzyut3 輟 ⓔQEEE

① 拾取：掇拾。② 用雙手拿（椅子、凳子等），用手端。

授 ⓟshòu ⓒsau6 受 ⓔQBBE

① 給，與：授權／授獎。② 傳授，教：授課。
【授意】把自己的意思告訴別人，讓別人照着辦（多指不公開的）。

掉[1] ⓟdiào ⓒdiu6 調 ⓔQYAJ

① 落：掉眼淚／掉在水裏。② 在後面：掉隊。③ 遺失：東西掉了。④ 減損，

消失：掉色。⑤ 在動詞後表示動作的完成：丟掉／賣掉／改掉壞習慣。

掉 2 ⓐdiào ⓔdiu6 調

① 搖擺：尾大不掉（比喻下屬勢力強大，在上者難以駕馭）。② 回轉：掉頭／掉過來。③ 對換：掉個座位。

掊 1 ⓐpóu ⓔpau4 爬牛切 ⓠQYTR

① 聚斂、搜刮。② 挖掘。

掊 2 ⓐpǒu ⓔpau2 剖

① 擊：掊擊（抨擊）。② 破開。

掐 ⓐqiā ⓔhaap3 狹三聲 ⓠQNHX

① 用手指用力夾，使折斷：掐花／掐電線。② 用手的虎口緊緊按住：一把掐住腰。③ 指爭鬥：兩人因一點小事掐起來了。④ 量詞，一隻手或兩隻手指尖相對握着的數量：一小掐韭菜／一大掐子青菜。

排 1 ⓐpái ⓔpaai4 牌 ⓠQLMY

① 擺成行列：排列／排隊。② 排成的行列：我坐在前排。③ 軍隊的編制單位，是「班」的上一級。④ 量詞，用於成行列的東西：一排矮樹／兩排牙齒。⑤ 一種西式食品，用大而厚的肉片煎成：牛排／肉排。⑥ 演戲，練習演戲：排戲。⑦ 一種水上交通工具，用竹子或木頭平排地連在一起做成。

【排場】鋪張的場面。

【排行】兄弟姊妹的長幼次序。

排 2 ⓐpái ⓔpaai4 牌

① 除去：排難。② 物體從內部釋放出來：排水／排泄（生物把體內的廢物如汗、尿、屎等排出體外）。③ 推開：排門而出／排山倒海（喻力量大）。

排 3 ⓐpǎi ⓔbik1 逼

【排子車】用人拉的搬運東西的一種車。

掖 1 ⓐyē ⓔjik6 液 ⓠQYOK

把東西塞在衣袋或夾縫裏。

掖 2 ⓐyè ⓔjik6 液

用手扶着別人的胳膊。借指扶助或提拔：提掖／獎掖。

掘 ⓐjué ⓔgwat6 倔 ⓠQSUU

挖、刨：掘地／臨渴掘井。

掙(挣) 1 ⓐzhēng ⓔzang1 僧 ⓠQBSD

【掙扎】用力支撐：垂死掙扎。

掙(挣) 2 ⓐzhèng ⓔzaang6 坐硬切

用力支撐或擺脫：掙脫／掙開。

掙(挣) 3 ⓐzhèng ⓔzaang6 坐硬切

出力取得報酬：掙錢。

【掙命】① 為保全性命而掙扎。② 指拼命工作。

掛(挂) ⓐguà ⓔgwaa3 卦 ⓠQGGY

① 懸，把東西連到另一東西上：懸掛／掛畫／掛圖。②（案件等）懸而未決，擱置：這個案子還掛着呢。③ 把話筒放回電話機上使電路斷開。④（內心）牽連着：牽掛／掛念／掛慮／記掛。⑤ 登記：掛號／掛

失。⑥量詞。多指成串的東西：一掛鞭炮／一掛珠子。

【掛礙】牽掣，障礙：心中沒有掛礙。

掠

📖lüè 📙loek6略 📱QYRF

①奪取：掠奪／掠取／掠人之美（把別人的好處說成是自己的）。②輕輕擦過：燕子掠簷而過。

採（采）

📖cǎi 📙coi2彩 📱QBD

①摘取：採蓮／採茶。②開採：採煤／採礦。③搜集：採風／採礦。④選取：採用／採取。

【採訪】搜集尋訪，多指記者設法得到種種活動的消息。

【採納】接受意見：採納同事的意見。

探

📖tàn 📙taam3貪三聲 📱QBCD

①伸手摸取：探囊取物。②尋求，探測：探源／探礦。③打聽，偵察：探子／探聽消息／先探一探口氣。④做偵察工作的人：密探。⑤探望，訪問：探親／好久沒來探望您了。⑥頭或上體伸出：探出頭來／行車時不要探身車外。

接

📖jiē 📙zip3摺 📱QYTV

①接觸，挨近：接洽／接近。②連接，使連接：連接。③托住，承受：接球／書快掉下來了趕緊接住。④接受：接見／接電話。⑤迎：接家眷／接待賓客／到車站接朋友。⑥接替：接任／誰接你的班？

控

📖kòng 📙hung3哄 📱QJCM

告狀，指出罪惡：控告。

【控訴】①向法院告發。②當眾訴說（壞人罪惡）。

控

📖kòng 📙hung3哄

節制，駕馭。

【控制】①掌握住不使任意活動或越出範圍，操縱。②使處於自己的佔有、管理或影響之下。

措

📖cuò 📙cou3醋 📱QTA

①安放，安排：不知所措／措手不及（來不及應付）。②籌劃辦理：籌措款項／措施（對事情採取的辦法）。

推

📖tuī 📙teoi1退一聲 📱QOG

①手向外或向前用力使物移動：推車／推磨／推了他一把。②使工具貼着物體的表面向前剪或削：推草／推頭（理髮）／用刨子推光。③使事情開展：推廣／推銷／推動。④進一步想，由已知推斷其餘：推求／推測／推理／推算／類推。⑤讓給別人，辭讓：推辭／推讓。⑥推諉，脫卸：推三阻四。⑦往後挪動（時間）：再推往後幾天。⑧舉薦，選舉：公推一個人做代表。⑨指出某人某物的優點：推崇。

【推敲】斟酌文章字句：仔細推敲／一字費推敲。

【推許】推重並稱讚。

【推重】重視某人的思想、才能、行為、著作、發明等，給以很高的評價。

揓

📖shàn 📙sim3閃三聲 📱QFF

舒展，鋪張。

捯 粤dáo 普dou2 堵 倉QMGN
① 兩手不住倒換着拉回線、繩子等：風箏捯下來。② 追溯，追究原因：捯老賬／這件事到今天還沒捯出頭來呢。

掩 粤yǎn 普jim2 奄 倉QKLU
① 遮蔽，遮蓋：掩蓋／遮掩／掩鼻／不掩飾自己的錯誤。② 關，合：掩卷／把門掩上。③ 門窗箱櫃等關閉時夾住東西：關門掩住手了。④ 乘人不備（襲擊，捕捉）：掩殺／掩捕。
【掩護】① 用炮火等壓住敵方火力，或利用自然條件的掩蔽，以便進行軍事上的活動。② 泛指暗中保護。

搢 粤qián 普kin4 虔 倉QHSB
用肩扛東西。
【搢客】替人買賣貨物從中取得傭錢的人。

掬 粤jū 普guk1 菊 倉QPFD
用兩手捧（東西）：以手掬水／笑容可掬（笑容似乎可用手捧住，形容笑得明顯）。

搢 粤kèn 普kang3 卡凳014 倉QYMB
①（眼裏）含、噙：搢着淚。② 刁難：勒搢。

掰 粤bāi 普baai1 拜一聲 倉QCHQ
用手把東西分開或折斷：掰老玉米／把這個蛤蜊掰開。

搢 粤tiàn 普tim3 添三聲 倉QHKP
用毛筆蘸墨汁在硯臺上弄均勻：搢筆。

揢（掗） 粤yà 普aa3 亞 倉QMLM
硬把東西送給或賣給別人。

掱 粤pá 普paa4 爬 倉QQQ
掱手。見【扒手】，217 頁。

揸 粤yǐ 普gei2 紀 倉QKMR
牽住，拖住：揸角之勢（比喻作戰時分兵牽制或合兵夾擊的形勢）。

掌 粤zhǎng 普zoeng2 槳 倉FBRQ
① 巴掌，手心：鼓掌／易如反掌。② 用巴掌打：掌嘴。③ 把握，主持，主管：掌印／掌舵／掌權／掌管檔案。④ 腳的底面：腳掌／熊掌。⑤ 馬蹄鐵，釘在馬、驢、騾子等蹄子底下的鐵：馬掌。⑥ 鞋底前後打的補釘：釘兩塊掌兒。
【掌故】關於古代人物、典章、制度等等的故事。
【掌握】① 了解事物，因而能充分支配或運用。② 把握，拿穩：掌握政策／掌握原則。

掣 1 粤chè 普zai3 制 倉HNQ
① 拽，拉：掣後腿／掣肘（喻阻礙旁人做事）。② 一閃而過：風馳電掣（喻迅速）。

掣 2 粤chè 普cit3 設
抽：掣簽。

搯 粤tāo 普tou4 濤 倉QPOU
① 挖：搯糞／在牆上搯一個洞。② 用手或工具探取：搯麻雀／把口袋裏的錢搯出來。

搁(㧏) 　⟨普⟩gāng ⟨粵⟩gong1 缸　⟨倉⟩QBTU
同「扛1」，見 217 頁。

捵 1 　⟨普⟩chēn ⟨粵⟩can2 診　⟨倉⟩QTBC
同「抻」，見 222 頁。

捵 2 　⟨普⟩tiǎn ⟨粵⟩din2 典
①撐，推。②撥。

捶 　⟨普⟩chuí ⟨粵⟩ceoi4 除　⟨倉⟩QHJM
敲打：捶衣裳/用力捶了一下。

揶 　⟨普⟩yé ⟨粵⟩je4 爺　⟨倉⟩QSJL
【揶揄】耍笑，嘲弄。

揀(拣) 1 　⟨普⟩jiǎn ⟨粵⟩gaan2 束　⟨倉⟩QDWF
挑選：挑揀/揀好的交納公糧。

揀(拣) 2 　⟨普⟩jiǎn ⟨粵⟩gaan2 束
同「撿」，見 245 頁。

掾 　⟨普⟩yuàn ⟨粵⟩jyun6 願　⟨倉⟩QVNO
古代官署屬員的通稱：掾吏。

摵 　⟨普⟩sāi ⟨粵⟩sak1 沙克切　⟨倉⟩QWP
同「塞1①」，見 125 頁。

揄 　⟨普⟩yú ⟨粵⟩jyu4 如　⟨倉⟩QOMN
牽引，提起。
【揄揚】①稱讚。②宣揚。

揆 　⟨普⟩kuí ⟨粵⟩kwai5 愧 又⟨粵⟩kwai4 葵　⟨倉⟩QNOK

①揆度，揣測：揆情度理。②道理，推測：古今同揆。③管理，掌管：總揆百事。④稱總攬政務的人，如宰相、內閣總理等：閣揆。

揉 　⟨普⟩róu ⟨粵⟩jau4 柔　⟨倉⟩QNHD
迴旋без按，摩擦：揉麵/揉一揉腿/沙子到眼裏可別揉。

揎 　⟨普⟩xuān ⟨粵⟩syun1 宣　⟨倉⟩QJMM
①将起袖子露出胳膊：揎拳捋袖。②打：揎了他一拳。③用手推：揎開大門。

描 　⟨普⟩miáo ⟨粵⟩miu4 苗　⟨倉⟩QTW
①依照原樣摹畫：描摹/描花。②在原來顏色淡或需要改正的地方重複塗抹：一筆是一筆，不要描。
【描寫】依照事物的情狀，用語言或線條、顏色表現出來：他很會描寫校園生活。

提 1 　⟨普⟩dī ⟨粵⟩tai4 題　⟨倉⟩QAMO
【提防】小心防備。
【提溜】手提：手裏提溜着一條魚。

提 2 　⟨普⟩tí ⟨粵⟩tai4 題
①垂手拿着（有環、柄或繩套的東西）：提着一壺水/提着一個籃子/提心弔膽（喻害怕）。②使事物由下往上移：提高/提升。③把預定的期限往前挪：提前/提早。④引起，說起，舉出：提意見/提供材料/經他一提，大家都想起來了。⑤取出：提取/把款項出來/提單（提取貨物的憑單）。⑥把犯人從關押的

地方帶出來：提犯人。⑦談（起，到）；舊事重提。⑧漢字的一種筆形，即「挑」。

【提倡】説明某種事物的優點，鼓勵大家使用或實行：提倡環保意識。

【提醒】從旁促使別人注意或指點別人：幸虧你提醒，不然我就忘了。

【提議】① 説出意見，供人討論或採納。② 商討問題時提出的主張。

【提綱挈領】提住網的總繩，提住衣服的領子，比喻把問題扼要地提示出來。

插 🔵chā 🟢caap3策鴨甲 🔴QHJX
① 扎進去，把細長或薄的東西放進去：插秧／把花插在瓶子裏。② 加入，參與：插班／插嘴。

搭 🔵ké 🟢kak3其客切 🔴QJHR
① 卡住：抽屜搭住了，拉不開／鞋小了點，所以搭腳。② 刁難：搭人／你別拿這事來搭我。

揖 🔵yī 🟢jap1泣 🔴QRSJ
拱手禮。

揚(扬) 1 🔵yáng 🟢joeng4羊 🔴QAMH
①高舉，向上：揚帆／揚手／趾高氣揚（驕傲的樣子）／揚湯止沸（比喻辦法不徹底）／揚揚（得意的樣子）。② 在空中飄動：飄揚／飛揚。③向上撒：揚場。④傳播出去：表揚／讚揚／頌揚／揚言。⑤指容貌好看：其貌不揚。

揚(扬) 2 🔵yáng 🟢joeng4羊
指江蘇揚州。

換(换) 🔵huàn 🟢wun6喚 🔴QNBK
①給人東西同時從他那裏取得別的東西：互換／交換條件。② 變換，更改：換了人／換湯不換藥。

捹 🔵QOMT 「掩」的異體字，見233頁。

壓 🔵yà 🟢aat3壓 🔴QSAV
拔：揠苗助長（喻性急欲求速成反而做壞）。

握 🔵wò 🟢ak1 🟢aak1扼 🔴QSMG
①手指彎曲攏來拿：握手。②掌握：握有兵權。

揞 🔵ǎn 🟢am2黯 🔴QYTA
用手指把藥粉或按在傷口上：手上破了最好揞上一些消炎粉。

揳 🔵xiē 🟢sit3屑 🔴QQHK
捶、打。特指把釘、楔等捶打到其他東西裏面去：在牆上揳釘子／把桌子揳一揳。

揣 1 🔵chuāi 🟢ceoi2取 🔴cyun2喘 🔴QUMB
藏在衣服裏：揣手／揣在懷裏。

揣 2 🔵chuāi 🟢ceoi2取 🔴cyun2喘
估量，忖度：我揣他來不來／不揣淺陋。

【揣摩】①研究，仔細琢磨：仔細揣摩寫作的方法。②估量，推測：我揣摩你也能做。

揣³ 粵chuài 普ceoi2取 又cyun2喘
粵揣揣。即掙扎。

揩 粵kāi 普haai1 鞋一聲 倉QPPA
擦，抹：揩鼻涕／揩背／揩油（佔便宜）。

揪 粵jiū 普zau1 周 倉QHDF
用手抓住或拉住：趕快揪住他／揪斷了繩子。
【揪心】心裏緊張，擔憂。

揭 粵jiē 普kit3 竭 倉QAPV
①把蓋在上面的東西拿起或把黏合着的東西分開：揭鍋蓋／把這張膏藥揭下來。②使隱瞞的事物顯露：揭短／揭發／揭露／陰謀被揭穿了。③高舉：揭竿而起（比喻起義舉事）。

搵 粵wèn 普wan3 蘊 倉QABT
①用手指按：搵鈴。②擦：搵淚。

揮(挥) 粵huī 普fai1 輝
倉QBJJ
①舞動，搖擺：揮刀／揮手／大筆一揮。②用手把眼淚、汗珠等抹掉：揮汗如雨。③指揮：揮師。④散出，甩出：揮金如土。
【揮發】液體或某些固體在常溫中變為氣體而發散。
【揮霍】用錢浪費，隨便花錢。

摒 粵bìng 普bing3 併 倉QSTT
排除：摒除／摒棄。
【摒擋】料理，收拾：摒擋行李。

援 粵yuán 普wun4 垣 又jyun4 元
倉QBME
①以手牽引：攀援。②引用：援例／援用。③幫助，救助：援助／支援／孤立無援。

揎 倉QPYR「轟③」的異體字，見612頁。

揸 粵zhā 普zaa1 渣 倉QDBM
①用手指撮東西。②把手指伸張開。

揍 粵zòu 普zau3 奏 倉QQKK
打（人）：挨揍／揍他一頓。

揹 倉QLPB「背1」的異體字，見480頁。

捏 倉QHXM「捏」的異體字，見229頁。

搜 粵sōu 普sau2 首 又sau1 收
倉QHXE
①尋求，尋找：搜集／搜羅人才。②搜索檢查：搜身。

搥 倉QYHR「捶」的異體字，見234頁。

搓(搓) 粵cuō 普co1 初
倉QTQM
兩個手掌放在別的東西上擦、揉：搓繩。

損(损) 粵sǔn 普syun2 選
倉QRBC

①減少：不能損益一字。②使蒙受害處：
損人利己是錯誤的。③損壞：完好無損。
④用刻薄話挖苦人：別損人啦！③刻薄，
毒辣：這法子真損／説話不要太損。
【損失】①消耗或失去：這場空戰，敵人
損失了五架飛機。②喪失的財物、名譽
等：避免意外損失。

摧 🅐què 🅑kok3 確 🅒QOBG
①同「榷1」，見290頁。②敲打。

攟（攟） 🅐chuāi 🅑caai1 猜 🅒QHYU
用拳頭揉，使攙入的東西和勻：攟麵／攟
米飯餅子。

搯 🅐QBHX「掏」的異體字，見233頁。

搵（搵） 🅐hú 🅑wat6 屈 🅒QBBB
①挖掘。②攪渾。

搊 🅐QWOT「搵」的異體字，見236頁。

搶 🅐chōu 🅑cau1 抽 🅒QPUU
用手指撥弄樂器。

搏 🅐bó 🅑bok3 博 🅒QIBI
①對打：搏鬥／肉搏（打交手仗）。
②跳動：脈搏。③撲上去抓：獅子搏兔。

搛 🅐jiān 🅑gim1 兼 🅒QTXC
夾：用筷子搛菜。

搔（搔） 🅐sāo 🅑sou1 蘇 🅒QEII
撓，用手指甲輕刮：搔癢。

搗（搗） 🅐dǎo 🅑dou2 島 🅒QHAU
①砸，舂：搗蒜／搗米。②衝，攻打：直搗
敵巢。③攪擾：搗亂／搗鬼。

搖（搖） 🅐yáo 🅑jiu4 遙 🅒QBOU
擺動：搖擺／搖頭／搖船。
【搖曳】搖擺動盪。

搢（搢） 🅐jìn 🅑zeon3 晉 🅒QMIA
插：搢笏（古時官吏把笏插在腰帶裏）。

搂 🅐QONV「摟」的異體字，見241頁。

搕 🅐kē 🅑hap6 盒 🅒QGIT
把東西向別的物體上碰，使附着
的東西掉下來：在石頭上搕煙袋。

搦 🅐nuò 🅑nik1 匿 🅒QNMM
握，持，拿着：搦管（執筆）。

搧（扇） 🅐shān 🅑sin3 扇 🅒QHSM
①搖動扇子或其他東西，振動空氣生

風：用扇子搧。②用手掌打：搧了他一耳光。

揚

QASM「拓1」的異體字，見223頁。

搪 1 ⓔtáng ⓒtong4 堂
ⓟQILR

①擋，抵拒：搪飢。②支吾：搪差事（敷衍了事）。

【搪塞】敷衍塞責：做事情要認真，不要搪塞。

搪 2 ⓔtáng ⓒtong4 堂
用泥土或塗料抹上或塗上：搪爐子。

【搪瓷】是用石英、長石等製成的一種像釉子的物質塗在金屬坯胎上燒製成的工藝品。

搬 ⓔbān ⓒbun1 般 ⓟQHYE

①移動物體的位置：把這塊石頭搬開。②遷移：搬家。③搬用，套用：生搬硬套。

搭 ⓔdā ⓒdaap3 答 ⓟQTOR

①支架，用棍、棒等東西交接捆紮起來：搭棚／搭橋／搭架子。②把柔軟的東西放在可以支架的東西上：肩上搭着一條毛巾。③重疊，接續：兩根電線接上了。④湊在一起，加上：搭上這些錢就夠了。⑤搭配，配合。⑥共同抬：把桌子搭起來。⑦乘車船等：搭載／搭車／貨船不搭客人。

【搭救】幫助人脫離危險或災難。

搶（抢） 1 ⓔqiāng ⓒcoeng1 窗 ⓟQOIR

觸，撞：呼天搶地。

搶（抢） 2 ⓔqiǎng ⓒcoeng2 昌二聲

①奪，硬拿：搶奪／搶球／搶劫／他把我的信搶去了。②趕快，趕緊，爭先：搶着幫媽媽洗碗。③突擊：搶修／搶收搶種。

搶（抢） 3 ⓔqiǎng ⓒcoeng2 昌二聲

刮，擦（去掉表面的一層）：磨剪子搶刀子／跌了一跤，把肉皮搶去一大塊。

搾

QJCS「榨①」的異體字，見289頁。

搳（搳） ⓔhuá ⓒwaa1 娃
ⓟQJQR

搳拳。見【划拳】，51頁。

搽 ⓔchá ⓒcaa4 茶 ⓟQTOD

塗抹：搽藥／搽粉。

搴 ⓔqiān ⓒhin1 牽 ⓟJTCQ

拔取：搴旗。

搿 ⓔgé ⓒgaap3 甲 ⓟQORQ

兩手合抱。

搒 1 ⓔbàng ⓒpong3 謗
ⓟQYBS

搖櫓使船前進，划船。

搒 2 ⓔpéng ⓒpaang4 彭
用棍子或竹棒子打。

搐 ⓟchù ⓥcuk1 速 ⓒQYVW

牽動，肌肉不自主地、劇烈地收縮：抽搐。

搞 ⓟgǎo ⓥgaau2 絞 ⓒQYRB

①做，弄：搞工作／不要亂搞／要把這個問題搞清楚。②設法獲得：搞材料／搞點水來。

搡 ⓟsǎng ⓥsong2 嗓 ⓒQEED

用力推：推搡／把他搡了個跟頭。

摁 ⓟèn ⓥon3 案 ⓒQWKP

用手按：摁電鈴／摁快門。

捌 ⓟshuò ⓥsok3 朔 ⓒQTUB

扎，刺（多見於早期白話）。

撢 ⓟzhǎn ⓥzin2 展 ⓒQSTV

輕輕地擦抹，吸去濕處的液體：撢布／用藥棉花撢一撢。

搗 ⓒQHRF「捂」的異體字，見227頁。

損 ⓒQMBC「扪1」的異體字，見217頁。

搆 ⓒQTTB「構1」的異體字，見290頁。

攜 ⓒQOGS「攜」的簡體字，見247頁。

摘 ⓟzhāi ⓥzaak6 宅 ⓒQYCB

①採取，拿下：摘瓜／摘梨／摘帽子。②選取：摘要／摘記。③借：東摘西借／摘幾個錢用。

摑（摑） ⓟguāi ⓧguó ⓥgwaak3 瓜客切 ⓒQWIM

用巴掌打：摑耳光。

摔 ⓟshuāi ⓥseot1 蟀 ⓒQYIJ

①用力往下扔：把帽子往牀上一摔。②很快地掉下：上樹要小心，別摔下來。③因摔下而破壞：把碗摔了。④跌跤：他摔倒了／摔了一跤。

摜（掼） ⓟguàn ⓥgwaan3 慣 ⓒQWJC

①擲，扔：往地下一摜。②握住東西的一端而摔另一端：摜稻。③跌，使跌：他摜了個跟頭／他抱住小明的腰，又把小明摜倒了。

搳 ⓒQKJA「扯」的異體字，見218頁。

摟（摟）1 ⓟlōu ⓥlau1 柳一聲 ⓒQLWV

①用手或工具把東西聚集起來：摟柴火／摟點乾草燒。②用手攏着提起來（指衣服）：摟起袖子。③搜刮：他們幾個人專會摟錢。

摟（摟）2 ⓟlǒu ⓥlau5 柳

兩臂合抱，用手臂攏着：摟抱／把孩子摟在懷裏。

摧 📖cuī 📢ceoi1 崔 💬QUOG
破壞，折斷：摧殘／無堅不摧。
【摧枯拉朽】摧折枯草朽木，比喻很容易地把敵人打垮。

摭 📖zhí 📢zek3 隻 💬QITF
拾取：摭拾。

摳（抠） 📖kōu 📢kau1 求一聲
💬QSRR
①用手指或細小的東西挖：摳了個小洞／把掉在磚縫裏的豆粒摳出來。②向狹窄的方面深求：摳字眼／死摳書本。③雕刻（花紋）。④吝嗇：他這人真摳，一張紙也捨不得。

摶（抟） 📖tuán 📢tyun4 團
💬QJII
①盤旋。②把東西弄成球形：摶泥球／摶紙團／摶飯團子。

摸 📖mō 📢mo2 魔二聲 💬QTAK
①用手接觸或輕輕撫摩：摸小孩兒的頭／摸摸多光滑。②用手探取：摸魚／由口袋裏摸出一張鈔票來。③揣測，試探：摸底／摸不清他是甚麼意思。④暗中行進，在認不清的道路上行走：摸黑／摸到敵人陣地。
【摸索】試探着（行進）：他們在暴風雨的黑夜裏摸索着前進。②多方面探求、研究：工作經驗靠大家摸索。

摺（折） 📖zhé 📢zip3 接
💬QSMA
①疊：摺紙／摺扇／摺尺／摺衣服。②用紙

摺疊起來的本子：存摺／房摺。

摽 1 📖biāo 📢biu1 標 💬QMWF
①揮之使去。②拋棄。

摽 2 📖biào 📢piu5 殍
①緊緊地捆在器物上：把口袋摽在車架上。②用胳膊緊緊地鈎住：母女倆摽着胳膊走。③親近，依附（多含貶義）：他們老摽在一塊。

摽 3 📖biào 📢piu5 殍
①落。②打擊。

摎 📖liào 📢loek6 略 💬QWHR
①放下：把碗摎在桌子上。②弄倒：把對手摎在地上。③拋，扔：別把我們摎在半路不管。

摞 📖luò 📢lo4 羅 💬QWVF
①把東西重疊地往上放：把書摞起來。②量詞。用於重疊着放起來的東西：一摞碗／一摞書。

摩 1 📖mō 📢mo1 魔 💬IDQ
【摩挲】用手輕輕按着一下一下地移動。

摩 2 📖mó 📢mo1 魔
①摩擦，蹭：摩肩擦背。②撫摩，摸：摩弄／按摩。③研究切磋：觀摩。

摯（挚） 📖zhì 📢zi3 置 💬GIQ
親密，誠懇：真摯／摯友。

摹 📖mó 📢mou4 模 💬TAKQ
照着樣子畫或寫：把這個字摹下來。

摠(捴) ⓟzǒng ⓒzung2腫 ⓠQHWP

同「總」，見460頁。

攄 ⓟQYPM 「摣」的異體字，見236頁。

摻(摻)[1] ⓟcàn ⓒcam3 次暗切 ⓠQIIH

古代一種鼓曲：漁陽摻。

摻(摻)[2] ⓟchān ⓒcaam1 參

把一種東西混合到另一東西裏去：摻和／摻雜。

撇[1] ⓟpiē ⓒpit3 瞥 ⓠQFBK

丟開，拋棄：撇開／撇棄。

撇[2] ⓟpiē ⓒpit3 瞥

由液體表面舀取：撇油。

撇[3] ⓟpiē ⓒpit3 瞥

①平着向前扔：撇球／撇磚頭。②用撇嘴的動作表示輕視、不以為然或不高興等。③漢字向左寫的一種筆形（丿）：八字先寫一撇兒。④像漢字的撇形的：兩撇鬍子。

擊 ⓟYKQ 「撽」的異體字，見604頁。

撳(搇) ⓟqìn ⓒgam6金六聲 ⓠQCNO

用手按：撳電鈴。

撼(撼) ⓟhàn ⓒham1 堪 ⓠQMJK

姓。

撥(拨) ⓟbō ⓒbut6勃 ⓠQNOE

①用手指或棍棒等推動或挑動：撥燈／把鐘撥一下。②分給，調配：撥款。③量詞。用於成批的，分組的：一撥兒人／分撥兒進入會場。
【撥冗】客套話，推開雜事，抽出時間：務希撥冗出席。

撅[1] ⓟjuē ⓒkyut3 決 ⓠQMTO

①翹起：撅嘴／撅着尾巴／小辮撅着。②當面使人難堪，頂撞：他平白地撅了我一頓。

撅[2] ⓟjuē ⓒkyut3 決

折：把竿子撅斷了。

撈(捞)[1] ⓟlāo ⓒlaau4 羅矛切 ⓠQFFS

①從液體裏面取東西：打撈。②順手拿：撈起背包就走。

撈(捞)[2] ⓟlāo ⓒlou1 拉高切

用不正當手段取得：撈錢／趁機撈一把。

撏(挦) ⓟxián ⓒcim4 潛 ⓠQSMI

扯，拔（毛髮）：撏雞毛／撏扯。

撐(撑) ⓟchēng ⓒcaang1 橙一聲 ⓠQFBQ

①抵住：撐竿跳／撐着下巴沉思。②用篙使船前進。③支持：苦撐危局／說得他自己也撐不住了。④使張開：撐傘／把口袋撐開。⑤飽滿，飽脹：少吃些，別撐着／口袋裝得太滿，都撐圓了。

撐 ⓐQFBQ「撐」的簡體字，見 241 頁。

撤 ⓟdūn ⓔdeon1 敦 ⓗQYDK
揪住。

撒 1 ⓟsǎ ⓔsaat3 薩 ⓗQTBK
①放，放開：撒網／撒手／撒腿跑。②儘量施展或表現出來：撒嬌。

撒 2 ⓟsǎ ⓔsaat3 薩
①把顆粒狀的東西分散着扔出去，散佈：撒種／年糕上撒白糖。②散落，灑：碗端平，別撒了湯。

撓(挠) ⓟnáo ⓔnaau4 尼矛切
ⓗQGGU
①擾亂，攪：阻撓。②彎屈，比喻屈服：不屈不撓（喻不屈服）／百折不撓（喻有毅力）。③搔，抓：撓癢癢。

斯 ⓟsī ⓔsi1 斯 ⓗQTCL
扯開，用手分裂：把布斯成兩塊。

撙 ⓟzǔn ⓔzyun2 轉二聲
ⓗQTWI
節省：撙節開支。

撚 ⓟniǎn ⓔnin2 呢演切 ⓗQBKF
①用手搓轉。②彈琵琶的一種指法。

撞 ⓟzhuàng ⓔzong6 狀 ⓗQYTG
①運動着的物體跟別的物體猛然碰上：撞鐘。②碰見：讓我撞見了。③試探：撞運氣。④莽撞地行動，闖：橫衝直撞。

撟(挢) ⓟjiǎo ⓔgiu2 繳
ⓗQHKB
舉，翹起：撟舌不下（形容驚訝得說不出話來）。

撤 ⓟchè ⓔcit3 澈 ⓗQYBK
①除去，免除：撤職／撤銷。②向後轉移，收回：撤兵／撤回。

撩 1 ⓟliāo ⓔliu1 聊一聲 ⓗQKCF
①提，掀起：跑的時候要把長衣服撩起來／把簾子撩起來。②用手灑水：先撩上點水再掃。

撩 2 ⓟliáo ⓔliu4 聊
挑弄，引逗：春光撩人。

撩 3 ⓟliào ⓔloek6 略
同「撂」，見 240 頁。

撫(抚) ⓟfǔ ⓔfu2 斧 ⓗQOTF
①慰問：撫恤／撫慰。②扶持，保護：撫養成人／撫育孤兒。③輕輕地按着：母親撫摩着兒子的頭髮。④同「拊」，見 223 頁。

撬 ⓟqiào ⓔgiu6 技耀切
ⓗQHUU
用棍、棒等撥、挑東西：把門撬開。

播 ⓟbō ⓔbo3 簸 ⓗQHDW
①撒種：條播／點播。②傳揚，傳佈：播音。③遷移，流亡：播遷。

撲(扑) [普]pū [粵]pok3 樸 [倉]QTCO
①用力向前衝，使全身突然伏在物體上：撲倒/香氣撲鼻。②把全部心力用到（工作、事業等上面）：他一心撲在教育事業上。③輕打，拍：撲粉/撲打衣服上的灰塵。

撮1 [普]cuō [粵]cyut3 猝 [倉]QASE
①聚起，現多指把聚攏的東西用簸箕等物鏟起：撮成一堆/把土撮起來。②取，摘取：撮要（摘取要點）。③容量單位，一升的千分之一。④量詞。用於手所撮取的東西或用於極少的壞人或事物：一撮米/一撮兒土/一小撮壞人。
【撮合】給雙方拉關係。

撮2 [普]zuǒ [粵]cyut3 猝
量詞。用於成叢的毛髮：剪下一撮子頭髮。

撰 [普]zhuàn [粵]zaan6 饌 [倉]QRUC
「撰」，右上作兩巳。
寫文章，著書。

撢 [倉]QMWJ「撣1」的異體字，見243頁。

撣(掸) 1 [普]dǎn [粵]daan6 但 [倉]QRRJ
拂，打去塵土：撣桌子/撣衣服。

撣(掸) 2 [普]shàn [粵]sin6 擅
①中國史書對傣族的一種稱呼。②撣族，緬甸民族之一，大部分居住在撣邦（自治邦名）。

撧 [倉]QVFU「撅2」的異體字，見241頁。

撻(挞) [普]tà [粵]taat3 遢 [倉]QYGQ
打，用鞭、棍等打人：鞭撻。
【撻伐】征討叛變：大張撻伐。

擒 [普]qín [粵]kam4 禽 [倉]QOYB
捕捉：擒賊先擒王。

擎 [普]qíng [粵]king4 鯨 [倉]TKQ
向上托，舉：擎天柱/眾擎易舉。

撼 [普]hàn [粵]ham6 憾 [倉]QIRP
搖動：震撼天地。

擖 [普]kā [粵]kaat3 卡壓切 [倉]QTAV
用刀子等刮。

擄(掳) [普]lǔ [粵]lou5 魯 [倉]QYPS
劫掠，把人搶走：燒殺擄掠。

擁(拥) [普]yōng [粵]jung2 湧 [倉]QYVG
①抱：擁抱。②圍着：擁被而眠/前呼後擁。③（人羣）擠着走：擁擠/大家都擁到前邊去/許多人一擁而入。④羣眾推舉：擁立/一致擁戴。
【擁護】忠誠愛戴，竭力支持。
【擁塞】擁擠的人馬、車輛或船隻等把道路或河道堵塞：車站入口處擁塞得水泄不通。

擂[1] 粵léi 普leoi4 雷
　　粵QMBW
①研磨：擂鉢（研東西的鉢）。②打：用拳頭擂／自吹自擂（喻自我吹噓）。

擂[2] 粵lèi 普leoi4 雷
　　擂臺：打擂／守擂／擂主。
【擂臺】古時候比武的臺子：擺擂臺。

擅 粵shàn 普sin6 善 粵QYWM
①超越職權：擅權。②獨斷獨行：擅自處理。③專長某種學術或技能：擅長數學。

擇（择）[1] 粵zé 普zaak6 澤
　　粵QWLJ
挑揀，挑選：選擇／擇友／不擇手段。

擇（择）[2] 粵zhái 普zaak6 澤
　　義同「擇1」，用於口語：擇菜／擇席（換個地方就睡不安穩）。

擋（挡）[1] 粵dǎng 普dong2 黨
　　粵QFBW
①阻攔，遮攔：阻擋／攔擋／水來土擋／把風擋住／拿芭蕉扇擋着太陽。②用來遮蔽的東西：爐擋／窗戶擋兒。

擋（挡）[2] 粵dàng 普dong3 檔
　　見【摒擋】，236頁。

擓（㧟）[1] 粵kuǎi 普kwaai5 葵
　　蟹切 粵QSEG
搔，輕抓：擓癢。

擓（㧟）[2] 粵kuǎi 普kwaai5 葵
　　蟹切
①用胳膊挎着：擓着籃子。②從桶裏舀水。

操[1] 粵cāo 普cou1 粗 粵QRRD
①拿，抓在手裏：操刀／操戈。②掌握，控制：操舟／操生殺之權。③從事，做某種工作：操醫生業。④用某種語言或方言説話：操英語／操南音。⑤練習：出操。⑥體育鍛煉：體操／徒手操。
【操縱】①控制或開動機械、儀器等。②隨着自己的意向來把持支配。
【操作】按照一定的程序和技術要求進行活動或工作。

操[2] 粵cāo 普cou3 燥
　　行為，品行：節操／操行。

擗 粵pǐ 普pik1 僻 粵QSRJ
分裂，使從原物體上分開：擗棒子（玉米）。

據（据） 粵jù 普geoi3 句
　　粵QYPO
①憑依，倚仗：據點／據險固守。②介詞。按照，依據：據理力爭。③佔，佔據：據為己有。④可以用做證明的事物，憑證：收據／字據／票據／真憑實據／無憑無據。
【據點】軍隊據以作戰的地點。

擀 粵gǎn 普gon2 趕 粵QJJJ
用根棒棒碾軋：擀麪條／擀氈（製氈）。

擊（击） 粵jī 普gik1 激
　　粵JEQ
①打，敲打：擊鼓／擊柝（敲梆子）。②攻打：遊擊／迎頭痛擊。③碰，接觸：撞擊／目擊（親眼看見）／肩摩轂擊（喻來往人多擁擠）。

撾 (挝) 1 ⓐwō ⓔwo1 窩 ⓡQYBB

老撾。亞洲國名。

撾 (挝) 2 ⓐzhuā ⓔzaa1 渣

打，敲打。

擘 ⓐbò ⓔmaak3 麻客切 ⓡSJQ

大拇指：巨擘(舊時喻能手，有大才幹的人)。

擭 ⓐhuàn ⓔgwaan3 慣 ⓡQWLV

穿：擭甲執兵。

撿 (捡) ⓐjiǎn ⓔgim2 檢 ⓡQOMO

拾取：撿柴／把筆撿起來／撿了一張畫。

擔 (担) 1 ⓐdān ⓔdaam1 耽 ⓡQNCR

①用肩膀挑：擔水／擔着兩筐青菜。②擔任，擔負，負責，承當：把任務擔當起來。
【擔心】也作「耽心」。憂慮，顧念：我擔心他身體受不了。

擔 (担) 2 ⓐdàn ⓔdaam3 耽 三聲

①擔子：重擔／貨郎擔。②重量單位，100斤等于1擔。③量詞。用於成擔的東西：一擔水／一擔柴。

擯 (摈) ⓐbìn ⓔban3 殯 ⓡQJMC

排除，遺棄：擯斥異己。

擠 (挤) ⓐjǐ ⓔzai1 劑 ⓡQYX

①緊緊靠攏在一起，(許多事情)集中在同一時間內：擠作一團／事情全擠在一塊了。②許多人、物很緊地挨着，不容易轉動：一間屋子住十來個人，太擠了。③互相推、擁：擠進會場／人多擠不過去。④壓榨：擠牛奶／擠牙膏。⑤排斥：互相排擠。

擢 ⓐzhuó ⓔzok6 昨 ⓡQSMG

①拔：擢髮難數。②提拔：擢用。
【擢髮難數】喻罪惡多得像頭髮那樣數不清。

擦 ⓐcā ⓔcaat3 察 ⓡQJBF

①磨，蹭：摩拳擦掌。②抹，揩拭：擦臉／擦桌子。③貼近：擦黑(傍晚)／擦身而過／擦着屋簷飛過。④把瓜果等用礤牀來回摩擦，使成細條兒：擦蘿蔔。

擰 (拧) 1 ⓐníng ⓔning6寧六聲 ⓡQJPN

①握住物體的兩端向相反的方向用力：擰手巾／擰繩子。②用兩三個手指扭住皮肉使勁轉動。

擰 (拧) 2 ⓐnǐng ⓔning6寧六聲

①扭轉，控制住東西的一部分而絞轉：擰螺絲釘／擰墨水瓶蓋。②顛倒，錯：他說擰了。③彆扭，不投合：兩個人越說越擰。

擰 (拧) 3 ⓐnìng ⓔning6寧六聲

倔強，彆扭，不馴服：擰脾氣。

擬(拟) 🅰nǐ 🅑ji5 以 🄀QPKO
①打算：擬往澳門。②初步設計編制，起草：擬稿／擬定計劃／這是一個擬議。③仿照：擬作。④比擬：比擬。⑤猜測，假設：虛擬。
【擬定】①起草制定。②揣測斷定。

擱(搁) 1 🅰gē 🅑gok3 閣 🄀QANR
①放置：把書擱下／鹽擱在水裏就化了。②加進去：豆漿裏擱點白糖。③耽擱，放在那裏不做：這事擱了一個月。
【擱淺】①船停滯在淺處，不能進退。②事情停頓。

擱(搁) 2 🅰gé 🅑gok3 閣
禁受，承受：擱不住這麼沉／擱不住揉搓。

擤 🅰xǐng 🅑sang3 沙更切 🄀QHUL
捏住鼻子，用氣排出鼻涕：擤鼻涕。

擩 🅰rǔ 🅑jau4 魷 🄀QMBB
插，塞：把棍子擩在草堆裏。

擥 🄀QGRG 「抬」的異體字，見225頁。

擤 🄀QGNI 「搞」的異體字，見237頁。

擲(掷) 🅰zhì 🅑zaak6 擇 🄀QTKL
扔，投，拋：擲球／投擲／擲鐵餅。

擴(扩) 🅰kuò 🅑kwok3 廓 🄀QITC
放大，張大：擴音機／擴充機構／擴大範圍。

擷(撷) 🅰xié 🅑kit3 揭 🅒git3 潔 🄀QGRC
①摘下，取下。②用衣襟兜東西。

擺(摆) 🅰bǎi 🅑baai2 巴徙切 🄀QWLP
①陳列，安放：把東西擺整齊。②數說，列舉：擺好／擺事實。③故意顯示：擺闊／擺架子。④來回地搖動：擺手／搖頭擺尾／大搖大擺。⑤搖動的東西：鐘擺。
【擺佈】①安排，佈置。②任意支配：受人擺佈。
【擺渡】①用船渡人過河。②過河用的船。
【擺脫】甩開：擺脫貧困。

攄(擞) 1 🅰sǒu 🅑sau2 手 🄀QLVK
見【抖攄】，220頁。

攄(擞) 2 🅰sòu 🅑sau3 秀
用通條插到火爐裏，把灰搖掉或抖掉：把爐子攄一攄。

擾(扰) 🅰rǎo 🅑jiu5 繞 🄀QMBE
①擾亂，打擾：擾攘。②混亂，紊亂：紛擾／擾攘。③客套話，因受人款待而表示客氣：叨擾。

攆(撵) 🅰niǎn 🅑lin5 憐五聲 🄀QQOJ

①驅逐，趕走：把他攆出去。②追趕：他攆不上我。

攄（摅） [普]shū [粵]syu1 書 [倉]QYPP

發表或表示出來：各攄己見。

攀 [普]pān [粵]paan1 盼一聲 [倉]DDKQ

①抓住別的東西向上爬：攀登／攀樹。②拉扯：攀扯。③指跟地位高的人結親戚或拉攏關係：攀親道故。④設法接觸，牽扯：攀談／攀扯。

攏（拢） [普]lǒng [粵]lung5 隴 [倉]QYBP

①合上：他笑得嘴都合不攏了。②靠近，到達：靠攏／攏岸／拉攏／他們倆總談不攏。③湊起，總合：攏共／攏總。④收束使不鬆散：攏緊／攏住聽眾的心。⑤梳，用梳子整理頭髮：攏一攏頭髮。

攉 [普]huō [粵]fok3 霍 [倉]QMBG

把堆在一起的東西鏟起拋到另一處去：攉土／攉煤機。

攖（撄） [普]yīng [粵]jing1 嬰 [倉]QBCV

①接觸，觸犯：攖怒／攖其鋒。②糾纏，擾亂。

攔（拦） [普]lán [粵]laan4 蘭 [倉]QANW

①遮攔，阻擋，阻止：攔擋／攔阻／攔住他，不要讓他進來。②當，正對着（某個部位）：攔頭一棍。

攘1 [普]rǎng [粵]joeng4 羊 [倉]QYRV

①侵奪：攘奪。②推，排斥：攘除／攘外。③捋起：（袖子）攘臂。

攘2 [普]rǎng [粵]joeng5 養

紛亂：擾攘。

攙（搀）1 [普]chān [粵]caam1 參 [倉]QNRI

在旁邊扶助：攙扶／你攙着那個老頭兒吧。

攙（搀）2 [普]chān [粵]caam1 參

舊同「摻2」，見241頁。

㩳（㧐） [普]sǒng [粵]sung2 聳

①挺立：㩳身。②推。

攛（撺） [普]cuān [粵]cyun3 寸 [倉]QJCV

①拋擲。②匆忙地做，亂抓：事先沒準備，臨時現攛。③發怒，發脾氣：他攛兒了。

【攛掇】慫恿，勸誘別人做某種事情：你就是攛掇他，他也不去／你自己不幹，為甚麼攛掇我呢？

攜（携） [普]xié [粵]kwai4 葵 [倉]QUOB

①帶：攜眷／攜帶／攜酒。②手拉着手：攜手。

攝（摄）1 [普]shè [粵]sip3 涉 [倉]QSJJ

①拿，取：攝食／攝取養分。②攝影：攝製。

攝(摄)

2 🔵shè 🔵sip3 涉
保養：攝生。

攝(摄)

2 🔵shè 🔵sip3 涉
指代理(多指統治權)：
攝政/攝位。

攢(攒)

1 🔵cuán 🔵cyun4 全
🔵QHUC
聚，湊集，拼湊：攢湊/攢錢/他用零件攢
了一部電腦。

攢(攒)

2 🔵zǎn 🔵zaan2 盞
積聚，儲蓄：積攢/攢
糞/攢錢。

攤(摊)

🔵tān 🔵taan1 灘
🔵QTOG
①擺開，展開：攤場 (把莊稼晾在場上)/
把問題攤到桌上來。②擺在地上或用席、
板攤設的售賣處：舊貨攤子。③量詞。用
於攤開的糊狀物：一攤血/一攤稀泥。④烹
飪法，把糊狀物放在鍋上使成薄片：攤
雞蛋/攤煎餅。⑤分財物：攤派/每人攤
五圓。⑥碰到，落到 (多指不如意的事
情)：事情雖小，攤在他身上就受不了。
【攤薄】泛指事物的數量、程度等由於其
他因素影響而減少或減弱：攤薄風險。

攣(挛)

🔵luán 🔵lyun4 聯
🔵VFQ
手腳蜷曲不能伸開：痙攣。

攥

🔵zuàn 🔵zaan6 賺 🔵QHBF
用手握住：攥緊拳頭/手裏攥着一
把斧子。

攪(搅)

🔵jiǎo 🔵gaau2 狡
🔵QHBU
①擾亂：攪擾/攪亂/他睡着了，不要攪
他。②拌：攪勻了/把鍋攪一攪。

攩

🔵QFBF 「擋1」的異體字，見244
頁。

攫

🔵jué 🔵fok3 霍 🔵QBUE
抓，奪：攫取/攫為己有。

攬(揽)

🔵lǎn 🔵laam5 覽
🔵QSWU
①用胳膊圍住別人，使靠近自己：母親
把孩子攬在懷裏。②摟，捆，使不散開：
用繩子把柴火攬上點起。③拉到自己這
方面或自己身上來：包攬/他把責任都
攬到自己身上了。④把持：大權獨攬。

攮

🔵nǎng 🔵nong5囊五聲 🔵QJBV
用刀刺：一刺攮死了敵人。
【攮子】短而尖的刀。

────── 支部 ──────

支

1 🔵zhī 🔵zi1 枝 🔵JE
①撐持：把帳篷支起來。②申出，
豎起：支着耳朵聽。③支持：支援/體力
不支。④調度，指使：支配/把人支走。⑤領
款或付款：他已經支了工資/把工資支
給他。
【支配】指揮，調度：由你支配。

支

2 🔵zhī 🔵zi1 枝
①分支的，附屬於總體的：支流/支

店。②量詞。用於隊伍等：一支軍隊。③量詞。用於歌曲或樂曲：一支新音樂。④量詞。用於桿形的東西：一支筆。⑤量詞。各種纖維紡成的紗（如棉紗）粗細程度的計算單位，紗愈細，支數愈多。公制每公斤重的棉紗，長度有幾個1000米就叫幾支（紗）。英制每磅重的棉紗，長度有幾個840碼就叫幾支（紗）。

【支離】①殘缺不完整：支離破碎。②散亂不集中：言語支離。

支 ³ 粵zhī 普zi1 之
地支，曆法中用的「子、丑、寅、卯、辰、巳、午、未、申、酉、戌、亥」十二個字。

歧 粵YMJE 見止部，302頁。

翅 粵JESMM 見羽部，469頁。

敧 粵qī 普kei1 崎 粵KRJE
同「攲」，見300頁。

────── 攴部 ──────

收 粵shōu 普sau1 修 粵VLOK
①把外面的事物拿到裏面，把攤開的或分散的事物聚集：收拾／收藏／收集。②取自己有權取的東西或原來屬於自己的東西：收回／收稅／收復。③獲得（經濟利益）：收入／收支。④割取成熟的農作物：秋收／收麥子。⑤接到，接受：收發／收信／收到／收條／接收物資／招收新生／收賬（受款記賬）。⑥約束，控制（感

情或行動）：收心。⑦逮捕，拘禁：收監／收押。⑧結束：收尾／收工／收場。

攷 粵MSOK 「考1」的異體字，見472頁。

改 粵gǎi 普goi2 該二聲 粵SUOK
①變更，更換：改革／改革／改變計劃。②修改：改稿／改進工作方法。③改正：知過必改／改正錯誤。

攸 粵yōu 普jau4 尤 粵OLOK
助詞。所：責有攸歸／性命攸關。

攻 粵gōng 普gung1 工 粵MOK
①攻擊，打擊，進攻，跟「守」相對：攻勢／攻城／攻守同盟。②指摘別人的錯誤：攻人之短。③研究：攻讀／專攻文化學。

放 粵fàng 普fong3 況 粵YSOK
①解脫約束，得到自由：放行／把籠子裏的鳥放了。②在一定的時間停止（學習、工作等）：放工／放學。③不拘束，任意，隨便：放任／放縱／放肆。④帶牲畜到野外去吃草：放牛／放羊。⑤把人驅逐到邊遠地方：流放／放逐。⑥發出：放槍／放光／放電。⑦播送，放映：放錄音／放電影。⑧借錢給人，收取利息：放債／放款。⑨把錢或物資發給（有需要的人）：發放／放ською。⑩點燃：放火／放爆竹。⑪擴展：放大／放寬／把領子放出半寸。⑫花開：蘆花放，稻穀香／心花怒放。⑬擱置：存放／手放下。⑭使處於一定位置：把書放桌上。⑮加進去：多放點糖。⑯控制自己的

行動,達到某種分寸:放輕鬆些/腳步放輕點。

【放心】安心,解脫掛慮:放心吧,一切都準備好了!

放 @bān @baan1 班 @CHOK

發給,分給。

政 @zhèng @zing3 症 @MMOK

①政治:政黨/政綱/參政。②國家某一部門主管的業務:財政/民政/郵政。③指家庭或團體的事務:家政/校政。

【政策】國家、政黨為了達到一定目的而制定的一切實際行動的準則。

【政府】國家行政機關。

【政權】①階級統治的權力。②指政權機關。

故 1 @gù @gu3 固 @JROK

①意外的事情:變故/家庭多故(多指不幸的事)。②緣故,原因:不知何故/無緣無故。③副詞。故意,有心,存心:明知故犯/故意為難。④連詞。所以,因此:因為大雨,故未如期到達。

【故障】機器發生毛病。

故 2 @gù @gu3 固

①老,舊,過去的:故書/故人(老朋友)/故居。②本來,原來的:故鄉(老家)。③朋友,友情:親故/沾親帶故。④死(指人):故去/病故/物故(指人死)。

戓 @YRYE「拮」的異體字,見230頁。

畂 @WOK 見田部,381頁。

效 1 @xiào @haau6 校 @YKOK

效驗,功用,成果:無效/效果良好/這藥吃了很見效。

效 2 @xiào @haau6 校

摹仿:效法/仿效/上行下效。

效 3 @xiào @haau6 校

為別人或集團獻出(力量或生命):效力/效勞/效命。

【效率】①物理學上指有用功跟總功之比。②指單位時間內所完成的工作量的大小:生產效率/工作效率。

攺 @mǐ @mai5 米 @mei5 美 @FDOK

安撫,平定:攺平。

致 @MGOK 見至部,493頁。

敖(敖) @áo @ngou4 熬 @GSOK

「敖」左上作「士」。

①同「遨」,見624頁。②姓。

敄 @yǔ @jyu5 羽 @MROK

古樂器,奏樂將終,擊敄使演奏停止。

敍(敘) @xù @zeoi6 序 @ODYE

①述說,談:敍敍家常。②記述:把事情

經過敍述清楚。③評議等級次第：敍功／銓敍。

敘 ⊜ODOK「敍」的異體字，見250頁。

教[1] ⊜jiāo ⊜gaau3 較 ⊜JDOK
傳授：教書／我教歷史／我教你做。

教[2] ⊜jiào ⊜gaau3 較
①指導，教誨，教育：教導／施教／受教／指教。② 宗教：佛教／道教／教會。

教[3] ⊜jiào ⊜gaau1 交
使，令：不教胡馬度陰山／悔教夫婿覓封侯。

敏 ⊜mǐn ⊜man5 閩 ⊜OYOK
①迅速，靈活：神經過敏／感覺靈敏／敬謝不敏（婉轉表示不願意做）。②聰明，機警：聰敏／機敏。

救 ⊜jiù ⊜gau3 究 ⊜IEOK
①幫助，使脫離困難或危險：救濟／救援／求救／救命／救人（幫助滅火）／救生圈。② 援助人、物使免於（災難、危險）：救亡／救荒。
【救星】指幫助人脫離苦難的集體或個人。

敗(敗) ⊜bài ⊜baai6 罷艾切
⊜BCOK
①輸，失利，跟「勝」相對：戰敗了／一敗塗地／乙隊以二比三敗於甲隊。②使失敗：我方大敗丙隊。③失敗，不成功：不計成敗／只許成功，不許失敗。④敗壞，毀壞：傷風敗俗／敗壞名譽。⑤解除，消

散：敗火／敗毒。⑥衰落：興敗（情緒低落）／花開敗了。⑦破舊，腐爛：敗絮／敗肉。

敕 ⊜chì ⊜cik1 斥 ⊜DLOK
帝王的詔書、命令。

赦 ⊜GCOK 見赤部，593頁。

啟 ⊜HROK 見口部，93頁。

敝 ⊜bì ⊜baai6 幣 ⊜FBOK
①破，壞：敝衣。②謙辭，用於跟自己有關的事物：敝姓／敝校。③衰敗：凋敝／經久不敝。

散[1] ⊜sǎn ⊜saan3山二聲 ⊜TBOK
①沒有約束，鬆開，分散：散漫／鬆散／披散着頭髮／繩子散了。②零碎的：散裝／散居。③藥末：丸散／健胃散。

散[2] ⊜sàn ⊜saan3傘
①分開，由聚集而分離：散會／散場／雲彩散了／煙消雲散。②分佈，分給：散傳單／天女散花／空氣裏散滿了花香。③排遣：散心／散悶。

敞 ⊜chǎng ⊜cong2 廠 ⊜FBOK
①沒有遮蔽：敞亮／這房子很寬敞。②打開：敞開大門／敞開胸懷。

敠 ⊜EEEEE「掇」的異體字，見230頁。

敢 (敢) ⓟgǎn ⓒgam2 感
ⓒMJOK

① 有勇氣，有膽量：勇敢/果敢。② 助動詞。表示有膽量做某種事情：敢做敢當/敢負責任。③ 助動詞。表示有把握做某種判斷：我不敢説他究竟哪一天來。④ 謙辭，表示冒昧地請求別人：敢問/敢請。⑤ 莫非：敢是哥哥回來了？

【敢情】① 原來：敢情是你？② 自然，當然：那敢情好了/組織暑期交流團，那敢情好。

敦 1 ⓟduì ⓒdeoi3 對
ⓒYDOK

古代盛黍稷的器具。

敦 2 ⓟdūn ⓒdeon1 噸

① 誠懇：敦厚/敦請。② 督促：敦促。

敬 ⓟjìng ⓒging3 徑 ⓒTROK

① 尊敬：敬重/敬愛/致敬/肅然起敬。② 恭敬：敬請指教/敬謝不敏。③ 有禮貌地送上去：敬酒/敬茶/敬您一杯。

敭 ⓒAHOK「揚1」的異體字，見235頁。

敫 ⓟjiǎo ⓒgiu2 繳 ⓒHSOK

姓。

敲 ⓟqiāo ⓒhaau1 哮 ⓒYBYE

① 打，擊：敲鑼/敲邊鼓（比喻從旁幫忙説話）。② 敲竹杠訛詐財物或抬高價格。

敵 (敌) ⓟdí ⓒdik6 滴
ⓒYBOK

① 仇人：分清敵我/敵暗我明/大敵當前。② 敵對的，因利害衝突而不相容的：敵方/敵意。③ 相當：匹敵/勢均力敵。④ 抵擋：寡不敵眾。

敷 ⓟfū ⓒfu1 呼 ⓒISOK

① 塗上，搽上：敷粉/外敷藥。② 佈置，鋪陳：敷設路軌。③ 足夠：敷用/入不敷出。

【敷衍】① 做事不認真或待人不真誠，只是表面應酬：敷衍了事/這人不誠懇，對人總是敷衍。② 勉強維持：手裏的錢還夠敷衍幾天。

數 (数) 1 ⓟshǔ ⓒsou2 嫂
ⓒLVOK

① 一個一個地計算：數不清的星星。② 比較起來最突出：就數他有本領。③ 責備，列舉過錯：數落/數説。

數 (数) 2 ⓟshù ⓒsou3 素

① 數目，劃分或計算出來的量：基數/序數/歲數/次數/人數太多，坐不下。② 天命：劫數。③ 幾，幾個：數次/數日/數人。

【數詞】表示數目的詞，如一、九、千、萬等。

數 (数) 3 ⓟshuò ⓒsok3 朔

屢次：頻數/數見不鮮。

毆

ⓒSRYE「驅」的異體字，見704頁。

整 ❶zhěng ❷zing2 井 ❸DKMYM
① 不殘缺，完全的：完整無缺／整套的書／忙了一整天／整整開了三小時的會。② 整齊，有秩序，不亂：書放得很整齊／屋子佈置得很整潔。③ 整理，整頓：整隊／整風。④ 修理：整修／整舊如新。⑤ 使吃苦頭：他被整得好苦！
【整數】數學上指不帶分數、小數的數或不是分數、小數的數。一般指沒有零頭的數目。

斁(斁) 1 ❶dù ❷dou3 到 ❸WJOK
敗壞。

斁(斁) 2 ❶yì ❷jik6 亦
厭棄，厭倦。

斂(敛) ❶liǎn ❷lim5 臉 ❸OOOK
① 收攏，收住：收斂／斂足（收住腳步，不往前進）。② 約束：斂跡。③ 收集，徵收：斂錢／橫徵暴斂。
【斂衽】① 整理衣襟，表示恭敬：斂衽而拜。② 指婦女行禮。也作「襝衽」。

斃(毙) ❶bì ❷bai6 幣 ❸FKMNP
死：斃命／倒斃。

斆(敩) 1 ❶xiào ❷haau6 效 ❸HDOK
教導。

斆(敩) 2 ❶xué ❷hok6 鶴
同「學」，見150頁。

━━━ 文 部 ━━━

文 1 ❶wén ❷man4 聞 ❸YK
① 文字，記錄語言的符號：甲骨文／英文／掃除文盲。② 文章：散文／韻文。③ 公文，文件：文書／呈文。④ 文言：半文半白。⑤ 社會發展到較高階段表現出來的狀態：文化／文明。⑥ 指文科：他在大學裏是學文的。⑦ 舊時指禮節儀式：繁文縟節。⑧ 指關於知識分子的，非軍事的：文人／文臣武將。⑨ 柔和：文雅／文火（不猛烈的火）／文縐縐。⑩ 事物錯綜所成的紋理或形象：天文／地文。⑪ 花紋，紋理：文采。⑫ 在身上臉上刺花紋或字：斷髮文身。⑬ 量詞。指銅錢：一文錢／一文不值。
【文化】① 人類在社會歷史發展過程中所創造的物質財富和精神財富的總和。特指社會意識形態。② 語文、科學等知識：學文化／文化水平高。
【文明】社會發展到較高階段和具有較高文化的：中國是世界文明最早發達的國家之一。
【文物】舊指典章制度等。現指歷史遺留下來在文化發展上有藝術價值和歷史意義的東西。
【文獻】有歷史價值或參考價值的典籍、文章等的統稱。
【文學】用語言、文字表現出來的藝術作品，如詩歌、小說、散文、戲曲等。
【文言】舊時寫文章常用的話，跟「白話」相對，也省稱「文」。
【文章】① 把有組織的話用文字寫成篇章，也省稱「文」：寫文章。② 泛指著作。

③指暗含的意思，複雜的情況。④指做事情的方法、計劃等。

文 2 　●wén（舊讀wèn）　●man6 問
文飾，掩飾：文過飾非。

斐 　●fěi　●fei2 匪　●LYYK
有文采。
【斐然】①有文采的樣子：斐然成章。②顯著：成績斐然。

斑 　●bān　●baan1 班　●MGYKG
一種顏色中夾雜的別種顏色的點子或條紋：斑駁／斑馬／斑鳩／斑竹／斑白（花白）／臉上有雀斑。
【斑斕】燦爛多彩。也作「斒斕」。

斌 　●bīn　●ban1 奔　●YKMPM
同「彬」，見190頁。

爛（斓） 　●lán　●laan4 蘭
　●YKANW
見【斑斕】，254頁。

—————— 斗部 ——————

斗 　●dǒu　●dau2 抖　●YJ
①容量單位，一斗是十升。②量糧食的器具。③像斗的東西：漏斗／熨斗。④旋轉成圓形的指紋。⑤古代盛酒的器具。⑥二十八星宿之一，通稱南斗。
【斗膽】大膽（多用作謙辭）：我斗膽說一句。
【斗拱】也作「枓栱」、「枓栱」。栱是建築上弧形承重結構，斗是墊栱的方木塊，合稱斗拱。
【斗室】指極小的屋子。

料 1 　●liào　●liu6 廖　●FDYJ
①料想，估計，猜想：預料／不出所料／他料事能得準。②照看，管理：料理／照料。

料 2 　●liào　●liu6 廖
①材料，可供製造其他東西的物質：原料／木料／燃料／肥料／衣裳料子／這種丸藥是加料的。②餵牲口用的穀物：草料／牲口得餵料才能肥。③量詞。用於中醫配製丸藥，處方規定劑量的全份為一料：配一料藥。

斛（斛） 　●hú　●huk6 酷　●NBYJ
量器名，古時以十斗為斛，後來又以五斗為斛。

斜 　●xié　●ce4 邪　●ODYJ
「斜」左偏旁直筆鉤。
不正，跟平面或直線既不平行也不垂直的：斜坡／紙裁斜了。

斝 　●jiǎ　●gaa2 假　●RRBYJ
古代的盛酒的玉杯。

斟 　●zhēn　●zam1 針　●TVYJ
往杯子裏倒（酒或茶）：斟酒／斟茶／給我斟碗水。
【斟酌】度量，考慮：請你斟酌辦理。

斡 　●wò　●waat3 挖　●JJOYJ
轉，旋。

【斡旋】居中調停，把弄僵了的局面扭轉過來。

斠 𤴐jiào 𤴐gok3 覺 𤴐TBYJ
古時平斗斛的器具。

斠² 𤴐jiào 𤴐gaau3 校
校訂。

斤 部

斤¹ 𤴐jīn 𤴐gan1 巾 𤴐HML
重量單位，市制一斤為十兩（舊制十六兩），合公制二分之一公斤。
【斤斤】注意小利害：斤斤計較。

斤² 𤴐jīn 𤴐gan1 巾
古代砍伐樹木的工具：斧斤。

斥¹ 𤴐chì 𤴐cik1 戚 𤴐HMY
①責備：痛斥／遭到斥責。②使退去，使離開：排斥／斥退。③拿出（錢）：斥資。④擴展：斥地。

斥² 𤴐chì 𤴐cik1 戚
偵察：斥候／斥騎（擔任偵察的騎兵）。

斧 𤴐fǔ 𤴐fu2 府 𤴐CKHML
①砍東西用的工具：板斧。②一種舊式武器：斧鉞。

斨 𤴐qiāng 𤴐coeng1 槍 𤴐VMHML
古代一種斧子。

欣 𤴐HLNO 見欠部，299頁。

斮 𤴐zhuó 𤴐zoek3 雀 𤴐MRHML
用刀、斧等砍：斮伐樹木。

斬(斩) 𤴐zhǎn 𤴐zaam2 嶄 𤴐JJHML
砍斷：斬首／斬草除根／斬釘截鐵。

斯 𤴐sī 𤴐si1 思 𤴐TCHML
①指示代詞。這，這個，這裏：斯人／斯時／生於斯，長於斯。②連詞，乃，就：有備斯可以無患矣。

新 𤴐xīn 𤴐san1 辛 𤴐YDHML
「新」左偏旁直筆不鈎。
①剛有的或剛經驗到的，跟「舊」、「老」相對：新辦法／新事物／萬象更新。②性質上變得更好的，跟「舊」相對：新社會／粉刷一新。③使變成新的：自新（改掉以往的過錯，使行為向好的方面發展）。④沒有用過的：新書／新房子。⑤指新的人或事物：以老帶新。⑥稱結婚時的人或物：新郎／新房。⑦新近，剛：我是新來的。

斲(斫) 𤴐zhuó 𤴐doek3 琢 𤴐RMHML
砍削：斲輪老手（喻經驗多）。
【斲琴】造古琴。
【斲喪】摧殘，傷害，特指因沉溺酒色以致傷害身體。
【斲輪老手】喻對某種事情富有經驗的人。

斵 𤴐HMHML 「斲」的異體字，見255頁。

斷（断） 1 ⓟduàn ⓒdyun6 段 ⓒVIHML

①長形的東西從中間分開：棍子斷了／風箏線斷了／把繩子剪斷了。②斷絕，不繼續：斷糧／斷絕關係。③間斷：她堅持每天跑步，風雨不斷。④戒除：斷酒／斷煙。

斷（断） 2 ⓟduàn ⓒdyun3 鍛

①判斷，決定，判定：診斷／斷案／當機立斷／下斷語。②副詞。一定，絕對：斷無此理／斷乎不可／斷做不得。

方部

方 ⓟfāng ⓒfong1 芳 ⓒYHS

①四個角全是九十度的四邊形或六個面全是方形的六面體：正方／長方／平方尺（長寬各一尺）／立方尺（長寬厚各一尺）。②乘方，一個數目自乘若干次的積數：平方（自乘兩次，即本數×本數）／立方（自乘三次，即本數×本數×本數）。③正直：方正。④一邊或一面：對方／前方／四方／四面八方。⑤一個區域的，一個地帶的：方言／方志。⑥方法，法子：教導有方／千方百計。⑦藥方，配藥的單子：偏方／祕方／開方子。⑧副詞，才：書到用時方恨少。⑨副詞，正在，正當：方興未艾。⑩副詞，還，尚：來日方長。⑪量詞，用於方形的東西：一方手帕。⑫量詞，公制平方或立方的簡稱。

【方寸】①平方寸。②比喻心：方寸已亂。
【方家】①舊稱對學術有深入研究的人。②指醫生。
【方向】①東、西、南、北的區分：航行的方向。②正對的位置，前進的目標：做事情要認清方向。
【方圓】①周圍：這座城方圓四五十里寸草不生。②指面積：方圓幾十畝的草場。③方形和圓形。

於 1 ⓟwū ⓒwu1 烏 ⓒYSOY

歎詞。
【於菟】老虎的別稱。

於 2 ⓟyū ⓒjyu4 如

姓。

於 3 ⓟyú ⓒjyu1 迂

①介詞。在：生於1980年／黃河發源於青海／電郵於昨日收到。②介詞。向：問道於盲／求教於人。③介詞。給：嫁禍於人。④介詞。對，對於：忠於職守／有益於社會。⑤介詞。自，從：青出於藍／出於真心。⑥介詞。表示比較：大於／小於／高於／低於。⑦介詞。表示被動：見笑於大方之家。⑧動詞後綴：合於／屬於／在於。⑨形容詞後綴：難於實行／易於明白

放 ⓒYSOK 見支部，249頁。

施 ⓟshī ⓒsi1 詩 ⓒYSOPD

①實行：施工／施政／無計可施。②給予：施禮／施壓力。③施捨，舊時指給與而不取代價：施診／予。④用上，加上：施肥／施粉。
【施展】發揮能力：施本領。

斾 ⓟpèi ⓒpui3 沛 ⓒYSOJB

泛指旌旗。

旁¹ 粵bàng 普bong6 磅
粵YBYHS
古今同「傍」，見34頁。

旁² 粵páng 普pong4 龐
　①方位詞。旁邊，左右兩側：旁觀/
站在兩旁/旁若無人/兩旁都是大樓。②指
示代詞。其他，另外：旁人/旁的話。③廣
泛：旁徵博引。

旆 粵qí 普kei4 祈 粵YSOHL
古代一種旗子。

旃 粵zhān 普zin1 煎
粵YSOBY
助詞。等於「之焉」兩字連讀的意義：勉
旃。

旃² 粵zhān 普zin1 煎
同「氈」，見308頁。

旄 粵máo 普mou4 毛 粵YSOHU
古代用牦牛尾裝飾的旗子。

旅¹ 粵lǚ 普leoi5 呂 粵YSOHV
出行的，在外旅客的：旅行/旅館/
旅途/旅居/旅客。

旅² 粵lǚ 普leoi5 呂
　①過去軍隊的一種編制單位。②軍
隊：勁旅/軍旅之事。③副詞。共同：旅進
旅退。

旋 粵xuán 普syun4 船 粵YSONO
　①旋轉，轉動：螺旋/迴旋。②回，
歸：旋里/凱旋。③圈：旋渦。④不久：旋
即離去。

旋² 粵xuàn 普syun4 船
　①打轉轉的：旋風。②用車牀切
削或用刀子轉着圈地削：把梨皮旋掉。

旋³ 粵xuàn 普syun4 船
　臨時(做)：旋吃旋做。

旌 粵jīng 普zing1 晶 粵sing1 星
粵YSOHM
　①古代用羽毛裝飾的旗子。又指普通的
旗子。②表揚，表彰：旌表。

旎 粵nǐ 普nei5 你 粵YSOSP
　見【旖旎】，258頁。

族 粵zú 普zuk6 俗 粵YSOOK
　①聚居而有血統關係的人羣的統
稱：宗族/家族。②民族：漢族/回族。③具
有共同屬性的羣類：水族/芳香族/上班
族/打工族。④滅族，古代的一種殘酷刑
法，一人有罪，把全家或包括母家、妻家
的人都殺死。

旒 粵liú 普lau4 流 粵YSOYU
　①旗子上面的飄帶。②古代皇帝
禮帽前後的玉串：冕旒。

旗 粵qí 普kei4 祈 粵YSOTC
　①用布、紙、綢子或其他材料做成
的標識，多半是長方形或方形的：國旗/
校旗。②清代滿族的軍隊編制和戶口編
制，共分八旗。後又建立蒙古八旗、漢軍
八旗。③屬於八旗的，特指屬於滿族的：
旗人/旗袍/旗裝。④內蒙古自治區的行
政區劃，相當於縣。

旖 ⓟyǐ ⓙji2 椅 ⓒYSOKR

【旖旎】柔和美麗：風光旖旎。

旛 ⓒYSHDW 「幡」的異體字，見177頁。

—— 无部 ——

无 ⓜMKU 「無」的簡化字，見350頁。

既 ⓙjì ⓙgei3 寄 ⓒAIMVU

① 動作已經完了：霜露既降/既往不咎/既成事實的榮譽。② 既然，已經(引起下文)，後面常與「就」、「則」相應：既說就做/既來之則安之/問題既然提到眼前，就要解決。③ 完了，盡：食既(指日食、月食的食盡)。④ 副詞。常跟「且」、「又」連用，表示兩者並列：既高且大/既快又好。

【既而】後來，經過一段時間以後：起初以為困難很多，既而看出這些困難都是可以克服的。

—— 日部 ——

日 ⓟrì ⓙjat6 逸 ⓒA

① 太陽。② 白天，跟「夜」相對：日班/日場。③ 天，一晝夜：今日/明日/改日再談。④ 某一天：生日/紀念日。⑤ 量詞。用於計算天數：多日不見/陽曆平年一年有三百六十五日。⑥ 每天，一天天：日記/日新月異。⑦ 泛指一段時候：春日/

往日/來日方長。⑧ 指日本，亞洲的國家。

【日食】月亮運行到太陽和地球中間成直線的時候，遮住射到地球上的太陽光，這種現象叫做日食。也作「日蝕」。

【日子】① 時間(指天數)：這些日子工作很忙。② 指某一天：今天是過節的日子。③ 生活：日子過得很好。

旦 1 ⓟdàn ⓙdaan3 誕 ⓒAM

① 早晨：旦暮/枕戈待旦。②(某一)天，日：元旦/一旦發現問題，就要立刻想辦法解決。

【旦夕】① 早晨和晚上。② 在很短的時間之內：危在旦夕。

旦 2 ⓟdàn ⓙdaan2 蛋二聲
戲曲裏扮演婦女的角色。

早 ⓟzǎo ⓙzou2 祖 ⓒAJ

① 太陽出來的時候：早晨/早飯/早操/一大早就開會了。② 表示事情的發生離現在已有一段時間：他早就到了/我早就預備好了。③ 時間在先的：早期/早稻。④ 比一定時間靠前：早熟/早婚/忙甚麼，離電影開場還早呢！⑤ 早晨問候的話：早安！

旨 1 ⓟzhǐ ⓙzi2 止 ⓒPA
美味：旨酒。

旨 2 ⓟzhǐ ⓙzi2 止
① 意思，目的：意旨/要旨/旨趣(目的和意義)/主旨明確。② 古代稱帝王的命令：聖旨。

旬 🔊xún 🔊ceon4 巡 🔊PA
① 十天叫一旬，一個月有三旬，分稱上旬、中旬、下旬。② 指十歲：三旬上下年紀／年過六旬。

旭 🔊xù 🔊juk1 沃 🔊KNA
光明，早晨太陽才出來的樣子。
【旭日】才出來的太陽。

旮 🔊gā 🔊go1 哥 🔊KNA
【旮旯】① 角落：牆旮旯／門旮旯。② 偏僻的地方：山旮旯／背旮旯兒。

旯 🔊lá 🔊lo1 囉 🔊AKN
見【旮旯】，259頁。

旰 🔊gàn 🔊gon3 幹 🔊AMJ
天色晚，晚上：旰食。

旱 🔊hàn 🔊hon5 捍 🔊AMJ
① 長時間不下雨，缺雨，跟「澇」相對：防旱／天旱。② 陸地的，沒有水的：旱路／旱田／旱稻。
【旱魃】傳說中指造成旱災的鬼怪：旱魃為虐。

旺 🔊wàng 🔊wong6 王六聲 🔊AMG
盛，興盛：旺季／旺盛／興旺／火很旺／人口旺。

旲 🔊AF 見火部，346頁。

旻 🔊mín 🔊man4 民 🔊AYK
① 秋天。② 天空：旻天／蒼旻。

昂 🔊áng 🔊ngong4 俄杭切 🔊AHVL
① 仰，高抬：昂首。② 高漲：昂貴／慷慨激昂。

昃 🔊zè 🔊zak1 則 🔊AMO
太陽偏西。

昆 🔊kūn 🔊kwan1 坤 🔊APP
① 子孫，後嗣：後昆。② 哥哥：昆弟／昆仲。

昇 🔊shēng 🔊sing1 星 🔊AHT
① 同「升1」，見67頁。② 用於人名：畢昇，宋朝人，首創活字版印刷術。③ 姓。

昉 🔊fǎng 🔊fong2 訪 🔊AYHS
① 明亮。② 起始。

昊 🔊hào 🔊hou6 浩 🔊AMK
① 廣大無邊。② 指天。

昌 🔊chāng 🔊coeng1 槍 🔊AA
興盛：科學昌明。

昀 🔊yún 🔊wan4 雲 🔊APIM
日光。多用於人名。

昏 🔊hūn 🔊fan1 芬 🔊HPA
① 黃昏，天剛黑的時候：晨昏。② 黑暗：天昏地暗／昏暗不明。③ 神智不清楚，

認識糊塗：發昏/病人整天昏昏沉沉的。④失去知覺：他昏過去了。⑤古同「婚」，見143頁。

【昏憒】糊塗，不明事理。

明 ¹ 普míng 粵ming4 名 倉AB
①亮：天明了/明晃晃的刺刀。②明白，清楚：說明/表明/黑白分明/情況不明。③公開，不祕密，不隱蔽，跟「暗」相對：明講/有話明說/明碼售貨/明槍易躲，暗箭難防。④眼力好，眼光正確，能夠看清事物：精明/英明/聰明/眼明手快。⑤光明：棄暗投明。⑥視覺，眼力：失明。⑦懂得，了解：深明大義。⑧表明，顯示：開宗明義/顯親揚名。⑨副詞。表示確實或顯然如此：明明是他搞的。

【明器】殉葬用的器物。也作「冥器」。

明 ² 普míng 粵ming4 名
次（專指日或年）：明日/明年。

明 ³ 普míng 粵ming4 名
朝代名，朱元璋所建立（公元1368–1644年）。

易 ¹ 普yì 粵ji6 義
倉APHH
①容易，不費力：輕而易舉/我看這事不易辦。②平和：平易近人。③輕視。

易 ² 普yì 粵jik6 亦
①改變：變易/移風易俗。②交易，交換：以物易物。

昔 普xī 粵sik1 息
倉TA
從前：昔者/昔日/今昔對比。

昕 普xīn 粵jan1 因 倉AHML
太陽將要出來的時候。

杲 倉AD 見木部，273頁。

旾 倉PUA「春」的異體字，見260頁。

星 普xīng 粵sing1 升 倉AHQM
①天空中發光的或反射光的天體，如太陽、地球、北斗星等。通常指夜間天空中閃爍發光的天體：星羅棋布/月明星稀。②細碎的，小顆粒的東西：火星兒/唾沫星子。③明星：歌星/笑星。

映 普yìng 粵jing2 影 倉ALBK
①照射而顯出：影子倒映在水裏/夕陽把湖水映得通紅。②放映電影或放電視節目：上映/播映/首映。

春 普chūn 粵ceon1 蠢一聲 倉QKA
①春季，四季的第一季。②指一年的時間：一臥東山三十春。③指男女情慾：懷春/心心。④指生機：妙手回春。

【春分】春季節氣，在陽曆三月二十、二十一或二十二日。

【春秋】①年月：春秋正富/不知多少春秋。②指人的年歲：春秋正盛。③古代經書名。④中國史上一個時代。

昧 普mèi 粵mui6 妹 倉AJD
①昏，糊塗，不明白：愚昧/蒙昧/冒昧。②隱藏，隱瞞：拾金不昧。③昏暗：

幽昧。④冒犯，冒昧：昧死。

昨 @zuó @zok6 鑿 @zok3 作 @AHS

①昨天，今天的前一天。②泛指過去。

昭 @zhāo @ciu1 超 @ASHR

明顯，顯著：罪惡昭彰/昭然若揭。

是 ¹ @shì @si6 事 @AMYO

①對，正確，跟「非」相對：一無是處/自以為是/實事求是。②認為對：是其所是。③表示答應的詞：是，我知道。
【是非】①事理的正確和錯誤：是非曲直。②口舌：挑撥是非/惹是非。

是 ² @shì @si6 事

指示代詞。這，此：如是/是日天氣晴朗。

是 ³ @shì @si6 事

①表示解釋和分類：他是學生/這朵花是紅的/這帽子是剛買來的。②表示存在：滿身是汗/街上全是人。③表示承認所說的，再轉入正意：東西舊是舊，可是還能用/話是說得很對，可是得認真去做。④（必須重讀）表示堅決肯定，含有「的確」、「實在」的意思：他那天是沒去/這本書是好，你可以看看。⑤用在名詞前面，表示凡是，任何：是活兒他都肯幹/是人都應該互相尊重。⑥表示適合：來的是時候/放的是地方。⑦用於問句裏：你是坐輪船是坐火車？

昇 @biàn @bin6 辨 @AIT

①明亮。②快樂。

昚(昝) @zǎn @zaan2 盞 @HOA

姓。

昱 @yù @juk1 郁 @AYT

①日光。②照耀。

昳 ¹ @dié @dit6 秩 @AHQO

日過午偏斜。

昳 ² @yì @jat6 日

【昳麗】形容美麗。

昂 @mǎo @maau5 卯 @AHHL

昂宿，二十八星宿之一。

昶 @chǎng @cong2 廠 @IEA

①白天時間長。②舒暢，暢通。

昫 @xù @heoi2 許 @APR

同「煦」（多用於人名），見351頁。

昵 @nì @nik1 匿 @ASP

親近。

晏 @yàn @aan3 雁三聲 @AJV

①遲：晏起。②同「宴③」，見153頁。

晁 @cháo @ciu4 潮 @ALMO

姓。

晃 ¹ @huǎng @fong2 訪 @AFMU

①閃耀：晃眼（光線強烈刺激眼睛）/明晃晃的刺刀。②形容很快地閃

過：窗戶上有個人影，一晃就不見了。

晃 2 ⓟhuàng ⓒfong2 訪
搖動：搖晃／樹枝來回晃動。

時 (时) ⓟshí ⓒsi4 匙 ⓒAGDI
① 指比較長的一段時間：古時／宋時／盛極一時。② 規定的時候，某個時候：按時／準時／上課時專心聽講。③ 季節：四時／農時。④ 當前，現在：時下／時新／時事。⑤ 時俗，時尚：入時／合時。⑥ 時辰，一晝夜的十二分之一：子時。⑦ 量詞。計時的單位，小時（點）：上午八時。⑧ 副詞。時常，常常：大雨時行／時時發生困難。⑨ 副詞，重複使用，跟「時而……時而……」相同：時斷時續。

晌 ⓟshǎng ⓒhoeng2 享 ⓒAHBR
① 一天內的一段時間，一會兒：停了一晌／工作了半晌。② 晌午，正午：歇晌／睡晌覺。

晉 (晋) 1 ⓟjìn ⓒzeon3 進 ⓒMIIA
① 進，向前：晉見。② 升，升級：晉級／晉升。

晉 (晋) 2 ⓟjìn ⓒzeon3 進
① 周代國名，在現在山西和河北南部一帶。② 朝代名，司馬炎所建立（公元 265–420 年）。③ 山西的別稱。

晅 ⓟxuǎn ⓒhyun1 圈 ⓒAMAM
① 乾燥。② 光明。

晟 ⓟshèng ⓒsing4 成 ⓒAIHS
① 光明。② 旺盛，興盛。

晚 ⓟwǎn ⓒmaan5 萬五聲 ⓒANAU
① 太陽落下後至第二天升起前的時間：從早到晚／吃晚飯／開晚會。② 形容詞。一個時期的後段，在一定時間以後：晚秋／晚年（老年）。③ 比規定的或合適的時間靠後：八點再去就晚了／今年的春天來得晚。④ 後來的：晚輩。⑤ 靠後的一段時間，特指人的晚年：歲晚／晚節／晚景。

晝 (昼) ⓟzhòu ⓒzau3 咒 ⓒLGAM
從天亮到天黑的一段時間：晝夜不停。

晞 ⓟxī ⓒhei1 希 ⓒAKKB
① 乾，乾燥：晨露未晞。② 破曉，天亮：東方未晞。

晡 ⓟbū ⓒbou1 褒 ⓒAIJB
申時，即午後三點至五點。

晤 ⓟwù ⓒng6 悟 ⓒAMMR
遇，見面：晤面／晤談／會晤。

晦 ⓟhuì ⓒfui3 悔 ⓒAOWY
① 昏暗，不明顯：晦澀／隱晦。② 夜晚：風雨如晦。③ 隱藏：晦跡／韜晦。④ 農曆每月的末一天：晦朔。

晨 ⓟchén ⓒsan4 辰 ⓒAMMV
清早，太陽出來的時候：清晨／晨

昏（早晚）。

晗 @hán @ham4 含 @AONR
天將明。

普 @pǔ @pou2 浦 @TCA
普遍，全，全面：普選／普照／普查／普天之下。
【普及】傳佈和推廣到各方面：大力普及中學教育。
【普通】通常，尋常：普通讀物。

景[1] @jǐng @ging2 警 @AYRF
① 風景，環境，風光：良辰美景／景致真好／風景美麗。② 景象，情況：盛景／晚景／幸福生活的遠景。③ 戲劇、影視的佈景和攝影棚外的景物：內景／外景。

景[2] @jǐng @ging2 警
佩服，敬慕：景仰／景慕。

晰 @xī @sik1 析 @ADHL
明白，清楚：看得清晰／十分明晰。

皙 @DLA 「晰」的異體字，見263頁。

晴 @qíng @cing4 情 @AQMB
天空中沒有雲或雲量很少，跟「陰」相對：晴天／天晴了。

晶 @jīng @zing1 貞 @AAA
① 形容光亮：晶瑩／亮晶晶。② 水

晶：茶晶（顏色如濃茶汁的水晶）／墨晶。③ 晶體：結晶。

暑（暑） @guǐ @gwai2 鬼 @AHOR
① 日影，比喻時間：日無暇晷。② 古代按照日影測定時刻的儀器。

晬 @zuì @zeoi3 醉 @AYOJ
嬰兒週歲。

智 @zhì @zi3 志 @ORA
聰明，智慧，見識：不經一事，不長一智。
【智慧】對事物能迅速地、靈活地、正確地理解、判斷和創造的能力。

晾 @liàng @long6 浪 @AYRF
把衣物放在太陽下面曬或放在通風透氣的地方使乾：晾衣服。

暑 @shǔ @syu2 鼠 @AJKA
熱：中暑／暑天。
【暑氣】盛夏時的熱氣：暑氣逼人。

暈（暈）[1] @yūn @wan4 雲 @ABJJ
① 義同「暈[3]」，用於頭暈、暈頭轉向等。② 迷惑：暈倒／暈厥。

暈（暈）[2] @yùn @wan6 運
① 日光或月光通過雲層時因折射作用而在太陽或月亮周圍形成的光圈：日暈／月暈而風。② 光影、色彩四周模糊的部分：墨暈／光暈。

暈 (暈) ³ 普yùn 粤wan4 雲
頭發昏, 有旋轉的感
覺: 暈船／暈車。

暄 普xuān 粤hyun1 圈 倉AJMM
太陽的溫暖。

暇 普xiá 粤haa6 夏 倉ARYE
① 沒有事的時候: 無暇／自顧不暇
(自己顧自己都顧不過來)。② 空閒:
暇日／暇時。

暉 (暉) 普huī 粤fai1 揮 倉ABJJ
① 陽光: 春暉／朝暉。② 同
「輝」, 見609頁。

暋 普mǐn 粤man5 敏 倉RKA
強橫: 暋不畏死。

暌 普kuí 粤kwai4 葵 倉ANOK
隔離: 暌離／暌隔。

暍 普yē 粤jit3 熱三聲 倉AAPV
中暑。

暖 普nuǎn 粤nyun5 嫩五聲
倉ABME
① 暖和, 溫和, 不冷: 溫暖／風和日暖。② 使
溫和: 暖一暖手。

暗 普àn 粤am3 庵三聲 倉AYTA
① 不亮, 沒有光, 跟「明」相對: 這
間屋子太暗。② 不公開的, 隱藏不露的,
跟「明」相對: 暗號／暗殺／心中暗喜。③ 愚

昧, 糊塗: 明於知彼, 暗於知己。④ 顏色
濃重, 不鮮明: 暗紅。
【暗淡】① 不光明。② 景象悲慘: 前途暗淡。

暘 (暘) 普yáng 粤joeng4 楊
倉AAMH
① 太陽出來。② 晴天。

暢 (暢) 普chàng 粤coeng3 唱
倉LLAMH
① 沒有阻礙地: 暢達／暢行／暢銷。② 痛
快, 盡情地: 暢談／暢飲。

暝 普míng 粤ming4 明 倉ABAC
① 日落, 天黑: 日將暝。② 黃昏。

暨 普jì 粤kei3 冀 倉AUAM
① 連詞, 與, 及, 和。② 到, 至: 暨今。

暫 (暫) 普zàn 粤zaam6 站
倉JLA
① 時間短, 跟「久」相對: 短暫。② 暫時:
暫停／暫行條例／此事暫不處理。

暮 普mù 粤mou6 募 倉TAKA
① 傍晚, 太陽落的時候: 朝暮。② 晚,
將盡: 暮春／年末／天寒歲暮。
【暮氣】比喻精神衰頹, 不振作: 暮氣沉沉。

暴 ¹ 普bào 粤bou6 步 倉ATCE
① 強大而突然來的, 又猛又急的:
暴病／暴飲／暴食／暴風雨。② 過分急躁
的, 容易衝動的: 暴性子／這人脾氣真暴。
③ 兇惡殘酷的: 暴行／暴徒／暴虐的行為。

【暴虎馮河】比喻有勇無謀，冒險蠻幹（暴虎，空手打虎；馮河，徒步渡河）。

暴² ⓟbào ⓖbou6 步
①鼓起來，突出：急得頭上的青筋都暴出來了。②顯露：自暴家醜。
【暴露】（隱藏的東西）顯露出來：暴露目標。

暴³ ⓟbào ⓖbou6 步
糟蹋，損害：自暴自棄。

暴⁴ ⓟpù ⓖbuk6 瀑
古同「曝」，見266頁。

暵 ⓟhàn ⓖhon3 漢 ⓦATLO
①放在太陽下曬乾。②使乾枯。

暱 ⓦASTR 「昵」的異體字，見261頁。

暹 ⓟxiān ⓒcim3 塹 ⓧcim1 簽 ⓦYAOG
【暹羅】泰國的舊稱。

暾 ⓟtūn ⓖtan1 吞 ⓦAYDK
剛出來的太陽：朝暾。

曆（历） ⓟlì ⓖlik6 力 ⓦMDA
①曆法，推算年、月、日和節氣的方法：陰曆／陽曆。②記錄年、月、日、節氣的書、表、冊頁：日曆／曆書。

曇（昙） ⓟtán ⓖtaam4 談 ⓦAMBI
雲彩密佈，多雲。
【曇花一現】比喻稀奇或顯赫一時的人物出現不久就消逝。

曉（晓） ⓟxiǎo ⓖhiu2 囂二聲 ⓦAGGU
①天明：曉行夜宿／雞鳴報曉。②知道，懂得：家喻戶曉／我不曉得這件事。③使人知道清楚：曉以利害。

暳 ⓟyì ⓖai3 縊 ⓦAGBT
天色陰沉。

曄（晔） ⓟyè ⓖjip6 業 ⓦATMJ
①光。②盛美。

曌 ⓟzhào ⓖziu3 照 ⓦABJCM
同「照」，見351頁。唐朝女皇帝武則天為自己名字造的字。

暖（暖） ⓟài ⓖoi3 愛 ⓦABBE
日光昏暗。
【暖昧】①（態度、用意）含糊，不明朗。②（行為）不光明，不能告訴人的隱私。

曙 ⓟshǔ ⓖcyu5 署 ⓦAWLA
天剛亮：曙色／曙光。

曜 ⓟyào ⓖjiu6 耀 ⓦASMG
①日光。②照耀。③日、月、星都稱「曜」，一個星期的七天用日、月、火、水、木、金、土七個星名排列。

曚 ⓟméng ⓖmung4 蒙 ⓦATBO
【曚曨】形容日光不明。

曤 普qī 粤jap1 泣

① 東西濕了之後將乾未乾：雨過了，太陽出來一曤，路上就漸漸曤了。② 用沙土等吸收水分：地上有水，鋪上點兒沙子曤一曤。

曛 普xūn 粤fan1 熏 倉AHGF

① 日落的餘光：曛黃（黃昏）。② 昏黑，暮。

曠（旷）普kuàng 粤kwong3 礦 倉AITC

① 空闊：空曠／曠野／地曠人稀。② 心境闊大：曠達／心曠神怡。③ 荒廢，耽擱：曠工／曠課。

【曠世】① 當代沒有能夠相比的：曠世功勳。② 經歷很長久的時間：曠世難成之業。

曝 普bào 粤buk6 僕 倉AATE

【曝光】① 使照片底片或感光紙感光。② 比喻隱祕的事（多指不光彩的）顯露出來，被眾人知道。

曝 普pù 粤buk6 僕

曝：曝曬／一曝十寒（喻無恆心）。

曦 普xī 粤hei1 希 倉ATGS

陽光（多指清晨的）：晨曦。

曨（昽）普lóng 粤lung4 龍 倉AYBP

見【曚曨】，265 頁。

曩 普nǎng 粤nong5 囊五聲 倉AYRV

從前的，過去的：曩日／曩者（從前）。

曬（晒）普shài 粤saai3 徙三聲 倉AMMP

① 太陽把光和熱照射到物體上。② 把東西放在太陽光下使乾燥，人或物在陽光下吸收光和熱：曬衣服／曬太陽。

────── 日部 ──────

曰 普yuē 粤jyut6月 粤joek6 若 倉A

① 說：荀子曰／其誰曰不然？② 叫做：有水曰黃河。

曲 ¹ 普qū 粤kuk1 軸 倉TW

① 彎，跟「直」相對：彎曲／曲線／山間小路彎彎曲曲。② 使彎曲：曲肱而枕。③ 彎曲的地方：河曲。④ 不公正，不合理：曲解／理曲／是非曲直。⑤ 姓。

曲 ² 普qǔ 粤kuk1 軸

① 一種韻文形式，出現於南宋和金代，盛行於元代，是受民間歌曲的影響而形成的，句法較詞更為靈活，多用口語，用韻也更接近口語。一支曲可以單闋，幾支曲可以合成一套，也可以用幾套曲子寫成戲曲。② 歌，能唱的文詞：歌曲／戲曲／唱曲兒／小曲兒。③ 歌的樂調：這首歌是他作的曲。

曳 普yè 粤jai6 踐 倉LWP

拖，拉，牽引：搖曳／曳光彈／棄甲曳兵。

更¹ ⓟgēng ⓒgang1 庚
ⓒMLWK

①改變，改換：變更/更改/更換/更動/更番(輪流調換)/萬象更新/更正錯誤。②經歷：更事。

更² ⓟgēng ⓒgaang1 耕

一夜分為五更：打更(打梆敲鑼報時巡夜)/三更半夜/更深人靜。

更 ⓟgèng ⓒgang3 庚三聲

①再，重：更上一層樓。②越發，愈加：更好/更明顯了。

曷 ⓟhé ⓒhot3 喝 ⓒAPVO

①疑問代詞。怎麼。②疑問代詞。何時。

冒 ⓒABU 見冂部，46頁。

書(书) ⓟshū ⓒsyu1 舒
ⓒLGA

①成本的著作：書本/叢書/書店/新書。②信：書信/家書/上書/來書已悉。③文件：證明書/申請書/白皮書。④寫字：書寫/書法/大書特書/奮筆直書。⑤字體：楷書/隸書。

曹 ⓟcáo ⓒcou4 槽 ⓒTWA

①等，輩：爾曹/吾曹。②古代分科辦事的官署。

曼 ⓟmàn ⓒmaan6 慢 ⓒAWLE

①延長：曼聲而歌。②柔美，細膩：曼舞。

冕 ⓒANAU 見冂部，46頁。

曾¹ ⓟcéng ⓒcang4 層 ⓒCWA

曾經，表示從前經歷過：未曾/何曾/曾幾何時(表示時間沒有過去多久)？/他曾去北京兩次。

曾² ⓟgèng ⓒzang1 增

①指與自己中間隔着兩代的親屬：曾祖/曾孫。②古同「增」。③姓。

替 ⓟtì ⓒtai3 剃 ⓒQOA

①代替：替班/我替你查資料，你替我寫信。②介詞。為，給：我們都替他高興/父母替他感到驕傲。③衰廢：朝代興替。

最 ⓟzuì ⓒzeoi3 醉 ⓒASJE

指(在同類事物中)居首位的，沒有能比得上的：最大/最好/最要緊/以此為最。

會(会)¹ ⓟhuì ⓒwui6 匯
ⓒOMWA

③④用法粵音口語又讀wui2回二聲。

①聚合，合攏，合在一起：會審/在哪兒會合？/就在這裏會會吧。②見面，會見：會面/會客/你曾經過他沒有？在一定時間內為專一的目的做某一件工作的集合：紀念會/開個會/慶祝大會。④在長時間內為共同目的進行工作而組成的團體：工會/學生會。⑤廟會：趕會。⑥城市(通常指行政中心)：都會/省會。⑦機會，時機，事情變化的一個時間：適達其

會/趁着這個機會。⑧恰巧，正好：會有客來。

【會師】從不同方向前進的軍隊，在某一個地方聚合在一起。也泛指幾方面人員會合。

會(会) 2 ⓟhuì ⓒwui6匯
②③⑤用法粵音口語又讀wui5回五聲。

①理解，領悟，懂：誤會/意會/領會。②熟習，通曉：會英文。③表示懂得怎樣做或有能力做：他會游泳。④助動詞，表示善於：能說會道。⑤助動詞，表示可能：我想他不會不懂。

會(会) 3 ⓟhuì ⓒwui6匯
付錢：會賬/飯錢我會過了。

會(会) 4 ⓟhuì ⓒwui6匯
一小段時間：一會兒/這會兒/那會兒/多會兒/用不了多大會兒。

會(会) 5 ⓟkuài ⓒkui2潰
總計：會計（指管理和計算財務的工作以及管理和計算財務的人）。

揭 ⓟqiè ⓒkit3揭 ⓦGIAPV
①去，離去。②勇武。

月部

月 ⓟyuè ⓒjyut6粵 ⓦB
①月亮，地球的衛星。本身不發光，它的光是反射太陽的光。②一年的十二分之一。③每月的：月刊/月薪。④形狀像月亮的，圓的：月餅/月琴。

【月食】地球在日、月中間成一條直線，遮住太陽照到月亮上的光。也作「月蝕」。
【月子】指婦人生產後一個月以內的時間：坐月子。

有 1 ⓟyǒu ⓒjau5友 ⓦKB
①表所屬，跟「無」相對：他有一本書/我沒有時間。②表存在：有意見/有困難/那裏有十來個人。③表示估量或比較：水有一丈多深/他哥哥那麼高了。④表示發生或出現：有病了/形勢有了新的發展。⑤表示大，多：有學問/有經驗。⑥泛指：跟「某」相近：有一天晚上/有人不贊成。⑦用在人、時候、地方前面，表示一部分：有人性子急，有人性子慢。⑧用在某些動詞前面表示客氣：有勞/有請。⑨詞頭，前綴，用在某些朝代名稱之前：有夏/有周。

【有的是】有很多，多得很：我們這裏有的是精緻的擺設。

有 2 ⓟyòu ⓒjau6右
古同「又④」，見73頁。

朋 ⓟpéng ⓒpang4憑 ⓦBB
①朋友：良朋/賓朋滿座。②結黨：朋比為奸。③倫比：碩大無朋。

服 1 ⓟfú ⓒfuk6伏 ⓦBSLE
①衣服，衣裳：服裝/便服/制服/服裝整齊。②特指喪服：有服在身。③穿（衣服）：服喪。④擔任，承當：服兵役。⑤信服，順從：說服/服軟（認錯）/服從/心悅誠服/心裏不服。⑥習慣，適應：水土不服。⑦吃（藥）：服藥。

服 2 ⓐfú ⓔfuk6伏
量詞。指中藥：一服藥。

朒 ⓐnù ⓔnuk6忸 ⓖBOBO
① 指農曆月初月亮出現在東方，也指那時的月光。② 欠缺，不足。

朔 1 ⓐshuò ⓔsok3索 ⓖTUB
① 農曆每月初一日。② 朔日。

朔 2 ⓐshuò ⓔsok3索
北：朔風／朔方。

朕 1 ⓐzhèn ⓔzam6鳩 ⓖBTK
我，我的，由秦始皇時起專用作皇帝自稱。

朕 2 ⓐzhèn ⓔzam6鳩
預兆。

朗 ⓐlǎng ⓔlong5廊五聲 ⓖIIB
① 明朗，明亮，光線充足：晴朗／豁然開朗／天朗氣清。② 聲音清楚、響亮：朗誦／朗讀。

望 ⓐwàng ⓔmong6亡六聲
ⓖYBHG
① 看，往遠處看：登高遠望／望塵莫及。② 觀看，察看：觀望／望風。③ 希圖，盼：希望／盼望／大喜過望／豐收在望。④ 名望，人所敬仰，有名：威望。⑤ 介詞。向：望東走／望上瞧。⑥ 農曆每月十五日，指月圓的那一天：望日／朔望。

期 1 ⓐjī ⓔgei1基 ⓖTCB
一週年。一整月。

期 2 ⓐqī ⓔkei4其
① 規定的時間：過期／定期舉行／如期完成任務。② 一段時間：學期／假期。③ 量詞。用於分期的事物：第一期刊物。④ 盼望，希望：期待／決不辜負大家的期望／以得到良好的效果。

朝 1 ⓐcháo ⓔciu4潮 ⓖJJB
① 朝廷，古代皇帝受朝問政的地方。也指當政的地位。② 朝代，稱一姓帝王世代繼續的時代：唐朝。③ 指一個君主的統治時期。④ 朝見，朝拜：朝頂／朝覲／朝聖團。⑤ 向着，對着：朝前／坐南朝北。⑥ 介詞。表示動作的方向：朝學校走去。
【朝政】朝廷的政事或政權：把持朝政。

朝 2 ⓐzhāo ⓔziu1招
① 早晨：朝發夕至／朝三暮四。② 日，天：今朝。
【朝氣】奮發進取的氣概：朝氣蓬勃。

勝 ⓖBFQS 見力部，62頁。

膡 ⓖBFQR 見言部，577頁。

朦 ⓐméng ⓔmung4蒙 ⓖBTBO
【朦朧】① 月光不明。② 不清楚，模糊。

朧（胧） ⓐlóng ⓔlung4龍
ⓖBYBP
見【朦朧】，269頁。

騰 🔊BFQF 見馬部, 703頁。

───── 木部 ─────

木 🔊mù 🔊muk6目 🔊D
①樹木，樹類植物的通稱。②供製造器物或建築用的木材：木器/木型。③棺材：棺木/行將就木。④感覺不靈敏，失去知覺：手腳麻木/舌頭發木。
【木本植物】有木質莖的植物。如松柏等。

不 🔊dǔn 🔊dan2躉 注意與「不」字不同。
【不子】墩子。特指做成磚狀的瓷土塊，是製造瓷器的原料。

未 1 🔊wèi 🔊mei6味 🔊JD
「未」首筆較短，直筆不鈎。
①沒，跟「已」相對：未知/未婚/未成年。②不：未知可否。
【未始】未嘗。加在否定詞前面，構成雙重否定，意思跟「不是」相同，但口氣比較委婉：未始不可。

未 2 🔊wèi 🔊mei6味
地支的第八位。
【未時】稱午後一點到三點。

末 1 🔊mò 🔊mut6沒 🔊DJ
①杪，梢，東西的盡頭：末梢/秋毫之末。②不是根本的、主要的事物，跟「本」相對：末節（不重要的）/本末倒置。③最後，終了，跟「始」相反：十二月

三十一日是一年的最末一天。④碎屑：粉末/粉筆末兒/茶葉末兒/把藥材研成末兒。

末 2 🔊mò 🔊mut6沒
戲曲裏的一種角色。

本 1 🔊běn 🔊bun2般二聲 🔊DM
①草木的莖或根：無本之木/木本水源。②事物的根源，跟「末」相對：翻身不忘本。③本錢，用來做生意、生利息的資財：老本兒/夠本兒。④中心的，主要的：校本部。⑤本來，原來：本心/本意/這塊錶本來是我的，後來送給他了。⑥自己這方面的：本國/本家/本校。⑦現今的：本年/本月。⑧根據：有所本/本着上級的指示去做。
【本末】頭尾，始終，情事的整個過程：本末倒置/不知本末/紀事本末（史書的一種體裁）。
【本位】①自己的責任範圍：做好本位工作。②計算貨幣用做標準的單位：本位貨幣。

本 2 🔊běn 🔊bun2般二聲
①冊子：日記本/筆記本。②版本或底本：刻本/抄本/稿本/劇本/唱本。③封建時代指奏章。④量詞。用於書籍簿冊：一本書。

札 🔊zhá 🔊zaat3紮 🔊DU
①古代寫字用的小而薄的木片。②信件：信札/書札/手札/來札。
【札記】讀書時摘記的要點和心得。又作「箚記」。

朮 🔊zhú 🔊seot6 述 🔊IJC

①植物名。白朮。多年生草，秋天開紅花，有黃白色的塊根，可入藥。②植物名。蒼朮，多年生草，秋天開白色或淡紅色的花，根可入藥。

朱 🔊zhū 🔊zyu1 諸 🔊HJD

「朱」直筆不鈎。

①大紅色。②姓。

朴 1 🔊piáo 🔊piu4 瓢 🔊DY

姓。

朴 2 🔊pō 🔊pok1 樸一聲

【朴刀】舊式武器，一種窄長有短把的刀。

朴 3 🔊pò 🔊pok3 樸

朴樹，落葉喬木，花淡黃色，果實黑色。木材供製傢具。

朵 🔊NSD 「朵」的異體字，見271頁。

朵 🔊duǒ 🔊do2 躲 🔊HND

量詞。指花或成團的東西：三朵花/兩朵雲彩。

朽 🔊xiǔ 🔊jau2 紐 🔊nau2 扭 🔊DMVS

①腐爛，多指木頭：腐朽/朽木。②衰老：老朽。

李 🔊lǐ 🔊lei5 里 🔊DND

① 李(子)樹，落葉喬木，春天開花白色。果實叫李子，熟時黃色或紫紅色，可吃。②姓。

杆 🔊gān 🔊gon1 乾 🔊DMJ

有特定用途的細長木棍：旗杆/電線杆子。

杈 1 🔊chā 🔊caa1 叉 🔊DEI

一種用來挑柴草等的農具。

杈 2 🔊chà 🔊caa3 岔

樹枝的分岔，樹幹的分枝：樹杈兒/打棉花杈。

杉 🔊shān 🔊shā 🔊caam3 懺 🔊saam1 三 🔊DHH

常綠喬木，樹幹很高很直，葉細小，呈針狀，果實球形，木材供建築和製器具用。

杌 🔊wù 🔊ngat6 兀 🔊DMU

【杌凳】小凳。

【杌陧】(局勢、局面、心情等) 不安定。又作「阢陧」。

杏 🔊xìng 🔊hang6 幸 🔊DR

杏樹，落葉喬木，春天開花，白色或淡紅色。果實叫杏兒或杏子，酸甜，可吃。核中的仁叫杏仁，甜的可吃，苦的供藥用。

材 🔊cái 🔊coi4 才 🔊DDH

「材」右偏旁直筆鈎。

①木料：美木良材。②材料，原料或資料：器材/教材。③指某類人：人材/蠢材。④棺木：壽材/一口材。

村
🔊cūn 🔊cyun1 穿 🔊DDI
①鄉村，村莊。②粗俗：村話。

杖
🔊zhàng 🔊zoeng6丈 🔊DJK
①拐杖，扶着走路的棍子：手杖。
②泛指棍棒：擀麵杖。

杓
🔊¹biāo 🔊biu1 標 🔊DPI
古代指北斗柄部的三顆星。

🔊²sháo 🔊zoek3 酌 🔊soek3 削
同「勺①」，見63頁。

代
🔊yì 🔊jik6 亦 🔊DIP
小木樁。

杜
🔊¹dù 🔊dou6 渡 🔊DG
①杜樹，落葉喬木，果實圓而小，
味澀可食，俗稱杜梨。木材可做扁擔或
刻圖章等。②姓。

🔊²dù 🔊dou6 渡
阻塞，堵塞：以杜流弊。
【杜絕】堵死，徹底防止：杜絕漏洞／保
證生產安全，杜絕事故發生。
【杜撰】沒有根據，憑自己的意思捏造。

杞
🔊qǐ 🔊gei2 己 🔊DSU
周代諸侯國名，疆域在現在河南
杞縣一帶：杞人憂天（喻過慮）。
【杞柳】落葉灌木，生在水邊，枝條可以
編箱、籠、筐、籃等物。

束
🔊shù 🔊cuk1 速 🔊DL
「束」直筆不鈎。
①捆住：束髮／束手束腳。②量詞。捆兒：

一束鮮花。③控制：整束／約束。
【束縛】使受到限制：創作高手打破外在
束縛，把自己的個性表露無遺。

杠
🔊¹gāng 🔊gong1 肛 🔊DM
①橋。②旗杆。

🔊²gàng 🔊gong3 降
較粗的棍子：鐵杠／木杠／雙杠
（一種運動器具）。

圬
🔊DMMS 「圬」的異體字，見115
頁。

杗
🔊máng 🔊mong4 忙 🔊DYV
【杗果】常綠喬木，形狀像腰子，果肉及
種子可吃。也作「芒果」。

杪
🔊miǎo 🔊miu5 秒 🔊DFH
①樹枝的細梢。②末，指年、月或
四季的末尾：歲杪／月杪。

杭
🔊háng 🔊hong4 航 🔊DYHN
①杭州，在浙江。②姓。

杯
🔊bēi 🔊bui1 盃 🔊DMF
①盛酒、水、茶等的器皿：酒杯／玻
璃杯／杯水車薪（喻無濟於事）。②杯狀
的錦標。

東(东)
🔊dōng 🔊dung1 冬
🔊DW 「東」直筆不鈎。
①方向，太陽出來的那一邊，跟「西」相對：

東海/華東/河東。②主人：房東。③東道：我做東，請你們吃飯。

【東西】(dōng·xi)①物件。②特指人或動物(多含厭惡或喜愛的感情)：這小東西真可愛。

杲
⬛gǎo ⬛gou2 稿
⬛AD

明亮：杲杲出日。

杳
⬛yǎo ⬛miu5 杪 ⬛DA

遠看看不見蹤影：杳無音信/杳如黃鶴/音容已杳。

杵
⬛chǔ ⬛cyu2 處二聲 ⬛DOJ

①舂米或捶衣的木棒。②用杵搗：杵藥。③用長形的東西戳：用手指頭杵他一下。

科
⬛dǒu ⬛dau2 斗 ⬛DYJ

【科栱】見【斗栱】，254頁。

枇
⬛pí ⬛pei4 皮 ⬛DPP

【枇杷】常綠喬木，葉大，長橢圓形，有鋸齒，開白花。果實也叫枇杷，圓形，黃色，味甜。

杷
⬛pá ⬛paa4 爬 ⬛DAU

見【枇杷】，273頁。

枑
⬛hù ⬛wu6 戶 ⬛DMVM

見【椐枑】，283頁。

杼
⬛zhù ⬛cyu5 柱 ⬛DNIN

①織布機上的筘。②古代指棧。

松
⬛sōng ⬛cung4 從 ⬛DCI

常綠喬木，種類很多，葉子針形，木材用途很廣。

板
⬛bǎn ⬛baan2 版 ⬛DHE

①成片的較硬的物體：木板/鐵板/黑板/門板/玻璃板。②歌唱時打節拍的用具，又指歌唱的節奏：一板三眼/離腔走板。③死板，不活動，少變化：表情太板。④露出嚴肅或不高興的表情：板起面孔。

【板眼】①民族音樂中的節拍。②做事的條理。

枉
⬛wǎng ⬛wong2 汪二聲 ⬛DMG

①曲，不正直：矯枉過正。②使受屈，使不能伸張：枉法。③受屈，冤屈：冤枉/枉死。④徒然，白白地：枉然/枉費心機。

枋
⬛fāng ⬛fong1 方 ⬛DYHS

【枋子】棺material。

析
⬛xī ⬛sik1 息 ⬛DHML

①分開：條分縷析。②解釋，分析：析疑。

枕¹
⬛zhěn ⬛zam2 怎
⬛DLBU

枕頭：枕套/涼枕。

枕 ❷zhěn ❸zam3 浸
躺着的時候把頭放在枕頭或器物上：枕着雙手／枕戈待旦。

林 ❶lín ❷lam4 淋 ❸DD
①長在一片土地上的許多樹木或竹子：樹林／竹林／造林／林立（像樹林一樣地排列）／防護林。②聚集在一起同類的人或事物：儒林／藝林／碑林。③林業：農林。

枘 ❶ruì ❷jeoi6 銳 ❸DOB
榫：方枘圓鑿（比喻意見不合）。

枚 ❶méi ❷mui4 梅 ❸DOK
量詞。用於形體較小的物件：三枚勛章／一枚郵票。
【枚舉】一件一件地舉出來：不勝枚舉。

枝 ❶zhī ❷zi1 支 ❸DJE
①由植物的主幹上分出來的莖條：樹枝／柳枝／節外生枝（喻多生事端）。②量詞（多指棒形的）：一枝鉛筆。
【枝節】①比喻由一件事發生的其他問題：這事又旁生枝節。②細碎的，不重要的：枝節問題。

果 ❶guǒ ❷gwo2 裹 ❸WD
①果實，某些植物花落後含有種子的部分：水果／乾果（如花生、栗子等）。②結果，事情的結局或成效：成果／惡果／前因後果／結果圓滿。③果斷，堅決：果敢／果決／他處理事情很果斷。④果然，確實，真的：果不出所料／他果真來了嗎？

枒 ❸DMVH 「丫①」的異體字，見5頁。

來 ❸DOO 見人部，22頁。

架 ❶jià ❷gaa3 嫁 ❸KRD
①用做支承的東西：書架／筆架／葡萄架。②支架，支撐：架橋／把槍架住。③攙扶：他受傷了，架着他走。④互相毆打，爭吵：勸架／打了一架。⑤招架：拿槍架住砍過來的刀。⑥綁架：他被土匪架走了。⑦量詞。多指有支柱或有機械的東西：五架飛機／一架機器／一架葡萄。
【架不住】①禁不住。②抵不上。

栴 ❸DGB「楠」的異體字，見287頁。

柜 ❶jǔ ❷geoi2 舉 ❸DSS
【柜柳】落葉喬木，羽狀複葉，小葉長橢圓形，花黃綠色，多栽在路旁。

枯 ❶kū ❷fu1 呼 ❸DJR
①水分全沒有了，乾：枯乾／枯樹／枯草／枯井。②沒有生趣，枯燥：枯坐。
【枯燥】單調，沒趣味：枯燥乏味／這個遊戲太枯燥。

柱 ❶zhù ❷cyu5 儲 ❸DYG
①支撐屋頂的木料。②像柱子的東西：水柱／花柱／水銀柱／膠柱鼓瑟（比喻不知變通）。

枰 ⓟpíng ⓒping4平 ⓒDMFJ
棋盤。

柿 ⓟshì ⓒci5似 ⓒDYLB
落葉喬木，開黃白色花。果實叫柿子，可以吃。木材可以製器具。

样 ⓟbàn ⓒbun6伴 ⓒDFQ
大塊的木柴。

枲 ⓟxǐ ⓒsaai2徙 ⓧsai2洗 ⓒIRD
大麻的雄株，只開花，不結果實。

枳 ⓟzhǐ ⓒzi2只 ⓒDRC
落葉灌木，春天開花，白色。果實黃綠色，可入藥。

枵 ⓟxiāo ⓒhiu1囂 ⓒDRMS
空虛：枵腹。

枴 ⓒDRSH 「拐①③」的異體字，見223頁。

枷 ⓟjiā ⓒgaa1加 ⓒDKSR
舊時一種套在脖子上的刑具。
【枷鎖】枷和鎖鏈，比喻束縛。

枸 ¹ ⓟgōu ⓒgau1久一聲 ⓒDPR
【枸橘】即「枳」。

枸 ² ⓟgǒu ⓒgau2九
【枸杞】落葉灌木，夏天開花。果實紅色，叫枸杞子，可以入藥。

枸 ³ ⓟjǔ ⓒgeoi2舉
【枸櫞】常綠喬木，初夏開花，白色。果實有香氣，味很酸。也叫「香櫞」。

柁 ¹ ⓟduò ⓒto4駝
同「舵」，見497頁。

柁 ² ⓟtuó ⓒto4駝
房柁，房架前後兩個柱子之間的大橫樑。

柄 ⓟbǐng ⓒbing3併 ⓒDMOB
①把，器物上便於拿着的突出部分：刀柄。②植物的花、葉或果實跟枝或莖連着的部分：花柄／葉柄／果柄。③比喻在言行上被人抓住的材料：把柄／笑柄。④執掌：柄國／柄政。⑤權：國柄。

柏 ¹ ⓟbǎi ⓒbaak3百 ⓧpaak3拍 ⓒDHA
常綠喬木，有側柏、圓柏、羅漢柏等多種。木質堅硬，紋理緻密，可供建築及製造器物之用。

柏 ² ⓟbó ⓒpaak3拍
【柏林】德國的首都。

某 ⓟmǒu ⓒmau5畝 ⓒTMD
指示代詞。代替不明確指出的人、地、事、物等用的詞：某人／某國／某天／張某／某某學校。

柑 ⓟgān ⓒgam1甘 ⓒDTM
常綠灌木或小喬木，初夏開花，白

色。果實圓形，比橘子大，赤黃色，味甜。種類很多。

染 粵rǎn 普jim5 冉 倉END

① 把東西放在顏料裏使着色：染布。② 感受疾病或沾上壞習慣：傳染／染病／染上了惡習。

【染指】比喻從中分取非分的利益，也指插手或參與分外的某種事情。

柔 粵róu 普jau4 由 倉NHD

① 軟和，不硬：柔枝／柔軟。② 軟和，不猛烈，跟「剛」相對：剛柔並濟／光線柔和／柔和的聲音。

柘 粵zhè 普ze3 蔗 倉DMR

柘樹，落葉灌木或喬木，葉子卵形，可以餵蠶，皮可以染黃色。

柯 粵kē 普o1 柯 倉DMNR

① 斧子的柄：斧柯。② 草木的枝莖：交柯（枝條交錯）。③ 姓。

柙 粵xiá 普haap6 峽 倉DWL

關野獸的木籠，古時也用來押解、拘禁罪重的犯人。

柚 [1] 粵yóu 普jau4 柔 倉DLW

【柚木】落葉喬木，葉子大，花白色或藍色。木材用來造船、車等。

柚 [2] 粵yòu 普jau6 右

常綠喬木，種類很多。果實叫柚子，也叫文旦，比橘子大，多汁，味酸甜。

柝 粵tuò 普tok3 託 倉DHMY

打更用的梆子。

柞 [1] 粵zhà 普zaa3 炸 倉DHS

【柞水】地名，在陝西。

柞 [2] 粵zuò 普zok6 昨

落葉喬木，葉子可用來飼養柞蠶。也叫「柞櫟」。

柢 粵dǐ 普dai2 底 倉DHPM

樹木的根：根深柢固。

查 [1] 粵chá 普caa4 茶 倉DAM

① 檢查：盤查／查夜／查出原因。② 調查：查訪／查勘。③ 翻檢着看：查字典／查資料。

查 [2] 粵zhā 普zaa1 渣

姓。

柩 粵jiù 普gau6 舊 倉DSNO

裝着屍體的棺材：靈柩。

柬 粵jiǎn 普gaan2 簡 倉DWF

「柬」直筆不鈎。

信件、名片、帖子等的泛稱：請柬（請客的帖子）／柬帖。

柳 粵liǔ 普lau5 摟五聲 倉DHHL

① 柳樹，落葉喬木，枝細長下垂，葉狹長，春天開花，黃綠色。種子上有白色毛狀物，成熟後隨風飛散，叫柳絮。另有一種河柳，枝不下垂。② 二十八星宿之一。③ 姓。

柰 ⓟnài ⓬noi6 耐 ⓒDMMF
古書上指一種類似花紅的果子。

柵（栅） 1 ⓟshān ⓬saan1 山
ⓒDBT
【柵極】電子管靠陰極的一個電極。

柵（栅） 2 ⓟzhà ⓬caak3 拆
⓬saan1 山
欄，用竹、木、鐵條等做成的阻攔物：籬
笆柵/鐵柵欄。

柮 ⓟduò ⓬zyut3 啜 ⓒDUU
見【榾柮】，289頁。

柒 ⓟqī ⓬cat1 漆 ⓒEPD
數目字「七」的大寫。

相 ⓒDBU 見木部，399頁。

柏 ⓒDIR 「檜」的異體字，見296頁。

枹 1 ⓟbāo ⓬baau1 包 ⓒDPRU
枹樹，落葉喬木。有的地區叫小
橡樹。

枹 2 ⓟfú ⓬fu1 呼
同「桴2」，見281頁。

柴 ⓟchái ⓬caai4 豺 ⓒYPD
燒火用的草木：火柴。

栗 ⓟlì ⓬leot6 律 ⓒMWD
栗（子）樹，落葉喬木。果實叫栗
子，果仁味甜，可以吃。木材堅實，供建
築和器物具用。樹皮可供鞣皮及染色用，
葉子可餵柞蠶。

栓 ⓟshuān ⓬saan1 山 ⓒDOMG
「栓」右上作「入」。
器物上可以開關的機件：槍栓/消火栓。

枾 1 ⓟbēn ⓬ban1 奔 ⓒDTT
【枾茶】地名，在江蘇。

枾 2 ⓟbīng ⓬bing1 冰
【枾欄】古書上指棕櫚。

桉 ⓟān ⓬on1 安 ⓒDJV
桉樹，常綠喬木，樹幹高直，木質
緻密，供建築用，樹皮和葉都可入藥。

校 1 ⓟjiào ⓬gaau3 教 ⓒDYCK
①比較：校場（演習武術的地方）。
②訂正：校稿子/把稿子校對一遍。

校 2 ⓟxiào ⓬gaau3 教
軍銜名，在「尉」之上。

校 3 ⓟxiào ⓬haau6 效
學校：校舍/母校。

栝 1 ⓟguā ⓬kut3 括 ⓒDHJR
①即檜樹。②箭末扣弦處。
【栝樓】也作「苦蔞」。多年生草本植物，
爬蔓，開白花，果實橢圓形。根和果實都
可入藥。

栝 2 ⓟkuò ⓬kut3 括
見【檃栝】，295頁。

栩 ⓟxǔ ⓒheoi2許 ⓒDSMM

【栩栩】形容生動的樣子：栩栩如生。

株 ⓟzhū ⓒzyu1朱 ⓒDHJD

① 露出地面的樹根：守株待兔（比喻妄想不勞而獲，也比喻拘泥不知變通）。② 植物體：植株/病株。

【株距】種樹或莊稼時，同一行中相鄰的兩棵植株之間的距離。

【株連】指一人犯罪牽連到許多人。

栲 ⓟkǎo ⓒhaau2考 ⓒDJKS

樹名，常綠喬木，木材堅硬，可做船檣、輪軸等。樹皮含鞣酸，可製栲膠，又可製染料。

【栲栳】一種用竹子或柳條編的盛東西的器具。

栳 ⓟlǎo ⓒlou5老 ⓒDJKP

見【栲栳】，278頁。

栱 ⓟgǒng ⓒgung2鞏 ⓒDTC

見【斗拱】，254頁。

桊 ⓟjuàn ⓒgyun3眷 ⓒFQD

穿在牛鼻上的小鐵環或小木棍兒：牛鼻桊兒。

核¹ ⓟhé ⓒhat6瞎 ⓒDYVO

仔細地對照考察：審核/核算/核實。

核² ⓟhé ⓒhat6瞎

① 果實中堅硬並包含果仁的部分。② 像核的東西：細胞核/原子核。

【核心】中心，主要部分：核心小組/核心作用。

核³ ⓟhú ⓒwat6屈六聲

同「核2」，用於某些口語詞，如杏兒、煤核兒等。

根 ⓟgēn ⓒgan1跟 ⓒDAV

① 植物莖幹下部長在土裏的部分。它有吸收土壤裏的水分和溶解在水中的無機鹽的作用，還能把植物固定在地上，部分還有儲藏養料的作用：根柢/樹根/草根/直根（如向日葵、甜菜的根）/鬚根（如小麥、稻的根）/塊根（如蘿蔔、胡蘿蔔等可以吃的部分）。② 東西的下部和其他東西連着的部分：根基/耳根/舌根/牆根兒。③ 事情的本源：禍根/斬斷窮根。④ 徹底：根絕/根治。⑤ 依據，作為：根據。⑥ 量詞。指長條的東西：一根木料/兩根麻繩。⑦ 代數方程式內未知數的值。⑧ 化學上指帶電的基：氫根/硫酸根。

【根本】① 事物的根源或主要的部分。② 屬性詞。主要的，重要的。③ 副詞。本來，從來。④ 副詞。從頭到尾，始終，全然。⑤ 副詞。徹底：根本解決。

【根據】憑依，依據：根據甚麼？/有甚麼根據？

格¹ ⓟgé ⓒgaak3隔 ⓒDHER

① 劃分成的空欄和框子：方格兒布/格子紙/打格子/架子上有四個格。② 法式，標準：合格/別具一格。③ 人的品質：品格/人格。④ 阻礙，隔閡：格格不入。

【格外】特別地：格外小心／格外幫忙。

格² ⓟgé ⓒgaak3 隔
推究：格物（窮究事物的道理）。

格³ ⓟgé ⓒgaak3 隔
擊，打：格鬥／格殺。

栽 ⓟzāi ⓒzoi1 災　ⓒJID
①栽種：栽花／栽樹。②插上：栽牙刷／栽絨。③硬給安上：栽贓／栽上罪名。④秧子，可以移植的植物幼苗：桃栽／樹栽子。⑤跌倒：栽跟頭／栽了一跤。

桀 ⓟjié ⓒgit6 傑　ⓒNQD
古人名，夏朝末代的君主，相傳是暴君。
【桀驁】倔強不馴順。

栔 ⓒQHD「契1」的異體字，見135頁。

桁 ⓟhéng ⓒhang4 恆　ⓒDHON
屋上的橫木。

桂¹ ⓟguì ⓒgwai3 貴　ⓒDGG
①桂皮樹，常綠喬木，花黃色，果實黑色，樹皮可做健胃劑，又可調味。②肉桂，常綠喬木，花白色，樹皮有香氣，可入藥。③月桂樹，常綠喬木，花黃色，果實紫色，葉子可做香料。④桂花樹，又叫「木犀」，常綠小喬木或灌木，花白色或黃色，有特殊香氣，供觀賞，又可做香料。

桂² ⓟguì ⓒgwai3 貴
廣西的別稱。

桃 ⓟtáo ⓒtou4 逃
ⓒDLMO
①桃樹，落葉喬木，春天開花，白色或紅色。果實叫桃子或桃兒，可以吃。②形狀像桃子的：棉花桃兒。

桄¹ ⓟguāng ⓒgwong1 光
【桄榔】常綠喬木，果實倒圓錐形，有辣味。花序的汁可製糖，莖髓可製澱粉，葉柄的纖維可製繩。

桄² ⓟguàng ⓒgwong3 廣三聲
①繞線的器具。②量詞。用於線：一桄線。

桅 ⓟwéi ⓒwai4 圍　ⓒDNMU
桅杆，船上掛帆的杆子。

桌 ⓟzhuō ⓒzoek3 酌 ⓥcoek3 綽
ⓒYAD
①一種日用傢具，上面可以放東西：書桌／飯桌。②量詞。用於成桌擺放的飯菜或圍著桌子坐的客人：一桌菜／三桌客人。

框 ⓟkuàng ⓒhong1 康
ⓥkwaang1 筐　ⓒDSMG
①門框，安門的架子。②鑲在器物外圍有撐架作用或保護作用的東西：鏡框兒／眼鏡框子。③在文字、圖片的周圍加上線條：把這幾個字框起來。④約束，限制：不能框得太死。
【框框】①周圍的圈。②比喻原有的範圍，固有的格式。

案 ⓟàn ⓒon3 按 ⓦJVD
① 長形的桌子。② 古時候端飯用的木盤。③ 特指涉及法律問題的事件：案情/犯案/破案。④ 機關或團體中記事的文件：備案/有案可查。⑤ 提出計劃、辦法或其他建議的文件：議案/提案。⑥ 同「按2」，見226頁。

桎 ⓟzhì ⓒzat6室 ⓦDMIG
【桎梏】①腳鐐和手銬。②比喻束縛人或事物的東西。

桐 ⓟtóng ⓒtung4同 ⓦDBMR
①泡桐，落葉喬木，開白色或紫色花，木材可做琴、船、箱等物。②油桐，也叫「桐油樹」，落葉喬木，花白色，有紅色斑點，果實近球形，頂端尖。種子榨的油叫桐油，可塗塗料。③梧桐。

桑 ⓟsāng ⓒsong1嗓一聲 ⓦEEED
落葉喬木，開黃綠色小花，葉子可以餵蠶；果實叫桑葚，味甜可吃；木材可以製器具；皮可以造紙。

桔1 ⓟjié ⓒgat1吉 ⓦDGR
【桔槔】一種汲水的設備。
【桔梗】多年生草本植物，花紫色，根可以入藥。

桔2 ⓟjú ⓒgwat1骨
「橘」俗作「桔」。

栢 ⓟDMA「柏1」的異體字，見275頁。

桬 ⓟDVVI「捘2」的異體字，見225頁。

栞 ⓟMJD「刊」的異體字，見51頁。

栒 ⓟxún ⓒseon1詢 ⓦDPA
【栒子木】落葉或常綠灌木，供觀賞用。

枛 ⓟfú ⓒfuk6伏 ⓦDOIK
房櫟。

桓 ⓟhuán ⓒwun4援 ⓦDMAM
姓。

栖 ⓟxī ⓒcai1妻 ⓦDMCW
【栖栖】心不安定的樣子。

桕 ⓟjiù ⓒkau3扣 ⓒkau5舅 ⓦDHX
烏桕樹，落葉喬木，夏日開花，黃色。種子外面包着一層白色脂肪叫桕脂，可以製造蠟燭和肥皂。種子黑色，可以榨油。是中國特產植物的一種。

桫 ⓟsuō ⓒso1梭 ⓦDEFH
【桫欏】①落葉喬木，木材堅實，可作農具及傢具。②熱帶生長的一種大樹，葉大，木材可製傢具。

桴

桴 ¹ 🔴fú 🔵fu1 呼 🟢DBND

小筏子。

桴 ² 🔴fú 🔵fu1 呼

鼓槌。

桶

桶 🔴tǒng 🔵tung2 統 🟢DNIB

盛水或其他東西的器具，深度較大：水桶/煤油桶。

栟

栟 🔴bāng 🔵bong1 邦
🟢DQJL

①象聲詞，敲打木頭的聲音：栟栟地大力敲門。②打更用的栟子。

【栟子】①打更用的響器，用竹或木製成。②戲曲裏表節奏的小木棍，是栟子腔的主要樂器。

【栟子腔】戲曲的一種，敲栟子表節奏。簡稱栟子。有陝西栟子、河南栟子、河北栟子等。

桸

桸 🔴jué 🔵gok3 角 🟢DNBG

方形的椽子（房子裏架着屋面板和瓦片的木條）。

梅

梅 🔴méi 🔵mui4 媒 🟢DOWY

落葉喬木，初春開花，有白、紅等顏色，分五瓣，香味很濃，果實味酸。

梏 (梏)

梏 🔴gù 🔵guk1 谷
🟢DHGR

古代拘住罪人兩手的刑具。

梓

梓 🔴zǐ 🔵zi2 子 🟢DYTJ

①梓樹，落葉喬木，開淺黃色花，木材可供建築及製造器物之用。②雕版，把木頭刻成印書的版：付梓/梓行。

【梓里】指故鄉。

梗

梗 🔴gěng 🔵gang2 耿 🟢DMLK

①植物的枝或莖：花梗/荷梗/高粱梗。②直，挺立：梗着脖子。③阻塞，妨礙：梗塞/從中作梗。

【梗概】大略的情節。

【梗直】見【耿直】，475頁。

條 (条)

條（条）🔴tiáo 🔵tiu4 調
🟢OLOD

①植物的細長枝：荊條/柳條兒。②狹長的東西：麵條兒/布條兒/紙條兒。③項目，分ння的：條例/憲法第一條。④條理，秩序，層次：井井有條/有條不紊。⑤量詞。用於細長的東西：一條河/兩條大街/三條繩/四條魚/一條腿。⑥量詞。用於分項的：這一版上有五條新聞。

【條件】①雙方規定應遵守的事項。②事物產生或存在的因素：自然條件/有利條件/一切事物都依着條件、地點和時間起變化。

【條約】國與國間關於權利義務等約定的條文。

梃

梃 ¹ 🔴tǐng 🔵ting5 挺
🟢DNKG

棍棒。

梃 ² 🔴tìng 🔵ting5 挺

①梃豬。殺豬後，在豬腿上割一個口子，用鐵棍貼着腿皮往裏插。②梃豬時用的鐵棍。

梁
⊜liáng ⊜loeng4 良 ⊜EID
① 朝代。南朝之一，蕭衍所建立。② 姓。

梧
⊜wú ⊜ng4 吳 ⊜DMMR
梧桐，落葉喬木，樹幹很直，木材堅固。

桲
⊜·po ⊜but6 勃 ⊜DJBD
見【榅桲】，288頁。

梽
⊜zhì ⊜zi3 志 ⊜DGP
【梽木山】山名，在湖南。

梟(梟)
⊜xiāo ⊜hiu1 囂 ⊜HAYD
① 一種兇猛的鳥，羽毛棕褐色，有橫紋，常在夜間飛出，捕食小動物。② 勇健（常有不馴順的意思）：梟將／梟騎。③ 首領，魁首：梟將／梟雄。④ 懸掛（砍下的人頭）：梟首／梟示。

梢
⊜shāo ⊜saau1 捎 ⊜DFB
條狀物較細的一頭：樹梢／辮梢／眉梢。

棱
⊜suō ⊜so1 梳 ⊜DICE
織布時牽引緯線（橫線）的工具，兩頭尖，中間粗，像棗核形。

桿(杆)
⊜gǎn ⊜gon1 干 ⊜DAMJ
① 器物上像棍子的細長部分：筆桿兒／槍桿兒／煙袋桿兒。② 量詞。用於有桿的器物：一桿槍／一桿筆。

棽
⊜qín ⊜cam1 侵 ⊜DSME
古書上指肉桂。

梯
⊜tī ⊜tai1 銻 ⊜DCNH
① 登高用的器具或設備：樓梯／軟梯／電梯。② 像梯子的：梯形。
【梯田】在山坡上開闢的一層一層的田地。

械
⊜xiè ⊜haai6 邂 ⊜DIT
① 器械：機械。② 武器：械鬥／繳敵人的械。③ 刑具。

梲
⊜zhuō ⊜zyut3 拙 ⊜DCRU
樑上的短柱。

梳
⊜shū ⊜so1 疏 ⊜DYIU
① 整理頭髮的用具。② 用梳子整理頭髮：梳頭。

梵
⊜fàn ⊜faan6 飯 ⊜DDHNI
① 關於古代印度的：梵語／梵文。② 關於佛教的：梵宮／梵刹。
【梵唄】佛教做法事時唸誦經文的聲音。

梔(栀)
⊜zhī ⊜zi1 支 ⊜DHMU
梔子樹，常綠灌木，夏季開花，白色，很香。果實叫梔子，可入藥，又可作黃色染料。

桯
⊜tīng ⊜ting1 聽 ⊜DRHG
錐子前部的細長金屬棍兒：錐桯子。

椑 🔊bì 🔊bai6幣 🔊DPPG

【椑枑】古代官署前攔住行人的用具，用木條交叉製成。

梘(枧) 1 🔊jiǎn 🔊gaan2簡 🔊DBUU

肥皂：香梘。

梘(枧) 2 🔊jiǎn 🔊gaan2簡 同「筧」，見434頁。

梨 🔊lí 🔊lei4離 🔊HND

梨樹，落葉喬木，花五瓣，白色。果實叫梨，可以吃。

桮 🔊DMFR「杯」的異體字，見272頁。

渠 🔊ESD 見水部，327頁。

嫠 🔊DDV 見女部，143頁。

棄(弃) 🔊qì 🔊hei3氣 🔊YITD

捨去，扔掉：拋棄/遺棄/棄權/棄置不顧。

棉 🔊mián 🔊min4眠 🔊DHAB

①草棉，一年生草本植物，葉掌狀分裂，果實像桃。種子外有白色的絮，就是供紡織及絮衣被用的棉花。種子可以榨油。②棉花，草棉的棉絮：棉衣/棉線。

棋 🔊qí 🔊kei4其 🔊DTMC

①文娛用品名，有象棋、圍棋等。②指下棋的著數：臭棋。③指棋子。

楮 🔊chǔ 🔊cyu5柱 🔊DJKA

①植物名，可造紙。②紙：楮墨。

棍 🔊gùn 🔊gwan3君二聲 🔊DAPP

①棒。②稱壞人：賭棍/痞棍。

棒 🔊bàng 🔊paang5彭五聲 🔊DQKQ

①棍子。②體力強、能力高、成績好等：畫得棒/這小伙子真棒。

【棒子】①棍子。②玉米的俗名。

棗(枣) 🔊zǎo 🔊zou2早 🔊DBDB

棗樹，落葉亞喬木，枝有刺，開小黃花，果實叫棗子或棗兒，橢圓形，熟時紅色，可以吃。

【棗紅】像紅棗的顏色。

棘 🔊jí 🔊gik1激 🔊DBDB

「棘」直豎不鈎。

①酸棗樹，落葉灌木，開黃綠色小花，莖上多刺。果實小，味酸。②泛指有刺的草木：披荊斬棘。③刺，扎：棘皮動物。

【棘手】①刺手，扎手。②形容事情難辦。

棚 🔊péng 🔊paang4彭 🔊DBB

①把席、布等支架起來遮蔽風雨或日光的東西：天棚/涼棚/窩棚/牲口棚。②簡陋的房屋。

椥 @zhī @zi1 知 @DOKR

檳椥。越南地名。今作檳知。

椑 ¹ @bēi @bei1 卑 @DHHJ

【椑柿】古書上説的一種柿子，果實小，色青黑，可製柿漆。

椑 ² @pí @pei4 皮

古代一種橢圓形的盛酒器。

棟 (栋) @dòng @dung3 凍 @DDW

①古代指房屋的脊檁。②量詞。一座房屋叫一棟：一棟房子。

【棟樑】比喻能擔負重大責任的人材。

棠 @táng @tong4 唐 @FBRD

①棠梨樹，就是「杜樹」。②海棠樹，落葉小喬木，春天開花。果實叫海棠，可以吃。

棣 ¹ @dì @dai6 弟 @DLE

棣棠，落葉灌木，花黃色，果實黑色。

棣 ² @dì @dai6 弟

同「弟」，舊多用於書信：賢棣。

棕 @zōng @zung1 宗 @DJMF

①棕櫚。②棕毛。③像棕毛的顏色。

【棕毛】常綠喬木，葉鞘上的毛叫棕毛，可以打纜、製刷子等。葉子可以做扇子。木材可以製器物。

棧 (栈) @zhàn @zaan6 賺 @DII

①儲存貨物的房屋：貨棧。②供旅客住宿的房屋：客棧。③竹木編成的遮蔽物或其他東西：馬棧。④棧道。古代在山上用木材架起來修成的道路。

棖 (枨) @chéng @caang4 橙 四聲 @DSMV

用東西觸動：棖觸（感觸）。

棨 @qǐ @kai2 啟 @HKD

官吏出行時用來證明身份的東西。用木頭製成，略如戟形。

棫 @yù @wik6 域 @DIRM

古書上説的一種樹。

棬 @quān @hyun1 圈 @DFQU

用木做成的飲器。

森 @sēn @sam1 心 @DDD

①樹木眾多：森林。②眾多，深密：森羅萬象。③陰暗：陰森。

【森林】①眾多，深密：林木森森。②氣氛寂靜可怕：陰森森的。

【森嚴】整齊嚴肅：戒備森嚴。

棵 @kē @fo2 火 @DWD

量詞。多指植物：一棵樹。

【棵兒】植物的大小：這棵樹棵兒很大。

【棵子】植物的莖和枝葉。

棹 @zhào @zaau6 驟 @DYAJ

①划船的一種工具，形狀和槳差不多。②泛指船。

棱 🔺DGCE「稜」的簡體字，見423頁。

椅 1 🔺yī 🔺ji1 衣 🔺DKMR
又叫「山桐子」。落葉喬木，夏天開花，黃色，結小紅果，木材可以製器物。

椅 2 🔺yǐ 🔺ji2 倚
椅子。坐具。

棺 🔺guān 🔺gun1 官
🔺DJRR
棺材，裝殮死人的器具。

棼 🔺fén 🔺fan4 焚 🔺DDCSH
紛亂：治絲益棼（整理絲線卻不找頭緒，越理越亂。比喻做事方法不對，反使事情越加複雜）。

植 🔺zhí 🔺zik6 直 🔺DJBM
① 栽種：植樹／培植／種植。② 樹立：植黨營私（結黨營私）。③ 指植物：植被／植株／植保。

椎 1 🔺chuí 🔺ceoi4 除 🔺DOG
① 同「槌」，見288頁。② 同「捶」，見234頁。

椎 2 🔺zhuī 🔺zeoi1 追
椎骨，脊椎骨，構成高等動物背部中央骨柱的短骨：頸椎／胸椎。

椆（枞） 🔺gāng 🔺gong1 岡
🔺DBTU
青棡，常綠喬木，葉子長橢圓形。也作「青岡」。

椒 🔺jiāo 🔺ziu1 焦 🔺DYFE
① 花椒，落葉灌木，果實紅色，種子黑色，可供藥用或調味。② 胡椒，常綠灌木，莖蔓生。種子紅黑色，味辛香，可供藥用或調味。③ 番椒，辣椒，秦椒，一年生草本植物，開白花。果實味辣，可做菜吃或供調味用。

椓 🔺zhuó 🔺doek3 啄
🔺DMSO
古代割去男性生殖器的酷刑。

椗 🔺DJMO「碇」的異體字，見411頁。

椀 🔺DJNU「碗」的異體字，見411頁。

棲 🔺qī 🔺cai1 妻 🔺DJLV
本指鳥停留在樹上，泛指居住、停留：兩棲／棲身之處。

棑 🔺pái 🔺paai4 牌 🔺DLMY
同「排1⑦」，見231頁。

椏（枒） 🔺yā 🔺aa1 丫
🔺DMLM
用於地名：椏溪鎮。

栞 🔺MGD 見玉部，372頁。

棃 🔺HHD「梨」的異體字，見283頁。

焚 ⊜DDF 見火部, 350 頁。

集 ⊜OGD 見隹部, 675頁。

椁 ⊜guǒ ⊜gwok3 國 ⊜DYRD
棺材外面套的大棺材。

棊 ⊜TCD 「棋」的異體字, 見283頁。

極（极） ⊜jí ⊜gik6 激六聲
⊜DMEM
①頂端, 最高點, 盡頭處：登峯造極。②地球上的南北兩端：南極／北極／陽極／陰極。③盡, 達到頂點：極力／極目四望／物極必反。④最終的, 最高的：極度／極端。⑤副詞。頂, 達到頂點：極好／大極了／窮奢極侈／窮兇極惡。

椰 ⊜yē ⊜je4 爺 ⊜DSJL
椰子樹, 常綠喬木, 產在熱帶, 樹幹很高。果實叫椰子, 中有汁, 可做飲料。果肉可以吃, 也可以榨油, 果皮纖維可以結網。樹液可以釀酒。葉片可以覆蓋屋頂。木材可以做器具。

椽 ⊜chuán ⊜cyun4 傳 ⊜DVNO
【椽子】放在檁上架着屋頂的木條。

椿 ⊜chūn ⊜ceon1 春 ⊜DQKA
①香椿, 落葉喬木, 葉初生時, 有香氣, 可作菜吃。②臭椿, 又叫「樗」, 落葉喬木, 夏天開花, 白色。菓子有臭味, 木材不堅固。

楂[1] ⊜chá ⊜caa4 茶 ⊜DDAM
①短而硬的頭髮或鬍子（多指剪落的、剪而未盡的或剛長出來的）：鬍楂。②同「楂①–③」, 見506頁。

楂[2] ⊜zhā ⊜zaa1 渣
山楂。落葉喬木, 開白花。果實也叫山楂, 紅色有白點, 味酸, 可以吃。

楊（杨） ⊜yáng ⊜joeng4 羊
⊜DAMH
楊樹, 落葉喬木, 有白楊、大葉楊、小葉楊等多種, 木材可做器物。

椸 ⊜yí ⊜ji4 移 ⊜DYSD
衣架。

楗 ⊜jiàn ⊜gin6 件 ⊜DNKQ
插門的木棍。

楓（枫） ⊜fēng ⊜fung1 風
⊜DHNI
落葉喬木, 春季開花, 黃褐色。葉子掌狀三裂。秋季變成紅色。

楚[1] ⊜chǔ ⊜co2 礎 ⊜DDNYO
①痛苦：苦楚／淒楚。②清晰, 整齊：清楚。

楚[2] ⊜chǔ ⊜co2 礎
周代國名, 疆域在今湖南、湖北一帶。

楔 ⓐxiē ⓑsit3屑 ⓒDQHK
填充空隙的木橛、木片等：這個板
凳腿活動了，加個楔兒吧。
【楔子】①插在木器的榫子縫裏的木片。
②釘在牆上掛東西用的木釘或竹釘。③戲
曲另加入的部分，小說的引子。

替 ⓒDDW 見田部，384頁。

楝 ⓐliàn ⓑlin6煉 ⓒDDWF
楝樹。落葉喬木，夏天開花，果實
橢圓形，種子、樹皮都可入藥。

榆 ⓐyú ⓑjyu4如 ⓒDOMN
榆樹。落葉喬木，三四月開小花。
果實外面有膜質的翅，叫榆莢，也叫榆
錢。木材堅固，可以製器物。

楠 ⓐnán ⓑnaam4南 ⓒDBJJ
楠木，常綠喬木，木材堅固，是貴重的建
築材料。又可做船隻、器物等。

楣 ⓐméi ⓑmei4眉 ⓒDAHU
門框上的橫木：門楣。

楨（桢） ⓐzhēn ⓑzing1貞 ⓒDYBC
古代打土牆時所立的木柱。
【楨幹】能勝任重的人才。

楥 ⓒDBME 「楦」的異體字，見288
頁。

楫 ⓐjí ⓑzip3接 ⓒDRSJ
槳：舟楫。

楬 ⓐjié ⓑkit3竭 ⓒDAPV
用作標誌的小木椿。

楣 ⓐpǐn ⓑban2品 ⓒDRRR
量詞。一個屋架叫一楣。

業（业） 1 ⓐyè ⓑjip6葉
ⓒTCTD
①行業：工業／農業／林業／旅遊業／各
行各業。②職業：就業／轉業。③學業：畢
業／修業／結業。④事業：功業／創業／業
績。⑤產業、財產：業主。⑥從事（某種行
業）：業農／業商。

業（业） 2 ⓐyè ⓑjip6葉
佛教徒稱一切行為、
言語、思想為業，分別叫身業、口業、意業，
合稱三業，包括善惡兩面，一般專指惡業。

業（业） 3 ⓐyè ⓑjip6葉
已經：業已／業經公佈。

楷 1 ⓐjiē ⓑgaai1皆 ⓒDPPA
楷樹。落葉喬木，果實長圓形，紅
色。木材可製器具。也叫「黃連木」。
楷 2 ⓐkǎi ⓑkaai2錯
①法式，模範：楷模。②楷書，現
在通行的一種漢字字體，是由隸書演變
而來的：小楷／正楷。

棰 ⓐchuí ⓑceoi4除 ⓒDHJM
①短棍子。②用棍子打。③鞭子。
④鞭打。⑤同「槌」，見288頁。

楸 🔊qiū 🔊cau1 秋 🔊DHDF
落葉喬木，幹高葉大，夏天開花，木材質地緻密，可做器具。

榔 🔊láng 🔊long4 郎 🔊DIIL
【榔槺】長大、笨重，用起來不方便。
【榔頭】錘子。

榅 🔊wēn 🔊wat1 屈 🔊DABT
【榅桲】落葉灌木或小喬木，葉子長圓形，背面密生絨毛，花淡紅色或白色。果實也叫榅桲，有香氣，味酸，可製蜜餞。

概 1 🔊gài 🔊koi3 溉 🔊DAIU
① 大略：概說／概論／大概。② 總括：以偏概全。③ 副詞。一律：一概而論。
【概念】人們在反覆的實踐和認識過程中，將事物共同的本質特點抽出來，加以概括，從感性認識飛躍到理性認識，就成為概念。

概 2 🔊gài 🔊koi3 溉
① 概況，情況，景象：勝概。② 氣度、神情：氣概。

楹 🔊yíng 🔊jing4 盈 🔊DNST
① 房屋的柱子：楹聯。② 量詞。房屋一間為一楹。

楦 🔊xuàn 🔊hyun3 券 🔊DJMM
① 做鞋用的模型。② 拿東西把物體中空的部分填滿使物體鼓起來：用紙球楦楦鞋。

楯 1 🔊dùn 🔊teon5 盾 🔊DHJU
同「盾」，古代武器名。

楯 2 🔊shǔn 🔊seon5 筍五聲
欄杆。

椴 🔊duàn 🔊dyun6 段 🔊DHJE
椴樹，落葉喬木，像白楊，華北和東北出產。木材細緻，可以製造蒸籠、鉛筆和火柴等。

楛 1 🔊hù 🔊wu6 戶 🔊DTJR
樹名，似荊而赤，古時用它的幹造箭。

楛 2 🔊kǔ 🔊fu2 苦
粗劣，不堅固，不精緻。

楞 🔊léng 🔊ling4 菱 🔊DWLS
同「稜」，見 423 頁。

椹 1 🔊shèn 🔊sam6 甚 🔊DTMV
同「葚」，見 517 頁。

椹 2 🔊zhēn 🔊zam1 針
同「砧」，見 408 頁。

椶 🔊DUCE 「棕」的異體字，見 284 頁。

禁 🔊DDMMF 見示部，418 頁。

槌 🔊chuí 🔊ceoi4 除 🔊DYHR
敲打用具：棒槌／鼓槌子。

榦 ❷JJOD「幹①」的異體字，見179頁。

榕 ❶róng ❷jung4 容 ❸DJCR
① 榕樹，常綠喬木，開淡紅色花，樹枝有氣根，木材可製器具。② 福建福州的別稱。

榛 ❶zhēn ❷zeon1 津 ❸DQKD
落葉灌木，花黃褐色，果實叫榛子，果皮很堅硬，果仁可以吃。
【榛莽】泛指叢生的草木。
【榛榛】形容草木叢雜。

榖 ❶gǔ ❷guk1 谷 ❸GDHNE
注意「榖」左下禾上無一橫，與「穀」字有區別。
榖樹，落葉喬木，開淡綠色花。果實紅色。樹皮纖維可造紙。也叫「構」或「楮」。

榜 ❶bǎng ❷bong2 綁 ❸DYBS
張貼出來讓大家知道的文告或名單：紅榜／光榮榜。
【榜樣】樣子，行動的模範：哥哥是弟弟的好榜樣。

榨 ❶zhà ❷zaa3 詐 ❸DJCS
① 用力壓出物體裏的汁液：榨油／壓榨。② 壓出物體裏液汁的器具。

榫 ❶sǔn ❷seon2 筍 ❸DOGJ
器物兩部分利用凹凸相接的凸出的部分。

榮 (荣) ❶róng ❷wing4 嶸 ❸FFBD
① 草木茂盛：欣欣向榮。② 興盛：繁榮。③ 光榮，受人敬重：虛榮／榮譽／榮獲冠軍。

槝 ❶tà ❷taap3 塔 ❸DASM
狹長而較矮的牀。泛指牀。

槷 ❸OSD「榘」的異體字，見406頁。

槹 ❶cuī ❷ceoi1 崔 ❸DYWV
椽子。

榭 ❶xiè ❷ze6 謝 ❸DHHI
建築在臺上的屋子：水榭／歌臺舞榭。

榾 (榾) ❶gǔ ❷gwat1 骨 ❸DBBB
【榾柮】木頭塊，樹根墩子。

槩 ❶kē ❷hap6 合 ❸DGIT
古時盛酒或水的器皿。

槔 ❶gāo ❷gou2 稿 ❸DYRB
枯乾：枯槔／槔木。

榴 ❶liú ❷lau4 留 ❸DHHW
石榴，安石榴，落葉灌木，開紅花，果實球狀，內有很多種子，種子上的肉可吃。根、皮可做驅蟲藥。

搓(搓) 1 _普chá _粵caa4 查
^倉DTQM

木筏：乘槎／浮槎。

搓(搓) 2 _普chá _粵caa4 查

同「茬①-③」，見506頁。

槊 _普shuò _粵sok3 朔 ^倉TBD

長矛，古代的一種兵器。

構(构) 1 _普gòu _粵gau3 購
^倉DTTB

①構造，組合：構屋／構圖。②結成（用於抽象事物）：構怨。③指文藝作品：佳構／傑構。

【構思】運用心思（多指作文章）。

【構造】各組成部分及其相互關係：人體構造／飛機的構造／句子的構造。

構(构) 2 _普gòu _粵gau3 購

構樹，落葉喬木。

槐 _普huái _粵waai4 懷
^倉DHI

槐樹，落葉喬木，花黃白色。果實長莢形。木材可供建築和製傢具之用。花蕾可做黃色染料。

槍(枪) _普qiāng _粵coeng1 昌
^倉DOIR

①刺擊用的長矛：長槍。②發射子彈的武器：手槍／機關槍。

榲 ^倉DWOT 「榲」的異體字，見288頁。

槙 ^倉DMBC 「杠2」的異體字，見272頁。

榧 _普fěi _粵fei2 匪 ^倉DSLY

常綠喬木，果實叫榧子，果仁可以吃，又可以榨油，木材供建築用。

榷 1 _普què _粵kok3 確 ^倉DOBG

商討：商榷。

榷 2 _普què _粵gok3 各

專利、專賣：榷稅／榷茶。

榿(桤) _普qī _粵hei1 希
₂kei1崎 ^倉DUMT

榿木，落葉喬木。木材質較軟。嫩葉可作茶的代用品。

槔 _普gāo _粵gou1 高 ^倉DHAJ

見【桔槔】，280頁。

槑 ^倉RDRD 「梅」的異體字，見281頁

榎 _普jiǎ _粵gaa2賈 ^倉DMUE

古同「檟」，見295頁。

槖 ^倉GBMD 「橐」的異體字，見293頁。

橋 ^倉DOGS 「橋」的簡體字，見295頁。

槃 _普pán _粵pun4 盆 ^倉HED

同「盤①②⑤」，見397頁。

槥 　⓿huì　⓿seoi6睡　⓿DQJM
粗陋的小棺材。

槧(椠) 　⓿qiàn　⓿cim3僭
⓿JLD
①古代寫字用的木板。②書的版本：古槧/
宋槧。

槳(桨) 　⓿jiǎng　⓿zoeng2蔣
⓿VID
划船的用具。常裝置在船的兩旁。

槽 　⓿cáo　⓿cou4曹　⓿DTWA
①盛飲料或其他液體的器具：石
槽/水槽。②特指餵牲畜食料的器具：豬
槽/馬槽。③兩邊高起，中間凹下的物體。
凹下的部分叫槽：河槽/挖個槽。

槿 　⓿jǐn　⓿gan2謹　⓿DTLM
木槿，落葉灌木，花有紅、白、紫等
顏色，莖的纖維可造紙或做蒸衣。

椿(桩) 　⓿zhuāng　⓿zong1裝
⓿DQKX
①一頭插入地裏的木棍或石柱：打椿/
橋椿/牲口椿子。②量詞。指事件：一椿
事。

樅(枞) 　¹⓿cōng　⓿cung1聰
⓿DHOO
又叫「冷杉」，常綠喬木，果實橢圓形，暗
紫色。木材供製器具，又可做建築材料。

樅(枞) 　²⓿zōng　⓿zung1宗
樅陽。地名，在安徽。

樂(乐) 　¹⓿lào　⓿lok3落三聲
⓿VID
用於地名：樂亭（今河北）。

樂(乐) 　²⓿lè　⓿lok6落
①快樂，歡喜，快活：
樂趣/樂事。②樂於：樂此不疲。③笑：可
樂/你樂甚麼？/把一屋子人都逗樂了。
【樂得】正好，正合心意：樂得這樣做。

樂(乐) 　³⓿yào　⓿ngaau6咬六
聲
愛好，偏好：敬業樂羣/樂山樂水。

樂(乐) 　⁴⓿yuè　⓿ngok6岳
①音樂：奏樂。②姓。
【樂清】地名，在浙江。

樊 　⓿fán　⓿faan4凡　⓿DDK
【樊籬】①籬笆。②比喻對事物的限制。

樓(楼) 　⓿lóu　⓿lau4留
⓿DLWV
①兩層以上的房屋：樓房/大樓。②樓房
的一層：一樓/三樓。

槲 　⓿hú　⓿huk6酷　⓿DNBJ
落葉喬木或灌木，花黃褐色，果實
球形。葉子可以餵柞蠶，樹皮可做染料，
果實入中藥。

樑(梁) 　⓿liáng　⓿loeng4良
⓿DEID
①房樑，架在牆上或柱子上支撐房頂的
橫木：上樑。②橋：橋樑/石樑。③器物上
面便於提攜的弓形物：茶壺樑兒/籃子

的提樑兒壞了。④中間高起的部分：山樑／鼻樑。

槺 ⓟkāng ⓬hong1 康 ⓒDILE

見【榔槺】，288頁。

樗 ⓟchū ⓬syu1 舒 ⓒDMBS

樗樹，即臭椿樹。

標(标) ⓟbiāo ⓬biu1 錶　ⓒDMWF

①樹木的末端。②事物的枝節或表面：治標不治本。③標誌，記號：浮標／商標／標點符號。④標準，指標：達標／超標。⑤用文字或其他事物表明：標題／標價／標新立異。⑥給競賽優勝者的獎品：錦標／奪標。⑦指對一項工程或一批貨物，依照一定的標準，提出價目，然後由業主選擇，決定成交與否：投標／招標。⑧量詞。用於隊伍，數詞限用「一」：一標人馬。

樻 ⓒDYPM 「楂2」的異體字，見286頁。

樞(枢) ⓟshū ⓬syu1 舒　ⓒDSRR

①門上的轉軸：戶樞不蠹。②指重要的或中心的部分：中樞。

【樞紐】重要的部分，起決定性作用的部分：交通樞紐。

樟 ⓟzhāng ⓬zoeng1 章 ⓒDYTJ

樟樹，常綠喬木，生在暖地。木質堅固細緻，有香氣，做成箱櫃，可以防蠹蟲。

【樟腦】把樟樹的根、莖、枝、葉蒸餾，製成的白色結晶體，可做防腐驅蟲劑，又可用來製造炸藥等。

模 ⓟmó ⓬mou4 毛 ⓒDTAK

①法式，規範。②仿效：兒童常模仿成人的舉止動作。

【模糊】不分明，不清楚。也作「模胡」。

【模稜】意見或語言含糊，不肯定：模稜兩可。

模 ⓟmú ⓬mou4 毛

模子：字模兒／銅模兒。

【模樣】形狀，容貌。

【模子】用壓製或澆灌的方法製造物品的工具。

樣(样) ⓟyàng ⓬joeng6 讓　ⓒDTGE

①形狀：模樣／圖樣。②人的模樣或神情：兩年沒見，他還是那個樣子。③做標準的東西：樣品／貨樣／樣本。④形勢、情勢：看樣子我們今天要輸。⑤量詞，表示種類：一樣兒／兩樣兒／樣樣兒都行。

樘 ⓟtáng ⓬tong4 唐 ⓒDFBG

①門框或窗框：門樘／窗樘。②量詞，指一套門(窗)框和門(窗)扇：一樘玻璃門。

槼 ⓒQUD 「規」的異體字，見561頁。

槼 ⓒDYDL「桿」的異體字，見286頁。

榎 ●DAWE「鎁」的異體字，見656頁。

椁 ●DHUJ「槨」的異體字，見290頁。

橫（横） 1 ●héng ●waang4 戶盲切 ●DTMC
①跟地面平行的，跟「豎」、「直」相對：橫幅／橫樑。②地理上指東西向的，跟「縱」相對：橫渡太平洋。③從右到左或從左到右的，跟「豎」、「直」、「縱」相對：橫寫。④跟物體的長的一邊垂直的，跟「豎」、「直」、「縱」相對：橫街道／人行橫道。⑤使物體成橫向：把扁擔橫過來。⑥縱橫雜亂：蔓草橫生。⑦蠻橫，兇惡：橫行／橫加阻攔。⑧漢字由左到右的筆形（一）：「王」字是三橫一豎。⑨副詞。反正，無論如何：橫豎我也要去。

橫（横） 2 ●hèng ●waang6 戶孟切 ●waang4 戶盲切
①兇暴，不講理：蠻橫／這個人說話很橫。②意外的，不尋常的：橫事／橫死。

橐 1 ●tuó ●tok3 托 ●JBMRD
一種口袋：橐橐。
【橐駝】駱駝。

橐 2 ●tuó ●tok3 托
形容很重的腳步聲。

樨 ●xī ●sai1 犀 ●DSYQ
木樨，即「桂花」。

樵 ●qiáo ●ciu4 憔 ●DOGF
①柴。②打柴：樵夫。

樸（朴） ●pǔ ●pok3 璞 ●DTCO
樸實，樸質：儉樸。

樹（树） ●shù ●syu6 豎 ●DGTI
①木本植物的總稱。②種植：十年樹木。③立，建立：建樹／獨樹一幟。

樺（桦） ●huà ●waa6 話 ●DTMJ
白樺樹，落葉喬木，樹皮白色，容易剝離，木材緻密，可製器具。

樽 ●zūn ●zeon1 津 ●DTWI
古代的盛酒器具。

橢（椭） ●tuǒ ●to5 妥 ●DNLB
橢圓，長圓形。把一個圓柱形或正圓錐形斜着用一個平面截開，所成的截口就是橢圓形。

樾 ●yuè ●jyut6 越 ●DGOV
樹蔭。

橄（橄） ●gǎn ●gam2 敢 ●gaam3 鑒 ●DMJK
【橄欖】橄欖樹，常綠喬木，花白色。果實綠色，長圓形，也叫青果，可以吃。種子可以榨油，樹脂供藥用。

橇 🔵qiāo 🔵hiu1 梟 🔵DHUU
① 古代在泥路上行走所乘的工具。
② 在冰雪上滑行的工具；雪橇。

橈(桡) 🔵ráo 🔵naau4 撓
🔵DGGU
船槳。
【橈骨】前臂大指一側的骨頭。

橋(桥) 🔵qiáo 🔵kiu4 喬
🔵DHKB
架在水上便於通行的建築物：鐵橋／獨
木橋。

橘 🔵jú 🔵gwat1 骨 🔵DNHB
橘樹，常綠喬木，葉子長卵圓形，果
實叫橘子，味酸酸，可以吃。
【橘紅】像橘子皮那樣的顏色。

橙 🔵chéng 🔵caang4 撐四聲
🔵caang2 撐二聲 🔵DNOT
① 常綠喬木，葉子橢圓形，果實叫橙子，
球形，皮黃赤色，味甜，可以吃，皮可入
藥。② 紅和黃合成的顏色。

橡 🔵xiàng 🔵zoeng6 象 🔵DNAO
① 橡樹，就是櫟樹。② 橡膠樹，原
產巴西，東南亞國家和中國南方也有。樹
脂含有膠質，可製橡膠。
【橡膠】用橡膠樹一類的植物的汁製成的
膠質。用途很廣。
【橡皮】① 經過硫化的橡膠。② 擦去鉛筆
等痕跡的橡膠製品。
【橡子】橡樹的果實。

橛 🔵jué 🔵kyut3 厥 🔵DMTO
小木椿。

機(机) 🔵jī 🔵gei1 基 🔵DVII
① 機器，由許多零件組
成，有特殊作用的裝置或設備：影印機／
計算機／錄影機／發電機／收音機。② 飛
機：客機／機場。③ 事物發生變化的樞
紐：生機／危機／轉機。④ 機會，合宜的時
候：好時機／隨機應變／勿失良機。⑤ 對
事情成敗有重要關係的中心環節，有保
密性質的事件：軍機／機密／機要。⑥ 心
思，念頭：動機／心機／殺機。⑦ 靈巧，能
迅速適應事物變化的：機巧／機變／機智／
這個人非常機警。
【機動】依照客觀情況隨時靈活行動：機
動處理／機動作戰。
【機關】① 辦理事務的組織。② 周密而巧
妙的計謀。③ 辦理事務的部門。
【機靈】聰明，頭腦靈活。

橱 🔵DMGI 「櫥」的簡體字，見297
頁。

叢 🔵DDSJE 「叢」的異體字，見74
頁。

槤 🔵DHUJ 「棉」的異體字，見290
頁。

檀 🔵tán 🔵taan4 壇 🔵DYWM
① 檀樹，落葉喬木，果實有翅，木
質堅硬。② 檀香，常綠喬木，產在熱帶及
亞熱帶。木材堅硬，有香氣，可製器物及

香料，又可入藥。③ 紫檀，常綠喬木，產在熱帶及亞熱帶。木材堅硬，可做器具。

橄 圖xí 圖hat6核 圖DHSK
檄文，古代用於徵召或聲討等的文書。

橋（橋） 圖zuì 圖zeoi3醉
圖DOGS
一種李子，果皮鮮紅，漿多味甜。

橋 圖qín 圖kam4琴 圖DOYB
林檎。即花紅，一種植物。

樫（柽） 圖chēng 圖cing1稱
圖DSRG
樫柳，也叫「三春柳」或「紅柳」，落葉灌木，老枝紅色，花淡紅色，有時一年開花三次。枝葉可入藥。

檔（档） 1 圖dàng 圖dong2黨
圖DFBW
① 存放案卷用的帶格子的櫥架：歸檔。② 檔案，分類保存的文件、材料等：查檔。

檔（档） 2 圖dàng 圖dong3擋
① （產品、商品的）等級：檔次／高檔。② 貨攤，攤子：魚檔／排檔。③ 檔期：空檔／暑期檔。④ 量詞。件，樁：一檔子事。

隰（隐） 圖yǐn 圖jan2隱
圖NSD
【隰栝】也作「隱栝」。① 矯正木材彎曲的器具。② （就原有的文章、著作）剪裁改寫。

檑 圖léi 圖leoi6類 圖leoi4雷
圖DMBW
滾木，古代守城用的圓柱形大木頭，從城上推下打擊攻城的人。

檜（桧） 1 圖guì 圖kui2潰
圖DOMA
常綠喬木，葉子有兩種，一種針狀，一種鱗片狀，果實球形，木材桃紅色，有香氣，可供建築及製造鉛筆桿等。

檜（桧） 2 圖huì 圖kui2潰
用於人名。秦檜，南宋奸臣的名字。

櫛（栉） 圖zhì 圖zit3節 圖DHAL
① 梳子和篦子的總稱：櫛比（像梳子齒那樣挨着）。② 梳頭：櫛風沐雨（喻辛苦勤勞）。

櫃（柜） 圖jiǎ 圖gaa2賈
圖DMWC
古書上指楸樹或茶樹。

檠 圖qíng 圖king4鯨 圖TKD
① 燈架。② 矯正弓弩的器具。

檢（检） 圖jiǎn 圖gim2撿
圖DOMO
① 查：檢查／檢字／檢驗／檢閱。② 約束，檢點：行為不檢。
【檢察】審查檢舉犯罪事實。
【檢點】① 仔細檢查。② 注意約束（言行）：失於檢點。
【檢舉】告發做壞事的人。

【檢討】①嚴格地自我批評，對自己的思想、工作、生活等深入檢查和總結。②總結分析、研究。

檣（檣） 普qiáng 粵coeng4 牆 倉DGOW

帆船上掛風帆的桅杆。

檁（檩） 普lǐn 粵lam5 凜 倉DYWD

屋上托住椽子的橫木。

檗 普bò 粵baak3 百 又paak3 拍 倉SJD

黃檗，落葉喬木，羽狀複葉，開黃綠色小花，木材堅硬。莖可製黃色染料。樹皮入藥。

檐 普yán 粵jim4 鹽 又sim4 蟾 倉DNCR

同「簷」。①房頂伸出的邊沿：房檐/前檐。②覆蓋物的邊沿或伸出部分：帽檐兒。

檨 倉DTGI「艤」的異體字，見498頁。

檮（梼） 普táo 粵tou4 徒 倉DGNI

【檮杌】古代傳說中的猛獸，借指兇惡的人。

檬 普méng 粵mung4 蒙 倉DTBO

見【檸檬】，296頁。

檯（台） 普tái 粵toi4 抬 倉DGRG

桌子，案子：檯布/櫃檯/寫字檯/梳妝檯。

檳（槟） 1 普bīn 粵ban1 賓 倉DJMC

檳子，即檳子樹，果實比蘋果小，熟的時候紫紅色，味酸甜而澀。也指檳子樹的果實。

檳（槟） 2 普bīng 粵ban1 賓

【檳榔】常綠喬木，生長在熱帶。果實也叫檳榔，能助消化，可入藥。

檸（柠） 普níng 粵ning4 寧 倉DJPN

【檸檬】常綠小喬木，產在熱帶、亞熱帶。果實也叫檸檬，橢圓形，兩端尖，淡黃色，味酸，可製飲料。

檻（槛） 1 普jiàn 粵haam5 函 五聲 倉DSIT

①欄杆，欄板。②圈獸類的柵欄。
【檻車】古代押運囚犯的車。

檻（槛） 2 普kǎn 粵laam6 纜 門檻，門限。

櫃（柜） 普guì 粵gwai6 跪 倉DSLC

一種收藏東西用的傢具，通常作長方形有蓋或有門：衣櫃。

粂 倉FFBDD「荀」的異體字，見504頁。

櫂 ⊕DSMG「棹」的異體字，見284頁。

檠 ⊕DNON「凳」的異體字，見49頁。

櫓（橹）⊕lǔ ⊜lou5魯 ⊕DNWA
撥水使船前進的器具：搖櫓。

櫚（榈）⊕lǘ ⊜leoi4雷 ⊕DANR
見【棕櫚】，284頁。

櫝（椟）⊕dú ⊜duk6讀 ⊕DGWC
匣子：買櫝還珠（比喻取捨失當）。

櫜 ⊕gāo ⊜gou1高 ⊕JBHOD
古時候放兵甲、弓箭等的口袋。

橼（橼）⊕yuán ⊜jyun4緣 ⊕DVFO
見【枸橼】，275頁。

櫥（橱）⊕chú ⊜cyu4躇 ⊕DIGI
一種收藏東西的傢具，前面有門：衣櫥／碗櫥。

櫟（栎）1 ⊕lì ⊜lik1礫 ⊕DVID
櫟樹，落葉喬木，花黃褐色，果實叫橡子或橡斗。木材堅硬，可供製傢具、建築之

用。樹皮可鞣皮或做染料。葉子可餵柞蠶。另有一種栓皮櫟，樹皮質地輕軟，富有彈性，是製造軟木的主要原料。

櫟（栎）2 ⊕yuè ⊜ngok6岳
【櫟陽】地名，在陝西。

櫧（槠）⊕zhū ⊜zyu1朱 ⊕DYRA
常綠喬木，初夏開花，黃綠色。木材堅硬，可用來蓋房子或造船。

蘗（槠）⊕zhū ⊜zyu1豬 ⊕MAD
小木椿。

櫬（榇）⊕chèn ⊜can3趁 ⊕DYDU
棺材。

櫨（栌）⊕lú ⊜lou4盧 ⊕DYPT
黃櫨，落葉灌木，花黃綠色，葉子秋天變成紅色。木材黃色，可製器具，也可做染料。

櫪（枥）⊕lì ⊜lik1礫 ⊕DMDM
馬槽。

櫳（栊）⊕lóng ⊜lung4龍 ⊕DYBP
①窗。②養獸的柵欄。

蘗 ⊕THJD 見艸部，533頁。

櫸(榉) 　⦿jǔ ⦿geoi2 舉
　⦿DHCQ

山毛櫸，落葉喬木，春天開花，淡黃綠色。樹皮有粗紋，像鱗片，木材很堅硬。

欄(栏) 　⦿lán ⦿laan4 蘭
　⦿DANW

①遮攔的東西：木欄/花欄。②家畜的圈：牛欄。③書刊報章在每版或每頁上用線條或空白分成的各個部分：新聞欄/廣告欄/每頁分兩欄。④表格中區分項目的大格兒。
【欄杆】用竹、木、金屬或石頭等製成的遮攔物：橋欄杆。

檆 　⦿jiān ⦿cim1 簽 ⦿zim1 尖
　⦿DOIM

楔子。

櫻(樱) 　⦿yīng ⦿jing1 英
　⦿DBCV

櫻花，落葉喬木，開鮮豔的淡紅花。木材堅硬緻密，可做器具。
【櫻桃】櫻桃樹，櫻的變種，開淡紅或白色的小花。果實也叫櫻桃，成熟時紅色，可以吃。

檔 　⦿DMBR「檔」的異體字，見298頁。

權(权) 　⦿quán ⦿kyun4 拳
　⦿DTRG

①古秤錘。②衡量，估計：權其輕重。③權力，權柄，職責範圍內支配和指揮的力量：政權/有權處理這件事。④權利：選舉權。⑤變通，不依常規：權且讓他住下。

欒(栾) 　⦿luán ⦿lyun4 聯
　⦿VFD

欒樹，落葉喬木，夏天開花，黃色。葉可作青色染料。花可入藥，又可作黃色染料，木材可製器具。

欏(椤) 　⦿luó ⦿lo4 羅
　⦿DWLG

見【桫欏】，280頁。

欑 　⦿DHUC「攢1」的異體字，見248頁。

欛 　⦿DMBB「把2」的異體字，見219頁。

欖(榄) 　⦿lǎn ⦿laam5 攬
　⦿DSWU

見【橄欖】，293頁。

欐(槤) 　⦿líng ⦿ling4 零
　⦿DMBM

舊式窗子上的窗格子。

欠 部

欠 　⦿qiàn ⦿him3 險三聲 ⦿NO

①借別人的財物還沒歸還：我欠他十塊錢。②短少，不夠：文章欠通/身體欠安。

欠 2 🔊qiàn 🔊him3 險三聲
①身體一部分稍微向上移動：欠身／欠腳。②疲倦時張口出氣：打呵欠。

次 🔊cì 🔊ci3 刺 🔊IMNO
①次序，等第：名次／座次／依次前進。②次序在第二的，副的：次日／次子。③品質較差的：次貨／這東西太次。④量詞。回：第一次來新加坡。⑤出外遠行所停留的處所：舟次／旅次。⑥中間：胸次／言次。

欣 🔊xīn 🔊jan1 因 🔊HLNO
快樂，喜歡：歡欣鼓舞／欣然前往。
【欣賞】①享受美好的事物，領略其中的情趣：音樂欣賞。②認為好，喜歡：他很欣賞這個建築的獨特風格。
【欣欣】①高興的樣子：欣欣然有喜色。②草木生機旺盛的樣子：欣欣向榮。

欬 🔊kài 🔊kat1 咳 🔊YONO
謦欬，即咳嗽。

欱 🔊ORNO「喝1」的異體字，見98頁。

欲 🔊yù 🔊juk6 玉 🔊CRNO
①想要，希望：欲蓋彌彰（想要掩飾反而弄得更明顯了）／膽欲大而心欲細。②需要：震欲細。③將要，在動詞前，表示動作就要開始：搖搖欲墜／山雨欲來風滿樓。

欸 1 🔊ǎi 🔊aai1 埃 🔊IKNO
同「唉1」，見92頁。

欸 2 🔊ǎi 🔊aai2 矮
【欸乃】象聲詞。①指撐櫓聲：欸乃一聲山水綠。②指划船時唱歌的聲音。

欸 3 🔊ê̄ 🔊欸 🔊ei6 诶
歎詞。表示招呼：欸，你快來！

欸 4 🔊é 🔊欸 🔊ei6 诶
歎詞。表示詫異：欸，他怎麼走了！

欸 5 🔊ě 🔊欸 🔊oi1 哀
歎詞。表示不以為然：欸，你這話可不對呀！

欸 6 🔊è 🔊欸 🔊ei6 诶
歎詞。表示應聲或同意：欸，我這就來！／欸，就這麼辦！

欷 🔊xī 🔊hei1 希 🔊KBNO
【欷歔】見「唏噓」，見92頁。

欷 🔊PKNO「款」的異體字，見300頁。

欽（钦） 🔊qīn 🔊jam1 音 🔊CNO
①敬重：欽佩／欽仰。②指皇帝親自做的：欽定／欽賜／欽差大臣。

歘 1 🔊chuā 🔊caa3 詫 🔊FFNO
象聲詞。形容短促、迅速的聲音：把菜放在油鍋裏，立時聽到歘的一聲。

歘 2 🔊xū 🔊fat1 弗
忽然：風雨歘至。

欺 普qī 粵hei1 希 倉TCNO
① 欺騙，蒙混：自欺欺人／童叟無欺。② 欺負：仗勢欺人。

款[1] 普kuǎn 粵fun2 歡二聲 倉GFNO
① 誠懇：款待／款留。② 招待，款待：款客。

款[2] 普kuǎn 粵fun2 歡二聲
① 法令規定條文裏分的項目：條款／款項。② 經費，錢財：存款／撥款。③ 器物上刻的字：鐘鼎款識。④ 書畫、信件頭尾上的名字：上款／下款／落款（題寫名字）。⑤ 量詞。用於款式的種類或條文裏的項目：五款點心／第幾條第幾款。
【款式】格式，樣子。

款[3] 普kuǎn 粵fun2 歡二聲
敲打，叩：款門／款關而入。

款[4] 普kuǎn 粵fun2 歡二聲
緩，慢：款步／點水蜻蜓款款飛。

欿 普kǎn 粵ham2 坎 倉NXNO
① 不自滿：欿然。② 憂愁，不得意。

欹[1] 普qī 粵kei1 崎 倉KRNO
傾斜，歪向一邊：欹側／欹傾。

欹[2] 普yī 粵ji1 伊
同「猗②」，見365頁。

歇 普xiē 粵hit3 蠍 倉AVNO
① 休息：坐下歇一會兒。② 停止：歇工／歇業。③ 睡。④ 量詞。很短的一段時間：過了一歇。
【歇斯底里】① 即癔病。② 形容情緒異常激動，舉止失常。

歈 普yú 粵jyu4 俞 倉ONNO
歌曲。

歃 普shà 粵saap3 霎 倉HXNO
用嘴吸取，專指歃血。
【歃血】古人盟會時，嘴脣塗上牲畜的血，表示誠意。

歆 普xīn 粵jam1 音 倉YANO
羨慕：歆羨。

歉 普qiàn 粵hip3 怯 倉him3 欠
倉TCNO
① 覺得對不住人：抱歉／道歉。② 收成不好：歉收／歉年。

歌 普gē 粵go1 哥 倉MRNO
① 能唱的文詞：詩歌／山歌／唱歌。② 唱：歌唱／歌詠／高歌。
【歌頌】用詩歌頌揚，泛指用語言文字等讚美：母愛是人們永恆歌頌的主題。

歎（叹） 普tàn 粵taan3 炭
倉TONO
① 因憂悶、悲痛而呼出長氣：唉聲歎氣／歎了一口氣。② 因高興而發出長聲：歡喜讚歎／歎為奇跡。③ 吟哦：詠歎／一唱三歎。

歐（欧）[1] 普ōu 粵au1 鷗
倉SRNO
姓。

歐（欧）[2] 普ōu 粵au1 鷗
指歐洲，世界七大洲之一。

歔(歔) 🔊xū 🔊heoi1 虛 🔊YMNO

【歔欷】見【嘘唏】，104頁。

歙 1 🔊shè 🔊sip3 攝 🔊OMNO
歙縣，在安徽。

歙 2 🔊xī 🔊kap1 吸
①歙氣。②收歙。

歠 🔊FFNO「欻」的異體字，見299頁。

歟(歟) 🔊yú 🔊jyu4 如 🔊HCNO
①助詞。表示疑問或反問，跟「嗎」或「呢」相同：在齊歟？/在魯歟？②表示感歎，跟「啊」相同：猗歟！/偉歟！

歠 🔊chuò 🔊zyut3 拙 🔊cyut3 撮 🔊EWNO
①吸、喝。②指可以喝的，如粥、羹、湯等。

歡(欢) 🔊huān 🔊fun1 寬 🔊TGNO
①快樂：歡喜/喜歡/歡欣鼓舞/歡迎貴賓/歡天喜地/歡呼聲經久不息。②形容活躍、起勁：孩子們真歡/爐子裏的火很歡。③指所愛的人（多指情人）：新歡。

—————— 止部 ——————

止 🔊zhǐ 🔊zi2 旨 🔊YLM
①停住不動：停止/止步/血流不止/學無止境。②攔阻，使停住：制止/止

血/止痛。③僅，只：止有此數/不止一回。④（到、至……）截止：報名日期從4月5日至4月12日止。

正 1 🔊zhēng 🔊zing1 征 🔊MYLM
正月，農曆一年的第一個月：新正。

正 2 🔊zhèng 🔊zing3 政
①不偏，不斜：正中/正南正北。②合於法則、規矩的：正派/正當。③圖形的各個邊或各個角都相等的：正方形。④恰：你來得正好/時鐘正打十二下。⑤表示動作在進行中：現在正開着會/我正出門，他就來了。⑥改去偏差或錯誤：改正/正誤/給他正音。⑦純，不雜（指色、味）：正黃/正色/正味。⑧表示相對的兩面中積極的一面，跟「反」相對：正面/正比。⑨表示相對的兩面中積極的一面，跟「負」相對：正電/正角/正極/正項/正數。⑩跟「副」相對：正本/正冊。⑪用於時間，指正在那一點上或在某一段時間的正中：正午。

此 🔊cǐ 🔊ci2 始 🔊YMP
①這，這個：彼此/此人/如此/特此佈告。②這兒，這裏：由此往西/到此為止。③這樣：長此以往/能聽人勸的話，何至於此！

步 🔊bù 🔊bou6 部 🔊YLMH
①腳步，行走時兩腳之間的距離：跑步/穩步前進/寸步難移。②階段：初步/事情一步比一步明朗。③地步，境地：當初沒有計劃好，竟走到這一步。④踩、踏：

步其後塵（追隨在人家後面）。⑤用腳步量地面：步一步看這塊地有多長。⑥舊時長度單位，一步等於五尺。⑦用腳走：步入會場／亦步亦趨。

歧

普qí　粵kei4 祈　倉YMJE

①岔道，大路分出的小路：歧路亡羊。②不相同，不一致：歧視／歧議。

【歧途】錯誤的道路：誤入歧途。

武 1

普wǔ　粵mou5 舞　倉MPYLM

①關於軍事或技擊的：武裝／武器／武術。②勇猛：英武。

【武斷】只憑主觀判斷：你這種看法太武斷。

武 2

普wǔ　粵mou5 舞

半步，泛指腳步：踵武／繼武／行不數武。

歪

普wāi　粵waai1 懷一聲　倉MFMYM

①不正，偏斜：歪着頭／這張畫掛歪了。②不正當的：歪才／歪道／歪風。③側臥：在沙發上歪了一會兒。

【歪曲】有意顛倒為非：歪曲事實。

歲（岁）

普suì　粵seoi3 碎　倉YMIHH

①表示年齡的單位：三歲的孩子。②年：去歲／歲暮／歲首／歲入一千元／辭舊歲，迎新年。③指時間：歲不我與（時間不等待我們）。④年成：歉歲／富歲。

齒

普YMUOO 見齒部，736 頁。

整

普DKMYM 見支部，253 頁。

歷（历）

普lìk6 粵lik6 力　倉MDYLM

①經歷，經過：身歷其境／歷盡甘苦／歷時十年。②經過的事情：學歷／病歷／簡歷。③統指過去的各個或各次：歷年／歷代。④遍，一個一個地：歷覽名勝／歷訪各大學。

【歷來】從來，一向：父母歷來重視子女的教育。

【歷歷】一個一個很清楚的：歷歷在目。

歸（归）

普guī　粵gwai1 龜　倉HMSMB

①返回，回到本處：歸家／歸國。②還給：物歸原主／完璧歸趙。③趨向：殊途同歸／萬眾歸心。④由（誰負責）：這事歸我辦。⑤屬於（誰所有）：這些文具歸你／這份榮譽歸大家。⑥歸併，合併：把書歸在一起／這兩個機構歸併成一個。⑦珠算中稱一位數的除法：九歸。

【歸納】由許多的事例推出一般的原理。

―――――― 歹部 ――――――

歹

普dǎi　粵daai2 帶二聲　倉MNI

壞，惡：歹人／歹意／為非作歹。

【歹毒】陰險狠毒：心腸歹毒。

【歹意】惡毒的心腸：可別把人家的好心當歹意了。

死

普sǐ　粵sei2 四二聲　又si2 史　倉MNP

①生物失去生命，跟「活」相對：死亡／這棵植物死了。②不顧性命，堅決：死守／死戰。③副詞，至死，表示堅決：死不認錯／死不放手。④在形容詞後表示達到極點：樂死了。⑤不活動，不靈活：死水／死心眼／把門釘死了。⑥不通的：死胡同／把洞堵死了。⑦不可調和的：死敵／死對頭。

夙 倉HNMNI 見夕部，131頁。

妖 倉MNHK 「夭1」的異體字，見133頁。

歿 普mò 粵mut6末 倉MNNE
「歿」右上作「勹」。
死。也作「沒」。

殃 普yāng 粵joeng1央 倉MNLBK
①禍害：遭殃／災殃。②使受禍害：禍國殃民。
【殃及池魚】喻無端受害。

殄 普tiǎn 粵tin5天五聲 倉MNOHH
滅絕：暴殄天物 (任意糟蹋東西)。

殆 普dài 粵toi5怠 烏doi6代 倉MNIR
①幾乎，差不多：殆不可得。②危險：危殆／知己知彼，百戰不殆。

殂 普cú 粵cou4曹 倉MNBM
死亡。

殉 普xùn 粵seon1荀 烏seon6順 倉MNPA
①用人或器物陪葬：殉葬。②為維護某種事物或追求某種理想犧牲自己的性命：殉職／殉國 (為國捐軀)。

殊 普shū 粵syu4薯 倉MNHJD
「殊」右偏旁直筆不鉤。
①不同：特殊情況／殊途同歸。②特別，特殊：殊勛／殊功／殊效。③極，很：殊感不便／殊可嘉尚。④斷，絕：殊死戰鬥 (拼命戰鬥)。

殍 普piǎo 粵piu5剽 倉MNBND
餓殍。指餓死的人。

殖1 普·shi 粵zik6直 倉MNJBM
用於「骨殖」指屍骨。

殖2 普zhí 粵zik6直
生息，孳生：生殖／繁殖。
【殖民地】強國以武力或經濟力量開拓或侵佔本土以外的地區，並獲得管轄權。被剝奪了政治、經濟等獨立權力的區域或國家，稱為「殖民地」。

殘(残) 普cán 粵caan4殘 倉MNII
①毀壞，毀害：殘害／摧殘／自殘。②兇惡：殘忍／殘酷。③不完整，殘缺：殘疾／殘破／殘破不全。④餘下的，將盡的：殘局／殘冬／殘茶剩飯／風捲殘雲。

殛(殛) 普jí 粵gik1激 倉MNMEM
殺死：雷殛。

殠
⊕MNOIV 「殠」的異體字,見694頁。

殥(殥)　⊕yǔn　⊕wan5 允
⊕MNRBC
喪失(生命),死亡:殥命/殥身。

殣
⊕jìn　⊕gan2 謹　⊕gan6 近
⊕MNTLM
①掩埋。②餓死。

殤(殇)　⊕shāng　⊕soeng1 傷
⊕MNOAH
①還沒到成年就死了。②戰死者,犧牲的人:國殤。

殫(殚)　⊕dān　⊕daan1 丹
⊕MNRRJ
盡,竭盡:殫力/殫心。
【殫思極慮】用盡精力,費盡心思。

殨(殨)　⊕huì　⊕kui2 潰
⊕MNLMC
瘡潰爛:殨膿。

殪
⊕yì　⊕ji3 意　⊕MNGBT
①死。②殺死。

殭
⊕MNMWM 「僵①」的異體字,見37頁。

殮(殓)　⊕liàn　⊕lim6 斂六聲
⊕MNOMO
把死人裝入棺材裏:入殮/大殮/裝殮。

斃
⊕FKMNP 見攴部,253頁。

殯(殡)　⊕bìn　⊕ban3 鬢
⊕MNJMC
停放靈柩或把靈柩送到埋葬或火化的地方去:出殯/殯儀館(代人辦理喪事的場所)。

殲(歼)　⊕jiān　⊕cim1 簽
⊕MNOIM
消滅:殲滅/圍殲/殲敵無數。

───── 殳部 ─────

殳
⊕shū　⊕syu4 殊　⊕HNE
古代兵器,竹或木製成,有稜無刃。

段
⊕duàn　⊕dyun6 斷
⊕HJHNE
①量詞。用於長條東西分成的若干部分:一段木頭。②表示一定距離:一段路/一段時間。③事物的一部分:一段話/一段文章。
【段落】語言、文章、事情等可以停頓的一節:告一段落/這篇文章可以分兩個段落。

殷¹
⊕yān　⊕jin1 煙　⊕HSHNE
黑紅色:殷紅/朱殷。

殷²
⊕yīn　⊕jan1 因
①豐盛:殷實/殷富。②深厚:情意甚殷/殷切的期望。
【殷實】富足,富裕:殷實人家。

殷³ 普yīn 粵jan1 因
【殷勤】又作「慇懃」。周到，盡心：做事很殷勤／殷勤招待。

殷⁴ 普yīn 粵jan1 因
朝代，公元前1300– 前1046，是商代遷都於殷後改用的稱號。

殷⁵ 普yǐn 粵jan2 隱
象聲詞。形容雷聲：殷其雷。

殺(杀) 普shā 粵saat3 煞
KCHNE
①使人或動物失去生命：殺雞／殺蟲藥／殺敵立功。②戰鬥：殺出重圍。③消減：殺風景／殺暑氣／殺別人威氣。④收束：殺尾／殺筆。⑤用在動詞或形容詞後，表示程度深：氣殺人／笑殺人／恨殺人。⑥藥物等刺激身體感覺疼痛：這藥上在瘡口上殺得慌。

殼(壳)¹ 普ké 粵hok3 學三聲
GNHNE
堅硬的外皮，義同「殼2」，用於口語：核桃殼兒／雞蛋殼兒。

殼(壳)² 普qiào 粵hok3 學三聲
堅硬的外皮：甲殼／地殼。

殽 普xiáo 粵ngaau4 肴 KBHNE
①「淆」的異體字，見323頁。②同「崤」，見168頁。用於古地名：殽之戰。

殿¹ 普diàn 粵din6 電 SCHNE
高大的房屋，特指帝王上朝理政

或供奉神佛的房屋。

殿² 普diàn 粵din6 電
在最後：殿後。
【殿軍】①行軍時走在最後的部隊。②體育、遊藝競賽中的最末一名，也指入選的最末一名。

毀(毁) 普huǐ 粵wai2 委
HGHNE
①燒掉：燒毀／焚毀。②破壞，損害：毀滅／這把椅子誰毀的？③誹謗，説別人的壞話：詆毀。

瑴 普GNHNE 見弓部，188頁。

毅 普GDHNE 見木部，289頁。

毅 普yì 粵ngai6 藝 YOHNE
果決，志向堅定而不動搖：剛毅／毅力／毅然決然。

毆(殴) 普ōu 粵au2 嘔 SRHNE
打人：毆打／毆傷。

穀 普GDHNE 見禾部，424頁。

轂 普GJHNE 見車部，610頁。

觳 普GBHNE 見角部，565頁。

毉 🔊SEMOO「醫」的異體字，見636頁。

─────── 毋部 ───────

毋 🔊wú 🔊mou4 無 🔊WJ
① 表示禁止或勸阻，相當於「不要」：寧缺毋濫。② 姓。

母 🔊mǔ 🔊mou5 武 🔊WYI
① 母親，媽媽，娘：係母/母性。② 對女性長輩的稱呼：姑母/舅母/姨母。③ 屬性詞。雌性的：母雞/這口豬是母的。④ 有產生出其他事物的能力或作用的：母校/母株。

每 🔊měi 🔊mui5 梅五聲 🔊OWYI
① 指示代詞。指全體中的任何一個或一組：每人/每回/每次/每三天/每一分錢。② 副詞。指反覆的動作中的任何一次或一組：每逢十五日出版。③ 副詞。往往：潮濕的春天，早上每每有霧。

毑 🔊jǐ 🔊oi2 藹 🔊GWJ
多用於人名。

毑 🔊jiě 🔊ze2 姐 🔊WYPD
見【娭毑】，142頁。

毒 🔊dú 🔊duk6 獨 🔊QMWYI
① 凡對生物體有危害的性質，或有這種性質的東西：毒氣/中毒/消毒/砒霜有毒。② 指對思想意識有害的事物：流毒/放毒。③ 害，有毒的東西使人或物受到傷害：用藥物毒殺害蟲。④ 毒辣，兇狠，厲害：心毒/毒計/毒手。⑤ 毒品：吸毒/販毒。

毓 🔊yù 🔊juk1 郁 🔊OYYIU
生育、養育：鍾靈毓秀。

─────── 比部 ───────

比 1 🔊bǐ 🔊bei2 彼 🔊PP
① 比較，量度高下、長短、距離、好壞等：比大小。② 能夠相比：堅比金石。③ 比方，摹擬，做譬喻：用手比了一個圓形/比擬不倫。④ 兩個同類量之間的倍數關係，叫做他們的比，其中一數是另一數的幾倍或幾分之幾：班上男生女生的比例是二比三。⑤ 表示比賽雙方勝負的對比：三比二。⑥ 介詞。用來比較性狀和程度的差別：我比他高/生活一天比一天好。
【比畫】用手做樣子：他一邊說一邊比畫。
【比例】① 表示兩個比相等的式子，如6：3=10：5。② 數量之間的關係。
【比賽】用競賽的方式比較誰勝誰負。
【比照】① 大致依照：你比照着這個做一個。② 比較對照。
【比重】① 物質的重量和它的體積的比值，即物質單位體積的重量。② 某一事物在整體中所佔的分量：這個機構裏青年員工的比重逐年增加。

比 2 🔊bǐ（舊讀 bì）🔊bei6 鼻
① 緊靠，挨着：比鄰/比肩。② 依附，勾結：朋比。③ 近來：比來。④ 等到：比及。

愖 普bì 粵bei3 祕 倉PPPH

謹慎；懲前愖後 (接受過去失敗的教訓，以後小心不重犯)。

毗 普pí 粵pei4 皮 倉WPP

①毗連，接連：毗鄰。②輔助。

毛 部

毛¹ 普máo 粵mou4 模 倉HQU

①動物的皮上所生的絲狀物：羊毛/雞毛。②衣物上的黴菌：老沒見太陽，衣服都長毛了。③粗糙，沒有加工的：毛坯。④不是純淨的：毛利/毛重十斤。⑤粗略：毛估/毛算。⑥做事粗心，不細緻：毛手毛腳。⑦小：毛孩/毛驢/毛病。⑧貨幣價值變小：票子一天比一天毛。⑨一圓錢的十分之一，角。

毛² 普máo 粵mou4 模

驚慌失措，主意亂了：把他嚇毛了。

毡 倉HUYR 「氈」的簡體字，見308頁。

耗 倉QDHQU 見耒部，473頁。

毣 倉HUIJ 「絨」的異體字，見451頁。

毬 普máo 粵mou4 無 倉HUIHQ

【毬子】西藏出產的一種毛織品。

毫 倉HUIJE 「球③」的異體字，見371頁。

毫 普háo 粵hou4 豪 倉YRBU

①長而尖的毛：狼毫筆。②秤或戥子上的提繩：頭毫/二毫。③ (某些計量單位的) 千分之一：毫米/毫升。④貨幣單位，即角。⑤一點兒 (用於否定式)：毫無誠意/毫不費力。

【毫末】毫毛的梢兒，比喻極微小的數量或部分：毫末之差/毫末之利。

毦 普rǒng 粵jung5 湧

(毛) 細而軟：毦毛。

毯 普tǎn 粵taan2 坦 倉HUFF

厚實有毛絨的織品：地毯/桌毯/牀毯。

毳 普cuì 粵ceoi3 脆 倉HUHUU

鳥獸的細毛。

毽 普jiàn 粵gin3 建 ⊗jin2 演

倉HUNKQ

【毽子】一種用腳踢的玩具。

毹 普shū 粵syu1 書 ⊗jyu4 俞

倉ONHQU

見【氍毹】，308頁。

毿 (毿) 普sān 粵saam1 三

倉IHHQU

【毿毿】毛髮枝條等細長的樣子：毿毿下垂/柳枝毿毿。

氉 ⓪JKMHU「牦」的異體字，見 361頁。

氊 ⓪chǎng ⓪cong2廠 ⓪FKHQU
大氊，大衣。

氋 ⓪NBHQU「氀」的異體字，見 307頁。

氌 ⓪pǔ ⓪pou2 普 ⓪HUTCA
【氌氌】藏族地區出產的一種毛織品。

氎(毡) ⓪zhān ⓪zin1 煎 ⓪YMHQU
用獸毛構成的片狀物，可做防寒的用品：炕氎／帽氎／氎靴。

氍(氍) ⓪·lu ⓪lou5 魯 ⓪HUNWA
見【氌氌】，308頁。

氎 ⓪qú ⓪keoi4 渠 ⓪BGHQU
【氎氋】毛織的地毯。古代演劇多在地毯上，因以氎氋借指舞臺。

氎 ⓪dié ⓪dip6 碟 ⓪WMHQU
棉布。

—— 氏部 ——

氏 1 ⓪shì ⓪si6 示 ⓪HVP
①姓：王氏兄弟（王氏即姓王）。

②舊時放在已婚婦女的姓後，通常在父姓前加夫姓，作為稱呼：張陳氏（夫姓張，父姓陳）。③古代稱呼帝王貴族等常用「氏」，後來稱呼名人、專家等也用它：神農氏／太史氏／達爾文氏／段氏（段玉裁）《說文解字》註。④用在親屬關係字的後面稱自己的親屬：舅氏（母舅）／母氏。

氏 ⓪zhī ⓪zi1 之
①用於【閼氏】，見666頁。②漢朝西域國名：月氏。

氐 1 ⓪dī ⓪dai1 低 ⓪HPM
①中國古代西部的少數民族的統稱。②二十八星宿之一。

氐 2 ⓪dǐ ⓪dai2 底
根本。事物的根源或最重要的部分。

民 ⓪mín ⓪man4 文 ⓪RVP
①人民：國泰民安／為民除害。②指某種人：藏民／回民／農民／漁民／牧民／僑民／居民。③民間的：民歌／民謠。④非軍人，非軍事的：民航／民用。

氓 1 ⓪máng ⓪man4 民 ⓪YVRVP
用於「流氓」。品質惡劣，不務正業，為非作歹的壞人。

氓 2 ⓪méng ⓪man4 民
古代稱百姓（多指外來的）。

—— 气部 ——

气 ⓪OMN「氣」的簡體字，見309頁。

氕 普piē 粵pit3 撇 倉ONL
氕的同位素之一，是氫的主要成分。

氘 普dāo 粵dou1 刀 倉ONLL
氫的同位素之一，可用於熱核反應。

氖 普nǎi 粵naai5 乃 倉ONNHS
氣體元素，無色無臭，可用於製造霓紅燈。

氚 普chuān 粵cyun1 川 倉ONLLL
氫的同位素之一，有放射性，可應用於熱核反應。

氙 普xiān 粵sin1 仙 倉ONU
稀有的氣體元素，無色無臭，有極高的發光強度，可用於製造閃光燈、導航燈等。

氛 普fēn 粵fan1 分 倉ONCSH
情景，氣象：氣氛/氛圍。

氟 普fú 粵fat1 弗 倉ONLLN
氣體元素，淡黃色，味臭，性毒，液態可作火箭燃料的氧化劑。

氡 普dōng 粵dung1 冬 倉ONHEY
氣體元素，無色無臭，有放射性，可用來治療癌症。

氣(气) 普qì 粵hei3 器 倉ONFD
① 有一定的形狀、體積，能自由散佈的物體：煤氣/蒸氣。② 特指空氣：氣壓/給自行車打氣。③ 氣息，呼吸：沒氣了/上氣不接下氣。④ 自然界寒、暖、陰、晴等現象：天氣/節氣。⑤ 鼻子聞到的味道：香氣/臭氣/煙氣。⑥ 人的精神狀態：勇氣/朝氣。⑦ 人的作風習氣：官氣/嬌氣/孩子氣。⑧ 怒或使人發怒：他生氣了/不要氣我了。⑨ 欺壓：受氣。⑩ 命，命運：氣數/福氣。⑪ 中醫指能使人體器官正常發揮機能的原動力：氣血/氣虛/元氣。⑫ 中醫指某種病象：濕氣/腳氣/痰氣。
【氣勢】表現出的某種力量和形勢。

氤 普yīn 粵jan1 因 倉ONWK
【氤氳】也作「絪縕」、「烟煴」。煙雲瀰漫。

氧 普yǎng 粵joeng5 養 倉ONTQ
氣體元素，無色無味無臭，比空氣重。能幫助燃燒，是動植物呼吸所必需的氣體。

氦 普hài 粵hoi6 害 倉ONYVO
氣體元素，無色無臭，不易跟其他元素化合。很輕，容易傳逿，可用來充入氣球或電燈泡等。

氨 普ān 粵on1 安 倉ONJV
無機化合物，是無色而有劇臭的氣體。在高壓下能變成液體，除去壓力後吸收周圍的熱又變成氣體，人造冰就是利用這種性質製成的。氨又可製硝酸和炸藥，此外還可以製肥料。

氫（氢） ⊜qīng ⊜hing1 輕 ⊜ONMVM

氣體元素，是現在已知元素中最輕的，無色無味無臭，跟氧化合成水。工業上用途很廣。

氪 ⊜kè ⊜hak1 克 ⊜ONJRU

氣體元素，無色無味無臭，不易跟其他元素化合。

氮 ⊜dàn ⊜daam6 淡 ⊜ONFF

氣體元素，無色無味無臭，化學性質不活潑。是植物營養的重要成分之一。

氩（氩） ⊜yà ⊜aa3 亞 ⊜ONMLM

氣體元素，無色無臭，不易跟其他元素化合。可用來放入電燈泡或真空管中。

氰 ⊜qíng ⊜cing4 情 ⊜ONQMB

碳與氮的化合物，無色的氣體，有杏仁味。性很毒，燃燒時發紅紫色火焰。

氯（氯） ⊜lù ⊜luk6 綠 ⊜ONVNE

氣體元素，黃綠色，味臭有毒，能損傷呼吸器官。氯可用來漂白、消毒。

氲 ⊜yūn ⊜wan1 溫 ⊜ONABT

見【氤氲】，309頁。

氳 ⊜ONWOT 「氲」的異體字，見310頁。

水 部

水 ⊜shuǐ ⊜seoi2 須二聲 ⊜E

①無色無臭透明的液體，化學成分是氫二氧一。②河流：湘水/漢水。③江、河、湖、海的通稱：水陸交通/水上人家。④汁液：藥水/橘子水。

永 ⊜yǒng ⊜wing5 榮五聲 ⊜INE

長久，久遠：永久/永恆/永不掉隊/永垂不朽。

氷 ⊜IE 「冰」的異體字，見47頁。

氽 ⊜tǔn ⊜tan2 吞二聲 ⊜OE

①漂浮：木頭在水上氽。②用油炸：油氽花生米。

汆 ⊜cuǎn ⊜cyun1 村 ⊜OE

與「氽」字不同，上面是「入」字。①烹調方法，把食物放到開水裏稍微一煮：汆湯/汆丸子。②燒水用的金體器具，能很快地把水煮開：汆子。③用汆子放到旺火中很快地把水燒開：汆了一汆子水。

汀 ⊜tīng ⊜ting1 聽 ⊜EMN

水邊平地：綠汀/汀線（海岸被海水侵蝕而成的線狀的痕跡）/蓼花汀。

求 ⊜qiú ⊜kau4 球 ⊜IJE

①請求：求救/求人/求教。②要

求：力求改進／生物都有求生存的本能。③追求，探求，尋求：求學問／實事求是／不求名利。④需求，需要：供求關係。

汁 粵zhī 粵zap1 執 ⓐEJ
混有某種物質的水：墨汁／橘子汁。

氾(泛) 1 粵fán 粵faan4 凡 ⓐESU
姓。

氾(泛) 2 粵fàn 粵faan3 販
水溢出：氾濫／黃氾區（黃河氾濫過的地方）。

汙 ⓐEMD 「污」的異體字，見311頁。

汛 粵xùn 粵seon3 訊 ⓐENJ
河流定期的漲水：防汛／秋汛／桃花汛。

汊 粵chà 粵caa3 詫 ⓐEEI
河流的分岔：河汊／湖汊。

汍 粵wán 粵jyun4 元 ⓐEKNI
【汍瀾】形容流淚的樣子。

汐 粵xī 粵zik6 夕 ⓐENI
夜間的海潮。

汕 粵shàn 粵saan3 牟 ⓐEU
【汕頭】地名，在廣東。

汗 1 粵hán 粵hon4 寒 ⓐEMJ
「可汗」的簡稱。見【可汗】，76頁。

汗 2 粵hòn 粵hon6 瀚
由身體的毛孔裏排泄出來的液體。

污 粵wū 粵wu1 烏 ⓐEMMS
①濁的水，泛指髒東西：糞污／血污／去污粉。②骯髒：污泥／污水。③不廉潔：貪污。④弄髒：玷污／污辱。

污 ⓐEMJS 「污」的異體字，見311頁。

氾 粵sì 粵ci5 似 ⓐERU
【氾河】水名，在河南。

汝 粵rǔ 粵jyu5 雨 ⓐEV
你：汝等／汝將何往？

江 粵jiāng 粵gong1 缸 ⓐEM
①大河的通稱：黑龍江／松花江。②指長江：江左／江右／江淮。

池 粵chí 粵ci4 持 ⓐEPD
①池塘，多指人工挖的：游泳池／養魚池。②旁邊高、中間窪的地方：花池／樂池。③護城河：城池／金城湯池。

汞 粵gǒng 粵hung6 哄 粵hung3 控 ⓐME
金屬元素，通稱「水銀」。汞是銀白色的液體，能溶解金、銀、錫、鉀、鈉等。汞可用來製鏡子、溫度表、氣壓計。汞溴紅

(通稱「紅藥水」)是常用的敷傷口的殺菌劑。

汎

鑑EHNI「泛」的異體字，見314頁。

汨

鑑mì 鑑mik6覓 鑑EA

【汨羅江】江名，在湖南。

汩

鑑gǔ 鑑gwat1骨 鑑EA
水流的樣子。

汪

鑑1 鑑wāng 鑑wong1汪一聲 鑑EMG
①水深廣：汪洋大海。②液體聚集在一個地方：地上汪着水。③量詞，用於液體：一汪水／兩汪眼淚。
【汪汪】眼裏充滿眼淚的樣子：淚汪汪。

汪

鑑2 鑑wāng 鑑wong1汪一聲
形容狗叫的聲音：狗汪汪叫。

汭

鑑ruì 鑑jeoi6銳 鑑EOB
河流匯合或彎曲的地方。

汰

鑑tài 鑑taai3太 鑑EKI
淘汰，除去沒有用的成分：裁汰／優勝劣汰。

汲

鑑jí 鑑kap1級 鑑ENHE
從下往上打水：汲水。
【汲引】引水。比喻提拔人手。

汴

鑑biàn 鑑bin6辨 鑑EYY
①河南開封的別稱。②姓。

汶

鑑wèn 鑑man6問 鑑EYK
①汶河，水名；大汶河，水名，都在山東。②汶川，地名，在四川。

沛

鑑pèi 鑑pui3佩 鑑EJB「沛」右偏旁作「巿」，四畫。
盛大，旺盛：充沛／沛然降雨。

決(决)

鑑1 鑑jué 鑑kyut3缺 鑑EDK
①決定，拿主意：決心／遲移不決。②一定，肯定的：他決不會失敗。③決定最後成敗：決賽／決戰。④執行死刑：槍決。
【決議】經過開會討論通過的決定。

決(决)

鑑2 鑑jué 鑑kyut3缺
堤岸被水沖開口子，泛指破裂：堵塞決口。
【決裂】破裂(指感情或商談等)：談判決裂。

汽

鑑qì 鑑hei3氣 鑑EOMN
①蒸氣，液體或固體受熱變成的氣體。②特指水蒸氣：汽船。

汾

鑑fén 鑑fan4焚 鑑ECSH
汾河，水名，在山西。

沁

鑑qìn 鑑sam3滲 鑑EP
①(香氣、液體等)滲入或透出：沁人心脾／額上沁出汗珠。②頭向下垂：沁着頭。③往水裏放。

沂

鑑yí 鑑ji4兒 鑑EHML
沂河，源出山東，流入江蘇。

沃 [普]wò [粵]juk1 郁 [倉]EHK
①灌溉，澆：沃田/如湯沃雪。②（土地）肥：肥沃/土沃/沃野。

汧 [普]qiān [粵]hin1 牽 [倉]EMT
汧河，水名，在陝西，今作千河。汧陽，地名，在陝西，今作千陽。

沅 [普]yuán [粵]jyun4 元 [倉]EMMU
沅江，水名，發源於貴州，流入湖南。

沆 [普]hàng [粵]hong4 杭 [倉]EYHN
形容水面遼闊。
【沆瀣】夜間的水氣。
【沆瀣一氣】比喻臭味相投的人勾結在一起。

沉 [普]chén [粵]cam4 尋 [倉]EBHU
①在水裏往下落，跟「浮」相對：船沉了。②物體往下陷：地基下沉。③使降落，多用於抽象事物：沉住氣。④程度深：沉思/沉醉/天陰得很沉。⑤重，分量大：沉重/鐵比木頭沉。⑥感覺沉重、不舒服：頭沉。
【沉澱】①液體中難以溶解的固體物質從溶液中析出。②從溶液中析出的難以溶解的物質。③凝聚、積纍。
【沉湎】沉迷於不良的境地而不能自拔，多指生活習慣方面：沉湎於酒色。

沌1 [普]dùn [粵]deon6 鈍 [倉]EPU
見【混沌】，326頁。

沌2 [普]zhuàn [粵]cyun5 川五聲
沌河，水名，在湖北。沌口、沌陽，地名，都在湖北武漢。

沐 [普]mù [粵]muk6 木 [倉]ED 「沐」右偏旁直筆不鈎。
①洗頭髮，也泛指洗滌：沐浴/櫛風沐雨（喻奔波辛苦）。②借指蒙受：沐恩。③姓。

沒1 [普]méi [粵]mut6 末 [倉]ENE 「沒」右上作「⺇」。
①表示「領有、具有」等的否定：沒理由。②表示存在的否定：家裏沒人。③用在「誰、哪個」前面，表示「全都不」。④不如、不及：你沒他強。⑤不夠，不到：寫了沒半小時就不寫了。⑥表示「已然」的否定：他們還沒做完功課。⑦不曾：我從沒去過上海。

沒2 [普]mò [粵]mut6 末
①沉下、沉沒：沒入水中。②漫過，高過：水深沒膝/水沒了頭頂。③隱藏：出沒。④把財物扣下：抄沒/沒收贓款。⑤終，盡：沒世/沒齒。⑥同「歿」，見303頁。
【沒落】衰落，趨向滅亡：家道沒落/沒落貴族。

沒3 [普]mò [粵]mut6 末
【沒奈何】實在沒有辦法，無可奈何。

沔 [普]miǎn [粵]min5 免 [倉]EMLS
沔水，水名，在陝西，是漢水的上游。

沈1 [普]chén [粵]cam4 尋 [倉]ELBU
舊同「沉」，見313頁。

沈 2 ⓟshěn ⓒsam2 審
姓。

沙 1 ⓟshā ⓒsaa1 紗 ⓐEFH
①非常細碎的石粒:沙土/沙灘。
②像沙子的東西:沙糖/豆沙/沙瓤西瓜。
③姓。
【沙沙】擬聲詞。形容踩着沙子、飛沙擊物或風吹草木等的聲音:風吹枯葉, 沙沙作響。

沙 2 ⓟshā ⓒsaa1 紗
聲音不清脆不響亮:沙啞。

沙 3 ⓟshā ⓒsaa1 紗
沙皇, 俄羅斯和保加利亞以前皇帝的稱號。

沙 4 ⓟshà ⓒsaa1 紗
經過搖動把東西裏的雜物集中, 以便清除:把米裏的沙子沙一沙。

沚 ⓟbǐ ⓒbei1 比 ⓐEPP
①沚江, 水名, 在雲南。②沚河, 水名, 在安徽。

沚 ⓟzhǐ ⓒzi2 止 ⓐEYLM
水中的小塊陸地。

沓 1 ⓟdá ⓒdaap6 踏 ⓐEA
量詞。用於疊起來的紙張或其他薄的東西:一沓信紙。

沓 2 ⓟtà ⓒdaap6 踏
①多而重複:雜沓/紛至沓來。②懈怠不振:疲沓。

沏 ⓟqī ⓒcai3 砌 ⓐEPSH
用開水沖或泡:沏茶。

洰(冱) ⓟhù ⓒwu6 戶 ⓐEMVM
水因寒冷而凍結:清泉洰洰而不流。

沖(冲) 1 ⓟchōng ⓒcung1充 ⓐEL
①用液體澆:沖茶。②用水沖洗, 沖擊:沖刷/這道堤不怕水沖。③把已拍攝的膠片進行顯影、定影等:沖膠卷。

沖(冲) 2 ⓟchōng ⓒcung1充
山間平地:沖田。

泛 ⓟfàn ⓒfaan3 販 ⓐEHIO
①漂浮:泛舟。②透出:臉上泛紅。③廣泛, 一般地:泛指/泛論。④膚淺, 不深入:浮泛/空泛。

泐 ⓟlè ⓒlak6 勒 ⓐENLS
①石頭順着紋理裂開。②書寫:手泐。

沬 ⓟjǐ ⓒzai3 濟 ⓧzi2 子 ⓐELXH
水名。

沫 ⓟmò ⓒmut6 沒 ⓐEDJ
「沫」右偏旁作「末」, 直筆不鈎。
①液體形成的許多小泡:泡沫/肥皂沫兒。②唾液:相濡以沫。

泵 ⓟbèng ⓒbam1 乓 ⓐMRE
①把液體或氣體抽出或壓入用的一種機械裝置。②用泵壓入或抽出:泵入/泵油。

沭 (沭)

⊛shù ⊜seot6 術
⊛EIJC

沭河，水名，發源於山東，流入江蘇。

沮 1

⊛jǔ ⊜zeoi2 咀 ⊛EBM
①阻止。②（氣色）敗壞，頹喪：沮喪。

沮 2

⊛jù ⊜zeoi3 醉

【沮洳】由腐爛植物埋在地下而形成的泥沼。

沱

⊛tuó ⊜to4 駝 ⊛EJP 「沱」右偏旁作「它」，「它」下撇筆不過乚。

可以停船的水灣，多用於地名。

泆

⊛yì ⊜jat6 日 ⊛EHQO
①放縱。②同「溢」，見 331 頁。

河

⊛hé ⊜ho4 何 ⊛EMNR
①天然的或人工的水道：江河／護城河。②常專指黃河：河西／河套。③姓。

【河漢】①銀河，天空密佈如帶的星團。②借指着不着邊際、不可憑信的空話。③不相信或忽視某人的話。

【河山】指國家的疆土：錦繡河山。

沴

⊛lì ⊜leoi6 淚 ⊛EOHH
①指災害的氣象。②傷害。

沸

⊛fèi ⊜fai3 肺 ⊛ELLN

開，滾，液體受熱到一定溫度時，內部生出氣泡，表面翻滾，變成蒸氣：沸騰／揚湯止沸。

洞

⊛jiǒng ⊜gwing2 炯
⊛EBR
①遠。②水深而闊。

油

⊛yóu ⊜jau4 由 ⊛ELW
①動植物體內所含的脂肪或礦產的碳氫化合物的混合液體，通常把固態的動物脂肪也叫油：豬油／煤油／汽油／花生油。②用油漆等塗抹：用桐油一油就好了。③被油弄髒：衣服油了。④狡猾：油腔滑調／這個人太油滑。

【油然】①形容思想感情自然而然地產生：敬重之心，油然而生。②形容雲氣上升：天油然作雲，沛然下雨。

治

⊛zhì ⊜zi6 稚 ⊛EIR
①管理，處理：治理／治標／自治。②指安定或太平：治世／天下大治。③舊稱地方政府所在地：省治／縣治。④醫療：治病／不治之症。⑤消滅害蟲：治蝗／治蚜蟲。⑥懲辦：懲治／治罪。⑦從事研究：治學。

【治安】社會的秩序。

沼

⊛zhǎo ⊜ziu2 剿 ⊛ESHR
天然的水池子：池沼／沼澤（水草茂密的泥濘地帶）。

沽 1

⊛gū ⊜gu1 姑 ⊛EJR
①買：沽酒／沽名釣譽（故意做作或用某種手段謀取聲譽）。②賣：待價而沽。

沽 2

⊛gū ⊜gu1 姑
天津的別稱。

洵 ⊜jū ⊜geoi3 句 ⊜keoi1 拘
⊜EPR

洵河，水名，發源於河北，流至天津北部入薊運河。

沾 ⊜zhān ⊜zim1 尖 ⊜EYR

①浸濕：沾衣/汗出沾背。②因接觸而被附着上：沾水。③稍微碰上或挨上：沾邊兒/腳不沾地。④因發生關係而得到好處：沾光/利益均沾。

沿 (沿) ⊜yán ⊜jyun4 元
⊜ECR

①順着：沿海旁植樹。②因襲相傳：沿襲/積習相沿。③順着衣服的邊再加上一條邊：沿鞋口。④邊：前沿/邊沿/缸沿兒。
【沿革】事物發展和變化的歷程。

況 (況) 1 ⊜kuàng ⊜fong3 放
⊜ERHU

①情形：近況。②比，譬：以古況今。③姓。

況 (況) 2 ⊜kuàng ⊜fong3 放
⊜ERHU

況且，何況：年少者尚不能，況老叟乎？
【況且】連詞。有「再說」的意思：這本書內容很好，況且很便宜，買一本吧。

泄 ⊜xiè ⊜sit3 屑 ⊜EPT

①液體、氣體排出：排泄。②漏，露：泄氣/泄露祕密。③發泄：泄恨。

泅 ⊜qiú ⊜cau4 囚 ⊜EWO

浮水：泅渡/泅水而過。

泊 1 ⊜bó ⊜bok6 薄 ⊜EHA

①船靠岸，停船：停泊/泊船。②停留：漂泊。③存放 (車輛)：泊車。

泊 2 ⊜bó ⊜bok6 薄

恬靜：淡泊。

泊 3 ⊜pō ⊜bok6 薄

湖 (多用於湖名)：湖泊/梁山泊。

泌 1 ⊜bì ⊜bat6 拔 ⊜EPH

泌陽，地名，在河南。

泌 2 ⊜mì ⊜bei3 庇

分泌，從生物體裏產生出某種物質：泌尿。

泓 ⊜hóng ⊜wang1 宏 ⊜ENI

①水深而廣。②量詞，用於一道或一片水：一泓清泉/一泓秋水。

泔 ⊜gān ⊜gam1 甘 ⊜ETM

【泔水】倒掉的殘湯、剩飯菜和淘米、洗刷碗碟等用過的水。有的地區叫「潲水」。

泖 ⊜mǎo ⊜maau4 牡 ⊜EHHL

水面平靜的小湖。

法 1 ⊜fǎ ⊜faat3 髮 ⊜EGI

①法律，國家制定、頒佈的規則：犯法/合法/婚姻法。②方法，處理事物的手段：辦法/用法/有法子。③標準，模範，可仿效的：法書/法帖。④仿效：效法/師法。⑤佛家的道理：佛法/現身說法 (現比喻用自己的經歷向人解說)。⑥道教的所謂拿妖捉怪的法術：作起法來。

【法寶】① 佛教用語，指佛所說的法，也指和尚所用的衣鉢錫杖等。② 神話中能制服或殺傷妖魔的寶物。③ 比喻特別有效的工具、經驗或方法。

【法則】事物之間內在的必然的聯繫。

法 2 ⓟfǎ ⓒfaat3 髮
指法國：法語／法文。

法 3 ⓟfǎ ⓒfaat3 髮
法拉的簡稱。一個電容器充以1庫電量時，電勢升高1伏，電容就是1法。

泗 1 ⓟsì ⓒsi3 試 ⓔEWC
鼻涕：涕泗（眼淚和鼻涕）。

泗 2 ⓟsì ⓒsi3 試
泗河，水名，在山東。

泠 ⓟlíng ⓒling4 伶 ⓔEOII
清涼：泠風。

【泠泠】① 形容清涼。② 形容聲音清越。

泡 1 ⓟpāo ⓒpaau1 拋 ⓔEPRU
① 鼓起而鬆軟的東西：眼泡兒。
② 虛而鬆軟，不堅硬：這塊木料發泡。

泡 2 ⓟpāo ⓒpaau1 拋
小湖（用於地名）：月亮泡（在吉林）。

泡 3 ⓟpāo ⓒpaau1 拋
量詞。用於屎和尿。

泡 4 ⓟpào ⓒpou5 抱
氣體在液體內使液體鼓起來的球狀體：泡沫／水泡／肥皂泡。

泡 5 ⓟpào ⓒpaau1 拋
像泡一樣的東西：燈泡／手上起了泡。

【泡影】比喻落空的事情或希望。

泡 6 ⓟpào ⓒpaau3 炮
① 較長時間放在液體內：浸泡。
② 故意消磨時間：泡茶館。

波 ⓟbō ⓒbo1 玻 ⓔEDHE
① 江河、湖海等起伏不平的水面：波浪／波濤／波瀾。② 物理學上指振動在物體中的傳播現象：光波／聲波／電波。③ 比喻事情的意外變化：風波／一波未平，一波又起。

【波動】比喻事物起伏不定，不穩定。

【波及】比喻牽涉到，影響到。

泣 ⓟqì ⓒjap1 邑 ⓔEYT
① 小聲哭：泣不成聲。② 眼淚：飲泣。

泥 1 ⓟní ⓒnai4 坭 ⓔESP 「泥」右下作匕，撇筆不過乚。
① 濕潤的土：泥沙。② 半固體狀，像泥的東西：印泥（印色）／棗泥。

泥 2 ⓟnì ⓒnei6 膩
① 用土、灰等塗抹：泥牆／泥爐子。
② 固執，死板：拘泥。

注 ⓟzhù ⓒzyu3 蛀 ⓔEYG
① 灌進去：注入／注射／大雨如注。
② 集中：注視／注意／引人注目／全神貫注。③ 賭博時下的錢：下注／孤注一擲（比喻拿出所有的力量希望僥幸成功）。
④ 量詞。用於款項或交易：一注買賣。

泫 ⓟxuàn ⓒjyun5 遠 ⓔEYVI
水珠下滴：泫然淚下。

泮 ●pàn ●pun3判 ●EFQ
①融解。②古代的學校：泮宮。

泯 ●mǐn ●man5敏 ●ERVP
消滅，喪失：泯滅／良心未泯。

泱 ●yāng ●joeng1央 ●ELBK
【泱泱】①水面廣闊：湖水泱泱。②氣魄宏大：泱泱大國。

泳 ●yǒng ●wing6詠 ●EINE
游泳：仰泳／蛙泳／泳裝。

泉 ●quán ●cyun4全 ●HAE
①從地下流出來的水：泉源／清泉。②泉眼。③古代一種錢幣的名稱：泉幣。

泰 ●tài ●taai3太 ●QKE 「泰」部首「水」四畫，今作「水」，五畫。
①平安，安定：泰然處之／國泰民安。②善，好：否極泰來。③極，最：泰西。④太，過甚：奢貴泰盛。

泝 ●EHMY 「溯」的異體字，見331頁。

泚 ●cǐ ●ci2此 ●EYMP
①清澈，鮮明。②流汗。③用筆蘸墨：泚筆作書。

洎 ●jì ●gei3記 ●EHBU
到，及：自古洎今。

洄 ●huí ●wui4回 ●EWR
水流迴旋。

洊 ●jiàn ●zin3戰 ●EKLD
再，接連地：洪水洊至。

洋 ●yáng ●joeng4羊 ●ETQ
①地球表面上被水覆蓋的廣大地方，約佔地球面積的十分之七：海洋／太平洋。②廣大，豐富：洋溢／洋洋大觀。③外國，外國的：洋人／洋貨。④現代化的：洋辦法。⑤銀圓：洋錢／大洋。

洌 ●liè ●lit6列 ●EMNN
(水、酒)清：泉香酒洌。

洑 ¹ ●fú ●fuk6伏 ●EOIK
①旋渦。②水在地面下流。

洑 ² ●fú ●fu3富
在水裏游：洑水。

洒 ●sǎ ●saa2耍 ●EMCW
宋元時關西方言。男性的自稱代詞，相當於「咱」。
【洒家】指我。

洗 ¹ ●xǐ ●sai2駛 ●EHGU
①用水去掉污垢：洗滌／洗臉／洗衣服。②洗禮：領洗／受洗。③洗雪：洗冤。④清除乾淨：清洗。⑤像用水洗淨一樣殺光、搶光：洗城／洗劫。⑥沖洗照片：洗相片。⑦把磁帶上的錄音錄像去掉。⑧玩牌時把牌摻和整理：洗牌。⑨清潔毛筆的用具：筆洗。

【洗手】① 上廁所的婉辭。② 比喻盜賊等改邪歸正。③ 比喻不再從事某種職業。

洗 2 ⓟxiǎn ⓒsin2 洗
姓。

洙 ⓟzhū ⓒzyu1 朱 ⓒEHJD
洙水河、洙溪河，水名，都在山東。

洱 ⓟěr ⓒji5 耳 ⓒESJ
洱海，湖名，在雲南。

洲 ⓟzhōu ⓒzau1 州 ⓒEILL
① 河流中由泥沙淤積而成的陸地：沙洲 / 在河之洲。② 大陸和附近島嶼的總稱：亞洲 / 七大洲。

洳 ⓟrù ⓒjyu6 預 ⓒEVR
見【沮洳】，315 頁。

洵 ⓟxún ⓒseon1 詢 ⓒEPA
誠然，實在：洵屬可貴。

洶（汹） ⓟxiōng ⓒhung1 兇 ⓒEPUK
水向上湧：波濤洶湧。

【洶洶】① 象聲詞。形容波濤的聲音。② 形容聲勢盛大的樣子，多含貶義：來勢洶洶。③ 形容爭論的聲音或紛擾的樣子。

活 ⓟhuó ⓒwut6 胡沒切 ⓒEHJR
① 生存，有生命，跟「死」相對：活人 / 魚在水裏才能活。② 在活的狀態下：活捉。③ 維持生命，救活：養家活口。④ 活動，靈活：活水 / 活頁 / 活塞。⑤ 生動活潑，

不死板：活躍 / 活氣。⑥ 工作，一般指體力勞動的：幹活 / 重活。⑦ 產品：這一批活兒做得真好。⑧ 真正，簡直：活現 / 這貓畫得活像真的。
【活該】① 表示事實應該這樣，一點也不委屈：活該如此。② 應當，該當。

洽 ⓟqià ⓒhap1 恰 ⓒEOMR
① 和睦，諧和：感情融洽。② 跟人聯繫，商量（事情）：接洽事情 / 和他面洽。③ 廣博：博識洽聞。

洹 ⓟhuán ⓒwun4 桓 ⓒEMAM
洹河，水名，在河南。也叫安陽河。

派 1 ⓟpài ⓒpaai3 排三聲 ⓒEHHV
① 江河的支流。② 立場、見解或作風相同的一些人：學派 / 樂觀派 / 各黨各派。③ 作風，風度：正派 / 氣派。④ 量詞。用於派別：兩派學者。⑤ 量詞。用於景色、氣象、聲音、語言等（前面限用「一」）：一派胡言 / 一派新氣象。⑥ 分配，指定：調派 / 派人去辦 / 派定工作。⑦ 攤派：派糧 / 派款。⑧ 指摘別人過失：派不是。

派 2 ⓟpài ⓒpaai3 排三聲
一種有餡的西式點心：蘋果派 / 水果派。

洭 ⓟkuāng ⓒhong1 康 ⓒESMG
洭河，古水名，在今廣東。

洚 ⓟjiàng ⓒgong3 鋼 ⓒEHEQ
大水泛濫：洚水（洪水）。

洛 ⓐluò ⓒlok3 駱 ⓛEHER

①洛河，水名，在陝西，流入渭河。②洛河，水名，發源於陝西，東流經河南入黃河。古作「雒」。

【洛陽紙貴】晉代左思《三都賦》寫成以後，抄寫的人非常多，洛陽的紙都因此漲價了。後指著作廣泛流傳，風行一時。

洞 1 ⓐdòng ⓒdung6 動 ⓛEBMR

①窟窿，孔穴：山洞／老鼠洞。②透徹，深遠：洞察／洞悉／洞若觀火。③穿透：彈洞其腹。④指說數字時用來代替零。

洞 2 ⓐtóng ⓒtung4 同

洞洞，地名，在山西。

洨 ⓐxiáo ⓒngaau4 淆 ⓛEYCK

洨河，水名，河北境內的小河。

洴 ⓐpíng ⓒping4 平 ⓛETT

【洴澼】漂洗（絲綿）。

涕 ⓐtì ⓒtai3 替 ⓛEKN

同「涕」，見 322 頁。

津 1 ⓐjīn ⓒzeon1 樽 ⓛELQ

①口液，唾液：津液／生津解渴。②汗：遍體生津。③滋潤，潤澤。

【津津】①形容有滋味，有趣味：津津有味／津津樂道。②形容汗、水流出的樣子：汗津津。

【津貼】①正式工資以外的補助費。②用財物補助人。

津 2 ⓐjīn ⓒzeon1 樽

渡口：問津（打聽渡口，比喻探問）／要津／津渡。

【津樑】①渡口和橋樑。②作引導用的事物或過渡的方法、手段。

洧 ⓐwěi ⓒfui2 灰二聲 ⓛEKB

洧川，地名，在河南。

洪 ⓐhóng ⓒhung4 紅 ⓛETC

①大：洪水／洪鐘。②大水：洪峯／山洪／防洪。③姓。

洫 ⓐxù ⓒgwik1 陳 ⓛEHBT

田間的水道：溝洫。

洮 ⓐtáo ⓒtou4 桃 ⓛELMO

洮河，水名，在甘肅。

洇 ⓐyīn ⓒjan1 因 ⓛEWK

液體落在紙或其他物體上向周圍散開或滲透：這種紙寫起來容易洇。

洏 ⓐér ⓒji4 而 ⓛEMBL

見【漣洏】，334 頁。

洛 ⓐmíng ⓒming4 名 ⓛENIR

洺河，水名，在河北。

洸 ⓐguāng ⓒgwong1 光 ⓛEFMU

洸洸，地名，在廣東。

洩 ⓛELWP「泄」的異體字，見 316 頁

浙 🔊zhè 🔊zit3 折 🔊EQHL
①浙江，古水名，就是現在的錢塘江，在今浙江省。②指浙江省。

浚1 🔊jùn 🔊zeon3 俊 🔊EICE
疏通水道，挖深：浚河／疏浚。

浚2 🔊xùn 🔊seon3 信
浚縣，地名，在河南。

浜 🔊bāng 🔊bong1 邦 🔊EOMC
小河。

浡 🔊bó 🔊but6 勃 🔊EJBD
振作，興起。

浣 🔊huàn 🔊wun5 皖 🔊EJMU
①洗：浣衣／浣紗。②舊稱每月的上、中、下旬為上、中、下浣。

浥 🔊yì 🔊jap1 泣 🔊ERAU
沾濕。

浦 🔊pǔ 🔊pou2 普 🔊EIJB
水邊或河流入海的地區，多用於地名：浦口（在江蘇）。

浩（浩） 🔊hào 🔊hou6 號 🔊EHGR
①廣大：聲勢浩大／大隊人馬浩浩蕩蕩。②多：浩如煙海。

浪 🔊làng 🔊long6 晾 🔊EIAV
①波浪：風平浪靜／海浪打在巖石上。②像波浪的：聲浪／麥浪。③放縱：放

浪／浪費。④逛：他在街上浪了一天。

浮 🔊fú 🔊fau4 蜉 🔊EBND
①停留在液體表面上，跟「沉」相對：浮力／浮在水面上。②在水裏游：浮到對岸。③表面的：浮雕／浮土。④可移動的：浮財。⑤暫時的：浮記／浮支。⑥不沉靜，不穩：心浮氣躁。⑦空虛，不切實：浮名／浮泛／浮誇。⑧超過，多餘：人浮於事／浮額。
【浮雕】雕塑的一種，在平面上雕出凸起的形象。
【浮屠】也作「浮圖」。①佛陀。②古時稱和尚。③佛塔：七級浮屠。

浭 🔊gēng 🔊gang1 耕 🔊EMLK
浭水，古水名，在河北，即今還鄉河。

浬 🔊lǐ 🔊lei5 理 🔊EWG
「海里」舊也作「浬」。

浴 🔊yù 🔊juk6 欲 🔊ECOR
洗澡：浴室／沐浴。

海 🔊hǎi 🔊hoi2 凱 🔊EOWY
①大洋靠近陸地的水域：黃海／渤海／海岸。②用於湖泊名稱：青海／裏海。③比喻連成一片、數量多的同類事物：人海／火海。④大的器皿或容量：海量。⑤古代指從外國來的：海棠／海棗。

浸 🔊jìn 🔊zam3 漫 🔊ESME
①泡在液體裏：浸透／浸泡／把菜

放在水裏浸一浸。②液體滲入或滲出：汗把衣服浸濕了。③漸漸。

浹(浹) 🔊jiā 🔊zip3接 🔊EKOO

透，遍及：汗流浹背。

涅 🔊niè 🔊nip6 捏 🔊EAG

①可做黑色染料的礬石。②染黑：涅齒。

【涅槃】佛教用語，原指超脫生死的境界。現用作佛或僧人死的代稱。

涇(泾) 🔊jīng 🔊ging1 京 🔊EMVM

①涇河，水名，發源於寧夏，經甘肅、陝西流入渭河。②河溝。

【涇渭分明】涇河清，渭河濁，兩河清濁不混，比喻界限清楚。

浯 🔊wú 🔊ng4 吳 🔊EMMR

浯河，水名，在山東。

洦 🔊hán 🔊ham4 含 🔊EONR

洦洸，地名，在廣東。

消 🔊xiāo 🔊siu1 宵 🔊EFB

①消失：冰消／煙消雲散。②使消失，除去：消毒／消愁／消滅。③消遣，把時間度過去：消夜／消夏。④需要：不消說／只消三天。

【消化】①胃腸等器官把食物變成可以吸收的養料。②比喻理解、吸收所學的知識。

涉 🔊shè 🔊sip3 攝 🔊EYLH

①徒步過水：跋山涉水。②經歷：涉險／涉世。③牽連，關連：牽涉／涉及。

涑 🔊sù 🔊cuk1 速 🔊EDL

涑水河，水名，在山西。

涓 🔊juān 🔊gyun1 娟 🔊ERB

細小的流水。

【涓滴】極少量的水，借指極少量的錢或物：涓滴歸公。

涔 🔊cén 🔊sam4 岑 🔊EUON

①積水。②雨水多的樣子。

【涔涔】①形容汗、淚、水等不斷往下流的樣子。②形容天色陰沉。③形容脹痛或煩悶。

涕 🔊tì 🔊tai3 替 🔊ECNH

①眼淚：痛哭流涕。②鼻涕。

浠 🔊xī 🔊hei1 希 🔊EKKB

浠水，水名，又地名，都在湖北。

涘 🔊sì 🔊zi6 自 🔊EIOK

水邊。

流 🔊liú 🔊lau4 留 🔊EYIU

①液體移動：流汗／流血／水往低處流。②指江河的流水：河流／急流。③像水流的東西：寒流／氣流。④移動不定：流星／流轉／流通。⑤傳播或相沿下來：流言／流傳／流芳百世。⑥趨向壞的方面：流於形式。⑦舊時刑法的一種：流放。⑧品類、等級：名流／三教九流。

浞 ⓟzhuó ⓨzok6 鑿 ⓒERYO
淋，使濕：讓雨浞了。

洗 ⓟměi ⓨmui5 每 ⓒENAU
①污染。②請託：央洗。

涂 ⓟtú ⓨtou4 圖 ⓒEOMD
姓。

酒 ⓒEMCW 見西部，632頁。

涌 ⓟchōng ⓨcung1 沖 ⓒENIB
河涌 (多用於地名)：河涌 (在廣東)／鯽魚涌 (香港地名)。

涪 ⓟfú ⓨfau4 浮 ⓒEYTR
涪江，水名，發源於四川，流至重慶入嘉寧江。

涯 ⓟyá ⓨngaai4 崖 ⓒEMGG
水邊，泛指邊際：天涯海角／一望無涯。

液 ⓟyè ⓨjik6 役 ⓒEYOK
液體，有一定體積而無一定形狀、可以流動的物質：血液／溶液。

涵 ⓟhán ⓨhaam4 函 ⓒENUE
包容，包含：海涵／涵養。

涎 ⓟxián ⓨjin4 弦 ⓒENKM
唾沫，口水：流涎／垂涎三尺 (喻羨慕，想得到)。

涸 ⓟhé ⓨkok3 確 ⓒEWJR
水乾：乾涸／涸轍之鮒 (在乾涸的車轍裏的鮒魚。比喻處在困境中待救援的人)。

涼(凉) 1 ⓟliáng ⓨloeng4 良
ⓒEYRF
①溫度低 (若指天氣，比冷的程度淺)：陰涼／天氣涼了。②比喻灰心失望：悲涼／心涼。③冷落，不熱鬧：荒涼／蒼涼。
【涼快】①清涼爽快。②使身體清涼爽快：到外頭涼涼快快去。

涼(凉) 2 ⓟliàng ⓨloeng4 良
把熱的東西放一會兒，使溫度降低。

涿 ⓟzhuō ⓨdoek3 啄 ⓒEMSO
涿州、涿鹿，地名，都在河北。

淀 ⓟdiàn ⓨdin6 殿 ⓒEJMO
淺的湖泊：白洋淀 (在河北)。

淄 ⓟzī ⓨzi1 資 ⓒEVVW
淄河，水名，在山東。

淅 ⓟxī ⓨsik1 析 ⓒEDHL
①淘米。②姓。
【淅瀝】象聲詞。形容風雨聲或落葉聲。

淆 ⓟxiáo ⓨngaau4 肴 ⓒEKKB
混亂，錯雜：淆亂／混淆不清。

淇 ⓟqí ⓨkei4 其 ⓒETMC
淇河，水名，在河南。

淋[1] ❶lín ❷lam4 林 ❸EDD
①水或其他液體落在物體上：淋濕／日曬雨淋。②使水或其他液體落在物體上：淋上醬油。
【淋漓】①形容濕淋淋地往下滴：墨跡淋漓／大汗淋漓。②暢快：淋漓盡致／痛快淋漓。

淋[2] ❶lìn ❷lam4 林
過濾：淋鹽／過淋。
【淋病】一種性病，病原體是淋病球菌，病人尿道發炎，排尿疼痛，嚴重的尿裏夾帶膿性分泌物。

淌 ❶tǎng ❷tong2 倘 ❸EFBR
往下流：淌血／淌眼淚／汗珠直往下淌。

淑 ❶shū ❷suk6 熟 ❸EYFE
溫和善良，美好：淑靜／淑女。

淒(凄) ❶qī ❷cai1 妻 ❸EJLV
①寒涼：淒風苦雨。②形容冷落蕭條：淒涼／淒清。

淖 ❶nào ❷naau6 鬧 ❸EYAJ
爛泥，泥坑：泥淖。
【淖爾】蒙古語，指湖泊（多用於地名）：達里淖爾（就是達里泊，在內蒙古自治區）／羅布淖爾（就是羅布泊，在新疆）。

淘[1] ❶táo ❷tou4 陶 ❸EPOU
①洗去雜質：淘米／淘金。②從深的地方舀出泥沙、污水、糞便等：淘井／淘缸／淘茅廁。

【淘汰】去壞的留好的，去不適合的留合適的：自然淘汰。

淘[2] ❶táo ❷tou4 陶
①耗費：淘神。②頑皮：這孩子真淘氣。

涽 ❶cóng ❷cung4 松 ❸EJMF
象聲詞。形容水聲：流水涽涽。

淚(泪) ❶lèi ❷leoi6 類 ❸EHSK
眼淚，淚液：淚痕／熱淚盈眶。

淝 ❶féi ❷fei4 肥 ❸EBAU
淝水，在安徽：淝水之戰。

淯 ❶yù ❷juk6 育 ❸EYIB
淯河，水名，在河南。

淠 ❶pì ❷pei3 譬 ❸EWML
淠河，水名，在安徽。

淞 ❶sōng ❷sung1 鬆 ❸EDCI
吳淞江，水名，發源於江蘇，在上海跟黃浦江合流入海。

淡 ❶dàn ❷daam6 啖 ❸EFF
①不鹹，味道不濃：淡酒／菜太淡／淡而無味。②液體或空氣中含某種成分少，稀薄，跟「濃」相對：淡墨／雲淡風輕③顏色淺：淡綠／顏色很淡。④不熱心：冷淡／淡然處之。⑤營業不旺盛：淡月／淡季。⑥沒有意味的，無關重要的：淡話／淡事。

淤 ⓟyū ⓒjyu1 於 ⓠEYSY
①水裏的泥沙沉積：淤了好些泥。
②淤積起來的：淤泥。③淤積的泥沙：河淤／溝淤。④同「瘀」，見388頁。

渌（渌） ⓟlù ⓒluk6六 ⓠEVNE
淥水，水名，發源於江西，流至湖南入湘江。

淦 ⓟgàn ⓒgam3禁 ⓠEC
淦水，水名，在江西。

淨（净） 1 ⓟjìng ⓒzing6靜 ⓠEBSD
①乾凈，清潔：淨水／臉要洗淨／地要掃乾淨。②擦洗，使乾淨：淨面／淨手。③甚麼也沒有，沒有餘剩：錢用淨了。④純粹的：淨利／淨重。⑤只，老是，表示單純而沒有別的：滿地淨是樹葉／別淨說些沒用的話。

淨（净） 2 ⓟjìng ⓒzing6靜
戲曲角色行當，扮演性格剛烈或粗暴的男性人物。又稱花臉。

淩 ⓠEGCE「凌①-③」的異體字，見48頁。

淴 ⓟhū ⓒfat1忽 ⓠEPHP
【淴浴】洗澡。

淪（沦） ⓟlún ⓒleon4倫 ⓠEOMB
①沉沒：沉淪／淪於海底。②沒落，陷入不利的境地：淪陷／淪亡。

淫 ⓟyín ⓒjam4吟 ⓠEBHG
①過多，過甚：淫威／淫雨。②放縱：驕奢淫逸。③不正當的男女關係：淫亂。

淬 ⓟcuì ⓒceoi3翠 ⓩseoi6遂 ⓠEYOJ
淬火，鍛煉金屬器材時，為了增加強度和硬度，把燒紅了的器材浸入水、油等冷卻劑裏急速冷卻。
【淬礪】淬火和磨礪，比喻刻苦鍛煉。

淮 ⓟhuái ⓒwaai4懷 ⓠEOG
淮河，水名，源出河南，流經安徽、江蘇。

深 ⓟshēn ⓒsam1心 ⓠEBCD
①從上到下或從外到裏的距離大，跟「淺」相對：深山／這個院子很深。②深度：水深兩米／這口井有兩丈深。③程度高：交情太深／講理論應該深入淺出。④深刻，深入，直達事物內部或本質：深談／影響很深。⑤感情厚，關係密切：深情／交情很深。⑥顏色濃：深紅／顏色太深。⑦久，時間長：深秋／夜已深。⑧很，十分：深信／深知／深表同情。
【深刻】①對事理能進一層分析：深刻的檢討／思索得很深刻。
【深淺】①深淺的程度：河水的深淺。②說話的分寸：他說話不知道深淺。

淳 ⓟchún ⓒseon4純 ⓠEYRD
樸實，誠實樸素：淳樸／淳厚。

淵（渊）
🔊yuān 🔊jyun1 冤
🔊ELXL

①深水，潭：深淵／魚躍於淵／天淵之別。
②深：淵博／淵泉。

淶（涞）
🔊lái 🔊loi4 來 🔊EDOO
淶水，古水名，在河北，即今拒馬河。

混
1 🔊hún 🔊wan4 雲 🔊EAPP
同「渾①-②」，見329頁。

混
2 🔊hùn 🔊wan6 運
①攙雜在一起：混合／混入／混為一談。②蒙混：混充／魚目混珠。③苟且度過：混日子。④胡亂：混出主意。
【混沌】①中國傳說中宇宙沒有形成以前模糊一團的景象。②形容糊塗、無知無識的樣子。

清
1 🔊qīng 🔊cing1 青 🔊EQMB
①純淨透明，沒有混雜的東西，跟「濁」相對：清水／天朗氣清。②乾淨、純潔：清潔／清白。③寂靜：清靜／冷清。④公正廉潔：清廉／清白。⑤清楚，不混亂：分清／算清／說不清。⑥單純，不配別的：清唱／清茶。⑦一點不留：把賬還清了。⑧清除不純的成分，使組織純潔：清黨。⑨還清，結清：清倉／清欠。⑩點驗：清一清行李的件數。

清
2 🔊qīng 🔊cing1 青
朝代名（公元1616–1911年）。公元1616年，女真族愛新覺羅・努爾哈赤所建，初名後金。1636年改國號為清。1644年建都北京。

淹
🔊yān 🔊jim1 厭一聲 🔊EKLU
①浸沒：被水淹到。②皮膚被汗液浸漬。③廣：淹博。④久，延遲：淹留。

淺（浅）
1 🔊jiān 🔊zin1 煎 🔊EII
【淺淺】形容流水聲。

淺（浅）
2 🔊qiǎn 🔊cin2 千二聲
①從上到下或從外到裏的距離小，跟「深」相對：淺灘／這個院子太淺。②簡單易懂：淺易／淺近的理論／這篇文章很淺。③淺薄：功夫淺。④感情不深厚：交情淺。⑤顏色淡：淺紅／淺綠。⑥不久，時間短：年代淺／相處的日子還淺。⑦程度輕，不嚴重：害人不淺。⑧稍微：淺嘗輒止。

添
🔊tiān 🔊tim1 甜一聲 🔊EHKP
①增加：增添／如虎添翼／添枝加葉／再添幾臺電腦。②指生育後代：他家添了個女兒。

淼
🔊miǎo 🔊miu5 秒 🔊EEE
①「渺①-②」的異體字，見329頁。②用於人名。③用於地名：淼泉（在江蘇）。

涴
1 🔊wò 🔊wo3 窩三聲 🔊EJNU
弄髒，如油、泥沾在衣物或衣服上。

涴
2 🔊yuān 🔊jyun1 冤
涴市，地名，在湖北。

涮
🔊shuàn 🔊saan3 汕 🔊ESBN
①把手或事物放在水裏擺動使乾

淨：涮涮手／把衣服涮淨一涮。②把水放在器物裏搖動，把器物沖洗乾淨：涮一下瓶子。③把肉片等在開水裏燙一下就取出來（蘸佐料吃）：涮鍋子／涮羊肉。

涮 倉EHBN「浙」的異體字，見321頁。

淊 倉ENHX「淹①」的異體字，見326頁。

渚 普zhǔ 粵zyu2主　倉EJKA
水中間的小塊陸地。

渠¹ 普qú 粵keoi4衢　倉ESD
①水道，特指人工開鑿的水道：溝渠／水到渠成。②大：渠帥。

渠² 普qú 粵keoi4衢
他：不知渠為何人。

渙（渙） 普huàn 粵wun6換　倉ENBK
消散：士氣渙散／渙然冰釋。
【渙渙】形容水勢盛大。

減（减） 普jiǎn 粵gaam2監二聲　倉EIHR
①由總量或某個數量中去掉一部分：裁減／加減法／三減二等於一。②降低程度，衰退：減色／減價。

渝¹ 普yú 粵jyu4如　倉EOMN
變（多指感情或態度）：始終不渝／堅貞不渝。

渝² 普yú 粵jyu4如
重慶的別稱：成渝鐵路（成都與重慶之間的一條鐵路）。

淳 普tíng 粵ting4亭　倉EYRN
水停滯不動：淵淳嶽峙。

渡 普dù 粵dou6杜　倉EITE
①由這一岸到那一岸，通過江河等：橫渡／遠渡重洋。②運載過河：渡船／渡過河去。③渡口，多用於地名：茅津渡（在山西）。

湊（凑） 普còu 粵cau3臭　倉EQKK
①聚合：湊錢／湊在一起。②碰，趕：湊巧（碰巧）／湊熱鬧。③接近：湊上去／往前湊。
【湊合】①聚集。②拼湊：先把演講內容準備好，不要臨時湊合。③將就：湊合著用吧。

湍 普tuān 粵teon1盾一聲　倉EUMB
①水勢急：湍流。②急流的水：急湍。

湎 普miǎn 粵min5免　倉EMWL
見【沉湎】，313頁。

溢 普pén 粵pun4盆　倉ECST
水往上湧：溢湧。

湔 普jiān 粵zin1煎　倉ETBN
洗：湔洗／湔雪。

湖 普hú 粵wu4 胡 倉EJRB
①被陸地圍着的大片水：太湖/洞庭湖。②指浙江湖州：湖筆（產於浙江湖州的毛筆）。③指湖南、湖北：湖廣。

湘 普xiāng 粵soeng1 商 倉EDBU
①湘江，水名，源出廣西，經過湖南，流入洞庭湖。②湖南的別稱：湘繡。

溉 普gài 粵koi3 概 倉EAIU
澆，灌：灌溉。

湛 普zhàn 粵zaam3 斬三聲 倉ETMV
①深：精湛的演技。②清澈：湛清。

湜 普shí 粵zik6 直 倉EAMO
水清見底的樣子。

湧（涌） 普yǒng 粵jung2 擁 倉ENBS
①水或雲氣冒出：淚如泉湧/風起雲湧。②從水或雲氣中冒出：雨過天晴，海面上湧出一輪明月。③波峯呈半圓形，波長特別大、波速特別高的海浪。

湫1 普jiǎo 粵ziu2 沼 倉EHDF
低窪。

湫2 普qiū 粵zau1 州
水池：大龍湫（瀑布名，在浙江雁蕩山）。

湮1 普yān 粵jan1 因 倉EMWG
「湮」右上作「西」。
①埋沒：湮沒/有的古蹟已經湮滅了。②淤塞。

湮2 普yīn 粵jan1 因
同「洇」，見320頁。

湑1 普xǔ 粵seoi2 水 倉ENOB
①清。②茂盛：其葉湑兮。

湑2 普xù 粵seoi2 水
湑水河，水名，在陝西。

湯（汤）1 普shāng 粵soeng1 商 倉EAMH
水流大而急：河水湯湯。

湯（汤）2 普tāng 粵tong1 鏜
①熱水：赴湯蹈火。②食物煮後所得的汁液：米湯/麪湯。③烹調後汁特別多的副食：白菜湯。④湯藥：柴胡湯/煎湯服用。⑤專指温泉（現多用於地名）：小湯山（在北京）。

湲 普yuán 粵wun4 桓 又jyun4 元 倉EBME
見【潺湲】，338頁。

渫 普xiè 粵sit3 屑 倉EPTD
①泄，疏通。②除去。

湟 普huáng 粵wong4 皇 倉EHAG
湟水，水名，發源於青海，流至甘肅入黃河。

渣 普zhā 粵zaa1 楂 倉EDAM
①提取精華或汁液後剩下的東西：渣滓/豆腐渣。②碎屑：乾糧渣。

渤 ⓟbó ⓒbut6 勃 ⓒEJDS

渤海，由遼東半島和山東半島圍抱着的海。

渥 ⓟwò ⓒak1 握 ⓒESMG

①沾濕，浸潤。②厚，重：優渥。

渦（涡） 1 ⓟguō ⓒgwo1 戈 ⓒEBBR

渦河，水名，發源於河南，流至安徽入淮河。

渦（涡） 2 ⓟwō ⓒwo1 窩
水流旋轉形成中間低窪的地方：旋渦／渦流。

測（测） ⓟcè ⓒcak1 惻 ⓒEBCN

①測量，利用儀器來度量：測繪／深不可測。②推測，料想：預測／變化莫測。

渭 ⓟwèi ⓒwai6 胃 ⓒEWB

渭河，水名，發源於甘肅，經陝西流入黃河。

港 ⓟgǎng ⓒgong2 講 ⓒETCU

「港」右下作「巳」，三畫。
①港灣：軍港／港口／不凍港。②江河的支流。③航空港：飛機離港。④指香港：港澳（香港和澳門）／港幣。

渲 ⓟxuàn ⓒsyun3 算 ⓧhyun1 圈 ⓒEJMM

【渲染】①用顏料染成各種彩色。加強藝術效果。②誇大地形容。

湉 ⓟtián ⓒtim4 甜 ⓒEPHR

【湉湉】形容水流平靜的樣子。

渴 ⓟkě ⓒhot3 喝 ⓒEAPV

①口乾想喝水：解渴／我渴了／臨渴掘井。②迫切地：渴望／渴慕。

游 ⓟyóu ⓒjau4 由 ⓒEYSD

①人或動物在水裏行動：游泳／魚在水裏游。②河流的一段：上游／下游。③姓。
【游移】①來回移動。②指態度、辦法、方針等搖擺不定。

湃 ⓟpài ⓒpaai3 派 ⓧbaai3 拜 ⓒEHQJ

①見【澎湃】，339頁。②見【滂湃】，332頁。

渺 ⓟmiǎo ⓒmiu5 秒 ⓒEBUH

①形容水大：浩渺。②迷茫，模糊不清：渺若煙雲。③微小：渺小／渺不足道。
【渺茫】①離得太遠而看不清楚。②比喻沒有把握而難以預期：前途渺茫。

渾（浑） ⓟhún ⓒwan4 雲 ⓒEBJJ

①水不清，污濁：渾水坑。②罵人湖塗，不明事理：渾人／渾話／渾頭渾腦。③天然的：渾樸／渾厚。④全，滿：渾身是汗。

湄 ⓟméi ⓒmei4 眉 ⓒEAHU

河岸，水邊。

滑 ⓟmǐn ⓒman5 敏 ⓔERPA
古隘號用字。

湞(湞) ⓟzhēn ⓒzing1 貞
ⓔEYBC
湞水，水名，在廣東。

溴 ⓟjú ⓒgwik1 陳 ⓔEBUK
溴河，水名，在河南。

瘋(渢) ⓟfēng ⓒfung4 逢
ⓔEHNI
【瘋瘋】形容大的風聲或水聲。

涅 ⓔEHXM「涅」的異體字，見322頁。

溫 ⓟwēn ⓒwan1 瘟 ⓔEABT
①不冷不熱：溫暖／溫水。②溫度：
氣溫／體溫。③稍微加熱：溫酒。④性情
柔和：溫柔／溫和／溫順。⑤複習：溫習
功課／溫故知新／把算術溫一溫。⑥瘟病。
【溫飽】吃得飽、穿得暖的生活。

溈(溈) ⓟwéi ⓒgwai1 歸
ⓔEIKF
溈水，水名，在湖南。

溲 ⓟsōu ⓒsau1 收 ⓔEHXE
大小便，特指小便。

滑(滑) 1 ⓟhuá ⓒwaat6 猾
ⓔEBBB
①滑溜，光滑，不粗澀：又圓又滑的小石

頭。②在光滑的物體表面上溜動：滑雪／
滑冰。③狡詐，不誠實：滑頭滑腦。④跟
「過去」連用，表示用搪塞或瞞哄的方法
混過去：這個觀點要充分闡述，這麼滑
過去沒有説服力。

滑(滑) 2 ⓟhuá ⓒgwat1 骨
【滑稽】此處（「滑」在古書中讀 gǔ）①詼
諧，使人發笑。②曲藝的一種，流行於上
海、杭州、蘇州等地，與北方相聲相近。

溫 ⓔEWOT「溫」的異體字，見330頁。

源 ⓟyuán ⓒjyun4 原 ⓔEMHF
①水流起頭的地方：泉源／源遠流
長／飲水思源。②事物的根由：來源／病源。
【源源】繼續不斷：源源而來／源源不絕。

溏 ⓟtáng ⓒtong4 唐 ⓔEILR
不凝結、半流動的：溏心。

溠(溠) ⓟzhà ⓒzaa3 詐
ⓔETQM
溠水，水名，在湖北。

溜 1 ⓟliū ⓒlau6 漏 ⓔEHHW
①滑行，往下滑：溜冰／從滑梯上
溜下來。②平滑，無阻礙：光溜／滑溜。③順
着，沿：溜邊。④偷偷走開或進入：賊人
溜進倉庫裏／一眼不見他就溜了。⑤看：
溜一眼心裏就有个數。⑥很，非常：溜直

溜 2 ⓟliù ⓒlau6 漏
同「熘」，見353頁。

溜[3] 普liù 粵lau6 漏

①急流：大溜。②順房簷流下來的雨水：簷溜。③簷溝：水溜。④量詞。排、條：一溜三間房。⑤迅速，敏捷：眼尖手溜。⑥練：溜嗓子。

溜[4] 普liù 粵lau6 漏

用石灰、水泥等抹、堵、糊：溜縫／把牆縫溜上。

準（准）普zhǔn 粵zeon2 儘 倉EGJ

①標準：水準／繩準／準則／以此為準。②依據，依照：準此辦理。③正確，準確：瞄準／我的手錶很準。④一定：我準來／準完成任務。⑤表示程度上雖不完全夠，但可以作為某類事物看待：準尉／準將／準平原。

溚 普tǎ 粵taap3 塔 倉ETOR

「焦油」的舊稱，用煤或木材製得的一種黏稠液體，是化學工業上的重要原料，有煤溚和木溚兩種。

溘 普kè 粵hap6 合 倉EGIT

忽然：溘逝（稱人突然去世）。

溼 倉EMVG 「濕」的異體字，見342頁。

溝（沟）普gōu 粵kau1 扣一聲 粵gau1 鳩 倉ETTB

①人工挖掘的水道：暗溝／交通溝。②淺槽，像溝的窪處：車溝／瓦溝。③一般的水道：山溝／小河溝。

【溝通】使兩方能通達：溝通文化。

滁 普chú 粵ceoi4 除 倉ENLD

滁州，地名，在安徽。

溟 普míng 粵ming4 明 倉EBAC

海：東溟／北溟。

【溟濛】也作「冥蒙」。形容煙霧瀰漫，景色模糊。

溢 普yì 粵jat6 逸 倉ETCT

①充滿而流出來：洋溢／河水四溢。②超出，過分：溢美（過分誇獎）／溢出此數。

溥 普pǔ 粵pou2 普 倉EIBI

①廣大。②普遍。

溧 普lì 粵leot6 栗 倉EMWD

溧水，溧陽，地名，都在江蘇。

溪 普xī 粵kai1 稽 倉EBVK

原指山裏的小河溝，現在泛指小河溝：清溪／溪澗／溪流。

溯 普sù 粵sou3 訴 倉ETUB

①逆着水流的方向走：溯流而上。②追求根源或回想：追源／回溯。

溳 普zhì 粵zi6 自 倉EUMI

溳陽，地名，在河南。

滘 普jiào 粵gaau3 教 倉EBCR

分支的河道（多用於地名）：雙滘／道滘（都在廣東）。

溱 1 ❶qín ❷ceon4 巡 ❸EQKD
溱潼，地名，在江蘇。

溱 2 ❶zhēn ❷zeon1 津
古水名，在今河南。

溴 ❶xiù ❷cau3 臭 ❸EHUK
非金屬元素，棕紅色液體，有刺激性氣味，性質很毒，能侵蝕皮膚和黏膜。可製染料、鎮靜劑等。

溶 ❶róng ❷jung4 容 ❸EJCR
在水或其他液體中化開：溶化/溶液/樟腦溶於酒精而不溶於水。

溷 ❶hùn ❷wan6 混 ❸EWMO
①混亂：溷濁。②廁所。

溺 1 ❶nì ❷nik6 匿六聲 ❸ENMM
①淹沒在水裏：溺死/溺水。②沉迷不悟，過分：溺信/溺愛。

溺 2 ❶niào ❷niu6 尿
舊同「尿」。

溽 ❶rù ❷juk6 玉 ❸EMVI
濕潤：溽熱/溽暑。

湞(湞) ❶yún ❷wan4 雲 ❸ERBC
湞水，水名，在湖北。

滂 ❶pāng ❷pong1 龐一聲 ❸pong4 旁 ❸EYBS
①水勢浩大的樣子。②形容水湧出。
【滂湃】水勢盛大。

【滂沱】①雨下得很大：大雨滂沱。②淚流得很多：涕泗滂沱。

滃 1 ❶wēng ❷jung1 翁 ❸ECIM
滃江，水名，在廣東。

滃 2 ❶wěng ❷jung2 擁
①形容水盛。②形容雲氣湧起。

滄(沧) ❶cāng ❷cong1 倉 ❸EOIR
青綠色(指水)：滄海。
【滄海桑田】大海變成農田，農田變成大海，比喻世事變化很大。

滅(灭) ❶miè ❷mit6 篾 ❸EIHF
①火滅：火滅了/燈滅了。②使熄滅：滅火/滅燈。③被水漫過：滅頂。④完，盡，消亡：消滅/自生自滅。⑤使不存在，使消亡：長自己的志氣，滅敵人的威風。

滇 ❶diān ❷tin4 填 ❸din1 顛 ❸EJBC
雲南的別稱：滇池(也叫「昆明湖」)/川滇公路。

滋(滋) 1 ❶zī ❷zi1 支 ❸ETVI
①生出，長：滋生/滋事/滋蔓。②增添，加多：滋益。
【滋潤】①含水分多，不乾燥：皮膚滋潤②增添水分，使不乾燥：雨水滋潤大地③舒服：日子過得挺滋潤。
【滋味】①味道。②比喻某種感受：心裏真不是滋味。

滋(滋) 2 ⓟzī ⓖzi1 支
噴射：電線滋火/水管
往外滋水。

潡(潡) ⓟwēi ⓖmei4 眉
ⓖEUUK
小雨。

滈 ⓟhào ⓖhou6 浩
ⓖEYRB
滈河，水名，在陝西。

滏 ⓟfǔ ⓖfu2 苦 ⓖECKG
滏陽河，水名，在河北。

滓 ⓟzǐ ⓖzi2 子 ⓖEJYJ
①沉澱的雜質：渣滓/泥滓。②污
濁：垢滓/滓濁。

滔 ⓟtāo ⓖtou1 韜 ⓖEBHX
大水瀰漫：波浪滔天。
【滔滔】①大水漫流：海水滔滔。②連續
不斷，多指話多：滔滔不絕/議論滔滔。

滎(滎) 1 ⓟxíng ⓖjing4 營
ⓖFFBE
滎陽，地名，在河南。

滎(滎) 2 ⓟyíng ⓖjing4 營
滎經，地名，在四川。

濕 ⓟtā ⓖtaap3 塔
ⓖEASM
汗把衣服、被褥等弄濕：天太熱，我的衣
服都濕了。

滀 1 ⓟchù ⓖcuk1 蓄
ⓖEYVW
水流聚集。

滀 2 ⓟxù ⓖcuk1 蓄
滀仕，越南地名。

滆 ⓟgé ⓖgaak3 格 ⓖEMRB
滆湖，湖名，在江蘇。

溮(溮) ⓟshī ⓖsi1 師
ⓖEHRB
溮河，水名，在河南。

滕 ⓟténg ⓖtang4 騰 ⓖBFQE
①周代國名，在現在山東滕州一
帶。②姓。

滙 ⓖESOG 「匯」的異體字，見66頁。

滾(滾) ⓟgǔn ⓖgwan2 君二
聲 ⓖEYCV
①滾動，翻轉：白浪翻滾/荷葉上滾着露
珠。②使滾動，使在滾動中往上：滾雪球。
③翻騰，特指受熱沸騰：水滾了。④走開，
離開：滾開/給我滾！⑤表示程度深，特
別：滾熱/滾圓。

灕 ⓟlí ⓖlei4 離 ⓖEYUB
見【淋灕】，324頁。

滯(滯) ⓟzhì ⓖzai6 擠六聲
ⓖEKPB
停滯，不流通：滯留/滯銷（銷路不暢）。

滬(沪) 　🔊hù 　🔊wu6戶
　🔊EHSU

上海的別稱：滬劇/京滬鐵路。

滌(涤) 　🔊dí 　🔊dik6敵
　🔊EOLD

洗：洗滌/滌除舊習。

滲(渗) 　🔊shèn 　🔊sam3沁
　🔊EIIH

液體慢慢地透入或漏出：汗滲透了衣服/
水滲到土裏去了。

滴 　🔊dī 　🔊dik6敵 　🔊EYCB
① 液體一點一點地往下落：滴水
穿石/汗往下直淌。② 使液體一點一點
地落下：滴眼藥/滴上幾滴油。③ 一點一
點地往下落的液體：水滴/汗滴。④ 量詞，
用於滴下的液體：一滴淚水。
【滴瀝】象聲詞。水下滴的聲音：雨水滴
瀝。

漊(溇) 　🔊lóu 　🔊lau4樓
　🔊ELWV

漊水，水名，在湖南。

漷 　🔊huǒ 　🔊kwok3廓 　🔊EYDL

漷縣，地名，在北京。

漣(涟) 　🔊lián 　🔊lin4連
　🔊EYJJ

① 水面被風吹起的波紋。② 淚流不斷的
樣子：泣涕漣漣。
【漣漪】形容涕淚交流。

滷(卤) 　🔊lǔ 　🔊lou5老 　🔊EYWI
① 用鹽水加五香或用
醬油煮：滷味/滷鴨。② 用肉類、雞蛋等
做湯加澱粉而成的濃汁，用來澆在麵條等
食物上：打滷麵。③ 飲料的濃汁：茶滷兒。

滸(浒) 　1 🔊hǔ 🔊wu2塢
　🔊EYRJ

水邊。

滸(浒) 　2 🔊xǔ 🔊heoi2許
　　滸墅關、滸浦，地名，
都在江蘇。

潐 　🔊jiào 🔊gaau3教 🔊EJDK

同「漖」：東漖 (在廣州)。

滹 　🔊hū 🔊fu1呼 🔊EYPD

滹沱河，水名，從山西流入河北。

滿(满) 　1 🔊mǎn 🔊mun5門五
　　聲 🔊ETLB
① 全部充實，達到容量的極點：會場裏
人都滿了/書架擺滿了圖書。② 使滿：滿
上這一杯吧！③ 到了一定的限度：假期
已滿/滿了一年。④ 全，整個：滿身泥土/
滿屋子的煙。⑤ 十分，完全：滿不在乎/
滿口答應。⑥ 滿足：心滿意足。⑦ 驕傲：
自滿/滿招損，謙受益。

滿(满) 　2 🔊mǎn 🔊mun5門五
　　聲
滿族，中國少數民族名。

漁(渔) 　🔊yú 🔊jyu4魚
　🔊ENWF

①捕魚：漁船／漁業／竭澤而漁。②謀取不應得的東西：漁利。

漂 1 ⓟpiāo ⓒpiu1 飄 ⓦEMWF
①浮在液體上面不沉下去：樹葉在水面上漂着。②順着液體流動或風吹動的方向移動：小船從遠處漂來。
【漂泊】也作「飄泊」：隨波浮動或停泊。⑨比喻四處流浪：漂泊在外。

漂 2 ⓟpiǎo ⓒpiu3 票
①用水加藥品使東西退去顏色或變白：漂白。②用水淘去雜質：漂朱砂／用水漂一漂。

漂 3 ⓟpiào ⓒpiu3 票
落空：這個事情漂了。
【漂亮】①美好：衣服漂亮。②出色：這仗打得真漂亮。

漆 ⓟqī ⓒcat1 七 ⓦEDOE
①用漆樹皮的黏汁或其他樹脂做成的塗料。塗在物體表面，有保護和裝飾作用。②用漆塗在器物上。

漢 (汉) ⓟhàn ⓒhon3 看 ⓦETLO
①漢江，水名，上流在陝西，下流到武漢入長江。②指銀河：銀漢／霄漢。③朝代名。漢朝，劉邦所建立的朝代（公元前206–公元220年）。④漢族，中國人數最多的民族：漢語／漢人。⑤男人，男子：老漢／英雄好漢／彪形大漢。

漩 ⓟxuán ⓒsyun4 旋 ⓦEYSO
迴旋的水流。

滻 (浐) ⓟchǎn ⓒcaan2 產 ⓦEYHM
滻河，水名，在陝西。

漪 ⓟyī ⓒji1 伊 ⓦEKHR
水波紋：清漪／漣漪。

漫 ⓟmàn ⓒmaan6 慢 ⓦEAWE
①水過滿，四處流出：河水漫出來了。②淹沒：水漫到腳面／大水漫過了農田。③滿：漫山遍野／大霧漫天。④廣闊，長：漫長／長夜漫漫。⑤沒有限制，沒有約束：漫談／漫不經心／漫無邊際。⑥莫，不要：漫說／漫道。
【漫畫】用簡單而誇張的手法來描繪生活或時事的圖畫，以達到諷刺或歌頌的效果。
【漫漶】文字、圖畫等因磨損或浸水受潮而模糊不清：字跡漫漶。

漬 (渍) ⓟzì ⓒzi3 至 ⓥzik1 即 ⓦEQMC
①浸，漚，沾：漬麻／汗水漬黃了白襯衣。②地面的積水：內漬。③油、泥等積在上面難以除去：煙斗裏藏了很多油子。④積在物體上面難以除去的油泥等：茶漬／油漬。

漯 1 ⓟluò ⓒlo4 羅 ⓦEWVF
漯河，地名，在河南。

漯 2 ⓟtà ⓒtaap3 塔
漯河，古水名，在今山東。

漱 ⓟshù ⓒsau3 秀 ⓦEDLO
含水沖洗口腔：漱口。

漲（涨）1 鹵zhǎng 鹵zoeng3
障 鹵ENSV

①水位升高：水漲船高／河水暴漲。②價格提高：漲價／物價上漲。

漲（涨）2 鹵zhàng 鹵zoeng3
障

①吸收液體後體積增大：豆子泡漲了。②充血：頭昏腦漲／漲紅了臉。③多出來，超出：漲出十塊錢。

漳 鹵zhāng 鹵zoeng1 章 鹵EYTJ

①漳河，水名，發源於山西，流入衞河。②漳江，水名，在福建。

潊（溆）鹵xù 鹵zeoi6 敍 鹵EODE

①水邊。②潊水，水名，在湖南。

漸（渐）1 鹵jiān 鹵zim1 尖 鹵EJJL

①浸：漸染。②流入：東漸於海。

漸（渐）2 鹵jiàn 鹵zim6 尖六 聲

慢慢地，一點一點地：逐漸／漸進／漸入佳境。

漾 鹵yàng 鹵joeng6 樣 鹵ETGE

①水面微微動盪：盪漾／湖面漾着微波。②液體溢出來：漾奶／漾髒水／湯太滿，都漾出來了。

漿（浆）鹵jiāng 鹵zoeng1 張 鹵VIE

①比較濃的液體：酒漿／豆漿／腦漿。②用米湯或粉漿等浸潤紗、布、衣服等物，使乾後發硬發挺：漿洗／漿衣裳。

穎（颖）鹵yǐng 鹵wing6 泳 鹵PEMBC

穎河，水名，發源於河南，入淮河。

潓 鹵huàn 鹵waan6 患 鹵ELLP

見【浸潓】，335頁。

濾 鹵lù 鹵luk6 鹿 鹵EIXP

液體慢慢地下滲、過濾：濾酒／濾網。

漏 鹵lòu 鹵lau6 陋 鹵ESMB

①物體由孔、縫透出或滴下：油漏光了／壺裏的水漏出來了。②物體有孔或縫，東西能透出、滴下或掉出：水壺漏了／房子漏雨了。③漏壺的簡稱，古代計時的器具，借指時刻：漏盡更深。④泄漏，泄露：漏了風聲／走漏消息。⑤遺落：掛一漏萬／這一項可千萬不能漏掉。

【漏洞】①能讓東西漏過去的不應有的縫或孔。②説話、做事的破綻，不周密的地方：堵塞漏洞／漏洞百出。

【漏斗】灌注液體到小口器具裏的用具。

演 鹵yǎn 鹵jin5 煙五聲 鹵jin2 堰 鹵EJMC

①不斷變化：演變／演進／演化。②根據一件事理推廣、發揮：演說／演繹。③演習，依照一定程式練習：演武／演算練習題。④把技藝當眾表現出來：演劇／演奏。演唱。

【演繹】①由一般原理推斷特殊情況下的結論。②鋪陳，發揮；演繹動人故事。③展現，表現：演繹不同風格。

漕 🔊cáo ⓒcou4 曹 ⓔETWA
利用水道運輸糧食：漕運／漕河（運糧河）。

漚（沤） 1 🔊ōu ⓒau1 歐 ⓔESRR
水泡：浮漚。

漚（沤） 2 🔊òu ⓒau3 歐三聲
長時間地浸泡：漚麻。

漠 🔊mò ⓒmok6 莫 ⓔETAK
①沙漠，面積闊大無人定居的沙石地帶：漠北。②冷淡地，不經心地：漠視／漠不關心。

漭 🔊mǎng ⓒmong5 莽 ⓔETIT
【漭漭】形容水面廣闊無邊的樣子。

潛（潜） 🔊qián ⓒcim4 簪四聲 ⓔEMUA
①隱在水面下活動：潛水／魚潛鳥飛。②隱藏的：潛伏／潛移默化。③祕密地，不聲張：潛行／潛逃。④指潛力：革新挖潛。
【潛心】用心專而深：潛心研究。

潑（泼） 1 🔊pō ⓒput3 撥 ⓔENOE
猛力倒水使散開：潑水／潑街。

潑（泼） 2 🔊pō ⓒput3 撥
野蠻，不講理：撒潑。
【潑辣】①兇悍而不講理。②有魄力，不怕困難：他做事很潑辣。

潔（洁） 🔊jié ⓒgit3 結 ⓔEQHF
①乾淨：潔淨／潔白／街道清潔。②不貪污：廉潔。③使清潔，使清白：潔膚／潔身自好。

潘 🔊pān ⓒpun1 判一聲 ⓔEHDW
姓。

澗（涧） 🔊jiàn ⓒgaan3 諫 ⓔEANA
夾在兩山間的水溝：溪澗／山澗。

澈 🔊sǎ ⓒsaat3 殺 ⓔETBK
澈河，水名，在河北。

潤（润） 🔊rùn ⓒjeon6 閏 ⓔEANG
①加油或水，使不乾枯：浸潤／潤腸／潤嗓子。②不乾枯：濕潤。③細膩光滑：潤澤／他臉上很光潤。④使有光澤，修飾：潤飾／潤色。⑤利益：分潤／利潤。

潢（潢） 1 🔊huáng ⓒwong4 黃 ⓔETMC
積水池。

潢（潢） 2 🔊huáng ⓒwong4 黃
染紙：裝潢。

潦¹ ⓟlǎo ⓒlou5老 ⓐEKCF
①雨水大。②路上的流水、積水。

潦² ⓟliáo ⓒliu4 聊

【潦草】①(做事)草率：工作不能潦草。
②(字)不工整：字寫得太潦草。

潦³ ⓟliáo ⓒlou5老

【潦倒】頹喪，失意。

潭 ⓟtán ⓒtaam4 談 ⓐEMWJ
深水池：泥潭／清潭／龍潭虎穴。

潮¹ ⓟcháo ⓒciu4 憔 ⓐEJJB
①海水因為受了日月的引力而
定時漲落的現象：漲潮／海潮。②像潮水
那樣漲落起伏的事物：思潮／學潮／熱潮。
③濕：潮氣／受潮／陰天返潮。
【潮潤】①(土壤、空氣等)濕潤：海風輕
輕吹來，使人覺得潮潤而有涼意。②(眼
睛)含有淚水：說到這兒，她兩眼潮潤了，
轉臉向窗外望去。

潮² ⓟcháo ⓒciu4 憔
指廣東潮州：潮劇／潮繡。

潯(潯) ⓟxún ⓒcam4 尋
ⓐESMI
①水邊：江潯。②江西九江的別稱。

潰(潰)¹ ⓟhuì ⓒkui2 創
ⓐELMC
指瘡潰爛：潰膿。

潰(潰)² ⓟkuì ⓒkui2 創
①大水沖破堤岸：潰
決／潰堤。②突破包圍：潰圍。③散亂，垮
臺：潰散／敵軍潰敗／潰不成軍／經濟崩
潰。④肌肉組織腐爛：潰爛。
【潰瘍】黏膜或表皮壞死而形成的缺損、
潰爛。

潲¹ ⓟshào ⓒsaau3 哨 ⓐEHDB
①雨點斜灑：雨濺進屋子來。②灑
水：在馬路上潲些水。

潲² ⓟshào ⓒsaau3 哨
用泔水、米糠、野菜等煮成的飼
料：潲水／豬潲。

潛 ⓐEDDA「潛」的異體字，338頁。

潸 ⓟshān ⓒsaan1 山 ⓐEJCB
流淚的樣子：潸然淚下。

潺 ⓟchán ⓒsaan4 孱 ⓐESND
【潺潺】象聲詞。形容水聲：潺潺流水。
【潺湲】形容河水慢慢流動的樣子。

潼 ⓟtóng ⓒtung4 童 ⓐEYTG
潼關，地名，在陝西。

潷(潷) ⓟbì ⓒbat1 筆 ⓧbei3
臂 ⓐEHLQ
擋着渣滓或泡着的東西，把液體倒出：把
湯潷出去／壺裏的茶潷乾了。

澄¹ ⓟchéng ⓒcing4 情 ⓐENOT
①(水)清：澄澈。②使清明，使清

楚：澄清。

澄 2 @dèng @dang6 鄧

讓液體裏的雜質沉下去：水澄清了再喝。

潟 @xì @sik1 昔 @EHXF

鹹水浸漬的土地：潟湖/潟鹵（鹽鹼地）。

澎 1 @pēng @paang4 彭 @EGTH

濺：澎了一身水。

澎 2 @péng @paang4 彭

【澎湃】①形容波浪互相撞擊。②比喻聲勢浩大，氣勢雄偉：激情澎湃的詩篇。

【澎湖列島】羣島名，在臺灣海峽中。

澆（浇） 1 @jiāo @giu1 嬌 @EGGU

①水或其他液體落在物體上：被雨水澆全身濕透。②使水或其他液體落在物體上：澆汁。③以噴、灑等方式給植物供水，灌溉：澆花/澆地。④把汁液倒入模型：澆版/澆鉛字。

澆（浇） 2 @jiāo @giu1 嬌

刻薄：澆薄。

澇（涝） @lào @lou6 路 @EFFS

①莊稼因雨水過多而被淹，跟「旱」相對：防旱防澇。②雨水過多而積在田地裏的水：排澇。

澐（沄） @yún @wan4 雲 @EMBI

大波浪：大江澐澐。

【澐澐】形容水流動。

澈 @chè @cit3 設 @EYBK

水清：清澈可鑒。

漸 @sī @si1 斯 @ETCL

盡：漸滅。

澍 @shù @syu6 樹 @EGTI

及時的雨。

澉（澉） @gǎn @gam2 敢 @EMJK

澉浦，地名，在浙江。

灅（潿） @wéi @wai4 圍 @EWDQ

灅洲，島名，在廣西。

潕（沅） @wǔ @mou5 舞 @EOTF

潕水，水名，沅江的支流，上源在貴州，叫潕陽河。

濆（渍） @fén @fan4 焚 @EJTC

水邊。

潠 @ERUC「噀」的異體字，見105頁。

澤（泽） @zé @zaak6 擇 @EWLJ

①水積聚的地方：沼澤/水鄉澤國。②濕：

潤澤。③ 光澤，金屬或其他物體發出的光亮：色澤。④ 恩惠：恩澤。

漣（㳠） 粵tà 普taat3撻 圖EYGQ
滑溜。

潞 粵lù 普lou6路 圖ERMR
潞西，地名，在雲南。

湎（澠） 1 粵miǎn 普man5敏 圖ERXU
澠池，地名，在河南。

湎（澠） 2 粵shéng 普sing4成
古水名，在今山東。

澡 粵zǎo 普cou3醋 圖ERRD
洗澡，沐浴，洗全身：澡盆／澡堂。

澧 粵lǐ 普lai5禮 圖ETWT
澧水，水名，在湖南。

滋 粵shì 普sai6誓 圖EHMO
水邊。

澮（浍） 1 粵huì 普kui2繪 圖EOMA
① 澮河，水名，發源於河南，流至江蘇入洪澤湖。② 澮河，汾河的支流，在山西。

澮（浍） 2 粵kuài 普kui2繪
田間水溝。

澱（淀） 粵diàn 普din6殿 圖ESCE
渣滓，液體裏沉下的東西：沉澱／澱粉。

澳（澳） 1 粵ào 普ou3奧 圖EHBK
① 海邊彎曲可以停船的地方。② 指澳門：港澳（香港和澳門）同胞。

澳（澳） 2 粵ào 普ou3奧
① 指澳洲（現稱大洋洲），世界七大洲之一。② 指澳大利亞，國家名。

澶 粵chán 普sin4先四聲 圖EYWM
澶淵，古代地名，在今河南濮陽西南。

濾 粵jù 普geoi6巨 Ⓧgeoi3句 圖EYPO
濾水，水名，在陝西。

澴 粵huán 普waan4環 圖EWLV
澴河，水名，在湖北。

澹 1 粵dàn 普daam6淡 圖ENCR
安靜：恬澹。

澹 2 粵tán 普taam4談
用於複姓：澹臺。

澥 粵xiè 普haai5蟹 圖ENBQ
① 糊狀物或膠狀物由稠變稀：糨糊澥了。② 加水使糊狀物或膠狀物變稀：粥太稠，加點兒水澥一澥。

激 粵jī 普gik1擊 圖EHSK
① 水因受阻或震盪而向上湧：激起浪花。② 冷水突然刺激身體使患病：他被雨激病了。③ 用冷水沖泡食物使變

涼：把西瓜放到冰水裏激一激。④使發使，使人的感情衝動：刺激／用話激他／請將不如激將。⑤感情激動：感激／激於義憤。⑥急劇的，強烈的：激烈／激變／激戰。

【激昂】（情緒、語調等）激動昂揚：慷慨激昂。

濁（浊） 🔵zhuó 🟡zuk6俗
🟢EWLI

①水不清，不乾淨，跟「清」相對：渾濁／污濁。②混亂：濁世（舊時用以形容時代的混亂）。③形容聲音低沉粗重：濁聲濁氣。

濂 🔵lián 🟡lim4廉 🟢EITC

濂江，水名，在江西。

濃（浓） 🔵nóng 🟡nung4農
🟢ETWV

①含某種成分多，跟「淡」相對：濃茶／濃煙／濃咖啡。②顏色深：濃妝。③程度深：興趣正濃／感情濃厚。

灘 🔵suī 🟡seoi1須 🟢EBUG

灘水，水名，發源於安徽，流入江蘇。

澼 🔵pì 🟡pik1癖 🟢ESRJ

見【洴澼】，320頁。

澦（滪） 🔵yù 🟡jyu6預
🟢ENNC

見【灩澦堆】，345頁。

澥 🟢EJJJ 「浍」的異體字，見 321頁。

濟（济） 1 🔵jǐ 🟡zai2仔 🟢EYX

濟南、濟寧，地名，都在山東。

【濟濟】形容人多：人才濟濟／濟濟一堂。

濟（济） 2 🔵jì 🟡zai3祭

①渡，過河：同舟共濟。②對困苦的人加以幫助：救濟金／濟困扶危。③補益，幫助：無濟於事／剛柔相濟。

濘（泞） 🔵nìng 🟡ning6佞
🟢EJPN

爛濘：路濘難行／雨後道路佈滿泥濘。

濠 🔵háo 🟡hou4豪 🟢EYRO

①護城河：城濠。②濠河，水名，在安徽。

盡（浕） 🔵jìn 🟡zeon6盡
🟢ELMT

①盡水，古水名，即今沙河，在湖北。②盡水，水名，在陝西。也稱白馬河。

濡 🔵rú 🟡jyu4如 🟢EMBB

①沾濕，沾上：濡筆／耳濡目染（喻聽得多看得多，無形中受到影響）。②停留，遲滯：濡滯。

濤（涛） 🔵tāo 🟡tou4陶
🟢EGNI

大波浪：波濤／驚濤駭浪。

濫(滥)
粵làn　普laam6 纜
粵ESIT

① 氾濫，流水漫溢：過去黃河時常氾濫。
② 過度，不加節制：濫用／寧缺毋濫。③ 浮泛，不合實際：濫調。
【濫觴】① 名詞。江河發源的地方，水少只能浮起酒杯，比喻事物的起源。② 動詞。起源：詞濫觴於唐，興盛於宋。

濕(湿)
粵shī　普sap1 拾一聲
粵EAVF

沾了水的或含水分多的，跟「乾」相對：地很濕／手濕了。

濬
粵EYBU 「浚1」的異體字，見 321 頁。

濮
粵pú　普buk6 僕　粵EOTO
濮水，古水名，今河南濮陽從濮水得名。

濯
粵zhuó　普zok6 鑿　粵ESMG
洗：濯足。

澀(涩)
粵sè　普saap3 颯
粵gip3 劫　粵ESIM

① 不光滑，不滑溜：軸轤發澀，該上點油了。② 一種使舌頭感到不滑溜不好受的滋味：這柿子很澀。③ 文句艱讀難懂：文字艱澀。④ 表情不自然，處世不成熟：羞澀／青澀。

濰(潍)
粵wéi　普wai4 維　粵EVFG
濰河，水名，在山東。

濱(滨)
粵bīn　普ban1 賓
粵EJMC

① 水邊，近水的地方：湖濱／海濱。② 靠近(水邊)：濱海。

濞
粵bì　普bai3 閉　粵EHUL
漾濞，地名，在雲南。

濛(蒙)
粵méng　普mung4 蒙
粵ETBO

形容細雨：細雨其濛。

鴻
粵EMHF 見鳥部，722 頁。

潤
粵EANR 「闊」的異體字，見 666 頁。

瀑
1　粵bào　普bou6 步　粵EATE
瀑河，水名，在河北。

2　粵pù　普buk6 僕
瀑布，水從山壁上陡直地流下來，遠看好像垂掛着的白布。

濺(溅)
1　粵jiān　普zin1 煎
粵EBCI
【濺濺】流水聲。

2　粵jiàn　普zin3 箭
液體受沖擊向四處飛射：水花四濺／濺了一臉水。

濼(泺)
1　粵luò　普lok6 落
粵EVID
濼河，水名，在山東。

濼(泺) 2 ⓟpō ⓒbok6薄
同「泊3」，見316頁。

濾(滤) ⓟlù ⓒleoi6慮　ⓒEYPP
使液體經過紗布、沙子、紙等流下，除去其中所含的雜質而變清：過濾／濾器。

瀔 ⓟgǔ ⓒguk1谷　ⓒEGDE
① 古水名，在今河南。② 瀔水，地名，在湖南。今作「谷水」。

瀆(渎) 1 ⓟdú ⓒduk6讀　ⓒEGWC
水溝，小渠：溝瀆。

瀆(渎) 2 ⓟdú ⓒduk6讀
褻瀆，輕慢，對人不恭敬：褻瀆／瀆犯。
【瀆職】不盡職，在執行任務時犯嚴重錯誤：瀆職罪。

瀉(泻) ⓟxiè ⓒse3卸　ⓒEJHF
① 液體很快地流：傾瀉／一瀉千里。② 腹瀉：瀉藥／肚瀉／上吐下瀉。

瀋(沈) 1 ⓟshěn ⓒsam2審　ⓒEJHW
汁：墨瀋未乾。

瀋(沈) 2 ⓟshěn ⓒsam2審
瀋陽，地名，在遼寧。

瀏(浏) ⓟliú ⓒlau4劉　ⓒEHCN
形容水流清澈。
【瀏覽】大略地看。

瀅(滢) ⓟyíng ⓒjing4螢　ⓒEFFG
清澈。

瀍 ⓟchán ⓒcin4纏　ⓒEIWG
瀍河，水名，在河南。

瀦(潴) ⓟzhū ⓒzyu1朱　ⓒEMOA
①（水）積聚：停瀦／瀦留。② 水停聚的地方。

瀝(沥) ⓟlì ⓒlik6歷　ⓒEMDM
① 液體一滴一滴地落下：瀝血。② 一滴一滴落下的液體：餘瀝。

瀕(濒) 1 ⓟbīn ⓒban1賓　ⓒEYHC
緊靠水邊：瀕湖／東瀕大海。

瀕(濒) 2 ⓟbīn ⓒpan4貧
接近，臨近：瀕危／瀕死。

瀘(泸) ⓟlú ⓒlou4勞　ⓒEYPT
① 瀘江，古水名，即今金沙江在四川宜賓以上、雲南四川交界處的一段。② 瀘水，古水名，即今怒江。

瀚 ⓟhàn ⓒhon6翰　ⓒEJJM
廣大：浩瀚。
【瀚海】指沙漠。

瀛 ⓔyíng ⓖjing4 盈 ⓒEYRN
①大海。②姓。

瀣 ⓔxiè ⓖhaai6 械 ⓒEYEM
見【沆瀣】，313頁。

瀠（濚）ⓔyíng ⓖjing4 營
ⓒEFFF
【瀠洄】水流迴旋。
【瀠繞】水流環繞。

瀧（泷）1 ⓔlóng ⓖlung4 龍
ⓒEYBP
急流的水（多用於地名）：七里瀧（在浙江）。

瀧（泷）2 ⓔshuāng
ⓖsoeng1 雙
瀧水，水名，在廣東。今作「雙水」。

瀨（瀬）ⓔlài ⓖlaai6 賴
ⓒEDLC
流得很急的水。

瀟（潇）ⓔxiāo ⓖsiu1 蕭
ⓒETLX
水深而清。
【瀟灑】（神情、舉止、風貌等）自然大方，有韻致，不拘束：風姿瀟灑／筆墨瀟灑。

瀼 1 ⓔráng ⓖjoeng4 羊 ⓒEYRV
瀼河，水名，在河南。
【瀼瀼】形容露水多：零露瀼瀼。

瀼 2 ⓔràng ⓖjoeng6 樣
瀼渡河，水名，在重慶。

瀹 ⓔyuè ⓖjoek6 若 ⓒEOMB
①煮：瀹茗（烹茶）。②疏通河道。

瀲（潋）ⓔliàn ⓖlim6 斂
ⓒEOOK
【瀲灩】①形容水波流動的樣子：湖光瀲灩。②形容水滿或滿溢：金樽瀲灩。

瀺 ⓔjiǎn ⓖzin2 剪 ⓒEJTO
潑（水），傾倒（液體）。

瀾（澜）ⓔlán ⓖlaan4 蘭
ⓒEANW
大波浪：波瀾／推波助瀾／力挽狂瀾。

瀰（弥）ⓔmí ⓖnei4 尼
ⓖmei4 眉 ⓒENMB
滿，遍：瀰漫／瀰天大罪。

灌 ⓔguàn ⓖgun3 罐 ⓒETRG
①澆，灌溉：引水灌田。②（液體、氣體或顆粒狀物體）倒進去或裝進去：灌了一瓶水／風雪灌進門來。③強制要別人喝：灌藥／灌酒。④指錄音：灌唱片。
【灌木】叢生的矮小樹木，如玫瑰、酸棗樹等。

灉 ⓔyōng ⓖjung1 翁 ⓒEVUG
水名，在山東。

灃（沣）ⓔfēng ⓖfung1 豐
ⓒEUJT
①灃河，水名，在陝西。②灃水，地名，在山東。

灡（灢） ❸shè ❹sip3 攝
❺ESJJ

灡水, 水名, 在湖北。

灕（漓） ❸lí ❹lei4 離 ❺EYBG

灕江, 水名, 在廣西。

灑（洒） ❸sǎ ❹saa2 耍
❺EMMP

①使水或其他物體分散落下：灑水。②東
西散佈：糧食灑了一地／把灑在桌上的
白米撿起來。

【灑脫】舉止、言談自然, 不拘束：這個
人很灑脫。

灘（滩） ❸tān ❹taan1 攤
❺ETOG

①河、海邊淤積成的平地或水中的沙
洲：海灘／河灘。②水淺多石而水流很急
的地方：險灘。

灝（灏） ❸hào ❹hou6 浩
❺EAFC

①同「浩」, 見321頁。②同「皓」, 見395
頁。

灞 ❸bà ❹baa3 霸 ❺EMBB

灞河, 水名, 在陝西。

灡（灠） ❸lǎn ❹laam5 覽
❺ESWU

①把柿子放在熱水或石灰水裏泡幾天,
去掉澀味：灡柿子。②用鹽或其他調味
料拌生的魚、肉、蔬菜。

灣（湾） ❸wān ❹waan1 彎
❺EVFN

①水流彎曲的地方：河灣／水灣。②海岸
凹入陸地, 便於停船的地方：港灣。③使
船停住：把船灣在那邊。

灤（滦） ❸luán ❹lyun4 聯
❺EVFD

灤河, 水名, 在河北。

灨 ❺EYJC 「贛」的異體字, 見593頁。

灧 ❺EUTU 「灩」的異體字, 見345頁。

灩（滟） ❸yàn ❹jim6 豔
❺EUTT

見【澦灩】, 344頁。

【灧澦堆】長江瞿唐峽口的巨石, 附近水
流非常急。

―――――― 火 部 ――――――

火 ❸huǒ ❹fo2 顆 ❺F

①東西燃燒時所發的光和燄：火
花／燈火。②槍炮彈藥：軍火／火器／火力。
③中醫指引起發炎、紅腫、煩躁等症狀的
病因：上火／敗火。④紅色的：火腿／火雞。
⑤緊急：火速／火急。⑥怒氣：冒火／好大
的火！⑦發怒：火性／他發火了。⑧興旺,
興隆：生意很火呢。

【火燒眉毛】形容情勢非常急迫：這是火
燒眉毛的事, 別這麼慢條斯理的。

灰 ㊿huī ㊀fui1 恢 ㊁KF
①物體燃燒後剩下的東西：爐灰/煙灰/灰燼。②塵土，某些粉末狀的東西：桌上蒙了一層灰。③特指石灰：灰牆/抹灰。④介乎黑白之間的顏色：銀灰色。⑤消沉，失望：心灰意懶/萬念俱灰。

灸 ㊿jiǔ ㊀gau3 救 ㊁NOF
中醫的一種治療方法，用艾葉等燒灼身體穴位或患處：針灸。

灼 ㊿zhuó ㊀zoek3 鵲 ㊁FPI
①燒，火燙：灼熱/燒灼/心如火灼。②明亮。
【灼見】透徹的見解：真知灼見。

地 ㊿xiè ㊀se2 捨 ㊁FPD
燃燭燒剩下的部分。

災(灾) ㊿zāi ㊀zoi1 哉 ㊁VVF
水、火、荒旱等所造成的禍害：旱災/消滅災害。

灶 ㊁FG「竈」的簡體字，見429頁。

炎 ㊿yán ㊀jim4 嚴 ㊁FF
①天氣極熱：炎夏/炎暑。②炎症，身體的一部分發生紅、腫、熱、痛的現象：發炎/腦炎。③指權勢：趨炎附勢。④指炎帝：炎黃子孫。

炊 ㊿chuī ㊀ceoi1 吹 ㊁FNO
燒火做飯：炊煙/炊帚（刷洗鍋碗等的用具）。

炒 ㊿chǎo ㊀caau2 吵 ㊁FFH
①把東西放在鍋裏加熱並翻動弄熟：炒菜/炒栗子/炒雞蛋。②頻繁買進賣出，製造聲勢，從中牟利：炒股票。③通過媒體反覆做誇大的宣傳，以擴大人或事物的影響：炒作新聞。④指解僱：他被上司炒了。

炕 ㊿kàng ㊀kong3 抗 ㊁FYHN
①北方用磚、坯等砌成的睡覺的臺，下面有洞，跟煙囪相通，可以燒火取暖。②烤：把濕衣服放在火邊炕一炕。

炅 1 ㊿guì ㊀gwai3 季 ㊁AF
姓。

炅 2 ㊿jiǒng ㊀gwing2 炯
①日光。②明亮。

炙 ㊿zhì ㊀zek3 隻 ㊂zik3 即 ㊁BF
①烤：炙烤。②烤熟的肉：膾炙人口（喻詩文受人歡迎）。
【炙手可熱】手挨近就感覺熱，形容氣燄很盛，權勢很大。

炆 ㊿wén ㊀man1 蚊 ㊁FYK
用微火燉食物或熬菜。

炔 ㊿quē ㊀kyut3 決 ㊁FDK
有機化合物的一類：炔烴。

炁 ㊿qì ㊀hei3 汽 ㊁MUF
①同「氣」，見309頁。②中藥指乾

燥的臍帶：坎炞。

炮[1] 🔊bāo 🔊baau3 爆 🔊FPRU

① 烹調方法，在旺火上急炒：炮羊肉。② 把物品放在器物上烘烤或焙：把濕衣服擱在熱炕上烘乾。

炮[2] 🔊páo 🔊paau4 刨

① 燒、烤（食物）。② 炮製中藥的一種方法，把生藥放在熱鍋裏炒，使它焦黃爆裂：炮薑。

【炮烙】商代的一種酷刑。

【炮製】① 用烘、炒等方法把中草藥原料加工製成藥物的過程。② 泛指編造，製訂（含貶義）：炮製假新聞。

炮[3] 🔊pào 🔊paau4 豹

① 重型射擊武器的一類，有迫擊炮、加農炮、高射炮等。② 爆竹：鞭炮／花炮。

炫 🔊xuàn 🔊jyun6 願 🔊jyun4 元 🔊FYVI

① 強烈的光線晃人眼睛：炫目。② 誇耀：炫弄／炫示／自炫其能。

【炫耀】① 照耀。② 誇耀。

炯 🔊jiǒng 🔊gwing2 炯 🔊FBR

光明，明亮：目光炯炯。

炭 🔊tàn 🔊taan3 歎 🔊UMF

① 木炭的通稱：炭火。② 像炭的東西：山楂炭（中藥）。③ 煤：挖炭。

畑 🔊tián 🔊tin4 田 🔊FW

日本漢字，旱地。多用於日本人姓名。

炰 🔊hū 🔊fu1 呼 🔊FHFD

蓋緊鍋蓋，用少量水半蒸半煮，把食物弄熟：炰白薯。

炱 🔊tái 🔊toi4 臺 🔊IRF

煙氣凝積而成的黑灰：煤炱／松炱（松煙）。

炮 🔊FOPD「地」的異體字，見346頁。

炬 🔊jù 🔊geoi6 巨 🔊FSS

火把：火炬／目光如炬。

為(为)[1] 🔊wéi 🔊wai4 圍 🔊IKNF

① 做，行：事在人為／所作所為。② 當作，充當：四海為家／他被選為學生代表。③ 成為，變成：一分為二／化為烏有。④ 是：言為心聲／十寸為一尺。

為(为)[2] 🔊wéi 🔊wai4 圍

被，跟「所」配搭使用：不為所動／乙方主辦為我方主辦所敗。

為(为)[3] 🔊wéi 🔊wai4 圍

① 後綴。附於某些單音形容詞後，構成表示程度、範圍的副詞：大為高興／深為感動。② 後綴。附於某些表示程度的單音詞後，加強語氣：極為可觀／頗為出色。

為(为)[4] 🔊wéi 🔊wai4 圍

助詞。常跟「何」相應，表疑問或感歎：何以家為（要家幹甚麼）？

為(为) 5 ⓟwèi ⓒwai6位

① 幫助、護衛：為呂氏者右袒，為劉氏者左袒。② 替，給，表示行為的對象：為顧客服務。③ 表示原因、目的：為這消息感到欣慰／為共同目標而奮鬥。④ 對，向：且為諸君言之／不足為外人道。

炳 ⓟbǐng ⓒbing2丙 ⓒFMOB

光明，顯著：彪炳。

炷 ⓟzhù ⓒzyu3注 ⓒFYG

①燈芯：燈炷。②燒香。③量詞。用於點着的香：一炷香。

炸 1 ⓟzhá ⓒzaa3詐 ⓒFHS

①把食物放在煮沸的油裏弄熟：炸醬／炸魚。②焯：把菠菜炸一炸。

炸 2 ⓟzhà ⓒzaa3詐

①突然破裂：爆炸／玻璃杯炸了。②用炸藥爆破或炸彈轟炸：炸碉堡。③發怒：他一聽就氣炸了。

焰 ⓒFSHR「照①」的異體字，見351頁。

炑 ⓒFHD「秋」的異體字，見420頁。

烏(乌) 1 ⓟwū ⓒwu1污 ⓒHRYF

①烏鴉，鳥名，俗稱「老鴰」或「老鴉」：月落烏啼。②黑色：烏雲／烏木。

【烏合之眾】比喻無組織、無紀律的一羣人。

烏(乌) 2 ⓟwū ⓒwu1污

疑問代詞。哪裏，何，多用於反問句：烏足道哉？

烏(乌) 3 ⓟwù ⓒwu1污

【烏拉】東北地區冬天穿的鞋，用皮革製成，裏面墊烏拉草。

烜 ⓟxuǎn ⓒhyun2犬 ⓒhyun1圈 ⓒFMAM

盛大。

【烜赫】聲威昭著：烜赫一時。

烈 ⓟliè ⓒlit6列 ⓒMNF

①猛烈，強烈：烈日／烈酒／興高采烈。②剛直，嚴正：剛烈。③為正義、人民、國家而死難的：烈士。④為正義而死或受難的人：先烈。⑤功業：功烈。

烊 1 ⓟyáng ⓒjoeng4羊 ⓒFTQ

熔化(金屬)，溶化：糖烊了。

烊 2 ⓟyàng ⓒjoeng4羊

商店晚上關門停止營業：打烊。

烘 ⓟhōng ⓒhung1空 ⓒhung3控 ⓒFTC

①用火、電或蒸汽使身體暖和或使東西變熱：烘烤／烘一烘濕衣裳。②襯托：烘襯／烘托。

【烘托】①國畫筆法，用水墨或淡的色彩點染輪廓外部，使物象鮮明。②寫作時先側面描寫，再引出主題。③陪襯，使在對比下表現得更明顯。

烙 1

⚫lào ⚫lok3 洛 ⚫FHER

① 用燒熱的金屬器物燙，使留下印記：烙印／烙衣服。② 把麵食放在燒熱的器物上烤熟：烙餅。

【烙印】① 名詞。在牲畜或器物上燙的火印，比喻難以磨滅的痕跡：時代烙印。② 動詞。用燒熱的金屬在牲畜或器物上燙成痕跡，比喻深刻地留下印象：他的樣子烙印在我的心頭。

烙 2

⚫luò ⚫lok3 洛

見【炮烙】，347頁。

焖

⚫tóng ⚫tung4 銅 ⚫FBMR

焖場河，水名，在安徽。

烝

⚫zhēng ⚫zing1 蒸 ⚫NEMF

眾多：烝民。

烤

⚫kǎo ⚫haau2 考 ⚫haau1 敲 ⚫FJKS

① 把東西放在火的周圍使乾或使熱：烤肉／烤麵包／把濕衣服烤乾。② 向着火取暖：烤手／圍爐烤火。

羔

⚫TGF 見羊部，467頁。

烽

⚫fēng ⚫fung4 蜂 ⚫FHEJ

烽火，古時邊防報警的煙火，有敵人來侵犯的時候，守衛的人就點火相告。

烹

⚫pēng ⚫paang1 澎一聲 ⚫YRNF

① 煮：烹調／烹飪。② 一種做菜的方法，用熱油略炒之後，再加入液體調味品，迅速攪拌：烹蝦段。

焉 1

⚫yān ⚫jin1 煙 ⚫MYLF

① 疑問詞。怎麼，哪兒，多用於反問句：焉能如此？／不入虎穴，焉得虎子？② 乃，才：必知疾之所由起，焉能攻之。

焉 2

⚫yān ⚫jin4 言

① 跟介詞「於」加代詞「是」相當：善莫大焉／心不在焉。② 助詞。表示肯定的語氣：有厚望焉。

烯

⚫xī ⚫hei1 希 ⚫FKKB

有機化合物的一類，如乙烯。

烷

⚫wán ⚫jyun4 完 ⚫FJMU

有機化合物的一類。是構成石油的主要成分。

烴(烴)

⚫tīng ⚫ting1 聽 ⚫FMVM

有機化學上碳氫化合物的總稱。

焐

⚫wù ⚫ng6 悟 ⚫FMMR

用熱的東西接觸涼的東西使變暖：用熱水袋焐一焐手。

焓

⚫hán ⚫ham4 含 ⚫FOIR

單位品質的物質所含的全部熱能，單位是焦耳。

烺

⚫lǎng ⚫long5 朗 ⚫FIAV

明朗。

焌[1] ⓪jùn ⓪zeon3 俊
　⓪FICE
用火燒。

焌[2] ⓪qū ⓪ceot1 出
　① 把燃燒着的東西放入水中弄滅。② 烹飪法，燒熱油鍋後先放作料，再放菜迅速燒熟。

焊⓪hàn ⓪hon6 汗 ⓪FAMJ
用熔化的金屬黏合或修補金屬器物：電焊／焊接／焊鐵壺。

焙⓪bèi ⓪bui6 悖 ⓪FYTR
把東西放在器皿裏，用微火烘烤：焙乾研成細末。

焚⓪fén ⓪fan4 墳 ⓪DDF
燒：憂心如焚／玩火自焚。

無(无)[1] ⓪wú ⓪mou4 毛
　⓪OTF
①沒有，跟「有」相對：從無到有／無家可歸／無言以對。②不：無論／無須／無妨試試。③不論：事無大小。
【無非】不過是，不外如此：他批評你，無非是想幫助你進步。
【無論】表示在任何條件下結果都不會改變：無論是誰都要遵守紀律。

無(无)[2] ⓪wú ⓪mo4 磨
用於「南無」，佛教用語，表示對佛尊敬或皈依。

焦[1] ⓪jiāo ⓪ziu1 招 ⓪OGF
①物體受熱後失去水分，變成黃黑色並發硬：焦黑／飯燒焦了。②焦炭：煤焦／煉焦。③着急，煩躁：心焦／焦急／萬分焦灼。④姓。

焦[2] ⓪jiāo ⓪ziu1 招
焦耳的簡稱。

焰⓪FNHX「燄」的異體字，見355頁。

焜⓪kūn ⓪kwan1 坤 ⓪FAPP
明亮的樣子。

然⓪rán ⓪jin4 言 ⓪BKF
①指示代詞。如此，這樣，那樣：不盡然／知其然，不知其所以然。②是，對：不以為然。③然而：此事雖小，然亦不可忽視。④形容詞或副詞後綴：突然／忽然／欣然／飄飄然。⑤古同「燃」，見354頁。

焱⓪yàn ⓪jim6 餤 ⓪FFF
火花，火餤。

焯[1] ⓪chāo ⓪coek3 綽
　⓪FYAJ
把蔬菜放在開水裏略微一煮即取出：焯菠菜。

焯[2] ⓪zhuō ⓪coek3 綽
明顯，明白。

焠⓪FYOJ「淬」的異體字，見325頁。

煮⓪JAF「煮」的異體字，見351頁。

煮 普zhǔ 粵zyu2主 倉JAF
把食物放在有水的鍋裏，用火燒
開：煮飯／煮餃子。

煉（炼） 普liàn 粵lin6練
倉FDWF 煉直筆不鈎。
①用火燒製，使物質純淨或堅韌：煉鋼／
煉焦／煉乳。②燒：真金不怕火煉。③用
心琢磨使簡潔優美：煉字／煉句。

煌 普huáng 粵wong4皇
倉FHAG
光明：明星煌煌／燈火輝煌。

煎 普jiān 粵zin1氈 倉TBNF
①把食物放在少量的熱油裏弄熟：
煎魚／煎豆腐。②把東西放在水裏煮，使
所含的成分進入水中：煎藥／煎茶。③量
詞。煎中藥的次數：頭煎／一煎藥。

煸 普biān 粵bin1邊 倉FHSB
把蔥、薑、肉絲等放熱油裏炒，不
必太熟：煸肉絲／乾煸四季豆。

煒（炜） 普wěi 粵wai5偉
倉FDMQ
光明。

煳 普hú 粵wu4胡 倉FJRB
（食物、衣物）經火變得焦黑：饅頭
烤煳了。

煜 普yù 粵juk1郁 倉FAYT
照耀。

煞 普shā 粵saat3殺 倉NKF
① 結束，收束：煞筆／煞尾。② 勒
緊，扣緊：煞一煞腰帶。

煞 普shà 粵saat3殺
極，很：煞白／煞費苦心。

煢（茕） 普qióng 粵king4鯨
倉FFBNJ
①孤獨，孤單：煢煢孑立。②憂愁。

煥（焕） 普huàn 粵wun6換
倉FNBK
光明，明亮：煥然一新。
【煥發】① 光彩外現的樣子：精神煥發／
容光煥發。② 振作：煥發激情。

煤 普méi 粵mui4梅 倉FTMD
古代的植物壓埋在地底下，年久
變化成的黑色礦物，成分以碳為主，是
主要燃料。也叫煤炭。

煦 普xù 粵heoi2許 倉ARF
溫暖：春風和煦。

煆 普duàn 粵dyun6段
倉FHJE
①（中藥製法）放在火裏燒：煆燒／煆石
膏。②同「鍛」，見652頁。

照 普zhào 粵ziu3詔 倉ARF
照右上作刀。
① 光線射在物體上：陽光照在海上／拿
手電筒照一照。② 對着鏡子或其他反光
的東西看自己或其他人物的影像：照鏡

子。③照相，攝影：這裏風景很好，可以照下來。④畫像或相片：小照。⑤憑證：護照/牌照。⑥照料，看顧：照應/照管/照顧。⑦通知：關照/照會。⑧比對，查對：查照/對照。⑨知曉：心照不宣。⑩對着，向着：照着這個方向走。⑪按着，依着：依照/按照/照章辦事。⑫按原件或某種標準做：照辦。

【照會】① 外交上，一國向另一國表明立場、達成協議或通知事項。② 上述性質的外交文件。

煨 ⓐwēi ⓔwui1 偎 ⓐFWMV
①用微火慢慢地煮：煨牛肉。②在帶火的灰裏燒熟食物：煨白薯。

煩(烦) ⓐfán ⓔfaan4 凡 ⓐFMBC
①苦惱，苦悶：心煩意亂/心裏有點煩。②厭煩：耐煩。③使厭煩：你別煩我。④又多又亂：煩雜/要言不煩。⑤敬辭。表示請、託：有事相煩/煩你做點事。

【煩瑣】繁雜，瑣碎：手續煩瑣。

煬(炀) ⓐyáng ⓔjoeng4 陽 ⓐFAMH
①熔化金屬。②火旺。

煲 ⓐbāo ⓔbou1 褒 ⓐODF
①壁較陡直的鍋：沙煲/瓦煲/電飯煲。②用煲煮或熬：煲粥/煲飯。

煤 ⓐFPTD 「炸1」的異體字，見348頁。

煖 ⓐFBME 「暖」的異體字，見264頁。

煙(烟) ⓐyān ⓔjin1 焉 ⓐFMWG
①物質燃燒時所生的氣體：冒煙/濃煙。②像煙的：煙霞/過眼雲煙。③煙氣刺激（眼睛）：煙了眼睛。④煙草，一年生草本植物，葉大有茸毛：煙葉/種了幾畝煙。⑤紙煙、煙絲等的統稱：香煙/旱煙/請勿吸煙。⑥大煙，鴉片：煙土/煙膏。⑦燒火或熬油時，煙上升而聚成的黑色物質，可製墨：松煙。

【煙幕彈】① 放出大量煙霧的爆炸彈，軍事上做掩護用。② 比喻掩飾真相或本意的言論和行為。

煇 ⓐFBJJ 「輝」的異體字，見609頁。

煺 ⓐtuì ⓔteoi3 退 ⓐFYAV
已宰殺的豬、雞等用滾水燙後去掉毛：煺毛。

熙 ⓐxī ⓔhei1 希 ⓐSUF 熙右上作巳
①光明。②和樂：眾人熙熙。③興盛：熙朝。

【熙攘】形容人來人往，非常熱鬧。

熄 ⓐxī ⓔsik1 息 ⓐFHUP
停止燃燒，滅火：熄燈/爐火已熄。

煽 ⓐshān ⓔsin3 線 ⓐFHSM
①搖動扇子或其他薄片，加速空

氣流動。②鼓動別人做壞事:爝動/爝惑/爝風點火。

熊1 ⓟxióng ⓖhung4 雄 ⓤIPF

①哺乳動物。食肉類猛獸，種類很多，體大，尾短，能攀登樹木。②姓。

【熊熊】形容火勢旺盛。

熊2 ⓟxióng ⓖhung4 雄

①怯懦，能力低下:你真熊，一點小事也做不好。②斥責:挨熊。

爝(焆) ⓟqiàng ⓖcoeng3 唱 ⓤFOIR

①烹飪法的一種，將菜肴放在沸水中略煮後取出加作料拌。②烹飪法的一種，先把肉、葱花等用熱油略炒，再加主菜炒或加水煮。

熘 ⓟliū ⓖlau6 陋 ⓤFHHW

一種烹調法，炒或炸後，加上作料和澱粉汁:熘肉片。

薰1 ⓟxūn ⓖfan1 芬 ⓤHGF

①氣味或煙氣接觸物品，使改變顏色或沾上氣味:臭氣薰天/把牆薰黑了。②薰製(食品):薰魚/薰雞。③和暖:薰風。

薰2 ⓟxùn ⓖfan3 訓

(煤氣)使人窒息中毒:爐子安上煙筒，就不至於薰着了。

熒(荧) ⓟyíng ⓖjing4 螢 ⓤFFBF

①光亮微弱的樣子:一燈熒然。②眼光迷亂，疑惑:熒惑。

【熒光】物理學上稱某種物體被光照射時，吸收了照射的光的一部分，而發出的一種特殊的光。

熔 ⓟróng ⓖjung4 容 ⓤFJCR

固體受熱到一定溫度時變成液體:熔化/熔點。

攀 ⓤFFBHQ 見牛部，362頁。

熬(熬)1 ⓟāo ⓖngou4 遨 ⓤGKF

烹調方法，把蔬菜等放在水裏煮:熬菜。

熬(熬)2 ⓟáo ⓖngou4 遨

①把糧食等放在水裏，煮成糊狀:熬粥。②為了提取有效成分或去掉所含水分、雜質，把東西久煮:熬藥。③忍受，耐苦支持:熬夜/生活難熬。

熟1 ⓟshóu ⓖsuk6 孰 ⓤYIF

熟右上作丸，與凡不同。義同「熟2」，用於口語。

熟2 ⓟshú ⓖsuk6 孰

①植物的果實或種子長成:麥子熟了/不要吃不熟的果子。②食物燒煮到可食用的程度:熟菜/飯熟了。③經過加工煉製的:熟鐵/熟皮子。④因為常見、常用而知道清楚:熟悉/熟人/熟視無睹。⑤做某種工作時間久了，精通而有經驗:熟手/熟能生巧。⑥程度深:熟睡/深思熟慮。

燴 ⓟtēng ⓒtung1 通
　ⓒFYNB

把涼了的熟食蒸熱：燴饅頭。

熠 ⓟyì ⓒjap1 邑 ⓒFSMA
光耀，鮮明：光彩熠熠。

熨¹ ⓟyù ⓒwat1 屈 ⓒSIF
【熨帖】① (用字、用詞) 貼切。② 心裏平靜：他説得誠懇，聽着心裏十分熨帖。③ 舒服：爸爸身體不熨帖，請假在家休息。④ (事情) 完全妥當：這事終於辦得熨帖了，可以鬆一口氣。

熨² ⓟyùn ⓒwan6 運 ⓒtong3 燙
用烙鐵、熨斗把衣布等燙平：熨衣服。
【熨斗】燒後用來燙平衣服的金屬器具。

熳 ⓟmàn ⓒmaan6 慢 ⓒFAWE
色彩豔麗。

熱(热) ⓟrè ⓒjit6熱烈切 ⓒGIF
熱右上作丸，與凡不同。
①物理學上稱凡能使物體的溫度升高的那種能量叫「熱」。②溫度高，跟「冷」相對：天熱／熱茶。③使熱，使溫度升高：把菜煮一熱。④生病引起的高體溫：發燒／退熱。⑤情意深厚：親熱／熱情／熱心。⑥形容十分羨慕、急切想得到：眼熱／熱衷。⑦受歡迎的：熱貨／熱門。⑧氣氛濃烈：熱鬧。⑨用在詞尾，表示某種潮：足球熱。⑩放射性強：熱原子。

熵 ⓟshāng ⓒsoeng1 商 ⓒFYCB
為了衡量熱力體系中不能利用的熱能，用熱能的變化量除以溫度所得的商。

燈(灯) ⓟdēng ⓒdang1 登
　ⓒFNOT
①用作照明或其他用途的發光器具：電燈／路燈／探照燈。②燃燒液體或氣體用來對別的東西加熱的器具：酒精燈。

熹 ⓟxī ⓒhei1 希 ⓒGRTF
①天亮：熹微 (形容陽光不強)。②明亮：星熹。

燃 ⓟrán ⓒjin4 然 ⓒFBKF
①燃燒：燃料／自燃／篝火燃起來了。②引火點着：燃燈／燃放花炮。

熾(炽) ⓟchì ⓒci3 翅 ⓒFYIA
① (火) 旺。② 熱烈旺盛：熾熱／熾烈。

燎¹ ⓟliáo ⓒliu4 聊 ⓒFKCF
蔓延地燒：星星之火，可以燎原

燎² ⓟliǎo ⓒliu4 聊
挨近了火而燒焦 (多用於毛髮)：把頭髮燎了。

燉(炖) ⓟdùn ⓒdan6 鐙六聲
　ⓒFYDK
①煨煮食品使熟爛：清燉雞／燉肉。②把東西盛在碗裏，再把碗放在水裏加熱：燉酒／燉藥。

燚 ⓟyì ⓒjik6亦 ⓦFFFF
人名用字。

燒(烧) ⓟshāo ⓒsiu1 消
ⓦFGGU

①使東西着火：燃燒。②用火或發熱的東西使物品受熱起變化：燒水／燒磚／燒炭。③烹飪方法，先用油炸，再加湯汁炒或燉，或先煮熟再用油炸：燒茄子。④烹調方法，就是烤：燒雞／叉燒。⑤發燒，體溫增高：他燒得不厲害，別擔心。⑥比正常體溫高的體溫：燒退了。

燔 ⓟfán ⓒfaan4凡 ⓦFHDW
①焚燒。②烤。

燁(烨) ⓟyè ⓒjip6葉 ⓦFTMJ
①火光，日光。②光亮，明亮。

燕 1 ⓟyān ⓒjin1煙 ⓦTLPF
①周代國名，在今河北北部一帶。②指河北北部。③姓。

燕 2 ⓟyàn ⓒjin3宴
候鳥名，翅膀很長，尾巴像張開的剪刀，背部黑色，肚皮白色，常在人家室內或屋簷下用泥做巢居住，捕食昆蟲。

燕 3 ⓟyàn ⓒjin3宴
古書裏有時用作「宴」：燕爾。

燙(烫) ⓟtàng ⓒtong3趟
ⓦEHF

①皮膚接觸溫度高的物體感覺疼痛：燙傷／燙手／小心燙着了！②用熱的物體使

另外的物體起變化：燙酒（使熱）／燙衣服（使平整）。③物體溫度高：這杯水很燙。④指燙髮：燙一燙頭髮。

燜(焖) ⓟmèn ⓒmun6悶
ⓦFANP

蓋緊鍋蓋，用微火把食物煮熟：燜飯／燜肉。

燏 ⓟyù ⓒwat6屈六聲 ⓦFNHB
火光。

燊 ⓟshēn ⓒsan1申 ⓦFFFD
熾盛。

燐 ⓦFFDQ「磷」的異體字，見414頁。

燄 ⓟyàn ⓒjim6驗 ⓦNXFF
燄左上作⌒。
火苗：火燄。

燧 ⓟsuì ⓒseoi6遂 ⓦFYTO
①上古取火的器具：燧石。②古代告警的烽火：烽燧。

營(营) 1 ⓟyíng ⓒjing4螢
ⓦFFBRR

①軍隊駐紮的地方：軍營／營房／露營／安營紮寨。②軍隊的編制單位，是連的上一級。

營(营) 2 ⓟyíng ⓒjing4螢
①謀求：營生／營救。②籌劃管理：經營／營業／民營／國營。

燠(燠) [普]yù [粵]juk1 郁 [倉]FHBK
暖，熱：燠熱（悶熱）/寒燠失時。

燥 [普]zào [粵]cou3 噪 [倉]FRRD
缺少水分：燥熱/天氣乾燥。

燦(灿) [普]càn [粵]caan3 粲 [倉]FYED
光彩耀眼：燦然/金燦燦。
【燦爛】光彩鮮明，耀眼：燈火燦爛。

燬 [倉]FHGE「毀①」的異體字，見305頁。

燭(烛) [普]zhú [粵]zuk1 竹 [倉]FWLI
①蠟燭：火燭/花燭。②照亮，照見：火光燭天。③俗稱燈泡的瓦數為燭數，如60燭的燈泡就是60瓦特的燈泡。

燮 [普]xiè [粵]sit3 泄 [倉]FFE
諧和，調和。

燴(烩) [普]huì [粵]wui6 匯 [倉]FOMA
①炒菜後加少量的水和芡粉：燴蝦仁。②把多種食物混在一起加水煮：燴飯/燴豆腐/大雜燴。

燼(烬) [普]jìn [粵]zeon6 盡 [倉]FLMT
物體燃燒剩下的東西：燭燼/化為灰燼。

燹 [普]xiǎn [粵]sin2 癬 [倉]MOF
野火。

燾(焘) 1 [普]dào [粵]dou6 道 [倉]GNMF
同「幬2」，見178頁。

燾(焘) 2 [普]tāo [粵]tou4 桃
「燾1」的又音，多用於人名。

燻 [倉]FHGF「熏1①-②」的異體字，見353頁。

燿 [倉]FSMG「耀」的異體字，見471頁。

爆 [普]bào [粵]baau3 鮑三聲 [倉]FATE
①猛烈炸裂或迸出：爆炸/豆莢熟得都爆了。②出人意料地出現，突然發生：爆冷門/爆出大新聞。③用熱油稍微一炸或用滾水稍微一煮：爆魷魚卷。
【爆發】①火山內部的巖漿突然衝破地殼，向四外迸出：火山爆發。②突然發生發作：爆發戰爭。

爇 [普]ruò [粵]jyut3 乙 [倉]TGIF
點燃，焚燒。

爍(烁) [普]shuò [粵]soek3 削 [倉]FVID
光亮的樣子：閃爍。

爐(炉) [普]lú [粵]lou4 盧 [倉]FYP
取暖、做飯或冶煉用的

設備，種類很多，通常用煤火發熱，也有用煤氣、電力的：火爐/電爐/圍爐取暖。

爔 ⊜xī ⊜hei1 希 ⊜FTGS

同「曦」，見266頁。

爛(烂) ⊜làn ⊜laan6 蘭六聲 ⊜FANW

①物體組織被破壞或水分增加後鬆軟：爛泥/稀粥爛飯/蠶豆煮得很爛。②東西受壞：木材腐爛/桃和葡萄容易爛。③破碎：爛紙/破銅爛鐵。④指頭緒混亂：爛長/爛攤子。⑤程度極深的：喝得爛醉/筆詞背得爛熟。

「爛漫」也作「爛熳」、「爛縵」。①顏色鮮明美麗：春花爛漫。②坦率，毫不做作：天真爛漫。

爨 ⊜cuàn ⊜cyun3 寸 ⊜HBDDF

爐上中作用。

①燒火做飯：分爨/分居異爨(舊時指兄弟分家過日子)。②竈：執爨。

─── 爪部 ───

爪 1 ⊜zhǎo ⊜zaau2 找 ⊜HLO

①動物的趾甲：烏龜趾端生有爪。②鳥獸的腳：鷹爪/張牙舞爪。

[爪牙]比喻壞人的黨羽。

爪 2 ⊜zhuǎ ⊜zaau2 找

義同「爪1」。只用於「爪子」、「爪兒」等詞。

爬 ⊜pá ⊜paa4 爸 ⊜HOAU

①手和腳一起着地走路：小孩子學爬。②蟲類行走。③攀登：爬山/爬樹/猴子爬竿。④由倒臥而站起或坐起(多指起牀)：他貪睡，不肯爬起來。

爭(争) 1 ⊜zhēng ⊜zang1 增 ⊜zaang1 筝 ⊜BSD

①力求獲得或達到：爭奪權力/力爭上游/分秒必爭。②雙方各執己見，不肯相讓：爭執/爭論/爭吵/爭端/意氣之爭。

【爭執】各執己見，不肯相讓：爭執不下。

爭(争) 2 ⊜zhēng ⊜zang1 增

怎麼，如何(多見於詩、詞、曲)：爭知/爭奈。

爰 ⊜yuán ⊜wun4 垣 ⊜jyun4 元 ⊜BMKE

①何處，哪裏：爰其適歸？②於是：爰書其事以告。

舜 ⊜BBNQ 見舛部，496頁。

爵 1 ⊜jué ⊜zoek3 雀 ⊜BWLI

爵位：公爵/封爵。

爵 2 ⊜jué ⊜zoek3 雀

古代的酒器，有三條腿，口沿上有雙小柱。

─── 父部 ───

父 1 ⊜fù ⊜fu2 苦 ⊜CK

①老年男子：田父/漁父。②同「甫2」，見380頁。

父部

父 2 ❶fù ❷fu6 付
　①父親，爸爸：父子／老父。②對家族中男性長輩的稱呼：祖父／舅父。

爸 ❶bà ❷baa1 巴 ❸CKAU
　對父親的稱呼。

斧 ❸CKHML 見斤部，255頁。

爹 ❶diē ❷de1 嗲一聲 ❸CKNIN
　父親：爹娘／爹媽。

釜 ❸CKMGC 見金部，639頁。

爺 (爷) ❶yé ❷je4 耶
　❸CKSJL
　①父親：爺娘。②祖父：爺爺奶奶。③對長輩或年長男子的敬稱：四爺／李爺。④對神明的稱呼：土地爺／財神爺。

爻部

爻 ❶yáo ❷ngaau4 肴 ❸KK
　組成八卦中每一個卦的長短橫道，「—」為陽爻，「- -」為陰爻。

爽 1 ❶shuǎng ❷song2 嗓 ❸KKKK
　①明朗，清亮：神清目爽／秋高氣爽。②痛快，率真：豪爽／直爽／這人很爽快。③舒服，暢快：身體不爽／人逢喜事精神爽。
　【爽性】索性，乾脆：既然晚了，爽性不去吧。

爽 2 ❶shuǎng ❷song2 嗓
　差失，違背：爽約／毫釐不爽。

爾 (尔) ❶ěr ❷ji5 耳 ❸MFBK
　①你，你的：爾輩／爾虞我詐／非爾之過。②如此，這樣：果爾／不過爾爾。③那，這：爾時／爾日。④而已罷了：無他，但手熟爾。⑤形容詞後綴：卓爾／率爾／莞爾而笑。

爿部

爿 1 ❶pán ❷baan6 辦 ❸VLM
　劈開的成片的木柴。

爿 2 ❶pán ❷baan6 辦
　量詞。田地一片叫一爿。商店、工廠等一家叫一爿。

壯 ❸VMG 見士部，130頁。

妝 ❸VMV 見女部，138頁。

牀 (床) ❶chuáng ❷cong4 牆
　❸VMD
　①供人躺在上面睡覺的家具：單人牀／一張牀。②像牀的地面：苗牀／河牀（河身）。③像牀的承載物：琴牀／車牀／刨牀。④量詞。用於被褥等：一牀鋪蓋。

戕 ❸VMI 見戈部，213頁。

狀 ●VMIK 見犬部, 363頁。

牁 ●kē ●go1哥 ●o1柯 ●VMMNR
牂牁, 古代郡名, 在今貴州境內。

牂 ●zāng ●zong1莊 ●VMTQ
母羊。

將 ●VMBDI 見寸部, 158頁。

臧 ●IMSLL 見臣部, 492頁。

牆（墙）●qiáng ●coeng4祥
●VMGOW
①用磚石等砌成承架房頂或隔開內外的
建築物：磚牆／城牆。②器物上像牆或起
間斷作用的部分。

—— 片部 ——

片 1 ●piān ●pin3騙 ●LLML
用於「相片兒」、「畫片兒」、「唱片
兒」、「電影片兒」等詞。

片 2 ●piàn ●pin3騙
①平而薄的物體：明信片／鐵片
兒。②指電影、電視劇等：約片／片酬。③指
較大地區中劃分的較小地區。④切削成
薄片：片肉片／把豆腐乾切一片。⑤少，
零星，不全：片言（幾句話）／片刻（短時
間）／片紙隻字。⑥量詞。用於成片的東
西：一片麵包。⑦量詞。用於地面或水面

等：一片草地／一片汪洋。⑧量詞。用於
景色、聲音、氣象、語言、心意等，數詞限用
「一」：一片歡騰／一片胡言／一片真心／一
片新氣象／一片歡呼聲。
【片面】①單方面，一個方面：片面之詞。
②偏於一面，跟「全面」相對：不要片面
地看問題。

版 ●bǎn ●baan2板 ●LLHE
①上面有文字或圖形供印刷用的
東西。從前多用木版，後多用金屬版，現
多用膠片：排版／製版。②版本：原版／盜
版。③書籍排印一次為一版，一版可包
括多次印刷：初版／再版／第一版。④報
紙的一面叫一版：頭版新聞。⑤築土牆
用的夾板：版築。
【版權】①著作權。②出版單位按照出
版合約對特定作品所享有的出版和銷
售的合法權利。

牌 ●pái ●paai4排 ●LLHHJ
牌右偏旁作甲，八畫。
①張貼文告、廣告、標語等的板狀物：
廣告牌。②用木板或其他材料做的標誌，
上邊多有文字：車牌／門牌。③商標：冒
牌／名牌貨／老牌子。④娛樂或賭博用的
東西：紙牌／撲克牌。⑤詞曲的調子的名
稱：詞牌／曲牌。⑥古代兵士打仗時用來
遮護身體的東西：藤牌／擋箭牌。
【牌價】市場上規定的標準價格。
【牌樓】裝飾或慶賀用的構築物。

牋 ●LLII「箋2-③」的異體字，見
434頁。

牐 粵LLHJX 「閘」的異體字, 見664頁。

牒 粵dié 普dip6碟 倉LLPTD
①文書, 證件: 通牒/度牒。②簿冊, 書籍: 史牒/譜牒。

牖 粵yǒu 普jau5友 倉LLHSB
窗戶。

牘 (牍) 粵dú 普duk6讀
倉LLGWC
①古代寫字用的木片。②文件, 書信: 文牘/案牘/尺牘。

——— 牙 部 ———

牙 1 粵yá 普ngaa4 芽 倉MVDH
①咬切, 咀嚼食物的器官, 通稱牙齒。②像牙齒形狀的東西: 抽屜牙子。③特指象牙: 牙雕/牙筷。

牙 2 粵yá 普ngaa4 芽
舊時介紹買賣從中取得佣金的人: 牙子儈/牙行。

——— 牛 部 ———

牛 1 粵niú 普ngau4 偶四聲 倉HQ
①哺乳動物, 中國產的以黃牛、水牛為主。力氣很大, 供役使、乳用或肉兩用, 皮、毛、骨等都有用處。②比喻固執或驕傲: 牛氣/牛脾氣。③本領大, 實力強: 牛人/這個人太牛了。④二十八星宿之一。

【牛軛】牛拉東西時架在脖子上的器具。

牛 2 粵niú 普ngau4 偶四聲

【牛頓】力的單位, 是為紀念科學家牛頓而定的。簡稱「牛」。

牝 粵pìn 普pan5 貧五聲 倉HQP
雌性的鳥、獸, 跟「牡」相對: 牝牛/牝雞。

牟 1 粵móu 普maau4 謀 倉IHQ
謀取名利: 投機商戶抬高物價, 牟取暴利。

牟 2 粵mù 普muk6目
用於地名: 牟平 (在山東)。

牡 粵mǔ 普maau5 卯 倉HQG
雄性的鳥、獸, 跟「牝」相對: 牡牛。

牠 (它) 粵tā 普taa1他 倉HQPC
人以外動物的代詞: 小狗在睡覺, 快看看牠。

牢 粵láo 普lou4 勞 倉JHQ
①養牲畜的圈: 亡羊補牢 (喻事後補救)。②古代作祭品用的牲畜: 太牢 (牛)/少牢 (羊)。③監禁犯人的地方: 監牢/坐牢。④結實, 堅固, 經久: 牢記/牢不可破。

【牢騷】①煩悶不滿: 發牢騷②説抱怨的話: 牢騷了一整天。

牤 粵mǎng 普mong1 亡一聲
倉HQYV

【牝牛】公牛。

物 ⓔrèn ⓨjan6 刃 ⓐHQSHI
充滿：牣物。

牧 ⓔmù ⓨmuk6 木 ⓐHQOK
牧放：牧羊／牧童／牧場／牧畜。

物 ⓔwù ⓨmat6 勿 ⓐHQPHH
①東西，事物：萬物／貨物／物盡其用／價廉物美。②指自己以外的人或跟自己相對的環境：物議／待人接物。③實質內容：空洞無物／言之有物。

牦 ⓔmáo ⓨmou4 毛 ⓐHQHQU
【牦牛】身體兩旁和四肢外側有長毛，尾毛很長，是中國青藏高原地區的主要力畜。

牲 ⓔshēng ⓨsaang1 沙坑切 ⓐHQHM
①家畜：牲口／牲畜。②古代特指供宴饗祭祀用的牛、羊、豬。

牪 ⓔjiàn ⓨzin3 箭 ⓐOPHQ
①斜着支撐：打牪撥正（房屋傾斜，用柱子支起使正）。②用土石擋水。

牴 ⓐHQHPM「牴①③」的異體字，見222頁。

牯 ⓔgǔ ⓨgu2 古 ⓐHQJR
公牛：黃牯。

牸 ⓔzì ⓨzi6 字 ⓐHQJND
①雌性的牲畜：牸牛。②特指母牛：水牸。

特 1 ⓔtè ⓨdak6 得六聲 ⓐHQGDI
①特殊，不平常的，超出一般的：特色／特效／特產／奇特／特等／特權。②特別：長得特高／能力特強。③特地：特為／特設／我就是為你來看你。④單獨：特立獨行。⑤只，但：不特此也。⑥指特務：匪特。
【特務】經過特殊訓練，從事刺探情報、顛覆、破壞等活動的人，省稱「特」。

特 2 ⓔtè ⓨdak6 得六聲
特克斯，紡織業用於表示纖維線密度的單位，簡稱「特」。

牾 ⓔwǔ ⓨng5 五 ⓐHQMMR
違背，不順從：抵牾／牾意（違背心意）。

牽(牽) ⓔqiān ⓨhin1 軒 ⓐYVBQ
①拉，引領向前：牽引／牽着一隻狗。②連帶，帶累：牽制／受人牽累。③惦記：牽記／魂牽夢縈。
【牽強】把兩件關係不大或沒有關係的事物勉強拉在一起：牽強附會／這話太牽強。

牻 ⓔmáng ⓨmong4 亡 ⓐHQIUH
黑白色雜毛的牛。

犁 ⓔlí ⓨlai4 黎 ⓐHNHQ
①耕地的農具。②用犁耕地：犁田。

觕 [倉]HQNBG「粗」的異體字，見442頁。

犂 [倉]HHHQ「犁」的異體字，見361頁。

犀 [普]xī [粵]sai1 西 [倉]SYYQ
犀牛，哺乳動物，形狀像牛，全身幾乎沒有毛，皮上多皺紋。角生在鼻子上，印度一帶產的只有一隻角，非洲產的有兩隻角。角很堅硬，可以做器物，又可以入藥。
【犀利】武器、言語等鋒利、鋭利：刀鋒犀利／文筆犀利。

犋 [普]jù [粵]geoi6 具 [倉]HQBMC
牽引犁、耙等農具的畜力單位，能拉動一種農具的畜力叫一犋，可以是一頭牲口，有時是兩頭或以上。

犄 [普]jī [粵]gei1 基 [倉]HQKMR
【犄角】(jījiǎo) ① 物體兩個邊沿相接的地方：桌子犄角兒。② 角落：牆犄角兒。
【犄角】(jī·jiao) 獸角：牛犄角。

犍¹ [普]jiān [粵]gin1 堅 [倉]HQNKQ
公牛，特指去掉生殖器官的公牛。

犍² [普]qián [粵]kin4 虔
犍為，地名，在四川。

犏 [普]piān [粵]pin1 篇 [倉]HQHSB
【犏牛】母牦牛和公黃牛雜交生的牛。

犖(荦) [普]luò [粵]lok6 落 [倉]FFBHQ
明顯：卓犖。
【犖犖】指事理明顯，分明：犖犖大端。

犒 [普]kào [粵]hou3 耗 [倉]HQYRB
指用酒食或財物慰勞：犒勞／犒賞。

犛 [普]lí [粵]lei4 梨 [倉]JKMHQ
【犛牛】同【牦牛】，見361頁。

犟 [普]jiàng [粵]goeng6 姜六聲 [倉]NIHQ
固執，不服勸導：犟嘴／脾氣犟。

犢(犊) [普]dú [粵]duk6 讀 [倉]HQGWC
牛犢，小牛：初生之犢不畏虎。

犧(牺) [普]xī [粵]hei1 希 [倉]HQTGS
古代稱做祭品用的毛色純一的牲畜。
【犧牲】① 古代為祭祀而宰殺的牲畜。② 比喻為了正義目的捨去自己的生命：為國犧牲。③ 放棄或損害一方的利益：犧牲休息時間去做義工。

犬部

犬 [普]quǎn [粵]hyun2 圈二聲 [倉]IK
獨體作犬，左偏旁作犭。
狗：警犬／喪家之犬／雞鳴犬吠。
【犬齒】指人的門牙兩旁的牙，上下各有兩枚。

犯 普fàn 粵faan6 飯 倉KHSU
①抵觸，違反：犯法/犯規/犯忌諱。②侵犯：侵犯/進犯/井水不犯河水。③犯罪的人：戰犯/要犯/政治犯。④觸發，發作（多指錯誤的或壞的事情）：犯病/犯愁。

犰 普qiú 粵kau4 求 倉KHKN
【犰狳】一種哺乳動物，頭尾及胸部都有鱗片，腹部有毛，晝伏夜出，吃昆蟲、鳥卵等。

犴 普àn 粵ngon6 岸 倉KHMJ
見【狴犴】，367頁。

狂 普kuáng 粵kwong4 礦四聲 倉KHMG
①瘋癲，精神失常：瘋狂/癲狂/發狂/喪心病狂。②猛烈的，聲勢大的：狂瀾（大浪頭）/狂飆（急驟的大風）/狂風暴雨。③率性地做，不用理智克服感情：狂舞/狂歡/狂放不拘。④極端自高自大：狂妄/狂傲。

狁 普yǔn 粵wan5 允 倉KHIHU
見【獫狁】，367頁。

狃(狃) 普niǔ 粵nau2 紐 倉KHNG
因襲，拘泥：狃於習俗/狃於成見。

狄 普dí 粵dik6 敵 倉KHF
中國古代對北部民族的統稱。

狀(状) 普zhuàng 粵zong6 撞 倉VMIK
①形態，樣子：狀態/形狀/奇形怪狀。②情形，情況：病狀/生活狀況。③陳述或描摹：不可名狀。④敘述事件的文字：行狀（死者傳略）/供狀。⑤指訴狀：狀紙/告狀。⑥特種格式的憑證：獎狀。

狐 普hú 粵wu4 胡 倉KHHVO
野獸名，外形略像狼，性狡猾多疑，遇有敵人時會從肛門放出臭氣，乘機逃跑。皮可做衣服。通稱狐狸。
【狐疑】多疑，疑惑。

狉 普pī 粵pei1 丕 倉KHMFM
【狉狉】野獸蠢動貌：鹿豕狉狉。
【狉獉】形容草木叢雜，野獸出沒。

狎 普xiá 粵haap6 匣 倉KHWL
親近而態度不莊重：狎昵。

狒 普fèi 粵fai3 肺三聲 倉KHLLN
【狒狒】猿一類的動物，面形似狗，頰青色，體毛褐色，多生活在非洲。

狗 普gǒu 粵gau2 久 倉KHPR
也叫「犬」。一種家畜，聽覺、嗅覺都很敏銳，善於看守門戶，有的品種可訓練成警犬、獵犬等。
【狗腿子】比喻幫助作惡的人。

狍 曾páo 粵paau4 刨 倉KHPRU

鹿一類的動物，眼耳都大，毛夏季栗紅色，冬季棕褐色，雄的有分枝狀的角。

狖 曾yòu 粵jau6 又 倉KHJC

古書上說的一種猴子。

狙 曾jū 粵zeoi1 追 倉KHBM

①古書裏指一種猴子。②窺伺：狙擊。

猒 WIK 見田部，382頁。

狡 曾jiǎo 粵gaau2 絞 倉KHYCK

詭計多端，詭詐：狡猾／狡詐。

狠 曾hěn 粵han2 很 倉KHAV

①兇惡，殘忍：心狠／狠毒。②勉強地抑制住感情：狠着心把淚止住。③用盡全力，拼命：狠抓業務。④嚴厲地：狠狠地打擊罪犯。

狩 曾shòu 粵sau3 瘦 倉KHJDI

打獵。古代指冬天打獵。

狴 曾bì 粵bai6 幣 倉KHPPG

【狴犴】①傳說中的獸名。古代牢獄門上繪其形狀。②借指牢獄。

狷 曾juàn 粵gyun3 卷 倉KHRB

①性情急躁：急狷。②耿直，不同

流合污：狷介之士。

狾 曾zhì 粵zai3 制 倉KHQHL

狗發狂。

狹（狭） 曾xiá 粵haap6 匣 倉KHKOO

窄，不寬闊，跟「廣」相對：狹隘／狹路相逢（指仇敵相遇）／地方太狹窄。

猌 曾yín 粵ngan4 銀 倉KHYMR

【猌猌】象聲詞。狗叫的聲音。

狻 曾suān 粵syun1 酸 倉KHICE

【狻猊】傳說中的一種猛獸。

狼 曾láng 粵long4 郎 倉KHIAV

一種野獸，形狀很像狗，毛黃色或灰褐色尾巴下垂。生情兇暴，晝伏夜出，能傷害人畜。

【狼狽】倒楣或受窘的樣子：狼狽不堪。

【狼藉】也作「狼籍」。雜亂，亂七八糟：杯盤狼藉／聲名狼藉。

【狼煙】古代報警的烽火，據說用狼糞燃燒，借指戰亂：狼煙四起。

【狼心狗肺】比喻心腸狠毒或忘恩負義。

狽（狈） 曾bèi 粵bui3 貝 倉KHBUC

傳說中的一種獸，前腿短，走路時要趴在狼身上：狼狽為奸。

猁 普lì 粵lei6 利 倉KHHDN
見【猞猁】，365頁。

貍 倉KHWG「貍」的簡體字，見585頁。

猚 倉KHNGU 見山部，167頁。

猞 普yú 粵jyu4 余 倉KHOMD
見【犰猞】，363頁。

猞 普shē 粵se3 赦 倉KHOMR
【猞猁】野獸名，外形像貓，毛棕黃色，能爬樹。皮毛很珍貴。

猊 普ní 粵ngai4 危 倉KHHXU
見【狻猊】，364頁。

猜 普cāi 粵caai1 釵 倉KHQMB
①推測，推想：猜謎／你猜他來不來？②疑心：猜忌／猜疑／兩相無猜。

猖 普chāng 粵coeng1 昌
倉KHAA
兇猛，狂妄：猖獗。
【猖獗】①兇猛而放肆：猖獗一時。②傾覆，跌倒。
【猖狂】狂妄而放肆。

猗 普yī 粵ji1 伊 倉KHKMR
①助詞。相當於「啊」：河水清且漣猗。②歎詞。表示讚美：猗歟休哉。

猁 倉KHHBN「猁」的異體字，見364頁。

猙（猙） 普zhēng 粵zang1 增
㠯zaang1 爭 倉KHBSD
【猙獰】形容樣子兇惡：面目猙獰。

猛 普měng 粵maang5 蜢 倉KHNDT
①氣勢壯，力量大：猛將／勇猛／火力猛／突飛猛進。②忽然，突然：猛然驚醒。③集中力氣使出來：猛力。
【猛獁】一種古脊椎動物，像現代的象，全身有長毛，已絕種。

猇（猇） 普xiāo 粵haau1 敲
倉KHYPU
①同「虓」，見533頁。②猇亭，地名，在湖北。

猄 普jīng 粵geng1 鏡一聲 倉KHYRF
黃猄，小型的麍類。

猝 普cù 粵cyut3 撮 倉KHYOJ
忽然，出乎意料：猝死／猝生變化／猝不及防。

猶（犹） 普yóu 粵jau4 尤
倉KHTCW
①如同：雖死猶生／過猶不及。②還：記憶猶新／話猶未了／困獸猶鬥。
【猶豫】遲疑不決。

猥 普wěi 粵wai2 委 倉KHWMV
①雜，多：猥雜。②鄙陋，下流：猥瑣。

【猥褻】①淫穢的(言行):言辭猥褻/猥褻行為。②做下流的動作:猥褻婦女。

猢 普hú 粵wu4 胡 倉KHJRB

【猢猻】獼猴的一種,產在中國北部的山林中,能耐寒。也泛指猴子。

猩 普xīng 粵sing1 升 倉KHAHM
猩猩,猿類,形狀像人,毛赤褐色,面部青黑色,前肢長,無尾。吃野果。產於蘇門答臘等地。

猹 普chá 粵zaa1 渣 倉KHDAM
獾類野獸,喜歡吃瓜。

猱 普náo 粵naau4 撓 倉KHNHD
古書上説的一種猴。

猴 普hóu 粵hau4 侯 倉KHONK
哺乳動物,形狀像人,種類很多。

猷 普yóu 粵jau4 尤 倉TWIK
計謀,打算:鴻猷。

猰 普yà 粵aat3 壓 倉KHQHK
猰貐,傳説中一種吃人的猛獸。

猸 普méi 粵mei4 眉 倉KHAHU
猸子,即「鼬獾」。哺乳動物,像貓而小,毛棕灰色,生活在樹林中或石間。

猬 普wèi 粵wai6 謂 倉KHWB
刺猬,哺乳動物,身上長着硬刺,嘴很尖,捕食昆蟲和小動物。

猨 倉KHBME「猿」的異體字,見366頁。

㺅 倉UTIK「呆①-②」的異體字,見82頁。

猻(狲) 普sūn 粵syun1 孫 倉KHNDF
見【猢猻】,366頁。

蓁 普zhēn 粵zeon1 樽 倉KHQKD
見【狉獉】,363頁。

猿 普yuán 粵jyun4 元 倉KHGRV
猴一類的動物,頰下沒有囊,沒有尾巴,種類包括猩猩、長臂猿等。

獁(犸) 普mǎ 粵maa5 馬 倉KHSQF
見【猛獁】,365頁。

獅(狮) 普shī 粵si1 師 倉KHHRB
獅子,一種兇猛的野獸,毛黃褐色,雄的脖子上有長鬣,捕食其他動物。多產於非洲及亞洲西部。

猾(猾) 普huá 粵waat6 滑 倉KHBBB
狡猾,奸詐。

獄(狱) 普yù 粵juk6 育 倉KHYRK

①監禁罪犯的地方：監獄／牢獄。②舊時指官司，罪案：冤獄／文字獄。

獐

⓿zhāng ⓿zoeng1 章
⓿KHYTJ

哺乳動物，像鹿而比鹿小，頭上無角，雄性有長牙露出嘴外。

獍

⓿jìng ⓿ging3 敬 ⓿KHYTU

古書上說的一種像虎豹的獸，生下來就吃生牠的母獸。

獎(奖)

⓿jiǎng ⓿zoeng2 掌
⓿VIIK

①獎賞，誇獎：褒獎／有功者獎。②為了鼓勵或表揚給予的榮譽或財物等：得獎／發獎／一等獎。

獒(獒)

⓿áo ⓿ngou4 熬
⓿GKIK

一種兇猛的狗，比平常的狗大，善鬥，能幫助人打獵。

獗

⓿jué ⓿kyut3 厥 ⓿KHMTO

見【猖獗】，365頁。

獠

⓿liáo ⓿liu4 聊 ⓿KHKCF

獠牙：露在嘴外面的長牙：青面獠牙。

獬(獬)

⓿xiè ⓿haai5 蟹
⓿KHNBQ

獬豸：傳說中的異獸，能辨別是非曲直。

獨(独)

⓿dú ⓿duk6 讀
⓿KHWLI

①一個：獨子／獨坐／獨幕劇／無獨有偶。②自己一個人：獨攬／獨斷專行。③年老而無子的人：鰥寡孤獨。④唯獨：獨她反對。⑤特別，與眾不同：匠心獨運。

獪(狯)

⓿kuài ⓿kui2 劊
⓿KHOMA

狡獪：狡獪。

獫(猃)

⓿xiǎn ⓿him2 險
⓿KHOMO

長嘴的狗。

【獫狁】中國古代北方的民族。也作「玁狁」。

獮(狝)

⓿xiǎn ⓿sin2 冼
⓿KHMFB

古代指秋天打獵。

獰(狞)

⓿níng ⓿ning4 寧
⓿KHJPN

面目兇惡：獰惡／獰笑。

獲(获)

⓿huò ⓿wok6 穫
⓿KHTOE

①捉住，擒住：捕獲／俘獲。②得到：獲勝／獲獎／不勞而獲。

獴

⓿měng ⓿mung4 蒙
⓿KHTBO

哺乳動物的一類，身體長，腳短，嘴尖，耳朵小。捕食蛇、蛙、蟹等。

獸(兽) 普shòu 粵sau3瘦 倉RRIK
①指有四條腿、全體生毛的哺乳動物：野獸/禽獸。②用於比喻，形容野蠻、下流：獸行。

獵(猎) 普liè 粵lip6躐 倉KHVVV
①打獵，捕捉禽獸：狩獵/漁獵/獵人/獵狗。②搜尋，物色：獵奇。

獷(犷) 普guǎng 粵gwong2廣 倉KHITC
粗野：粗獷/獷悍。

獺(獭) 普tǎ 粵caat3察 倉KHDLC
水獺、旱獺、海獺的統稱，通常指水獺。

獻(献) 普xiàn 粵hin3憲 倉YBIK
①恭敬地送：獻花/獻旗/獻禮/貢獻。②表現出來：獻技/獻殷勤。

獼(猕) 普mí 粵mei4眉 粵nei4尼 倉KHNMB
獼猴，上身灰褐色，腰以下橙黃色，面部微紅色，尾短，四肢都像人手。

獾 倉KHTRG「貛」的異體字，見585頁。

玀(猡) 普luó 粵lo4羅 倉KHWLG

豬玀，即豬。

玁(猃) 普xiǎn 粵him2險 倉KHRRK
【玁狁】見【獫狁】，367頁。

------- 玄部 -------

玄 普xuán 粵jyun4元 倉YVI
①黑色：玄狐/玄青(深黑色)。②深奧不容易理解的：玄理/玄妙。③虛偽不真實，不可靠：那話太玄了，不能信。
【玄虛】①不真實。②狡猾的手段：故弄玄虛。

玅 倉YIFH「妙」的異體字，見138頁

率¹ 普lǜ 粵leot6律 倉YIOJ
指相關數量間的關係、比值：速率/稅率/出勤率。

率² 普shuài 粵seot1恤
①帶領，統領：率領/率隊/率師②順着，由着：率性而為。

率³ 普shuài 粵seot1恤
①不細想，不慎重：輕率/草率。②直爽坦白：直率/坦率。③大概，大略：率皆如此。

------- 玉部 -------

王¹ 普wáng 粵wong4黃 倉MG
①帝王，君主：國王/女王。②古代指最高的爵位：王爵/親王。③首領

頭目:佔山為王/擒賊先擒王。④一族或一類中居首位或特別大的:獸王/蜂王/花中之王。⑤輩分高:王父(祖父)/王母(祖母)。⑥最強的:王牌。⑦姓。

王 2 🔊wàng 🔊wong6 旺
古代稱君主有天下:王天下。

玉 🔊yù 🔊juk6 欲 🔊MGI
獨體作玉,左偏旁作王。
①石頭的一種,質細而堅硬,光澤溫潤,略透明,可雕琢成瓔環等裝飾品。②用於比喻,形容潔白、美麗:亭亭玉立。③敬辭:玉言/玉體/敬候玉音。

玎 🔊dīng 🔊ding1 丁 🔊MGMN
【玎玲】象聲詞。多指玉石撞擊的聲音。

玖 1 🔊jiǔ 🔊gau2久 🔊MGNO
像玉的淺黑色石頭。

玖 2 🔊jiǔ 🔊gau2久
數目字「九」的大寫。

玕 🔊gān 🔊gon1 干 🔊MGMJ
見【琅玕】,371頁。

玦 🔊jué 🔊kyut3 決 🔊MGDK
環形有缺口的佩玉。

玩 1 🔊wán 🔊waan4 還 🔊waan2 還二聲 🔊MGMMU
①玩耍:在公園裏玩/玩得好起勁。②做某種活動:玩皮球/玩電腦。③使用不正當的方法、手段等:玩花招。

玩 2 🔊wán 🔊wun6 換
①用不嚴肅的態度對待,輕視,戲弄:玩弄/玩世不恭。②觀賞:玩味/遊玩。③可供觀賞、把玩的古董和藝術品:古玩。

玥 🔊yuè 🔊jyut6 月 🔊MGB
古代傳說中的一種神珠。

珋 🔊yá 🔊je4 耶 🔊MGMVH
見【琅玡】,371頁。

玫 🔊méi 🔊mui4 梅 🔊MGOK
【玫瑰】(méi·gui)落葉灌木,枝上有刺。花有多種顏色,香味很濃,可以做香料。

玠 🔊jiè 🔊gaai3 介 🔊MGOLL
大型的圭(古代帝皇、諸侯舉行儀式時所用的玉器)。

玷 🔊diàn 🔊dim3 店 🔊MGYR
①白玉上面的斑點。②使有污點:玷污/玷辱。
【玷污】弄髒,使有污點。多用於比喻:玷污名聲。

珏 🔊jué 🔊gok3 角 🔊MGMGI
合在一起的兩塊玉。

玲 🔊líng 🔊ling4 伶 🔊MGOII
【玲玲】形容玉撞擊的聲音:玲瓏盈耳。
【玲瓏】① 器物細緻精巧:小巧玲瓏。②形容人靈活敏捷:八面玲瓏。

玳 @dài @doi6 代 @MGOIP

【玳瑁】一種爬行動物，跟龜相似。甲殼黃褐色，有黑斑，很光滑，可做裝飾品。

玻 @bō @bo1 波 @MGDHE

【玻璃】(bō·li) ①一種質地硬而脆的透明物體，是用石英砂、石灰石、純鹼等混合，經高溫熔製、冷卻後製成的。②透明像玻璃的質料：玻璃絲。

珂 @kē @o1 柯 @MGMNR

① 像玉的石頭。② 馬籠頭上的裝飾。

【珂羅版】印刷上用的一種照相版，要把複製的字、畫的底片，曬製在塗過感光膠層的玻璃片上而成。

坤 @shēn @san1 申 @MGLWL

一種玉。

珀 @pò @paak3 拍 @MGHA

見【琥珀】，372頁。

珉 @mín @man4 民 @MGRUP

像玉的石頭。

珊 (珊) @shān @saan1 山 @MGBT

【珊瑚】珊瑚蟲所分泌的石灰質的東西，形狀像樹枝、塊狀等，通常是紅、白、黑色，可以做裝飾品。

珍 @MGNF「珍」的異體字，見370頁。

珍 @zhēn @zan1 真 @MGOHH

①寶貴的東西：奇珍異寶／山珍海味。②寶貴的，寶貴的：珍品／珍禽異獸③重視，看重：珍惜／珍視／世人珍之。

珐 @fà @faat3 法 @MGGI

【珐琅】①用某些礦物原料製成的塗料塗在金屬器皿的表面，一般的證章、獎章等多為珐琅製品。②指覆蓋有珐琅的製品。

珈 @jiā @gaa1 加 @MGKSR

古代的婦女首飾。

珠 @zhū @zyu1 朱 @MGHJD

①珍珠：夜明珠。②小的球形的東西：眼珠／水珠。

【珠算】用算盤運算的方法。

珥 @ěr @nei6 餌 @ji6 二 @MGSJ

用珠子或玉石做的耳環。

珞 @luò @lok3 洛 @MGHER

見【瓔珞】，376頁。

珩 @héng @hang4 恆 @MGHON

古代佩飾上面的橫玉。

珧 @yáo @jiu4 搖 @MGLMO

①江珧，一種生活在沿海的軟體動物，殼三角形，閉殼肌乾燥後叫江珧

柱，可以吃。② 古代指蚌、蛤的甲殼，用作武器上的裝飾物。

珙 🔊gǒng 🔊gung2鞏 🔊MGTC
一種玉。

班 🔊bān 🔊baan1頒 🔊MGILG
① 工作或學習的組織：進修班／把新生分為三班。② 一天之內規定的工作或執勤時間：下班／值班／日夜三班。③ 軍隊編制中的基層單位，在「排」以下。④ 舊時指戲班。⑤ 量詞。用於人羣：這班年輕人真有力氣。⑥ 量詞。用於定時開行的交通運輸工具：我搭下一班列車。⑦ 調回或調動軍隊：班師回朝。

珣 🔊xún 🔊seon1荀 🔊MGPA
玉名。

珮 🔊pèi 🔊pui3配 🔊MGHNB
古代衣帶上佩戴的玉飾：玉珮。

珪 🔊guī 🔊gwai1歸 🔊MGGG
① 同「圭①」，見115頁。② 姓。

球 🔊qiú 🔊kau4求 🔊MGIJE
① 圓形的立體物：球體／球心。② 球形或接近球形的物體：棉球／煤球。③ 指某些體育用品：足球／籃球／羽毛球。④ 指球類運動：球迷／球技。⑤ 特指地球，也泛指星體：全球／星球／月球／北半球。

現 (现) 🔊xiàn 🔊jin6硯 🔊MGBUU

① 顯露，使人可以看見：出現／現出原形。② 現在，目前：現況／現行。③ 臨時，當時：現做現賣。④ 實有的，當時就有的：現金／現錢買現貨。⑤ 現款：兌現。
【現象】事物發展、變化的表面狀態。

琅 🔊láng 🔊long4狼 🔊MGIAV
① 一種玉石。② 潔白。
【琅玕】像珠子的美石。
【琅玡】① 山名，在安徽。② 山名，又地名，都在山東。
【琅嬛】也作「嫏嬛」。神話中天帝藏書處，借指仙境。

理 🔊lǐ 🔊lei5里 🔊MGWG
① 物質組織的條紋：肌理／木理。② 道理，事物的規律：講理／合理／理當如此。③ 自然科學，特指物理科：理科／理學院。④ 管事，辦事：處理／理財／當家理事。⑤ 整理，使整齊：理髮／把書理一理。⑥ 對別人的言語行動表示態度、意見，多用於否定句：沒理睬／置之不理。
【理會】① 懂得，領會。② 注意，多用於否定句：這兩天只顧開會，也沒理會這件事。③ 理睬，過問，多用於否定句：他從不理會別人的是非。

琇 🔊xiù 🔊sau3秀 🔊MGHDS
像玉的石頭。

珺 🔊jùn 🔊kwan2菌 🔊gwan6郡
🔊MGSKR
一種美玉。

琉 　@liú @lau4 流　@MGYIU
【琉璃】(liú‧li) 一種用礦物原料燒製成的半透明釉料。

珽 　@tǐng @ting5 挺　@MGNKG
玉笏。

琊 　@yá @je4 耶　@MGMHL
①用於地名：琊川 (在貴洲)。②同「玡」，見369頁。

琛 　@chēn @sam1 心　@MGBCD
珍寶。

瑑 　@MGII「盞①」的異體字，見397頁。

琚 　@jū @geoi1 居　@MGSJR
古人佩帶的一種玉。

琢¹ 　@zhuó @doek3 啄
　　@MGMSO
雕刻玉石，使成器物：精雕細琢。
【琢磨】(zhuómó) ① 雕刻和打磨玉石。② 比喻加工使文章精美。

琢² 　@zuó @doek3 啄
【琢磨】(zuó‧mo) 思索，考慮：我琢磨琢磨他這話的意思。

琤(琤) 　@chēng @zaang1 爭
　　@zang1 增　@MGBSD
象聲詞。玉石撞擊聲、琴聲或流水聲。

琱 　@MGBGR「雕」的異體字，見676頁。

琥(琥) 　@hǔ @fu2虎　@MGYPU
【琥珀】淡黃、褐色或紅褐色透明體，是古代松柏樹脂落入地下所成的化石。可做漆料及裝飾品，亦可入藥。

琦 　@qí @kei4 奇　@MGKMR
①美玉。②不凡的，美好的。

琨 　@kūn @kwan1 昆　@MGAPP
一種美玉。

琪 　@qí @kei4 其　@MGTMC
一種美玉。

琬 　@wǎn @jyun2 婉　@MGJNU
美玉。

琮 　@cóng @cung4 叢　@MGJMF
古時一種玉器，方柱形，中有圓孔。

琯 　@guǎn @gun2 管　@MGJRR
古代樂器，用玉製成，有六孔。

琳 　@lín @lam4 林　@MGDD
美玉。
【琳琅】美玉，比喻珍貴優美的東西：琳琅滿目。

琴 　@qín @kam4 禽　@MGOIN
①古琴，一種弦樂器，用梧桐等木

料做成，有五根弦，後來增加為七根。②某些樂器的統稱，如風琴、鋼琴、胡琴、口琴等。

【琴瑟】琴和瑟兩種樂器一起合奏，聲音和諧。比喻融洽的感情(多用於夫婦)。

琰 🔊yǎn 🔊jim5 染 📱MGFF
一種玉。

琵 🔊pí 🔊pei4 皮 📱MGPP

【琵琶】弦樂器，用木做成，下部呈瓜子形，上有長柄，有四根弦。是民間流行的樂器。

琶 🔊pá 🔊paa4 爬 📱MGAU
見【琵琶】，373頁。

琲 🔊bèi 🔊pui3 配 🔊bei3 祕
📱MGLMY
成串的珠子。

捧 🔊běng 🔊bung2本孔切
📱MGQKQ
刀鞘上端的飾物。

琺 📱MGEGI「琺」的異體字，見370頁。

琹 📱MGD「琴」的異體字，見372頁。

斑 📱MGYKG 見文部，254頁。

瑋(玮) 🔊wěi 🔊wai5 偉
📱MGDMQ
①玉名。②珍奇，貴重：瑋奇/明珠瑋寶。

瑕 🔊xiá 🔊haa4 霞 📱MGRYE
玉上面的斑點，比喻缺點：瑕疵/瑕瑜互見/純潔無瑕。

瑜 🔊yú 🔊jyu4 俞 📱MGOMN
①美玉。②玉石的光彩，比喻優點：瑜不掩瑕。

瑛 🔊yīng 🔊jing1 英 📱MGTLK
①美玉。②玉的光彩。

瑚 🔊hú 🔊wu4 胡 📱MGJRB
見【珊瑚】，370頁。

瑀 🔊yǔ 🔊jyu5 雨 📱MGHLB
像玉的石頭。

瑊 🔊jiān 🔊zam1 針 📱MGIHR
【瑊功】像玉的美石。

瑋(珲) 1 🔊huī 🔊fai1 輝
📱MGBJJ
璦瑋，地名，在黑龍江。今作「愛輝」。

瑋(珲) 2 🔊hún 🔊wan4 雲
瑋春，地名，在吉林。

瑞 🔊ruì 🔊seoi6 睡
📱MGUMB
吉祥，好預兆：祥瑞/瑞雪。

瑄 ⓟxuān ⓒsyun1 宣 ⓒMGJMM
古代祭天用的璧。

瑯 ⓒMGIIL「琅」的異體字, 見371
頁。

瑟 ⓟsè ⓒsat1 失 ⓒMGPH
古代弦樂器, 一種有二十五根弦,
另一種有十六根弦。

瑗 ⓟyuàn ⓒjyun6 願 ⓒMGBME
大孔的璧。

瑒(玚) 1 ⓟchàng ⓒcoeng3
唱 ⓒMGAMH
古時祭祀用的一種圭。

瑒(玚) 2 ⓟyáng ⓒjoeng4 揚
古代的一種玉。

瑙 ⓟnǎo ⓒnou5 腦 ⓒMGVVW
見【瑪瑙】, 374頁。

瑃 ⓒMGQMY「玗」的異體字, 見
370頁。

瑁 ⓟmào ⓒmou6 冒 ⓒMGABU
瑁右上作曰, 不是日。
見【玳瑁】, 370頁。

項 ⓒMGMBC 見頁部, 687頁。

瑣(琐) ⓟsuǒ ⓒso2 所
ⓒMGFBC

①細小, 零碎:瑣碎/瑣事/煩瑣。② 卑微。

瑤(瑶) 1 ⓟyáo ⓒjiu4 姚
ⓒMGBOU
①美玉:瓊瑤。②比喻美好、珍貴:瑤漿。

瑤(瑶) 2 ⓟyáo ⓒjiu4 姚
指瑤族:瑤語。

瑩(莹) ⓟyíng ⓒjing4 營
ⓒFFBMG
①光潔像玉石的石頭。②光潔, 透明:晶
瑩。

瑰 1 ⓟguī ⓒgwai1 歸 ⓒMGHI
① 一種像玉的石頭。② 奇特, 珍
奇:瑰麗/瑰異。

瑰 2 ⓟguī ⓒgwai3 季
見【玫瑰】, 369頁。

瑪(玛) ⓟmǎ ⓒmaa5 馬
ⓒMGSQF
【瑪瑙】礦物名, 主要成分是二氧化硅
顏色美麗, 質硬耐磨, 可做軸承、磨具、裝
飾品等。

瑲(玱) ⓟqiāng ⓒcoeng1 昌
ⓒMGOIR
象聲詞。玉器相撞擊的聲音。

瑱 1 ⓟtiàn ⓒtin3 天三聲 ⓒMGJBC
古代用來堵耳的玉石飾物, 掛在
冠冕兩邊。

瑱 2 ⓟzhèn ⓒzan3 鎮
古時帝王上朝時手執的圭。

瑭 ⓟtáng ⓒtong4 唐 ⓒMGILR
一種玉。

瑢 ⓟróng ⓒjung4 容 ⓒMGJCR
見【瑽瑢】，375頁。

瑾 ⓟjǐn ⓒgan2 謹 ⓩgan6 近
ⓒMGTLM
美玉。

璆 ⓟqiú ⓒkau4 球 ⓒMGSMH
美玉。

璃 ⓟlí ⓒlei4 離 ⓒMGYUB
①見【玻璃】，370頁。②見【琉璃】，
372頁。

璉（琏） ⓟliǎn ⓒlin5 輦
ⓒMGYJJ
古代盛黍稷的器皿。

璇 ⓟxuán ⓒsyun4 旋
ⓒMGYSO
美玉。
【璇璣】①古代天文儀器。②古稱北斗
星的第一至第四星。

璀 ⓟcuǐ ⓒceoi2 娶 ⓩceoi1 崔
ⓒMGUOG
【璀璨】珠玉等色彩鮮明：璀璨奪目。

璋 ⓟzhāng ⓒzoeng1 章
ⓒMGYTJ
一種玉器，形狀像半個圭。

瑽（玱） ⓟcōng ⓒcung1 匆
ⓒMGHOO
【瑽瑢】象聲詞。形容佩玉相撞的聲音。

璜（璜） ⓟhuáng ⓒwong4 黃
ⓒMGTMC
半璧形的玉。

璞 ⓟpú ⓒpok3 撲 ⓒMGTCO
含玉的石頭，沒有雕琢過的玉石：
璞玉渾金（喻品質好）。

璠 ⓟfán ⓒfaan4 煩 ⓒMGHDW
美玉。

璣（玑） ⓟjī ⓒgei1 機 ⓒMGVII
①不圓的珠子：珠璣。
②古代測天文的儀器。

璟 ⓟjǐng ⓒging2 景 ⓒMGAYF
玉的光彩。

璘 ⓟlín ⓒleon4 倫 ⓒMGFDQ
玉的光彩。

璡（琎） ⓟjìn ⓒzeon3 進
ⓒMGYOG
多用於人名。

璐 ⓟlù ⓒlou6 路 ⓒMGRMR
美玉。

璪 ⓟzǎo ⓒzou2 組 ⓒMGRRD
古代王冠前下垂的裝飾，是用彩
色絲線穿起來的成串玉石。

璩 　⊜qú　⊜keoi4 渠
　⊜MGYPO
玉環。

瑗（瑗） 　⊜ài　⊜oi3 愛
　⊜MGBBE
瑗琿，地名，在黑龍江。今作「愛輝」。

璨 　⊜càn　⊜caan3 燦
　⊜MGYED
①美玉。②同「粲」，見 443 頁。

璫（珰） 　⊜dāng　⊜dong1 當
　⊜MGFBW
①婦女戴在耳垂上的裝飾品。②漢代宦官帽子上的裝飾品。

環（环） 　⊜huán　⊜waan4 還
　⊜MGWLV
①圓圈形的東西：連環/鐵環/花環。②射擊、射箭比賽中環靶的環數。③指相互關聯的許多事物中的一個：環節/實驗的重要一環。④圍繞：環視/環城馬路。
【環境】①周圍的地方：優美的環境。②周圍的情況和條件：工作環境。

璧 　⊜bì　⊜bik1 壁
　⊜SJMGI
圓形而扁平、中間有孔的玉。
【璧還】比喻把原物歸還：謹將原物璧還。

璵 　⊜yú　⊜jyu4 如　⊜MGHXC
美玉。

璿 　⊜MGYBU「璇」的異體字，見 375 頁。

璽（玺） 　⊜xǐ　⊜saai2 徙
　⊜MBMGI
帝王的印：玉璽。

璺 　⊜wèn　⊜man6 問　⊜HBMGI
器物上的裂痕：這個碗有一道墨/打破砂鍋璺到底（與「問」諧音）。

瓊（琼） 　⊜qióng　⊜king4 擎
　⊜MGNBE
①美玉，泛指精美的東西：瓊漿（美酒）/瓊樓玉宇。②海南的別稱。

瓈 　⊜MGHHE「璃」的異體字，見 375 頁。

瓌 　⊜MGYWV「瑰1」的異體字，見 374 頁。

瓏（珑） 　⊜lóng　⊜lung4 龍
　⊜MGYBP
見【玲瓏】，369 頁。

瓔（璎） 　⊜yīng　⊜jing1 嬰
　⊜MGBCV
像玉的石頭。
【瓔珞】古代一種用珠玉穿成串、戴在頸項上的裝飾品。

瓖 　⊜xiāng　⊜soeng1 雙　⊜MGYRV
同「鑲」，見 661 頁。

瓘

●guàn ●gun3 灌 ●MGTRG
古書上指一種玉。

瓚(瓉)

●zàn ●zaan3 贊
●MGHUC
古代祭祀時用的一種玉器。

―――― 瓜部 ――――

瓜

●guā ●gwaa1 呱 ●HVIO
①蔓生植物，葉掌狀，花大半是黃色，果實可吃，種類很多，有西瓜、南瓜、冬瓜、黃瓜等。②這種植物的果實。
【瓜分】像切西瓜一樣地分割或分配：瓜分領土。
【瓜葛】比喻輾轉相連的社會關係，泛指事情互相牽連的關係。

瓞

●dié ●dit6 秩 ●HOHQO
小瓜：綿綿瓜瓞（比喻子孫昌盛）。

瓠

●hù ●wu6 戶 ●KSHVO
瓠瓜，一年生草本植物，爬蔓，夏天開白花，果實長圓形，嫩時可以吃。

瓢

●piáo ●piu4 嫖 ●MFHVO
用來舀水或取東西的用具，多用匏瓜或木頭製成。

瓣

●bàn ●baan6 辦 ②faan6 範
●YJHOJ
①花瓣，組成花冠的各片：梅花五瓣。②植物的種子、果實或球莖可以分開的片狀物：豆瓣兒／蒜瓣兒／橘子瓣兒。③瓣膜的簡稱。④量詞。物體自然地分成或破碎後分成的部分：四角八瓣兒。⑤量詞。用於花瓣、葉片或種子、果實、球莖分開的小塊兒：一瓣橘子／西瓜切成四瓣。

瓤

●ráng ●nong4 囊 ●YVHVO
①瓜果等內部包着種子的肉、瓣兒：西瓜瓤兒／橘子瓤兒。②泛指皮或殼裏包着的東西：秫秸瓤兒／信瓤兒。

―――― 瓦部 ――――

瓦

●wǎ ●ngaa5 雅 ●MVNI
①用黏土坯燒成的覆蓋房屋的建築材料：瓦房。②用黏土燒成的：瓦盆／瓦器。
【瓦解】①像瓦器碎裂般崩潰或分裂：土崩瓦解。②使對方的力量崩潰或分裂：瓦解敵人。

瓦²

●wǎ ●ngaa5 雅
電的功率單位，瓦特的簡稱。

瓦³

●wà ●ngaa5 雅
動詞。蓋瓦、鋪瓦。
【瓦刀】瓦工用來砍斷磚瓦並塗抹泥灰的工具。

瓩

●qiānwǎ ●cin1ngaa5 千瓦
●MNHJ
電的功率單位，等於一千瓦特。也作「千瓦」。

瓴

●líng ●ling4 玲 ●OIMVN
盛水的瓶子：高屋建瓴（從屋頂上往下瀉水，形容居高臨下的形勢）。

瓷 普cí 粵ci4 詞 倉IOMVN
用高嶺土等燒成的一種資料，堅硬而脆，所做器物比陶器細緻。

瓶 普píng 粵ping4 平 倉TTMVN
口小腹大的器皿，多為瓷或玻璃做成，通常用來盛液體：酒瓶／花瓶兒。

瓿 普chī 粵ci1 雌 倉KBMVN
古代一種陶製的酒壺。

甊 普bù 粵pau2 掊 倉YRMVN
小甕。

甄 普zhēn 粵jan1 因 ⊗zan1 真 倉MGMVN
①審查：甄別／甄選／甄拔人才。②姓。

甃 普zhòu 粵zau3 咒 倉HFMVN
①井壁。②用磚砌井、池子等。

甆 倉TVIN「瓷」的異體字，見378頁。

甌(瓯) 1 普ōu 粵au1 歐 倉SRMVN
①小盆。②盅：茶甌／酒甌。

甌(瓯) 2 普ōu 粵au1 歐 浙江温州的別稱：甌繡。

甍 普méng 粵mang4 盟 倉TWLN
屋脊。

甄 倉JIMVN「磚」的異體字，見414頁。

甑 普zèng 粵zang6 贈 倉CAMVN
①古代做飯的一種瓦器。②蒸餾或使物體分解用的器皿：曲頸甑。

甏 普bèng 粵bong3 邦三聲 倉GHMVN
甕一類的器皿。

甓 普pì 粵pik1 僻 倉SJMVN
磚。

甕(瓮) 普wèng 粵ung3 蕹 倉YVGN
一種盛水、酒等的陶器，腹部較大：水甕／酒甕。

甖 倉BCMVN「罌」的異體字，見365頁。

甗 普yǎn 粵jin5 演 倉YBMVN
古代炊具，中有箅子，相當於現在的蒸鍋。

—— 甘部 ——

甘 普gān 粵gam1 柑 倉TM
①甜，味道好：甘苦／甘泉／甘盡苦來。②自願，樂意：甘心情願／不甘失敗。③姓。

甚(什) 1 普shén 粵sam6 心六聲 倉TMMV

【甚麼】①表示疑問。②虛指，表示不確定的事物。③用在「也」或「都」前面，表示所說的範圍之內沒有例外：他甚麼運動都不懂。④兩個「甚麼」前後照應，表示由前者決定後者：你去甚麼地方，我就去甚麼地方。⑤表示驚訝或不滿。⑥表示責難。⑦表示不同意對方說的話。⑧用在幾個並列成分前面，表示列舉不盡。

甚 2 働shèn 働sam6心六聲
①過分：欺人太甚。②超過，勝過：日甚一日／無甚於此者。③很，極：進步甚快／所言甚是。

【甚至】連詞，表示更進一層，強調突出的事例：抗日戰爭時期，敵人統治區的人民生活極端困難，甚至連糠菜都吃不上。

甚 3 働shèn 働sam6心六聲
同「甚麼」：要它作甚？／姓甚名誰？

甜 働tián 働tim4恬 ❹HRTM
①像糖或蜜的滋味，跟「苦」相對。②乖巧，討人喜歡：嘴甜／小女孩長得很甜。③使人感覺舒服的：睡得真甜。

────── 生部 ──────

生 1 働shēng 働sang1沙亨切
Ⓧsaang1沙坑切 ❹HQM
①出生，誕生：卵生／生孩子。②可以發育的物體在一定的條件下發展長大：生根／種子發芽。③生存，活，跟「死」相對：同生共死／貪生怕死。④生計：謀生／營生。⑤生命：殺生／喪生／捨生取義。⑥整個

活階段，生平：今生今世／一生一世。⑦活的，有生命力的：生物／生龍活虎。⑧發生，產生：生病／生效。⑨使柴、煤等燃燒起來：生火／生爐子。

生 2 働shēng 働sang1沙亨切
Ⓧsaang1沙坑切
①植物果實沒有成長到熟的程度，跟「熟」相對：生瓜。②沒有經過燒煮的或燒煮得不夠熟的：生飯／生肉／生水。③沒有經過加工或煉製的：生藥／生鐵／生石膏。④不熟練，不熟悉的：生手／生人／生字。⑤生硬，勉強：生搬硬套／生編硬造。⑥很，表示程度深：生疼／生怕／生恐。

生 3 働shēng 働sang1沙亨切
Ⓧsaang1沙坑切
①指正在學習的人：學生／師生／招生。②舊時稱讀書人：書生。③舊戲曲裏扮演男子的角色：老生／小生／武生。④某些指人的名詞後綴：醫生。

生 4 働shēng 働sang1沙亨切
Ⓧsaang1沙坑切
某些副詞的後綴：好生／怎生是好？

甡 働shēn 働san1身 ❹HMHQM
【甡甡】形容眾多。

產(产) 働chǎn 働caan2剷
働YHHQM
①人或動物生子：產子／產卵／產科。②生產，創造物質財富或精神財富：增產／轉產。③製造、種植或自然生長：盛產魚蝦／中國產稻、麥的地方很多。④製造、種植或自然生長的東西：土產／特產。⑤產

業：財產／地產／遺產／破產。
【產業】① 家產。② 構成國民經濟的行業和部門：高科技產業。③ 生產事業, 特指工業生產：產業革命／產業工人。

甥 🔊shēng 🔊saang1生 🔊HMWKS
外甥, 姐妹的兒子。

甦 🔊MKHQM「蘇3」的異體字, 見532頁。

──── 用部 ────

用 🔊yòng 🔊jung6翁六聲 🔊BQ
① 使用, 使人、物發揮其功能：用電／用力／用量／大材小用。② 費用, 花費的錢財：家用／零用／國用。③ 物質使用的效果：功用／效用／有用之材。④ 需要（多為否定）：不用說／不用客氣。⑤ 進飯食, 多含敬意：用茶／用飯。⑥ 引進動作、行為憑藉的工具、手段：用筆寫字／用心記住。⑦ 因, 因此：用特函達。

甩 🔊shuǎi 🔊lat1拉不切 🔊BQU
① 揮動, 掄：甩袖子／甩胳膊。② 扔：甩手榴彈。③ 丟棄, 擺脫：甩掉跟蹤的人。④ 拋開, 拋棄：別讓小明一個人甩在後面。

甪 🔊lù 🔊luk6鹿 🔊HBQ
用於地名：甪直（在江蘇）。

甫 1 🔊fǔ 🔊fu2府 🔊IJB
剛, 才：甫入門／年甫十歲／驚魂

甫 2 🔊fǔ 🔊fu2府
古代在男子名字下加的美稱, 後來指人的表字：臺甫。

甬 🔊yǒng 🔊jung2湧 🔊NIBQ
① 甬江, 水名, 在浙江。② 寧波的別稱。
【甬道】① 也作「甬路」。大的院落或基地中間對著廳堂、墳墓等主要建築物的路, 多用磚石砌成。② 走廊, 過道。

甭 🔊béng 🔊bung2本恐切 🔊MFBQ
「不用」的合音：你甭說／甭惦記他。

甮 🔊fèng 🔊fung6鳳 🔊PHBQ
不用：你們甮說了！

甯 🔊nìng 🔊ning6佞 🔊JPBQ
姓。

──── 田部 ────

田 1 🔊tián 🔊tin4填 🔊W
① 田地：水田／稻田／耕田。② 指可供開採的蘊藏礦物的地帶：煤田／油田。③ 姓。

田 2 🔊tián 🔊tin4填
同「畋」, 見381頁。

由 🔊yóu 🔊jau4尤 🔊LW
① 原因：情由／理由。② 介詞, 表示原因或理由：咎由自取／由感冒引起了

肺炎。③經過：必由之路。④介詞。表示經由：由前門進來。⑤順隨，聽從：由着性子/事不由己。⑥歸屬某人去做：此事應由你處理。⑦表示憑藉：由此可知。⑧表示起點：由上到下/由哪兒來？

【由於】①介詞。表示原因或理由。②連詞，表示原因，多與「所以」、「因此」等配合：由於他努力學習，所以學業進步快。

甲[1] 普jiǎ 粵gaap3 夾 倉WL
①天干的第一位，用作順序的第一。②居首位的，超過所有其他的：桂林山水甲天下。

甲[2] 普jiǎ 粵gaap3 夾
①爬行和節肢動物身上有保護功用的硬殼：龜甲/甲蟲。②手指和腳趾上的角質硬殼：指甲。③人體或物體外面圍着的保護裝備，用皮革或金屬等做成的：盔甲/裝甲車。

甲[3] 普jiǎ 粵gaap3 夾
舊時戶口的一種編制：保甲。

申[1] 普shēn 粵san1 身 倉LWL
①陳述，説明：申明/申辯/申斥/三令五申。②申請：申辦/申購。

申[2] 普shēn 粵san1 身
地支的第九位。

申[3] 普shēn 粵san1 身
①上海的別稱。②姓。

甸 普diàn 粵din6 電 倉PW
①古時稱郊外的地方。②甸子，多用於地名：寬甸（在遼寧）。

【甸子】放牧的地方。

男[1] 普nán 粵naam4 南 倉WKS
①男子，男人，跟「女」相對：男學生/男女平等/男尊女卑。②兒子：長男/孫男。

男[2] 普nán 粵naam4 南
古代封建制度五等爵位的第五等。

町[1] 普dīng 粵ding1 丁 倉WMN
畹町，地名，在雲南。

町[2] 普tǐng 粵ting5 挺
①田界。②田畝，田地。

畀 普bì 粵bei3 臂 俗bei2 彼 倉WML
給，給以。

甾 普zāi 粵zoi1 哉 倉VVW
甾類化合物，類固醇的舊稱。

甽 倉WLLL 「圳」的異體字，見115頁。

甿 倉WYV 「氓[2]」的異體字，見308頁。

界 普jiè 粵gaai3 介 倉WOLL
①相交的地方：邊界/國界/省界。②範圍：眼界。③特指按職業、工作或性別等所劃的範圍：教育界/科學界/婦女界。④生物分類系統中的最高一級：動物界/植物界。⑤地層系統分類單位的第二級：古生界/中生界/新生界。

畋 普tián 粵tin4 田 倉WOK
打獵。

畇
●yún ●wan4 雲 ●WPIM
田地整齊的樣子：畇畇。

畎
●quǎn ●hyun2 犬 ●WIK
田間小溝。
【畎畝】田間。

畈
●fàn ●faan3 販 ●WHE
①田地（多用於地名）：白水畈（在湖北）。②量詞。用於大片田地：一畈田。

畏
●wèi ●wai3 慰 ●WMV
①怕：畏懼／大無畏／畏首畏尾／望而生畏。②佩服：後生可畏。

畊
●WTT「耕」的異體字，見 473頁。

畔
●pàn ●bun6 叛 ●WFQ
①（江、湖、道路等）旁邊，附近：湖畔／路畔／枕畔。②田地的邊界：田畔。

留
●liú ●lau4 流 ●HHW
①停止在某一個地方：停留／留校／他留在香港了。②留學：留洋／留美學生。③不讓別人離開：慰留／挽留／拘留／我留不住他。④注意力放在上面：留心／留神。⑤保留：留餘地／留鬍子／雞犬不留。⑥接受，收容：收留／把禮物留下。⑦保存，遺留：留名／留下遺產。

畚
●běn ●bun2 本 ●IKW
①簸箕，用竹、木、鐵片等做的撮土器具。②用簸箕撮：畚土。

畛
●zhěn ●can2 疹 ●WOHH
①田地間的小路。②界限，疆界：不分畛域。

畜
●畜1 ●chù ●cuk1 促 ●YVIW
禽獸，多指家畜：牲畜／幼畜／畜力。
●畜2 ●xù ●cuk1 促
畜養：畜產／畜牧事業。

畝（亩）
●mǔ ●mau5 某 ●YWNO
中國的土地面積單位，一般以六十平方丈為一畝。

略
●略1 ●lüè ●loek6 掠 ●WHER
①大致，簡單，不詳細：略圖／略讀／粗略／大略。②簡要的敘述：史略／要略。③省去，簡化：略去／忽略／省略／從略。④稍微：略知一二／略有所聞。
●略2 ●lüè ●loek6 掠
計謀：方略／策略／戰略／雄才大略。
●略3 ●lüè ●loek6 掠
搶，掠奪：攻城略地。

畢（毕）
●bì ●bat1 筆 ●WTJ
①完成，完結：禮畢／工作猶未畢。②全，完全：畢生／真相畢露。③二十八星宿之一。
【畢竟】究竟，到底：他畢竟還小，難免犯錯。
【畢業】學生學習期滿，達到規定的要求，結束學習：中學畢業。

畦 ⓟqí ⓒkwai4 葵 ⓔWGG
① 有土埂圍着的一塊塊排列整齊的田地，一般是長方形的：畦田/菜畦。② 量詞，用於計算種在畦上農作物的數量：種一畦菜。

異（异）ⓟyì ⓒji6 義 ⓔWTC
① 不同的：異議/異口同聲/求同存異/日新月異。② 特別的：異味/奇才異能。③ 奇怪：驚異/深以為異。④ 另外的，別的：異日/異地。⑤ 分開：離異。

畫（画）¹ ⓟhuà ⓒwaa6 話
ⓩwaa2 娃二聲
ⓔLGWM
①畫成的藝術品：年畫/壁畫。②用畫裝飾的：畫屏/畫棟雕樑。

畫（画）² ⓟhuà ⓒwaak6 或
① 用筆或類似筆的東西做出圖形：畫山水/畫人像。② 用筆或類似筆的東西做出線或文字標記：畫押/畫個圈/畫十字。③ 漢字的一筆叫一畫：「人」字是兩畫，「天」字是四畫。

番 ¹ ⓟfān ⓒfaan1 翻
ⓔHDW
①國人稱外國的或外族的：番茄/番薯/番椒。

番 ² ⓟfān ⓒfaan1 翻
① 量詞。種，樣：別有一番天地。② 量詞。用於心思、言語、過程等，數詞限於「一」或「幾」：一番話/一番好意。③ 回，次，遍：三番五次/解說一番。

番 ³ ⓟpān ⓒpun1 潘
番禺，地名，在廣東。

畬 ¹ ⓟshē ⓒse1 些 ⓔOMDW
焚燒田地裏的草木，用草木灰做肥料耕種。

畬 ² ⓟyú ⓒjyu4 余
開墾過兩年的地。

畬 ⓟshē ⓒse4 蛇 ⓔOMMW
畬族，中國少數民族名。

畯 ⓟjùn ⓒzeon3 俊 ⓔWICE
古代管農事的官。

畹 ⓟwǎn ⓒjyun2 宛 ⓔWJNU
古代稱三十畝為一畹，也有說十二畝為一畹的。

當（当）¹ ⓟdāng ⓒdong1 噹
ⓔFBRW
①相稱，相配：旗鼓相當/門當戶對。② 充當，擔任：當主席。③ 承擔，承受：擔當/敢做敢當/當之無愧。④ 掌管，主持：當家/當權/獨當一面。⑤ 應當，應該：該當/當辦就辦/理當如此。⑥ 面對着，向着：當面。⑦ 正在那時候或那地方：當街/當今/當場/當初/當你在溫習的時候，不要做別的事。⑧ 阻擋，抵擋：螳臂當車/銳不可當。⑨ 當量：瓦當（屋簷頂端的蓋瓦頭，俗稱「貓頭」。
【當即】立刻，馬上就：當即散會。
【當年】① 指過去某一時間：想當年我離家的時候，這裏還沒有火車。② 指處

於身強力壯的時候：他正當年，精力充沛。

【當前】① 目前，眼下，現階段：當前任務。② 在面前：大敵當前／國難當前。

【當下】① 目前：完成當下的工作。② 馬上，立刻：當下就去。

【當選】選舉時被選上：他當選為代表。

當(当) 2 ⓟdàng ⓒdong3 檔
① 恰當，合宜：恰當／妥當／處理得當／適當的休息。② 抵得上，等於：一個人當兩個人用。③ 當作：安步當車／當親人看待。④ 認為：當真／你當我不知道嗎？⑤ 表示事情發生的時間：當時／當年／他當天就走了。

【當年】本年，在同一年：當年種，當年收。

【當天】本日，在同一天：當天趕回來。

當(当) 3 ⓟdàng ⓒdong3 檔
① 用實物作抵押向當舖借錢：典當。② 押在當舖裏的實物：贖當。

畸 ⓟjī ⓒgei1 機 ⓧkei1崎 ⓒWKMR
① 偏：畸輕畸重。② 不規則的，不正常的：畸形。③ 零餘的數目：畸零。

嘗 ⓟtán ⓒtaan4 壇 ⓒDDW
水塘。多用做地名。

畿 ⓟjī ⓒgei1 基 ⓒVIW
靠近國都的地方：京畿／畿輔。

疃「墻」的異體字，見 126頁。

疃 ⓟtuǎn ⓒteon2 盾二聲 ⓒWYTG
村莊，多用於地名：柳疃 (在山東)。

疇(畴) ⓟchóu ⓒcau4 酬 ⓒWGNI
① 田地：田疇／平疇。② 類別，種類：範疇。

【疇昔】過去，以前。

疆 ⓟjiāng ⓒgoeng1 薑 ⓒNGMWM
① 邊界，境界，界限：疆土／疆域／邊疆／萬壽無疆。② 指新疆。

疊(叠) ⓟdié ⓒdip6 蝶 ⓒWWWM
① 一層加上一層，重複，累積：重疊／羅漢／疊石為山／疊牀架屋。② 折：折疊／疊衣服／鋪牀疊被。

―――――― 疋部 ――――――

疋 1 ⓟpǐ ⓒpat1 匹 ⓒNYO
疋獨體作疋，左偏旁作⺪。
量詞。用於整卷的綢或布等：三疋布。

疋 2 ⓟyǎ ⓒngaa5 雅
同「雅」，見 675頁。

胥 ⓒNOB 見肉部，481頁。

蛋 ⓟdàn ⓒdaan6 但 ⓒNOAM
【蛋民】水上居民的舊稱。

疏¹ 普shū 粵so1 蔬
粵NMYIU

①去掉阻塞使通：疏通／疏導。②事物間距離大，空隙大，跟「密」相對：稀疏／疏林／疏星／疏密不均。③不親密，關係疏的：親疏遠近／他們一向很疏遠。④不熟悉，不熟練：生疏／人生地疏。⑤不細密，粗心：疏漏／疏於防範／這人做事太過忽了。⑥空虛：志大才疏。⑦分散，使從密變稀：疏散／疏財仗義。

疏² 普shū 粵so3 蔬 三聲
①古代臣下向君主分條陳述事情的文字：奏疏。②古書中比「註」更詳細的解釋：註疏。

疎 粵NMDL 「疏1」的異體字，見385頁。

疑 普yí 粵ji4 移 粵PKNIO
①不能確定是否真實；不信，因不信而猜度：疑心／疑惑／可疑／半信半疑／疑問／疑案／疑義。②不能解決的，不能斷定的：疑問／疑案／疑義。

蹇 普zhì 粵zi3 置
粵JBWNO
①遇到障礙。②跌倒：蹇前蹇後（進退兩難）。

─── 疒部 ───

疔 普dīng 粵ding1 丁 㗊deng1 釘
粵KMN
㡡毒，疔瘡，一種毒瘡。

疚 普jiù 粵gau3 救 粵KNO
對自己的錯誤感到內心痛苦：負疚／內疚。

疙 普gē 粵ngat6 屹 粵KON
【疙瘩】①皮膚上突起或肌肉上結成的病塊：頭上起了個疙瘩。②小球形或塊狀的東西：土疙瘩／冰疙瘩。③不易解決的問題：心裏有個疙瘩／這件事有點兒疙瘩。④不通暢、不爽利的話：文字上有些疙瘩。⑤量詞。用於球形或塊狀東西：一疙瘩糕／一疙瘩石頭。

疝 普shàn 粵saan3 汕
粵KU
病名，指某一臟器通過周圍組織較薄弱的地方而隆起。種類很多，如頭、腹、股溝等都會出現這種病。

疣 普yóu 粵jau4 尤 粵KIKU
一種皮膚病，俗稱「瘊子」，病原體是一種病毒，症狀是皮膚上出現黃褐色的小疙瘩，不痛不癢：贅疣（喻多餘而無用的東西）。

疤 普bā 粵baa1 巴 粵KAU
①瘡口或傷口長好後留下的痕跡：瘡疤／傷疤。②器物上像疤的痕跡。

疥 普jiè 粵gaai3 介
粵KOLL
疥瘡，因疥蟲寄生而引起的一種皮膚病，非常刺癢。

疫 ⓟyì ⓒjik6 役 ⓒKHNE

瘟疫，流行性急性傳染病的總稱：
防疫/鼠疫。

疢 ⓟchèn ⓒcan3 趁 ⓒKF

熱病，泛指病：疢疾。

疲 ⓟpí ⓒpei4 皮 ⓒKDHE

①累，身體勞累的感覺：疲乏/疲
倦/筋疲力盡/疲於奔命。②指行情低落，
貨物不暢銷或貨幣匯率下降：價格疲軟/
及時推廣，使產品暢銷不疲。

疳 ⓟgān ⓒgam1 甘 ⓒKTM

疳積，中醫稱小兒腸胃病，多由飲
食無節制或腹內有寄生蟲引起。

疴 ⓟkē ⓒo1 柯 ⓒKMNR

病：沉疴（重病）/染疴。

疸 ⓟdǎn ⓒtaan2 坦 ⓒKAM

黃疸，病人的皮膚、黏膜和眼球的
鞏膜等都呈黃色的症狀，由膽紅素大量
出現在血液中所引起。

疹 ⓟzhěn ⓒcan2 診 ⓒKOHH

病人皮膚上起的小顆粒，通常是
紅色，小的像針尖，大的像豆粒：疱疹/
濕疹。

疼 ⓟténg ⓒtang4 騰 ⓒKHEY

①人、動物因病、刺激或創傷而起
的難受的感覺：疼痛/肚子疼/摔了一跤，
腿摔疼了。②心疼，喜愛，愛惜：他奶奶
最疼他/這孩子很招人疼。

疽 ⓟjū ⓒzeoi1 追 ⓒKBM

中醫指局部皮膚腫脹堅硬而膚色
不變的毒瘡。

疾¹ ⓟjí ⓒzat6 姪 ⓒKOK

①病，身體不舒適：疾病/目疾/
積勞成疾。②痛苦：關心民生疾苦。③痛
恨：疾惡如仇/痛心疾首。

疾² ⓟjí ⓒzat6 姪

猛烈，迅速：疾呼/疾馳/疾走/
疾言厲色/疾風知勁草。

痱 ⓒKLLN「痱」的異體字，見388
頁。

痂 ⓟjiā ⓒgaa1 加 ⓒKKSR

傷口或瘡口由血小板、纖維蛋白
等凝結成的塊狀物，傷口、瘡口痊癒後
自行脫落。

痃 ⓟxuán ⓒjin4 弦 ⓒKYVI

橫痃，由下疳引起的腹股溝淋巴結
腫脹、發炎的症狀。

痄 ⓟzhà ⓒzaa3 詐 ⓒKHS

【痄腮】一種傳染病，又叫流行性腮腺
炎。

病 ⓟbìng ⓒbing6 亞 ⓧbeng6 鼻
鄭切 ⓒKMOB

①生物體生理或心理發生的不健康的現

象：疾病/精神病/害了一場病。②生物體生理或心理發生不正常狀態：病了兩天。③弊端，害處：弊病/缺點，錯誤：語病。⑤損害，禍害：禍國病民。⑥責備，不滿：詬病/為世所病。

症 普zhèng 粵zing3 政 倉KMYM
疾病：病症/症候/急症/對症下藥。

痁 普shān 粵sim1 閃一聲 倉KYR
古書上指瘧疾。

痐 普zhù 粵zyu3 注 倉KYG

【痐夏】①中醫指夏季長期發燒的病，患者多為小兒，多由排汗機能發生障礙引起。②患痐夏。③苦夏（指夏天食量減少，身體消瘦）。

疱 普pào 粵paau3 豹 倉KPRU
皮膚上長得像水泡的小疙瘩。

疵 普cī 粵ci1 雌 倉KYMP
毛病，缺點：吹毛求疵（故意挑剔）。

痔 普zhì 粵zi6 稚 倉KGDI
痔瘡，肛門或直腸末端因靜脈曲張而引起的一種病。

痊 普quán 粵cyun4 全 倉KOMG
痊裏作全，全上作入。
病好了，恢復健康：痊癒。

痐 倉KBMR 「恫2」的異體字，見199頁。

痍 普yí 粵ji4 夷 倉KKN
創傷：滿目瘡痍（比喻到處是災禍景象）。

痎 普jiē 粵gaai1 皆 倉KYVO
古書上說的一種瘧疾。

痕 普hén 粵han4 很四聲 倉KAV
痕跡，事物留下的跡印：裂痕/淚痕/傷痕。

痛 普tòng 粵tung3 通三聲 倉KNIB
①疾病、創傷等引起的難受感覺：疼痛/頭痛/不痛不癢/痛定思痛。②悲傷：悲痛/哀痛/痛心。③極，盡情地：痛恨/痛罵/痛飲。
【痛苦】身體或精神感到苦楚、不舒服。
【痛快】①舒暢，高興：看到朋友得獎，他心裏很痛快。②盡情，盡興：今天的旅行玩得真痛快。③爽快，爽利：他是個痛快人。

痘 普dòu 粵dau6 豆 倉KMRT
①天花。②痘苗：種痘。③出天花或接種痘苗後，皮膚上出現豆狀皰疹。

痦 普wù 粵ng6 誤 倉KMMR
【痦子】突起的痣。

痙 (痓) 　粵jìng 粵ging6 競
　　KMVM

痙攣，肌肉緊張收縮，手腳抽搐的現象，
多由中樞神經系統受刺激引起。

痦[1] 　粵pǐ 粵pei2 鄙 　KMFR

痞塊，指腹腔裏可以摸得到的硬塊。

痦[2] 　粵pǐ 粵mau1 謀一聲

無賴，流氓：痞子/地痞。

痠 　KICE「酸⑤」的異體字，見634頁。

痢 　粵lì 粵lei6 利　KHDN

痢疾，傳染病名，按病原體的不同，
主要分成細菌性痢疾和阿米巴痢疾。症
狀是發燒、腹痛，糞便中有膿血和黏液。

痤 　粵cuó 粵co4 鋤　KOOG

痤瘡，一種皮膚病，多生在青年人
的面部，通常是有黑頭的小紅疙瘩。俗
稱粉刺。

痣 　粵zhì 粵zi3 志　KGP

皮膚上生的斑痕或小疙瘩，有青、
紅、褐等色。

痧 　粵shā 粵saa1 沙　KEFH

中醫病名，指霍亂、中暑等急性病。

痺 　粵bì 粵bei3 臂　KHHJ

痺裏作東，八畫。

中醫指由風、寒、濕等引起的肢體疼痛

或麻木的病。

痰 　粵tán 粵taam4 談　KFF

氣管或支氣管黏膜分泌的黏液
當肺部或呼吸道發生病變時會增加分
泌，是傳播疾病的媒介。

瘃 　粵zhú 粵zuk1 竹　KMSO

凍瘡。

痼 　粵gù 粵gu3 固　KWJR

積久不易治癒的病，長期養成、不
易克服的：痼疾/痼習/痼癖。

痴 　粵chī 粵ci1 雌　KOKR

①傻：痴呆/痴人說夢（喻完全胡
說）。②極度迷戀某人或某種事物：痴情
③極度迷戀某人或某種事物而不能自拔
的人：書痴。

痿 　粵wěi 粵wai2 委　KHDV

身體某部分萎縮或失去機能的病

瘀 　粵yū 粵jyu1 於　KYSY

血液凝滯：瘀血。

瘁 　粵cuì 粵seoi6 睡　KYOJ

過度勞累：鞠躬盡瘁/心力交瘁。

痱 　粵fèi 粵fai6 吠　粵fai2 揮二聲
　　KLMY

皮膚病。由於暑天出汗過多，引起汗腺發
炎，皮膚表面生出來的紅色或白色小疹
很刺癢。

瘐 ❶yǔ ❷jyu5雨 ❸KHXO

【瘐死】稱囚犯因凍餓、生病而死在監獄裏。

瘋(疯) ❶fēng ❷fung1風 ❸KHNI

①病名,通常指神經病或精神病。患者神經錯亂、精神失常:瘋癲／瘋狂。②言行狂妄,不穩重:瘋癲／瘋言瘋語。③沒有約束地玩耍:他跟朋友瘋了一整天。④指農作物生長旺盛不結果實:棉花長瘋了。

瘍(疡) ❶yáng ❷joeng4楊 ❸KAMH

①瘡。②潰爛:潰瘍。

瘓(痪) ❶huàn ❷wun6煥 ❸KNBK

見【癱瘓】,393頁。

瘈 ❶chì ❷kai3契 ❸KQHK

【瘈瘲】見【瘈瘲】,390頁。

瘈 2 ❶zhì ❷zai3制
瘈狂:瘈狗(即瘋狗)。

瘕 ❶jiǎ ❷gaa2假 ❸KRYE

肚子裏結塊的病。

瘌 ❶là ❷laat6辣 ❸KDLN

【瘌痢】也作「癩痢」、「鬎鬁」。黃癬,生在人頭上的皮膚病。

瘊 ❶hóu ❷hau4侯 ❸KONK

【瘊子】尋常疣的俗稱,皮膚上長的無痛癢的小疙瘩。

瘉 ❸KOMN「癒」的異體字,見392頁。

瘟 ❶wēn ❷wan1温 ❸KWOT

①瘟疫,流行性急性傳染病:防止瘟疫／豬瘟。②戲曲表演沉悶乏味,缺少激情。

瘧(疟) 1 ❶nüè ❷joek6若 ❸KYPM

瘧疾,是一種急性傳染病。病原體是瘧原蟲,經由瘧蚊傳染。患者會忽冷忽熱、頭痛、口渴、全身無力等。

瘧(疟) 2 ❶yào ❷joek6若
義同「瘧1」,只用於「瘧子」。

【瘧子】瘧疾:發瘧子。

瘦 ❶shòu ❷sau3獸 ❸KHXE

①人體含脂肪少,肌肉不豐滿,跟「胖」相對:身體很瘦／骨瘦如柴／面黃肌瘦。②食用的肉含脂肪少,跟「肥」相對:瘦肉。③不肥沃:瘦田。④衣服鞋襪等窄小:這件衣裳做得瘦了。

【瘦瘠】①瘦弱。②(土地)不肥沃。

瘟 ❸KWOT「瘟」的異體字,見389頁。

瘥(瘥) 1[普]chài [粵]caai3 釵三聲 [倉]KTQM
病癒：久病初瘥。

瘥(瘥) 2[普]cuó [粵]co4 鋤
病。

瘤 [普]liú [粵]lau4 留 [倉]KHHW
機體某一部分組織細胞長期增生形成的新生物，可分為良性和惡性腫瘤。

瘛 [普]chì [粵]kai3 契 [倉]KQHP
【瘛瘲】也作「瘈瘲」。中醫指痙攣，抽風。

瘙(瘙) [普]sào [粵]sou3 素 [倉]KEII
古代指疥瘡。

瘩 1[普]dá [粵]daap3 搭 [倉]KTOR
【瘩背】中醫稱生在背部的癰。

瘩 2[普]·da [粵]daap3 搭
見【疙瘩】385頁。

瘞(瘞) [普]yì [粵]ji3 意 [倉]KKOG
掩埋，埋藏。

瘠 [普]jí [粵]zik3 脊 [倉]KFCB
①(身體)瘦弱。②土地不肥沃：瘠土/瘠田。

瘡(疮) [普]chuāng [粵]cong1 倉 [倉]KOIR
①皮膚上或黏膜上腫爛潰瘍的病：口瘡/凍瘡。②外傷：刀瘡。

瘢 [普]bān [粵]baan1 班 [倉]KHYE
瘡口或傷口好了之後留下的痕跡：瘢痕/刀瘢。

瘝 [普]guān [粵]gwaan1 關 [倉]KWLE
病，痛苦。

瘴 [普]zhàng [粵]zoeng3 障 [倉]KYTJ
瘴氣，熱帶山林中的濕熱空氣，從前被認為是瘧疾等傳染病的病原。

瘰 [普]luǒ [粵]lo2 裸 [倉]KWVF
【瘰癧】因結核桿菌侵入淋巴結而引起會局部長出硬塊，潰爛流膿，多發生在頸部。

瘳 [普]chōu [粵]cau1 抽 [倉]KSMH
①疾病減輕，病癒。②減損，消除

瘵 [普]zhài [粵]zaai3 債 [倉]KBOF
病。

瘭 [普]biāo [粵]biu1 標 [倉]KMWF
【瘭疽】中醫指手指頭或腳趾頭肚兒發炎化膿的病，症狀是局部紅腫，劇烈疼痛、發熱。

瘲(瘲) [普]zòng [粵]zung3 眾 [倉]KHOO
見【瘛瘲】390頁。

瘸 國qué 國ke4 騎 國KKRB
腿腳有毛病，走路時身體不平衡：
一瘸一拐／他是摔瘸的。

瘆（瘆） 國shèn 國sam3 滲 國KIIH
使人害怕：瘆人／瘆得慌。

瘻（瘘） 國lòu 國lau6 漏 國KLLV
①瘻管，身體裏面因發生膿腫而自然形成的管子，分泌物可以從這管子流出來。②頸部生瘡，常出濃水，久而不癒。

瘼 國mò 國mok6 莫 國KTAK
病，疾苦：民瘼。

癃 國lóng 國lung4 隆 國KNLM
①衰弱多病。②癃閉，中醫指小便量少、不通的病。

療（疗） 國liáo 國liu4 聊 國KKCF
醫治：醫療／治療／療病／診療。

癀（癀） 國huáng 國wong4 黃 國KTMC
黃病，牛馬等家畜的炭疽病。

癆（痨） 國láo 國lou4 勞 國KFFS
癆病，中醫指結核病：肺癆。

癇（痫） 國xián 國haan4 閒 國KANB
癲癇，俗稱「羊癇風」或「羊角風」，病發時會突然昏倒，口吐泡沫，手足痙攣。

癉（瘅） 1 國dān 國daan1 丹 國KRRJ
【癉瘧】中醫指瘧疾的一種。

癉（瘅） 2 國dàn 國daan3 旦
①由勞累造成的病。②憎恨：彰善癉惡。

癌 國ái 國ngaam4 巖 國KRRU
人及動物身體內細胞因惡化而增生的惡性腫瘤。

癍 國bān 國baan1 班 國KMGG
皮膚上生斑點的病。

癘（疠） 國lì 國lai6 厲 國KTWB
①瘟疫。②毒瘡。

癖 國pǐ 國pik1 僻 國KSRJ
對事物的偏愛成為習慣：煙癖。

癜 國diàn 國din6 殿 國KSCE
皮膚上長紫斑或白斑的病：紫癜／白癜風。

癔 國yì 國ji3 意 國KYTP
癔症，一種精神病，患者平時喜怒無常，感覺過敏，發作時手足痙攣、知覺喪失、流口水、說胡話。此病多由精神受重

大的刺激所引起。也叫「歇斯底里」。舊稱「癔病」。

瘉(愈) ❶yù ❷jyu6預 ❸KOMP

病好了：痊癒。

癤(疖) ❶jiē ❷zit3節 ❸KHAL

【癤子】皮膚病，由葡萄球菌或鏈狀菌入侵毛囊引致。

瘺(瘺) ¹ ❶biē ❷bit6別 ❸KHUB

【瘺三】上海人稱城市中無正當職業而以乞討或偷竊為生的人。

瘺(瘺) ² ❶biě ❷bit6別

不飽滿，凹下：乾瘺 / 瘺谷。

癡 ❸KPKO「痴」的異體字，見388頁。

癢(痒) ❶yǎng ❷joeng5仰 ❸KTOV

①皮膚或黏膜受刺激需要抓撓的一種感覺：痛癢相關 / 蚊子咬得身上直發癢。②想做某事的願望強烈，難以抑制：手癢 / 技癢（極想把自己的技能顯出來）。

癥(症) ❶zhēng ❷zing1貞 ❸KHOK

中醫指腹內結塊的病。
【癥結】中醫指腹內結塊的病。比喻事情弄壞或不能解決的關鍵。

癧(疬) ❶lì ❷lik6歷 ❸KMDM

見【瘰癧】，390頁。

癩(癞) ¹ ❶là ❷laat6辣 ❸KDLC

【癩痢】見【瘌痢】，389頁。

癩(癞) ² ❶lài ❷laai3賴三聲

① 黃癬：頭上長癩了 ② 外表粗糙不平，像長了黃癬一樣：癩瓜 / 癩皮狗 / 癩蛤蟆。

癬(癬) ❶xuǎn ❷sin2冼 ❸KNFQ

皮膚病名，由真菌引起：頭癬 / 腳癬。

癮(瘾) ❶yǐn ❷jan5引 ❸KNLP

神經中樞經常接受某種外界刺激而形成的習慣性或依賴性：煙癮 / 看書看上癮。

瘦(瘦) ❶yǐng ❷jing2映 ❸KBCV

① 機體組織受病原刺激後的局部增生，通常為囊狀物。② 生在脖子上的一種囊狀的瘤子。

癰(痈) ❶yōng ❷jung1雍 ❸KVUG

一種毒瘡，多生在脖子上或背部，瘡口往往多，疼痛異常。

癯 ❶qú ❷keoi4渠 ❸KBUG

瘦：清癯。

癲(癫)

●diān ●din1 顛
●KJCC

精神錯亂、失常：癲狂／瘋癲。

癱(瘫)

●tān ●taan1 灘
●KTOG

【癱瘓】神經機能發生障礙，肢體不能活動。

癶 部

癸

●guǐ ●gwai3 貴 ●NOMK

癸字下作天，首筆橫畫。

天干的第十位，用作順序的第十。

登

●dēng ●dang1 燈
●NOMRT

①上、升：登山／登高／登峯造極。②記載：登報／登記／把這幾項登在簿子上。③（穀物）成熟：五穀豐登。④同「蹬1」，見603頁。

【登記】為了特定的目的，向主管機關按表填寫事項：登記買票。

【登時】即時，立刻。

發(发)

●fā ●faat3 法
●NONHE

①交付，送出，跟「收」相對：印發／分發／發貨／選選民資／信已經發了。②派出去：發兵。③發射：發炮／百發百中。④產生，發生：發芽／發電／發水／發病。⑤表達，説出：發言／發問／發誓／發表／發佈／發議論。⑥開展，張大，擴大：發展／發揚。⑦因得到大量財物而興旺：暴發戶。⑧食

物等因發酵浸水而膨脹：發海參／麪發了。⑨散開，分散：揮發／蒸發。⑩打開，揭露：發掘潛力／揭發罪行。⑪因變化而顯現，散發：發黃／發潮／發臭／發酸。⑫流露（感情）：發怒／發笑／發愁。⑬感到（多指不好的情況）：發麻／發癢／嘴裏發苦。⑭起程：出發／整裝待發。⑮開始行動：發起／發奮／先發制人。⑯引起，啟發：發人深省。⑰量詞。用於槍彈、炮彈：一發子彈。

【發達】①興旺，旺盛：工業發達／交通發達。②發跡，顯達。

【發揮】①把內在性質或能力表現出來：揮發技術水平。②把意思充分表達出來：借題發揮。

【發現】①經過研究而找到前人沒有看到、找到的事物或規律。②發覺：我發現她有事瞞着我們。

【發育】生物逐漸長成、壯大：身體發育正常。

白 部

白

●bái ●baak6 帛 ●HA

①像雪或霜那樣的顏色：白糖／他頭髮白了。②某些白色或接近白色的東西：葱白／茭白。③光亮，明亮：東方發白。④清楚：真相大白／不白之冤。⑤空的，沒有加上其他東西的：白卷／白開水／白話二白。⑥沒有效果的：白費力氣／白跑一趟。⑦無代價：白看戲／白吃白住。⑧象徵反動：白軍。⑨指有關喪事的：辦白事。⑩用眼白看人，表示輕視或不滿：白了他一眼。

白 2 ⓟbái ⓒbaak6 帛
把字寫錯或說錯：寫白字/唸白字。

白 3 ⓟbái ⓒbaak6 帛
① 說明，告訴，陳述：表白/辯白。② 指戲曲中不用唱的語句：道白/對白。③ 指地方話：蘇白。

白 4 ⓟbái ⓒbaak6 帛
白族：白劇。

百 ⓟbǎi ⓒbaak3 伯 ⓩMA
① 數目，十加十。② 表示很多：百花齊放/百家爭鳴/百戰百勝。

皂 ⓟzào ⓒzou6 造 ⓩHAP
① 黑色：不分皂白（喻不問是非）。② 肥皂：香皂。

阜 ⓩHAJ 「皂」的異體字，見394頁。

的 1 ⓟ·de ⓒdik1 嫡 ⓩHAPI
① 用在定語後面。定語與中心詞之間是一般的修飾關係：幸福的生活。② 用在定語後面。定語與中心詞之間是領屬關係：我的朋友。③ 用在定語後面。定語是人名或人稱代詞，中心詞是表示職務、身份的名詞，意思是這個人擔任的職務、取得這個身份或從事相關的活動：他的排球打得很好。④ 用在定語後面。中心詞和前邊的動詞合起來表示一種動作，定語是動作的對象：找你的麻煩。⑤ 用來構成沒有中心詞的「的」字結構。代替上文所說的人或物：這是我的，那是你的。⑥ 用來構成沒有中心詞的「的」字結構。指某一種人或物：女的/賣菜的。⑦ 用來構成沒有中心詞的「的」字結構。表示某種情況、原因：無緣無故的。⑧ 用來構成沒有中心詞的「的」字結構。用跟主語相同的人稱代詞加「的」字做賓語，表示別的事跟這個人無關或這件事與別人無關：這裏沒你的事。⑨ 用來構成沒有中心詞的「的」字結構。「的」字前邊用相同的動詞、形容詞等，表示有這樣的，有那樣的：大的大，小的小。⑩ 用在謂語動詞後面。強調動作的施事者、時間、地點、方式等。只限於過去的事情：誰買的水果？⑪ 用在陳述句的末尾。表示肯定語氣：那個人我記得的。⑫ 用在兩個同類的詞或詞組後。表示「等等」、「之類」的意思：破銅爛鐵的，誰要呢？

的 2 ⓟ·de ⓒdik1 嫡
舊同「得2②-③」，見192頁。

的 3 ⓟdī ⓒdik1 嫡
的士，也泛指營運用的車：打的。

的 4 ⓟdí ⓒdik1 嫡
真實，實在：的當/的確如此。

的 5 ⓟdì ⓒdik1 嫡
箭靶的中心：目的/無的放矢/一矢中的。

皆 ⓟjiē ⓒgaai1 街 ⓩPPHA
全，都是：皆大歡喜/人人皆知/有口皆碑。

皈 ⓟguī ⓒgwai1 歸 ⓩHAHE
【皈依】原指佛教的入教形式，後泛指

虔誠地信奉佛教或參加其他宗教組織。

皇

@huáng @wong4 黃
@HAMG
①君主，皇帝：皇宮／三皇五帝。②盛大：
皇皇巨著。

皋

@gāo @gou1 高 @HAKJ
水邊的高地：漢皋／江皋。

皎

@jiǎo @gaau2 狡 @HAYCK
潔白明亮：皎月／皎潔／皎皎。

皕

@bì @bik1 碧 @MAMA
二百。

皓(皜)

@hào @hou6 浩
@HAHGR 右偏旁作告。
①潔白：皓首／明眸皓齒。②明亮：皓月
當空。

皖

@wǎn @wun5 浣 @HAJMU
安徽的別稱。

皙

@xī @sik1 析 @DLHA
析下作「白」，不作「曰」。
人的皮膚白：白皙。

皚(皑)

@ái @ngoi4 呆
@HAUMT
潔白：皚皚白雪。

皞

@hào @hou6 浩 @HAHAJ
明亮。

皜

@HAYRB 「皓」的異體字，見 395
頁。

魄

@HAHI 見鬼部，711頁。

皤

@pó @po4 婆 @HAHDW
①白色：白髮皤然。②大：皤其腹。

皦

@jiǎo @giu2 矯 @HAHSK
①珠玉純白，明亮。②清白，清晰。

皪

@jiào @ziu3 照 @HABWI
潔白乾淨的樣子。

皮部

皮

@pí @pei4 脾 @DHE
①動植物體表面的一層組織：牛
皮／樹皮／獸皮／蕎麥皮。②皮子：皮箱／
皮鞋。③包在外面的一層東西：書皮／
餛飩皮兒。④表面：地皮。⑤薄片狀的東
西：鐵皮／豆腐皮兒。⑥有韌性的：皮糖。
⑦酥脆的東西受潮後變軟：餅放皮了。
⑧頑皮，不老實，淘氣：調皮／這孩子真
皮。⑨由於受斥責或責罰次數太多而感
覺無所謂。⑩指橡膠：橡皮／皮筋。

皰

@DEPRU 「疱」的異體字，見387
頁。

皴

@cūn @ceon1 春
@IEDHE
①皮膚因受凍或受風吹而乾裂：手都皴

了。②皮膚上積存的泥垢：一脖子皴。③中國畫的一種畫法，用淡乾墨側筆塗出山石的紋理或陰陽向背。

皸(皲) 粵jūn 粵gwan1 軍
粵BJDHE

【皸裂】也作「龜裂」。皮膚因寒冷或乾燥而乾裂。

皺(皱) 粵zhòu 粵zau3 畫
粵PUDHE

①物體上的褶紋：皺紋。②臉上起的褶紋，使生褶紋：皺眉頭／衣物皺了。

皵 粵YMDHE 「鱛」的異體字，見735頁。

───── 皿部 ─────

皿 粵mǐn 粵ming5 茗
粵BT

器皿，盆、碗、碟一類的東西。

盂 粵yú 粵jyu4 余 粵MDBT
一種盛液體的器皿：痰盂／漱口盂。

孟 粵NDBT 見子部，149頁。

盃 粵KIBT 「盃」的異體字，見396頁。

盅 粵zhōng 粵zung1 中
粵LBT
沒有把兒的杯子：酒盅／茶盅。

盆 粵pén 粵pun4 盤 粵CSHT
①盛放東西或洗滌的用具，通常是圓形，口大，底小：花盆／臉盆／澡盆。②形狀像盆的東西：盆地／骨盆。

盈 粵yíng 粵jing4 瑩
粵NSBT
①充滿：充盈／惡貫滿盈。②多餘：盈餘／盈利。

盃 粵MFBT 「杯」的異體字，見272頁。

益 粵yì 粵jik1 億 粵TCBT
①增加：進益／延年益壽。②更加：日益壯大／多多益善／精益求精。③利，好處，與「害」相對：利益／益處／受益不淺。④有益的：益蟲／良師益友。

盉 粵hé 粵wo4 禾 粵HDBT
古代溫酒或調節酒濃淡的銅製器具，形狀像酒壺，三足或四足。

盍 粵hé 粵hap6 盒 粵GIBT
何不：盍往視之？

盋 粵IKBT 「鉢」的異體字，見643頁。

盎1 粵àng 粵ong3 航三聲
粵LKBT
古代一種腹大口小的器皿。

盎2 粵àng 粵ong3 航三聲
洋溢，盛大：興趣盎然。

盒 @hé @hap6合 @OMRT
底蓋相合的盛東西的器物：飯盒／墨盒。

盔 @kuī @kwai1 虧 @KFBT
①像瓦盆兒略深的器皿：盔子。②軍人、消防員用來保護頭的帽子，多用金屬製成：盔甲／鋼盔。③形狀像盔或半球形的帽子：帽盔兒。

盛¹ @chéng @sing4 成 @ISBT
①把東西放進容器裏：盛飯／杯裏盛滿了水。②容納：這間房子小，盛不了這麼多東西。

盛² @shèng @sing6 剩 @ISBT
①興旺：盛開／旺盛／茂盛／繁榮昌盛。②強烈，旺盛：火勢很盛／年少氣盛。③隆重，大規模的：盛會／盛況／盛宴。④豐富：盛饌。⑤深厚：盛意／盛情。⑥普遍，廣泛：盛行／盛傳。⑦用力大，程度深：盛讚。

盜（盗） @dào @dou6 道 @EOBT
盜字上作次。
①偷：盜竊／盜取／掩耳盜鈴／欺世盜名。②偷竊或搶劫財物的人：盜賊／海盜／竊國大盜／開門揖盜。

盟 @méng @mang4 萌 @ABBT
①舊時指盟誓締約，現代指團體和團體或國與國的聯合：同盟國。②結拜的（弟兄）：盟兄／盟弟。③內蒙古自治區的行政單位。④發（誓）：盟誓。

盞（盏） @zhǎn @zaan2 賺二聲 @IIBT
①小杯子：酒盞／茶盞。②量詞，指燈：一盞燈。

盡（尽） @jìn @zeon6 燼 @LMFBT
①完畢：取之不盡／說不盡的好處。②死亡：自盡／同歸於盡。③達到極端：盡頭／盡善盡美／山窮水盡。④全部用出：盡心／盡力／物盡其用。⑤竭力做到：盡職／盡責。⑥都，全：盡歸／盡是好學生。⑦所有的：盡數／盡人皆知。

監（监）¹ @jiān @gaam1 緘 @SIBT
①督察：監察／監考。②牢獄：收監／探監。
【監禁】把犯罪的人押起來，限制他的自由。

監（监）² @jiàn @gaam3 鑑
古代的官名或官府名：國子監／欽天監（掌管天文曆法的官府）。

盤（盘） @pán @pun4 盆 @HEBT
①古代一種盥洗用具。②盛放物品的扁而淺的用具，多為圓形：托盤／茶盤。③形狀像盤或有盤子的功用的東西：磨盤／棋盤／算盤。④市場上成交的價格：開盤／收盤／平盤。⑤迴旋地繞：盤弄／盤旋／盤香／盤杠子（在杠子上旋轉運動）。⑥壘，砌（炕、竈）：盤炕／盤竈。⑦仔細查問或清點：盤賬／盤貨／盤問／盤算（細心打

算)。⑧指轉讓：招盤／受盤。⑨搬運：盤運／從倉庫盤到碼頭。⑩量詞。用於形狀或功用像盤子的東西：一盤磨。⑪量詞。用於迴旋地繞的東西：一盤電線／一盤蚊香。⑫量詞。用於棋類、球類等比賽：下一盤棋／一盤球賽。

【盤剝】利上加利地剝削。

【盤旋】繞着圈子走或飛。

盥 @guàn @gun3貫 @HXBT
①洗手或臉：盥洗室。②洗手、洗臉用的器皿。

盦 1 @ān @am1庵 @OINT
古代盛食物的器皿。

盦 2 @ān @am1庵
同「庵①」，見182頁。

盧(卢) @lú @lou4爐 @YPWBT
姓。

【盧比】印度、巴基斯坦、尼泊爾、斯里蘭卡等國的貨幣名。

【盧布】俄羅斯等國的貨幣名。

盪(荡) @dàng @dong6蕩 @EHBT
①搖動，擺動：搖盪／盪舟／盪鞦韆。②洗滌：滌盪。③全部搞光，清除：掃盪／傾家盪產。

【盪漾】水波流動。

盩 @zhōu @zau1州 @GKBT
盩厔，地名，在陝西。今作周至。

蠱 @LILIT 見虫部，549頁。

鹽 @SWBT 見鹵部，728頁。

---------- 目部 ----------

目 @mù @muk6木 @BU
①眼睛：目瞪口呆／目空一切(自高自大)／歷歷在目／有目共睹。②網眼，孔：八十目篩。③看：目為奇跡。④大項中再分的小項：大綱細目。⑤生物學把同一綱的生物按彼此相似的特徵分為若干章，每一章稱一目。⑥目錄：書目／劇目。⑦名稱：題目／名目。

【目標】①射擊、攻擊或尋求的對象：對準目標射擊。②想達到的境地或標準：學習目標。

【目箚】中醫指不停眨眼的病，多見於兒童。

盯 @dīng @ding1丁 @deng1得腥切 @BUMN
注視，集中視力看，也作「釘」：大家眼睛直盯着他。

盲 @máng @maang4猛四聲 @YVBU
①瞎，看不見東西：盲人／夜盲。②眼情失明的人：盲杖。③比喻對某種事物不能辨認的：文盲／法盲／色盲。④盲目地：盲從／盲動。

【盲從】不問是非地附和別人，盲目隨從

盱

@xū @heoi1 虛 @BUMD

睜開眼向上看。

直

@zhí @zik6 植 @JBMM

①不彎曲，跟「曲」相對：直線/筆直。②跟地面垂直的，跟「橫」相對：直升機。③從上到下的，從前到後的，跟「橫」相對：直行的文字。④使直，把彎曲的伸開：直起腰來。⑤公正合理：正直/是非曲直/理直氣壯。⑥爽快，坦率：直爽/直言/心直口快。⑦漢字的筆畫，即豎。⑧一直，徑直，直接：直到/直通車/直笑了半天/直朝操場跑去。⑨一個勁兒地，連續不斷：熱得直冒汗。⑩簡直：笑得直像傻子一樣。

盾1

@dùn @teon5 肚囊切 @HJBU

①古代打仗時防護身體，擋住敵人刀、箭等的牌。②盾形的東西：金盾。

盾2

@dùn @teon5 肚囊切

①荷蘭的舊貨幣名。②越南、印度尼西亞等國的貨幣名。

相1

@xiāng @soeng1 箱 @DBU

①互相：相像/相識/相距/不相上下。②表示一方對另一方的動作：實不相瞞/好言相勸。

相2

@xiāng @soeng1 箱 三聲

親自觀看(是不是合心意)：相中/相親/左相右看。

相3

@xiàng @soeng3 箱 三聲

①樣子，容貌：相貌/長相/可憐相。②事物的外觀：月相。③坐立的姿態。④相態，即同一物質的某種物理、化學狀態，如水具有水、水蒸氣和冰這三個相態。⑤察看事物的外表，判斷優劣：相馬。

相4

@xiàng @soeng3 箱 三聲

①輔助：吉人天相。②宰相：丞相。③某些國家的官名，相當於中央政府的部長。④舊時指幫助主人接待賓客的人：儐相。

盻

@xì @hai6 系 @BUCMS

怒視。

盼

@pàn @paan3 攀三聲 @BUCSH

①殷切地期望：切盼/盼望。②看：左顧右盼。

省1

@shěng @saang2 生二聲 @FHBU

①節約，不費：省錢/省事/省吃儉用。②簡略，減去：省略/省稱/省寫。

【省得】不使發生某種不好的情況：多穿一點吧，省得凍着。

省2

@shěng @saang2 生二聲

①地方行政區域的名稱：廣東省。②指省會：進省。

省3

@xǐng @sing2 醒

①檢討，審察：反省/內省。②探望、問候(多指到尊長處)：省親。③醒悟，明白：猛省前非。

眄

@miàn @min5 免 @BUMLS

斜着眼睛看：顧眄/眄視。

眇 ⓟmiǎo ⓨmiu5秒 ⓒBUFH
①原指瞎了一隻眼睛，後來也指瞎了兩隻眼睛。②細小，微小。

眈 ⓟdān ⓨdaam1擔 ⓒBULBU
【眈眈】注視的樣子：虎視眈眈（貪婪地看着）。

眉 ⓟméi ⓨmei5楣 ⓒAHBU
①眉毛：眉飛色舞／眉開眼笑。②書頁上端的空白地方：眉批／書眉。
【眉目】比喻事情的頭緒：有點眉目了／眉目不清楚。

眊 ⓟmào ⓨmou6冒 ⓒBUHQU
眼睛昏花。

看¹ ⓟkān ⓨhon1刊 ⓒHQBU
①守護：看門／看家／看守。②監視：看犯人／把他看起來。
【看護】①護理：看護病人。②護士的舊稱。

看² ⓟkàn ⓨhon3漢
①瞧，使視線接觸人或物：看書／看電影。②觀察並加以判斷：我看你是個誠實的人。③取決於：比賽能否如期進行，要看天氣如何。④訪問，拜望：看望／看朋友。⑤對待：看待／另眼相看。⑥診治：看病／大夫把我的病看好了。⑦照料：照看／衣帽自看。⑧用在動詞或動詞結構後面，表示試一試：做做看／問問看。

盹 ⓟdǔn ⓨdeon6鈍 ⓒBUPU
很短時間的睡眠：打盹兒（打瞌睡）／醒盹兒。

冒 ⓒABU 見冂部，46頁。

眙 ⓟyí ⓨji4怡 ⓒBUIR
盱眙，地名，在江蘇。

眚 ⓟshěng ⓨsaang2省 ⓒHMBU
①眼睛長白翳。②災異。③過錯：不以一眚掩大德。

眨 ⓟzhǎ ⓨzaap3砸 ⓒBUHIO
眼睛很快地一閉一開：眼睛直眨巴／一眨眼（時間極短）就看不見了。

真 ⓟzhēn ⓨzan1珍 ⓒJBMC
①真實，跟客觀事物相符合，跟「假」相對：真心／千真萬確。②確實，的確：真好／真高興。③清楚，顯明：聽得很真／字太小，看不真。④人的肖像，事物的形象：寫真／傳真。⑤本性，本源：反璞歸真。

眠 ⓟmián ⓨmin4棉 ⓒBURVP
①睡覺：睡眠／安眠／失眠／長眠（人死）。②某些動物睡眠那樣長時間不食不動：冬眠。

眢 ⓟyuān ⓨjyun1冤 ⓒNUBU
①眼睛乾枯下陷。②枯竭，乾枯：眢井。

眩 　普xuàn 　粵jyun6願 　又jyun4元
　BUYVI

① (眼睛) 昏花：頭暈目眩。② 迷惑，迷亂：眩於名利。

眦 1 　普zì 　粵zi6字 　YPBU

上下眼瞼的接合處，靠近鼻子的叫內眦，靠近兩鬢的叫外眦。

眦 2 　普zì 　粵zaai6寨

見【眭眦】，402頁。

省 　BUYMP「眦」的異體字，見401頁。

眷 　普juàn 　粵gyun3絹 　FQBU

① 親愛：親眷／眷屬／家眷。② 顧念，愛戀：一點也不眷戀過去。

眶 　普kuàng 　粵kwaang1筐
　BUSMG

眼的四周：眼眶／熱淚盈眶／眼淚奪眶而出。

眸 　普móu 　粵mau4牟 　BUIHQ

眼中瞳仁，泛指眼睛：明眸／凝眸遠望。

眺 　普tiào 　粵tiu3跳 　BULMO

眺望，往遠處看：登高眺遠。

眵 　普chī 　粵ci1痴 　BUNIN

眼眵，眼睛分泌出來的液體凝結成的淡黃色東西。俗稱眼屎，也叫「眵目糊」。

眼 　普yǎn 　粵ngaan5顏五聲
　BUAV

① 眼睛，視覺器官。② 孔洞，窟隆：炮眼／泉眼／針眼兒。③ 關節，要點：節骨眼／字眼。④ 判別是非好壞的能力：眼力／眼尖。⑤ 音樂的節拍：一板三眼。⑥ 量詞。用於井、窯洞等。
【眼光】① 視線。② 觀察、鑒別事物的能力：你真有眼光。③ 見識，對事物的看法：把眼光放遠點。

眾 (众) 　普zhòng 　粵zung3種
　WLOOO

① 許多，跟寡相對：眾多／眾人／寡不敵眾／眾志成城。② 許多人：聽眾／觀眾／眾所周知。

睞 　BUFD「睞」的異體字，見404頁。

眿 　普mò 　粵mak6默 　BUHHV

【眿眿】見【脈脈】，483頁。

着 1 　普zhāo 　粵zoek6雀六聲
　TQBU

① 下棋時下一子或走一步叫一着：高着兒。② 比喻計策，辦法：高着兒／沒着兒。③ 放，擱進去：着點兒鹽。④ 用於應答，表示同意：着，就按照你意思辦。

着 2 　普zháo 　粵zoek6雀六聲

① 接觸，挨上：上不着天，下不着地。② 感受，受到：着涼／着風。③ 燃燒，也指燈發光：着火／路燈都着了。④ 用在

動詞後，表示達到目的或有結果：睡着了／猜着了。⑤入睡，睡着：躺下就睡了。

着³ 🔊zhe 🔊zoek6 雀六聲

①助詞。表示動作的持續：走着／等着／開着會。②助詞。表示狀態的持續：桌上放着一本書／牆上掛着一幅畫。③助詞。用在動詞或表示程度的形容詞後表示祈使：你聽着／輕聲點兒。④助詞。加在某些動詞後，使變成介詞：順着／照着／朝着。

着⁴ 🔊zhuó 🔊zoek3 雀

穿（衣）：穿着／吃着不盡。

着⁵ 🔊zhuó 🔊zoek6 雀六聲

①接觸，挨上：附着／着陸／不着邊際。②使接觸別的事物，使附着在別的物體上：着筆／着眼／着手／着色／不着痕跡。③着落：尋找無着。
【着落】①下落：遺失的東西有着落了。②可依靠或指望的來源：這筆費用還沒有着落。③事情歸某人負責：這件事就着落在你身上。

着⁶ 🔊zhuó 🔊zoek6 雀六聲

①派遣：着人來取。②公文用語，表示命令語氣：着即施行。

睆 🔊huàn 🔊wun5 睌 🔊BUJMU

①明亮。②美好。

映 🔊shǎn 🔊sim2 閃 🔊BUKOO

眨眼，眼睛很快地開閉：那車飛得很快，一映眼就不見了。

睃 🔊suō 🔊so1 梭 🔊BUICE

斜着眼睛看。

睅 🔊hàn 🔊hon6 汗 🔊BUAMJ

眼睛突出睜着：睅目。

睏 🔊kùn 🔊kwan3 困 🔊BUWD

①疲乏想睡：孩子睏了，該睡覺了。②睡眠：睏覺／天不早了，快睡吧。

睇 🔊dì 🔊tai2 體 🔊BUCNH

斜着眼看。

睊 🔊juàn 🔊gyun3 絹 🔊BURB

【睊睊】側目而視的樣子。

睞（睞） 🔊lài 🔊loi6 來六聲 🔊BUDOO

①瞳仁不正。②看，向旁邊看：青睞（重視）。

睚 🔊yá 🔊ngaai4 涯 🔊BUMGG

眼角。
【睚眦】①發怒瞪眼：睚眦之怨。②指極小的仇恨：素無睚眦。

睛 🔊jīng 🔊zing1 晶 🔊BUQMB

眼球，眼珠：目不轉睛／畫龍點睛。

睖 🔊lèng 🔊ling6 另 🔊BUGCE

睜大眼睛注視，表示不滿意：狠狠地睖他一眼。

睜（睁） 🔊zhēng 🔊zaang1 支牲切 ❷zang1增 🔊BUBSD

張開眼睛：眼睛睜不開。

睢 1 ⓟsuī ⓒseoi1 雖 ⓒBUOG
任意胡為：恣睢。

睢 2 ⓟsuī ⓒseoi1 雖
睢縣，地名，在河南。

睹 ⓟdǔ ⓒdou2 島 ⓒBUJKA
看見：耳聞目睹／熟視無睹／有目共睹。

督 ⓟdū ⓒduk1 篤 ⓒYEBU
監督指揮：督師／督導／督促他快去。

睦 ⓟmù ⓒmuk6 目 ⓒBUCGG
和好，親近：和睦／睦鄰（同鄰家或鄰國和好相處）。

睥 ⓟpì ⓒpai5 批五聲 ⓒBUHHJ
睥右偏旁作卑，八畫。
【睥睨】眼睛斜看，表示看不起或厭惡：睥睨一切。

睨 ⓟnì ⓒngai6 魏 ⓒBUHXU
見【睥睨】，403頁。

睫 ⓟjié ⓒzit6 捷 ⓒBUJLO
睫毛，眼瞼邊緣上生的細毛。它的功用是防止塵埃等東西侵入眼內，又能減弱強烈的光線對眼睛的刺激：目不交睫。

睬 ⓟcǎi ⓒcoi2 彩 ⓒBUBD
睬右上作爫。
理會，搭理：理睬／不理不睬／睬也不睬。

睰 ⓒBUFF 「映」的異體字，見402頁。

睞 ⓟchǒu ⓒcau2 丑 ⓒBUHDF
看：睞見。

睽 ⓟkuí ⓒkwai1 規 ⓧkwai4 葵 ⓒBUNOK
①同「暌」，見264頁。②違背，不合。
【睽睽】形容注視：眾目睽睽。

睾 ⓟgāo ⓒgou1 高 ⓒHWGTI
【睾丸】也作「精巢」。雄性動物生殖器官的一部分，在陰囊內，形如卵，能產生精子。

瞄 ⓟmiáo ⓒmiu4 苗 ⓒBUTW
注意看：遠遠地瞄着他。
【瞄準】①對準目標，使射出或扔出的東西命中目標。②泛指對準：瞄準市場需求。

睿 ⓟruì ⓒjeoi6 銳 ⓒYBMCU
看得深遠：聰明睿智。

瞀 ⓟmào ⓒmau6 茂 ⓒNKBU
①目眩。②心緒昏亂：瞀亂。③愚昧。

瞍 ⓟsǒu ⓒsau2 手 ⓒBUHXE
①眼睛沒有瞳仁，看不見東西。②盲人。

睡 普shuì 粤seoi6 瑞 ⊛BUHJM
睡覺：睡眠／睡着了／睡午覺。

瞎(瞎) 普xiā 粤hat6 轄 ⊛BUJQR
①眼睛看不見東西，失明。②沒有根據、沒來由：瞎說／瞎忙／瞎錢。③糟蹋，損失：白瞎了一個名額。④亂：把線繞瞎了。

睞(睞)¹ 普mī 粤mei1 微一聲 ⊛BUYFD
①眼皮微微合攏：睞縫（眼皮合攏而不全閉）／睞着眼笑。②小睡：睞一會兒。

睞(睞)² 普mí 粤mai5 米
塵土入眼，不能睜開看東西：沙子睞了眼。

瞋 普chēn 粤can1 親 ⊛BUJBC
發怒時睜大眼睛：瞋目叱之。

瞌 普kē 粤hap6 合 ⊛BUGIT
【瞌睡】因睏倦而不由自主進入睡眠狀態：打瞌睡（坐着打盹兒）。

瞑 普míng 粤ming4 明 ⊛BUBAC
①閉眼：瞑目。②眼花：耳鼉目瞑。

瞞(瞞) 普mán 粤mun4 門 ⊛BUTLB 瞞右偏旁作兩。
隱瞞，隱藏實情，不讓別人知道：欺瞞／欺上瞞下。

瞠 普chēng 粤caang1 撐 ⊛BUFBG
瞠着眼看：瞠目相視／瞠目結舌／瞠乎其後（喻趕不上）。

瞝(瞝) 普zhǎn 粤zaam2 斬 ⊛BUJJL
眼皮開合，眨眼。

瞢(瞢) 普méng 粤mung4 蒙 ⊛TWLU
目不明：目光瞢然。

瞖 ⊛SEBU 「翳②」的異體字，見471頁。

瞜(瞜) 普lōu 粤lau1 褸 ⊛BULWV
看，語氣較不莊重：讓我瞜一瞜。

瞟 普piǎo 粤piu5 剽 ⊛BUMWF
斜着眼看：瞟了他一眼。

瞘(瞘) 普kōu 粤kau1 溝 ⊛BUSRR
眼珠子深陷在眼眶裏：瞘瞜／他病了一場，眼睛都瞘了。

瞥 普piē 粤pit3 撇 ⊛FKBU
瞥左上作尚，七畫。
短時間地大略看看：瞥見／瞥視／瞥一眼

瞬 普shùn 粤seon3 信 ⊛BUBBQ
一眨眼，轉眼：瞬間／瞬息萬變（喻

極短時間內變化極多）/一瞬即逝。

瞧 ⓐqiáo ⓑciu4 樵 ⓒBUOGF
看：瞧見/瞧得起/瞧不起/瞧，這
幅畫多鮮豔。

瞪 ⓐdèng ⓑdang6 鄧 ⓧdang1 登
ⓒBUNOT
①用力睜大眼睛：瞪眼。②睜大眼睛注視，
表示不滿。

瞷（瞯） ⓐjiàn ⓑgaan3 澗
ⓒBUANA
暗中察看，窺視：私瞷。

瞭（了） 1 ⓐliǎo ⓑliu5 了
ⓒBUKCF
明白，懂得：明瞭/一目瞭然。

瞭 2 ⓐliào ⓑliu4 聊
瞭望，遠遠地望：瞭望臺/你在遠
處瞭着點兒。

瞰（矙） ⓐkàn ⓑham3 勘
ⓒBUMJK
①俯視，從高處向下看：鳥瞰。②窺視。

瞳 ⓐtóng ⓑtung4 童
瞳孔，眼球中央的小孔，可以放大縮小，
調節外來光線的強弱。

瞻 ⓐzhān ⓑzim1 尖 ⓒBUNCR
往上或往前看：瞻觀/瞻仰/瞻前
顧後/高瞻遠矚。

瞽 ⓐgǔ ⓑgu2 鼓 ⓒGEBU
①瞎：瞽者。②指沒有識別能力的：
瞽說。

瞿 ⓐqú ⓑkeoi4 渠 ⓒBUOG
姓。

瞼（臉） 1 ⓐjiǎn ⓑgim2 檢
ⓒBUOMO
眼瞼，眼皮。

瞼（臉） 2 ⓐjiǎn ⓑgim2 檢
唐代南詔地區的行政
單位，大致與州相當。

矇（蒙） 1 ⓐmēng ⓑmung4 蒙
ⓒBUTBO
①欺騙：矇騙/欺上矇下。②胡亂猜測：
瞎矇。

矇（蒙） 2 ⓐméng ⓑmung4 蒙
眼睛失明。

矍 ⓐjué ⓑfok3 霍
ⓒBUOGE
驚視的樣子。
【矍鑠】形容老年人精神好。

矓（眬） ⓐlóng ⓑlung4 龍
ⓒBUYBP
快要睡着或剛醒時，兩眼半開半合，看
東西模糊的樣子：矇矓。

矗 ⓐchù ⓑcuk1 促
ⓒJMJMM
直立，高聳：矗立。

矖

普BUANK 「瞰」的異體字，見405頁。

矚（矚）

普zhǔ 粤zuk1 足
普BUSYI

注視：矚目/矚望/高瞻遠矚。

矛部

矛

普máo 粤maau5卯四聲 倉NINH

矛直筆鉤。

古代兵器，用來刺傷敵人。

【矛盾】① 指言語或行為前後抵觸的現象。② 因認識不同或言行衝突而造成嫌隙。③ 泛指事物相互抵觸：自相矛盾。④ 事物內部各個對立面之間的互相依賴又互相排斥的關係。⑤ 指兩個概念互相排斥或兩個判斷不能同時是真或假的關係。⑥ 具有互相排斥的性質。

矜

普guān 粤gwaan1關 倉NHOIN
① 同「鰥」，見717頁。② 同「瘝」，見390頁。

矜

普jīn 粤ging1 京
① 憐憫，憐惜：矜憐。② 自尊自大，自誇：驕矜/自矜其功。③ 慎重，拘謹：矜持。

矜

普qín 粤kan4 勤
指矛、戟的柄。

務

倉NHOKS 見力部，61頁。

矞

普yù 粤wat6核 倉NHBCR
象徵祥瑞的彩雲。

矢部

矢

普shǐ 粤ci2 始 倉OK
箭：流矢/有的放矢。

矢

普shǐ 粤ci2 始
發誓：矢口/矢志。

矢

普shǐ 粤si2 史
同「屎」，見163頁。

矣

普yǐ 粤ji5 以 倉IOK
① 用在句末，直陳語句，與「了」相當：悔之晚矣/險阻艱難，備嘗之矣。② 感歎語氣：大哉哉。

知

普zhī 粤zi1 支 倉OKR
① 知道，曉得：知無不言。② 使知道：通知/知會。③ 知識，學識，學問：求知/無知。④ 舊指主管：知縣（舊時的縣長）。⑤ 知己：新知/友友。

矧

普shěn 粤can2 診
倉OKNL

況，況且。

矩

普jǔ 粤geoi2 舉 倉OKSS
① 畫直角、方形的工具：矩尺。② 法則，規則：循規蹈矩。

短

普duǎn 粤dyun2 端二聲
倉OKMRT
① 長度小，用於空間和時間，跟「長」相對：短褲/短刀/短期/日長夜短。② 少，欠：理短/缺斤短兩。③ 短處，缺點：護短/取長補短。

矬 ⓐcuó ⓑco4 鋤 ⓒOKOOG
①身材短小，矮：他長得大矬。②把身體往下縮。③削減：矬了他的工錢。

矮 ⓐǎi ⓑai2 翳二聲 ⓒOKHDV
①人的身材短：他比哥哥矮。②高度小的：矮房子／幾棵小矮樹。③等級、地位低：矮一級。

矯(矫) 1 ⓐjiáo ⓑgiu2 繳　ⓒOKHKB
【矯情】(jiáo·qíng) 形容強詞奪理，無理取鬧。

矯(矫) 2 ⓐjiǎo ⓑgiu2 繳
①糾正，把彎曲的弄直：矯正／矯枉過正／矯揉造作。②假託：矯命／矯飾。
【矯情】(jiǎoqíng) 故意違反常情，表示與眾不同。

矯(矫) 3 ⓐjiāo ⓑgiu2 繳
強壯，勇武：矯捷／矯健。

矰 ⓐzēng ⓑzang1 增　ⓒOKCWA
古代射鳥用的繫着絲繩的箭：矰繳。

矱 ⓐyuē ⓑwok6 獲六聲　ⓒOKTOE
尺度，標準。

── 石部 ──

石 1 ⓐdàn ⓑdaam3 擔　ⓒMR
容量單位，一石是十斗。

石 2 ⓐshí ⓑsek6 碩
①構成地殼的堅硬物質，是由礦物集合而成的：石碑／石板／花崗石／石灰石。②指石刻：金石。③古代用來治病的石針：藥石。

矴 ⓐMRMN「碇」的異體字，見411頁。

矽 ⓐxī ⓑzik6 夕　ⓒMRNI
硅的舊稱。

砉 ⓐkū ⓑngat6 兀　ⓒMRON
【砉砉】努力、勤勞的樣子。

矸 ⓐgān ⓑgon1 杆　ⓒMRMJ
矸石，夾雜在煤裏的石塊。

砉 1 ⓐhuā ⓑwaak6 或　ⓒQJMR
形容迅速動作的聲音：老鷹砉的一聲飛走了。

砉 2 ⓐxū ⓑwaak6 或
形容皮骨相離的聲音：砉然。

研 1 ⓐyán ⓑjin4 賢　ⓒMRMT
①細磨：研藥／研墨。②研究，深入探求：鑽研／研討。

研 2 ⓐyàn ⓑjin6 現
同「硯」，見410頁。

砂 ⓐshā ⓑsaa1 沙　ⓒMRFH
同「沙1①」，見314頁。

砌 🔊qì 🔊cai3 切 🔊MRPSH
①建築時疊磚石，用泥灰黏合：砌牆/堆砌。②臺階：雕欄玉砌。

砍 🔊kǎn 🔊ham2 坎 🔊MRNO
①用刀、斧等猛剁，用力劈：砍柴/把樹枝砍下來。②削減，取消：砍價/從計劃中砍去一些項目。

砑 🔊yà 🔊ngaa6 訝
🔊MRMVH
用卵形或弧形的石塊碾壓或摩擦皮革、布帛等使緊實而光亮：砑牛皮。

砒 🔊pī 🔊pei1 丕 🔊MRPP
①「砷」的舊名。②指砒霜，性極毒，可做殺蟲劑。也叫信石。

砘 🔊dùn 🔊deon6 頓
🔊MRPU
播種後，用石砘子把鬆土壓實。
【砘子】播種覆土以後用來壓地的農具，是用石頭做的。

斫
🔊MRHML 見斤部，255頁。

泵
🔊MRE 見水部，314頁。

砝 🔊fǎ 🔊faat3 法 🔊MRGI
【砝碼】①天平上做質量標準的東西，用金屬製成。②借指分量、條件。

砥 🔊dǐ 🔊dai2 底 🔊MRHPM
小的磨刀石。
【砥礪】①磨刀石。②磨煉：砥礪志氣。③勉勵：互相砥礪。

砰 🔊pēng 🔊ping1 乒 🔊MRMFJ
象聲詞。形容撞擊或重物落地的聲音。

砟 🔊zhǎ 🔊zaa3 炸 🔊MRHS
小的石塊、煤塊等：煤砟子/爐灰砟兒。

砧 🔊zhēn 🔊zam1 針 🔊MRYR
捶或砸東西的時候，墊在底下的器具，有鐵製的、石頭製的、木頭製的。

砭 🔊biān 🔊bin1 鞭 🔊MRHIO
①古代治病用的石針或石片。②古代用砭石扎皮肉治病。③比喻譏刺、批評：痛砭時弊。

砮 🔊nǔ 🔊nou5 努 🔊VEMR
可用來做箭頭的石頭。

破 🔊pò 🔊po3 婆三聲 🔊MRDHE
①碎，不完整：戳破/碗打破了/衣服破了。②使損壞，使分裂，劈開：破釜沉舟/勢如破竹/破開哈密瓜。③整的換成零的：一百元紙鈔破成十張十元的。④突破，破除規定、習慣、思想等：破例/破格/打破紀錄。⑤打敗敵人，打下據點：大破敵軍/攻破城池。⑥花費，耗費：破費。⑦揭穿：破案/說破/一語道破。⑧遭

遇損傷的，破爛的：破房子／破衣爛衫。
⑨譏諷東西或人不好：誰看那破書！

砬 @lá @laap6立 @MRYT

【砬子】山上聳立的大石塊，多用於地名。

砷 @shēn @san1申 @MRLWL

一種非金屬元素，舊給「砒」。有毒，化合物可做殺菌劑和殺蟲劑。

砫 @zhù @cyu5柱 @zyu2主 @MRYG

石砫，地名，在四川。今作石柱。

砲 @MRPRU 「炮3」的異體字，見347頁。

砸 @zá @zaap3匝 @MRSLB

①用重物對準物體撞擊，重物落在物體上：砸地基／被石頭砸到腳了。②打破：碗砸了。③（事情）失敗：這件事搞砸了。

砢 @kē @o1柯 @MRMNR

【砢磣】①醜陋，難看。②丟臉，不體面。③揭發他人短處，使人難堪：叫人砢磣了一頓。

砣 @tuó @to4駝 @MRJP

①秤砣。②碾砣。③用砣子打磨玉器。

砼 @tóng @tung4同 @MROM

混凝土。

硇 @náo @naau4撓 @MRHWK

【硇砂】礦物，是氯化銨的天然產物，可入藥。
【硇洲】島名，在廣東。

硃(朱) @zhū @zyu1豬 @MRHJD

硃直筆不鉤。
【硃砂】也作「丹砂」。即辰砂。無機化合物，顏色鮮紅或棕紅，無毒，是提煉水銀的重要原料，又可做顏料或藥材。

硌1 @gè @gok3各 @MRHER

觸碰到凸起的東西而覺得不舒服或受到損傷：硌腳／硌牙。

硌2 @luò @lok6落

山上的大石。

硋 @ài @ngaai6艾 @MRTK

非金屬元素，具放射性，用作示蹤劑。

砦 @YPMR 「寨」的異體字，見156頁。

硐 @dòng @dung6洞 @MRBMR

山洞，窰洞或礦坑。

硒 @xī @sai1西 @MRMCW

非金屬元素，晶體硒的導電能力

隨光照強度的增減而改變, 可用來製光電池等。

硎 ⓐxíng ⓑjing4 刑
ⓒMRMTN
① 磨刀石。② 磨製。

硅 ⓐguī ⓑgwai1 龜 ⓒMRGG
非金屬元素, 舊稱矽, 黑灰色結晶或粉末, 是一種重要的半導體材料, 也能用來製合金等。

硦
「夯2」的異體字, 見134頁。

硜(硁) ⓐkēng ⓑhang1 鏗
ⓒMRMVM
敲打石頭的聲音。
【硜硜】淺薄固執的樣子: 硜硜之見/硜硜自守。

硝 ⓐxiāo ⓑsiu1 消 ⓒMRFB
① 硝石、硭硝等礦物鹽的通稱。
② 用撲硝或硭硝加黃米麵處理毛皮, 使皮板兒柔軟: 硝皮子。

硤(硖) ⓐxiá ⓑhaap6 俠
ⓒMRKOO
硤石, 地名, 在浙江。

硨(砗) ⓐchē ⓑce1 車
ⓒMRJWJ
【硨磲】一種軟體動物, 殼略呈三角形, 生活在熱帶海洋中。

硫 ⓐliú ⓑlau4 流 ⓒMRYIU
非金屬元素, 通稱硫黃, 黃色, 用來製硫酸、火柴、火藥、硫化橡膠等, 醫藥上用來治皮膚病。

硪 ⓐwò ⓑngo6 餓 ⓒMRHQI
一種砸地基或打樁等用的工具: 打硪。

硬 ⓐyìng ⓑngaang6 卧孟切
ⓒMRMLK
① 物體內部組織緊密, 質地堅固, 跟「軟」相對: 堅硬/硬煤/硬木。② 剛強, 不屈服: 強硬/硬漢子/心腸硬。③ 堅決或固執地做某事: 硬不承認/他幹不了卻硬要幹。④ 勉強地(做某事): 硬搶/生拉硬拽。⑤ 能力強, 品質好: 硬手/貨硬
⑥ 不能改變的: 硬性/硬指標。

硯(砚) ⓐyàn ⓑjin6 彥
ⓒMRBUU
① 硯臺, 寫毛筆字研墨用的文具。② 舊時指有同學關係的: 硯友。

硭 ⓐmáng ⓑmong4 忙 ⓒMRTYV
硭硝, 即芒硝。一種無機化合物白色或無色, 是化學工業、玻璃工業等的原料, 醫藥上用作瀉藥。

确 ⓐquè ⓑkok3 確 ⓒMRNBG
瘠薄的土。

硵 ⓒMRUON 「磠1」的異體字, 見414頁。

硼 　普péng　粤pang4 朋
　倉MRBB

非金屬元素，可用於農業、醫藥、玻璃工業等。

碰 　普pèng　粤pung3 捧三聲
　倉MRTTC

①運動着的物體與其他物體突然接觸：逆杯／碰壁／碰釘子／碰破了皮。②遇到，相遇：碰面／我在半路上碰見他。③沒有把握地試探：碰運氣／碰一碰機會。

碇 　普dìng　粤ding3 訂　倉MRJMO

繫船的石墩：下碇（停船）／起碇（開船）。

碉（碉） 　普diāo　粤diu1 刁
　倉MRBGR

【碉堡】軍事上防守用的建築物。

碚 　普bèi　粤pui5 倍　倉MRYTR

地名：北碚（在重慶）。

碌（碌） 1 　普liù　粤luk1 轆
　倉MRVNE

見下直筆鈎。

【碌碡】農具名，圓柱形，用石頭做成，用來軋穀物或平場地。

碌（碌） 2 　普liù　粤luk1 轆
①指人平凡：庸碌。
②指事務繁忙：忙碌／勞碌。

【碌碌】①平庸，無所作為：庸碌碌碌／碌碌無為。②形容事務繁雜、辛苦的樣子：碌碌半生。

碎 　普suì　粤seoi3 歲　倉MRYOJ

①完整的東西被破壞成零片零塊：粉碎／破打碎了。②使破：碎紙機／粉身碎骨。③零星，不完整：碎布／碎屑／瑣碎。④說話嘮叨：嘴太碎／閒言碎語。

碑 　普bēi　粤bei1 卑　倉MRHHJ

碑字右偏旁作卑，八畫。

刻上文字或圖畫，豎立起來作為紀念物或標記的石頭：基碑／里程碑／抗日烈士紀念碑。

碓 　普duì　粤deoi3 對
　倉MROG

舂米的器具，用木、石製成。

碘 　普diǎn　粤din2 典　倉MRTBC

非金屬元素，紫黑色結晶，有金屬光澤，供醫藥、染料等用。人體缺少碘能引起甲狀腺腫大。

碕 　倉MRKMR「埼」的異體字，見123頁。

碗 　普wǎn　粤wun2 腕　倉MRJNU

①盛飲食的器皿：飯碗／茶碗。②像碗的東西：軸碗兒。

碁 　倉TCMR「棋」的異體字，見283頁。

碧 　普bì　粤bik1 璧　倉MAMR

①青綠色的玉石：碧玉。②青綠色：碧草／青松碧柏。

碟 ⓟdié ⓔdip6 蝶 ⓒMRPTD

盛食物等的器具，底平而淺，比盤子小。

磗 ⓟzhóu ⓔduk6 獨 ⓒMRQMY

見【碌磗】，411頁。

碴¹ ⓟchā ⓔzaa1 渣 ⓒMRDAM

形容滿臉鬍子未加修飾：鬍子拉碴。

碴² ⓟchá ⓔzaa1 渣

碎片碰破皮肉：玻璃碴破了手。

碴³ ⓟzhǎ ⓔzaa1 渣

鋪在鐵路路基上面的石子：道碴。

碣 ⓟjié ⓔkit3 竭 ⓒMRAPV

圓頂的石碑：墓碣/殘碑斷碣。

碥 ⓟbiǎn ⓔbin2 扁 ⓒMRHSB

①在水旁斜着伸出來的山石。②山崖險峻地方的登山石級。

碩(硕) ⓟshuò ⓔsek6 石 ⓒMRMBC

大：碩果/豐碩/碩大無朋（形容無比的大）。

【碩士】學位名，高於學士，低於博士。

磑 ⓟwèi ⓔwai3 畏 ⓒMRWMV

石磨。

碭(砀) ⓟdàng ⓔdong6 蕩 ⓒMRAMH

碭山，地名，在安徽。

碲 ⓟdì ⓔdai3 帝 ⓒMRYBB

非金屬元素，銀白色晶體或棕灰色粉末，半導體材料。

碹 ⓟxuàn ⓔsyun5 旋 ⓒMRJMM

①橋樑、巷道等工程建築的弧形部分。②用磚、石等築成弧形。

碳 ⓟtàn ⓔtaan3 炭 ⓒMRUMF

非金屬元素，是構成有機物的主要成分，在工業和醫藥上用途很廣。

碪 ⓒMRTMV「砧」的異體字，見40_頁。

碸(砜) ⓟfēng ⓔfung1 風 ⓒMRHNI

硫酰基與烴基結合成的有機化合物，是製塑料的原料。

碱 ⓟjiǎn ⓔgaan2 簡 ⓒMRIHR

①電解質電離時所生成的負離子全部是氫氧根離子的化合物，能跟酸中和生成鹽和水。②指碳酸鈉，多用作洗滌劑。③被鹽鹼侵蝕：鹼化。

磋(磋) ⓟcuō ⓔco1 初 ⓒMRTQM

①把象牙磨製成器物。②商量討論：磋_

確(确) ⓟquè ⓔkok3 権 ⓒMROBG

①真實，符合事實的：確證/正確/千萬確。②的確：確有此事。③堅固，固定

確守/確立/確定不移/確保貨真價實。

碼(码)[1] 普mǎ 粵maa5 馬 倉MRSQF
①表示數目的符號:數碼/號碼/頁碼/價碼。②表示數目的用具:籌碼/砝碼。③量詞。用於事情:這是兩碼事。

碼(码)[2] 普mǎ 粵maa5 馬
堆疊:碼好這些磚。

碼(码)[3] 普mǎ 粵maa5 馬
英美制長度單位,1碼等於3英尺,合0.9144米。

碾 普niǎn 粵nin5 年五聲 又zin2 展 倉MRSTV
①把東西軋碎或去掉穀物皮的器具:石碾。②使穀物去皮、軋碎或使其他物體破碎、變平:碾米/碾藥。③磨製,雕琢玉石:碾玉。

磁(磁) 普cí 粵ci4 詞 倉MRTVI
①能吸引鐵、鎳等的性質:磁鐵。也作「吸鐵石」、「磁石」。一種帶磁性的礦物。

磅[1] 普bàng 粵bong6 鎊 倉MRYBS
①英美制重量單位。1磅合0.4536克。②磅秤:過磅。③用磅秤稱輕重:體重。

磅[2] 普páng 粵pong4 旁
【磅礡】①氣勢盛大:大氣磅礡。②氣勢充滿:磅礡宇內。

磙 普sǎng 粵song2 爽 倉MREED
柱下石。

磊 普lěi 粵leoi5 壘 倉MRMRR
【磊磊】石頭多。
【磊落】①心地光明坦白。②多而錯雜的樣子:山嶽磊落。

磐 普pán 粵pun4 盤 倉HEMR
大石頭:安如磐石。

磔[1] 普zhé 粵zaak6 擇 倉MRNQD
分裂肢體,是古代的一種酷刑。

磔[2] 普zhé 粵zaak6 擇
漢字的筆畫,即捺筆。

磕 普kē 粵hap6 合 倉MRGIT
①碰撞在硬東西上:磕頭(跪拜禮)/磕破了頭/碗磕掉一塊。②把盛東西的器物向地下或較硬的東西上碰,使附着的東西掉下來:磕打/磕掉鞋底的泥。

磙(磙) 普gǔn 粵gwan2 滾
①圓柱形的碾壓器具:磙子/石磙。②用磙子軋:磙地/磙壓。

磨[1] 普mó 粵mo4 蘑 倉IDMR
①摩擦:腳上磨出了水泡。②磨物體使光滑、鋒利等:磨刀/磨墨。③折磨:磨難/被疾病磨得不似人形。④糾纏:小孩子磨人。⑤磨滅,消滅:百世不

磨。⑥拖延，耗時間：磨工夫。
【磨煉】鍛煉：磨煉意志。

磨² ⓐmò ⓒmo6 麻六聲
① 把糧食弄碎的工具，通常是用兩塊圓石盤做成的。② 用磨把糧食弄碎：磨麵／磨豆腐。③ 掉轉：小胡同不能磨車。

磧(磧) ⓐqì ⓒzik1 積 ⓜMRQMC
①沙石積成的淺灘。②沙漠。

磬 ⓐqìng ⓒhing3 慶 ⓜGEMR
① 古代樂器，用玉或石做成。② 和尚敲的銅鑄的鉢狀物。

磭 「碹」的異體字，見412頁。

磰 ⓐcáo ⓒcou4 曹 ⓜMRTWA
硴磰，地名，在湖南。

磚 ⓐkàn ⓒham3 瞰 ⓜMRTVS
山崖，多用於地名：紅磚（香港地名）。

磚(砖) ⓐzhuān ⓒzyun1 專 ⓜMRJII
① 用土坯燒成的建築材料。② 像磚的東西：茶磚／冰磚（一種冷食）。

磭(磭) ¹ ⓐchěn ⓒcam2 寢 ⓜMRIIH
東西裏夾雜着沙子。

磭(磭) ² ⓐchěn ⓒcam2 寢
見【寒磭】，155頁。

碻 ⓜMRSEG「硻」的異體字，見410頁。

磰 ⓜMRSMH「碌1」的異體字，見411頁。

磜 「砝」的異體字，見409頁。

磰

磺(磺) ⓐhuáng ⓒwong4 黃 ⓜMRTMC
「硫黃」舊也作「硫磺」。見「硫」，410頁。

磾(磾) ⓐdī ⓒdai1 低 ⓜMRRRJ
用於人名：金日磾（漢代人）。

磯(矶) ⓐjī ⓒgei1 機 ⓜMRVII
江河邊的石灘或突出的巖石：采石磯／燕子磯。

磴 ⓐdèng ⓒdang3 凳 ⓜMRNOT
① 石頭台階。② 量詞。用於台階或樓梯：五磴台階。

磷 ⓐlín ⓒleon4 鄰 ⓜMRFDQ
一種非金屬元素，是生命活動不可缺少的元素。
【磷火】夜間在野地裏有時見到的白色帶青藍色火光，俗稱「鬼火」。

礌 ⓟpán ⓒpun4 蟠 ⓐMRHDW

礌溪河，水名，在陝西。

磽(硗) ⓟqiāo ⓒhaau1 敲 ⓐMRGGU

不肥沃。

【磽薄】土地堅硬不肥沃。

礁 ⓟjiāo ⓒziu1 焦 ⓐMROGF

① 河流、海裏距離水很近的巖石：暗礁。② 由珊瑚蟲的遺骸堆積成的巖礁狀物。

礂 ⓟzhǎng ⓒzoeng2 掌 ⓐMRFBQ

採礦或隧道工程中掘進的工作面：礂子。

礅 ⓟdūn ⓒdeon1 噸 ⓐMRYDK

厚而粗大的整塊石頭：石礅。

礄(硚) ⓟqiáo ⓒkiu4 喬 ⓐMRHKB

用於地名：礄頭 (在四川)。

渠 ⓟqú ⓒkeoi4 渠 ⓐMRESD

見【礃碟】，410頁。

礎(础) ⓟchǔ ⓒco2 楚 ⓐMRDDO

墊在房屋柱子底下的石：基礎。

礌 ⓟléi ⓒleoi6 類 ⓐMRMBW

① 礌石，古代守城用的石頭，從城上推下擊打攻城的人。② 擊打。

礓 ⓟjiāng ⓒgoeng1 姜 ⓐMRMWM

① 臺階：礓磜石。② 一種不透水的礦石，塊狀或顆粒狀，可以做建築材料：砂礓。

礟 ⓐMRSFK「炮3」的異體字，見347頁。

礙(碍) ⓟài ⓒngoi6 外 ⓐMRPKO

妨害，阻礙：礙事／礙手礙腳。

礞 ⓟméng ⓒmung4 蒙 ⓐMRTBO

【礞石】巖石，有青礞石、金礞石兩種。可入藥。

礦(矿) ⓟkuàng ⓒkwong3 曠 ⓐMRITC

① 蘊藏在地層中的礦物的集合體，在現有條件下可以開採和利用。② 指礦石：礦車／採礦。③ 開採礦物的場所：礦井／礦坑／下礦。

礪(砺) ⓟlì ⓒlai6 厲 ⓐMRMTB

① 磨刀石。② 磨：砥礪／磨礪。

礫(砾) ⓟlì ⓒlik1 櫪 ⓐMRVID

小石，碎石：瓦礫／礫石。

礤 ⓟcǎ ⓒcaat3 察 ⓐMRTBF

粗石。

【礤牀兒】把瓜、蘿蔔等擦成絲的器具。

礬(矾)

⑮fán ⑯faan4 凡

⑯DDKMR

某些金屬的含水硫酸鹽，也指由兩種或以上的金屬硫酸鹽結合而成的含水複鹽。

礴

⑮MRWWW「礴」的異體字，見415頁。

礳

⑮mò ⑯mo6 磨六聲

⑯MRIDR

礳石渠，地名，在山西。

礲(砻)

⑮lóng ⑯lung4 龍

⑯YPMR

①去掉稻殼的器具。②用礲去掉稻殼。

礴

⑮bó ⑯bok6 薄　⑯MRTEI

見【磅礴】，413頁。

礵

⑮shuāng ⑯soeng1 相

⑯MRMBU

地名用字：南礵島／四礵列島（都在福建）。

―――――― 示部 ――――――

示

⑮shì ⑯si6 士　⑯MMF

示獨體作示，左偏旁作示 礻。

表明，把事物拿出來或指出來使別人知道：暗示／示眾／示威／表示意見／示範作用／以目示意。

礽

⑮réng ⑯jing4 仍　⑯IFNHS

福。

祁

⑮qí ⑯kei4 祈　⑯IFNL

①指安徽省祁門：祁紅（祁門出產的紅茶）。②指湖南祁陽：祁劇。

社

⑮shè ⑯se5 些五聲　⑯IFG

①古代把土地神和祭祀土地神的地方、日子和祭禮都叫社：春社／秋社／社日／社稷。②指某些團體或機構：詩社／報社／通訊社／集會結社。③某些服務性機構：茶社／旅行社。

【社稷】「社」是土神，「稷」是穀神，古代君主會祭社稷，後來以此代表國家。

祀

⑮sì ⑯zi6 寺　⑯IFRU

祀右偏旁作巳，三畫。

①祭祀：祀祖／祀孔。②殷代特指年：有三祀。

祉

⑮zhǐ ⑯zi2 止　⑯IFYLM

幸福：福祉。

祇¹

⑮qí ⑯kei4 祈　⑯IFHVP

地神。

祇²

⑮zhǐ ⑯zi2 止

同「只」，見76頁。

祊

⑮bēng ⑯bang1 崩　⑯IFYHS

①古代宗廟門內設祭的地方。②古代廟門內舉行的祭祀。

祈

⑮qí ⑯kei4 旗　⑯IFHML

①祈禱：祈福。②請求、希望：祈求／祈望／敬祈批評。

祆

●xiān ●hin1 軒 ●IFHK

祆右偏旁作天，首筆橫畫。

祆教】拜火教。

祕(秘)

1 ●bì ●bei3 臂 ●IFPH

罕音用字，如祕魯（國名，在南美洲）。

祕(秘)

2 ●mì ●bei3 臂

①不讓人知道的：祕
……祕訣/祕室/祕事。②保守祕密：祕而
宣/祕不示人。③罕見，稀有：祕寶/祕
……④指祕書：文祕。

右

●yòu ●jau6右 ●IFKR

①同「佑」，見20頁。②用於地名：
祐（在廣東）。

祓(被)

●fú ●fat1 忽 ●IFIKK

……古代求福除災的祭
。②清除，掃除。

且

●zǔ ●zou2 組 ●IFBM

①父母親的上一輩：祖父/伯祖/
祖。②宗家：曾祖/高祖/遠祖。③事業
派別的首創者：鼻祖/祖師。

祗

●zhī ●zi1 之 ●IFHPM

恭敬：祗仰/祗候光臨。

石

●shí ●sek6 石 ●IFMR

古代宗廟中藏神主的石室。

作

●zuò ●zou6 造 ●IFHS

①福：門衰祚薄。②君主的位置：
帝祚/踐祚。

祛

●qū ●keoi1 驅 ●IFGI

除去，驅逐：祛疑/祛痰。

祐

●hù ●wu2 滸 ●IFJR

福。

祝

1 ●zhù ●zuk1 足 ●IFRHU

①衷心地表示對人對事的美好願望：祝
您健康/祝學業進步。②姓。

祝

2 ●zhù ●zuk1 足

削，斷絕：祝髮為僧（剃去頭髮當
和尚）。

神

●shén ●san4 臣 ●IFLWL

①宗教指天地萬物的創造者和統
治者，迷信的人指神仙或德行、能力高
超的人死後的精靈：神位/天神/海神/
財神/無神論。②神話中的人物，有超人
的能力：料事如神/用兵如神。③特別高
超或出奇，令人驚異，神妙的：神速/神
效/神機妙算。④精力，心思：精神/費神/
留神/聚精會神。⑤表情：神色/神情/神
氣。

祟

●suì ●seoi3 遂 ●UUMMF

原指鬼怪或鬼怪害人，借指不正
當的行動：鬼祟/作祟（暗中搗鬼）。

祠

●cí ●ci4 詞 ●IFSMR

供奉祖宗或有先賢烈士的地方：
祖祠/先烈祠。

祥 ⓐxiáng ⓒcoeng4 詳 ⓔIFTQ
吉利：吉祥／不祥。

祧 ⓐtiāo ⓒtiu1 挑 ⓔIFLMO
① 古代指祭遠祖的廟，後來指承繼先代：兼祧。② 指古時把隔了幾代的祖先、神主等遷於遠祖的廟合祭。

票 ⓐpiào ⓒpiu3 漂 ⓔMWMMF
① 印的或寫的憑證：車票／戲票／選舉票。② 鈔票，紙幣，通貨。③ 指綁架者用來勒索錢財的人質：綁票／贖票。④ 量詞。批，樁：一票買賣。⑤ 稱非職業的演戲：票友／玩票。

祭1 ⓐjì ⓒzai3 際 ⓔBOMMF
① 祭祀：祭祖／祭壇。② 對死者表示追悼、敬意的儀式：祭奠／公祭烈士。③ 使用法寶。

祭2 ⓐzhài ⓒzaai3 債
姓。

視 ⓔIFBUU 見見部, 562頁。

裸 ⓐjìn ⓒzam1 針 ⓔIFSME
太陽旁邊的雲氣，預示吉凶，多指不祥之氣。

禀 ⓔYWRF「稟」的簡體字, 見423頁。

褚 「蜡」的異體字, 見541頁。

祺 ⓐqí ⓒkei4 其 ⓔIFTMC
吉祥，多用於書信結尾祝頌語：時祺。

禁1 ⓐjīn ⓒgam1 今 ⓔDDMMF
① 耐，受得住：弱不禁風／這種衣服禁穿。② 忍住：不禁／情不自禁。

禁2 ⓐjìn ⓒgam3 噤
① 不許，制止：禁止／禁用。② 拘押：禁閉／監禁。③ 法律或習慣上制止的事：犯禁／入國問禁。④ 舊時稱皇帝居住的地方：禁中／官禁。

祿(禄) ⓐlù ⓒluk6六 ⓔIFVN
祿右偏旁直筆鈎。
古代稱官吏的俸給：高官厚祿／無功受祿。

禋 ⓐyīn ⓒjan1 因 ⓔIFMWG
① 古代祭天的祭名。② 泛指祭祀。

褉 ⓐxì ⓒhai6 系 ⓔIFQHK
古代春秋兩季在水邊舉行的祭祀。

禍(祸) ⓐhuò ⓒwo6和六聲 ⓔIFBBR
① 災難，跟「福」相對：闖禍／大禍臨頭。② 損害，使受災殃：禍國殃民。

禎(祯) ⓐzhēn ⓒzing1 貞 ⓔIFYBC
吉祥。

褅 ⓐdì ⓒdai3帝 ⓔIFYBB
古代的一種祭祀。

福 ⓟfú ⓒfuk1 幅 ⓒIFMRW
① 幸福,福氣,跟「禍」相對:福利/造福百姓。② 舊時婦女行「萬福」禮:福了一福。③ 指福建:福橘。
【福利】① 生活上的利益,特指對職工生活的照顧:福利事業/員工福利。② 使生活上得到利益:福利人民。

禪(裑) ⓟyī ⓒji1 衣 ⓒIFDMQ
美好。多用於人名。

裑 ⓟzhuó ⓒzoek3 灼 ⓒIFTGF
姓。

禡(祃) ⓟmà ⓒmaa6 罵 ⓒIFSQF
古時軍隊出征時在駐紮的地方舉行的祭禮。

襑 ⓟxuān ⓒhyun1 喧 ⓒhyun3 勸 ⓒIFWLM
姓。

禦(御) ⓟyù ⓒjyu6 預 ⓒHLMMF
抵擋:防禦/禦敵/禦寒。

潁 ⓒPFMBC 「穎」的異體字,見 425 頁。

禪(禅) 1 ⓟchán ⓒsim4 蟬 ⓒIFRRJ
① 佛教指靜思,排除雜念:坐禪。② 關於佛教的:禪杖/禪師。

禪(禅) 2 ⓟshàn ⓒsin6 善
禪讓,指古代帝王讓位給別人。

禧 ⓟxǐ ⓒhei1 嘻 ⓒIFGRR
幸福,吉祥:年禧/新禧。

禮(礼) ⓟlǐ ⓒlai5 醴 ⓒIFTWT
① 由一定道德觀念和風俗習慣形成的儀式:婚禮/喪禮。② 表示尊敬的言語或動作:敬禮/禮貌/禮節。③ 表示慶賀或敬意而贈送的物品:送禮/節日獻禮。④ 以禮相待:禮賢下士。

襧(祢) ⓟmí ⓒnei4 尼 ⓒIFMFB
姓。

襗(祷) ⓟdǎo ⓒtou2 討 ⓒIFGNI
① 向神祈求保佑:禱告/祈禱。② 盼望(書信用語):盼禱/是所至禱。

襄 ⓟráng ⓒjoeng4 陽 ⓒIFYRV
向鬼神祈禱以消災:禳災。

――――― 内部 ―――――

禹 ⓟyǔ ⓒjyu5 雨 ⓒHLBI
傳說是夏朝的第一個王,他曾經治過洪水。

禺 ⓟyú ⓒjyu6 預 ⓒWLBI
古書上說的一種猴。

禼（禼） 普xiè 粵sit3屑
倉YWKB

用於人名。

禽（禽） 普qín 粵kam4琴
倉OYUB

①鳥類的總稱：家禽/飛禽。②鳥獸的總稱。

───── 禾 部 ─────

禾 普hé 粵wo4和 倉HD
禾直筆不鈎。

①穀類作物的幼苗，特指水稻的植株。②古代特指粟。

私 普sī 粵si1思 倉HDI
①個人的或為個人的，跟「公」相對：私事/私信。②只顧自己利益：私心/自私/大公無私。③暗地裏，私下：私訪/竊竊私語。④祕密而不合法的：私鹽/私貨。

禿（禿） 普tū 粵tuk1 拖屋切
倉HDHU 禿下作儿。

①人沒有頭髮，鳥獸頭尾沒有毛：禿頂/禿尾。②山沒有樹或樹木沒有枝葉：禿山。③物體失去尖端：禿針/筆尖禿了。④首尾結構不完整：這篇文章結尾寫得有點禿。

秀[1] 普xiù 粵sau3瘦 倉HDNHS
①植物吐穗開花，多指莊稼：秀穗/六月六，看穀秀。②凸出，高出：一峯

獨秀。③美麗而不俗氣：秀麗/山明水秀/眉清目秀。④聰明：內秀/心秀。⑤特別優異的：優秀。⑥優異的人才：新秀/後起之秀。

【秀氣】①清秀：字很秀氣。②言談舉止文雅。③器物靈巧輕便：這個東西做得很秀氣。

秀[2] 普xiù 粵sau3瘦
表演、演出：時裝秀。

秉 普bǐng 粵bing2丙 倉HDL
①拿着，持：秉燭/秉筆。②掌握、主持：秉政。③古代容量單位，合十六斛。

秈 倉HDU 「籼」的異體字，見442頁

季 倉HDND 見子部，149頁。

秊 倉HDHJ 「年」的異體字，見178頁

和 倉HDR 見口部，85頁。

秋 普qiū 粵cau1抽 倉HDF
①四季中的第三季：深秋/秋高氣爽。②莊稼成熟的時節：麥秋。③指秋天成熟的農作物：收秋。④指一年的時間：千秋萬歲。⑤指某個時期（多指不好的）：多事之秋。

【秋分】二十四節氣之一。

【秋千】也作「鞦韆」。遊戲用具，架子上

繫兩根長繩, 繩端拴一塊板, 玩時人在板上前後擺動。

科¹ 🔊kē 🔊fo1 蝌 🔊HDYJ
①學術或業務的類別：科目/文科/理科/專科/骨科/婦科。②機關內部組織的劃分：祕書科/財務科。③科舉考試, 也指科舉考試的科目：科場/登科/開科取士。④指科班：坐科/出科。⑤生物學中把同一目的生物按照彼此相似的特徵分為若干羣, 每羣叫一科, 如松柏目分為松科、杉科、柏科等。⑥法律條文：金科玉律/作奸犯科。⑦判定刑罰：科刑/科以罰金。
【科班】舊時招收兒童培養成為戲曲演員的學校組織。常用來比喻正規的教育訓練。

科² 🔊kē 🔊fo1 蝌
古典戲劇裏指角色的動作表情：科白。

秒 🔊miǎo 🔊miu5 渺 🔊HDFH
①計量單位, 時間, 六十秒為一分鐘。②計量單位, 弧或角, 六十秒為一分。③計量單位, 經緯度, 六十秒為一分。

秕 🔊bǐ 🔊bei2 比 🔊HDPP
①不飽滿的籽實：秕子/秕糠。②(籽實)不飽滿：秕粒/秕穀子。③惡, 壞：秕政。

香 🔊HDA 見香部, 700頁。

租 🔊zū 🔊zou1 遭 🔊HDBM
①租用：租房/租車。②出租：這個店開展了租衣業務。③出租所收取或租用所支付的金錢或實物：房租/地租/減租。④舊指田賦：租稅。

秭 🔊zǐ 🔊zi2 子 🔊HDLXH
①古代指一萬億。②秭歸, 地名, 在湖北。

秣 🔊mò 🔊mut3 抹 🔊HDDJ
秣右偏旁直單不鉤。
①牲口的飼料：糧秣。②餵牲口：秣馬厲兵。

秤 🔊chèng 🔊cing3 稱三聲 🔊HDMFJ
衡量輕重的器具, 有地秤、彈簧秤等多種, 也專指桿秤。

秦 🔊qín 🔊ceon4 巡 🔊QKHD
①周朝國名。②朝代名, 嬴政所建立。③指陝西和甘肅, 特指陝西。

秧 🔊yāng 🔊joeng1 央 🔊HDLBK
①植物的幼苗：樹秧兒/茄子秧。②特指稻苗：插秧。③某些植物的莖：瓜秧/豆秧。④某些飼養的幼小動物：魚秧子/豬秧子。⑤栽植, 畜養：秧幾棵樹/秧一池魚。
【秧歌】中國民間歌舞的一種, 流行於北方廣大農村。

秩¹ 🔊zhì 🔊dit6 迭 🔊HDHQO
①次序, 有條理, 不混亂的情況：

社會秩序良好。②俸祿，也指官的品級：厚秩/加官進秩。

秩² 粵zhì 粵dit6迭
十年：七秩壽辰。

秫 粵shú 粵seot6述 倉HDIJC
高粱，多指黏高粱：秫米/秫秸。

秘 倉HDPH「祕」的簡體字，見417頁。

移 粵yí 粵ji4宜 倉HDNIN
①改變原來的位置：遷移/移花/移植/移交/轉移陣地。②改變，變動：移風易俗/堅定不移。
【移譯】翻譯。

秸 粵jiē 粵gaai1皆 倉HDGR
農作物脫粒以後剩下的莖：麥秸/秫秸/豆秸。

稅 粵shuì 粵seoi3歲 倉HDCRU
國家向企業、集體或個人依法徵收的貨幣或實物：納稅/營業稅。

稀 粵xī 粵hei1希
①事物中間距離遠、空隙大，跟「密」、「稠」相對：月明星稀/地廣人稀。②少：稀少/稀罕/稀有金屬。③濃度小，含水分多：稀飯/稀泥/稀釋。④指稀的東西：糖稀。⑤用在「爛」、「鬆」等形容詞前面，表示程度深：稀爛。
【稀鬆】①懶散，鬆懈：作風稀鬆。②差

勁。③無關緊要的：別把這些稀鬆事放心上。

稂 粵láng 粵long4狼 倉HDIAV
古書上指狼尾草。

稈(秆) 粵gǎn 粵gon2桿 倉HDAMJ
稻麥等植物的莖：高粱稈兒/高稈作物

程 粵chéng 粵cing4呈 倉HDRHG
程右下作壬。
①法則，規矩：章程/程式。②進度，先後次序：程序/議程/課程。③道路，一段路：路程/起程/送他一程。④距離：里程/射程。⑤衡量：計日程功。⑥姓。

稍¹ 粵shāo 粵saau2哨二聲 倉HDFB
略微：稍微/稍有不同/稍等一等。

稍² 粵shào 粵saau2哨二聲
【稍息】軍事或體操的口令，命令從立正姿勢變為休息的姿勢。

稃 粵fū 粵fu1呼 倉HDBND
稻、麥等植物的花外面包著的硬殼內稃。

黍 倉HDOE 見黍部，730頁。

稉 倉HDMLK「粳」的異體字，見44頁。

嵇 粵HDIUU 見山部，169 頁。

稻 粵HDRR 「穗」的異體字，見 425 頁。

稔 普rěn 粵nam5 尼冼切 粵HDOIP
①莊稼成熟。②年，一年：五稔。③熟悉，多指對人：稔知／素稔。

稗 普bài 粵baai6 敗 粵HDHHJ
①一年生草本植物，稻田害草。②比喻微小的，瑣碎的：稗官／稗史。

稞 普kē 粵fo1 科 粵HDWD
青稞，麥的一種，產在西藏、青海等地。

稙 普zhī 粵zik6 直 粵HDJBM
莊稼種得較早或熟得較早：稙穀子／白玉米稙（熟得早）。

稚 普zhì 粵zi6 治 粵HDOG
①幼小：稚子／稚氣。②莊稼種得晚些。

稰 普bàng 粵bong6 鎊 粵HDYTR
玉米，稰頭。

稟(稟) 普bǐng 粵ban2 品 粵YWRD
①舊時下對上報告：稟告／稟明一切。②稟告的文件：稟帖。③承受，生成的：稟受／稟性。

稠(稠) 普chóu 粵cau4 綢 粵HDBGR
稠右偏旁作周。
①多而密：人煙稠密／稠人廣眾。②濃度高：稠糊／這粥太稠了。

稜(棱) 普léng 粵ling4 菱 粵HDGCE
①物體上不同方向的兩個平面連接的部分：桌子稜兒／見稜見角。②稜角，物體表面上的條狀突起：瓦稜／木頭稜子。

種(种) 1 普zhǒng 粵zung2 腫 粵HDHJG
①物種的簡稱：虎是哺乳動物貓科豹屬的一種。②特指種類：黃種／白種／種族。③類別，式樣：工種／兵種。④泛指生物傳代繁殖的物質：麥種／配種／傳種。⑤量詞。指膽量或骨氣：有種。⑥量詞。指人或事物的種類：三種人／各種情況。

種(种) 2 普zhòng 粵zung3 眾
①種植，把種子埋在泥土裏或把幼苗栽在土裏使生長：種莊稼／種瓜得瓜，種豆得豆。②接種：種牛痘。

稱(称) 1 普chèn 粵cing3 青三聲 粵HDBGB
適合，相當：稱心／稱職／相稱／對稱。

稱(称) 2 普chēng 粵cing1 青
①叫，叫做：自稱／稱得起英雄。②名字，名號：簡稱／別稱。③說：拍手稱快／連聲稱好。④讚揚：稱許／稱賞。

稱(称)[3] 📖chēng 📖cing3 青
三聲

量輕重：把這包米稱一稱。

稱(称)[4] 📖chēng 📖cing3 青
三聲

舊同「秤」，見 421 頁。

稭 📖HDPPA「稭」的異體字，見 422 頁。

稷 📖HDMBK「糯」的異體字，見 445 頁。

稻 📖dào 📖dou6 道
📖HDBHX

①一種穀類植物，有水稻、陸稻之分，通常指水稻。籽實有硬殼，經碾製後就是大米。②這種植物的籽實。

稷 📖jì 📖zik1 跡 📖HDWCE
①古代一種糧食作物，有稷子、高粱、不黏的黍三種說法。②古代以稷為百穀之長，因此帝王奉祀為穀神。

稼 📖jià 📖gaa3 嫁 📖HDJMO
①種植穀物：稼穡（稼穀和收穫，農事的總稱）。②穀物：莊稼。

稹 📖zhěn 📖can2 診 📖HDJBC
同「縝」，見 458 頁。

稽[1] 📖jī 📖kai1 溪 📖HDIUA
①查考：稽核/稽查/無稽之談。②計較：反脣相稽。

稽[2] 📖jǐ 📖kai1 溪
停留，拖延：稽留/稽延時日。

稽[3] 📖qǐ 📖kai1 啟
【稽首】①古時叩頭的敬禮。②出家人的行禮方式。

稿[1] 📖gǎo 📖gou2 橋 📖HDYRB
穀類植物的莖：稿薦（稻草編的墊子）。

稿[2] 📖gǎo 📖gou2 橋
文字、圖畫的草稿：文稿/定稿。

穀(谷) 📖gǔ 📖guk1 菊
📖GDHNE

①稻、麥、高粱等作物的總稱：五穀。②指粟，沒有去殼的殼子籽實：穀草。③稻，也指稻的籽實：糯穀/粳穀/軋穀機。
【穀雨】二十四節氣之一。

穆 📖mù 📖muk6 目 📖HDHAH
恭敬，嚴肅：靜穆/肅穆。

穌(稣) 📖sū 📖sou1 蘇
📖NFHD

①同「蘇」3，見 532 頁。②耶穌，基督教所信奉的救世主。

積(积) 📖jī 📖zik1 績
📖HDQMC

①聚集：積水/積少成多/日積月累。②長時間積累下來的：積習/積弊。③中醫：兒童消化不良的病：食積/奶積。④乘積的簡稱。

【積極】①正面的，肯定的：積極想法/積極作用。②進取的，熱心的：積極分子/工作積極。

穎(穎) @yǐng @wing6 泳
@PDMBC

①植物學上指某些禾科植物籽實帶芒的外殼。②某些小而細長的東西的尖端：短鋒羊毫筆。③聰明：聰穎/穎悟。

穄(穄) @cǎn @saam1 衫
@HDIIH

①穄子，一種穀類植物，籽實可以吃。②這種植物的籽實。

穄 @jì @zai3 祭 @HDBOF

穄子，跟黍子相似，但籽實煮熟後不黏。

穇 @HDILE「糠」的異體字，見445頁。

穗 @suì @seoi6 遂 @HDJIP

①穀類植物的花或實聚生在莖的頂端：麥穗兒/高粱穗兒。②用絲、布條等紮成的裝飾品，掛起來往下垂：黃穗工藝的宮燈。③廣州市的別稱。

穉 @HDSEQ「稚」的異體字，見423頁。

穮(秾) @nóng @nung4 農
@HDTWV

花木繁盛：夭桃穠李。

穯(稿) @sè @sik1 色
@HDGOW

收割莊稼：稿穯。

穢(秽) @huì @wai3 畏
@HDYMH

①骯髒：污穢/穢土。②醜惡，醜陋：穢行/自慚形穢。

穤 @HDMBB「糯」的異體字，見445頁。

穩(稳) @wěn @wan2 蘊
@HDBMP

①穩當，安定，固定：站穩立場/穩步前進。②沉着，不輕浮：穩重/沉穩。③妥帖，可靠：十拿九穩。④使穩定：你先穩住他。

積 @HULMC「頹」的異體字，見690頁。

穫(获) @huò @wok6 獲
@HDTOE

收割：收穫。

穭(穭) @lǔ @leoi5 呂
@HDNWA

穀物等不種自生的：穭生。

穰 @ráng @joeng4 羊
@HDYRV

①稻、麥等的秸子：穰草。②同「瓤」，見377頁。

【穰穰】形容五穀豐饒：穰穰滿家。

——— 穴部 ———

穴 ⓐxué ⓔjyut6月 ⓙJC
①窟窿，巖洞，後泛指地上或建築物上的坑、孔：洞穴／穴居野處。②動物的窩：巢穴／虎穴。③墓穴：土穴。④穴道，人體可以進行針灸的部位，也叫「穴位」：太陽穴。

穵 ⓐwā ⓔwaat3挖 ⓙJCN
同「挖」，見227頁。

究 ⓐjiū ⓔgau3救 ⓙJCKN
①推求，追查：究辦／追究／研究／必須深究。②到底，究竟：此事究竟應如何處理？

穸 ⓐxī ⓔzik6夕 ⓙJCNI
見【窀穸】，426頁。

穹 ⓐqióng ⓔkung4窮 ⓙJCN
高起成拱形的，借指天空：穹蒼。

空[1] ⓐkōng ⓔhung1兇 ⓙJCM
①不包含甚麼，裏面沒有東西或沒有內容，不切實際的：空碗／空話／空想／空談／空房子／空無一人。②天空：晴空／高空／當空／空中樓閣。③沒有結果地，白白地：空忙／空歡喜。

空[2] ⓐkòng ⓔhung1兇
①使空，騰出來：空一個格／空出一個房間／想方法空出一些時間來。②沒被利用或裏面缺少東西：空白／空房／空地。③沒被佔用的地方或時間：填空／有

空兒再來。
【空子】①未被佔用的地方或時間。②可乘的機會，多指做壞事的：鑽空子。

帘 ⓙJCLB 見巾部，175頁。

穿 ⓐchuān ⓔcyun1川 ⓙJCMVH
①破，透：水滴石穿／屋漏瓦穿／用錐子穿一個洞。②放在動詞後，表示通透或徹底顯露：說穿／看穿。③通過孔洞、縫隙、空地等：穿針／穿過小巷。④用繩線等通過物體把物品連貫起來：用繩子把鐵環穿起來。⑤把衣物套在身上：穿衣／穿鞋

窀 ⓐzhūn ⓔzeon1津 ⓙJCPU
【窀穸】墓穴。

突 ⓐtū ⓔdat6凸 ⓙJCIK
①猛衝：突破／突圍／狼奔豕突。②在短時間內發生：突變／突然停止／氣溫突降。③高於周圍：突起／突出。④古代竈旁突起的出煙火口，相當於現在的煙囪：竈突／曲突徙薪。
【突兀】①形容高聳：山石突兀。②突然出乎意外：他冒出突兀的話來，大家追問所以。

窉 ⓙJCTT 「阱」的異體字，見668頁

窄 ⓐzhǎi ⓔzaak3責 ⓙJCHS
①狹，不寬，寬度小：路太窄／地方

太狹窄。②氣量小，心胸不開朗：他的心眼太窄。③生活不寬裕：以前的日子很窄，現在可好了。

①收藏東西的地洞：地窖/酒窖。②把東西藏在窖裏：窖蘿蔔。

窊 ⓟjiào ⓒgaau3 較 ⓘJCHHL
地窖。

窅 ⓟyǎo ⓒjiu2 妖 ⓘJCBU
形容深遠。

窈 ⓟyǎo ⓒjiu2 夭 ⓜmiu5 秒
ⓘJCVIS 窈下作幼。
①深遠。②昏暗。
【窈窕】① 形容女子文靜而美好。② 形容宮室、山水幽深。

窆 ⓟbiǎn ⓒbin2 扁 ⓘJCHIO
埋葬。

窓 ⓘJCIP「窗」的異體字，見427頁。

窒 ⓟzhì ⓒzat6 栓 ⓘJCMIG
阻塞不通：窒息/窒礙。

窕 ⓟtiǎo ⓒtiu5 挑五聲 ⓘJCLMO
見【窈窕】，427頁。

窗 ⓟchuāng ⓒcoeng1 昌
ⓘJCHWK
窗戶，房屋通氣透光的裝置：窗明几淨。

窖(窖) ⓟjiào ⓒgaau3 教
ⓘJCHGR 窖下作告。

窘 ⓟjiǒng ⓒkwan3 困 ⓘJCSKR
① 窮困：他失業了，生活很窘。② 難住，使為難：你一言，我一語，窘得他滿臉通紅。

窟 ⓟkū ⓒfat1 忽 ⓘJCSUU
① 洞穴：石窟/狡兔三窟。② 某類人聚居或聚集的場所：匪窟/盜窟/貧民窟。

窠 ⓟkē ⓒfo1 科 ⓘJCWD
鳥獸昆蟲的窩：狗窠/蜂窠/鳥在樹上做窠。
【窠臼】比喻文章或其他藝術品所依據的老套子，現成格式。

窣 ⓟsū ⓒseot1 恤 ⓘJCYOJ
見【窸窣】，428頁。

窨 1 ⓟxūn ⓒfan1 分
ⓘJCYTA
同「熏」，用於窨茶葉。把茉莉花等放在茶葉中，使茶葉染上花的香味。

窨 2 ⓟyìn ⓒjam3 陰
地窨子，地下室。

窩(窩) ⓟwō ⓒwo1 倭
ⓘJCBBR
① 禽獸或其他動物的巢穴：雞窩/馬蜂窩。② 比喻人安身、聚居的地方：安樂窩。③ 指人體或物體所佔的位置：他不動窩

兒。④像窩的東西：被窩兒。⑤凹進去的地方：眼窩/酒窩兒。⑥私藏罪犯、違禁品或贓物：窩贓/窩藏。⑦蜷縮或待在某處不活動：窩在家裏。⑧鬱積不得發作，停滯不能發揮作用：窩火/窩工。⑨弄彎，使曲折：把鐵絲窩個圓圈。⑩量詞。用於一胎所生的或一次孵出的動物：一窩生了三隻狗。

窪(洼) 　@wā @waa1 蛙　@JCEGG

①低凹，深陷：窪地/這地太窪。②凹陷的地方：水窪兒/這裏有個窪兒。

窬 　@yú @jyu4 俞　@JCOMN

從牆上爬過去：穿窬之盜（穿牆和爬牆的賊）。

窮(穷) 　@qióng @kung4 穹　@JCHHN

①缺乏財物，跟「富」相對：貧窮/他過去很窮。②完了：理屈辭窮/無窮無盡/日暮途窮。③用盡，費盡：窮兵黷武。④徹底：窮究/窮追猛打。⑤達到極點：窮兇極惡/窮奢極侈。⑥表示在財力、能力方面不夠條件卻還勉強去做或本來不應該這樣做卻還要這樣做：窮講究/窮折騰。

窰(窑) 　@yáo @jiu4 姚　@JCTGF

①燒磚、瓦、陶器等物的建築物。②指土法生產的煤礦：煤窰。③窰洞，在土坡上特為住人挖成的洞。

窳 　@yǔ @jyu5 羽　@JCHOO

惡劣，壞：窳劣/窳敗。

窶(窭) 　@jù @geoi6 巨　@JCLWV

貧窮：貧窶。

窵(窎) 　@diào @diu3 釣　@JCHAF

深遠：窵遠。

窸 　@xī @sik1 悉　@JCHDP

【窸窣】細小的摩擦聲音。

窺(窥) 　@kuī @kwai1 虧　@JCQOU

從小孔或縫隙裏看：窺探/窺伺/窺見真相/管窺蠡測（喻見識淺陋，看不清高深的道理）。

窻 　@JCHWP「窗」的異體字，見427頁。

窾 　@kuǎn @fun2 款　@JCGFO

①空隙。②空虛。

窿 　@lóng @lung4 隆　@JCNLM

煤礦坑道。

竄(窜) 　@cuàn @cyun3 寸　@JCHXV

①逃走，亂跑：東跑西竄/抱頭鼠竄。②放逐，驅逐。③改動（文字）：竄改/點竄。

竅(窍) 粵qiào 普hiu3 鼻三聲 倉JCHSK

①窟窿，孔洞，特指眼耳口鼻等孔：七竅。
②解決問題的關鍵：訣竅/竅門/一竅不
通。

竇(窦) 粵dòu 普dau6 豆 倉JCGWC

①孔，洞：狗竇。②人體某些器官或組織
的內部凹入部分：鼻竇。

竈(灶) 粵zào 普zou3早三聲 倉JCGRU

①用磚、金屬等製成的生火做飯的設備：
爐竈/煤氣竈。②借指廚房：下竈。③指
竈神：祭竈。

竊(窃) 粵qiè 普sit3 屑 倉JCHDB

①偷盜：行竊/竊案。②用不合法不正當
的手段取得：竊位/竊國。③偷偷地：竊
笑/竊聽。④謙指自己意見或行為，表示
私自、私下：竊謂/竊以為。

立 部

立 粵lì 普lap6粒六聲 倉YT

①站：立正/坐立不安。②使豎起
來：立碑/立竿見影。③直豎着：立櫃。
④建立，樹立：立功/立志。⑤制定，訂
立：立法/立約/立個字據。⑥君主即位。
⑦指確定繼承地位，確立：立嗣/立皇太
子。⑧存在，生存：自立/獨立。⑨馬上：
立奏奇效。

竑 粵hóng 普wang4 宏 倉YTKI

廣大。

站1 粵zhàn 普zaam6 暫 倉YTYR

直着身體，兩腳着地或踏在物體
上：站崗/請同學們站起來。

站2 粵zhàn 普zaam6 暫

①停下來：不怕慢，就怕站。②讓
乘客上落或貨物裝卸的停車處：車站。③為
某種業務而設立的機構：氣象站/汽油
補給站。

竚 倉YTJMN 「佇」的異體字，見20頁。

竝 倉YTYT 「並」的異體字，見5頁。

翊 倉YTSMM 見羽部，469頁。

竟 粵jìng 普ging2 景 倉YTAHU

①終了，完畢：英雄豪傑未竟的事
業。②整，從頭到尾：竟日。③到底，終
於：有志者事竟成。④居然，表示出乎意
料：這樣巨大的工程，竟在短短半年內
就完成了。

章1 粵zhāng 普zoeng1 張 倉YTAJ

①詩歌文詞的段落：樂章/第一
章/篇章結構。②量詞，用於分章節的詩
文：全書分為十章。③條目：約法三章。
④條理：雜亂無章。⑤章程，法規：簡章/
規章。⑥奏章。

章 2 🔊zhāng 🔊zoeng1 張
①戳記：圖章／蓋章。②佩戴在身上的標誌：徽章／臂章。

竣 🔊jùn 🔊zeon3 俊 🔊YTICE
事情完畢：竣工／告竣。

竦 🔊sǒng 🔊sung2 聳 🔊YTDL
恭敬，肅敬。

童 🔊tóng 🔊tung4 同 🔊YTWG
①兒童，小孩子：童謠／童話／頑童／牧童。②指沒有性經驗的：童男／童女。③舊指未成年的僕人：書童／家童。④禿的：童山（沒有草木的山）。

竢 🔊YTIOK「俟2」的異體字，見26頁。

竪 🔊SEYT「豎」的異體字，見583頁。

靖 🔊YTQMB 見青部，681頁。

端 1 🔊duān 🔊dyun1 短一聲
🔊YTUMB
①東西的一頭：兩端／末端／筆端。②事情的開頭：開端。③原因，起因：無端／借端。④項目，點：變化多端／舉其一端。

端 2 🔊duān 🔊dyun1 短一聲
①端正，不歪斜：端坐／五官端正／品行不端。②用手很平正地拿東西：端碗／端盆／端茶。

【端倪】①事情的眉目、頭緒等：略有端倪／端倪漸顯。②指推測事物的始末：千變萬化，不可端倪。

竭 🔊jié 🔊kit3 揭 🔊YTAPV
①盡，用盡：竭力／竭誠／力竭聲嘶／取之不盡，用之不竭。②乾涸：枯竭／山崩川竭。

颯 🔊YTHNI 見風部，693頁。

競 🔊jìng 🔊ging6 勁
🔊YUYTU
①比賽，互相爭勝：競走／競渡／競技。②強勁：北風不競。

———— 竹部 ————

竹 🔊zhú 🔊zuk1 足 🔊H
竹獨體作竹，在上作⺮。
常綠植物，莖分很多節，當中是空的。質地堅硬，可做器物，又可做建築材料。

竺 🔊zhú 🔊zuk1 竹 🔊HMM
姓。

竿 🔊gān 🔊gon1 干 🔊HMJ
竹竿，截取竹子的主幹而成：釣竿／立竿見影。

笙 🔊yú 🔊jyu4 如 🔊jyu1 于
🔊HMD
樂器名，像現在的笙：濫竽充數。

笆 ●HPD「篪」的異體字，見437頁。

笈 ●jí ●kap1 級 ●HNHE
①書箱：負笈從師。②典籍。

笆 ●bā ●baa1 巴 ●HAU
用竹子、柳條等編成的一種東西：
笆籬／笆斗。

笋 ●HSK「筍」的異體字，見432頁。

笊 ●zhào ●zaau3 罩 ●HHLO
【笊籬】用竹篾、柳條、金屬絲等編成的一種能漏水的用具，可以在湯水裏撈東西。

笄 ●jī ●gai1 雞 ●HMT
古代束頭髮用的簪子。

笏 ●hù ●fat6 忽 ●HPHH
古代大臣上朝拿着的手板。

笑 ●xiào ●siu3 嘯 ●HHK
①露出愉快的表情，發出歡喜的聲音：笑容／眉開眼笑／啼笑皆非。②譏笑，嘲笑：見笑／恥笑／嘲笑。
【笑話】①能使人發笑的話或事：説笑話／鬧笑話。②譏笑，恥笑：別笑話人。

笨 ●bèn ●ban6 奔六聲 ●HDM
①不聰明：愚笨／這孩子不笨。②不靈巧：嘴笨／笨手笨腳。③粗重，費力氣

的：笨活兒／箱子太笨。

笫 ●zǐ ●zi2 子 ●HLXH
竹篾編的席：牀笫。

笙 ●shēng ●sang1 生 ●HHQM
樂器名，常見的有大小數種，用口吹奏。

竻 ●líng ●ling4 玲 ●HOII
【竻箵】打魚時由竹子編的盛器。

笛 ●dí ●dek6大力切 ●HLW
①樂器名，通常是竹製的，橫着吹奏。②響聲尖鋭的發音器：汽笛／警笛。

笞 ●chī ●ci1 痴 ●HIR
用鞭、杖或竹板打：鞭笞。

笠 ●lì ●lap1 粒 ●HYT
用竹篾或草等編製的遮陽擋雨的帽子：斗笠／草笠。

笥 ●sì ●zi6 自 ●HSMR
盛飯或衣物的方形竹器。

符 ●fú ●fu4 扶 ●HODI
①古代用來作憑證的東西，用竹、木、玉、銅等製成，刻上文字或圖案，分成兩半，兩家各執一半：兵符／虎符。②代表事物的標記、記號：音符／符號。③相合：符合／言行相符。④道士畫的驅使鬼神的神祕文字：符咒／護身符。

筐 　●dá ●daat3 達 ●HAM
①像席的東西，用粗竹篾編成。②拉船的繩索。③姓。

筰¹ 　●zé ●zaak6 責 ●HHS
姓。

筰² 　●zuó ●zok6 鑿
用竹篾做成的索：笮橋（竹索橋）。

第¹ 　●dì ●dai6 弟 ●HNLH
①表次序的詞頭：第一/第二。②科第：及第/落第/不第。

第² 　●dì ●dai6 弟
古時王公大臣或貴族的大宅子：府第/門第/宅第。

第³ 　●dì ●dai6 弟
①僅，只。②但是。

笱 　●gǒu ●gau6 狗 ●HPR
竹製的捕魚器具。

笳 　●jiā ●gaa1 加 ●HKSR
胡笳，中國古代北方民族的一種樂器，類似笛子。

笤 　●tiáo ●tiu4 條 ●HSHR
【笤帚】掃除塵土的用具，用高粱穗、黍子穗等做成。

笸 　●pǒ ●po2 叵 ●HSR
【笸籮】盛糧食、生活用品的一種器具，用柳條或篾條編成。

筇 　●qióng ●kung4 窮 ●HMSL
一種竹子，可以做手杖。

等¹ 　●děng ●dang2 登二聲 ●HGDI
①等級：同等/優等。②種，類：這等人/此等事。③量詞。用於等級：二等艙/共分五等。④程度或數量上相同：相等/等於/大小不等。⑤助詞。用在人稱代詞或指人的名詞後面，表示複數：彼等/我等。⑥助詞，表示列舉未盡（可以疊用）：南丫島、長洲等離島/常識科、數學科等等。⑦助詞。列舉後煞尾：長江、黃河等兩大河流。

等² 　●děng ●dang2 登二聲
①等候，等待：等車/等一等。②等到：等我把事情處理好，再跟你們吃飯。

筌 　●quán ●cyun4 全 ●HOMG
捕魚的竹器：得魚忘筌。

筅 　●xiǎn ●sin2 癬 ●HHGU
筅帚，刷洗鍋、碗的用具，多用竹子做成。

筍（笋） 　●sǔn ●seon2 荀二聲 ●HPA
竹子初從土裏長出的嫩芽，可以做菜吃。

筆（笔） 　●bǐ ●bat1 畢 ●HLQ
①寫字畫圖的工具：毛筆/鉛筆/鋼筆。②筆法：伏筆/敗筆/曲筆。③寫：代筆/親筆/筆之於書。④手跡：遺筆/絕筆。⑤筆畫：筆順/筆形。

⑥量詞。用於錢款或跟款項有關的：一筆錢／兩筆賬。⑦量詞。用於字的筆畫：「天」字有四筆。⑧量詞。用於書畫藝術：畫幾筆水墨畫。

【筆名】著作人發表作品時用的名字。

筏 @fá @fat6代 @HOI
用竹、木等平攏着編紮成的水上交通工具：竹筏／木筏。

筐 @kuāng @hong1康
ⓧkwaang1框 @HSMG
用竹篾或柳條等編製的器具，用來盛東西。

筑 1 @zhù @zuk1竹 @HMNJ
古樂器名，像琴，十三根弦。

筑 2 @zhù @zuk1竹
貴州貴陽的別稱。

筒 @tǒng @tung4同 ⓧtung2統
@HBMR
①粗大的竹管。②較粗的管狀物：煙筒／郵筒／筆筒。③衣服等的筒狀部分：袖筒／襪筒／靴筒。

筋 @jīn @gan1斤 @HBKS
①肌肉：筋骨。②俗稱肌腱或骨頭上的韌帶：牛蹄筋兒／扭傷了筋。③皮下可以看見的靜脈管：青筋。④像筋的東西：鋼筋／鐵筋／橡皮筋。

筘 @kòu @kau3扣 @HQR
織布機上的一種機件，形狀像梳子，作用是確定經紗的密度、保持經紗

的位置等。

答 1 @dā @daap3搭 @HOMR
義同「答2」，用於「答應」、「答允」等詞。

【答應】(dā·ying) ①應聲回答。②允許，同意：我們堅決不答應。

答 2 @dá @daap3搭
①回覆：答謝／問答／答話／答非所問。②還報：報答／答謝／答禮。

策 1 @cè @caak3冊 @HDB
①古代寫字用的竹片或木片：簡策。②古代考試的一種文體，多就經濟、政治問題發問，應試者對答：對策／策論。③計謀，主意：妙策／束手無策。④謀劃，籌劃：策反／策應。

策 2 @cè @caak3冊
①古代趕馬用的棍子，一端有尖刺。②用策趕馬：策馬。

筊 @jiǎo @gaau2狡 @HYCK
竹篾結成的繩索。

筠 1 @jūn @gwan1君 @HGPM
筠連，地名，在四川。

筠 2 @yún @wan4勻
①竹子的青皮。②借指竹子。

筢 @pá @paa4杷 @HQAU
摟柴草的竹製器具。

筥(筥) @jǔ @geoi2舉 @HRHR
圓形的竹籃。

筭 普suàn 粤syun3 算 倉HMGT
同「算」，見 435 頁。

筮 普shì 粤sai6 逝 倉HMOO
古代用蓍草占卦：卜筮。

笮 倉HOHS
「笮2」的異體字，見 432 頁。

箕 普gàng 粤gaang3 耕 倉HMLK
箕口，地名，在湖南。

筱 普xiǎo 粤siu2 小 倉HOLK
①細竹子。②同「小」，多用於人名。

筲 普shāo 粤saau1 梢 倉HFB
水桶，多用竹子或木頭製成。
【筲箕】淘米洗菜等用的竹器。

節(节) 1 普jiē 粤zit3 折 倉HAIL
【節骨眼】比喻緊要的、能起決定作用的環節或時機。

節(节) 2 普jié 粤zit3 折
①物體各段之間連接的地方：骨節/關節/竹節。②段落：音節/節拍。③量詞。用於分段的事物或文章：三節課/兩節火車/第一章第五節。④節日，節氣：聖誕節/清明節。⑤從略，刪節：節選/節錄。⑥省減，限制：節電/節制/開源節流/節衣縮食。⑦事項：禮節/細節/生活小節。⑧古代授予使臣作為憑證的信物：持節。⑨操守：晚節/氣節/高風亮節。

筷 普kuài 粤faai3 快 倉HPDK
夾飯菜或其他東西用的細長棍狀工具。

筧(笕) 普jiǎn 粤gaan2 束 倉HBUU
安在屋簷下或田間引水的長竹管。

䇛 倉HNIB
「筒」的異體字，見 433 頁。

筦 倉HJMU
「管」的異體字，見 435 頁。

筋 倉HBMS
「筋」的異體字，見 436 頁。

筴 倉HJD
「策」的異體字，見 433 頁。

筵 普yán 粤jin4 延 倉HNKM
古人席地而坐時鋪的席，也指筵席：喜筵/壽筵。
【筵席】宴飲時陳設的座位，借指酒席。

箋(笺) 普jiān 粤zin1 煎 倉HII
①註釋。②寫信或題詞用的紙：便箋/信箋。③信札：箋札。

箙 普fú 粤fuk6 服 倉HBSE
盛箭的用具。

筒 倉HWJR
「個2-3」的異體字，見 28 頁。

箍 ⓐgū ⓑku1 卡烏切 ⓒHQSB
① 用竹篾或金屬條束緊器物，用帶子之類勒住：箍木盆/箍着毛巾。② 套在器物外面的圈：鐵箍。

箏（筝） ⓐzhēng ⓑzang1 僧 ⓒHBSD
① 中國古代弦樂器，最初十三根弦，後來加到二十五根弦：古箏。② 見【風箏】，692頁。

筘 ⓐzhá ⓑzaap3 眨 ⓒHRLN
見【目箚】，398頁。

箑 ⓐshà ⓑzit6 捷 ⓒHJLO
扇子。

箔 1 ⓐbó ⓑbok6 薄 ⓒHEHA
① 用葦子、秫秸等做成的簾子。② 養蠶的器具，多用竹篾製成：蠶箔。

箔 2 ⓐbó ⓑbok6 薄
① 金屬薄片：金箔/銅箔。② 裱上金屬薄片或塗上金屬粉末的紙：錫箔。

箕 ⓐjī ⓑgei1 基 ⓒHTMC
① 簸箕，用竹篾、柳條或鐵皮等製成的器具，用來揚去糠秕或清除垃圾。② 簸箕形的指紋。③ 二十八星宿之一。

算 ⓐsuàn ⓑsyun3 蒜 ⓒHBUT
① 核計，計數：心算/算賬/算算多少錢。② 計進去：下次聚會算我一個。③ 謀劃，計劃：失算/算計/打算。④ 推測：我算着他今天該來。⑤ 認作，當作：這

個算我的/他可以算一個好孩子。⑥ 作數，承認：不能說了不算/不算。⑦ 作罷：算了。⑧ 比較起來最突出：同學裏頭他最樂於助人了。⑨ 總算：最後算是把難題解決了。

箜 ⓐkōng ⓑhung1 空 ⓒHJCM
【箜篌】古代弦樂器，弦數因樂器大小而不同，少者五根弦，多者有數十根弦。

箝 ⓒHQTM「鉗」的異體字，見643頁。

管 ⓐguǎn ⓑgun2 館 ⓒHJRR
① 圓而細長、中空的東西：水管/竹管/鋼管。② 吹奏的樂器：管弦樂/絲竹管弦。③ 形狀像管的電器：晶體管。④ 量詞，用於細長圓筒形的東西：一管毛筆。⑤ 負責，管理：管賬/我管班上秩序。⑥ 統轄：這個省管着幾十個縣。⑦ 加以約束，教養：管制/管孩子。⑧ 擔任工作：我管宣傳這一塊。⑨ 干預，過問：多管閒事/這事我們不能不管。⑩ 保證，負責，供給：管保/不好管換/管吃不管住。⑪ 與「叫」配合，作用跟「把」相近：有些地區管年糕叫日頭。⑫ 作用跟「向」相近：管他借文具。⑬ 無論：管他是誰，違反校規就要受懲罰。⑭ 牽涉：管我甚麼事？

箐 ⓐqìng ⓑsin3 線 ⓒHQMB
山間的大竹林，泛指樹木叢生的山谷，多用於地名。

算 @bì @bei3 庳 @HWML
有空除而能起間隔作用的器具：
竹算子／鐵算子。

箒 @HSMB「帚」的異體字，見175頁。

箸 @zhù @zyu6 住 @HJKA
筷子。

箬 @ruò @joek6 若 @HTKR
①箬竹，竹子的一種，葉大而寬，可
編竹笠，又可用來包粽子。②箬竹的葉子。

箭 @jiàn @zin3 薦 @HTBN
用弓發射到遠處的兵器，用金屬
做頭。

箵 @xǐng @sing2 醒 @HFHU
見【箸箵】，431頁。

箱 @xiāng @soeng1 商 @HDBU
①收藏物件的方形器具：木箱／皮
箱／書箱。②像箱子的東西：信箱／鏡箱。

箴 @zhēn @zam1 針 @HIHR
①勸告，勸誡：箴言。②古代的一
種文體，以告誡規勸為主。

篅 @chuán @syun4 旋 @HUMB
一種盛糧食等的器物，類似囤。

篁 @huáng @wong4 皇 @HHAG
竹林，泛指竹子：幽篁／修篁（長
竹子）。

範 (范) @fàn @faan6 飯
@HJJU
①模子：錢範／鐵範。②模範，榜樣：示範／
範例／典範。③界限：範疇／就範／範圍
④限制：防範。

篆 @zhuàn @syun6 旋六聲
@HVNO
①字體，古代漢字的一種字體，有大篆、
小篆。②寫篆書。③指印章。

篈 @HHJM「棰③-④」的異體字，見
287頁。

篇 @piān @pin1 偏 @HHSB
①首尾完整的文章：篇章。②寫着
或印着文字的單張紙。③量詞。用於文
章、紙張、書頁（一篇是兩頁）等：一篇論
文。
【篇幅】①文章的長短。②書本、報刊等
篇頁的總量：篇幅有限，希望文章寫得
短些。

篋 (篋) @qiè @haap6 俠
@HSKO
小箱子：書篋／藤篋。

篌 @hóu @hau4 侯 @HONK
見【箜篌】，435頁。

筬 @HYSD「梳」的異體字，見286
頁。

䈎 「頁」的異體字，見686頁。

篝 [普]gōu [粵]gau1 溝 [倉]HTTB
籠：篝火。

築（筑） [普]zhù [粵]zuk1 竹 [倉]HMND
建造，修蓋：建築／築路／築堤／修築。

篔（筼） [普]yún [粵]wan4 云 [倉]HRBC
【篔簹】生長在水邊的大竹子。

篙 [普]gāo [粵]gou1 高 [倉]HYRB
撐船的竹竿或木杆。

篚 [普]fěi [粵]fei2 匪 [倉]HSLY
圓形竹器。

篨 [普]chú [粵]ceoi4 躇 [倉]HNLD
見【籧篨】，441頁。

篡 [普]cuàn [粵]saan3 散 [倉]HBUI
奪取權力或地位，多指臣子奪取君主之位：篡位／篡權。

篤（笃） [普]dǔ [粵]duk1 督 [倉]HSQF
①忠實，全心全意：篤學／篤信／篤厚。②病勢沉重：病篤。③很，甚：篤好／篤愛。

篥 [普]lì [粵]leot6 律 [倉]HMWD
見【觱篥】，565頁。

篦 [普]bì [粵]bei6 避 [倉]HHWP
①齒很密的梳頭用具：篦子。②用篦子梳：篦頭。

篩（筛） 1 [普]shāi [粵]sai1 西 [倉]HHRB
①用竹篾、鐵絲等做成的一種有小孔的器具，可以把細東西漏下去，粗的留在上頭。②用篩子篩東西：篩米／篩沙子。③比喻經挑選後淘汰：成績不好的一律被篩掉。

篩（筛） 2 [普]shāi [粵]sai1 西
①使酒熱：篩酒。②斟酒或茶。

篩（筛） 3 [普]shāi [粵]sai1 西
敲鑼：篩了三下鑼。

篪（篪） [普]chí [粵]ci4 遲 [倉]HHYU
古時候一種用竹管製成的樂器。

篛 [倉]HNMM 「箬」的異體字，見436頁。

簑 [倉]HYWV 「蓑」的異體字，見521頁。

篰 [普]bù [粵]bou6 部 [倉]HYRL
竹子編的簍子。

簌 [普]sù [粵]cuk1 速 [倉]HDLO
【簌簌】①形容風吹葉子等的聲音：忽然聽見蘆葦叢簌簌地響。②形容眼淚紛

紛落的樣子：籔籔淚下。③形容肢體
發抖的樣子：手指籔籔地抖。

篷(篷) ⓼péng ⓹pung4 蓬
ⒼHYHJ

①遮蔽日光、風雨的東西，用竹篾、葦席、
帆布等做成。②船帆：扯起篷來。

笯 ⓼dōu ⓹dau1 兜 ⒼHHVU

用竹、藤、柳條等做成的盛東西的
器具。

【笯子】用竹椅子捆在兩根竹竿上做成
的交通工具，作用跟轎子相同。

簕 ⓼lè ⓹lak6 勒 ⒼHTJS

【簕欓】常綠灌木或喬木，枝上有刺。
【簕竹】一種竹子，枝上有硬刺。

篾 ⓼miè ⓹mit6 滅 ⒼHWLI

竹子劈成的薄片，也泛指葦子或
高粱稈上劈下的皮：竹篾／篾條／篾匠。

篠 ⒼHOLD 「筱」的異體字，見434
頁。

簏 ⓼lù ⓹luk1 碌 ⒼHIXP

①竹編的盛物器具：書簏。②竹篾、
柳條等編成的圓筒形器具，多用於盛零
碎東西：字紙簏。

箳(箳) ⓼zào ⓹zou6 造
ⒼHYHR

副的，附屬的：箳室(指妾)。

簀(簀) ⓼zé ⓹zaak3 責
ⒼHQMC

牀席。

簋 ⓼guǐ ⓹gwai2 鬼 ⒼHAVT

古代盛食物的器具，圓形，兩耳。

簇 ⓼cù ⓹cuk1 促 ⒼHYSK

①聚集：簇擁。②聚成一團或一
堆：花團錦簇。③量詞。用於聚集成團或
成堆的東西：一簇鮮花。

篸(篸) ⓼cǎn ⓹caam2 慘
ⒼHIIH

一種簸箕。

簍(簍) ⓼lǒu ⓹lau5 柳
ⒼHLWV

盛東西的器具，用竹、荊條等編成：背簍／
油簍／字紙簍兒。

篳(篳) ⓼bì ⓹bat1 畢
ⒼHWTJ

用荊條或竹子編成的籬笆或其他遮攔物：
蓬門篳戶(喻窮苦的人家)。

簃 ⓼yí ⓹ji4 移 ⒼHHDN

樓閣旁邊的小屋。

簧 ⒼHQJM 「彗」的異體字，見189
頁。

簿 「簾」的異體字，見439頁。

篁(篁) [普]huáng [粵]wong4 王 [倉]HTMC
①樂器裏用銅等製成的發聲薄片。②器物裏有彈力的機件：鎖簧/彈簧。

簞(箪) [普]dān [粵]daan1 單 [倉]HRRJ
古代盛飯的圓竹器。
【簞食壺漿】古時百姓用簞盛飯，用壺盛湯來歡迎他們愛戴的軍隊，後來形容軍隊受歡迎的情況。

簦 [普]dēng [粵]dang1 燈 [倉]HNOT
①古代有柄的笠。②笠。

簠 [普]fǔ [粵]fu2 苦 [倉]HIBT
古代祭祀時盛稻、粱等穀物的器具。

簟 [普]diàn [粵]tim5 恬 [倉]HMWJ
竹席。

簡(简) 1 [普]jiǎn [粵]gaan2 柬 [倉]HANA
①不複雜，跟「繁」相對：簡單/簡評/言簡意賅/刪繁就簡。②使簡單，簡化：精簡/精兵簡政。

簡(简) 2 [普]jiǎn [粵]gaan2 柬
①古時用來寫字的竹片。②信件：書簡/小簡。

簡(简) 3 [普]jiǎn [粵]gaan2 柬
選擇人材：簡拔。

簣(篑) [普]kuì [粵]gwai6 櫃 [倉]HLMC
盛土的筐子：功虧一簣。

簪 [普]zān [粵]zaam1 暫一聲 [倉]HMUA
①用來別住頭髮的一種首飾：簪子。②插在頭髮上：簪花。

簰 [普]pái [粵]paai4 牌 [倉]HLLJ
①同「排1 ⑦」，見231頁。②用於地名。

簫(箫) [普]xiāo [粵]siu1 宵 [倉]HLX
管樂器名，古代的「排簫」是用多個竹管排在一起的，用一根竹管做成的叫「洞簫」。

籀 [普]zhòu [粵]zau6 宙 [倉]HQHW
①籀文，即大篆，古代漢字的一種字體。②讀書，諷誦。

簷(檐) [普]yán [粵]jim4 鹽 [又]sim4 蟾 [倉]HNCR
①房頂伸出的邊沿：房簷/簷下。②覆蓋物的邊沿或伸出部分：帽簷兒。

簹 [普]dāng [粵]dong1 當 [倉]HFBW
見【篔簹】，437頁。

簽(签) 1 [普]qiān [粵]cim1 僉 [倉]HOMO
①親自在文件或單據上寫上姓名或畫上符號：簽名/簽押。②以簡單的文字提出意見：簽註/簽呈。

簽(签) ² 🔊qiān 🔊cim1 尖

①上面刻着或寫着文字符號，用於占卜或賭博、比賽等的細長小竹片或小細棍：求簽／抽簽。②作為標誌用的小條兒：書簽／標簽。③用竹或木等物做成的有尖端的細棍：牙簽。④粗粗地縫合起來。

簾(帘) 🔊lián 🔊lim4 廉
🔊HITC

用竹子、布、葦子等做的遮蔽門窗的東西：窗簾。

簿 🔊bù 🔊bou6 步
🔊HEII

用來記事或做練習的本子：賬簿／日記簿／作文簿。

【簿記】①根據會計學原理記賬的技術。②符合會計規程的賬簿。

簸 ¹ 🔊bǒ 🔊bo3 播 🔊HTCE
①用簸箕顛動米糧，揚去糠秕和灰塵：簸穀／簸揚。②泛指上下顛動：簸動／顛簸起伏。

簸 ² 🔊bò 🔊bo3 播
義同「簸1」，只用於「簸箕」一詞。

【簸箕】(bò·ji) ①揚糠或除穢的用具。②簸箕形的指紋。

籃(篮) 🔊lán 🔊laam4 藍
🔊HSIT

①用藤、竹、柳條等編的盛東西的器具，上面有提樑：菜籃／花籃。②固定在籃板上的鐵圈：投籃。③指籃球運動。

籌(筹) 🔊chóu 🔊cau4 綢
🔊HGNI

①竹、木或象牙等製成的小棍兒或小片兒，主要用來計數或作為領取物品的憑證：竹籌／酒籌。②謀劃，想辦法：統籌／籌謀／籌劃／籌備。③設法弄到金錢、糧食等：籌措／籌餉／籌集基金。④計策，辦法：一籌莫展／運籌帷幄。

籍 🔊jí 🔊zik6 寂 🔊HQDA
籍左下作耒，首筆作撇。

①書，冊子：書籍／古籍。②登記：籍沒。③祖居或個人出生的地方：原籍。④個人對國家、組織的隸屬關係：國籍／學籍。

篆 🔊HTOE「篹」的異體字，見441頁。

纂 🔊HBUF 見糸部，463頁。

籐 🔊HBFE「藤」的異體字，見530頁。

籛(籛) 🔊jiān 🔊zin1 煎
🔊HCII

姓。

籙(箓) 🔊lù 🔊luk6 錄
🔊HCVE

符籙，道士畫的驅使鬼神的符號。

撢(撢) 🔊tuò 🔊tok3 託
🔊HQWJ

竹箬上一片一片的皮。

籟（籟）⦿lài ⦿laai6 賴
⦿HDLC

①古代的一種簫。②從孔穴裏發出的聲音，泛指聲音：天籟／萬籟無聲。

籠（笼）1 ⦿lóng ⦿lung4 龍
⦿HYBP

①養鳥、蟲的器具，用竹、木條或金屬絲等製成：雞籠／鳥籠。②舊時囚禁犯人的東西：囚籠。③蒸東西的器具，用竹、木等材料製成，有蓋：蒸籠／籠屜。④把手放在袖筒裏：籠着手。

籠（笼）2 ⦿lǒng ⦿lung5 壟
比較大的箱子：箱籠。

【籠統】也作「儱統」。概括而不分明、不具體：這話説得太籠統。

籠（笼）3 ⦿lǒng ⦿lung4 龍
像籠子似的罩在上面，罩住：籠罩／雲霧籠着大地。

【籠絡】用手拉籠：籠絡人心。

籯 ⦿yíng ⦿jing4 盈
⦿HYNV

①箱籯之類的器具。②筷子籠。

籩 ⦿qú ⦿keoi4 渠 ⦿HYYO
【籩篨】古代指用竹子或葦子編的粗席。

籤（签）⦿qiān ⦿cim1 簽
⦿HOIM
同「簽2」，見440頁。

籥 ⦿yuè ⦿joek6 弱 ⦿HOMB
同「龠2」，見738頁。

籪（簖）⦿duàn ⦿dyun6 段
⦿HVIL
插在水裏捕魚、蟹的竹柵欄。

籩（笾）⦿biān ⦿bin1 邊
⦿HYHS
古代祭祀時盛果品、乾肉等的竹器。

籬（篱）1 ⦿lí ⦿lei4 璃
⦿HYBG
籬笆，用竹子、蘆葦、樹枝等編成的障蔽物，環繞在房屋、場地等的四周：竹籬茅舍。

籬（篱）2 ⦿lí ⦿lei4 璃
見【笊籬】，431頁。

籮（箩）⦿luó ⦿lo4 羅
⦿HWLG
用竹子編的器具，大多是方底圓口：籮筐。

籯 ⦿HYRN「籯」的異體字，見441頁。

籰 ⦿yuè ⦿wok6 鑊
⦿HBUE
繞絲、紗等的工具。

籲（吁）⦿yù ⦿jyu6 預
⦿HOBC
為某種要求而呼喊：籲請／大聲呼籲。

米 部

米¹ ⓐmǐ ⓒmai5 迷五聲 ⓔFD
米直筆不鈎。
①稻米，大米：糯米。②泛指去掉殼或皮後的種子，多指可以吃的：小米/高粱米/花生米。③小粒像米的東西：海米。

米² ⓐmǐ ⓒmai5 迷五聲
長度單位，1米等於100釐米。

籽 ⓐzǐ ⓒzi2子 ⓔFDND
某些植物的種子：菜籽/籽粒/籽實/瓜籽兒。

籼 ⓐxiān ⓒsin1 仙 ⓔFDU
籼稻，水稻的一種，米粒細而長。

粝 ⓔFDNJ「糲」的異體字，見445頁。

粃 ⓔFDPP「秕」的異體字，見421頁。

料 ⓔFDYJ 見斗部，254頁。

敉 ⓔFDOK 見攴部，250頁。

粉 ⓐfěn ⓒfan2 分二聲 ⓔFDCSH
①細末，極細的顆粒：藥粉/藕粉/漂白粉。②特指化妝用粉末：塗脂抹粉。③用澱粉做成的食品：粉皮/涼粉。④特指粉條、粉絲或米粉：綠豆粉/芽菜炒粉。

⑤使破碎，成為粉末：粉碎/粉身碎骨。⑥粉刷，用塗料抹刷牆壁：牆剛粉過。⑦白色的或帶白色粉末的：粉蝶。⑧淺紅色：粉色/這朵花是粉的。

粑 ⓐbā ⓒbaa1 巴 ⓔFDAU
餅類食物：糍粑/糯米粑。

粒 ⓐlì ⓒnap1 凹 ⓒlap1 笠 ⓔFDYT
①成顆的東西，細小的固體：鹽粒兒/米粒兒/豆粒兒。②量詞。用於粒狀的東西：一粒米/兩粒紅豆/三粒子彈。

粕 ⓐpò ⓒpok3 撲 ⓔFDHA
渣滓：糟粕/豆粕。

粗 ⓐcū ⓒcou1 操 ⓔFDBM
①條狀物橫剖面大的：粗紗/這棵樹長得很粗。②兩長邊距離遠：粗眉大眼。③顆粒大的：粗糖。④聲音大而低：嗓門兒粗/粗聲粗氣。⑤工料毛糙，不精緻的：粗糙/粗瓷/粗工/粗製品。⑥疏忽，不周密：粗心/粗疏。⑦魯莽：粗暴/粗魯。

粘¹ ⓐnián ⓒnim4 念四聲 ⓔFDYR
舊同「黏」。

粘² ⓐzhān ⓒnim4 念四聲
①黏的東西附着在物體上或互相連接：糖粘在一起啦。②用黏的東西把物體連接：粘信封。

粟 ⓐsù ⓒsuk1 肅 ⓔMWFD
穀子，一年生草本植物，籽實去殼

後就是「小米」。穀子沒有去殼的籽實也稱粟。

粞 ❶xī ❷sai1 西 ❸FDMCW
① 碎米。② 糙米碾軋時脫掉的皮，可做飼料。

粢¹ ❶cī ❷ci1 雌 ❸IOFD
【粢飯】一種食品，將糯米攙和粳米，用冷水浸泡，瀝乾後蒸熟，吃時中間裹油條等捏成飯團。

粢² ❶zī ❷zi1 姿
古代供祭祀用的穀物。

粥¹ ❶yù ❷juk6 育 ❸NFDN
① 生養。② 同「鬻」，見710頁。

粥² ❶zhōu ❷zuk1 祝
用糧食或糧食加其他東西煮成的半流質食品：小米粥／八寶粥。

粙 ❸FDTW 「麵」的異體字，見729頁。

粧 ❸FDIG 「妝」的異體字，見138頁。

粱 ❶liáng ❷loeng4 良 ❸EIFD
① 穀子的優良品種的統稱。② 精美的主食：膏粱／粱肉。

粲 ❶càn ❷caan3 燦 ❸YEFD
鮮明，美好：粲然／雲輕星粲。

【粲然】① 鮮明發亮：星光粲然。② 顯著明白：粲然可見。③ 笑時露出牙齒的樣子：以博一粲。

粳 ❶jīng ❷gang1 庚 ❸FDMLK
粳稻，水稻的一種，米粒短而粗。

粵（粤） ❶yuè ❷jyut6 月 ❸HWMVS　粤上作咢，下作亏。
① 指廣東和廣西：兩粵。② 廣東的別稱：粵劇。

粋 ❸FDBND 「麩」的異體字，見729頁。

粹 ❶cuì ❷seoi6 睡 ❸FDYOJ
① 純一，不雜：純粹／粹白／粹而不雜。② 精華：精粹／國粹（指一國文化的精華）。

粼 ❶lín ❷leon4 鄰 ❸FQVV
【粼粼】形容水、石等明淨。

精 ❶jīng ❷zing1 晶 ❸FDQMB
① 經過提煉或挑選的：精米／精鹽。② 提煉出來的精華，物質中最純粹的部分：酒精／麥精。③ 完美，最好：精彩／精益求精。④ 細密的，跟「粗」相對：精細／精製／精密／精打細算。⑤ 聰明，思想周密：精明／精幹／這個孩子真精。⑥ 專一，深入：精通／博而不精。⑦ 精神，精力：聚精會神／精疲力竭。⑧ 精液，雄性動物體

內的生殖物質：遺精／受精。⑨妖精：修煉成精。⑩很，極：精瘦。

粽 粵zòng 粵zung3縱 又zung2腫
倉FDJMF
粽子，用竹葉或葦葉裹糯米做成的食品：肉粽。

糭 倉FDUCE「粽」的異體字，見444頁。

糅 粵róu 粵jau2衣口切
倉FDNHD
混雜：糅合／雜糅。

糈 粵xǔ 粵seoi2水 倉FDNOB
糧食。

糊 1 粵hū 粵wu4胡 倉FDJRB
塗抹或黏合使封閉起來：用泥把牆縫糊上。

糊 2 粵hú 粵wu4胡
黏合：糊信封／糊風箏。

糊 3 粵hú 粵wu4胡
粥類食品。

糊 4 粵hú 粵wu4胡
同「煳」，見351頁。

糊 5 粵hù 粵wu4胡
像粥一樣的食物：芝麻糊。
【糊弄】①敷衍，將就：鞋子雖然舊，但糊弄着穿吧。②蒙混：你不要糊弄人。

糌 粵zān 粵zaam1簪 倉FDHOA

【糌粑】青稞麥炒熟後磨成的麵，是藏族人的主食。

糇 粵hóu 粵hau4猴 倉FDONK
乾糧：糇糧。

糒 粵bèi 粵bei6備 倉FDTHB
乾飯。

糕 粵gāo 粵gou1高 倉FDTGF
用米粉或麵粉等攙和其他材料做成的食品：蛋糕／年糕／綠豆糕。

糍（餈）粵cí 粵ci4池 倉FDTV.
【糍粑】把糯米蒸熟搗碎後做成的食品。

糖 粵táng 粵tong4唐
倉FDILR
①從甘蔗、米、麥等中提製出來的甜的東西。②食糖的通稱。③糖果：牛奶糖／果汁糖。

糗 1 粵qiǔ 粵cau3臭 又jau2柚
倉FDHUK
①乾糧。②飯或麵黏連成塊狀或糊狀。

糗 2 粵qiǔ 粵cau3臭 又jau2柚
①不光彩，難為情：糗事。②不光彩的事情。

糙（糙）粵cāo 粵cou3燥
倉FDYHR
糙右作告。
不細緻：粗糙／糙糧。

糜¹ ⓟméi ⓒmei4眉 ⓒIDFD

稼子等，和黍相似的穀物：糜黍。

糜² ⓟmí ⓒmei4眉

① 粥或像粥一樣的食物：肉糜。
② 爛：糜爛不堪。③ 浪費。

糝(糁)¹ ⓟsǎn ⓒsaam2衫
二聲 ⓒFDIIH

米飯粒。

糝(糁)² ⓟshēn ⓒsaam2衫
二聲

穀類磨成的碎粒：玉米糝兒。

糞(粪) ⓟfèn ⓒfan3訓
ⓒFDWTC

① 屎，可做肥料：牛糞。② 施肥，往田地
裹加肥料：糞地／糞田。③ 掃除：糞除。

糟 ⓟzāo ⓒzou1遭 ⓒFDTWA

① 做酒剩下的渣滓。② 用酒或酒
醃製食物：糟魚／糟肉。③ 腐爛，腐朽：
木頭糟了。④ 指事情或情況壞：身體很
糟／事情搞糟了。

糟蹋 ① 損害，不愛惜：不許糟蹋糧食。
② 蹂躪。

穅 ⓟkāng ⓒhong1康
ⓒFDILE

① 從稻、穀子等籽實上脫下來的皮或殼。
② 質地鬆而不實：蘿蔔穅了。

糨(糨) ⓟjiàng ⓒgoeng6姜
六聲 ⓒFDNII

黏糊不稠：粥太糨了。

【糨糊】用麵粉等做成的可以黏貼東西
的糊狀物。

糧(粮) ⓟliáng ⓒloeng4良
ⓒFDAMG

① 可吃用的穀類、豆類和薯類等的統稱：
食糧／雜糧／糧倉。② 作為農業稅的糧食：
錢糧／公糧。

糯 ⓟnuò ⓒno6懦 ⓒFDMBB

有黏性的米穀：糯米／糯稻／糯高
粱。

糰(团) ⓟtuán ⓒtyun4團
ⓒFDWJI

用米等做成的球形食物：湯糰／飯糰兒／
糯米糰子。

糲(粝) ⓟlì ⓒlai6厲 ⓒFDMTB

粗糙的米：粗糲。

羅(籴) ⓟdí ⓒdek6笛
ⓒODSMG

買糧食：羅米。

糵 ⓒUJFD 「糵」的異體字，見445頁。

糵 ⓟniè ⓒjit6熱 ⓒTHJD

釀酒的麴。

糶(粜) ⓟtiào ⓒtiu3跳
ⓒUDSMG

賣糧食。

—— 糸部 ——

糸 🔊mì 🔊mik6覓 🔊VIF
細絲。

系 🔊xì 🔊hai6繫 🔊HVIF
①同類事物按一定關係組成的整體：系統/世系/派系。②高等學校中按學科分的教學單位：中文系/哲學系。③地層系統劃分單位的第三級。
【系列】相關聯的成組成套的事物：系列化/這一系列都是公司的新產品。

糾(纠) 1 🔊jiū 🔊gau2九 🔊VFVL
①纏繞：糾紛/糾纏不清。②集合：糾合眾人。
【糾紛】牽連不清的爭執：調解糾紛。

糾(纠) 2 🔊jiū 🔊gau2九 ①督察，檢舉：糾察。②矯正：糾偏/糾正/糾風。
【糾正】改正錯誤、缺點等：糾正偏差/糾正姿勢。

紂(纣) 1 🔊zhòu 🔊zau6宙 🔊VFDI
牲口的後鞧。

紂(纣) 2 🔊zhòu 🔊zau6宙 商朝末代君主，相傳是個暴君：助紂為虐。

紃(绁) 🔊xún 🔊ceon4巡 🔊VFLLL
像絲線編織成的絲帶。

約(约) 1 🔊yāo 🔊joek3躍 🔊VFPI
用秤稱：約一約有多重？

約(约) 2 🔊yuē 🔊joek3躍
①預先設定：預約/約定。②邀請：特約/約他來。③共同議定的要共同遵守的條文：條約/立約/和約。④拘束，限制：約束/制約。⑤儉省：節約。⑥簡單：由博返約。⑦不十分精確或詳盡的：大約/約數。⑧表示不十分準確的估計：約計/約有四、五公里的路程⑨算術上指用公因數去除分子和分母使公數簡化：5/10可以約成1/2。

紀(纪) 1 🔊jǐ 🔊gei2己 🔊VFSU
姓。

紀(纪) 2 🔊jì 🔊gei2己 法度：軍紀/風紀/違法亂紀。
【紀律】集體生活裏必須共同遵守的規則：課室紀律。

紀(纪) 3 🔊jì 🔊gei2己 🔊gei3記
①義同「記」，主要用於「紀念、紀年、紀元、紀傳」等。②古時把十二年算做一紀③地質年代分期的第三級。
【紀念】①用事物或行動對人或事表示懷念。②紀念品。
【紀元】紀年的開始，如公曆以傳說的耶穌出生那一年為元年。

紆(纡) 🔊yū 🔊jyu1於 🔊VFMD

①彎曲，繞彎：縈紆。②繫，結：紆金佩紫（指地位顯貴）。

紅(红) 1 @gōng @gung1 工　@VFM

用於「女紅」，指女子所做的縫紉、刺繡等工作和這些工作的成品。

紅(红) 2 @hóng @hung4 洪

①像鮮血的顏色：紅棗／紅旗。②象徵喜慶的紅布：披紅／掛紅。③象徵順利、成功或受人重視、歡迎：紅運／開門紅／滿堂紅。④紅利：分紅。

紇(纥) 1 @gē @gat1 吉　@VFON

【紇縫】①同【疙瘩】，見385頁。②多用於紗、線、織物等：線紇縫／解開頭巾上的紇縫。

紇(纥) 2 @hé @hat6 鞋

見【回紇】，112頁。

紈(纨) @wán @jyun4 元　@VFKNI

細絹，很細的絲織品。

【紈綺】泛指古代貴族子弟的華美衣著，也指富貴人家的子弟：紈綺子弟。

紉(纫) @rèn @jan6 刃　@VFSHI

①引線穿針：紉針。②用針縫：縫紉。③深深感激（多用於書信）：紉佩／至紉高誼。

紋(纹) @wén @man4 文　@VFYK

①絲織品上的條紋：綾紋。②物體上的皺痕或花紋：指紋／紋理／水紋。

紊 @wěn @man6 問　@YKVIF

雜亂：紊亂／有條不紊。

納(纳) 1 @nà @naap6 衲　@VFOB

納右偏旁作內。

①收入，放進：出納／閉門不納。②接受：招納／採納建議。③享受：納涼。④放進去：納入正軌。⑤繳付：納稅／繳納公糧。

納(纳) 2 @nà @naap6 衲

縫補，密密地縫：納鞋底。

紐(纽) @niǔ @nau2 鈕　@VFNG

①器物上可以抓住而提起的部分：秤紐／印紐。②紐扣，可以扣合衣物的球狀物或片狀物。③樞紐：紐帶。

紓(纾) @shū @syu1 書　@VFNIN

①解除：紓難／紓困。②緩和，延緩：紓緩。③寬裕。

純(纯) @chún @seon4 脣　@VFPU

①不含雜質：純粹／純潔／純鋼／純金。②單純：純白／動機不純。③熟練：純熟。④表示判斷、結論的不容質疑：這件事純屬個人私事。

紕 (纰) 　⊜pī ⊜pei1 披
　⊜VFPP

布帛、絲縷等破損、散開。

【紕漏】因粗心疏忽而產生的錯誤、漏洞。

【紕繆】錯誤。

紗 (纱) 　⊜shā ⊜saa1 沙
　⊜VFHH

①用棉花、麻等紡成的細絲，可以捻成線或織成布：紡紗／紗廠。②經緯線稀疏或有小孔的紗織品：紗布／窗紗。③像窗紗的製品：鐵紗。

紘 (纮) 　⊜hóng ⊜wang4 宏
　⊜VFKI

古代帽子上的帶子，用來把帽子繫在頭上。

紙 (纸) 　⊜zhǐ ⊜zi2 旨
　⊜VFHVP

①紙張，多用植物纖維製成。②量詞。書信、文件的張數：一紙公文／一紙禁令。

級 (级) 　⊜jí ⊜kap1 給
　⊜VFNHE

①等級：高級／低級／初級／上級。②年級，學校編制的名稱，學年的分段：留級／三年高年級／同級不同班。③量詞。用於臺階、樓梯等：那臺階有十多級。④量詞。用於等級：他職位比我高一級。

紛 (纷) 　⊜fēn ⊜fan1 分
　⊜VFCSH

①眾多，雜亂：紛亂／紛雜／紛飛／人事紛紛。②爭執：紛爭／排難解紛。

【紛紜】(言論、事情等)多而雜亂：眾說紛紜。

紜 (纭) 　⊜yún ⊜wan4 云
　⊜VFMMI

見【紛紜】，448頁。

給 (绐) 　⊜jīn ⊜gam1 金
　⊜VFOIN

聯結衣襟的帶子。

素 　⊜sù ⊜sou3 訴　⊜QMVIF

①本色，白色：素服／素絲。②顏色單純，不豔麗：這塊布很素淨。③本來的：素質／素性。④帶有根本性質的物質：色素／毒素／因素。⑤蔬菜類的食品(跟「葷」相對)：素食／吃素。⑥向來：素日／平素／素不相識。

紡 (纺) 　⊜fǎng ⊜fong2 訪
　⊜VFYHS

①把絲、棉、麻、毛等做成紗，或把紗抽成線：紡紗／紡棉花。②紡綢，比綢子種而輕、薄：杭紡。

索１ 　⊜suǒ ⊜sok3 朔　⊜JBVIF

大繩子或大鏈子：麻索／船索／絞索／鐵索橋。

索２ 　⊜suǒ ⊜sok3 朔
①寂寞，沒有意味：索然無味。②孤獨：離羣索居。

索３ 　⊜suǒ ⊜saak3 殺客切
①搜尋，尋求：進行搜索／遍索？

得。②討取，要：索錢/索價/索取。
【索引】把書籍或報刊裏的要項摘出來，分類按字形或字音等依次排列，標明頁數，以便查檢的資料。

紖(纼) 普zhèn 粵zan6陣 倉VFNL
拴牛、馬等的繩索。

紝(纴) 普rèn 粵jam4吟 又jam6任 倉VFHG
紡織。

紥 倉QUVIF「紮」的異體字，見449頁。

紬(䌷) 普chōu 粵cau1抽 倉VFLW
①引出。②編輯。

絅(䌹) 普jiǒng 粵gwing2炯 倉VFBR
罩在外面的單衣。

紮(扎) 1 普zā 粵zaat3札 倉DUVIF
①捆，纏束：紮彩/紮辮子。②量詞。用於捆起來的東西：一紮乾草。

紮(扎) 2 普zhā 粵zaat3札
軍隊駐屯：紮營。

絁(纯) 普shī 粵si1施 倉VFOPD
一種粗綢子。

累 1 普léi 粵leoi6類 倉WVIF
【累贅】又作「累墜」。①(事物)多餘、麻煩，(文字)不簡潔：累贅的話/這事多累贅。②使人感到多餘或麻煩。③使人感到多餘或麻煩的事物：行李很多，真是個累贅。

累 2 普lěi 粵leoi6類
連累：累及/受累/累你操心。

累 3 普lèi 粵leoi6類
①疲乏，過勞：我今天累了！②使疲勞：別累着他。③操勞：累了一天，該休息了。

細(细) 普xì 粵sai3世 倉VFW
①跟「粗」相對，横剖面小的長條東西：細竹竿/細鉛絲。②(長條形)兩邊的距離近：細線/小河細得像腰帶。③顆粒小的：細沙/細末。④聲音尖、小：嗓音細/細聲細氣。⑤工料精緻的：江西細瓷/這塊布真細。⑥周密：膽大心細/精打細算/深耕細作。⑦微小的：細節/細微/事無巨細。⑧年齡小。
【細枝末節】比喻事情或問題的細小而無關緊要的部分。

紱(绂) 普fú 粵fat1拂 倉VFIKK
①古代繫印章的絲繩。②同「黻」，見733頁。

紵(纻) 普zhù 粵cyu5柱 倉VFJMN
用苧麻纖維織成的布。

紳 (绅)

普 shēn　粵 san1 申
倉 VFLWL

① 古代士大夫束在腰間的大帶子。② 地方上有勢力、有地位的人：紳士／鄉紳／土豪劣紳。

紹 (绍) 1

普 shào　粵 siu6 邵
倉 VFSHR

接續，繼續。

紹 (绍) 2

普 shào　粵 siu6 邵

指浙江紹興：紹酒。

紺 (绀)

普 gàn　粵 gam3 禁
倉 VFTM

微帶紅的黑色。

緋 (绋)

普 fú　粵 fat1 彿
倉 VFLLN

大繩，特指牽引棺材的大繩：執緋。

給 (绐)

普 dài　粵 toi5 怠
倉 VFIR

欺哄。

絀 (绌)

普 chù　粵 zyut3 拙
倉 VFUU

不足，不夠：經費支絀／相形見絀。

終 (终)

普 zhōng　粵 zung1 中
倉 VFHEY

① 末了，完了：終點／告終。② 指人死：臨終。③ 畢竟，到底：終將見效／終必成功。④ 從開始到末了：終日／終年／終生／終身。

絃

普 VFYVI　「弦①②」的異體字，見187頁。

組 (组)

普 zǔ　粵 zou2 祖
倉 VFBM

① 組織：改組／字遊戲／四人組成一隊。② 由不多的人員組織成的單位：小組／採訪組／福利組。③ 量詞。用於事物的集體：兩組電池。④ 合成一組的（文藝作品）：組詩／組曲。

絆 (绊)

普 bàn　粵 bun6 伴
倉 VFFQ

擋住或纏住，使行動不便或跌倒：絆馬索／絆手絆腳／走路不留神被石頭絆倒了。

緤 (绁)

普 xiè　粵 sit3 泄
倉 VFPT

① 繩索。② 捆，拴。

結 (结) 1

普 jiē　粵 git3 潔
倉 VFGR

植物長出果實或種子：樹上結了許多蘋果。

【結實】(jiē shí) 長出果實：開花結果。

【結實】(jiē·shi) ① 堅固耐用：這雙鞋很結實。② 健壯：他的身體很結實。

結 (结) 2

普 jié　粵 git3 潔

① 繫，綰：結網／結繩／張燈結綵。② 條狀物打成的疙瘩：打結／蝴蝶結。③ 聯合，發生關係：結婚／結交／集會結社。④ 凝聚：結冰／結晶。⑤ 收束，完了：結賬／結局／這不結了嗎？⑥ 一種保證負責的文件：具結。

【結論】① 從推理的前提中推論出來的

判斷。② 對人或事物所下的最後的論斷。

緤 🔊VFLWP 「紲」的異體字，見450頁。

絕 (绝) 🔊jué 🔊zyut6 拙　🔊VFSHU 絕右上刀。
① 斷：隔絕／絕交／絡繹不絕。② 窮盡，完全沒有：斬盡殺絕／法子絕對。③ 沒有出路：絕地／絕境／絕處逢生。④ 死亡：氣絕／絕命／悲慟欲絕。⑤ 獨一無二的，沒有人能趕上的：絕技／這手藝真絕！⑥ 極，最：絕妙／絕早／絕大部分。⑦ 絕對，無論如何，用在否定詞前面：絕無此意／他絕不再來了。⑧ 絕句：五絕／七絕。
【絕頂】① 山的最高峯：泰山絕頂。② 極端的，非常的：絕頂聰明。
【絕句】中國舊詩體裁的一種，每首四句，每句五字或七字，有一定的平仄限制。

紫 🔊zǐ 🔊zi2 子　🔊YPVIF
藍、紅合成的顏色。

絞 (绞) 🔊jiǎo 🔊gaau2 狡　🔊VFCYK
① 把兩股以上條狀物扭在一起。② 擰，使受擠壓：把毛巾絞乾。③ 勒死，弔死：絞殺／絞索。④ 把繩索一端繫在輪上，轉動輪軸，使繫在另一端的物體移動：絞車／絞盤。⑤ 量詞。用於紗、毛線等：一絞毛線。

絜 🔊xié 🔊kit3 揭　🔊QHVIF
① 量度物體周圍的長度。② 泛指量。

絡 (络) 1 🔊lào 🔊lok3 烙　🔊VFHER
義同「絡2」，用於一些口語詞。
【絡子】① 線繩結成的網狀袋子。② 繞線、繞紗的器具。

絡 (络) 2 🔊luò 🔊lok3 烙
① 像網子那樣的東西：網絡／橘絡／絲瓜絡。② 用網狀物兜住：頭上絡着髮網。③ 纏繞：絡紗／絡線。④ 中醫指人體內氣血運行通路的旁支或小支：經絡。

給 (给) 1 🔊gěi 🔊kap1 級　🔊VFOMR
① 使對方得到某些東西或某種遭遇：給他一本書／給他一頓批評。② 表示使對方做某件事：他預約了課室給學生做功課。③ 表示許定對方做某些動作：不給吃。④ 交與，付出：送給他禮物。⑤ 替，為：老師給大家講課。⑥ 向：給長輩行禮。⑦ 被，表示某種遭遇：羊狼吃了／屋子給火燒掉了。

給 (给) 2 🔊jǐ 🔊kap1 級
① 供應：補給／配給／自給自足。② 豐足：家給戶足。

絢 (绚) 🔊xuàn 🔊hyun3 勸　🔊VFPA
色彩華麗：絢爛／絢麗。

絨 (绒) 🔊róng 🔊jung4 容　🔊VFIJ
① 柔軟短小的毛：絨毛／駝絨。② 棉、絲等製成的上面有一層細毛的紡織品：棉絨／絨衣。

絪（𬙊）⊜yīn ⊜jan1 因　⊜VFWK

【絪縕】見【氤氳】，309頁。

絮 1 ⊜xù ⊜seoi5絮 ⊜VRVIF

①棉絮，棉花的纖維：被絮／吐絮。
②像棉絮的東西：柳絮／蘆絮。③在衣物
裏鋪棉花：絮被子／絮棉襖。

絮 2 ⊜xù ⊜seoi5緒

連續重複，惹人厭煩：絮煩。

【絮叨】說話囉唆。

絰（绖）⊜dié ⊜dit6秩　⊜VFMIG

古時喪服上的麻布帶子。

統（统）⊜tǒng ⊜tung2桶　⊜VFYIU

①總括，總起來：統購／統籌。②事物的
連續關係：系統／血統／傳統。③率領，管
理：統領／統管／統治。

絲（丝）⊜sī ⊜si1 思　⊜VFVIF

①蠶吐出的像線的東西，
是做綢緞等物的原料。②像絲的東西：鐵
絲／蘆蔔絲兒。③細微，極少：一絲不差。
④單位名。用於長度，10絲是1毫。⑤單位
名。用於重量，10絲是1毫。⑥指弦樂器：
絲竹。

【絲毫】比喻極少，極小，一點兒：絲毫不
差。

絳（绛）⊜jiàng ⊜gong3降　⊜VFHEQ

深紅色。

絎（绗）⊜háng ⊜hong4航　⊜VFHON

縫紉方法，縫製棉衣、棉被時，以粗密相
間的針法固定面兒、裏子和所絮的棉花。

絗　⊜VFOMG「絟」的異體字，見449頁。

絝（绔）⊜kù ⊜fu3褲　⊜VFKMS

同「褲」，用於「紈絝」。見【紈絝】，見447
頁。

絛　⊜OLOF「縧」的異體字，見461頁。

絹（绢）⊜juàn ⊜gyun3眷　⊜VFRB

一種薄而堅韌的絲織物。

【絹本】寫在絹上或畫在絹上的字畫：這
兩幅山水都是絹本。

絺（绤）⊜chī ⊜ci1 痴　⊜VFKKB

古代指細葛布。

覿　⊜VFBUU「藕1」的異體字，見462
頁。

綃（绡）⊜xiāo ⊜siu1 消　⊜VFFB

①生絲。②指用生絲織成的東西。

綆 (绠) ⓟgěng ⓔgang2 梗
ⓒVFMLK

汲水用的繩子:綆短汲深(比喻才力不能勝任)。

絺 (𫃒) 1 ⓟtī ⓔtai4 啼
ⓒVFCNH

厚綢子:絺袍。

絺 (𫃒) 2 ⓟtī ⓔtai4 啼

比綢子厚實、粗糙的紡織品,用絲做經、棉線做緯織成。

綌 (绤) ⓟxì ⓔgwik1 隙
ⓒVFCOR

粗葛布。

綁 (绑) ⓟbǎng ⓔbong2 榜
ⓒVFQJL

捆,縛:把兩根棍子綁在一起。

綏 (绥) ⓟsuí ⓔseoi1 須
ⓒVFBV

①安撫:綏靖。②平安,安好。

經 (经) ⓟjīng ⓔging1 京
ⓒVFMVM

①織物上縱的方向的紗或線,跟「緯」相對:經紗/經線。②中醫指人體內氣血運行通路的主幹:經脈/經絡。③經度:東經/西經。④經營,治理:經商/整軍經武。⑤上吊:自經。⑥歷久不變的,正常:經常/不經之談。⑦經典,具權威性的著作:佛經/唸經/本草經/十三經。⑧月經:行經。⑨經過:經年累月/幾經波折。⑩禁受:經不起/經得起考驗。

綑 ⓒVFWD 「捆」的異體字,見228頁。

綜 (综) 1 ⓟzèng ⓔzung3 縱
ⓒVFJMF

織布機上使經線交錯,上下分開以便梭子通過的裝置。

綜 (综) 2 ⓟzōng ⓔzung3 縱

總合:錯綜/綜合。
【綜述】①綜合地敘述。②綜合敘述的文章:寫了兩篇新聞綜述。

緅 (纟取) ⓟzōu ⓔzau1 州
ⓒVFSJE

黑裏帶紅的顏色。

緉 (纟两) ⓟliǎng ⓔloeng5 倆
ⓒVFMLB

量詞。一雙,用於鞋襪:一緉絲屨。

綢 (绸) ⓟchóu ⓔcau4 酬
ⓒVFBGR 綢右作周。

一種薄而軟的絲織品:紡綢。
【綢繆】①修繕:未雨綢繆(喻事先做好準備)。②纏綿:情意綢繆。

綣 (绻) ⓟquǎn ⓔhyun3 勸
ⓒVFFQU

見【繾綣】,463頁。

綦 ⓟqí ⓔkei4 其 ⓒTCVIF

極,很:言之綦詳/希望綦切。

綬 (绶) 🅰shòu 🅱sau6受
🄒VFBBE

一種絲質帶子，古代常用來繫在官印上。

維 (维) 1 🅰wéi 🅱wai4惟
🄒VFOG

①連接：維繫。②保持，保全：維持／維護。

維 (维) 2 🅰wéi 🅱wai4惟
想，思考：思維。

維 (维) 3 🅰wéi 🅱wai4惟
幾何學和空間理論的基本概念：三維。

縶 1 🅰qǐ 🅱kai2啟 🄓HKVIF
①同「綮」，見 284 頁。②姓。

縶 2 🅰qìng 🅱hing3慶
見【肯綮】，479 頁。

綰 (绾) 🅰wǎn 🅱waan2粵二聲
🄒VFJRR

把長條形的東西盤繞起來打成結：綰結／綰個扣／把頭髮綰起來。

綱 (纲) 🅰gāng 🅱gong1剛
🄒VFBTU

①提綱的總繩，比喻事物最主要的部分：大綱／綱目／綱領。②生物學中把同一門的生物按彼此相似的特徵分為若干綱。③古時成批運輸貨物的組織：鹽綱／花石綱。

網 (网) 🅰wǎng 🅱mong5罔
🄒VFBTV

①用繩線等結成的捕捉魚鳥的器具：魚網／撒網。②像網的東西：球網／蜘蛛網／通信網／宣傳網。【羅網】①捕魚的網和捕鳥的羅。②搜求，設法招致：羅網人才。

綴 (缀) 🅰zhuì 🅱zeoi3最
🅱zyut3拙 🄒VFEEE

①縫：補綴／把這個扣子綴上。②組合字句篇章：綴字成文。③裝飾：點綴。

綵 (彩) 🅰cǎi 🅱coi2彩
🄒VFBD 綵右上作⌐⌐

彩色的絲子：剪綵／懸燈結綵。

綸 (纶) 1 🅰guān 🅱gwaan1關 🄒VFOMB
【綸巾】古代配有青絲帶的頭巾。

綸 (纶) 2 🅰lún 🅱leon4輪
①青絲帶子。②釣魚用的線：垂綸。③指某些合成纖維：錦綸／滌綸。

絡 (络) 🅰liǔ 🅱lau5柳
🄒VFHOR

量詞。一束（理順了的絲、線、鬚、髮等）：兩絡兒線／五絡兒鬚／一絡兒頭髮。

綺 (绮) 🅰qǐ 🅱ji2椅 🄒VFKMR
①有華麗色彩的絲織品：綺羅。②美麗：綺麗。

緒 (绪) 🅰xù 🅱seoi5叙
🄒VFJKA

①絲的頭，借指事情的開端：千頭萬緒

②殘餘：緒風。③指心情、思想等：思緒／離愁別緒。④事業，功業：續未竟之緒。
【緒論】學術著作開頭敘述全書主旨和內容要點的部分。

① 也作「絲綿」。蠶絲結成的片或團，供絮衣被、裝墨盒等用。②延續不斷：綿延／綿亙／綿長／連綿。③薄弱，柔軟：綿薄／綿軟。

縣

㊀HBHVF 「綿」的異體字，見455頁。

綻(绽)

㊀zhàn ㊁zaan6 賺
㊂VFJMO

裂開：綻開／破綻／皮開肉綻。

綽(绰)

1 ㊀chāo ㊁coek3 桌
㊂VFYAJ

抓起：綽起一根棍子。

綽(绰)

2 ㊀chuò ㊁coek3 桌
①寬裕：寬綽／綽綽有餘／綽有餘裕。②（體態）柔美：綽麗／柔情綽態。
【綽約】也作「婥約」。形容女子姿態柔美：風姿綽約。

緄(绲)

㊀gǔn ㊁gwan2 滾
㊃kwan2 菌 ㊂VFAPP

①織成帶子。②繩。③縫紉方法，沿着衣服等的邊緣縫上布條、帶子等，形成圓稜形的邊：緄邊／在領口緄一道邊。

綾(绫)

㊀líng ㊁ling4 陵
㊂VFGCE

一種很薄的絲織品，像緞子：綾羅綢緞。

綿(绵)

㊀mián ㊁min4 棉
㊂VFHAB

緊(紧)

㊀jǐn ㊁gan2 謹
㊂SEVIF

①物體受拉力或壓力後所呈現的狀態，跟「鬆」相對：拉緊／捆緊。②物體因受外力作用而變得固定或牢固。③使緊：把弦緊一緊／緊一下腰帶。④靠得極近：緊鄰／鞋太緊。⑤動作先後密切接連，事情急：功課很緊／抓緊時間。⑥用錢有限制，生活不寬裕：手頭緊／他家日子很緊。
【緊張】①不鬆弛，不緩和：精神緊張／工作緊張。②供應不足，難以應付：糧食緊張。

緇(缁)

㊀zī ㊁zi1 資
㊂VFVVW

黑色：緇衣。

緋(绯)

㊀fēi ㊁fei1 非 ㊂VFLMY

紅色：兩頰緋紅。

綠(绿)

1 ㊀lù ㊁luk6 錄
㊂VFVNE

義同「綠2」，用於「綠林、綠營」等詞。
【綠林】原指西漢末年聚集湖北綠林山的農民起義軍，後來泛指聚集山林，反抗官府或搶劫財物的集團。

綠(绿)

2 ㊀lù ㊁luk6 錄
一般草和樹葉的顏色，藍和黃混合成的顏色：紅花綠葉。

綳 ⓪VFBB「綳」的異體字，見460頁。

綫 ⓪VFII「線」的異體字，見456頁。

緔(绱) ⓪shàng ⓪soeng5上五聲 ⓪VFFBR
把鞋幫、鞋底縫在一起：緔鞋。

緗(缃) ⓪xiāng ⓪soeng1傷 ⓪VFDBU
淺黃色。

線(线) ⓪xiàn ⓪sin3扇 ⓪VFHAE
①用絲、棉或麻等製成的細長的東西：棉線/毛線。②細長像線的：光線/電線/線香。③幾何學上指只有長度而無寬度和厚度的：直線/曲線。④交通路線：航線/運輸線。⑤指思想上、政治上的路線：上綱上線。⑥邊important界的地方：前線/防線。⑦指接近或達到某種境界或條件的邊際：生命線/貧窮線。⑧量詞。用於抽象事物，數詞限用「一」：一線希望。
【線報】線人向警方提供的情報。
【線索】比喻事物發展的脈絡或探求問題的門徑：那件事情有了線索。

緶(缏) 1 ⓪biàn ⓪bin1邊 ⓪VFOMK
用麥稈等編成的扁平長條：草帽緶。

緶(缏) 2 ⓪pián ⓪pin4駢
用針縫。

緝(缉) 1 ⓪jī ⓪cap1輯 ⓪VFRSJ
搜捕，捉拿：緝私/通緝。

緝(缉) 2 ⓪qī ⓪cap1輯
一種縫紉法，一針對一針密密地縫：緝鞋口。

緞(缎) ⓪duàn ⓪dyun6段 ⓪VFHJE
質地厚密，一面平滑有光彩的絲織品，是中國的特產之一。

締(缔) ⓪dì ⓪dai3帝 ⓪VFYBB
結合，訂立：締結/締交/締約。
【締結】訂立（條約等）：締結同盟。
【締盟】結成同盟。
【締造】創立，建立，多指偉大的事業。

緡(缗) ⓪mín ⓪man4民 ⓪VFRPA
①穿銅錢用的繩。②量詞。用於成串的銅錢，每串一千文錢。

緣(缘) ⓪yuán ⓪jyun4原 ⓪VFVNO
①因由，因為：無緣無故/沒有緣由。②為了：緣何到此？③緣分：人緣/姻緣/有緣/不解之緣。④沿，順著：緣溪而行/緣木求魚（比喻方向或方法不對，必然得不到）。⑤邊：緣緣。

緦(缌) ⓪sī ⓪si1思 ⓪VFVNO
細麻布。

編(编) 粵biān 普pin1 篇
VFHSB

①用細條或帶形的東西交叉組織起來：編草帽／編筐子。②按一定的次序或條理來組織或排列：編號／編隊／編組。③把材料加以適當的組織排列做成書報等：編輯／編報。④創作：編歌／編話劇。⑤捏造，把沒有的事情說成有：編了一套瞎話。⑥成本的書：正編／續編。⑦書籍按內容劃分的單位：上編／下編。
【編輯】①把材料進行整理、加工，做成書報等。②編輯書報的人。

綃(绢) 粵guā 普gwaa1 瓜
VFBBR

紫青色的綬（絲帶）。

緘(缄) 粵jiān 普gaam1 監
VFIHR

封，閉：緘口。
【緘默】閉口不言。

緩(缓) 粵huǎn 普wun6 煥
VFBME

①慢，跟「急」相對：遲緩／緩步而行／緩不濟急。②延遲：緩刑／緩兵之計／緩期執行／緩兩天再辦。③不緊張：緩念／緩衝。④蘇醒，恢復：緩緩氣再往前走／病人昏過去又緩過來。
【緩衝】把衝突的兩方隔離開，使緊張的局勢緩和：緩衝地帶。
【緩和】①指局勢、氣氛等不緊張：心情緩和。②使緊張的情勢轉向平和：緩和緊張氣氛。

絙(绠) 粵gēng 普gang1 庚
VFPMM

粗大的繩索。

緬(缅) 粵miǎn 普min5 免
VFMWL

遙遠：緬懷／緬想。

緯(纬) 粵wěi 普wai5 偉
VFDMQ

①緯線，與「經線」相對，指編織物上橫的方向的紗或線。②地理學上假定跟赤道平行的線，以赤道為零度，向北稱「北緯」，向南稱「南緯」，南北各九十度。

緙(缂) 粵kè 普hak1 黑
VFTLJ

緙絲，一種用絲織手工藝。

緲(缈) 粵miǎo 普miu5 秒
VFBUH

見【縹緲】，460頁。

練(练) 粵liàn 普lin6 煉
VFDWF

①白絹：江界如練。②把生絲煮熟，使柔軟潔白。③反覆學習，多次地操作：練習／排練／練字／練本領。④經驗多，純熟：幹練／老練／熟練。
【練達】閱歷多而通達人情世故。

緻(致) 粵zhì 普zi3 至
VFMGK

細密，精細：細緻／精緻。

緹 (缇) ⓟtí ⓒtai4 提
ⓔVFAMO

橘紅色。

緼 (缊) 1 ⓟyūn ⓒwan1 溫
ⓔVFABT

緼緼。見【氲氲】，309頁。

緼 (缊) 2 ⓟyùn ⓒwan3 慍
①碎麻。②新舊混合
的絲綿絮：緼袍。

緱 (缑) ⓟgōu ⓒgau1 九一聲
ⓔVFONK

刀劍等柄上所纏的繩。

緼 ⓔVFWOT 「緼」的異體字，見458
頁。

縉 (缙) ⓟjìn ⓒzeon3 晉
ⓔVFMIA

淺紅色的帛。
【縉紳】古代指有官職的或做過官的人。

縈 (萦) ⓟyíng ⓒjing4 營
ⓔFFBVF

纏繞：縈懷／縈繞。

縊 (缢) ⓟyì ⓒai3 翳　ⓔVFTCT
用繩子勒死：縊殺／自
縊。

縋 (缒) ⓟzhuì ⓒzeoi6 墜
ⓔVFYHR

用繩子拴住人、物，從上往下送：工人從
樓頂上把空桶縋下來。

縐 (绉) ⓟzhòu ⓒzau3 晝
ⓔVFPUU

一種有皺紋的絲織品。

縑 (缣) ⓟjiān ⓒgim1 兼
ⓔVFTXC

由多根絲綫並在一起織成的絲織品。

縛 (缚) ⓟfù ⓒbok3 博
ⓔVFIBI

捆綁：束縛／作繭自縛／手無縛雞之力。

縝 (缜) ⓟzhěn ⓒcan2 診
ⓔVFJBC

細緻：縝密。

縞 (缟) ⓟgǎo ⓒgou2 稿
ⓔVFYRB

古代一種白絹。
【縞素】白衣服，指喪服。

縟 (缛) ⓟrù ⓒjuk6 辱　ⓔVFMVI
繁多，煩瑣：縟禮／繁文縟節。

縢 (縢) ⓟténg ⓒtang4 騰　ⓔBFQF
①封閉、約束。②繩子。

縣 (县) ⓟxiàn ⓒjyun6 願
ⓔBFHVF

省、自治區或直轄市的下一級行政區畫
單位：縣城。

縠 ⓟhú ⓒhuk6 酷 ⓒGFHNE
有皺紋的紗。

繀（縗） ⓟcuī ⓒceoi1 崔
ⓒVFYWV
用粗麻布製成的喪服。

綹 ⓒVFBHX 「縲」的異體字，見461
頁。

縭（缡） ⓟlí ⓒlei4 離
ⓒVFYUB
古時婦女的佩巾：結縭（古時指女子出嫁）。

縯（缤） ⓟyǎn ⓒjin5 煙五聲
ⓒVFJMC
延長。

縱（纵） 1 ⓟzòng ⓒzung1 忠
ⓒVFHOO
①地理上指南北向的，跟「橫」相對：縱
貫／縱橫。②從前到後的：縱深。③指軍
隊編制上的縱隊。

縱（纵） 2 ⓟzòng ⓒzung3 眾
① 放走：縱虎歸山。
②放任，不加拘束：放縱／縱情。③ 身體
猛向前或向上：縱身一跳。④即使：縱
有錯誤，也得耐心教導，不要隨便責罵。

縱（纵） 3 ⓟzòng ⓒzung3 眾
起皺紋：衣服壓縱了。

縫（缝） 1 ⓟféng ⓒfung4 逢
ⓒVFYHJ
用針線把東西連上：縫補／縫合／把衣服

的破口縫上。
【縫紉】裁製服裝。

縫（缝） 2 ⓟfèng ⓒfung6 奉
① 裂開的窄長口子：
裂縫／瓣縫／見縫插針。②縫合後的痕跡：
這道縫兒不直。

繁（絷） ⓟzhí ⓒzap1 執
ⓒGIVIF
①拴，捆。②拘捕，拘禁。③馬韁繩。

縮（缩） 1 ⓟsù ⓒsuk1 宿
ⓒVFJOA
【縮砂密】多年生草本植物，砂仁的一個
變種，果實和種子可入藥。

縮（缩） 2 ⓟsuō ⓒsuk1 宿
① 由大變小，由長變
短：縮短／熱脹冷縮。②沒有伸展開或伸
開了又收回去：烏龜縮在甲殼裏。③由前
進而後退：退縮／畏縮。④節省：節衣縮食。
【縮影】指同一類型的人或事物中具代
表性的一個。

縲（缧） ⓟléi ⓒleoi4 雷
ⓒVFWVF
【縲紲】捆綁犯人的繩索，借指牢獄。

縴（纤） ⓟqiàn ⓒhin1 牽
ⓒVFYVQ
拉船的繩：縴繩／拉縴。

縵（缦） ⓟmàn ⓒmaan6 慢
ⓒVFAWE
沒有彩色花紋的絲織品。

縷（缕） 🔊lǚ 🔊leoi5 呂
🔊VFLWV
①線：一絲一縷／千絲萬縷。②一條一條
地：縷述／縷析。③量詞。一股：一縷線／
一縷麻／一縷炊煙。

縹（缥） 1 🔊piāo 🔊piu5 飄五
聲 🔊VFMWF
【縹緲】形容隱隱約約的，若有若無：虛
無縹緲。

縹（缥） 2 🔊piǎo 🔊piu5 飄五
聲
①青白色。②青白色的絲織品。

縻 🔊mí 🔊mei4 眉 🔊IDVIF
繫住：羈縻。

總（总） 🔊zǒng 🔊zung2 腫
🔊VFHWP
①聚合，聚集在一起：總之／總匯／總的
來說。②全部的，全面的：總賬／總攻擊。
③概括全部，主要的，為首的：總綱／總
司令。④經常，一直：總不肯聽／總是遲
到。⑤畢竟：總是要辦的／明天他總該回
來了。
【總結】①把一段工作的過程、成功或失
敗的經驗教訓分析出來，再歸納出原則
性的結論，作為下一段工作的參考。②指
總結後概括出來的結論。

績（绩） 🔊jì 🔊zik1 即
🔊VFQMC
①把麻纖維披開接起來搓成線：紡績／
績麻。②功業，成果：成績／功績／戰績／

業績。

繁 1 🔊fán 🔊faan4 凡 🔊OKVIF
①許多，複雜：繁雜／繁複／繁星／
刪繁就簡。②繁殖（牲畜）：自繁自養。
【繁華】興盛熱鬧。
【繁榮】興旺發展或使興旺發展：市面
繁榮／繁榮經濟。

繁 2 🔊pó 🔊po4 婆
姓。

繃（绷） 1 🔊bēng 🔊bang1 崩
🔊VFUBB
①拉緊：繃緊繩子。②張緊：衣服緊繃在
身上。③突然彈起：彈簧繃飛了。④粗粗
地縫上或用針別上：繃被頭。⑤勉強撐
持：繃場面。
【繃帶】包紮傷口的紗布條。

繃（绷） 2 🔊běng 🔊maang1
盲一聲
①板着：繃臉。②強忍住：他繃不住笑了

繃（绷） 3 🔊bèng 🔊bang1 崩
裂開。

繄 🔊yī 🔊ji1 醫 🔊SEVIF
①文言助詞。惟：繄我獨無。②是

繆（缪） 1 🔊miào 🔊miu6 妙
🔊VFSMH
姓。

繆（缪） 2 🔊miù 🔊mau6 茂
見【紕繆】，448頁。

繆（缪） 3 🔊móu 🔊mau4 謀
見【綢繆】，453頁。

繅（缲） ⦿sāo ⦿sou1 蘇
⦿VFVVD

把蠶繭浸在熱水裏抽絲：繅絲。
【繅車】繅絲用的器具。

縧（绦） ⦿tāo ⦿tou1 滔
⦿VFOLD

用絲線編織成的花邊或扁平的帶子，可以裝飾衣物：縧子。
【縧蟲】寄生在人或家畜腸道裏的一種蟲子，身體長而扁。

繇（繇）¹ ⦿yáo ⦿jiu4 遙
⦿BUHVF
①同「徭」，見194頁。②同「謠」，見578頁。

繇（繇）² ⦿yóu ⦿jau4 由
同「由⑦-⑧」，見381頁。

繇（繇）³ ⦿zhòu ⦿zau6 就
古時占卜的文辭。

縄 ⦿VFNII 「襠」的異體字，見558頁。

繚（缭） ⦿liáo ⦿liu4 遼
⦿VFKCF
①繚繞，纏繞：繚亂／炊煙繚繞。②用針斜着縫：繚縫兒。

繐 ⦿VFJIP 「穗②」的異體字，見425頁。

繒（缯）¹ ⦿zēng ⦿zang1 增
⦿VFCWA
古代對絲織品的總稱。

繒（缯）² ⦿zèng ⦿zang6 贈
綁，紮：把那根裂了的棍子繒起來。

繕（缮） ⦿shàn ⦿sin6 善
⦿VFTGR
①修補：修繕。②抄寫：繕寫。

織（织） ⦿zhī ⦿zik1 職
⦿VFYIA
用絲、麻、棉紗、毛線等編成布或衣物等：編織／織布／織毛衣。

繙（缯） ⦿fán ⦿faan4 番
⦿VFHDW
【繙幤】①風吹擺動的樣子。②亂取。

繞（绕） ⦿rào ⦿jiu5 嬈
⦿jiu2 妖 ⦿VFGGU
①纏：繞線。②圍着轉：運動員繞場一週。③從側面或後面迂迴過去：繞路／繞到敵人後方。④糾纏：這句話一下子把他繞住了。

繢（缋） ⦿huì ⦿kui2 繪
⦿VFLMC
同「繪」，見462頁。

繖 ⦿VFTBK 「傘①」的異體字，見34頁。

繡（绣） ⦿xiù ⦿sau3 秀
⦿VFLX
①用彩色絲線等在綢、布上做成花紋或

文字：繡花/繡字。②繡成的物品：蘇繡/湘繡。

縋(绖) ⓞda ⓟdaat6 達
ⓐVFYGQ

見【紩縋】，447頁。

繪(绘) ⓞhuì ⓟkui2 劊
ⓐVFOMA

畫，描畫：繪圖/繪形繪聲。

繩(绳) ⓞshéng ⓟsing4 誠
ⓐVFRXU

① 用兩股以上的麻、稻草等擰成的條狀物：繩索/繩子/麻繩。② 約束，制裁：繩之於法。

繫(系) 1 ⓞxì ⓟhai6 係
ⓐJEVIF

① 關聯，連結：維繫/成敗繫於此。② 牽掛：繫念親人。③ 把人或東西捆住後往上提或向下送：把水桶從井中繫上來。④ 拴，綁：繫馬/繫縛。⑤ 關押，拘禁：繫獄。

繫(系) 2 ⓞjì ⓟhai6 係
打結，扣：把鞋帶繫上/繫上安全帶。

繭(茧) 1 ⓞjiǎn ⓟgaan2 簡
ⓐTBLI

某些昆蟲的幼蟲在變成蛹之前吐絲做成的殼：蠶繭。

繭(茧) 2 ⓞjiǎn ⓟgin2建二聲
手或腳掌因長時間摩擦而生成的硬皮：老繭。

繵(缰) ⓞjiāng ⓟgoeng1 薑
ⓐVFMWM

韁繩，牽牲口的繩子：信馬由韁。

繰(缲) 1 ⓞqiāo ⓟciu1 超
ⓐVFRRD

做衣服邊兒或帶子時藏着針腳的縫法：繰邊兒。

繰(缲) 2 ⓞsāo ⓟsou1 穌
同「繅」，見461頁。

繳(缴) 1 ⓞjiǎo ⓟgiu2 矯
ⓐVFHSK

① 交納，交付：繳稅/繳款/繳費。② 迫使交付：繳敵人的械。
【繳獲】從戰敗的敵人或罪犯等那裏取得（武器、兇器等）：繳獲敵軍大炮三門。

繳(缴) 2 ⓞzhuó ⓟzoek3 雀
繫在箭上的絲繩，射鳥用。

繹(绎) ⓞyì ⓟjik6譯 ⓐVFWLJ
抽出、理出頭緒：尋繹/演繹。

繯(缳) ⓞhuán ⓟwaan2幻
ⓟwaan4環 ⓐVFWLV

① 繩索做的環：投繯而死（上弔自殺）。② 絞殺：繯首（絞刑）。

繽(缤) ⓞbīn ⓟban1 賓
ⓐVFJMC
【繽紛】繁多而雜亂的樣子：落英繽紛/色彩繽紛。

繼(继) 〔普〕jì 〔粵〕gai3計 〔倉〕VFVVI
①連續，接連：繼續／相繼離世／前仆後繼。②接着，繼而：他先是頭疼，繼又發燒。
【繼承】①依法承受遺產。②泛指接受前人的文化、知識等。③繼續做前人遺留下來的事業。

纚(缡) 〔普〕qiǎn 〔粵〕hin2遣 〔倉〕VFYLR
【繾綣】形容情意纏綿，感情好得離不開。

纂 〔普〕zuǎn 〔粵〕zyun2轉二聲 〔倉〕HBUF
注意同「篡」的區別。
①編輯，搜集材料編書：纂修／編纂。②婦女梳在頭後邊的髮髻。

辮(辫) 〔普〕biàn 〔粵〕bin1鞭 〔倉〕YJVFJ
①把頭髮分股交叉編成的條狀物：小辮／髮辮。②像辮子的東西：蒜辮子。

續(续) 〔普〕xù 〔粵〕zuk6俗 〔倉〕VFGWC
①連接不斷，接下去：繼續／陸續。②接在原有的後頭：續編／續集。③添加：把茶續上。

纊(纩) 〔普〕kuàng 〔粵〕kwong3礦 〔倉〕VFITC
絲綿。

纇(颣) 〔普〕lèi 〔粵〕leoi6淚 〔倉〕FFMBC
缺點，毛病：疵纇。

纈(缬) 〔普〕xié 〔粵〕kit3揭 〔倉〕VFGRC
有花紋的絲織品。

纍(累) 1 〔普〕léi 〔粵〕leoi4雷 〔倉〕WWWF
【纍纍】①憔悴頹喪的樣子：纍纍若喪家之狗。②連續成串：果實纍纍。

纍(累) 2 〔普〕lěi 〔粵〕leoi5呂
①重疊，堆積：日積月纍／成千纍萬。②屢次，連續：纍教不改／連篇纍牘。
【纍纍】①屢屢：纍纍失誤。②形容纍積：罪行纍纍。

纏(缠) 〔普〕chán 〔粵〕cin4前 〔倉〕VFIWG
①圍繞：纏繞／頭上纏着繃帶。②攪擾：不要胡纏／公務纏身。③應付：他喜怒無常，很難纏。
【纏綿】①糾纏住不能解脫(多指感情或疾病)。②婉轉動人。

纓(缨) 〔普〕yīng 〔粵〕jing1英 〔倉〕VFBCV
①古代帽子上繫在頷下的帶子，泛指帶子。②繫在裝飾或器物上的穗狀飾物：帽纓／紅纓槍。③像纓的東西：芥菜纓兒。

纖(纤) 〔普〕xiān 〔粵〕cim1簽 〔倉〕VFOIM
細小。

【纖塵】細小的灰塵：纖塵不染。
【纖維】天然或人工合成的細絲狀物質：植物纖維／人造纖維。

纔(才) ⓶cái ⓷coi4 財　⓸VFNRI

副詞。① 表示以前不久：你怎麼纔來就要走？② 表示事情或狀態發生、出現得晚：大風到晚上纔停了。③ 表示只有在某種條件下纔發生某種結果：只有依靠集體力量，纔能把這項工作做好。④ 表示數量小、次數少、能力差、程度低等等：纔用了兩元／來了纔十來。⑤ 表示強調所說的事（句尾常用「呢」字）：我纔不信呢！

纛 ⓶dào ⓷duk6 獨　⓸QMWYF

古代軍隊裏的大旗。

纘(缵) ⓶zuǎn ⓷zyun2 轉二聲　⓸VFHUC

繼承。

纜(缆) ⓶lǎn ⓷laam6 濫　⓸VFSWU

① 拴船用的粗繩子或鐵索：纜繩／解纜（開船）。② 許多股擰成的像纜的東西：鋼纜。③ 用纜繩把船拴住：纜舟。

———— 缶 部 ————

缶 ⓶fǒu ⓷fau2 否　⓸OJU

① 一種口小肚大的瓦器。② 古代一種瓦質的打擊樂器。

缸 ⓶gāng ⓷gong1 江　⓸OUM

① 盛東西的陶質、瓷質或玻璃製成的器物，一般底小口大：缸子／水缸／酒缸／魚缸。② 用沙子、陶土等混合而成的一種質料，製成品外面多塗上釉，如缸盆等。③ 形狀像缸的東西：汽缸。

缺 ⓶quē ⓷kyut3 決　⓸OUDK

① 短少，不夠：缺乏／缺人。② 殘破：缺口／殘缺不全／完美無缺。③ 在規定的時間應到而未到：缺課／缺勤／缺席。④ 空額（指職位）：補缺／出缺。
【缺點】短處或不完美、不完備的方面，跟優點相對。
【缺陷】殘損或不圓滿的地方，使人感到遺憾。

缽 ⓸OUDM「鉢」的異體字，見643頁。

缾 ⓸OUTT「瓶」的異體字，見378頁。

罄 ⓶qìng ⓷hing3 慶　⓸GEOJU

盡，空：告罄／售罄／罄竹難書（訴說不完多指罪惡）。

罅 ⓶xià ⓷laa3 喇三聲　⓸OUYPD

裂縫：罅隙／石罅。

罇 ⓸OUTWI「樽」的異體字，見293頁。

罎 ⓟOUMWJ「罈」的異體字，見465頁。

罐 ⓟYVGU「甕」的異體字，見378頁。

罊(罌) ⓟyīng ⓟaang1 嬰 ⓟBCOJU
大腹小口的瓶子。

罍 ⓟléi ⓟleoi4 雷 ⓟWWWU
古代盛酒的一種容器：金罍美酒。

罐 ⓟOUYPT「壚2」的異體字，見129頁。

罎(坛) ⓟtán ⓟtaam4 談 ⓟOUAMI
一種口小肚大的陶器。

罐 ⓟguàn ⓟgun3 灌 ⓟOUTRG
盛流體或穀物的器皿，一般口較大：水罐／罐車／藥罐子／鐵罐兒。
【罐頭】① 罐子。② 指加工後裝在密封罐子裏的食品，可以保存一定的時間而不變質。

――― 网部 ―――

网 ⓟwǎng ⓟmong5 網 ⓟBKK
古同「網」。

罕 ⓟhǎn ⓟhon2 侃 ⓟBCMJ
稀少：稀罕／罕見／罕聞／罕物。

罔 ⓟwǎng ⓟmong5 妄 ⓟBTYV
① 蒙蔽：欺罔。② 無，沒有：置若罔聞。

罘 ⓟfú ⓟfau4 浮 ⓟWLMF
【罘罳】① 古代一種屏風。② 設在屋簷或窗上以防鳥雀築巢的網。

罝 ⓟjū ⓟze1 遮 ⓟzeoi1 狙 ⓟWLBM
捕兔用的網，泛指捕野獸的網。

罟 ⓟgǔ ⓟgu2 古 ⓟWLJR
① 魚網：網罟。② 用網捕魚。

罡 ⓟgāng ⓟgong1 江 ⓟWLMYM
【罡風】道家稱天空極高處的風，泛指強烈的風。

罣 ⓟguà ⓟgwaa3 卦 ⓟWLGG
同「掛④」，見231頁。

罤 ⓟfú ⓟfau4 浮 ⓟWLBND
捕鳥的網。

罥 ⓟjuàn ⓟgyun3 卷 ⓟWLRB
掛。

罪 ⓟzuì ⓟzeoi6 聚 ⓟWLLMY
① 作惡或犯法的行為：犯罪／罪大惡極。② 過失：歸罪於人。③ 苦難，痛苦：受罪。④ 把罪過歸到某人身上：罪己。

罨 yǎn jim2 掩 WLKLU

①一種捕魚、鳥的網。②覆蓋，敷：熱罨。

罩 zhào zaau3 找三聲 WLYAJ

①扣住，覆蓋，套在外面：籠罩／天空罩滿了烏雲。②覆蓋物體的東西：口罩／燈罩／面罩。③穿在長袍外面的單褂：罩衣。④養雞用的竹籠子。⑤捕魚用的竹器。

置 zhì zi3 至 WLJBM

①放，擱，擺：安置／擱置／置之不理／置諸腦後。②設立：裝置／設置。③購買：添置／置了一些用品。

蜀 WLPLI 見虫部，539 頁。

署 1 shǔ cyu5 柱 WLJKA

①政府辦公的處所：官署／專員公署。②政府按業務劃分的單位：運輸署／審計署。③安排：部署。④暫時代理：署理。

署 2 shǔ cyu5 柱

簽名，題字：簽署／署名。

罳 sī si1 思 WLWP

見【罘罳】，465頁。

罰 (罚) fá fat6 乏 WLYRN

處分，懲處：處罰／懲罰／罰球／罰款／受罰／賞罰分明。

罱 lǎn laam5 覽 WLJBJ

①捕魚或撈水草、河泥的工具。②用罱撈：罱河泥肥田。

罷 (罢) 1 bà baa6 吧 WLIBP

①停止，歇：罷工／罷休／罷手／欲罷不能。②免去，解除：罷職／罷免／罷黜。③完畢：吃罷飯／說罷就走。

罷 (罢) 2 ·ba baa6 吧 同「吧 2」，見 83 頁。

罵 (骂) mà maa6 麻六聲 WLSQF

①用粗野的說話侮辱人：叫罵／罵街／不要罵人。②斥責：他這次考試不及格，被爸爸罵了一頓。

罹 lí lei4 離 WLPOG

遭受災禍或疾病：罹難／罹禍／罹病。

罽 jì gai3 繼 WLMFN

用毛做成的氈子一類的東西：罽帳。

罾 zēng zang1 增 WLCWA

一種用竹竿或木棍做支架的方形魚網。

羅 (罗) 1 luó lo4 囉 WLVFG

①捕鳥的網：自投羅網。②張網捕捉：門可羅雀。③收集，招攬：網羅／搜羅／羅致

人才。④排列，陳列：羅列/星羅棋布。⑤過濾流質或篩細粉末用的器具：絹羅/銅絲羅。⑥用羅篩東西：羅麪粉。⑦輕軟有稀孔的絲織品：羅衣/羅扇。⑧姓。

【羅漢】佛教對斷絕了一切嗜慾、解脱了煩惱的僧人的稱呼。

【羅盤】測定方向的儀器，把磁針裝置在圓盤中央，盤上刻着度數和方位。

羅(罗) 2 普luó 粵lo4 鑼
量詞。十二打叫一羅。

羆(罴) 普pí 粵bei1 悲 倉WLIPF
棕熊，熊的一種，毛棕褐色。

羈(羁) 普jī 粵gei1 機 倉WLTJF
①馬籠頭：無羈之馬。②束縛：羈絆/放蕩不羈。③停留，寄居：羈旅/羈留。

羊部

羊 普yáng 粵joeng4 陽 倉TQ
哺乳動物，反芻類，一般頭上有一對角，種類很多，如山羊、綿羊、羚羊等。

芈 1 普mǐ 粵me1 咩 倉TQ
羊叫聲。

芈 2 普mǐ 粵mei5 美
姓。

羌 普qiāng 粵goeng1 疆 倉TGHU
①羌族，中國少數民族名，分佈在四川。②中國古代西部的民族，「五胡」之一。

美 1 普měi 粵mei5 尾 倉TGK
①好看：美貌/美景/風景優美。②使好看：美容/美化環境。③使人滿意的：美酒/價廉物美。④美好的事物：成人之美/美不勝收。

美 2 普měi 粵mei5 尾
①指美洲，包括北美洲和南美洲，世界七大洲中的兩個洲。②指美國：美鈔/美元。

羑 普yǒu 粵jau5 有 倉TGNO
羑里，古代地名，今河南湯陰一帶。

差 倉TQM 見工部，173頁。

恙 倉TGP 見心部，200頁。

羖 普gǔ 粵gu2 股 倉TQHNE
公羊。

羔 普gāo 粵gou1 高 倉TGF
小羊，泛指某些動物的幼崽：羊羔/鹿羔。

羚 普líng 粵ling4 伶 倉TQOII
①羚羊，哺乳動物，外形像山羊。生活在中國的有原羚、藏羚等。②指羚羊角。

【羚牛】也作「扭角羚」。哺乳動物，外形像水牛，生活在高山上。

羝 ⑥dī ⑥dai1 低 ⑥TQHPM
公羊。

羞(羞) ⑥xiū ⑥sau1 修
⑥TQNG
①難為情，不好意思：害羞／羞得滿臉通紅。②使難為情：你別羞我。③不光彩，不體面：遮羞／羞辱。④感到恥辱：羞恥／羞與為伍。

着 ⑥TQBU 見目部，401頁。

翔 ⑥TQSMM 見羽部，470頁。

羢 ⑥TQIJ「絨」的異體字，見451頁。

羣(群) ⑥qún ⑥kwan4 裙
⑥SRTQ
①相聚成伙的，聚合在一起的人或物：人羣／成羣結隊／害羣之馬／鶴立雞羣。②眾多的人：超羣／羣策羣力。③許多的，成羣的：羣居／羣峯／羣芳爭艷。④量詞。用於成羣的人或東西：一羣人／一羣羊。

群 ⑥SRTQ「羣」的簡體字，見468頁。

羨(羨) ⑥xiàn ⑥sin6 善
⑥TGENO
①愛慕，因喜愛而希望得到或擁有：羨慕／稱羨／豔羨。②多餘：羨餘。

羧 ⑥suō ⑥so1 梭 ⑥TQICE
羧基，由羰基和羥基組成的原子團。

義(义) ⑥yì ⑥ji6 異
⑥TGHQI
①公正合宜的道理：正義／道義／見義勇為／義不容辭。②合乎正義或公益的：義舉／義演。③感情的聯繫：情義／忘恩負義／情深義重。④意義，意思：定義／字義／歧義。⑤非同一血統而拜認親屬的：義父／義子。⑥人工製造的（人體部分）：義齒／義肢。
【義務】①公民按法律規定應盡的責任。②道義上應盡的責任。③不收報酬的：義務工作。

羥(羟) ⑥qiǎng ⑥koeng5 襁
⑥TQMVM
羥基，就是氫氧基，由氫和氧兩種原子組成的原子團。

羯 1 ⑥jié ⑥kit3 竭 ⑥TQAPV
閹割了的公羊。

羯 2 ⑥jié ⑥kit3 竭
中國古代北方的民族，「五胡」之一。

養 ⑥TOIAV 見食部，695頁。

羰 ⑥tāng ⑥tong1 湯 ⑥TQUMF
羰基，由碳和氧兩種原子組成的原子團。

羱 ⓪yuán ⓪jyun4 元 ⓪TQMHF
羱羊, 即北山羊, 生長在高原地帶。

義 ⓪xī ⓪hei1 希 ⓪TGHDS
①伏羲, 中國古代傳說中的人物。
②姓。

羶 ⓪TQYWM「膻2」的異體字, 見
491頁。

羸 ⓪léi ⓪leoi4 雷 ⓪YRBTN
①瘦弱:身體羸弱。②疲勞:羸頓/
羸憊。

羹 ⓪gēng ⓪gang1 庚 ⓪TGFTK
用蒸、煮等方法做成的糊狀食物:
肉羹/豆腐羹/雞蛋羹。

屫 ⓪chàn ⓪caan3 燦 ⓪STQQ
攙雜:屫入/屫雜。

───── 羽部 ─────

羽¹ ⓪yǔ ⓪jyu5 雨 ⓪SMSIM
①鳥類的毛:羽翼。②鳥類或昆
蟲的翅膀:振羽。③量詞。用於鳥類:一
羽信鴿。

羽² ⓪yǔ ⓪jyu5 雨
古代樂譜五音「宮、商、角、徵、羽」
之一。

羿 ⓪yì ⓪ngai6 毅 ⓪SMT
①后羿, 傳說為夏代有窮國的君
主, 善於射箭。②姓。

翀 ⓪chōng ⓪cung1 沖 ⓪SML
鳥向上直飛。

翁 ⓪wēng ⓪jung1 雍 ⓪CISM
①年老的男子, 老頭兒:漁翁/老
翁。②父親:乃翁/令翁。③丈夫的父親
或妻子的父親:翁姑(公公和婆婆)/翁
婿(岳父和女婿)。
【翁仲】銅鑄或石雕的偶像, 後來專指墓
前的石人。

翅 ⓪chì ⓪ci3 次三聲 ⓪JESMM
①鳥和昆蟲等用來飛行的器官:
翅膀/展翅高飛。②指鯊魚的鰭, 經加工
後是珍貴的食品:魚翅。

翎 ⓪líng ⓪ling4 伶 ⓪OISMM
①鳥翅和尾上顏色美麗、長而硬
的羽毛:雁翎/孔雀翎。②清代官吏禮帽
上裝飾的翎毛, 表示品級:花翎。

翊 ⓪yì ⓪jik6 亦 ⓪YTSMM
輔佐, 幫助:翊戴/翊從(護衞隨
從)。

翌 ⓪yì ⓪jik6 亦 ⓪SMYT
次於今日、今年的:翌日/翌年/
翌晨(第二天早晨)。

習(习) ⓪xí ⓪zaap6 集
⓪SMHA
①學過後再溫習, 反覆地學使熟練:自
習/複習/實習/習藝。②因常接觸而對
某事熟悉:習見/習聞/習以為常。③長

期重複地做，逐漸養成的不自覺的活動：習慣／積習／惡習／陳規陋習。

翕 音xī 粵jap1 泣 倉OMRM
①協調，和順。②斂縮，合上：翕動／翕張（一合一開）。

翔 音xiáng 粵coeng4 祥 倉TQSMM
盤旋地飛：滑翔／飛翔／翔翔。
【翔實】也作「詳實」。詳細而確實。

翛 音xiāo 粵siu1 消 倉OLOM
無拘無束，自由自在：翛然。
【翛翛】①羽毛殘破的樣子。②形容風聲、雨聲、樹木搖動聲：風雨翛翛／樹木翛翛。

翟 1 音dí 粵dik6 敵 倉SMOG
①長尾野雞。②用作舞具的野雞羽毛。
翟 2 音zhái 粵zaak6 摘
姓。

翠 音cuì 粵ceoi3 脆 倉SMYOJ
①青綠色：翠綠／翠竹。②翠鳥，羽毛藍綠色，捕食昆蟲、魚蝦等。③玉石：珠翠／翠花。

翡 音fěi 粵fei2 匪 倉LYSMM
【翡翠】①鳥名，嘴長而直，有藍色和綠色的羽毛，生活在水邊捕食昆蟲魚蝦，種類較多。②一種硬玉，多為翠綠或藍綠色，也有紅、紫或無色的，可做飾物。

翥 音zhù 粵zyu3 注 倉JASMM
鳥向上飛：龍翔鳳翥。

翩 音piān 粵pin1 篇 倉HBSMM
很快地飛，形容動作輕快：翩然／翩若驚鴻。
【翩翩】①輕快地飛舞的樣子：翩翩起舞。②舉止瀟灑（多指青年男子）：翩翩少年／風度翩翩。

翫 倉SAMMU 「玩2」的異體字，見369頁。

翬（翬） 音huī 粵fai1 揮 倉SMBJJ
①飛翔。②古書上指具有五彩羽毛的野雞。

翦 音jiǎn 粵zin2 剪 倉TBNM
①同「剪①-④」，見57頁。②姓。

翮 音hé 粵hat6 劾 倉MBSMM
①鳥羽的莖狀部分，中空透明。②鳥的翅膀：振翮高飛。

翯 音hè 粵hok6 學 倉SMYRB
【翯翯】羽毛潔白潤澤的樣子。

翰 音hàn 粵hon6 汗 倉JJOSM
本指羽毛，後借指筆、文字、信札等：翰墨／書翰／文翰。

翱 ●áo ●ngou4 遨
●HJSMM
展翅飛。
【翱翔】展開翅膀迴旋地飛：翱翔天際。

翳 ●yì ●ai3 縊
●SESMM
①遮蔽：薩翳／翳蔽。②眼睛角膜病變後留下的瘢痕。

翼 ●yì ●jik6 亦 ●SMWTC
①翅膀。②飛機等飛行器兩側伸出像鳥翼的部分。③左右兩側中的一側：側翼／左翼／右翼。④幫助，輔佐：翼助／扶翼。⑤星宿名，二十八星宿之一。
【翼翼】①小心謹慎的樣子：小心翼翼。②嚴整有秩序。③繁多。

翹（翹） 1 ●qiáo ●kiu4 喬
●GUSMM
①抬起，向上：翹首／翹望。②平的物體因由濕變乾而彎曲不平：桌面翹稜了／紙板受潮後翹起來了。
【翹楚】比喻傑出的人才：人中翹楚。

翹（翹） 2 ●qiào ●kiu4 喬
一頭向上仰起：木板凳翹起來了。
【翹辮子】指人死亡：他做皇帝沒幾年就翹辮子了。
【翹尾巴】比喻傲慢或自鳴得意：他考了個第三名就開始翹尾巴了。

翻 ●HJSMM「翱」的異體字，見471頁。

翻 ●fān ●faan1 番 ●HWSMM
①歪倒，上下、內外移位：推翻／車翻了／人仰馬翻。②為了尋找而移動上下物體的位置：翻箱倒櫃。③改變，推倒原來的：翻供／翻案。④越過：翻越／翻山越嶺。⑤數量成倍地增加：產量翻一番。⑥把一種語言譯成另一種語言：他把這篇中文文章翻成了英文。

翾 ●xuān ●hyun1 喧
●WVSMM
飛翔。

耀 ●yào ●jiu6 曜 ●FUSMG
①光線強烈地照射：耀眼／照耀。②顯揚，顯示出來：炫耀／耀武揚威。③光芒，光輝：輝耀／光耀。④光榮：榮耀／光宗耀祖。

—— 老部 ——

老 ●lǎo ●lou5 魯 ●JKP
①年歲大，跟「少」、「幼」相對：老人／顯老。②對老年人的敬稱：吳老／王老。③死的婉辭（多指老人，必帶「了」）：朋友的爺爺前天老了。④經歷長，有經驗：老手／老於世故。⑤很久以前就存在：老店／老朋友。⑥陳舊的：老米／老書。⑦原來的：老地方／老本行。⑧烹調食物的時間過長，火候過大：青菜炒得老了。⑨高分子化合物變質：老化。⑩長久：老沒見面了。⑪經常，時常：他老提前做好報告。⑫極，很：老早／老遠。⑬排行在末了的：老兒子／老妹子。⑭詞頭。用於稱

呼人、排行次序、某些動植物：老張／老大／老二／老虎。

考 1 ⓐkǎo ⓑhaau2 巧 ⓒJKYS
①提出問題讓對方回答：考問／考媽媽／他被我考住了。②試驗，測驗：考試／期考／考語文。③檢查：考勤／考績／考察。④推求，研究：考古／考據／考證。

【考究】①查考，研究。②講究：衣服只要穿着和暖就行，不必多去考究。③精美：這本書裝幀很考究。

【考慮】斟酌，思索：考慮問題／考慮一下再決定。

【考驗】通過具體行動、困難環境等來檢驗（是否堅定、正確）。

考 2 ⓐkǎo ⓑhaau2 巧
①壽命長：壽考。②舊稱已死的父親：先考／考妣（死去的父母）。

孝 ⓒJKND 見子部, 149 頁。

耆 ⓐqí ⓑkei4 棋 ⓒJPA
年老，六十歲以上的年紀：耆年。
【耆宿】年高而有名望的人。

耄 ⓐmào ⓑmou6 冒 ⓒJPHQU
年老，八九十歲的年紀：耄年／耄期。
【耄耋】年老高齡：耄耋之年。

者 1 ⓐzhě ⓑze2 姐 ⓒJKA
①用在形容詞、動詞後面，表示具有此屬性或做此動作的人或事物：學者／讀者／作者／強者。②用在數詞或方位詞後，指上文所說的事物：前者／兩者。③助詞。表示語氣停頓：陳勝者，陽城人也。

者 2 ⓐzhě ⓑze2 姐
這，此（多用於古詩詞中）：者番／者邊。

耇 ⓐgǒu ⓑgau2 九 ⓒJKPR
年老，長壽。

耋 ⓐdié ⓑdit6 迭 ⓒJPMIG
七八十歲的年紀，泛指老年：耄耋之年。

────── 而部 ──────

而 ⓐér ⓑji4 兒 ⓒMBLL
①連接語意相承的成分：取而代之／聰明而勇敢。②連接肯定和否定互補的成分：濃而不烈。③連接語意相反的成分，表示轉折：有其名而無其實。④連接事理上前後相因的成分：因困難而畏懼。⑤往，到：從上而下／由小而大／由南而北／一而再，再而三。⑥把表示時間、方式、目的等的詞連接到動詞上面：侃侃而談／莞爾而笑／挺身而出／因公而死。

【而且】表示進一層，常跟「不但」配搭：她不但學業優良，而且謙虛有禮。
【而已】罷了：不過如此而已。

耐 ⓐnài ⓑnoi6 奈 ⓒMBDI
①受得住，禁得起：耐勞／耐用／吃苦耐勞。②勉強承受、忍受：忍耐／難耐

【耐煩】不心急，不怕麻煩（多用於否定式）：她遲遲未到，他等得很不耐煩。

【耐心】①心裏不急躁，不厭煩：耐心學習。②耐性：做任何事要有耐心。

耍 🔊shuǎ 🔊saa2灑 🔊MBV
①遊戲，玩：玩耍／耍猴／戲耍／雜耍。②表演：耍大刀／耍把戲。③施展，表現出來，含貶義：耍脾氣／耍手腕／耍威風。④玩弄，戲弄：耍人／被他耍了。

耑 🔊duān 🔊dyun1端 🔊UMBL
①同「端」，見430頁。②姓。

耒部

耒 🔊lěi 🔊leoi6類 🔊QD
①古代的一種農具，形狀像木叉。②古代稱耒耜上的木柄。

【耒耜】古代耕地用的農具，像犁，也用作農具統稱。

籽 🔊zǐ 🔊zi2子 🔊QDND
用土培植苗根。

耙¹ 🔊bà 🔊baa3霸 🔊QDAU
①把耕地裏的大土塊弄碎、弄平的農具。②用耙弄碎土塊：地已經耙過了。

耙² 🔊pá 🔊paa4爬
①聚攏和散開穀物、柴草或平整土地的用具，有長柄，一端有鐵齒或木齒：釘耙／耙子。②用耙子平地或聚散穀物：把麥子耙開曬曬。

耖 🔊chào 🔊caau3抄三聲 🔊QDFH
①一種把耕過的土地弄得更細的農具。②用耖弄碎土塊：耖田。

耕 🔊gēng 🔊gaang1加坑切 🔊QDTT
①用犁把土翻鬆：耕田／耕種／深耕細作。②比喻從事某種勞動：筆耕（寫作）／舌耕（教書）。

【耕耘】①耕地和鋤草，泛指耕作。②比喻辛勤從事研究、創作等工作：他一生在教育界默默耕耘，培育出大批人才。

耗¹ 🔊hào 🔊hou3好三聲 🔊QDHQU
①減損，消費：耗損／消耗／耗盡力氣。②拖延：耗時間／別耗着了，快去吧！

耗² 🔊hào 🔊hou3好三聲
壞的音信或消息：噩耗／死耗。

【耗子】老鼠。

耘 🔊yún 🔊wan4雲 🔊QDMMI
除草：耘田／耕耘。

耜 🔊sì 🔊zi6寺 🔊QDRLR
①古代農具，形似現在的鍬。②古代跟耒上的鏵相似的東西。

耠 🔊huō 🔊hap6合 🔊QDOMR
①翻土鬆土的農具：耠子。②用耠子翻土：耠地。

耡 🔊QDBMS 「鋤」的異體字，見648頁。

耥 ⓟtāng ⓒtong2 倘 ⓒQDFBR
用耥耙鬆土、清除雜草。
【耥耙】清除雜草、弄平田地的農具，用於水稻耕作。

耦 ⓟǒu ⓒngau5 偶 ⓒQDWLB
① 兩個人在一起耕地。② 同「偶2」，見33頁。

耨 ⓟnòu ⓒnau6 扭六聲 ⓒQDMVI
① 古代鋤草的器具。② 鋤草：深耕細耨。

耪 ⓟpǎng ⓒpong5 蚌 ⓒQDYBS
用鋤鋤草和翻鬆土地：耪地／耪穀子。

耩 ⓟjiǎng ⓒgong2 講 ⓒQDTTB
用耬播種：耩地／耩豆子。

耬(耧) ⓟlóu ⓒlau4 樓 ⓒQDLWV
播種用的農具。

耮(耢) ⓟlào ⓒlou6 路 ⓒQDFFS
① 用藤或荊條編成的一種農具，功用和耙相似。② 用耮平整土地。

耰 ⓟyōu ⓒjau1 優 ⓒQDMBE
① 古代弄碎土塊使田地平坦的農具。② 播種後，用耰覆土。

耱 ⓟhuái ⓒwaai4 懷 ⓒQDYWV
【耱耙】中國東北地區翻土、播種用的一種農具。

耱 ⓟmò ⓒmo6 磨六聲 ⓒQDIDR
① 耮。② 用耱平整土地。

───── 耳部 ─────

耳 1 ⓟěr ⓒji5 以 ⓒSJ
① 聽覺器官：耳朵／耳聾／耳聞目睹。② 形狀像耳朵的：木耳／銀耳。③ 位置在兩旁的：耳房／耳門。
耳 2 ⓟěr ⓒji5 以
表示而已、罷了的意思：技止此耳。

耵 ⓟdīng ⓒding1 叮 ⓒSJMN
勿與「叮嚀」混淆。
【耵聹】耳垢，耳屎，指外耳道內皮脂腺分泌的蠟狀物質。

取 ⓒSJE 見又部，74頁。

耶 1 ⓟyē ⓒje4 爺 ⓒSJNL
用於譯音，如耶穌、耶和華。
耶 2 ⓟyé ⓒje4 爺
表示疑問語氣，相當於「嗎」、「呢」：是耶非耶？

耷 ⓟdā ⓒdaap3 答 ⓒKSJ
大耳朵。

【耷拉】向下垂：狗耷拉着尾巴跑了。

耽¹ 粵dān 普daam1 擔
粵SJLBU

遲延，延誤：耽擱。

【耽擱】①停留：在香港耽擱了三天。②拖延：耽擱時間。③因拖延而誤事：快去看醫生，別把病給耽擱了。

【耽誤】因拖延或錯過時機而誤事：不能耽誤學習。

耽² 粵dān 普daam1 擔
沉溺，入迷：耽樂／耽於幻想。

耿 粵gěng 普gang2 梗 粵SJF
①光明：耿照。②有骨氣，正直：耿介／耿直。

【耿耿】①明亮：耿耿星河。②忠誠：忠心耿耿／耿耿丹心。③心老想着不能忘懷：耿耿於懷。

【耿直】也作「梗直」。(性格)正直，直爽。

耼 粵SJBMM 「聃」的異體字，見475頁。

恥 粵SJP 見心部，200頁。

聆 粵líng 普ling4 玲 粵SJOII
聽：聆教／聆取。

聊¹ 粵liáo 普liu4 遼 粵SJHHL
①依賴：民不聊生（無法生活）。②姑且：聊備一格／聊以自慰。③略微：聊表寸心。

聊² 粵liáo 普liu4 遼
閒談：聊天／別聊啦，趕快做吧！

聃 粵dān 普daam1 耽 粵SJGB
用於人名，如古代哲學家老子名老聃。

聒 粵guō 普kut3 括 粵SJHJR
聲音吵鬧，使人厭煩：聒耳／聒噪／聒聒絮絮。

聖(圣) 粵shèng 普sing3 性 粵SRHG
①最崇高的：神聖／聖地。②指在某一領域的學問、技術上有特高成就的人：聖手／詩聖／棋聖。③人格最高尚、智慧最高超的人：聖賢／神聖。④對帝王的尊稱：聖上／聖旨。⑤宗教徒對所崇拜的事物的尊稱：聖地／聖經。

聘 粵pìn 普ping3 拼 粵SJLWS
①請人擔任工作：招聘／聘書／聘請工人。②舊婚姻制度中指訂婚或指女子出嫁：聘禮／出聘。

聚(聚) 粵jù 普zeoi6 罪 粵SEOOO
會合，集合：歡聚／聚少成多／大家聚在一起談話。

聞(闻) 粵wén 普man4 文 粵ANSJ
①聽見：耳聞不如目見。②聽見的事情，消息：新聞／奇聞／見聞。③出名，有名

望：聞人。④用鼻子嗅氣味：我聞見香味了／你聞聞這是甚麼味？⑤姓。

聝 ⓟSJIRM 「馘」的異體字，見699頁。

聱（聱） ⓟáo ⓒngou4 熬 ⓟGKSJ

話不順耳。

【聱牙】文句唸着不順口：佶屈聱牙。

聯（联） ⓟlián ⓒlyun4 孿 ⓟSJVIT

①連接，結合：聯盟／聯歡／聯席會議。②對聯，對子：上聯／下聯／春聯／輓聯。

【聯絡】接洽，彼此交接。

【聯綿】見【連綿】，619頁。

聰（聪） ⓟcōng ⓒcung1 匆 ⓟSJHWP

①聽覺：失聰。②聽覺靈敏：耳聰目明。③天資高，智力強：資質聰穎／這個孩子很聰明。

聲（声） ⓟshēng ⓒsing1 升 ⓟGESJ

①物體振動時所產生的能聽到的音波：聲音／歌聲／聲如洪鐘。②聲說話。聲母，字音開頭的輔音，如「報（bào）告（gào）」、「豐（fēng）收（shōu）」裏的 b、g、f、sh 都是聲母。③聲調。④說出來使人知道，揚言：聲明／聲討／聲張／聲東擊西。⑤名譽：聲望。⑥量詞。表示聲音發出的次數：大喊三聲。

聳（耸） ⓟsǒng ⓒsung2 慫 ⓟHOSJ

①高起，直立：高聳／聳立。②引起注意，使人驚動：聳人聽聞。③向上微聳：聳肩／聳鼻。

職（职） ⓟzhí ⓒzik1 即 ⓟSJYIA

①分內應做的事、應盡的責任：職責／職務／盡職。②執行事務所處的地位、工作崗位：職位／調職／兼職。③擔任行政或業務工作的人員。也省稱「職」：職工／職員。④掌管：職掌。

聵（聩） ⓟkuì ⓒkui2 潰 ⓟSJLMC

耳聾：振聾發聵。

聶（聂） ⓟniè ⓒnip6 捏 ⓟSJSJJ

姓。

聹（聍） ⓟníng ⓒning4 寧 ⓟSJJPN

耳垢，耳屎：耵聹。

聽（听） ¹ⓟtīng ⓒting1 亭一聲 ⓧteng1 廳 ⓟSGJWP

①用耳朵接受聲音：耳朵聾了聽不見／你聽聽外面有甚麼響動。②順從，接受意見：不聽話／我告訴他了，他不聽。③任憑，隨：聽便／聽其自然／聽憑你怎麼辦（此用法粵音讀ting3〔亭三聲〕）④治理

判斷：聽政。(此用法粵音讀ting3〔亭三聲〕)

聽(听) [普]tīng [粤]ting1 亭一聲
量詞。相當於「罐」：聽裝／一聽罐頭／三聽餅乾。

聾(聋) [普]lóng [粤]lung4 龍 [倉]YPSJ
耳朵聽不見聲音或聽覺遲鈍：聾啞／聾子／耳聾眼花／他耳朵聾了。

聿部

聿 [普]yù [粤]wat6 屈六聲 [倉]LQ
助詞。用在一句話的開頭或中間，起順承作用。

肄 [普]yì [粤]ji6 義 [倉]PKLQ
學習：肄習。
【肄業】正在或曾在學校學習而沒有畢業。

肆[1] [普]sì [粤]si3 試 [倉]SILQ
不顧一切，任意去做：肆無忌憚／肆意妄為。

肆[2] [普]sì [粤]si3 試
舊時指鋪子，商店：茶坊酒肆。

肆[3] [普]sì [粤]sei3 四
數目字「四」的大寫：肆圓伍角。

肅(肃) [普]sù [粤]suk1 叔 [倉]LX
① 恭敬：肅立／肅然起敬。② 嚴正，認真：肅穆。③ 清除：肅清／

肅貪。

肇 [普]zhào [粤]siu6 兆 [倉]HKLQ
① 引起，發生：肇禍(闖禍)。② 開始：肇端／肇始。③ 姓。

肉部

肉 [普]ròu [粤]juk6 辱 [倉]OBO
① 人或動物體皮下附在骨骼上的柔軟物質：肌肉／豬肉／肉體。② 果實中可以吃的部分：果肉／桂圓肉。③ 果實不脆，不酥：肉瓤西瓜。④ 行動遲緩，性子慢：肉脾氣／做事真肉。
【肉搏】徒手或用短兵器搏鬥：跟歹徒肉搏。

肍 [倉]BN「臙」的異體字，見490頁。

肎 [倉]BB「肯1」的異體字，見479頁。

肋[1] [普]lē [粤]lak6 勒 [倉]BKS
【肋䏢】衣裳肥大，不整潔：瞧你穿得這般肋䏢！

肋[2] [普]lèi [粤]lak6 勒
胸部的兩旁：兩肋／肋骨。

肌 [普]jī [粤]gei1 基 [倉]BHN
人或動物體內附着在骨頭上或構成內臟的柔軟物質，由許多纖維組成：肌肉／隨意肌／平滑肌。

【肌膚】肌肉和皮膚：她的肌膚光滑白嫩。

肘 粵zhǒu 粵zaau2找 倉BDI
上臂與前臂相接處向外凸起的部分：肘窩／胳膊肘。
【肘子】指作食品的，腿的上半部：醬肘子。

肓 粵huāng 粵fong1荒 倉YVB
古代指人體內心臟和膈膜之間的部位。

肖 粵xiào 粵ciu3俏 倉FB
像，相似：子肖其父／惟妙惟肖／不肖子孫 (指子弟品行不好)。
【肖像】畫像，相片。

肚 1 粵dǔ 粵tou5逃五聲 倉BG
動物的胃：豬肚／羊肚／牛肚。

肚 2 粵dù 粵tou5逃五聲 倉BG
①腹部，胸下腿上的部分：肚子／肚皮／肚臍。②物體圓而凸起像肚子的：腿肚子／瓶肚子／爐肚兒／手指頭肚兒。
【肚量】①同【度量】，見181頁。②飯量：小伙子肚量大。

肛 粵gāng 粵gong1江 倉BM
人和動物排泄糞便的器官：肛門／肛管。

肝 粵gān 粵gon1竿 倉BMJ
人和高等動物的消化器官之一，在橫膈膜右下側，能分泌膽汁，又能製造

和儲存體內的糖分。
【肝膽】①比喻誠心，誠意：肝膽相照 (喻真誠相見)。②比喻勇氣，血性。

肜 倉BON「胮2」的異體字，見483頁。

股 1 粵gǔ 粵gu2古 倉BHNE
①大腿，自胯至膝蓋的部分。②一些機關團體中的一個部門：股長／總務股。③合成繩線等的部分：合股線／三股繩。④稱集合資金的一份：股東／股票／股份。⑤量詞。指成條的：一股泉水／一股泉水。⑥量詞，指氣味、力氣：一股勁／一股香味。⑦量詞，批，途：一股敵軍。
【股肱】指得力的助手。

股 2 粵gǔ 粵gu2古
中國古代稱不等腰直角三角形中構成直角的較長的邊：勾股定理。

肢 粵zhī 粵zi1支 倉BJE
人的胳膊、腿和動物的腿的統稱：前肢／後肢／四肢無力。
【肢體】四肢，也指四肢和軀幹。

胼 粵jǐng 粵zeng2井 倉BTT
有機化合物，無色油狀液體，有劇毒，可製藥，也可用作火箭燃料。

肥 粵féi 粵fei4淝 倉BAU
①含脂肪多的，跟「瘦」相反：肥豬／肥肉／牛肥馬壯。②土質含養分多的：地很肥／土地肥沃。③能增加田地養分的東西，如糞、豆餅、化學配合劑等：肥料／

化肥/上肥/施肥/追肥/基肥。④ 使田
地增加養分：用草灰肥田。⑤ 不正當地
謀財致富：肥己損人。⑥ 收入多，好處
多的：肥差/肥活。⑦ 寬大（指衣服鞋襪
等）：袖子太肥了。

肽 ⓟtài ⓒtaai3太 ⓒBKI
一種有機化合物。由氨基酸脱水而
成，含有羧基和氨基，是一種兩性化合物。

肺 ⓟfèi ⓒfai3廢 ⓒBJB
人和高等動物體內司呼吸的器官。
【肺腑】比喻內心：肺之言。

胧 ⓒBIKU「疣」的異體字，見385頁。

肩 ⓟjiān ⓒgin1堅 ⓒHSB
① 脖子旁邊脖膊上邊的部分：肩
膀/肩臂/肩頭。② 擔負：身肩重任。

肪 ⓟfáng ⓒfong1方 ⓒBYHS
見【脂肪】，483頁。

肫1 ⓟzhūn ⓒzeon1津 ⓒBPU
懇切，真摯：肫肫/肫懇。

肫2 ⓟzhūn ⓒzeon1津
鳥類的胃：雞肫/鴨肫。

朒 ⓟnà ⓒneot6訥 ⓒBOB
見【腽朒】，488頁。

肯1 ⓟkěn ⓒhang2啃 ⓒYMB
骨頭上附着的肉：中肯（比喻得

當，扼要）。
【肯綮】筋骨結合的地方，比喻要害、關
鍵部位。

肯2 ⓟkěn ⓒhang2啃
① 表示同意：首肯（點頭答應）。
② 助動詞。表示主觀上樂意；表示接受
要求：他不肯來/只要你肯做就能成功。
【肯定】① 正面承認：肯定成績，指出缺
點。② 副詞。表示毫無疑問：我們的計劃
肯定能超額完成。

肱 ⓟgōng ⓒgwang1轟
ⓒBKI
胳膊由肘到肩的部分。泛指胳膊：肱骨/
曲肱而枕。

育 ⓟyù ⓒjuk6玉 ⓒYIB
① 生養：生兒育女/她從來沒生育
過。② 養活：育嬰/育畜/育林。③ 教導，
培養：德育/智育/體育。

肴 ⓟyáo ⓒngaau4爻 ⓒKKB
做熟的魚肉或葷菜：佳肴/酒肴。
【肴饌】宴席上的或比較豐盛的飯菜。

胏 ⓟxī ⓒjat6日 ⓒBCJ
多用於人名。

胖 ⓒBQJ「胖2」的異體字，見480
頁。

胲 ⓟqiǎn ⓒhim2險 ⓒBNO
身體兩旁肋骨和胯骨之間的部分
（多指獸類的）：胲窩。

胈（胈） 普bá 粤bat6拔 普BIKK

人大腿上的細毛。

胃 普wèi 粤wai6位 普WB

消化器官的一部分，在食道下方，袋狀，能分泌胃液消化食物：胃臟／胃酸／胃腺／胃炎。
【胃口】①指食慾：胃口很好。②比喻對事物或活動的興趣：踢足球很合他的胃口。

胄 1 普zhòu 粤zau6宙 普LWB

古代稱帝王或貴族的子孫：貴胄。

胄 2 普zhòu 粤zau6宙

盔，古代作戰時戴的帽子：甲胄。

胂 普shèn 粤san6慎 普BLWL

有機化合物的一類，是砷化氫分子中的氫被烴基替換後生成的化合物。

背 1 普bēi 粤bui3貝 普LPB

①用脊背馱：背書包。②負擔：背債／背責任。

背 2 普bèi 粤bui3貝

①自肩至腰間的部分，跟「胸」、「腹」相對：脊背／後背。②用背部對着，跟「向」相對：背光／背水作戰／背山面海。③物體的反面或後面：背面／手背／刀背。④離開：離鄉背井。⑤不當面，避：背着他説話。⑥違反，不遵守：背約／背盟。⑦向相反的方向：背離／背道而馳。
【背後】①後面：山背後。②背地裏：有話當面説，不要背後亂説。
【背景】①舞臺上的佈景。②圖畫上襯托的景物。③對人物、事件起作用的環境或關係：政治背景。
【背叛】投向敵對方面，反對原來所在的方面。
【背心】沒有袖子的短上衣。
【背地裏】也作「背地」。不當着人面（説作）：當面不説，背地裏亂説。

背 3 普bèi 粤bui6月六聲

①憑記憶讀出：背誦／背書／背臺詞。②不順：背時。③偏僻，冷淡：背靜／這條街巷太背。④聽覺不靈：耳朵有點兒背。

胎 1 普tāi 粤toi1臺一聲 普BIR

①人或其他哺乳動物母體內的幼體：懷胎／胎兒／胚胎。②量詞。懷孕或生育的次數：頭胎／生過兩胎。③事的開始，根源：禍胎。④器物的粗坯或襯在內部的東西：泥胎／銅胎（塑像、做漆器等用）。⑤這個帽子是軟胎兒的／這張被子是絲綿胎的。

胎 2 普tāi 粤toi1臺一聲

橡膠製的車輪：車胎／內胎／外胎。

胖 1 普pán 粤pun4盤 普BFQ

安泰舒適：心廣體胖。

胖 2 普pàng 粤bun6叛

人體內含脂肪多，肉多，跟「瘦」相對：肥胖／他長得胖乎乎的。

胙 普zuò 粤zou6做 普BHS

古代祭祀時供的肉。

胛 ❶jiǎ ❷gaap3甲 ❸BWL
胳膊上邊靠脖子的部分：肩胛。
【胛骨】肩胛上部左右兩塊三角形的扁平骨頭。

胚 ❶pēi ❷pui1坯 ❸BMFM
初期發育的生物體：胚芽／胚盤。
【胚胎】① 由受精卵經分裂而形成的生物幼體。② 比喻事物的開始或萌芽狀態：這套設備的設計還處於胚胎狀態。

胑 ❶zhī ❷zi1支 ❸BHPM
見【胼胑】，482頁。

胞 ❶bāo ❷baau1包 ❸BPRU
① 包裹胎兒的膜和胎盤：胞衣。② 同一父母所生的：胞兄／胞妹／胞叔（父親的同父母的弟弟）／同胞兄弟。③ 同一國家或民族的人：僑胞／海外同胞。

胠 ❶qū ❷keoi1驅 ❸BGI
① 腋下腰上的部位。② 從旁邊打開：胠篋（偷東西）。

胡 ❶hú ❷wu4狐 ❸JRB
① 中國古代稱北方和西方的民族：胡人／胡服。② 中國古代泛指外國或外族的東西：胡椒。③ 亂，無道理：胡來／胡鬧／胡說／說胡話。④姓。
〔胡琴〕弦樂器，在竹弓上繫馬尾毛，放在兩弦之間拉動。
〔胡蘿蔔〕草本植物。根也叫胡蘿蔔，長圓錐形，肉質，有紫紅、橘紅等多種，是一種蔬菜。

胡 ❷hú ❷wu4狐
疑問代詞。為甚麼，何故：胡不歸？

胡 ❸hú ❷wu4狐
【胡同】也作「衚衕」。巷，小街道。

胍 ❶guā ❷gwaa1瓜 ❸BHVO
有機化合物，無色結晶體，易潮解，是製藥工業上的重要原料，供製染料等。

胤 ❶yìn ❷jan6刃 ❸LVBU
後代：胤嗣。

胸 ❶qú ❷keoi4渠 ❸BPR
臨朐。地名，在山東。

胥 ❶xū ❷seoi1須 ❸NOB
古代掌管文書的小官：胥吏。

胥 ❷xū ❷seoi1須
副詞。齊，皆：民胥然矣／萬事胥備。

胔 ❶zì ❷zi3至 ❸YPOBO
腐肉。

脀 ❶zhěn ❷zan1珍 ❸BOHH
鳥類的胃：鴨脀／雞脀肝兒。

脈 ❸BINE 「脈」的簡體字，見483頁。

胭 ❶yān ❷jin1煙 ❸BWK

【胭脂】一種紅色化妝顏料。也作國畫的顏料。

胯 🔊kuà 🔊kwaa3 跨 🔊BKMS
腰和大腿之間的部分：胯襠／胯骨／胯下之辱（形容奇恥大辱）。

胰 🔊yí 🔊ji4 移 🔊BKN
人和高等動物的腺體之一，在胃的下面，形狀像牛舌，能分泌液，幫助消化，又能分泌胰島素，調節體內糖類的新陳代謝：胰腺／胰臟。
【胰子】①豬羊等的胰。②肥皂：香胰子／藥胰子。

胱 🔊guāng 🔊gwong1 光 🔊BFMU
見【膀胱】，488頁。

戴 🔊zì 🔊zi3 至 🔊JIOBO
切成大塊的肉。

胺 🔊àn 🔊on1 安 🔊BJV
有機化學中，氨的氫原子被烴基代替所成的化合物。

胼 🔊pián 🔊pin4 駢 🔊BTT
【胼胝】手上腳上因為勞動或運動被摩擦變硬了的皮膚。

脆 🔊cuì 🔊ceoi3 翠 🔊BNMU
①容易斷，容易碎的：焦脆／這紙太脆。②（食物）容易碎裂、吃起來爽口：脆棗／脆瓜／鬆脆。③聲音清爽（高

音）：嗓音挺脆。④説話做事爽利痛快：辦事很乾脆。
【脆弱】懦弱，不堅強。

胴 🔊dòng 🔊dung6 洞 🔊BBMR
①體腔，整個身體除去頭部四肢和內臟餘下的部分。②大腸。
【胴體】①指牲畜屠宰後，頭以下除去四肢及內臟部分。②人的軀體（通常指女性的）。

胸 🔊xiōng 🔊hung1 凶 🔊BPUK
①身體前面頸下腹上的部分：胸口／胸膛／胸脯。②指人的思想、意識、氣量等；胸懷遠大／心胸狹窄／胸無大志／胸襟坦蕩。
【胸懷】①心裏懷着；胸懷大志／胸懷祖國，放眼世界。②胸襟：胸懷狹窄／胸懷坦蕩／廣闊的胸懷。③胸部，胸腔：敞着胸懷。
【胸無點墨】形容讀書太少，文化水平極低。

臋 🔊PUB 「胸」的異體字，見 482頁

胲1 🔊gǎi 🔊goi2 改 🔊BYVO
臉頰上的肌肉。
胲2 🔊hǎi 🔊hoi2 海
脛腔。

脒 🔊mǐ 🔊mai5 米 🔊BFD
有機化合物的一類，是含有 CNHNH 的化合物。

能1 音nài 粵noi6 奈 倉IBPP

①同「耐」，見472頁。②姓。

能2 音néng 粵nang4 尼恆切

①才幹，本事：能力／各盡其能／他很有能力。②物理學上稱能夠作功的叫「能」：電能／原子能／太陽能。③有才幹的：能人／能手／能者多勞。④會，勝任：他能耕地／能完成任務。⑤可以（表示可能性）：他還能不去嗎？⑥應，該：你不能這樣不負責任。
【能動】自覺努力，積極活動的：主觀能動性／能動地爭取勝利。
【能耐】①技能，能力。②有能耐：你真有能耐，一個人做了兩個人的工作。

脂 音zhī 粵zi1 支 倉BPA

①動植物體內的油質：油脂／松脂／脂膏。②一種紅色的化妝品：胭脂／脂粉。
【脂肪】有機化合物，存在於人和動物的皮下組織及植物中：他脂肪太多了，很怕熱。

脅(脇) 音xié 粵hip3 怯 倉KSKSB

①從腋下到肋骨盡處的部分：脅下。②逼迫恐嚇：威脅／脅制。
【脅從】被脅迫而隨從別人做壞事：脅從者不問。

脇 倉BKSS「脅」的異體字，見483頁。

脈(脉)1 音mài 粵mak6 默 倉BHHV

①舊指血液在人體內的分佈週流。現在指分佈在人和動物體內的血管，有動脈和靜脈的分別。②動脈的跳動：脈搏／診脈。③像血管那樣分佈的東西：山脈／礦脈／葉脈。

脈(脉)2 音mò 粵mak6 默

【脈脈】也作「眽眽」。形容用眼神表達愛慕的情意：脈脈含情／她脈脈地注視着她的孩子。

脊 音jǐ 粵zik3 即三聲 倉FCB

①人和動物背中間的骨頭：脊髓／脊背／脊椎骨。②物體中間高起的部分：屋脊／山脊。

胳1 音gā 粵gaak3 格 倉BHER

【胳肢窩】也作「夾肢窩」。腋的通稱：他在胳肢窩下夾了本書。

胳2 音gē 粵gaak3 格

【胳膊】肩膀以下手腕以上的部分。
【胳臂】胳膊。

胳3 音gé 粵gaak3 格

【胳肢】在別人的身上抓撓，使人發癢：妹妹被姐姐胳肢了一下，笑了起來。

朓 音tiǎo 粵tiu3 跳 倉BLMO

古書上稱農曆月底月亮在西方出現。

膀 倉BHEQ「膀2」的異體字，見488頁。

脫 普tuō 粵tyut3 拖雪切 倉BCRU
① (皮膚、毛髮等) 落掉：脫皮。② 取
下，去掉：脫帽／脫衣裳。③ 脫離：脫逃
／脫險／走脫。④ 遺漏：脫誤／這中間脫去
了幾個字。⑤ 輕慢，不拘小節：輕脫／通
脫。
【脫離】斷絕了關係，離開：脫離實際。

脘 倉BPHR 「吻」的異體字，見81頁。

脘 普wǎn 粵gun2 管 倉BJMU
中醫指胃的內部：胃脘不好。

脛(脛) 普jìng 粵ging3 徑
倉BMVM
小腿，從膝蓋到腳跟的一段。
【脛骨】小腿內側的骨頭。

脲 普niào 粵niu6 尿 倉BSE
尿素。

脝 普hēng 粵hang1 亨
倉BYRN
見【膨脝】，490頁。

脞 普cuǒ 粵co2 楚 倉BOOG
細小而繁多，瑣細：脞語／脞談／
叢脞。

脣(唇) 普chún 粵seon4 純
倉MVB
嘴邊緣的紅色部分：嘴脣／脣紅齒白。
【脣齒】比喻關係密切：脣齒相依。

脖 普bó 粵but6 勃 倉BJBD
① 頸，頭和軀幹相連的部分。② 像
脖子的：腳脖子／瓶脖子。

脧 1 普juān 粵zyun1 專 倉BICE
① 剝削。② 減少。

脧 2 普zuī 粵zeoi1 追
男子生殖器。

脦 普·de 粵tik1 惕 倉BIPP
見【肋脦】，477頁。

脢 普méi 粵mui4 梅 倉BOWY
豬牛等脊椎兩旁的瘦肉上的肉
即「裏脊」：脢子肉。

脩 普xiū 粵sau1 羞 倉OLOB
束脩。一束乾肉，古代學生送給老
師的薪金 (原意為見面禮)。

脬 普pāo 粵paau1 拋
倉BBND
① 尿 (suī) 脬，膀胱。② 量詞。同「泡」，用
於屎尿：一脬尿。

脯 1 普fǔ 粵fu2 苦 粵pou2 普
倉BIJB
① 肉乾：鹿脯。② 水果蜜餞後晾成的乾 ：
桃脯／杏脯。

脯 2 普pú 粵pou2 普
胸部：胸脯。

脰 普dòu 粵dau6 豆 倉BMRT
脖子，頸。

豚 ⓔBMSO 見豕部，583頁。

脹（胀）ⓔzhàng ⓔzoeng3帳 ⓔBSMV

①發大，變大，跟「縮」相對：膨脹／熱脹冷縮。②身體內壁受到壓迫而產生不舒服的感覺：肚子脹／頭昏腦脹。

腈 ⓔjīng ⓔcing1 清 ⓔBQMB
有機化合物的一類，是烴基和氰基的碳原子連接而成的化合物。
【腈綸】合成纖維的一種，用於製造紡織品。

脾 ⓔpí ⓔpei4皮 ⓔBHHJ
人和高等動物的內臟之一，在胃的左下側，橢圓形，赤褐色，有製造新血球、破壞老血球和防禦細菌侵害身體等作用：脾臟。
【脾氣】①性情：脾氣好。②容易激動的情緒：有脾氣／發脾氣。
【脾胃】比喻對事物的喜好：不合他的脾胃／兩人脾胃相投。

腆 ⓔtiǎn ⓔtin2天二聲 ⓔBTBC
①豐厚：不腆之田。②胸部或腹部挺起：腆胸脯／腆着個大肚子。

腚 ⓔdìng ⓔding6定 ⓔBJMO
屁股：光腚。

腊 ⓔxī ⓔsik1昔 ⓔBTA
乾肉。

腋 ⓔyè ⓔjik6亦 ⓔBYOK
①胳肢窩，上肢同肩膀相連處靠裏凹入的部分：腋下／兩腋／腋臭。②其他生物體上跟腋類似的部分：腋芽／枝腋。

腌[1] ⓔā ⓔjim1淹 ⓔBKLU
【腌臢】①不乾淨：房間腌臢。②彆扭，不痛快：事情沒辦成，腌臢透了。③糟踐，使人難堪：你太腌臢人了！

腌[2] ⓔyān ⓔjim1淹 ⓧjip3衣接切
同「醃」，見634頁。

腎（肾）ⓔshèn ⓔsan6慎 ⓔSEB

①人和高等動物的泌尿器官，在腰椎兩旁，左右各一個，俗稱「腰子」：腎臟。②中醫指外腎，即男人的睾丸。

腑 ⓔfǔ ⓔfu2苦 ⓔBIOI
中醫稱人體胸腹內的器官。

腓[1] ⓔféi ⓔfei4肥 ⓔBLMY
腓腸肌，脛骨後的肉，俗稱「腿肚子」。
【腓骨】小腿外側的骨頭，比脛骨細小。

腓[2] ⓔféi ⓔfei4肥
病，枯萎：百卉俱腓。

腔 ⓔqiāng ⓔhong1康 ⓔBJCM
①人和動物身體中空的部分：胸腔／口腔。②器物中空的部分：爐腔。③樂曲裏的

調子，唱法：唱腔／高腔／花腔／梆子腔。④話：開腔（說話）。⑤說話的聲音，口音：南腔北調／一口京腔。

腕

🔊wàn 🔊wun2 碗 🔊BJNU

胳膊下端跟手或小腿跟腳相連的部分：腕骨／腳腕。

【腕兒】指有實力、有名氣的人：他在業界算是個大腕兒。

腒

🔊jū 🔊geoi1 居 🔊BSJR

乾醃的鳥類肉。

腐

🔊fǔ 🔊fu6 付 🔊IIOBO

①變質，朽爛：腐爛／腐化／流水不腐／魚腐肉敗／這塊木頭已經腐朽不堪了。②用豆子製成的一種食品：豆腐／腐皮／腐乳。

【腐敗】①機體由於微生物的滋生而破壞：這塊肉腐敗了。②生活奢靡，行為墮落：杜絕腐敗行為。③社會制度、組織、措施等混亂、黑暗：政治腐敗。

【腐蝕】①通過化學作用使物體逐漸消損或毀壞：硝酸是很強的腐蝕劑。②比喻使人腐化墮落：色情刊物腐蝕了他的心靈。

腖（腖）

🔊dòng 🔊dung3 凍 🔊BDW

蛋白腖，有機化合物，醫學上用作細菌的培養基，又可以治療消化道的病。

腟

🔊BYOJ 「膣」的異體字，見490頁。

勝

🔊BFQS 見力部，62頁。

腴

🔊yú 🔊jyu4 如 🔊BHXO

①（人）胖：體態豐腴。②土地肥沃：膏腴之地。

腥

🔊xīng 🔊sing1 星 🔊BAHM

①本指生肉，現指魚肉類的食品：葷腥／他不吃腥。②像魚蝦一樣的氣味：腥氣／腥臭／腥臊。

【腥風血雨】也作「血雨腥風」。風裏帶有腥氣，血濺得像下雨一樣，多用來比喻屠殺的景象。

腧

🔊shù 🔊syu6 庶 🔊BOMN

人體上的穴道：腧穴／肺腧／胃腧。

腮

🔊sāi 🔊soi1 鰓 🔊BWP

臉頰的下半部。俗稱「腮幫子」：腮腺。

腠

🔊còu 🔊cau3 湊 🔊BQKK

【腠理】中醫指皮膚等的紋理和皮下肌肉的空隙。

腦（腦）

🔊nǎo 🔊nou5 惱 🔊BVVW

①動物神經系統的主要部分，在顱腔裏，分大腦、小腦、中腦、延髓等部分，主管感覺和運動。人的腦子又是主管思想、記憶等心理活動的器官。②指頭部：搖頭晃腦／探頭探腦。③指思考、記憶等能

力：開動腦筋／腦子不清楚。④指從物體中提煉出的精華部分：樟腦／豆腐腦兒。⑤事物剩下的零碎：針頭線腦／田頭地腦。

腩 粵nǎn 粵naam5 南五聲 粵BJBJ

肚子上鬆軟的肌肉：牛腩／魚腩。

腫(肿) 粵zhǒng 粵zung2 總 粵BHJG

皮膚、黏膜或肌肉等組織由於局部循環發生障礙、發炎、化膿、內出血等原因而浮脹：紅腫／腫塊／他的手凍腫了。

腯 粵tú 粵dat1 突一聲 粵BHJU

(豬)肥。

腰 粵yāo 粵jiu1 邀 粵BMWV

①胯上肋下的部分，在身體的中部：彎腰／腰痛。②褲、裙等的圍繞部分：褲腰／褲腰。③事物的中段，中間：山腰／樹腰。④中間狹小像腰部的地勢：土腰／每腰。

【腰子】腎臟的俗稱。

腱 粵jiàn 粵gin3 建 粵BNKQ

連接肌肉和骨骼的一種組織，白色，質地堅韌：肌腱。

【腱子】人身上或牛、羊等小腿上特別發達的肌肉。

腳(脚) 1 粵jiǎo 粵goek3 哥約切 粵BCRL

①動物身體最下部接觸地面的肢體：腳心／腳掌／腳跟。②物體的最下部：山腳／牆腳／褲腳。③跟搬運勞動有關的：腳夫／腳力。④剩餘的物料：下腳料。

【腳本】劇本，上演戲劇或電影所根據的底本。

腳(脚) 2 粵jué 粵gok3 各

舊同「角1」，見563頁。

【腳色】見「角色」，564頁。

腷 粵bì 粵bik1 逼 粵BMRW

【腷臆】也作「愊憶」。煩悶之意。

腸(肠) 粵cháng 粵coeng4 場 粵BAMH

①內臟之一，呈長管形，主管消化和吸收養分，分大腸、小腸兩部分：腸子。②情感，心思：愁腸／衷腸／牽腸掛肚。③在腸衣裏塞進肉、澱粉等製成的食品：香腸／火腿腸。

腹 粵fù 粵fuk1 複 粵BOAE

①肚子，人的腹在胸部下面：腹部。②內心：腹案／腹議。③指器物的中空凸出的部分：瓶腹／壺腹。

【腹地】內地，中部地區。

腺 粵xiàn 粵sin3 線 粵BHAE

生物體內能分泌某些化學物質的組織：汗腺／淚腺。

膃(胹) 粵luó 粵lo4 羅 粵BBBR

手指紋。

腼 ⓟmiǎn ⓒmin5 免 ⓒBMWL
【腼腆】也作「靦覥」。害羞或怕生而神情不自然：這孩子太腼腆。

腭 ⓟè ⓒngok6 岳 ⓒBRRS
口腔的上壁，分為兩部分，前面叫「硬腭」，後面叫「軟腭」。

睦 ⓒBFQG 見土部，125頁。

腰 ⓒBFQV 見女部，145頁。

腢 ⓟwà ⓒwat1 屈 ⓒBABT
【腢胅】肥胖。
【腢胅臍】中藥上指海狗的陰莖和睪丸。
【腢胅獸】即海狗。

膁 ⓒBTXC「肷」的異體字，見479頁。

腿 (腿) ⓟtuǐ ⓒteoi2 推二聲 ⓒBYAV
①人和動物用來支撐身體和行走的部分：大腿／前腿／後腿。②器物上像腿的部分：桌子腿／凳子腿兒。③鹽醃的豬腿：火腿。

膇 (膇) ⓟzhuì ⓒzeoi6 序 ⓒBYHR
腳腫。

膀¹ ⓟbǎng ⓒbong2 綁 ⓒBYBS
①胳膊的上部靠肩的部分：膀子／肩膀／膀大腰圓。②鳥類和某些昆蟲的兩翅：翅膀。

膀² ⓟpāng ⓒpong1 鋪江切
浮腫：他腎臟有病，臉有點膀。

膀³ ⓟpáng ⓒpong4 旁
【膀胱】是人或動物暫存尿液的器官，在腹腔的下部。

膂 ⓟlǚ ⓒleoi5 旅 ⓒYVB
脊椎骨。
【膂力】體力：膂力過人。

膃 ⓒBWOT「腽」的異體字，見488頁。

膈 ⓟgé ⓒgaak3 隔 ⓒBMRB
人或哺乳動物胸腔和腹腔中分隔胸腹兩腔的肌肉膜。收縮時胸腔擴大，鬆弛時胸腔縮小。舊稱「膈膜」或「橫膈膜」。

膊 ⓟbó ⓒbok3 博 ⓒBIBI
上肢，近肩的部分：赤膊。

膏¹ ⓟgāo ⓒgou1 羔 ⓒYRBB
①脂，油：膏火／民脂民膏。②稠的、糊狀的東西：梨膏／牙膏／膏藥／牙膏／雪花膏。③土地肥沃：膏壤／膏腴。
【膏肓】我國古代醫學把火尖脂肪叫膏，心臟和膈膜之間叫肓，認為是醫藥達不

到的地方：病入膏肓（指病到無法醫治，比喻事情嚴重到不可挽救的地步）。

【膏粱】肥肉細糧，泛指美味的飯菜。

膏²　⦿gào　⦿gou3 誥
　　① 把油加在車軸或機械上：膏油／膏車。② 把毛筆蘸上墨汁在硯臺邊上捵：膏筆／膏墨。

縢　⦿BQMF「嗉」的異體字，見101頁。

膝　⦿BFQE 見水部，333頁。

膛　⦿táng　⦿tong4 堂　⦿BFBG
　　① 胸腔：胸膛／開膛。② 器物中空的部分：爐膛／槍膛。

膚（肤）　⦿fū　⦿fu1 呼　⦿YPWB
　　① 人或生物體表面的一層組織：皮膚／膚色／肌膚／切膚之痛。② 表面的，淺薄的：理論膚淺。

膞（䏝）　⦿zhuān　⦿zyun1 專　⦿BJII
　　鳥類的胃，胗：雞膞。

膜¹　⦿mó　⦿mok6 漠　⦿BTAK
　　① 人和動植物體內像薄皮的組織：鼓膜／葦膜／橫膈膜。② 像膜的薄皮：塑膠膜／象皮膜兒。

膜²　⦿mó　⦿mou4 毛

【膜拜】跪在地上舉雙手虔誠地行禮：頂禮膜拜。

膝　⦿xī　⦿sat1 瑟　⦿BDOE
　　大腿和小腿相連的關節的前部：膝蓋／促膝談心／卑躬屈膝。

【膝下】① 人在幼年時常依偎於父母膝旁，因此舊時表示有無兒女，常說「膝下怎樣怎樣」：膝下無憂。② 舊時給父母寫信的敬辭，代稱父母。

膠（胶）　⦿jiāo　⦿gaau1 交　⦿BSMH
　　① 某些具有黏性的物質，用動物的皮、角等熬成或由植物分泌出來，也有人工合成的。通常用來黏合器物，如鰾膠、桃膠、萬能膠，有的供食用或入藥，如阿膠、果膠。② 黏着，黏合：膠合／膠着狀態／膠柱鼓瑟（比喻拘泥不知變通）。③ 有黏性像膠的：泥膠。④ 指橡膠：膠皮／膠鞋。

膣　⦿zhì　⦿zat6 窒　⦿BJCG
　　舊時指陰道。

膘　⦿biāo　⦿biu1 標　⦿BMWF
　　肥肉（多指牲畜）：上膘（長肉）／膘肥體壯。

膕（腘）　⦿guó　⦿gwok3 國　⦿BWIM
　　膝部的後面。

膇　⦿chuái　⦿ceoi4 徐　⦿BUOG
　　肥胖而肌肉鬆：看他那膇樣。

胼 粵jiǎng 粵koeng5 襁 倉BNII
手、腳上因摩擦而生的硬皮：手上起胼了。

膵 粵cuì 粵seoi6 睡 倉BTYJ
胰腺的舊稱：膵臟／膵液。

膳（饍） 粵shàn 粵sin6 善
倉BTGR
飯食：晚膳／膳費。

膨 粵péng 粵paang4 彭 倉BGTH
① 脹大。② 指事物擴大或增長：通貨膨脹。
【膨脝】① 肚子脹的樣子。② 物體龐大，不靈便。
【膨脹】物體的體積或長度增大：空氣遇熱膨脹。

膩（膩） 粵nì 粵nei6 餌 倉BIPC
① 食物油脂過多：油膩／肥膩。② 細緻，光滑：皮膚細膩。③ 因過多而厭煩：膩煩／玩膩了／聽膩了。④ 污垢：油煙膩。⑤ 黏：抹布很膩手／他倆是老朋友，總是膩在一起。

膪 粵chuài 粵zaa6 自夏切 倉BYBR
囊膪。豬的乳部肥而鬆軟的肉。也作「囊揣」。

膦 粵lìn 粵leon6 吝 倉BFDQ
磷化氫分子中的氫原子，部分或全部被烴基取代而形成的有機化合物的總稱。

膰 粵fán 粵faan4 凡 倉BHDW
古代祭祀時用的熟肉。

膺 粵yīng 粵jing1 鷹 倉IGB
胸：義憤填膺。

膺 粵yīng 粵jing1 鷹
① 承受，承當：膺選／榮膺英雄稱號。② 伐，打擊：膺懲。

膾（脍） 粵kuài 粵kui2 創 倉BOMA
① 細切的魚或肉。② 把魚或肉切成薄片。

膿（脓） 粵nóng 粵nung4 農 倉BTWV
某些炎症病變所形成的黃綠色液汁，是死亡的白血球、細菌及脂肪等的混合物
【膿包】① 身體某部組織化膿時因膿液積聚而形成的隆起。② 比喻無用的人：他真是個膿包，甚麼事也做不成。

臀 粵tún 粵tyun4 團 倉SEB
屁股：臀部。

臂 粵·bei 粵bei3 庇 倉SJB
見【胳臂】，483 頁。

臂 粵bì 粵bei3 庇
胳膊，從肩到腕的部分：臂膀／臂力。
【臂助】① 幫助：屢承臂助。② 助手：收為臂助。

臆 粵yì 粵jik1 億 倉BYTP
① 胸：胸臆。② 主觀的想法，缺乏

客觀證據的：臆測／臆斷。

臊 1 ⓞsāo ⓒsou1 蘇 ⓦBRRD
像尿一樣的難聞氣味：尿臊氣／
狐臊。

臊 2 ⓞsào ⓒsou3 掃
害羞：臊得臉通紅／不知羞臊。

膻 1 ⓞdàn ⓒdaan6 但 ⓦBYWM
【膻中】中醫指人體胸腹間的膈。

膻 2 ⓞshān ⓒzin1 煎
像羊肉的氣味：膻氣／膻味。

臁 ⓞlián ⓒlim4 廉 ⓦBITC
小腿的兩側：臁骨／臁瘡。

膽（胆） ⓞdǎn ⓒdaam2 擔二
聲 ⓦBNCR
①內臟器官，是一個梨狀的袋子，在肝
臟右葉的下部，內儲黃綠色的汁液，叫
膽汁／苦膽。②膽量，勇氣，不怕
兇暴、危險的精神：膽大心細／膽怯／膽
子小。③某些器物內部可以充氣或裝水
的東西：球膽／暖瓶膽。

臉（脸） ⓞliǎn ⓒlim5 斂
ⓦBOMO
①面孔，頭的前部，從額到下巴。②物體
的前部：鞋臉兒／門臉兒。③體面，面子，
顏面：賞臉／沒有臉見人／人有臉，樹有
皮。④表情：變臉兒了／孩子的笑臉可愛
亟了。

臃 ⓞyōng ⓒjung2 擁 ⓦBYVG
腫。
【臃腫】①過於肥胖或衣服穿得太多，以
致動作不靈便。②機構太龐大，妨礙工
作。

臌 ⓞgǔ ⓒgu2 鼓
ⓦBGTE
鼓脹：水臌／氣臌。

臂 ⓦBFQR 見言部，577頁。

臑 ⓞnào ⓒnou6 怒 ⓦBMBB
①中醫上指自肩至肘前側靠近腋
部的隆起的肌肉。②古書上指牲畜的前
肢。

臍（脐） ⓞqí ⓒci4 慈 ⓦBYX
①胎兒肚子中間有一
條管子，跟母體的胎盤連着，這個管子
叫「臍帶」，出生以後，臍帶脫落的地方
叫「臍」：肚臍。②螃蟹的腹部，雄的尖臍，
雌的團臍。

臏（膑） ⓞbìn ⓒban3 殯
ⓦBJMC
同「髕」，見707頁。

臘（腊） ⓞlà ⓒlaap6 蠟
ⓦBVVV
①古時在農曆十二月祭神叫做「臘」，因
此十二月被稱為「臘月」。②臘月或冬天
醃製後風乾或熏乾的魚、肉等。

肉部

臏 ⓐBIPF「膘」的異體字,見489頁。

臚(胪) ⓐlú ⓒlou4盧 ⓑBYPT

陳情:臚情(陳述心情)。

【臚列】① 列舉:臚列方案。② 陳列:珍饈臚列。

臒 ⓐBTLF「䐛」的異體字,見481頁。

臕 ⓐBFQF 見馬部,703頁。

臟(脏) ⓐzàng ⓒzong6狀 ⓑBTIS

身體內部器官的總稱:內臟/五臟六腑。

【臟腑】中醫對人體胸、腹內部器官的總稱。心、肝、脾、肺、腎叫「臟」,胃、膽、大腸、小腸、膀胱等叫「腑」。

臒 ⓐqú ⓒkeoi4瞿 ⓑBBUG

同「癯」,見392頁。

臢(臜) ⓐzā ⓒzim1尖 ⓑBHUC

見【腌臢】,485頁。

臠(脔) ⓐluán ⓒlyun5戀五聲 ⓑVFOBO

切成小塊的肉:舉箸當一臠。

【臠割】像肉一樣被切割,分割:清末的中國,國土被列強臠割。

臣部

臣 ⓐchén ⓒsan4晨 ⓑSLSL

① 君主時代做官的人,有時也包括百姓:臣子/忠臣/臣民。② 君主時代官吏對君主的自稱。

【臣服】① 屈服稱臣,接受統治。② 以臣子的禮節侍奉君主。

臥 ⓐwò ⓒngo6餓 ⓑSLY

① 睡倒,躺或趴:仰臥/臥倒/臥病。② 特指禽獸趴伏:貓臥在爐子旁邊/雞臥在草地上。③ 有關睡覺的:臥室/臥鋪/臥具。

臥 ⓐSLO「臥」的異體字,見492頁

臧 ⓐzāng ⓒzong1莊 ⓑIMSLL

① 善,好。② 姓。

【臧否】褒貶,評論,說好說壞:臧否人物。

臨(临) ⓐlín ⓒlam4林 ⓑSLORR

① 兩者地點挨近,靠近:臨河/臨街。② 到來:喜事臨門/身臨其境。③ 介詞。指時間上將要、快要:臨走/臨別/臨渴掘井④ 從高處往下看:居高臨下。⑤ 照着字畫摹仿:臨帖/臨畫。

【臨牀】醫學上稱醫生給人診治疾病。

【臨盆】舊時稱孕婦生小孩兒。

【臨時】① 副詞。到時候,當時:事先有準備,臨時就不會忙亂。② 屬性詞。暫時

非經常的：你先臨時代理一下／臨時會議。

自部

自 1 粵zì 粵zi6字 粵HBU
①己身，本人：自己／自學／自給自足／親自。②當然，自然：自不待言／有分寸／公道自在人心。

【自然】(zìrán) ①一切天然存在的東西：大自然／自然景物。②自由發展，不經人力干預（區別於「人工」、「人造」）：聽其自然。③理所當然，沒有疑問：學習不認真，自然就要落後。④連接分句或句子，表示語義轉折或追加說明：你應該虛心學習別人的優點，自然，別人也要學習你的長處。

【自然】(zì·ran) 不勉強，不呆板：他笑得很自然。

【自由】①不受拘束，不受限制。②在法律規定的範圍內，進行活動的權利。

【自在】(zìzài) 不受拘束，自由：逍遙自在。

【自在】(zì·zai) 安閒舒適：他們倆的小日子過得挺自在。

【自個兒】又作「自各兒」。人稱代詞。自己。

自 2 粵zì 粵zi6字
介詞表示。從，由：自古到今／自始至終／自香港到新加坡。

臬 粵niè 粵jit6熱 粵HUD
①箭靶子。②古代測日影的標桿。③標準，法規。

臭 1 粵chòu 粵cau3湊 粵HUIK
①氣味難聞的，跟「香」相反：臭味／臭氣熏人／這塊肉臭了。②名聲不好，惹人厭惡的：臭名／臭脾氣／遺臭萬年。③拙劣，不高明：臭棋／臭着。④狠狠地：臭罵一頓。

臭 2 粵xiù 粵cau3湊
①氣味：乳臭。②同「嗅」，見100頁。

息 粵HUP 見心部，200頁。

臯 粵HAMMJ「皋」的異體字，見395頁。

齀 粵niè 粵jit6熱 粵HDNMU
【齀脆】也作「臬兀」。動搖不安的樣子。

至部

至 粵zhì 粵zi3志 粵MIG
①到：由南至北／至今未忘。②表示達到某種程度：甚至。③副詞。極，最：至誠／至少。

【至於】①表示可能達到某種程度：他還不至於不知道。②介詞。表示另提一件事：至於個人得失，他根本不考慮。

致 1 粵zhì 粵zi3至 粵MGOK
①給予，送給：致函／致敬／致辭。②集中於某方面：致力／專心致志。③使達到，實現：致病／學以致用。④招引，引起：致病／致殘。⑤連詞。以致：致使。

【致意】向人表示問候的意思。

致 2 ⓐzhì ⓔzi3 至
態度，情趣：興致／景致／別致／錯落有致。

臺(台) ⓐtái ⓔtoi4 抬
ⓔGRBG
①高而平的建築物、設備：瞭望臺／樓臺／炮臺。②略高於地面的建築物、設備：戲臺／講臺／主席臺。③器物的座子：燈臺／蠟臺。④量詞。用於整場演出的戲劇和機器、儀器等：唱一臺戲／一臺電腦。⑤臺灣的簡稱。

臻 ⓐzhēn ⓔzeon1 津 ⓔMGQKD
到，達到（美好的境地）：日臻完善。

────── 白部 ──────

臼 ⓐjiù ⓔkau5 舅 ⓔHX
①舂米的器具，用石頭或木頭製成，樣子像盆。②像臼的：臼齒。

臾 ⓐyú ⓔjyu4 余 ⓔHXO
見【須臾】，687頁。

兒 ⓔHXHU 見兒部，42頁。

叟 ⓔHXLE 見又部，74頁。

舀 ⓐchā ⓔcaap3 插 ⓔHJHX
同「鍤」，見653頁。

舀 ⓐyǎo ⓔjiu5 繞 ⓔBHX
用瓢、勺等取東西（多指流質）：舀水／舀湯。
【舀子】舀東西的器具。

臿 ⓐyú ⓔjyu4 余 ⓔHXT
共同用手抬東西：臿水。

舂 ⓐchōng ⓔzung1 忠 ⓔQKHX
把東西放在石臼或乳鉢裏搗掉皮殼或搗碎：舂米／舂藥。

舄 ⓐxì ⓔsik1 悉 ⓔHXYF
①鞋。②同「潟」，見339頁。

舃 ⓔHXYF「舄」的異體字，見494頁。

舅 ⓐjiù ⓔkau5 臼 ⓔHXWKS
①母親的弟兄：大舅／小舅。②妻的弟兄：妻舅／小舅子。③古代稱丈夫的父親：舅姑（公婆）。

與(与) 1 ⓐyú ⓔjyu4 如
ⓔHXYC
同「歟」，見301頁。

與(与) 2 ⓐyǔ ⓔjyu5 語
①給：贈與／送與／交與本人。②交往：此人易與／相與／與國（相好的國家）。③贊助：與人為善。④等待：時不我與。⑤介詞。跟，向：與虎謀皮⑥連詞。和，跟：學生與老師。

與(与) 3 ⓐyù ⓔjyu6 預
參與，參加：與會／與

聞此事。

興(兴) 1 ⓟxīng ⓒhing1 兄
ⓐHXBC

①流行，盛行：時興。②旺盛，蓬勃發展：
復興／興旺／興盛。③開始，創辦，發動：
興工／興利除弊／興修水利／百廢待興。
④起來：夙興夜寐（早起晚睡）／聞風而
起。⑤准許：不興胡鬧。⑥或許：他興來，
興不來。
【興奮】精神振作或緊張的狀態。

興(兴) 2 ⓟxìng ⓒhing3 慶
興趣，對事物感覺喜
愛的情緒：詩興／興高采烈／興致勃勃。

學 ⓐHBND 見子部，150頁。

舉(举) ⓟjǔ ⓒgeoi2 矩
ⓐHCQ

①向上抬，向上托：舉手／舉重／舉目（抬
起眼睛）。②動作行為：舉止／一舉一動。
③發起，興起：舉義／舉事／舉辦業餘學
交。④提出：檢舉／舉例說明／舉出一件事
實來。⑤推選，推薦：選舉／推舉／大家舉
他做代表。⑥全：舉國／舉世聞名。⑦舉
人的簡稱：中舉／武舉。

輿 ⓐHXJC 見車部，610頁。

舊(旧) ⓟjiù ⓒgau6 柩
ⓐTOGX

①過去的，時間久的：守舊／舊思想／舊時

代。②因經過長時間或經過使用而變色
或變形的：舊書／舊衣服。③曾經有過的，
以前的：他的舊房子已經拆掉了。④老
交情，老朋友：故舊／懷舊／念舊。

覺 ⓐHBBUU 見見部，563頁。

釁 ⓐHBTMC 見黃部，730頁。

釁 ⓐHBMCH 見酉部，637頁。

──── 舌部 ────

舌 ⓟshé ⓒsit6 屬六聲 ⓐHJR
①人和動物嘴裏辨別滋味、幫助
咀嚼和發音的器官：舌頭／舌尖。②像舌
頭的東西：火舌（大的火苗）／帽舌。③比
喻說話：學舌／長舌婦／笨口拙舌。④鈴
或鐸中的錘。

舍 1 ⓟshě ⓒse2 寫 ⓐOMJR
同「捨」，見229頁。

舍 2 ⓟshè ⓒse3 赦
①房屋：旅舍／宿舍／校舍。②謙稱
自己的家：寒舍／舍間／舍下／敝舍。③謙
辭，多指親屬中比自己年紀小或輩分低
的：舍弟／舍姪／舍親。④養家畜的圈：牛
舍／豬舍。

舍 3 ⓟshè ⓒse3 赦
古代三十里叫一舍：退避三舍（比
喻對人讓步）。

【舍利】相傳佛祖釋迦牟尼遺體焚燒之後，殘餘骨爐結成五色珠，光瑩堅固。也叫「舍利子」。

舐

●shì ●saai5 曬五聲 ●saai2 徙
●HRHVP

舐：老牛舐犢（比喻人愛惜兒女）。

甜

●HRTM 見甘部，379頁。

舒

●shū ●syu1 書 ●ORNIN
①展開，伸展，寬解：舒眉展眼／舒了一口氣。②從容，緩慢：舒緩／舒徐。③輕鬆愉快：舒服／舒適／舒心。
【舒服】①身體或精神上感到輕鬆愉快。②能使身體或精神上感到輕鬆愉快。
【舒坦】身心愉快：心裏舒坦。

舔

●tiǎn ●tim2 忝二聲 ●HRHKP

用舌頭接觸東西或取東西：舔食／貓舔爪子。

舖

●ORIJB 「鋪2-4」的異體字，見648頁。

舘

●ORJRR 「館」的異體字，見697頁。

舛

●chuǎn ●cyun2 喘 ●NIQ
①差錯，錯誤，錯亂：舛錯／舛誤／

舛謬。②違背：舛令／舛馳。③不順遂，不幸：命途多舛。

舜

●shùn ●seon3 信 ●BBNQ
中國傳說中上古帝王名。

舝

●DMVVQ 「轄①」的異體字，見611頁。

舞

●wǔ ●mou5 武 ●OTNIQ
①按一定的節奏轉動身體表演各種姿勢：舞蹈／跳舞／舞蹈／芭蕾舞。②揮動：舞動／舞劍。③耍弄：舞弊／舞文弄墨。

舟

●zhōu ●zau1 州 ●HBYI
船：小舟／輕舟／扁舟。

舢

●shān ●saan1 山 ●HYU

【舢板】也作「舢版」。近海或江河用槳划的小船，一般只能坐兩三個人；海軍用的較窄而長，一般可坐十人左右。

舡

●chuán ●syun4 旋 ●HYM
同「船」，見497頁。

航

●háng ●hong4 杭 ●HYYHN
船在水裏行駛，飛機等在空中飛行：航海／航空／航行。
【航程】指飛機船隻的航行路程。
【航天】指人造飛行器在宇宙間飛行。

舨 ㊟bǎn ㊟baan2 板
㊟HYHE
舢舨。見【舢板】,496頁。

舫 ㊟fǎng ㊟fong2 紡 ㊟HYYHS
船:畫舫(裝飾華美專供遊覽用的船)/遊舫/石舫。

舨[1] ㊟bān ㊟bun1 搬 ㊟HYHNE
①樣,種類:如此這般/萬般無奈/百般為難/手足般的感情。②助詞。一樣,似的:蘋果般紅的臉蛋。

舨[2] ㊟bān ㊟bun1 搬
同「搬」,見238頁。

舨[3] ㊟bō ㊟bo1 波
【般若】佛經用語,智慧之意。

舨[4] ㊟pán ㊟pun4 盤
歡樂:般樂/般遊。

舨 ㊟HYCI「船」的異體字,見497頁。

舲 ㊟líng ㊟ling4 伶 ㊟HYOII
①有窗的船:舲船。②小船。

舳 ㊟zhú ㊟zuk6 族 ㊟HYLW
船尾。
【舳艫】指首尾銜接的船隻:舳艫千里(首尾相接的許多船隻)。

舵 ㊟duò ㊟to4 駝 ㊟HYJP
船、飛機等控制方向的設備:舵輪/掌舵。

【舵手】①掌握行船方向的人。②比喻把方向的領導者。

舴 ㊟zé ㊟zaak3 責 ㊟HYHS
【舴艋】小船。

舶 ㊟bó ㊟bok6 薄 ㊟HYHA
大船:船舶/海舶。
【舶來品】舊時指進口的貨物。

舷 ㊟xián ㊟jin4 弦 ㊟HYYVI
飛機或某些船體的左右兩側:舷梯/右舷/左舷。

舸 ㊟gě ㊟ho2 可 ㊟go2 歌二聲
㊟HYMNR
大船:百舸爭流。

船(舩) ㊟chuán ㊟syun4 旋
㊟HYCR
水上的主要交通運輸工具,種類很多:帆船/汽船/海船/船塢。

艇 ㊟tǐng ㊟ting5 挺 ㊟teng5 廳五聲 ㊟HYNKG
①輕快的小船:遊艇/汽艇。②小型軍用船隻:炮艇/潛水艇(可以在水下潛行的戰艇)。

艄 ㊟shāo ㊟saau1 梢 ㊟HYFB
①船尾:船艄。②舵:掌艄/撐艄。
【艄公】掌舵的人,也指撐船的人。也作「梢公」。

艋 ⓟměng ⓒmaang5猛
ⓒHYNDT

舴艋 (小船)。

艘 ⓟsōu ⓒsau2手 ⓒHYHXE

量詞。用於船隻：大船五艘／軍艦十艘。

艙(舱) ⓟcāng ⓒcong1倉
ⓒHYOIR

船或飛機裏根據用途分隔開來搭載乘客或裝貨物的部位：貨艙／客艙／底艙／頭等艙。

艚(鵃) ⓟzhōu ⓒzau1周
ⓒHYHAF

見【鵃䴕】, 725頁。

艚 ⓟcáo ⓒcou4曹 ⓒHYTWA

【艚子】載貨的木船。

艟 ⓟchōng ⓒtung4童 ⓒHYYTG

見【艨艟】, 498頁。

艤(舣) ⓟyǐ ⓒngai5蟻
ⓒHYTGI

停船靠岸：艤舟。

艦 ⓒHYGOW「艪」的異體字，見296頁。

艩 ⓒHYYPS「艪」的異體字，見297頁。

艦(舰) ⓟjiàn ⓒlaam6濫
ⓒHYSIT

大型軍用船隻：軍艦／艦隊／航空母艦／巡洋艦。

艨 ⓟméng ⓒmung4蒙 ⓒHYTBO

【艨艟】古代的一種戰船。

艩 ⓒHYNWA「艪」的異體字，見297頁。

艫(舻) ⓟlú ⓒlou4盧 ⓒHYYPT

船頭。

───── 艮 部 ─────

艮 1 ⓟgěn ⓒgan3巾三聲
ⓒAV

①食物堅韌不脆：艮蘿蔔不好吃。②性子直，說話生硬：這個人太艮。

艮 2 ⓟgèn ⓒgan3巾三聲
ⓒ①八卦之一，卦形是「☶」，代表山。②姓。

良 ⓟliáng ⓒloeng4梁
ⓒIAV

①好：良好／良藥／良田／消化不良。②善良的人：除暴安良。③很：良久／獲益良多／用心良苦。

艱(艰) ⓟjiān ⓒgaan1奸
ⓒTOAV

困難：艱難／艱辛／艱苦／艱巨／文字艱涩

色部

色¹ 　普sè 　粵sik1 式 　倉NAU

①不同波長的可見光由物體發射、反射到視覺而產生的印象：色彩／色調／顏色／紅色／日光有七色。②臉上表現出的神氣、樣子：臉色／神色／和顏悅色／喜形於色。③種類：各色用品／貨色／各色各樣／形形色色。④情景，景象：景色／夜色／月色／春色／行色匆匆。⑤品質：足色銀兩／這貨成色很好。⑥指女子美貌：姿色／天姿國色。⑦情慾：色情／色膽。

色² 　普shǎi 　粵sik1 式

口語。顏色：掉色兒／走色兒／套色兒／不變色兒。

【色子】遊戲用具或賭具，木製、骨製或膠製的立體小方塊，六面分刻一、二、三、四、五、六點。有的地方叫「骰子」。

舭 　普bó 　粵but6 勃 　又fat1 拂 　倉LNNAU

惱怒，生氣的樣子：神色舭然。

艷 　倉UTNAU「豔」的異體字，見583頁。

艸部

艸 　倉UU 「草」的異體字，見508頁。

艿 　普jiāo 　粵gaau1 交 　倉TKN

秦艿。一種草，葉闊而長，花紫色。根土黃色，可入藥。

艻 　普nǎi 　粵naai5 奶 　倉TNHS

見【芋艻】，500頁。

艾¹ 　普ài 　粵ngaai6 刈 　倉TK

多年生草本植物，開黃色小花，又叫「艾蒿」。葉子有香氣，可入藥，又供灸法上用，莖葉燃燒的煙可驅蚊。

艾² 　普ài 　粵ngaai6 刈

年老的。也指老年人。

艾³ 　普ài 　粵ngaai6 刈

止，絕：方興未艾。

艾⁴ 　普ài 　粵ngaai6 刈

美好，漂亮：少艾（年輕漂亮的人，多指女子）。

艾⁵ 　普yì 　粵ngaai6 刈

①同「乂」，見6頁。②治理，懲治：懲艾／自怨自艾（本義是悔恨自己的錯誤，自己改正。現在只指悔恨）。

芃 　普péng 　粵pung4 蓬 　倉THNI

【芃芃】草本茂盛的樣子：芃芃黍苗。

芊 　普qiān 　粵cin1 千 　倉THJ

【芊綿】也作「芊眠」。草木茂密繁盛。

【芊芊】草木茂盛：鬱鬱芊芊。

芏 　普dù 　粵dou6 杜 　倉TG

見【茳芏】，507頁。

芋 　普yù 　粵wu6 互 　倉TMD

①塊莖圓或卵形，含澱粉，可食用：芋頭。②泛指馬鈴薯、甘薯等植物：

洋芋/山芋。

【芋芴】芋頭。

芍

⬛shó ⬛zoek3雀 ⬛TPI

【芍藥】多年生草本植物，羽狀複葉，小葉卵形或披針形，花像牡丹，供觀賞，根可入藥。

芎

⬛xiōng ⬛gung1弓 ⬛TN

【芎藭】也作「川芎」。多年生草本植物，羽狀複葉，花白色，果實橢圓形，全草有香氣，根狀莖，可入藥。生長在四川、雲南等地。

芑

⬛qǐ ⬛hei2起 ⬛TSU

古書上說的一種植物。

芒

⬛máng ⬛mong4忙 ⬛TYV

①多年生草本植物，生在山地和田野間，葉子條形，秋天莖頂生穗，黃褐色，果實多毛。②穀類種子殼上的細刺：麥芒/稻芒。③像細刺的東西：光芒/鋒芒。

【芒果】見【杧果】，272頁。（此用法粵音讀mong1〔忙一聲〕）

【芒種】二十四節氣名之一。在陽曆六月五、六或七日。

芝

⬛zhī ⬛zi1之 ⬛TINO

①菌類植物，古書上指靈芝。古人認為是一種瑞草。②古書上指白芷：芝蘭。

【芝麻】也作「脂麻」。一年生草本植物，莖直立，花白色。種子小而扁平，可食用和榨油。

芙

⬛fú ⬛fu4扶 ⬛TQO

【芙蕖】荷花的別名。

【芙蓉】荷花的別名。

【芙蓉花】也作「木芙蓉」。落葉灌木，花有紅、白、黃各色，很美麗。

芟

⬛shān ⬛saam1衫 ⬛THNE

①割（草）：芟草。②除去：芟除。

芡

⬛qiàn ⬛hin3獻 ⬛TNO

①多年生水草，莖葉都有刺，開紫花。果實叫「芡實」，外皮有刺。種子的仁可以吃，可以製澱粉。也稱「雞頭」。②烹飪時用澱粉調成的濃汁：勾芡/湯裏加點芡。

芥

⬛jiè ⬛gaai3介 ⬛TOLL

①芥菜。②小草，比喻輕微纖細的事物：草芥/塵芥。

【芥菜】①一年或二年生草本植物，開黃色小花，果實細長。種子黃色，味辛辣，研成細末，叫「芥末」，可調味。芥菜的變種很多，形態各異，可分葉用芥菜（雪裏蕻）莖用芥菜（榨菜）、根用芥菜（大頭菜）等。②特指大葉芥，是芥菜的一種，葉子大表面多皺紋，是普通蔬菜。

【芥蒂】細小的梗塞物，比喻積存在心裏的嫌隙和不快：他倆貌合神離，心存芥蒂。

【芥藍】莖粗而直立，葉片短而寬，花白色或黃色。嫩葉和莖是普通蔬菜。

芨 @jī @gap1急 @TNHE

白芨，多年生草本植物，花紫紅色，葉長形。地下塊莖白色，可藥用。也叫「白及」。

【芨芨草】多年生草本植物，葉狹長，花淡綠或紫色。生長在鹼性土壤的草灘上。可做飼料，也可編織筐、席等。

芩 @qín @kam4琴 @TOIN

古書上指蘆葦一類的植物。

芪 @qí @kei4其 @THUP

黃芪，多年生草本植物，莖橫臥在地面上，羽狀複葉，小葉長圓形，開淡黃色的花。根黃色，可入藥。

芫[1] @yán @jyun4元 @TMMU

【芫荽】俗稱「香菜」，又叫「胡荽」，一年或二年生草本植物，羽狀複葉，小葉卵、圓形或條形，莖和葉有特殊香氣，小花白色。果實球形，有香氣，可以製藥和香料。嫩的莖、葉可調味食用。

芫[2] @yuán @jyun4元

【芫花】落葉灌木，莖子長圓形，果實白色，供觀賞。開紫色小花，花蕾可供藥用，有毒，可治水腫等症。

芬 @fēn @fan1氛 @TCSH

花草的香氣：芬芳。

芭 @bā @baa1巴 @TAU

古書上說的一種香草。

【芭蕉】多年生草本植物，葉寬大，葉柄一層一層緊緊着莖。果實也叫芭蕉，又叫「大蕉」，跟香蕉相似。

【芭蕾舞】一種起源於意大利的舞蹈，女演員多用足尖跳舞。

芮 @ruì @jeoi6銳 @TOB

姓。

芯[1] @xīn @sam1心 @TP

①草木的中心部分：麥桿芯。②泛指某些物體的中心部分：筆芯／機芯。

芯[2] @xìn @sam1心

①裝在器物中心的捻子，如蠟燭的撚子、爆竹的引線等：燭芯。②蛇的舌頭：吐芯。

芰 @jì @gei6技 @TJE

古書上指菱。

苿 @fú @fau4浮 @TMF

【苿苜】古書上指車前（草名），多年生草本植物，花淡綠色，葉和種子都可入藥。

芶 @gǒu @gau2九 @TPI

姓。

花[1] @huā @faa1化一聲 @TOP

①種子植物的繁殖器官，由花瓣、花萼、花蕊、花冠組成，各有各種形狀和顏

色,有的長得很美麗,有香味。花謝後結成果實:一朵紅/牡丹花/荷花。②供觀賞的植物:花草/花木/園圃/花盆。③樣子或形狀像花的:雪花/浪花/火花。④花紋:白地藍花。⑤顏色或種類錯雜的:花布/花邊/頭髮花白/花花綠綠/那隻貓是花的。⑥模糊不清:眼花了。⑦虛偽的,用來迷惑人的:耍花招/花言巧語。⑧比喻年輕漂亮的女子:校花/交際花。⑨指妓女:花魁/花街柳巷/尋花問柳。⑩指棉花:彈花/花紗布。⑪指某些小的像花的東西:淚花/蔥花。⑫指某些幼小動物:魚花/蠶花。⑬一種急性傳染病,即痘瘡,也省稱「花」:天花/出花。⑭在戰鬥中受了傷:掛花。

【花甲】天干地支配合用來紀年,從甲子起,六十年成一週,因稱六十歲為花甲。

【花哨】①顏色鮮豔:這塊布真花哨。②花樣多,變化多。

花² 🔒huā 🔒faa1 化一聲
用掉,耗費:花錢/花一年工夫。

【花銷】也作「花消」。①花費(錢):他的工資只夠自己花銷。②開支的費用。

芳 🔒fāng 🔒fong1 方 🔒TYHS
① 香,花草的香味:芳香/芬芳/芳草。② 花卉:羣芳/孤芳自賞(比喻自命清高、自我欣賞)。③ 美好的德行或聲名:芳名/流芳百世。④ 敬辭。用於稱頌對方有關的事物:芳鄰(對鄰居的敬稱)。

芷 🔒zhǐ 🔒zi2 止 🔒TYLM
即白芷,多年生草本植物,開白花,果實長橢圓形。根錐形,有香氣,可入藥。

芸 🔒yún 🔒wan4 雲 🔒TMMI
即芸香,多年生草本植物,花黃色,花、葉、莖有特殊氣味,可入藥。

【芸芸】眾多的樣子:芸芸眾生。

芽 🔒yá 🔒ngaa4 牙 🔒TMVH
① 植物的幼體,可以發育成莖、葉或花的部分:豆芽兒/麥子發芽兒了/芽茶。② 像芽的東西:肉芽。

苄 🔒biàn 🔒bin6 辨 🔒TYY
苄基,結構為 $C_6H_5CH_2$,舊稱苯甲基。

苬 🔒kōu 🔒kau1 溝 🔒TNDU
古時蔥的別名。

【苬脈】中醫稱按起來中空無力的脈象,好像按蔥管的感覺。

芹 🔒qín 🔒kan4 勤 🔒THML
芹菜,一年生或二年生草本植物羽狀複葉,小葉卵形。葉柄肥大。開白色花,莖、葉可以吃。

【芹獻】謙稱贈人的禮品或對人的建議。

芻(芻) 🔒chú 🔒co1 初
🔒PUPU
①餵牲畜的草:芻秣。②割草:芻蕘。

苇¹ 🔒fèi 🔒fai3 肺 🔒TJB
小樹幹及小樹葉。

苇² 🔒fú 🔒fat1 佛
① 草木茂盛。② 同「黻」。宋代畫家米苇,也作「米黻」。

苞[1] 粵bāo 普baau1 包 倉TPRU

花沒開時包着花骨朵的小葉片：花苞／含苞未放。

苞[2] 粵bāo 普baau1 包

叢生而茂盛：竹苞松茂。

苡 粵yǐ 普ji5 以 倉TVIO

見【薏苡】，527頁。

苣[1] 粵jù 普geoi6 巨 倉TSS

見【萵苣】，516頁。

苣[2] 粵qǔ 普geoi6 巨

【苣蕒菜】多年生草本植物，野生，葉子互生、長橢圓披針形，花黃色。莖葉嫩時可以吃，全草可入藥。

苑 粵yuàn 普jyun2 媛 倉TNIU

①養禽獸植林木的地方，舊時多指帝王的花園：御苑／林苑／鹿苑。②(學術、文藝)薈萃的地方：文苑／藝苑。

苓 粵líng 普ling4 伶 倉TOII

古書上說的一種植物，據說莖嫩時可以吃。

苷 粵gān 普gam1 金 倉TTM

糖苷的簡稱。

苔[1] 粵tāi 普toi1 胎 倉TIR

舌苔。舌頭上面的垢膩，是由衰死的上皮細胞和黏液等形成的，觀察它的顏色可幫助診斷病症。

苔[2] 粵tái 普toi4 臺

苔蘚植物的一類，根、莖、葉的區別不明顯，多呈綠色，常貼在陰濕的地方生長。

苕[1] 粵sháo 普siu4 韶 倉TSHR

甘薯。也叫紅苕。

苕[2] 粵tiáo 普tiu4 條

古書上指凌霄花，也叫「紫葳」，落葉藤本植物，開紅花。

苗[1] 粵miáo 普miu4 描 倉TW

①初生的種子植物，有時專指某些蔬菜的嫩莖或嫩葉：幼苗／麥苗／蒜苗／豆苗／青苗。②形狀像苗的：火苗兒。③事物顯露出的跡象：苗頭／礦苗。④某些初生的飼養的動物：魚苗／豬苗。⑤能使機體產生免疫力的細菌、病毒等製劑：疫苗／卡介苗。⑥子孫後代：苗裔。

【苗條】(女子身材)細長柔美。

苗[2] 粵miáo 普miu4 描

【苗族】中國少數民族名。

苛 粵kē 普ho1 訶 倉TMNR

①過於嚴格：苛刻／苛求／苛責／苛政。②瑣細，繁重，使人難於忍受：苛細／苛捐雜稅。

苜 粵mù 普muk6 目 倉TBU

【苜蓿】多年生草本植物，葉子長圓形，結莢果。可以做飼料、肥料，嫩苗可以吃。種類很多，常見的有紫花苜蓿。

苘 ⓶qǐng ⓷king2 頃 ⓸TBR

【苘麻】也稱「青麻」，一年生草本植物，莖直立，葉大心形，開黃花，莖皮多纖維，可以做繩子或纖麻袋，種子可入藥。

芡 ⓶xué ⓷jyut6 穴 ⓸TJC

用芡子圍起來囤糧食。

【芡子】也作「篋子」。狹而長的席，通常是用高粱稈或蘆葦的篾編成的，可以圍起囤糧食。

苟1 ⓶gǒu ⓷gau2 狗 ⓸TPR

①隨便，草率：一絲不苟/不苟言笑。②姑且，暫且：苟安/苟延殘喘。

【苟合】①苟且迎合。②指男女間不正當地結合。

【苟且】①只顧眼前，得過且過。②敷衍了事，馬虎：因循苟且。

苟2 ⓶gǒu ⓷gau2 狗

假如：苟非其人/苟富貴，莫相忘。

若1 ⓶rě ⓷je5 野 ⓸TKR

①見【般若】，497頁。②見【蘭若】，533頁。

若2 ⓶ruò ⓷joek6 弱

①如，像：年相若/若有若無。②連詞。如果，假如：若不努力學習，就要落後。

【若干】疑問代詞。多少（問數量或指不定量）：價值若干？

若3 ⓶ruò ⓷joek6 弱

人稱代詞。你，汝：若輩。

苦 ⓶kǔ ⓷fu2 虎 ⓸TJR

①像膽汁或黃連的滋味，跟「甜」「甘」相反：苦膽/良藥苦口利於病。②感覺難受的：辛苦/痛苦/苦境/苦日子/吃苦耐勞/同甘共苦。③為某種事物所苦：苦雨/苦旱/苦夏/從前他苦於不識字。④使受苦，使難堪：一家老少依仗他養活，可苦了他。⑤副詞。有耐心地，盡力地：苦勸/苦學/苦戰/苦求。

【苦水】①味道不好的水，含硫酸鈉、硫酸鎂的水：苦水井。②因患某種疾病而從口中吐出的液體，通常是消化液和食物的混合體。③比喻藏在心裏的酸楚：吐苦水。

苧（苎）⓶zhù ⓷cyu5 柱 ⓸TJMN

【苧麻】多年生草本植物，莖直立，葉呈卵圓或心臟形，花黃綠色。莖皮潔白有光澤，堅韌，纖維質很多，可以做繩子、織布、造紙。根可入藥。

苲 ⓶zhǎ ⓷zaa3作 ⓸THS

苲草，指金魚藻等水生植物。

苯 ⓶běn ⓷bun2本 ⓸TDM

一種有機化合物，分子式C_6H_6，無色液體，有特殊的氣味，容易揮發和燃燒，工業上可用來製染料、燃料等，是多種化學工業的原料和溶劑。

苫1 ⓶shān ⓷sim1 閃一聲 ⓸TYR

用草做成的蓋東西或墊東西的物件：草苫子。

苫 2 ⓟshàn ⓒsim3閃三聲
用席、布等遮蓋：要下雨了，快把場裏的麥子苫上。

苒 ⓟrǎn ⓒjim5染 ⓚTGB
見【荏苒】，508頁。

英 ⓟyīng ⓒjing1嬰 ⓚTLBK
①花：落英。②才能或智慧出眾：英豪／英俊。③才能或智慧出眾的人：精英／羣英。
【英明】有遠見卓識。
【英雄】① 為羣眾謀利益而有功績的人。② 指英武過人的人。

英 2 ⓟyīng ⓒjing1嬰
英國的簡稱。

苴 ⓟjū ⓒzeoi1追 ⓚTBM
【苴麻】大麻的雌株，所生的花是雌花，開花後能結果實。

茶 ⓟnié ⓒnip6捏 ⓚTOF
①呆，傻：茶子。②疲倦，精神不振：發茶／茶茶呆的。

苹 ⓟpíng ⓒping4平 ⓚTMFJ
植物名，又叫「苹蒿」。

苻 ⓟfú ⓒfu4扶 ⓚTODI
①同「莩1」，見511頁。②姓。

苾 ⓟbì ⓒbat6拔 ⓚTPH
芳香。

苽 ⓟgū ⓒgu1孤 ⓚTHIO
同「菰①」，見513頁。

芪 ⓟmín ⓒman4民 ⓚTRVP
指莊稼生長期較長，成熟期較晚：芪穄子／芪高粱／黃穀子比白穀子芪。

苺 ⓟfú ⓒfat1弗 ⓚTLLN
①道路上雜草太多。②福。

苗 ⓟzhuó ⓒzyut3拙 ⓚTUU
草才生長出來的樣子。也指植物旺盛地生長。
【苗壯】指植物旺盛生長和孩子、年輕人、動植物強壯、健壯：牛羊苗壯／莊稼長得苗壯／年輕一代苗壯成長。

茂 ⓟmào ⓒmau6貿 ⓚTIH
① 草木繁盛：茂盛／根深葉茂。
② 豐富精美：聲情並茂／圖文並茂。

范 ⓟfàn ⓒfaan6飯 ⓚTESU
姓。

茄 1 ⓟjiā ⓒgaa1加 ⓚTKSR
用於「雪茄」，一種香煙。

茄 2 ⓟqié ⓒke2騎二聲
【茄子】一年生草本植物，葉橢圓形，花紫色。果實也叫茄子，紫色，也有白色或淺綠色的，是常見蔬菜。

茅 ⓟmáo ⓒmaau4矛 ⓚTNIH
茅草，多年生草本植物，葉子條形

或條狀披針形，花穗上密生白毛。根部
可以吃，也可入藥。可以覆蓋屋頂、製繩、
造紙、編簑衣，也叫「白茅」。
【茅廁】廁所。
【茅房】廁所。

茆
🔊máo 🔊maau4 矛 🔊THHL
同「茅」，見505頁。

茉
🔊mò 🔊mut6 末 🔊TDJ
【茉莉】常綠灌木，葉子橢圓形。花也稱
茉莉，白色，很香。供觀賞，花可用來熏
製茶葉，根、葉可入藥。

荎
🔊chí 🔊ci4 辭 🔊TOG
【荎平】地名，在山東。

苤
🔊piě 🔊pei2 鄙 🔊TMFM
【苤藍】甘藍的一種，一年或二年生草
本植物，葉長圓或卵形，花黃白色。莖球
形，膨大呈球形，可做蔬菜食用。

莒
🔊yǐ 🔊ji5 以 🔊TRLR
見【苢苢】501頁。

茶
🔊chá 🔊caa4 查 🔊TOD
① 常綠灌木，開白花。葉子長橢
圓形，花一般為白色，種子有硬殼。嫩葉
經過加工就是茶葉。② 用茶葉沖成的飲
料：喝茶／沏茶。③ 某些飲料的名稱：果
茶／杏仁茶。④ 像茶水般的黃褐色：茶色／

茶晶／茶鏡。⑤ 指山茶，常綠小喬木或灌
木，是一種觀賞植物，花很美麗，通常叫
茶花。花可入藥，種子可榨油。

茲(兹)
🔊cí 🔊ci4 慈 🔊TVII
¹ 龜茲。古代西域國，在
今新疆庫車一帶。

茲(兹)
🔊zī 🔊zi1 資
² ① 指示代詞。這，這
個：茲日／茲理易明。② 現在，此時：茲聘
請李先生為本校教員／茲訂於五月十日
開全體大會。③ 年：今茲／來茲。

荎
🔊chá 🔊caa4 茶 🔊TKLG
① 農作物收割後餘留在地裏的莖
和根：麥茬兒／玉米茬兒。② 量詞。在同
一塊土地上作物種植或收割的次數：換
茬／頭茬／二茬。③ 指提到的事情或別人
剛說完的話：接茬／話茬／搭茬。④ 勢頭：
那個茬兒來得不善。

茗
🔊míng 🔊ming5 皿 🔊TNIR
① 茶樹的嫩芽。② 茶的通稱：香茗／
品茗。

荔
🔊lì 🔊lai6 例 🔊TKSS
指荔枝，常綠喬木，羽狀複葉，小
葉長橢圓形。花綠白色，果實球或卵形
外殼有疙瘩，熟時紫紅色，果肉色白多
汁，味甜美。

茜
🔊qiàn 🔊sin3 線 🔊sin6 善
¹ 🔊TMCW
指茜草，多年生草本植物，根圓錐形，黃

赤色，莖有倒刺，葉子輪生，心形或長圓形，花黃色，果實球形，紅或黑色。根紅色，可以染料，也可入藥。

茜²

⦾xī ⦾sai1 西

多用於女子名。

茨

⦾cí ⦾ci4 詞　⦾TIMO

①用茅或蘆葦蓋房頂。②蒺藜。

茫

⦾máng ⦾mong4 忙　⦾TEYV

①形容水或其他事物沒有邊際看不清楚：渺茫/茫無邊際。②對事理全無所知，找不到頭緒：茫然無知。

【茫茫】面積大，看不清邊沿：大海茫茫/霧氣茫茫。

茳

⦾jiāng ⦾gong1 江　⦾TEM

【茳芏】多年生草本植物，莖呈三棱形，葉子細長，開綠褐色小花。莖可編席。

茭

⦾jiāo ⦾gaau1 交　⦾TYCK

①餵牲口的乾草：茭芻。②菰的嫩莖經菰黑粉菌寄生後膨大，做蔬菜吃叫「茭白」。

茯

⦾fú ⦾fuk6 服　⦾TOIK

【茯苓】寄生在松樹根上的一種塊狀真菌，皮黑褐色，有皺紋，內部白色或粉紅色，包含松根的叫「茯神」，都可入藥。

茱

⦾zhū ⦾zyu1 朱　⦾THJD

【茱萸】①山茱萸，落葉小喬木，開小黃花。果實橢圓形，紅色，味酸，可入藥。②吳茱萸，落葉喬木，開黃綠色小花。果實紅色，可入藥。③食茱萸，落葉喬木，開淡綠色花。果實味苦，可入藥。

茴

⦾huí ⦾wui4 回　⦾TWR

【茴香】多年生草本植物，葉分成絲狀，花黃色。莖葉嫩時可吃，子實大如麥粒，可作香料和調味料，果實、根、莖、葉都可入藥。

茵

⦾yīn ⦾jan1 因　⦾TWK

鋪用的褥子、墊子、毯子等：茵褥/綠草如茵。

茸

⦾róng ⦾jung4 容　⦾TSJ

①草初生的樣子：綠茸茸的草地。②指鹿茸，帶絨毛的才生出來的雄鹿角，是名貴的中藥。

茹

⦾rú ⦾jyu4 如　⦾TVR

吃：茹素/茹毛飲血/含辛茹苦。

茼

⦾tóng ⦾tung4 同　⦾TBMR

【茼蒿】一年生或二年生草本植物，葉互生，長形羽狀分裂，花黃色或白色，瘦果有稜，莖葉嫩時有特殊香氣，是常見蔬菜。有的地區叫「蓬蒿」。

荀

⦾xún ⦾seon1 詢　⦾TPA

姓。

荃 🔊quán 🔊cyun4 全 🔊TOMG
古書上說的一種香草。

荄 🔊gāi 🔊goi1 該 🔊TYVO
草根。

荇 🔊xìng 🔊hang6 杏 🔊THON
【荇菜】多年生草本植物，葉子略呈圓形，浮在水面，根生在水底，花黃色，果實橢圓形，莖可以吃，全草入藥。

荏1 🔊rěn 🔊jam5 陰五聲 🔊TOHG
古代指白蘇，一年生草本植物，莖方形，葉子卵圓形，開白色小花。嫩葉可以吃，種子可以榨油。

荏2 🔊rěn 🔊jam5 陰五聲
軟弱：色厲內荏（外貌剛強，內心懦弱）。
【荏苒】時間漸漸地過去：光陰荏苒。

草 🔊cǎo 🔊cou2 操二聲 🔊TAJ
① 對高等植物中除了栽培植物以外莖幹柔軟的草本植物的統稱。② 指用做燃料、飼料等的稻、麥之類的莖和葉：稻草／草繩。③ 舊時指山野，民間：草民／草賊。④ 稱某些雌性動物：草雞／草驢，也不認真，不細緻：草草了事／草率從事。⑥ 草書，漢字形體的一種，漢代初期就已經流行，筆畫牽連曲折：大草／小草。⑦ 初步的，有待完善確定的：起草／草稿／草圖／草約／草案。⑨ 打稿：草擬／草檄。

【草創】開始創辦或創立。
【草菅】比喻輕視：草菅人命。
【草本植物】莖比較柔軟的植物，莖的地上部分在生長期終了時就枯死。

荒 🔊huāng 🔊fong1 方 🔊TYVU
① 長滿野草或無人耕種：荒蕪／荒地。② 冷落，偏僻：荒涼／荒村／荒郊。③ 農作物沒有收成或收成很差：荒年／防荒。④ 沒有開墾或沒有耕種的土地：墾荒／開荒。⑤ 廢棄：荒廢。⑥ 非常缺乏，不夠用：糧荒／水荒。⑦ 完全不符合實際，違背情理：荒謬／荒誕。⑧ 迷亂，放縱：荒淫。
【荒疏】久未練習而生疏：學的功課還沒荒疏。
【荒唐】① 浮誇、不實至令人覺得奇怪的程度：這話真荒唐。② 行為放蕩：他不像從前那樣荒唐。

茺 🔊chōng 🔊cung1 充 🔊TYIU
【茺蔚】就是益母草，一年生或二年生草本植物，莖方柱形，葉掌狀分裂，花淡紫紅色，堅果有稜，全草入藥。

荊 🔊jīng 🔊ging1 經 🔊TMTN
① 落葉灌木或小喬木，種類很多，多叢生。葉子有長柄，掌狀分裂，花小，藍紫色，果實球形、黑色。枝條可用來編筐籃等。古時用荊條做打人的刑具：負荊請罪（向人認錯）。② 舊時謙稱自己的妻子：山荊／拙荊。
【荊棘】叢生多刺的灌木。比喻障礙和困難。

薰¹ 🔊yí 🔊ji4 移 🔊TKN
除去田地裏的野草：薰薰。

薰² 🔊tí 🔊tai4 題
①草木初生的葉芽。②稗子一類的草。

荍 🔊qiáo 🔊kiu4 喬 🔊TVLK
古書上指「錦葵」，二年生或多年生草本植物，葉子掌狀互生，生有長柄。夏季開花，花紫色或白色，可供觀賞。

茛 🔊gèn 🔊gan3 艮 🔊TAV
毛茛，多年生草本植物，單莖，掌狀分裂。開黃花，果實集合成球狀。植株有毒，可以入藥。

荅 🔊TOMR「答」的異體字，見433頁。

荷¹ 🔊hé 🔊ho4 何 🔊TOMR
即蓮：荷花/荷葉/荷塘。

荷² 🔊hé 🔊ho4 何
指荷蘭。

荷³ 🔊hè 🔊ho6 賀
① 背或扛：荷鋤/荷槍實彈。② 承當：荷天下之重任。③ 負擔：肩負重荷。④ 承受恩惠（常用在書信裏表示客氣）：感荷/為荷。

荸 🔊bí 🔊but6 勃 🔊TJBD
【荸薺】也作「馬蹄」或「地栗」。多年生草本植物，生在池沼或栽培在水田裏。地下莖也叫荸薺，球狀，皮紅褐色或黑褐色，肉白色，可以吃，也可製澱粉。

荻 🔊dí 🔊dik6 狄 🔊TKHF
多年生草本植物，葉呈寬頻條狀披針形，花紫色。生長在水邊，跟蘆葦相似。莖是造紙和人造纖維的原料，也用來編席。秋天開紫花。

荼 🔊tú 🔊tou4 途 🔊TOMD
注意同「茶」的分別。
① 古書上說的一種苦菜。② 古書上指茅草的白花：如火如荼。
【荼毒】比喻毒害：荼毒生靈。

莆 🔊pú 🔊pou4 蒲 🔊TIJB
莆田。地名，在福建。

莉 🔊lì 🔊lei6 利 🔊THDN
見【茉莉】，506頁。

莊(庄)¹ 🔊zhuāng 🔊zong1 裝 🔊TVMG
①村落，田舍：村莊/山莊/李家莊。②君主，貴族等所佔有的成片土地：皇莊/莊園。③規模較大或做批發生意的商店：布莊/飯莊/茶莊。④每一局賭博的主持人：莊家/坐莊。⑤姓。

莊(庄)² 🔊zhuāng 🔊zong1 裝
嚴肅，端重：莊嚴/莊重/亦莊亦諧（也有莊嚴，也有詼諧）。

茨 🔊kǎn 🔊ham2 坎 🔊TGNO
有機化合物，白色結晶，有樟腦的香味，容易揮發，化學性質不活潑。

菩 〔TDR〕「荈」的異體字，508頁。

萓 〔chǎi〕〔coi2采〕〔TSLL〕
古書上說的一種香草。

莎¹ 〔shā〕〔saa1沙〕〔TEFH〕
①多用於人名、地名：莎車（地名，在新疆）。②姓。

莎² 〔suō〕〔so1姿〕
莎草，多年生草本植物，多生長在潮濕地區或河邊沙地上，莖三稜形，葉條形，有光澤，開黃褐色小花。地下的塊根黑褐色，叫香附子，可以入藥。

荽 〔suī〕〔seoi1衰〕〔TBV〕
見【芫荽】，501頁。

莒（营） 〔jǔ〕〔geoi2舉〕〔TRHR〕
周代國名，在現在山東莒縣一帶。

莓 〔méi〕〔mui4梅〕〔TOWY〕
指某些果實形小、聚生在球形花托上的植物，種類很多。常見的有草莓，開白花，結紅色的果實，味酸甜，是常見水果。

莖（茎） 〔jīng〕〔ging3敬〕〔hang1亨〕〔TMVM〕
①植物體的一部分，由胚芽發展而成，下部和根相連接，上部一般有枝有葉，花和果實。它能輸送水和養料到植物體各部分，還有儲藏養料和支援枝葉、花果

實等生長的作用：地上莖／地下莖（包括根狀莖，如蘆根、藕；塊莖，如馬鈴薯；鱗莖，如洋蔥、水仙）。②莖狀的東西：刀莖。③量詞。指長條形的東西：數莖小草／數莖白髮。

莘¹ 〔shēn〕〔san1辛〕〔TYTJ〕
【莘莘】形容眾多：莘莘學子。

莘² 〔shēn〕〔san1辛〕
莘縣。地名，在山東。

莘³ 〔xīn〕〔san1辛〕
莘莊。地名，在上海。

莜 〔yóu〕〔jau4攸〕〔TOLK〕
【莜麥】也作「油麥」。一年生草本植物，是燕麥的一個品種，花綠色，葉細長。莖葉可做牧草，種子成熟後容易與外殼脫離。果實可磨成麵供食用。

莞¹ 〔guān〕〔gun1官〕〔TJMU〕
古書上指水蔥一類的植物。

莞² 〔guǎn〕〔gun2管〕
東莞，地名，在廣東。

莞³ 〔wǎn〕〔wun5碗万聲〕
【莞爾】形容微笑的樣子：莞爾而笑／不覺莞爾。

莠 〔yǒu〕〔jau5友〕〔THDS〕
①即莠尾草，一年生草本植物，樣子很像穀，葉子細長，花穗圓柱形，有毛像狗尾巴。②比喻品質壞的，不好的人：

良莠不齊。

莢（荚） [普]jiá [粵]gaap3夾 [倉]TKOO
豆科植物的長形的果實：豆莢/皂莢/槐樹莢。

莧（苋） [普]xiàn [粵]jin6現 [倉]TBUU
莧菜，一年生草本植物，莖細長，葉子橢圓形，有長柄，暗紫色或綠色，開綠白色小花，種子黑色。莖葉都可以吃，是常見蔬菜。

莨1 [普]làng [粵]long6浪 [倉]TIAV
【莨菪】多年生草本植物，根狀莖呈塊狀，灰黑色，葉子互生、長橢圓形，開黃褐色微紫的花。有毒。全草入藥。

莨2 [普]liáng [粵]loeng4良
見【薯莨】，529頁。

莩1 [普]fú [粵]fu1俘 [倉]TBND
蘆葦稈子裏面的白色薄膜。

莩2 [普]piǎo [粵]piu5縹
同「殍」，見303頁。

莪 [普]é [粵]ngo4鵝 [倉]THQI
【莪蒿】多年生草本植物，生在水邊，葉子像針，開黃綠色小花，葉嫩時可吃。
【莪朮】多年生草本植物，葉子長橢圓形，根狀莖圓柱形或卵形，花黃色。根狀莖可入藥。

莫 [普]mò [粵]mok6漠 [倉]TAK
①副詞。表示「沒有誰」或「沒有哪一種東西」：國人莫不知/莫大的（沒有再比這個大的）榮譽。②副詞。不：變化莫測/愛莫能助。③副詞。不要：閒人莫入。④表示揣測或反問：莫非/莫不是。⑤姓。
【莫逆】朋友之間感情非常好：莫逆之交。
【莫須有】也許有，表示憑空捏造。

莝 [普]cuò [粵]co3挫 [倉]TOOG
①鍘（草）。②鍘碎的草。
【莝草】鍘碎的草。

莛 [普]tíng [粵]ting4廷 [倉]TNKG
某些草本植物的莖：麥莛兒/油菜莛兒。

荳 [倉]TMRT 「豆2」的異體字，見582頁。

莅 [倉]TOYT 「蒞」的簡體字，見519頁。

菅 [普]jiān [粵]gaan1奸 [倉]TJRR
注意同「管」的區別。
多年生草本植物，葉子細長，花綠色，莖可用來製紙，根很堅韌，可做炊帚、刷子等。

菀1 [普]wǎn [粵]jyun2婉 [倉]TJNU
紫菀，花藍紫色，根和莖可入藥。

菀2 [普]yù [粵]wat1鬱
植物長得茂盛的樣子：有菀者柳。

菁 📖jīng 📢zing1 晶 📕TQMB

【菁華】最精美的部分。

【菁菁】草木茂盛。

菇 📖gū 📢gu1 孤 📕TVJR

蘑菇：香菇／冬菇。

莽 1 📖mǎng 📢mong5 蟒 📕TIKT

①密生的草：草莽。②大。

【莽莽】① 形容草木茂盛。② 形容原野遼闊無邊。

莽 2 📖mǎng 📢mong5 蟒

魯莽：莽撞／莽漢。

【莽撞】粗魯，冒失：這人太莽撞。

若 📖dàng 📢dong6 蕩 📕TJMR

見【莨菪】，511頁。

菊 📖jú 📢guk1 鞠 📕TPFD

即菊花，多年生草本植物，秋天開花。葉子卵形，邊緣有鋸齒。經人工培育，品種很多，顏色，形狀和大小變化很大。是觀賞植物。有的花可以入藥，也可以作飲料。

菌 1 📖jūn 📢kwan2 捆 📕TWHD

某些低等生物，可以寄生或腐生方式生存。種類很多，有的寄生菌可引起人或動物的病害：細菌／真菌／病菌。

菌 2 📖jùn 📢kwan2 捆

蕈：菌肥／菌子。

蕌 📖zī 📢zi1 資 📕TVVW

①古代指初耕的田地。②除草。

菓 📕TWD 「果①」的異體字，見274頁。

菔 📖fú 📢fuk6 服 又baak6 白 📕TBSE

萊菔。見【蘿蔔】，533頁。

菖 📖chāng 📢coeng1 昌 📕TAA

【菖蒲】多年生草本植物，生在水邊，葉子形狀像劍，肉穗花序，花黃綠色，地下根莖淡紅色，根莖可作香料，又可入藥。

茨 📖tǎn 📢taam2 貪二聲 📕TFF

初生的荻。

菘 📖sōng 📢sung1 鬆 📕TDCI

古書上指白菜。

【菘菜】大白菜。

【菘藍】二年生草本植物，莖直立，葉子長橢圓形，花黃色。根入中藥，叫「板藍根」。葉子入中藥，叫「大青葉」，也可提製藍色染料。

菜 📖cài 📢coi3 賽 📕TBD

① 蔬菜，供作副食品的植物：白菜／青菜／野菜。② 經過烹調的蔬菜，蛋品及肉類等食品：葷菜／粵菜／炒菜。

菠 📖bō 📢bo1 波 📕TEDE

菠菜，一年生或二年生草本植物

葉子略呈三角形，根帶紅色，果實有刺。是常見蔬菜。

【菠薐】多年生草本植物，葉子大、邊緣有鋸齒，花紫色，果實密集在一起，外部呈鱗片狀，肉味甜酸，有很濃的香味。

【菠薐菜】即菠菜。

菡 ⓐhàn ⓒhaam5咸五聲 ⓔTNUE

【菡萏】荷花：菡萏飄香。

菩 ⓐpú ⓒpou4葡 ⓔTYTR

【菩薩】①梵語「菩提薩埵」之省，佛教指修行到了一定程度、地位僅次於佛的人。②泛指佛和某些神。③比喻心腸慈善的人。

【菩提】佛教用語，指覺悟的境界。

【菩提樹】常綠喬木，葉子卵圓形，果實扁圓，樹幹中乳狀汁液可製硬樹膠。原產地為印度。相傳釋迦牟尼曾在菩提樹下悟得佛理，所以菩提樹被佛教徒稱為聖樹。

華(华) 1 ⓐhuā ⓒfaa1 花 ⓔTMTJ

古同「花」：春華秋實。

華(华) 2 ⓐhuá ⓒwaa4 驊

①光彩，光輝：華彩／華燈／華而不實。②出現在太陽或月亮周圍的光環：日華／月華。③繁盛：繁華／榮華。④精粹：英華／才華。⑤奢侈：浮華／奢華。⑥時光，年歲：韶華／年華。⑦指頭髮花白：華髮。⑧敬辭。用於稱跟對方有關的事物：華誕(生日)／華函(書信)。

華(华) 3 ⓐhuá ⓒwaa4 驊

①指中華民族或中國：華夏／華僑／華北。②漢語：英華詞典。

華(华) 4 ⓐhuà ⓒwaa4 話

①華山。山名，在陝西。②姓(近年也讀作huá)。

菾 ⓐtián ⓒtim4 甜 ⓔTHKP

菾菜，也叫「甜菜」，二年生草本植物，根肥大，葉子叢生、有長柄，總狀花序，花小、綠色。葉可吃，根可製糖。

菰 ⓐgū ⓒgu1 孤 ⓔTNDO

①多年生草本植物，生在淺水裏，開淡紫紅色小花。嫩莖經一種黑粉菌侵入後膨大，呈紫白，果實叫「茭白」，果實叫「菰米」，都可以吃。②舊同「菇」，一種菌類植物：蘑菰／冬菰／草菰／香菰。

菱 ⓐlíng ⓒling4玲 ⓔTGCE

一年生水生草本植物，生在池沼中，根生在泥裏，葉子略呈三角形，柄有氣囊，浮於水面，花白色。果實有硬殼，有角，綠色或褐色，叫「菱」或「菱角」，可吃。

【菱形】四邊相等的平行四邊形。

菲 1 ⓐfēi ⓒfei1 非 ⓔTLMY

形容花草美，香味濃：芳菲。

【菲菲】花草茂盛、美麗，香氣濃鬱：芳草菲菲。

菲 2 ⓐfēi ⓒfei1 非

有機化合物，化學式 $C_{14}H_{10}$。無色有熒光的晶體，可製染料、藥品等。

菲 ³ 普fěi 粵fei2 匪
① 微薄（多用於自謙）：菲薄／菲
禮／菲材。② 古書上說的一種像蕪菁的
菜，花紫紅色。

菸 普TYSY「煙④」的異體字，見352
頁。

葅 ¹ 普jù 粵zeoi1 狙 倉TEBM
① 葅草，多年生水草，可做飼料。
② 水草的沼澤地帶。

葅 ² 普zū 粵zeoi1 狙
① 酸菜。② 切碎（菜、肉）：葅醢
（古代酷刑，把人剁為肉醬）。

菽 普shū 粵suk6 淑 倉TYFE
豆的總稱：不辨菽麥。

菫 普jǐn 粵gan2 僅 倉TMLM
① 菫菜，多年生草本植物，莖細弱，
葉子略呈腎臟形，花白色，有紫色條紋。
也叫「菫菜菜」。② 紫菫，二年生草本植
物，花紫色，蒴果長橢圓形，有毒，可入
藥。③ 三色菫，多年生草本植物，花有五
瓣，近圓形，通常每朵有藍白黃三色，是
栽培觀賞花。

其 普qí 粵kei4 期 倉TTMC
豆秸：萁豆。

萃 普cuì 粵seoi6 粹 倉TYOJ
① 聚集：薈萃／集萃。② 聚在一起
的人或物：出類拔萃（才能超出同類）／
萃集／萃聚。

萄 普táo 粵tou4 逃 倉TPOU
見【葡萄】，517頁。

葦 普bì 粵bei1 卑 倉THHJ
舊同「蓖」，見520頁。
【葦薢】多年生藤本植物，葉略呈心形，
花淡黃色，根狀莖橫生、圓柱形、表面黃
褐色、可入藥。

萇（萇） 普cháng 粵coeng4 腸
倉TSMV
【萇楚】古書上說的一種類似獼猴桃的
植物。

萊（莱） 普lái 粵loi4 來 倉TDOO
① 藜。② 古時指郊外輪
休的田地，也指荒地。
【萊菔】見【蘿蔔】，533頁。

萋 普qī 粵cai1 妻 倉TJLV
【萋萋】形容草生長得茂盛：芳草萋萋。

萌 普méng 粵mang5 盟 倉TAB
① 植物發芽：萌發。② 開始發生：
故態復萌／萌生了想法。
【萌芽】植物生芽。比喻事情的開端。

菢 普bào 粵bou6 部 倉TQPU
孵：菢窩／菢小雞。

萍 普píng 粵ping4 平 倉TEMJ
浮萍，一年生草本植物，浮在水面，
葉子扁平，根垂在水裏，花白色，有青浮

紫萍等。全草入藥。

【萍蹤】像浮萍那樣漂泊不定的行蹤。比喻行蹤。

【萍水相逢】比喻不認識的人偶然遇上。

萎¹ 普wēi 粵wai1 威 倉THDV
衰落：氣萎／買賣萎了／價錢萎下來了。

萎² 普wěi 粵wai2 委
植物變乾枯：枯萎／萎謝。

【萎縮】① 體積縮小，表面變皺：花萎縮了。② 衰退：經濟萎縮。

莟 普dàn 粵daam6 淡 倉TNHX
見【菡莟】，513頁。

崔 普huán 粵wun4 桓 倉TOG
崔荷澤。春秋時戰國澤名。

莑 普běng 粵bung2 捧 倉TQKQ

【莑莑】植物茂盛的樣子。

萘 普nài 粵noi6 奈 倉TKMF
一種有機化合物，白色晶體，有特殊氣味，容易揮發。分子式$C_{10}H_8$，用來製染料，樹脂，藥品等。常用的衞生球（又叫臭丸、樟腦丸）就是萘製成的。

萜 普fēn 粵fan1 分 倉TCSD
有香味的木頭。

菂 普tiē 粵tip3 帖 倉TLBR
有機化合物的一種，多為有香味

的液體，松節油、薄荷油等都是萜的化合物。

菂 普dì 粵dik1 的 倉THAI
蓮子。

菏 普hé 粵ho4 何 倉TEMR
菏澤。地名，在山東。

菴 倉TKLU 「庵」的異體字，見182頁。

菟¹ 普tú 粵tou4 徒 倉TNUI
用於「於菟」。古代楚人稱虎。

菟² 普tù 粵tou3 兔
菟絲子，一年生草本植物，寄生的蔓草，莖細長，呈絲狀，黃色，葉子退化，多寄生在豆科植物上，對豆科植物有害。開白色小花，子實入藥。

著¹ 普·zhe 粵zoek6 雀六聲 倉TJKA
同「着3」，見402頁。

著² 普zhuó 粵zoek3 雀
同「着4」，見402頁。

著³ 普zhuó 粵zoek6 雀六聲
同「着5」，見402頁。

著⁴ 普zhuó 粵zoek6 雀六聲
同「着6」，見402頁。

著⁵ 普zhù 粵zyu3 注
① 顯著：昭著／卓著。② 顯出：著名／頗著成效。③ 寫文章，寫書：著書立說。④ 寫出來的文章或書：著作／名著／大著。

莢 ⓟyú ⓒjyu4 如 ⓠTHXO

見【茉莢】，507頁。

萬(万) ⓟwàn ⓒmaan6 慢 ⓠTWLB

① 數目字，十個千。② 比喻很多：萬事／萬物／萬能膠。③ 副詞。極，很，絕對：萬難／萬全／萬不能行／萬無一失。
【萬一】① 萬分之一，表示極小的一部分：筆墨不能形容其萬一。② 指可能性極小的意外變化：以防萬一。③ 表示可能性極小的假設（用於不如意的事）：萬一失敗。

葵 ⓟtū ⓒdat6 突 ⓠTJCK

見【菾葵】和【菾葵果】，522頁。

萱 ⓟxuān ⓒhyun1 喧 ⓠTJMM

① 萱草，多年生草本植物，葉細長，花滿斗狀，紅黃色可供觀賞。花蕾可食用，稱金針菜或黃花菜。② 指母親：萱堂／椿萱並茂（指父母健在，生活得很好）。

萵(萵) ⓟwō ⓒwo1萵 ⓠTBBR

【萵苣】一年生或二年生草本植物，葉子長圓形，花金黃色。莖和嫩葉都可以吃。萵苣的變種有萵筍、生菜等。

萼 ⓟè ⓒngok6 岳 ⓠTRRS

花的組成部分之一。環列在花的最外面一輪葉狀薄片，一般呈綠色：萼片／花萼。

落 1 ⓟlà ⓒlaai6 賴 ⓠTEHR

① 丟下，遺漏：丟三落四／落了一個字／大家走得快，把他落下了。② 把東西放在一個地方，忘記拿走。③ 因為跟不上而被丟在後面：弟弟不願落在哥哥後面，努力追趕。

落 2 ⓟlào ⓒlok6 樂

義同「落④⑤⑦⑧」，用於一些口語詞，如「落色」「落枕」等。

落 3 ⓟluō ⓒlok6 樂

用於「大大落落」。形容態度大方

落 4 ⓟluò ⓒlok6 樂

① 掉下來，往下降：落價／落雨／花落了／太陽落了／飛機降落。② 使降下：落幕／落下窗簾。③ 衰敗：冷落／破落④ 遺留在後面：落後／落伍／落選／名落孫山。⑤ 停留，留下：落戶／落腳／小鳥在樹上落着。⑥ 停留或聚居的地方：村落／下落／着落。⑦ 歸屬：重任落在你身上／獎牌落在他手上。⑧ 得到：落埋怨／落了個好名聲。⑨ 用筆寫：落款。
【落泊】窮困，不得意。
【落成】指建築物完工：新度落成。
【落魄】① 潦倒失意。② 放蕩不羈。
【落拓】① 潦倒失意。② 豪邁，不拘束：落拓不羈。

葆 1 ⓟbǎo ⓒbou2 保 ⓠTORD

保持，保護：永葆青春。

葆 2 ⓟbǎo ⓒbou2 保

草繁盛。

萩 ⓟqiū ⓒcau1 秋 ⓠTHDK

古書上說的一種蒿類植物。

葰 廥TOSE「參6」的異體字，見**73**頁。

葉(叶) 1 廥yè 粵jip6頁 倉TPTD
①植物的營養器官之一，多呈片狀、綠色，由片和柄組成，長在莖上：樹葉／落葉。②像葉子的：銅葉／肺葉／百葉窗。③舊同「頁」，見**686**頁。④姓。

葉(叶) 2 廥yè 粵jip6頁
較長的一段時期：二十世紀中葉。

葑 1 廥fēng 粵fung1 封 倉TGGI
古書上指蕪青。

葑 2 廥fēng 粵fung1 封
古書上指菰的根。

葚 1 廥rèn 粵sam6 甚 倉TTMV
【葚兒】桑葚兒，桑樹結的果實，用於口語。

葚 2 廥shèn 粵sam6 甚
桑樹結的果實，可食：桑葚。

葛 1 廥gé 粵got3 割 倉TAPV
①多年生藤本植物，莖蔓生，葉子為三片小葉組成的複葉，小葉表面或盾形，花紫紅色，莢果上有黃色細毛。莖可編籃做繩，莖皮纖維可織葛布，通稱「葛麻」。根可提製澱粉，又供藥用。②用絲做線，棉線或麻線等做緯織成的紡織品，表面有明顯的橫向條紋。

葛 2 廥gě 粵got3 割
姓。

葡 廥pú 粵pou4 菩 倉TPIB
【葡萄】落葉藤本植物，莖有捲鬚能纏繞他物，葉子像手掌。花小，黃綠色。果實也叫葡萄，圓形或橢圓形，成熟時多為紫色或黃綠色，味酸甜，多汁，是常見水果，也可以釀酒。

董 廥dǒng 粵dung2僅 倉THJG
①監督管理：董理。②指某些企業、學校等資產所有者推舉出來代表自己監督和主持業務的人：董事／校董。③姓。

葒 廥hóng 粵hung4紅 倉TETC
同「葒」，見**518**頁。

葎 廥lù 粵leot6律 倉THOQ
葎草，一年生或多年生草本植物，密生短刺，葉子掌狀分裂，莖能纏繞他物，開黃綠色小花，果穗略呈球形。全草入藥。

葦(苇) 廥wěi 粵wai5偉 倉TDMQ
蘆葦：葦叢／葦席。

葩 廥pā 粵baa1巴 粵paa1趴 倉THAU
花：奇葩。

葫 廥hú 粵wu4胡 倉TJRB
【葫蘆】一年生草本植物，莖蔓生，葉子心臟形，花白色。果實中間細，像大小兩

個球連在一起，表面光滑，嫩時可以吃，成熟後可做器皿或供觀賞。還有一種瓢葫蘆，也叫「匏」，果實圓形，對半剖開，可做舀水的瓢。

葬 ⓟzàng ⓒzong3壯三聲 ⓢTMPT
①掩埋死者遺體：埋葬/安葬。②泛指依照風俗習慣用其他方法處理死者遺體：火葬/土葬。
【葬送】比喻毀滅：舊禮教不知葬送了多少人的幸福生活。

葭 ⓟjiā ⓒgaa1加 ⓢTRYE
初生的蘆葦：葭莩。
【葭莩】葦子裏的薄膜。比喻關係疏遠的親戚。

葯(药) ⓟyào ⓒjoek3約 ⓢTVFI
即白芷，可入藥。

葱 ⓟcōng ⓒcung1匆 ⓢTPKP
①多年生草本植物，葉圓筒狀、中空，鱗莖圓柱形，開白色小花，種子黑色。莖葉有辣味，是常吃的蔬菜或調味品。②青色：葱翠/葱綠。

葤(葤) ⓟzhòu ⓒzau6紂 ⓢTVFI
①用草包裹。②量詞。碗碟等用草繩束為一捆叫一葤。

葳 ⓟwēi ⓒwai1威 ⓢTIHV

【葳蕤】草木茂盛的樣子。

葵 ⓟkuí ⓒkwai4攜 ⓢTNOK
①向日葵，也叫「葵花」，一年生草本植物，莖很高，葉子互生、心臟形，有長葉柄。開大黃花，圓盤狀，花常向日。子可吃，又可榨油。②蒲葵，常綠喬木，木材可做器具。葉大掌形，花小黃綠色，果實橢圓形，成熟時黑色。葉可做扇子，俗稱「芭蕉扇」。

葷(荤) ⓟhūn ⓒfan1昏 ⓢTBJJ
①肉食，跟「素」相對：葷菜/不吃葷。②葱蒜等有特殊氣味的菜：五葷（佛教語，指小蒜、大蒜等五種蔬菜）。③指粗俗的下流的：葷話/葷口。

葸 ⓟxǐ ⓒsaai2徙 ⓢTWP
害怕，畏懼：畏葸不前。

葺 ⓟqì ⓒcap1緝 ⓢTRSJ
用茅草覆蓋房頂，今指修理房屋：修葺。

蒂 ⓟdì ⓒdai3帝 ⓢTYBB
花或瓜果跟枝莖相連的部分：瓜熟蒂落/並蒂蓮/根深蒂固。

荭(荭) ⓟhóng ⓒhung4紅 ⓢTVFM
荭草，一年生草本植物，莖高可達三米。葉子闊、卵形，花紅色或白色，果實黑色。供觀賞，全草入藥。

葶 普tíng 廣ting4 亭 倉TYRN

【葶藶】一年生草本植物，葉子卵圓形或長橢圓形，開黃色小花，果實橢圓形。種子黑褐色，可入藥。

蒒 普shī 廣si1 施 倉TYSD
古書上說的一種植物。

韮 倉TLMM 「韭」的異體字，見686頁。

萐 倉TOOM 「萐2」的異體字，見514頁。

募 倉TAKS 見力部，63頁。

蒞(莅) 普lì 廣lei6 利 倉TEOT
到：蒞臨／蒞會／蒞任。

蒗 普làng 廣long6 浪 倉TEIV
寧蒗。地名，在雲南。

蒙1 普mēng 廣mung4 矇 倉TBMO
昏迷，神志不清：頭發蒙／蒙頭轉向。

蒙2 普méng 廣mung4 矇
① 遮蓋起來：蒙頭蓋腦／蒙上一張紙。② 受：蒙難／承蒙招待。③ 沒有知識，愚昧：啟蒙／蒙昧。
【蒙蔽】隱瞞事實，令人上當：謊言蒙蔽不了人。

蒙3 普měng 廣mung4 矇
蒙古族。

蒐 普sōu 廣sau1 收 倉THI
①草名，即茜草。②春天打獵。③同「搜①」，見236頁。

蒨 普qiàn 廣sin3 線 又sin6 善 倉TOQB
同「茜」，見506頁。

蒔(莳) 普shì 廣si4 時 倉TAGI
①移栽植物：蒔秧。②栽種：蒔花弄草。

蒜 普suàn 廣syun3 算 倉TMFF
也叫「大蒜」，多年生草本植物，開白花。葉子和花軸嫩時可做蔬菜食用，地下莖通常分瓣，味辣，可用調味用，也可入藥：蒜頭／蒜泥／蒜瓣兒。

蒟 普jǔ 廣geoi2 舉 倉TYTR

【蒟醬】① 也作「蔞葉」，蔓生木本植物，夏天開花，花綠色。果實像桑葚，有辣味，可用來製調味品。葉和果實可入藥。② 用蔞葉果實的醬，有辣味，供食用。
【蒟蒻】也作「魔芋」，多年生草本植物，開淡紫色花。掌狀複葉，小葉羽狀分裂。地下莖扁圓，可作藥，生吃有毒，加工後才可食用。

蒡1 普bàng 廣bong2 榜 倉TYBS
牛蒡，二年生草本植物，葉子心

臟形、有長柄、背面有毛，開紫色花，根肉質。根和嫩葉都可以吃，果實、莖葉和根可入藥。

蒡 ² 　普páng 　粵pang4 朋

【蒡葧】古書上指蒡葧。見【蒡葧】，507頁。

蒯 　普kuǎi 　粵gwaai2 拐
　香TBLN

蒯草，多年生草本植物，葉子條形，花褐色。叢生在水邊或陰濕的地方，可織席，也可造紙。

蒲 ¹ 　普pú 　粵pou4 葡
　香TEIB

①香蒲：蒲棒／蒲包。②菖蒲。

蒲 ² 　普pú 　粵pou4 葡

指蒲州。

蒸 　普zhēng 　粵zing1 征
　香TNEF

①熱氣上升：蒸發／蒸氣。②利用水蒸氣的熱力使食物變軟、變熱：蒸肉餅／蒸飯。

【蒸蒸】像氣一樣向上升：蒸蒸日上。

蒴 　普shuò 　粵sok3 朔
　香TTUB

【蒴果】果實的一種，由兩個以上的心皮構成，成熟後自己裂開，內含許多種子，如芝麻、百合等的果實：芝麻蒴果。

蒹 　普jiān 　粵gim1 兼
　香TTXC

古書上指蘆葦一類的植物。

蒺 　普jí 　粵zat6 疾
　香TKOK

【蒺藜】①一年生草本植物，莖平鋪在地面上，羽狀複葉，小葉長橢圓形，開小黃花。果實也叫蒺藜，有刺，種子可入藥。②像蒺藜的東西：鐵蒺藜／蒺藜骨朵（舊時一種兵器）。

蒻 　普ruò 　粵joek6 弱
　香TNMM

古書上指嫩的香蒲。

蓖 　普bì 　粵bei6 避 　粵bei1 卑
　香THWP

【蓖麻】一年生或多年生草本植物。葉子大，掌狀分裂，種子叫「蓖麻子」，可榨成蓖麻油，醫藥上用作輕瀉劑，工業上用作潤滑油等。

蒼(苍) 　普cāng 　粵cong1 倉
　香TOIR

①青色，深綠色：蒼天／蒼松。②灰白色：面色蒼白／兩鬢蒼蒼。③天，天空：蒼穹。

【蒼白】①臉色發青無血色：她嚇得面色蒼白。②無活力，不生動：這篇文章內容蒼白。

【蒼老】①容貌、聲音老：他不到五十卻很蒼老了。②書畫筆力老練。

蒿 　普hāo 　粵hou1 好一聲 　香TYRB

蒿子。通常指花小、葉子羽狀分裂、有某種特殊氣味的草本植物。

蓀(荪) 　普sūn 　粵syun1 孫
　香TNDF

古書上說的一種香草。

蔥 ⓟēn ⓒjan1 恩 ⓦTWKP

一種有機化合物，分子式 $C_{14}H_{10}$，無色晶體，發青色螢光，工業上用來製造染料。

蒓(莼) ⓟchún ⓒseon4 純 ⓦTVFU

【蒓菜】多年生水草，葉子橢圓形，浮生在水面，開暗紅色的小花。莖和葉背面都有黏液。嫩葉可以吃。

蓁 ⓟzhēn ⓒzeon1 津 ⓦTQKD

【蓁蓁】①草木茂盛：其葉蓁蓁。②荊棘叢生的樣子。

蓄 ⓟxù ⓒcuk1 促 ⓦTYVW

①積聚，儲藏：儲蓄／蓄財。②保存，留着而不去掉：蓄髮／蓄電池／養精蓄銳。③心裏存着：蓄志／蓄意已久。

蓆 ⓟxí ⓒzik6 直 ⓦTITB

同「席①」，見175頁。

蓉 ⓟróng ⓒjung4 容 ⓦTJCR

①用某些植物的果肉或種子製成的粉狀物：豆腐蓉。②見【芙蓉】，500頁。③見【蓯蓉】，523頁。④四川成都的別稱。

蓊 ⓟwěng ⓒjung2 踴 ⓦTCIM

草木茂盛：蓊鬱／蓊茸。

蓋(盖) 1 ⓟgài ⓒgoi3 該 三聲 ⓒkoi3 概 ⓦTGIT

①有遮蔽作用的器物：蓋子／蓋兒／鍋蓋／瓶蓋／膝蓋。②動物背部的甲殼：蟹蓋兒／烏龜蓋。③古時候把傘叫蓋：華蓋（古代車上像傘的篷子）。④由上向下覆：覆蓋／蓋上鍋／蓋被。⑤壓倒：蓋世無雙。⑥用印，打上：蓋章／蓋印。⑦建築：蓋樓／蓋房子。

蓋(盖) 2 ⓟgài ⓒgoi3 該 三聲 ⓒkoi3 概

①副詞。表不能確信，大概如此：蓋近之矣。②連詞。承上文表原因：有所不知，蓋未學也。

蓋(盖) 3 ⓟgě ⓒgap3 蛤

姓。

蓍 ⓟshī ⓒsi1 詩 ⓦTJPA

蓍草，多年生草本植物，莖有稜、直立，葉子披針形，羽狀深裂，花白色，結扁平瘦果。全草入藥，莖、葉含芳香油，可供製香料。古人用它的莖占卜。

蓐 ⓟrù ⓒjuk6 辱 ⓦTMVI

草席，草墊子（多指產婦的牀鋪）：坐蓐（坐月子）。

蓑 ⓟsuō ⓒso1 梭 ⓦTYWV

【蓑衣】用草或棕葉製成的披在身上的防雨用具。

蓓 ⓟbèi ⓒpui5 倍 ⓧpui4 賠 ⓦTOYR

【蓓蕾】花骨朵兒, 沒開的花: 桃樹上蓓蕾滿枝。

蔆

⑧TESE「菱6」的異體字, 見73頁。

幕

⑧TAKB 見巾部, 177頁。

墓

⑧TAKG 見土部, 126頁。

夢

⑧TWLN 見夕部, 132頁。

蓏

⑥luǒ ⑧lo2 裸
⑧THOO

古書上指瓜類植物的果實。

菁(骨)

⑥gū ⑧gwat1 骨
⑧TBBB

【菁朵】骨朵兒。

【菁葵果】果實的一種, 由一個心皮構成, 子房只有一個室, 成熟時果皮僅在一面裂開, 如芍藥、八角茴香的果實。

蓮(蓮)

⑥lián ⑧lin4 連
⑧TYJJ

① 多年生草本植物, 生淺水中。葉子大而圓, 叫荷葉。花有粉紅、白色兩種, 有香氣。種子叫蓮子, 包在倒圓錐形的花托內, 合稱蓮蓬。地下莖叫藕。種子和地下莖都可以吃。也叫荷、芙蕖或菡萏: 蓮花。② 指蓮子: 湘蓮 (湖南產的蓮子)。

蓬(蓬)

⑥péng ⑧pung4 篷
⑧TYHJ

① 飛蓬, 多年生草本植物, 葉子像柳葉, 邊緣有鋸齒, 花外圍淡紫紅色, 中心黃色, 子實有毛。② 散亂: 蓬頭散髮／亂蓬蓬的茅草。③ 量詞。用於枝葉茂盛的花草或濃密的頭髮: 一蓬蓮花／一蓬亂髮。

【蓬蓽】蓬門蓽戶的略語, 即用蓬草和樹枝搭的屋子。常用作謙辭, 稱自己的家: 閣下的光臨, 使蓬蓽生輝。

【蓬勃】旺盛: 蓬勃發展／朝氣蓬勃。

【蓬鬆】鬆散 (指毛髮或茅草)。

【蓬頭垢面】形容頭髮很亂, 臉上很髒。

蔭(荫)

1 ⑥yīn ⑧jam1 陰
⑧TNLI

樹木遮住日光所成的陰影: 濃蔭蔽日。

【蔭蔽】① 遮蔽: 茅屋蔭蔽在樹林中。② 隱蔽。

蔭(荫)

2 ⑥yìn ⑧jam1 陰三聲
① 不見日光, 又涼又潮: 這屋子很蔭。② 蔭庇: 封妻蔭子。③ 封建時代稱由父祖的「功勞」而給予子孫入學或任官的權利。

【蔭庇】大樹遮陽, 比喻長者或祖宗保佑子孫: 在父母蔭庇下, 他過着富裕的生活。

蓧(荼)

⑥diào ⑧diu6 掉
⑧TOLD

古代除草用的農具。

蕁

⑧TJII「蒔」的異體字, 見521頁。

蓯（苁） ⓟcōng ⓨcung1 聰 ⓒTHOO

【蓯蓉】①草蓯蓉，一種寄生植物，葉、莖黃褐色，花紋紫色。可入藥。②肉蓯蓉，一種寄生植物，莖和葉黃褐色，花紫褐色。可入藥。

蔻 ⓟkòu ⓨkau3 寇 ⓒTJME

指豆蔻，多年生草本植物，外形像芭蕉，葉子細長，花淡黃色，果實扁球形，種子像石榴子，有香氣。花、果實和種子可入藥：蔻仁兒。

【蔻丹】塗染指甲用的油。

蔌 ⓟyì ⓨngai6 藝 ⓒTGGI

種植：樹蓺五穀／蓺菊。

蓼 ¹ ⓟliǎo ⓨliu5 了 ⓒTSMH

一年生或多年生草本植物，葉子互生，花小，白色或淺紅色，結瘦果，種類很多。

蓼 ² ⓟlù ⓨluk6 六

植物高大的樣子；蓼蓼者莪。

蓿 ⓟxu ⓨsuk6 宿 ⓒTJOA

見【苜蓿】，503頁。

蔑 ⓟmiè ⓨmit6 滅 ⓒTWLI

①小：蔑視（看不起、輕視）。②無，沒有：蔑以復加。

蓷 ⓟtuī ⓨteoi1 推 ⓒTQOG

古書上指茺蔚，就是益母草，葉子呈圓形，花淡紅色。

蔓 ¹ ⓟmán ⓨmaan4 蠻 ⓒTAWE

【蔓菁】蕪菁，二年生草本植物，春天開花，黃色。葉大，塊根扁圓形。塊根也叫蔓菁，可以吃。

蔓 ² ⓟmàn ⓨmaan6 慢

用於一些合成詞，如蔓草、枝蔓等。

【蔓延】形容像蔓草一樣地不斷擴展滋生。

蔓 ³ ⓟwàn ⓨmaan6 慢

細長不能直立能纏繞的莖：瓜蔓兒／扁豆爬蔓兒了。

蔔（卜） ⓟ·bo ⓨbaak6 白 ⓒTPMW

見【蘿蔔】，533頁。

華（华） ¹ ⓟbì ⓨbat1 筆 ⓒTWTJ

同「筆」，見438頁。

華（华） ² ⓟbì ⓨbat1 筆

【華撥】多年生藤本植物，葉卵狀心形，雌雄異株。果穗可入藥。

蕙 ⓟhuì （舊讀suì）ⓨseoi6 睡 ⓒTQJM

王蕙，就是地膚，俗稱「掃帚菜」。一年生草本植物，夏天開花，黃綠色。嫩苗可以吃。老了可以做掃帚。

蔗 ⓟzhè ⓨze3 借 ⓒTITF

甘蔗，一年生或多年生草本植物。

莖圓有節，表皮光滑，黃綠色或紫色，含糖分很多，可以吃，是製糖的主要原料。

蔚 1 ⓟwèi ⓒwai3 慰 ⓒTSFI
①茂盛，盛大：蔚為大觀／蔚成風氣。②（雲氣）瀰漫：雲蒸霞蔚。
【蔚藍】晴天天空的顏色：蔚藍的天空。

蔚 2 ⓟyù ⓒwat1 鬱
①蔚縣，地名，在河北。②姓。

蔞（蔞） ⓟlóu ⓒlau4 樓
ⓒTLWV
【蔞蒿】多年生草本植物，葉子互生，背面密生灰白色細毛，花冠筒狀、淡黃色，葉子可以作艾的代用品。

蔡 1 ⓟcài ⓒcoi3 菜 ⓒTBOF
①周代國名，在今河南上蔡、新蔡一帶。②姓。

蔡 2 ⓟcài ⓒcoi3 菜
大龜：蓍蔡（占卜用的東西）。

蔣（蔣） ⓟjiǎng ⓒzoeng2 獎
ⓒTVMI
姓。

蔦（茑） ⓟniǎo ⓒniu5 鳥
ⓒTHAF
【蔦蘿】一年生草蔓，開紅色或白色小花，蒴果卵圓，供觀賞。

蔟 ⓟcù ⓒcuk1 促 ⓒTYSK
蠶蔟，通常用麥稈等做成，供蠶吐絲作繭的器具，有圓錐形，蛛網形等式樣。

蔴 ⓒTIDD「麻1①-③」的異體字，見730頁。

蔸 ⓟdōu ⓒdau1 兜 ⓒTHVU
①指某些植物的根和靠近根的莖：禾蔸／樹蔸腦（樹墩兒）。②量詞。相當於「叢」或「棵」：一蔸草／兩蔸白菜。

蔕 ⓒTKPB「蒂」的異體字，見518頁。

蓰 ⓟxǐ ⓒsaai3 徙 ⓒTHOO
五倍：倍蓰。

蔫 ⓟniān ⓒjin1 煙 ⓒTMYF
①植物，水果等失去水分而萎縮：花蔫了／菜蔫了／蘋果蔫了。②精神不振，不活潑：那孩子有些蔫，像是心情不好。③（性子）慢，不爽利：蔫性子／蔫脾氣。

蔌 ⓟsù ⓒcuk1 速 ⓒTDLO
菜肴，野菜：山肴野蔌。

暮 ⓒTAKA 見日部，264頁。

慕 ⓒTAKP 見心部，208頁。

摹 ⓒTAKQ 見手部，240頁。

蔥 ⓒTHWP「葱」的異體字，見518頁。

蔬 粵shū 普so1 梳
倉TNMU
可以做菜吃的植物的總稱：蔬食／蔬菜／蔬果。

蕖 粵qú 普keoi4 渠
倉TESD
見【芙蕖】，500頁。

蕈 粵xùn 普cam5 尋五聲
倉TMWJ
生長在樹林裏或草地上的一類真菌，形狀略像傘，種類很多，有許多是可以吃的，如松蕈、香蕈；有的有毒不可以吃，如毒蠅蕈。

蔽 粵bì 普bai3 閉
倉TFBK
遮，擋：遮蔽／掩蔽／黃沙蔽天。
【蔽茀】形容樹木枝葉小而茂密。

蕃 1 粵bō 普bo3 播 倉THDW
用於「吐蕃」。中國古代民族。
蕃 2 粵fān 普faan1 翻
同「番1」，見383頁。
蕃 3 粵fán 普faan4 繁
①茂盛：草木蕃盛。②繁殖：蕃息／蕃孳。

蔵（蒇） 粵chǎn 普cin2 淺
倉TIHC
完成，解決：蔵事（把事情辦完）。

蕉 1 粵jiāo 普ziu1 焦 倉TOGF
指芭蕉類大葉植物：香蕉／美人蕉。
蕉 2 粵qiáo 普ciu4 樵
蕉萃。見【憔悴】，209頁。

蕊 粵ruǐ 普jeoi5 銳五聲
倉TPPP
花蕊，俗稱「花心」，植物生殖器官的一部分。分雄蕊和雌蕊兩種。

蕎（荞） 粵qiáo 普kiu4 喬
倉THKB
【蕎麥】一年生草本植物，莖略呈紅色，葉子三角形，小花白色或淡紅色，子實黑色，磨成麵粉叫「蕎麥麵」，供食用。

蕓（芸） 粵yún 普wan4 雲
倉TMBI
【蕓薹】一年生或二年生草本植物，又叫「油菜」，葉子互生，花黃色，嫩葉可食，種子可榨油。

蕒（荬） 粵mǎi 普maai5 買
倉TWLC
見【苣蕒菜】，503頁。

蕁（荨） 1 粵qián 普cam4 尋
倉TSMI
【蕁麻】多年生草本植物，葉子對生，卵形，開穗狀小花。莖葉生細毛，皮膚接觸時會引起刺痛。莖皮纖維可以作紡織原料。
蕁（荨） 2 粵xún 普cam4 尋
【蕁麻疹】皮膚病，症狀是局部皮膚突然紅腫，發癢，幾小時後消退，不留痕跡。常復發。俗稱「風疹」或「鬼風疙瘩」。

蕕（莸） 粵yóu 普jau4 猶
倉TKHW
①古書上說的一種有臭味的草：薰蕕同

器（比喻善的跟惡的在一起）。②落葉小灌木，葉子卵形或披針形，花藍色或白色，蒴果成熟後裂成四個小堅果。供觀賞。

蕘（荛） 普ráo 粵jiu4 饒 倉TGGU

柴火：芻蕘。

蕙 普huì 粵wai6 惠 倉TJIP

【蕙蘭】多年生草本植物，開淡黃綠色花，氣味很香。

蕞 普zuì 粵zeoi3 最 倉TASE

【蕞爾】形容小（多指小地區）：蕞爾小國。

蕢（蒉） 普kuì 粵gwai6 跪 倉TLMC

盛土的草包。

蕤 普ruí 粵jeoi4 銳四聲 倉TMOM

見【葳蕤】，518 頁。

蕨 普jué 粵kyut3 厥 倉TMTO

多年生草本植物，野生。根莖長，橫生地下，羽狀複葉，用孢子繁殖。嫩時可吃，叫蕨菜，根狀莖可製澱粉，也可入藥。

蕩（荡） 1 普dàng 粵dong6 盪 倉TEAH

①清除，弄光：掃蕩/傾家蕩產。②無事走來走去：遊蕩/閒蕩。③平坦，廣闊：坦蕩/浩蕩。

蕩（荡） 2 普dàng 粵dong6 盪

放縱，行為不檢：浪蕩/放蕩。

蕩（荡） 3 普dàng 粵dong6 盪

淺水湖：蘆花蕩/黃天蕩。

蕪（芜） 普wú 粵mou4 無 倉TOTF

①長滿亂草：荒蕪/城蕪。②亂草叢生的地方：平蕪（草木叢生的野外）。③比喻雜亂（多指文辭）：繁蕪。

蒐 倉TYMM 「蕊」的異體字，見 525 頁。

薌（芗） 普xiāng 粵hoeng1 鄉 倉TVHL

①古書上指用以調味的香草。②芳香。

蕭（萧） 普xiāo 粵siu1 消 倉TLX

①冷落、沒有生氣的樣子：蕭然/蕭瑟/蕭索。②姓。
【蕭條】①寂寞冷落：景象蕭條。②比喻不興旺：經濟蕭條。
【蕭蕭】①象聲詞。馬叫聲，風聲。②稀疏的樣子：白髮蕭蕭。

薄 1 普báo 粵bok6 泊 倉TEII

①厚度小的，跟「厚」相對：薄餅/

薄片／薄紙／這塊布太薄。②（感情）冷淡：他待我不薄。③（味道）淡：酒味很薄。④不肥沃：土地薄。⑤家產少，不富有：家底薄。

薄 2 ⓟb6 ⓒbok6 泊
①同「薄1」，用於合成詞或成語，如厚薄、單薄、淡薄、淺薄、薄田、尖嘴薄舌等。②輕微，少：稀薄／薄技／薄酬／微薄。③不強健，不壯實：薄弱／單薄。④不莊重，不厚道：輕薄／刻薄／佻薄。⑤土地不肥沃：薄田／薄地。⑥味道不濃：薄酒。⑦看不起，輕視，慢待：菲薄／鄙薄／厚此薄彼。⑧姓。

薄 3 ⓟbó ⓒbok6 泊
迫近：薄暮（天快黑）／日薄西山。

薄 4 ⓟbò ⓒbok6 泊
【薄荷】多年生草本植物，葉卵形，花淡紫色，葉和莖有涼味，可以入藥或做香料。

蕷（蕷） ⓟyù ⓒjyu6 預 ⓒTNNC
見【薯蕷】，529頁。

蕹（蕹） ⓟwèng ⓒung3 瓮 ⓒTYVG
蕹菜，也叫「空心菜」，俗稱「通菜」。一年生草本植物，莖蔓生，中空，葉子長圓形，葉柄長，花白色或粉紅色，漏斗狀。嫩莖葉可做菜吃。

蕾 ⓟlěi ⓒleoi5 呂 ⓒTMBW
花骨朵，含苞未放的花：蓓蕾／花蕾。

薇 ⓟwēi ⓒmei4 微 ⓒTHOK
一年生或二年生草本植物，又叫巢菜或野豌豆，花紫紅色或藍色，結莢果，種子可吃。嫩莖和葉可做蔬菜。全草入藥。

薈（荟） ⓟhuì ⓒwai3 畏 ⓧwui6 匯 ⓒTOMA
草木繁多。
【薈萃】（英俊的人物或精美的東西）聚集：人才薈萃／薈萃一堂。

薊（蓟） 1 ⓟjì ⓒgai3 計 ⓒTNFN
多年生草本植物，莖多刺，葉子羽狀，花紫色，瘦果橢圓形，全草入藥。也叫「大薊」。

薊（蓟） 2 ⓟjì ⓒgai3 計
①古地名，在今北京城西南，曾為周朝燕國國都。②薊縣，地名，在天津。③姓。

薏 ⓟyì ⓒji3 意 ⓒTYTP
【薏苡】多年生草本植物，莖直立，葉披針形。穎果卵形，灰白色，叫「薏米」，可以吃，又可入藥。

薐 ⓟléng ⓒling4 稜 ⓒTHDE
見【菠薐菜】，513頁。

薑（姜） ⓟjiāng ⓒgoeng1 疆 ⓒTMWM
多年生草本植物，葉子披針形，花冠黃

綠色，通常不開花。根狀莖黃褐色，味辣，是常用調味品，也可入藥：生薑／老薑。

薔(蔷) 🔊qiáng 🔊coeng4 詳 🔊TGOW

【薔薇】落葉灌木，或常綠灌木。種類很多，莖直立，攀緣或蔓生，莖上多刺，夏初開花，多種顏色，有芳香。有的花、果、根可入藥。

薙 🔊tì 🔊tai3 剃 🔊TOKG

除去野草。

薛 🔊xuē 🔊sit3 屑 🔊THRJ

姓。

薟(莶) 🔊xiān 🔊cim1 簽 🔊TOMO

見【豨薟】，584頁。

蕻 1 🔊hóng 🔊hung6 哄 🔊TSIC

雪裏蕻，就是「雪裏紅」，芥菜的一個變種，一年生草本植物，莖長，葉緣有鋸齒，莖葉可以吃，用來醃菜：雪裏蕻炒豆乾兒。

蕻 2 🔊hòng 🔊hung6 哄

①茂盛。②某些蔬菜的長莖：菜蕻。

薤 🔊xiè 🔊haai6 械 🔊TMNM

多年生草本植物，地下有鱗莖，葉細長，開紫色小花。鱗莖和嫩葉可以吃。

薦(荐) 1 🔊jiàn 🔊zin3 箭 🔊TIXF

①推舉，介紹：舉薦／推薦／薦人。②獻，祭。

薦(荐) 2 🔊jiàn 🔊zin3 箭

草。又指草席：草薦。

薨 🔊hōng 🔊gwang1 轟 🔊TWLP

古代稱諸侯或有爵位的大官死去。

薪 🔊xīn 🔊san1 新 🔊TYDL

①柴火：杯水車薪／釜底抽薪。②工資，報酬：薪水／薪金／薪俸／月薪／發薪。

蕺 🔊jí 🔊cap1 輯 🔊TRJI

蕺菜。多年生草本植物，莖上有節，葉子心形，花小而密，結蒴果。莖和葉有腥味，又叫「魚腥草」。全草入藥。

薅 🔊hāo 🔊hou1 蒿 🔊TVMI

①用手拔，除去：薅草。②揪：把他從座位上薅起來。

薜 🔊bì 🔊baai6 敗 🔊TSRJ

【薜荔】常綠藤本植物，花小，葉卵形。果實球形，搗汁可做清涼飲料，莖可入藥。

薩(萨) 🔊sà 🔊saat3 撒 🔊TNLM

姓。

【薩其馬】一種糕點，把油炸的短麪條用糖等黏合起來，切成方塊兒。

薯 🔊shǔ 🔊syu4 殊 🔊TWLA

①甘薯，一年生或多年生草本植

物，蔓細長，匍匐地面。塊根皮色發紅或發白，除供食用外，還可以製糖和酒精。②馬鈴薯，又叫「土豆」或「山藥蛋」，一年生或多年生草本植物，羽狀複葉，小葉卵圓形，花白色或藍紫色，地下塊莖可以吃。

【薯莨】又叫「茨莨」。多年生草本植物，地下有塊莖，地上有纏繞莖，葉子對生，朔果有三個翅。塊莖的外部紫黑色，內部棕紅色，莖內含有鞣質，可用來染棉、麻織品。

【薯蕷】又叫「山藥」。多年生草本植物，開白花，莖蔓生，常帶紫色，塊根圓柱形，含澱粉和蛋白質，可以吃。

薰 1 ⓟxūn ⓒfan1 吩 ⓐTHGF
薰草，古書上說的一種香草。也泛指花草的香氣。

薰 2 ⓟxūn ⓒfan1 吩
同「熏」，見353頁。

薷 ⓟrú ⓒjyu4 如 ⓐTMBB
香薷。一年生或多年生草本植物，莖呈方形，紫色，葉子卵形，花粉紅色，果實棕色。莖和葉可以提取芳香油。全草入藥。

薹 1 ⓟtái ⓒtoi4 臺 ⓐTGRG
薹草。多年生草本植物，生在水田裏，花穗淺綠褐色，葉扁平而長，可製蓑衣或斗笠。

薹 2 ⓟtái ⓒtoi4 臺
韭菜、油菜、蒜等生長到一定階段時在中央部分長出的細長的莖，頂上開花結實。嫩的可以當蔬菜吃。

藻 ⓟpiāo ⓒpiu1 飄 ⓐTEMF
浮萍。

薺(荠) 1 ⓟjì ⓒcai5 齊五聲 ⓐTYX
薺菜，一年生或二年生草本植物，葉子羽狀分裂，花白色。莖葉嫩而可以吃。全草入藥。

薺(荠) 2 ⓟqí ⓒcai4 齊
見【荸薺】，509頁。

藉 1 ⓟjí ⓒzik6 籍 ⓐTQDA
①踐踏，侮辱。②姓。

藉(借③④) 2 ⓟjiè ⓒze6 謝 ⓒze3 借
①墊在下面的東西。②墊襯：枕藉。③假託：藉故/藉端。④憑藉，利用：藉助/藉着燈光看書。

【藉故】藉口某種原因。

藁 ⓟgǎo ⓒgou2 稿 ⓐTYRD
藁城，地名，在河北。

藊 ⓟbiǎn ⓒbin2 扁 ⓐTHDB
【藊豆】就是扁豆，一年生草本植物，爬蔓，小葉披針形，開白色或紫色的花，莢果長橢圓，扁平，微彎，種子和嫩莢可以吃。

藍(蓝) ⓟlán ⓒlaam4 籃 ⓐTSIT
①蓼藍，一年生草本植物，莖紅紫色，葉子長橢圓形，小花淡紅色，葉子含藍汁，從

中提煉的靛青可做染料：青出於藍。②用靛青染成的顏色，晴天天空那樣的顏色：天藍／蔚藍／藍天／藍布。
【藍本】著作所根據的原本。

藎（荩）

1 粵jìn 普zeon2准 倉TLMT

藎草，一年生草本植物，莖很細，葉子卵狀披針形，花灰綠色或帶紫色，穎果長圓形。汁液可做黃色染料，纖維可造紙原料，全草入藥。

藎（荩）

2 粵jìn 普zeon2准
忠：忠藎／藎臣。

藏

1 粵cáng 普cong2牀 倉TIMS
①隱避、躲避：埋藏／包藏／他藏在樹後。②收存：收藏／珍藏／藏書／藏書處／儲藏室。

藏

2 粵zàng 普zong6狀
①儲放大量東西的地方：寶藏。②佛教道教經典的總稱：道藏／大藏經。

藏

3 粵zàng 普zong6狀
①指西藏：青藏高原。②藏族，中國少數民族，分佈在西藏和青海、四川、甘肅、雲南。

藐

粵miǎo 普miu5秒 倉TBHU
①小：藐小。②輕視，小看：藐視。

舊

倉TOGX 見白部，495頁。

藷

倉TYRA 「薯」的異體字，見528頁。

藕

粵ǒu 普ngau5偶 倉TQDB
蓮的地下莖，長形，肥大有節，白色，中間有許多管狀小孔，折斷後有絲。可以吃。也叫「蓮藕」。
【藕合】同「藕荷」。
【藕荷】淺紫而微紅的顏色。

藜

粵lí 普lai4黎 倉THHE
一年生草本植物，開淡綠色花，莖直立，葉子略呈三角形。嫩葉可吃。全草入藥，也叫「灰菜」。莖長老了可以做拐杖：藜杖。

藝（艺）

粵yì 普ngai6魏 倉TGII
①才能，技能：工藝／手藝／技藝。②指藝術，即戲劇、曲藝、音樂、美術、舞蹈、電影、詩和文學等的總稱：藝人／藝林／藝壇。

藤

粵téng 普tang4騰 倉TBFE
某些植物的蔓莖或攀緣莖，如白藤、葡萄等的莖，有的可編製箱子、椅子等。

薷

粵jiào 普kiu2喬二聲 粵kiu5喬五聲 倉THAA
【薷頭】就是薤。

藥（药）

粵yào 普joek6若 倉TVID 作姓氏用時，無簡體字。
①可以治病的東西。②有一定作用的化學物品：火藥／焊藥／殺蟲藥。③用藥物

醫治：不可救藥。④毒死：藥老鼠／藥蟲子。⑤姓。(作姓氏用時粵音ngok6鱷)

藩 ⓟfān ⓒfaan4 凡　ⓒTEHW
①籬笆：藩籬。②屏障：屏藩。③比喻作保衛的，封建王朝的屬國、屬地：藩國／藩屬。

藪(薮) ⓟsǒu ⓒsau2 搜　ⓒTLVK
①生長着很多草的湖澤。②人物聚集的地方：人才淵藪。

薰 ⓟbiāo ⓒbiu1 標　ⓒTIPF
薰草，多年生草本植物，莖呈三稜形，葉子條形，花褐色，果實倒卵形。莖可織席、編草鞋，也可用來造紙。

藭(劳) ⓟqióng ⓒkung4 窮　ⓒTJCN
見【芎藭】，500頁。

繭 ⓒTBLI 見糸部，462頁。

蕰(蕴) ⓟyùn ⓒwan3 慍
ⓒwan5 允　ⓒTVFT
①積聚，蕰蓄：蕰蓄／蕰含。②事理深奧的地方：底蕰。

蕳(蕳) ⓟlìn ⓒleon6 吝　ⓒTANG
馬蘭，多年生草本植物，根莖粗，葉線形，花藍紫色。莖堅韌，可繫物，又可造紙。根可製刷子，花和種子可入藥。也叫「馬蘭」。

藶(苈) ⓟlì ⓒlik6 曆　ⓒTMDM
見【葶藶】，519頁。

蘄(蕲) 1 ⓟqí ⓒkei4 祈　ⓒTRJL
求。

蘄(蕲) 2 ⓟqí ⓒkei4 祈
①蘄州，地名，在湖北。②姓。

藹(蔼) 1 ⓟǎi ⓒoi2 藹　ⓒTYRV
態度好，和氣，和善：對人很和藹／藹藹可親。

藹(蔼) 2 ⓟǎi ⓒoi2 藹
繁茂。
【藹藹】①形容樹木茂盛。②形容昏暗。

藻 ⓟzǎo ⓒzou2 早　ⓒTERD
①泛指生在水中的綠色植物，也包括某些水生的高等植物：水藻／綠藻。②華麗的文辭：藻飾／辭藻。
【藻井】中國傳統形式的建築物天花板上一方一方的彩畫。

藿 ⓟhuò ⓒfok3 霍　ⓒTMBG
豆類作物的葉子。
【藿香】多年生草本植物，葉子長心臟形，花藍紫色。莖葉香氣很濃，可以入藥。

擇(择) ⓟtuò ⓒtok3 托　ⓒTQWJ
草木脫落的皮葉。

蘅 粵héng 普hang4 衡 倉THON
杜衡，多年生草本植物，開暗紫色小花。根莖可入藥。也作「杜蘅」。

蘆（芦） 粵lú 普lou4盧 倉TYPT
即蘆葦，又叫「葦子」，多年生草本植物，生在水邊或淺水裏。葉子披針形，莖中空，光滑，花紫色。莖可以編席，也可造紙。根狀莖可入藥。

蘇（苏） 1 粵sū 普sou1 穌 倉TNFD
植物名：紫蘇／白蘇。

蘇（苏） 2 粵sū 普sou1 穌
鬚狀下垂物：流蘇。

蘇（苏） 3 粵sū 普sou1 穌
從昏迷中醒過來：蘇醒／復蘇。

蘇（苏） 4 粵sū 普sou1 穌
① 指江蘇蘇州。② 指江蘇省。③ 姓。

蘇（苏） 5 粵sū 普sou1 穌
① 指蘇維埃。② 指蘇聯。

蘋（𬞟） 1 粵pín 普pan4 貧 倉YHC
蕨類植物，莖橫臥在淺水的泥中，四片小葉，質柔軟，組成一複葉，像「田」字。也叫「田字草」。

蘋（苹） 2 粵píng 普ping4 平
【蘋果】落葉喬木，葉橢圓形，有鋸齒，開白花。果實也叫蘋果，球形，有紅、黃、綠色，味甜或略酸，是常見水果。

蘢（茏） 粵lóng 普lung4 龍 倉TYBP
【蘢葱】草木茂盛：林木蘢葱。

蘊 粵TVFT「蘊」的異體字，見531頁。

蘑 粵mó 普mo4 磨 倉TIDR
【蘑菇】某些可以食用的真菌，特指口蘑。

蘐 粵TYRE「萱」的異體字，見516頁。

藥 粵TPPD「蕊」的異體字，見525頁。

孽 倉THJD 見子部，150頁。

蘘 粵ráng 普joeng4 羊 倉TYRV
【蘘荷】多年生草本植物，根狀莖圓柱形，淡黃色，葉子橢圓狀披針形，花大，白色或淡黃色，結卵形蒴果。花穗和嫩芽可以吃。根入中藥。

蘞（蔹） 粵liǎn 普lim5 臉 倉TOOK
多年生草本植物，葉子多而細，有白蘞、赤蘞等。

蘚(藓) 　⊜xiǎn ⊜sin2 癬
⊜TNFQ

苔蘚植物的一類, 莖葉很小, 有假根, 生在陰濕的地方。

蘭(兰) 　⊜lán ⊜laan4 欄
⊜TANW

①蘭花, 多年生草本植物, 叢生, 葉子細長, 花有多種顏色, 氣味清香, 供觀賞。種類很多, 花可製香料。②蘭草, 古書上指澤蘭, 即多年生草本植物, 葉子卵形, 邊緣有鋸齒。有香氣, 秋末開花, 可供觀賞。③古書上指木蘭, 一種落葉喬木, 花大, 果實呈彎曲的長圓形: 蘭槳。④姓。
【蘭若】寺廟。

蘖 　⊜niè ⊜jit6 熱 ⊜THJD

樹木砍去後又長出來的芽子: 萌蘖。

蘧(蘧) 　⊜qú ⊜keoi4 渠
⊜TYYO

【蘧然】驚喜的樣子。

蘸 　⊜zhàn ⊜zaam3 湛 ⊜TMGF

將東西往汁液、粉末或糊狀物裏沾一下就拿出來: 蘸醬/蘸墨水/蘸澱粉。

蘼 　⊜mí ⊜mei4 眉 ⊜TIDY

【蘼蕪】古書上指芎藭的苗。

蘿(萝) 　⊜luó ⊜lo4 羅
⊜TWLG

通常指某些能爬蔓的植物: 藤蘿/女蘿/松蘿。

【蘿蔔】也作「萊菔」。二年生草本植物, 種類很多, 開白色或淡紫色的花。葉子羽狀分裂, 主根肥大, 圓柱形或近球形, 皮的顏色因品種不同而異, 是常見蔬菜。種子供藥用。

───── 卣部 ─────

虎(虎) 　⊜hǔ ⊜fu2 府
⊜YPHU

①哺乳動物, 頭大而圓, 毛黃褐色, 有黑色條紋。性兇猛, 力氣大, 善游泳, 不善爬樹, 捕食動物。②比喻威武, 勇猛: 一員虎將。③露出兇相: 虎着臉。
【虎符】古代調遣軍隊用的憑證。
【虎口】①比喻危險境地: 虎口餘生。②手上拇指和食指相交的地方。

虐 　⊜nüè ⊜joek6 若 ⊜YPSM

①殘暴, 狠毒: 暴虐/虐待。②災害: 亂虐並生。

猇(猇) 　⊜xiāo ⊜haau1 哮
⊜KNYPU

猛虎怒吼: 猇虎(咆哮的老虎)/猇將(比喻勇猛、猛將)。

虔 　⊜qián ⊜kin4 乾 ⊜YPYK

恭敬: 虔誠/虔心/虔敬。

虒(虒) 　⊜sī ⊜si1 私 ⊜HYPU

虒亭。地名, 在山西。

處(処) 1 _普chǔ _粵cyu2 柱
二聲 _又cyu5 柱

_倉YPHEN

①居住：穴居野處。②跟別人一起生活，交往：他們相處得很好。③存在，置身：設身處地／處在任何環境，他都很樂觀。④處置，辦理：處理／處事。⑤懲罰：處罰／處治／處決。

【處分】對有罪過的人給予相當的懲戒。

【處理】①辦理，解決：這事情有點難處理。②處治，懲辦：依法處理。③指減價或變價出售。

【處女】①未有過性行為的女子。②比喻首次的：處女作／處女航。

處(処) 2 _普chù _粵cyu3 柱三聲

①地方：住處／處所／心靈深處。②單位機關，或單位機關、團體裏的部門：辦事處／總務處／詢問處／售票處。

彪 _倉YUHHH 見「彡」部，190頁。

虛(虚) _普xū _粵heoi1 墟

_倉YPTM

①空：虛幻／虛浮／空虛／乘虛而入／彈不虛發。②空著：虛席以待。③不真實的：虛名／虛榮／虛構／虛假／虛張聲勢。④沒有把握，心裏怯懦：作賊心虛。⑤衰弱：身體虛弱／他身子太虛了。⑥不自滿：虛心／謙虛。⑦副詞。白白地：虛度光陰／不虛此行。⑧指政治思想、方針、政策等方面的道理：務虛／以虛帶實。⑨虛宿。星宿名，二十八星宿之一。

【虛詞】意義比較抽象，有幫助造句的作用的詞，跟「實詞」相對，如介詞、連詞、副詞、助詞、歎詞、擬聲詞等。

虜(虏) _普lǔ _粵lou5 魯

_倉YPWKS

①活捉，俘獲：虜獲甚眾／俘虜敵軍十萬人。②打仗時捉住的敵人：優待俘虜。③對敵方的蔑稱：敵虜／強虜。④古代指奴隸。

虞 1 _普yú _粵jyu4 如 _倉YPRVK
①預料：以備不虞。②憂慮：無虞。③欺騙：爾虞我詐。

虞 2 _普yú _粵jyu4 如
①傳說中的朝代名，由舜所建。②周代國名，在今山西平陸一帶。③姓。

號(号) 1 _普háo _粵hou4 豪
_倉RSYPU
①拖長聲音大聲呼喊：呼號／叫號。②大聲哭：哀號／號啕大哭。

號(号) 2 _普hào _粵hou6 浩
①名稱：國號／別號／牌號。②人的名或字以外的自稱：別號／蘇軾字子瞻，號東坡。③商店：本號／分號。④記號，標誌：暗號／信號燈／做記號。⑤表示次第或等級：掛號／大號／中號／第一號。⑥量詞。種，類：он這號人不能理。⑦指某種人員：病號兒／傷號兒。⑧量詞。表示次序（多放在數字後）：三號街／一號門牌／六號月刊。⑨量詞。特指一個月裏的日子：六月一號是國際兒童節。⑩量詞。用於人數：公司裏有百十來號人。⑪量詞。用於成交的次數：半天

裏做成了十幾號生意。⑫ 記上號數：把這件東西號上。⑬ 中醫切脈：號脈。

【號碼】代表事物次第的數目字。

【號外】報社報道重要消息臨時印發的小張報紙。

號（号）

③ ⓐhào ⓑhou6 浩

① 號令，命令：發號施令。② 喇叭：小號／吹號／號手。③ 用號吹出的表示一定意義的聲音：軍號／衝鋒號。

【號召】召喚大家共同去做一件事：號召同學們去做義工。

號（號）

ⓐguó ⓑgwik1 隙
ⓝBIYPU

周代國名。西虢在今陝西寶雞東，後來遷到河南陝縣東南。東虢在今河南鄭州西北。北虢在今河南陝縣、山西平陸一帶。

慮

ⓝYPWP 見心部，208 頁。

膚

ⓝYPWB 見肉部，489 頁。

盧

ⓝYPWBT 見皿部，398 頁。

虧（亏）

ⓐkuī ⓑkwai1 盔
ⓝYGMMS

① 缺損，耗損：月有盈虧（圓和缺）／氣衰血虧／吃虧（受損失）／營業虧本。② 短少，缺，欠：虧秤／理虧／功虧一簣。③ 對不

起：虧待／虧心／虧負人的好意。④ 好在，幸而：虧了你提醒我，我才想起來。⑤ 表示譏諷：虧你還學過算術，連這麼簡單的賬都不會算。

─────── 虫部 ───────

虬

ⓐqiú ⓑkau4 求 ⓝLIU

古代傳說中有角的小龍：虬龍。

虱

ⓐshī ⓑsat1 失 ⓝNHLI

虱子，寄生在人、畜身上的一種昆蟲，灰白色、淺黃色或黑色，有短毛，頭小，沒有翅膀，腹部大，卵白色，橢圓形。吸食血液，能傳播斑疹傷寒和回歸熱等疾病。

蚪

ⓝLIVL 「虬」的異體字，見 535 頁。

虹

¹ ⓐhóng ⓑhung4 紅 ⓝLIM

大氣中一種光的現象。天空中的小水珠經日光照射發生折射和反射作用而形成的弧形彩帶，由外圈至內圈呈紅、橙、黃、綠、藍、靛、紫七種顏色。出現在和太陽相對着的方向。也叫「彩虹」。

虹

² ⓐjiàng ⓑhung4 紅

義同「虹1」，限於單用。

虺

¹ ⓐhuī ⓑfui1 灰 ⓝMULMI

【虺隤】疲勞生病（多用於馬）。也作「虺隤」。

虺 ²⓿huǐ ⓿wai2 毀
古書上説的一種毒蛇。
【虺虺】打雷的聲音。

虼 ⓿gè ⓿gat1 吉 ⓿LION
虼蚤，昆蟲。即跳蚤。

虻 ⓿méng ⓿mong4 忙 ⓿mang4
萌 ⓿LIYV
昆蟲，種類很多，如牛虻，體長橢圓，頭
闊，觸角短，複眼大、黑綠色，身體灰黑
色，翅透明。生活在野草叢裏，雄的吸植
物的汁液，雌的吸人、畜的血。

虵 ⓿LIPD「蛇1」的異體字，見537頁。

蚌 ¹⓿bàng ⓿pong5 旁五聲
⓿LIQJ
生活在淡水裏的一種軟體動物，種類很
多，介殻長圓形，表面黑褐色，有環狀紋，
殻內有珍珠層，有的可以產出珍珠：河
蚌。

蚌 ²⓿bèng ⓿pong5 旁五聲
蚌埠。地名，在安徽。

蚊 ⓿wén ⓿man1 炆
⓿LIYK
昆蟲，即蚊子，種類很多，成蟲身體細小，
胸部有一對翅膀和三對細長的腳，幼蟲
叫孑孓，生活在水裏。雌的吸人畜的血
液，有的傳播瘧疾、流行性腦炎等。雄的
吸植物汁液。最常見的有按蚊、庫蚊和
伊蚊三類。

蚪 ⓿dǒu ⓿dau2 斗
⓿LIYJ
見【蝌蚪】，542頁。

蚋 ⓿ruì ⓿jeoi6 鋭
⓿LIOB
昆蟲，體長二至五毫米，頭小，色黑，觸
角粗短，複眼明顯，胸背隆起，翅闊透明，
吸人畜的血液。幼蟲頭部方形，尾部稍
膨大，生活在水中。

蚍 ⓿pí ⓿pei4 皮 ⓿LIPP
【蚍蜉】大螞蟻。

蚓 ⓿yǐn ⓿jan5 引 ⓿LINL
蚯蚓。

蚜 ⓿yá ⓿ngaa4 牙 ⓿LIMVH
蚜蟲，俗稱「膩蟲」，綠色，也有棕
色帶紫紅色的，腹部大。生在豆類、棉花、
菜類、稻、麥等的幼苗上，吸食嫩芽的汁
液，害處很大。

蚤 (蚤) ⓿zǎo ⓿zou2 早
⓿EILMI
①跳蚤。②古同「早」。

蚧 ⓿jiè ⓿gaai3 介 ⓿LIOLL
見【蛤蚧】，538頁。

蚨 ⓿fú ⓿fu4 扶 ⓿LIQO
青蚨，傳説中的蟲子，古代用作錢
的別名。

蚲 🅰LIBMM 「蚲」的異體字，見537頁。

蚩 🅰chī 🅱ci1 痴 🅲UMLI
無知，痴愚。
【蚩尤】中國古代神説傳説中一個部落首領，為黃帝所敗。

蚣 🅰gōng 🅱gung1 公 🅲LICI
見【蜈蚣】，540頁。

蚘 🅲LIIKU 「蛔」的異體字，見538頁。

蚯 🅰qiū 🅱jau1 丘 🅲LIOM
【蚯蚓】一種生長在土裏的環節昆蟲，身體柔軟，圓而長，環節上有剛毛。牠能翻鬆土壤，對農作物有益。

蚰 🅰yóu 🅱jau4 由 🅲LILW
①蚰蜒：節肢動物，像蜈蚣而略小，灰白色，觸角和腳都很細、很短，生活在陰濕的地方。②見【蜒蚰】，540頁。

蚱 🅰zhà 🅱zaa3 炸 🅱zaak3 窄 🅲LIHS
【蚱蟬】身體最大的一種蟬，前、後翅基部黑褐色，斑紋外側呈截斷狀。夏天鳴聲大，幼蟲蛻的殼可入藥。通稱「知了」。
【蚱蜢】一種有害的昆蟲，外形像蝗蟲，身體綠色，頭灰褐色，觸角短，吃稻葉，不能遠飛。

蚺 🅰rán 🅱jim4 炎 🅲LIGB
【蚺蛇】就是蟒蛇。

蚶 🅰hān 🅱ham1 堪 🅲LITM
【蚶子】軟體動物，介殼厚，有突起的縱綠像瓦壟，內壁白色，邊緣有鋸齒，生活在淺海泥沙和巖石縫隙中。肉味鮮美，有泥蚶、毛蚶等。

蚛 🅰zhù 🅱zyu3 注 🅲LIYG
①咬木器、衣物、書籍、糧食的小蟲：蚛蟲。②被蟲子咬壞：這塊木頭被蟲蚛了。

蛄 🅰gū 🅱gu1 姑 🅲LIJR
①螻蛄，一種吃農作物的昆蟲。②見【蟪蛄】，546頁。

蛆 🅰qū 🅱zeoi1 狙 🅱ceoi1 吹 🅲LIBM
蒼蠅的幼蟲，白色，身體柔軟，有環節，前端尖，尾端鈍，或有長尾。多生在不潔淨的地方。

蛇¹ 🅰shé 🅱se4 余 🅲LIJP
爬行動物，身體圓而細長，有鱗，沒有四肢，有的有毒。種類很多，捕食蛙等小動物，大蛇也能吞食較大的獸類。

蛇² 🅰yí 🅱ji4 移
見【委蛇】，140頁。

蛉 🅰líng 🅱ling4 玲 🅲LIOII
①白蛉，昆蟲，比蚊子小，黃白色

或淺灰色，表面有很多細長的毛。雄的吸食植物的汁，雌的吸人、畜的血，能傳播黑熱病。②見【蟫蛉】，544頁。

蛋 ⓹dàn ⓷daan6 但 ⓹NOLMI

① 卵。鳥、龜、蛇等生的帶有硬殼的東西，受過精的可以孵化出小動物：雞蛋／鴨蛋／蛇蛋。②主要為產蛋而飼養的：蛋雞。③球形的東西：泥蛋。

蚴 ⓹yòu ⓷jau3 幼 ⓹LIVIS

縱蟲、血吸蟲等的幼體：毛蚴／尾蚴。

蛙 ⓹wā ⓷waa1 哇 ⓹LIGG

兩棲動物，無尾，後肢長，前肢短，趾有蹼，善於跳躍和游泳，捕食昆蟲。種類很多，卵孵化後為蝌蚪，逐漸變化成蛙。青蛙是常見的一種。

蛑 ⓹móu ⓷mau4 眸 ⓹LIIHQ

見【蝥蛑】，542頁。

蛔 ⓹huí ⓷wui4 回 ⓹LIWR

指蛔蟲，寄生在人或其他動物腸子裏的一種蠕形動物，像蚯蚓而沒有環節，白色或米黃色，成蟲長二十釐米，雌蟲較大，能引起蛔蟲病，損害人畜的健康。

蛛 ⓹zhū ⓷zyu1 朱 ⓹LIHJD

指蜘蛛：蛛網。
【蛛絲馬跡】比喻有線索可尋。

蛞 ⓹kuò ⓷kut3 括 ⓹LIHJR

【蛞蝓】古書上指螻蛄。
【蛞蝓】也作「鼻涕蟲」或「蜒蚰」。一種軟體動物，身體像蝸牛，但沒有殼，吃蔬菜或瓜果的葉子，對農作物有害，

蛟 ⓹jiāo ⓷gaau1 交 ⓹LIYCK

古代傳說是能發洪水的一種龍：蛟龍。

蛘 ⓹yáng ⓷joeng4 洋 ⓹LITQ

生在米裏的一種小黑甲蟲。

蛤¹ ⓹gé ⓷gap3 鴿 ⓹LIOMR

蛤蜊、文蛤等雙殼類軟體動物。
【蛤蚧】爬行動物，像壁虎，頭大，背部灰色而有紅色斑點。吃蚊、蠅等小蟲。可入藥。
【蛤蜊】軟體動物，生活在近海泥沙中。長約三釐米，體外有雙殼，顏色美麗。肉可吃。

蛤² ⓹há ⓷haa4 霞 ⓸haa1 蝦

【蛤蟆】青蛙和蟾蜍（癩蛤蟆）的統稱。

蛩 ⓹qióng ⓷kung4 窮 ⓹MNLMI

古書上指蟋蟀。

蛭 ⓹zhì ⓷zat6 室 ⓹LIMIG

環節動物的一大類，體一般扁而扁平，前後各有一個吸盤。生活在淡水或濕潤的地方，大多為半寄生，如水蛭、

醫蛭、山蛭。有的吸食人或動物的血液。
通稱「螞蟥」。

蛐

⚅qū ⚅kuk1 曲 ⚅LITW

【蛐蟮】同「曲蟮」。即蚯蚓。

【蛐蛐兒】即蟋蟀。

蛒

⚅LIKB 「蛔」的異體字，見538頁。

蛺（蛺）

⚅jiá ⚅gaap3 甲
⚅LIKOO

【蛺蝶】蝴蝶的一類，成蟲赤黃色，翅有
鮮艷的色斑，幼蟲灰黑色，身上多刺。

蛸 1

⚅shāo ⚅saau1 梢 ⚅LIFB

①章魚。②見【蠨蛸】，549頁。

蛸 2

⚅xiāo ⚅siu1 消

見【螵蛸】，545頁。

蛹

⚅yǒng ⚅jung2 湧 ⚅LINIB

昆蟲從幼蟲過渡到成蟲時的一種
形態，在這個期間，不食不動，內部組織
和外形發生變化，外皮變厚，身體縮短：
蠶蛹。

蛻

⚅tuì ⚅teoi3 退 ⚅seoi3 稅
⚅LICRU

①蛇、蟬等動物脫下來的皮：蟬蛻。②蛇、
蟬等動物脫皮。③鳥換毛（脫毛重長）：
小雁蛻去舊毛，長新毛了。

【蛻化】①蟲類脫皮。②比喻腐化墮落：
蛻化變質。

蛾 1

⚅é ⚅ngo4 娥 ⚅LIHQI

像蝴蝶的昆蟲，腹部短而粗，有
四個帶鱗片的翅膀。多在夜間活動，常
飛向燈光：燈蛾／蠶蛾／飛蛾投火。

蛾 2

⚅yǐ ⚅ngai5 蟻

古同「蟻」。

蜀

⚅shǔ ⚅suk6 屬 ⚅WLPLI

① 周朝國名，在今四川成都一帶。
② 國名，三國時代劉備所建立（公元221
-263年），在今四川、貴州、雲南和陝西
漢中一帶：蜀漢。③ 四川省的別稱。

蜂

⚅fēng ⚅fung1 風
⚅LIHEJ

①昆蟲，會飛，多有毒刺，能蜇人。種類
很多，有蜜蜂、熊蜂、胡蜂、細腰蜂等，多
成羣住在一起。②特指蜜蜂：蜂糖／蜂蠟／
蜂蜜。③比喻成羣地：蜂起／蜂擁。

蜃

⚅shèn ⚅san5 申五聲 ⚅san6
慎 ⚅MVLMI

大蛤蜊。

【蜃景】由於不同密度的大氣層對於光
線的折射作用，把遠處景物反映在天空
或地面而形成的幻景，在沿海或沙漠地
帶有時能看到。古人誤認為是大蜃吐氣
而成。也作「海市蜃樓」。

蜆（蜆）

⚅xiǎn ⚅hin2 顯
⚅LIBUU

一種軟體動物，介殼形狀像心臟，黃褐
色，表面有輪狀紋。生在淡水軟泥裏。肉
可以吃，殼可入藥。

蜇¹ 普zhē 粵zit3 折 倉QLLMI
　①有毒腺的蟲子刺人或牲畜：被蠍子蜇了。②某些物質刺激皮膚或使黏膜發生微病：傷口被藥水蜇得很痛。

蜇² 普zhé 粵zit3 折
　海蜇，海裏的一種腔腸動物，身體半球形，青藍色，半透明。上面的傘狀部分叫「海蜇皮」，下面八個口腕叫「海蜇頭」，都可食用。

蜊 普lí 粵lei4 離 倉LIHDN
　見【蛤蜊】，538頁。

蜓 普tíng 粵ting4 廷 倉LINKG
　見【蜻蜓】，540頁。

蜈（蜈） 普wú 粵ng4 梧
　倉LIRVK
　【蜈蚣】節肢動物，身體長而扁，頸部金黃色，背部暗綠色，腹部黃褐色，頭部有鞭狀觸角，軀幹由許多環節構成，每節有腳一對，頭部的腳像鈎子，能分泌毒液，捕食小蟲。

蜉 普fú 粵fau4 浮 倉LIBND
　【蜉蝣】昆蟲，幼蟲生在水中一至六年，成蟲褐綠色，有翅兩對，在水面飛行。成蟲生存期極短，交尾產卵後即死。種類很多。

蜍 普chú 粵syu4 殊 粵ceoi4 徐
　倉LIOMD
　見【蟾蜍】，547頁。

蜎 普yuān 粵jyun1 淵
　倉LIRB
　古書上指孑孓，即蚊子的幼蟲。

蜑 倉NMLMI 「蛋」的異體字，見384頁。

蜒 普yán 粵jin4 延 倉LINKM
　【蜒蚰】蛞蝓。

蜥 普xī 粵sik1 悉 倉LIDHL
　【蜥蜴】爬行動物，俗稱「四腳蛇」。身體像蛇，但有四肢，身上有細鱗，尾巴很長，生活在草叢裏捕食昆蟲和其他小動物。

蜣 普qiāng 粵goeng1 疆 倉LITGU
　【蜣螂】俗稱「屎殼郎」，昆蟲，全身黑色，會飛，吃糞、尿或動物的屍體，常把糞滾成球形。

蜻 普qīng 粵cing1 青 倉LIQMB
　【蜻蜓】昆蟲，俗稱「螞螂」。胸部的背面有膜狀翅兩對，腹部細長，常在水邊捕食小飛蟲，雌的用尾點水而產卵水中。幼蟲生活在水中。是益蟲。

蜱 普pí 粵pei4 皮 倉LIHHJ
　節肢動物，體形扁平橢圓形，頭胸部和腹部合在一起，有四對足。種類很多，對人、畜及農作物有害。

蜾 ⓐguǒ ⓒgwo2果 ⓦLIWD

【蜾蠃】寄生蜂的一種，常用泥土在牆上或樹枝上做窩，捕捉螟蛉等小蟲，儲藏在窩裏，留作將來幼蟲的食物。古人誤認蜾蠃養螟蛉為己子，所以有把抱養的孩子稱為「螟蛉子」的説法。

蜘 ⓐzhī ⓒzi1知 ⓦLIOKR

【蜘蛛】節肢動物，身體圓形或長圓形，分頭胸和腹兩部，有觸鬚，雄的觸內有精囊，有腳四對。肛門周圍有突起，能分泌黏液，織網黏捕昆蟲作食料。種類很多。

蜚[1] ⓐfēi ⓒfei1飛 ⓦLYLMI

同「飛」。現在「飛短流長」的「飛」常寫作「蜚」。

蜚[2] ⓐfěi ⓒfei2匪

古書上指椿象一類的昆蟲。

【蜚蠊】蟑螂的別稱。

蜜 ⓐmì ⓒmat6密 ⓦJPHI

①蜂蜜，蜜蜂採取花的甜汁釀成的東西：釀蜜／荔枝蜜。②像蜂蜜的東西：蜜糖／蜜色。③甜美：甜言蜜語。

蜞 ⓐqí ⓒkei4其 ⓦLITMC

見【蟛蜞】，547頁。

蜡 ⓐzhà ⓒzaa3乍 ⓦLITA

古代一種年終祭祀。

蜢 ⓐměng ⓒmaang5猛 ⓦLINDT

見【蚱蜢】，537頁。

蜩（蜩） ⓐtiáo ⓒtiu4條 ⓦLIBGR

古書上指蟬。

蜮 ⓐyù ⓒwik6域 ⓧwaak6或 ⓦLIIRM

傳説中在水裏暗中害人的動物：鬼蜮（比喻陰險的人）。

蜴 ⓐyì ⓒjik6亦 ⓦLIAPH

見【蜥蜴】，540頁。

蜷 ⓐquán ⓒkyun4拳 ⓦLIFQU

身體彎曲：蜷曲／蜷伏／蜷縮。

蜺 ⓐní ⓒngai4危 ⓦLIHXU

寒蟬。

蜿 ⓐwān ⓒjyun1淵 ⓦLIJNU

【蜿蜒】①蛇類爬行的樣子。②比喻彎彎曲曲（山脈、河流、道路等）：一條蜿蜒的小路。

蜻 ⓦLIJLO 「蜻」的異體字，見543頁。

蝙 ⓐbiān ⓒbin1邊 ⓧpin1偏 ⓦLIHSB

【蝙蝠】哺乳動物，頭和身體的樣子像老

鼠。前後肢都有薄膜和身體連着，夜間在空中飛，捕食蚊、蛾等，視力很弱，靠本身發出的超聲波來引導飛行。

蝌

@kē @fo1 科 @LIHDJ

【蝌蚪】蛙或蟾蜍等兩棲動物的幼體，黑色，身體橢圓，有鰓和長尾，像小魚，生活在水中。逐漸發育生出四肢，尾巴逐漸變短而消失，最後變成蛙或蟾蜍等。

蝓

@yú @jyu4 儒 @LIOMN

見【蛞蝓】，538頁。

蝗

@huáng @wong4 皇 @LIHAG

【蝗蟲】有的地區叫「螞蚱」。昆蟲，口器堅硬，前翅狹窄而堅韌，後翅寬大而柔軟，後肢很發達，善於跳躍，多數會飛行。主要危害禾本科植物，是農業害蟲。

蝘

@yǎn @jin2 演 @LISAV

古書上指蟬一類的昆蟲。

蝟

@LIWB「猬」的異體字，見366頁。

蝠

@fú @fuk1 福 @LIMRW

見【蝙蝠】，541頁。

蝕(蚀)

@shí @sik6 食 @OILMI

損失，損傷，虧缺：侵蝕／腐蝕／蝕本。

蝣

@yóu @jau4 遊 @LIYSD

見【蜉蝣】，540頁。

蝰

@kuí @fui1 奎 @LIKGG

【蝰蛇】一種毒蛇，體長一米，背部暗褐色，腹部黑色，生活在森林或草地裏，吃小鳥、蜥蜴、青蛙等。

蝤 1

@qiú @cau4 囚 @LITCW

【蝤蠐】古書上指天牛的幼蟲，身長足短，白色。

蝤 2

@yóu @jau4 猶

【蝤蛑】生活在海裏的一種螃蟹，也叫「梭子蟹」，甲殼略呈梭形，螯長而大，常棲息在淺海海底。

蝦(虾) 1

@há @haa4 霞 @haa1 哈 @LIRYE

【蝦蟆】見【蛤蟆】，538頁。

蝦(虾) 2

@xiā @haa1 哈

節肢動物，身上有殼，身體細長，分頭胸部和腹部，腹部有很多環節。生活在水中，種類很多，可供食用：蝦米／對蝦／龍蝦。

蝨

@NJLII「虱」的異體字，見535頁。

蝮

@fù @fuk1 腹 @LIOAE

【蝮蛇】毒蛇的一種，體色灰褐，有斑紋。

頭部略呈三角形，有毒牙。生活在山野和島上，捕食鼠、蛙、鳥、蜥蜴等小動物。

蝴 〔普〕hú 〔粵〕wu4 胡 〔倉〕LIJRB

【蝴蝶】昆蟲，翅膀闊大，顏色美麗，靜止時，四翅豎立在背部，腹部瘦長。喜在間、草地飛行，吸食花蜜，種類很多。簡稱「蝶」。又作「胡蝶」。

蝶 〔普〕dié 〔粵〕dip6 碟 〔倉〕LIPTD
蝴蝶的簡稱。

蝥 〔普〕máo 〔粵〕maau4 茅 〔倉〕NKLMI
斑蝥，昆蟲，觸角呈鞭狀，腿細長，鞘翅上有黃黑色斑紋，成蟲危害大豆、棉花等農作物。中醫入藥。

蝸（蝸） 〔普〕wō 〔粵〕waa1 娃 〔粵〕wo1 窩 〔倉〕LIBBR
蝸牛，軟體動物，有螺旋形扁圓的硬殼，黃褐色，頭部有兩對觸角，眼長在後一對角的頂端上，腹面有扁平的腳，生活在潮濕地區，吃草本植物，對農作物有害。
【蝸居】比喻窄小的住所。

蝻 〔普〕nǎn 〔粵〕naam4 南 〔倉〕LIJBJ
還沒生翅膀的蝗蟲幼蟲。

蝎 〔倉〕LIAPV 「蠍」的簡體字，見547頁。

蝨 〔倉〕YVLII 「虱」的異體字，見536頁。

蝸 〔倉〕LIMBK 「蟈」的異體字，見548頁。

螋 〔普〕sōu 〔粵〕sau2 叟 〔倉〕LIHXE
見【蠼螋】，549頁。

蜋 〔普〕láng 〔粵〕long4 郎 〔倉〕LIIIL
螳螂、螞螂、蟯螂、蟑螂，都是昆蟲。

螗 〔普〕táng 〔粵〕tong4 唐 〔倉〕LIILR
古書上指一種較小的蟬。

螅 〔普〕xī 〔粵〕sik1 式 〔倉〕LIHUP
水螅，一種腔腸動物，身體圓筒形，口周圍有觸毛，體內有空腔，生活在水中，附着在池沼、水溝中的水草或枯葉上。大多雌雄同體。

螃 〔普〕páng 〔粵〕pong4 旁 〔倉〕LIYBS
【螃蟹】見「蟹」，547頁。

螄（蛳） 〔普〕sī 〔粵〕si1 師 〔倉〕LIHRB
螺螄，淡水螺的通稱，一般較小。

螈 〔普〕yuán 〔粵〕jyun4 原 〔倉〕LIMHF
見【蠑螈】，548頁。

融 〔普〕róng 〔粵〕jung4 容 〔倉〕MBLMI
① 固體受熱變軟或變為流體：融化／太陽一曬，雪就融了。② 調和，和諧：融洽／融會貫通／水乳交融。③ 流通：融資。

蟳 ⓐqín ⓒceon4 秦 ⓖLIQKD

古書上說的一種體型較小的蟬。

螞(蚂) [1] ⓐmā ⓒmaa1 媽
ⓖLISQF

【螞螂】蜻蜓。

螞(蚂) [2] ⓐmǎ ⓒmaa5 馬

【螞蟥】水蛭的通稱。

【螞蟻】昆蟲，體小而長，黑色或褐色，頭大，有一對複眼，觸角長，腹部卵形。雌蟻和雄蟻有翅膀，工蟻沒有。在地下築巢，成羣穴居。

螞(蚂) [3] ⓐmà ⓒmaa6 罵

【螞蚱】蝗蟲的俗名。

螟 ⓐmíng ⓒming4 明
ⓖLIBAC

螟蟲，螟蛾的幼蟲，有三種：三化螟、二化螟、大螟。生活在稻莖中，吃稻莖的髓部，害處很大。

【螟蛉】①也作「螟蛉子」。一種綠色小蟲。②比喻義子，見【螺蠃】，541頁。

螢(萤) ⓐyíng ⓒjing4 營
ⓖFFBLI

螢火蟲，昆蟲，黃褐色，觸角絲狀，尾部有發光的器官，能發帶綠色的光，白天伏在草叢中，夜晚飛出來。種類很多。

螣 [1] ⓐténg ⓒtang4 滕 ⓖBFQI

【螣蛇】古書上說的一種能飛的蛇。

螣 [2] ⓐtè ⓒdak6 特

同「蟘」，見547頁。

螽 ⓖYKLII 「蚊」的異體字，見536頁。

螴 ⓖDLII 「蠹」的異體字，見549頁。

螘 ⓖLIUMT 「蟻」的異體字，見547頁。

螫 ⓐshì ⓒsik1 適 ⓖGKLMI

「螫」和「蜇」同義不同音。

蜇：指有毒腺的蟲子刺人或螫畜。

螬 ⓐmáo ⓒmaau4 矛 ⓖNHLII

吃苗根的害蟲。

【蟊賊】比喻對人民和國家有害的人。

螬 ⓐcáo ⓒcou4 曹 ⓖLITWA

見【蠐螬】，547頁。

螯(鳌) ⓐáo ⓒngou4 遨
ⓖGKLMI

螃蟹等節肢動物變形的第一對腳，形狀像鉗子，能開合，用來取食或自衞。

螳 ⓐtáng ⓒtong4 堂 ⓖLIFBG

【螳螂】昆蟲，全身綠色或土黃色，頭呈三角形，觸角呈絲狀，胸部細長，有翅兩對，前腿呈鐮刀狀，捕食昆蟲，有益於農業。有的地方叫「刀螂」：螳臂當車（比喻

做事不自量力,必然失敗)。

螵 _普piāo _粵piu1 飄 _倉LIMWF

【螵蛸】螳螂的卵塊,乾燥後可入藥。

螺 _普luó _粵lo4 羅 _倉LIWVF

①軟體動物,身體包着錐形、紡錘形或扁橢圓形的硬殼,殼上有旋紋,種類很多:田螺/海螺。②螺旋形的指紋。
【螺紋】螺的通稱。
【螺旋】①沿螺旋形紋理轉動的一種簡單機械。②螺旋形的螺旋漿。
【螺絲】應用螺旋原理做成的使物體固定或把兩個物體連結起來的東西:螺絲釘/螺絲母。

螻 (螻) _普lóu _粵lau4 樓 _倉LILWV

指螻蛄,一種對農作物有害的昆蟲,背部茶褐色,腹面灰黃色,有翅,足發達,呈鏟形,能掘地,生活在泥土中,咬農作物的嫩莖。
【螻蟻】螻蛄和螞蟻,借指細小的生物。比喻力量薄弱或地位低微的人。

螽 _普zhōng _粵zung1 終 _倉HEYLI

【螽斯】害蟲,身體綠色或褐色,觸角呈絲狀,善跳躍,吃農作物。雄的前翅有發聲器,雌的尾部有劍狀的產卵管。

蟀 _普shuài _粵seot1 率 _倉LIYIJ

見【蟋蟀】,545頁。

蟄 (蟄) _普zhé _粵zat6 姪 _粵zik6 直 _倉GILMI

動物冬眠,藏起來不食不動:蟄伏/蟄蟲。
【蟄居】像動物冬眠一樣長期躲在一個地方,不出頭露面。

蟆 _普má _粵maa4 麻 _倉LITAK

見【蛤蟆】,538頁。

蟇 _倉TAKI 「蟆」的異體字,見545頁。

蟈 (蟈) _普guō _粵gwok3 國 _倉LIWIM

【蟈蟈】一種像蝗蟲的昆蟲,身體綠色或褐色,翅短,腹大,善於跳躍,雄的前翅根部有發聲器,能振翅發聲,吃嫩葉和花,對植物有害。

蟎 (蟎) _普mǎn _粵mun5 滿 _倉LITLB

節肢動物,種類很多,大多數頭胸和腹通常是一整塊,呈圓形或橢圓形,環節不分明。體小,繁殖快。有的寄居在人或動物體上,吸血液,能傳染疾病。

蟋 _普xī _粵sik1 悉 _倉LIHDP

【蟋蟀】昆蟲,身體黑褐色,觸角很長,後腿粗大,善於跳躍,尾部有尾鬚一對。生活在陰冷潮濕的地方,吃植物的根莖和種子,是一種對農業有害的昆蟲,雄的好鬥,兩翅摩擦能發聲。北方俗稱「蛐蛐兒」。

蟑 ⓟzhāng ⓒzoeng1 章 ⓒLIYTJ

【蟑螂】也作「蜚蠊」。昆蟲，黑褐色，體扁平，頭小，觸鬚細長。常在夜裏偷吃食物、咬壞衣物，能傳染疾病，是害蟲。

螭 ⓟchī ⓒci1 痴 ⓒLIYUB

①古代傳說中一種沒有角的龍。古代建築或工藝品上常用牠的形狀作裝飾。②同「魑」，見711頁。

蚊 ⓒRPLII 「蚊」的異體字，見536頁。

蟮 ⓟshàn ⓒsin6 善 ⓒLITGR

見【蚰蟮】，539頁。

蟥（蟥）ⓟhuáng ⓒwong4 黃 ⓒLITMC

水蛭的通稱：螞蟥。

蟒 ⓟmǎng ⓒmong5 莽 ⓒLITIT

①也作「蚺蛇」。一種無毒的大蛇，背黑褐色，有黑色斑點，體長可達六米，頭部長，口大，舌尖有分叉，腹白色，常住在近水的森林裏，捕食小禽獸。②用蟒的圖形裝飾的：蟒袍（明清時大臣所穿的禮服）。

蟢 ⓟxǐ ⓒhei2 喜 ⓒLIGRR

【蟢子】見【蟏蛸】，549頁。

蟣（虮）ⓟjǐ ⓒgei2 己 ⓒLIVII

【蟣子】虱子的卵。

蟪 ⓟhuì ⓒwai6 惠 ⓒLIJIP

【蟪蛄】一種蟬，比較小，青紫色，有黑色條紋，翅膀有黑斑。

蟫 ⓟyín ⓒtaam4 談 ⓒLIMWJ

古書上指衣魚，即一種咬衣服和書籍的小蟲。

蟬（蝉）ⓟchán ⓒsim4 蟾 ⓒLIRRJ

昆蟲，種類很多，雄的腹面有發聲器，叫的聲音很大。幼蟲生活在土裏，吸食植物根的汁液。成蟲刺吸植物的汁。
【蟬聯】（多用於職務或稱號）比喻接續不斷：蟬聯冠軍。

蟯（蛲）ⓟnáo ⓒjiu4 饒 ⓒLIGGU

【蟯蟲】寄生在小腸下部或大腸裏的一種蠕形動物，長約一釐米，白色，紡錘形常爬出肛門產卵，多由水或食物傳染。

蟲（虫）ⓟchóng ⓒcung4 松 ⓒLILII

①蟲子，昆蟲。②稱具有某種特點的人（多含輕蔑意）：可憐蟲／應聲蟲／糊塗蟲

蟛 ⓟpéng ⓒpaang4 彭 ⓒLIGTH

【蟛蜞】螃蟹的一種，身體小，頭胸甲略呈方形，生長在水邊泥穴裏。

蟠 ⓟpán ⓒpun4 盤 ⓒLIHDW
屈曲，環繞：蟠龍／蟠曲。

蟘 ⓟtè ⓒdak6 特 ⓒLIOPC
古書上指吃苗葉的害蟲。

蟹 ⓟxiè ⓒhaai5 駭 ⓒNQLMI
螃蟹，節肢動物，種類很多，水陸兩棲，全身有甲殼。前面的一對腳長成鉗狀，叫螯。橫着走。腹部分節，俗稱臍，雄的尖臍，雌的團臍：蟹黃／蝦兵蟹將。

蠏 ⓒLINBQ 「蟹」的異體字，見547頁。

蟶（蛏） ⓟchēng ⓒcing1 青 ⓒLISRG
【蟶子】一種軟體動物，有兩扇長方形的殼，生活在沿海中，肉味鮮美。

蟻（蚁） ⓟyǐ ⓒngai5 危五聲 ⓒLITGI
螞蟻，昆蟲，頭大，有一對複眼，觸角長，腹部卵形。雌蟻和雄蟻有翅膀，工蟻沒有。多在地下築巢成羣居住，種類很多。

蟬 ⓟchán ⓒsim4 蟬 ⓒLINCR
【蟾蜍】兩棲動物，皮上有許多疙瘩，內有毒腺，吃昆蟲蝸牛等小動物，對農業有益。俗稱「癩蛤蟆」或「疥蛤蟆」。

【蟾酥】蟾蜍表皮腺體的分泌物，有毒。乾燥後可入藥。

蠊 ⓟlián ⓒlim4 廉 ⓒLIITC
見【蜚蠊】，541頁。

蠅（蝇） ⓟyíng ⓒjing4 盈 ⓒLIRXU
即蒼蠅，昆蟲，種類很多，通常指家蠅，頭部有一對複眼。產卵在骯髒腐臭的東西上，幼蟲叫蛆，能傳播霍亂、傷寒等疾病。

蠆（虿） ⓟchài ⓒcaai3 猜三聲 ⓒTWBI
蠍子一類的毒蟲。

蠋 ⓟzhú ⓒzuk1 竹 ⓒLIWLI
蝴蝶、蛾子等的幼蟲，外形像蠶，身體青色。

蠍（蝎） ⓟxiē ⓒhit3 歇 ⓒLIAVO
節肢動物。卵胎生。口部兩側有一對長螯，胸部有腳四對，後腹狹長，末端有毒鉤，用來防敵和捕蟲。可入藥。

蠃 ⓟluǒ ⓒlo2 裸 ⓒYRBLN
見【蜾蠃】，541頁。

蠐（蛴） ⓟqí ⓒcai4 齊 ⓒLIYX
【蠐螬】金龜子的幼蟲，一寸多長，圓筒形，向腹面彎曲，白色，身上有褐色毛。生活在土裏。吃農作物的根和莖，是害蟲。

蠑(蝾) ⓐróng ⓑwing4 榮 ⓒLIFFD

【蠑螈】兩棲動物，形狀像蜥蜴，頭扁，表面粗糙，背部黑色，腹面紅黃色，四肢短，尾側扁。生活在水中，卵生。吃小動物。

蠔(蚝) ⓐháo ⓑhou4 豪 ⓒLIYRO

牡蠣。

【蠔油】用牡蠣肉製成的油，供食用。

蠕 ⓐrú ⓑjyu4 如 ⓒLIMBB

像蚯蚓那樣慢慢地行動：蠕動。

【蠕形動物】舊指無脊椎動物的一大類，構造比腔腸動物複雜，身體長形，左右對稱，質柔軟，沒有骨骼，沒有腳。現已分別歸入扁形動物門，如蛔蟲、絛蟲等。

蠖 ⓐhuò ⓑwok6 獲 ⓒLITOE

即尺蠖，尺蠖蛾（一種昆蟲）的幼蟲，生長在樹上，顏色像樹皮，行動時身體一屈一伸地前進，像大拇指和中指量距離一樣，所以叫尺蠖。

蠓 ⓐměng ⓑmung5 夢五聲 ⓒLITBO

蠓蟲，一種昆蟲，種類很多，成蟲比蚊子小，褐色或黑色，觸角細長，翅短而寬。某些雌蠓吸人、畜的血，能傳染疾病。

蠛 ⓐmiè ⓑmit6 滅 ⓒLITWI

【蠛蠓】古書上指蠓。

蠟(蜡) ⓐlà ⓑlaap6 臘 ⓒLIVVV

①動物、植物或礦物所產生的某些油質，常溫下多為固體，具有可塑性，能燃燒，易熔化，不溶於水，如蜂蠟、白蠟、石蠟等。可做防水劑，也可做蠟燭。②蠟燭，用蠟或其他油脂製成的照明的東西，多為圓柱形，中心有捻，可以燃點：蠟臺。

蠡 1 ⓐlí ⓑlai5 禮 ⓒVOLII

①貝殼做的瓢。②貝殼。

【蠡測】「以蠡測海」的略語，比喻以淺見揣度：管窺蠡測。

蠡 2 ⓐlí ⓑlai5 禮

①用於人名，范蠡，春秋時人。②蠡縣，地名，在河北。

蠢 1 ⓐchǔn ⓑceon2 春二聲 ⓒQKALI

【蠢動】① 蟲子爬動。② 比喻壞人或敵人的擾亂活動。

蠢 2 ⓐchǔn ⓑceon2 春二聲

愚笨，拙笨：愚蠢/蠢才/這人太蠢了。

蠚 ⓐhē ⓑkok3 確 ⓒTKRI

即蜇，蟲類的咬刺。

蠣(蛎) ⓐlì ⓑlai6 勵 ⓒLIMTB

牡蠣，軟體動物，身體長卵圓形，有兩面殼，一個小而平，另一個大而隆起，殼的表面凹凸不平。生活在淺海泥沙中，肉味鮮美，可以提製蠔油。肉、殼、油都可入藥。也叫「蠔」或「海蠣子」。

蠨（蟏）

⊜xiāo ⊜siu1 蕭
⊜LITLX

【蠨蛸】蜘蛛的一種，身體細長，暗褐色，腳很長，多在室內牆壁間結網。俗稱「喜蛛」或「蟢子」，民間認為是喜慶的預兆。

蠭

⊜YJLII「蜂」的異體字，見539頁。

蠱（蛊）

⊜gǔ ⊜gu2 古 ⊜LILIT
古代傳說把許多毒蟲放在器皿裏，使其互相咬殺，最後剩下一條不死的毒蟲叫蠱，據說可用來放在食物裏毒害人。

【蠱惑】使人心意迷惑。

蠲

⊜juān ⊜gyun1 捐 ⊜TTWLI
①免除：蠲免/蠲除。②積存（多見於早期白話）。

蠳

⊜LIBUG「蠮」的異體字，見549頁。

蠹

⊜dù ⊜dou3 到 ⊜JBMRI
①蛀蝕器物的蟲子：木蠹/書蠹/蠹魚。②蛀蝕，侵害，禍害：流水不腐，戶樞不蠹。

【蠹弊】弊病。

蠶（蚕）

⊜cán ⊜caam4 慚
⊜MUALI

桑蠶、柞蠶的統稱，通常專指桑蠶。桑蠶是一種昆蟲，吃桑葉長大，脱皮時不食桑。脱皮四次後吐絲做繭，在繭裏變

成蛹，再由蛹變成蠶蛾。蠶蛾在交尾產卵後就死去。幼蟲吐的絲是重要的紡織原料，也叫「家蠶」。柞蠶也叫「野蠶」，比桑蠶大，吃柞樹的葉子。柞蠶的絲也是重要的絲織原料。

蠻（蛮）

⊜mán ⊜maan4 晚四聲 ⊜VFLMI
①粗野，不通情理：蠻橫/野蠻/蠻不講理/胡攪蠻纏。②魯莽，強悍：蠻勁不小/只是蠻幹。③中國古代稱南方的民族：蠻族。④很：蠻好/蠻快。

蠼

⊜qú ⊜keoi4 渠 ⊜LIBUE

【蠼螋】昆蟲，身體扁平狹長，腹端有一對尾鬚，形狀像夾子，多住在潮濕的地方。

血 部

血¹

⊜xuè ⊜hyut3 怢決切 ⊜HBT
①血液，人和動物體內的一種紅色液體組織，有腥氣，由血漿、紅細胞、白細胞和血小板組成，周身循環，作用是分配養分和激素給各組織，同時把廢物帶到排泄器官內，調節體溫和抵禦病菌等：血屎/血泊/出血。②同一祖先的有親緣關係的：血統/血族。③比喻剛強熱烈：血性/血氣方剛。④指月經：經血。

血²

⊜xiě ⊜hyut3 怢決切
義同「血1」，用於口語。

衈

⊜HTSL 見阝部，69頁。

衃 ⓟpēi ⓬pui1 胚 ⓒHTMF
凝聚的血。

衄 ⓟnù ⓬nuk6 挪玉切 ⓒHTNG
①鼻子流血，泛指出血：齒衄。②戰
敗：敗衄。

衇 ⓒHTHHV「脈1」的異體字，見483
頁。

衆 ⓒHBTO「眾」的異體字，見401
頁。

衊 (蔑) ⓟmiè ⓬mit6 滅
ⓒHTTWI
本指血污，引申為誣：污衊／誣衊。

—— 行部 ——

行1 ⓟháng ⓬hang4 恆 ⓒHOMMN
兄弟、姊妹長幼的次第：排行／我
行三。

行2 ⓟháng ⓬hong4 杭
①行列，排：單行／雙行／楊柳成
行。②職業：我們是同行。③某些營業機
構：銀行。④量詞。用於成行的東西：兩
行字／兩行淚。
【行家】精通某種事務的人。
【行市】市場上商品的一般價格。

行3 ⓟhàng ⓬hong6 項
樹行子，排成行列的樹木，小樹林。

行4 ⓟhéng ⓬hang4 恆
道行，僧道修行的功夫，比喻技
能本領：有道行／道行高深。

行5 ⓟxíng ⓬hang6 幸
足以表明品質的舉止行動：言行／
品行／罪行。

行6 ⓟxíng ⓬hang4 恆
①走：步行／日行千里。②古代指
路程：千里之行始於足下。③指出外時
用的或跟旅行有關的：行裝／行程。④流
動性的、臨時性的：行商／行營。⑤流通、
傳遞：行文／行銷／通行全國／發行書籍／
風行一時。⑥實際地做：舉行／實行／便
宜行事／行之有效。⑦表示進行某項活
動(多用於雙音動詞前)：另行通知／即
行檢查。⑧可以：行了，車修好了。⑨能
幹：你真行。⑩將要：行將畢業。⑪吃了
之後使藥性發散，發揮效力：行藥。⑫樂
府和古詩的一種體裁，如《兵車行》《長
歌行》。⑬漢字字體的一種，形體和筆勢
介乎草書與楷書之間：行書。⑭姓。

衍1 ⓟyǎn ⓬jin5 演 ⓬hin2 顯
ⓒHOEMN
①延長、開展、發揮：推衍／敷衍。②多餘
的(指文字)：衍文(書籍中多出來的不
應有的字句)。③姓。

衍2 ⓟyǎn ⓬jin5 演
①低而平坦的土地：廣衍沃野。
②沼澤。

衒 ⓟxuàn ⓬jyun6 願 ⓒHOYIN
①沿街叫賣。②「炫②」的異體字，
見347頁。

術 (术) ⓟshù ⓬seot6 述
ⓒHOICN

①技藝，學問：武術／技術／醫術。②方法，策略：戰術／權術／防禦之術。③手術：術前／術後。④姓。

【術語】學術和各種工藝上的專門用語。

衚

⊜tòng ⊜tung4同 ⊜HOBRN

衚衕。見【胡同】，481頁。

衕

⊜lòng ⊜lung6弄 ⊜HOTCN

¹同【弄1】，見185頁。

衕

²⊜xiàng ⊜hong6項

同【巷】，見174頁。

街

⊜jiē ⊜gaai1皆 ⊜HOGGN

①兩邊有房屋的、比較寬闊的道路：街道／街頭巷口／大街小巷／上街買東西。②集市：趕街。

【街坊】鄰居。

衕

⊜HOOVN「衕」的異體字，見646頁。

衙

⊜yá ⊜ngaa4牙 ⊜HOMRN

【衙門】舊指官署：官衙／衙內／衙役。

衒

⊜HOCMN見金部，646頁。

衝(沖)

¹⊜chōng ⊜cung1充 ⊜HOHGN

①通行的大道：要衝／首當其衝。②快速地向某個方向直衝，突破障礙：衝鋒／衝

刺／橫衝直撞。③猛烈地撞擊（多用於對對方思想感情的抵觸方面）：衝犯。

【衝動】①能引起某種沒經過仔細思考的情緒或行動：創作衝動。②情感特別強烈，不能理智地控制：別衝動，小心壞了大事。

【衝突】①互相撞擊或爭鬥。②意見不同，互相抵觸。

衝(沖)

²⊜chòng ⊜cung1充

①水流猛烈：水流得太衝，這缺口堵不住。②猛烈：這小伙子有股衝勁。③氣味濃烈：大蒜氣味衝。

衝(沖)

³⊜chòng ⊜cung1充

①對着，向：衝南的大門／衝着這樹着。②表示動作的方向：她轉過頭來衝我笑了笑。③憑，根據：衝他這股認真勁兒，一定能學好。

衚

⊜hú ⊜wu4胡 ⊜HOJRN

【衚衕】見【胡同】，481頁。

衛

⊜HODQN「衛」的異體字，見551頁。

衞(卫)

¹⊜wèi ⊜wai6位 ⊜HODBN

①保護，防護：保衛／捍衛／自衛。②明代駐兵的地點（後來只用於地名）：天津衛／威海衛。

【衛生】保護身體的健康，預防疾病：個人衛生／環境衛生。

衞(卫) ⊘²⊜wèi ⊜wai6位
①周代諸侯國名，在現在河北南部和河南北部一帶。②姓。

衠 ⊜zhūn ⊜zeon1津 ⊜HOJCN
純粹，純。

衡 ⊜héng ⊜hang4恆 ⊜HONKN
①車轅前端的橫木。②稱桿，泛指稱量東西輕重的器具。③稱重量：衡其輕重。④平，不傾斜：平衡／均衡。

【衡量】①評定高低好壞：測驗只是衡量學習成績的一種辦法。②考慮，斟酌：你自己衡量該怎麼辦。

衢 ⊜qú ⊜keoi4渠 ⊜HOBGN
大路，四通八達的道路：通衢。

衣部

衣¹ ⊜yī ⊜ji1醫 ⊜YHV
①衣服：上衣／大衣／豐衣足食。②披或包在物體外面的一層東西：炮衣／筍衣／糖衣炮彈。③姓。

衣² ⊜yì ⊜ji3意
穿：衣布衫／解衫衣我／衣錦還鄉。

表 ⊜biǎo ⊜biu2標二聲 ⊜QMV
①外部，外面。跟「裏」相對：表面／表皮／外表／表裏如一／虛有其表。②稱呼父親或祖父的姊妹、母親或祖母的兄弟姊妹生的子女，用來表示親屬關係：表姑／表叔。③顯示：略表心意／表明／表達／表態。④中醫指用藥物把感受的

風寒發散出來：吃服藥表一表，出了汗，病就會好。⑤樹立標準、榜樣：為人師表。⑥古代臣子給君主的奏章：《出師表》／《陳情表》。⑦採用表格形式編寫的著述或文件：統計表／時間表／《史記》中的《三代世表》。⑧刻有文字或圖案的石柱或石碑：墓表／華表（美麗雕刻的石柱，中國民族形式藝術建築物的一種）。⑨古代測日影的標竿：圭表。⑩測量器具：水表／溫度表。⑪姓。

【表白】說明自己的心意，對人進行解釋。

【表決】會議上用一定的方式取得多數意見而做出決定：這個議案已經表決通過了。

【表率】好榜樣：他是青年的表率。

【表現】①顯露：他活潑好動，表現出青年人的特點。②故意顯露（含貶義）：他一向愛表現，好出風頭。

【表揚】對羣眾或個人，用語言、文字公開表示讚美、誇獎：表揚好人好事。

衫 ⊜shān ⊜saam1三 ⊜LHHH
①單上衣：汗衫／襯衫。②泛指衣服：衣衫／長袖衫／羊毛衫。

衩¹ ⊜chǎ ⊜caa3詫 ⊜LEI
短褲：褲衩。

衩² ⊜chà ⊜caa3詫
衣服旁邊開口的地方：開衩／衩口。

衰¹ ⊜cuī ⊜ceoi1催 ⊜YWMV
①等衰，即等級、名次高低：衰序。②同「縗」，見459頁。

衰²

衰 ㊎shuāi ㊀seoi1 雖
事物發展轉向微弱：衰敗／衰微／衰弱／衰老／年老力衰。
【衰變】化學上指放射性元素放射出粒子後變成另一種元素。

袂

袂 ㊎mèi ㊀mai6 迷六聲 ㊁LDK
衣袖：分袂／聯袂（結伴）赴京。

衲

衲 ㊎nà ㊀naap6 納 ㊁LOB
① 補綴：百衲衣／百衲本。② 指僧衣，常用作和尚的自稱或代稱：老衲／貧衲／野衲。

衷

衷 ㊎zhōng ㊀cung1 充 ㊀zung1 終
㊁YLHV
① 內心：苦衷／由衷之言／言不由衷／衷心擁護／無動於衷。② 折衷，即調和不同意見。

衾

衾 ㊎qīn ㊀kam1 襟 ㊁OINV
① 被子：衾枕。② 入殮時蓋住遺體的被子：衾衾棺槨。

衿

衿 ㊎jīn ㊀gam1 今 ㊁LOIN
① 同「襟」，見559頁。② 同「紟」，見448頁。③ 舊時唸書人穿的衣服：青衿。

衽

衽 ㊎rèn ㊀jam6 任 ㊁LHG
① 衣襟。② 古代睡覺時用的席子：衽席。

衹

衹 ㊁LHVP「只」的異體字，見76頁。

袞

袞 ㊁YCIHV「衮」的簡體字，見553頁。

袠

袠 ㊁YMHV「邪1」的異體字，見627頁。

袁

袁 ㊎yuán ㊀jyun4 元 ㊁GRHV
姓。

衮 (袞)

衮 (袞) ㊎gǔn ㊀gwan2 滾
㊁YCRHV
古代君王的禮服：衮服／華衮。

袖

袖 ㊎xiù ㊀zau6 就 ㊁LLW
① 衣服套在胳膊上的部分：袖子／袖口／短袖衫。② 藏在袖子裏：袖着手／袖手旁觀。
【袖珍】小型的：袖珍字典。

袈

袈 ㊎jiā ㊀gaa1 加 ㊁KRYHV
【袈裟】和尚披在外面的法衣，由許多長方形小塊布片拼綴製成。

袋

袋 ㊎dài ㊀doi6 代 ㊁OPYHV
① 衣兜或用布、皮等做成的盛東西的器物：袋子／布袋／衣袋／口袋。② 量詞：一袋米。

袍

袍 ㊎páo ㊀pou4 菩 ㊁LPRU
長衣：袍子／旗袍／棉袍兒。
【袍澤】袍、澤都是古代衣服，後來代稱軍隊裏的同事：袍澤之誼。

祖

⊜tǎn ⊜taan2 坦 ⊜LAM

① 脱去上衣,露出身體的一部分:
祖胸露臂。② 偏護:偏袒。
【袒護】比喻不公正地維護錯誤的一方。

袤

⊜mào ⊜mau6 茂 ⊜YNHV

長度,也指南北距離的長度:廣袤
數千里。

袪

⊜qū ⊜keoi1 蟈 ⊜LGI

① 袖口。② 同「袪」,見417頁。

被

⊜bèi ⊜bei6 備 ⊜LDHE

① 介詞。介紹主動的人物並使動
詞含有受動的意義:他被評為學習模範。
② 放在動詞前,表示被動的動作:被壓迫/
被批評。③ 用在動詞或名詞前,表示情況
與事實不符或是被強加的:被辭職/被自殺。

被²

⊜bèi ⊜pei5 婢

① 睡覺時覆蓋身體的東西:被子/
棉被/夾被。② 蓋,遮覆:植被。③ 遭遇:
被災/被難。

袢

⊜pàn ⊜paan3 盼 ⊜LFQ

① 同「襻」,見560頁。② 見【袷袢】,
554頁。

裉

⊜kèn ⊜kang3 卡凳切 ⊜LAV

衣服腋下前後相連的部分:煞裉
(把裉縫上)/抬裉(稱衣服從肩至腋下
的寬度)。

裒

⊜póu ⊜pau4 爬牛切 ⊜YHXV

① 聚:裒輯/裒然成集。② 減少,取

出:裒多益寡(減有餘,補不足)。

袱

⊜fú ⊜fuk6 伏 ⊜LOIK

包裹、覆蓋用的布單。

袷¹

⊜jiá ⊜gaap3 莢
⊜LOMR

同「夾3」,見134頁。

袷²

⊜qiā ⊜hap1 恰

【袷袢】維吾爾、塔吉克等民族所穿的對
襟長袍。

裀

⊜LWK「茵」的異體字,見507頁。

裁

⊜cái ⊜coi4 才 ⊜JIYHV

① 用刀、剪等把片狀物分成若干
塊:裁紙/裁衣服。② 量詞。整張紙分成
的若干等份:對裁(整張紙的二分之一)/
八裁報紙。③ 減除,減少人員:裁員/裁
軍。④ 安排取捨:獨出心裁。⑤ 文章的體
制、格式:體裁。⑥ 決定,判斷:裁奪/裁
判/法律制裁。⑦ 控制,抑制:制裁/獨裁。
【裁縫】以做衣服為職業的人。

裂¹

⊜liě ⊜lit6 烈
⊜MNYHV

東西的兩部分向兩旁分開:衣服沒扣好,
裂着懷。

裂²

⊜liè ⊜lit6 烈

① 破開,開了縫:破裂/分裂/裂
痕/裂縫/手凍裂了/四分五裂。② 葉子
或花冠的邊緣上較大較深的缺口。

袵 ⓐLOHG 「衽」的異體字，見 553頁。

袴 ⓐLKMS「褲」的異體字，見 558頁。

袼 ⓐgē ⓔgok3 各 ⓐLHER
【袼褙】用碎布或舊布加襯紙裱糊成的厚片，多用來做紙盒、布鞋等。

裙 ⓐqún ⓔkwan4 羣 ⓐLSKR
①一種圍在腰部以下的服裝：裙子。②形狀或作用像裙子的東西：圍裙/牆裙。

裊（裊）ⓐniǎo ⓔniu5 鳥 ⓐHAYV
細長柔弱。
【裊裊】①煙氣繚繞上騰的樣子：炊煙裊裊。②細長柔軟的東西隨風擺動的樣子：垂楊裊裊。③聲音綿延不絕：餘音裊裊。
【裊娜】①草木柔軟細長：裊娜的柳枝。②形容女子姿態優美。

裎 ⓐchéng ⓔcing4 呈 ⓐLRHG
光着身子。

裎 2 ⓐchěng ⓔcing4 晴
古代的一種對襟單衣。

裏（里）1 ⓐlǐ ⓔlei5 理 ⓐYWGV
衣服、被褥等東西不露在外面的那一層，紡織品的反面：襯裏/鞋裏子。

裏（里）2 ⓐli ⓔleoi5 呂
①內部，跟「外」相對：手裏/碗裏/屋子裏。②在「這」「那」等字後表示地點：這裏/那裏/哪裏。

裡 ⓐLWG 「裏」的異體字，見 555頁。

袷 ⓐLKOO 「夾3」的異體字，見 134頁。

裔 ⓐyì ⓔjeoi6 銳 ⓐYVBCR
①後代子孫：後裔/苗裔/華裔。②邊，邊遠的地方：四裔/邊裔/裔土/裔民。

裕 ⓐyù ⓔjyu6 預 ⓐLCOR
①豐富，寬綽：生活富裕/家裏很寬裕/時間不充裕。②使富足：富國裕民。③姓。

裘 ⓐqiú ⓔkau4 求 ⓐIEYHV
①用鳥獸毛皮製作的衣服：狐裘/集腋成裘。②姓。

補（补）ⓐbǔ ⓔbou2 寶 ⓐLIJB
①把殘破的東西加上材料修理完整：修補/補牙/補衣服/補衣服。②把缺少的添上：補充/填補/補缺/補習/補救/候補。③滋養：滋補/補品/補一補身子。④益處：補益/無補於事/不無小補。

裝(裝) 1 ⓟzhuāng ⓒzong1
莊 ⓔVGYHV

①打扮,用服飾使人改變原來的外貌:裝扮。②穿着的衣物:服裝/軍裝/春裝。③外出時攜帶的衣服、物品等:行裝/輕裝上路/整裝待發。④特指演員化裝時穿戴塗抹的東西:上裝/卸裝。⑤故意動作,假作:裝傻/裝模作樣/裝作聽不見。【裝飾】①在身體或物品表面加上附屬的東西,使美觀。②事物的修整點綴:裝飾品。

裝(裝) 2 ⓟzhuāng ⓒzong1
莊

①安置,安放,通常指放到器物裏面去:裝車/裝電燈/裝一瓶酒。②把零件或部件安在一起構成整體:裝配/裝了一台電腦。③盛放東西的方式,有時特指將書籍、字畫加以修整或修整成的式樣:包裝/瓶裝/袋裝/散裝/精裝/線裝書。【裝備】生產上或軍事上必需的東西:工業裝備/軍事裝備。

裟 ⓟshā ⓒsaa1 沙 ⓔEHYHV
見【袈裟】,553頁。

裸 ⓟluǒ ⓒlo2 攞 ⓔLWD
①光着的,沒有遮蓋:裸體/赤裸裸的。②指除了自身外,不附帶任何東西:裸視/裸線(沒有外皮的電線)/裸子植物。

裨 1 ⓟbì ⓒbei1 卑
ⓔLHHJ

補助,益處:無裨於事/大有裨益。

裨 2 ⓟpí ⓒpei4 皮
輔佐的,副:偏裨/裨將。

裰 ⓟduō ⓒzyut3 輟 ⓔLEEE
①縫補破衣:補裰。②直裰,僧道穿的一種大領長袍。

裯(裯) ⓟchóu ⓒcau4 綢
ⓔLBGR

①單層的被子:抱衾與裯。②牀上的帳子。

裱 ⓟbiǎo ⓒbiu2 表 ⓔLQMV
用紙、布或絲織物把書、畫等襯托黏裱起來或加以修補,使美觀耐放:雙裱紙/揭裱字畫。
【裱糊】用紙或其他材料糊房子的牆壁或頂棚:把這屋子裱糊一下。

裳 1 ⓟcháng ⓒsoeng4 常 ⓔFBRYV
古代指遮蔽下體的衣裙。

裳 2 ⓟshang ⓒsoeng4 常
(用於口語)衣裳,衣服。

裴 ⓟpéi ⓒpui4 培 ⓔLYYHV
姓。

裹 ⓟguǒ ⓒgwo2 果 ⓔYWDV
①包,纏:裹傷口/用紙裹上/裹足不前(比喻停止不進行)。②為了不正當的目的把人或物夾雜在別的人或物裏面:賊人走時裹走了屋裏的現金。

褅 1 ⓟtì ⓒtai3 替 ⓔLAPH
包裹嬰兒的被子。

褐² 🔈xǐ 🔈sik3 蝕三聲

脫去上衣,露出身體的一部分:袒褐。

製(制) 🔈zhì 🔈zai3 製 🔈HNYHV

造,作:製造/製版/縫製/製圖表。

裾 🔈jū 🔈geoi1 居 🔈LSJR

①衣服的大襟:裾裾。②衣服的前後部分:前裾/後裾/長裾。

褂 🔈guà 🔈gwaa3 卦 🔈kwaa2 誇二聲 🔈LGGY

中式的單上衣:褂子/馬褂/小褂(短衫)/大褂(長衫)。

裋 🔈LYMB 「裋」的異體字,見554頁。

複(复) 🔈fù 🔈fuk1 腹 🔈LOAE

①再次:重複/複寫/複製。②不是單一的,許多的:複姓/複葉。

褚¹ 🔈chǔ 🔈cyu2 柱二聲 🔈LJKA

姓。

褚² 🔈zhǔ 🔈cyu5 柱

①在衣服裏鋪絲棉。②指絲棉的衣服:褚衣。③衣口袋。

褊 🔈biǎn 🔈bin2 貶 🔈LHSB

狹小,狹隘:褊狹/褊急(氣量狹小)。

褌(裈) 🔈kūn 🔈gwan1 君 🔈LBJJ

古時稱褲子:褌襠。

褐 🔈hè 🔈hot3 喝 🔈LAPV

①粗布或粗布衣服:褐衣。②像栗子皮的顏色:褐色。

褓 🔈bǎo 🔈bou2 保 🔈LORD

見【襁褓】,558頁。

褙 🔈bèi 🔈bui3 背 🔈LLPB

把布或紙一層一層地黏在一起:裱褙。

褒 🔈bāo 🔈bou1 煲 🔈YODV

①讚揚,誇獎,跟「貶」相對:褒獎/褒揚。②(衣服)肥大:褒衣博帶。

褪¹ 🔈tuì 🔈tan3 吞三聲 🔈teoi3 蛻 🔈LYAV

脫(衣服、羽毛、顏色等):小鴨褪了黃毛。【褪色】也作「退色」。顏色變淡或消失。

褪² 🔈tùn 🔈tan3 吞三聲 🔈LYAV

①使穿着、套着的東西脫離:把袖子褪下來/小狗褪了頸圈跑了。②藏在袖子裏:褪着手/袖子裏褪着一封信。

褥 🔈rù 🔈juk6 肉 🔈LMVI

睡覺或休息時用棉花或獸皮製成的墊在身下的東西:被褥/褥單。

襂 🔈nài 🔈naai6 奶六聲 🔈LIBP

【襤褸】無能。不懂事：襤褸子（不懂事的人）。

聚 ⓟSFYHV「絅」的異體字，見449頁。

褫（褫） ⓒchǐ ⓔci2恥 ⓠLHYU
① 脫去，奪下：解佩而褫紳。② 剝奪：褫職／褫奪選舉權利。

襄 ⓒqiān ⓔhin1牽 ⓠJTCV
撩起，提起（衣服、帳子等）：襄裳。

褲（裤） ⓒkù ⓔfu3富 ⓠLIJJ
穿在腰部以下的衣服，有褲腰、褲襠和兩條褲腿：褲子／短褲／西裝褲。

褡 ⓒdā ⓔdaap3答 ⓠLTOR
【褡褳】① 一種長口袋，中間開口，各成一個大袋子。大的出門搭在肩上，小的可掛在腰帶上，供裝東西用。② 摔跤運動員在摔跤時所穿的一種多層布製成的上衣。

褐 ¹ ⓒtà ⓔtaap3塌 ⓠLASM
在衣物上縫綴（花邊、條子等）：褐一道褐子。

褐 ² ⓒtā ⓔtaap3塌
夏天穿的貼身中式小褂：汗褐。

褯 ⓒjiè ⓔzik6夕 ⓠLITB
【褯子】尿布。

縞 ⓔLYUB「縞」的異體字，見459頁。

褶 ⓒzhě ⓔzip3摺 ⓠLSMA
衣服摺疊燙成為一道印的部分：褶褲／百褶裙／衣服上淨是褶子。

褸（褛） ¹ ⓒlǚ ⓔleoi5磊 ⓠLLWV
見【襤褸】，559頁。

褸（褛） ² ⓒlǚ ⓔlau1樓一聲
粵語用字，指大衣：皮褸。

褳（裢） ⓒlián ⓔlin4連 ⓠLYJJ
見【褡褳】，558頁。

襄 ⓒxiāng ⓔsoeng1箱 ⓠYRRV
幫助：襄辦／襄理／共襄盛舉。

褻（亵） ⓒxiè ⓔsit3屑 ⓠYGIV
① 輕慢，親近而不莊重：褻瀆／褻慢。② 淫穢：猥褻／褻語。

襁（襁） ⓒqiǎng ⓔkoeng5鏹 ⓠLNII
背小孩子用的寬帶子。
【襁褓】又作「繦緥」。包嬰兒的被、毯等：襁褓中的嬰兒。

襉（裥） ⓒjiǎn ⓔgaan2簡 ⓔgaan3澗 ⓠLANA
衣服上的褶子。

襍 ⓤLOGD 「雜」的異體字，見676頁。

襆 ⓟfú ⓥfuk6伏 ⓤLTCO
①被單。②包紮，裹。③同「袱」，見554頁。

襪（襪） ⓟkuì ⓥwai3畏
①用繩子、帶子等拴成的結：活襪／死襪。②拴，繫：把牲口襪上。

襟 ⓟjīn ⓥkam1琴一聲 ⓤLDDF
①上衣、袍子前面的部分：大襟／小襟／底襟／對襟。②連襟，姐妹的丈夫間的關係，也省作「襟」：襟兄／襟弟。③胸懷：襟懷／襟抱。

襖（袄） ⓟǎo ⓥou2奧 ⓤLHBK
有襯裏的上衣：夾襖／棉襖／皮襖。

襞 ⓟbì ⓥbik1逼 ⓤSJYHV
①衣物上的褶子：皺襞。②腸、胃等內部器官上的褶子：胃襞。

襠（裆） ⓟdāng ⓥdong1噹 ⓤLFBW
①兩褲腿相連的地方：橫襠／直襠／開襠褲。②兩腿相連的地方：胯襠／腿襠。

襝（裣） ⓟliǎn ⓥlim5臉 ⓤLOMO
【襝衽】見【斂衽】，253頁。

襤（褴） ⓟlán ⓥlaam4藍 ⓤLSIT
【襤褸】也作「藍縷」。衣服破爛：衣衫襤褸。

襦 ⓟrú ⓥjyu4如 ⓤLMBB
短衣，短襦。

襪（袜） ⓟwà ⓥmat6物 ⓤLTWI
穿在腳上的東西，用棉、毛、絲、化纖等織成或用布做成：襪子／絲襪。

襬（摆） ⓟbǎi ⓥbaai2擺 ⓤLWLP
長袍、上衣，襯衫等的最下端部分：下襬／衣襬／前襬。

襯（衬） ⓟchèn ⓥcan3趁 ⓤLYDU
①在裏面或下再托上一層：襯絨／襯上一張紙。②穿在裏面的或附在裏面的：襯衣／襯褲／襯布。③附在衣物、鞋、帽等某一部分的裏面的布製品：帽襯／袖襯。④搭配上別的東西：這朵紅花襯着綠葉，真好看。

襲（袭）¹ ⓟxí ⓥzaap6習 ⓤYPYHV
①趁人不備，給以攻擊、侵襲：襲擊／夜襲／空襲／寒氣襲人。②姓。

襲（袭）² ⓟxí ⓥzaap6習
①照樣做，照樣繼續下去：因襲／沿襲。②繼承：世襲／承襲。③量詞，指成套的衣服：一襲衣。

衣部

襶 ⓒdài ⓖde2 戴 ⓔLJIC
見【襶襶】, 558頁。

襠 ⓔLSJJ「褶」的異體字, 見558頁。

襻 ⓒpàn ⓖpaan3 盼 ⓔLDDQ
①扣住鈕扣的套：紐襻。②功用或形狀像襻的東西：鞋襻。③用繩子、線等繞住，使分開的東西連在一起：襻上幾針（縫住）。

西部

西 ⓒxī ⓖsai1 犀 ⓔMCW
①方向，太陽落下的一邊，跟「東」相對：由西往東／夕陽西下。②事物的樣式、內容或方法屬於西方（多指歐、美兩洲）的：西餐／西服／西醫。③佛教徒指極樂世界：西天／歸西／撒手西去（婉辭，指死亡）。④姓。

要 1 ⓒyāo ⓖjiu1 腰 ⓔMWV
①求：要求。②強求，有所仗恃而強硬要求：要挾。③同「邀」，見625頁。④古同「腰」，見487頁。⑤姓。
【要求】①提出具體事情，希望實現：要求入學／要求大家認真學習。②所提出的具體願望或條件：滿足他的要求。

要 2 ⓒyào ⓖjiu3 腰三聲
①重要：主要／險要。②重大，值得重視的內容：要事／要點／提要。
【要緊】①重要：這段河堤要緊得很，一定要加強防護。②嚴重：他只受了輕傷，不要緊。③急着（做某件事）：我要緊進城，來不及細說了。

要 3 ⓒyào ⓖjiu3 腰三聲
①索取，希望得到：要賬／我要這一本書。②請求：他要我給他寫信。③表示做某件事的意志：我要做個好學生不讓老師失望。④應該，必須：要努力學習。⑤需要：坐火車由香港到廣州要三個小時。⑥即將：我們要去香港大學了。⑦表示估計，用於比較：地鐵太貴了，乘巴士要便宜得多。
【要強】好勝心強，不願落後：她很要強，總想考第一。

要 4 ⓒyào ⓖjiu3 腰三聲
①作假設，如果：明天要是下雨，我就去不了。②表示選項：要麼打球，要麼逛街。

栗 ⓔMWD 見木部, 277頁。

票 ⓔMWMMF 見示部, 418頁。

粟 ⓔMWFD 見米部, 442頁。

覃 1 ⓒtán ⓖtaam4 談 ⓔMWAJ
①深：覃思（深思）。②姓。

覃 2 ⓒqín ⓖcam4 尋
姓。

覆 ⓒfù ⓖfuk1 腹 ⓔMWHOE
①遮蓋，蒙：天覆地載／大地被一

層白雪覆蓋着。②翻倒：覆舟/覆車。③滅亡：覆滅/覆亡。④同「復1①」，見193頁。⑤同「復2」，見193頁。

【覆沒】①船翻沉。②比喻軍隊被消滅。③淪陷。

【覆轍】翻過車的道路，比喻曾經失敗的道路、方法：重蹈覆轍。

覈 ⓶MWHSK 「核1」的異體字，見278頁。

覇 ⓶MBTJB 「霸」的異體字，見680頁。

羇 ⓶MBTJR 「羈」的異體字，見467頁。

羈 ⓶MBTJF 「羈」的異體字，見467頁。

―――――― 見 部 ――――――

見（见） 1 ⓶jiàn ⓷gin3 建　⓶BUHU

①看到：看見/罕見/眼見是實。②接觸，遇到：冰見熱會融化/這種藥怕見光。③看得出，顯現出：見效/見分曉/病已見好。④(文字等)出現在某處，可參考：見上/見下/見《史記》。⑤會晤：接見/會見/他要見你。⑥見解，對於事物觀察、認識以後憑自己的理解所產生的看法：見識/見地/高見/固執己見。⑦姓。

【見習】人初到工作崗位在現場中實習：見習助理/他在工廠見習三個月。

見（见） 2 ⓶jiàn ⓷gin3 建　⓶助詞。用在動詞前表示被動：見笑/見怪/見諒/見告/見教。②用在動詞後，表示效果：看見/聽不見。

見（见） 3 ⓶xiàn ⓷jin6 現　同「現①」。顯露：圖窮匕見/風吹草低見牛羊。

覜（觃） ⓶yàn ⓷jim3 厭　⓶BUND

【覜口】地名，在浙江。

規（规） ⓶guī ⓷kwai1 虧　⓶QOBUU

①畫圓形的工具：圓規/兩腳規。②法則，章程：規則/成規/常規。③相勸：規勸/規勉。④謀劃：規定/規避（設法巧避）/欣然規往。

【規格】①產品品質的標準，如大小、輕重、性能等：合規格。②泛指特定的要求或條件：接待來賓的規格很高。

【規劃】較長期、長遠的發展計劃：城市發展規劃。

【規矩】①畫圓形和方形的兩種工具，借指準則、法則或習慣：守規矩/按規矩辦事。②合標準，守法則：他這個人規矩老實。

【規模】(事業、機構、工程、運動等)所具有的格局、形式或範圍：略具規模/大規模的城市建設。

覓（觅） ⓶mì ⓷mik6 冪　⓶BBUU

找，尋求：尋覓/覓食/覓路。

現 🅰MGBUU 見玉部，371頁。

視（視） 🅰shì 🅑si6 事
🅐IFBUU
①看：視力／近視眼／視而不見。②看待：重視／輕視／一視同仁。③考察：監視／巡視。

覎（覘） 🅰chān 🅑zim1 尖
🅐YRBUU
偷偷地察看，觀測：覘望。

覜（覜） 🅰xí 🅑hat6 瞎
🅐MOBUU
男巫師。

覩（覩） 🅰JABUU「睹」的異體字，見403頁。

覝（覘） 🅰tiǎn 🅑tin2 天二聲
🅐TCBUU
①表現慚愧：覝顏／覝然低首。②厚着臉皮：覝着臉（不知羞）。

覞 🅰MWBUU 見「面」部，682頁。

覡（覡） 🅰yú 🅑jyu4 余
🅐ONBUU
見【覥覦】，562頁。

親（亲） 1 🅰qīn 🅑can1 嗔
🅐YDBUU

①特指父母：雙親／養親（奉養父母）。②親生的或血統最近的：親兒子／親兄弟。③有血統或夫妻關係的：親屬／親人／親友／親戚／沾親帶故。④婚姻：定親／親事。⑤指新婦：娶親／迎親。⑥感情好，關係密切：他們很親密／兄弟相親／外婆最親她。⑦親近（多指國家）：親中／親美。⑧自己去做：親臨／親征／親赴。⑨本身，自己的：親筆信／親眼見的／親手做的。⑩用嘴脣接觸（人或東西），表示喜愛：親嘴／他親了親孩子的小臉蛋。

親（亲） 2 🅰qìng 🅑can3 趁
【親家】①因兩家兒女相婚配而形成的親戚關係：兒女親家。②夫妻雙方的父母彼此的關係或稱呼：親家母／親家公。

覬（覬） 🅰jì 🅑gei3 記
🅐UTBUU
希望，希圖。
【覬覦】非分的希望或企圖：他對父親的財產覬覦已久。

覯（覯） 🅰gòu 🅑gau3 究
🅐TBBUU
遇見：罕覯（難得一見）。

覲（覲） 🅰jìn 🅑gan6 近
🅐TMBUU
朝見君主或朝拜聖地：覲見／朝覲。

覷（覷） 🅰qù 🅑ceoi3 翠
🅐YMBUU
看，瞧：偷覷／覷視／小覷／面面相覷。

覰 ⊜AABUU「覯」的異體字，見405頁。

覰 ⊜BBBUU同「覰」，見563頁。

覺（觉） 1 ⊜jué ⊜gok3 角　⊜HBBUU
①器官受刺激後對事物的感受和辨別：視覺/味覺/知覺。②感到：不知不覺/我覺着冷/他覺得這本書很好。③醒悟：覺醒/覺悟/自覺/如夢初覺。④姓。

覺（觉） 2 ⊜jiào ⊜gaau3 教
睡眠（從睡着到睡醒）：午覺/睡了一大覺。

覰 ⊜YTBUU「覷」的異體字，見562頁。

覯（觃） ⊜luó ⊜lo4 羅　⊜MBBUU
【覯縷】詳細敘述：不煩覯縷/非片言所能覯縷。

覽（览） ⊜lǎn ⊜laam5 攬　⊜SWBUU
看，閱：遊覽/閱覽/閱覽室/一覽無遺。

覯（觌） ⊜dí ⊜dik6 敵　⊜GCBUU
相見：覯面。

觀（观） 1 ⊜guān ⊜gun1 官　⊜TGBUU

①看：觀看/坐井觀天/走馬觀花。②看到的景象或樣子：奇觀/壯觀/觀瞻。③對事物的認識，看法：樂觀/人生觀/宇宙觀。
【觀察】仔細考查，察看：細心觀察。
【觀點】觀察事物時所處的位置或採取的態度。
【觀光】參觀別國或別處的景物、建設等。
【觀念】①思想意識。②客觀事物在意識中構成的形象。
【觀世音】佛教菩薩之一，佛教徒認為是救苦救難之神。也叫觀自在、觀音大士。俗稱觀音。

觀（观） 2 ⊜guàn ⊜gun3 灌
①道教的廟宇：道觀/白雲觀。②姓。

──── 角部 ────

角 1 ⊜jiǎo ⊜gok3 覺　⊜NBG
①牛、羊、鹿等食草動物頭上長出的堅硬的東西，一般細長而彎曲，上端較尖：牛角/鹿角/雙角。②古代軍中吹的樂器：號角。③形狀像角的：菱角/皂角。④突入海中的尖形的陸地，多用於地名：成山角（在山東）/鎮海角（在福建）。⑤物體邊沿相接的地方：桌子角/牆角。⑥幾何學上稱自一點引兩條直線所成的形狀：直角/銳角。⑦量詞：從整塊劃分成角形的：一角餅。⑧中國貨幣單位，一元的十分之一。⑨角宿，二十八星宿之一。

角 2 ⊜jué ⊜gok3 覺
①角色：主角/配角。②戲曲演員

按所扮演人物的性別和性格等分的類型。也叫「行當」：生角／旦角。③演員：名角。

【角色】也作「腳色」。①演員於戲劇或電影等扮演的戲中人物。②比喻生活中某種類型的人物：他在這次談判中擔當了很重要的角色。

角 3 🔊jué 🔊gok3 覺
競爭，爭勝：角力／口角（吵嘴）／角逐。

角 4 🔊jué 🔊gok3 覺
古代盛酒的器具，形狀像爵，但口沿上沒有小柱。

角 5 🔊jué 🔊gok3 覺
古代五音宮、商、角、徵、羽之一。

角 6 🔊jué 🔊gok3 覺
姓。

觔 🔊NBKS ①「筋」的異體字，見433頁。②「斤1」的異體字，見255頁。

觖 🔊jué 🔊kyut3 決 🔊NBDK
不滿足，不滿意。

觚 🔊gū 🔊gu1 孤 🔊NBHVO
①古代一種盛酒的器具。②古代寫字用的木簡：操觚（執筆寫作）。③稜角：不觚。

觝 🔊NBHPM 「抵1③」的異體字，見222頁。

觜 1 🔊zī 🔊zi1 資 🔊YPNBG
觜宿，二十八星宿之一。

觜 2 🔊zuǐ 🔊zeoi2 嘴
同「嘴」，見107頁。

解 1 🔊jiě 🔊gaai2 皆二聲 🔊NBSHQ
①剖開，分開：瓦解／分解／解剖／難解難分。②把未縛的、繫着的東西打開：解扣／解衣服。③除去：解恨／解渴／解職／解約。④講明白，分析說明：解釋／解答／解勸。⑤懂，明白：令人不解／通俗易解。⑥排泄大便或小便：大解／小解。⑦代數方程中未知數的值。

解 2 🔊jiè 🔊gaai3 介
指押送財物或犯人：解款／起解／把犯人解到城裏。

解 3 🔊xiè 🔊gaai2 皆二聲
明白，懂得：解不開這個道理。

解 4 🔊xiè 🔊gaai2 皆二聲
舊時指雜技表演的各種技藝，特指騎在馬上表演的：跑馬賣解。

解 5 🔊xiè 🔊haai6 械
①解池，湖名，在山西。②姓。

觥 🔊gōng 🔊gwang1 轟 🔊NBFMU
古代用獸角做的一種酒器。

【觥籌交錯】酒杯和酒籌（行酒令時用的小棍），形容宴飲盡興的盛況。

觫 🔊sù 🔊cuk1 速 🔊NBDL
見【觳觫】，565頁。

觱 🔊bì 🔊bit1 必 🔊IRNBG

【觱篥】也作「篳篥」、「觱栗」。古代的一種管樂器。以竹為管，上開八孔，管口插有蘆葦製的哨子。

觳 　⒜hú　⒝huk6 酷　⒞GBHNE

【觳觫】恐懼得發抖：觳觫而跪。

觴（觞）　⒜shāng　⒝soeng1 傷　⒞NBOAH

古代稱酒杯：舉觴稱賀。

觶（觯）　⒜zhì　⒝zi3 至　⒞NBRRJ

古時飲酒用的器皿。

觸（触）　⒜chù　⒝zuk1 竹　⒞NBWLI

① 抵，頂：抵觸／抵羊觸藩。② 碰，遇著：觸礁／觸電／觸景生情／觸類旁通。③ 感動：觸動／深有所觸。

【觸覺】皮膚、毛髮等與物體接觸時所生的感覺。

言 部

言 　⒜yán　⒝jin4 延　⒞YMMR

① 話：語言／發言／格言／名言／謠言／有言在先／一言為定。② 說：言語／知無不言，言無不盡。③ 漢語的一個字叫一言：五言詩。④ 姓。

計（计）　⒜jì　⒝gai3 繼　⒞YRJ

① 核算：計算／核計／不計其數。② 指總數（常用於統計或分別列舉）：佣金共計十萬元。③ 測量或計算度數、時間等的儀器：時計／體溫計／血壓計。④ 主意，策略：計策／妙計／計謀／百年大計。⑤ 謀劃，打算：設計／我們先計劃一下／為安全計，要鎖好門窗。⑥ 考慮：不計成敗／無暇計及。⑦ 姓。

【計較】① 計算，比較：斤斤計較／不計較個人得失。② 爭論，較量：大家都沒有和他計較。③ 打算，商量：此事待日後再作計較。

訂（订）　⒜dìng　⒝ding3 錠　⒞YRMN

① 經過研究商討而立下（條約、契約、計劃、章程等）：訂約／訂婚。② 約定：預訂／訂雜誌。③ 改正，修改：考訂／校訂／訂正初稿。④ 用線、膠、鐵絲等把書頁等連在一起：裝訂／訂一個筆記本兒。

訃（讣）　⒜fù　⒝fu6 付　⒞YRY

報喪，也指報喪的通知：訃聞／訃告。

尳 　⒜qiú　⒝kau4 求　⒞KNYMR

逼迫。

訇 　⒜hōng　⒝gwang1 轟　⒞PYMR

¹ 大聲：訇然／訇的一聲。

訇 　⒜hōng　⒝gwang2 轟

² 中國伊斯蘭教稱主持清真寺教務和講授經典的人：阿訇。

討（讨）　⒜tǎo　⒝tou2 土　⒞YRDI

① 查究，處治，征伐：征

討/南征北討。②索取：討飯/討債/討饒/討教/討還公道。④娶：討老婆。④惹：討厭/討人歡喜。⑤研究，推求：討論/商討/仔細研討。
【聲討】宣佈罪行而加以抨擊。

訐(讦)

⊜jié ⊜kit3竭 ⊜YRMJ

揭發別人的陰私，斥責別人的過失：攻訐/訐發/訐告。

訊(讯)

⊜xùn ⊜seon3迅 ⊜YRNJ

①詢問：問訊。②特指法庭中的審問：審訊。③消息，信息：通訊/音訊/新華社訊。

訌(讧)

⊜hòng ⊜hung4紅 ⊜hung3控 ⊜YRM

爭吵，混亂：內訌。

訓(训)

⊜xùn ⊜fan3糞 ⊜YRLLL

①教導，教誨，斥責：訓詞/教訓/訓練/訓了他一頓。②準則，可以作為法則的話：家訓/遺訓/不足為訓。③有計劃有步驟地使具有某種特長或技能：訓練/培訓/軍訓。④解釋詞的意義：訓詁（對古籍中字詞的解釋）。⑤姓。

訕(讪)

⊜shàn ⊜saan3汕 ⊜YRU

①譏諷：訕笑。②難為情的樣子：臉上發訕。

訖(讫)

⊜qì ⊜ngat6兀 ⊜gat1吉 ⊜YRON

①（事情）完結，終了：收訖/付訖/驗訖。②截止：起訖。

託(托)

⊜tuō ⊜tok3拓 ⊜YRHP

①請別人代辦：委託/託你買本書。②寄，暫放：託兒所/託人買東西。③藉故推諉或躲閃：託病/託故。

記(记)

⊜jì ⊜gei3寄 ⊜YRSU

①把印象保持在腦子裏：記憶/記得/記住這件事情。②把事物寫下來：記錄/記賬/把這些事情都記在筆記本上。③記載事物的書冊或文章：遊記/日記/大事記。④標號，標識：暗記/戳記/以紅色為記。⑤皮膚上天生的色斑：他手掌中心有一塊黑記。⑥量詞。用於某些重力動作的次數：打一記耳光/一記勁射，足球入網。
【記者】報刊、雜誌社、電臺、電視臺裏做新聞採訪和寫報道的人員。

訒(讱)

⊜rèn ⊜jan6刃 ⊜YRSHI

言語遲鈍。

訏(讦)

⊜xū ⊜heoi1虛 ⊜YRMD

①誇口。②大。
【訏謨】遠大的計謀。

訟(讼)

⊜sòng ⊜zung6頌 ⊜YRCI

①在法庭爭辯是非曲直，打官司：訴訟/

訟事/成訟。②爭辯是非：爭訟/聚訟紛紜。

訛(讹)

　é 　ngo4 鵝
　YROP

①錯誤：訛字/訛言/以訛傳訛。②敲詐，假借某種理由向人強迫索取財物或其他權利：訛人/訛詐/訛錢。

訝(讶)

　yà 　ngaa6 迓
　YRMVH

驚奇，奇怪：訝然/十分驚訝。

訢(䜣)

　xīn 　jan1 因
　YRHML

①舊同「欣」，見299頁。②姓。

訣(诀)

1 　jué 　kyut3 決
　YRDK

①用事物的主要內容編成的順口的便於記憶的詞句：口訣/歌訣。②竅門，高明的方法：祕訣/妙訣。

訣(诀)

2 　jué 　kyut3 決

辭別，多指不再相見的分別：永訣/訣別。

訥(讷)

　nè 　neot6 拿術切
　naap6 納 　YROB

語言遲鈍，不善講話：木訥/口訥。
【訥訥】形容說話遲鈍：訥訥不出於口。

訪(访)

　fǎng 　fong2 紡
　YRYHS

①探問，看望：訪友/訪古/訪貧問苦。

②向人詢問調查：訪查/採訪新聞/明查暗訪。
【訪問】到目的地去看望某人並與之談話：記者訪問與會代表。

設(设)

　shè 　cit3 徹
　YRHNE

①佈置，安排：設宴/設立學校/總部設在上海。②籌劃：設計/想方設法。③假使：設若/設想。
【設備】①配置以備應用：健身室設備得很好。②為某一目的而配置的建築與器物等：工廠設備/機器設備。
【設計】①在正式做某項工作之前，根據一定的目的要求預先制定方法、圖樣等：設計圖/設計師。②根據訂出來的計劃，制出具體進行實現計劃的方法和程序：那項建築設計已經完成。

許(许)

1 　xǔ 　heoi2 詡
　YROJ

①稱讚，承認其優點：讚許/許許為佳作。②預先答應給予：以身許國/我許給他一本書。③女子由家長做主，跟某人訂婚：許配。④應允，認可：允許/准許/特許/不許亂說亂動。⑤或者，可能：也許/或許。

許(许)

2 　xǔ 　heoi2 詡

①表示程度：許多/許久/少許。②表示約略估計的詞：幾許/少許/年三十許（三十歲左右）。

許(许)

3 　xǔ 　heoi2 詡

處，地方：先生不知何許人也。

許(许)
4 ⓟxǔ ⓒheoi2 翊
ⓒYRMNR
①周朝國名, 在今河南許昌東。②姓。

訩(讻)
ⓟxiōng ⓒhung1 空
ⓒYRUK
爭辯。
【訩訩】喧擾, 紛擾的聲音或紛擾的樣子：天下訩訩。

訴(诉)
ⓟsù ⓒsou3 素
ⓒYRHMY
①敘説, 傾吐：告訴/訴苦。②控告：訴訟/起訴/上訴/控訴。

訶(诃)
1 ⓟhē ⓒho1 呵
ⓒYRMNR
①同「呵2」, 見84頁。②姓。

訶(诃)
2 ⓟhē ⓒho1 呵
【訶子】常綠喬木, 葉子呈卵形或橢圓形。果實像橄欖, 可以入藥, 也叫「藏青果」。

診(诊)
ⓟzhěn ⓒcan2 疹
ⓒYROHH
醫生為斷定病症而察看病人身體內部外部的情況：診斷/診脈/門診/出診/診所。

詎(讵)
ⓟjù ⓒgeoi6 巨
ⓒYRSS
豈, 怎：詎料/詎知。

註(注)
ⓟzhù ⓒzyu3 蛀
ⓒYRYG

①用文字來解釋詞句：批註/註解一篇文章/下邊註了兩行小字。②解釋詞、句所用的文字：加註/附註。③記載, 登記：註冊/註銷。

詁(诂)
ⓟgǔ ⓒgu2 古
ⓒYRJR
用通行的話解釋古代語言文字或方言字義：訓詁/字詁/解詁。

詆(诋)
ⓟdǐ ⓒdai2 底
ⓒYRHPM
説壞話, 毀謗：醜詆(辱罵)/詆毀。

詈
ⓟlì ⓒlei6 利
ⓒWLYMR
罵：詈罵/詈辭(罵人的話)。

詠(咏)
ⓟyǒng ⓒwing6 泳
ⓒYRINE
①聲調抑揚地唸, 唱：歌詠/吟詠。②用詩詞來敘述：詠雪/詠菊/詠史。

詐(诈)
ⓟzhà ⓒzaa3 炸
ⓒYRHS
①欺騙：欺詐/詐財。②假裝：詐死/詐降。③用假話誘騙對方吐露真情：你不必拿話詐我。

詗(诇)
ⓟxiòng ⓒhing3 慶
ⓒYRBR
刺探：詗察(偵察)。

詥
ⓒYRIR 同「貽」, 見587頁。

詔(诏) ❶zhào ❷ziu3 照 ❸YRSHR

①告訴，告誡。②舊稱皇帝所發的命令：詔書／下詔。

評(评) ❶píng ❷ping4 平 ❸YRMFJ

①議論或批判：評論／評議／時評／評語／評理／評薪。②判定(是非、勝負或優劣)：評判／評分／評選。

【評價】①評定價值高低：評價文學作品。②對事物估定價值：予以新的評價。

【評介】評論介紹：新書評介。

【評閱】閱覽並評定(試卷、作品)：作文評閱。

詖(诐) ❶bì ❷bei3 庇 ❷bei1 卑 ❸YRDHE

邪，不正：詖辭(邪僻的言論)。

詘(诎) ❶qū ❷wat1 屈 ❸YRUU

①縮短。②言語鈍拙：語詘。③同「屈」，見162頁。

詛(诅) ❶zǔ ❷zo3 左三聲 ❸YRBM

①舊時的人求神加禍於別人：詛咒。②盟誓。

【詛咒】原指祈求鬼神加禍於所恨的人，今指咒罵，説希望人不順利的話。

詞(词) ❶cí ❷ci4 慈 ❸YRSMR

①語言，特指有組織的語言、文字、語句：歌詞／演講詞／義正詞嚴。②一種韻文形式，由五言詩、七言詩和民間歌謠發展而成，起於唐代，盛於宋代。原是配樂歌唱的一種詩體，句的長短隨着歌調而改變，因此又叫作「長短句」。有小令、中調和慢詞三種，一般是上下兩闋。③在句子裏能自由運用的最小語言單位。

証 ❸YRMYM「證」的異體字，見579頁。

訾 1 ❶zī ❷zi1 支 ❸YPYMR
①同「貲」，見588頁。②姓。

訾 2 ❶zǐ ❷zi2 紫
説別人的壞話，詆毀：不苟訾議。

詣(诣) ❶yì ❷ngai6 毅 ❸YRPA

①到(多用於尊長)：詣前請教。②學問或技術所達到的程度：造詣／苦心孤詣。

詡(诩) ❶xǔ ❷heoi2 許 ❸YRSMM

誇耀：自詡。

詢(询) ❶xún ❷seon1 洵 ❸YRPA

問，徵求意見：詢問／探詢／查詢。

試(试) ❶shì ❷si3 肆 ❸YRIPM

①按照預定的想法去做：試用／試試看。②考，測驗：考試／試題／口試／面試。

詩(诗) 🔊shī 🔊si1 施 🔊YRGDI

①一種文體，形式很多，運用有節奏、韻律的語言敘事或抒情，可以歌詠朗誦：詩歌/詩句/詩人。②姓。

【詩興】作詩的興致。

詫(诧) 🔊chà 🔊caa3 叉三聲 🔊YRJHP

驚訝，覺得奇怪：詫異/詫然。

詶 🔊YRILL 「酬②-④」的異體字，見633頁。

詬(诟) 🔊gòu 🔊gau3 究 🔊YRHMR

①恥辱：忍辱含詬。②厲罵：詬罵/大詬。

詭(诡) 🔊guǐ 🔊gwai2 鬼 🔊YRNMU

①欺詐，奸滑：詭詐/詭辯（無理強辯）/詭計多端。②怪異，出乎尋常：詭異/詭形。

詮(诠) 🔊quán 🔊cyun4 全 🔊YROMG

①解釋：詮釋。②事物的真理：真詮。

詰(诘) 1 🔊jí 🔊gat1 吉 🔊YRGR

詰屈。見【佶屈】，24頁。

詰(诘) 2 🔊jié 🔊kit3 竭

追問：反詰/盤詰/詰責。

話(话) 🔊huà 🔊waa6 娃六聲 🔊YRHJR

①語言：説話/講話/會話/談了幾句話/這兩句話不通順。②説，談：話別/茶話/話舊。

【話本】宋代興起的白話小說，用通俗文字寫成，多以歷史故事和當時社會生活為題材，是宋元民間藝人説唱的底本。

【話劇】用平常口語和動作表演的戲劇。

該(该) 1 🔊gāi 🔊goi1 垓 🔊YRYVO

①輪到：這一次該我玩了/他講完了，該你了。②應當，必該，用在感歎句中兼有加強語氣的作用：應該/該做的一定要做/天涼了，就該加衣服了/他要是在這裏，該多好啊！

該(该) 2 🔊gāi 🔊goi1 垓

欠，欠賬：該他幾塊錢。

該(该) 3 🔊gāi 🔊goi1 垓

指示代詞。着重指出前面説過的人或事物，多用於公文：該地/該員/該書。

該(该) 4 🔊gāi 🔊goi1 垓

同「賅」，見589頁。

詳(详) 🔊xiáng 🔊coeng4 祥 🔊YRTQ

①細密，完備，跟「略」相對：詳細/詳談/詳解/詳情。②説明，細説：內詳。③清楚地知道：內容不詳/死因不詳。

詹 🔊zhān 🔊zim1 尖 🔊NCYMR

姓。

詼(诙) 🔊huī 🔊fui1 灰 🔊YRKF

戲謔。

【詼諧】説話有趣，引人發笑。

詿(诖) 🔊guà 🔊gwaa3 卦 🔊YRGG

①欺騙。②牽累，貽誤。

【詿誤】被別人牽連而入罪：為人詿誤。

誄(诔) 🔊lěi 🔊loi6 來六聲 🔊YRQD

①舊指敘述死人生前的行事、事跡表示哀悼（多用於上對下）。②在喪禮中宣讀哀悼死者的文章。

誅(诛) 🔊zhū 🔊zyu1 朱 🔊YRHJD

①把罪人殺死：誅戮／伏誅／天誅地滅。②責罰：口誅筆伐。

誇(夸) 🔊kuā 🔊kwaa1 垮 🔊YRKMS

①説大話：誇口／誇誇其談／誇大自己的成績。②用言獎勵，讚揚：誇耀／人人都誇他進步快。

【誇張】説得不切實際，説得過火。

詵(诜) 🔊shēn 🔊san1 身 🔊YRHGU

【詵詵】眾多的樣子。

誆(诓) 🔊kuāng 🔊hong1 康 🔊YRSMG

欺騙：誆騙／誆人。

詾 🔊YRPUK 「訩」的異體字，見568頁。

詧 🔊BOYMR 「察」的異體字，見155頁。

誠(诚) 🔊chéng 🔊sing4 繩 🔊YRIHS

①真心：誠實／誠懇／誠心誠意。②實在，的確：誠然／誠有此事。③如果，果真：誠如是，則我軍必勝。

認(认) 🔊rèn 🔊jing6 英六聲 🔊YRSIP

①分辨，識別：認識／認字／認領／認不出。②跟本來沒有關係的人建立某種關係：認了親／認了乾媽。③承認，表示同意：認可／認錯／公認／否認。④讓吃虧：這事我就認了。⑤承認價值並願意接受（多用於口語）：我就認這家出版社的書。

【認真】實事求是，不苟且。

誌(志) 🔊zhì 🔊zi3 至 🔊YRGP

①記在心裏：誌喜／誌哀／永誌不忘。②記載的文字：雜誌。③記號：標誌。

誑(诳) 🔊kuáng 🔊gwong2 廣 🔊YRKHG

①欺騙，瞞哄：誑語／你別誑人。②用言語或行動逗弄人以取樂：他和你誑呢！

誓 🔊shì 🔊sai6 逝 🔊QLYMR

①表示決心依照説的話實行：誓

約／誓師／誓不甘休。②表示決心的話：
宣誓／發誓／信誓旦旦。

誘（诱）　⑧yòu　⑨jau5 有　⑪YRHDS

①勸導，教導：循循善誘。②使用手段引人跟隨自己的意願：引誘／誘敵／利誘。

誚（诮）　⑧qiào　⑨ciu3 俏　⑪YRFB

①責備：誚呵。②譏諷：譏誚／誚諷。

語（语） 1　⑧yǔ　⑨jyu5 羽　⑪YRMMR

①話：語言／漢語／英語／成語／俗語／語文／千言萬語。②說：耳語／私語／細語／不言不語。③諺語或古語：古語有云：「不入虎穴，焉得虎子。」④代替語言的動作或方式：手語／旗語／燈語。

語（语） 2　⑧yù　⑨jyu6 預　告訴：不以語人。

誡（诫）　⑧jiè　⑨gaai3 界　⑪YRIT

警告，勸人警惕：告誡／規誡。

誣（诬）　⑧wū　⑨mou4 巫　⑪YRMOO

捏造事實陷害別人：誣賴／誣告／誣害。

誤（误）　⑧wù　⑨ng6 悟　⑪YRRVK

①錯，偏差：錯誤／誤解／誤入歧途。②耽擱：耽誤／誤事／火車誤點。③因自己做

錯而使人受害：誤國／誤人子弟。④不是故意地：誤傷／誤殺。

誥（诰）　⑧gào　⑨gou3 告　⑪YRHGR

①告訴（用於上對下）。②古代一種告誡性的文章。③古代帝王對臣子的命令：誥命／誥封。

誦（诵）　⑧sòng　⑨zung6 訟　⑪YRNIB

①用高低抑揚的腔調唸：朗誦／誦詩。②背，記：熟讀成誦。③稱述，述說：傳誦。

誨（诲）　⑧huì　⑨fui3 悔　⑪YROWY

教導，勸說：教誨／誨人不倦。

說（说） 1　⑧shuì　⑨seoi3 稅　⑪YRCRU

用話勸說別人，使他聽從自己的意見：游說。
【說客】到處游說的政治家。

說（说） 2　⑧shuō　⑨syut3 雪　①用話來表達自己的意思：說唱／訴說／演說。②解釋：說一說就明白了。③言論，主張：學說／著書立說／有此一說。④責備，批評：他挨說了／爸爸說了他一頓。⑤從中介紹：說媒婦／說婆家。⑥意思上指：他這番話是說誰呢？

說（说） 3　⑧yuè　⑨jyut6 悅　古同「悅」，見201頁。

諛

⬛YRIOK 「欸3-6」的異體字，見299頁。

誖

⬛YRJBD 「悖」的異體字，見201頁。

課（课）

1 ⬛kè ⬛fo3貨
⬛YRWD

① 有計劃的分段教學：上課/功課/今天沒課。② 教學的科目：主課/數學課/全年共十門課。③ 教學的時間單位：兩節課。④ 教材的段落：這本教科書共有二十課。⑤ 舊時某些機關學校等行政上的單位：會計課/教務課。
【課題】學習或討論的主要事項。

課（课）

2 ⬛kè ⬛fo3貨
① 舊指賦稅：國課/完糧交課。② 使交納捐稅：課稅。

課（课）

3 ⬛kè ⬛fo3貨
占卜的一種：起課/卜課。

誰（谁）

⬛shéi ✗shuí
⬛seoi4 垂 ⬛YROG

① 疑問人稱代詞：誰來呀？/你找誰？② 用在反問句裏，表示沒有一個人：誰知道呢？③ 虛指，表示不知道的人或無須說出姓名和說不出姓名的人：我的書不知道被誰拿走了。④ 用在「也」或「都」前面，表示所說的範圍之內沒有例外：這件事誰也不知道。⑤ 主語和賓語都用「誰」，指不同的人，表示彼此一樣：他們誰也說不過誰。⑥ 同一句子內兩個「誰」字前後照應，指相同的人：大家看誰較

合適，就讓誰做。

誶（谇）

⬛suì ⬛seoi6 睡
⬛YRYOJ

① 斥責，詰問。② 諫諍。

誹（诽）

⬛fěi ⬛fei2 匪
⬛YRLMY

說別人的壞話：誹謗/腹誹心謗。

誼（谊）

⬛yì ⬛ji6宜 ⬛YRJBM

交情：友誼/深情厚誼。

誾（訚）

⬛yín ⬛ngan4 銀
⬛ANYMR

【誾誾】形容辯論時態度好。

調（调）

1 ⬛diào ⬛diu6 掉
⬛YRBGR

① 分派，安排處置：調職/對調/調兵遣將/調換位子。② 為了了解情況而進行考察：調查。③ 互換，掉換：調換/調位。

調（调）

2 ⬛diào ⬛diu6 掉

① 說話的聲音、語氣等：腔調/語調/南腔北調。② 言辭。議論：兩個人的意見是一個論調。③ 樂曲以甚麼音做「do」，就叫作甚麼調。例如以C音做「do」就叫作C調。④ 音樂上高、低、長、短配合的一組音：曲調/小調/這個調子很好聽。⑤ 語言中字音高低升降的變化：聲調。

調（调）

3 ⬛tiáo ⬛tiu4 條

① 配合得均勻適當：協調/失調/眾口難調/風調雨順。② 使

配合均勻：調色／調味／調和。③勸說雙方或多方消除糾紛：調解／調停／調處。④改變原有情況，使適應客觀環境和要求：調整。⑤挑逗：調笑／調戲／調情。⑥挑撥：調唆／調撥。

【調劑】調配，使均勻：他的生活需要調劑一下。

【調皮】好開玩笑，頑皮：他是個調皮的孩子。

諂(谄)

[普]chǎn [粵]cim2簽二聲 [倉]YRNHX

巴結，奉承：諂媚／諂笑／不驕不諂。

諄(谆)

[普]zhūn [粵]zeon1津 [倉]YRYRD

懇切：諄囑。

【諄諄】懇切，不厭倦地：諄諄教誨／諄諄告誡。

談(谈)

[普]tán [粵]taam4痰 [倉]YRFF

①說，對話：面談／談天／請你來談一談。②言論：無稽之談。③姓。

諉(诿)

[普]wěi [粵]wai2委 [倉]YRHDV

推卸（責任、過錯等）：推諉／諉過。

請(请)

[普]qǐng [粵]cing2拯 [倉]YRQMB

①說明要求，希望得到滿足：請求／請假／請示。②延聘，邀，約人來：聘請／邀請／請醫生。③敬辭，用於希望對方做某事（放在動詞前面）：請坐／請教／請問／請進來。④舊時指買香燭、紙馬、佛龕等。

諍(诤)

[普]zhèng [粵]zang3睜三聲 [倉]YRBSD

諫，照直說出人的過錯，叫人改正：諫諍／諍言。

【諍友】能直言規勸的朋友。

諏(诹)

[普]zōu [粵]zau1周 [倉]YRSJE

在一起商量事情：諏吉（商訂好日子）／咨諏（詢問政事）。

諑(诼)

[普]zhuó [粵]doek3啄 [倉]YRMSO

造謠毀謗：謠諑。

誕(诞)

1 [普]dàn [粵]daan3旦三聲 [倉]YRNKM

①人出生：誕生／誕辰（生日）。②指生日：華誕。

誕(诞)

2 [普]dàn [粵]daan3旦三聲

荒唐的，不實在的，不合情理的：虛誕／怪誕／荒誕不經。

諒(谅)

[普]liàng [粵]loeng6亮 [倉]YRYRF

①對別人的過失、錯誤或為難之處抱寬容的態度，不加指責或懲罰：原諒／體諒。②推想，料想：諒他不能來。

【諒察】（請人）體察原諒。多用於書信。

【諒解】由了解而消除意見。

論(论) 1 ⓟlùn ⓒleon6 吝
ⓩYROMB

① 分析、判斷事物的道理：議論／評論／討論。② 分析、闡明事物道理的文章、理論和言論：輿論／立論。③ 學說：唯物論／相對論／進化論。④ 說，看待：相提並論／一概而論。⑤ 衡量，評定：論罪／論功行賞／論資排輩。⑥ 按照：論理來說／論件出售／論天計算。

【論戰】在政治、學術等問題上因意見不同互相爭論：挑起新一輪論戰。

論(论) 2 ⓟlún ⓒleon4 倫

《論語》，書名，內容主要是記中國儒家學派代表孔丘的言行：上論／下論。

諗(谂) ⓟshěn ⓒsam2 審
ⓩYROIP

① 知道：諗知／諗悉。② 勸告。

諛(谀) ⓟyú ⓒjyu4 如
ⓩYRHXO

諂媚，奉承。

諸(诸) 1 ⓟzhū ⓒzyu1 豬
ⓩYRJKA

眾，許多：諸位／諸君／諸子百家。

諸(诸) 2 ⓟzhū ⓒzyu1 豬

「之於」或「之乎」二字的連用：有諸？／公諸同好／付諸實施。

謔(谑) ⓟxuè ⓒjoek6 虐
ⓩYRYPM

開玩笑：戲謔／謔浪。

諭(谕) ⓟyù ⓒjyu6 預
ⓩYROMN

① 告訴，使人知道（舊指上級對下級或長輩對晚輩）：諭知／面諭／手諭／上諭（皇帝的命令）。② 古同「喻」，見98頁。

諼(谖) ⓟxuān ⓒhyun1 圈
ⓩYRBME

① 忘記：永矢弗諼（發誓永遠不忘）。② 欺詐，欺騙：詐諼（虛假欺詐）。

諝(谞) ⓟxū ⓒseoi1 衰
ⓩYRNOB

① 才智。② 謀劃。

諜(谍) ⓟdié ⓒdip6 碟
ⓩYRPTD

① 祕密探察軍、政及經濟等方面的消息：諜報。② 為敵方或外國刺探國家祕密情報的人：間諜。

諞(谝) ⓟpiǎn ⓒpin5 偏五聲
ⓩYRHSB

顯示，誇耀：諞能。

諠 ⓩYRJMM 「喧」的異體字，見98頁。

諢(诨) ⓟhùn ⓒwan6 混
ⓩYRBJJ

戲謔，開玩笑：打諢／諢名（外號）。

諤(谔) ⓟè ⓒngok6 愕
ⓩYRRRS

【諤諤】形容直話直說：千人之諾諾，不

如一士之諤諤（有許多人說順從奉承的話，不如有一個人直言不諱）。

諦(谛)
⓶dì ⓷dai3 帝
⓵YRYBB

①仔細：諦聽／諦視／諦觀。② 佛教指真實而正確的道理，泛指意義、道理：妙諦／真諦。

諧(谐)
⓶xié ⓷haai4 鞋
⓵YRPPA

①配合得適當：諧調／音調和諧。② 成，辦妥：事諧之後，就可動身。③ 滑稽：詼諧／諧謔／諧談／亦莊亦諧。

諫(谏)
⓶jiàn ⓷gaan3 澗
⓵YRDWF

舊時稱規勸君主、尊長，使改正錯誤：進諫／直言敢諫／從諫如流。

諮(谘)
⓶zī ⓷zi1 姿
⓵YRIOR

同「咨①」，見87頁。

諱(讳)
⓶huì ⓷wai5 偉
⓵YRDMQ

①避忌，有顧忌不敢說或不願說：忌諱／隱諱／諱疾忌醫／直言不諱。② 所隱諱的事物：犯諱。③ 舊時對帝王將相或尊長不敢直稱名字，亦指所諱的名字：避諱／名諱。

諳(谙)
⓶ān ⓷am1 庵
⓵YRYTA

熟悉：諳練／諳熟／不諳水性。

諶(谌)
⓶chén ⓷sam4 岑
⓵YRTMV

①相信。② 的確，誠然。③ 姓。

諷(讽)
1 ⓶fěng ⓷fung3 風三聲
⓵YRHNI

用旁敲側擊或尖刻的話指責或嘲笑他人：譏諷／諷刺／冷嘲熱諷。

諷(讽)
2 ⓶fěng ⓷fung3 風三聲

不看着書本唸，背書：諷誦／諷讀／諷經。

諾(诺)
⓶nuò ⓷nok6 挪岳切
⓵YRTKR

①答應，應允：諾言／許諾。② 答應的聲音，表示同意：唯唯諾諾／諾諾連聲。

謀(谋)
⓶móu ⓷mau4 眸
⓵YRTMD

①計劃，計策，主意：有勇無謀。② 設法尋求：為孩子謀幸福。③ 商議：不謀而合。

謁(谒)
⓶yè ⓷jit3咽 ⓵YRAPV

拜見，進見（地位或輩分高的人）：拜謁／進謁／謁黃帝陵／謁見國家元首。

謂(谓)
⓶wèi ⓷wai6 胃
⓵YRWB

①告訴，說：所謂／廣告謂其能醫百病。② 稱，叫做：稱謂／何謂人工呼吸法？

【謂語】對主語加以陳述，說明主語怎

樣或者是甚麼句子成分，例如在「我學習英文」這個句子中，「我」是主語，「學習」是謂語，「英文」是賓語。

諺 (谚) 　粵jin6彥 普yàn
　　注YRYHH

【諺語】在民間流傳的通俗簡練、含義深刻的固定語句，用簡單的話反映出深刻的道理，如「三個臭皮匠，勝過諸葛亮」這句話就是諺語。

證
　　注YRCMT「證」的異體字，見577頁。

謄 (誊) 　粵tang4滕 普téng
　　注BFQR

轉錄，抄寫：謄清／這稿子太亂，要謄一遍。

謊 (谎) 　粵fong1方 普huǎng
　　注YRTYU

①不真實的話，假話：撒謊／說謊。②不真實的，假的：謊言／謊話／謊報成績。

謅 (诌) 　粵zau1周 普zhōu
　　注YRPUU

隨口編造：胡謅／瞎謅／謅了一句話。

謎 (谜) 　粵mai4迷 普mí
　　注YRYFD

①影射事物或文字等讓人猜測的隱語：燈謎／字謎／啞謎／謎底。②還沒有弄明白的或難以理解的事物：這件事是不解之謎。

謇 　粵gin2堅二聲 普jiǎn
　　注JTCR

①口吃，言辭不順暢：謇吃（口吃）。
②正直：謇直。

謐 (谧) 　粵mat6密 普mì
　　注YRPHT

安寧，平靜：安謐／靜謐／恬謐。

謗 (谤) 　粵pong3旁三聲 普bàng
　　注YRYBS

①公開指責別人的過失：謗議。②惡意地攻擊別人：誹謗／毀謗／謗書。

謙 (谦) 　粵him1險一聲 普qiān
　　注YRTXC

虛心，不自高自大：謙虛／謙讓／謙辭。

謚 (谥) 　粵si3試 普shì
　　注YRTCT

①君主時代帝王、貴族或其他有地位的人死後，依其生前事跡給他另起一個稱號，如「武帝」、「哀公」之類。也叫「謚號」。②稱（做），叫（做）：謚之為浪漫主義。

講 (讲) 　粵gong2港 普jiǎng
　　注YRTTB

①說，談：講話／講故事／他對你講了沒有？②解釋：講解／講書／這個典故有幾個講法。③商量，商議：講價／講條件。④謀求，顧及：講排場／講速度／講品質。⑤就某方面說，論：講聰明，他也不如你。

【講究】①講求，重視：講究衛生／我們一向講究實事求是。②值得注意或推敲的內容：編輯的方法大有講究。③對生

活等方面的要求高, 追求精美：遣詞造句很講究/房間佈置得講究極了。
【講義】教師為講課編寫的教材。

謝(谢) @xiè @ze6 榭
@YRHHI

①對別人的幫助或贈與表示感激：道謝/酬謝/謝謝你。②道歉或認錯：謝罪/謝過。③辭去, 拒絕：推謝/謝絕參觀/敬謝不敏。④凋落, 衰退：花謝了/新陳代謝。⑤姓。

謠(谣) @yáo @jiu4 遙
@YRBOU

①大眾編的反映生活的歌：民謠/童謠。②憑空捏造的不可信的話：謠言/造謠/闢謠。

謾(谡) @sù @suk1 縮
@YRWCE

起, 起來。
【謾謾】挺拔：謾謾青松。

謳 @YRMRR「歌」的異體字, 見300頁。

謾(谩) 1 @mán @maan4 蠻
@YRAWE

欺騙, 蒙蔽：欺謾/謾言。

謾(谩) 2 @màn @maan6 幔
輕慢, 沒有禮貌：謾罵。

謷(謷) @áo @ngou4 熬
@GKYMR

説別人的壞話, 詆毀：謷言。

謨(谟) @mó @mou4 模
@YRTAK

計謀, 計劃：宏謨。

謫(谪) @zhé @zaak6 擇
@YRYCB

①古代把高級官吏降職出調到邊遠地區做官：貶謫/謫居。②指神仙受了處罰, 被罰降到人間 (神話)：謫仙。③譴責, 責罰。

謬(谬) @miù @mau6 茂
@YRSMH

錯誤的, 不合情理的：謬論/荒謬/失之毫釐, 謬以千里。

謦 @qǐng @hing3 慶 @GEYMR

【謦欬】①咳嗽。②借指談笑：親聆謦欬。

謭(谫) @jiǎn @zin2 剪
@YRTBH

淺薄：學識謭陋。

謳(讴) @ōu @au1 歐
@YRSRR

①歌唱。②民歌：吳謳/越謳。
【謳歌】歌頌, 讚美。

謹(谨) @jǐn @gan2 緊
@YRTLM

①慎重, 小心：謹慎/謹守規程。②鄭重地：勤謹/拘謹/謹領/謹啟/謹此致謝。

譏(讥)

⦿jī ⦿gei1 機 ⦿YRVII

諷刺，挖苦：譏諷/譏笑/冷譏熱嘲。

譁

⦿YRTMJ「嘩 2」的異體字，見106頁。

證(证)

⦿zhèng ⦿zing3 政
⦿YRNOT

① 用人物、事實來表明或斷定：證明/證實。② 憑據，幫助斷定事理的東西：證據/會員證/出入證。

譎(谲)

⦿jué ⦿kyut3 訣
⦿YRNHB

① 欺詐，玩弄手段：正而不譎。② 奇特，怪異：詭譎。

譖(谮)

⦿zèn ⦿zam3 浸
⦿YRMUA

説壞話誣陷或中傷別人：譖言。

識(识)

1 ⦿shí ⦿sik1 式
⦿YRYIA

① 知道，了解：識趣/不識好歹。② 認得，能辨別：認識/識字/識貨/相識。③ 所知道的道理，辨别是非的能力：知識/見識/常識/卓識/知識豐富/有識之士。

識(识)

2 ⦿zhì ⦿zi3 志
① 記：博聞強識。② 標誌，記號：款識。

譙(谯)

⦿qiáo ⦿ciu4 樵
⦿YROGF

【譙樓】① 古代在城門上建築的樓，可以瞭望。② 鼓樓。

譚(谭)

⦿tán ⦿taam4 談
⦿YRMWJ

① 同「談①-②」，見574頁。② 姓。

譜(谱)

⦿pǔ ⦿pou2 普
⦿YRTCA

① 依照事物的類別、系統編製的表冊或書籍：年譜/家譜/食譜。② 指示音樂的節奏、棋局的變化等的格式或圖形：歌譜/樂譜/棋譜。③ 依照編製歌曲：譜曲。④ 大致的準則：心裏沒譜/他做事靠譜。⑤ 顯示出來的派頭、排場等：擺譜。

譌

⦿YRBHF「訛①」的異體字，見567頁。

潮

⦿YRJJB「嘲」的異體字，見105頁。

議(议)

⦿yì ⦿ji5 已 ⦿YRTGI
① 表明意見的言論：議論/提議/建議/異議。② 商議，討論：議論/會議/議定。③ 詳説：非議/物議。

譟

⦿YRRRD「噪2」的異體字，見107頁。

警

⦿jǐng ⦿ging2 境 ⦿TKYMR
① 注意可能發生的危險：警戒/警備/警告。② 感覺敏銳：警覺/警醒/機警。③ 需要戒備的危險事件或消息：火

警/警報。④員警的簡稱，維持社會治安和秩序的武裝力量：交通警。

譫（谵）⊜zhān ⊜zim1 詹
⊛YRNCR

説胡話，特指病中説胡話：譫語。

譬
⊜pì ⊜pei3 屁
⊛SJYMR

打比方，比喻：譬喻/設譬/譬如。

譯（译）⊜yì ⊜jik6 繹
⊛YRWLJ

把一種語文依照原義改變成另一種語文：翻譯/把英文譯成中文。

譭 ⊛YRHGE「毀③」的異體字，見305頁。

譴（谴）⊜qiǎn ⊜hin2 顯
⊛YRYLR

①責備，申斥：譴責。②官員獲罪降職：譴謫。

護（护）⊜hù ⊜wu6 戶
⊛YRTOE

①保衛：保護/愛護/護航。②掩蔽，包庇：護短/不要一味地護着他。
【護士】醫療機構中擔任護理工作的人員。
【護照】①一國的主管機關發給本國公民進入另一國停留或居住時用以證明身份的文件。②舊時出差、旅行或運貨時所帶的政府機關證明檔。

譽（誉）⊜yù ⊜jyu6 預
⊛HCYMR

①名聲，特指好的名聲：榮譽/名譽/譽滿全港。②稱讚：譽不絕口。

譸（诪）⊜zhōu ⊜zau1 周
⊛YRGNI

①詛咒。②同「侜」，見22頁。

辯 ⊛YJYRJ 見辛部，613頁。

譅（涩）⊜sè ⊜sap1 濕
⊛YRSIM

説話遲鈍：訥譅。

譖 ⊛YRTBM「譖」的異體字，見578頁。

讀（读）¹ ⊜dòu ⊜dau6 逗
⊛YRGWC

語句中的停頓。古代誦讀文章，分句和讀，較短的停頓叫「讀」，稍長的停頓叫「句」，後來把「讀」寫成「逗」。現代所用的逗號（,）就是取這個意義，但分別με讀的標準不同。參看【句讀】，75頁。

讀（读）² ⊜dú ⊜duk6 毒
⊛YRGWC

①依照文字唸：宣讀/朗讀/讀報。②看（書），閱覽：默讀/讀書/讀者。③求學：讀大學/讀小學。④字的唸法、讀音：異讀字/「長」字有兩讀

讅（谉）⊜shěn ⊜sam2 審
⊛YRJHW

知道。

讔 ⓅYRYYB 「讔」的異體字，見578頁。

變 (变) ⓅVFOK ⓟbiàn ⓒbin3 邊三聲
① 性質、狀態或情形和以前不同或使與原來不同：變更／變化／改變／轉變／天氣變了／情況變了。② 使變化：變廢為寶、變農業國為工業國。③ 能變化的，已變化的：變數／變通。④ 出賣財產，換取現款：變賣。⑤ 突然發生的非常事件：政變／兵變／巨變／變故／變亂。⑥ 變文，唐代興起的一種說唱文學，多用韻文和散文交錯組成，內容原為佛經故事，後來範圍擴大，包括歷史故事、民間傳說等。如敦煌石窟裏發現的《大目乾連冥間救母變文》、《伍子胥變文》等。

謺 (謺) ⓅYPYMR ⓟzhé ⓒzip3 接
恐懼：謺服（懾服）／謺懼（恐懼）。

讌 ⓅYRTLF「宴①-②」的異體字，見153頁。

讎 (讎) ⓅOGYRG ⓟchóu ⓒcau4 酬
校對文字：校讎。

讐 ⓅOGYMR 「仇1」和「讎」的異體字，分別見13和581頁。

讕 (谰) ⓅYRANW ⓟlán ⓒlaan4 蘭
抵賴，誣陷：無恥讕言。

讒 (谗) ⓅYRNRI ⓟchán ⓒcaam4 慚
在別人面前說陷害某人的壞話：讒言／讒害。

讓 (让) ⓅYRYRV ⓟràng ⓒjoeng6 釀
① 不爭，把方便或好處給別人：讓步／謙讓／把大蘋果讓給妹妹吃。② 請：讓茶／把他讓進屋裏來。③ 索取一定代價，把東西給人：出讓／轉讓。④ 許，使：不讓他來／讓他去玩／讓我想一想。⑤ 用「我們」連用，表示祈請：讓我們一起努力。⑥ 亞於，不如（用於否定）：巾幗不讓鬚眉／神勇不讓當年。⑦ 避開，躲閃：讓開路／這杯水燙，讓着點。⑧ 被：那個碗讓他摔了／筆讓他給弄壞了。⑨ 跟「看」、「說」搭配使用，表示主觀看法，相當於「依」或「照」：讓我看，這事八成是失敗了。

讖 (谶) ⓅYROIM ⓟchèn ⓒcam3 侵三聲
迷信的人指將來要應驗的預言、預兆：讖語。

讙 (谨) ⓅYRTRG ⓟhuān ⓒfun1 歡
大聲喧嘩。

讚 (赞) ⓅYRHUC ⓟzàn ⓒzaan3 撰
① 誇獎，稱揚：讚許／讚揚／稱讚／讚不絕

口。②舊時文體的一種,內容是稱讚人或物的:像讚。

讙　⊜YRTGI「囔」的異體字,見111頁。

讞(谳) ⊜yàn ⊜jin6現
⊜YRYBK
審判定罪:定讞。

讜(谠) ⊜dǒng ⊜dong2黨
⊜YRFBF
正直的話:讜論/讜辭。

讟(淒) ⊜dú ⊜duk6獨
⊜YRGCR
怨言。

―――― 谷部 ――――

谷 1 ⊜gǔ ⊜guk1穀
⊜COR
①兩山之間的狹長地帶或水道:谷地/峽谷/山谷/萬丈深谷。②姓。

谷 2 ⊜yù ⊜juk6肉
吐谷渾,中國古代西部民族,在今甘肅、青海一帶。隋唐時曾建立政權。

欲 ⊜CRNO 見欠部,299頁。

豁(豁) 1 ⊜huá ⊜waa1娃
⊜JRCOR
【豁拳】同【划拳】,見51頁。

豁(豁) 2 ⊜huō ⊜kut3聒
殘缺,裂開:豁口/豁了一個口子。
【豁子】殘缺的口子:碗上有個豁子/牆拆了一個豁子。

豁(豁) 3 ⊜huō ⊜kut3聒
捨棄,不惜付出很高的代價:豁出性命/豁出幾天時間。

豁(豁) 4 ⊜huò ⊜kut3聒
①開通,敞亮:豁達/豁然開朗。②免除:豁免。

谿 ⊜xī ⊜kai1溪
⊜CRBVK
勃谿。見【勃谿】,60頁。

谿 ⊜xī ⊜kai1溪 ⊜BKCOR
①「溪」的異體字,見331頁。②見【勃谿】,60頁。③姓。

―――― 豆部 ――――

豆 1 ⊜dòu ⊜dau6逗 ⊜MRT
①古代盛肉或其他食品的器皿。②姓。

豆 2 ⊜dòu ⊜dau6逗
豆類植物的總稱:大豆/綠豆/紅豆。

豇 ⊜jiāng ⊜gong1江 ⊜MTM
【豇豆】一年生草本植物,有的有攀緣莖有的植株矮小。花淡青或紫色,果實為長莢、呈腎臟形,嫩莢是常見蔬菜。

豈(岂) 1 ⓟqǐ ⓒhei2 起 ⓒUMRT

①助詞。表示反詰：豈敢／豈有此理／豈有意乎？②姓。

豈(岂) 2 ⓟkǎi ⓒhoi2 海

①古同「愷」。②古同「凱」。

豉 ⓟchǐ ⓒsi6 侍 ⓒMTJE

豆豉，一種用豆子製成的食品，把黃豆或黑豆泡透蒸熟或煮熟，經過發酵而成。有鹹淡兩種，都可放在菜裏調味，淡豆豉也可入藥。

豌 ⓟwān ⓒwun1 烏寬切 ❷wun2 碗 ⓒMTJNU

【豌豆】一年或二年生草本植物，羽狀複葉，小葉卵形。開白色或淡紫紅色花，種子、嫩莖和葉都可吃。

豎(竖) 1 ⓟshù ⓒsyu6 樹 ⓒSEMRT

①跟地面成垂直的，跟「橫」相對：豎井／豎琴。②從上到下或從前到後的：豎寫。③動詞。直立，使物體跟地面垂直：把棍子豎起來。④直，漢字自上往下寫的筆畫（｜）：十字的筆畫是一橫一豎。

豎(竖) 2 ⓟshù ⓒsyu6 樹

①未成年的僕人：豎子。②小孩：婦豎。③宦官。

豐(丰) ⓟfēng ⓒfung1 風 ⓒUJMRT

①盛，多：豐盛／豐年／豐收／豐衣足食。

②使豐滿：豐胸。③大：豐碑／豐功偉績。

艷 ⓒUTNAU 見色部，583頁。

艷(艳) ⓟyàn ⓒjim6 驗 ⓒUTGIT

①色彩光澤鮮明好看：鮮艷／艷麗／艷陽天／百花爭艷。②指關於愛情方面的：香艷／艷史／艷情。③羨慕：艷羨。

───── 豕部 ─────

豕 ⓟshǐ ⓒci2 始 ⓒMSHO

豬：狼奔豕突。

豚 ⓟtún ⓒtyun4 臀 ⓒBMSO

小豬，泛指豬。

象 1 ⓟxiàng ⓒzoeng6 丈 ⓒNAPO

哺乳動物，是陸地上現存的最大動物，多產在印度、非洲等熱帶地方。耳朵大，鼻子圓筒形，可以伸縮。門牙特長，突出脣外，全身的毛很稀疏，皮很厚，吃嫩葉和野菜等。

象 2 ⓟxiàng ⓒzoeng6 丈

①形狀，樣子：形象／景象／萬象更新。②仿效，模擬：象形／象聲。

豢 ⓟhuàn ⓒwaan6 患 ⓒFQMSO

餵養牲畜：豢養（後比喻收買並利用）。

豪 ⓟháo ⓒhou4 毫 ⓒYRBO
①才能出眾的人：豪傑／英豪／魯迅先生是中國的大文豪。②氣魄大、直爽痛快，沒有拘束的：豪放／豪爽／豪邁。③指有錢有勢：豪門／豪富。④強橫：豪強／巧取豪奪。

豨 ⓟxī ⓒhei1 希 ⓒMOKKB
【豨薟】豨薟草，一年生草本植物，莖上有灰白毛，葉子橢圓形或卵狀披針形，花黃色，結瘦果，黑色，有四個稜。全草入藥。

豬(猪) ⓟzhū ⓒzyu1 珠 ⓒMOJKA
哺乳動物，頭大，鼻子和嘴都長，眼睛小，耳朵大，四肢短，體肥多肉，生長快，適應力強，肉可以吃，鬃可以製刷子和做其他工業原料，皮可以製革。

豫¹ ⓟyù ⓒjyu6 預 ⓒNNNAO
①歡喜，快樂：面有不豫之色。②安適：逸豫之身。

豫² ⓟyù ⓒjyu6 預
河南省的別稱。

豳 ⓟbīn ⓒban1 彬 ⓒUMOO
古地名，在今陝西彬縣一帶。也作「邠」。

豶(𤞻) ⓟfén ⓒfan4 焚 ⓒMOJTC
【豶豬】未發情或閹割過的豬。

豸部

豸 ⓟzhì ⓒzi6字 ⓒBSHH
古書上指沒有腳的蟲：蟲豸。

豹 ⓟbào ⓒpaau3 炮 ⓒBHPI
像虎而比虎小的一種哺乳動物，毛黃褐或赤褐色，多有斑點或花紋，善跳躍，能上樹，常捕食鹿、羊、猿猴等。常見的有金錢豹、雪豹、獵豹等，通稱豹子。

豺 ⓟchái ⓒcaai4 柴 ⓒBHDH
一種像狼的野獸，哺乳動物，耳朵比狼的短而圓，常成羣侵襲家畜。毛大部分棕紅色，性兇猛。也叫「豺狗」。
【豺狼】①豺和狼。②比喻貪心殘忍的惡人：豺狼當道。

貂 ⓟdiāo ⓒdiu1 刁 ⓒBHSHR
一種哺乳動物，嘴尖，尾巴長，身體細長，四肢短，耳朵三角形，聽覺敏銳，種類較多，有石貂、紫貂等。

貅 ⓟxiū ⓒjau1 休 ⓒBHOD
見【貔貅】，585頁。

貉¹ ⓟháo ⓒhok6 鶴 ⓒBHHER
義同「貉²」，專用於「貉子」、「貉絨」。

貉² ⓟhé ⓒhok6 鶴
外形像狐而較小的一種哺乳動物，毛棕灰色，耳小，嘴尖，兩頰有長毛橫生，畫伏夜出，捕食魚蝦和鼠兔等小動物，通稱「貉子」。一丘之貉（喻彼此相

似，沒甚麼差別，指壞人）。

貉 ³ 🅟mò 🅟mak6默
同「貊」，見585頁。

貊 🅟mò 🅟mak6默 🅟BHMA
中國古代稱東北方的民族。

貌 🅟mào 🅟maau6貓六聲
🅟BHHAU
①面容，長相：容貌／相貌／其貌不揚。
②外表的樣子：貌合神離／他對人有禮貌。

貍（狸） 🅟lí 🅟lei4梨 🅟BHWG
【貍貓】也作「山貓」、「豹貓」。外形像家
貓的哺乳動物，頭部有黑色條紋，軀幹
有黑褐色的斑點，尾部有橫紋。性兇猛，
吃鳥、鼠、蛙等小動物。

貓（猫） 🅟māo 🅟maau1矛一
聲 🅟BHTW
①哺乳動物，面部略圓，耳殼短
小，眼大，瞳孔隨光線強弱而縮小放大，
四肢較短，掌部有肉質的墊，行動敏捷，
善跳躍，腳有利爪，會捉老鼠，種類很多。
②躲，躲伏。指間待或躲藏：貓冬／貓在
家裏不敢出來。
【貓腰】彎腰。

貔 🅟pí 🅟pei4皮 🅟BHHWP
傳說中的一種野獸。
【貔貅】①古書上說的一種猛獸。②比
喻勇猛的軍隊。
【貔子】黃鼬。

貘（獏） 🅟mò 🅟mok6漠
哺乳動物，外形略像犀牛而矮小，尾短，
鼻子突出很長，能自由伸縮，皮厚毛少，
前肢四趾，後肢三趾，善於游泳。生活在
熱帶密林中，吃嫩枝葉等。

貛（獾） 🅟huān 🅟fun1歡
🅟BHTRG
哺乳動物，體矮胖，身灰色，爪利，善掘
土。穴居山野，晝伏夜出，吃草根、果實、
蚯蚓、蝸牛等食物，有狼貛和狗貛等。

――――― 貝 部 ―――――

貝（贝） ¹ 🅟bèi 🅟bui3輩
🅟BUC
①有殼軟體動物的統稱。如蛤蜊、鮑魚、
田螺等。②古代用貝殼做的貨幣。③姓。

貝（贝） ² 🅟bèi 🅟bui3輩
【貝爾】英文 bel 的譯音，測量聲強、電
壓或功率等相對大小的單位，符號 B。這
個單位名稱是為紀念英國發明家貝爾
（Alexander Graham Bell）而定的。簡
稱「貝」。

負（负） 🅟fù 🅟fu6付 🅟NBUC
①背：負荊／負薪／如釋
重負。②擔任：負責。③責任，所擔當的
事務：如釋重負。④仗恃，倚靠：負險固
守／負嵎頑抗。⑤遭受：負傷／負屈。⑥享
有：負有名望／素負盛名。⑦欠（錢）：負債。
⑧違背，背棄：負約／負盟。⑨敗，跟「勝」

相對:不分勝負。⑩小於零的,跟「正」相對:負數/負號。⑪指相對的兩方面中反的一面,跟「正」相對:負極/負電。

【負擔】①承當:父母負擔了他留學的費用。②感到痛苦的不容易解決的思想問題:精神負擔。

【負氣】賭氣。

貞(贞) ¹ 粵zhēn 普zing1 晶 粵YBUC

① 堅定不變,有節操:忠貞/堅貞不屈。② 封建禮教中束縛女子的一種道德觀念,指女子不失身,不改嫁等:貞女/貞潔。

貞(贞) ² 粵zhēn 普zing1 晶

占卜,問卦:貞卜。

貢(贡) 粵gòng 普gung3 供三聲 粵MBUC

① 古時臣民或屬國獻東西給朝廷:貢稅/貢奉/貢米。② 古代臣民或屬國獻給帝王的物品:進貢。③ 封建時代稱選拔(人才),推薦給朝廷:貢生/貢院。

【貢獻】① 拿出力量或物資來給國家和人民:貢獻出自己的一切。② 對人民、人類社會所做的有益的事:中國人發明了針刺麻醉,對醫學來說是很大的貢獻。

財(财) 粵cái 普coi4 才 粵BCDH

金錢或物資:財產/錢財/理財/財務。

【財富】具有價值的東西:自然財富/精神財富/物質財富。

【財政】(政府部門)對資財的收支管理活動:財政收入/財政赤字。

虵(虵) ¹ 粵yí 普ji4 移 粵BCPD

轉移,移動:流虵/虵封。

虵(虵) ² 粵yì 普ji6 二

重疊,重複。

員

粵RBUC 見口部,90頁。

貧(贫) ¹ 粵pín 普pan4 頻 粵CSHC

① 窮,收入少生活困難,跟「富」相對:貧困/貧窮/貧苦。② 缺乏,不足:貧血。③ 用於僧道的自稱:貧僧/貧道。

【貧乏】不豐富:經驗貧乏。

貧(贫) ² 粵pín 普pan4 頻

形容人絮叨討厭:這個人嘴太貧了。

【貧嘴】愛說廢話或開玩笑的話。

貨(货) 粵huò 普fo3 課 粵OPBUC

① 錢幣:通貨。② 商品:貨物/進貨/訂貨/銷貨/貨真價實。③ 指人(罵人的話):蠢貨/笨貨。④ 出賣:貨賣。

【貨幣】即錢幣,是充當及代表一切商品的等價物的特殊商品,可以購買任何別的商品。

販(贩) 粵fàn 普faan3 番三聲 又faan2反 粵BCHE

① (商人)買貨出賣:販賣/販藥材/販牲口。② 買賣貨物的行商或小商人:小販/攤販/菜販子。

貪（贪） 粵tān 普taam1 探一聲
倉OINC
①原指愛財，後來多指利用職權非法地取得財物：貪污／貪贓。②求多，不知足：貪玩／貪得無厭。③片面追求：貪快／貪便宜／貪圖享樂。

貫（贯） 粵guàn 普gun3 灌
倉WJBUC
①連貫，穿通：精神貫注／融會貫通／如雷貫耳／學貫中西。②連：魚貫而入／學貫古今。③舊時把方孔錢穿在繩子上，每一千個叫一「貫」：家財萬貫。④原籍，世代居住的地方：籍貫。⑤事例，成例：貫仍／舊貫。
【貫徹】使全部實現：貫徹執行。

敗 倉BCOK 見攴部，251頁。

責（责） 1 粵zé 普zaak3 窄
倉QMBUC
①分內應做的事：責任／盡責／愛護公物，人人有責／老師負責教導學生。②要求做成某件事或行為達到一定標準：求全責備。③質問，詰問：責問／責難。④指摘過失：責罰／責備／責己嚴於責人。
【責成】要求某人或機構負責辦好：這個問題已責成專人研究解決。

責（责） 2 粵zhài 普zaai3 齋三聲
古同「債」。

貶（贬） 粵biǎn 普bin2 匾
倉BCHIO
①減低，降低：貶價／貶值／貶職。②指出別人的缺點，給予不好的評價，跟「褒」相對：貶低。

貯（贮） 粵zhù 普cyu5 柱
倉BCJMN
儲存，積存：貯存／貯藏／桶裏貯滿了水。

貰（贳） 粵shì 普sai3 世
倉PTBUC
①出貰，出借。②賒欠。③寬縱，赦免。

貳（贰） 粵èr 普ji6 異
倉IPMMC
①數目字「二」的大寫。②變節，背叛：貳臣／貳心。

貴（贵） 粵guì 普gwai3 桂
倉LMBUC
①價錢高，跟「賤」相對：金比銀貴／這本書不貴。②特別好，價值高：寶貴／貴重／珍貴的產品。③以某種情況為可貴：兵貴神速／人貴有自知之明。④指地位高：貴族／達官貴人。⑤敬辭：貴姓／貴處／貴校／貴賓。

貽（贻） 粵yí 普ji4 怡 倉BCIR
①贈給：貽贈／饋貽。②遺留：貽害／貽患／貽笑大方。

買（买） 粵mǎi 普maai5 埋五聲
倉WLBUC
拿錢換東西，跟「賣」相對：購買／買戲票／買衣服。

【買賣】① 生意，商業：做買賣。② 指生意：他在車站外開了個小買賣。

貸（贷） ❶dài ❷taai3 太
❸OPBUC

① 甲方借錢給乙方，一般規定利息、償還日期：貸款/信貸/房貸。② 借入或借出（會計學上專指借出）：貸款/高利貸/銀行借貸。③ 推卸（責任）給旁人：責無旁貸。④ 寬恕，饒恕：嚴懲不貸。

貺（贶） ❶kuàng ❷fong3 況
❸BCRHU

贈送，賜。

貲（赀） ❶zī ❷zi1 支 ❸YPBUC
計量（多用於否定）：所費不貲/不可貲計。

費（费） 1 ❶fèi ❷fai3 廢
❸LNBUC

① 為某種需要用的款項：費用/免費/學費/辦公費/醫藥費。② 消耗，花掉：消費/花費/費力/費心/費神/費事/費工夫/反浪費。③ 用得多，消耗得多，跟「省」相對：這輛車費油。

費（费） 2 ❶fèi ❷bei3 庇
姓。

貼（贴） 1 ❶tiē ❷tip3 帖
❸BCYR

① 黏，把一種東西黏合在另一種東西上：黏貼/貼佈告/貼壁報/在信封上貼郵票。② 靠近，緊挨：貼身衣服/貼着牆

走。③ 添補，補助：補貼/哥哥每月貼給他一些錢。④ 工資以外的補助費，也指供給制人員的生活零用錢：津貼/車貼/房貼。⑤ 量詞：膏藥一張叫一貼。

貼（贴） 2 ❶tiē ❷tip3 帖
同「帖1」，見175頁。

貿（贸） 1 ❶mào ❷mau6 茂
❸HHBUC

交換財物：抱布貿絲。
【貿易】商業活動：國際貿易。

貿（贸） 2 ❶mào ❷mau6 茂
冒冒失失或輕率的樣子：貿然參加。

賀（贺） ❶hè ❷ho6 荷
❸KRBUC

① 慶賀，祝頌：慶賀/賀年/賀喜/賀功/賀電/賀詞。② 姓。

賁（贲） 1 ❶bēn ❷ban1 濱
❸JTBC

虎賁，古時指勇士，武士。
【賁門】胃與食管相連的部分，是胃上端的口兒，食管中的食物通過賁門進入胃內。

賁（贲） 2 ❶bì ❷bei3 祕
文飾，裝飾很美：賁臨（貴賓盛裝來臨）。

賃（赁） ❶lìn ❷jam6 任
❸OGBUC

① 租用：租賃/賃房/賃車。② 出租：出賃/賃出兩套房子。

賄(贿) 　∰huì　∰kui2 潰
　∰BCKB

①財物：賄款。②用財物買通別人：賄賂／行賄／受賄／納賄。

賂(赂) 　∰lù　∰lou6 路
　∰BCHER

①贈送財物：賄賂。②財物，特指贈送的財物。

賅(赅) 　∰gāi　∰goi1 該
　∰BCYVO

①完備，全：言簡意賅。②兼，包括：舉一賅百／以偏賅全。

資(资) 　∰zī　∰zi1 茲
　∰IOBUC

①財物，錢財，費用：資源／投資／工資／車資。②供給：資助③生活、生產中必須的東西：物資／資源。④提供：以資參考／可資借鑒。⑤材料：談資。⑥智慧能力：天資。⑦指出身、經歷、地位等：資歷／論資排輩。

【資本】①用來生產或經營以求牟利的生產資料和貨幣。②比喻牟取利益的憑藉：政治資本。

【資格】①從事某種活動應有的條件：資格審查。②從事某種工作或活動的時間長短而形成的地位、身份等：他是這所中學資格最老的教師。

【資金】①用於發展國民經濟的物資或貨幣。②指經營工商業的本錢。

【資料】①生產，生活中必需的東西。②用做依據的材料：統計資料。

賈(贾) 1　∰gǔ　∰gu2 古
　∰MWBUC

①商人（古時「賈」指坐商，「商」指行商）：商賈／書賈。②做買賣：多財善賈。③買：賈馬。④招致，招引：賈禍。⑤賣：餘勇可賈。

賈(贾) 2　∰jiǎ　∰gaa2 假二聲
姓。

賊(贼) 　∰zéi　∰caak6 拆六聲
　∰BCIJ

①偷東西的人：盜賊。②做大壞事的人（多指對國家）或對人民有危害的人：賣國賊。③邪的，不正派的：賊眼／賊頭腦／賊心不死。④狡猾：老鼠真賊。⑤很，非常：賊亮／賊熱／賊高。⑥傷害：戕賊。

䀹 　∰BCHBT 「恤」的異體字，見199頁。

賑(赈) 　∰zhèn　∰zan3 鎮
　∰BCMMV

救濟：賑濟／賑災／以工代賑／開倉賑饑。

賒(赊) 　∰shē　∰se1 些
　∰BCOMF

買賣貨物時延期付款或收款：賒賬／賒購。

賓(宾) 　∰bīn　∰ban1 彬
　∰JMHC

客人，跟「主」相對：賓客／來賓／外賓／賓館／喧賓奪主（比喻次要事物侵佔主要事物的地位）。

賕(赇) 粵qiú 粵kau4 求
倉BCIJE

賕賂：受賕枉法。

賚(赉) 粵lài 粵loi6 睞
倉DOBUC

賜，給：賞賚／賚品。

賙(赒) 粵zhōu 粵zau1 周
倉BCBGR

【賙濟】見【周濟】，84頁。

賜(赐) 粵cì 粵ci3 翅
倉BCAPH

① 給，指上級給下級或長輩給小輩：賞賜／賜予／恩賜。② 敬辭：賜教／希望回音。③ 賞給的東西，給予的好處：皆受其賜／受賜良多。

睒(睒) 粵dǎn 粵daam6 淡
倉BCFF

奉獻。

【睒佛】信奉佛教的某些少數民族向廟宇捐獻財物，求佛消災賜福。

睛(睛) 粵qíng 粵cing4 情
倉BCQMB

承受：睛受。

賞(赏) 1 粵shǎng 粵soeng2
想 倉FBRBC

① 地位高的人或長輩把財物送給地位低的人或晚輩：賞賜／賞給他一匹馬。② 獎勵的東西：領賞／懸賞。

賞(赏) 2 粵shǎng 粵soeng2
想

① 因愛好某種東西而觀看：鑒賞／欣賞／觀賞／玩賞。② 認識到人的才能或作品的價值而予以重視或讚揚：賞識／讚賞。

賠(赔) 粵péi 粵pui4 陪
倉BCYTR

① 補還損失：賠款／照價賠償。② 道歉或認錯：賠禮(道歉)／賠罪／賠不是。③ 虧損：賠本／賠錢的生意／是賠還是賺。

賡(赓) 粵gēng 粵gang1 庚
倉ILOC

① 繼續：賡續。② 姓。

賢(贤) 粵xián 粵jin4 言
倉SEBUC

① 有道德的，有才能的：賢明／賢達／賢良。② 有德行的人，有才能的人：聖賢／任人唯賢／選賢舉能。③ 敬辭，用於平輩或行輩低的：賢弟／賢姪。

賣(卖) 粵mài 粵maai6 邁
倉GWLC

① 拿東西換錢，跟「買」相對：賣菜／賣房子。② 為了自己的利益，做損害親友、民族或國家的事：賣國／把朋友賣了。③ 盡量使出(力氣)：賣力／賣勁兒。④ 故意顯示自己，表現自己：賣功／賣乖／賣弄才能。⑤ 舊時飯館中稱一個菜為一賣。

賤(贱) 粵jiàn 粵zin6 煎六聲
倉BCII

①價錢低，跟「貴」相對：賤賣／這件衣服真賤。②指地位卑下，跟「貴」相對：卑賤／貧賤。③卑鄙：賤人／賤骨頭。④舊自謙稱：賤姓。

賦（赋） 1 ⓟfù ⓒfu3 富
ⓦBCMPM

交給：賦予。

賦（赋） 2 ⓟfù ⓒfu3 富
①舊指田地稅：田賦。②徵收：賦以重稅。
【賦稅】指田賦和各種捐稅的總稱。

賦（赋） 3 ⓟfù ⓒfu3 富
①中國古典文學中的一種文體，為韻文和散文的綜合體：辭賦／漢賦。②唸詩或作詩：登高賦詩。

質（质） 1 ⓟzhì ⓒzat1 姪一聲
ⓦHLBUC

①本體，本性：物質／保質／流質／鐵質／變質／問題的實質。②產品或工作的優劣程度：質量。③樸實，單純：質樸。
【質量】①產品或工作的優劣程度：提高質量。②物理學上指物體所含物質之量。
【質子】原子核內帶有正電的粒子，如氫原子核。

質（质） 2 ⓟzhì ⓒzat1 姪一聲
依據事實來說明或辨別是非：質問／質疑／質之高明。

質（质） 3 ⓟzhì ⓒzi3 置
①抵押，典當：以手飾質質錢。②作抵押品的人或物：人質／以物為質。

賬（账） ⓟzhàng ⓒzoeng3 帳
ⓦBCSMV

①關於銀錢財物出入的記載：記賬／流水賬。②記載銀錢財物出入的本子或單子：一本賬／一篇賬。③債務：欠賬／不認賬（喻不承認自己做的事）。

賭（赌） ⓟdǔ ⓒdou2 賭
ⓦBCJKA

①用財物作注來爭輸贏的不正當娛樂：賭博／賭錢。②泛指爭輸贏：打賭。
【賭氣】因不服氣而任性做事：不要賭氣／他賭氣走了。

賫（赍） ⓟjī ⓒzai1 躋
ⓦJBBUC

①懷着，抱着：賫志而歿（志未遂而死去）。②把東西送給人：賫助／賫贈。

贊 ⓦQOBUC「贊」的異體字，見592頁。

賴（赖） 1 ⓟlài ⓒlaai6 籟
ⓦDLSHC

①仗恃，倚靠：依賴／仰賴／有賴。②放刁撒潑，蠻不講理：耍賴／賴皮。③留在某處不肯走開：賴在牀上不願起來。④不承認以前的事：抵賴／事實俱在，賴是賴不掉的。⑤硬說別人有過錯：誣賴／自己做錯了，不能賴別人。⑥怪罪，責備：學習不進步只能賴自己不努力。⑦姓。

賴（赖） 2 ⓟlài ⓒlaai6 籟
不好，劣，壞：這篇文章寫得真不賴。

賵(賵) 鲁fèng 粤fung3 諷
鲁BCABU
①用財物幫助人辦喪事：賵賻。②送給辦喪事人家的東西。

賺(赚) 1 鲁zhuàn 粤zaan6綻
鲁BCTXC
①獲得利潤，跟「賠」相對：賺錢。②用於口語，指利潤：有賺兒。③掙錢：賺錢養家。

賺(赚) 2 鲁zuàn 粤zaan6綻
誆騙：賺人。

賻(赙) 鲁fù 粤fu6輔 鲁BCIBI
拿錢財幫助別人辦理喪事：賻金／賻儀。

購(购) 鲁gòu 粤gau3夠
粤kau3扣 鲁BCTTB
買：購買／採購。
【購置】購買（長期使用的器物）：購置圖書資料／這家工廠最近購置了一批新設備。

賽(赛) 1 鲁sài 粤coi3菜
鲁JTCC
①比較好壞、強弱：競賽／賽跑／足球賽／賽詩會。②勝似，比得上：賽真的／一個賽一個。③姓。

賽(赛) 2 鲁sài 粤coi3菜
舊時祭祀酬報神恩：祭賽／賽神。

賸 鲁BFQC「剩」的異體字，見57頁。

賹 鲁JBBUC「贏」的異體字，見591頁。

贅(赘) 鲁zhuì 粤zeoi6聚
鲁GKBUC
①多餘的，多而無用的：累贅／贅述／贅言。②招婿：入贅／贅婿／招贅。③使受累：這些孩子真贅人。

贄(贽) 鲁zhì 粤zi3至
鲁GIBUC
古時初次拜見尊長所送的禮物：贄見（拿着禮物求見）／贄敬（拜師送的禮）。

賾(赜) 鲁zé 粤zaak3窄
鲁SLQMC
精微，深奧：探賾索隱。

贋(赝) 鲁yàn 粤ngaan6雁
鲁MOGC
假，偽：贋品。

贈(赠) 鲁zèng 粤zang6僧六
聲 鲁BCCWA
（把東西）無代價地送給別人：捐贈／贈品／贈閱／贈言。

贇(赟) 鲁yūn 粤wan1溫
鲁YMBUC
美好。

贊(赞) 鲁zàn 粤zaan3讚
鲁HUBUC
幫助：贊助／贊同。

【贊成】①表示同意：大家都贊成他的意見。②助人成功：贊成其行。

贍（赡）
⓵shàn ⓶sim6 蟬六聲
⓶sin6 善　⓷BCNCR
①供給生活所需：贍養親屬。②富足，足夠：宏贍／力不贍。

贏（赢）
⓵yíng ⓶jing4 營
⓷YRBBN
①勝，跟「輸」相對：贏了三球／那個籃球隊贏了。②因成功而獲得：贏得全場歡呼聲。

贓（赃）
⓵zāng ⓶zong1 莊
⓷BCIMS
貪污受賄或偷盜搶劫所得的財物：贓物／贓款／追贓／退贓／貪贓枉法。

贐（赆）
⓵jìn ⓶zeon2 準
⓷BCLMT
臨離別時贈的禮物：贐儀（送行的禮物）。

贑
⓷YJMBC 「贛」的異體字，見593頁。

齎
⓷YXBUC 見齊部，736頁。

贖（赎）
⓵shú ⓶suk6 淑
⓷BCGWC
①用財物換回抵押品：贖當／贖身／把東西贖回來。②用行動抵銷、彌補罪過（特指財物減免刑罰）：立功贖罪。

贛（赣）
⓵gàn ⓶gam3 禁
⓷YJHEC
①贛江，河流名，在江西。②江西的別稱。

　赤部

赤
⓵chì ⓶cik3 斥三聲　⓺cek3 尺
⓷GLNC
①比朱色稍淺的顏色。②泛指紅色：赤小豆／面紅耳赤。③象徵革命，表示用鮮血爭取自由：赤衛隊。④忠誠：赤膽／赤誠。⑤裸露：赤腳／赤背。⑥空無所有：赤貧／赤手空拳。⑦足金：金無足赤。
【赤心】真誠的心。
【赤子】①初生嬰兒：赤子之心（像赤子一樣純潔的心）。②對故土懷有純真感情的人：海外赤子。
【赤字】指經濟活動中支出多於收入的差額數字。簿記上登記這種數目時，用紅筆書寫。

赦
⓵shè ⓶se3 卸　⓷GCOK
減輕或免除刑罰：赦免／大赦／特赦／赦罪／十惡不赦。

赧
⓵nǎn ⓶naan5 難五聲
⓷GCSLE
因羞慚而臉紅：赧顏／赧然。

赫¹
⓵hè ⓶haak1 客一聲
⓷GCGLC
顯明，盛大：顯赫／聲勢赫赫。
【赫哲族】中國少數民族之一，分佈在黑龍江。

赫² 普hè 粵haak1 客一聲

赫茲的簡稱。一秒鐘振動一次稱為一赫。

赭 普zhě 粵ze2者 倉GCJKA

紅褐色：赭石（礦物名，可做顏料）。

赬（赬） 普chēng 粵cing1清 倉GCYBC

紅色：赬面長鬚。

赯 普táng 粵tong4唐 倉GCILR

赤色（指人的臉）：紫赯臉。

走部

走 普zǒu 粵zau2酒 倉GYO

① 人或鳥獸的腳交互向前移動：走得快/小孩子會走路了。② 古代指「跑」：奔走/棄甲曳兵而走。③ 移動，挪動：走棋/鐘不走了。④ 趨向，呈現某種趨勢：走紅/走熱。⑤ 離開，去：他剛走/我明天要走了/請你走一趟吧。⑥ 婉辭，指人死去：她很年輕就走了。⑦ 往來：走親戚/走娘家。⑧ 通過：他是這個門出去的。⑨ 透漏出，越出範圍：走風/走氣/槍打火了/走漏消息/說話走了嘴。⑩ 改變或失去原樣：茶葉走味了/衣服走樣子了/你把意思講走了。⑪ 姓。

【走狗】善跑的獵狗。現比喻受人豢養而幫助作惡的人。

赳 普jiū 粵gau2久 倉GOVL

【赳赳】健壯威武的樣子：雄赳赳/赳赳士兵。

赴 普fù 粵fu6付 倉GOY

① 往，去：赴京（去北京）/赴會/赴宴/赴湯蹈火（比喻不避艱險）。② 在水裏游：赴水。③ 同「訃」，見565頁。

起¹ 普qǐ 粵hei2喜 倉GORU

① 由躺而坐或由坐臥趴伏而站立：起牀/起立/早睡早起。② 離開原來的位置：移開，搬開：起身/起飛/起重機。③ 物體由下往上升：排球彈起了。④ 長出：起疙瘩/起痱子。⑤ 把收藏或嵌入的東西弄出來：起貨/起釘子。⑥ 發生：起疑/起意/起火/起風。⑦ 發動，興起：起義/起兵/起事。⑧ 擬定：起草/起稿。⑨ 建造，建立：起房子/白手起家。⑩ 領取（憑證）：起護照/起行李票。⑪ 從某處開始：今天起/從這裏起/從一個月前說起。⑫ 用在時間或處所前面，表示始點：你打哪兒來？/起這兒往北。⑬ 用在處所詞前面，表示經過的地點：一羣人起門外走過。⑭ 量詞。件，宗：三起案件/兩起事故。⑮ 量詞。批，羣：又來一起/一羣人走了。

【起居】指日常生活：起居有恆。

【起碼】最低限度，最低的：起碼要十天才能完工。

【起色】好轉的形勢，轉機：病有起色。

起² 普qǐ 粵hei2喜

① 趨向動詞。用在動詞後，表示動作的趨向：背起/抱起/拿起/扛起大旗/提起精神/引起大家注意/想不起甚麼地方見過他。② 趨向動詞。用在動詞

後，常跟「不」、「得」連用，表示力量、條件等是否足夠，或能力是否達到：買不起／看不起／瞧得起／經得起考驗。③趨向動詞。用在動詞後，跟「來」連用，表示動作開始：唱起歌來／大聲唸起來。④趨向動詞。用在動詞後，表示動作涉及人或事：想起一件事／他常問起你。

趁 圖chèn 圖can3 襯 圖GOOHH
①追隨，趕。②利用機會、時間等：趁亮走吧／趁熱打鐵。③擁有：趁錢／趁幾所房子。④富有：他們家特別趁。

趄 1 圖jū 圖zeoi1 追 圖GOBM
見【趑趄】，595頁。

趄 2 圖qiè 圖ce3 車三聲
傾斜：趄坡兒／趄着身子。

超 圖chāo 圖ciu1 劍 圖GOSHR
①超過，高出：超過／超齡／超額／超聲波。②越出（一定的程度或範圍）：超級／超一流／超低溫。③在某個範圍以外，不受限制：超現實／超然物外。④跳躍，跨過：挾泰山以超北海。

越 1 圖yuè 圖jyut6 月 圖GOIV
①翻越，超出：越牆／爬山越嶺。②不按照一般的次序，超出範圍：越級／越權／越俎代庖（比喻越職做別人應做的事）。③昂揚：激越／聲音清越。④搶奪：傷人越貨。

越 2 圖yuè 圖jyut6 月
重複使用（越……越……），表示程度變化加深：越快越好／越跑越有勁

兒／天氣越來越暖和。
【越發】更加：她的成績越發好了。

越 3 圖yuè 圖jyut6 月
①周代國名，在現在浙江一帶。後來用作浙江東部的別稱。②姓。

趑 圖zī 圖zi1 資 圖GOIMO
【趑趄】①行走困難，不能向前進。②想前進又不敢前進的樣子：趑趄不前。

趔 圖liè 圖lit6 列 圖GOMNN
【趔趄】身體歪斜，腳步不穩要摔倒的樣子：他打了個趔趄，摔倒了。

趙 (赵) 圖zhào 圖ziu6 召 圖GOFB
①周代諸侯國，在今河北南部和西部、山西北部和中部一帶。②指河北南部。③姓。

趕 (赶) 圖gǎn 圖gon2 稈 圖GOAMJ
①追：你追我趕／他已經走遠了，趕不上了。②從速，使不誤時間：趕路／趕任務／趕寫文章。③去，到：趕集／趕考／趕廟會。④駕馭：趕驢／趕羊／趕馬車／趕牲口。⑤攆走，驅逐：趕蒼蠅／將侵略者趕走。⑥遇到某種情形或機會：趕巧／正趕上他沒在家。⑦等到某個時候：趕明兒再說／趕過年再回家。

趣 1 圖qù 圖ceoi3 翠 圖GOSJE
①興味，使人感到愉快：興趣／樂

趣/有趣/自討沒趣(自尋不愉快、沒意思)。②形容詞。有興味的:趣味/趣事/趣談/趣聞。③行動或意志的趨向:旨趣/志趣。

趣 2 ⓹cù ⓹cuk1 束
古同「促」。

趟 1 ⓹tāng ⓹tong1 堂一聲 ⓹GOFBR

舊同「蹚」。

趟 2 ⓹tàng ⓹tong3 燙
① 來往的次數:他來了一趟/這趟火車是去廣州的。②行進的行列:跟不上趟。③用於武術的套路:打了一趟太極拳/舞了一趟劍。④量詞。行,行列:屋裏擺着兩趟桌子/用線把這件衣服縫上一趟。

趙 ⓹GOWTC「赵」的異體字,見595頁。

趨(趋) 1 ⓹cù ⓹cuk1 束 ⓹GOPUU

古同「促」。

趨(趋) 2 ⓹qū ⓹ceoi1 催
① 快走:趨前/趨而迎之。②情勢向着某方面發展、進行:趨勢/大勢所趨/意見趨於一致。

趯 ⓹tì ⓹tik1 剔 ⓹GOSMG
跳躍:趯趯草蟲。

趱(趱) ⓹zǎn ⓹zaan2 盞 ⓹GOHUC
趱,快走:趱路/緊趱了一程。

----- 足 部 -----

足 1 ⓹zú ⓹zuk1 竹 ⓹RYO
①腳,腿:足跡/足球/手舞足蹈/畫蛇添足。②器物下部的支撐部分:鼎足。③指足球運動:足壇/女足。

足 2 ⓹zú ⓹zuk1 竹
① 滿,充分,足夠:充足/富足/豐衣足食/勁頭十足/心滿意足/學然後知不足。② 完全,夠得上某種數量或程度:這棵果足有五斤/兩天足能完成任務/他足可以擔任抄寫工作。③值得:微不足道。

趴 ⓹pā ⓹paa1 怕一聲 ⓹RMC
①胸腹向下卧倒:趴下/趴倒/趴在地上。② 身體向前靠在物體上:趴在桌子上寫字。

趵 ⓹bào ⓹paau3 豹 ⓹RMPI
跳躍:趵突泉(在濟南)。

趾 ⓹zhǐ ⓹zi2 止 ⓹RMYLM
①腳指頭:趾骨/鴨的腳趾中間有蹼。②腳:趾高氣揚(得意忘形的樣子)。

趺 ⓹fū ⓹fu1 夫 ⓹RMQO
①同「跗」,見597頁。② 碑下的石座:石趺/龜趺。

跂 1 ⓹qí ⓹kei4 歧 ⓹RMJE
①多生出的腳趾。②形容蟲子爬行:跂行。

跂 2 ⊜qǐ ⊜kei5 企

抬起腳後跟站着：跂望。

跰 ⊜RMB 「剅」的異體字，見52頁。

跰 ⊜jiǎn ⊜gin2 堅二聲 ⊜RMMT

同「蠒2」，見462頁。

跺 ⊜tā ⊜saap3 颯 ⊜RMNHE

【跺拉】穿鞋時把鞋的後幫踩在腳後跟下：他跺拉着鞋走路，懶洋洋的。

跋 (跋) 1 ⊜bá ⊜bat6 拔 ⊜RMIKK

翻過山嶺：長途跋涉 (比喻行路辛苦) / 跋山涉水。

跋 (跋) 2 ⊜bá ⊜bat6 拔

寫在文章、書籍、金石拓片等後面的短文，內容多是評介、鑒定、考釋之類的：跋語 / 題跋 / 書跋。

跅 ⊜tuò ⊜tok3 托 ⊜RMHMY

【跅弛】放蕩：跅弛之士。

跌 ⊜diē ⊜dit3 秩三聲 ⊜RMHQO

① 摔倒，倒下：跌倒 / 跌了一跤。② 落下 (物體等)：跌水 / 跌落深淵。③ 下降，低落 (物價、市價等)：跌價 / 行情下跌。

【跌足】頓足，跺腳。

跎 ⊜tuó ⊜to4 駝 ⊜RMJP

見【蹉跎】，601頁。

跏 ⊜jiā ⊜gaa1 加 ⊜RMKSR

【跏趺】盤腿而坐，腳背放在大腿上，是佛教徒的一種坐法。

跑 1 ⊜páo ⊜paau4 刨 ⊜RMPRU

走獸用腳刨地：跑槽 (牲口刨槽根) / 虎跑泉 (泉名，在杭州)。

跑 2 ⊜pǎo ⊜paau2 拋二聲

① 奔，兩腳或四條腿交互迅速向前躍進：賽跑 / 跑步。② 逃走：逃跑 / 鳥兒關在籠裏跑不了。③ 走：跑路。④ 為某種事務而奔走：跑買賣。⑤ 物體離開了應在的位置：跑調 / 跑題。⑥ 氣體、液體等漏出或揮發：跑電 / 跑油 / 跑氣。

【跑腿】為人奔走做雜事。

跙 ⊜RMMR 「蹄」的異體字，見602頁。

跕 1 ⊜diǎn ⊜tip3 貼 ⊜RMYR

「踮」的異體字，見600頁。

跕 2 ⊜diē ⊜dip6 蝶

墜落。

跗 ⊜fū ⊜fu1 枯 ⊜RMODI

腳背：跗骨 / 跗面 (腳面)。

跚 (跚) ⊜shān ⊜saan1 山 ⊜RMBT

見【蹣跚】，602頁。

跋 普bǒ 粵bo2 簸 又bai1 閉一聲
瘸，腿或腳有毛病，走路身體不平衡：跛
腳/跛行/一顛一跛。

距¹ 普jù 粵keoi5 拒 粵RMSS
① 在空間、時間上相隔：相距數
里/距今已數年。② 兩者中間相隔的長
度：株距/行距。
【距離】相隔的空間或時間：兩地距離
不過五里。

距² 普jù 粵keoi5 拒
雄雞、雉等腿後面突出像腳趾的
部分。

跐¹ 普cǐ 粵ci2 此 粵RMYMP
腳下滑動：登跐了（腳沒有踏穩）。

跐² 普cǎi 粵caai2 踩
① 為了支持身體而用腳踩，踏：
跐着岸邊。② 抬起後腳跟：跐着腳往前
看。

跨 普kuà 粵kwaa1 誇 又kwaa3 挎
粵RMKMS
① 抬起一條腿向前或旁邊邁進：一步跨過/
跨進大步/向右跨一步。② 騎，兩腳分在
物體的兩邊坐着或立着：跨在馬上/小
孩跨着門檻/大橋橫跨江水兩岸。③ 超
越時間或地區等之間的界限：跨年度/
跨省/跨行業。④ 附在旁邊：跨院/旁
邊跨着一行小字。

跟 普gēn 粵gan1根 粵RMAV
① 腳的後部或鞋襪的後部：腳後

跟/襪後跟/高跟鞋。② 隨在後面，緊接
着：跟上潮流/學生們跟着老師去遠足。
③ 嫁給某人：我這輩子是跟定他的了。
④ 引進動作的對象，對，向：已經跟他說
過了/有事要跟大家商量。⑤ 介詞。引入
比較異同的對象，向，同：李老師待學生
跟待自己的孩子一樣/這道數學題的解
法跟那道題的解法不一樣。⑥ 連詞。表
示並列關係：我跟他在一起學習/把字
典ँ列文具備齊。
【跟頭】也作「跟斗」。① 身體摔倒：摔跟
頭/栽跟頭。② 筋斗，身體向下彎曲而翻
轉的動作：翻跟頭。

跐 粵RMMCW 「踩」的異體字，見
600頁。

跣 普xiǎn 粵sin2 癬 粵RMHGU
光着腳：跣足。

跪 普guì 粵gwai6 櫃 粵RMNMU
屈膝，使膝蓋着地：下跪/跪拜。

跫 普qióng 粵kung4 窮 粵MNRYO
腳踏地的聲音：足音跫然。

跩 普zhuǎi 粵jai6 曳 粵RMLWP
走路像鴨子似的搖擺：走路一跩
一跩的。

跬 普kuǐ 粵kwai2 規二聲
粵RMGG
古代稱半步，一隻腳邁出去的距離，相
當於今天的一步：跬步不離。

路 ⓟlù ⓒlou6露 ⓔRMHER

①道，往來通行的地方：道路/路途/公路/陸路/航路/路線/津浦路。②途徑的遠近：路遙知馬力/三千公里路。③思想或行動的方向、途徑：思路/生路/活路/門路/他做事有一定的路數。④方面，地區：南路貨/外路貨/各路人馬。⑤行列，車次，路線：分三路進發/五路公共汽車。⑥種類：頭路貨/他是哪一路人？⑦用於隊伍的排列，相當於「排」、「行」：四路縱隊。⑧姓。

跳 ⓟtiào ⓒtiu3眺 ⓔRMLMO

①蹦，躍，使全身突然離開所在地方的動作：跳躍/跳高/跳遠/跳繩。②物體由於彈性作用突然向上移動：籃球打足了氣，跳得很高。③一起一伏地動：心跳/眼跳。④越過：跳級/這一課書跳過去不學。

【跳板】①一頭搭在車、船上的長板，便於上落。②比喻過渡的通路：以展銷為跳板，通向海外市場/他巴結權貴，以此為跳板向上爬。③供游泳跳水的長板。④朝鮮族的傳統體育活動，多在節日舉行。參加者均為女子，以二人或四人為一組，分別站在蹺蹺板兩端，交相蹬板，此起彼落，互相將對方彈到空中。

【跳梁】也作「跳踉」。蹦蹦跳跳，多用來形容猖獗：跳梁小丑。

跺 ⓟduò ⓒdo2躲 ⓔRMHND

頓足，提起腳來用力踏：跺腳。

跤 ⓟjiāo ⓒgaau1交 ⓔRMYCK

跟頭，身體失去平衡而摔倒的動作：摔跤/跌了一跤。

跡（迹） ⓟjì ⓒzik1即 ⓔRMYLC

留下的印子：痕跡/足跡/血跡/筆跡/蹤跡。

踦 ⓔRMSSR「局3」的異體字，162頁。

趐 ⓟxué ⓒzyut6綴 ⓔQLRYO

中途折回，來回走：趐來趐去/這羣鳥飛向東去又趐回來落在樹上了。

跽 ⓟjì ⓒgei6忌 ⓔRMSUP

長跪，挺着上身兩腿跪着。

跟1 ⓟliáng ⓒloeng4良 ⓔRMIAV

跳跟。見【跳梁】，599頁。

跟2 ⓟliàng ⓒlong4郎

【跟蹡】也作「跟蹌」。走路不穩：他跟蹌了一下，差點摔倒。

踁 ⓔRMMVM「脛」的異體字，見484頁。

踐（践） ⓟjiàn ⓒcin5前五聲 ⓔRMII

①踩，踏：踐踏。②履行，實行：踐約/踐言/實踐。

踏1 ⓟtā ⓒdaap6沓 ⓔRMEA

【踏實】① 切實，不浮誇：他工作很踏實。
② (情緒) 安定，安穩：成績出來後，他心裏踏實。

踏² ●tà ●daap6 沓
① 用腳踩：踐踏／腳踏實地／大踏步地前進。② 親自到現場：踏看／踏勘。

踝 ●huái ●waa5 娃五聲 ●RMWD
腳腕兩旁凸起的骨胳部分，是由脛骨和腓骨下端的膨大部分形成的：踝骨／內踝／外踝。

踞 ●jù ●geoi3 據 ●RMSJR
① 蹲或坐：箕踞 (蹲坐着把兩腿像八字形分開)／龍蟠虎踞 (形容地勢險要)。② 佔據：盤踞。

跚 ●chí ●ci4 持 ●RMOKR
【跚躕】又作「踟躇」。心裏猶豫，要走不走的樣子：跚躕不前。

踢 ●tī ●tek3 他吃切 ●RMAPH
用腳觸擊：踢球／踢毽子／一腳踢開。

踣 ●bó ●baak6 白 ●RMYTR
① 跌倒。② 破滅：踣其國家。

跕 ●diǎn ●dim2 點 ●RMIYR
抬起腳後跟用腳尖站着：她生得矮小，跕起腳才能看見。
【跕腳】一隻腳有病，走路只能前腳掌着地。

跚¹ ●cù ●cuk1 促 ●RMYFE

跚² ●cù ●cuk1 促
【跚踖】恭敬而不安的樣子。

跚² ●cù ●cuk1 促
同「蹙」，見602頁。

踖 ●jí ●zik1 即 ●RMTA
見【跚踖】，600頁。

踔 ●chuō ●coek3 桌 ●RMYAJ
① 跳：踔厲 (精神振奮)。② 超越：踔絕 (高超)。

踩 ●cǎi ●caai2 猜二聲 ●RMBD
腳用力踏在上面：踩油門。

踒 ●wō ●wo1 窩 ●RMHDV
(手、腳等) 猛折而筋骨受傷：手踒了。

踡 ●RMFQU 「蜷」的異體字，見541頁。

踪 ●RMJMF 「蹤」的簡體字，見602頁。

踹 ●chuài ●caai2 踩 ●RMUMB
① 用腳底向外踢：一腳把腳踹開。② 踩，踏：不小心一腳踹在水溝裏。

踴 (踊) ●yǒng ●jung2 俑 ●RMNBS

着地。

跳,跳躍。

【踢躍】爭先恐後:踢躍參加/踢躍發言。

踰

@RMOMN 「逾①」的異體字,見620頁。

踱

@duó @dok6 鐸 @RMITE

慢慢地走:踱步/踱來踱去。

踵

@zhǒng @zung2 腫 @RMHJG

① 腳後跟:繼踵而至/摩肩接踵。

② 親自到:踵謝/踵門相告。③ 追隨,繼續:踵至。

踽

@jǔ @geoi2 舉 @RMHLB

【踽踽】形容獨自走路孤零零的樣子:踽踽獨行。

蹀

@dié @dip6 蝶 @RMPTD

踏,頓足。

【蹀躞】也作「躞蹀」。①邁着小步走路的樣子。②顫動,顫抖:花枝蹀躞。

踳

@chuǎn @cyun2 喘 @RMQKA

同「舛」,見496頁。

踹

@chǎ @caa1 叉 @RMDAM

踩,在泥水、雨雪中走:踹雨/鞋都踹濕了/踹了一腳泥。

蹁

@pián @pin4 駢 @RMHSB

行路腳不正的樣子。

【蹁躚】形容旋轉舞動。

蹂

@róu @jau4 柔 @RMNHD

踩,踐踏:蹂踏。

【蹂躪】踐路,踩,比喻用暴力欺壓、侮辱、侵害:侵略者非常殘暴地蹂躪當地人民。

蹄

@tí @tai4 啼 @RMYBB

馬、牛、羊等生在趾端的角質物。又指有角質物的腳:馬不停蹄。

【蹄子】①動物的有角質物的腳。②肘子。③舊時罵女子的話。

蹈

@dǎo @dou6 稻 @RMBHX

①踩,踐踏:重蹈覆轍/循規蹈矩。②跳動:舞蹈/手舞足蹈。③跳入,投入:赴湯蹈火。

蹇

@jiǎn @gin2 堅二聲 @zin2 剪 @JTCO

①跛,行走困難。②遲鈍,不順利:蹇澀/蹇滯。③指駑馬,也指驢。

蹉(蹉)

@cuō @co1 初 @RMTQM

①差誤。②(經某地)通過。

【蹉跌】失足跌倒,比喻失誤。

【蹉跎】把時光白白耽誤過去:蹉跎歲月。

蹍

@niǎn @zin2 展 @RMSTV

踩,踩住並用力搓。

蹋

@tà @daap6 踏 @RMASM

①踏,踩。②蹭。

蹊¹ 粵qī 普kai1 溪 倉RMBVK

【蹊蹺】又作「蹺蹊」。奇怪，可疑，違反常理讓人懷疑：此事有蹊蹺。

蹊² 粵xī 普hai4 奚

小路：蹊徑。

蹌（跄） 粵qiàng 普coeng3 唱 倉RMOIR

見【跟蹌】，599頁。

踖 粵jí 普zik3 即三聲 倉RMFCB

小步走行。

踚 倉RMHYU 「蹄」的異體字，見601頁。

蹣（蹒） 粵pán 普pun4 盤 粵mún4 門 倉RMTLB

【蹣跚】也作「盤跚」。形容腿腳不靈便，走路緩慢、搖擺的樣子：步履蹣跚。

蹕（跸） 粵bì 普bat1 筆 倉RMWTJ

帝王出行時清道，禁止行人來往，泛指跟帝王出行有關的事情：警蹕（帝王出入時清道或阻止他人出入的士兵）。

蹙 粵cù 普cuk1 促 倉IFRYO

①緊迫：窮蹙。②縮小，收斂：蹙眉/蹙額（皺眉頭）。

蹤（踪） 粵zōng 普zung1 宗 倉RMHOO

人或動物走過留下的腳印：蹤跡/蹤影/追蹤/失蹤。

蹢¹ 粵dí 普dik1 的 倉RMYCB

蹄子。

蹢² 粵zhí 普zaak6 擇

見【躑蹢】，604頁。

蹚 粵tāng 普tong1 湯 倉RMFBG

①從淺水裏走過去：我蹚着水過去了。②用犁、鋤等把土翻開，把草鋤去：蹚地。

蹠 粵zhí 普zek3 炙 倉RMITF

①腳面上接近腳趾的部分：蹠骨。②腳掌。③路。

蹦 粵bèng 普bang1 崩 倉RMUBB

跳躍：歡蹦亂跳/蹦了二尺高/他嘴裏不時蹦出一些新詞來。

蹌 粵qiàng 普coeng3 唱 倉RMVMI

跟蹌。見【跟蹌】，599頁。

蹟（迹） 粵jī 普zik1 即 倉RMQMC

前人遺留的事物，多指建築或器物：古蹟/事蹟/陳蹟/史蹟。

蹩 粵bié 普bit6 別 倉FKRYO

跛，扭了腳腕子或手腕子：走路不小心，蹩了腳。

【蹩腳】品質不好，本領不強：蹩腳貨。

蹲 1 @cún @cyun4 存 @RMTWI
腳、腿猛然落地受傷：他跳下來蹲了腿了。

蹲 2 @dūn @deon1 吨
① 兩腿儘量彎曲，像坐的樣子，但臀部不着地：大家都蹲下。② 閒居：不能再蹲在家裏了。

蹬 1 @dēng @dang1 燈 @RMNOT
① 腳向腳底的方向用力：踢腿／蹬自行車。② 踩：腳踩在樓梯上／蹬在凳子上擦窗戶。③ 穿（鞋、褲子等）：蹬上褲子／蹬腿高跟鞋。

蹬 2 @dèng @dang6 鄧
見【蹭蹬】，603頁。

蹭 @cèng @sang3 生三聲 @RMCWA
① 摩擦：手膊破皮了／把鞋磨蹭破了。② 因擦過去而沾上：蹭了一身泥／小心蹭油漆。③ 從別人身上得到好處，指油：蹭飯／蹭了一頓飯。④ 拖延：快點，別蹭了／走路老磨蹭。
【蹭蹬】遭遇挫折，不得意：仕途蹭蹬。

蹯 @fán @faan4 凡 @RMHDW
獸足：熊蹯（熊掌）。

蹴 @cù @cuk1 促 @RMYFU
① 踢：蹴鞠（踢球）。② 踏：一蹴而就（一下子就成功）。

蹶 1 @jué @kyut3 厥 @RMMTO
跌倒。比喻挫折，失敗：一蹶不振。

蹷 2 @juě @kyut3 厥

【蹷子】騾馬等跳起來用後腿向後踢，叫「尥蹷子」。

蹺 @RMHKB ①「屬」的異體字，見164頁。②「蹺①①-③」和「蹻2」的異體字，見603頁。

蹻 @liāo @liu1 了一聲 @RMKCF
① 跑，放開腳步走：他一口氣蹻了二十多里路。② 偷偷地走開。

蹺（跷） 1 @qiāo @hiu1 梟 @RMGGU
① 腳向上抬：蹺腳／蹺腿。② 豎起大拇指：蹺起大拇指稱讚。③ 腳後跟抬起，腳尖着地：他蹺起腳來看街上的遊行表演。④ 跛：一蹺一拐地走着。⑤ 見【蹺蹺】，602頁。

蹻（跷） 2 @qiāo @kiu2 橋二聲
高蹻，踩着有踏腳裝置的木棍進行表演的技藝。也指表演高蹻用的木棍。

蹰 @chú @cyu4 廚 @RMTJA
見【躊躇】，604頁。

蹼 @pǔ @buk6 僕 文@pok3 撲 @RMTCO
某些兩棲動物、爬行動物、鳥類和哺乳動物腳趾中間的薄膜，在水中用來撥水。青蛙、烏龜、鴨子、水獺等都有。

蹾 曾dūn 粵deon1 噸 ⓧRMYDK
猛地往下放，落地很重：籮子裏是水果，別蹾。

躄 曾bì 粵bik1 逼 ⓧSJRYO
①仆倒。②腿瘸。

蹣 ⓧRMSRJ「蹣」的異體字，見604頁。

躁 曾zào 粵cou3 醋 ⓧRMRRD
性急，不冷靜：煩躁/急躁/性情暴躁/戒驕戒躁。

躅 曾zhú 粵zuk6 濁 ⓧRMWLI
見【躑躅】，604頁。

薹（凳） 曾dǔn 粵dan2 低切切 ⓧTWBO
①副詞。整，整數：薹批/薹買薹賣。②動詞。整批地買進：薹貨/薹菜/現薹現賣。

躊（踌） 曾chóu 粵cau4 籌 ⓧRMGNI
【躊躇】也作「躊躕」。①猶豫，拿不定主意：他躊躇了半天才答應了。②停留，徘徊不前。③得意的樣子：躊躇滿志（得意）。

躋（跻） 曾jī 粵zai1 擠 ⓧRMYX
登，上升：躋升/躋登。
【躋身】使自己的身份上升到較高的層次：躋身文壇/使中國躋身於世界科技強國。

躍（跃） 曾yuè 粵joek6 弱 ⓧjoek3 約 ⓧRMSMG
跳：跳躍/飛躍/躍進。

躕（蹰） 曾chú 粵cyu4 櫥 ⓧRMIGI
見【踟躕】，600頁。

躐 曾liè 粵lip6 獵 ⓧRMVVV
①超越：躐等（越級）/躐進（不依照次序前進）。②踩，踐踏。

躑（踯） 曾zhí 粵zaak6 擇 ⓧRMTKL
【躑躅】徘徊不進：失業者躑躅街頭。

躓（踬） 曾zhì 粵zi3 至 ⓧRMHLC
①被東西絆倒：顛躓。②比喻事情不順利，失敗：屢試屢躓。

躒（跞） 1 曾lì 粵lik1 礫 ⓧRMVID
走動：駑驥一躒，不能千里。

躒（跞） 2 曾luò 粵lok6 洛
超絕的樣子：卓躒英才。

躚（跹） 曾xiān 粵sin1 仙 ⓧRMYMU
見【蹁躚】，601頁。

躞 曾xiè 粵sip3 攝 ⓧRMFFE
躞蹀。見【蹀躞】，601頁。

足部 18-20畫

躡(蹑) 　niè 　nip6 聶
　RMSJJ

① 放輕（腳步）：她躡著腳悄悄地進了門。
② 追隨：躡蹤。③ 踩：躡足其間（指參加到裏面去）。

【躡手躡腳】行動很輕的樣子。

躥(蹿) 　cuān 　cyun1 村
　RMJCV

① 向上或向前跳：貓躥到樹上去了／他一下子躥了出去。② 噴射：鼻子躥血。

躦(躜) 　zuān 　zyun1 專
　RMHUC

向上或向前衝。

躪(躏) 　lìn 　leon6 論
　RMTAG

見【蹂躪】，601頁。

躩 　jué 　fok3 霍 　RMBUE

① 跳行。② 疾行。

【躩步】疾走的樣子：蹇裳躩步（提起衣服，快步行走）。

身 部

身 　shēn 　san1 申 　HXH

① 人、動物的軀體：身體／身軀／全身／上身。② 指生命：奮不顧身／以身殉職。③ 一生，一輩子：終身／身後事。④ 親自，本人：身臨其境／身體力行（親身努力去做）／以身作則。⑤ 人的品格修養：修身／立身處世。⑥ 指人的地位：身敗名

裂。⑦ 物體的中部或主要部分：車身／船身／河身／樹身。⑧ 量詞。衣服一套：我做了一身新衣服。

【身份】也作「身分」。① 在社會上及法律上的地位：身份證／她以主人的身份發出邀請。② 指受人尊重的地位：有失身份／她是位有身份的人。

躬 　gōng 　gung1 弓
　HHN

① 自身，親自：躬行／躬耕。② 彎曲身體：躬身。

射 　HHDI 見寸部，157頁。

躭 　HHLBU 同「耽1」，見475頁。

躰 　HHDM 「體2」的異體字，見707頁。

躱 　duǒ 　do2 朵 　HHHND

隱藏，避讓：躱避／躱藏／躱閃／躱雨／躱債／明槍易躱，暗箭難防。

躺 　tǎng 　tong2 淌
　HHFBR

① 身體橫倒：躺在牀上。② 物體橫倒：一棵大樹躺倒在路中間。

軀(躯) 　qū 　keoi1 驅
　HHSRR

身體：身軀／七尺之軀／為國捐軀。

───── 車部 ─────

車(车) ¹ 🅐chē 🅑ce1 奢
🅒JWJ

①有輪子的交通工具：火車／馬車／轎車。
②用輪軸來轉動的器具：紡車／水車／滑車。③指機器：開車／車間。④鏇牀切削加工：車圓（用車牀把零件加工成圓形）／車牀（金屬切削機器）／車工（操作車牀的工人或工種）。⑤用水車打水：車水。⑥姓。

【車間】工廠裏在生產過程中能獨立完成一個工作階段的單位：翻砂車間／加工車間／裝配車間。

【車轂轆話】指重覆、絮叨的話。

車(车) ² 🅐jū 🅑geoi1 居
①中國象棋棋子的一種。②同「車1①」，用於古漢語。

軋(轧) ¹ 🅐gá 🅑zaat3 札
🅒JJU

①擠，擁擠：人軋人。②結交：軋朋友。③查對：軋賬目。

軋(轧) ² 🅐yà 🅑zaat3 札
①圓輪或輪子等壓在東西上面轉：軋棉花／軋花機／把馬路軋平了。②排擠：傾軋。

軋(轧) ³ 🅐yà 🅑zaat3 札
形容機器開動時的聲音：車間裏的機器軋軋地響着。

軋(轧) ⁴ 🅐zhá 🅑zaat3 札
壓（鋼坯）。

【軋鋼】把鋼坯壓成一定形狀的鋼材。
【軋輥】軋鋼機中最主要的、直接完成軋製工作的部件。

軌(轨) 🅐guǐ 🅑gwai2 鬼
🅒JJKN

①車轍，車輪滾過後留下的痕跡：車軌。②一定的路線：火車軌道／天體軌跡／電子軌道。③應遵循的規則：常軌／越軌／步入正軌／軌外行動。④依照，遵循：軌於法令。

軍(军) 🅐jūn 🅑gwan1 君
🅒BJWJ

①武裝部隊：軍隊／裁軍。②軍隊的編制單位，是「師」的上一級：第四軍／參加演習的有兩個軍的人數。③軍隊的基本類別：海軍／空軍／陸軍。

【軍心】軍隊的戰鬥意志。

軒(轩) ¹ 🅐xuān 🅑hin1 牽
🅒JJMJ

高：軒昂／軒敞。

軒(轩) ² 🅐xuān 🅑hin1 牽
①有窗的長廊或小室（舊時多用為書齋、飯館的字號）。②古代的一種有帷幕而前頂較高的車。③窗戶，門。

【軒輊】車子前高後低叫軒，前低後高叫輊。比喻高低優劣：不分軒輊。

軔(轫) 🅐rèn 🅑jan6 刃
🅒JJSHI

支住車輪不讓它旋轉的木頭。

軏(轧) 🅐yuè 🅑jyut6 越
🅒JJMU

古代車轅上連接橫木的銷釘，喻關鍵。

軛(轭) 🔊è 🔊aak1 厄
🔊JJMSU

牛馬等拉車時擱在頸上的曲木。

軟(软) 🔊ruǎn 🔊jyun5 遠
🔊JJNO

①物體內部疏鬆，受外力作用後，容易改變形狀，跟「硬」相對：柔軟/軟木塞/綢子比布軟。②柔和：軟風/軟言細語。③沒有氣力：兩腿發軟。④懦弱：軟弱無能/不要欺軟怕硬。⑤品質差的，不高明的：貨色軟。⑥容易被感動或動搖：心軟/耳朵軟。⑦不用強硬的手段進行：軟磨/軟求。⑧沒有硬性規定的：軟任務/軟指標。

斬 🔊JJHML 見斤部，255頁。

軫(轸) 1 🔊zhěn 🔊can2 診
🔊JJOHH

①古代車後的橫木。②二十八星宿之一。

軫(轸) 2 🔊zhěn 🔊can2 診
傷痛：軫悼/軫懷（痛念）/軫恤（憐憫）。

軸(轴) 1 🔊zhóu 🔊zuk6 俗
🔊JJLW

①穿在輪子中間的圓柱形物件：圓柱形的零件，輪子或其他轉動的機件繞着它轉動或隨着它轉動：車軸/輪軸。②把平面或立體分成對稱部分的直線：對稱線。③圓柱形的用來往上纏東西的器物：畫軸/線軸。④量詞。多用於可以捲在軸上的字畫：兩軸字幅/一軸山水畫。

軸(轴) 2 🔊zhòu 🔊zuk6 俗

【壓軸戲】一次演出的戲曲節目中排在倒數第二的一齣戲，現指最後出現的引人注意的事件。

軺(轺) 🔊yáo 🔊jiu4 遙
🔊JJSHR

【軺車】古代的一種輕便的小馬車。

軹(轵) 🔊zhǐ 🔊zi2 指 🔊JJRC
古時車軸的兩頭。

軤(轷) 🔊hū 🔊fu1 呼 🔊JJHFD
姓。

軻(轲) 1 🔊kē 🔊o1 柯
🔊JJMNR

見於人名：孟子，名軻，戰國時人。

軻(轲) 2 🔊kě 🔊o1 柯

轗軻。見【坎坷】，117頁。

軼(轶) 🔊yì 🔊jat6 日
🔊JJHQO

①「逸④-⑤」的異體字，見620頁。②姓。

軲(轱) 🔊gū 🔊gu1 姑 🔊JJJR

【軲轆】也作「轂轆」。①車輪：這輛車有四個軲轆。②滾動，轉：別讓球軲轆了。

較(较) 1 🔊jiào 🔊gaau3 教
🔊JJYCK

①比：比較／較量／較一較勁／兩者相較，截然不同。②對比使顯得更進一層的：成績較佳／面積較小。③表示具有一定程度／比較少的錢，買較好的東西。④算計：計較／錙銖必較。

較(较) 2 粵jiào 普gaau3 教

明顯：彰明較著／兩者較然不同。

軾(轼) 粵shì 普sik1 式

JJIPM

古代車廂前面用做扶手的橫木。

輅(辂) 粵lù 普lou6 路

JJHER

①古代車轅上用來挽車的橫木。②古代的一種大車。

輇(辁) 粵quán 普cyun4 全

JJOMG

①沒有輻條的小車輪。②淺薄：輇才（淺薄的才氣或才能）。

載(载) 1 粵zǎi 普zoi2 宰

JIJWJ

年：一年半載／千載難逢。

載(载) 2 粵zǎi 普zoi3 再

記在書報上：記載／登載／刊載／轉載。

載(载) 3 粵zài 普zoi3 再

①用交通工具裝：載客／載貨／載重汽車／滿載而歸。②運輸工具所裝的東西：卸載／過載。③充滿：風雨載途／怨聲載道。

載(载) 4 粵zài 普zoi3 再

又，且（古文裏常用來表示同時做兩個動作）：載歌載舞。

輊(轾) 粵zhì 普zi3 至

JJMIG

見【軒輊】，606頁。

輈(辀) 粵zhōu 普zau1 舟

JJHBY

車轅。

睾(睾) 粵shē 普ce4 邪

UKJJ

古同「畬」，多用於地名：登睾（今在廣東）／禾睾（今在香港）。

輒(辄) 粵zhé 普zip3 摺

JJSJU

總是，就：動輒得咎／淺嘗輒止。

輔(辅) 粵fǔ 普fu6 負　JJIJB

①幫助，佐助：輔助／輔導／相輔而行。②國都附近的地方：畿輔。

輕(轻) 粵qīng 普hing1 卿

JJMVM

①重量小，比重小，跟「重」相對：油比水輕／這塊木頭很輕。②負載小，裝備簡單：輕裝／輕騎兵。③數量少，程度淺：輕傷／年紀輕／懲罰得太輕／他的工作很輕。④放鬆：輕音樂／無病一身輕。⑤認為沒價值，不以為重要：輕視／輕敵／人皆輕之。⑥用力小：注意輕放／輕聲細語／手

輕一點兒。⑦隨便：輕率/輕舉妄動。⑧不
莊重：輕佻/輕薄。
【輕易】隨便：他不輕易生氣/他不輕易
下結論。
【輕工業】製造生活資料的工業，如紡織
工業、食品工業等。

輓（挽）　⬤wǎn ⬤waan5 挽
⬤JJNAU

①牽引：輓車（牽引車輛）。②追悼死者：
輓歌/輓聯。

輜（辎）　⬤zī ⬤zi1 資
⬤JJVVW

古代一種有帷子的車：輜車。
【輜重】行軍時攜帶的器械、糧草、被服等。

輥（辊）　⬤gǔn ⬤gwan2 滾
⬤JJAPP

機器上圓筒狀能旋轉的機件：輥軸。

輗（輗）　⬤ní ⬤ngai4 危
⬤JJHXU

古時候大車轅上連接橫木或車軛的部件。

輛（辆）　⬤liàng ⬤loeng6
亮 ⬤loeng2 拉響切
⬤JJMLB

量詞。用於車：一輛汽車/兩輛自行車。

輝（辉）　⬤huī ⬤fai1 揮
⬤FUBJJ

①閃爍的光彩：光輝。②照耀：星月交輝。
【輝煌】①光彩耀眼：金碧輝煌。②比喻

極其優良，出色：輝煌成就。
【輝映】光彩照耀，映射：朝霞輝映着大
地。

輞（辋）　⬤wǎng ⬤mong5 網
⬤JJBTV

車輪周圍的圓框。

輟（辍）　⬤chuò ⬤zyut3 啜
⬤JJEEE

停止，中止：輟學/時作時輟。

輦（辇）　⬤niǎn ⬤lin5 連五聲
⬤QOJWJ

古時用人拉着的車子，後來多指王室
坐的車子：龍車鳳輦。

輩（辈）　⬤bèi ⬤bui3 貝
⬤LYJWJ

①代，家族、親友之間的世系次第：輩分/
前輩/長輩/晚輩。②等，類（指人）：無能
之輩。③人活着的時間：活了半輩子了。

輪（轮）　⬤lún ⬤leon4 倫
⬤JJOMB

①安在車軸或機器上能旋轉的圓形部件：
車輪/輪子/齒輪。②像車輪的：日輪/
月輪/年輪/耳輪。③指利用機器推動的
船：輪船/江輪/油輪/輪渡/輪埠。④依
照次第轉：輪流/輪換/輪班/這回輪到
我了。⑤量詞。多用於紅日、明月：一輪
紅日/一輪明月。⑥量詞。用於循環的事
物或動作：他大我一輪（即大十二歲）/
乒乓球賽已經賽完一輪了。

【輪廓】① 構成圖形或物體的外圍線條：他畫了一個人的面部輪廓。② 事情的大概情形：我只知道這件事的輪廓。

輘 (辌) 　liáng　loeng4 良　JJYRF

見【輬輬】，610 頁。

輯 (辑) 　jí　cap1 緝　JJRSJ

① 聚集。特指聚集材料編書：輯錄／纂輯。② 整套書籍、資料等按內容或發表先後次序分成的各部分：叢書第一輯。

輳 (辏) 　còu　cau3 湊　JJQKK

① 車輪的輻聚集到中心：輻輳。② 聚集：輳集／輳石纍卵。

輶 (辒) 　yóu　jau4 猶　JJTCW

① 古時使臣所乘的輕便的車：輶軒。② 輕。

輸 (输) 1 　shū　syu1 書　JJOMN

① 從一個地方運送到另一個地方：運輸／輸出／輸電／輸血。② 送給，捐獻：捐輸／輸財助戰。

輸 (输) 2 　shū　syu1 書

敗、負，跟「贏」相對：輸了兩個球／他們輸了這場比賽。

輻 (辐) 　fú　fuk1 福　JJMRW

連結車輞和車轂的直條。

【輻射】① 從中心向各個方向沿着直線伸展出去：輻射形。② 光、熱無線電波等向四周放射的現象。

【輻輳】又作「輻湊」。車輻聚於車轂，比喻人、物聚集。

輬 　JJMBK 「軟」的異體字，見 607 頁。

輼 (辒) 　wēn　wan1 溫　JJABT

【輼輬】古時的一種臥車，也用作喪車。

輾 (辗) 1 　niǎn　nin5 年五聲　JJSTV

同「碾」，見 413 頁。

輾 (辗) 2 　zhǎn　zin2 展

【輾轉】也作「展轉」。①（身體）翻來覆去，來回轉動：輾轉反側／輾轉難眠。② 比喻經過曲折，間接地：輾轉流傳。

輿 (舆) 1 　yú　jyu4 魚　HXJC

① 車：捨輿登舟。② 車中裝載東西的部分。③ 指轎：肩輿（轎子）／綵輿。④ 疆域，地：輿圖／輿地。

輿 (舆) 2 　yú　jyu4 魚

眾多，眾人的：輿論。

【輿情】羣眾的意見和態度：洞察輿情。

轂 (毂) 1 　gū　gu1 姑　GJHNE

【轂轆】同【帖轆】，見607頁。

轂(毂) 2 ㊀gǔ ㊁guk1 菊

車輪中心圓孔可以插軸的部分。

轄(辖) ㊀xiá ㊁hat6 瞎
㊂JJJQR

①大車軸頭上穿着的小鐵棍，可以管住輪子使不脫落。②管理：管轄/直轄/統轄。

轅(辕) ㊀yuán ㊁jyun4 袁
㊂JJGRV

①車前駕牲畜的兩根直木：車轅子。②轅門，舊時稱軍營的門，今借指軍政大官的衙門。

輼 ㊂JJWOT 「輼」的異體字，見610頁。

轉(转) 1 ㊀zhuǎn ㊁zyun2 嘛
㊂JJJII

①旋動，改換方向或情勢：轉移/好轉/轉眼之間/轉敗為勝。②不直接地，中間再經過別人或別的地方：轉達/轉交。

轉(转) 2 ㊀zhuàn ㊁zyun3 鑽
㊂JJJII

①繞着圈兒動，圍繞着中心運動：旋轉/輪子轉得很快。②繞着某物移動，打圈：轉圈子/轉來轉去/繞着樹轉一圈。③量詞。繞一圈叫一轉。
【轉圜】①挽回。②從中調停。

轉(转) 3 ㊀zhuǎi ㊁zhuǎn
㊁zyun2 嘛

説話時不用口語而用文言字眼，以顯示

有學問：轉文/別轉了，直説吧！

轆(辘) ㊀lù ㊁luk1 碌 ㊂JJIXP

【轆轤】①安裝在井上絞起汲水斗的器具。②機械上的絞盤。

轇(轇) ㊀jiāo ㊁gaau1 膠
㊂JJSMH

【轇轕】交錯。

轍(辙) ㊀zhé ㊁cit3 撤
㊂JJYBK

①車輪軋出的痕跡：車轍/覆轍/如出一轍。②行車規定的一定路線：搶轍兒/順轍兒。③歌詞、戲曲、雜曲所押的韻：合轍/十三轍。④辦法：想轍/沒轍了。

轎(轿) ㊀jiào ㊁giu2 繳 ◎kiu2
橋二聲 ㊂JJHKB

舊式交通工具，方形，用竹子或木頭製成，外面套着帷子，兩邊各有一根桿子由人抬或由騾馬駄走着：坐轎/抬轎。
【轎車】①舊時供人乘坐的車，車廂外套着帷子，用騾、馬拉着走。②供人乘坐的、有固定車頂的汽車：小轎車。

轔(辚) ㊀lín ㊁leon4 鄰
㊂JJFDQ

【轔轔】車行走時的聲音：車轔轔，馬蕭蕭。

轘(辖) 1 ㊀huán ㊁waan4 環
㊂JJWLV

【轘轅】關名，在河南轘轅山。

轘(𫐆) 2 [普]huàn [粵]waan6 患
用車分裂人體，是古時的一種酷刑。

轕(轕) [普]gé [粵]got3 葛 [倉]JJTAV
見【轇轕】，611頁。

轗(轗) [普]kǎn [粵]ham2 砍 [倉]JJIRP
轗軻。見【坎坷】，117頁。

轟(轰) [普]hōng [粵]gwang1 肱 [倉]JJJJJ
① 象聲詞。指雷鳴、炮擊等發出巨大聲音：閃電「轟」的一聲劃破長空。② 用大炮或炸彈破壞：轟擊/轟炸/炮轟。③ 驅逐，趕走：把貓轟出去。
【轟動】引起多數人的注意：轟動全國。
【轟轟烈烈】盛大，不平凡：轟轟烈烈地做一番事業。

轢(轹) [普]lì [粵]lik1 礫 [倉]JJVID
① 車輪碾軋。② 欺壓：凌轢。

轡(辔) [普]pèi [粵]bei3 臂 [倉]VFR
駕馭牲口的嚼子和繮繩：鞍轡/轡頭/執轡。

轤(轳) [普]lú [粵]lou4 盧 [倉]JJYPT
見【轆轤】，611頁。

辛部

辛 1 [普]xīn [粵]san1 新 [倉]YTJ
①辣：辛辣。②勞苦，艱難：辛勤/辛苦。③悲傷，痛苦：辛酸。④姓。

辛 2 [普]xīn [粵]san1 新
天干的第八位，用作順序的第八。

辜 [普]gū [粵]gu1 孤 [倉]JRYTJ
①罪：無辜/死有餘辜。②背棄，違背：辜負了他的一番好意。③姓。

辟 1 [普]bì [粵]bik1 壁 [倉]SRYTJ
①君主：復辟。②帝王召見並授與官職：辟舉（徵召和舉薦）。③姓。

辟 2 [普]bì [粵]pik1 僻
排除：辟邪/辟穀（不吃五穀，方士道家當做修煉成仙的一種方法）。

辟 3 [普]bì [粵]bei6 鼻
同「避」，見625頁。

辟 4 [普]pī [粵]pik1 僻 [又]pek3 皮吃切
【辟頭】同【劈頭②】，見58頁。

辟 5 [普]pì [粵]pik1 僻
法，法律：大辟（古代指死刑）。

辠 [倉]HUYTJ 「罪」的異體字，見465頁。

辣 [普]là [粵]laat6 瘌 [倉]YJDL
① 像薑、蒜、辣椒等的刺激性味道：甜酸苦辣。② 辣味刺激（口、鼻或眼

等）：辣眼睛／他被辣得直流眼淚。③比喻兇狠，刻毒：手段毒辣。

粹 🔊DLYTJ「辣」的異體字，見612頁。

辤 🔊BEYTJ「辭」的異體字，見613頁。

辦（办） 🔊bàn 🔊baan6 扮　🔊YJKSJ

①處理，料理：辦公／辦事／好，就這麼辦。②創設，經營：辦公司／辦學校。③採購，置備：辦貨／置辦／辦酒席。④處分，懲治：辦罪／首惡者必辦。⑤機關、學校、企業等單位內辦理行政性事務的部門：院辦／辦公室。

辨 🔊biàn 🔊bin6 辯　🔊YJILJ
分別，分析：辨別／分辨／明辨是非。

辭（辞） 1 🔊cí 🔊ci4 詞　🔊BBYTJ

①優美的語言：文辭／言辭／辭藻／修辭。②中國古典文學的一種體裁：楚辭／辭賦。③古體詩的一種：《木蘭辭》。

辭（辞） 2 🔊cí 🔊ci4 詞
①告別，辭行：告辭／不辭而別。②不接受，請求離去：辭職／辭呈。③解僱：他被解了。④躲避，推託：推辭／雖死不辭／不辭勞苦。

瓣 🔊YJHOJ 見瓜部，377頁。

辮 🔊YJVFJ 見糸部，463頁。

辯（辩） 🔊biàn 🔊bin6 辨　🔊YJYRJ

說明是非或真假，爭論：辯論／辯駁／我辯不過他。
【辯證法】①關於事物矛盾的運動、發展、變化的一般規律的哲學學説，是與形而上學相對立的世界觀和方法論，認為事物處在不斷運動、變化與發展的狀態，是由於其內部的矛盾鬥爭所引起的。②特指唯物辯證法。

辰 部

辰 1 🔊chén 🔊san4 臣　🔊MMMV
地支（子、丑、寅、卯、辰、巳、午、未、申、酉、戌、亥）的第五位，傳統用作表示次序的代稱：辰時（指上午七點到九點）。

辰 2 🔊chén 🔊san4 臣
①日、月、星的總稱：星辰。②古代把一晝夜分作十二辰：時辰。③指時日：生辰／誕辰／良辰美景。

辰 3 🔊chén 🔊san4 臣
①指辰州（舊府名，府治在今湖南沅陵）。②姓。
【辰光】時候，時間。

辱 🔊rǔ 🔊juk6 肉　🔊MVDI
①羞恥，跟「榮」相對：羞辱／屈辱／奇恥大辱。②使受到羞恥：辱罵／喪權辱國。③玷污：辱沒／辱命。④謙辭：辱承／辱蒙。

唇 ⓟMVR 見口部，93頁。

晨 ⓟAMMV 見日部，262頁。

屑 ⓟMVB 見肉部，484頁。

農(农) ⓟnóng ⓒnung4濃
ⓟTWMMV
①栽培農作物和飼養牲畜的事業：農活／農田／農具／農業／農忙。②長期從事農業生產的人：農民／牧農／菜農／老農。【農民工】指進城務工的農民。

蠹 ⓟMVLMI 見虫部，539頁。

齈 ⓟDDMMV「農」的異體字，見614頁。

————— 走 部 —————

迂(迂) ⓟyū ⓒjyu1於 ⓟYMD
①曲折，繞彎：迂迴前進。②言行、見解陳舊不合時宜：迂腐／迂論／迂見。

巡 ⓟYVVV 見巛部，172頁。

地 ⓟYPD「迆」的異體字，見615頁。

迄(迄) ⓟqì ⓒngat6屹 ⓟYON
①到：迄今未至。②始終（用於「未」或「無」前）：迄未成功／迄無音信。

迅(迅) ⓟxùn ⓒseon3訊 ⓟYNJ
快：迅速／迅捷／迅猛／迅雷不及掩耳。

迎(迎) ⓟyíng ⓒjing4營 ⓟYHVL
①在或到某個地點去接人：歡迎／迎接／迎客。②向着：迎面／迎風而來／迎頭趕上。【迎合】為了討好別人，有意使自己的言行符合對方的心意。

近(近) ⓟjìn ⓒgan6忌刃切 ⓟYHML
①指距離短，跟「遠」相對：路很近／澳門離香港很近。②現在以前不久的時間，跟「遠」相對：近來／近幾天／近代史。③接近，差別小，差不多：相近／近似／年齡五十／平易近人。④親密，關係密切：親近／他們是近親／兩家的關係很近。

迓(迓) ⓟyà ⓒngaa6牙六聲 ⓟYMVH
迎接：迓之於門／未曾迎迓。

返(返) ⓟfǎn ⓒfaan2反 ⓟYHE
回，歸：往返／遣返／返老還童／流連忘返／一去不復返。

迕(迕) 　🔤wǔ 🔊ng6誤 🔡YOJ

①相遇：相迕。②逆，違背：違迕。

迍(迍) 　🔤zhūn 🔊zeon1津 🔡YPU

【迍邅】①形容遲遲不進：迍邅途次。②處在困難中不得志：迍邅坎坷。

迒(迒) 　🔤háng 🔊hong4杭 🔡YYHN

①野獸、車輛經過的痕跡。②道路。

迢(迢) 　🔤tiáo 🔊tiu4條 🔡YSHR

遠：千里迢迢。

迥(迥) 　🔤jiǒng 🔊gwing2炯 🔡YBR

①遠：山高路迥。②差得遠：迥異（相差很遠）。
【迥然】形容差別很大：迥然不同／他倆性格迥然。

迦(迦) 　🔤jiā 🔊gaa1加 🔡YKSR

譯音用字，也用於專名：釋迦牟尼。

迨(迨) 　🔤dài 🔊doi6代 🔡YIR

①等到，達到。②趁着。

迪(迪) 　🔤dí 🔊dik6敵 🔡YLW

開導，引導：啟迪。

迫(迫) 　¹🔤pǎi 🔊bik1逼 🔡YHA

【迫擊炮】從炮口裝彈，以曲射為主的火炮。

迫(迫) 　²🔤pò 🔊bik1逼 🔊baak1百一聲 🔡YHA

①用強力壓制，硬逼：迫使／逼迫／迫害／飢寒交迫。②急促：急迫／迫切需要／從容不迫／迫不及待。③接近：迫近。

迮(迮) 　🔤zé 🔊zaak3窄 🔡YHS

①狹窄：迮狹。②姓。

迭(迭) 　🔤dié 🔊dit6秩 🔡YHQO

①交換，輪流：更迭／迭為賓主。②屢，連着：迭次／迭有發現。③及：忙不迭。

述(述) 　🔤shù 🔊seot6術 🔡YIJC 右偏旁亦作术，今作朮。

講說，陳說：敍述／口述／重述一次。

迤(迤) 　¹🔤yí 🔊ji4而 🔡YOPD

見【逶迤】，620頁。

迤(迤) 　²🔤yǐ 🔊ji5爾 🔡YOPD

延伸，向（專指方向地位）：天安門迤西（向西一帶）是中山公園。
【迤邐】曲折連綿：沿着蜿蜒的山勢迤邐而行。

迦 　🔡YNIY 「逃」的異體字，見616頁。

迴（回）⬤huí ⬤wui4 徊
⬤YWR

曲折環繞，旋轉：迴廊／迂迴／峯迴路轉。

【迴避】避免，躲避。

迷（迷）⬤mí ⬤mai4 謎 ⬤YFD
① 分辨不清，失去了辨別、判斷的能力：迷路／迷了方向。② 醉心於某種事物，發生特殊的愛好：迷戀不捨／他迷上了足球。③ 沉醉於某種事物的人：棋迷／球迷。④ 使看不清，摸不着頭腦：迷惑／迷人／財迷心竅。

【迷信】盲目地信仰和崇拜。特指信仰神靈鬼怪等。

迹 ⬤YYLC「跡」的異體字，見599頁。

追（追）⬤zhuī ⬤zeoi1 錐
⬤YHRR

① 趕，緊跟着：追逐／追隨／追擊／奮起直追／他走得太快，我追不上他。② 查究根由，原因：追問／追贓／追根問底。③ 積極行動爭取達到某種目的：追求真理／追名逐利／他在追求那位姑娘。④ 回溯過去，補做過去的事：追述／追念／追悼／追加預算。⑤ 事後補辦：追加／追認。

迵 ⬤YHBR「迴」的異體字，見615頁。

逢（逢）⬤páng ⬤pong4 旁
⬤YHEQ

姓。

退（退）⬤tuì ⬤teoi3 蛻
⬤YAV

① 向後移動，跟「進」相對：後退／倒退／進退兩難。② 使向後移動：退兵／退敵。③ 離開，辭去：退席／退伍／退職／退休。④ 減弱，下降：退燒／退潮。⑤ 送還，撤銷，解除約定：退回信件／退貨／退票／退錢／退聘／退租。

【退步】① 逐漸向下，落後：工作積極，學習努力，才能不退步。② 後退的地步：話沒有説死，留了退步。

【退化】① 生物體某些器官的構造和機能，因為不應用，逐漸萎縮、失去作用或消失。② 逐漸墮落。

送（送）⬤sòng ⬤sung3 宋
⬤YTK

① 把東西運到或拿去給人：運送／送信／送貨。② 贈給：奉送／他送了我兩本書。③ 陪伴人到某一地點：歡歡送會／送孩子上學去／把客人送到門口。

逃（逃）⬤táo ⬤tou4 桃
⬤YLMO

① 為躲避不利於自己的情況而離開：逃跑／逃犯。② 避開：逃學／逃難／躲避。

【逃命】逃出危險的環境以保住生命。

逅（逅）⬤hòu ⬤hau6 后
⬤YHMR

見【邂逅】，625頁。

逆（逆）⬤nì ⬤jik6 亦 ⬤YTU

① 方向相反，跟「順」相

對：逆風／逆流／逆水行舟。②抵觸，不順從：忤逆／忠言逆耳／順者昌，逆者亡。③不適當，坎坷：逆境／倒行逆施。④ 背叛者或背叛者的：叛逆／逆臣。⑤ 迎接：逆旅（旅店）。⑥事先：逆料（預料）／逆知。

遂

🀄YNIN 「移」的異體字，見 422 頁。

迺(乃) 🀄nǎi 🀄naai5 奶
🀄YMCW

①「乃」的異體字，見 6 頁。② 用於地名：迺子街村（今於吉林）。③ 姓。

进(进) 🀄bèng 🀄bing3 柄
🀄YTT

① 向外濺出或噴射：火星兒亂进／海邊的礁石上进起白色浪花。② 突然碎裂：进裂／进碎。

逍(逍) 🀄xiāo 🀄siu1 消
🀄YFB

【逍遙】自由自在，無拘無束：逍遙自在。

逋(逋) 🀄bū 🀄bou1 褒
🀄YIJB

① 逃亡：逋逃。② 拖欠，拖延：逋欠。

透(透) 🀄tòu 🀄tau3 偷三聲
🀄YHDS

① 通過，穿過：透光／透風／透水／透氣／釘透了／這疊厚紙扎不透。② 顯露：這朵花白裹透紅。③ 泄漏：透信／透露風聲。④ 很通達，極明白：理講透了／話說得十分

透徹。⑤ 極度：餓透了／恨透了。
【透支】支款超過存款的數目。

逐(逐) 🀄zhú 🀄zuk6 族
🀄YMSO

① 趕走，強迫離開：追逐／驅逐／追亡逐北。② 依照先後次序，一一挨着：逐天／逐步進行／逐字講解／逐漸提高。

逑(逑) 🀄qiú 🀄kau4 求
🀄YIJE

匹配，配偶。

途(途) 🀄tú 🀄tou4 徒
🀄YOMD

道路：途徑／道途／路途／坦途／道聽途說／半途而廢。

逕(逕) 🀄jìng 🀄ging3 敬
🀄YMVM

①地名：逕頭（今於廣東）。②「徑①-③」的異體字，見 192 頁。

逖(逖) 🀄tì 🀄tik1 惕 🀄YKHF

遠。

逗(逗) 1 🀄dòu 🀄dau6 豆
🀄YMRT

① 引弄，惹弄：逗笑／逗小孩子玩。② 招引：逗人喜愛。③ 引人發笑：她是個愛說愛逗的姑娘。④ 有趣，可笑：這話真逗／這個故事很逗趣。

逗(逗) 2 🀄dòu 🀄dau6 豆

停留：逗留。

【逗號】標點符號名(,)，表示句子中較小的停頓。

【逗留】又作「逗遛」。暫時停留：今年春節，我在家鄉逗留了一星期。

這(这) 1 ⓐzhè ⓟze2 者 ⓨYYMR

①此，指較近的時間，地方或事物，跟「那」相對：這時候／這些書／這個人／這件事情。②跟「那」對舉，表示眾多事物，不確指某人或某事物：怕這怕那／這也想要，那也想要。③這時候，指說話的同時：我這就走／他這才知道事情的真相。

【這麼】如此：這麼辦就好了。

這(这) 2 ⓐzhèi ⓟze2 者 「這一」的合音，用在口語中後面跟量詞或數詞加量詞時，但指數量時不限於一：這個／這些／這年／這會兒／這三年。

通(通) 1 ⓐtōng ⓟtung1同一聲 ⓨYNIB

①沒有阻礙，可以穿過，能夠達到：通車／通風／通行／火車直通北京／這兩間房子通著。②有路到達的：四通八達／直通北京。③往來交接：通商／串通作弊。④傳達：通報／通告／通信。⑤徹底明瞭，懂得：精通業務／他通天文字。⑥指了解，通曉某一方面的人：美國通／萬事通。⑦順，指文章合語法，合事理：文通字順。⑧普遍：通常／通病／通例。⑨全部：通共／通身大汗／通盤計劃／通力合作。⑩量詞。用於文書電報等：一通電報。

【通過】①穿過去，走過去：這街窄，大車不能通過。②經過：通過學習增長知識。③提案經過討論大家同意：通過一項議案。

【通俗】淺顯的，適合於一般文化程度的：通俗讀物。

【通知】①傳達，使知道：通知他一聲。②傳達事項的文件：發通知／開會通知。

通(通) 2 ⓐtòng ⓟtung1同一聲

①量詞。用於演奏鑼鼓等打擊樂器：打了三通鼓。②量詞。用於動作：他被說了一通。

逛(逛) ⓐguàng ⓟgwaang6 跪硬切 ⓧkwaang3 框三聲 ⓨYKHG

外出散步，閒遊，遊覽：逛街／閒逛／逛公園。

逝(逝) ⓐshì ⓟsai6 誓 ⓨYQHL

①過去：光陰易逝／逝水年華。②死亡：不幸病逝。

逞(逞) ⓐchěng ⓟcing2 拯 ⓨYRHG

①顯出來，表現：逞能／逞強／逞威風。②實現意願，達到目的(多指壞事)：得逞。③縱容，放任：逞性子。

速(速) 1 ⓐsù ⓟcuk1 促 ⓨYDL

①快：迅速／速成／火速。②速度：風速／光速。

【速度】運動的物體在單位時間內所走的路程，也省稱「速」，泛指快慢的程度：高速度。

【速記】① 一種用便於速寫的符號記錄口語的方法。② 快速記憶的方法。

速(速) 2 ⓐsù ⓑcuk1 促

ⓒ邀請：不速之客。

造(造) 1 ⓐzào ⓑcou3 燥
ⓒYHGR

① 培養：可造之才。② 到，去：造訪／造門／登峯造極。

造(造) 2 ⓐzào ⓑzou6 皂

① 製作，做：製造／造船／造林／造句。② 瞎編：造謠／捏造。

【造次】① 倉卒，匆促：造次之間。② 魯莽，草率：不敢造次。

造(造) 3 ⓐzào ⓑzou6 皂

量詞。稻子等作物從播種到收割一次叫一造：一年兩造。

逡(逡) ⓐqūn ⓑseon1 荀
ⓒYICE

退。

【逡巡】有所顧慮而徘徊或退卻：逡巡不前。

逢(逢) ⓐféng ⓑfung4 馮
ⓒYHEJ

遇到：相逢／千載難逢／逢人便說／每逢星期三開會。

【逢迎】迎合旁人的意思，巴結人：阿諛逢迎。

【逢凶化吉】遇到兇險，最終轉化為平安。

連(连) ⓐlián ⓑlin4 蓮
ⓒYJWJ

① 相接：連接／骨肉相連。② 持續不斷：連日下雨／連聲道賀／連年豐收。③ 帶，加上，包括在內：連帶／連本帶利／連說帶笑／連根拔起。④ 就是，即使（後面常跟「都」、「也」相應）：他是前連字都不認得，更是也會寫信了。⑤ 軍隊的編制單位，是「排」的上一級：連長／步兵連。

【連詞】連接詞、詞組或句子的詞，如「和」、「或者」、「但是」等。

【連忙】急忙：連忙讓坐。

【連綿】又作「聯綿」。（山脈、河流、雨雪等）接連不斷：連綿起伏／陰雨連綿。

【連夜】① 夜間不休息：連夜趕製。② 接着幾夜：連日連夜。

【連根拔】比喻徹底除去或消滅。

【連接號】也作「破折號」。標點符號名（——），表示把意義密切相關的詞連成一個整體。

逮(逮) 1 ⓐdǎi ⓑdai6 弟
ⓒYLE

捉，捕：逮小偷／逮老鼠。

逮(逮) 2 ⓐdài ⓑdai6 弟

① 到，及：逮乎清季（到了清代末年）／力有未逮。② 捉拿，只用於「逮捕」。

週(周) ⓐzhōu ⓑzau1 舟
ⓒYBGR

① 環繞，繞一圈：週而復始。② 時期的一輪，特指一個星期：上週／週三／週末／週刊。

進(进) 1 ⓹jìn ⓺zeon3 晉 ⓨYOG

①前行、向上移動，跟「退」相對：前進/推進/進軍/更進一層/進一步提高學習成績。② 入，往裏面去，跟「出」相對：進門/放進去/進學校/進公司工作。③ 指吃、喝：進食/進餐。④ 收入或買入：進款/進項/進貨。⑤ 奉上：進貢/進言。⑥ 舊式建築房院前後的層次：這房子是兩進院子。

【進步】①向前發展，比原來好：他學習進步了。② 適合時代要求，對社會發展起促進作用的：進步思想。

【進化】事物由簡單到複雜、由低級到高級的發展過程。

進(进) 2 ⓹jìn ⓺zeon3 晉

趨向動詞。用在動詞後，表示到裏面去：走進會場/把衣服放進箱子裏去。

逯(逯) ⓹lù ⓺luk6陸 ⓨYVNE

姓。

逵(逵) ⓹kuí ⓺kwai4 葵 ⓨYGCG

通各方的道路。

逭(逭) ⓹huàn ⓺wun6換 ⓨYJRR

逃，避：罪無可逭。

逶(逶) ⓹wēi ⓺wai1 威 ⓨYHDV

【逶迤】也作「委蛇」。道路、河道等彎曲而長：山路逶迤。

逴(逴) ⓹chuō ⓺coek3 綽 ⓨYYAJ

①遠：逴行（遠行）。②超越：逴逴大者。

逸(逸) ⓹yì ⓺jat6 日 ⓨYNUI

①安樂：安逸/一勞永逸/以逸待勞。② 跑，逃跑：逃逸/奔逸。③避世隱居：隱逸/逸居。④散失：亡逸/逸書（已經散失的古書）。⑤ 超過一般：超逸/逸塵。

逿 ⓨYAPH「遜」的異體字，見617頁。

逾(逾) ⓹yú ⓺jyu4 愉 ⓨYOMN

①越過，超過：逾期/年逾七十。② 更，越發：逾甚。

逼(逼) ⓹bī ⓺bik1 碧 ⓨYMRW

①強迫，威脅：逼迫/逼上梁山/寒氣逼人/形勢逼人/為生活所逼。② 強迫索取：逼債/逼租。③ 靠近：逼近/逼真/逼視。④ 狹窄：逼仄。

遁(遁) ⓹dùn ⓺deon6 鈍 ⓨYHJU

①逃避：遁去/逃遁。②隱藏，消失：遁跡/遁形/隱遁。

【遁詞】也作「遁辭」。理屈詞窮時所説的應付話。

遂(遂) 1 ⓟsuí ⓔseoi6 睡
ⓒYTPO

用於「半身不遂」(身體一側發生癱瘓)。

遂(遂) 2 ⓟsuì ⓔseoi6 睡
①順，如意：遂心／遂願。②成功：未遂。③於是，就：服藥後腹痛遂止。

遄(遄) ⓟchuán ⓔcyun4 全
ⓒYUMB

快，迅速：遄往／遄返。

遇(遇) ⓟyù ⓔjyu6 預
ⓒYWLB

①相逢，會面，碰到：相遇／遇雨／百年不遇／不期而遇。②對待，款待：待遇／優遇／冷遇／可善遇之。③機會：機遇／巧遇／際遇。

遊(游) ⓟyóu ⓔjau4 由
ⓒYYSD

①為消遣、娛樂或觀賞景物而走動：旅遊／遊歷／春遊／漫遊／遊玩／遊戲／遊樂。②來往：交遊廣闊。③不固定的，經常移動的：遊牧／遊民。

運(运) ⓟyùn ⓔwan6 混
ⓒYBJJ

①旋轉，循序移動：日月運行。②搬送：運輸／運貨／客運／陸運／空運。③靈活使用：運用／運思／運籌／運筆。④指人的遭遇。特指迷信的人所說的命中注定的遭遇：命運／運氣／幸運／走好運。

【運動】①物理學上指物體的位置持續不斷地變易的現象。②各種鍛煉身體的活動，如體操、游泳等。③政治、文化、生產等方面有組織的羣眾性活動：五四運動／全城清潔運動。④為求達到某種目的而鑽營奔走。

遍(遍) ⓟbiàn ⓔpin3 片
ⓒYHSB

①全面，到處：遍身／遍地／滿山遍野。②次，回：唸一遍／教一遍。

過(过) 1 ⓟguō ⓔgwo1 戈
ⓒYBBR

姓。

過(过) 2 ⓟguò ⓔgwo3 果三聲

①從這兒到那兒，從甲方到乙方：過江／過海／過河／過橋／過戶／過賬。②使經過(某種處理方法)：過By／過濾／過篩子／過一過數／把菜過一過油。③使經過(用眼看或用腦子回憶)：過目／他把考試大綱在腦裏過了一遍。④超出(指數量)：過半數／過了一百。⑤超出範圍和限度：過分／過火／過期／未免太過。⑥探望，拜訪：過訪。⑦去世：老人家過了兩年了。⑧錯誤／過錯／改過自新／知過必改。

【過去】①從這兒到那兒去。②已經經歷了的時間。

【過年】①度過新年。②明年，指說話時候以後的一個年頭。

過(过) 3 ⓟguò ⓔgwo3 戈
　　①趨向動詞。用在動詞後，表示經過：走過天橋／把孩子送過了馬路。②趨向動詞。用在動詞後，表示

掉轉方向：回過頭看／翻過身來。③趨向動詞。用在動詞或形容詞後，表示超越或勝過：他的成績比不過她／這本字典貴過那本漫畫書。

過 (过) 4 ⑧·guo ⑨gwo3 戈

① 助詞。放在動詞後，表示曾經或已經：看過／聽過／用過了／你見過他嗎？② 助詞。放在動詞後，跟「來」、「去」連用，表示趨向：拿過來／轉過去。

遏 (遏) ⑧è ⑨aat3 壓 ⑨YAPV

阻止，禁止：遏止／怒不可遏。

【遏制】阻止，禁絕：遏制敵人。

遳 ⑨YKJT「奔2」的異體字，見134頁。

遑 (遑) ⑧huáng ⑨wong4 皇 ⑨YHAG

閒暇：不遑（沒有功夫）。

【遑遑】也作「皇皇」。匆忙。

【遑論】談不上，不必論及：工作繁忙，遑論娛樂。

遐 (遐) ⑧xiá ⑨haa4 霞 ⑨YRYE

① 遠：遐邇（遠近）／遐方。② 長久：遐齡。

遒 (遒) ⑧qiú ⑨cau4 囚 ⑨YTCW

健，有力：遒勁／遒健。

道 (道) 1 ⑧dào ⑨dou6 稻 ⑨YTHU

① 路：道路／鐵道／人行道。② 水流通行的途徑：河道／水道／黃河故道。③ 方向，途徑：志同道合／頭頭是道。④ 道理，正當的事理：無道／治世不一道。⑤ 方法，辦法，技術：門道／醫道／茶道。⑥ 指某些宗教體系：傳道／衛道士。⑦ 道教，中國主要宗教之一，創立於東漢時期：道觀（道教的廟）。⑧ 道家，中國古代的一個思想派，以老聃和莊周為代表。⑨ 線條：紅道兒／鉛筆道兒。⑩ 量詞。用於江、河和某些長條狀的：一道河／一道光／一道紅霞／畫一道紅線。⑪ 量詞。用於路上的關口，出入口：兩道門／過一道關。⑫ 量詞。用於命令、題目等：三道題／一道命令。⑬ 量詞。次：洗了三道／上了兩道漆／省了一道手續。⑭ 量詞。計量單位，相當於10微米。

【道具】佛家修道用的物品。後轉用於演劇用的一切設備和用具。

道 (道) 2 ⑧dào ⑨dou6 稻

① 歷史上的行政區域，唐太宗時分全國為十道，相當於現在的省。② 歷史上的行政區域，清代和民國初年每省分成幾個道。

道 (道) 3 ⑧dào ⑨dou6 稻

① 說：常言道／一語道破／說長道短。② 用話表示情意：道賀／道謝／道歉／道喜。

達 (达) ⑧dá ⑨daat6 首六聲 ⑨YGTQ 右偏旁作羍

① 通：四通八達／火車從北京直達昆明。

②到：到達／抵達。③對事理認識得透徹：通達事理／通權達變。④傳出來：轉達／傳達命令／詞不達意。⑤顯要的地位：顯達／達官。

【達觀】不計較個人的得失，對事情看得開。

【達斡爾】達斡爾族，中國少數民族名。

違 (违) 🔊wéi 🔊wai4 圍　🔊YDMQ

①背，反，不遵守：違背／違反／違法／違約／陽奉陰違。②不見面，離別：久違／睽違。

遜 (逊) 🔊xùn 🔊seon3 迅　🔊YNDF

①退避，讓出(帝王的位子)：遜位。②謙讓，恭順：謙遜／出言不遜。③比不上，次等，差：遜色／稍遜一等。

遘 (遘) 🔊gòu 🔊gau3 夠　🔊YTTB

相遇。

遙 (遥) 🔊yáo 🔊jiu4 堯　🔊YBOU

遠：遙遠／遙望／遙遙相對／千里之遙／路遙知馬力。

遛 (遛) 1 🔊liú 🔊lau4 留　🔊YHHW

逗遛。見【逗留】，618頁。

遛 (遛) 2 🔊liù 🔊lau6 漏

①散步，慢慢走，隨便走走：出去遛一遛／到街上遛一趟。②牽着動物或帶着鳥兒慢慢走：遛狗／遛鳥／他遛馬去了。

遝 (遝) 🔊tà 🔊daap6 踏　🔊YWLE

雜遝。見【雜沓】，676頁。

遞 (递) 🔊dì 🔊dai6 第　🔊YHYU

①傳送，傳達：傳遞／投遞／遞眼色(以目示意)／把書遞給我。②順着次序：遞補／遞加／遞進／遞升。

遠 (远) 🔊yuǎn 🔊jyun5 軟　🔊YGRV

①空間或時間的距離長，跟「近」相對：遠處／路遠／永遠／久遠／住得遠／作長遠打算。②不親密，關係疏：遠親／遠房／血緣關係遠。③差別大：差得遠／遠遠超過。④深刻：深遠／言近旨遠。⑤不接近：敬而遠之／遠而望之。

遢 (遢) 🔊tā 🔊taap3 榻　🔊YASM

見【邋遢】，626頁。

遣 (遣) 🔊qiǎn 🔊hin2 顯　🔊YLMR

①派，差，打發：派遣／特遣／遣送／調兵遣將。②排解，發泄：遣悶／消遣。

遡 🔊YTUB 「溯」的異體字，見331頁。

遭(遭) 1 ⑪zāo ⑰zou1 糟
⑰YTWA

遇見，碰到(多指不幸或不利事件)：遭遇／遭難／遭殃／遭到暗殺。

遭(遭) 2 ⑪zāo ⑰zou1 糟
①量詞。次，回：一遭生，兩遭熟。②量詞。一周，圈：我去轉了一遭／用繩子多繞兩遭。

適(适) 1 ⑪shì ⑰sik1 式
⑰YYCB

①切合，相合：適合／適宜／適意／適用。②剛巧：適可而止／適逢其會。③舒服：舒適／稍覺不適。

適(适) 2 ⑪shì ⑰sik1 式
①往，到：無所適從。
②舊稱女子出嫁：適人。

遮(遮) ⑪zhē ⑰ze1 嗟
⑰YITF

①一物體在另一物體的某一方位，使後者不顯露：遮擋不住／雲彩把太陽遮住了。②掩蓋：遮醜／一手遮天／遮人耳目。

遨(遨) ⑪áo ⑰ngou4 熬
⑰YGSK 中作敖。

遊，遊玩：遨遊。

遯 ⑰YBMO 「遁」的異體字，見620頁。

遲(迟) ⑪chí ⑰ci4 詞
⑰YSYQ

①慢，緩：事不宜遲／行動遲緩／遲遲不

去。②比規定或適合的時間晚：不遲到，不早退／他睡得太遲了。
【遲疑】猶豫不決。

遴(遴) ⑪lín ⑰leon4 鄰
⑰YFDQ

謹慎選擇：遴選人材。

遵(遵) ⑪zūn ⑰zeon1 津
⑰YTWI

依照，按照：遵照／遵循／遵守／遵命。

遶 ⑰YGGU 「繞②-③」的異體字，見461頁。

選(选) ⑪xuǎn ⑰syun2 損
⑰YRUC

①挑揀，擇：挑選／選擇／選派。②用投票或舉手等表決方式擇定代表者或負責人：選舉／推選／評選／競選。③被選中了的(人或物)：入選／人選。④挑選出來編在一起的作品：文選／詩詞選。

遹(遹) ⑪yù ⑰wat6 屈六聲
⑰YNHB

遵循。

遺(遗) 1 ⑪wèi ⑰wai6 謂
⑰YLMC

贈與：遺之以書。

遺(遗) 2 ⑪yí ⑰wai4 惟
①丟失：遺失。②丟失的東西，漏掉的部分：補遺／路不拾遺。③漏掉：遺漏／遺忘。④餘，留：遺憾／不

遺餘力。⑤特指去世的人留下的：遺囑／遺像／遺著。⑥不自覺地排泄糞便或精液：遺尿／遺矢／遺精。
【遺傳】生物體的構造和生理機能由上一代傳給下一代。

遼(辽) 1 粵liáo 普liu4 僚
YKCF

遠：遼遠／遼闊。

遼(辽) 2 粵liáo 普liu4 僚
①中國古代朝代名，位於中國北部，由契丹人耶律阿保機所建。②遼寧省的簡稱。

遑 粵YAOG 見日部，265頁。

遷(迁) 粵qiān 普cin1 千
YMWU

①搬移，另換地點：遷移／遷都／遷居。②變動，改變：變遷／事過境遷。③調動官職：調遷／左遷。
【遷就】不堅持自己的意見，湊合別人：不能遷就／遷就應該是有原則的。
【遷延】拖延：已經遷延了一個多月了。

避(避) 粵bì 普bei6 鼻
YSRJ

①躲，設法躲開：躲避／避暑／避雨／不避險阻。②防止：避孕／避雷針。

邁(迈) 1 粵mài 普maai6 賣
YTWB

抬起腿來跨步：邁過去／向前邁進／邁了一大步。

邁(迈) 2 粵mài 普maai6 賣
老：老邁／年邁。

邁(迈) 3 粵mài 普maai6 賣
英里，用於行車時速，每小時行駛多少英里就叫多少邁。

遽(遽) 粵jù 普geoi6 巨
YYPO

①匆忙：匆遽／急遽。②立即，趕快：不敢遽下斷語／遽見之不能識。③驚慌：惶遽。

邀(邀) 粵yāo 普jiu1 腰
YHSK

①約請：特邀代表／應邀出席／邀他來談談。②取得，求得：邀賞／邀准。③阻留：中途邀截。

邂(邂) 粵xiè 普haai6 械
YNBQ

【邂逅】沒約會而遇到，偶然而遇：邂逅相遇。

還(还) 1 粵hái 普waan4 環
YWLV

①仍舊，依然：你還是那樣／這件事還沒有做完。②更：今天比昨天還熱。③尚，勉強過得去：身體還好／工作進展得還不算慢。④尚且：他那麼大年紀還這麼賣力，我們更應該加把勁了。⑤居然如此：他還真有兩下子。⑥早已如此：還在上小學時，他已讀了許多世界名著了。
【還是】①表示這麼辦比較好：咱們還

是出去吧。② 用在問句裏表示選擇：是你去呢，還是他來？

還 (还) 2 ⓟhuán ⓒwaan4 環

①回，歸，復原：還家／還俗／還原 (恢復原狀)。②償：償還／還錢。③回報：還禮／還手／以眼還眼，以牙還牙。

邅 (邅) ⓟzhān ⓒzin1 煎
ⓦYYWM

見【邅邅】，615頁。

邇 (迩) ⓟěr ⓒji5 耳
ⓦYMFB

近：邇來 (近來)／遐邇聞名。

邃 (邃) ⓟsuì ⓒseoi6 睡
ⓦYJCO

①指時間或空間的深遠：深邃／邃古。②程度深：精邃。

邈 (邈) ⓟmiǎo ⓒmiu5 秒
ⓦYBHU

遙遠：邈遠。

邋 (邋) ⓟlā ⓒlaap6 臘
ⓦYVVV

【邋遢】不利落，不整潔：他辦事邋遢／他收拾得很整齊，不像過去那樣邋遢了。

邊 (边) 1 ⓟbiān ⓒbin1 鞭
ⓦYHUS

①幾何學上指夾成角或圍成多邊形的線段。②外圍的部分：海邊／村邊／紙邊兒／桌子邊兒。③鑲在或畫在四圍的條狀裝飾：花邊兒／金絲邊／裙子上加個邊兒。④兩個地區交界處：邊防／邊境／邊疆。⑤界限：邊際／一望無邊。⑥近旁，側面：旁邊／身邊／馬路邊。⑦方面：一邊倒／雙邊會談。⑧用在時間或數詞後，表示接近的意思：立春邊上下了場雪／他六十邊上生了場大病。⑨「邊」字分別用在動詞前，表示同時有兩種動作：邊聽邊記／邊看書，邊聽音樂。⑩姓。

邊 (边) 2 ⓟbiān ⓒbin1 鞭
表示位置，方向，用在「上」、「下」、「前」、「後」、「左」、「右」等字後：東邊／外邊。

邏 (逻) ⓟluó ⓒlo4 羅
ⓦYWLG

巡察：巡邏／邏騎。
【邏輯】①思維的規律：這幾句話不合邏輯。②客觀的規律性：生活的邏輯／事物發展邏輯。③也叫「論理學」。研究思維的形式和規律的科學。

邐 (逦) ⓟlǐ ⓒlei5 里
ⓦYMMP

見【迤邐】，615頁。

邑部

邑 ⓟyì ⓒjap1 泣 ⓦRAU

①都城，城市：城邑／都邑。②古時縣的別稱：邑宰 (縣令)／邑境。

邕 ⓟyōng ⓒjung1 翁 ⓦVVRAU

①邕江。水名，在廣西。②廣西南

寧的別稱。

邗 粵hán 普hon4 寒 倉MJNL

【邗江】地名，在江蘇。

邙 粵máng 普mong4 忙 倉YVNL

【邙山】山名，在河南洛陽東北。

邛 粵qióng 普kung4 窮 倉MNL

【邛崍】山名，在四川。

邠 粵bīn 普ban1 彬 倉CHNL
同「豳」，見584頁。
【邠縣】地名，在陝西。今作「彬縣」。

邡 粵fāng 普fong1 方 倉YSNL
什邡。地名，在四川。

那 1 粵nā 普no1 尼俄切 倉SQNL
姓。

那 2 粵nà 普naa6 拿 普naa5 拿五聲
① 指示代詞。指較遠的人、時間、地方或事物，跟「這」相對：那裏／那個／那樣／那些／那時。② 指示代詞。跟「這」對舉，表示眾多事物，不確指某人或某事物：看看這，看看那。③ 連詞。連接上文說明結果：你要是不願意，那就不要去了。
【那麼】① 指示代詞。指示性質、狀態、方式、程度：花開得那麼鮮豔／那麼多人來聽講座。② 指示代詞。指示、估計的數

量：我只見過他那麼一兩次。③ 連接詞。跟前面「如果」、「若是」等相應，表示順着上文的語意，申說應有的結果或做出判斷：如果沒時間，那麼我們改天再見吧。

那 3 粵nèi 普nè 普naa5 拿五聲
義同「那2①」。口語。相當於「那」和「一」的合音，但指數量時不限於一：那個／那些／那年。

邦 粵bāng 普bong1 幫 倉QJNL
國：友邦／盟邦。
【邦交】國和國之間的正式外交關係：建立邦交。

邢 粵xíng 普jing4 型 倉MTNL
姓。

邪 1 粵xié 普ce4 斜 倉MHNL
① 不正當：邪說／改邪歸正。② 不正常，奇怪：邪門／一股邪勁。③ 中醫指引起疾病的環境因素：風邪／寒邪。④ 迷信的人指鬼神給予的災禍：驅邪。

邪 2 粵yé 普je4 耶
① 莫邪。見【鏌鋣】，657頁。② 同疑問詞「耶2」，見474頁。

邨 粵PUNL「村①」的異體字，見416頁。

祁 粵IFNL 見示部，416頁。

邵 粵shào 普siu6 紹 倉SRNL
姓。

邯 邇hán 邇hon4 韓 邇TMNL
【邯鄲】地名，在河北。

邰 邇tái 邇toi1 臺 邇IRNL
姓。

邱 邇qiū 邇jau1 丘 邇OMNL
①同「丘①-④」，見 4 頁。②姓。

邳 邇pī 邇pei4 皮 邇MMNL
【邳州】地名，在江蘇。

邸 邇dǐ 邇dai2 底 邇HMNL
指高級官員的住宅：官邸／私邸。

邴 邇bǐng 邇bing2 丙 邇MBNL
姓。

邶 邇bèi 邇bui3 貝 邇LMPNL
周代國名，在今河南湯陰南。

郁 邇yù 邇juk1 沃 邇KBNL
①形容香氣：馥郁／郁烈（治理得極好）。②姓。

郅 邇zhì 邇zat6 窒 邇MGNL
①極，最：郅隆（昌盛）。②姓。

郇[1] 邇huán 邇waan4 頑 邇PANL
姓。

郇[2] 邇xún 邇seon1 荀
①周代國名，在山西臨猗西。②姓。

郎 邇láng 邇long4 狼 邇IINL
①古時代的官名：侍郎／員外郎。②舊時對年輕男子的稱呼。③舊時女子稱丈夫或情人：郎君／情郎。④舊時稱別人的兒子：令郎。⑤姓。
【郎中】①醫生。②古官名。

郊 邇jiāo 邇gaau1 交 邇YKNL
城市周圍的地區：西郊／郊野／郊遊。

郃 邇hé 邇hap6 合 邇ORNL
①郃陽。地名，在陝西。今作合陽。②姓。

邾 邇zhū 邇zyu1 株 邇HDNL
①周代國名，就是鄒國。②姓。

郤[1] 邇qiè 邇gwik1 隙 邇KINL
姓。

郤[2] 邇xì 邇gwik1 隙
古同「郤」，見 629 頁。

耶 邇SJNL 見耳部，474 頁。

郛 邇fú 邇fu1 俘 邇BDNL
古代城圈外圍的大城。

郜（郜） 邇gào 邇gou3 告 邇HRNL
姓。

郝 邇hǎo 邇kok3 確 邇GCNL
姓。

郟（郟）
⬛jiá ⬛gaap3 夾
⬛KONL

【郟縣】地名，在河南。

郡
⬛jùn ⬛gwan6 君六聲
⬛SRNL

古代行政區域，秦以前比縣小，從秦朝起比縣大。

【郡主】唐代稱太子的女兒，宋代稱宗室的女兒，明清稱親王的女兒。

郢
⬛yǐng ⬛jing5 映五聲 ⬛RGNL

【郢都】周代時楚國的都城，在今湖北江陵北。

郤
⬛xì ⬛gwik1 隙 ⬛CRNL

①同「隙」，見673頁。②姓。

郚
⬛wú ⬛ng4 吳 ⬛MRNL

郚郡，地名，在山東。

郗
⬛chī ✎xī ci1 痴 ✎hei1 希
⬛KBNL

姓。

部
⬛bù ⬛bou6 步 ⬛YRNL

①全體中的一份：部分／內部／南部／其中一部。②政府、軍機、機關或企業分設的單位：軍部／連部／編輯部／門市部／外交部。③統稱屬：部領／部下／所部三十人。④量詞。用於書籍：一部小說／兩部字典。⑤量詞。用於影片、電視劇：兩部電影／一部連續劇。⑥量詞。用於指

車輛或機器：一部機器／三部汽車。

【部隊】軍隊。

【部首】按漢字形體偏旁所分的門類：山部／火部／水部。

【部署】佈置安排。

【部位】位置。

郫
⬛pí ⬛pei4 皮 ⬛HJNL

【郫縣】地名，在四川。

郭
⬛guō ⬛gwok3 國 ⬛YDNL

①古代城外圍着城的牆：城郭／南郭。②物體周圍的邊或框：耳郭。③姓。

郯
⬛tán ⬛taam4 談 ⬛FFNL

【郯城】地名，在山東。

郴
⬛chēn ⬛sam1 深 ⬛DDNL

【郴州】地名，在湖南。

郪
⬛qī ⬛cai1 淒 ⬛JVNL

【郪江】水名，在四川，流入涪江。

聊
⬛SJENL「聊①」的異體字，見631頁。

都
1 ⬛dōu ⬛dou1 刀 ⬛JANL

①全，完全：做善事不論大小，都要做好。②跟「是」合用，說明理由：都是你磨蹭，要不我也不會遲到。③表示語

氣的加重：都十二點了還不睡。④姓。

都

2 ⓟdū ⓒdou1 刀

①全國最高行政機關所在的地方：首都／都城／建都。②大城市：都市／都會／通都大邑。

郵（邮）

ⓟyóu ⓒjau4 由
ⓒHMNL

①郵遞，由國家專設的機構傳遞信件：郵封信。②有關郵務的：郵票／郵費／郵包。

郿

ⓟméi ⓒmei4 眉 ⓒAUNL

【郿縣】地名，在陝西。今作眉縣。

鄂

ⓟè ⓒngok6 顎 ⓒRSNL

①湖北省的別稱。②姓。

【鄂倫春】鄂倫春族，中國少數民族名，分佈在內蒙古和黑龍江。

【鄂溫克】鄂溫克族，中國少數民族名，分佈在內蒙古和黑龍江。

鄆（郓）

ⓟyùn ⓒwan6 運
ⓒBJNL

姓。

【鄆城】地名，在山東。

酀

ⓟyǎn ⓒjin2 演 ⓒSVNL

【酀城】地名，在河南。

鄄

ⓟjuàn ⓒgyun3 眷 ⓒMGNL

【鄄城】地名，在山東。

鄉（乡）

ⓟxiāng ⓒhoeng1 香
ⓒVHIIL

①城市外的區域：鄉村／鄉民／他下鄉了／城鄉交流。②自己生長的地方或祖籍：故鄉／還鄉／同鄉。③縣級以下的行政區：鄉政府。

郖

ⓟtáng ⓒtong4 唐 ⓒIRNL

【郖鄑】地名，在山東。

鄒（邹）

ⓟzōu ⓒzau1 周
ⓒPUNL

①周代國名，在今山東鄒城一帶。②姓。

鄗

ⓟhào ⓒhou6 浩 ⓒYBNL

姓。

【鄗縣】古地名，在今河北柏鄉北。

鄔（邬）

ⓟwū ⓒwu1 烏
ⓒHFNL

姓。

鄖（郧）

ⓟyún ⓒwan4 雲
ⓒRCNL

姓。

【鄖縣】地名，在湖北。

鄚

ⓟmào ⓒmok6 幕 ⓒTKNL

【鄚州】地名，在河北。

鄙

ⓟbǐ ⓒpei2 痞 ⓒRWNL

①粗俗，低下，品質低劣：卑鄙／鄙

陋。②謙辭,用於自稱:鄙人/鄙意/鄙見。③輕蔑:可鄙/鄙視。④邊遠的地方:邊鄙。

鄢 ⓔyān ⓙjin1 煙 ⓒMFNL

姓。

【鄢陵】地名,在河南。

鄠 ⓔfū ⓙfu1 膚 ⓒIPNL

【鄠縣】舊地名,在陝西,今改稱富縣。

鄞 ⓔyín ⓙngan4 銀 ⓒTMNL

姓。

【鄞縣】地名,在浙江。

鄘 ⓔyōng ⓙjung4 容 ⓒIBNL

周代國名,在今河南新鄉西南。

鄠 ⓔhù ⓙwu6 戶 ⓒMSNL

【鄠縣】地名,在陝西。今作戶縣。

鄧(邓) ⓔdèng ⓙdang6 戥 ⓒNTNL

姓。

鄭(郑) ⓔzhèng ⓙzeng6 阱 ⓒTKNL

①周代國名,今河南新鄭一帶。②姓。

【鄭重】審慎,嚴肅:鄭重其事。

鄯 ⓔshàn ⓙsin6 善 ⓒTRNL

【鄯善】古代西域國名。地名,今在新疆。

鄰(邻) ⓔlín ⓙleon4 鱗 ⓒFQNL

①住處接近的人家:東鄰/四鄰/遠親近鄰。②鄰近,接近,附近:鄰國/鄰居/鄰舍。③古代戶籍單位,五家為一鄰。

鄱 ⓔpó ⓙpo4 婆 ⓩbo3 播 ⓒHWNL

姓。

【鄱陽】地名,在江西。

【鄱陽湖】湖名,在江西。

鄲(郸) ⓔdān ⓙdaan1 丹 ⓒRJNL

姓。

【鄲城】古地名,在今河南。

鄴(邺) ⓔyè ⓙjip6 業 ⓒTDNL

①古地名,在今河北臨漳一帶。②姓。

鄶(郐) ⓔkuài ⓙkui2 繪 ⓒOANL

春秋時的諸侯國名,在今河南密東北:自鄶以下(從鄶國以下就不值得評論,比喻其餘比較差劣的部分)。

鄒 ⓔzōu ⓙzau1 鄒 ⓒSONL

① 春秋時代魯國的地名,在今山東曲阜東南。②同「鄒①」,見630頁。

鄺(邝) ⓔkuàng ⓙkwong3 曠 ⓒICNL

姓。

酃 　🔈líng 🔈ling4 齡 🔈MRNL

【酃縣】舊地名，在湖南。今改稱為炎陵縣。

酆 　🔈fēng 🔈fung1 豐 🔈UTNL

【酆都】地名，在重慶。今作「豐都」。

酈（郦） 　🔈lì 🔈lik6 力 🔈MPNL

姓。

—— 酉部 ——

酉 　🔈yǒu 🔈jau5 友 🔈MCWM

地支的第十位。

【酉時】舊式記時法，指下午五點到七點。

酊¹ 　🔈dīng 🔈ding1 叮 🔈MWMN

醫藥上用酒精和藥配合成的液劑：酊劑／碘酊。

酊² 　🔈dǐng 🔈ding2 鼎

見【酩酊】，633頁。

酋 　🔈qiú 🔈jau4 猶 🔈TCWM

①部落的首領：酋長。②盜匪或侵略者的頭目：匪酋／敵酋。

酌 　🔈zhuó 🔈zoek3 雀 🔈MWPI

①斟酒，飲酒：自斟自飲。②飲酒宴會：便酌／菲酌。③度量，考慮：酌量／酌辦／酌情處理。

配 　🔈pèi 🔈pui3 佩 🔈MWSU

右偏旁作己，三畫。

①兩性結合，男女結婚：婚配。②使牲畜交合：配種／配豬。③用適當的標準加以調和：搭配／配藥／配顏色。④有計劃地分派，安排：配售／分配／配備人力。⑤把缺少的補足：配零件／配把鑰匙／配一塊玻璃。⑥襯托，陪襯：配角／紅花配綠葉。⑦夠得上：只有具備真才實學的人，才配稱為學問家。⑧古時候的流放刑罰：發配。

【配偶】指夫或妻。

【配套】把若干相關的事物組合成一整套。

酐 　🔈gān 🔈gon1 肝 🔈MWMJ

酸酐，舊稱「無水酸」，是無機酸縮水而成的氧化物，或二分子有機酸縮去一分子的水而成的化合物。碳酐就是二氧化碳。

酎 　🔈zhòu 🔈zau6 紂 🔈MWDI

兩次或多次重釀的醇酒。

酒 　🔈jiǔ 🔈zau2 走 🔈EMCW

用糧食、水果等發酵製成的含乙醇的飲料：白酒／紅酒／葡萄酒。

【酒精】用酒蒸餾製成的無色液體，化學上叫「乙醇」，工業和醫藥上用途很大。

酕 　🔈máo 🔈mou4 毛 🔈MWHQU

【酕醄】大醉的樣子：酕醄大醉。

酖 〔MWLBU〕「鳩②-③」的異體字，見720頁。

酚 〔fēn〕〔fan1 紛〕〔MWCSH〕
苯酚，也叫「石炭酸」，是醫藥上常用的防腐殺菌劑。

酗 〔xù〕〔jyu3 淤〕〔MWUK〕
沒有節制地喝酒，酒後撒酒瘋：酗酒。

酞 〔tài〕〔taai3 太〕〔MWKI〕
有機化合物的一類，是由一個分子的鄰苯二酸酐與兩個分子的苯酚縮合作用而生成的產物。酚酞就屬於酞類。

酢¹ 〔cù〕〔cou3 措〕〔MWHS〕
同「醋」，見635頁。
【酢漿草】多年生草本植物，匍匐莖，掌狀複葉，開黃色小花，結蒴果，圓柱形。各部分都可作藥用。

酢² 〔zuò〕〔zok6 昨〕
客人用酒回敬主人：酬酢。

酨 〔tuó〕〔to4 駝〕〔MWJP〕
喝了酒，臉上發紅：酨顏。

酣 〔hān〕〔ham4 含〕〔MWTM〕
①酒喝得很暢快：酣飲／半酣／酒酣耳熱。②泛指盡興，痛快：酣睡／酣歌。

酤 〔gū〕〔gu1 沽〕〔MWJR〕
①薄酒，清酒。②買酒。③賣酒。

酥 〔sū〕〔sou1 蘇〕〔MWHD〕
①酪，用牛羊乳汁提煉出來的脂肪：酥油。②鬆脆易碎，多指食物：酥脆／酥糖。③含油多而鬆脆的點心：合桃酥／杏仁酥。④軟弱無力，多指肢體：逛了一天街，兩腿都酥了。

酩 〔mǐng〕〔ming5 皿〕〔MWNIR〕
【酩酊】醉得迷迷糊糊的：酩酊大醉／酩酊無所知。

酪¹ 〔lào〕〔lok3 洛〕〔MWHER〕
用動物的乳汁做成的半凝固食品：乳酪／奶酪。

酪² 〔lào〕〔lou6 路〕
用果實或果仁做的糊狀食品：杏仁酪／核桃酪。

酬 〔chóu〕〔cau1 綢〕〔MWILL〕
①主人向客人敬酒：酬酢。②用錢物報答或償付：酬謝／酬勞／報酬／同工同酬。③交際往來：應酬／酬答。④實現：壯志未酬。

酳 〔MWJDI〕「酬」的異體字，見633頁。

酮 〔tóng〕〔tung4 同〕〔MWBMR〕
有機化合物的一類。酮類中的丙酮是工業上常用的溶劑。

酰 〔xiān〕〔sin1 先〕〔MWHGU〕
酰基，含氧酸的分子失去一個羥基而成的原子團。

脂 　普zhǐ 　粵zi2 旨 　倉MWPA
有機化合物的一類。脂肪的主要成分就是幾種高級的酯。

醒 　普chéng 　粵cing4 呈 　倉MWRHG
喝醉了神志不清：憂心如醒。

酵 　普jiào 　粵gaau3 教 　愛haau1 敲 　倉MWJKD
發酵，複雜的有機物化合物在微生物的作用下分解成比較簡單的物質。能使有機物發酵的真菌叫「酵母菌」。有的地區把含酵母菌的麵團叫「酵子」。

酷 (酷) 1 　普kù 　粵huk6 鵠 　倉MWHGR
①暴虐、殘忍到極點的：殘酷/酷刑。②極，程度深：酷暑/酷似/酷愛。

酷 (酷) 2 　普kù 　粵huk6 鵠
英文cool的譯音。形容外表英俊瀟灑，表情冷峻，有個性。

酸 　普suān 　粵syun1 宣 　倉MWICE
①化學上稱能在水溶液中產生氫離子的物質，分無機酸、有機酸兩大類：鹽酸/硝酸/蘋果酸。②像醋的氣味或味道：酸菜/酸棗/這種梅真酸。③悲痛，傷心：心酸/十分悲酸。④譏諷人的迂腐：窮酸/酸秀才。⑤微痛無力：腰酸腿痛/腰有點發酸。

醋 　普pú 　粵pou4 菩 　倉MWIJB
朝廷特賜的飲酒聚會，也泛指聚飲。

酴 　普tú 　粵tou4 途 　倉MWOMD
釀酒用的酒曲。
【酴醾】①古書上指重釀的酒。②同「荼蘼」，一種落葉灌木。

醶 　普lèi 　粵laai6 賴 　倉MWBDI
把酒灑在地上表示祭奠。

酶 　普méi 　粵mui4 梅 　倉MWOWY
生物體的細胞產生的一種有機的膠狀物質，由蛋白質組成，對於生物化學變化起催化作用，如促進體內的氧化作用、消化作用、發酵等。一種酶只能對某一類或某一個化學變化起催化作用。

醃 (腌) 　普yān 　粵jim1淹 　愛jip3 衣接切 　倉MWKLU
用鹽、糖、酒等浸漬食品，放置一段時間使入味：醃肉/醃鹹菜。

醅 　普pēi 　粵pui1 胚 　倉MWYTR
沒過濾的酒。

醇 　普chún 　粵seon4 淳 　倉MWYRD
①酒味厚，純：醇酒/大醇小疵（優點多，缺點少）。②純正，純樸：香味醇正/酒味香醇/藥性醇和。③有機化合物的一類，醫藥上常用的酒精，就是醇類中的乙醇：芳香醇/脂肪醇。

醉 　普zuì 　粵zeoi3最 　倉MWYOJ
①喝酒過多，神志不清：他喝醉了/醉得不省人事。②沉迷，過分地愛好：醉心/醉文藝。③用酒泡製（食品）：醉蟹/醉蝦/

醉棗。

醋 🔊cù 🔊cou3 燥 🔊MWTA
①一種調味用的液體，味酸，用酒或酒糟發酵製成，也可用米、麥、高粱等直接釀製：紅醋/米醋/老陳醋。②嫉妒：醋意/吃醋/醋勁。

醌 🔊kūn 🔊kwan1 昆 🔊MWAPP
一類含有兩個雙鍵的六員環狀二酮（含兩個羰基）結構的有機化合物。

醄 🔊táo 🔊tou4 淘 🔊MWPOU
見【酕醄】，632頁。

醊 🔊zhuì 🔊zyut3 綴 🔊MWEEE
祭祀時把酒潑在地上以祭奠。

醒 🔊tí 🔊tai4 題 🔊MWAMO
【醍醐】古時指從牛奶中提煉出來的精華，佛教比喻最高的佛法：如飲醍醐。
【醍醐灌頂】比喻灌輸智慧，使人徹底醒悟。

醐 🔊hú 🔊wu4 胡 🔊MWJRB
見【醍醐】，635頁。

醑 🔊xǔ 🔊seoi2 水 🔊MWNOB
①美酒。②揮發性物質溶解在酒精中所成的製劑，簡稱醑。

醒 🔊xǐng 🔊sing3 星二聲 🔊MWAHM
①頭腦由迷糊、昏迷或昏醉而轉為清楚：清醒/驚醒/蘇醒/酒醒了。②剛睡完覺或還沒睡着：大夢初醒/他整晚都醒着，睡不着覺。③覺悟：醒悟/覺醒/提醒。④鮮明，清楚，引人注意的：醒目/醒ān/醒豁。⑤指和好發團後放一會兒，使麪團軟硬均勻：醒一醒這團麪。

醞（酝） 🔊yùn 🔊wan3 🔊MWABT
①釀酒：春醒夏成。②指酒：佳醞。
【醞釀】① 造酒材料加工後的發酵過程。② 比喻事前考慮或磋商使條件成熟：好點子是需要時間醞釀的。

醖 🔊MWWOT「醞」的異體字，見635頁。

醚 🔊mí 🔊mai4 迷 🔊MWYFD
有機化合物的一類，是一個氧原子連接兩個烴基而成的化合物：甲醚/乙醚。

醜（丑） 🔊chǒu 🔊cau2 丑 🔊MWHI
①相貌難看，跟「美」相對：長得醜。②叫人厭惡或瞧不起的：醜態/醜名。③不好的、不光彩的事物：家醜/出醜。④壞，不好：醜脾氣。

醣 🔊MWILR「糖①」的異體字，見444頁。

醛 🔊quán 🔊cyun4 全 🔊MWTOG
有機化合物的一類，是醛基和烴

基連接而成的化合物，也省稱「醛」，醫藥上用來做催眠、鎮痛劑。

醢 普hǎi 粵hoi2 海 倉MWKRT
①肉、魚等製成的醬。②古代把人剁成肉醬的酷刑：菹醢。

醫(医) 普yī 粵ji1 依 倉SEMCW
①以治病為業的人：醫生／醫師／中醫／西醫／軍醫／獸醫。②增進健康、預防和治療疾病的科學：中醫／西醫／醫科／她是學醫的。③治療，治療：醫療／醫治／有病早醫／醫用器械。

醨 普lí 粵lei4 璃 倉MWYUB
味薄的酒。

醪 普láo 粵lou4 牢 倉MWSMH
①未濾出渣子的酒，濁酒。②泛指酒。
【醪糟】糯米酒。

醬(酱) 普jiàng 粵zoeng3 帳 倉VIMCW
①用發酵後的豆、麥等做成的一種調味品：黃醬／甜麵醬／豆瓣醬。②用醬或醬油醃製(菜)：把豬葡萄一醬。③用醬油煮(肉)：醬了兩斤牛肉。④像醬的糊狀食品：蝦醬／芝麻醬／果子醬／辣椒醬。

醭 普bú 粵pok3 撲 倉MWTCO
醋、醬油等表面上長的白色的黴：醋生白醭兒了。

醮 普jiào 粵ziu3 照 倉MWOGF
①古代婚娶時用酒祭神的禮：再醮(再嫁)。②僧、道設壇祭神做法事：打醮／太平清醮。

醯 普xī 粵hei1 希 倉MWYUT
醋。

醱(酦) 1 普fā 粵faat3 發 倉MWNOE
【醱酵】同發酵。

醱(酦) 2 普pō 粵put3 潑 重醱(酒)。

醴 普lǐ 粵lai5 禮 倉MWTWT
①甜酒。②甘甜的泉水。

醲(酦) 普nóng 粵nung4 農 倉MWTWV
酒味厚。

醵 普jù 粵geoi6 巨 倉MWYPO
聚集，湊(指錢)：醵資／醵金。

醺 普xūn 粵fan1 勳 倉MWHGF
酒醉：微醺。
【醺醺】醉的樣子：喝得醉醺醺的。

醻 倉MWGNI 「酬」的異體字，見633頁。

醼 ㊣MWTLF「宴①-②」的異體字，見153頁。

釀（酿） ㊣niàng ㊣joeng6 讓 ㊣MWYRV

①利用發酵作用製造：釀酒／釀造。②蜜蜂做蜜：蜜蜂釀蜜。③逐漸形成：釀成水災／釀成災禍。④烹調方法：將肉餡填入或塞入掏空的瓜菜裏，然後蒸或油煎：釀茄子。⑤指酒：佳釀。

醾 ㊣mí ㊣mei4 眉 ㊣MWIDD

見〔酴醾〕，634頁。

醿 ㊣MWIDF「醾」的異體字，見637頁。

釁（衅） ㊣xìn ㊣jan6 刃 ㊣HBMCH

①古代用牲畜的血塗器物的縫隙：釁鐘／釁鼓。②嫌隙，爭端：挑釁／尋釁。

釃（酾） 1 ㊣shī ✗shāi ㊣si1 私 ㊣MWMMP

①濾（酒）。②斟（酒）。

釃（酾） 2 ㊣shī ㊣si1 私

疏導（河渠）。

醿 ㊣MWIDY「醾」的異體字，見637頁。

釅（酽） ㊣yàn ㊣jim6 驗 ㊣MWRRK

濃，味厚：墨汁釅釅的／這碗茶太釅了。

采 部

采 1 ㊣cǎi ㊣coi2 彩 ㊣BD

神采，神色，精神：興高采烈。

采 2 ㊣cǎi ㊣coi2 彩

同「彩」，見189頁。

采 3 ㊣cài ㊣coi3 菜

【采地】也作「采邑」。諸侯分封給古代卿大夫的田地。

彩 ㊣BDHHH 見彡部，189頁。

釉 ㊣yòu ㊣jau6 又 ㊣HDLW

塗在瓷器、陶器外面堵塞氣孔並使瓷器、陶器有光彩的東西：釉子／彩釉／上釉。

【釉質】舊稱「琺瑯質」。牙齒表面一層起保護作用的硬組織。

釋（释） 1 ㊣shì ㊣sik1 式 ㊣HDWLJ

①說明，解說：解釋／註釋／釋義／古詩淺釋。②消散：冰釋／釋疑／釋懷。③放下：手不釋卷／愛不忍釋／如釋重負。④恢復被拘押者或服刑者的人身自由：釋放／假釋。

釋（释） 2 ㊣shì ㊣sik1 式

①佛教創始人「釋迦牟尼」的省稱。泛指關於佛教的：釋氏（佛家）／釋子（和尚）／釋教。②姓。

【釋典】佛經。

里部

里 1 ⓟlǐ ⓔlei5 李 ⓒWG
①街巷(古代五家為鄰，五鄰為里)：鄰里／里弄。②居住的地方：故里／同里(現在指同鄉)。③姓。

里 2 ⓟlǐ ⓔlei5 李
長度單位。市制一里為一百五十丈，合公制五百米，即二分之一公里。

重 1 ⓟchóng ⓔcung4 蟲 ⓒHJWG
①再，又一次：重新建築／重整旗鼓／重來一次。②層：雲山萬重／雙重困難／重重圍住。③使疊在一起：把兩箱紙重在一起。
【重陽】又稱「重九」，即農曆九月九日，是中國的傳統節日。

重 2 ⓟzhòng ⓔcung5 充五聲
①重量，分量：舉重／這個蛋糕有兩磅重。②分量較大，比重較大，跟「輕」相對：鐵比木頭重／工作量很重／話說得太重了。③程度深：顏色重／重病／重價收買。
【重力】也作「地心吸引力」。物理學上稱地球對各物體的吸引力。
【重工業】製造生產資料的工業，如冶金、電力、機械製造等工業。

重 3 ⓟzhòng ⓔzung6 誦
①認為重要：重視／重地／重任／男輕女是錯誤的。②敬重，尊敬：尊重／人皆重之。③言行不輕率：自重／慎重／老成持重。

野 ⓟyě ⓔje5 惹 ⓒWGNIN
①郊外，村外：曠野／野餐／野地。

②界限：視野。③舊時指民間，轉指不當政的地位：下野／在朝在野。④泛指人所馴養或培植的(動物或植物)：野獸／野草。⑤不講情理，沒有禮貌，蠻橫：撒野／粗野／野蠻。⑥不受約束：野性／放假玩得心都野了。
【野戰軍】適應廣大區域機動作戰的正規軍。

量 1 ⓟliáng ⓔleong4 良 ⓒAMWG
①用器物計東西的多少或長短：測量／量體溫／量地積／用斗量米／用尺量布。②估量：思量／打量／酌量。

量 2 ⓟliàng ⓔleong6 亮
①計算東西體積多少的器具的總稱，如斗、升等。②能接受的限度：力量／重量／酒量／氣量／飯量／膽量。③數量，數的多少：質量並重／大量閱讀圖書。④估量，審度：量力而行／量入為出。
【量詞】表示事物或行動單位的詞，如張、條、個、隻、遍等。

釐(厘) 1 ⓟlí ⓔlei4 離 ⓒJKMWG
①(某些計算單位的)百分之一：釐米／釐升。②計量單位名稱。指一兩的千分之一。③計量單位名稱。指一畝的百分之一。④計量單位名稱。指一尺的千分之一。⑤利率單位。年利率一釐即每年按百分之一計，月利率一釐即每月按千分之一計。⑥治理，整理：釐正／釐定。

釐 2 ⓟxī ⓔhei1 希
①同「僖」，見36頁。②姓。

金部

金[1] 普jīn 粵gam1 今 ⑤C
①金屬，指金、銀、銅、鐵等，具有光澤、延展性，容易傳熱和導電：五金／合金。②錢：現金／獎金／基金。③古時金屬製的打擊樂器，如鑼等：鳴金收兵／金鼓齊鳴。④一種金屬元素，俗稱金子或黃金，黃赤色，質軟，是一種貴重的金屬。⑤比喻尊貴、貴重：金口玉言。⑥像金子的顏色：金髮碧眼。⑦姓。

金[2] 普jīn 粵gam1 今
朝代，由女真族完顏阿骨打所建，在我國北部。建都會寧（今黑龍江阿城南），後遷都中都（今北京）、汴京（今河南開封）。

釔(钇) 普yǐ 粵jyut3 乙三聲 ⑤CN
一種金屬元素，符號 Y，灰黑色粉末，有金屬光澤。

釓(钆) 普gá 粵gaa1 家 ⑤CU
一種金屬元素，它的氧化物和硫化物都帶淡紅色。

釘(钉)[1] 普dīng 粵ding1 叮 粵deng1 得廳切 ⑤CMN
①竹、木、金屬製成的條形可以打入他物的東西：木釘／碰釘子（喻受打擊或被拒絕）／螺絲釘兒。②緊跟着不放鬆：釘住對方的前鋒。③督促，催問：釘着他去，否則他也會忘了。④同「盯」，見398頁。

釘(钉)[2] 普dìng 粵ding1 叮 粵deng1 得廳切
①把釘或楔子打入他物：拿個釘子釘一釘／牆上釘着一幅畫兒。②連接在一起：釘扣子。

釜 普fǔ 粵fu2 斧 ⑤CKMGC
古代的一種鍋：釜底抽薪（比喻從根本解決）／破釜沉舟（比喻下決心）。

針(针) 普zhēn 粵zam1 斟 ⑤CJ
①縫織衣物引線用的一種細長的工具。②細長像針形的東西：松針／迴形針／這隻錶上有時針、分針和秒針。③注射劑：打針／防疫針。④中醫刺穴位用的金屬針：銀針／毫針。⑤中醫用針扎治病：針灸。
【針對】對準，針對着工作中的缺點，提出改進的辦法。

鈈(钚) 普pō 粵pok3 璞 ⑤CY
一種放射性元素，符號 Po。

釗(钊) 普zhāo 粵ciu1 超 ⑤CLN
①勉勵（多用於人名）。②姓。

釕(钌)[1] 普liǎo 粵liu5 了 ⑤CNN
一種金屬元素，符號 Ru，銀灰色，質堅而脆。純釕可以做裝飾品，三氯化釕可以做防腐劑、接觸劑。

釘(钉)² 🔊liào 🔊liu6 料

【釘錦兒】釘在門窗上可以把門窗扣住的東西：門釘錦兒。

釣(钓) 🔊diào 🔊diu3 吊 🔊CPI

①用餌誘魚上鈎：釣魚。②比喻施用手段取得：沽名釣譽。

釱(钍) 🔊tǔ 🔊tou2 土 🔊CG

一種放射性元素，符號 Th，灰色，質地柔軟，在空氣中燃燒能發出很強的光。

釧(钏) 🔊chuàn 🔊cyun3 寸 🔊CLLL

用珠子或玉石等穿起來做成的鐲子：玉釧/金釧。

釭(釭) 🔊gāng 🔊gong1 缸 🔊CM

油燈：銀釭。

釺(钎) 🔊qiān 🔊cin1 千 🔊CHJ

一頭尖的長鋼棍，多用來在礦石上打洞：釺子/鋼釺。

釤(钐)¹ 🔊shān 🔊saam1 衫 🔊CHHH

一種金屬元素，灰白色，有放射性。

釤(钐)² 🔊shàn 🔊sin3 扇

掄開鐮刀或釤鐮割：釤草/釤麥。

釤刀

【釤鐮】也作「釤刀」。一種一手把很長的大鐮刀。

釹(钕) 🔊nǔ 🔊neoi5 女 🔊CV

一種金屬元素，色微黃。

釵(钗) 🔊chāi 🔊caai1 猜 🔊CEI

舊時婦女的一種別在髮髻上的首飾：金釵/荊釵布裙（比喻婦女裝束樸素）。

釩(钒) 🔊fán 🔊faan4 凡 🔊CHNI

一種金屬元素，符號 V，銀白色。熔含在鋼中，能增加鋼的抗張強度、彈性和硬度，工業上用途很大。

釦

🔊CR「扣⑧」的異體字，見 217 頁。

鈀(钯)¹ 🔊bǎ 🔊baa2 把 🔊CAU

一種金屬元素，符號 Pd，顏色銀白，富延展性，能吸收多量的氫。可用來提取純粹的氫氣。合金可做自來水筆尖、錶殼、醫療器械等。

鈀(钯)² 🔊pá 🔊paa4 爬

同「耙2」，見 473 頁。

鈇(铁) 🔊fū 🔊fu1 夫 🔊CQO

鍘刀。

鈉(钠) 🔊nà 🔊naap6 納 🔊COB

一種金屬元素。符號 Na，質地軟，銀白色，能使水分解放出氫。鈉的化合物很多，如食鹽（氯化鈉）、碱（碳酸鈉）等。

鈍(钝) 🔊dùn 🔊deon6 頓 🔊CPU

① 不鋒利，不快：這把刀真鈍。② 笨，不靈活：魯鈍／腦筋遲鈍／拙嘴鈍舌。

鈔(钞)¹ 🔊chāo 🔊caau1 抄 🔊CFH

紙幣：鈔票／兌換外鈔。

鈔(钞)² 🔊chāo 🔊caau1 抄

① 舊同「抄①」，見 219 頁。② 選取，選編（多用於集子名）：《革命烈士詩鈔》。

鈄(钭) 🔊tǒu 🔊dǒu 🔊dau2 斗 🔊CYJ

姓。

鈐(钤) 🔊qián 🔊kim4 黔 🔊COIN

① 圖章。② 蓋印章：鈐印／鈐章。③ 鎖，比喻管束：鈐束。
【鈐記】印的一種。

鈞(钧) 🔊jūn 🔊gwan1 均 🔊CPIM

① 古代的重量單位，三十斤是一鈞：千鈞一髮（比喻極其危險）／雷霆萬鈞之勢。② 製陶器所用的轉輪：陶鈞（比喻造就人材）。③ 敬辭（對尊長或上級）：鈞命／鈞安／鈞鑒。

鈕(钮) 🔊niǔ 🔊nau2 扭 🔊CNG

① 同「紐①-②」，見 447頁。② 器物上起開關、調節等作用的部件：按鈕。

鈣(钙) 🔊gài 🔊koi3 丐 🔊CMYS

一種金屬元素，符號 Ca，銀白色的結晶，有延展性。蛤殼、蛋殼都含有碳酸鈣和磷酸鈣。它的化合物在工業上、建築工程上和醫藥上用途很大。

鈁(钫)¹ 🔊fāng 🔊fong1 方 🔊CYHS

一種金屬元素，符號 Fr，有放射性。

鈁(钫)² 🔊fāng 🔊fong1 方

① 古代一種酒壺，青銅製，方口大腹。② 鍋一類的器皿。

鈦(钛) 🔊tài 🔊taai3 太 🔊CKI

一種金屬元素，符號 Ti，銀白色，能在氮氣中燃燒。可用來製造特種合金，主要用於航空、航天工業中。

鈧(钪) 🔊kàng 🔊kong3 抗 🔊CYHN

一種金屬元素，符號 Sc，灰色，常跟釓、鉺等混合存在，是一種稀土元素。用來製特種玻璃、輕質耐高溫合金等。

鈥(钬) 🔊huǒ 🔊fo2 火 🔊CF

一種金屬元素，符號 Ho，是一種稀土元素，銀白色、質軟。用來製作磁性材料。

鈈 (钚) 　 bù　 bat1 不
　ＣＭＦ

一種金屬元素，符號 Pu，化學性質跟鈾相似，有放射性，是原子能工業的重要原料。

鈎 (钩) 　 gōu　 ngau1 勾
　ＣＰＩ

①懸掛或探取東西用的器具，形狀彎曲，頭端尖銳：鈎子／衣鈎兒／掛鈎兒／釣魚鈎兒。②漢字的一種筆形（乛、乚等）。③鈎形符號（✓）。④用鈎狀物探取、搭或掛：把衣服鈎起來／把牀底下那本書鈎出來。⑤探求：鈎沉／鈎玄（探求精深的道理）。⑥用帶鈎的針縫織：鈎一張檯布。⑦一種縫紉法，多指縫合衣邊：鈎貼邊。

鈃 (钘) 　 xíng　 jing4 形
　ＣＭＴ

①古代盛酒器。②同「鉶」，見 647 頁。

欽 　 ＣＮＯ 見欠部，299 頁。

鈴 (铃) 　 líng　 ling4 伶
　ＣＯＩＩ

①用金屬做成的一種響器：鈴鐺／銅鈴／電鈴／鈴聲／搖鈴上班。②形狀像鈴的：啞鈴／槓鈴／棉鈴。

鈸 (钹) 　 bó　 bat6 拔
　ＣＩＫＫ

銅質圓形的打擊樂器，扁平，中心鼓起有孔，兩片相擊作聲。

鈹 (铍) 1 　 pī　 pei1 披
　ＣＤＨＥ

①針砭用的長針。②古代用一種長矛。

鈹 (铍) 2 　 pí　 pei4 皮
　ＣＤＨＥ

一種金屬元素，符號 Be，鋼灰色，六角形的結晶。合金質堅而輕，可用來製飛機機件。在原子能工業中及製造 X 光管中都有重要用途。

鉧 (鉧) 　 mǔ　 mou5 姆
　ＣＷＹＩ

見【鈷鉧】，644 頁。

鈿 (钿) 1 　 diàn　 din6 電
　ＣＷ

①把金屬、寶石等鑲嵌在器物上作裝飾：寶鈿／螺鈿（一種手工藝，把貝殼鑲嵌在器物上）。②古代一種嵌金花的首飾。

鈿 (钿) 2 　 tián　 tin4 田
　ＣＷ

①錢，硬幣：銅鈿／洋鈿。②錢款：飯鈿／車鈿。

鉈 (铊) 1 　 tā　 taa1 它
　ＣＪＰ

一種金屬元素，符號 Tl，銀白色，質柔軟，用來製合金、光電管、溫度計，光學玻璃等。鉈的化合物有毒，用於醫藥製造。

鉈 (铊) 2 　 tuó　 to4 駝
秤錘。

鉅 (钜) 　 jù　 geoi6 巨
　ＣＳＳ

①硬鐵。②鈎子。③同「巨」，見 173 頁。

鉥（鉥）
●shù ●seot6 術
●CIJC

長針。

鉕（鉕）
●pǒ ●po2 頗
●CSR

一種稀土元素，符號 Pm，有放射性，銀白色。可製螢光粉，用於核能工業。

鉀（鉀）
●jiǎ ●gaap3 甲
●CWL

一種金屬元素，符號 K，銀白色，質軟。化學性質極活潑，易氧化。鉀在工農業中用途很廣。

鉉（鉉）
●xuàn ●jyun5 軟
●CYVI

古代橫貫鼎耳以扛鼎的器具。

鉑（鉑）
●bó ●bok6 薄
●CHA

白金，一種金屬元素，符號 Pt，富延展性，導電傳熱性都很好，熔點很高。可製坩堝、蒸發皿、電燈絲。合金可做砝碼、自來水筆筆尖等。化學上用作接觸劑。

鉗（鉗）
●qián ●kim4 黔
●CTM

①用來夾東西或夾斷東西的用具：鉗子/老虎鉗。②用鉗子夾住：釘子太小，鉗不住。③限制，約束：鉗制/鉗口結舌。

鉛（鉛）
1 ●qiān ●jyun4 元
●CCR

①一種金屬元素，符號 Pb，青灰色，質地軟，熔點低。可用來製合金、蓄電池、電纜或套進的外皮等。②黑鉛，石墨：鉛筆。

【鉛鐵】指鍍鋅鐵。

【鉛字】印刷用的鉛、銻、錫等合金鑄成的活字。

鉛（鉛）
2 ●yán ●jyun4 元

【鉛山】地名，在江西。

鉞（鉞）
●yuè ●jyut6 越
●CIV

古代兵器名，青銅或鐵製成，像板斧，比板斧大些。

鉢（鉢）
●bō ●but3 缽
●CDM

①陶製的洗滌或盛東西用的器具：飯缽。②鉢盂，梵語「鉢多羅」的省稱，和尚吃東西用的器具。

鉤
●CPR「鉤」的異體字，見 642 頁。

鉦（鉦）
●zhēng ●zing1 征
●CMYM

古代的一種樂器，有柄，形狀像鐘，但比鐘狹而長，用銅製成，在行軍時敲打。

鈺（鈺）
●yù ●juk6 玉
●CMGI

寶物。

鈾（鈾）
●yóu ●jau4 由
●CLW

一種放射性金屬元素，符號 U，銀白色，

質地堅硬，能蛻變。把鈾熔合在鋼中做成鈾鋼，非常堅硬，可以製造機器，鈾是產生原子能的重要元素，主要用於核工業。

鉭（钽）

鉭 tǎn **鉭** daan3 **且**
鉭 CAM

一種金屬元素，符號 Ta，銀灰色，延展性好，耐腐蝕性強。用來製造化學器皿、電器元件、醫療器械等。合金可製醫療器械。

鈷（钴）

鈷 gǔ **鈷** gu2 **古** **鈷** CJR

一種金屬元素，符號 Co，顏色銀白。用來製合金和瓷器釉料等，醫學上用放射性鈷治療惡性腫瘤。
【鈷鉧】熨斗。

鉍（铋）

鉍 bì **鉍** bei3 **祕** **鉍** CPH

一種金屬元素，符號 Bi，銀白色微帶粉紅色，質軟，不純時脆，用於核工業和醫藥工業等方面。

鉚（铆）

鉚 mǎo **鉚** maau5 **卯** **鉚** CHHL

①用釘子把金屬物連在一起：鉚釘／鉚眼／鉚接／鉚工。②指銲接時錘打鉚釘。③把力量集中地使出來：鉚勁兒。

鈰（铈）

鈰 shì **鈰** si5 **市** **鈰** CYLB

一種金屬元素，符號 Ce，是一種稀土元素。灰色結晶，質地軟，有延展性，化學性質活潑。用作還原劑，催化劑，也用來製合金等。

鈮（铌）

鈮 ní **鈮** nei6 **膩** **鈮** CSP

一種金屬元素，符號 Nb，鋼灰色，質硬，有超導性。用來製耐高溫合金、電子管和超導材料等。

鉬（钼）

鉬 mù **鉬** muk6 **目** **鉬** CBU

一種金屬元素，符號 Mo，銀白色，在空氣中不易變化。可與鋁、銅、鐵等製成合金，也用於製作電器元件。

鉬（钼）

鉬 jǔ **鉬** zeoi6 **罪** **鉬** CBM

【鉬鋙】見【齟齬】，736頁。

鉋

鉋 CPRU「刨1」的異體字，見53頁。

銀（银）

銀 yín **銀** ngan4 **垠** **銀** CAV

①一種金屬元素，符號 Ag，白色有光澤。質柔軟，富延展性，是熱和電的良導體，化學性質穩定，在空氣中不易氧化。用途長廣。②舊時用銀鑄成塊的一種貨幣：銀子／銀圓。③跟貨幣有關的：銀錢（泛指錢財）。④像銀的顏色：銀河／銀白色。
【銀行】辦理存款、放款、匯兌等業務的機構。
【銀號】指規模較大的錢莊。

鉸（铰）

鉸 jiǎo **鉸** gaau2 **狡** **鉸** CYCK

①用剪刀剪：鉸指甲／把繩子鉸開。②機

械工業上的一切切削法：鉸孔／鉸刀。③用來連接機器、車輛、門窗、器物的兩個部分的裝置或零件，使兩個部分同步轉動。

銃(铳) ❷chòng ❷cung3 衝
三聲 ❷CYIU

舊時指槍一類的火器。

銅(铜) ❷tóng ❷tung4 同
❷CBMR

一種金屬元素，符號 Cu，淡紫紅色，有光澤，富延展性，是熱和電的良導體。在濕空氣中易生銅綠，遇醋起化學作用生乙酸銅，有毒。銅可製各種合金、電業器材、器皿、機械等，是重要的工業原料。

銨(铵) ❷ǎn ❷on1 安 ❷CJV
從氨衍生所得的帶正電荷的根，也就是銨離子，也叫銨根。

銑(铣) 1 ❷xǐ ❷sin2 癬
❷CHGU

用一種圓的、能旋轉的多刃刀具切削金屬工件：銑牀／銑刀／銑工／銑汽缸。

銑(铣) 2 ❷xiǎn ❷sin2 癬
舊時指鑄鐵。

【銑鐵】鑄鐵，生鐵，質脆，適合鑄造器物。

銓(铨) ❷quán ❷cyun4 全
❷COMG

①舊日稱量才授官，選拔官吏：銓選。②衡量輕重。

【銓敍】舊日政府審查官員的資歷，確定級別、職位。

銖(铢) ❷zhū ❷zyu1 朱
❷CHJD

古代重量單位，二十四銖等於一兩：錙銖／銖積寸累（比喻一點一滴地積累）。

銘(铭) ❷míng ❷ming4 名
❷ming5 冥 ❷CNIR

①刻在或鑄在器物、碑碣上記述生平、事業的文字或寫出、刻出警惕自己的文字：硯銘／墓誌銘／座右銘。②在器物上刻字，表示紀念，比喻深刻記住：銘功／銘記／銘諸肺腑（比喻永記）。

錭(铞) ❷diào ❷diu3 吊
❷CRLB

見【釘錭兒】，640頁。

銚(铞) 1 ❷diào ❷diu6 掉
❷CLMO

煮開水熬東西用的器具：銚子／藥銚兒。

銚(铞) 2 ❷yáo ❷jiu4 姚
古代一種大鋤。

鉺(铒) ❷ěr ❷ji5 耳
❷CSJ

一種金屬元素，符號 Er，是一種稀土元素，銀灰色，質軟。用來製有色玻璃、磁性材料和超導體等。

銪(铕) ❷yǒu ❷jau5 有
❷CKB

一種金屬元素，符號 Eu，是一種稀土元素，鐵灰色。在核反應爐中做中子吸收劑，也用來做電視屏幕的熒光粉。

釾

CMJJ「釾」的異體字，見642頁。

銛（铦）

xiān　cim1 簽
CHJR

尖利的，鋒利的：銛利。

衛（衔）1

xián　haam4 咸
HOCMN

① 馬嚼子，一種放在馬口內用來勒馬的器具。② 用嘴含，用嘴叼：燕子銜泥／他銜着一個大煙斗。③ 含，懷在心裏：銜恨。④ 奉，接受：銜命。⑤ 互相連接：銜接。

衛（衔）2

xián　haam4 咸
學位、職務和級別的名號：學銜／職銜／官銜／軍銜。

鉿（铪）

hā　haa1 哈
COMR

一種金屬元素，符號 Hf，銀灰色，熔點高。用於製高強度高溫合金。也用於核能工業。

銬（铐）

kào　kaau3 靠
CJKS

① 束縛犯人手的刑具：銬子／手銬。② 用手銬束縛：把犯人銬起來。

銣（铷）

rú　jyu4 如　CVR
一種金屬元素，符號 Rb，銀白色，質軟而輕，很像鉀，是製造光電池和真空管的材料，銣的碘化物可供藥用。

銩（铥）

diū　diu1 丟
CHGI

一種金屬元素，符號 Tm，是一種稀土元素，銀白色，質軟。用作X射線源等。

鉻（铬）

gè　gok3 各
CHER

一種金屬元素，符號 Cr，顏色銀灰，有延展性，耐腐蝕。鉻與鋼的合金叫「鉻鋼」，非常堅韌，能製軍艦和其他重工業的機器。鉻又可用於電鍍，堅固美觀，勝於鍍鎳。

銫（铯）

sè　sik1 色
CNAU

一種金屬元素，符號 Cs，銀白質軟，很像鈉，化學性質極活潑，在空氣中很容易氧化。銫可用在製光電池和火箭推進器等方面。

銠（铑）

lǎo　lou5 老
CJKP

一種金屬元素，符號 Rh，銀白色，質很堅硬，不受酸的侵蝕。常鍍在探照燈等的反射鏡上，合金可製化學儀器，又可包在其他金屬的外面防止空氣、酸、鹼的腐蝕作用。

銥（铱）

yī　ji1 依　CYHV
一種金屬元素，符號 Ir，白色，有光澤，質硬而脆。化學性質穩定。可用來製自來水筆尖、科學儀器等。

銦（铟）

yīn　jan1 因
CWK

一種金屬元素，符號 In，銀白色結晶，質

軟，能拉成細絲。可做低熔點的合金、軸承和電子、光學元件等。

銕

銕CKN 「鐵」的異體字，見659頁。

鉶（铏）

銕xíng 銕jing4 刑
銕CMTN

古代盛羹的器具。

鋮（铖）

銕chéng 銕sing4 城
銕CIHS

用於人名。

銳（锐）

銕ruì 銕jeoi6 睿
銕CCRU

①鋒利 (指刀槍的鋒刃)，跟「鈍」相對：銳利／尖銳／其鋒甚銳。②勇往直前的氣勢：銳氣／養精蓄銳。③急劇：銳進／銳減。

銷（销） 1

銕xiāo 銕siu1 消
銕CFB

①熔化金屬：銷金。②消失，去掉：銷假／報銷／撤銷。③出賣貨物：脫銷／一天銷了不少的貨。④支出：開銷。

【銷毀】毀滅，常指燒掉。

銷（销） 2

銕xiāo 銕siu1 消

把機器上的銷子或門窗上的插銷推上。

銻（锑）

銕tī 銕tai1 梯
銕CCNH

一種金屬元素，符號 Sb，銀白色，有光澤，質硬而脆。用於工業和醫藥中，超導純銻是重要的半導體和紅外探測器材料。

鋁（铝）

銕lǚ 銕leoi5 呂
銕CRHR

一種金屬元素，符號 Al，銀白色，有光澤，質地堅韌而輕，有延展性。是重要的工業原料，用途廣泛。

鋃（锒）

銕láng 銕long4 郎
銕CIAV

【鋃鐺】也作「郎當」。①鐵鎖鏈：鋃鐺入獄 (被鎖鏈鎖着進監獄)。②形容金屬的聲音：鐵索鋃鐺。

鋅（锌）

銕xīn 銕san1 辛
銕CYTJ

一種金屬元素，符號 Zn，藍白色，質脆。可製版版，塗在鐵上可防生鏽。用於製合金、白鐵、乾電池等。

鋌（铤）

銕tǐng 銕ting5 挺
銕CNKG

快走的樣子：鋌而走險 (指走投無路而採取冒險行動)。

鋏（铗）

銕jiá 銕gaap3 甲
銕CKOO

①冶鑄用的鉗：鐵鋏。②劍：長鋏。③劍柄。

鋒（锋）

銕fēng 銕fung1 蜂
銕CHEJ

①刃，刀槍劍等銳利的部分，事物的尖端部分：刀鋒／鋒刃／交鋒 (打仗)／衝鋒 (向敵軍陣地進攻)／筆鋒／針鋒相對。②在

前面帶頭的人：先鋒／前鋒。③大氣中冷、暖氣圈之間的交界面：鋒面／冷鋒／熱鋒。

鋟（鋟） ⓟqǐn ⓒcim1 簽　ⓒCSME

雕刻：鋟版。

鋤（鋤） ⓟchú ⓒco4 雛　ⓒCBMS

①弄鬆土地及除草的器具：三齒耘鋤。②弄鬆土地，除草：鋤田／鋤草。③鏟除：鋤奸。

鋥（鋥） ⓟzèng ⓒcaang3 撐三聲　ⓒCRHG

器物等經過擦磨或整理得閃光耀眼：鋥亮／鋥光。

鋦（鋦） 1 ⓟjū ⓒguk6 局　ⓒCSSR

用鋦子連合破裂的器物：鋦碗／鋦鍋。
【鋦子】用銅、鐵等製成的兩頭有鈎可以連合器物裂縫的東西。

鋦（鋦） 2 ⓟjú ⓒguk6 局　一種金屬元素，有放射性，符號 Cm，銀白色，由人工核反應獲得，用於航天工業。

鋩（鋩） ⓟmáng ⓒmong4 忙　ⓒCTYV

①刃的尖銳部分。②雲南少數民族的打擊樂器。

鋪（鋪） 1 ⓟpū ⓒpou1 普一聲　ⓒCIJB

①把東西散開放置，平擺：鋪軌／平鋪直敍（説話作文沒有精彩處）／鋪平道路。②量詞。用於炕：一鋪炕。
【鋪張】為了形式上好看而多用人力物力：鋪張浪費。

鋪（鋪） 2 ⓟpù ⓒpou3 普三聲　商店：雜貨鋪。

鋪（鋪） 3 ⓟpù ⓒpou1 普一聲　用板子搭的牀：牀鋪／搭一個鋪。

鋪（鋪） 4 ⓟpù ⓒpou3 普三聲　驛站(今多用於地名)：五里鋪(今湖北)／十里鋪(今浙江)。

鏽 ⓒCHDH 「鏽」的異體字, 658 頁。

銼（銼） ⓟcuò ⓒco3 挫　ⓒCOOG

①用鋼製成的磨銅、鐵、竹、木等的工具。②用銼磨東西：把鋸銼一銼。

鋨（鋨） ⓟé ⓒngo4 娥　ⓒCHQI

一種金屬元素，符號 Os，銀白色，質堅硬而脆。是密度最大的金屬元素。用於製催化劑等。鋨銥合金可做鐘錶、儀器的軸承。

鋈 ⓟwù ⓒjuk1 沃　ⓒEKC
①白銅。②鍍。

鋇（鋇） ⓟbèi ⓒbui3 貝　ⓒCBUC

一種金屬元素，符號 Ba，顏色銀白，燃燒時發黃綠色火焰，用來製合金、煙火和鋇鹽等。

鋯（锆） 普gào 粤gou3 誥 倉CHGR

一種金屬元素，符號 Zr，銀灰色，質硬，熔點高，耐腐蝕。用來製合金、閃光粉等。也用作真空中的除氣劑。

鋱（铽） 普tè 粤tik1 惕 倉CIPP

一種金屬元素，符號 Tb，是一種稀土元素，銀灰色。用來製備高溫燃料電池，也用於發光材料等。

鋬 普pàn 粤paan3 盼 倉QEC

器物上的用手提的部分：桶鋬／壺鋬。

鋰（锂） 普lǐ 粤lei5 里 倉CWG

一種金屬元素，符號 Li，銀白色，質軟，在空氣中易氧化而變暗，化學性質活潑。是金屬中比重最輕的，用於核工業和冶金工業。可製合金，特種玻璃等。

鋆 普yún 粤wan4 雲 倉GMC

金子。

錠 倉CRYO「錠」的異體字，見 658 頁。

銲 倉CAMJ「焊」的異體字，見 350 頁。

鋸（锯） 1 普jū 粤guk6 局 倉CSJR

同「鋦1」，見 648 頁。

鋸（锯） 2 普jù 粤geoi3 據 乂goe3 價唾切

① 用薄鋼片製成、有尖齒、可以割開木、石等的器具：拉鋸／手鋸／電鋸。② 用鋸拉：鋸樹／鋸木頭。

鋼（钢） 1 普gāng 粤gong3 絳 倉CBTU

經過精煉，不含磷、硫等雜質的鐵和碳的合金，含碳百分之零點一五至百分之一點七，比熟鐵更堅硬更富於彈性，是工業上極重要的原料。

【鋼鐵】① 鋼和鐵的合稱，有時專指鋼。② 比喻堅強，堅定不移：鋼鐵的意志。

鋼（钢） 2 普gàng 粤gong3 絳

① 把刀在布、皮、石或缸沿上用力磨幾下使它快些：這把刀鈍了，要鋼一鋼。② 在刀口上加上點兒鋼，重新打造，使更鋒利：鋼刀該鋼了。

錁（锞） 普kè 粤gwo2 果 倉CWD

舊時作貨幣用的小塊的金錠或銀錠：錁子／金錁／銀錁。

錇（锫） 普péi 粤pui4 培 倉CYTR

金屬元素，符號 Bk。有放射性，由人工核反應獲得。

錄（录） 普lù 粤luk6 祿 倉CVNE

① 抄寫，記載：記錄／登

錄/摘錄/把這份公文錄下來。②錄製：錄音/錄像/唱唱片。③原指作為備用而登記，後轉指採取或任用：收錄/錄用。④記載言行或事物的書刊：語錄/目錄/回憶錄/同學錄。

【錄取】① 選取（考試合格的人）。② 記錄：錄取口供。

錐(锥) 🔊zhuī 🔊zeoi1 追
🔊COG

①一頭尖銳，可以扎窟窿的工具：錐子/針錐/無立錐之地（比喻赤貧）。②像錐子的東西：冰錐/圓錐體。③用錐子或錐子形的工具鑽：將紙板錐個眼兒。

錙(锱) 🔊zī 🔊zi1 資
🔊CVVW

古代重量單位，六銖等於一錙，四錙等於一兩。

【錙銖】比喻瑣碎的事或極少的錢：錙銖必較。

錚(铮) 1 🔊zhēng 🔊zang1 增
🔊CBSD

【錚錚】象聲詞。多指金屬的聲音：錚錚悅耳/錚錚鐵漢（比喻堅強的硬漢）。
【錚鏦】象聲詞。形容金屬撞擊聲。

錚(铮) 2 🔊zhēng 🔊zang1 增
（器物表面）光亮耀眼：玻璃擦得錚亮。

錠(锭) 🔊dìng 🔊ding3 定
🔊CJMO

①紡車或紡紗機上繞紗的機件：錠子/

紗錠。② 金屬或藥物等製成的塊狀物：鋼錠/金錠兒/紫金錠。③ 量詞。用於成錠的東西：一錠銀。

錢(钱) 1 🔊qián 🔊cin4 前
🔊CII

①銅錢，泛指貨幣：銅錢/洋錢。②費用：車錢/飯錢/茶錢。③圓像錢的東西：榆錢/紙錢。④姓。

錢(钱) 2 🔊qián 🔊cin4 前
重量單位，一兩的十分之一。

錒(锕) 🔊ā 🔊aa3 啊 🔊CNLR
一種放射性元素，符號 Ac，銀白色。

錦(锦) 🔊jǐn 🔊gam2 感
🔊CHAB

①有彩色花紋的絲織品：錦旗/蜀錦/衣錦還鄉/錦繡河山/錦上添花。②比喻花樣繁多而美好的東西：集錦。③ 鮮明美麗：錦霞/錦緞。

錕(锟) 🔊kūn 🔊kwan1 昆
🔊CAPP

【錕鋙】古書上記載的山名。所產的鐵可以鑄刀劍，因此也指寶劍。

錫(锡) 1 🔊xī 🔊sek3 石三聲
🔊CAPH

一種金屬元素，符號 Sn，銀白色，有光澤，質軟，富延展性，在空氣中不易起變化。多用來鍍錫、焊接金屬或製合金錫。

錫(锡) ❷ 🅰xī 🅑sek3 石三聲
🅰CTA
賞賜：天錫良緣。

錮(锢) 🅐gù 🅑gu3 固
🅰CWJR
① 把金屬熔化開，澆灌堵塞空隙：錮漏。
② 禁錮起來不許別人接觸：禁錮。

錯(错) 1 🅐cuò 🅑co3 挫
🅰CTA
① 不正確，不對，與實際不符：錯誤／沒錯／錯字／你弄錯了。② 過失：過錯／錯處／知錯就改。③ 岔開：錯車／錯過機會／將兩個會議的時間錯開。
【錯覺】跟事實不符的知覺，視、聽、觸各種感覺都有錯覺。

錯(错) 2 🅐cuò 🅑cok3 各合切
🅰CTA
① 交叉著：錯雜／錯亂／錯綜複雜／犬牙交錯。② 兩個物體相對摩擦：牙錯directory直響／兩塊石錯出火花來。③ 磨刀石：他山之石，可以為錯。④ 在器物表面鑲嵌或塗飾：錯金／錯彩鏤金。

錛(锛) 🅐bēn 🅑ban1 奔
🅰CKJT
① 木工用的一種工具，用時向下向內用力砍以削平木料。② 用錛子一類東西砍：錛木頭／用錛錛地。③ 刃出現缺口：菜刀的刃錛了。

鍆(钔) 🅐mén 🅑mun4 門
🅰CAN
一種金屬元素，符號Md，有放射性，由人工核反應獲得。

錳(锰) 🅐měng 🅑maang5 猛
🅰CNDT
一種金屬元素，符號Mn，銀白色，質硬而脆，在濕空氣中氧化。錳與鐵的合金叫「錳鋼」，可做火車的車輪。

錸(铼) 🅐lái 🅑loi4 來
🅰CDOO
一種金屬元素，符號Re，銀白色，質硬，機械性能好，電阻高。用來製電極，熱電偶，耐高溫和耐腐蝕的合金，也用作催化劑。

鍀(锝) 🅐dé 🅑dak1 得
🅰CAMI
一種金屬元素，符號Tc，有放射性，銀灰色，熔點高，耐腐蝕。用作超導材料等。是第一個人工製成的元素。

錶(表) 🅐biǎo 🅑biu1 標
🅰CQMV
計時、計量的器具：手錶／儀錶／水錶／懷錶。

鍁(锨) 🅐xiān 🅑him1 謙
🅰CHLO
鏟東西用的一種工具，有板狀的頭，一般用鋼製或木頭製成，後面有手把。

鍺(锗) 🅐zhě 🅑ze2 者
🅰CJKA
一種金屬元素，符號Ge，灰白色結晶，質脆，在常溫下有光澤。有單向導電性，自然界分佈極少。是重要的半導體，主要用來製造半導體電晶體。

錘（锤）　⑧chuí ⑧ceoi4 槌　⑩CHJM

①敲打東西的器具：錘子／釘鐵錘。②用錘敲打：千錘百煉。③配合秤桿稱分量的金屬塊：秤錘。④古代兵器，柄的一端有一個金屬圓球：銅錘／鐵錘。

錨（锚）　⑧máo ⑧maau4 矛　⑧naau4 撓　⑩CTW

鐵製的停船器具，一端有兩個或兩個以上的倒勾爪兒，另一端用鐵鏈連在船上，拋到水底，可以使船停穩。

鍋（锅）　⑧guō ⑧wo1 窩　⑩CBBR

①烹煮食物的器具：飯鍋／砂鍋／鐵鍋／火鍋／蒸鍋／鍋蓋／鍋底。②加熱液體的裝置：鍋爐。③像鍋的：煙袋鍋兒。
【鍋爐】①一種供應熱水的設備。②使水變成蒸汽以供發動蒸汽機、汽輪機或取暖需要的設備。

鎄（锿）　⑧āi ⑧oi1 哀　⑩CYRV

一種金屬元素，符號Es，有放射性，由人工核反應獲得。

鍍（镀）　⑧dù ⑧dou6 渡　⑩CITE

用電解或其他化學方法使一種金屬附着在別的金屬或物體的表面上：鍍金／電鍍。

鋮　⑩CIHR 「針」的異體字，639頁。

鍔（锷）　⑧è ⑧ngok6 愕　⑩CRRS

刀劍的刃。

鍩（锘）　⑧nuò ⑧nok6 諾　⑩CTKR

一種金屬元素，符號No，有放射性，由人工核反應獲得。

錫（锡）　⑧yáng ⑧joeng4 揚　⑩CAMH

馬額上的一種裝飾。

鍘（铡）　⑧zhá ⑧zaap6 雜　⑩CBCN

①一種切草或切其他東西的器具：鍘刀。②用鍘刀切東西：鍘草。

線（线）　⑧xiàn ⑧sin3 線　⑩CHAE

金屬線。

鍛（锻）　⑧duàn ⑧dyun3 斷　⑩CHJE

把金屬放在火裏燒，然後用錘子打：鍛件／鍛工。
【鍛煉】①指鍛造或冶煉。②通過體育活動，增強體質：鍛煉身體。③通過各種社會實踐提高能力，增長才能：通過實際工作的鍛煉，我們提高了工作的能力。
【鍛鐵】也作「熟鐵」。用生鐵精煉而成的含碳量在百分之零點一五以下的鐵。
【鍛壓】鍛造和沖壓的合稱。

鍾(钟) ¹ 　⓿zhōng ⓿zung1鐘
　　⓿CHJG

注意同「鐘」在意思上有區別。

① (情感)集中, 專一: 鍾情。② 同「盅」, 見396頁。

鍾(锺) ² 　⓿zhōng ⓿zung1鐘
姓。

鍤(锸) 　⓿chā ⓿caap3插
　　⓿CHJX

鐵鍬, 鬆土、掘土的工具。

鍥(锲) 　⓿qiè ⓿kit3竭
　　⓿CQHK

用刀子刻: 鍥金玉 / 鍥而不捨。

鍪 　⓿móu ⓿mau4謀 ⓿NKC
古代的一種鍋: 兜鍪(古代打仗時戴的盔)。

鍬(锹) 　⓿qiāo ⓿ciu1超
　　⓿CHDF

挖土或鏟其他東西的器具, 多用熟鐵或鋼板製成, 前端呈圓形而稍尖, 後端安有長把: 鐵鍬。

鏺 　⓿HFC「鍬」的異體字, 見653頁。

鍇(锴) 　⓿kǎi ⓿kaai2楷 ⓿CPPA
精鐵。

鍊 　⓿CDWF ①「鏈」的異體字, 見656頁。②「煉」的異體字, 見351頁。

鍵(键) 　⓿jiàn ⓿gin6健
　　⓿CNKQ

①使軸與齒輪、皮帶等連接並固定在一起的零件, 一般是用鋼製的長方塊, 裝在被連接的兩個機件上預先製成的鍵槽中。②插在門上關鎖門戶的金屬棍子。③某些樂器或某些機器上使用時按動的部分: 鍵盤 / 琴鍵。④在化學結構式中表示元素原子價的短橫線。

鎇(镅) 　⓿méi ⓿mei4眉
　　⓿CAHU

一種金屬元素, 符號Am, 銀白色, 有放射性, 由人工核反應獲得。

鎂(镁) 　⓿měi ⓿mei5美
　　⓿CTGK

一種金屬元素, 符號Mg, 銀白色, 質輕, 略有延展性, 遇高熱能發強光。用來製閃光粉、煙火等。鎂與鋁的合金可製航天航空器材。

鍠(锽) 　⓿huáng ⓿wong4皇
　　⓿CHAG

古代一種兵器。

【鍠鍠】形容大而和諧的鐘鼓聲。

鍶(锶) 　⓿sī ⓿si1司 ⓿CWP
一種金屬元素, 符號Sr, 銀白色, 質軟。用來製合金、光電管和煙火等。

鍰(锾) 　⓿huán ⓿waan4環
　　⓿CBME

古代的重量單位, 一鍰約等於舊制六兩。

鎡(鎡) 🔊zī 🔊zi1 支 🔊CTVI

【鎡基】古代的一種大鋤。

鎪(鎪) 🔊sōu 🔊sau1 收 🔊CHXE

用鋼絲鋸鏤刻木頭：椅背的花紋是鎪出來的。

鎖(锁) 🔊suǒ 🔊so2 所 🔊CFBC

① 加在門、窗、器物等開合處或連接處上使人不能隨便開的器具，要用鑰匙、密碼、磁卡等才能打開：門上上鎖。② 用鎖關住：把門鎖上／拿鎖鎖上箱子。③ 形狀像鎖的：石鎖。④ 鏈子：枷鎖／鎖鏈。⑤ 一種縫紉法，多用在衣物邊沿上，針腳很密，線斜交或鈎連：鎖邊／鎖扣眼。

鎊(镑) 🔊bàng 🔊bong6 磅 🔊CYBS

英國、埃及等國家的貨幣單位。

鎵(镓) 🔊jiā 🔊gaa1 傢 🔊CJMO

一種金屬元素，符號 Ga，銀白色結晶，可用作製光學玻璃、真空管，也用來製高溫溫度計。

鎣(鎣) 🔊yíng 🔊jing4 盈 🔊FFBC

華鎣，山名，在四川東部和重慶西北部。

鎧(铠) 🔊kǎi 🔊hoi2 凱 🔊CUMT

古代的戰衣，上面綴有金屬薄片，可以保護身體：鎧甲／鐵鎧／首鎧（頭盔）。

鎬

「彭2」的異體字，見640頁。

鎬(镐) 1 🔊gǎo 🔊gou2 稿 🔊CYRB

刨土的工具：鎬頭／一把鎬／鶴嘴鎬。

鎬(镐) 2 🔊hào 🔊hou6 浩

周朝初年的國都，在今陝西西安西南。

鎮(镇) 1 🔊zhèn 🔊zan3 震

① 壓，抑制：紙鎮（寫字、作畫時用來壓紙的東西）／鎮痛／他一發言把大家給鎮住了。② 神色安定：鎮靜／鎮定。③ 用強力壓制，制裁：鎮壓。④ 軍隊把守的地方：軍事重鎮。⑤ 行政區劃單位，一般由縣一級領導。⑥ 較大的集市：城鎮／村鎮。⑦ 把飲料等與冰或冷水放在一起使涼：冰鎮汽水。

鎮(镇) 2 🔊zhèn 🔊zan3 震

① 時常（多見於早期白話）：十年鎮相隨。② 表示整個的一段時間（多見於早期白話）：鎮日（整天）。

鎰(镒) 🔊yì 🔊jat6 溢 🔊CTCT

古代重量單位，一鎰等於古代的二十兩，一說是二十四兩。

鎘(镉) 🔊gé 🔊gaak3 隔 🔊CMRB

一種金屬元素,符號Cd,銀白色,質軟,很像鋅,比鋅的延展性大,露置空氣中漸變成黑色。鎘的化合物有毒。鎘能吸收中子,因而被應用在原子能工業上。

鎳（镍） ⓟniè ⓒnip6 捏
ⓒCHUD

一種金屬元素,符號Ni,銀白色,有光澤,質堅,延展性強,有磁性,在常溫中不跟空氣中的氧起作用。可用來製造器具、貨幣等,鍍在其他金屬上可以防止生鏽,是製造不鏽鋼的重要原料。

鎢（钨） ⓟwū ⓒwu1 烏
ⓒCHRF

一種金屬元素,符號W,灰黑色,質硬而脆,熔點很高,用來製燈絲和合金鋼等。

錼（镎） ⓟná ⓒnaa4 拿
ⓒCOMQ

一種金屬元素,符號Np,銀白色,有放射性。

鎏 ⓟliú ⓒlau4 流 ⓒEUC
①成色好的金子。②同「鎦1」,見655頁。

鎦（镏） 1 ⓟliú ⓒlau4 留
ⓒCHHW

中國特有的鍍金法,把溶解在水銀裏的金子鍍在器物表面,用來作裝飾,所鍍的金層經久不退。

鎦（镏） 2 ⓟliù ⓒlau6 漏
戒指:金鎦子。

鎔（镕） ⓟróng ⓒjung4 容
ⓒCJCR

①熔鑄金屬的模占。②借指規範,模式。③舊同「熔」,見353頁。

鎗 ⓒCOIR「槍」的異體字,見290頁。

鐯 ⓒCJQR「鐯①」的異體字,見611頁。

鎛 ⓒCMVI「鎛」的異體字,見474頁。

鎕 ⓒCOGS「鎕」的異體字,見659頁。

鎌 ⓒCTXC「鐮」的異體字,見659頁。

鎚 ⓒCYHR「錘」的異體字,見652頁。

鎖 ⓒCVVC「鎖」的異體字,見654頁。

鏃（镞） ⓟzú ⓒzuk6 族
ⓒCYSK

箭頭:箭鏃。

鏇（旋） ⓟxuàn ⓒsyun4 船
ⓧsyun6 篆 ⓒCYSO

①用車牀或刀子轉着圈地削:用車牀鏇零件。②溫酒用的一種金屬器具:鏇子。

③一種金屬器具，像盤而大，通常用來做粉皮：鏉子。

【鏉淋】也作「車淋」。把金屬或木料切削成圓形或球形的機器。

鏈（链）　@liàn　@lin6練
@lin2連二聲　@CYJJ

①用金屬環節連套而成的索子：鏈鏈兒／鐵鏈子。②英美制長度單位，1鏈約20.1168米。③計量海洋上距離的長度單位，1鏈等於十分之一海里，約185.2米。

鏊（鏊）　@ào　@ngou6傲
@GKC

一種鐵製的烙餅的器具，平面圓形，中心稍凸：鏊子。

鏉（铩）　@shā　@saat3撒
@CKCE

①古代一種長矛。②摧殘，傷殘：鏉羽之鳥（傷了翅膀的鳥）／鏉羽而歸（比喻失意或失敗）。

鏑（镝）　1　@dī　@dik1嫡
@CYCB

金屬元素，符號 Dy，銀白色，質軟。是一種稀土元素。用於核工業和發光材料等。

鏑（镝）　2　@dí　@dik1滴

箭頭，也指箭：鋒鏑／鳴鏑。

鏹（镪）　1　@qiǎng　@koeng5
襁　@CNII

【鏹水】強酸：硝鏹水。

鏹（镪）　2　@qiǎng　@koeng5
襁

古代稱成串的錢：白鏹（銀子）。

鏖（鏖）　@áo　@ou1 澳一聲
@IPC

激烈地戰鬥：鏖戰／赤壁鏖兵。

鏝（镘）　@màn　@maan6慢
@CAWE

抹牆用的工具。

鏗（铿）　@kēng　@hang1亨
@CSEG

象聲詞。形容響亮的聲音：鐵輪大車在石頭路上鏗鏗地響。

【鏗鏘】聲音有節奏而響亮：鏗鏘悅耳。

鏘（锵）　@qiāng　@coeng1窗
@CVMI

象聲詞。形容金屬或玉石的撞擊聲：鑼鼓鏘鏘／玉佩鏘鏘。

鏜（镗）　1　@tāng　@tong1湯
@CFBG

象聲詞。同「嘡」，鐘鼓的聲音、敲鑼或放槍的聲音：鏜鏜響了兩槍。

【鏜鞳】形容鐘鼓的聲音。

鏜（镗）　2　@táng　@tong4堂
用金屬切削的機床，即以鏜淋切削機器零件上已有的孔眼。

鏞（镛）　@yōng　@jung4庸
@CILB

奏樂時表示節拍的大鐘，古時的一種樂器。

鏟(铲) ⓟchǎn ⓒcaan2 產 ⓒCYHM

①可以削平東西或把東西撮取上來的器具：鐵鏟子/飯鏟兒。②用鍬或鏟子削平或取上來：鏟土/鏟草/把地鏟平。
【鏟除】去掉。

鏡(镜) ⓟjìng ⓒgeng3 頸三聲 ⓒCYTU

①用來反映形象的器具，古代用銅磨製，現代多用玻璃製成：銅鏡/鏡子/破鏡重圓。②利用光學原理特製的各種器具：眼鏡/顯微鏡/望遠鏡/凸透鏡/三稜鏡。

鏢(镖) ⓟbiāo ⓒbiu1 標 ⓒCMWF

舊時投擲用的武器，像長槍的頭；投擲出去殺傷敵人：飛鏢/袖鏢。

鏌(镆) ⓟmò ⓒmok6 幕 ⓒCTAK

【鏌鋣】也作「莫邪」。古代寶劍名，常跟「干將」並說，泛指寶劍。

鏤(镂) ⓟlòu ⓒlau6 漏 ⓒCLWV

雕刻：雕鏤/鏤刻/鏤花/鏤骨銘心（比喻感激不忘）。

鏐(镠) ⓟliú ⓒlau4 流 ⓒCSMH

成色好的金子。

鏨(錾) ⓟzàn ⓒzaam6 暫 ⓒJLC

①在磚石上鏨，在金石上雕刻：鏨花/鏨字。②鏨石頭的小鏨子：鏨子/鏨刀。

鐘(钟) ⓟzhōng ⓒzung1 中 ⓒCYTG

①金屬製成的響器，中空，敲時發聲：警鐘。②計時的器具：掛鐘/座鐘/鐘錶/鬧鐘。③指一定的時間：七點鐘/去學校要用二十分鐘。
【鐘點】①規定的時間：不誤鐘點。②小時：等了兩三個鐘點，他還沒到。

鐥 ⓒCTGR「彡2」的異體字，見640頁。

鐃(铙) ⓟnáo ⓒnaau4 撓 ⓒCGGU

①圓形的打擊樂器，像鈸，中間突起的部分比鈸小。②古代軍中樂器，像鈴鐺，但沒有中間的舌。

鐨(镄) ⓟfèi ⓒfai3 廢 ⓒCLNC

一種人造金屬元素，符號Fm，銀白色，化學性質活潑，有放射性，由人工核反應獲得。

鏵(铧) ⓟhuá ⓒwaa4 華 ⓒCTMJ

安裝在犁上用來破土的鐵片：犁鏵。

鐍（镢）⊜jué ⊜kyut3 缺　⊜CNHB

箱子上安鎖的環狀物。

鐐（镣）⊜liáo ⊜liu4 遼　⊜CKCF

套在腳腕上使不能快跑的刑具：腳鐐。

鐒（锘）⊜láo ⊜lou4 牢　⊜CFFS

一種金屬元素，符號 Lr。有放射性，由人工核反應獲得。

鐗（锏）1 ⊜jiǎn ⊜gaan2 簡　⊜CANA

古代的一種兵器，金屬製成，像鞭，四稜，下面有柄。

鐗（锏）2 ⊜jiàn ⊜gaan3 諫

嵌在車軸上的鐵條，可以保護車軸並減少摩擦力。

鏷（镤）⊜pú ⊜buk6 僕　⊜CTCO

一種放射性金屬元素，符號 Pa。

鐙（镫）1 ⊜dēng ⊜dang1 燈　⊜CNOT

①古代盛肉食的器皿。②同「燈」，指油燈。

鐙（镫）2 ⊜dàng ⊜dang3 凳

掛在馬鞍子兩旁的東西，是騎馬的人放腳用的：馬鐙。

鐦（锎）⊜kāi ⊜hoi1 開　⊜CANT

一種金屬元素，符號 Cf。有放射性，由人工核反應獲得。用作實驗室的中子源。

鐠（镨）⊜pǔ ⊜pou2 普　⊜CTCA

一種金屬元素，符號 Pr，銀白色，是一種稀土元素。用來製特種合金、有色玻璃、陶瓷、搪瓷，也用作催化劑。可作陶器的顏料。

鐨（钹）⊜pō ⊜put3 潑　⊜CNOE

①用鐮刀等掄開來割（草、穀物等）。②一種鐮刀。

鐝（镢）⊜jué ⊜kyut3 決　⊜CMTO

同「钁」，見661頁。

鐯（锗）⊜zhuō ⊜zoek3 雀　⊜CTJA

用鐯刨：鐯高粱／鐯玉米。

鏽（锈）⊜xiù ⊜sau3 秀　⊜CLX

①金屬表面所生的氧化物：鐵鏽／銅鏽／這把刀子長鏽了。②附着在器物表面，像鏽一樣的物質：水鏽／茶鏽。③生鏽：門上的鎖鏽住了。④由真菌引起的植物病害：鏽病。

鐲（镯）⊜zhuó ⊜zuk6 濁　⊜CWLI

套在手腕或腳腕上的環形裝飾品：金鐲／

玉鐲。

鐫（镌）
🔵juān 🔵zyun1 尊
🔴COGS

雕刻：鐫碑／鐫刻圖章。

鐮（镰）
🔵lián 🔵lim4 廉
🔴CITC

收割穀物和割草的農具：鐮刀／釤鐮／掛鐮。

鐴
🔵bèi 🔵bai3 閉　🔴SJC

在布、皮、石頭等物上把刀反覆摩擦幾下，使鋒利：鐴刀／鐴刀布。

鐵（铁）
🔵tiě 🔵tit3 提歇切
🔴CJIG

① 一種金屬元素，符號 Fe，純鐵銀白色，質堅硬，有光澤，富延展性，磁化和去磁都很快，含雜質的鐵在潮濕空氣中易生鏽。工業上的用途極大，可以煉鋼，可以製造各種器械、用具。② 指刀槍等武器：手無寸鐵。③ 比喻堅硬、堅強、牢固：鐵漢／鐵拳／鐵蒺藜／他倆關係很鐵。④ 形容強暴或精銳：鐵蹄／鐵騎。⑤ 確定不移：鐵的紀律／鐵證如山。⑥ 形容表情嚴肅：他鐵着臉，沒有笑容。⑦ 姓。

鐶（镮）
🔵huán 🔵waan4 環
🔴CWLV

圓形有孔可貫穿的東西：鐶釵。

鐸（铎）
🔵duó 🔵dok6 渡
🔴CWLJ

古代宣佈政教法令或有戰事時用的大鈴：木鐸／鈴鐸／振鐸。

鐺（铛）
1 🔵chēng 🔵caang1
撐　🔴CFBW

烙餅或做菜用的平底淺鍋：餅鐺。

鐺（铛）
2 🔵dāng 🔵dong1 噹
形容撞擊金屬器物的聲音：鐘敲得鐺鐺響。

鐳（镭）
🔵léi 🔵leoi4 雷
🔴CMBW

一種放射性金屬元素，符號 Ra，銀白色，有光澤，質軟，能發光發熱。鐳能慢慢地蛻變成氦和氡，最後變成鉛。醫學上用鐳來治癌症和皮膚病。鐳鹽和玻粉的混合製劑可製成中子源。

鐿（镱）
🔵yì 🔵ji3 意　🔴CYTP
一種金屬元素，符號 Yb，銀白色，質軟。是一種稀土元素。用來製特種合金和發光材料等。

鑊（镬）
🔵huò 🔵wok6 獲
🔴CTOE

① 鍋：鑊子／鑊蓋。古代的大鍋：斧鋸鼎鑊（常用為殘酷的刑具）。

鑋（锜）
🔵chǒ 🔵caa2 叉二聲
🔴CJBF

小鈸，一種打擊樂器。

鑌（镔）
🔵bīn 🔵ban1 濱
🔴CJMC

【鑌鐵】精煉的鐵。

鑄(铸) ⓖzhù ⓔzyu3 注　ⓒCGNI

把金屬熔化後倒在模子裏鑄成物件:鑄造／澆鑄／熔鑄／鑄一口鐵鍋。

【鑄鐵】生鐵的一類,是由鐵礦砂最初煉出來的鐵。質脆,易熔化,多用來鑄造器物。

鑒(鉴) ⓖjiàn ⓔgaam3 監三聲　ⓒSWC

① 鏡子(古代用銅製成)。② 照:光可鑒人／水清可鑒。③ 觀察,審察:鑒定／鑒賞／鑒別真偽。④ 可以做為警誡或引為教訓的事:引以為鑒／前車之覆,後車之鑒。⑤ 舊式書信套語,用在開頭的稱呼之後,表示請人看信:惠鑒／鈞鑒。

【鑒戒】可以使人警惕的事情。

【鑒於】考慮到,覺察到:鑒於舊的工作方法不能適應新的需要,於是創造了新的工作方法。

鑑 ⓒCSIT「鑒」的異體字,見 660 頁。

鑠(铄) 1 ⓖshuò ⓔsoek3 削　ⓒCVID

① 熔化金屬:鑠金／鑠石流金(比喻天氣極熱)。② 消毀,消損。

鑠(铄) 2 ⓖshuò ⓔsoek3 削　同「爍」,見 356 頁。

鑕(锧) ⓖzhì ⓔzat1 質　ⓒCHLC

① 砧板。② 鍘刀(古代刑具):斧鑕(斬人的刑具)。

鑽 ⓒCQOC「鑽」的異體字,見 661 頁。

鑞(镴) ⓖlà ⓔlaap6 臘　ⓒCVVV

錫和鉛的合金,熔點較低,可以焊接金屬器物。也作「錫鑞」。

鑣(镳) 1 ⓖbiāo ⓔbiu1 標　ⓒCIPF

馬嚼子的兩端露出嘴外的部分:分道揚鑣(比喻志向不同)。

鑣(镳) 2 ⓖbiāo ⓔbiu1 標　舊同「鏢」。

鑥(镥) ⓖlǔ ⓔlou5 魯　ⓒCNWA

一種金屬元素,符號Lu,銀白色,質軟。是一種稀土元素。用於核工業。

鑢 ⓒCATE「刨1」的異體字,見 53 頁。

鑨 ⓒCITC「礦」的異體字,見 415 頁。

鑫 ⓖxīn ⓔjam1 音　ⓒCCC

人名或字號常用的字,取興盛的意思。

鑪(铲) ⓖlú ⓔlou5 盧　ⓒCYPT

金屬元素,符號Rf。有放射性,由人工核反應獲得。

鑭（镧） 🔊lán 🔊laan4 蘭
🔊CANW

一種金屬元素，符號 La，銀白色，質軟。有延展性，在空氣中容易氧化燃燒發光。可製合金，化合物用來製光學玻璃，高溫超導體等。

鑰（钥） 1 🔊yào 🔊joek6 弱
🔊COMB

【鑰匙】① 開鎖的工具。② 比喻解決問題的方法、門徑。

鑰（钥） 2 🔊yuè 🔊joek6 弱
鎖鑰：北門鎖鑰（北方重鎮）。

鑲（镶） 🔊xiāng 🔊soeng1 雙
🔊CYRV

把物體嵌進去或在外圍加邊：鑲牙／金鑲玉嵌／在衣服上鑲一道紅邊。

鑷（镊） 🔊niè 🔊nip6 躡
🔊CSJJ

① 夾取毛髮、細刺及其他細小東西的器具：鑷子。②（用鑷子）夾：將瓶子裏的米粒鑷出來。

鑹（镩） 🔊cuān 🔊cyun1 穿
🔊CJCV

① 一種鐵製的鑿冰工具，頭部尖，有倒鈎：冰鑹。② 用冰鑹鑿冰：鑹冰。

鑾（銮） 🔊luán 🔊lyun4 聯
🔊VFC

① 一種鈴鐺：鑾鈴。② 皇帝車駕上有鑾鈴，借指皇帝的車駕：鑾駕／迎鑾。

鑼（锣） 🔊luó 🔊lo4 羅
🔊CWLG

一種打擊樂器，用銅製成，形狀像銅盤，用槌子敲打，發出聲音：鑼鼓喧天／鳴鑼開道。

鑽（钻） 1 🔊zuān 🔊zyun3 轉
⊗zyun1 專 🔊CHUC

① 用錐狀的物體在另一物體上轉動穿孔：鑽一個眼／地質鑽探／鑽木取火。② 進入：鑽山洞／鑽空子／鑽到水裏。③ 仔細研究，深入研究：鑽研。④ 設法巴結有權勢的人以謀求私利：鑽營。

鑽（钻） 2 🔊zuàn 🔊zyun3 轉
① 穿孔洞的用具：鑽子／電鑽。② 金剛石，硬度很高：鑽石／十七鑽的手錶。

鑿（凿） 1 🔊záo 🔊zok6 昨六聲
🔊TEC

① 挖槽或穿孔用的工具：鑿子／扁鑿／圓鑿。② 穿孔，挖掘：鑿井／鑿個眼兒。③ 卯眼。

鑿（凿） 2 🔊záo 🔊zok6 昨六聲
明確，真實：確鑿可據。

钂（镋） 🔊tǎng 🔊tong2 淌
🔊CFBF

古代兵器，跟叉相似。

钁（镢） 🔊jué 🔊kyut3 決
🔊CBUE

刨土用的一種農具，類似鎬：钁頭。

——— 長 部 ———

長(长) ¹ ⓜcháng ⓖceong4 腸 ⓒSMV

① 兩點間的距離大，跟「短」相對(指空間)：這條路很長。② 兩點間的距離大，跟「短」相對(指時間)：晝長夜短/長遠利益。③ 兩點間的距離：這塊布三尺長/那張桌子長三尺寬二尺。④ 專精的技能，優點：長處/特長/各有所長。⑤ 對某事做得特別好：他長於寫作。
【長短】① 長度。② 意外的變故：萬一有甚麼長短。

長(长) ² ⓜcháng ⓖzoeng6 丈

多餘，剩餘：身無長物。

長(长) ³ ⓜzhǎng ⓖzoeng2 掌

① 生，發育：長苗/草長得很旺盛/這孩子長高了許多。② 增加：長見識/學習加緊，技能就快。③ 排行中第一的：長兄/長孫。④ 輩分高或年紀大的：師長/長輩。⑤ 敬辭：學長。⑥ 主持人，機關、團體、學校等單位的負責人：部長/校長。
【長子】① 排行第一的兒子。② 地名，在山西。

——— 門 部 ———

門(门) ⓜmén ⓖmun4 們 ⓒAN

① 出入口，又指安在出入口上能開關的裝置：前門/房門/鐵門/柵欄門口兒。② 器物可以開關的部分：櫃門。③ 形狀或作用像門的東西：電門(電器開關)/水門(水管閥門)。④ 訣竅：竅門/摸不着門。⑤ 舊時指家族或家族的一支，現指一般家庭：一門老小/長門長子。⑥ 學術思想或宗教的派別：佛門/旁門左道。⑦ 傳統指稱跟師傅有關的：門徒/同門師兄。⑧ 一般事物的分類：專門/分門別類。⑨ 生物學把具有最基本最顯著的共同特徵分若干羣，每一羣為一門，門以下為綱：原生動物門/裸子植物門。⑩ 押寶時下賭注的位置名稱，也用來表示賭博者的位置，有「天門、青龍」等名目。⑪ 量詞。用於炮：一門大炮。⑫ 量詞。用於功課、技術等：一門功課/兩門技術。⑬ 量詞。用於親戚、婚事等：兩門親戚/一門婚事。
【門巴】門巴族，中國少數民族名，主要分佈於西藏。

閂(闩) ⓜshuān ⓖsaan1 冊 ⓒANM

① 橫插在門後把門關不開的木棍或鐵棍：門閂。② 用門插上門：把門閂上。

閃(闪) ⓜshǎn ⓖsim2 陝 ⓒANO

① 側轉身體躲避：閃開/閃避。② 猛然晃動：他閃了一下，差點跌倒/瓶子閃了兩下。③ 因動作過猛，筋肉疼痛：閃了腰。④ 天空的電光：打閃/閃電。⑤ 突然出現：閃念/他從門後閃出來。⑥ 光亮突然顯現或忽明忽暗：閃電/閃金光/燈光一閃/閃得眼發花/他眼中閃着淚光。⑦ 丟下，甩下：他不會閃了你/他閃下包袱就走了。

閉(闭)

[普]bì [粵]bai3 蔽 [倉]ANDH

①關，合：閉上嘴/閉上眼睛/閉門造車（比喻脱離實際）。②塞，不通：閉氣。③結束，停止：閉會/閉幕。

【閉塞】①堵住不通：下水道閉塞了。②不開通，交通不便：這個地方很閉塞。

問

[倉]ANR 見口部，95頁。

閆(闫)

[普]yán [粵]jim4 炎 [倉]ANMMM

姓。

開(开)

1 [普]kāi [粵]hoi1 海一聲 [倉]ANMT

①把關閉的東西打開：開門/開幕/開口説話。②通，使通：想不開/開路先鋒。③收攏的東西展開：開花/開顏。④凝合的東西融化：河開了（河水化凍）。⑤解除（封鎖、禁令、限制等）：開戒/開禁/開釋。⑥發動：開車/開炮/開船/開動腦筋/軍隊向北開。⑦設置：開醫院/開公司。⑧起始：開端/開春/開學/開工/開辦/戲開演了。⑨舉行：開會/開運動會/開歡送會。⑩寫出，説出：開價/開發票/開藥方。⑪支付，開銷：開薪/開工錢。⑫辭退：他被老闆開掉了。⑬沸，滾：開水/水開了。⑭吃：他把整碗飯全開了。⑮指按十分之幾的比例分份：四六開。⑯印刷上指相當於整張紙的若干分之一：這本書是三十二開本。

【開刀】①用刀割治：這病得開刀。②比喻先從某方面或某個人下手。③執行斬刑。

【開發】①以荒地、礦山、森林、水力等自然資源為對象進行勞動，以達到利用的目的，開拓：開發荒山/開發黃河水利/開發邊疆。②發現或發掘人才、技術等供利用：開發新技術/人才開發中心。

【開關】有節制作用的機關，通常指電門、電鍵油門、氣門等。

【開國】建立新的國家。

【開火】①指發生軍事衝突。②比喻兩方面展開衝突。

【開交】分解，脱離：忙得不能開交/鬧得不可開交。

【開通】①思想不守舊，容易接受新事物。②交通、通信等線路運作：衛星通訊網昨天開通/這條公路已經竣工並開通使用。

開(开)

2 [普]kāi [粵]hoi1 海一聲

譯音，黃金的純度單位（以二十四開為純金）：這條金項鏈是十四開金的。

開(开)

3 [普]kāi [粵]hoi1 海一聲

①趨向動詞。放在動詞或形容詞後面，表示分開或離開：拉開/躲開/把門推開。②趨向動詞。放在動詞或形容詞後面，表示容下：屋子小坐不開。③趨向動詞。放在動詞或形容詞後面，表示擴大或擴展：這話傳開了。④趨向動詞。放在動詞或形容詞後面，表示開始並繼續下去：天氣熱開了/剛放學回家，他就做開了功課。

間(间)

1 [普]jiān [粵]gaan1 艱 [倉]ANA

①指兩段時間或兩種事物相接的地方：

中間／彼此間的差別。②在一定的地方、時間或人羣的範圍之內：空間／田間／人間／晚間。③屋子，房子：裏間／車間／衣帽間。④量詞。指房屋：一間房／廣廈千間。

間(间) 2 ⓟjiàn ⓒgaan3 諫

①空隙：乘間／讀書得間。②不連接，隔開：間斷／間隔／黑白相間／晴間多雲。③嫌隙，隔閡：親密無間。④挑撥使人不和：離間／反間。⑤擯去或鋤去：間草。

【間接】事物的關係要經過第三者才發生，跟「直接」相對。

【間隔號】標點符號（·），表示外國人或我國某些少數民族人名內各部分的分界，也用來表示書名與篇（章、卷）名或朝代與人名之間的分界。

閎(闳) ⓟhóng ⓒwang4 宏
ⓐANKI

①巷門。②宏大。

閏(闰) ⓟrùn ⓒjeon6 潤
ⓐANMG

地球公轉一周的時間為三百六十五天五時四十八分四十六秒。陽曆把一年定為三百六十五天，所餘的每四年積累成一天，加在二月裏；農曆把一年定為三百五十四天或三百五十五天，所餘的時間的每三年積累成一個月，加在某一年裏。這樣的辦法在曆法上叫做閏。

閑 ⓐAND 「閒」的異體字，見664頁。

閒(闲) ⓟxián ⓒhaan4 嫻
ⓐANB

①沒有事情做，沒有活動，有空，跟「忙」相對：沒有閒工夫／我星期六閒着，你來找我吧。②放着，不使用：閒房／機器別閒着。③沒有事的時間：她一整天都在學習，沒有閒空兒。④與正事無關的：閒談／閒人免進。

閔(闵) ⓟmǐn ⓒman5 敏
ⓐANYK

①同「憫」，見209頁。②姓。

閌(闶) ⓟkāng ⓒkong3 抗
ⓐANYHN

【閌閬】建築物中空廓的部分，也作「閌閬子」：井下的閌閬很大。

悶 ⓐANP 見心部，203頁。

閘(闸) ⓟzhá ⓒzaap6 雜
ⓐANWL

①攔住水流的建築物，可以隨時開關：水閘／閘口／河裏有一道閘。②安裝在某些機械上能隨時使機械停止運行的設備：車閘／自行車的閘不靈了。③較大型的電源開關：電閘。

閧 ⓐANYLB 「鬨」的異體字，見710頁。

閣(阁) ⓟgé ⓒgok3 各
ⓐANHER

①風景區或庭園裏的一種建築物, 四方形、六角形或八角形, 一般兩層, 周圍開窗, 多建築在高處, 可以憑高遠望: 亭臺樓閣。②舊指女子的住屋: 閨閣/出閣。③內閣, 明清兩代大臣在宮中處理政務的機關。現在某些國家的最高行政機關也叫「內閣」, 省稱「閣」: 組閣/入閣/閣員/閣議。④放東西的高架子: 束之高閣。
【閣下】對人的敬稱。
【閣子】小木頭房子。

閼(阏) ⓐhé ⓑhat6 瞎
ⓒANYVO

阻隔不通: 隔閼。

閞 ⓐANTK 「關」的異體字, 見 667頁。

閤(阁) ⓐgé ⓑgap3 及三聲
ⓒANOMR

①小門。②姓。

閥(阀)¹ ⓐfá ⓑfat6 伐
ⓒANOI

在某一方面有支配勢力的人物、家族或集團: 軍閥/財閥/門閥。

閥(阀)² ⓐfá ⓑfat6 伐
管道或機器中調節流體的流量、壓力和流動方向的裝置, 又叫「活門」、「閥門」。

閨(闺) ⓐguī ⓑgwai1 圭
ⓒANGG

①上圓下方的小門。②指女子居住的內

室: 深閨/閨門/閨閣。
【閨女】①未出嫁的女子。②女兒。
【閨秀】舊時稱富貴人家的女兒: 大家閨秀。

閣 ⓐANTC 「閣」的異體字, 見 710頁。

閩(闽) ⓐmǐn ⓑman5 敏
ⓒANLMI

①閩江。水名, 在福建。②福建省的別稱。

閣 ⓐANSJ 見耳部, 475頁。

閫(阃) ⓐkǔn ⓑkwan2 捆
ⓒANWD

①門坎。②舊時指婦女所居住的地方: 閫閣。③借指婦女: 閫範(女子的品德規範)。

閬(阆)¹ ⓐláng ⓑlong5 朗
ⓒANIAV

見【閬閣】, 664頁。

閬(阆)² ⓐlàng ⓑlong5 朗
【閬苑】傳說中神仙居住的地方, 詩文中常用來指宮苑。
【閬中】地名, 在四川。

閭(闾) ⓐlú ⓑleoi4 雷
ⓒANRHR

①里巷, 巷口的門: 倚閭而望。②里巷, 鄰里: 閭巷/閭里/鄉閭。③古代二十五家為一閭。④姓。

閱（阅）
⦿yuè ⦿jyut6 悦
⦿ANCRU

①看，察看：閱覽／閱報／傳閱。②高級首長親臨軍隊或羣眾隊伍面前：閱兵／檢閱軍隊。③經歷：閱歷。

【閱世】經歷世事：閱世漸深。

閭
⦿ANYMR 見言部，573 頁。

閻（阎）
⦿yán ⦿jim4 炎
⦿ANNHX

①里巷的門。②姓。

【閻羅】佛教稱管地獄的神。也叫閻羅王、閻王、閻王爺。

【閻王】①閻羅。②比喻嚴厲或極兇惡的人。

閹（阉）
⦿yān ⦿jim1 淹
⦿ANKLU

①割去生殖器官：閹割／閹雞／閹豬。②指宦官、太監：閹人／閹黨。

閼（阏）
1 ⦿è ⦿aat3 壓
⦿ANYSY

①堵塞：閼塞。②閼板。

閼（阏）
2 ⦿yān ⦿jin1 煙

【閼氏】漢代匈奴稱君主的正妻。

閽（阍）
⦿hūn ⦿fan1 昏
⦿ANHPA

①看門：司閽（看門的人）。②門（多指宮門）：叩閽。

閶（阊）
⦿chāng ⦿coeng1 昌
⦿ANAA

【閶闔】①傳說中的天門。②宮門。

閾（阈）
⦿yù ⦿wik6 域
⦿ANIRM

門檻。泛指界限或範圍：視閾／聽閾。

閿（阌）
⦿wén ⦿man4 文
⦿ANBBE

【閿鄉】地名，在河南。

閴（阒）
⦿qù ⦿gwik1 隙
⦿ANBUK

形容寂靜：閴無一人。

閹
⦿ANYTA 「暗①③」的異體字，見 264 頁。

闈（闱）
⦿wéi ⦿wai4 圍
⦿ANDMQ

①古代宮室的側門：宮闈（宮殿裏邊）。②科舉時代稱考場：春闈／秋闈。

閪（板）
⦿bǎn ⦿baan2 版
⦿ANRRR

通常稱工商業的資本家、廠主、店主為「老閪」。

闊（阔）
⦿kuò ⦿fut3 呼括切
⦿ANEHR

①面積寬廣：廣闊／開闊／海闊天空／路闊三丈。②空泛，不切實際：迂闊／高談闊論。③富裕的，稱財產多生活奢侈的：闊氣／闊人／擺闊。

闋（阕） 🔊què 🔊kyut3 缺
🔊ANNOK

①停止，終了：樂闋（奏樂終了）。②量詞。指詞或歌曲：唱一闋歌／填一闋詞。③一首詞的一段稱為一闋：上闋／下闋。

闌（阑） 1 🔊lán 🔊laan4 蘭
🔊ANDWF

①同「欄①」，見298頁。②同「攔①」，見247頁。

闌（阑） 2 🔊lán 🔊laan4 蘭 ① 盡，晚：夜闌人靜。
②擅自（出入）：闌出。

【闌干】①縱橫交錯，參差錯落：星斗闌干。②同「欄杆」，見298頁。

【闌入】①進入不應進去的地方。②摻雜進入，混進：無入場券不得闌入。

【闌珊】衰落，衰殘。

闐（阗） 🔊tián 🔊tin4 田
🔊ANJBC

充滿：喧闐。

闥（闼） 1 🔊dá 🔊taap3 塔
🔊ANASM

樓上的窗戶。

闥（闼） 2 🔊tà 🔊taap3 塔

【闥茸】「闥」是小門，「茸」是小草，比喻卑劣下賤。

闓（闿） 🔊kǎi 🔊hoi2 凱
🔊ANUMT

開啟。

闔（阖） 🔊hé 🔊hap6 合
🔊ANGIT

①全，總共：闔家／闔城。②關閉：闔戶／闔口。

闕（阙） 1 🔊quē 🔊kyut3 缺
🔊ANTUO

①過錯：闕失。②同「缺」，見464頁。

【闕如】空缺：暫付闕如。

【闕疑】有懷疑的事情暫時不下斷語，留待查考。

闕（阙） 2 🔊què 🔊kyut3 缺 ① 皇宮門前面兩邊的樓，泛指帝王的住所：宮闕。② 神廟、陵墓前所立的石雕。

闖（闯） 🔊chuǎng 🔊cong2 廠
🔊ANSQF

①猛衝：往裏闖／橫衝直闖。②歷練，經歷：闖練。③為一定目的而奔走活動：闖江湖／走南闖北。④惹起：闖禍／闖亂子。

【闖蕩】指離家在外謀生或經受鍛煉：闖蕩江湖。

【闖禍】惹禍，招亂子。

關（关） 🔊guān 🔊gwaan1 鰥
🔊ANVIT

①閉，合攏：關門／關上箱子。②使機器等停止運轉，使電氣裝置結束工作狀態：關燈／關電腦／關手機。③放在裏面使不出來：小狗關在籠子裏。④（企業等）倒閉，結業：經濟不景，幾家食肆陸續關了。⑤古代在險要地方或國界設立的守衛處所：關口／山海關。⑥城門外的附近地

區：城關／北關。⑦門門：門插關兒／斬關落鎖。⑧徵收出入口貨稅的機構：海關／關稅。⑨重要的轉捩點，不易渡過的時機：難關／年關／緊要關頭。⑩起轉折關聯作用的部分：機關／關節（兩骨連結的地方）。⑪牽連，聯屬：毫不相關／無關緊要。⑫發放或領取工資：關餉。⑬姓。

闚

ⓐANQOU「窺」的異體字，見 428 頁。

闞

ⓐANBCK「嫐」的異體字，見 145 頁。

闞（阚）

1 ⓟhǎn ⓒhaam2 餡
ⓐANMJK

虎吼叫。

闞（阚）

2 ⓟkàn ⓒham3 瞰
姓。

闡（阐）

ⓧchǎn ⓒzin2 展
ⓧcin2 淺　ⓐANRRJ

説明，表明：闡述／闡明。
【闡發】闡述並發揮，深入説明事理。

闥（闼）

ⓟtà ⓒtaat3 撻
ⓐANYGQ

門，小門：排闥直入（推開門就進去）。

闢（辟）

ⓟpì ⓒpik1 癖
ⓐANSRJ

①從無到有地開發建設：開闢／開天闢地／在那裏開闢一片新園地。②透徹：精闢／透闢。③駁斥，排除：闢邪／闢諸。

───── 阜 部 ─────

阜

ⓟfù ⓒfau6 埠　ⓐHRJ

阜獨體作阜，左偏旁作 阝。

①土山。②盛，多：物阜民豐。

阡

ⓟqiān ⓒcin1 千　ⓐNLHJ

①田間南北向的小路：阡陌。②通往墳墓的道路。

阢

ⓟwù ⓒngat6 兀　ⓐNLMU

【阢陧】同【扤隉】，見 271 頁。

陁

ⓐNLMSU「厄①」的異體字，見 70 頁。

阪

ⓟbǎn ⓒbaan2 板　ⓐNLHE

①同「坂」，見 117 頁。②大阪，日本地名。

阮

ⓟruǎn ⓒjyun5 軟　ⓧjyun2 丸
ⓐNLMMU

①樂器「阮咸」的簡稱：大阮／中阮。②姓。

阯

ⓐNLYLM「址」的異體字，見 116 頁。

阱

ⓟjǐng ⓒzing6 靜　ⓧzeng6 鄭
ⓐNLTT

陷阱，捕野獸用的陷坑。

防

ⓟfáng ⓒfong4 房　ⓐNLYHS

①防備，戒備：防禦／防守／預防／

防疫/冷不防。②堤，擋水的建築物。

阞 🔊dǒu 🔊dau2 抖 🔊NLYJ
同「陡」，見670頁。

阻 🔊zǔ 🔊zo2 左 🔊NLBM
攔擋：阻擋/阻止/通行無阻/山川險阻。

阼 🔊zuò 🔊zou6 造 🔊NLHS
古代指東面的臺階，主人迎接賓客的地方。

阿 1 🔊ā 🔊aa3 亞 🔊NLMNR
①前綴，用在排行、小名或姓的前面，有親昵的意味：阿大/阿寶。②前綴，用在某些親屬名稱的前面：阿婆/阿哥。

阿 2 🔊ē 🔊o1 柯
①迎合，偏袒：阿附/阿諛/正直不阿/阿其所好。② 大的丘陵：崇阿。③彎曲的地方：山阿。

阽 🔊diàn Ⓧyán 🔊dim3 店 Ⓨjim4 嚴 🔊NLYR
臨近（危險）：阽危。

陀 🔊tuó 🔊to4 駝 🔊NLJP
【陀螺】一種玩具，用繩繞上然後拉或用鞭抽打，可以在地上旋轉。

陂 1 🔊bēi 🔊bei1 卑 🔊NLDHE
①池塘：陂塘/陂池。②水邊，岸。③山坡。

陂 2 🔊pí 🔊pei4 皮
黃陂。地名，在湖北。

陂 3 🔊pō 🔊po1 頗
【陂陀】傾斜不平，不平坦：山勢陂陀。

附 🔊fù 🔊fu6 付 🔊NLODI
①另外加上，隨帶著：附錄/附件/附設/附帶說明/買電影光碟附送海報/信裏面附有一張相片。②靠近：附近/附耳交談。③依從，依附：附議/附庸/魂不附體。
【附會】又作「傅會」。把沒有關係的事物說成有關係；把沒有某種意義的事物說成有某種意義：牽強附會/穿鑿附會。

陋 🔊lòu 🔊lau6 漏 🔊NLMBV
①不好看，醜：醜陋。②粗劣，不精緻：粗陋/因陋就簡。③狹小：陋室/陋巷。④壞的，不文明的：陋規/陋習。⑤少，簡略：學識淺陋/孤陋寡聞（見聞少）。

陌 🔊mò 🔊mak6 脈 🔊NLMA
田間東西向的小路：阡陌/陌頭楊柳。
【陌生】生疏，不熟悉。

降 1 🔊jiàng 🔊gong3 鋼 🔊NLHEQ
①下落，落下：降落/降雨/降落傘/溫度下降。②使下落：降級/降格/降低物價。

降 2 🔊xiáng 🔊hong4 杭
①投降：誘降/降將/寧死不降。②降服，使馴服：降龍伏虎/一物降一物。

限 _普xiàn _粵haan6 閑六聲 _倉NLAV

① 指定的範圍：給你三天限期完成工作。② 指定範圍：限三天完工／作文不限字數。③ 門檻：門限。

【限制】規定範圍，不許超過。

陔 _普gāi _粵goi1 該 _倉NLYVO

① 靠近臺階下邊的地方。② 級，層，臺階。③ 田間的土埂。

陘(陉) _普xíng _粵jing4 刑 _倉NLMVM

山脈中斷的地方，山口：井陘（地名，在河北）。

陛 _普bì _粵bai6 弊 _倉NLPPG

宮殿的臺階：石陛。

【陛下】對國王或皇帝的敬稱。

陝(陕) _普shǎn _粵sim2 閃 _倉NLKOO 右偏旁為兩個又字。

指陝西，中國的一省。

陞 _普shēng _粵sing1 星 _倉NLHTG

①「升①②」的異體字，見67頁。② 姓。

陟 _普zhì _粵zik1 職 _倉NLYLH

登高。

陡 _普dǒu _粵dau2 斗 _倉NLGYO

① 接近垂直，斜度很大的：這個山坡太陡。② 突然：氣候陡變。

院 _普yuàn _粵jyun2 宛 _倉NLJMU

① 圍牆裏房屋四周的空地：院子／場院／四合院。② 某些機關和公共場所的名稱：法院／醫院／戲院。③ 指學院：高等院校。④ 指醫院：入院／出院。⑤ 姓。

陣(阵) ¹ _普zhèn _粵zan6 真六聲 _倉NLJWJ

① 軍隊作戰時佈置的局勢：陣線／嚴陣以待／一字長蛇陣。② 戰場：上陣／陣亡。

陣(阵) ² _普zhèn _粵zan6 真六聲

① 一段時間：這一陣子工作正忙。② 量詞。表示事情或動作經過的段落：颳了一陣風／下了一陣雨。

陗 _倉NLFB 「峭」的異體字，見166頁。

除 ¹ _普chú _粵ceoi4 隨 _倉NLOMD

① 去掉：除害／斬草除根。② 不計算在內：除此以外／除了這個人，我都認識。③ 算術中用一個數去分另一數：六除二得三。④ 授，拜（官職）。

【除非】① 表示唯一的條件，只有：若要人不知，除非己莫為。② 表示不計算在內，了除：那條山路，除非他，沒人認識。

【除夕】一年最後一天的夜晚，也泛指一年最後的一天。

除 ² _普chú _粵ceoi4 隨

臺階：庭除／階除。

陧 _普niè _粵nip6 捏 _倉NLAG

見【杌陧】，271頁。

陪 普péi 粵pui4 培 倉NLYTR
①跟隨在一塊,在旁邊做伴:陪伴／陪客人／我陪你去。②從旁協助:陪審團。
【陪襯】從旁襯托。

陬 普zōu 粵zau1 周 倉NLSJE
隅,角落:山陬／海陬。

陰(阴) 普yīn 粵jam1 音 倉NLOII
①我國古代哲學認為存在於宇宙間的一切事物中的兩大對立面之一,跟「陽」相對。②指太陰,即月亮:陰曆。③氣象上,天空80%以上被雲遮住時叫作陰,泛指雲彩遮住太陽或月、星:天陰了。④光線被東西遮住所成的影:背陰／樹陰兒。⑤水的南面,山的北面(多用於地名):蒙陰(地名,在山東蒙山之北)／江陰(地名,在江蘇長江之南)。⑥背面:碑陰。⑦凹下的:陰文圖章。⑧隱藏的,不露出來的:陰溝／陽奉陰違。⑨詭詐,不光明:陰謀詭計。⑩關於鬼神的:陰宅／陰間。⑪帶負電的:陰電／陰極。⑫生殖器,特指女性的。
【陰險】險詐,狡詐。

陳(陈) 1 普chén 粵can4 塵 倉NLDW 陳右偏旁直筆不鈎。
①排列,擺設:陳設／古物陳列館。②述説:陳述／詳陳。

陳(陈) 2 普chén 粵can4 塵
舊的,時間久的:陳腐／陳酒／新陳代謝。

陳(陈) 3 普chén 粵can4 塵
①周朝國名,在今河南淮陽一帶。②南朝之一,公元557–589,陳霸先所建。③姓。

陳(陈) 4 普zhèn 粵zan6 陣
古同「陣」,見670頁。

陵 普líng 粵ling4 菱 倉NLGCE
①大土山:丘陵。②高大的墳墓:中山陵。③欺侮,侵犯:陵壓。

陶 1 普táo 粵tou4 桃 倉NLPOU
①用黏土燒製的器物,質地比瓷鬆軟,有吸水性:陶器／陶俑。②製造陶器:陶冶。③比喻教育,培養:薰陶。④快樂的樣子:陶然／陶醉。
【陶土】燒製陶器的黏土。
【陶冶】製陶器和煉金屬。比喻給人的思想、性格有益的影響:陶冶性情。

陶 2 普yáo 粵jiu4 堯
皋陶,上古人名。

陷 普xiàn 粵haam6餡六聲 粵ham6 憾 倉NLNHX 陷右上作々。
①為捉野獸挖的坑,亦用作比喻害人的陰謀:陷阱。②掉進,墜入,沉下:地陷下去了／陷到泥裏去了。③凹進:病了幾天,眼睛都陷進去了。④設計害人:陷害／誣陷。⑤攻破:陷落／攻城陷陣。⑥缺點:缺陷。

陸(陆) 1 普liù 粵luk6 綠 倉NLGCG
數目字「六」的大寫。

陸(陆) ²　⦿lù　⦿luk6 綠
①高出水面的土地：陸地/登陸/陸路/陸軍。②姓。

陲　⦿chuí　⦿seoi4 垂　⦿NLHJM
邊地：邊陲。

陽(阳)　⦿yáng　⦿joeng4 揚　⦿NLAMH
①我國古代哲學認為存在於宇宙間的一切事物中的兩大對立面之一，跟「陰」相對：陰陽。②日光：太陽/陰暗/陽光。③山的南面，水的北面(多用於地名)：衡陽(地名，在湖南衡山之南)/洛陽(地名，在河南洛河之北)。④凸出的：陽文圖章。⑤外露的，明顯的：陽溝/陽奉陰違。⑥屬於活人和人世的：陽間/陽壽。⑦帶正電的：陽電/陽極。⑧生殖器，特指男性的。

隅　⦿yú　⦿jyu4 愚　⦿NLWLB
①角落：城隅。②靠邊的地方：海隅。
【隅反】比喻因此知彼，能夠類推。

隆　⦿lóng　⦿lung4 龍　⦿NLHEM
①盛大：隆重。②興盛：隆盛/興隆。③深厚，程度深：隆冬/隆恩。④高，凸起：隆起。

隈　⦿wēi　⦿wui1 偎　⦿NLWMV
山、水等彎曲的地方：山隈/城隈。

隉　⦿NLHXG 「陧」的異體字，見670頁。

隋　⦿suí　⦿ceoi4 槌　⦿NLKMB
①朝代名，楊堅所建立(公元581–618年)。②姓。

隊(队)　⦿duì　⦿deoi6 對六聲　⦿NLTPO
①排得整齊的行列：排隊。②有組織的團體：樂隊/球隊。③在我國特指中國少年先鋒隊：隊禮/入隊。④量詞，用於成隊的人或動物等：一隊人馬/一隊駱駝。
【隊伍】①軍隊：他是昨天加入隊伍的。②有組織的羣眾行列：遊行隊伍過來了。

隍　⦿huáng　⦿wong4 皇　⦿NLHAG
沒有水的城壕：城隍(護城河，代指護城神靈)。

階(阶)　⦿jiē　⦿gaai1 皆　⦿NLPPA
①建築物中為了便於上下，用磚、石砌成的，分層的東西：臺階/梯階。②等級：官階。

隄　⦿NLAMO 「堤」的異體字，見124頁。

陿　⦿NLSKO 「狹」的異體字，見364頁。

陰　⦿NLOSI 「陰」的異體字，見671頁。

隗 ¹　⦿kuí　⦿kwai4 攜　⦿NLHI
姓。

隗 ²

@wěi @ngai5 蟻

姓。

隔

@gé @gaak3 格 @NLMRB

①遮斷，隔開：隔靴搔癢（比喻不中肯，沒有抓住問題的關鍵）/隔着一條河。②間隔，距離：相隔很遠/隔天去看你。

【隔膜】①情意不相通，彼此不了解：多年不見，彼此間有隔膜並不稀奇。②不通曉，外行：我對於這種技術實在有隔膜。

隕（隕）

@yǔn @wan5 允

@NLRBC

墜落：隕石/隕落/隕身。

隘

@ài @aai3 嗌 @NLTCT

①狹窄：氣量狹隘。②險要的地方：要隘/關隘。

隙

@xì @gwik1 號 @NLFHF

①裂縫：牆隙/門隙。②（地區、時間）空間：隙地/空隙/農隙。③漏洞，機會：乘隙。④（感情上的）裂痕：有隙/嫌隙。

隖

@NLHRF「塢」的異體字，見126頁。

際（际）

@jì @zai3 祭

@NLBOF

①交界或靠邊的地方：林際/水際/天際/春夏之際。②彼此之間：國際/星際旅行/校際朗朗比賽。③時候：當大家專心做實驗之際。④當，適逢其時：際此盛會。⑤遭

遇：遭際/際遇。

障

@zhàng @zoeng3 賬 @NLYTJ

①阻隔，遮擋。②用做遮蔽、防衞的東西：風障/屏障。

【障礙】阻擋進行的事物：掃除障礙。

隣

@NLFDQ「鄰」的異體字，見631頁。

隨（随）

@suí @ceoi4 槌

@NLYKB

①在後面緊接着向同一方向行動：隨聲附和/隨時注意/隨説隨記/我隨着大家一起去。②順從，任憑，由：隨意/隨他的便。③順便，就着：隨手關門。④像：他長得隨他父親。

【隨即】立刻。

【隨和】容易同意別人的意見，不固執己見。

隧

@suì @seoi6 遂 @NLYTO

鑿通山石或在地下挖溝所成的通路：隧道。

隩（隩）¹

@ào @ou3 奧

@NLHBK

同「奧②」，見136頁。

隩（隩）²

@yù @juk1 郁

水邊的彎曲處。

險（险）

@xiǎn @him2 謙二聲

@NLOMO

①地勢複雜，要隘，不易通過的地方：天

險/險地/險峻。② 可能遭受的災難：危險/冒險/保險/脫險。③ 存心狠毒：陰險/險詐。④ 幾乎，差一點：險遭不幸/險些掉在河裏。

隱(隐) [普]yǐn [粵]jan2 忍 [倉]NLBMP
① 藏匿，不顯露：隱蔽/隱身/隱士。② 潛伏的，藏在深處的：隱情/隱患。③ 指隱祕的事：難言之隱。

隰 [普]xí [粵]zaap6 習 [倉]NLAVF
① 低濕的地方。② 新開墾的田。

隳 [普]huī [粵]fai1 輝 [倉]NBOP
毀壞。

隴(陇) [普]lǒng [粵]lung5 壟 [倉]NLYBP
① 隴山，山名，在陝西、甘肅交界的地方。② 甘肅的別稱：隴海鐵路。

隶部

隸 [倉]GFLE「隸」的異體字，見674頁。

隸(隶) [普]lì [粵]dai6 第 [倉]DFLE
① 附屬，屬於：隸屬/直隸中央。② 舊社會裏地位低下被奴役的人：奴隸。③ 古代的衙役：隸卒。④ 隸書，一種字體，相傳是秦朝程邈所創。由篆書簡化演變而成，漢朝的隸書筆畫比較簡單，是漢朝通行的字體。

隹部

隹 [普]zhuī [粵]zeoi1 追 [倉]OG
古書上指短尾巴的鳥。

隻(只) [普]zhī [粵]zek3 炙 [倉]OGE
① 單獨的，極少的：隻身（一個人）/片言隻字。② 量詞。用於某些成對的東西中的一個：兩隻手。③ 量詞。用於動物：一隻雞。④ 量詞。用於某些器具：一隻箱子。⑤ 量詞。用於船隻：一隻船。
【隻眼】特別見解：獨具隻眼。
【隻身】單獨一個人：隻身在外。
【隻言片語】個別的詞句，片段的話語。

隼 [普]sǔn [粵]zeon2 准 [倉]OGJ
一種兇猛的鳥，舊稱「鶻」，上嘴鈎曲並有齒狀突起，背青黑色，尾尖白色，腹部黃色。飼養馴熟後，可以幫助打獵。

雀 1 [普]qiāo [粵]zoek3 爵 [倉]FOG
【雀子】雀斑。

雀 2 [普]qiǎo [粵]zoek3 爵
義同「雀3」，用於「家雀兒」、「雀盲眼」。
【雀盲】夜盲。也說「雀盲眼」。

雀 3 [普]què [粵]zoek3 爵
鳥的一類，身體小，翅膀長，雌雄羽毛顏色多不相同，吃植物的果實或種子和昆蟲。特指麻雀，泛指小鳥。
【雀斑】臉上密集的褐色斑點。
【雀躍】比喻高興得像麻雀那樣跳躍。

售 　OGR 見口部, 93頁。

雄 　xióng 　hung4 紅 　KIOG
①公的，陽性的，跟「雌」相對：雄雞/雄蕊。②有氣魄的：雄偉/雄心/雄姿。③強有力的：雄師/雄辯/雄起赳。④強大有力的人或國家：英雄/戰國七雄。

雁 　yàn 　ngaan6 贗 　MOOG
大雁，鳥名，羽毛褐色，腹部白色，嘴扁平，腿短，羣居在水邊，飛時排列成行，常見的有鴻雁、白額雁等。

雅 1 　yā 　aa1 丫 　MHOG
同「鴉」，見720頁。

雅 2 　yǎ 　ngaa5 瓦
①正規的，標準的，合符規範的：雅聲（指詩歌）/雅言。②高尚，美好大方：文雅/雅觀/雅量。③西周朝廷上的樂歌，《詩經》中篇的一類。④敬辭，用於稱對方的情意，舉動：雅鑒/雅教。

雅 3 　yǎ 　ngaa5 瓦
①交情：無一日之雅。②平素，素來：雅善鼓琴。③極，甚：雅以為美/雅不欲為。

集 　jí 　zaap6 習 　OGD
①聚，會合，總合：聚集/集會/集思廣益。②定期交易的市場：集市/趁集。③會合許多著作編成的書：詩集/文集/選集。④古代圖書四部分類法的第四類（經、史、子、集）。⑤某些篇幅較長的著作或作品中相對獨立的部分：三十集連

續劇/這套電影一共兩集。
【集體】許多人合起來的有組織的總體：集體利益。

雇 　gù 　gu3 故 　HSOG
①請人幫忙，付給一定報酬：雇工/雇傭勞動。②租賃交通運輸工具：雇車/雇牲口。

雍 　yōng 　jung1 翁 　YVHG
①和好，和諧。②姓。
【雍容】文雅大方，從容不迫的樣子：雍容華貴。

雉 1 　zhì 　zi6 稚 　OKOG
通稱野雞，有的地方叫山雞，雄的羽毛很美，尾長。雌的淡黃褐色，尾較短。善走，不能久飛，羽毛可做裝飾品。

雉 2 　zhì 　zi6 稚
古代城牆每長三丈高一丈稱為一雉。

雋（雋） 1 　juàn 　syun5 吮
　OGLMS
【雋永】（言論、文章）意味深長。

雋（雋） 2 　jùn 　zeon3 俊
同「俊」②，見25頁。

睢 　jū 　zeoi1 追 　BMOG
用於人名：范睢/唐睢。
【睢鳩】古書上說的一種鳥。

雌 　cí 　ci1 疵 　YMPOG
母的，陰性的，跟「雄」相對：雌雞/

雌蕊。

【雌黃】礦物名，橙黃色，可做顏料，古時用來塗改文字：妄下雌黃（亂改文字，亂下議論）/信口雌黃（隨意譏評）。

雒 粵luò 普lok3 洛 倉HROG

①同「洛②」，見320頁。②姓。

雕（雕） 粵diāo 普diu1 刁 倉BROG

①在竹、木、玉、石、金屬等上面刻畫：雕版/雕花。②指雕刻藝術或作品：浮雕/木雕泥塑。③用彩畫裝飾：雕弓/雕牆。

雖（虽） 粵suī 普seoi1 須 倉RIOG

①雖然：事情雖小，意義卻很大。②即使：能為人民而死，雖死猶榮。

【雖然】①連詞。把意思推開一層，同在上半句，表示「即使」、「縱然」的意思，下半句多有「可是」、「但是」相應，表示承認甲事為事實，但乙事並不因為甲事而不成立：雖然愛彌努，但琴技一般/雖然有豐富的食物，但是吃不下。②文言文中以「雖然」承接上文，稍微停頓，等於白話「雖然如此」的意思。

雙（双） 粵shuāng 普soeng1 霜 倉OGE

①兩個，一對：一雙鞋/雙管齊下/取得雙方同意。②偶，跟「單」相對：雙數。③加倍的：雙料貨。

【雙簧】曲藝的一種，一人蹲在後面說話，另一人在前面配合着作手勢和表情。

【雙生兒】孿生子，一胎生的兩個小孩。

雛（雏） 粵chú 普co1 初 倉PUOG

①幼小的鳥，生下不久的：雛雞/雛鶯乳燕。②幼小的，事物初具的規模：雛形。

雜（杂） 粵zá 普zaap6 集 倉YDOG

①多種多樣的，不單純的：雜色/雜事/雜技表演/人多手雜。②正項以外的，正式以外的：雜項/雜費。③攙雜，混合：夾雜。

【雜沓】也作「雜遝」。指雜亂：門外傳來雜沓的腳步聲。

【雜誌】把許多文章集在一起印行的期刊。

嶲 粵xī 普seoi5 緒 倉UOGB

越嶲。地名，在四川，今作「越西」。

膗 粵huò 普wok3 獲三聲 倉BYTOE

紅色或青色的可以做顏料的礦物，泛指好的顏料：丹膗。

雞（鸡） 粵jī 普gai1 計一聲 倉BKOG

一種家禽，品種很多，嘴短，上嘴彎曲，頭有紅色的肉冠。翅膀短，不能高飛。

離（离） 1 粵lí 普lei4 梨 倉YBOG

①分開，分別：離開/離家/離職/離婚/離異/離散。②相距，隔開：距離/北京離

天津二百多里/離校慶紀念日只剩三天。③缺少：出色的產品離不了創意與設計。

離(离)

●lí　●lei4 梨

八卦之一，卦形為「☲」，代表火。

雜

●VUOG「雍」的異體字，見675頁。

難(难)

1 ●nán　●naan4 尼閒切　●TOOG

①不容易：跟難/難事/難題/難寫/難得。②使人不好辦：這件事可真難住他了。③用在動詞前，表示使人不滿意的性質在哪方面：難聽/難看。

【難道】反問的詞語，表示不可能：河水難道會倒流嗎？/他們能完成任務，難道我們就不能嗎？

【難為】①令人為難。②虧待，表示感謝：難為你大雨天還來看我。

難(难)

2 ●nàn　●naan6 尼雁切

①不幸的遭遇，災患，困苦：災難/難民/遭難/逃難。②責備，詰責：非難/責難。

難(难)

3 ●nuó　●no4 挪

古同「儺」，見39頁。

雜

●OGYRG 見言部，581頁。

────── 雨部 ──────

雨

1 ●yǔ　●jyu5 語　●MLBY

從雲層中降向地面的水。雲裏的

小水滴體積增大到不能懸浮在空氣中時，就落下成為雨。

【雨水】①由降雨而來的水：雨水調和。②二十四節氣之一，春季節氣，在陽曆二月十八、十九或二十日。

雨

2 ●yù　●jyu6 預

落下：雨雪(下雪)。

雩

●yú　●jyu4 如　●MBMMS

古代求雨的一種祭祀。

雪

●xuě　●syut3 說　●MBSM

①冷天天空落下的白色結晶體，是空氣中的水蒸氣冷至攝氏零度以下時，空氣層中的水蒸氣凝結而成的：雪花/冰天雪地。②顏色或光彩像雪的：雪白/雪亮。③洗去，除去：雪恥/雪恨。

雱

●pāng　●pong4 旁　●MBYHS

①雪下得很大。②同「滂」，見332頁。

雯

●wén　●man4 文　●MBYK

有花紋的雲彩。

雰

●fēn　●fan1 分　●MBCSH

①霧氣，氣。②「氛」的異體字，見309頁。

【雰雰】形容霜雪等很盛的樣子：雨雪雰雰。

雲(云)

●yún　●wan4 暈　●MBMMI

水蒸氣上升遇冷凝聚成微小的水點成

團在空中飄浮叫雲：雲集（比喻許多人或事物聚集在一起）。

【電荷】物體所帶的正電或負電。也省稱「荷」：正荷／負荷。

【電子】物理學上稱構成原子的一種帶陰電的微粒子。

零 普líng 粵ling4伶 倉MBOII

①部分的，細碎的，跟「整」相對：零碎／零件／零賣／零食／零錢／零用／零活（零碎工作）。②殘餘，十、百等整數後不夠整數的部分：零餘。③放在兩個數量中間，表示單位較高的量之下附有單位較低的量：一年零三天／六百零四元。④數學上把數位記號「0」讀作零。⑤沒有，無：一減一等於零／他的計劃等於零。⑥某些量度的計算起點：攝氏零下十度。⑦植物凋謝：零落／凋零。⑧（雨、淚等）落下：感激涕零。

雷 普léi 粵leoi4擂 倉MBW

①雲層放電而發出的強大聲音：打雷／春雷。②軍事上用的爆炸武器：地雷／魚雷／掃雷。③使驚驚：雷人／他的荒唐建議雷倒了在座的專家。④姓。
【雷霆】①震耳的雷聲：雷霆萬鈞之勢。②比喻威力或怒氣：大發雷霆。
【雷同】指隨聲附和，也指不該相同而相同（多指隨聲附和，文章的抄襲）。

電（电） 普diàn 粵din6殿 倉MBWU

①有電荷存在和電荷變化的現象。電是一種很重要的能源，廣泛用在生產和生活各方面，如發光、發熱、產生動力等。②閃電：雷電／風馳電掣。③電流打擊，觸電：這機器有毛病，電了我一下。④指電報：急電／通電。⑤指打電報：電賀。

雹 普báo 粵bok6簿 倉MBPRU

空中水蒸氣遇冷結成的冰粒或冰塊，常在夏季降暴雨下降：冰雹。

需 普xū 粵seoi1須 倉MBMBL

①動詞，需要，必得用：需款／按需分配／需三天才能完成讀書報告。②必得用的財物：軍需。

震 普zhèn 粵zan3振 倉MBMMV

①迅速或劇烈地顫動：地震／震耳／把玻璃震碎了。②特指地震：震源／防震。③驚恐或情緒過分激動：震驚／震怒。④八卦之一，卦形是「☳」，代表雷。

霂 普mù 粵muk6木 倉MBED

見【霢霂】，679頁。

霄 普xiāo 粵siu1消 倉MBFB

下本作月，今作月。
①雲，雲氣：雲霄。②天空：重霄／九霄／霄壤（天和地，比喻相去很遠）／九霄雲外。

霆 普tíng 粵ting4庭 倉MBNKG

劈雷，霹靂：雷霆。

霈 普pèi 粵pui3沛 倉MBEJB

①大雨：甘霈。②雨多的樣子。

霉 普méi 粤mui4 梅 英MBOWY

衣物、食品等受了潮熱長黴菌：霉爛／發霉。

霅 普zhà 粤zip3 接 英MBYMR

霅溪，水名，在浙江，現名「東苕溪」。

霍 普huò 粤fok3 雙 英MBOG

①迅速，快，急促：霍然病癒。②姓。
【霍霍】①象聲詞，形容磨刀等的聲音：磨刀霍霍。②形容光閃動的樣子：電光霍霍。

霎 普shà 粤saap3 颯 英MBYTV

短時間，一會兒：一霎／霎時。

霏 普fēi 粤fei1 非 英MBLMY

①霏霏，(雨、雪)紛飛，(煙雲等)很盛的樣子：雨雪霏霏／雲霧霏霏。②飄揚：煙霏雲斂。

霑 英MBEYR「沾①-②」的異體字，見316頁。

霓 普ní 粤ngai4 倪 英MBHXU

大氣中有時跟虹同時出現的一種光的現象。形成的原因和虹相同，只是光線在水珠中的反射比形成虹時多了一次，彩帶排列的順序和虹相反，紅色在內，紫色在外。顏色比虹淡。也叫副虹。
【霓虹燈】在長形真空管裏裝氖、水銀蒸氣等氣體，通電時產生各種顏色的光，這種燈叫霓虹燈。多用作廣告或信號。

霖 普lín 粤lam4 林 英MBDD

久下不停的雨，也指乾旱時所需的大雨：霖雨／秋霖／甘霖。

霜 普shuāng 粤soeng1 商 英MBDBU

①附着在地面或植物上面的微細冰粒，是接近地面空氣中所含的水汽遇至攝氏零度以下凝結而成的。②像霜的東西：柿霜／鹽霜。③比喻白色：霜鬢(兩鬢的白髮)。
【霜降】二十四節氣之一，秋季節氣，在陽曆十月二十三日或二十四日。

霞 普xiá 粤haa4 遐 英MBRYE

日光斜射在天空中，由於空氣的散射作用而使天空和雲層呈現黃、橙、紅等彩色的自然現象，多出現在日出或日落的時候。通常指這樣出現的彩色的雲：朝霞／晚霞。

霧 英MBNNN「靈」的異體字，見681頁。

霡 普mài 粤mak6 脈 英MBBME

【霡霂】小雨。

霤 英MBHHW「溜3②-③」的異體字，見331頁。

霪 英MBBHV「淫」的異體字，見679頁。

霧 (雾) ⓟwù ⓒmou6務 ⓠMBNHS

下作務。務字右上作夂。

① 氣溫下降時，在接近地面的空氣中，水蒸氣凝結成懸浮的微小水滴。② 指像霧的許多小水點：噴霧器。

霪 ⓟyín ⓒjam4吟 ⓠMBEBG

【霪雨】下得過久、過量的雨：霪雨成災。

霰 ⓟxiàn ⓒsin3線 ⓠMBTBK

空中降落的白色不透明的小冰粒，常呈球形或圓錐形，多在下雪前或下雪時出現。有的地區叫「雪子」、「雪糝」。

露[1] ⓟlòu ⓒlou6路 ⓠMBRMR

義同「露3」，用於一些口語詞語，如「露怯」、「露馬腳」等。

露[2] ⓟlòu ⓒlou6路

① 露水，靠近地面的水蒸氣，夜間遇冷凝結成的小水珠。② 加入藥料、果汁等製成的飲料：枇杷露／果子露／玫瑰露。

露[3] ⓟlù ⓒlou6路

① 沒有遮蔽，在屋外的：露營／露天／風餐露宿。② 顯出來，現出來：顯露／暴露／不露面／揭露罪犯真面目。

霹 ⓟpī ⓒpik1辟 ⓠMBSRJ

【霹靂】響聲很大的雷，是雲和地面之間強烈的雷電現象。

霸 ⓟbà ⓒbaa3壩 ⓠMBTJB

① 古代諸侯聯盟的首領：春秋五霸。② 橫行無忌，欺負大眾的人：惡霸／他是地方上的一霸。③ 指霸權主義：反帝反霸。④ 霸佔，強力獨佔：霸住不讓／軍閥割據，各霸一方。

【霸道】① 我國古代政治哲學中指憑藉武力、刑法、權勢等進行統治的政策。② 強橫不講理，蠻橫：橫行霸道。③ 猛烈的，厲害的：這藥有夠霸道的。

霶 ⓠMBEYS

「霧」的異體字，見677頁。

霽 (霁) ⓟjì ⓒzai3祭 ⓠMBYX

① 雨、雪停止，天放晴：雪霽／光風霽月。② 怒氣消除：色霽／霽顏。

霾 ⓟmái ⓒmaai4埋 ⓠMBBHG

通稱陰霾，空氣中因懸浮著大量的煙、塵等微粒而形成的混濁現象。

靂 (雳) ⓟlì ⓒlik6歷 ⓩlik1礫 ⓠMBMDM

見【霹靂】，680頁。

靄 (霭) ⓟǎi ⓒngoi2外二聲 ⓠMBYRV

雲氣：雲靄／暮靄。

靆 (叇) ⓟdài ⓒdoi6代 ⓠMIYLE

見【靉靆】，681頁。

靈(灵) 　普líng 粵ling4 零　倉MBRRM

①聰明，不呆滯：靈敏/耳朵很靈/這個孩子心很靈。②神仙或關於神仙的：神靈/靈怪。③靈驗：機件失靈/這種藥吃下去很靈。④靈柩或關於死人的：守靈/停靈/移靈。

靉(嗳) 　普ài 粵oi2靄　倉MIBBE

【靉靆】形容濃雲蔽日的樣子：暮雲靉靆。

青部

青 　普qīng 粵cing1 清　倉QMB

①藍色或綠色：青天/青山/青苔。②黑色：青布/青絲（比喻頭髮）。③青草或沒有成熟的莊稼：踏青。④比喻年輕：青年。

【青黃不接】陳糧已經吃完，新莊稼還沒有成熟，比喻人力或物力等暫時缺乏，接續不上。

靖 　普jìng 粵zing6靜　倉YTQMB

①沒有變故或動亂，安靜，平安。②指平定，使秩序安定：靖邊/靖亂。

靚(靓) 1　普jìng 粵zing6靜　倉QBBUU

①裝飾，打扮。②美麗。

靚(靓) 2　普liàng 粵leng3 唥　鏡切

粵方言。漂亮，好看：靚仔/靚女。

靜(静) 　普jìng 粵zing6淨　倉QBBSD

①停止的，跟「動」相對：靜止/風平浪靜/安靜地坐着。②沒有聲音：靜悄悄的/更深夜靜/這個地方很清靜。③使平靜，安靜：靜下心來/請大家靜一靜。

靛 　普diàn 粵din6電　倉QBJMO

①靛青，藍靛，用蓼藍葉泡水調和石灰沉澱所得的藍色染料。②藍色和紫色混合而成的一種顏色。

鶄 　倉QBHAF 見鳥部，723頁。

非部

非 1　普fēi 粵fei1 飛　倉LMYYY

①錯誤，跟「是」相對：是非/痛改前非/明辨是非。②不合於：非法/非禮/非分。③以為不對，不以為然：非議/非是：答非所問/非筆墨所能形容。⑤前綴，用在一些名詞性成分的前面，表示不屬於某種範圍：非金屬/非晶體/非處方藥。⑥不：非同小可/非同尋常。⑦跟「不」搭用，表示必須（口語中有時「不」字可以省略）：非組織起來不可/他非去不可。⑧不好，糟：景況日非。

【非常】①異乎尋常的，特殊的：非常時期。②十分，極：非常光榮/非常高興。

【非難】指摘與責備：遭到非難。

非 2　普fēi 粵fei1 飛

指非洲，世界七大洲之一。

韭

●LMMM 見韭部, 686 頁。

翡

●LYSMM 見羽部, 470 頁。

靠（靠） 1 ●kào ●kaau3 銬

●HGRLY

①倚靠：倚靠／靠椅站着。②（物體）憑藉別的東西的支持立起或豎起來：把梯子靠在牆上。③接近，挨近：靠攏／船隻靠岸。④依靠：出門靠朋友／學習全靠自己的努力。⑤信託，信賴：可靠／靠得住。

靠（靠） 2 ●kào ●kaau3 銬

戲曲中古代武將所穿的鎧甲：紮靠。

靡 1 ●mí ●mei4 微

●IDLMY

浪費：奢靡／靡費。

靡 2 ●mǐ ●mei5 美

①順風倒下：望風披靡。②美好：靡麗。③無，沒有：靡日不思。

―――― 面部 ――――

面 ●miàn ●min6 麪 ●MWYL

①面孔，臉，頭的前部：臉面／顏面／面前／面帶笑容。②向着，朝着：面壁／背山面水。③事物的外表，跟「裏」相對：地面／水面。④見面：面世。⑤當面，直接接頭的：面談／面議／面交。⑥幾何學上稱線移動所生成的形跡，有長有寬，沒有厚：平面／面積。⑦部位，方面：正面／反面／上面／下面／面面俱圓。⑧量詞。用於扁平的物件：一面旗子／一面鏡子。

【面子】① 表面的形象，虛榮：愛面子／丟面子。②情面：大公無私，不講面子。

靦（靦） 1 ●miǎn ●min5 免

●MWBUU

【靦靦】同【腼腆】，見 488 頁。

靦（靦） 2 ●tiǎn ●tin2 天二聲

①形容臉的樣子：靦然人面。②同「覥」，見 562 頁。

靨（靨） ●yè ●jip3 醃

●MKMWL

嘴兩旁的小酒窩：酒靨／臉上露出笑靨。

―――― 革部 ――――

革 1 ●gé ●gaak3 隔 ●TLJ

①去了毛的獸皮：皮革／革履／革囊／製革。②改變：改革／革新／洗心革面。③開除，取消職務：革職／開革。

革 2 ●jí ●gik1 擊

（病）危急：病革。

靪 ●dīng ●ding1 丁 ●TJMN

補鞋底。

勒 ●TJKS 見力部, 61 頁。

靰 ●wù ●wu1 烏 ●TJMU

【靰鞡】見【烏拉】，348 頁。

靭
⊕TJSHI「靭」的異體字，見685頁。

靱
⊕TJSK「靭」的異體字，見685頁。

靸
⊕sǎ ⊕saap3 圾 ⊕TJNHE
把布鞋後幫踩在腳後跟下，穿（拖鞋）：別靸着鞋上街去。

靴
⊕xuē ⊕hoe1 ⊕TJOP
有長筒的鞋：馬靴／皮靴／雨靴。

靶
⊕bǎ ⊕baa2 把 ⊕TJAU
練習射擊用的目標：打靶／環靶／槍槍中靶。

靷
⊕yǐn ⊕jan5 引 ⊕TJNL
繫於馬上引車前行的皮帶。

靳
⊕jìn ⊕gan3 斤三聲 ⊕TJHML
①吝嗇，不肯給予。②姓。

鞅¹
⊕yāng ⊕joeng2 快 ⊕TJLBK
古時套在牛馬頸上的皮帶。

鞅²
⊕yàng ⊕joeng2 快
牛拉東西時架在脖子上的器具：牛鞅。

靽
⊕bàn ⊕bun3 半 ⊕TJFQ
架車時套在牲口後部的皮帶。

韶
⊕TJSHR「鞻」的異體字，見734頁。

鞁
⊕bèi ⊕bei6 備 ⊕TJDHE
①鞍轡的統稱。②同「鞴」，見684頁。

韎
⊕mò ⊕mut6 末 ⊕TJDJ
【韎鞨】中國古代東北方的民族。

靼
⊕dá ⊕daat3 笪 ⊕TJAM
見【韃靼】，685頁。

靿
⊕yào ⊕aau3 拗 ⊕TJVIS
靴或襪子的筒子：靴靿／高靿襪子。

鞋
⊕xié ⊕haai4 諧 ⊕TJGG
穿在腳上，走路時踏着的東西。

鞍
⊕ān ⊕on1 安 ⊕TJJV
放在騾馬背上便於騎坐的東西：馬鞍。
【鞍韂】馬鞍子和墊在馬鞍子下面、垂於馬背兩側遮擋泥土的東西。
【鞍韉】馬鞍子和馬鞍子下的墊子。

鞌
⊕JVTLJ「鞍」的異體字，見683頁。

靴
⊕TJHYO「鞻」的異體字，見734頁。

鞏(巩)
⊕gǒng ⊕gung2 拱
⊕MNTLJ 鞏右上作㔾，與凡不同。
①結實，使牢固：根基鞏固。②姓。

鞘[1] 🔊qiào 🔊ciu3 俏 🔊TJFB
①裝刀、劍的套子：刀鞘／劍鞘。
②形狀像鞘的東西：葉鞘／腱鞘。

鞘[2] 🔊shāo 🔊saau1 筲
拴在鞭子頭上的細皮條：鞭鞘。

鞓 🔊tīng 🔊ting1 聽一聲 🔊TJRHG
皮革製成的腰帶。

鞡 🔊la 🔊laa1 喇 🔊TJQYT
靰鞡。見【烏拉】，348頁。

鞚 🔊kòng 🔊hung3 控 🔊TJJCM
馬籠頭。

鞠 🔊jū 🔊guk1 菊 🔊TJPFD
①養育，撫養：鞠養。②彎曲：鞠躬。
③古代的一種皮球：蹴鞠。
【鞠躬】①小心謹慎的樣子：鞠躬盡瘁。
②彎腰行禮。

䩵 🔊kuò 🔊kwok3 廓 🔊TJYRD
去毛的獸皮：牛羊之䩵。

鞬 🔊TJFBR「緝」的異體字，456頁。

鞭 🔊biān 🔊bin1 邊 🔊TJOMK
①驅使牲畜的用具：鞭子。②一種
舊式武器，用鐵做成，有節，沒有鋒刃：
鋼鞭／竹節鞭。③形狀細長，類似鞭子的
東西：教鞭／竹鞭。④供食用或藥用的某
些雄獸的陰莖：鹿鞭／牛鞭。⑤編連成串

的爆竹：放鞭／一掛鞭。⑥用鞭子抽打：
鞭策（比喻督促前進）。

鞦(秋) 🔊qiū 🔊cau1 抽 🔊TJHDF
【鞦韆】運動和遊戲用具。在木架或鐵
架上繫兩根長繩，下面拴上一塊板子。

鞣 🔊róu 🔊jau4 柔 🔊TJNHD
製造皮革時，用栲膠、魚油等使皮
柔軟：鞣皮子／這皮子鞣得不夠熟。

鞥 🔊ēng 🔊ang1 鴦 🔊TJOMT
馬韁繩。

鞧 🔊qiū 🔊cau1 秋 🔊TJTCW
①套車時拴在駕轅牲口屁股上的
皮帶子：後鞧。②收縮：鞧着眉毛。

䩶 🔊hé 🔊hot3 喝 🔊TJAPV
見【靺䩶】，683頁。

鞫 🔊jū 🔊guk1 谷 🔊TJPYR
審問：鞫訊／鞫問。

鞬 🔊jiān 🔊gin1 肩 🔊TJNKQ
馬上盛弓箭的器具。

鞲 🔊gōu 🔊gau1 篝 🔊TJTTB
【鞲鞴】活塞的舊稱。

鞴 🔊bèi 🔊bei6 備 🔊TJTHB
把鞍轡等套在馬身上：鞴馬。

鞳 ⓟtà ⓒdaap6 踏 ⓩtaap3 塔
ⓐTJTOR
見【鎧鞳】，656頁。

鞣 ⓐTJBVK「鞋」的異體字，見683
頁。

鞞 ⓐTJYDL「鞟」的異體字，見684
頁。

鞾 ⓐTJTMQ「靴」的異體字，見683
頁。

鞽（鞒）ⓟqiáo ⓒkiu4 喬
ⓐTJHKB
馬鞍拱起的地方。

韂（鞑）ⓟdá ⓒtaat3 撻
ⓐTJYGQ
【韂靼】古時中國對北方少數民族的統稱。

韆 ⓟchàn ⓒcim3 壍 ⓐTJNCR
見【鞍韆】，683頁。

韉 ⓐTJMWM「繮」的異體字，見462
頁。

韆（千）ⓟqiān ⓒcin1 千
ⓐTJYMU
見【鞦韆】，684頁。

韉（鞯）ⓟjiān ⓒzin1 煎
ⓐTJTIF
見【鞍韉】，683頁。

—— 韋 部 ——

韋（韦）ⓟwéi ⓒwai4 圍
ⓩwai5 偉 ⓐDMRQ
①皮革。②姓。

韌（韧）ⓟrèn ⓒngan6 奀六聲
ⓩjan6 刃 ⓐDQSHI
受外力變形而不易折斷，柔軟且結實：韌
性/堅韌。

韍（韨）ⓟfú ⓒfat1 忽
ⓐDQIKK
①古代祭服前面的護膝屏裙，用熟皮做
成。②古代繫璽印的絲繩。

韓（韩）ⓟhán ⓒhon4 寒
ⓐJJDMQ
①周代國名，在現在河南中部、山西東
南角一帶。②姓。

韙（韪）ⓟwěi ⓒwai5 偉
ⓐAODMQ
是，對（常和否定詞連用）：冒大不韙。

韞（韫）ⓟyùn ⓒwan3 榲
ⓐDQABT
包含，蘊藏。

韜（韬）ⓟtāo ⓒtou1 滔
ⓐDQBHX
①弓或劍的套子。②韜藏，隱蔽：韜光養
晦。③兵法：六韜/韜略。
【韜光養晦】比喻隱藏才能，不使外露。

轀 ⓐDQWOT「韞」的異體字，見685頁。

轉（韛）ⓐbài ⓔbaai6 敗
ⓐDQTHB

風箱：風韛／韛拐子（風箱的拉手）。

韈 ⓐTJTWI「襪」的異體字，見559頁。

―――― 韭部 ――――

韭 ⓐjiǔ ⓔgau2 九 ⓐLMMM

韭菜，多年生草本植物，叢生，葉細長而扁，開小白花，葉和花嫩時可以吃。

―――― 音部 ――――

音 ⓐyīn ⓔjam1 陰 ⓐYTA

① 聲：聲音／口音／擴音器。② 消息：佳音／音信全無。③ 指音節：單音詞／複音詞。④ 讀（某音）：區字做姓氏時音「歐」。

歆 ⓐYANO 見欠部，300頁。

韶 ⓐsháo ⓔsiu4 燒四聲 ⓐYASHR
① 美：韶光／韶華（指青年時代）。② 姓。

韻（韵）ⓐyùn ⓔwan6 運
ⓔwan5 允 ⓐYARBC
① 好聽的聲音，有節奏的聲音：琴韻悠揚。② 語音名詞。就是韻母，漢語字音中聲母、字調以外的部分：韻類／韻文／押韻／葉韻。③ 風致，情趣：風韻。

響（响）ⓐxiǎng ⓔhoeng2 享
ⓐVLYTA
① 回聲：響應／影響／如響斯應（比喻反應的迅速）。② 發出聲音：鐘響了／大炮響了／一聲不響。③ 使發出聲音：響槍／響鑼。④ 響亮，聲音高，聲音大：聲音響亮／這個鈴真響。⑤ 聲音：聲響／聽不見響兒了。
【響應】① 回聲相應。② 用言行行動表示贊同：響應環保運動。

―――― 頁部 ――――

頁（页）ⓐyè ⓔjip6 葉 ⓐMBUC
① 篇，張（指書、畫、紙等）：活頁。② 量詞。舊指書本中的一張紙，現指書本一張紙的一面。

頂（顶）ⓐdǐng ⓔding2 鼎
ⓐMNMBC
① 最高最上的部分：頭頂／山頂。② 用頭支承：頂天立地（比喻英雄氣概）／用頭頂東西。③ 從下面拱起：種子的嫩芽把土頂起來了。④ 用頭或角撞擊：頂球／這頭牛時常頂人。⑤ 用東西支撐，抵住：用門杠把門頂上。⑥ 相逆，冒着，對面迎着：頂風／頂着雨走了。⑦ 頂撞：頂了他兩句。⑧ 擔當，抵得過：他一個人去不頂事。⑨ 相當，等於：一個人頂兩個人工作。⑩ 代替：頂名／冒名頂替。⑪ 指轉讓或取

得企業經營權、房屋租賃權：頂盤。⑫直到（某個時間）：昨天頂十二點才到家。⑬量詞：兩頂帽子／一頂帳蓬。⑭表示程度最高：頂好／頂多／頂會想辦法。

頃（顷）1 ⓿qīng ⓿king1 傾 ⓿PMBC

古同「傾」。

頃（顷）2 ⓿qīng ⓿king2 傾二聲

地積單位，田地一百畝叫一頃：兩頃地／碧波萬頃。

頃（顷）3 ⓿qīng ⓿king2 傾二聲

①短時間：有頃／俄頃即去／頃刻之間大雨傾盆。②剛才，不久以前：頃間／頃接來信。③左右（指時間）：光緒二十年頃。

項（项）1 ⓿xiàng ⓿hong6 巷 ⓿MMBC

①頸的後部。②姓。

項（项）2 ⓿xiàng ⓿hong6 巷
①事物的種類或條目：事項／項目／下列各項。②錢，經費：款項／用項／進項／欠項。③代數中不用加、減號連接的單式，如 $3a^2b$, ax^3 等。

順（顺）⓿shùn ⓿seon6 脣六聲 ⓿LLLC

①趨向同一個方向，跟「逆」相對：順風／順水／順當。通順／順心／順耳。②沿，循：順大道走／順河邊走。③整理，理順：順一順頭髮／文章太亂，得順一順。④隨，趁便：順手關門／順口說出來。⑤符合（心意）：順心／順眼。⑥順利：順遂／事業很順。⑦依次：遇雨順流。⑧服從，不違背：順從。

頇（顸）⓿hān ⓿hon1 刊 ⓿MJMBC

粗，圓柱形的東西直徑大的：這針太頇，換根細一點兒的。

須（须）⓿xū ⓿seoi1 需 ⓿HHMBC

①必須，必得，應當：必須努力／務須注意／這事須親自動手。②等待。
【須臾】片刻，一會兒，極短的時間。

頊（顼）⓿xū ⓿juk1 旭 ⓿MGMBC

見【顓頊】，690頁。

頌（颂）⓿sòng ⓿zung6 誦 ⓿CIMBC

①頌揚，讚揚別人的好處：歌頌／頌讚。②祝頌（多用於書信問候）：敬頌大安。③周代祭祀曲，配曲的詞有些收錄在《詩經》裏面。④以頌揚為內容的文章或詩歌（多用於標題）：《山河頌》。

頎（颀）⓿qí ⓿kei4 祈 ⓿HLMBC

（身材）修長：頎長。

頏（颃）⓿háng ⓿hong4 杭 ⓿YNMBC

見【頡頏】，689頁。

預(預) 1 ⓐyù ⓔjyu6 譽
ⓒNNMBC

預先,事前:預備/預見/預防/預約/預報/預付。

預(預) 2 ⓐyù ⓔjyu6 譽
舊同【與3】,見494頁。

煩
ⓒFMBC 見火部,352頁。

頑(頑) 1 ⓐwán ⓔwaan4 還
ⓒMUMBC

①愚蠢無知:頑石/愚頑。②固執,不容易變化或動搖:頑梗/頑疾。③(兒童、少年等)愛玩愛鬧,不聽勸導:頑皮/頑童。
【頑固】思想保守,不願意接受新鮮事物。
【頑強】堅強,不屈服:頑強地工作着。他很頑強,並沒被困難嚇倒。

頑(頑) 2 ⓐwán ⓔwaan4 還
同【玩1】,見369頁。

頒(頒) ⓐbān ⓔbaan1 班
ⓒCHMBC

發下:頒佈命令/頒發獎章。

頓(頓) 1 ⓐdùn ⓔdeon6 鈍
ⓒPUMBC

①很短時間的停止,稍停:停頓/抑揚頓挫/唸到這個地方應該頓一下。②書法上指用力使筆着紙而暫不移動:一橫的兩頭都要頓一頓。③(頭)叩地,(腳)跺地:頓首/頓足。④處理,放置:整頓/安頓。⑤忽然,立刻,一下子:頓悟/頓生邪念/頓時緊張起來。⑥(行為的)次數:説了一頓/一天三頓飯/勸了他一頓。⑦疲乏:困頓/勞頓。

頓(頓) 2 ⓐdú ⓔduk6 獨
見【冒頓】,46頁。

領(領) ⓐlǐng ⓔling5 嶺
ⓒOIMBC

①頭,脖子:領巾/引領而望。②衣服圍繞脖子的部分:衣領。③領口:圓領/尖領。④事物的綱要:提綱挈領/不得要領。⑤量詞。用於衣服,長袍或上衣,一件叫一領:一領青衫。⑥量詞。用於席、箔等:一領席/一領箔。⑦帶,引,率:帶領/率領/領隊/領頭/他領着小孩子上公園去。⑧治理的,管轄的:佔領/領海/領空。⑨接受,取得:領教/到會計科去領款。⑩了解,明白:領會(對別人的意思有所了解)/領悟。
【領土】一個國家所領有的陸地、領水(包括領海、河流湖泊等)和領空。

頗(頗) 1 ⓐpō ⓔpo2 匝
ⓒDEMBC

很,相當地:頗久/頗不易/頗費解/頗感興趣。

頗(頗) 2 ⓐpō ⓔpo1 棵
不平正:偏頗。

碩
ⓒMRMBC 見石部,412頁。

頜(頜) 1 ⓐgé ⓔgap3 鴿
ⓒORMBC

姓。

頜（颌） 2 ⓟhé ⓒhap6 合
構成口腔上部和下部的骨頭和肌肉組織叫做頜，上部的叫上頜，下部的叫下頜。

頫（頫） ⓟfǔ ⓒfu2苦 ⓐLMUOC
用於人名。趙孟頫，元朝畫家。師法唐王維、五代董源的畫風，開啟以「寫意」為主的文人畫風，集前代大成。

頞（頞） ⓟè ⓒaat3 壓
ⓐJVMBC
鼻樑。

頠（頠） ⓟwěi ⓒngai5 蟻
ⓐNUMBC
安靜（多用於人名）。

頡（颉） 1 ⓟjié ⓒkit3 揭
ⓐGRMBC
用於人名：倉頡（上古人名，相傳他創造了漢字）。

頡（颉） 2 ⓟxié ⓒkit3 揭
①鳥往上飛。②姓。
【頡頏】① 鳥向上向下飛。② 指不相上下，互相抗衡。

頦（颏） ⓟkē ⓒhoi4 害四聲
ⓐYOMBC
下巴頦兒，臉的最下部分，在兩腮和嘴的下面。

頟 ⓐHRMBC「額」的異體字，見690頁。

潁 ⓟPEMBC 見水部，336頁。

頤（颐） ⓟyí ⓒji4移 ⓐSLMBC
① 臉頰，腮：支頤（用手托腮）。② 休養，保養：頤神／頤養。

頲（颋） ⓟtǐng ⓒting5 挺
ⓐNGMBC
正直。

頭（头） ⓟtóu ⓒtau4 投
ⓐMTMBC
①人身體的最上部分或動物身體的最前的部分：頭顱。② 指頭髮或所留頭髮的樣式：梳頭／平頭／分頭。③ 事物的起點或尖頂：山頭／筆頭／從頭說起／提個頭兒。④ 物品的殘餘部分：煙頭／蠟頭兒／布頭兒。⑤ 首領（多指壞的）：流氓頭子。⑥ 以前，在前面的：頭兩年／我往頭裏走。⑦ 方面：他們兩個是一頭兒的。⑧ 次序在前，第一：頭等／頭號／頭班。⑨ 用在量詞前或數量詞前面，表示次序在前的：頭趟／頭一遍／頭幾天。⑩ 量詞。用於動物（多指牛騾或等家畜）：一頭牛／兩頭驢。⑪ 量詞。用於像頭的物體：兩頭蒜。⑫ 名詞後綴。放在名詞詞根後：木頭／石頭／拳頭。⑬ 名詞後綴。放在動詞詞根後：有聽頭兒／沒個看頭兒。⑭ 名詞後綴。放在形容詞詞根後：甜頭兒／苦頭兒。⑮ 方位詞詞尾：前頭／上頭／外頭。

頰（颊） ⓟjiá ⓒgaap3 夾
ⓐKOMBC
臉的兩側從眼到下頜的部分：兩頰緋紅。

頷(颔) ⓐhàn ⓑham5 含五聲
ⓜORMBC

①下巴。②點頭：頷首。

頮(颒) ⓐkǎn ⓑham2 砍
ⓜIRMBC

【頮頷】形容因飢餓而面黃肌瘦。

頸(颈) ⓐjǐng ⓑgeng2 鏡二聲
ⓜMMMBC

①脖子。頭和軀幹相連接的部分。②物體上形狀像頸或相當於頸的部分：瓶頸。

頟(额) ⓐé ⓑngaak6 屹白切
ⓜJRMBC

①眉上髮下的部分，通稱額頭：額角／橫額。②牌匾：匾額／橫額。③規定的數量：名額／超額完成任務。

【額外】超出規定以外的：額外的要求。

頹(颓) ⓐtuí ⓑteoi4 退四聲
ⓜHUMBC 左下作ㄦ。

①崩壞，倒塌：頹垣斷壁。②衰敗：衰頹／頹敗。③委靡：頹喪／頹唐。

頻(频) ⓐpín ⓑpan4 貧
ⓜYHMBC

屢次，連續幾次，次數多：頻繁／頻數／頻頻點頭。

【頻率】在一定的時間或範圍內事物重複出現的次數。

題(题) ⓐtí ⓑtai4提 ⓜAOMBC
①題目：命題／出題／主題／難題(比喻不容易做的事情)／離題太遠。②寫上，簽署：題名／題字／題紀念冊。

潁 ⓜPDMBC 見禾部，425頁。

顎(颚) ⓐè ⓑngok6 愕
ⓜRSMBC

①某些節肢動物攝取食物的器官：上顎／下顎。②同「齶」，見488頁。

頍(颀) ⓐqī ⓑhei1 欺
①古代驅疫時扮神的人所蒙的面具，形狀很醜惡。②醜陋。

顏(颜) ⓐyán ⓑngaan4 眼四聲 ⓜYHMBC

①臉，臉上的表情：容顏／和顏悅色／笑逐顏開。②體面，面子：無顏見人。③顏色，色彩：顏料／五顏六色。④姓。

顆(颗) ⓐkē ⓑfo2 夥 ⓜWDMBC

量詞。指圓形或粒狀的東西：一顆心／一顆珠子／一顆牙齒。

顓(颛) ⓐzhuān ⓑzyun1 專 ⓜUBMBC

①愚昧。②同「專」，見157頁。

【顓頊】傳說中上古帝王名。

領 ⓜYJMBC 「悴」的異體字，見202頁。

顒 ⓜWPMBC「腮」的異體字，見486頁。

顒（颙） 🔊yóng 🔈jung4 容
🔉WBMBC
①大。②仰慕：顒望。

願（愿） 🔊yuàn 🔈jyun6 縣
🔉MFMBC
①希望將來能達到某種目的的想法：心願/如願/平生之願。②符合心意而同意：情願/他願參加比賽。③表示良好的心意、言辭：願您一路平安。④希望、心意：許願/還願。

頵 🔉HPMBC「凶」的異體字，見112頁。

頯（顙） 🔊sǎng 🔈song2 爽
🔉EDMBC
額，腦門。

顛（颠） 1 🔊diān 🔈din1 顛
🔉JCMBC
①頭頂：華顛（頭頂上黑髮白髮相雜）。②最高最上的部分：山顛/塔顛。

顛（颠） 2 🔊diān 🔈din1 顛
　　　　　①顛簸，上下震動：山路不平，車颠得厲害。②倒，跌：顛覆/顛撲不破（指理論正確不能推翻）。③跳起來跑：連跑帶顛/跑跑顛顛。④舊同「癲」。
【顛倒】①上下或前後的次序倒置：書放顛倒了/這兩個字顛過來意思就不同了。②使顛倒：顛倒是非/顛倒黑白。③錯亂：神魂顛倒。
【顛三倒四】形容說話、做事錯亂，沒有次序。

類（类） 🔊lèi 🔈leoi6 淚
🔉FKMBC
①種，好多相似事物的綜合：種類/分類/類型/以此類推。②量詞。用於性質或特徵相同或相似的事物：分成幾大類/兩類性質的問題。③類似，好像：畫虎不成反類犬。

顢（顢） 🔊mān 🔈mun4 們
🔉TBMBC
【顢頇】糊塗而又馬虎：那人太顢頇，作甚麼事都靠不住。

顧（顾） 🔊gù 🔈gu3 故
🔉HGMBC
①回頭看，看：環顧/顧視左右。②照管，注意：兼顧/顧面子/顧此失彼。③拜訪：三顧茅廬。④商店稱來買貨物或要求服務的人：惠顧/顧客/主顧。⑤珍惜，顧念：顧戀/奮不顧身。⑥連詞。但，但看。⑦反而。⑧姓。
【顧忌】有所畏懼，不敢大膽地說話或行動：有話儘管說，不要有甚麼顧忌。

顥（颢） 🔊hào 🔈hou6 浩
🔉AFMBC
白而發光。

鬶 🔉OFMBC「憔」的異體字，見209頁。

顫（颤） 1 🔊chàn 🔈zin3 戰
🔉YMMBC
顫動，發抖：顫抖/聲音發顫/兩腿直顫。

顫(颤)

2 普zhàn 粵zin3 戰

發抖：顫慄。

顯(显)

普xiǎn 粵hin2 遣

倉AFMBC

① 露在外面容易看出來：明顯/顯而易見/這個道理是很顯然的。② 表現，露出：顯微鏡/大膽身手/沒有高山，不顯平地。③ 有名聲，有權勢的：顯達/顯赫。

【顯擺】顯示並誇耀。

顬(颥)

普rú 粵jyu4 如

倉MBMBC

見【顳顬】，692頁。

顰(颦)

普pín 粵pan4 頻

倉YCHHJ　顰下作卑，八畫。

皺眉頭：顰眉/一顰一笑/東施效顰（模仿他人而不得當）。

顱(颅)

普lú 粵lou4 盧

倉YTMBC

頭的上部，包括顱骨和腦。也指頭。

顴(颧)

普quán 粵kyun4 權

倉TGMBC

眼睛下面、腮上面突出的部分：顴骨。

顳(颞)

普niè 粵nip6 涅

倉SJMBC

【顳顬】頭顱兩側靠近耳朵的部分，也省稱「顳」。

───── 風 部 ─────

風(风)

1 普fēng 粵fung1 豐

倉HNHLI

① 跟地面大致平行的空氣流動現象，是由於氣壓分佈不均而產生的：北風/旋風/颳一陣風。② 借風力吹（使東西乾燥或純淨）：風乾/曬乾。③ 借風力吹乾的：風肉。④ 像風那樣快，那樣普遍地：風行/風發。⑤ 風氣，習俗：世風/轉變風氣/勤儉成風。⑥ 景象：風景/風光。⑦ 態度：作風/風度。⑧ 消息：走風/聞風而至。⑨ 傳說的，沒有確實根據的：風傳/風聞/風言風語。⑩ 指《詩經》裏的《國風》，是周代十五個諸侯國的民歌。⑪ 中醫指一種致病的重要因素或某些疾病：風濕。

【風采】① 風度，神采。② 文采。

【風箏】玩具的一種，用竹篾做骨架，糊上紙或絹，拉着長線，趁着風勢可以放上天空。

風(风)

2 普fěng 粵fung3 風三聲

古同「諷」，見576頁。

颭(飐)

普zhǎn 粵zim2 尖二聲

倉HNYR

風中搖擺：迎風招颭。

颱(台)

普tái 粵toi4 抬

倉HNIR

【颱風】發生在太平洋西部海洋上的一種熱帶氣旋，風力常達十級以上，同時伴有暴雨。

颯（飒） ⏩sà ⏪saap3 吸
⏩YTHNI

風聲：秋風颯颯／有風颯然而至。
【颯爽】豪邁而矯健：颯爽英姿。

颳（刮） ⏩guā ⏪gwaat3 刮
⏩HNHJR

風吹動：颳倒了一棵樹。

颶（飓） ⏩jù ⏪geoi6 巨
⏩HNBMC

颶風，發生在大西洋西部和西印度羣島一帶的熱帶氣旋，是一種極強烈的風暴。

颺（飏） ⏩yáng ⏪joeng4 陽
⏩HNAMH

用於人名。

颸（飔） ⏩sī ⏪si1 思
⏩HNWP

涼風。

颼（飕） ⏩sōu ⏪sau1 收
⏩HNHXE

①風吹（使變乾或變冷）：洗的衣服被風颼乾了。②同「嗖」，見100頁。

颻（飖） ⏩yáo ⏪jiu4 遙
⏩BUHNI

飄颻。見【飄搖】，693頁。

颾（飗） ⏩liú ⏪lau4 留
⏩HNHHW

【颾颾】微風吹動的樣子。

飄（飘） ⏩piāo ⏪piu1 漂
⏩MFHNI

①隨風飛動：雪花隨風／飄起了炊煙／彩旗迎風飄揚。②形容腿部發軟，站不穩：兩腿發飄。③輕浮，不踏實：作風有點兒飄。
【飄零】又作「漂零」。①樹葉墜落。②無依無靠：四處飄零。
【飄搖】又作「飄颻」。①隨風擺動：白楊在微風中飄搖。②動盪不定：風雨飄搖。

飃 ⏩HNMWF「飄」的異體字，見693頁。

飆（飙） ⏩biāo ⏪biu1 標
⏩IKHNI

暴風：狂飆。

飇 ⏩HNIKK「飆」的異體字，見693頁。

飈 ⏩HNFFF「飆」的異體字，見693頁。

飛部

飛（飞） ⏩fēi ⏪fei1 非
⏩NOHTO

①鳥類或蟲類等用翅膀在空中往來活動：飛行／飛鳥／飛禽。②機器利用動力機械在空中活動或行動：飛機向東飛。③在空中飄浮移動：飛雲／飛砂走石。④極快，像飛似的：飛奔／飛報。⑤揮發：擰緊瓶蓋，別讓香味飛了。⑥指無根據的，無緣無故的：飛語／飛災。

飜
⑱HWNOO 「翻」的異體字，見471頁。

食部

食¹
⑱shí ⑱sik6蝕 ⑱OIAV　獨體作食，左偏旁作飠。

①吃：食肉。專指吃飯：食堂。②吃的東西(指人所吃的，前面常加別的詞)：素食/零食/飽食/豐衣足食。③一般動物吃的東西：豬食/鳥食。⑤供調味用的：食油/食鹽。⑥月球運行到地球與太陽之間，遮蔽了太陽；或地球運行到太陽、月球之間，遮蔽了月球時，人看到的日月虧缺或完全不見的現象：日食/月食。

【食言】指失信：決不食言。

食²
⑱sì ⑱zi6飼
拿東西給人吃。

食³
⑱yì ⑱ji6異
用於人名：鄺食其(漢朝人)。

飡
⑱YOMV 「餐」的異體字，見696頁。

飢(饥)
⑱jī ⑱gei1基 ⑱OIHN
餓：飢餓/飢不擇食/飢寒交迫。

飤
⑱OIO 「飼」的異體字，見695頁。

飣(饤)
⑱dìng ⑱ding3訂　⑱OIMN
見【餖飣】，696頁。

飧
⑱sūn ⑱syun1孫　⑱NIOIV
晚飯。

飥(饦)
⑱tuō ⑱tok3托
⑱OIHP
見【餺飥】，698頁。

飩(饨)
⑱tún ⑱tan4吞四聲
⑧tan1吞 ⑱OIPU
見【餛飩】，697頁。

飪(饪)
⑱rèn ⑱jam6任
⑱OIHG
做飯做菜：烹飪。

飭(饬)
⑱chì ⑱cik1斥
⑱OIOKS
①整頓，使整齊：整飭紀律。②指上級命令下級，多用於舊時公文：飭知/飭令。③謹慎：謹飭。

飯(饭)
⑱fàn ⑱faan6犯
⑱OIHE
①煮熟的穀類食品，多指大米飯：炒飯。②每日定時分次吃的食物：午飯/開飯/飯廳。③指吃飯：飯前/飯後。

飫(饫)
⑱yù ⑱jyu3於三聲
⑱OIHK
飽。

飲(饮)¹
⑱yǐn ⑱jam2陰二聲
⑱OINO
①喝：飲料/飲食/飲水思源。②可喝的

東西：冷飲。③中醫用語，指稀痰。④心裏存着，含着：飲恨。

飲(饮) 2 ⓔyìn ⓒjam3 蔭
給牲畜喝水：飲馬/飲牛。

飼(饲) ⓔsì ⓒzi6 寺 ⓤOISMR
①餵養：飼雞/飼鶯。②餵養牲畜的食料：飼料/打草儲飼。

飴(饴) ⓔyí ⓒji4 怡 ⓤOIIR
用米和麥芽為原料製成的糖，主要成分是麥芽糖、葡萄糖和糊精：飴糖/甘之如飴。

飽(饱) ⓔbǎo ⓒbaau2 包二聲 ⓤOIPRU
①滿足了食量，跟「餓」相對：實在飽了，一口也吃不下了。②豐滿：飽滿／穀粒兒很飽。③充足地，充分：精神飽滿／飽經風霜。④滿足：大飽眼福。⑤中飽：剋扣公款，以飽私囊。

飿(饳) ⓔduò ⓒdeot1 多卒切 ⓤOIUU
見【餶飿】，697頁。

飾(饰) ⓔshì ⓒsik1 式 ⓤOIOLB
①修飾，裝飾，裝點得好看：潤飾／油飾門窗。②假託，遮掩：飾辭／文過飾非。③裝飾用的東西：衣飾／窗飾／首飾。④扮演角色：飾演。

餂(餂) ⓔtiǎn ⓒtim5 恬 ⓤOIHJR
勾取，探取：以言餂之。

餃(饺) ⓔjiǎo ⓒgaau2 狡 ⓤOIYCK
【餃子】包成半圓形的有餡的麵食，煮、煎或蒸熟後食用。

餄(饸) ⓔhé ⓒhap6 合 ⓤOIOMR
【餄餎】也作「合餎」。一種食品，多用蕎麥麵、高粱麵和後製成。有的地區叫「河漏」。

餎(餎) 1 ⓔgē ⓒgo1 哥 ⓤOIHER
【餎餷】一種食品，用豆麵做成餅形，切成塊炸着吃或炒菜吃。

餎(餎) 2 ⓔle ⓒlok3 烙
見【餄餎】，695頁。

餅(饼) ⓔbǐng ⓒbeng2 把井切 ⓤOITT
①圓形薄片或扁圓形的麵製食品：月餅／燒餅。②像餅的東西：鐵餅／豆餅／柿餅。

餉(饷) ⓔxiǎng ⓒhoeng2 享 ⓤOIHBR
①用酒食等款待。②薪金(多指軍警等的薪金)：月餉／關餉／差餉。

養(养) 1 ⓔyǎng ⓒjoeng5 仰 ⓤTOIAV
①撫育，供給生活品：養家／養育子女。②飼

養動物,培植花草:養雞/養魚/養花。③生育,生小孩兒:養了兩個女孩兒。④收留、撫育的(非親生的):養子/養女/養父/養母。⑤教育和訓練:培養/他從小養成有禮貌的好習慣。⑥使身心得到滋補和休息:養病/休養/養精神/養精蓄銳。⑦修養:教養/學養有素。⑧保護修補:養路。⑨(毛髮)留長,蓄起不剪。⑩扶植,扶助:以農養牧/以牧促農。

養(养) 2 ⊜yǎng ⊜joeng6 讓

事奉,奉養:供養。

餌(饵) ⊜ěr ⊜nei6 膩 ⊜OISJ

① 糕餅:香餌/果餌。② 釣魚用的魚食。③ 引誘;以此餌敵。

蝕 ⊜OILMI 見虫部, 542 頁。

瓷 ⊜IOOIV 「糍」的異體字,見444頁。

飩 ⊜OIOHG 「飪」的異體字,見694頁。

餐 ⊜cān ⊜caan1產一聲 ⊜YEOIV

①吃:聚餐/飽餐一頓。②飯食:午餐/中餐/西餐。③量詞。一頓飯叫一餐:一日三餐。

餑(饽) ⊜bō ⊜but6 撥 ⊜OIJBD

【餑餑】① 糕點。② 饅頭或其他麵食,也指用雜糧麵製成的塊狀食物。

餒(馁) ⊜něi ⊜neoi5 女 ⊜OIBV

① 飢餓:凍餒。② 沒有勇氣:氣餒/不要自餒。③ (魚)腐爛:魚餒肉敗。

餓(饿) ⊜è ⊜ngo6 臥 ⊜OIHQI

① 肚子空,想吃東西,和「飽」相對:肚子餓了/餓虎撲食。② 使捱餓:別餓着家裏的小貓。

餕(馂) ⊜jùn ⊜zeon3 俊 ⊜OIICE

吃剩的食物。

餖(饾) ⊜dòu ⊜dau6 豆 ⊜OIMRT

【餖飣】① 供陳設的食品。② 比喻文辭堆砌。

餘(余) ⊜yú ⊜jyu4 如 ⊜OIOMD

① 剩下來的,多出來的:餘糧/不遺餘力。② 數詞。大數或度量衡單位後面的零數:十餘人/兩丈餘/三百餘斤。③ 指某種事情、情況以外或以後的時間:業餘/興奮之餘/遺憾之餘。

餔(哺) ⊜bù ⊜bou1 煲 ⊜OIIJB

【餔子】嬰兒吃的糊狀食物。

餛(馄) ⊜hún ⊜wan4 魂 ⊜OIAPP

【餛飩】一種通常煮熟連湯吃的食品，用薄麵片包上餡做成。

餞（饯） ⓟjiàn ⓒzin3箭 ⓒOIII
①餞行：餞別。②浸漬（果品）：蜜餞。

館（馆） ⓟguǎn ⓒgun2管 ⓒOIJRR
①招待賓客住的房舍：賓館/旅館。②指各國使館辦公的地方：大使館/領事館。③某些商店的名稱：飯館/茶館/照相館/理髮館。④文化工作場所：文化館/教育館/圖書館/博物館。⑤舊時指教學的地方：家館/坐館。

餜（馃） ⓟguǒ ⓒgwo2果 ⓒOIWD
【餜子】也作「果子」。①一種油炸的麵食。②舊式點心的統稱。

餡（馅） ⓟxiàn ⓒhaam2喊二聲 ⓒOINHX 右上作⼅
包在麵食、點心等食品裏面的肉、菜、糖等東西。

餚 ⓒOIKKB 「肴」的異體字，見479頁。

餧 ⓒOIHDV 「餵」的異體字，見697頁。

餮 ⓟtiè ⓒtit3鐵 ⓜMHOIV
見【饕餮】，699頁。

餬 ⓒOIJRB 「糊3」的異體字，見444頁。

餲 ⓒOIONK 「糇」的異體字，見444頁。

餳（饧） 1 ⓟtáng ⓒtong4唐 ⓒOIAMH
同「糖」，見444頁。

餳（饧） 2 ⓟxíng ⓒcing4晴
①糖稀：糖塊、麵劑子等變軟：糖餳了。③精神不振，眼睛半睜半閉：眼睛發餳。

餵（喂） ⓟwèi ⓒwai3畏 ⓒOIWMV
①給動物東西吃，飼養：餵狗/餵牲畜。②把食物送進人嘴裏：餵小孩。

餿（馊） ⓟsōu ⓒsau1收 ⓒOIHXE
①食物等因受潮熱變質發出一種酸臭味：飯餿了。②（指想法）不高明：餿點子/他出的點子太餿了。
【餿主意】指不高明的辦法。

餶（馉） ⓟgǔ ⓒgwat1骨 ⓒOIBBB
【餶飿】古時一種麵製食品。

餼（饩） ⓟxì ⓒhei3戲 ⓒOIOND
①穀物，飼料。②活的牲口，生肉。③贈送（食物）。

餽 ⓔOIHI「饋」的異體字，見698頁。

餾（馏） 1 ⓟliú ⓒlau6 陋 ⓔOIHHW
蒸餾，加熱使液體化成蒸氣後再凝成純淨的液體。

餾（馏） 2 ⓟliù ⓒlau6 陋
把涼了的熟食品再蒸熱：把饅頭餾一餾。

饁（馌） ⓟyè ⓒjip3 腌 ⓔOIGIT
送飯給種田人吃。

餻 ⓔOITGF「糕」的異體字，見444頁。

餺（餺） ⓟbó ⓒbok3 博 ⓔOIIBI
【餺飥】古代一種麵食。

饅（馒） ⓟmán ⓒmaan6 慢 ⓔOIAWE
【饅頭】一種用發麵蒸成的食品，上圓下平，無餡。

饈（馐） ⓟxiū ⓒsau1 羞 ⓔOITQG
美味的食品：珍饈。

饉（馑） ⓟjǐn ⓒgan2 謹 ⓔOITLM
見【饑饉】，698頁。

饃（馍） ⓟmó ⓒmo4 蘑 ⓔOITAK
①饅頭。也叫饃饃：蒸饃／白麪饃。②烤製的餅狀麵食：肉夾饃／羊肉泡饃。

饊（馓） ⓟsǎn ⓒsaan2 散 ⓔOITBK
【饊子】一種油炸的食品。

饌（馔） ⓟzhuàn ⓒzaan6 賺 ⓔOIRUC
飲食：酒饌／盛饌。

饐（饐） ⓟyì ⓒji3 意 ⓔOIGBT
食物腐壞變味。

饑（饥） ⓟjī ⓒgei1 機 ⓔOIVII
「饑」、「飢」二字字形、字義不同。
農作物收成不好或沒有收成：饑饉。
【饑饉】饑荒，因糧食歉收等情況引起的食物嚴重缺乏的狀況。

饒（饶） ⓟráo ⓒjiu4 搖 ⓔOIGGU
①富足，多：饒舌（多話）／物產豐饒。②沒有代價地增添，另外添：饒頭／他們去就行了，別把她也饒進來。③寬恕，免除處罰：饒了他吧／不可饒恕。④儘管：饒這麼檢查還有漏洞呢。⑤姓。

饋（馈） ⓟkuì ⓒgwai6 櫃 ⓔOILMC
①送贈：饋送／饋以鮮花。②傳輸：反饋／

千里饋糧。

饍 ⓐOITGR 「膳」的異體字，見490頁。

饗（饟） ⓐxiǎng ⓒhoeng2 享 ⓐVLOIV

用酒食款待人：饗客/以饗讀者(喻滿足讀者的需要)。

饔 ⓐyōng ⓒjung1 雍 ⓐYVGV

熟食，有時專指早飯。

饕 ⓐtāo ⓒtou1 滔 ⓐRUOIV

饕財，貪食：老饕(貪食的人)。

【饕餮】①古代傳說中的一種兇惡的獸，古代銅器上多刻牠的頭部形狀作裝飾。②比喻兇惡貪婪的人。③比喻貪吃的人。④豐盛的，可以充分享用的：饕餮大餐/饕餮盛宴。

饜（饜） ⓐyàn ⓒjim3 厭 ⓐMKOIV

①吃飽。②滿足。

饌 ⓐHBUV①「饌」的異體字，見698頁。②「撰」的異體字，見243頁。③「篡」①」的異體字，見463頁。

饎 ⓐOIIDR 「饃」的異體字，見698頁。

饞（馋） ⓐchán ⓒcaam4 饞 ⓐOINRI 饞右下作兔，

八畫

①專愛吃好的：饞涎/這個人太饞。②貪，羨慕，希望參與或得到：眼饞。③想吃(某種食物)：饞巧克力。

饟 ⓐOIYRV 「餉」的異體字，見695頁。

饢（馕） 1 ⓐnáng ⓒnong4 囊 ⓐOIJBV

一種烤製成的麵餅，維吾爾、哈薩克等民族的主食。

饢（馕） 2 ⓐnǎng ⓒnong5 曩 拼命地往嘴裏塞食物。

——— 首部 ———

首 1 ⓐshǒu ⓒsau2 守 ⓐTHBU

①頭，腦袋：昂首/首飾/搔首/首級。②第一，最高的：首要任務/首席代表。③領導的人，帶頭的：首長/首腦/禍首。④最先，最早：首次/首創。⑤出頭告發：自首/出首。

首 2 ⓐshǒu ⓒsau2 守

量詞。指詩歌：一首詩。

馗 ⓐkuí ⓒkwai4 葵 ⓐKNTHU

同「逵」，見620頁。

馘 ⓐguó ⓒgwik1 隙 ⓐTUIRM 古代戰爭中割掉敵人的左耳計數獻功。也指上述情況割下的左耳。

── 香部 ──

香 ⓐxiāng ⓔhoeng1 鄉 ⓒHDA
①氣味好聞，跟「臭」相對：香花／香水。②食物味道好：飯很香。③吃東西胃口好：吃得真香。④睡得踏實：睡得很香。⑤受歡迎：這類漫畫在校園裏很吃香。⑥稱一些天然有香味的東西：檀香。⑦特指香料做成的細條，常用於祭祀，部分加上藥物，可以黑走昆蟲：線香／蚊香。⑧親吻：香一個／香面孔。⑨姓。

馥 ⓐfù ⓔfuk1 腹 ⓒHAOAE
香，香氣：馥郁。

馨 ⓐxīn ⓔhing1 輕 ⓒGEHDA
散佈很遠的香氣：馨香／如蘭之馨。

── 馬部 ──

馬（马） ⓐmǎ ⓔmaa5 碼 ⓒSQSF
①一種家畜，頸上有鬃，四肢強健，尾生長毛，善跑。供人騎或拉東西。②大：馬蜂。③姓。

馭（驭） ⓐyù ⓔjyu6 預 ⓒSFE
①駕駛：馭車／馭馬。②統率，控制：馭下無方。

馮（冯） 1 ⓐféng ⓔfung4 逢 ⓒIMSQF
姓。

馮（冯） 2 ⓐpíng ⓔpang4 朋
①見【暴虎馮河】，265頁。②古同「憑①-②」，見209頁。

馱（驮） 1 ⓐduò ⓔdo6 惰 ⓒSFK
【馱子】①騾馬等牲口負載的貨物：把馱子卸下來，讓牲口休息一會兒。②量詞。用於牲口馱着的貨物：來了三馱子貨。

馱（驮） 2 ⓐtuó ⓔto4 駝
用背（多指牲口）負載人或物：馱運／那匹馬馱着兩袋糧食。

馳（驰） ⓐchí ⓔci4 池 ⓒSFPD
①快跑（多指車馬）：馳騁／背道而馳／風馳電掣。②傳播：馳名。③嚮往：神馳／馳想。

馴（驯） ⓐxùn ⓔseon4 純 ⓒSFLLL
①順服的，善良：溫馴／馴順。②使順服：馴虎。

駃（駃） ⓐjué ⓔkyut3 決 ⓒSFDK
【駃騠】①也叫「驢騾」。公馬母驢交配所生的雜種，身體較馬騾小，耳朵較大，尾部的毛較少。②古書上說的一種駿馬。

駁（驳） 1 ⓐbó ⓔbok3 博 ⓒSFKK
說出自己的理由來，否定旁人的意見：反駁／批駁／這種論點不值一駁。

駁(驳)

²　粵bó　粵bok3博
顏色不純，夾雜着別的顏色：斑駁。

駁(驳)

³　粵bó　粵bok3博
①大批貨物用船分載轉運：起駁／接駁。②轉運用的小船：駁船／鐵駁。③把岸或堤向外擴張：這條堤還不夠寬，要再駁出一米。

駐(驻)

粵zhù　粵zyu3注
粵SFYG

①停留：駐足。②（部隊或工作人員）住在執行職務的地方，（機關）設在某地：駐軍／駐外使節／駐京辦事處。

駑(驽)

粵nú　粵nou4奴
粵VESQF

①劣馬，走不快的馬：駑馬。②比喻人愚鈍無能：駑鈍／駑才。

駒(驹)

粵jū　粵keoi1俱
粵SFPR

①少壯的馬：千里駒。②小馬：馬駒子。

駏

粵SFHLM「驢」的異體字，見704頁。

駔(驵)

粵zǎng　粵zong2莊二聲
粵SFBM

駿馬，壯馬。
【駔儈】馬匹交易的經紀人，泛指經紀人。

駕(驾)

粵jià　粵gaa3架
粵KRSQF

①把車或農具套在牲口身上：兩匹馬駕着馬車／駕着牲口耕地。②操縱，使開動：駕車／駕飛機／駕駛員。③指車輛，借用為敬辭：大駕／勞駕。④特指帝王的車，借指帝王：晏駕／駕崩（帝王死去）。⑤吆喝牲口前進的聲音。⑥量詞。（輛多用於馬拉的車）：一駕馬車。
【駕臨】敬辭。稱對方到來。
【駕馭】①使馬車或自動車行進或停止。②指對人員的管理和使用。

駘(骀)

¹　粵dài　粵toi5怠
粵SFIR

【駘蕩】①使人舒暢（多用來形容春天的景物）：春風駘蕩。②放蕩。

駘(骀)

²　粵tái　粵toi4臺
劣馬：駑駘（劣馬，比喻庸才）。

駙(驸)

粵fù　粵fu6付
粵SFODI

幾匹馬共同拉車，在旁邊的馬叫「駙」。
【駙馬】駙馬都尉，漢代官名。後來帝王的女婿常做這個職位，因此駙馬一詞專指公主的丈夫。

駞

粵SFOPD「駝」的異體字，見702頁。

駛(驶)

粵shǐ　粵sai2洗
粵SFLK

①（車馬等）飛快地跑：急駛而過。②駕駛，開動交通工具（多指有發動機的），使行動：駕駛飛機／輪船駛入港口。

駝(驼) 🔵tuó 🟢to4沱 🔴SFJP
駝右下作匕，撇筆不過し。
①指駱駝：駝峯。②身體向前曲，背脊突起像駝峯：駝背。

駟(驷) 🔵sì 🟢si3試 🔴SFWC
【駟馬】同駕一輛車的四匹馬，或者套着四匹馬的車：一言既出，駟馬難追（比喻話說出來之後無法再收回）。

駭(骇) 🔵hài 🟢haai5蟹 🔴SFYVO
驚懼：驚濤駭浪（可怕的大浪）/駭人聽聞。

駱(骆) 🔵luò 🟢lok3洛 🔴SFHER
①古書上指黑鬣的白馬。②姓。
【駱駝】哺乳動物，反芻類，身體高大，背上有肉峯。毛赤褐色，可織絨毯。性情溫順，能馱負重物在沙漠中遠行。

駢(骈) 🔵pián 🟢pin4偏四聲 🔴SFTT
兩物並列，成雙的，對偶的：駢句。
【駢文】舊時的一種文體，要求詞句整齊對偶，重視聲韻的和諧和詞藻的華麗，跟散文不同，盛行於六朝。

駮 🔴SFYCK 「駁1-2」的異體字，見700頁。

騁(骋) 🔵chěng 🟢cing2請 🔴SFLWS
①奔跑：汽車在公路上馳騁。②放開，儘量展開：騁目/騁望。

駿(骏) 🔵jùn 🟢zeon3俊 🔴SFICE
好馬。

騂(骍) 🔵xīng 🟢sing1星 🔴SFYTJ
赤色的牛馬。

騃 🔵ái 🟢ngoi4呆 🔴SFIOK
傻：痴騃。

駸(骎) 🔵qīn 🟢cam1侵 🔴SFSME
【駸駸】馬走得很快的樣子，比喻事業進展得快：駸駸日上。

騎(骑) 1 🔵qí 🟢ke4奇耶切 🔴SFKMR
①跨坐在牲畜或其他東西上：騎馬/騎自行車。②兼跨兩邊：騎縫蓋章。

騎(骑) 2 🔵qí 🟢kei3冀 🔴SFKMR
①騎的馬，泛指人乘坐的動物：坐騎。②騎兵，也泛指騎馬的人：車騎/輕騎/鐵騎。

騏(骐) 🔵qí 🟢kei4其 🔴SFTMC
有青黑色紋理的馬：騏驎（駿馬）。

騅(骓) 🔵zhuī 🟢zeoi1錐 🔴SFOG

青白雜色的馬。

騘 ⓐSFJMF 「鬃」的異體字,見709頁。

騟 ⓐSFOIP 「驗」的異體字,見705頁。

騑(骈) ⓟfēi ⓠfei1 非 ⓐSFLMY
古時指車前駕在轅馬兩旁的馬。

騍(骒) ⓟkè ⓠfo3 課 ⓐSFWD
雌性的(騍、馬):騍馬。

騖(骛) ⓟwù ⓠmou6 務 ⓐNKSQF
① 縱橫奔馳:馳騖。② 追求:外騖/好高騖遠。

騙(骗) 1 ⓟpiàn ⓠpin3 片 ⓐSFHSB
① 用謊言、詭計使人上當:欺騙/騙人。
② 用欺騙的手段謀得:誆騙/騙錢/騙局。
【騙子】騙取財物、名譽的人,玩弄騙術搞陰謀的人:江湖騙子/政治騙子。

騙(骗) 2 ⓟpiàn ⓠpin3 片
跨過去,跳躍上去:一騙腿上了車。

驍(骁) ⓟkuí ⓠkwai4 攜 ⓐSFNOK
【驍驍】形容馬強壯。

騧(䯄) ⓟguā ⓠwaa1 娃 ⓐSFBBR
古代指黑嘴的黃馬。

騠(骒) ⓟtí ⓠtai4提 ⓐSFAMO
見【駃騠】,700頁。

騣 ⓐSFUCE 「鬃」的異體字,見709頁。

騞(䯂) ⓟhuō ⓠwaak6 或 ⓐSFQJR
形容東西破裂的聲音。

騫(骞) ⓟqiān ⓠhin1 牽 ⓐJTCF
高舉。多用於人名,如西漢有張騫。

騭(骘) ⓟzhì ⓠzat1質 ⓐNHSQF
安排,安定:陰騭(陰德)/評騭高低。

騰(腾) ⓟténg ⓠtang4 滕 ⓐBFQF
① 奔跑,跳躍:萬馬奔騰/萬眾歡騰。② 上升:騰空/騰雲駕霧。③ 空出來,挪移:騰不出空來/騰出兩間房來。④ 用在動詞後,表示動作的反覆連續:倒騰/翻騰/折騰/鬧騰。⑤ 姓。
【騰騰】形容氣體上升:霧氣騰騰。

騶(驺) ⓟzōu ⓠzau1 洲 ⓐSFPUU
古代給貴族掌管車馬的人。

騷（骚） 1 ●sāo ●sou1 搔　●SFEII

擾亂，不安定：騷亂／騷擾／騷動。

騷（骚） 2 ●sāo ●sou1 搔
①指由屈原著的《離騷》：騷體。②泛指詩文。
【騷人】詩人。
【騷體】文體名，因模仿《離騷》的形式得名。

騷（骚） 3 ●sāo ●sou1 搔
①指舉止輕佻，作風放蕩：風騷。②雌性的（某些牲畜）：騷馬／騷驢。③同「臊1」，見491頁。

騮（骝） ●liú ●lau4 留　●SFHHW

古書上指黑鬃黑尾巴的紅馬。

騂 ●SFTAJ「草④」的異體字，見508頁。

騸（骟） ●shàn ●sin3 扇　●SFHSM

割掉馬、牛等牲畜的睾丸或卵巢：騸馬。

騾（骡） ●luó ●lo4 羅　●SFWVF

一種家畜，是由驢、馬交配而生的。鬃短，尾巴略扁，可以馱東西或拉車，一般不能生殖。

驀（蓦） ●mò ●mak6 默　●TAKF

突然，忽然：驀然回首／他驀地站起來。

驁（骜） ●ào ●ngou4 遨　●GKSQF

①駿馬。②馬不馴良。③指傲慢，不馴順：桀驁不馴。

驂（骖） ●cān ●caam1 參　●SFIIH

古代駕在車前兩側的馬。

驃（骠） 1 ●biāo ●biu1 標　●SFMWF

一種黃毛夾雜着白點子的馬：黃驃馬。

驃（骠） 2 ●piào ●piu3 票
①馬快跑的樣子。②勇猛：驃勇。
【驃騎】古代將軍的名號。

驄（骢） ●cōng ●cung1 聰　●SFHWP

毛色青白相間的馬。

驅（驱） ●qū ●keoi1 軀　●SFSRR

①趕牲口：驅馬前進。②駕駛或乘坐（車輛）：驅車前往。③快跑：並駕齊驅。④趕走：驅除／驅逐出境。⑤施加外力以推動：驅動／驅使。
【驅使】①差遣，支使別人為自己奔走。②推動：被好奇心驅使。

驕（骄） ●jiāo ●giu1 嬌　●SFHKB

①自滿，自高自大：戒驕戒躁／驕兵必敗。②猛烈：驕陽。

【驕傲】①自高自大，看不起別人：驕傲自滿一定會招致失敗。②自豪：光榮的歷史傳統是值得我們驕傲的。③值得自豪的人或事物：古代四大發明是中國的驕傲。

驂(骖) 普chǎn 粵zaan2 盞
粵SFSND

騎馬不加鞍後：驂騎。

驊(骅) 普huá 粵waa4 華
粵SFTMJ

【驊騮】赤色的駿馬。

驍(骁) 普xiāo 粵hiu1 梟
粵SFGGU

勇猛：驍將／驍勇善戰。

驗(验) 普yàn 粵jim6 豔
粵SFOMO

①檢查，察看：驗血／驗收。②產生了預期的效果：靈驗／應驗／屢試屢驗。③預期的效果：效驗。

驚(惊) 普jīng 粵ging1 經
粵TKSQF

①由於突如其來的刺激而精神緊張：驚喜／驚呼／受驚／吃驚。②擾亂影響他人：驚擾／打草驚蛇。③騾、馬等因為害怕而狂奔起來不受控制：馬驚了／驚了車。

【驚動】①舉動影響旁人，使吃驚或受侵擾。②客套話，表示打擾、麻煩了別人：不好意思，為這點小事驚動了你。

【驚心動魄】形容使人感受很深，震動很大。

贏 粵YNSQF 「驘」的異體字，見704頁。

驛(驿) 普yì 粵jik6 譯
粵SFWLJ

舊日傳遞政府文書的人中途停止休息的地方，多今用於地名：驛站／龍泉驛（今四川）／鄭家驛（今湖南）。

驟(骤) 普zhòu 粵zaau6 棹
粵SFSEO

①快跑：馳驟。②急，疾速，突然：暴風驟雨。③突然，忽然：狂風驟起／臉色驟變／天氣驟然冷起來了。

驢(驴) 普lǘ 粵leoi4 雷
乂lou4 勞 粵SFYPT

一種家畜，像馬，比馬小，耳朵和臉都較長，能馱東西、拉車、供人騎乘。

驥(骥) 普jì 粵kei3 翼
粵SFLPC

①好馬：按圖索驥。②比喻賢能。

驤(骧) 普xiāng 粵soeng1 雙
粵SFYRV

①馬奔跑。②（頭）仰起，高舉。

驩(骅) 普huān 粵fun1 寬
粵SFTRG

姓。

驪(骊) 普lí 粵lei4 離 粵SFMMP

純黑色的馬。

—— 骨部 ——

骨（骨） 1 ⓟgū ⓒgwat1 橘
ⓒBBB 骨上作冎。

【骨碌】滾動。

【骨朵兒】沒有開放的花朵。

【骨碌碌】形容很快地轉動：他眼睛骨碌碌地看着這邊，又瞧瞧那邊。

骨（骨） ⓟgǔ ⓒgwat1 橘
①脊椎動物身體裏面支持身體的堅硬組織：脊椎骨。②像骨的東西，多用於物體內部支撐的架子：飛機龍骨/鋼筋水泥。

【骨幹】①長骨的中央部分。②喻中堅有力的：骨幹分子/骨幹作用。

【骨骼】人和動物體內或體表堅硬的組織。分兩種，人和高等動物的骨骼在體內，由許多塊骨頭組成，叫內骨骼；節肢動物、軟體動物體外的硬殼以及某些脊椎動物（如魚、龜等）身體表面的鱗、甲等叫外骨骼。通常說的骨骼指內骨骼。

【骨節】骨頭的關節。

【骨氣】剛強不屈的氣概。

【骨肉】①最親近的有血統關係的人，指父、母、子女、兄弟、姊妹。②指不可分割的關係：骨肉相連。

骩（骩） ⓟwěi ⓒwai2 委
ⓒBBKNI

曲，枉：骩曲（委曲遷就）/骩法（枉法）。

骰（骰） ⓟtóu ⓒtau4 頭
ⓒBBHNE

【骰子】一般叫「色子」，一種賭具。

骯（骯） ⓟāng ⓒong1 盎一聲
ⓒBBYHN

【骯髒】①不乾淨。②（思想、行為等）卑鄙、醜惡：骯髒的思想。

骱（骱） ⓟjiè ⓒgaai3 介
ⓒBBOLL

骨節間相連接的地方：脫骱。

骷（骷） ⓟkū ⓒfu1 枯 ⓒBBJR

【骷髏】沒有皮肉、毛髮的全副骨骼或頭骨。

骶（骶） ⓟdǐ ⓒdai2 底
ⓒBBHPM

腰部下面，尾骨上面的部分。

骸（骸） ⓟhái ⓒhaai4 鞋
ⓒBBYVO

①指骸骨：四肢百骸。②借指人或物件的身體：病骸/殘骸。

【骸骨】人的骨頭（多指屍骨）。

骺（骺） ⓟhóu ⓒhau4 侯
ⓒBBHMR

骨骺，長形骨的兩端。

骼（骼） ⓟgé ⓒgaak3 格
ⓒBBHER

骨頭：骨骼。

骾 ⓒBBMLK 「鯁」的異體字，見714頁。

髁(髁)
● kē ● fo1 科
● BBWD

骨頭上的突起，多長在骨頭的兩端。

髀(髀)
● bì ● bei2 比
● BBHHJ

大腿，也指大腿骨：撫髀長歎。

髂(髂)
● qià ● kaa3 卡三聲
● BBJHR

【髂骨】腰部下面腹部兩側的骨，下緣與恥骨、坐骨連成髖骨。

髏(髏)
● lóu ● lau4 樓
● BBLWV

①見【髑髏】，707頁。②見【骷髏】，706頁。

髓(髓)
● suǐ ● seoi5 緒
● BBYKB

①骨髓，骨頭裏面的像脂肪樣的東西：敲骨吸髓（比喻刻毒的剝削）。②物體中像髓的東西。③植物莖的中心部分，由薄壁細胞組成。

髒(脏)
● zāng ● zong1 裝
● BBTMT

不乾淨：衣服髒了。

體(体) 1
● tǐ ● tai2 睇
● BBTWT

【體己】也作「梯己」。①家庭成員個人積蓄的財物：體己錢。②貼心的，親近的：體己話。

體(体) 2
● tǐ ● tai2 睇
● BBTWT

①人、動物的全身：身體/體高/體重/體溫（身體的溫度）。②身體的一部分：四體/上體/肢體。③事物的狀態：固體/液體/整體/集體。④形式、規格：文體/字體/得體（合宜）。⑤親身的，設身處地的：體諒/體恤/體味。⑥一種語法範疇，多表示動詞所指動作進行的情況：進行體/完成體。

【體會】領會，個人的理解：我體會到你的意思/對這篇文章，我的體會還很膚淺。

【體面】①面子，身份：有失體面。②光彩，光榮：這身打扮很體面。③好看：長得體面。

【體貼】為別人設想：體貼入微。

髑(髑)
● dú ● duk6 獨
● BBWLI

【髑髏】死人頭骨。

髕(髌)
● bìn ● ban3 殯
● BBJMC

①膝蓋骨。②古代削去髕骨的酷刑。

髖(髋)
● kuān ● fun1 寬
● BBJTI

髖骨，組成骨盆的大骨，左右各一，是由髂骨、坐骨、恥骨合成的。通稱「胯骨」。

高 部

高
● gāo ● gou1 羔
● YRBR

①由下到上距離遠的，跟「低」相對：高山/高樓大廈。②高度：身高/書桌

高一米/大嶼山天壇大佛有520公尺高。③三角形、平行四邊形等從底部到頂部的垂直距離。④超過一定水準的，品質好，程度深，跟「低」相對：高手/本領大。⑤等級在上的，跟「低」相對：高等學校/高年級學生。⑥價錢大，昂貴，跟「低」相對：高價/價錢太高。⑦敬辭。稱別人的事物：高見（高明的見解）/高壽（問老人的年紀）。⑧酸根或化合物中比標準酸根多含一個氧原子的：高錳酸鉀。⑨姓。

—— 髟部 ——

髟 粵SHHN 「髢」的異體字，見708頁。

髡 粵kūn 粵kwan1 坤 倉SHMU
古代剃去男子頭髮的刑罰。

髢 粵dí 粵tai3 替 倉SHPD
【髢髢】假頭髮。

髦 粵máo 粵mou4 毛 倉SHHQU
古代稱幼兒垂在前額的短頭髮。

髣 粵SHYHS 「仿2」的異體字，見17頁。

髤 倉SHBMM 「髹」的異體字，見708頁。

髥 倉SHMLS 「鬚」的異體字，見709頁。

髧 倉SHD 「鬖」的異體字，見708頁。

髨 粵rán 粵jim4 炎 倉SHGB
兩頰上的鬍子，也泛指鬍子。
【髯口】戲曲演員演戲時所用的假鬍子。

髫 粵tiáo 粵tiu4 條 倉SHSHR
小孩子頭上束起來的下垂的短髮：垂髫/髫年（指幼年）。

髬 倉SHLLN 「佛2」的異體字，見21頁。

髮(发) 粵fà 粵faat3法 倉SHIKK
頭髮：短髮/理髮/脫髮/令人髮指（比喻使人非常氣憤）。

髭 粵zī 粵zi1 資 倉SHYMP
嘴上邊的鬍子：髭鬚皆白。

髻 粵jì 粵gai3 繼 倉SHGR
梳在頭頂上，盤成各種形狀的髮結：高髻。

髹 粵xiū 粵jau1 休 倉SHOD
用漆塗在器物上。

髺 粵lì 粵lei6 利 粵lei1 喱 倉SHHDN
見【髺髦】，709頁。

髽 粵zhuā 粵zaa1 渣 倉SHOOG

【鬆鬆】女孩子梳在頭頂兩旁的髻：鬆髻夫妻（結髻夫妻）。
【鬆鬈】鬆鬈。

髦 ⓐSHCNH「剃」的異體字，見55頁。

鬆(松) ⓐsōng ⓑsung1 嵩 ⓒSHDCI
①稀散，不緊攏，不靠攏，跟「緊」相對：土質鬆／捆得太鬆／規矩太鬆。②放開，使鬆散：鬆一口氣／鬆一鬆皮帶。③經濟寬裕：待我手頭鬆一些，再給你寄點錢過去。④不堅實：土質很鬆／點心很鬆脆可口。⑤解開，放開：鬆綁／手一鬆，筆就掉了。⑥用魚、蝦、瘦肉等做成的茸狀或碎末形的食品：肉鬆／魚鬆。

鬅 ⓐpéng ⓑpang4 朋 ⓒSHBB
頭髮鬆散：鬅鬆。

鬃 ⓐzōng ⓑzung1 宗 ⓒSHJMF
馬、豬等獸類頸上的長毛，可製刷、帚等：馬鬃。

鬈 ⓐquán ⓑkyun4 拳 ⓒSHFQU
①頭髮捲曲：鬈髮。②形容頭髮美。

鬋 ⓐjiǎn ⓑzin1 煎 ⓒSHTBN
①鬢髮下垂的樣子。②剪鬢髮。

鬍(胡) ⓐhú ⓑwu4 弧 ⓒSHJRB
【鬍鬚】鬍子，嘴周圍和連着鬢角長的毛。

鬏 ⓐjiū ⓑzau1 週 ⓒSHHDF
頭髮盤成的結。

鬎 ⓐlà ⓑlaat6 辣 ⓒSHDBN
【鬎鬎】同【痢痢】，見389頁。

鬋 ⓐlián ⓑlim4 廉 ⓒSHTXC
形容鬢髮長的樣子。

鬔 ⓐzhěn ⓑcan2 診 ⓒSHJBC
頭髮稠密而烏黑。

鬖 ⓐqí ⓑkei4 奇 ⓒSHJPA
馬鬃。

鬗 ⓐmán ⓑmaan4 蠻 ⓒSHAWE
形容頭髮秀美。

鬚(须) ⓐxū ⓑsou1 穌 ⓒSHHHC
①原指長於下巴上的鬍子，今泛指鬍鬚：鬍鬚。②像鬍鬚的東西：觸鬚／花鬚。

鬟 ⓐhuán ⓑwaan4 環 ⓒSHWLV
古代婦女梳的環形的髮結：雲鬟。

鬢(鬓) ⓐbìn ⓑban3 殯 ⓒSHJMC
臉旁邊靠近耳朵的頭髮：鬢角／兩鬢斑白。

鬣 ⓐliè ⓑlip6 獵 ⓒSHVVV
獸類頸上的長毛：馬鬣。

─────── 鬥部 ───────

鬥(斗) ❶dòu ❷dau3寶 ❸LN

①對打：械鬥／毆鬥。②憑眾人用說理、揭發、控訴等方式打擊敵對分子或壞人：鬥爭／鬥惡霸。③使動物鬥：鬥雞／鬥蟋蟀兒。④比賽勝負：鬥智／鬥力。⑤拼合，湊近：用碎布鬥成一個口袋／那條桌子腿還沒有鬥榫。

鬧 ❸LNYJ「鬧」的異體字，見710頁。

鬧(闹) ❶nào ❷naau6淖 ❸LNYLB

①人多聲音雜：鬧市。②爭吵：又哭又鬧／他們又鬧翻了。③喧嘩，擾攘：不要鬧了／大鬧天宮。④發泄，發作：鬧情緒／鬧脾氣。⑤發生（疾病或災害）：鬧眼睛／鬧嗓子／鬧水災／鬧蝗蟲。⑥搞，弄：鬧革命／把問題鬧清楚再發言。⑦戲耍，玩笑：鬧着玩。

鬨(哄) ❶hòng ❷hung3控 ❸LNTC

吵鬧，擾攘：起鬨（故意吵鬧擾亂）／一鬨而散。

鬩(阋) ❶xì ❷jik1抑 ❸LNHXU

爭吵：鬩牆（比喻兄弟相爭，後泛指內部不和）。

鬮(阄) ❶jiū ❷gau1鳩 ❸LNNXU

為了賭勝負或決定事情而抓取的東西：抓鬮兒。

─────── 鬯部 ───────

鬯 ❶chàng ❷coeng3暢 ❸UIP

古代祭祀用的香酒。

鬱 ❸DDBUH「鬱」的異體字，見710頁。

鬱(郁) ❶yù ❷wat1屈 ❸DDBUH

①樹木叢生：蔥鬱。②憂愁，愁悶：憂鬱／鬱悶／抑鬱／鬱鬱不樂。

─────── 鬲部 ───────

鬲 ¹ ❶gé ❷gaak3隔 ❸MRBL

【鬲津河】河名，在河北。

鬲 ² ❶lì ❷lik6力

古代的炊具，樣子像鼎，足部中空。

鬻 ❶yù ❷juk6育 ❸NNMRB

賣：鬻畫／鬻文為生／賣官鬻爵。

─────── 鬼部 ───────

鬼 ❶guǐ ❷gwai2軌 ❸HI

①人死之後的靈魂：鬼魂。②對有某種嗜好，行為或癖性不好的人的憎稱或蔑稱：酒鬼／冒失鬼。③陰險，不光明

的:鬼話/鬼胎(比喻不可告人之事)。④不可告人的打算或勾當:搗鬼/搞鬼。⑤惡劣的,糟糕的:鬼天氣/鬼地方。⑥機靈(多指小孩子):這孩子真鬼。⑦對人的昵稱(多用於小孩子):小鬼。⑧二十八星宿之一。

魁 ⓐkuí ⓑfui1 灰 ⓒHIYJ
①為首的:魁首/奪魁/花魁/罪魁禍首。②(身體)高大:魁梧/魁偉。③魁星,北斗七星中成斗形的四顆星,一說指其中離斗柄最遠的一顆。④姓。

魂 ⓐhún ⓑwan4 雲 ⓒMIHI
①人死後能獨立存在的精神:靈魂/三魂七魄。②指精神或情緒:夢魂縈繞/神魂顛倒。③特指崇高的精神:國魂/民族魂。④泛指事物人格化的精神:詩魂/花魂。

魄 ⓐpò ⓑpaak3 拍 ⓒHAHI
①指依附形體而存在的精神:魂魄/丟魂落魄。②精神,精力:氣魄/體魄健全/做工作要有魄力。

魅 ⓐmèi ⓑmei6 未 ⓒHIJD
①傳說中的鬼怪:鬼魅。②誘惑,吸引:魅力/魅惑。
【魅力】很能吸引人的力量。

魃(魃) ⓐbá ⓑbat6 拔 ⓒHIIKK
見【旱魃】,259頁。

魈 ⓐxiāo ⓑsiu1 消 ⓒHIFB
猴的一種,尾巴很短,臉藍色,鼻子紅色,嘴上有白鬚,全身毛紅褐色,腹部白色。多羣居,吃小鳥、野鼠等。一說為傳說中山裏的獨腳怪物:山魈。

醜 ⓒMWHI 見酉部,635頁。

魆 ⓒHIIRM 「魊」的異體字,見541頁。

魍(魎) ⓐliǎng ⓑloeng5 兩 ⓒHIMLB
見【魍魎】,711頁。

魍 ⓐwǎng ⓑmong5 網 ⓒHIBTV
【魍魎】傳說中的怪物:魑魅魍魎(比喻各種各樣的壞人)。

魌 ⓒHITMC 「顀」的異體字,見690頁。

魏 ⓐwèi ⓑngai6 偽 ⓒHVHI
①古代國名,周代的一個國,在現在河南北部、山西西南部一帶。②三國時代曹丕所建立的國,在黃河流域,淮河以北(公元220-265年)。③北魏。④姓。

魑 ⓐchī ⓑci1 痴 ⓒHIYUB
【魑魅】傳說中山林裏能害人的怪物:魑魅魍魎(比喻各種各樣的壞人)。

魔
🔊mó 🔊mo1 摩
🔊IDHI

①魔鬼：惡魔／妖魔／病魔。②不平常，奇異的：魔力／魔術。

魘(厴)
🔊yǎn 🔊jim2 掩
🔊MKHI

①夢中驚叫，或覺得有甚麼東西壓住不能動彈：夢魘／魘住了。②說夢話。

───── 魚部 ─────

魚(鱼)
🔊yú 🔊jyu4 余
🔊NWF

①脊椎動物的一類，生活在水中，通常體側扁，有鱗和鰭，用鰓呼吸，冷血，種類很多。大部分可供食用或製造魚膠。②姓。

魛(魛)
🔊dāo 🔊dou1 刀
🔊NFSH

古書上指身體形狀像刀的魚，如帶魚、刀魚、鱭魚等。

魯(鲁)¹
🔊lǔ 🔊lou5 鹵
🔊NWFA

①愚鈍，蠢笨：愚魯／魯鈍。②莽撞，粗野：粗魯／魯莽。
【魯莽】也作「鹵莽」。不仔細考慮事理，冒失，輕率。

魯(鲁)²
🔊lǔ 🔊lou5 鹵

①周代國名，在現在山東南部一帶。②山東省的別稱：魯菜。③姓。

魷(鱿)
🔊yóu 🔊jau4 尤
🔊NFIKU

【魷魚】生活在海洋中的一種軟體動物，頭像烏賊，尾端呈菱形。肉可以吃。

魴(鲂)
🔊fáng 🔊fong4 防
🔊NFYHS

【魴魚】外形跟鯿魚相似，銀灰色，腹部中央隆起，生活於淡水中。

魨(鲀)
🔊tún 🔊tyun4 屯
🔊NFPU

河豚。

鮎(鲇)
🔊nián 🔊nim4 黏
🔊NFYR

鮎魚，頭大，尾側扁，皮有黏質，無鱗，可吃。

鮑(鲍)¹
🔊bào 🔊baau1 包
🔊NFPRU

①軟體動物，貝殼橢圓形，生活在海中。肉可以吃。其殼可入藥，稱「石決明」。也叫「鰒」，俗稱「鮑魚」、「鰒魚」。②姓。

鮑(鲍)²
🔊bào 🔊baau6 包
六聲

鹹魚：如入鮑之肆（店鋪），久而不聞其臭。

鮒(鲋)
🔊fù 🔊fu6 付 🔊NFODI

古書上指鯽魚：涸轍之鮒（喻處在困難中急待援助的人）。

鮓(鲊)
🔊zhǎ 🔊zaa2 渣二聲
🔊NFHS

①醃製的魚。②用米粉、麵粉等加鹽和其他作料拌製的切碎的菜,可以貯存:茄子鮓/扁豆鮓。

鮐(鮐) 　粵tái 　普toi4 臺
NFIR

鮐魚,俗稱「鮐巴魚」,生活在海水中,身體呈紡錘形,背青藍色,腹淡黃色,肉可以吃。

鮍(鮍) 　粵pí 　普pei4 皮
NFDHE

見【鰟鮍】,717頁。

鮁(鮁) 　粵bà 　普bat6 拔
NFIKK

鮁魚,即馬鮫,背部黑藍色,腹部兩側銀灰色,生活在海洋中。

鮊(鮊) 　1 　粵bà 　普baak6 白
NFHA

同【鮁】,見713頁。

鮊(鮊) 　2 　粵bó 　普baak6 白
魚名,身體側扁,嘴向上翹,生活在淡水中。

鮃(鮃) 　粵píng 　普ping4 平
NFMFJ

魚名,體形側扁,兩眼都在身體的左側,有眼的一側灰褐色或深褐色,無眼的一側白色,常見的有牙鮃、斑鮃等。

鉉
NFYVI 「絃」的異體字,見714頁。

鮂
NFHD 見禾部,424頁。

鮪(鮪) 　粵wěi 　普fui2 灰二聲
NFKB

①鮪魚,身體呈紡錘形,背黑藍色,腹灰白色,生活於熱帶海洋,吃小魚等。②古書上指鱘魚。

鮣(鮣) 　粵yìn 　普jan3 印
NFHPL

鮣魚,灰黑色,身體細長,圓柱形,頭小,前半身扁平,背上有吸盤,可以吸在大魚上或船底。生活在海洋中,肉可以吃。

鮟(鮟) 　粵ān 　普on1 安
NFJV

【鮟鱇】魚,能發出像老人咳嗽一樣的聲音,有的地區稱為「老頭兒魚」。

鮫(鮫) 　粵jiāo 　普gaau1 交
NFYCK

鯊魚。

鮭(鮭) 　1 　粵guī 　普gwai1 圭
NFGG

魚名,身體大,略呈紡錘形,鱗細而圓,肉味美。種類很多,常見的有大馬哈魚等。

鮭(鮭) 　2 　粵xié 　普haai4 鞋
古書上指魚類的菜肴:鮭菜。

鮮(鮮) 　1 　粵xiān 　普sin1 先
NFTQ

①新的,不陳的,不乾枯的:新鮮/鮮果/

鮮花／鮮肉／鮮血。② 有光彩的：旗幟鮮明／顏色十分鮮豔。③ 滋味美好：這湯真鮮。④ 新鮮的食物：嘗鮮。⑤ 特指魚蝦等水產食物：海鮮／魚鮮。

鮮(鲜) 2 ⓐxiǎn ⓟsin2 鮮

少：鮮見／鮮有／鮮為人知。

鮦(鲖) ⓐtóng ⓟtung4 同
ⓒNFBMR

【鮦城】地名，在安徽。

鮚(蛣) ⓐjié ⓟgit3結 ⓒNFGR
古書上說的一種蚌。

鮝(鲞) ⓐxiǎng ⓟsoeng2 想
ⓒFONWF
剖開晾乾的魚。

鯀(鲧) ⓐgǔn ⓟgwan2 滾
ⓒNFHVF
古人名，傳說是夏禹的父親。

鯈 ⓒOLOF「鰷」的異體字，見717頁。

鯁(鲠) ⓐgěng ⓟgang2 梗
ⓒNFMLK
① 魚骨：如鯁在喉。② 骨頭卡在喉嚨裏。③ 正直：鯁直。

鯉(鲤) ⓐlǐ ⓟlei5里 ⓒNFWG
鯉魚，生活在淡水中，體側扁，嘴邊有長短觸鬚各一對，肉可以吃。

鯇(鲩) ⓐhuàn ⓟwaan5 挽
ⓒNFJMU
鯇魚，身體微綠色，鰭微黑色，生活在淡水中，是中國特產的重要魚類之一。也叫草魚。

鮸(鮸) ⓐmiǎn ⓟmin5 免
ⓒNFNAU
鮸魚，身體長形而側扁，棕褐色，生活在海中，肉可以吃。

鯊(鲨) ⓐshā ⓟsaa1 沙
ⓒEHNWF
鯊魚，也叫「鮫」，生活在海洋中，種類很多，性情兇猛，捕食其他魚類。鯊叫魚翅，是珍貴的食品，經濟價值很高。

鯑 ⓒNFCNH「鰶」的異體字，見715頁。

鯽(鲫) ⓐjì ⓟzik1即 ⓒNFAIL
鯽魚，體側扁，頭尖，背脊隆起，生活在淡水中。

鯖(鲭) 1 ⓐqīng ⓟcing1 青
ⓒNFQMB
魚類的一科，身體呈梭形，頭尖口大。種類很多，生活在海中，常見的如鮐魚等。

鯖(鲭) 2 ⓐzhēng ⓟzing1 精
魚跟肉合在一起的菜。

鯛(鲷) ⓐdiāo ⓟdiu1 周
ⓒNFBGR
身體側扁，背部稍微凸起，頭大，口小，

側線發達，生活在海裏。種類很多，常見的有真鯛、黃鯛、黑鯛等。

鯢（鲵） ㊙ní ㊂ngai4 危
㊙NFHXU

兩棲動物名，有大鯢和小鯢兩種，眼小，口大，四肢短，尾巴扁，生活在淡水中。

鯧（鲳） ㊙chāng ㊂coeng1 昌
㊙NFAA

鯧魚，也作「平魚」，身體短，沒有腹鰭，背部青白色，鱗小，生活在海裏。

鯨（鲸） ㊙jīng ㊂king4 瓊
㊙NFYRF

生長在海裏的哺乳類動物，種類很多，形狀像魚，胎生，用肺呼吸，身體很大，是現在世界上最大的一類動物。俗稱「鯨魚」。
【鯨吞】像鯨魚一樣吞食，形容大量侵佔：鯨吞土地／鯨吞財產。

鰲 ㊙TONWF「鰲」的異體字，見714頁。

鯤（鲲） ㊙kūn ㊂kwan1 昆
㊙NFAPP

古代傳說中的一種大魚。
【鯤鵬】古代傳說中的大魚和大鳥，也指鯤化成的大鵬鳥，見於《莊子‧逍遙遊》。

鯪（鲮） ㊙líng ㊂ling4 菱
㊙NFGCE

鯪魚，體varies扁，頭varies短，口小，背部青灰色，腹部銀白色。生活在淡水中，不耐低溫，

是珠江流域等地區的重要經濟魚類。
【鯪鯉】哺乳動物的一種，即「穿山甲」，全身有角質的鱗片，吃螞蟻。鱗片可供中藥用。

鯫（鲰） ㊙zōu ㊂zau1 周
㊙NFSJE

① 小魚。② 形容小。

鯔（鲻） ㊙zī ㊂zi1 茲
㊙NFVVW

鯔魚，背部黑綠色，腹部白色，吻寬而短。生活在海水和河水交界處，是常見的食用魚。

鮎 ㊙NFOIP「鮎」的異體字，見712頁。

鯷（鳀） ㊙tí ㊂tai4 題 ㊙NFAMO

魚，體側扁，長10釐米左右。生活在海中，吃甲殼動物等，種類很多。

鯿（鳊） ㊙biān ㊂bin1 邊
㊙NFHSB

鯿魚，身體側扁，頭尖，尾巴小，鱗細，生活在淡水中。

鯾 ㊙NFOMK「鯿」的異體字，見715頁。

鰂（鲗） 1 ㊙zéi ㊂caak6 賊
㊙NFBCN

烏鰂，烏賊，也作「墨魚」，軟體動物，有

墨囊，遇危險放出墨汁逃走，生活在海中。肉可以吃。墨汁叫「鰂墨」，可製顏料。

鰂 (鲗) ²　⊜zéi ⊜zak1 則

【鰂魚涌】地名，在香港島東部。

鰈 (鲽)　⊜dié ⊜dip6 蝶
　　　　⊜NFPTD

魚名，體形側扁，兩眼都在身體的右側，有眼的一側褐色，無眼的一側黃色或白色，常見的有星鰈、高眼鰈等。

鰉 (鳇)　⊜huáng ⊜wong4 皇
　　　　⊜NFHAG

鰉魚，形狀像鱘魚，大的體長可達五米，有五行硬鱗，嘴很突出，半月形，兩旁有扁平的鬚。夏季在江河中產卵，過一段時間後，回到海洋中生活。

鰒 (鳆)　⊜fù ⊜fuk6 複
　　　　⊜NFOAE

鰒魚，動物學上叫「石決明」，俗稱「鮑魚」，軟體動物的一種，生活在海中，有橢圓形貝殼。肉可以吃，殼可以入藥。

鰆 (鲼)　⊜chūn ⊜ceon1 春
　　　　⊜NFQKA

鰆魚，形狀像鮫魚而稍大，尾部兩側有稜狀突起。生活在海中，肉食用。

鰍 (鳅)　⊜qiū ⊜cau1 秋
　　　　⊜NFHDF

泥鰍，一種魚，體圓，尾側扁，背青黑色，皮上有黏液，常鑽在泥裏。

鰁 (鳈)　⊜quán ⊜cyun4 泉
　　　　⊜NFHAE

魚名，深棕色，有斑紋。

鰓 (鳃)　⊜sāi ⊜soi1 腮
　　　　⊜NFWP

魚的呼吸器官，在頭部兩邊。

鰐　⊜NFRRS 「鱷」的異體字，見719頁。

鰛 (鳁)　⊜wēn ⊜wan1 温
　　　　⊜NFABT

【鰛鯨】哺乳動物，外形像魚，生活在海洋中，體長六至九米，背黑色，腹部白色，頭上有噴水孔，無牙齒，有鯨鬚，背鰭小，脂肪可以煉油。

鰮　⊜NFWOT 「鰛」的異體字，見716頁。

鰜 (鳒)　⊜jiān ⊜gim1 兼
　　　　⊜NFTXC

鰜魚，一般兩隻眼都在身體的左側，有眼的一面黃褐色，主要產在中國南海地區。

鰨 (鳎)　⊜tǎ ⊜taap3 塔
　　　　⊜NFASM

鰨目魚，種類很多，長橢圓形，兩眼都在身體的右側。生活在海裏，捕食小魚、甲殼動物等。種類很多，常見的如條鰨、卵鰨、箬鰨等。

鰣（鲥） 🅟shí 🅒si4 時
🅒NFAGI

鰣魚，背綠色，腹銀白色，鱗下多脂肪，是名貴的食用魚。

鰧（䲢） 🅟téng 🅒tang4 騰
🅒BFQF

鰧魚，身體黃褐色，頭大眼小，下頜突出，有兩個背鰭。常棲息在海底。

鰥（鳏） 🅟guān 🅒gwaan1 關
🅒NFWLE

無妻或喪妻的：鰥夫／鰥寡孤獨。

鰟（鳑） 🅟páng 🅒pong4 旁
🅒NFYBS

【鰟鮍】魚名，體側扁，卵圓形，銀灰色，多帶橙黃色或藍色斑紋，背鰭和臀鰭較長。生活在淡水中，吃水生植物，卵產在蚌殼裏。

鰩（鳐） 🅟yáo 🅒jiu4 遙
🅒NFBOU

魚名，身體扁平，略呈圓形或菱形，表面光滑或有小刺，牙細小而多，種類很多，生活在海中。

鰭（鳍） 🅟qí 🅒kei4 奇
🅒NFSMA

魚類的運動器官，由薄膜和硬刺構成。有調節速度、變換方向等作用。

鰼（䲣） 🅟xí 🅒zaap6 習
🅒NFSMA

【鰼水】地名，在貴州，今作「習水」。

鰷（鲦） 🅟tiáo 🅒tiu4 條
🅒NFOLD

魚名，身體小，側線緊貼腹部。生活在淡水中。

鰱（鲢） 🅟lián 🅒lin4 連
🅒NFYJJ

鰱魚，頭小鱗細，腹部色白，體側扁。

鰳（鳓） 🅟lè 🅒lak6 勒
🅒NFTJS

鰳魚，也作「鱠魚」或「曹白魚」，背青灰色，腹銀白色，生活於海裏。

鰻（鳗） 🅟mán 🅒maan6 慢
🅒maan4 蠻 🅒NFAWE

【鰻鱺】也作「白鱔」，省稱「鰻」。身體前圓後扁，背部灰黑色，腹部白色帶淡黃色。生活在淡水中，到海洋中產卵。

鰵（鳘） 🅟mǐn 🅒man5 敏
🅒OKNWF

①鰵魚，即「鮸魚」。②鱈。

鰾（鳔） 🅟biào 🅒piu5 縹
🅒NFMWF

①魚體內可以漲縮的氣囊，通稱魚泡，氣囊漲時魚上浮，縮時魚下沉。②鰾膠，用鰾熬成的膠，黏性強。③用鰾膠黏上：把桌子腿鰾一鰾。

鰹（鲣） 🅟jiān 🅒gin1 堅
🅒NFSEG

魚，身體呈紡錘形，側扁，兩側有數條濃

青色縱線，頭大，吻尖。生活在熱帶、亞熱帶海洋中。

鱇（鱇） @kāng @hong1 康 @NFILE

見【鮟鱇】，713頁。

鯒（鯒） @yōng @jung4 庸 @NFILB

鯒魚，也作「胖頭魚」，體側扁，鱗細，頭大，眼睛靠近頭的下部，背部暗黑色。生活在淡水中，是重要的食用魚。

鱈（鱈） @xuě @syut3 雪 @NFMBM

鱈魚，也作「大頭魚」，下頷有一條大鬚。鱈魚的肝臟含有大量的維生素甲、丁，是製魚肝油的重要原料。

鰲（鼇） @áo @ngou4 熬 @GKNWF

傳說中海裏的大龜。

鱔（鱔） @shàn @sin5 善五聲 @NFTGR

鱔魚，通指叫「黃鱔」，形狀像蛇，身體黃色有黑斑。

鯡 @NFRRJ 「鰭」的異體字，見718頁。

鱒（鱒） @zūn @zyun1 尊 @zyun6 傳 @NFTWI

① 赤眼鱒，身體前部圓筒形，後部側扁，銀

灰色，眼上緣紅色，生活在淡水中。② 虹鱒，體側扁，長約30毫米。背暗綠色或褐色，有小黑斑，中央有一條像彩虹的紅色縱帶。生活在清澈、低溫的河流湖泊中，原產地為美國。

鱖（鱖） @guì @kyut3 決 @NFMTO

鱖魚，體側扁，嘴呈扇形，口大鱗細，體黃綠色，有黑色斑點。性情兇猛，吃魚、蝦等。生活在淡水中，是我國的特產。有的地區叫「花鯽魚」。

鱗（鱗） @lín @leon4 鄰 @NFFDQ

① 魚類、爬行動物等身體表面長的角質或骨質的小薄片。② 像魚鱗的：鱗莖／芽鱗／遍體鱗傷（傷痕密得像魚鱗似的）。
【鱗波】像魚鱗一樣的波紋：鱗波盪漾。
【鱗爪】① 喻瑣碎細小的事。② 比喻事情的一小部分。

鱉（鱉） @biē @bit3 別 @FKNWF

爬行動物，形狀像龜，背甲橢圓形，上有軟皮，生活在水中。也作「甲魚」、「團魚」，俗稱「王八」。

鱏（鱏） @xún @cam4 尋 @NFSMI

鱏魚，體近圓筒形，背部黃灰色，口小而尖，背部和腹部有大片硬鱗。生活在淡水中，部分會入海過冬。產於我國的有中華鱏和達氏鱏。

鱏

NFMBJ 「鱘」的異體字，見718頁。

鱟（鲎）1

⊜hòu ⊜hau6 後
HBNWF

節肢動物，甲殼類，生活在海中，全體深褐色，尾堅硬，形狀像寶劍。

鱟（鲎）2

⊜hòu ⊜hau6 後
虹。

鱧（鳢）

⊜lǐ ⊜lai5 禮
NFTWT

魚名，身體呈圓筒形，頭扁，背鰭和臀鰭很長，尾鰭圓形，頭部和軀幹都有鱗片。種類很多，最常見的是馬鱧。

鱣（鳣）

⊜zhān ⊜zin1 煎
NFYWM

古書上指鱘一類的魚。

鱠（鲙）

⊜kuài ⊜kui2 賄
NFOMA

【鱠魚】也作「快魚」。鰳魚。

鱭（鲚）

⊜jì ⊜cai5 淒五聲
NFYX

魚名，體狹長而薄，細鱗，銀白色。生活在海洋中，有的春季或初夏到河中產卵。種類較多，常見的有鳳鱭、刀鱭等。

鱨（鲿）

⊜cháng ⊜soeng4 嘗
NFFBA

魚名，形狀像鮎魚，腹背都是黃色的，也叫「黃鱨魚」。

鱷（鳄）

⊜è ⊜ngok6 岳
NFMGR

一種兇惡的爬行動物，身體長3–6米，頭扁平，四肢短，尾巴長，全身有灰褐色的硬皮。善於游泳，捕食魚、蛙和鳥類等。種類較多，多生活在熱帶和亞熱帶，其中揚子鱷是我國的特產。俗稱「鱷魚」。

鱸（鲈）

⊜lú ⊜lou4 盧
NFYPT

魚名，體側扁，嘴大，鱗細，背灰綠色，腹面灰白色。肉味鮮美。性情兇猛，吃魚、蝦等。生活在近海，秋末到河口產卵。

鱺（鲡）

⊜lí ⊜lei4 離
NFMMP

見【鰻鱺】，717頁。

鱻

NFNFF 「鮮1」的異體字，見713頁。

鳥部

鳥（鸟）1

⊜diǎo ⊜diu2 屌
HAYF

同「屌」，舊小說中用作罵人的話。

鳥（鸟）2

⊜niǎo ⊜niu5 裊
脊椎動物的一類，溫血卵生，全身有羽毛，後肢能行走，前肢變為翅能飛。

鳧（凫）

⊜fú ⊜fu4 符
HFHN

水鳥名，俗稱「野鴨」，形狀像鴨子，雄的

頭部綠色，背部黑褐色，雌的黑褐色。常羣游湖泊中，能飛。

鳩(鸠) ⓟjiū ⓒgau1久一聲
ⓒⓔKNHAF

外形上像鴿子的鳥，常見的有斑鳩、山鳩等。

鳾(鸤) ⓟshī ⓒsi1尸
ⓒⓔSHAF

【鳾鳩】古書上指布穀鳥。

鳳(凤) ⓟfèng ⓒfung6奉
ⓒⓔHNMAF

【鳳凰】傳說中的鳥王，又說雄的叫鳳，雌的叫凰（古作「皇」），常用來象徵祥瑞。

鳴(鸣) ⓟmíng ⓒming4名
ⓒⓔRHAF

①鳥獸或昆蟲叫：鳥鳴/驢鳴/蟬鳴。②發出聲音：鳴炮/自鳴鐘/孤掌難鳴。③表達，發表（情感、意見、主張）：鳴謝/鳴不平/百家爭鳴。

鳶(鸢) ⓟyuān ⓒjyun1淵
ⓒⓔIPHAF

老鷹，身體褐色，常捕食蛇、鼠、蜥蜴等：鳶飛魚躍。

鴆(鸩) ⓟzhèn ⓒzam6朕
ⓒⓔLUHAF

①傳說中的一種毒鳥，把牠的羽毛泡在酒裏，可以毒殺人。②用鴆的羽毛泡成

的毒酒：飲鴆止渴（喻滿足一時需要，不顧後果）。③用毒酒害人。

鴇(鸨) ⓟbǎo ⓒbou2保
ⓒⓔPJHAF

一種鳥，比雁略大，頭小尾短，背上有黃褐色和黑色斑紋，不善於飛，而善於走，能涉水，常見的有大鴇、小鴇等。

【鴇母】舊時開設妓院的女人。

鴉(鸦) ⓟyā ⓒaa1丫
ⓒⓔMHHAF

鳥名，種類很多，身體黑色，嘴大翼長。種類較多，常見的有烏鴉、寒鴉等：鴉雀無聲（形容寂靜）。

【鴉片】俗稱「大煙」，由尚未成熟的罌粟果實提取出來的一種毒品，內含嗎啡等，能鎮痛安眠，醫藥上可作鎮痛藥。久用成癮，為害很大。

鴈 ⓒⓔMOHF「雁」的異體字，見675頁。

鴋(鸪) ⓟshī ⓒsi1師
ⓒⓔMBHAF

鳥名，背青灰色，腹淡褐色，嘴長而尖，腳短爪強，捕食樹林中的害蟲。

鴒(鸰) ⓟlíng ⓒling4伶
ⓒⓔOIHAF

見【鶺鴒】，725頁。

鴕(鸵) ⓟtuó ⓒto4駝
ⓒⓔHFJP

【舵鳥】 現時鳥類中體型最大的,高可達3米,頸長頭小,翅膀小,不能飛,腳有力,走得很快,生活在沙漠和非洲草原地帶。毛可做裝飾品。

鴛(鴛) ⓐyuān ⓒjyun1 淵 ⓐNUHAF

【鴛鴦】 鳥,外形像鴨而較小,嘴扁,頸長,趾間有蹼,善於游泳,翅膀長而能飛。雄鳥有彩色羽毛,頭後有銅赤、紫、綠等色的長冠毛,有紅色的嘴。雌鳥的羽毛為蒼褐色,有灰黑色的嘴。雌雄多成對生活在水邊。文學作品中常用來比喻夫妻。

鴝(鴝) ⓐqú ⓒkeoi4 渠 ⓐPRHAF

鳥名,身體小,尾巴長,嘴短而尖,羽毛美麗。

【鴝鵒】 鳥名,又作「八哥」,全身黑色,頭及背部微呈綠色光澤,能模仿人說話。

鴞(鴞) ⓐxiāo ⓒhiu1 囂 ⓐRSHAF

見【鴟鴞】,721頁。

鴟(鴟) ⓐchī ⓒci1 痴 ⓐHMHAF

古書上指鴟鷹。

【鴟鴞】 鳥名。頭大,嘴短而彎曲。吃鼠、兔、昆蟲等小動物,對農業有益。種類很多,如鵂鶹、貓頭鷹等。

鴣(鴣) ⓐgū ⓒgu1 姑 ⓐJRHAF

① 見【鷓鴣】,725頁。② 見【鵓鴣】,722頁。

鴦(鴦) ⓐyāng ⓒjoeng1 央 ⓐLKHAF

見【鴛鴦】,721頁。

鴨(鴨) ⓐyā ⓒaap3 押 ⓐWLHAF

水鳥名,通常指家鴨,嘴扁腿短,趾間有蹼,善游泳,不能高飛。

䲺(䲺) ⓐyù ⓒwat6 核 ⓐHFJC

鳥疾飛的樣子。

鴿(鴿) ⓐgē ⓒgap3 蛤 ⓐORHAF

鳥名,有野鴿、家鴿等多種,常成羣飛翔,有的家鴿能夠傳遞書信。歐美地區常用做和平的象徵。

鵁(鵁) ⓐjiāo ⓒgaau1 交 ⓐYKHAF

【鵁鶄】 古書上說的一種水鳥,腿長,頭上有紅毛冠。

䳐(䳐) ⓐhéng ⓒhang4 恆 ⓐHOMNF

鳥名,身體小,嘴短而直,只有前趾,沒有後趾。多羣居在水邊、沼澤和海岸。

鵁 ⓐJVHAF 「鵁」的異體字,見724頁。

鴻(鸿) 　⚫hóng ⚫hung4 洪
　⚫EMHF

① 鴻雁，就是大雁：鴻毛（比喻輕微）。② 指書信：來鴻。③ 大：鴻圖／鴻儒。

鴯(鸸) 　⚫ér ⚫ji4而 ⚫MBHAF

【鴯鶓】鳥名，形狀像鴕鳥，但嘴短而扁，有三個趾。善走，不能飛，生活在大洋洲草原和開闊的森林中，吃樹葉和野果。

鴷(䴕) 　⚫liè ⚫lit6列
　⚫MNHAF

鳥名，就是啄木鳥，嘴堅硬，舌細長，能啄食樹中的蟲，是一種益鳥。

鴰(鸹) 　⚫guā ⚫kut3 括
　⚫HRHAF

烏鴉的俗稱：老鴰。

鵂(鸺) 　⚫xiū ⚫jau1 休
　⚫ODHF

【鵂鶹】鳥名，羽毛棕褐色，有橫斑，尾巴黑褐色，腿部白色。臉部羽毛略呈放射狀，頭部沒有角狀的羽毛。捕食鼠、兔等，對農業有益。

鵃(鸼) 　⚫zhōu ⚫zau1 舟
　⚫HYHAF

見【鶻鵃】，725頁。

鵒(鹆) 　⚫yù ⚫juk6 浴
　⚫CRHAF

見【鴝鵒】，721頁。

鵑(鹃) 　⚫juān ⚫gyun1 捐
　⚫RBHAF

① 杜鵑，常綠或落葉灌木，葉子橢圓形，花多為紅色。供觀賞，這種植物的花也叫「映山紅」。② 杜鵑，鳥名，也作「杜宇」、「布穀」或「子規」。身體黑灰色，尾巴有白色斑點，腹部有黑色橫紋。初夏時常晝夜不停地叫。吃毛蟲，是益鳥。多數把卵產在別的鳥巢中。

鵓(鹁) 　⚫bó ⚫but6 勃
　⚫JDHAF

【鵓鴣】鳥名，羽毛灰褐色，天要下雨或天剛晴的時候，常在樹上咕咕地叫。有的地方稱為「水鵓鴣」。

鵜(鹈) 　⚫tí ⚫tai4 啼
　⚫CHHAF

【鵜鶘】水鳥名，俗稱「淘河」，體大嘴長，嘴下有皮囊可以伸縮存食，善於游泳和捕食魚類。

鵝(鹅) 　⚫é ⚫ngo4 娥
　⚫HIHAF

一種家禽，比鴨子大，頸長，腳有蹼，額部有橙黃色或黑褐色肉質突起，雄的突起較大。能游泳，耐寒，吃青草、穀物、蔬菜、魚蝦等。

鶩 　⚫HIHAF 「鵝」的異體字，見722頁。

鶺(鹡) 　1 ⚫gǔ ⚫guk1 谷
　⚫HRHAF

鵠左偏旁作告。

射箭的目標：中鵠。

鵠(鵠) ㊀hú ㊁huk6 酷
水鳥名，俗稱「天鵝」，形狀像鵝，比鶴大，頸長，全體白色，嘴上有黃色瘤狀突起，鳴聲宏亮：鵠立(直立)。

鵡(鵡) ㊀wǔ ㊁mou5 武
㊂MMHAF
見【鸚鵡】，727頁。

鵬(鵬) ㊀péng ㊁paang4 棚
㊂BBHF
古代傳說中最大的鳥。
【鵬程萬里】比喻遠大的前途。

鶕(鶕) ㊀ān ㊁am1 庵
㊂KUHAF
【鶕鶉】鳥名，頭小尾短，羽毛赤褐色，不善飛。

鶵(鶵) ㊀yuān ㊁jyun1 淵
㊂JUHAF
【鶵鶵】古代傳說中的一種像鳳凰的鳥。

鵰(鵰) ㊀diāo ㊁diu1 刁
㊂BRHAF
老雕，又叫鷲，是一種很兇猛的鳥，羽毛褐色，上嘴鉤曲，能捕食山羊、野兔等。

鵲(鵲) ㊀què ㊁zoek3 雀
㊂TAHAF
喜鵲，形狀像烏鴉，尾巴很長，背黑褐色，

肩、頸、腹等部白色。

鶄(鶄) ㊀jīng ㊁zing1 精
㊂QBHAF
見【鳽鶄】，721頁。

鶊(鶊) ㊀gēng ㊁gang1 庚
㊂IOHAF
見【鶬鶊】，724頁。

鶉(鶉) ㊀chún ㊁seon4 醇
㊂YDHAF
見【鶕鶉】，723頁。
【鶉衣】指破爛的衣服：鶉衣百結。

鶇(鶇) ㊀dōng ㊁dung1 冬
㊂DWHAF
鳥名，嘴細長而側扁，翅膀長而平，鳴叫的聲音很動聽。

鵮(鵮) ㊀qiān ㊁zaam1 簪
㊂NXHAF
鳥啄東西：烏鴉把瓜鵮了。

鶤(鶤) ㊀kūn ㊁kwan1 坤
㊂APHAF
鶤雞，古書上說的一種像鶴的鳥。

鴉 ㊂MMHAF 「鴉」的異體字，見720頁。

鶓(鶓) ㊀miáo ㊁miu4 苗
㊂TWHAF
見【鴯鶓】，722頁。

鶘（鶘） 粵hú 普wu4 胡
倉JRBHF

見【鶘鶘】，722頁。

鶖（鶖） 粵qiū 普cau1 秋
倉HFHAF

禿鶖，古書上說的一種水鳥，頭頸上沒有毛。

鶚（鶚） 粵è 普ngok6 岳
倉RSHAF

鳥名，又叫魚鷹，性情兇猛，背暗褐色，腹白色，常在水面上飛翔，捕食魚類。

鶡（鶡） 粵hé 普hot3 喝
倉AVHAF

古書上說的一種善鬥的鳥。

鶪（鶪） 粵jú 普gwik1 陳
倉BKHAF

古書上說的一種鳥，頭是伯勞，額部和頭部的兩旁黑色，頸部藍灰色，背部棕紅色，有黑色波狀橫紋，吃昆蟲和小鳥。

鶥（鶥） 粵méi 普mei4 眉
倉AUHAF

鳥名，眼周圍的羽毛像彎彎的眉毛，棲息於叢林中，叫聲婉轉好聽。種類較多，常見的有畫眉、紅頂鶥等。

鶤 倉BJHAF 「鶤」的異體字，見723頁。

鶩（鶩） 粵wù 普mou6 務
倉NKHAF

鴨子：趨之若鶩（像鴨子一樣成羣地跑過去，比喻很多人爭着去，含貶義）。

鶒（鶒） 粵chì 普cik1 斥
倉DLKSF

見【鸂鶒】，727頁。

鷃（鷃） 粵yàn 普aan3 晏
倉AVHAF

【鷃雀】古書上說的一種小鳥。

鶿（鶿） 粵cí 普ci4 慈
倉TIHAF

見【鸕鶿】，727頁。

鶿 倉TVIF 「鶿」的異體字，見724頁。

鶴（鶴） 粵hè 普hok6 學
倉OGHAF

鳥名，頭小頸長，嘴長而直，雙腳細長，後趾小，高於前三趾，羽毛白色或灰色，羣居或雙棲，常在河邊或沼澤地帶捕食魚和昆蟲。種類很多，常見的有丹頂鶴、白鶴、灰鶴等。

雞 倉BKHAF 「雞」的異體字，見676頁。

鶬（鶬） 粵cāng 普cong1 倉
倉ORHAF

【鶬鶊】也作「倉庚」。黃鸝。

鶯（鶯） 粵yīng 普ang1
倉FFBHF

鳥名, 身體小, 褐色, 嘴短而尖, 聲音清脆。吃昆蟲, 是益鳥。

鶺(鶺) 🀄jí 🀄zik3 脊 🀄FBHAF

【鶺鴒】鳥名, 中央尾羽比兩側長, 停息時尾上下擺動。生活在水邊, 吃昆蟲等。種類較多, 常見的有白鶺鴒。

鶻(鶻) 1 🀄gǔ 🀄gwat1 骨 🀄BBHAF

【鶻鵃】古書上說的一種鳥, 羽毛青黑色, 尾巴短。

鶻(鶻) 2 🀄hú 🀄wat6 核 隼的舊稱。

鶼(鶼) 🀄jiān 🀄gim1 兼 🀄TCHAF

【鶼鶼】古代傳說中的比翼鳥。
【鶼鰈】比喻恩愛的夫妻：鶼鰈情深。

鷁(鷁) 🀄yì 🀄jik6 亦 🀄TTHAF

古書上說的一種像鷺的水鳥。

鷂(鷂) 🀄yào 🀄jiu6 耀 🀄BUHAF

鷂鷹, 一種兇猛的鳥, 樣子像鷹, 比鷹小, 背灰褐色, 肚白色帶赤色。捕食鼠類、小鳥等。
【鷂子】①雀鷹的通稱。②紙鷂, 風箏。

鷇(鷇) 🀄kòu 🀄kau3 扣 🀄GFHNE

初生的小鳥。

鷉(鷈) 🀄tī 🀄tai1 梯 🀄HUHAF

見【鸊鷉】, 726頁。

鶲(鶲) 🀄wēng 🀄jung1 雍 🀄CMHAF

鳥名, 身體小, 嘴稍扁平, 吃害蟲, 是益鳥。

鶵(鶵) 🀄chú 🀄co1 初 🀄PUHAF

①見【鶹鶵】, 723頁。②同「雛」, 見676頁。

鷓(鷓) 🀄zhè 🀄ze3 借 🀄IFHAF

【鷓鴣】鳥名, 背部和腹部黑白兩色相雜, 頭頂棕色, 腳黃色。吃昆蟲、蚯蚓等。

鷖(鷖) 🀄yī 🀄ji1 醫 🀄SEHAF

古書上指鷗。

鷗(鷗) 🀄ōu 🀄au1 歐 🀄SRHAF

水鳥名, 羽毛多為白色, 生活在湖海上, 捕食魚、螺等。

鷞(鷞) 🀄shuāng 🀄soeng1 傷 🀄KKHAF

鷞鳩, 見【鷞鳩】, 726頁。

鷙(鷙) 🀄zhì 🀄zi3 至 🀄GIHAF

兇猛：鷙鳥/勇鷙。

鷚（鹨） ⓔliù ⓒlau6 漏
ⓖSHHAF

鳥名，身體小，嘴細長，尾巴長。種類較多，常見的有田鷚、樹鷚等。

鷟（鷟） ⓔzhuó ⓒzok6 昨
ⓖYKHAF

見【鸑鷟】，727頁。

鷥（鸶） ⓔsī ⓒsi1 絲
ⓖVFHAF

見【鷺鷥】，726頁。

鷦（鹪） ⓔjiāo ⓒziu1 焦
ⓖOFHAF

【鷦鷯】鳥名，身體很小，背赤褐色，腹灰褐色，尾短，捕食小蟲。

鷯（鹩） ⓔliáo ⓒliu4 僚
ⓖKFHAF

見【鷦鷯】，726頁。

鷲（鹫） ⓔjiù ⓒzau6 就
ⓖYUHAF

禿鷲、兀鷲等的統稱。

鷰 ⓖTLPF「燕2」的異體字，見355頁。

鷸（鹬） ⓔyù ⓒwat6 核
ⓖNBHAF

鳥名，羽毛茶褐色，嘴、腳都很長，趾間無蹼，常在水邊或田野中捕吃小魚、小蟲和貝類，是候鳥。

【鷸蚌相爭，漁人得利】蚌張開角殼曬太陽，鷸去啄牠的蚌肉，被蚌殼鉗住了嘴，雙方都不肯相讓。漁翁來了，把牠們都捉住了（出自《戰國策·燕策二》）。比喻兩敗俱傷，讓第三者得到好處。

鷴（鹇） ⓔxián ⓒhaan4 閒
ⓖABHAF

鳥名，尾巴長，雄的背是白色，有黑紋，腹部黑藍色，雌的全身棕綠色，頭上有冠。常生活於高山竹林間。

鵰 ⓖADHAF「鵰」的異體字，見726頁。

鷺（鹭） ⓔlù ⓒlou6 路
ⓖRRHAF

水鳥名，翼大尾短，頸和腿很長，常見的有白鷺、蒼鷺、綠鷺等。

【鷺鷥】就是白鷺，羽毛純白色，頂有細長的白羽，捕食小魚。

鷫（鹔） ⓔsù ⓒsuk1 肅
ⓖLXHAF

【鷫鷞】也作「鷫鸘」。古書上說的一種水鳥。

鸒（鸴） ⓔxué ⓒhok6 學
ⓖHBHAF

一種小鳥，體型像雀而羽色不同，叫聲悅耳。

鷈（䴘） ⓔpì ⓒpik1 僻
ⓖSRYJF

【鷿鷈】水鳥名，形狀略像鴨而小，羽毛

黃褐色。生活在河流湖泊上的植物叢中，善於潛水，捕食小魚、昆蟲等。

鸂（鸂）　⦾xī ⦿kai1溪 ⦿EBKF

【鸂鶒】古書上的一種水鳥，像鴛鴦而稍大。

鸇（鸇）　⦾zhān ⦿zin1煎 ⦿YMHAF

古書中說的一種猛禽。

鷹（鷹）　⦾yīng ⦿jing1英 ⦿IGHAF

鳥名，嘴呈鈎狀，足趾有長而銳利的爪。性情兇猛，捕食小獸和其他鳥類。種類很多，常見的有蒼鷹、雀鷹等。

鷲（鷲）　⦾yuè ⦿ngok6岳 ⦿KKHAF

【鷲鷲】古書上說的一種水鳥。

鷽　⦿BCHAF「鶯」的異體字，見724頁。

鸕（鸕）　⦾lú ⦿lou4廬 ⦿YटHAF

【鸕鶿】水鳥名，俗稱「魚鷹」，羽毛黑色，有綠、藍、紫色光澤，能潛水，善於捕食魚類，用樹葉、海藻等築巢。漁人常飼養用來協助捕魚。

鸚（鸚）　⦾yīng ⦿jing1英 ⦿BVHAF

【鸚鵡】也作「鸚哥」。鳥名，羽毛顏色美麗，有各種顏色，能學人說話，產在熱帶。

鸘（鸘）　⦾shuāng ⦿soeng1霜 ⦿MUHAF

見【鸝鸘】，726頁。

鸛（鸛）　⦾guàn ⦿gun3罐 ⦿TGHAF

鳥名，羽毛灰白色。嘴長而直。住在江、湖、池、沼的近旁，捕食魚、蝦等。

鸝（鸝）　⦾lí ⦿lei4離 ⦿MPHAF

【鸝鸘】羽毛黃色，從眼邊到頭後部有黑色斑紋。叫的聲音很好聽。也叫「黃鶯」。

鸞（鸞）　⦾luán ⦿lyun4聯 ⦿VFHAF

傳說中鳳凰一類的鳥。

———— 鹵部 ————

鹵（卤）　⦾lǔ ⦿lou5魯 ⦿YWII

①製鹽時剩下的黑色汁液，是氯化鎂、硫酸鎂、溴化鎂及氯化鈉的混合物，供製豆腐用。也叫苦汁或鹽鹵。②用鹽水加五香或用醬油煮：鹵味／鹵雞／鹵鴨。③用肉類、雞蛋等做湯加澱粉而成的濃汁，用來澆在麵條等食物上：打鹵麵。④飲料的濃汁：茶鹵。

【鹵素】化學中稱氟、氯、溴、碘等四個元素。

鹹(咸) ⓔxián ⓖhaam4 函
　　ⒸYWIHR
①像鹽的味道，含鹽分多的，跟「淡」相對：菜太鹹。②用鹽醃製的：鹹魚。

醝(醝) ⓔcuó ⓖco4 鋤
　　ⒸYWTQM
①鹽。②味道鹹：醝魚。

礆(砢) ⓔjiǎn ⓖgaan2 簡
　　ⒸYWOMO
舊同「礆」，見412頁。

鹽(盐) ⓔyán ⓖjim4 炎
　　ⒸSWBT
①食鹽的通稱：精鹽／幼鹽／粗鹽。②化學上指酸類中的氫根被金屬元素置換而成的化合物。

―――― 鹿 部 ――――

鹿 ⓔlù ⓖluk6 祿　ⒸIXP
①哺乳動物，反芻類，種類很多，尾短，腿細長，毛黃褐色，有白斑，性情溫馴，雄的有樹枝狀的角。②姓。

麀 ⓔyōu ⓖjau1 幽
　　ⒸIPP
古書上指母鹿。

麂 ⓔjǐ ⓖgei2 己
　　ⒸIPHN
哺乳動物，像鹿，比鹿小，毛黃黑色，雄的有很短的角。

麁 ⓒNIXP「粗」的異體字，見442頁。

麈 ⓔzhǔ ⓖzyu2 主
　　ⒸIPYG
古書上指鹿一類的動物，尾巴可以當做拂塵。

麇¹ ⓔjūn ⓖgwan1 君
　　ⒸIPHD
古書裏指獐子。

麇² ⓔqún ⓖkwan4 裙
成羣：麇集／麇至。

麀 ⓒIPPRU「狗」的異體字，見364頁。

麋 ⓔmí ⓖmei4 眉　ⒸIPFD
【麋鹿】也作「四不像」。哺乳動物，毛淡褐色，雄的有角，角像鹿，尾像驢，蹄像牛，頸像駱駝，但從整體來看卻是哪一種動物都不像。性情溫順，吃植物。原生活在我國，是一種珍稀動物。

麐 ⓒIPYKR「麟」的異體字，見729頁。

麑 ⓔní ⓖngai4 危　ⒸIPHXU
古書上指小鹿。

麒 ⓔqí ⓖkei4 其　ⒸIPTMC
【麒麟】古代傳說中的一種動物，像鹿，

比鹿大，頭上有角。古人以麒麟象徵祥瑞。也省稱「麟」。

麥部

麓 ㊜lù ㊐luk1 碌 ㊢DDIXP
山腳：泰山之麓。

麚 ㊢IPWHD 「廩」的異體字，見728頁。

麗（丽） [1] ㊜lí ㊐lei4 離
㊢MMBBP
①麗水。地名，在浙江。②朝鮮歷史上的王朝，舊時習慣上沿用指稱朝鮮：高麗。

麗（丽） [2] ㊜lì ㊐lai6 賴
①好看，漂亮：美麗／秀麗／壯麗／富麗／風和日麗。②姓。

麗（丽） [3] ㊜lì ㊐lai6 屬
附著：附麗。

麝 ㊜shè ㊐se6 射 ㊢IPHHI
哺乳動物，比鹿小，沒有角，雄的臍部有香腺，能分泌麝香，可以用來做香料或藥材。

麖 ㊢IPYTJ 「獐」的異體字，見367頁。

麟 ㊜lín ㊐leon4 鱗 ㊢IPFDQ
麟右下作屮，三畫。
指麒麟：鳳毛麟角（喻罕見而珍貴的東西）。

麤 ㊢IPIPP 「粗」的異體字，見442頁。

麥（麦） ㊜mài ㊐mak6 脈
㊢JONI
①一年生或二年生草本植物，分大麥、小麥等多種，籽實可用來磨麵粉，也可製糖或釀酒。②專指小麥。③姓。

麩（麸） ㊜fū ㊐fu1 呼 ㊢JNQO
麩皮，指小麥磨成麵，篩選後剩下的麥皮和碎屑。

麪（面） ㊜miàn ㊐min6 面
㊢JEMLS
①糧食磨成的粉，特指小麥磨成的粉：麥子麪／小米麪／棒子麪。②粉末：藥麪兒／粉筆麪兒。③麪條：雜麪／炸醬麪／一碗麪。④指食物含纖維少而柔軟：這白薯很麪。

麰（䴘） ㊜móu ㊐mau4 牟
㊢JNIHQ
古書中稱大麥。

麴（曲） ㊜qū ㊐kuk1 曲
㊢JETW
釀酒或製醬時引起發酵的塊狀物，用某種黴菌和大麥、大豆、麩皮等製成。

麹（麴） ㊜qū ㊐kuk1 曲
㊢JNPFD
姓。

麵 ㊢JNMWL 「麪」的異體字，見729頁。

麻 部

麻¹ 🔊má 🔊maa4 嘛
　🔊IJCC

①草本植物，種類很多，有大麻、苧麻、黃麻、亞麻等。②麻類植物的纖維，可以製繩索、織布。③特指芝麻：麻醬／麻油。④表面不平，不光滑：這紙一面光，一面麻。⑤臉上有斑點：麻臉。⑥帶細碎斑點的：麻雀／麻繩。

麻² 🔊má 🔊maa4 嘛
　①身體某部位的知覺因長時間的壓迫而部分或全部喪失的不適感：腿麻了。②像吃了花椒後那樣的感覺：吃了花椒，舌頭有點兒發麻。

麼(么)¹ 🔊·ma 🔊maa1 嗎
　🔊IDVI
助詞。舊同「嗎」、「嘛」。

麼(么)² 🔊·me 🔊mo1 摩
　詞尾：怎麼／那麼／多麼／這麼／甚麼。

麼³ 🔊mó 🔊mo1 摩
　見【幺麼】，179頁。

麾 🔊huī 🔊fai1 揮 🔊IDHQU
　①古代指揮軍隊的旗子。②指揮（軍隊）：麾軍前進。

摩 🔊IDQ 見手部，240頁。

糜 🔊IDFD 見米部，445頁。

縻 🔊IDVIF 見糸部，460頁。

靡 🔊IDLMY 見非部，682頁。

黃 部

黃(黄) 🔊huáng 🔊wong4 皇
　🔊TMWC
①像金子或向日葵花的顏色。②指黃金：黃貨／黃白之物。③指蛋黃／雙黃蛋。④事情失敗或計劃不能實現：買賣黃了。⑤象徵腐化墮落，特指色情：掃黃／查禁黃書。⑥指黃河：治黃／黃泛區。⑦指黃帝，中國古代傳說中的帝王：炎黃。⑧姓。

黗(黇) 🔊tiān 🔊tim1 添
　🔊TCYR
【黗鹿】鹿的一種，角的上部扁平或呈掌狀，尾略長，性溫順。

黌(黌) 🔊hóng 🔊hung4 洪
　🔊HBTMC
【黌門】古代指學校的門，借指學校：黌門學子／黌門秀才。

黍 部

黍 🔊shǔ 🔊syu2 鼠 🔊HDOE
　一年生草本植物，子實叫「黍子」，碾成米叫「黃米」，性黏，可釀酒。

黎¹ 🔊lí 🔊lai4 犁 🔊HHOE
　①眾：黎民／黎庶。②黑。③姓。

【黎明】快要天亮的時候。

黎 ⓐlí ⓒlai4 犁

黎族：黎錦。

黏 ⓐnián ⓒnim4 粘　ⓗHEYR

橡膠或漿糊的性質，能使一個物體附着在另一物體上：黏液／黏米／膠水很黏。

—— 黑 部 ——

黑 ⓐhēi ⓒhak1 刻　ⓗWGF

① 煤或墨那樣的顏色，跟「白」相對：黑布／黑頭髮。② 暗，光線不充足：黑了／那間屋子太黑。③ 夜晚：黑夜／摸黑。④ 非法而隱秘的：黑話／黑市／黑社會。⑤ 惡毒：黑心。⑥ 暗中陷害、欺騙或攻擊：被騙了黑了兩萬元／昨夜被人黑了一磚頭。⑦ 通過互聯網非法侵入他人的電腦系統查看、更改、竊取保密資料或干擾電腦程式：他們的網站被人黑了。
【黑幕】暗中作弊搗鬼的事情。

墨 ⓗWGFG 見土部，127頁。

黔 1 ⓐqián ⓒkim4 鉗　ⓗWFOIN

黑色：黔首（古稱老百姓）。

黔 2 ⓐqián ⓒkim4 鉗

貴州省的別稱。

默 ⓐmò ⓒmak6 墨　ⓗWFIK

不說話，不出聲：沉默／默讀／默寫／默認／默默不語。

點 (点) 1 ⓐdiǎn ⓒdim2 踮　ⓗWFYR

① 細小的痕跡或物體：斑點／墨點兒／雨點兒。② 漢字的一種筆形（丶）：三點水。③ 幾何學中指只有位置而沒有長、寬、厚的，不可分割的圖形。④ 小數點，如6.5唸作六點五。⑤ 量詞。少量：一點小事／吃點兒東西。⑥ 量詞，用於事項：幾點意見。⑦ 一定的處所或限度：起點／終點／據點／焦點／沸點。⑧ 事物的方面、部分：優點／重點／要點／補充三點。⑨ 加上點子：點句／點評／畫龍點睛。⑩ 觸到物體立刻離開：蜻蜓點水／他用篙一點岸邊就把船撐開了。⑪ 同「踮」，見600頁。⑫ 一落一起地往下：點頭／點一滴地落下：點眼藥／點種生痘。⑭ 查數：點收／點數／點驗。⑮ 在許多人或事物之中指定：點菜／點節目。⑯ 指示，啟發：點破／點醒／指點。⑰ 引火，燃火：點燈／點火。⑱ 裝飾：裝點／點染／點綴。

點 (点) 2 ⓐdiǎn ⓒdim2 踮

① 鐵製的響器，掛起來敲，用來報告時間或召集羣眾。② 舊時夜間計時用更點，一夜分五更，一更分五點：三更三點。③ 現在稱一天的二十四分之一的時間為一點鐘。④ 鐘點，規定的時間：上班的鐘點／保證火車不誤點。

點 (点) 3 ⓐdiǎn ⓒdim2 踮

小食品：點心／早點／糕點。

黛 ⓐdài ⓒdoi6 代　ⓗOPWGF

① 青黑色的顏料，古代女子用來畫眉：黛眉／粉黛。② 青黑色的：黛髮。

黜 粵chù 普ceot1 出
倉WFUU

降職或罷免：黜退／黜職。

黝 粵yǒu 普jau2 釉 倉WFVIS

【黝黯】也作「黝暗」。沒有光亮，黑暗：黝黯的牆角。

【黝黑】狀態詞。① 黑：胳膊曬得黝黑黝黑的。② 黑暗：山洞裏黝黑黝黑的／入夜，原野上一片黝黑。

黠 粵xiá 普kit3 揭
倉WFGR

聰明而狡猾：狡黠／慧黠。

黟 粵yī 普ji1 衣 倉WFNIN

【黟縣】地名，在安徽。

黢 粵qū 普zeot1 卒
倉WFICE

形容詞：黢黑的頭髮／屋子裏黑黢黢的甚麼也看不見。

黥 粵qíng 普king4 鯨
倉WFYRF

① 古代在犯人臉上刺字的刑罰，後來也用於士兵，以防逃跑。② 在人體上刺上帶顏色的文字、花紋或圖形，並塗上顏色。

黧 粵lí 普lai4 黎 倉HHWGF

黑裏帶黃的顏色。

黨（党） 粵dǎng 普dong2 擋
倉FBRWF

① 政治團體：黨章／政黨。② 為了私人名利而結合起來：死黨／結黨營私。③ 偏袒：黨同伐異。④ 指親族：父黨／母黨／妻黨。

【黨羽】指某個派別或集團首領下面的追隨者（多指幫同作惡的）。

黯 粵àn 普am2 諳 倉WFYTA

陰暗：黯淡。

顯 倉WFJBC 「鬢」的異體字，見709頁。

黴（霉） 粵méi 普mei4 眉
倉HOUFK

【黴菌】真菌的一類，用孢子繁殖，種類很多，如天氣潮濕時衣物上長的黑黴、製造青黴素用的青黴，手癬、腳癬等皮膚病的病原體。

黵 粵zhǎn 普daam2 膽 倉WFNCR

弄髒，染上污點：墨水把卷子黵了／這種布顏色暗，禁黵（髒了不容易看出來）。

黶（黡） 粵yǎn 普jim2 掩
倉MKWGF

黑痣。

黷（黩） 粵dú 普duk6 讀
倉WFGWC

① 污辱。② 輕率，輕舉妄動：黷武。

--- 黹部 ---

黹 ⓐzhǐ ⓒzi2 旨
ⓔTCFB
縫紉，刺繡：針黹。

黻(黻) ⓐfú ⓒfat1 忽
ⓔTBIKK
①古代禮服上繡的半青半黑的花紋。②同「韍」，見685頁。

黼 ⓐfǔ ⓒfu2 斧
ⓔTBIJB
古代禮服上繡的半黑半白的花紋。

--- 黽部 ---

黽(黽) 1 ⓐmiǎn ⓒman5 敏
ⓔRXU
同「澠」，見340頁。

黽(黽) 2 ⓐmǐn ⓒman5 敏
【黽勉】也作「僶俛」。努力，勉力。

黿(黿) ⓐyuán ⓒjyun4 元
ⓔMMUU
【黿魚】也作「元魚」。爬行動物，外形像鱉，吻短，背甲暗綠色，近圓形，長有許多小疙瘩。生活在水中。

鼂 ⓔAMRU「晁」的異體字，見261頁。

鼇 ⓔGKRXU「鰲」的異體字，見718頁。

鼈 ⓔFKRXU「鱉」的異體字，見718頁。

鼉(鼉) ⓐtuó ⓒto4 駝
ⓔRRWMU
鼉龍，即揚子鱷。

--- 鼎部 ---

鼎 1 ⓐdǐng ⓒding2 頂
ⓔBUVML
①古代烹煮用的器物，圓形，三足兩耳，也有方形四足的。②比喻王位、帝業：定鼎/問鼎。③大：鼎力/鼎言。④鍋。

鼎 2 ⓐdǐng ⓒding2 頂
正當，正在：鼎盛。

鼐 ⓐnài ⓒnaai5 乃 ⓔNSBUL
大鼎。

鼏 ⓐzī ⓒzi1 資 ⓔDHBUL
口小的鼎。

--- 鼓部 ---

鼓 ⓐgǔ ⓒgu2 古 ⓔGTJE
①打擊樂器，多為圓筒形或扁圓形，中空，一面或兩面蒙皮，有軍鼓、腰鼓、撥浪鼓等多種。②形狀、聲音、作用像鼓的：石鼓/蛙鼓。③使某些樂器或東西發出聲音，敲：鼓掌/鼓琴。④使用風箱等撥（風）：鼓風。⑤發動，使振作起來：鼓足幹勁。⑥凸起，脹大：他鼓着嘴半天沒出聲/額上的青筋都清楚地鼓出

來了。⑦凸出，高起：口袋裝得鼓鼓的。
【鼓舞】使人奮發：鼓舞士氣。

瞽(冬) 🔴dōng 🔵dung1 冬
🔴GEHEY

同「咚」，見87頁。

瞽 🔴GEBU 見目部，405頁。

瞽 🔴táo 🔵tou4 桃 🔴LOGTE
撥浪鼓，一種小鼓，兩面有耳，下
有長把，搖起來能發聲音。

瞽 🔴pí 🔵pei4 皮 🔴GEHHJ
瞽下作卑，八畫。
【瞽鼓】古代軍中用的小鼓：瞽鼓喧天。

瞽 🔴tēng 🔵tang1 騰一聲
🔴GENOT
象聲詞。形容鼓聲。

────── 鼠部 ──────

鼠 🔴shǔ 🔵syu2 暑 🔴HXVYV
老鼠，俗稱「耗子」，體小尾長，門
齒發達，毛褐色或黑色，繁殖力強，有的
會傳播鼠疫。
【鼠輩】指微不足道的人（罵人的話）：無
名鼠輩。

鼢(鼢) 🔴fén 🔵fan4 墳
🔴HVCSH
【鼢鼠】哺乳動物，身體灰色，尾短眼小，

前肢爪長而大，在地下打洞，吃甘薯、花
生、豆類等植物的地下部分，也吃牧草，
對農牧業有害。

鼫(鼫) 🔴shí 🔵sek6 石
🔴HVMR
古書上指鼫鼠一類的動物。

鼩(鼩) 🔴qú 🔵keoi4 渠
🔴HVPR
【鼩鼱】哺乳動物，身體小，外形像小鼠，
但吻部細而尖，頭部和背部棕褐色的，腹
部灰色或灰白色。多生活在山林中，捕
食昆蟲、蝸牛、蚯蚓等小動物，也吃植物
種子和穀物。

鼬(鼬) 🔴yòu 🔵jau6 又
🔴HVLW
哺乳動物，身體細長，四肢短小，頭狹長，
耳一般短而圓，胸有鬐，肛門附近大多有
臭腺，可以驅敵自衛。毛有黃褐、棕、灰
棕等色。種類很多，如黃鼬、紫鼬。

鼧(鼧) 🔴tuó 🔵to4 駝 🔴HVJP
【鼧鼥】古書上指旱獺，俗稱「土撥鼠」，
哺乳動物，頭部闊而短，耳小，前肢的爪
發達，善於掘土，背部黃褐色，腹部土黃
色，成羣穴居，有冬眠的習性。是鼠疫、布
氏桿菌病的主要傳播者。

鼥(鼥) 🔴bá 🔵bat6 拔
🔴HVIKK
見【鼧鼥】，734頁。

鼺(鼯) 　鬱wú 　鬱ng4 吳　鬱HVMMR

【鼺鼠】哺乳動物，外形像松鼠，尾巴很長，生活在高山樹林中，能利用前後肢之間的薄膜從高處向下滑翔，吃植物的皮、果實和昆蟲等。

鼸(鼴) 　鬱yǎn 　鬱jin2 演　鬱HVAJV

【鼸鼠】哺乳動物，外形像鼠，毛黑褐色，嘴尖眼小。前肢發達，腳掌向外翻，有利爪，善於掘土，後肢細小。晝伏夜出，捕食昆蟲、蚯蚓等，也吃農作物的根。

鼷(鼷) 　鬱xī 　鬱hai4 兮　鬱HVBVK

【鼷鼠】小家鼠。

─────── 鼻部 ───────

鼻 　鬱bí 　鬱bei6 避　鬱HUWML

鼻下作界。

①嗅覺器官，也是呼吸孔道：鼻子／鼻音。
②初始：鼻祖。

鼾 　鬱hān 　鬱hon4 寒　鬱HLMJ

熟睡時粗重的呼吸聲：打鼾／鼾聲如雷。

齁 1 　鬱hōu 　鬱hau1 口一聲　鬱HLPR

打呼嚕的聲音：齁聲。

齁 2 　鬱hōu 　鬱hau1 口一聲

①太鹹或太甜的食物使喉嚨不舒服：這糖果甜得齁人。②很，非常（多表示不滿意）：齁鹹／齁苦／齁冷。

齃 　鬱wèng 　鬱ung3 甕　鬱HLVVU

因鼻子堵塞而發音不清：齃聲齃氣。

齇 　鬱zhā 　鬱zaa1 渣　鬱HLYPM

鼻子上長的紅斑，就是酒渣鼻的渣。

齉 　鬱nàng 　鬱nong6 囊六聲　鬱HLJBV

鼻子堵住，發音不清：齉鼻子。

─────── 齊部 ───────

齊(齐) 1 　鬱jì 　鬱zai6 滯　鬱YX

調味品。

齊(齐) 2 　鬱qí 　鬱cai4 齊　⑥用法粵音讀 zai6 滯

①有條理，有秩序：整齊／書架上的書一本本排得很齊。②達到跟對比同樣的程度：河水齊腰深。③同時，同樣，一起：齊心／百花齊放／齊聲高唱／並駕齊驅。④完備，完全：湊齊了款項／材料都預備齊了。⑤跟某一點或某一直線取齊：齊根兒剪斷／齊着邊緣一條線。⑥指合金：錳鎳銅齊。

齊(齐) 3 　鬱qí 　鬱cai4 齊

①周代諸侯國，在今河北。②朝代，指南齊或北齊。③唐末農民起義軍領袖黃巢所建之國號。④姓。

齊(齐) 4 　鬱zhāi 　鬱zaai1 債一聲

古同「齋1」，見736頁。

齋(斋) ¹ 粵zhāi 粵zaai1 債一聲 YXF

①祭祀前潔淨身心：齋戒。②佛教、道教等教徒吃的素食：吃齋。③捨飯給僧人、道人：齋僧。④姓。

齋(斋) ² 粵zhāi 粵zaai1 債一聲

屋子，常用作書房、商店的名稱，學校宿舍也叫齋的：書齋/第一齋。

齎 YXBUC 「賫」的異體字，見591頁。

齏(齑) 粵jī 粵zai1 擠 YXLMM

①搗碎的薑、蒜、韭菜等，用來調味。②細、碎：化為齏粉。

―――― 齒部 ――――

齒(齿) 粵chǐ 粵ci2 始 YMUOO

①牙齒，人和動物嘴裏咀嚼食物的器官。②排列像牙齒形狀的東西：鋸齒/齒輪/梳子齒兒。③並列，引為同類：齒列/不齒於人類。④年齡：馬齒徒增（舊時自謙年長無能）/齒德俱尊。⑤說到，提起：齒及/不足齒數。

齔(龀) 粵chèn 粵can3 趁 YUP

小孩兒換牙（乳齒脫落長出恆齒）。

齕(龁) 粵hé 粵hat6 瞎 YUON

咬。

齗(龂) 粵yín 粵ngan4 銀 YUHML

同「齦2」，見737頁。
【齗齗】形容爭辯的樣子：齗齗爭辯。

齘(龆) 粵jǔ 粵zeoi2 咀 YUBM

【齘齚】也作「鉏鋙」。上下牙齒對不上，比喻意見不合。

齙(龆) 粵tiáo 粵tiu4 條 YUSHR

兒童換牙：齙年（童年）。

齡(龄) 粵líng 粵ling4 伶 YUOII

①歲數：年齡/高齡。②泛指年數：工齡。③某些生物體發育過程中不同的階段。如昆蟲的幼蟲第一次蛻皮前叫一齡蟲，水稻長到七葉叫七葉齡。

齣(出) 粵chū 粵ceot1 出 YUPR

一本傳奇中的一個大段落叫一齣，戲曲的一個獨立劇目也叫一齣：三齣戲。

齙(龅) 粵bāo 粵baau6 鮑 YUPRU

【齙牙】突出脣外的牙齒。

齜(龇) 粵zī 粵zi1 資 YUYMP

張開嘴露出牙：齦牙咧嘴。

齦（齦） 1 粵kěn 普hang2 肯
⊕YUAV

同「啃」，見95頁。

齦（齦） 2 粵yín 普ngan4 銀

牙齦，即牙牀，牙根上的肉。

齧 ⊕QHYMU「嚙」的異體字，見109頁。

齩 ⊕YUYCK「咬」的異體字，見87頁。

齪（齪） 粵chuò 普cuk1 促
⊕YURYO

見【齷齪】，737頁。

齬（齬） 粵yǔ 普jyu5 語
⊕YUMMR

見【齟齬】，736頁。

齭（齭） 粵wò 普ak1 握
⊕YUSMG

【齷齪】①骯髒，不乾淨。②比喻人品質卑劣：卑鄙齷齪。③形容氣量狹小，拘於小節。

齮（齯） 粵qǔ 普geoi2 舉
⊕YUHLB

牙齒有病而殘缺。
【齲齒】俗稱「蛀牙」或「蟲牙」。因口腔不清潔，食物渣滓發酵，產生酸類，侵

蝕牙齒的釉質而形成空洞，會造成牙痛、牙齦腫脹等症狀。

齶 ⊕YURRS「腭」的異體字，見488頁。

―――――― 龍 部 ――――――

龍（龙） 粵lóng 普lung4 隆
⊕YBYSP

①中國古代傳說中的一種長形、有角、有鱗的神異動物，能走能飛，能游泳，能興雲降雨。②封建時代以龍象徵帝王，也用來指帝王使用的東西：龍袍/龍牀。③形狀像龍的或裝飾有龍的圖案的：龍舟/龍車/龍牆。④近代古生物學上指一些巨大的有腳有尾的爬行動物：恐龍/翼手龍。⑤姓。
【龍鍾】年老衰弱行動不靈便的樣子。

龐 ⊕IYBP 見广部，184頁。

龑（龑） 粵yǎn 普jim2 掩
⊕YPMK

五代時南漢主劉龑為自己名字造的字。

龒（龚） 粵gōng 普gung1 公
⊕YPTC

姓。

龕（龛） 粵kān 普ham1 堪
⊕OMRP

供奉佛像、神位等的小閣子：佛龕。

―――― 龠部 ――――

龠¹ 普yuè 粵joek6若 倉OMRB
古代容量單位，兩龠是一合（即0.1升）。

龠² 普yuè 粵joek6若
古代樂器名，形狀像簫。

龢 普hé 粵wo4禾 倉OBHD
用於人名。翁同龢，清朝人。

―――― 龜部 ――――

龜(龟)¹ 普guī 粵gwai1歸
倉NXU

爬行動物，身體長圓而扁，背部隆起，有堅硬的殼，四肢短，趾有蹼，頭、尾巴和四肢都能縮入甲殼內。多生活在水邊，吃植物或小動物。種類很多，常見的有烏龜。壽命很長。龜甲也叫「龜板」，可以入藥。古人用龜甲占卜：龜卜／蓍龜。

龜(龟)² 普jūn 粵gwan1軍
【龜裂】①同【皸裂】，見396頁。②裂開很多縫子，呈現很多裂紋：經過三年大旱，耕地都龜裂了。

龜(龟)³ 普qiū 粵gau1鳩
【龜茲】漢代西域國名，在今新疆庫車一帶。

附　錄

附　錄

漢語拼音方案

一　字母表

字母：	Aa	Bb	Cc	Dd	Ee	Ff	Gg
名稱：	ㄚ	ㄅㄝ	ㄘㄝ	ㄉㄝ	ㄜ	ㄝㄈ	ㄍㄝ

	Hh	Ii	Jj	Kk	Ll	Mm	Nn
	ㄏㄚ	ㄧ	ㄐㄧㄝ	ㄎㄝ	ㄝㄌ	ㄝㄇ	ㄋㄝ

	Oo	Pp	Qq	Rr	Ss	Tt	
	ㄛ	ㄆㄝ	ㄑㄧㄡ	ㄚㄦ	ㄝㄙ	ㄊㄝ	

	Uu	Vv	Ww	Xx	Yy	Zz	
	ㄨ	ㄪㄝ	ㄨㄚ	ㄒㄧ	ㄧㄚ	ㄗㄝ	

v 只用來拼寫外來語、少數民族語言和方言。

字母的手寫體依照拉丁字母的一般書寫習慣。

二　聲母表

b	p	m	f	d	t	n	l
ㄅ玻	ㄆ坡	ㄇ摸	ㄈ佛	ㄉ得	ㄊ特	ㄋ訥	ㄌ勒

g	k	h		j	q	x	
ㄍ哥	ㄎ科	ㄏ喝		ㄐ基	ㄑ欺	ㄒ希	

zh	ch	sh	r	z	c	s	
ㄓ知	ㄔ蚩	ㄕ詩	ㄖ日	ㄗ資	ㄘ雌	ㄙ思	

在給漢字注音的時候，為了使拼式簡短，zh ch sh 可以省作 ẑ ĉ ŝ。

三　韻母表

	i ㄧ　衣	u ㄨ　烏	ü ㄩ　迂
a ㄚ　啊	ia ㄧㄚ　呀	ua ㄨㄚ　蛙	
o ㄛ　喔		uo ㄨㄛ　窩	
e ㄜ　鵝	ie ㄧㄝ　耶		üe ㄩㄝ　約
ai ㄞ　哀		uai ㄨㄞ　歪	
ei ㄟ　欸		uei ㄨㄟ　威	
ao ㄠ　熬	iao ㄧㄠ　腰		
ou ㄡ　歐	iou ㄧㄡ　憂		
an ㄢ　安	ian ㄧㄢ　煙	uan ㄨㄢ　彎	üan ㄩㄢ　冤
en ㄣ　恩	in ㄧㄣ　因	uen ㄨㄣ　溫	ün ㄩㄣ　暈
ang ㄤ　昂	iang ㄧㄤ　央	uang ㄨㄤ　汪	
eng ㄥ　亨的韻母	ing ㄧㄥ　英	ueng ㄨㄥ　翁	
ong (ㄨㄥ)　轟的韻母	iong ㄩㄥ　雍		

(1) 「知、蚩、詩、日、資、雌、思」等七個音節的韻母用 i，即：
知、蚩、詩、日、資、雌、思等字拼作 zhi，chi，shi，ri，zi，
ci，si。

(2) 韻母ㄦ寫成 er，用做韻尾的時候寫成 r。例如：「兒童」拼作
ertong，「花兒」拼作 huar。

(3) 韻母ㄝ單用的時候寫成 ê。

(4) i 行的韻母，前面沒有聲母的時候，寫成：yi（衣），ya（呀），
ye（耶），yao（腰），you（憂），yan（煙），yin（因），yang
（央），ying（英），yong（雍）。

　　u 行的韻母，前面沒有聲母的時候，寫成：wu（烏），wa（蛙），
wo（窩），wai（歪），wei（威），wan（彎），wen（溫），wang（汪），
weng（翁）。

　　ü 行的韻母，前面沒有聲母的時候，寫成：yu（迂），yue（約），
yuan（冤），yun（暈）；ü 上兩點省略。

　　ü 行的韻母跟聲母 j，q，x 拼的時候，寫成：ju（居），qu（區），
xu（虛），ü 上兩點也省略；但是跟聲母 n，l 拼的時候，仍然寫
成：nü（女），lü（呂）。

(5) iou，uei，uen 前面加聲母的時候，寫成：iu，ui，un。例如 niu
（牛），gui（歸），lun（倫）。

(6) 在給漢字注音的時候，為了使拼式簡短，ng 可以省作 ŋ。

四　聲調符號

　　　陰平　　　　陽平　　　　上聲　　　　去聲

　　　　　　　ˉ　　　　ˊ　　　　ˇ　　　　ˋ

聲調符號標在音節的主要母音上，輕聲不標。例如：

　　媽 mā　　　麻 má　　　馬 mǎ　　　罵 mà　　　嗎 ma
　（陰平）　　（陽平）　　（上聲）　　（去聲）　　（輕聲）

五　隔音符號

a，o，e 開頭的音節連接在其他音節後面的時候，如果音節的界限發生混
淆，用隔音符號（’）隔開，例如 pi'ao（皮襖）。

粵音聲韻調表

（香港語言學學會粵語拼音方案）

一、聲母表

（19個）

b (bo) 波	p (po) 婆	m (mo) 摩	f (fo) 科
d (dik) 的	t (tik) 剔	n (nik) 匿	l (lik) 靂
g (gaa) 加	k (kaa) 卡	h (haa) 蝦	ng (ngaa) 牙
z (zi) 資	c (ci) 雌	s (si) 思	j (ji) 衣
gw (gwaa) 瓜	kw (kwaa) 誇	w (waa) 蛙	

二、韻母表

（53個）

aa 呀	i 衣	u 烏	yu 於
o 柯			
e （爹）			
oe （靴）			
aai 唉			
oi 哀			
ei （卑）		ui （杯）	
ai （梯）			
aau 包			
ou （煲）	iu 腰		
au 歐			

eoi (推)			
aam (監)			
am (金)	im 淹		
aan (奸)			
on 安			
an (根)	in 煙	un 豌	yun 冤
eon (春)			
aang (坑)			
ong (康)		ung (工)	
eng (廳)			
ang 鶯	ing 英		
oeng (香)			
aap 鴨			
ap (急)	ip 葉		
aat 押			
ot (喝)			
at (不)	it 熱	ut 活	yut 月
eot (出)			
aak (客)			
ok (殼)			
ek (尺)			
ak (得)	ik 益	uk 屋	
oek (腳)			
m 唔			
ng 吳			

三、聲調表

1	分	雛	冤	優	夫	詩	因	淹
2	粉	水	婉	黝	府	史	隱	掩
3	訓	歲	怨	幼	庫	試	印	厭
4	墳	誰	元	由	符	時	人	嚴
5	奮	緒	遠	友	婦	市	引	染
6	份	睡	願	又	付	士	刃	驗
1（入）	忽	摔	○	○	福	色	壹	○
3（入）	○	○	乙	○	○	○	○	醃
6（入）	乏	術	悅	○	服	食	日	葉

説明：

　　1. j，w 為半元音，凡韻母以 i 或 y 開頭，前面沒有聲母的時候，則冠以 j，如 ji（衣），jiu（腰），jim（淹），jin（煙），jing（英），jip（葉），jit（熱），jik（益），jyu（於），jyun（冤），jyut（月）；凡韻母以 u 開頭，前面沒有聲母的時候，則冠以 w，如 wu（烏），wui（回），wun（碗），wut（活）。

　　2. m，ng 既可作聲母，也可作韻母單獨成音節。

　　3. 粵語分九聲，第一至第六聲分別用 1、2、3、4、5、6 表示；第七聲、第八聲、第九聲為入聲，其調值分別相當於第一聲、第三聲、第六聲，仍以 1、3、6 表示。

　　4. 韻母表中加括號的漢字只取其韻。

書寫筆順規則表

規　　則	例　字	筆　　順
先　橫　後　豎	十	一 十
	下	一 丅 下
先　撇　後　捺	八	ノ 八
	天	一 夭 天
從　上　到　下	言	亠 言 言
	京	亠 亨 京
從　左　到　右	做	亻 估 做
	洲	氵 氵 洲 洲
從　外　到　內	月	几 月
	向	门 向
先　裏　頭　後　封　口	田	冂 田 田
	固	冂 固 固
先　中　間　後　兩　邊	小	亅 小 小
	水	亅 水 水

常用標點符號用法簡表

名　稱	符　號	用法說明	舉　例
句號	。	表示陳述句末尾的停頓。	這個問題，讓我考慮一下再作決定。
逗號	，	表示一句話中間的停頓。	他為自己想得少，為別人想得多。
頓號	、	表示句中並列的詞或詞組之間的停頓。	原始大氣中的甲烷、氨、水汽等，就是由碳同氫、氮、氧作用而產生的。
分號	；	表示一句話中並列分句之間的停頓。	他們的手，握在一起；他們的心，貼在一起。
冒號	：	用以提示下文。	老師說過：「科學的態度，就是要『實事求是』。」
問號	？	表示疑問句末尾的停頓。	你會唱這首歌嗎？
感情號①	！	表示感歎句末尾的停頓。	祝您身體健康！

名　稱	符　號	用法說明	舉　例
引號②	" "　' '　『 』　「 」	1. 表示引用的部分。	孫中山告誡人們，凡事"不委之於天數氣運"，要相信"人事可以勝天"。
		2. 表示特定的稱謂或需要着重指出的部分。	「愛情」與「麵包」，常常被人們喻為最難作出的抉擇。
		3. 表示諷刺或否定的意思。	闖進別人家裏打人、強要東西，卻說是為了「保護」人家的「安全」——這是強盜們慣用的邏輯。
括號③	（ ）	表示文中注釋性的部分。	只有感覺的材料十分豐富（不是零碎不全）和合於實際（不是錯覺），才能根據這樣的材料造出正確的概念和理論來。
省略號④	……	表示文中省略的部分。	日常生活應用的電器，包括電視機、電冰箱、洗衣機、電風扇……使人們生活更方便。

名　稱	符　號	用法說明	舉　例
破折號 ⑤	——	1. 表示底下是解釋、說明的部分，有括號的作用。	歐洲四大書店之一 —— 西班牙書籍之家，坐落在馬德里的商業中心。
		2. 表示意思的遞進。	認識 —— 了解 —— 爭議 —— 更加深入了解。
		3. 表示意思的轉折。	他不喜歡乘馬車遊公園 —— 除非為了炫耀一下他的新衣服。
連接號 ⑥	－	1. 表示時間、地點、數目等的起止。	抗日戰爭時期（1937 年－1945 年）「香港－廣州」直通火車
		2. 表示相關的人或事物的關係。	中國現代史上的偉大人物－孫中山。
書名號 ⑦	《　》〈　〉	表示書籍、文件、報刊、文章等的名稱。	《紅樓夢》《日內瓦國際紅十字會公約》《紐約時報》

名　稱	符　號	用法説明	舉　例
間隔號	・	1. 表示月份和日期之間的分界。	「五・一」勞動節
		2. 表示有些民族人名中的音界。	朗奴・列根
着重號	˙	表示文中需要強調的部分。	遊行集會時必須注意的是紀律和秩序。 　　　　　˙˙˙˙˙

附注：① 感情號也叫「感歎號」或「驚歎號」。

②“ ”『 』叫雙引號，‘ ’「 」叫單引號。“ ”‘ ’用於橫行文字，『 』「 」用於橫行或直行文字。只需要一種引號時，用“ ”「 」或『 』都可以。引號中再用引號時，“ ”‘ ’組合一般雙引號在外，單引號在內；『 』「 」組合則單引號在外，雙引號在內。

③ 常見的括號還有幾種，如〔 〕［ ］，多用於文章注釋的標號或根據需要作為某種標記。

④ 一般用六個圓點，佔兩個字的位置。

⑤ 佔兩個字的位置。

⑥ 佔一個字或兩個字的位置。

⑦ 書名號內再用書名號時，雙書名號（《 》）在外，單書名號（〈 〉）在內。書名號原用「﹏﹏」。

中國歷史朝代公元對照簡表

夏		前 2070 —— 前 1600
商		前 1600 —— 前 1046
周	西周	前 1046 —— 前 771
	東周 春秋時代 戰國時代①	前 770 —— 前 256 前 770 —— 前 476 前 475 —— 前 221
秦		前 221 —— 前 206
漢	西漢②	前 206 —— 公元 25（包括王莽和更始帝）
	東漢	25 —— 220
三國	魏	220 —— 265
	蜀	221 —— 263
	吳	222 —— 280
西晉		265 —— 317
東晉	東晉	317 —— 420
十六國	十六國③	304 —— 439

		宋	420 － 479
南北朝	南朝	齊	479 － 502
		梁	502 － 557
		陳	557 － 589
	北朝	北魏	386 － 534
		東魏 北齊	534 － 550 550 － 577
		西魏 北周	535 － 556 557 － 581
隋			581 － 618
唐			618 － 907
五代十國	後梁		907 － 923
	後唐		923 － 936
	後晉		936 － 947
	後漢		947 － 950
	後周		951 － 960
	十國④		902 － 979

宋	北宋	960 — 1127
	南宋	1127 — 1279
遼		907 — 1125
西夏		1038 — 1227
金		1115 — 1234
元		1206 — 1368
明		1368 — 1644
清		1616 — 1911（1644 入關）
中華民國		1912 — 1949
中華人民共和國		1949.10.1 ——

附注：① 這時期，主要有秦、魏、韓、趙、燕、齊、楚等國。

② 包括王莽建立的「新」王朝（公元 9 年－23 年）。公元 23 年，新莽王朝滅亡。公元 25 年，東漢王朝建立。

③ 這時期，除東晉外，還先後存在過一些政權，其中有：漢（前趙）、成（成漢）、前涼、後趙（魏）、前燕、前秦、後燕、後秦、西秦、後涼、南涼、北涼、南燕、西涼、北燕、夏等國，歷史上叫做「十六國」。

④ 這時期，除後梁、後唐、後晉、後漢、後周外，還先後存在過一些政權，其中有：吳、前蜀、吳越、楚、閩、南漢、荊南（南平）、後蜀、南唐、北漢等國，歷史上叫做「十國」。

中國行政區劃簡表

	省級行政區	簡稱	省會
華北區	北 京 市	京	
	天 津 市	津	
	河 北 省	冀	石 家 莊
	山 西 省	晉	太 原
	內 蒙 古 自 治 區	內蒙古	呼 和 浩 特
東北區	遼 寧 省	遼	瀋 陽
	吉 林 省	吉	長 春
	黑 龍 江 省	黑	哈 爾 濱
華東區	上 海 市	滬	
	江 蘇 省	蘇	南 京
	浙 江 省	浙	杭 州
	安 徽 省	皖	合 肥
	福 建 省	閩	福 州
	江 西 省	贛	南 昌
	山 東 省	魯	濟 南
華中區	河 南 省	豫	鄭 州
	湖 北 省	鄂	武 漢
	湖 南 省	湘	長 沙
華南區	廣 東 省	粵	廣 州
	海 南 省	瓊	海 口
	廣 西 壯 族 自 治 區	桂	南 寧

西南區	重　　慶　　市	渝	
	四　　川　　省	川或蜀	成　　　　都
	貴　　州　　省	貴或黔	貴　　　　陽
	雲　　南　　省	雲或滇	昆　　　　明
	西　藏　自　治　區	藏	拉　　　　薩
西北區	陝　　西　　省	陝或秦	西　　　　安
	甘　　肅　　省	甘或隴	蘭　　　　州
	青　　海　　省	青	西　　　　寧
	寧　夏　回　族　自　治　區	寧	銀　　　　川
	新　疆　維　吾　爾　自　治　區	新	烏　魯　木　齊
香　港　特　別　行　政　區		港	
澳　門　特　別　行　政　區		澳	
台　　　灣　　　省		台	台　　　　北

粵語拼音檢字表

aa		aak							
1 丫	5	1 軶	607	拗	224	淹	123	葩	517
吖	79	握	235	勒	683	揞	235	2 把	219
呀	82					黯	732	鈀	640
枒	274	aan		ai		3 暗	264	靶	683
啊	93	3 晏	261	2 矮	407	闇	666	欛	298
椏	285	鴳	721	3 嚡	265			3 粑	473
雅	675	鷃	724	瞖	404	ang		霸	561
鴉	720			縊	458	1 鞥	684	壩	680
鵶	723	aang		翳	471	鶯	724	灞	130
2 啊	93	1 罌	378			鸎	727	灞	345
啞	94	甖	465	ak				6 吧	83
嘎	100			1 厄	70	au		罷	466
3 呀	82	aap		屼	215	1 區	66		
亞	10	3 押	222	呃	82	嘔	208	baai	
阿	669	鴨	721	扼	219	漚	337	1 掰	233
埡	122			阨	668	歐	300	2 捭	229
婭	143	aat		偓	33	甌	378	擺	246
控	233	3 愒	200	啞	94	謳	578	罷	559
氬	310	擖	235	喔	98	鷗	725	3 拜	224
錏	650	猰	366	幄	177	2 嘔	103	湃	329
4 啊	93	遏	622	握	235	毆	305	6 唄	91
		頠	689	渥	329	漚	337	敗	251
aai		闥	666	齷	737			稗	423
1 哎	87	壓	129			baa		憊	210
唉	92			am		1 巴	174	韛	686
挨	227	aau		1 厂	70	叭	76		
欸	299	2 抝	221	坺	120	吧	82	baak	
噯	108	拗	224	庵	182	岜	165	1 迫	185
2 欸	299	3 凹	50	菴	515	爸	358	廹	615
嗌	101	抝	221	盦	398	芭	501	3 百	394
隘	673	坳	118	諳	576	疤	385	伯	18
		垇	117	鵪	723	笆	431	佰	24
				2 唵	94	粑	442		

懜 210
篕 437
糯 444
避 625
轡 684

beng
2 餅 695
6 病 386

bik
1 迫 185
迫 615
偪 33
排 231
愎 204
皕 395
腷 487
辟 612
逼 620
碧 411
壁 128
璧 376
襞 559
躄 604
躃 604

bin
1 砭 408
煸 351
緶 456
蝙 541
鞭 684
邊 626
辮 463
鯿 715
編 715

簿 441
2 扁 216
窆 427
匾 66
貶 587
碥 412
褊 557
藊 529
3 變 581
6 卞 68
弁 185
忭 196
抃 218
汴 312
芅 502
便 25
昪 261
辨 613
辯 613

bing
1 冰 310
冰 47
并 179
兵 44
屏 163
栟 277
屏 163
2 丙 4
秉 420
邴 628
屏 163
炳 348
3 併 21
柄 275
併 27
迸 617

摒 236
6 並 5
病 386
竝 429

bit
1 必 195
蹕 564
2 警 188
憋 209
縏 718
鼈 733
6 別 52
鷩 602
癙 392

biu
1 杓 272
彪 190
標 240
標 292
膘 489
瘭 390
錶 651
臕 492
蔈 531
鏢 657
飆 693
飈 693
飈 693
驃 704
鑣 660
2 表 552
俵 27
婊 143
裱 556

bo
1 坡 117
波 317
玻 370
般 497
啵 95
菠 512
嶓 170
2 跛 598
3 播 242
鄱 631
蕃 525
簸 440

bok
3 亳 12
博 68
搏 237
膊 488
髆 700
礡 128
縛 458
駁 702
餺 698
6 泊 316
舶 497
鉑 643
雹 678
箔 435
薄 526
濼 343
礴 416

bong
1 邦 627
浜 321
梆 281

幫 178
2 綁 453
榜 289
膀 488
髣 519
3 髣 378
6 旁 257
傍 34
稖 423
磅 413
鎊 654

bou
1 晡 262
逋 617
煲 352
褒 557
餔 696
2 保 26
㷛 149
堡 124
葆 516
補 555
褓 555
鴇 720
寶 157
寶 157
3 布 174
佈 20
坿 118
怖 197
埔 120
報 123
6 步 301
哺 91
捕 229
埠 121

caau							
1 抄	219	棧	282	3 疢	386	鞦	684
鈔	641	毳	702	趁	595	鰍	716
剿	57	2 礤	410	親	562	鶖	724
勦	63	寢	155	齔	736		
2 吵	81	磣	414	櫬	297	**丑**	
炒	346	3 嵾	82	襯	559	醜	4
眇	473	吣	196	4 陳	671	眑	403
4 巢	172	嗲	91	塵	126	醜	635
		摻	241			3 臭	493
cai		識	581	**cang**		湊	48
1 妻	139	4 沈	313	1 噌	105	湊	327
淒	48	沉	313	2 曾	267	嗅	100
栖	280	尋	158	層	164	溴	332
悽	202	覃	560	嶒	170	腠	486
淒	324	噚	106			糗	444
郪	629	潯	338	**cap**		輳	610
棲	285	蕁	525	1 戢	214	4 仇	13
萋	514	蟳	719	茸	518	囚	111
3 切	51	鱘	718	緝	456	泅	316
沏	314	5 蕈	525	輯	610	惆	202
妻	139			戠	528	稠	423
砌	408	**can**				訕	570
傺	35	1 嗔	101	**cat**		遒	622
4 齊	735	瞋	404	1 七	2	醉	633
薺	529	親	562	柒	277	酬	633
蠐	547	2 揗	222	漆	335	綢	453
5 薺	529	哂	89			裯	556
鱭	719	矧	406	**cau**		蜍	542
		眕	382	1 抽	222	儔	39
cak		疹	386	秋	420	幬	178
1 廁	71	捵	234	炌	348	疇	384
廁	182	診	568	紬	449	籌	440
惻	205	軫	607	搊	237	躊	604
測	329	稹	424	楸	288	醻	636
		縝	458	萩	516	鑄	581
cam		鬠	709	瘳	390	讐	581
1 侵	24	顖	732	鞦	684	**ce**	
						1 車	606

奓	136			
硨	410			
2 尺	161			
且	4			
扯	218			
撦	239			
3 赿	595			
邪	627			
衺	553			
斜	254			
嵖	608			
cek				
3 尺	161			
呎	82			
赤	593			
ceoi				
1 吹	81			
炊	346			
衰	552			
崔	168			
疽	537			
催	34			
摧	240			
榱	289			
璀	375			
縗	459			
趨	596			
2 取	74			
娶	143			
揣	235			
璀	375			
3 倅	29			
脆	482			
啐	95			
娶	143			

腈	485	轍	611	蹉	601	娼	143	場	127
稱	423			雛	676	將	158	壋	128
婧	540	**ciu**		鶵	725	猖	365	燀	147
顏	594	1 弨	187	2 胜	484	窗	427	檣	296
檉	295	怊	197	楚	286	窻	427	牆	359
蠅	547	昭	261	礎	415	菖	512	薔	528
鯖	714	釗	639	3 剉	55	嗆	100	艢	498
2 拯	225	超	595	挫	228	搶	238		
逞	618	鍫	653	莝	511	戧	214	**coi**	
請	574	鍫	653	銼	648	槍	290	2 采	637
聘	702	繰	462	錯	651	瑲	374	保	31
3 情	30	2 悄	201	4 座	388	窻	428	彩	189
秤	421	愀	205	矬	407	闛	666	採	232
稱	423	3 肖	478	耡	473	鎗	655	茝	510
4 呈	81	俏	25	瘥	390	鏘	656	睞	403
埕	121	峭	166	鉏	648	鯧	715	綵	454
情	202	陗	670	齹	728	2 搶	238	3 采	637
晴	263	誚	595	5 坐	117	3 倡	30	埰	123
氣	310	鞘	684			昶	710	寀	154
程	422	4 晁	261	**coek**		唱	93	菜	512
裎	555	朝	269	3 卓	68	悵	202	塞	126
醒	634	剿	58	倬	30	嗆	100	蔡	524
睛	590	憔	209	桌	279	塲	374	賽	592
澄	338	潮	338	婥	143	戧	214	4 才	216
錫	697	樵	293	婼	144	暢	264	材	271
懲	211	蕉	525	焯	350	熗	353	財	586
		鼂	733	逴	620	蹌	602	裁	554
cip		譙	579	綽	455	蹡	602	纔	464
3 妾	139	顦	691	踔	600	4 戕	213		
				嚛	108	長	662	**cok**	
cit		**co**		戳	215	庠	181	3 錯	651
3 切	51	1 初	52			祥	418		
設	567	芻	502	**coeng**		塲	124	**cong**	
掣	233	嵯	170	1 斨	255	翔	470	1 倉	28
徹	194	搓	236	昌	259	萇	514	傖	34
撤	242	磋	412	倀	27	腸	487	創	57
澈	339			倡	30	詳	570	滄	332

撮 243	澹 340	踢 601	娣 142	橙 297
歠 301		褡 685	俤 201	鐙 658

daa
- 1 打 217
- 2 打 217

daai
- 1 呆 82
- 獃 366
- 2 歹 302
- 3 帶 176
- 戴 215
- 6 大 132

daak
- 1 哵 87

daam
- 1 眈 400
- 耼 475
- 耽 475
- 聃 475
- 躭 605
- 儋 38
- 擔 245
- 2 膽 491
- 黵 732
- 3 石 407
- 擔 245
- 6 啖 96
- 啗 96
- 淡 324
- 氮 310
- 菭 515
- 噉 106
- 腍 590

daan
- 1 丹 1
- 單 99
- 鄲 631
- 彈 304
- 癉 391
- 簞 439
- 2 旦 258
- 3 旦 258
- 鉭 644
- 誕 574
- 癉 391
- 6 但 19
- 担 225
- 蜑 384
- 蛋 538
- 亶 12
- 蜑 540
- 彈 188
- 憚 209
- 撣 243
- 擅 243
- 膻 491

daap
- 1 嗒 100
- 3 耷 474
- 荅 509
- 答 433
- 搭 238
- 瘩 390
- 褡 558
- 6 沓 314
- 逻 623
- 踏 599

daat
- 3 妲 139
- 怛 197
- 笪 432
- 靻 683
- 6 達 622
- 壋 129
- 噠 107
- 縫 462

dai
- 1 氐 308
- 低 20
- 瓱 468
- 磾 414
- 2 氐 308
- 坻 118
- 底 180
- 抵 222
- 邸 628
- 柢 276
- 牴 361
- 砥 408
- 舳 564
- 詆 568
- 骶 706
- 3 帝 175
- 蒂 518
- 碲 412
- 褅 418
- 締 456
- 蒂 524
- 諦 576
- 6 弟 186

dak
- 1 得 192
- 悳 204
- 德 194
- 鍀 651
- 6 特 361
- 螣 544
- 蟘 547

dan
- 2 不 270
- 墩 128
- 礅 604
- 3 扽 220
- 6 燉 354

dang
- 1 登 393
- 噔 106
- 燈 354
- 鐙 405
- 簦 439
- 蹬 603
- 鐙 658
- 2 等 432
- 戥 214
- 3 櫈 49
- 磴 414

dat
- 1 胴 487
- 6 凸 49
- 突 426
- 葵 516

dau
- 1 唗 91
- 兜 42
- 篼 524
- 篼 438
- 2 斗 254
- 抖 220
- 阧 669
- 枓 273
- 蚪 536
- 陡 670
- 鈄 641
- 3 鬥 710
- 鬧 710
- 6 豆 582
- 脰 484
- 荳 511
- 逗 617
- 痘 387
- 餖 696
- 竇 429
- 讀 580

埭	119	蹺	601	搗	237	瀆	343	端	430
垈	123	鐸	659	睹	403	櫝	297	2 短	406
跢	599			覩	562	牘	360	3 鍛	652
躱	605	**dong**		賭	591	犢	362	斷	256
舝	110	1 當	383	擣	246	讀	580	6 段	304
6 惰	204	噹	108	3 妒	138	髑	707	塅	124
馱	700	璫	376	到	53	黷	464	椴	288
墮	128	簹	439	妬	140	黷	732	煅	351
		襠	559	倒	29	讟	582	緞	456
doek		鐺	659	蝜	544			斷	256
3 剢	53	2 党	42	歝	253	**dung**		斷	441
剁	53	擋	244	纛	549	1 冬	47		
啄	95	檔	295	6 杜	272	咚	87	**dyut**	
涿	323	黨	732	芏	499	東	272	6 奪	136
椓	285	攩	248	度	181	氡	309		
琢	372	讜	582	悼	202	崠	168	**ei**	
斸	255	3 當	384	渡	327	蝀	734	6 欸	299
諑	574	擋	244	盜	397	鶇	723	誒	573
斲	255	檔	295	道	622	2 董	517		
		6 宕	151	稻	424	懂	210	**faa**	
doi		菪	512	導	159	3 凍	48	1 花	501
6 代	15	碭	412	幬	178	棟	284	華	513
岱	165	蕩	526	蹈	601	腖	486	3 化	65
甙	186	瀁	398	鍍	652	6 侗	23		
待	191			燾	356	垌	119	**faai**	
怠	198	**dou**				峒	166	3 快	196
殆	303	1 刀	50	**duk**		恫	199	傀	33
玳	370	叨	75	1 乤	72	洞	320	塊	124
迨	615	切	195	叾	161	胴	482	筷	434
埭	121	朶	309	屒	163	動	62	噲	108
袋	553	都	629	督	403	硐	409		
瑇	374	舠	712	篤	437	働	36	**faan**	
黛	731	嘟	102	6 毒	306	慟	207	1 反	73
靆	680	2 倒	28	碡	412			番	383
		島	167	頓	688	**dyun**		幡	177
dok		堵	122	獨	367	1 耑	473	旛	258
6 度	181	捯	233	瀆	49			蕃	525

翻	471	珐	373	酚	633	忽	196	罦	465
翻	694	發	393	勛	62	拂	222	蜉	540
2 反	73	髮	708	棻	515	艴	502	6 阜	668
返	614	醗	636	雰	677	氟	309	埠	121
販	586			葷	518	苻	505		
3 氾	311	**fai**		熏	353	袚	417	**fe**	
汎	312	1 揮	236	窨	427	笏	431	1 啡	94
泛	314	暉	264	勳	63	唔	96		
販	382	翬	373	闉	666	惚	203	**fei**	
販	586	墮	128	曛	266	潗	325	1 妃	138
4 凡	49	鞏	470	燻	356	紱	449	非	681
氾	311	輝	609	薰	529	緋	450	飛	693
帆	174	麾	730	醺	636	魃	499	啡	94
釩	640	徽	194	2 粉	442	欻	299	扉	216
煩	352	隳	674	3 訓	566	煇	352	菲	513
墦	127	2 痱	386	熏	353	窟	427	緋	455
樊	291	腓	388	糞	445	敥	685	蜚	541
燔	355	3 沸	315	4 汾	312	髯	708	霏	679
璠	375	狒	363	芬	285	歘	301	騑	703
膰	490	肺	479	焚	350	戵	733	2 匪	66
蕃	525	芾	502	墳	128	6 乏	6	俳	202
繁	460	費	588	濆	339	伐	18	斐	254
繙	461	廢	184	羒	734	佛	21	菲	514
藩	531	鐨	657	豶	584	佛	198	榧	290
蹯	603	6 吠	80	5 念	197	垡	119	翡	470
礬	416	痱	386	僨	36	栰	433	蜚	541
6 犯	363	腓	388	憤	210	罰	466	誹	573
范	505			奮	136	閥	665	篚	437
梵	282	**fan**		6 分	51			4 肥	478
飯	694	1 分	50	份	17	**fau**		淝	324
範	436	吩	80	念	197	2 缶	464	腓	485
瓣	377	昏	259			否	80	6 荆	55
		氛	309	**fat**		剖	55		
faat		芬	501	1 弗	186	4 茡	501	**fo**	
3 法	316	紛	448	佛	21	杲	465	1 科	421
琺	370	婚	143	國	113	浮	321	稞	423
砝	408	惛	203	彿	191	涪	323	窠	427

蚪	542	做	31	溥	334	褲	558	晦	262
髁	707	晃	261	鄜	631	4 夫	133	喙	98
2 火	345	紡	448	敷	252	乎	6	誨	572
伙	18	舫	497	膚	489	扶	218		
楇	284	訪	567	骷	706	芙	500	**fuk**	
鈥	641	愰	177	麩	729	符	505	1 福	176
夥	132	髣	708	戲	214	衭	536	復	193
顆	690	3 況	48	戯	214	符	431	腹	487
3 貨	586	放	249	2 父	357	鳧	719	福	419
課	573	況	316	甫	380	5 婦	143	蝠	542
騍	703	眖	588	府	181	6 仆	13	蝮	542
		4 妨	139	拊	223	父	358	複	557
fok		防	668	斧	255	付	15	輻	610
3 霍	679	房	215	虎	533	坿	118	覆	560
攉	247	鲂	712	俛	26	附	669	馥	700
癨	405			苦	504	訃	565	鰒	716
籰	248	**fu**		俯	27	負	585	6 伏	17
鑊	605	1 夫	133	釜	639	赴	594	宓	151
		伕	17	唬	96	傅	34	服	268
fong		孚	148	脯	484	腐	486	洑	318
1 方	256	刳	53	琥	372	輔	608	栿	280
坊	116	呼	85	腑	485	駙	701	茯	507
肓	478	俘	26	椨	288	鮒	712	蔔	64
邡	627	枯	274	滏	333	賻	592	復	193
枋	273	枹	277	撫	242			緮	512
肪	479	烀	347	頫	689	**fui**		袱	554
芳	502	郛	628	簠	439	1 灰	346	襆	434
荒	508	枒	281	纄	733	奎	135	幞	177
鈁	641	荂	511	3 咐	86	恢	199	襆	559
堭	124	趺	596	庮	215	烍	535		
慌	207	稃	422	沩	318	悝	201	**fun**	
謊	577	跗	597	庫	181	哇	99	1 寬	156
2 仿	17	軵	607	副	56	詼	571	懽	212
彷	190	鈇	640	富	154	魁	711	獾	368
昉	259	桴	443	綺	452	2 洃	320	歡	301
恍	199	嘑	103	袴	555	鮋	713	讙	581
		孵	150	賦	591	3 悔	201	貛	585

饞 707
驪 705
2 欺 299
款 300
窾 428

fung
1 丰 5
封 157
風 692
峯 167
峰 167
烽 349
楓 286
葑 517
蜂 539
瘋 389
碸 412
鋒 647
豐 583
灃 344
酆 632
蘴 549
2 俸 27
唪 95
3 風 692
諷 576
賵 592
4 逢 619
渢 330
馮 700
縫 459
6 奉 135
甮 380
鳳 720
縫 459

fut
3 潷 342
闊 666

gaa
1 加 59
尔 159
伽 19
呷 84
枷 275
珈 370
茄 505
迦 615
釓 639
家 153
痂 386
笳 432
袈 553
傢 33
跏 597
葭 518
嘉 103
嘎 104
噶 107
鎵 654
2 乑 115
假 31
斝 254
賈 589
嘎 104
瘕 103
榎 290
痕 389
檟 295
3 咖 86
架 274
假 31

嫁 144
價 37
稼 424
駕 701
4 嘎 104

gaai
1 佳 22
皆 394
偕 32
痎 387
秸 422
稭 424
喈 97
堦 124
街 551
階 672
楷 287
2 解 564
3 介 14
价 16
尬 160
戒 213
屆 162
玠 369
芥 500
界 381
疥 385
蚧 536
解 564
誡 572
骱 706
廨 184

gaak
3 肐 478
革 682

格 278
胳 483
髂 710
嗝 100
滆 333
隔 673
膈 488
骼 706
鎘 654

gaam
1 監 397
緘 457
尷 161
尲 161
2 減 48
減 327
3 監 397
橄 293
尷 161
鑑 660
鑒 660
尲 161

gaan
1 奸 137
姦 141
菅 511
間 663
艱 498
2 柬 276
梘 283
城 124
揀 234
筧 434
絸 452
碱 412

簡 439
襇 558
蕳 462
鐧 658
鹼 728
3 間 664
澗 337
諫 576
瞯 405
襇 558
覸 563
鐧 658

gaang
1 更 267
畊 382
耕 473
3 簡 434

gaap
3 甲 381
夾 134
岬 165
胛 481
郟 629
莢 511
袷 554
蛺 539
袷 555
鉀 643
斝 238
鋏 647
頰 689

gaat
3 乫 160
恝 200

戛	213		gai	撖	241	羹	469	溝	331
戞	213	1 笄	431			鶊	723	鳩	720
		雞	676		gan	2 互	10	緱	458
	gaau	鷄	724	1 巾	174	哽	91	篝	437
1 交	11	3 計	565	斤	255	埂	120	韝	738
艽	499	髻	708	哏	90	耿	475	構	684
郊	628	罽	466	舠	564	梗	281	鞲	710
茭	507	薊	527	根	278	綆	453	2 九	8
教	251	繼	463	筋	433	骾	706	久	6
較	538	6 偈	31	跟	598	鯁	714	玖	369
跤	599			2 卺	70	3 更	267	朹	166
膠	489		gam	堇	514			狗	363
鮫	713	1 今	14	僅	36		gap	糾	446
鵁	721	甘	378	墐	127	1 芨	501	苟	501
穋	611	泔	316	緊	455	急	198	枸	275
峧	166	金	639	槿	291	3 合	77	耇	472
2 佼	23	柑	275	殣	304	蛤	538	耇	504
狡	141	苷	503	瑾	375	蓋	521	赳	594
狡	364	疳	386	謹	578	閤	665	韭	686
咬	395	紟	448	饉	698	頜	688	筓	432
筊	433	衿	553	3 艮	498	鴿	721	韮	519
絞	451	襟	418	茛	509	6 及	73	3 垢	119
搞	239	2 敢	252	靳	683			灸	346
鉸	644	感	206	6 近	614		gat	宄	426
餃	695	澉	339	墐	127	1 吃	78	咎	86
攪	248	橄	293	殣	304	吉	78	疚	385
3 覺	563	錦	650	瑾	375	佶	24	捄	228
酵	634	3 咁	83	覲	562	紇	447	夠	132
斠	255	淦	325			蛇	536	救	251
較	607	紺	450		gang	桔	280	廄	182
澩	331	禁	418	1 更	267	趷	566	購	145
窖	427	噤	107	庚	181	詰	570	彀	188
教	251	贑	593	浭	321	6 圪	115	構	239
窌	427	贛	593	粳	422			詬	570
校	277	灨	345	粳	443		gau	厩	183
		6 撳	237	綆	457	1 枸	275	構	290
				賡	590	臯	493	遘	623

覯	562	蟣	546	舉	495	搛	237	兢	42
購	592	3 既	258	欅	298	兼	520	驚	705
6 樞	276	洎	318	齲	737	縑	458	2 到	55
舊	495	紀	446	3 句	75	鰜	716	竟	429
		記	566	泃	316	鶼	725	景	263

gei

1 几	49	寄	154	倨	30	2 撿	245	境	126
乩	8	倚	193	踞	600	檢	295	儆	37
肌	477	覬	562	據	244	瞼	405	憬	209
剞	56	6 伎	17	澽	340	3 劍	58	環	375
姬	142	妓	138	鋸	649	劎	59	警	579
飢	694	忌	195	屨	164	6 儉	38	3 徑	192
基	122	技	219	6 巨	173			脛	484
幾	180	芰	501	具	44	**gin**		莖	510
期	269	坦	120	炬	347			逕	617
畸	362	基	203	苣	503	1 肩	479	敬	252
畸	384	跽	599	懼	362	堅	122	獍	367
箕	435			詎	568	犍	362	踁	599
譏	105	**geng**		鉅	642	鍵	684	6 勁	60
饑	384			濾	340	鰹	717	痙	388
機	294	1 猄	365	窶	428	2 趼	597	競	430
璣	375	2 頸	690	遽	625	謇	577		
磯	414	3 鏡	657	颶	693	蹇	601	**gip**	
譏	579			醵	636	繭	462		
饑	698	**geoi**		懼	212	3 見	561	3 刦	53
羈	561					建	185	劫	60
羈	467	1 車	606	**gik**		建	307	刼	54
羈	561	居	162			腱	487	澀	342
2 己	173	据	229	1 亟	10	6 件	16		
庋	180	琚	372	革	682	健	32	**git**	
杞	272	腒	486	戟	213	楗	286		
紀	446	裾	557	棘	283	鍵	653	3 拮	225
剞	56	2 枸	275	殛	303			結	450
掎	233	柜	274	擊	128	**ging**		潔	337
幾	180	矩	406	激	340			鮚	714
麂	728	莒	510	擊	244	1 京	11	擷	246
		笞	433	6 極	286	矜	406	6 桀	279
		椇	289			涇	322	偈	31
		蒟	519	**gim**		荊	508	傑	34
		踽	601	1 兼	45	經	453		

3 估	18	觀	563	貢	586	慣	208	炅	346
固	113	2 脘	484	噴	101	摜	239	癸	393
故	250	莞	510	6 共	44	擐	245	桂	279
堌	122	琯	372					悸	202
崮	169	筦	434	**gwaa**		**gwaang**		貴	587
雇	675	管	435	1 瓜	377	6 逛	618	瑰	374
痼	388	舘	496	呱	84			劌	58
僱	37	館	697	胍	481	**gwaat**		6 跪	598
錮	651	3 冠	46	緺	457	3 刮	53	匱	66
顧	691	貫	587	2 呱	84	颳	693	蕢	526
		盥	398	剐	56			櫃	296
guk		灌	344	寡	155	**gwai**		簣	439
1 告	82	瓘	377	3 卦	69	1 圭	115	餽	698
谷	582	罐	465	掛	231	刲	53	饋	698
掬	233	鸛	563	罣	465	皈	394		
梏	281	鸛	727	詿	571	珪	371	**gwan**	
菊	512			褂	557	硅	410	1 君	79
穀	289	**gung**				媯	144	均	116
穀	424	1 工	172	**gwaai**		溈	330	軍	606
濲	343	弓	186	1 乖	7	瑰	374	鈞	641
縠	611	公	44	2 拐	223	閨	665	筠	433
鞠	684	功	59	枴	275	媯	146	皸	396
鞫	684	攻	249	蒯	520	龜	738	禪	557
鵠	722	芎	500	3 怪	198	鮭	713	麇	728
麯	110	供	24	恠	199	歸	302	龜	738
6 局	162	紅	447			瓌	376	2 袞	553
侷	25	宮	152	**gwaak**		2 宄	150	衮	553
跼	599	恭	200	3 摑	239	庋	180	滾	333
錮	648	蚣	537			佹	24	緄	455
鋸	649	躬	605	**gwaan**		姽	140	輥	609
		塨	126	1 矜	406	軌	606	鯀	713
gun		龔	737	綸	454	鬼	710	鯀	714
1 官	151	2 拱	225	關	665	匭	66	磙	413
冠	46	栱	278	瘝	390	晷	263	3 棍	283
倌	28	珙	371	關	667	詭	570	6 郡	629
莞	510	鞏	683	鰥	717	蟡	438	珺	371
棺	285	3 供	24	3 卝	6	3 季	149		

6 匣	66	蹊	602
狎	363	譿	735
俠	26	**6 系**	446
柙	276	係	25
峽	167	盻	399
狹	364	褉	418
砝	410	繫	462
陜	672		
箧	436	**hak**	
		1 可	76
haau		克	41
1 尻	161	刻	54
哮	91	剋	55
烤	349	尅	157
虓	533	氪	310
猇	365	黑	731
敲	252	絟	457
酵	634		
墝	128	**ham**	
磽	415	1 坩	118
2 巧	173	蚶	537
攷	249	堪	124
考	472	戡	214
拷	226	撖	241
栲	278	憨	210
烤	349	鬫	737
3 孝	149	2 坎	117
6 效	60	砍	408
效	250	莰	509
校	277	歁	300
傚	34	顑	690
斅	253	轗	612
		3 崁	167
hai		勘	61
4 今	44	嵌	169
奚	136	墈	126
傒	194	磡	414

瞰	405	姮	141
闞	668	恆	199
矙	406	桁	279
4 含	80	珩	370
浛	322	衡	552
晗	263	鵬	721
焓	349	蘅	532
酣	633	**6 行**	550
5 頷	690	杏	271
6 陷	671	幸	179
嵌	169	倖	29
憾	210	荇	508
撼	243	婞	143
		悻	202
han		莕	510
2 很	191		
狠	364	**hap**	
墾	128	1 匼	66
懇	211	恰	200
4 痕	387	洽	319
6 恨	199	袷	554
		6 合	77
hang		俠	26
1 亨	11	盍	396
吭	80	郃	628
哼	91	盉	396
脝	484	盒	397
莖	510	粭	473
硜	410	嗑	102
硜	414	搕	237
鏗	656	溘	331
2 肎	477	榼	289
肯	479	餄	695
啃	95	瞌	404
釀	737	磕	413
4 行	550	領	689
		闔	667

hat		**hau**	
1 乞	8	1 齁	735
6 劾	60	2 口	74
紇	447	3 吼	82
核	278	4 侯	24
羣	496	喉	97
覡	562	猴	366
閡	665	瘊	389
瞎	404	篌	436
翮	470	糇	444
檄	295	骺	706
轄	611	鍭	697
鎋	655	5 厚	70
黠	736	垕	120
纈	561	6 后	79
		侯	24
hau		後	192
1 齁	735	候	29
2 口	74	逅	616
3 吼	82	堠	124
4 侯	24	鱟	719

hei					
1 希	174	氣	309	謙	577	輕	608	鴉	721

hei		hek		hin		hip		hm	

hei

1	希	174
	唏	92
	浠	322
	郗	629
	晞	262
	欷	299
	烯	349
	欺	300
	稀	422
	嗨	100
	僖	36
	樨	290
	熙	352
	豨	584
	嘻	105
	嘿	106
	嬉	146
	熹	354
	羲	469
	禧	419
	醯	636
	釐	638
	顯	690
	曦	711
	曦	266
	爔	357
	犧	362
2	屺	165
	芑	500
	豈	583
	起	594
	喜	98
	蟢	546
3	气	308
	汽	312
	忥	346
	氣	309
	棄	283
	器	107
	憩	209
	器	107
	憩	210
	戲	214
	戲	214
	餼	697
	鬅	164

hek

| 3 | 吃 | 78 |
| | 喫 | 99 |

heoi

1	盱	78
	圩	115
	呴	83
	肝	399
	訏	566
	虛	534
	噓	534
	墟	127
	歔	301
2	姁	139
	昫	261
	栩	278
	許	567
	煦	351
	翊	569
	滸	334
3	去	72

him

| 1 | 忺 | 196 |
| | 鍁 | 651 |

hin

1	妍	165
	汧	313
	袄	417
	軒	606
	掀	230
	牽	361
	愆	205
	搴	238
	褰	558
	縴	459
	騫	703
2	衍	550
	蜆	539
	遣	623
	繾	463
	譴	580
	顯	692
3	芡	500
	憲	210
	獻	368

hing

1	兄	40
	卿	70
	氫	310
	輕	608
	興	495
	馨	700
3	詗	568
	榮	454
	慶	208
	夐	131
	磬	414
	興	495
	罄	464
	聲	578

hip

3	協	68
	怯	198
	脅	483
	脇	483
	愜	205
	慊	207
	歉	300
6	叶	77
	協	68
	挾	228
	鰓	63

hit

3	歇	300
	蠍	543
	蠍	547

hiu

1	枵	275
	梟	282
	僥	36
	嘵	105
	徼	194
	橇	294

him

hiu

鴉	721
蹺	603
蹻	603
驚	111
驍	705
2 曉	265
3 竅	429

hm

| 1 噷 | 108 |

hng

| 6 哼 | 91 |

ho

1	呵	84
	坷	118
	苛	503
	訶	568
	嗬	104
2	可	76
	坷	118
	岢	165
	哿	91
	舸	497
4	何	20
	河	315
	荷	509
	菏	515
6	荷	509
	賀	588

hoe

| 1 | 靴 | 683 |
| | 鞾 | 685 |

hoeng

| 1 | 香 | 700 |

莢	517	**hyut**		崟	168	蒽	521	溫	321
熊	353	3 血	549	淫	325	鋁	646	揖	235
鴻	722			紝	452	2 忍	195	禽	470
鬻	730	**jaa**		霝	680	殷	305	熠	354
6 永	311	5 也	8	5 荏	508	慇	295	曬	266
哄	89	6 廿	185	6 任	17	隱	674	6 入	42
蕻	528			妊	138	3 印	69		
		jai		姙	141	卹	713	**jat**	
hyun		6 曳	266	恁	200	4 人	12	1 一	1
1 儇	37	抴	221	紝	449	仁	13	壹	130
喧	98	拽	227	衽	553	寅	154	6 日	258
圈	113	踅	598	紝	452	夤	132	佚	21
塤	125	勱	63	衽	555	5 引	186	佾	22
壎	129			餁	694	吲	81	泆	315
奱	147	**jam**		賃	588	蚓	536	肸	479
昍	262	1 音	686	餁	696	靷	683	昳	261
暄	264	陰	671			䗖	392	軼	607
楥	284	喑	98	**jan**		6 刃	50	逸	620
渲	329	愔	206	1 因	112	刄	50	溢	331
烜	348	欽	299	忻	196	仞	15	鎰	654
褑	419	陰	672	昕	260	孕	148		
翻	471	歆	300	欣	299	刌	361	**jau**	
萱	516	欼	171	姻	141	紉	447	1 丘	4
蕿	532	蔭	522	洇	320	胤	481	休	18
諼	575	鑫	660	恩	200	靭	566	呦	84
諠	575	2 飲	694	殷	304	靭	606	坵	117
2 犬	362	3 飲	695	氤	309	靭	683	邱	628
狋	382	陰	183	茵	507	靭	683	咻	88
烜	348	窨	427	婣	144	靭	685	幽	180
3 券	54	蔭	522	訢	567	憖	210	庥	181
楥	287	4 壬	130	堙	123	釁	637	蚯	537
檀	288	任	17	湮	328			犰	584
繎	453	吟	80	絪	452	**jap**		麀	728
褑	419	紝	449	裀	554	1 邑	626	髹	708
勸	63	噾	96	殷	207	泣	317	憂	209
		婬	144	甄	378	悒	201	鬃	708
		釜	168	禋	418	挹	228	優	39

牠	586	翼	471	檐	296	2 偃	31	彥	189
異	383	繹	462	壓	211	堰	124	研	407
貳	587	譯	580	籤	439	郾	630	唁	91
義	468	鷁	725	嚴	110	鍵	307	峴	166
肄	477	驛	705	鹽	728	演	336	現	371
勩	63			5 冄	45	蜑	542	覓	511
劓	59	**jim**		冉	45	鼴	735	硯	410
		1 奄	134	染	276	3 咽	88	諺	577
jik		崦	168	苒	505	宴	153	讞	582
1 肊	477	洊	327	剡	56	燕	355		
抑	221	淹	326	庪	216	嚥	110	**jing**	
益	396	腌	485	琰	373	讌	581	1 英	505
嗌	101	醃	634	儼	40	醼	637	瑛	373
億	38	閹	666	6 焰	350	薰	726	嬰	147
憶	210	懨	211	燄	350	4 妍	139	應	211
臆	490	2 奄	134	猷	355	言	565	膺	490
鐛	710	弇	185	驗	703	延	185	嚶	110
6 弋	185	掩	233	驗	705	弦	187	攖	247
亦	11	揜	235	艷	499	妍	141	櫻	298
役	190	罨	466	灧	345	研	407	瓔	376
代	272	壓	72	釅	637	痃	386	纓	463
易	260	黶	737	豔	583	涎	323	鷹	727
奕	185	魘	712	灩	345	焉	349	鸚	727
弈	185	黶	732			絃	450	2 映	260
疫	386	3 俺	27	**jin**		舷	497	影	190
逆	616	貽	561	1 咽	88	然	350	癭	392
埸	121	厭	71	殷	304	筵	434	3 應	211
掖	231	黶	699	朋	481	蜒	540	4 仍	14
液	323	4 炎	346	焉	349	賢	590	扔	217
翊	469	阽	669	菸	514	燃	354	刑	52
翌	469	蚺	537	煙	352	5 兗	42	形	189
腋	485	蛺	537	嫣	146	衍	550	礽	416
蜴	541	閆	663	鄢	631	演	336	邢	627
嶧	171	嫌	145	蔫	524	繽	459	迎	614
懌	210	髯	708	燕	355	甗	378	型	119
燡	355	髥	708	闎	666	蜆	172	盈	396
歝	253	閻	666	臙	492	6 見	561	陘	670

硎	410
鉶	642
坐	125
橙	288
榮	333
熒	353
鐥	647
釾	646
鎣	374
凝	49
嬴	147
縈	458
螢	544
營	355
瀅	343
鎣	654
瀛	344
瀯	344
蠅	547
贏	593
瀜	441
灥	441
5 郢	629
6 媵	145
認	571

jip

3 腌	485
醃	634
饐	698
魘	682
6 頁	686
葉	287
葉	517
葉	437
曄	265
燁	355

鄴	631
孽	150
孽	150

jit

3 咽	89
喝	264
噎	105
謁	576
6 臭	493
熱	354
鷍	493
嚙	109
孽	150
孽	150
藥	533
醫	737
蘗	445
蘗	445
嚙	111

jiu

1 幺	179
夭	133
吆	78
妖	138
要	560
腰	487
徼	194
邀	625
2 夭	133
妖	138
殀	303
窅	427
窈	427
邀	624
繞	461

3 要	560
4 垚	120
姚	140
珧	370
陶	671
傜	34
堯	124
輶	607
徭	194
搖	237
僥	37
瑤	374
遙	623
銚	645
嬈	146
嶢	171
窯	428
嶤	526
繇	461
謠	578
蟯	546
颻	693
饒	698
鰩	717
5 皛	494
嬈	146
邊	624
擾	246
繞	461
6 曜	265
燿	356
耀	471
鷂	725

jo

1 唷	95

喲	97

joek

3 約	446
葯	518
躍	604
6 日	266
若	504
虐	533
弱	187
婼	144
瘧	389
鶸	520
箬	436
篛	437
謔	575
龠	738
瀹	344
躍	604
籥	441
鑰	661

joeng

1 央	133
泱	318
殃	303
秧	421
鴦	721
2 快	197
鞅	683
3 快	197
4 羊	467
佯	21
垟	120
徉	192
洋	318
烊	348

揚	235
鮮	538
陽	672
敭	252
暘	264
楊	286
煬	352
場	374
瘍	389
錫	652
颺	693
勤	63
攘	247
瀼	344
蘘	532
穰	419
禳	425
5 仰	16
氧	309
養	695
攘	247
癢	392
6 恙	200
漾	336
樣	292
養	696
壤	110
壞	130
瀼	344
讓	581
釀	637

juk

1 旭	259
沃	313
昱	261
郁	628

或	189	灘	344	鎔	655	雩	677	蕎	529
勖	61	鷯	725	顒	691	魚	712	蠕	548
勵	61	钁	699	鏞	656	喁	97	襦	559
毓	306	廳	392	鱅	718	喁	169	顬	692
煜	351	2 冗	46	5 勇	60	崳	169	5 女	137
頊	687	穴	150	醅	307	愉	205	予	9
鋈	648	佣	21	蒷	308	揄	234	宇	150
隩	673	甬	380	6 用	380	渝	327	汝	311
燠	356	俑	26			畲	383	羽	469
6 玉	369	恿	201			腴	486	乳	8
肉	477	湧	328	**jyu**		萸	516	雨	677
育	479	涌	332	1 于	9	隅	672	俁	25
谷	582	蛹	539	迂	614	愚	205	禹	419
峪	167	慂	207	於	256	榆	287	圄	113
浴	321	蕹	521	竽	430	飲	300	圉	114
淯	324	壅	128	紆	446	餋	307	庾	182
辱	613	擁	243	洳	325	瑜	373	敔	250
欲	299	踴	600	瘀	388	虞	534	瑀	373
粥	443	臃	491	2 喁	35	逾	620	瘐	389
滫	332	4 戎	212	嫗	145	漁	334	與	494
鈺	643	容	153	3 醹	633	齋	428	語	572
獄	366	毧	307	妖	694	與	494	瘐	428
蓐	521	茸	507	4 于	10	鈺	646	齬	737
慾	209	庸	182	予	9	蝓	542	6 雨	677
縟	458	喁	97	圩	115	蝝	543	泅	319
褥	557	絨	451	如	138	諛	575	禹	419
鵒	722	羢	468	余	20	餘	696	峪	167
鷲	710	傭	34	妤	139	儒	38	御	193
		溶	332	於	256	覦	562	喻	98
jung		塸	127	盂	396	踰	601	寓	155
1 翁	469	慵	208	臾	494	嚅	109	庽	182
邕	626	榕	289	俞	43	孺	150	馭	700
喁	102	熔	353	竽	430	嶼	171	愈	205
澭	332	瑢	375	娛	142	濡	341	裕	555
雍	675	蓉	521	狳	365	輿	610	遇	621
壅	128	鄘	631	舁	494	歟	301	預	688
雝	677	融	543	茹	507	璵	376	瘉	389
				庾	182				

4 帬	175	炔	346	6 落	516	6 爛	357	鱧	719
羣	468	玦	369	酪	634			6 例	23
群	468	缺	464	賴	591	**laang**		荔	506
裙	555	觖	564	瀨	344	5 冷	47	厲	71
橠	728	訣	567	穎	441			勵	63
		厥	71			**laap**		癘	391
kwok		劂	57	**laak**		6 垃	118	麗	729
3 廓	183	缺	700	6 勒	61	砬	409	礪	415
漷	334	噘	106			磖	414	儷	39
鞹	684	撅	241	**laam**		臘	491	欐	445
彉	188	搋	243	4 婪	143	邋	626	蠣	548
擴	246	獗	367	嵐	169	蠟	548		
鞹	685	橛	294	藍	529	鑞	660	**lak**	
		蕨	526	籃	440			6 仂	13
kwong		闋	667	襤	559	**laat**		肋	477
3 壙	129	闕	667	5 罱	466	6 剌	55	泐	314
鄺	631	譎	579	覽	563	喇	98	勒	61
曠	266	蹶	603	攬	248	瘌	389	竻	438
礦	415	鐍	658	灠	345	辢	613	鰳	717
纊	463	鐝	658	欖	298	辣	612		
鑛	660	蟨	718	6 濫	342	蝲	709	**lam**	
4 狂	363	玃	661	檻	296	癩	392	4 林	274
				鑑	498			啉	94
kyun		**laa**		纜	464	**laau**		淋	324
4 拳	225	1 拉	223			4 撈	241	琳	372
惓	203	剌	55	**laan**				霖	679
踡	541	啦	95	4 闌	667	**lai**		臨	492
踡	600	喇	97	攔	247	4 犁	361	5 凜	49
鬈	709	嘞	103	瀾	344	犂	362	壈	129
權	298	靹	684	爛	254	黎	730	廩	184
顴	692	3 喇	98	欄	298	藜	530	懍	210
		嫭	464	蘭	533	鰲	732	檁	296
kyut				讕	581	5 澧	340		
3 孑	148	**laai**		鑭	661	禮	419	**lap**	
決	47	1 拉	223	5 嬾	147	醴	636	1 笠	431
抉	219	3 厲	71	懶	211	蠡	548	粒	442
決	312	癩	392			劙	59	6 立	429

4 聯	476
攣	150
巒	172
孿	248
欒	298
灤	345
鑾	661
鸞	727
5 變	147
戀	492
6 亂	8

lyut

3 劣	59
埒	120
捋	228

m

2 唔	86
4 唔	92
嘸	105
6 唔	86

maa

1 嗎	101
媽	145
麼	730
螞	544
孻	147
嘜	109
嘛	103
麻	730
嬤	104
蔴	524
蟆	545
摹	545
5 馬	700

嗎	101
獁	366
瑪	374
碼	413
螞	544
6 禡	419
罵	466
螞	544
駡	108

maai

4 埋	120
霾	120
5 買	587
蕒	525
6 勱	63
賣	590
邁	625

maak

3 擘	245

maan

4 蔓	523
謾	578
蠻	709
鰻	717
蠻	549
5 晚	262
6 万	2
曼	267
萬	516
墁	126
縵	146
幔	177
慢	207
漫	335

欖	293
熳	354
蔓	523
縵	459
讕	578
鏝	656
鰻	698
鱔	717

maang

1 繃	456
繃	460
4 盲	398
5 勐	61
猛	365
艋	498
蜢	541
錳	651
6 孟	149

maat

3 抹	222

maau

1 貓	585
4 矛	406
茅	505
茆	506
蝥	543
蟊	544
錨	652
5 卯	69
牡	360
峁	166
泖	316
昴	261
鉚	644

6 貌	585

mai

4 迷	616
謎	577
醚	635
5 米	442
敉	250
脒	482
眯	401
瞇	404
6 袂	553

mak

6 万	2
冒	46
脉	481
陌	669
脈	483
眿	401
麥	729
脈	550
貉	585
貊	585
嚜	106
墨	127
默	731
霢	679
霢	679
驀	704

man

1 炆	346
蚊	536
蚉	544
蟁	546
4 文	253

民	308
岷	166
旻	259
忞	308
忟	381
玟	370
芪	505
紋	447
雯	677
聞	475
緡	456
閩	666
5 刎	51
吻	81
抆	219
抿	223
泯	318
敏	251
脗	484
澠	330
閔	664
憫	205
瞀	264
黽	733
閩	665
憫	209
澠	340
繁	717
6 文	254
汶	312
紊	447
問	95
璺	376

mang

4 虻	536
萌	514

盟	397
甍	543
薨	378

mat

1 乜	7
6 勿	64
嘧	104
宓	151
密	154
物	361
蜜	541
襪	559
謐	577
蠛	686

mau

1 痞	388
4 牟	360
侔	23
哞	88
眸	401
蝥	538
謀	576
繆	460
鍪	653
鏊	729
5 某	275
畝	382
6 茂	505
袤	554
貿	588
瞀	403
懋	211
繆	460
謬	578

me

1 乜	7
半	467
咩	90
哶	93

mei

1 眯	401
瞇	404
4 眉	400
嵋	169
湄	329
猸	366
郿	630
微	194
楣	287
瀓	333
彌	188
糜	445
麋	460
薇	527
鎇	653
蘪	728
靡	682
麋	729
灑	344
獼	368
鸍	724
蘼	533
徽	732
釄	637
醾	637
醾	637
5 尾	161
半	467
弭	187
美	467

娓	142
枚	250
鎂	653
靡	682
臺	12
6 未	270
味	84
媚	144
寐	154
魅	711

meng

6 命	85

mik

6 糸	446
汨	312
覓	561
冪	47

min

4 眠	400
棉	283
綿	455
緜	455
5 丏	3
免	42
沔	313
勉	60
眄	399
娩	142
偭	31
冕	46
勔	61
湎	327
腼	488
緬	457

覼	562
靦	682
蜫	714
囬	87
面	682
麵	729
麵	729

ming

4 名	79
明	260
洺	320
冥	47
溟	331
暝	264
銘	645
鳴	720
瞑	404
螟	544
5 皿	396
冥	47
茗	506
酩	633
銘	645
6 命	85

mit

6 滅	332
蔑	523
篾	438
蠛	548
衊	550

miu

1 咪	87
喵	96
4 苗	503

描	234
瞄	403
鶓	723
5 秒	272
杳	273
眇	400
秒	421
窈	427
淼	326
渺	329
緲	457
藐	530
邈	626
6 妙	138
玅	368
廟	184
繆	460

mo

1 麼	730
摩	240
魔	712
2 摸	240
4 無	350
磨	413
饃	698
蘑	532
劘	59
饝	699
6 磨	414
磨	416
糖	474

mok

1 剝	56
6 莫	511
寞	155

幕	177	无	258	務	61	睦	403	**mut**
漠	337	毋	306	婺	144	鉬	644	3 抹 222
鄚	630	毛	307	媚	144	霂	678	秣 421
膜	489	巫	173	帽	176	穆	424	6 末 270
瘼	391	牦	361	募	63			沒 313
鏌	585	庬	257	瑁	374	**mun**		妺 139
鏌	657	毡	307	墓	126	4 門	662	歿 303
		酕	632	慕	208	們	28	沫 314
mong		無	350	暮	264	捫	229	茉 506
1 牤	360	嫫	146	霧	680	瞞	404	靺 683
芒	500	誣	572	鶩	703	鍆	651	
4 亡	10	髦	708	鶩	724	踡	602	**naa**
忙	195	摹	240			顜	691	1 哪 92
邙	627	模	292	**mui**		亹	12	4 拏 225
忘	195	麾	308	4 枚	274	5 滿	334	哪 92
杗	272	膜	489	玫	369	蟎	545	拿 227
芒	500	蕪	526	梅	281	6 悶	203	鎿 655
虻	536	謨	578	脢	484	燜	355	5 那 627
茫	507	5 冇	45	苺	510	懣	211	哪 92
恾	361	母	306	媒	144			6 那 627
硭	410	姆	139	煤	351	**mung**		
蝱	543	拇	223	槑	290	2 懵	211	**naai**
鋩	648	武	302	酶	634	4 蒙	519	5 乃 6
5 妄	138	侮	24	霉	679	矒	404	奶 137
网	465	姥	141	5 每	306	懞	178	氖 309
罔	465	娬	143	浼	323	濛	342	艿 499
惘	203	鉧	642	6 妹	139	獴	367	迺 185
莽	512	舞	496	昧	260	曚	265	廼 617
漭	337	嫵	146			朦	269	鼐 733
網	454	廡	184	**muk**		檬	296	嬭 147
輞	609	憮	210	6 木	270	瞢	405	6 褹 557
蟒	546	潕	339	仏	16	礞	415	
魍	711	鵡	723	目	398	艨	498	**naam**
6 望	269	6 戊	212	牟	360	5 懵	211	4 囡 112
		冒	46	沐	313	蠓	548	男 381
mou		眊	400	牧	361	6 夢	132	南 68
4 亡	10	耄	472	苜	503			枏 274

淩 321
訊 566
巽 174
舜 496
遜 623
噀 105
潠 339
瞬 404
顐 691
4 唇 93
純 447
淳 325
脣 484
馴 700
蒓 521
蓴 522
醇 634
鶉 723
5 楯 288
6 殉 303
順 687

seot
1 戌 212
卹 69
恤 199
率 368
窣 427
賉 589
摔 239
蟀 545
6 术 271
沭 315
述 615
秫 422
術 550
銃 643

si
1 厶 72
尸 161
司 77
私 420
屍 163
思 198
施 256
師 176
屣 533
偲 32
絁 449
斯 255
絲 452
獅 333
獅 366
蓰 519
詩 570
澌 49
厮 71
罳 466
蕬 521
鷥 720
噝 105
澌 183
澌 242
漸 339
緦 456
鴐 720
螄 543
鍶 653
飀 693
鷥 726
釃 637
2 史 77
矢 406
死 302

使 22
屎 163
四 111
使 22
泗 317
思 198
嗜 101
裞 186
肆 477
試 569
駟 702
諡 577
謚 577
4 時 262
匙 65
塒 125
蒔 519
鰣 717
5 市 174
舐 644
6 士 130
氏 308
仕 14
示 416
伺 19
事 9
侍 23
峙 166
是 261
豉 583
視 562
飼 694

sik
1 式 185
色 499
昔 260

析 273
拭 225
息 200
悉 201
惜 203
淅 323
晰 263
晳 263
腊 485
舄 494
舄 494
蟿 101
熄 145
皙 395
軾 608
飾 695
熄 352
螄 540
鉽 646
爽 136
潟 339
適 624
窸 428
媳 543
螫 544
螜 545
稯 425
識 579
釋 637
3 褐 557
6 食 694
蝕 542

sim
1 苫 504
痁 387
2 閃 662

陝 670
睒 402
睒 403
3 苫 505
掞 232
4 嬋 146
檐 296
禪 419
蟬 546
襜 439
蟾 547
6 剡 56
贍 593

sin
1 仙 15
先 41
氙 309
秈 420
籼 442
莚 121
僊 36
酰 633
鮮 713
鏇 604
蟨 719
2 冼 48
洗 319
筅 432
赸 160
毨 160
跣 598
銑 645
獮 367
鮮 714
燹 356
蘇 533

癬	392	鱔	699	嵊	169	脩	470	莎	510
3 屝	216	賸	592	賸	592	蛸	539	疎	385
茜	506					銷	647	唆	402
釤	640	**sing**		**sip**		霄	678	嗦	101
搧	237	1 升	67	3 涉	322	燒	355	羧	468
腺	487	昇	259	慴	208	蕭	526	蓑	521
煽	352	星	260	歙	301	魈	711	蔬	525
箲	435	陞	670	㰟	212	簫	439	簑	437
綫	456	旌	257	攝	247	瀟	344	2 所	215
蕇	519	勝	62	灄	345	蠨	549	嗩	101
線	456	惺	204	㙮	604	2 小	159	瑣	374
鎙	652	猩	366			少	159	鎖	654
鐥	657	腥	486	**sit**		筱	434	鏁	655
玁	680	聲	476	3 泄	316	篠	438	3 疏	385
騙	704	騂	702	契	135	3 少	159	4 傻	35
4 單	99	2 省	399	洩	320	咲	88	儍	38
澶	340	箵	436	屑	163	笑	431		
5 蟬	718	醒	635	偰	33	嘯	107	**soek**	
鱔	718	3 姓	140	紲	450	4 苕	503	3 勺	63
6 倩	30	性	197	揳	235	韶	686	杓	272
茜	506	勝	62	渫	328	6 召	76	削	55
善	97	聖	475	絏	451	兆	40	爍	356
單	99	4 丞	5	楔	287	劭	60	鑠	660
羨	468	成	212	屧	164	邵	69		
蕇	519	承	221	爕	356	邵	627	**soeng**	
墠	128	城	120	薛	528	紹	450	1 相	399
墡	127	乘	7	褻	558	肇	477	廂	71
撣	243	宬	152	竊	429			商	94
都	631	晟	262	齧	420	**so**		廂	182
邅	147	盛	397	6 舌	495	1 嗖	92	湘	328
擅	244	塍	125			娑	142	湯	328
膳	490	誠	571	**siu**		抄	228	傷	35
禪	419	鋮	647	1 宵	153	梳	282	墒	126
繕	461	澠	340	消	322	搔	228	殤	304
蟮	546	繩	462	逍	617	梢	280	賜	384
贍	593	6 乘	7	硝	410	桫	282	熵	354
		盛	397	綃	452	疏	385	箱	436
		剩	57						

鏺	655	4 郯	629	潛	331	提	234	**tau**	
5 吮	80	覃	560	溻	333	隄	672	1 偷	33
雋	675	痰	388	榻	289	嚱	102	媮	144
6 篆	436	潭	338	濌	335	締	453	3 透	617
鏺	655	談	574	邋	623	緹	458	4 投	220
		曇	265	褟	558	蹄	601	骰	706
syut		澹	340	闒	667	醍	635	頭	689
3 雪	677	蟬	546	鞳	685	騠	602		
說	572	譚	579	鰨	716	題	690	**tek**	
鱈	718	罈	465			鯷	714	3 踢	600
				taat		鵜	722		
taa		**taan**		3 健	38	騠	703	**teng**	
1 他	14	1 坍	117	撻	243	鯷	715	1 聽	476
它	150	灘	248	澾	340			廳	184
她	137	攤	345	闥	668	**tam**		5 艇	497
牠	360	難	393	韃	685	5 冰	8		
怹	198	2 志	195			凼	50	**teoi**	
鉈	642	坦	117	**tai**				1 推	232
		疸	386	1 梯	282	**tan**		萑	523
taai		袒	554	銻	647	1 吞	80	2 腿	488
3 大	132	毯	307	鷈	725	鈍	694	3 退	616
太	133	亶	12	2 睇	402	暾	265	蛻	539
汰	312	3 炭	347	躰	605	2 伭	310	煺	352
肽	479	嘆	104	體	707	3 褪	557	褪	557
泰	318	碳	412	3 剃	55	4 魨	694	4 頹	690
酞	633	歎	300	涕	320			魋	425
傣	33	4 醋	384	娣	322	**tang**			
貸	588	彈	188	屜	163	1 鼟	734	**teon**	
鈦	641	壇	128	替	267	4 疼	386	1 湍	327
態	207	檀	294	髰	708	滕	333	2 瞳	384
				褅	556	榺	458	3 彖	189
taam		**taap**		嚏	709	螣	544	盾	399
1 貪	587	3 拓	223	薙	528	縢	577	楯	288
2 菼	512	嗒	100	鬄	709	藤	530		
3 探	232	塌	125	4 苐	509	騰	703	**tik**	
罎	465	塔	125	啼	96	籐	440	1 忑	195
壜	129	搨	238	堤	124	黱	717	忒	195

膛	489	掏	233	佟	21	**ung**		懷	211
糖	444	淘	324	彤	189	3 蕹	527	褱	474
塘	543	茶	509	侗	23	甕	378	6 壞	129
螳	544	途	617	峒	166	罋	465		
醣	594	陶	671	峒	166	齆	735	**waak**	
錫	697	菟	515	洞	320			6 或	213
鐺	656	萄	514	桐	280	**waa**		聝	407
		塗	125	焗	349	1 凹	50	劃	57
tou		搯	237	砼	409	划	51	惑	203
1 叨	75	圖	114	筒	507	哇	89	畫	383
刀	195	酴	634	童	430	娃	141	劃	58
弢	187	韜	683	筒	433	喎	98	蜮	541
滔	333	酶	635	衕	551	蛙	538	馘	711
條	452	桃	683	箽	434	搲	238	騹	703
綯	459	濤	341	酮	633	窪	428		
繅	461	檮	296	僮	37	嘩	106	**waan**	
韜	685	燾	356	銅	645	蝸	543	1 彎	188
饕	699	饕	734	潼	338	豻	582	灣	345
2 土	115	5 肚	478	瞳	405	譁	579	2 玩	369
討	565			鮦	714	驊	703	綰	454
釷	640	**tuk**		罏	498	2 畫	383	4 玩	369
禱	419	1 禿	420			4 划	51	邘	628
3 吐	79			**tyun**		華	513	頑	688
兔	42	**tung**		4 屯	164	鏵	657	圜	115
套	135	1 恫	199	囤	112	驊	705	褱	156
堍	123	痌	387	豚	583	5 踝	600	澴	340
菟	515	通	618	團	114	6 畫	383	環	376
4 咷	90	烔	354	摶	240	華	513	還	625
洮	320	2 垌	119	魨	712	話	570	鍰	653
逃	615	捅	228	臀	490	樺	293	繯	462
徒	192	桶	281	糰	445			轘	611
桃	279	統	452			**waai**		鐶	659
涂	323	筒	433	**tyut**		1 委	140	饚	709
逃	616	甬	434	3 脫	484	歪	302	5 挽	229
啕	96	3 痛	387			2 崴	169	輓	609
屠	163	4 仝	16	**uk**		4 淮	325	鯇	714
		同	78	1 屋	162	槐	290	6 幻	179

皖	395	鱸	735	窄	426	儳	39	集	675
睆	402	2 鮓	712	笮	432	攙	248	牐	360
潹	341	3 乍	6	舴	497	驂	705	閘	664
6 玩	369	吒	79	蚱	537	趲	596	嶃	170
奐	135	咋	83	責	587	3 賛	591	嶒	170
喚	98	咤	87	嘖	103	贊	592	鍘	652
換	235	奓	135	簀	438	瓚	377	隉	674
渙	327	柞	276	蹟	592	讚	581	襍	559
遤	620	炸	348	6 宅	150	6 棧	284	雜	676
煥	351	苲	504	摘	239	綻	455	襲	559
瘓	389	痄	386	翟	470	撰	243	鰪	717
緩	457	砟	408	磔	413	賺	592		
翫	470	蚱	537	擇	244	饌	698	**zaat**	
		詐	568	澤	339	纂	699	3 扎	216
wut		搾	238	鄭	246	攢	248	札	270
6 活	319	褚	418	讁	578			軋	606
		溠	330	蹢	602	**zaang**		拶	225
zaa		煠	352	讁	581	1 丁	2	哳	92
1 吒	79	榨	289	躑	604	爭	357	紮	449
咱	88	蜡	541			崢	168	紮	449
嗲	135	6 膪	490	**zaam**		猙	365	楂	280
挓	225			1 稽	444	琤	372		
查	276	**zaai**		簪	439	睜	402	**zaau**	
偨	33	1 齊	735	鵮	723	6 掙	231	1 啁	94
喳	100	齋	736	2 斬	255			嘲	105
喳	99	3 祭	418	嶄	170	**zaap**		謅	579
揸	236	責	587	斵	404	3 帀	174	2 找	219
渣	328	債	35	3 湛	328	匝	65	抓	220
猹	366	瘵	390	蘸	533	咂	86	肘	478
楂	286	6 寨	156	6 站	429	眨	400	帚	175
摣	241	眦	401	暫	264	砸	409	箒	436
碴	412	眥	401	鏨	657	唼	93	3 爪	431
樝	292	砦	409			箚	435	罩	466
摣	245	鷹	183	**zaan**		喢	105	6 棹	284
齇	396			2 拃	261	6 什	13	權	297
髽	708	**zaak**		琖	372	習	469	驟	705
		3 迮	615	盞	397	喋	97		

zai							
1 賫	591	斠	254	曾	267	蟄	545
劑	58	楂	288	琤	372		
擠	245	瑊	373	晬	402	zau	
賷	592	礋	412	僧	37	1 州	172
隮	604	箴	436	箏	435	舟	496
齏	736	鍼	652	噌	105	侜	22
齍	736	2 枕	273	增	127	周	84
2 仔	14	怎	198	憎	209	洲	319
囝	112	3 枕	274	錚	650	喌	94
濟	341	浸	321	熷	407	耶	629
3 制	53	寖	155	罾	466	䐔	671
沏	314	譖	579	繒	461	啾	96
狾	364	6 朕	269	3 謮	574	揫	236
猘	365	酖	633	6 甑	378	湫	328
祭	418	鴆	720	繒	461	遒	619
製	233			贈	592	輈	608
瘵	389	zan				鄒	630
㿃	557	1 珍	370	zap		緅	453
際	673	珎	370	1 汁	311	諏	574
穄	425	朕	481	執	121	甌	590
濟	341	真	400	縶	459	鰲	398
霽	680	甄	378			譖	577
6 滯	333	3 圳	115	zat		聥	631
齊	735	删	381	1 質	591	鵃	498
		振	228	駤	703	鶖	722
zak		瑱	374	鑕	660	鬏	709
1 仄	13	賑	589	6 侄	24	鯫	715
戻	259	震	678	厔	70	騶	703
則	54	鎮	654	姪	141	譸	580
側	32	6 紖	449	郅	628	2 走	594
鯽	716	陣	670	桎	280	帚	175
		陳	671	疾	386	酒	632
zam				室	427	箒	436
1 砧	408	zang		蛭	538	3 呪	86
針	639	1 爭	357	嫉	145	咒	83
襯	418	掙	231	蒺	520	味	88
		猙	365	膣	489	奏	135

ze		
1 家	154	
罝	465	
嗟	100	
嚓	103	
遮	624	
2 姐	140	
馳	306	
者	472	
這	618	
赭	594	
鍺	651	
3 柘	276	
借	29	
蔗	523	
藉	529	

画 262
儌 34
揍 236
愁 207
鼗 378
㦸 38
皺 396
縐 458
6 宙 152
岫 165
紂 446
胄 480
酎 632
袖 553
就 161
葤 518
僦 37
繇 461
籀 439
驟 726

鷓 725
6 榭 289
謝 578
藉 529

zek
3 炙 346
隻 674
跖 597
摭 240
蹠 602

zeng
2 井 10
肼 478
6 阱 668
穽 426
鄭 631

zeoi
1 且 4
狙 364
隹 674
苴 505
疽 386
罝 465
追 616
娵 143
朘 484
蛆 537
椎 285
菹 514
趄 595
葅 519
雎 675
錐 650
騅 702
2 咀 85
沮 315
觜 564
嘴 107
齟 736
3 沮 315
惴 204
晬 263
最 267
綴 454
醉 634
蕞 526
檇 295
槜 290
6 序 180
叙 74
敍 250
敘 251
罪 465
辠 612
鉏 644
漵 336
聚 475
膸 488
墜 127
縋 458
嶼 171
懟 211
贅 592

zeon
1 屯 164
肫 479
迍 615
津 320
窀 426
尊 158
溱 332
獉 366
榛 289
蓁 521
諄 574
樽 293
臻 494
衠 552
遵 624
罇 464
2 准 48
隼 674
埻 121
準 331
儘 39
藎 530
贐 593
3 俊 25
峻 167
晉 262
浚 321
焌 350
畯 383
竣 430
進 620
搢 237
雋 675
儁 38
餕 696
璡 375
縉 458
濬 342
駿 702
6 盡 397
濜 341
燼 356

zeot
1 卒 67
怵 198
崒 167
崪 167
捽 230
憷 210
黢 732

zi
1 之 6
支 248
氏 308
仔 14
卮 69
吱 82
孜 149
巵 174
枝 274
知 406
肢 478
芝 500
呲 87
咨 87
姿 141
胝 481
恣 200
祗 417
脂 483
茲 506
梔 282
淄 323
孳 150
嵫 170
椥 284
滋 332
粢 443
菑 512
觜 564
訾 569
貲 588
資 589
趑 595
緇 455
蜘 541
輜 609
諮 576
趦 596
錙 650
髭 708
鼒 733
鎡 654
鯔 715
齌 333
齜 736
2 子 147
止 301
仔 14
只 76
旨 258
址 116
帋 174
扺 220
沚 314
阯 668
姊 139
泲 314
芷 502
咫 87
恉 201
指 226
枳 275
祇 416
祉 416

籽 442
籽 473
秭 421
紙 448
祇 553
梓 281
趾 596
紫 451
軹 607
黹 733
滓 333
訾 569
酯 634
徵 194
3 至 493
志 195
忮 196
致 493
傳 30
製 56
恣 200
梽 282
智 263
痣 388
觶 481
戴 482
置 466
輊 608
漬 335
寘 385
誌 571
摯 240
緻 457
質 591
贄 592

觶 565
識 579
躓 604
鷙 725
6 巳 173
字 148
寺 157
自 493
伺 19
豸 584
兕 42
治 315
祀 416
俟 26
食 694
泧 322
𢦓 361
痔 387
眥 401
眦 401
笥 431
耜 473
蓑 189
娭 430
嗣 102
鳶 183
漇 331
稚 423
雉 675
飼 695
穟 425

zik

1 即 69
喞 91
迹 616

陟 670
勅 63
跡 599
幘 177
漬 335
稷 424
蹐 600
磧 414
積 424
績 460
織 461
職 476
蹟 602
鯽 714
3 炙 346
脊 483
瘠 390
踖 602
鵲 725
6 夕 131
汐 311
直 399
矽 407
穸 426
值 30
席 175
埴 121
寂 154
植 285
殖 303
湜 328
稙 303
蓆 521
褯 558
螫 545
藉 529
籍 440

zim

1 占 68
尖 159
沾 316
觇 562
詹 570
渐 336
幨 177
霑 679
瞻 405
譫 580
櫼 298
黵 492
2 颭 692
3 佔 20
6 漸 336

zin

1 㐱 213
毡 307
旃 257
淺 326
湔 327
羨 359
煎 351
箋 434
氈 308
膻 491
亶 626
濺 342
羶 469
鬋 709
餞 440
鱣 719
鸇 727
韉 685
2 展 163

剪 57
揃 239
戩 214
碾 413
翦 470
搴 601
蹍 601
輾 610
譾 578
澶 344
闡 668
蠒 59
讖 580
3 存 318
荐 361
箭 436
戰 214
錢 697
薦 528
濺 342
顫 691
6 賤 590

zing

1 正 301
征 191
怔 199
貞 586
烝 349
偵 33
旌 257
晶 263
湞 330
菁 512
楨 287
晴 402

羢	135	6 皁	394	鏃	655	眾	401	煮	351
祥	359	皂	394	躅	604	衆	550	責	350
莊	509	胙	669	續	463	種	423	麈	728
粧	443	胙	480	鐲	658	粽	444	3 注	317
裝	556	唣	92			綜	453	炷	348
臧	492	祚	417	**zung**		椶	444	疰	387
樁	291	做	32	1 中	5	瘲	390	跓	537
臟	593	造	619	伀	197	縱	459	著	515
驦	707	慥	208	宗	151	6 仲	16	註	568
2 跙	701	簉	438	忠	196	重	638	翥	470
3 壯	130			盅	396	訟	566	駐	701
葬	518	**zuk**		衷	553	頌	687	鑄	660
戆	212	1 竹	430	終	450	誦	572	6 住	20
6 壯	130	足	596	舂	494			筯	434
狀	363	竺	430	棕	284	**zyu**		箸	436
奘	135	捉	228	椶	288	1 朱	271		
僮	37	祝	417	樅	291	侏	23	**zyun**	
㠉	105	筑	433	踪	600	姝	140	1 專	157
幢	177	粥	443	縱	459	洙	319	朘	484
撞	242	瘃	388	螽	545	邾	628	尊	158
藏	530	築	437	鍾	653	株	278	尃	127
臟	492	燭	356	蹤	602	珠	370	膞	489
		蠋	547	騣	703	茱	507	甄	378
zou		觸	565	鬃	709	硃	409	磚	414
1 租	421	屬	164	騌	703	蛛	538	鐫	655
遭	624	囑	111	鐘	657	誅	571	顓	690
糟	445	矚	406	2 傯	33	銖	645	鐫	659
2 早	258	6 妯	139	偬	36	諸	575	鱒	718
祖	417	俗	26	腫	487	豬	584	攢	605
蚤	536	族	257	摐	241	瀦	343	鑽	661
組	450	舳	497	種	444	櫧	297	2 撙	242
棗	283	逐	617	粽	444	藷	297	轉	611
璪	375	軸	607	踵	601	2 主	1	纂	463
藻	531	瞅	102	總	460	拄	222	嶍	111
3 灶	346	鋌	649	3 中	5	砫	409	籫	699
竈	429	濁	341			渚	327	纘	464

3 轉	611		zyut	啜	94	敪	251	醊	635
鑽	660	3 拙	224	惙	204	綴	454	歠	301
鑽	661	柮	277	掇	230	褹	556	6 絕	451
6 傳	35	茁	505	梲	282	嘬	104	蕝	599
鱄	718	剟	56	綶	450	輟	609		

倉頡碼檢字表

倉頡碼	字	頁
A	日	258
A	日	266
AA	昌	259
AAA	晶	263
AABUU	覘	563
AAMH	暘	264
AAPV	暍	264
AATE	曝	266
AB	明	260
ABAC	暝	264
ABBE	曖	265
ABBT	盟	397
ABHAF	鵬	726
ABJCM	墅	265
ABJJ	暉	264
ABJJ	量	263
ABME	暖	264
ABMS	勗	61
ABU	冒	46
AD	杲	273
ADHAF	矊	726
ADHL	晰	263
AF	炅	346
AFHHH	影	190
AFMBC	顥	691
AFMBC	顥	692
AFMU	晃	261
AGBT	壇	265
AGDI	時	262
AGGU	曉	265
AHBR	晌	262
AHBU	眉	400
AHGF	曬	266
AHHL	昴	261
AHLN	剔	55
AHML	昕	260
AHOK	敨	252
AHOR	昭	263
AHQM	星	260
AHQO	映	261
AHS	昨	261
AHT	昇	259
AHVL	昂	259
AIHS	晟	262
AIJB	晡	262
AIMVU	既	258
AISL	即	69
AIT	昇	261
AITC	曠	266
AJ	旮	46
AJD	昧	260
AJKA	暑	263
AJMM	暄	264
AJV	晏	261
AKKB	晞	262
AKN	旯	259
ALBK	映	260
ALMO	晃	261
AM	旦	258
AMAM	晅	262
AMBI	曡	265
AMG	旺	259
AMI	戢	214
AMJ	旰	259
AMJ	早	259
AMK	昊	259
AMMP	曠	266
AMMR	晤	262
AMMV	晨	262
AMO	昃	259
AMRU	量	733
AMWG	量	638
AMYO	是	261
AN	門	662
ANA	間	662
ANAA	閶	666
ANASM	闇	667
ANAU	晃	46
ANAU	晚	262
ANB	閆	664
ANBBE	閡	666
ANBCK	閼	668
ANBUK	閵	666
ANCRU	閿	666
AND	開	664
ANDH	閉	663
ANDMQ	闈	663
ANDWF	闡	667
ANEHR	闓	666
ANGG	閡	665
ANGIT	闔	667
ANHER	闉	664
ANHPA	閻	666
ANIAV	閬	665
ANIRM	閥	666
ANJBC	閘	667
ANKI	閖	664
ANKLU	闍	666
ANLMI	閄	662
ANM	門	662
ANMG	閆	664
ANMJK	闗	668
ANMMM	閅	663
ANMT	開	663
ANNHX	閥	666
ANNOK	閣	666
ANO	閃	662
ANOI	閥	665
ANOK	暎	264
ANOMR	閣	665
ANP	悶	203
ANQOU	闐	668
ANR	問	95
ANRHR	閽	665
ANRRJ	闈	668
ANRRR	閥	666
ANSJ	聞	475
ANSQF	闒	667
ANSRJ	關	668
ANTC	開	665
ANTK	関	665
ANTUO	關	667
ANUMT	闤	667
ANVIT	闥	667

ANWD	闠	665	ATMJ	曄	265	BBHER	骼	706	BCFF	賧	590
ANWL	闦	664	AU	巴	174	BBHF	鵬	723	BCGWC	贖	593
ANYGQ	闤	668	AUAM	曌	264	BBHHJ	髀	707	BCHAF	鵟	727
ANYHN	闈	664	AUHAF	䳄	265	BBHMR	骺	706	BCHBT	舳	586
ANYK	閔	664	AUKS	勖	61	BBHNE	骶	706	BCHE	販	586
ANYLB	闈	664	AUNL	廊	630	BBHPM	骶	706	BCHER	賂	589
ANYMR	闇	573	AV	艮	498	BBJHR	骼	707	BCHIO	貶	587
ANYSY	闗	666	AVHAF	鶤	724	BBJMC	髇	707	BCIBI	賻	592
ANYTA	闇	666	AVHAF	鶤	724	BBJR	骷	706	BCII	賤	590
ANYVO	闅	665	AVNO	歌	307	BBJTI	髆	706	BCIJ	賊	589
AODMQ	韙	685	AWLA	曙	265	BBKNI	骯	706	BCIJE	賕	590
AOFH	趐	160	AWLE	曼	267	BBLN	剐	56	BCIMS	臟	593
AOMBC	題	690	AYBP	曭	266	BBLWV	髏	707	BCIR	貽	587
AONR	哈	263	AYDK	暾	265	BBMLK	骾	706	BCJ	肝	479
AOP	匙	65	AYHS	昉	259	BBMR	胴	482	BCJKA	賭	591
AOWY	晦	262	AYK	昃	259	BBND	胯	484	BCJMN	貯	587
APHAF	鵰	723	AYOJ	晬	263	BBNQ	舜	496	BCKB	賄	592
APHH	易	260	AYRF	景	263	BBOLL	骱	706	BCLMT	臁	593
APIM	昀	259	AYRF	晾	263	BBPE	爱	206	BCLN	則	54
APP	昆	259	AYRV	曩	266	BBTMT	髒	707	BCMJ	罕	465
APR	昫	261	AYT	昱	261	BBTWT	體	707	BCMMV	賑	589
APVO	昜	267	AYTA	暗	264	BBU	亂	8	BCMPM	賦	591
AQMB	晴	263	B	月	268	BBUG	髢	492	BCNCR	贍	593
ARF	煦	351	BABT	腽	488	BBUU	覓	561	BCOJU	罯	465
ARF	照	351	BAHM	腥	486	BBWD	髁	707	BCOK	敗	251
ARYE	暇	264	BAMH	腸	487	BBWLI	髑	707	BCOMF	除	589
ASHR	昭	261	BAU	肥	478	BBYHN	航	706	BCPD	肶	586
ASJE	最	267	BAYC	冥	47	BBYKB	髓	707	BCQMB	睛	590
ASMG	曘	265	BB	肎	477	BBYTJ	辭	613	BCR	囘	46
ASP	昵	261	BB	朋	268	BBYVO	骸	706	BCRHU	肭	588
ASTR	暧	265	BBB	骨	706	BCABU	賄	592	BCRL	腳	487
ATBO	曚	265	BBBR	骪	487	BCAPH	賜	590	BCRU	脱	484
ATCE	暴	264	BBBUU	覤	563	BCBGR	䐉	590	BCSMV	賬	591
ATGS	曦	266	BBE	受	74	BCCWA	贈	592	BCTTB	購	592
ATLO	嘆	265	BBHAF	鶻	725	BCDH	財	586	BCTXC	賺	592

BCV	嬰	147
BCYR	貼	588
BCYTR	賠	590
BCYVO	賅	589
BD	采	637
BDHHH	彩	189
BDI	肘	478
BDNL	郛	628
BDOE	膝	489
BDU	乳	8
BDW	腖	486
BEYTJ	辭	613
BF	炙	346
BFBG	膛	489
BFD	脒	482
BFDQ	膦	490
BFHVF	縣	458
BFMU	胱	482
BFP	懸	211
BFQ	胖	480
BFQC	賸	592
BFQE	滕	333
BFQF	縢	458
BFQF	騰	703
BFQF	籐	717
BFQG	塍	125
BFQI	螣	544
BFQR	謄	577
BFQS	勝	62
BFQV	媵	145
BG	肚	478
BGHQU	氍	308
BGI	胠	481
BGR	周	84
BGTE	臌	491
BGTH	膨	490
BHAE	腺	487
BHDH	豺	584
BHDW	膰	490
BHEQ	胮	483
BHER	胳	483
BHHAU	貌	585
BHHER	貉	584
BHHJ	脾	485
BHHV	脈	483
BHHWP	貔	585
BHJG	腫	487
BHJU	腯	487
BHMA	貊	585
BHN	冗	46
BHN	肌	477
BHNE	股	478
BHOD	貅	584
BHPI	豹	584
BHPM	胝	481
BHS	胙	480
BHSHR	貂	584
BHTAK	貘	585
BHTRG	貛	585
BHTW	貓	585
BHUC	臢	492
BHVO	胍	481
BHWG	貍	585
BHX	舀	494
BHXO	腴	486
BIBI	膊	488
BICE	朡	484
BIJB	脯	484
BIKK	胑	480
BIKU	肬	479
BINE	脉	481
BIOI	腑	485
BIPC	膩	490
BIPF	臙	492
BIPP	腻	484
BIR	胎	480
BITC	臁	491
BIYPU	虢	535
BJB	肺	479
BJBD	脖	484
BJBJ	腩	487
BJCG	膣	489
BJCM	腔	485
BJDHE	鞁	396
BJE	肢	478
BJHAF	鶤	724
BJII	膞	489
BJMC	臏	491
BJMO	腚	485
BJMU	脘	484
BJNL	鄆	630
BJNU	腕	486
BJV	胺	482
BJWJ	軍	606
BKCOR	谿	582
BKF	然	350
BKHAF	鷄	724
BKHAF	鶪	724
BKI	肱	479
BKI	肽	479
BKK	网	465
BKLU	腌	485
BKMS	胯	482
BKN	胰	482
BKOG	雞	676
BKS	肋	477
BKSS	脇	483
BLMO	朓	483
BLMY	腓	485
BLN	刖	52
BLWL	胂	480
BM	肛	478
BM	且	4
BMBB	臑	491
BMFM	胚	481
BMJ	肝	478
BMKE	爱	357
BMKS	助	60
BMM	冉	45
BMMC	具	44
BMMO	冢	47
BMOG	雎	675
BMR	同	78
BMRB	膈	488
BMRT	脰	484
BMRW	腷	487
BMSO	豚	583
BMUI	冠	46
BMVM	脛	484
BMWF	膘	489
BMWL	腼	488
BMWV	腰	487
BN	肊	477
BNCR	膾	491
BND	孚	148
BNII	腦	490
BNKQ	腱	487
BNMU	脆	482
BNO	肷	479
BNUI	冤	47

BOAE	腹 487	BSMV	腋 485	BUFBG	瞠 404	BUMGG	眶 402
BOB	胁 479	BSS	凸 49	BUFD	眯 401	BUMJK	歐 405
BOBO	胸 269	BT	冊 45	BUFF	睒 403	BUMLS	眄 399
BOHH	腓 481	BT	皿 396	BUFH	眇 400	BUMN	盯 398
BOMA	膾 490	BTA	腊 485	BUGCE	睃 402	BUMWF	睭 405
BOMMF	祭 418	BTAB	冪 47	BUGCG	睦 403	BUNCR	瞻 405
BOMN	腧 486	BTAK	膜 489	BUGIT	瞳 404	BUND	眨 561
BOMO	臉 491	BTBC	腆 485	BUHAF	鶴 725	BUNIN	眵 401
BON	肬 478	BTBO	朦 269	BUHDF	瞅 403	BUNOK	睖 403
BOOG	脞 484	BTGR	膳 490	BUHHJ	睥 401	BUOG	眭 403
BOWY	脢 484	BTIS	臟 492	BUHHV	眠 401	BUOG	瞧 489
BOYMR	誉 571	BTK	朕 269	BUHIO	眨 400	BUOG	瞿 405
BPA	脂 483	BTLF	膡 492	BUHJM	睡 404	BUOGE	矍 405
BPHR	膾 484	BTLN	删 52	BUHNI	飆 693	BUOGF	瞧 405
BPR	胸 481	BTT	胼 478	BUHQU	眊 400	BUOMO	瞼 405
BPRU	胞 481	BTT	胼 482	BUHU	眉 561	BUPU	盹 400
BPU	胗 479	BTU	岡 165	BUHVF	緜 461	BUQMB	睛 402
BPUK	胸 482	BTWV	膿 490	BUHXE	瞍 403	BURB	眀 405
BQ	用 380	BTXC	朦 488	BUHXU	睨 403	BURVP	眠 400
BQJ	胖 479	BTYJ	薜 490	BUICE	睃 402	BUSMG	眶 401
BQKK	腠 486	BTYV	罔 465	BUIHQ	眸 401	BUSRR	瞘 404
BQMB	腈 485	BU	目 398	BUIR	眙 400	BUSYI	矚 406
BQMF	腆 485	BUAMJ	睜 401	BUJBC	瞋 404	BUTBO	蒙 405
BQU	甩 380	BUANA	瞷 405	BUJJL	斲 404	BUTLB	瞞 405
BRHAF	鵬 723	BUANK	矚 406	BUJKA	睹 403	BUTW	瞄 403
BROG	離 676	BUAV	眼 401	BUJLO	睫 403	BUVML	鼎 733
BRRD	臊 491	BUBAC	瞋 404	BUJMU	睆 402	BUWD	眲 402
BRRS	腭 488	BUBBQ	瞬 404	BUJQR	瞎 404	BUYBP	矓 405
BRU	同 45	BUBD	眯 403	BUKCF	瞵 405	BUYFD	眹 405
BSD	爭 357	BUBSD	睜 402	BUKOO	眹 402	BUYMP	眥 401
BSE	脈 484	BUC	貝 585	BULBU	眈 400	BUYTG	瞳 402
BSHH	豸 584	BUCMS	眝 399	BULMO	眺 401	BUYVI	眩 401
BSJR	腷 486	BUCNH	睇 402	BULN	刵 56	BV	妥 139
BSLE	服 268	BUCSH	盼 399	BULWV	矊 404	BVG	墾 128
BSMH	膠 489	BUDOO	眯 402	BUMD	肝 399	BVHAF	鸎 727

碼	字	頁	碼	字	頁	碼	字	頁	碼	字	頁
BVIK	奚	136	CAN	鉬	651	CFBW	鐺	659	CHQI	鋭	648
BVP	懇	211	CANA	鋼	658	CFFS	鍺	658	CHRF	鎢	655
BVVV	臕	491	CANT	鋼	658	CFH	鈔	641	CHUC	鑽	661
BVVW	腦	486	CANW	鋼	661	CG	釓	640	CHUD	鑲	655
BWIM	臘	489	CAPH	錫	650	CGGU	鐃	657	CHXE	鎪	655
BWK	胭	481	CAPP	錕	650	CGNI	鑄	660	CI	公	44
BWL	胛	481	CATE	鑼	660	CHA	鉑	643	CIAV	銀	647
BWLI	爵	357	CAU	鈀	640	CHAB	錦	650	CIHR	鋮	652
BWOT	膃	488	CAV	銀	644	CHAE	鎳	652	CIHS	銜	647
BWP	腮	486	CAWE	鏺	661	CHAG	鍠	653	CII	錢	650
BY	丹	1	CBBR	鍋	652	CHDF	鏉	653	CIJB	鋪	648
BYAV	腿	488	CBCN	鋼	652	CHDH	銹	648	CIJC	鈆	643
BYBP	朧	269	CBM	鉬	644	CHEJ	鋒	647	CIKK	欽	642
BYBR	膽	490	CBME	鍰	653	CHER	銘	646	CILB	鏞	656
BYBS	勝	488	CBMR	銅	645	CHGI	銈	646	CIMBC	頌	687
BYHHH	護	676	CBMS	鋤	648	CHGR	錯	649	CIPF	鑢	660
BYHR	朘	488	CBSD	錚	650	CHGU	銑	645	CIPP	鈬	649
BYHS	肪	479	CBTU	鋼	649	CHHAF	鵝	722	CISM	翁	469
BYOJ	脖	486	CBU	鉬	644	CHHH	釤	640	CITC	鑢	660
BYOK	腋	485	CBUC	銀	648	CHHL	鉚	644	CITC	鑢	659
BYPT	臚	492	CBUE	鑢	661	CHHW	鎦	655	CITE	鍍	652
BYRN	脟	484	CCC	鑫	660	CHJ	釺	640	CIV	鈸	643
BYTOE	膌	676	CCNH	鉛	643	CHJD	銖	645	CJ	針	639
BYTP	膒	490	CCR	鉛	643	CHJE	鍛	652	CJBC	鎮	654
BYVG	臃	491	CCRU	銳	647	CHJG	鍾	653	CJBF	鐐	659
BYVO	胲	482	CDHE	鈹	642	CHJM	錘	652	CJCR	鎔	655
BYWM	膧	491	CDM	鉢	643	CHJR	銛	646	CJCV	鑷	661
BYX	臍	491	CDOO	錬	651	CHJX	鎬	646	CJIG	鐵	659
C	金		CDWF	釵	676	CHLC	鑽	660	CJKA	鐵	659
CAHU	錯	653	CEI	釘	640	CHLN	剃	55	CJKP	鉧	646
CAM	鉏	644	CF	欽	641	CHLO	鏉	651	CJKS	銬	646
CAMH	錫	652	CFB	銷	647	CHMBC	頒	688	CJMC	鑽	659
CAMI	錯	651	CFBC	鎮	654	CHNI	釩	640	CJMO	錠	650
CAMJ	銲	649	CFBF	鑞	661	CHNL	邪	627	CJMO	鎵	654
CAMVN	甄	378	CFBG	鐙	656	CHOK	攸	250	CJP	鉈	642

CJQR 鐯 655	CMVI 鐦 655	COR 谷 582	CSME 鎳 648
CJR 鉆 644	CMVN 鼉 378	CPH 鉍 644	CSMH 鐐 657
CJV 鋜 645	CMVS 兮 44	CPI 釣 640	CSP 鈮 644
CK 父 357	CMWF 鏢 657	CPI 鈎 642	CSR 鉅 643
CKAU 爸 358	CMYM 証 643	CPIM 鈞 641	CSS 鉅 642
CKB 鈽 645	CMYS 鈣 641	CPPA 錯 653	CSSR 銅 648
CKCE 鐵 656	CN 釕 639	CPRU 鉋 644	CTA 錯 651
CKCF 鐐 658	CNAU 鉋 646	CPU 鈍 641	CTAK 鑊 657
CKHML 斧 255	CNDT 錳 651	CQHK 鎂 653	CTCA 錯 658
CKI 釱 641	CNG 鉭 641	CQMV 鏺 651	CTCO 鐷 651
CKJT 銬 651	CNHB 鑛 658	CQO 鈇 640	CTCT 鎰 658
CKMGC 釜 639	CNII 鐩 656	CQOC 鑽 660	CTGK 鎂 653
CKN 鈇 647	CNIR 銘 645	CR 釦 640	CTGR 鏰 657
CKNIN 爹 358	CNKG 鋌 647	CRBVK 篠 582	CTJA 錯 658
CKOO 鈇 647	CNKQ 鍵 653	CRHAF 鷉 722	CTKR 錯 652
CKSJL 爺 358	CNLH 弟 186	CRHG 鉎 648	CTM 鉗 643
CL 丫 5	CNLR 銅 650	CRHR 鋁 647	CTMJ 鐸 659
CLLL 刏 640	CNN 釘 639	CRHU 兌 41	CTOE 鑊 659
CLMO 銚 645	CNO 欽 299	CRLB 錦 645	CTVI 磁 654
CLN 刉 639	CNOE 鑢 658	CRNL 郤 629	CTW 貓 652
CLNC 鑽 657	CNOT 鐙 658	CRNO 欲 299	CTXC 鎌 655
CLW 鈾 643	CNWA 鐪 640	CRRS 鍔 648	CTYV 鋌 648
CLWV 鑡 657	COB 鈉 640	CRSL 卻 70	CU 乩 639
CLX 鏞 658	COG 錐 650	CRYO 錠 649	CUMT 鐙 654
CM 釭 640	COGS 鑴 655	CSEG 鏗 656	CV 攵 640
CMBW 鐠 659	COGS 鑄 659	CSH 分 50	CVID 鍱 660
CMF 鈈 642	COII 鈴 642	CSHC 貧 586	CVMI 鏽 656
CMGI 鈺 643	COIN 鈴 641	CSHG 仝 117	CVNE 錄 649
CMHAF 鶏 725	COIR 鏡 655	CSHP 念 197	CVR 鈉 646
CMJJ 鈃 646	COMB 鑰 661	CSHT 盆 396	CVVC 鎮 655
CMN 釘 639	COMG 銓 645	CSHU 㑒 165	CVVV 鑱 660
CMRB 鍋 654	COMQ 鋒 655	CSIT 鑑 660	CVVW 鑥 650
CMT 鈃 642	COMR 鈶 646	CSJ 鋘 645	CW 鈿 642
CMTN 鍘 647	COOG 鋞 648	CSJJ 鑲 661	CWA 曾 267
CMTO 鐵 658	COP 慾 209	CSJR 鋸 649	CWD 鍫 649

Code	字	No.	Code	字	No.	Code	字	No.	Code	字	No.
CWG	鋰	649	D	木	270	DDBUH	鬱	710	DFMU	桄	279
CWJR	鋼	651	DA	杏	273	DDBUH	鬱	710	DFQ	样	275
CWK	鋦	646	DABT	楅	288	DDCSH	棽	285	DFQU	桊	284
CWL	鈿	643	DAHU	楣	287	DDD	森	284	DG	杜	272
CWLG	鑼	661	DAIU	概	288	DDF	棽	350	DGB	枏	274
CWLI	鐲	658	DAM	查	276	DDG	坴	123	DGCE	棱	285
CWLJ	鐸	659	DAMH	楊	286	DDG	埜	128	DGG	桂	279
CWLV	鐶	659	DAMJ	桿	282	DDH	材	271	DGGU	桅	294
CWP	鍃	653	DANR	欄	297	DDHH	彬	190	DGIT	槌	289
CWYI	鉧	642	DANW	欖	298	DDHNI	梵	282	DGNI	橢	293
CY	釓	639	DAPP	棍	283	DDI	村	272	DGOV	樾	293
CYBS	鎊	654	DAPV	楬	287	DDIXP	蘸	729	DGOW	檔	296
CYCB	鏑	656	DASM	榻	289	DDK	樊	291	DGP	芷	282
CYCK	欽	644	DAU	杷	273	DDKMR	攀	416	DGR	桔	280
CYHM	鏷	657	DAV	根	278	DDKQ	攀	247	DGRG	欓	296
CYHN	鈧	641	DAWE	檬	293	DDMMF	禁	418	DGTI	樹	293
CYHR	鎴	655	DBB	棚	283	DDMMV	震	614	DGWC	櫝	297
CYHS	鈁	641	DBBB	槲	289	DDNL	郴	629	DH	才	216
CYHV	鋱	646	DBCV	櫻	298	DDNYO	楚	286	DHA	柏	275
CYIU	銃	645	DBDB	棘	283	DDP	懋	211	DHAB	棉	283
CYJ	斜	641	DBDB	棗	283	DDSJE	馦	294	DHAJ	椑	290
CYJJ	鍵	656	DBLN	刺	54	DDV	婪	143	DHAL	椈	295
CYLB	鈰	644	DBME	楙	287	DDW	棵	284	DHBUL	薰	733
CYPT	鑪	660	DBMR	桐	280	DDW	蝅	384	DHCQ	欅	298
CYRB	鎬	654	DBND	桴	281	DDWF	棟	287	DHDF	楸	288
CYRV	鎵	652	DBO	焚	37	DEFH	杪	280	DHE	皮	395
CYRV	鑲	661	DBT	柵	277	DEI	权	271	DHE	板	273
CYSK	鏃	655	DBTU	橺	285	DEID	樑	291	DHER	格	278
CYSO	皺	655	DBU	相	399	DEMBC	顏	688	DHGR	梧	288
CYTG	鐘	657	DBUU	梘	283	DEPRU	皰	395	DHHH	杉	271
CYTJ	鋅	647	DCI	松	273	DFB	梢	282	DHHI	榭	289
CYTP	鐣	659	DCNH	梯	282	DFBG	樘	292	DHHJ	椑	284
CYTR	鋁	649	DCRU	梲	282	DFBW	檔	295	DHHL	柳	276
CYTU	鏡	657	DD	林	274	DFH	杪	272	DHHW	榴	289
CYVI	鉉	643	DDAM	楂	286	DFLE	隸	674	DHI	槐	290

碼	字	頁	碼	字	頁	碼	字	頁	碼	字	頁
DHJD	株	278	DJE	枝	274	DM	本	270	DMVM	柟	273
DHJE	椴	288	DJK	杖	272	DM	杠	272	DMVS	朽	271
DHJM	棰	287	DJKA	楮	283	DMA	栢	280	DMVVQ	犛	496
DHJR	梏	277	DJKP	栳	278	DMAM	桓	280	DMWC	横	291
DHJU	楯	288	DJKS	栲	278	DMBB	欚	298	DMWF	標	292
DHKB	橘	294	DJLV	樓	285	DMBC	横	290	DNAO	橡	294
DHML	析	273	DJMC	檳	296	DMBM	檀	298	DNBG	桷	281
DHMU	梔	282	DJMF	棕	284	DMBR	檔	298	DNBJ	槲	291
DHMY	柝	277	DJMM	楦	288	DMBS	樗	292	DNCR	檜	296
DHNI	楓	286	DJMO	椗	285	DMBW	檽	295	DND	李	271
DHON	桁	279	DJNU	椀	285	DMCW	栖	280	DNHB	橘	294
DHOO	樅	291	DJPN	檸	296	DMDM	櫪	297	DNIB	桶	281
DHPM	柢	276	DJR	枯	274	DMEM	極	286	DNIN	杼	273
DHS	柞	276	DJRR	棺	285	DMF	杯	272	DNKG	梃	281
DHSK	檄	295	DJV	桉	277	DMFJ	枰	275	DNKQ	犍	286
DHUC	檟	298	DKMR	椅	286	DMFR	梧	283	DNLB	欄	293
DHUJ	楎	293	DKMYM	整	253	DMG	杜	273	DNMU	桅	281
DHUU	橇	294	DKP	愁	210	DMGI	橱	294	DNON	橺	297
DHX	柏	280	DKSR	枷	275	DMIG	柾	280	DNOT	橙	294
DI	寸	157	DL	束	272	DMJ	杆	271	DNST	楹	288
DICE	棱	282	DLA	晢	263	DMJK	橄	293	DNWA	檔	297
DIGI	樹	297	DLBU	枕	273	DMLK	梗	281	DOB	枘	274
DII	棧	284	DLE	棣	284	DMLM	椏	285	DOBG	榷	290
DIIL	橱	288	DLHA	晢	395	DMMF	奈	277	DOBUC	贅	590
DILE	櫟	292	DLII	蠱	544	DMMR	梧	282	DOG	椎	285
DIP	代	272	DLKS	勑	61	DMMS	朽	272	DOGF	樵	293
DIR	枱	277	DLKSF	鶆	724	DMNR	柯	276	DOGJ	槔	289
DIRM	械	284	DLLN	剌	55	DMOB	杮	275	DOGS	橋	290
DIT	椶	282	DLMO	桃	279	DMR	柘	276	DOGS	橋	290
DJ	末	270	DLMY	排	285	DMRQ	韋	685	DOIK	栿	280
DJBD	梓	282	DLOK	敕	251	DMSO	椂	285	DOIM	欐	298
DJBJ	楠	287	DLSHC	穎	591	DMTO	橛	294	DOIR	檜	290
DJBM	植	285	DLW	柚	276	DMU	杌	271	DOJ	杵	273
DJCR	榕	289	DLWV	樓	291	DMUE	榎	290	DOK	枚	274
DJCS	榨	289	DLYTJ	粹	613	DMVH	杤	274	DOKR	枒	284

碼	字	頁
DOKS	勅	61
DOMA	檜	295
DOMG	栓	277
DOMN	榆	295
DOMO	檢	295
DOWY	梅	281
DOYB	橋	295
DPA	枸	280
DPI	杓	272
DPP	枇	273
DPPA	枇	273
DPPG	桗	283
DPR	枸	275
DPRU	枹	277
DQABT	韗	685
DQBHX	韜	685
DQHK	楔	287
DQIKK	敽	685
DQJL	椰	281
DQJM	椹	291
DQKA	椿	286
DQKD	榛	289
DQKQ	棒	283
DQKX	椿	291
DQSHI	靭	685
DQTHB	韛	686
DQWOT	韠	686
DR	杏	271
DRC	枳	275
DRHG	桯	282
DRMS	杤	275
DRRR	榅	287
DRSH	枴	275
DRSJ	楂	287
DSIT	檻	296
DSJL	椰	286
DSLC	櫃	296
DSLY	榧	290
DSME	楔	282
DSMG	框	279
DSMG	櫂	297
DSMM	枂	278
DSMV	桭	284
DSNO	樞	276
DSRG	櫃	295
DSRR	櫺	292
DSS	柜	274
DSU	杞	272
DSWU	欖	298
DSYQ	櫸	293
DTAK	模	292
DTBO	橡	296
DTC	栱	278
DTCO	樸	293
DTGE	樣	292
DTGI	欁	296
DTJR	楮	288
DTLM	柑	275
DTMC	橫	293
DTMC	棋	283
DTMJ	樺	293
DTMV	椹	288
DTQM	搓	290
DTRG	樢	290
DTT	枡	277
DTTB	構	290
DTWA	槽	291
DTWI	樽	293
DU	札	270
DUCE	椴	288
DUMT	橙	290
DUP	想	205
DUU	椭	277
DUVIF	縶	449
DVFO	爐	297
DVID	樑	297
DVII	機	294
DVNO	樣	286
DVVI	桫	280
DW	東	272
DWD	棟	284
DWF	束	276
DWHAF	鶉	723
DWL	柙	276
DWLG	欄	298
DWLS	楞	288
DWOT	楬	290
DY	朴	271
DYAJ	棹	284
DYBC	楨	287
DYBP	權	297
DYBS	榜	289
DYCK	校	277
DYDL	榔	292
DYDU	欋	297
DYFE	椒	285
DYG	柱	274
DYHN	杭	272
DYHR	槌	288
DYHS	枋	273
DYIU	梳	282
DYJ	枓	273
DYLB	柿	275
DYPM	檣	292
DYPT	櫨	297
DYRA	櫧	297
DYRB	楠	289
DYRD	椁	277
DYSD	櫟	286
DYTJ	樟	292
DYTJ	梓	281
DYV	杜	272
DYVO	核	278
DYWD	橫	296
DYWM	橿	294
DYWV	樓	289
E	水	310
EA	汨	312
EA	汨	312
EA	沓	314
EABT	温	304
EAFC	瀨	345
EAG	涅	322
EAHU	湄	329
EAIU	溉	328
EAMH	湯	328
EAMO	湿	328
EANA	澗	337
EANG	潤	337
EANR	瀾	342
EANW	瀾	344
EAPP	混	326
EAPV	渴	329
EASM	湯	328
EATE	瀑	342
EAVF	濕	342
EAWE	漫	335
EBAC	溟	331
EBAU	淝	324

EBBB	滑 330	EDD	淋 324	EGNI	濤 341	EHQ	墼 228
EBBR	渦 329	EDDA	潛 338	EGTH	澎 339	EHQJ	湃 329
EBCD	深 325	EDG	塗 125	EGTI	澍 339	EHQO	泆 315
EBCI	濺 342	EDHE	波 317	EGWC	漬 343	EHRB	瀚 333
EBCN	澥 329	EDHL	淅 323	EHA	泊 316	EHSK	淚 324
EBCR	溶 331	EDJ	沬 314	EHAG	湟 328	EHSK	激 340
EBHG	淫 325	EDK	決 312	EHBK	澳 340	EHSU	滬 334
EBHU	沉 313	EDL	涑 322	EHBN	淛 327	EHUK	淏 332
EBHX	滔 333	EDLC	瀨 344	EHBT	洫 320	EHUL	瀟 342
EBJJ	渾 329	EDLO	漱 335	EHBT	盪 398	EHV	姿 142
EBKF	瀾 727	EDMBC	顙 56	EHBU	泪 316	EHXE	浚 330
EBM	沮 315	EDOE	漆 335	EHCN	瀏 343	EHXF	潟 330
EBME	湲 328	EDOO	淶 326	EHDB	淆 338	EHXM	湼 330
EBMR	洞 320	EEE	淼 326	EHDF	湫 328	EHYHV	裟 556
EBND	浮 321	EEED	桑 280	EHDW	潘 337	EI	叉 73
EBP	憑 207	EEEEE	啜 251	EHEQ	澤 319	EIAV	浪 321
EBP	瀉 211	EEEEN	剟 56	EHER	洛 320	EIBI	溥 331
EBR	洄 315	EEEM	叠 74	EHF	燙 355	EICE	湨 321
EBSD	淨 325	EEI	汉 311	EHGR	浩 321	EID	梁 282
EBUG	灘 341	EEV	婆 143	EHGU	洗 318	EIFD	粱 443
EBUH	渺 329	EFB	消 322	EHHL	卿 316	EIHF	滅 332
EBUK	淏 330	EFBR	淌 324	EHHV	派 319	EIHR	減 327
EBVK	溪 331	EFF	淡 324	EHHW	潮 319	EII	淺 326
EC	淦 325	EFFF	灤 344	EHIO	泛 314	EIIH	滲 334
ECIM	瀜 332	EFFG	瀅 343	EHJD	洙 319	EIJB	浦 321
ECKG	溢 333	EFFS	澇 339	EHJR	活 319	EIJC	沭 315
ECNH	涕 322	EFH	沙 314	EHK	沃 313	EIKF	為 330
ECOR	浴 321	EFMU	洸 320	EHKP	添 326	EILL	洲 319
ECR	沿 316	EFQ	泮 318	EHLQ	潷 338	EILMI	蟲 536
ECSH	泫 312	EGCE	淩 325	EHML	沔 318	EILR	溏 330
ECST	盜 327	EGDE	瀔 343	EHMO	滋 340	EINE	泳 318
ED	沐 313	EGGU	澆 339	EHMY	沂 318	EIOK	洟 322
EDAM	渣 328	EGI	法 316	EHNI	汎 312	EIR	治 315
EDBU	湘 328	EGIT	溢 331	EHNI	溷 330	EITC	濂 341
EDCI	淞 324	EGJ	準 331	EHNWF	鯊 714	EITE	渡 327

EIWG	濾	343	EKHR	澌	335	EMGG	涯	323	ENE	沒	313
EIXP	濾	336	EKI	汰	312	EMHF	源	330	ENHE	汲	312
EJ	汁	311	EKKB	浠	322	EMHF	鴻	722	ENHX	洎	327
EJB	沛	311	EKKB	淆	323	EMJ	汗	311	ENI	汐	311
EJBC	滇	332	EKLD	洊	318	EMJK	潵	339	ENI	泓	316
EJBD	渟	321	EKLU	淹	326	EMJS	污	311	ENIB	涌	323
EJCB	清	338	EKN	湀	320	EMLK	涇	321	ENIR	洺	320
EJCR	溶	332	EKNI	決	311	EMLS	污	313	ENJ	汛	311
EJDK	激	334	EKOO	次	322	EMMP	灑	345	ENKM	涎	323
EJDS	渤	329	EKPB	滯	333	EMMR	浯	322	ENLD	潊	331
EJHF	瀉	343	EL	沖	314	EMMS	浹	313	ENLS	渤	314
EJHW	瀋	343	ELBK	決	318	EMMU	沅	313	ENMB	瀾	344
EJJB	潮	338	ELBU	沈	313	EMN	汀	310	ENMM	溺	332
EJJJ	淋	341	ELLN	沸	315	EMNN	洌	318	ENNC	瀕	341
EJJL	漸	336	ELLP	澧	336	EMNR	河	315	ENOB	滑	328
EJJM	瀚	343	ELMC	瀆	338	EMOA	瀦	343	ENOE	潑	337
EJKA	渚	323	ELMO	洮	320	EMRB	潟	333	ENOT	澄	338
EJLV	凄	324	ELMT	瀘	341	EMSO	涿	323	ENSV	漲	336
EJMC	演	336	ELQ	津	320	EMT	汧	313	ENUE	涵	323
EJMC	瀆	342	ELW	油	315	EMUA	潛	337	ENWF	漁	334
EJMF	淙	324	ELWP	淺	320	EMVG	溼	331	EOB	汭	312
EJMM	渲	329	ELWV	淒	334	EMVI	潯	332	EOBT	盜	397
EJMO	淀	323	ELXH	汰	314	EMVM	潟	314	EODE	潋	340
EJMU	浣	321	ELXL	淵	326	EMVM	涇	322	EOG	准	325
EJNU	涴	326	EM	江	311	EMWD	滦	331	EOHH	渗	315
EJP	沱	315	EMAM	洹	319	EMWF	漂	335	EOII	冷	317
EJPN	濘	341	EMBB	濡	341	EMWG	湮	328	EOIK	狀	318
EJR	沽	315	EMBB	灞	345	EMWJ	潭	338	EOIR	滄	332
EJRB	湖	328	EMBI	濆	339	EMWL	潚	327	EOLD	滌	334
EJTC	瀆	338	EMBL	洏	320	ENAU	浼	340	EOMA	滄	340
EJTO	遷	344	EMCW	酒	318	ENBK	渙	327	EOMB	淪	325
EJYJ	滓	333	EMCW	酒	632	ENBQ	瀚	340	EOMB	渝	344
EKB	洶	320	EMD	汗	311	ENBS	湧	328	EOMC	浜	321
EKC	鋬	648	EMDM	瀝	343	ENCR	澹	340	EOMD	涂	323
EKCF	潦	338	EMG	汪	312	END	染	276	EOMN	汽	312

碼	字	頁	碼	字	頁	碼	字	頁	碼	字	頁	碼	字	頁
EOMN	渝	327	ERRD	澡	340	ETGE	漾	336	EVNE	淥	325	EVR	洳	319
EOMR	洽	319	ERU	氾	311	ETIT	沸	337	EVR	洳	319	EVUG	灃	344
EONR	涪	322	ERUC	潰	339	ETLB	滿	334	EVUG	灃	344	EVVW	淄	323
EOOK	激	344	ERVP	泯	318	ETLO	潢	335	EVVW	淄	323	EWB	渭	329
EOTF	潕	339	ERXU	潿	340	ETLX	瀚	344	EWB	渭	329	EWC	泗	317
EOTO	濮	342	ERYO	沱	323	ETM	泔	316	EWC	泗	317	EWDQ	潬	339
EOWY	海	321	ESBN	涮	326	ETMC	淇	323	EWDQ	潬	339	EWG	浬	321
EP	沁	312	ESCE	澱	340	ETMC	潢	337	EWG	浬	321	EWJR	渦	323
EPA	洵	319	ESD	渠	327	ETMV	湛	328	EWJR	渦	323	EWK	洇	320
EPD	池	311	ESHR	沼	315	ETOG	灘	345	EWK	洇	320	EWLI	澤	318
EPD	渁	277	ESIM	溼	342	ETOR	滏	331	EWLI	澤	318	EWLJ	澤	339
EPH	泌	316	ESIT	濫	342	ETQ	洋	318	EWLJ	澤	339	EWLV	濃	340
EPHP	滲	325	ESJ	洱	319	ETQM	達	330	EWLV	濃	340	EWML	湃	324
EPHR	澁	329	ESJJ	灄	345	ETRG	灌	344	EWML	湃	324	EWMO	湢	332
EPOU	淘	324	ESMB	漏	336	ETT	汫	320	EWMO	湢	332	EWNO	歐	301
EPP	沘	314	ESME	浸	321	ETTB	溝	331	EWNO	歐	301	EWOT	溫	330
EPR	洶	316	ESMG	涯	319	ETUB	滔	333	EWOT	溫	330	EWR	洄	318
EPRU	泡	317	ESMG	渥	329	ETVI	滋	332	EWR	洄	318	EWVF	潔	335
EPSH	沏	314	ESMG	濯	342	ETWA	漕	337	EWVF	潔	335	EYAJ	淖	324
EPT	泄	316	ESMI	潯	338	ETWT	澧	340	EYAJ	淖	324	EYBC	滇	330
EPTD	漢	328	ESND	潺	338	ETWV	濃	341	EYBC	滇	330	EYBG	灘	344
EPU	沌	313	ESOG	滙	333	EU	汕	311	EYBG	灘	344	EYBK	激	339
EPUK	淘	319	ESP	泥	317	EUC	鑾	655	EYBK	激	339	EYBP	瀧	344
EQHF	潔	337	ESRJ	潷	341	EUJT	潚	344	EYBP	瀧	344	EYBS	滂	332
EQHL	浙	321	ESRR	漚	337	EUMB	湍	327	EYBS	滂	332	EYBU	潽	342
EQKD	溱	332	ESU	氾	311	EUMI	溓	331	EYBU	潽	342	EYCB	滴	334
EQKK	湊	327	ESWU	灝	345	EUON	涔	322	EYCB	滴	334	EYCK	洨	320
EQMB	清	326	ETAK	漢	337	EUTT	灅	345	EYCK	洨	320	EYCV	滾	333
EQMC	漬	335	ETBK	激	339	EUTU	灣	345	EYCV	滾	333	EYDL	潹	334
ERAU	浥	321	ETBN	淌	327	EUUK	潀	333	EYDL	潹	334	EYEM	瀘	344
ERB	涓	322	ETBO	濛	342	EV	汝	311	EYEM	瀘	344	EYFE	淑	324
ERBC	湞	332	ETC	洪	320	EVFD	灤	345	EYFE	淑	324	EYG	注	317
ERHU	況	316	ETCL	漸	339	EVFG	灘	342	EYG	注	317	EYGQ	漣	340
ERMR	潞	340	ETCT	溢	331	EVFN	灣	345						
ERPA	瀋	330	ETCU	港	329	EVID	濼	342						

EYHC	灝	343
EYHM	漨	335
EYHN	沆	313
EYIB	淯	324
EYIU	流	322
EYJC	瀨	345
EYJJ	漣	334
EYK	汶	312
EYLH	涉	322
EYLM	沚	314
EYMP	泚	318
EYOJ	淬	325
EYOK	液	323
EYPD	滹	334
EYPO	澽	340
EYPP	濾	343
EYPT	瀘	343
EYR	沾	316
EYRB	滈	333
EYRD	淳	325
EYRF	涼	323
EYRJ	滸	334
EYRN	渟	327
EYRN	瀛	344
EYRO	濠	341
EYRV	瀼	344
EYSD	游	329
EYSO	漩	335
EYSY	淤	325
EYT	泣	317
EYTG	潼	338
EYTJ	漳	336
EYTR	涪	323
EYUB	漓	333
EYVI	泫	317
EYVW	滀	333
EYWI	滷	334
EYWM	澶	340
EYX	濟	341
EYY	汴	312
F	火	345
FAMH	煬	352
FAMJ	焊	350
FANP	燜	355
FANW	爛	357
FAPP	焜	350
FATE	爆	356
FAWE	熳	354
FAYT	煜	351
FB	肖	478
FBHAF	鶻	725
FBJJ	煇	352
FBKF	燃	354
FBLN	削	55
FBME	煖	352
FBMR	烔	349
FBOK	敝	251
FBOK	敞	251
FBR	炯	347
FBR	尚	160
FBRBC	賞	590
FBRD	棠	284
FBRG	堂	122
FBRHU	党	42
FBRLB	常	176
FBRPA	嘗	103
FBRQ	掌	233
FBRW	當	383
FBRWF	黨	732
FBRYV	裳	556
FCB	脊	483
FD	米	442
FDAMG	糧	445
FDAU	粑	442
FDBM	粗	442
FDBND	粰	443
FDCSH	粉	442
FDHA	粕	442
FDHOA	糌	444
FDHUK	糗	444
FDIG	粧	443
FDIIH	糝	445
FDILE	糠	445
FDILR	糖	444
FDJMF	粽	444
FDJRB	糊	444
FDK	炔	346
FDMBB	糯	445
FDMCW	粞	443
FDMLK	粳	443
FDMQ	煒	351
FDMTB	糲	445
FDND	籽	442
FDNHD	糅	444
FDNII	糨	445
FDNJ	粈	442
FDNOB	糈	444
FDOK	敉	250
FDONK	糇	444
FDPP	粃	442
FDQMB	精	443
FDTGF	糕	444
FDTHB	糒	444
FDTVI	糍	444
FDTW	粬	443
FDTWA	糟	445
FDU	籼	442
FDUCE	糉	444
FDWF	煉	351
FDWJI	糰	445
FDWTC	糞	445
FDYHR	糙	444
FDYJ	料	254
FDYOJ	粹	443
FDYR	粘	442
FDYT	粒	442
FF	炎	346
FFBC	鎣	654
FFBD	榮	289
FFBDD	𣡽	296
FFBE	滎	333
FFBF	熒	353
FFBG	塋	125
FFBHF	鶯	724
FFBHQ	犖	362
FFBKS	勞	62
FFBLI	螢	544
FFBMG	瑩	374
FFBNJ	煢	351
FFBRR	營	355
FFBVF	縈	458
FFDQ	燐	355
FFE	燮	356
FFF	焱	350
FFFD	燊	355
FFFF	燚	355
FFH	炒	346
FFLN	剡	56
FFMBC	類	463
FFNL	郯	629

FFNO	欻	299
FFNO	歘	301
FG	灶	346
FGGU	燒	355
FH	少	159
FHAG	煌	351
FHBK	燠	356
FHBU	省	399
FHD	炢	348
FHDW	燔	355
FHEJ	烽	349
FHER	烙	349
FHFD	烀	347
FHGE	燬	356
FHGF	爊	356
FHHW	熘	353
FHJE	煆	351
FHKS	劣	59
FHS	炸	348
FHSB	煸	351
FHSM	煽	352
FHUP	熄	352
FIAV	烺	349
FICE	焌	350
FJCR	熔	353
FJKS	烤	349
FJMU	烷	349
FJRB	煳	351
FK	尖	159
FKBU	瞥	404
FKCF	燎	354
FKF	尜	160
FKHQU	氅	308
FKKB	烯	349
FKLB	幣	177
FKMBC	類	691
FKMNP	斃	253
FKN	彆	188
FKNWF	鱉	718
FKP	憋	209
FKRXU	鼈	733
FKRYO	嫳	602
FKT	弊	185
FLMT	燼	356
FMAM	烜	348
FMBC	煩	352
FMMR	焐	349
FMOB	炳	348
FMU	光	41
FMVM	烴	349
FMWG	煙	352
FNBK	煥	351
FNHB	燏	355
FNHX	焰	350
FNO	炊	346
FNOT	燈	354
FOG	雀	674
FOIR	焓	349
FOIR	熗	353
FOMA	燴	356
FOPD	炧	347
FPD	炨	346
FPI	灼	346
FPRU	炮	347
FPTD	煠	352
FQ	半	67
FQBU	眷	401
FQD	桊	278
FQHE	叛	74
FQLN	判	52
FQMSO	豢	583
FQNL	鄰	631
FQQ	拳	225
FQSH	券	54
FQSU	卷	70
FQVV	粼	443
FRRD	燥	356
FSHR	炤	348
FSMA	熠	354
FSMG	燿	356
FSS	炬	347
FTC	烘	348
FTGS	爔	357
FTMD	煤	351
FTMJ	熚	355
FTQ	烊	348
FUBJJ	輝	609
FUKS	勦	61
FUSMG	耀	471
FVID	爍	356
FW	畑	347
FWLI	燭	356
FWMV	煨	352
FYAJ	焯	350
FYAV	熴	352
FYCB	熵	354
FYDK	燉	354
FYED	燦	356
FYG	炷	348
FYHN	炕	346
FYIA	熾	354
FYK	炆	346
FYNB	熥	354
FYOJ	焠	350
FYPT	爐	356
FYTO	燧	355
FYTR	焙	350
FYVI	炫	347
G	土	115
GAGI	堾	125
GAM	坦	117
GAMH	場	124
GAMI	壜	129
GAMO	堤	124
GAPH	埸	121
GASM	塌	125
GAV	垠	119
GAWE	墁	126
GB	冉	45
GBB	堋	122
GBBR	堝	123
GBD	埰	123
GBDI	埒	120
GBHNE	觳	565
GBLM	壺	130
GBMD	櫜	290
GBMM	壼	130
GBMO	塚	125
GBMR	垌	119
GBMT	壹	130
GBR	坰	118
GBY	坍	117
GCBUU	覿	563
GCGLC	赫	593
GCILR	赯	594
GCJKA	赭	594
GCNL	郝	628
GCOK	赦	593
GCSLE	赧	593
GCWA	增	127

碼	字	頁	碼	字	頁	碼	字	頁	碼	字	頁
GCYBC	顁	594	GHI	塏	124	GIVIF	縶	459	GMBB	壩	130
GDHE	坡	117	GHJE	墈	124	GJBC	填	126	GMC	鏊	649
GDHNE	穀	289	GHJM	埵	123	GJBM	填	121	GMD	圩	115
GDHNE	穀	289	GHML	坼	116	GJHNE	縠	610	GMDM	壢	129
GDI	寺	157	GHMR	垢	119	GJHP	垞	119	GME	坂	117
GEBU	蟿	405	GHMVN	鬊	378	GJII	塼	127	GMFJ	坪	118
GEHDA	馨	700	GHMY	坏	118	GJKA	堵	122	GMFM	坏	118
GEHEY	鏧	734	GHND	垛	119	GJKNI	執	121	GMHF	塬	125
GEHHJ	鏧	734	GHPM	坻	118	GJMU	垸	120	GMIG	垤	119
GEMR	磬	414	GHRF	垾	126	GJP	坨	118	GMLK	埂	120
GENOT	鏧	734	GHRJ	埠	121	GJSLE	報	123	GMLM	垭	122
GEOJU	磬	464	GHXU	垸	121	GJTC	填	128	GMMS	圬	115
GEP	愨	207	GIAPV	堨	268	GJV	坺	120	GMNR	坷	118
GEP	愨	208	GIAV	埌	120	GKBT	盩	398	GMWG	塸	123
GESJ	聲	476	GIBT	盇	396	GKBUC	贄	592	GNBG	堨	119
GEYMR	謦	578	GIBUC	賣	610	GKC	鼙	656	GNHE	圾	117
GFHNE	縠	459	GIF	熱	354	GKF	熬	353	GNHNE	穀	188
GFHNE	縠	725	GIG	塾	127	GKIK	葵	367	GNHNE	殼	305
GFLE	隸	674	GIHAB	幫	178	GKLB	坲	118	GNKM	埏	121
GFNO	款	300	GIHAF	驚	725	GKLMI	螯	544	GNMF	壽	356
GG	圭	115	GIHR	城	124	GKLMI	螯	544	GNMI	壽	130
GGCE	堎	122	GIHS	城	120	GKLU	埯	123	GNO	坎	117
GGDI	封	157	GIJB	埔	120	GKMR	塨	170	GNOB	塇	130
GGG	垚	120	GIKS	劫	60	GKMS	垮	119	GNSD	垛	119
GGGU	境	128	GIKS	勢	62	GKNWF	縶	718	GNUI	堍	123
GGGU	堯	124	GILB	壚	127	GKRXU	籠	733	GOAH	塲	127
GGLN	刲	53	GILMI	蟄	545	GKSJ	聲	476	GOAMJ	趕	595
GGOW	壙	128	GILN	刲	53	GKSQF	驁	704	GOBM	趙	595
GGP	恚	200	GILR	塘	125	GKU	坥	170	GODI	坿	118
GGY	卦	69	GIOK	埃	120	GKYMR	謦	578	GOFB	趙	595
GHBR	坰	119	GIQ	摯	240	GLE	埭	121	GOFBR	趢	596
GHBU	坥	120	GIRM	域	121	GLLL	圳	115	GOG	堆	123
GHDW	墦	127	GISK	劫	54	GLNC	赤	593	GOHUC	攢	596
GHGF	壜	129	GISL	却	69	GLWL	坤	117	GOIMO	趙	595
GHHJ	坤	121	GITC	壙	129	GMAM	垣	119	GOIV	越	595

Code	字	Pg	Code	字	Pg	Code	字	Pg	Code	字	Pg
GOM	坵	117	GRU	圯	116	GYLM	址	116	HAOAE	馥	700
GOMNN	趙	595	GSAV	壔	124	GYO	走	594	HAP	皂	394
GON	圪	115	GSMB	埽	123	GYPM	墟	127	HAPI	的	394
GONK	埌	124	GSOK	敖	250	GYPT	壚	129	HAU	筢	431
GONP	埝	121	GSP	坭	118	GYR	坫	118	HAUMT	皚	395
GOOHH	趁	595	GSSU	圳	117	GYRB	墑	126	HAVT	簋	438
GOPUU	趨	596	GSU	圮	116	GYRD	埻	121	HAYCK	皎	395
GORU	起	594	GSYQ	墀	127	GYRO	壕	129	HAYD	梟	282
GOSHR	超	595	GTCP	塽	126	GYRV	壤	130	HAYF	鳥	719
GOSJE	趣	595	GTGR	塆	127	GYT	垃	118	HAYRB	皕	395
GOSMG	趲	596	GTHHH	彭	190	GYTR	培	121	HAYU	島	167
GOVL	赳	594	GTIOP	懿	212	GYTU	境	126	HAYV	裊	555
GOWR	罃	101	GTJ	幸	179	GYVO	垓	119	HBBUU	覺	563
GOWTC	趨	596	GTJE	鼓	733	GYWD	壞	129	HBDDF	爨	357
GOY	赴	594	GTLM	墐	127	GYWM	壇	128	HBFE	籐	440
GP	志	195	GTM	坩	118	GYWV	壞	129	HBG	箇	430
GPBC	填	126	GTMV	堞	124	H	竹	430	HBHAF	鸞	726
GPD	地	116	GTOR	塔	125	HA	白	393	HBHGR	響	110
GPIM	均	116	GTQ	埡	120	HABWI	曘	395	HBHVF	縣	455
GPPA	堵	124	GTVS	勘	126	HAE	泉	318	HBK	奧	136
GPTD	堞	123	GUMT	堽	125	HAHAJ	皞	395	HBKS	筋	433
GR	吉	78	GUSMM	翹	471	HAHDW	皤	395	HBLN	制	53
GRBC	塤	125	GVIS	坳	118	HAHE	皈	394	HBMCH	罍	637
GRBG	臺	494	GWG	埋	120	HAHGR	皓	395	HBMGI	壟	376
GRGR	喆	99	GWJ	毒	306	HAHI	魄	711	HBMR	簡	433
GRHG	埕	121	GWJR	堌	122	HAHSK	皫	395	HBMS	筋	434
GRHV	袁	553	GWLC	賣	590	HAIL	節	434	HBND	學	150
GRKS	劼	60	GWLM	堰	125	HAJ	皁	394	HBNWF	鸞	719
GRMBC	頡	689	GWLS	塄	124	HAJMU	皖	395	HBQ	用	380
GRMFR	藍	110	GYBP	壠	127	HAKJ	皋	395	HBR	向	79
GRRJ	墫	128	GYCB	墑	126	HALB	帛	175	HBSD	筆	435
GRRV	喪	99	GYDK	墩	128	HAM	筐	432	HBSE	服	434
GRTF	熹	354	GYGQ	墶	129	HAMG	皇	395	HBSMM	翩	470
GRTR	嘉	103	GYHN	坑	117	HAMMJ	皐	493	HBT	血	549
GRTR	喜	98	GYHS	坊	116	HANA	簡	439	HBTMC	釁	730

HBTO	衆	550	HDGCE	稜	423	HDND	季	149	HEHA	筘	435

碼	字	頁	碼	字	頁	碼	字	頁	碼	字	頁
HBTO	衆	550	HDGCE	稜	423	HDND	季	149	HEHA	筘	435
HBU	甶	171	HDGOW	檔	425	HDNHS	秀	420	HEII	簿	440
HBU	自	493	HDGR	秸	422	HDNIN	移	422	HEMR	磐	413
HBUE	夐	441	HDHAH	穆	424	HDNL	邾	628	HEP	慇	207
HBUF	臭	463	HDHHJ	稗	423	HDNMU	黏	493	HER	各	78
HBUI	算	437	HDHJ	季	420	HDNWA	稽	425	HEY	冬	47
HBUT	算	435	HDHJG	種	423	HDOE	黍	730	HEYLI	螽	545
HBUU	覓	434	HDHQO	秩	421	HDOG	稚	423	HEYR	黏	731
HBUV	籭	699	HDHU	禿	420	HDOIP	稔	423	HFB	筲	434
HBYI	舟	496	HDI	私	420	HDOK	敕	253	HFBW	簹	439
HCII	錢	440	HDIAV	稂	422	HDP	秘	422	HFC	鑿	653
HCLN	劉	58	HDIIH	穆	425	HDPH	秘	422	HFD	乎	6
HCLN	劗	59	HDIJC	秫	422	HDPP	秕	421	HFHAF	鷔	724
HCNO	歆	301	HDILE	穄	425	HDPPA	稭	424	HFHN	鼍	719
HCQ	舉	495	HDIUA	稽	424	HDQMC	積	424	HFHU	筥	436
HCVE	鐇	440	HDIUU	稐	169	HDR	和	85	HFJC	航	721
HCYMR	鐇	580	HDJBC	積	423	HDRHG	程	422	HFJP	舵	720
HD	禾	420	HDJBM	積	423	HDRR	稆	423	HFKS	勳	63
HDA	香	700	HDJIP	穗	425	HDSEQ	穉	425	HFMVN	氅	378
HDAMJ	秤	422	HDJMO	稼	424	HDTOE	種	425	HFNL	鄧	630
HDB	策	433	HDKKB	稀	422	HDTWV	穰	425	HFP	愁	205
HDBGB	稱	423	HDL	秉	420	HDU	秈	420	HG	壬	130
HDBGR	稠	423	HDLBK	秧	421	HDV	委	140	HGDI	等	432
HDBHX	稻	424	HDLC	穎	421	HDW	番	383	HGF	羔	353
HDBM	租	421	HDLN	利	52	HDWCE	稷	424	HGHNE	豋	305
HDBMP	穠	425	HDLN	剎	53	HDWD	稞	423	HGHU	先	41
HDBND	秤	422	HDLO	穀	437	HDWLJ	釋	637	HGI	丢	5
HDBOF	穋	425	HDLP	乘	7	HDYJ	科	421	HGKS	動	62
HDBT	盉	396	HDLW	釉	637	HDYMH	穖	425	HGMBC	顧	691
HDBU	稻	436	HDLXH	秭	421	HDYRB	稿	424	HGNI	篝	440
HDCRU	稅	422	HDM	笨	431	HDYRV	穰	424	HGPM	笻	433
HDDJ	秣	421	HDMBB	穚	425	HDYTR	稽	423	HGR	告	82
HDF	秋	420	HDMBK	稷	424	HE	反	73	HGRLY	靠	682
HDFB	稍	422	HDMFJ	秤	421	HEBT	盤	397	HHAG	箽	436
HDFH	秒	421	HDMLK	稉	422	HED	槃	290	HHAIL	卿	70

HHBUC 賀 588	HIHAF 鶩 722	HKD 桼 284	HMHQM 姓 379
HHD 黎 285	HIHR 箴 436	HKLQ 肇 477	HMJ 竿 430
HHDI 射 157	HII 箋 434	HKP 忝 196	HML 斤 255
HHDM 觫 605	HIIH 篸 438	HKP 懇 211	HMLK 箄 434
HHDN 鵺 438	HIIKK 魅 711	HKR 吞 80	HMM 竺 430
HHFBR 躬 605	HIIRM 魖 711	HKR 啓 94	HMND 築 437
HHGU 笅 432	HIJD 魅 711	HKRBR 喬 99	HMNJ 筇 433
HHHND 躲 605	HIMLB 魖 711	HKSR 笳 432	HMNL 邸 628
HHHQ 犖 362	HINO 乏 6	HKU 奡 171	HMNL 郵 630
HHJ 卑 67	HIR 笞 431	HKVIF 綮 454	HMOO 笹 434
HHJM 籗 436	HITC 魘 440	HLBI 禹 171	HMR 后 79
HHK 笑 431	HITMC 魍 711	HLBUC 質 591	HMRG 垕 120
HHLBU 觥 605	HIXP 簏 438	HLJBV 釁 735	HMSL 笘 432
HHLO 笕 431	HIYJ 魁 711	HLLJ 簿 439	HMSMB 歸 302
HHMBC 須 687	HIYUB 魑 711	HLLN 剮 59	HMSU 卮 69
HHN 躬 605	HJ 千 67	HLMBC 頃 687	HMT 笄 431
HHOE 黎 730	HJBU 盾 399	HLMC 簀 435	HMUA 簪 439
HHQM 笙 431	HJCM 窒 435	HLMJ 軒 735	HMWD 箂 437
HHRB 篩 437	HJD 朱 271	HLMMF 禦 419	HMWJ 簞 439
HHS 笮 432	HJD 策 434	HLNO 欣 299	HMWKS 甥 380
HHSB 篇 436	HJHNE 段 304	HLO 爪 357	HMY 斥 255
HHSL 卯 69	HJHX 舀 494	HLPR 軥 735	HN 几 49
HHSLD 孵 150	HJJU 範 436	HLQ 筆 432	HNAMH 颶 693
HHSLI 卵 69	HJKA 魁 711	HLVVU 齪 174	HNBMC 颺 693
HHSRR 軀 605	HJLO 簊 435	HLW 笛 431	HNCR 籛 439
HHVU 箟 438	HJLP 乖 7	HLWV 簀 438	HND 朵 271
HHW 留 382	HJMU 笔 434	HLX 蕭 439	HND 梨 283
HHWGF 鸞 732	HJNL 郵 629	HLXH 第 431	HNE 父 304
HHWP 篦 437	HJR 舌 495	HLYPM 魨 735	HNFFF 飇 693
HHYU 篪 437	HJRR 管 722	HMAU 卮 174	HNHAG 凰 693
HI 鬼 710	HJSMM 翔 471	HMBU 告 400	HNHE 笈 431
HIBT 簫 439	HJSMM 翱 471	HMD 竽 430	HNHHW 颻 693
HIBTV 魈 711	HJTM 垂 119	HMGT 筭 434	HNHJR 颶 693
HIFB 魃 711	HJWG 重 638	HMHAF 鴝 721	HNHLI 風 692
HIHAF 鵁 722	HK 夭 133	HMHML 齗 255	HNHQ 犁 361

HNHXE	颿	693	HODQN	衛	551	HOMYM	征	191	HPR	筍	432
HNI	凡	49	HOEMN	衍	550	HONK	篌	436	HPSL	印	69
HNIB	箅	434	HOFBR	徜	193	HONKN	衡	552	HQ	牛	360
HNIKK	颶	693	HOGDI	待	191	HOOAE	復	193	HQAU	笆	362
HNIR	颮	692	HOGGN	街	551	HOOMD	徐	192	HQBMC	牁	362
HNKM	筵	434	HOGYO	徒	192	HOOML	御	193	HQBU	看	400
HNLD	餘	437	HOHAG	徨	193	HOOOO	從	193	HQDA	犞	440
HNLH	第	432	HOHGN	衝	551	HOOVN	衍	551	HQG	牡	360
HNMAF	鳳	720	HOHJU	循	194	HOP	慫	208	HQGDI	特	361
HNMM	箋	437	HOHNE	役	193	HOPA	徇	191	HQGWC	犢	362
HNMNI	夙	131	HOHQO	厥	377	HOR	咎	86	HQHPM	牴	361
HNMWF	麗	693	HOHS	筰	434	HOSJ	聳	476	HQHQM	牲	361
HNOT	簽	439	HOHSB	徧	193	HOTCN	術	551	HQHQU	牸	361
HNP	慾	205	HOHSK	徽	194	HOTQ	徉	192	HQHSB	犏	362
HNQ	挈	233	HOI	筊	433	HOUFK	徵	194	HQHW	箱	439
HNWP	麗	693	HOICN	術	550	HOUFK	徵	732	HQI	我	213
HNYHV	颹	557	HOII	等	431	HOUGK	徽	191	HQIUH	犹	361
HNYR	颮	692	HOIM	鐵	441	HOUUK	微	194	HQJM	牵	438
HO	八	43	HOJCN	衙	552	HOVIE	後	192	HQJND	牿	361
HO	亻	190	HOJRN	衞	551	HOWR	徊	192	HQJR	牯	361
HOA	咎	261	HOJWP	德	194	HOYBK	徹	194	HQKMR	犄	361
HOAMI	得	192	HOKMR	徛	193	HOYBS	傍	194	HQM	生	379
HOAU	循	357	HOLD	篠	438	HOYG	往	191	HQMB	箐	435
HOAV	很	191	HOLK	筬	434	HOYHS	彷	190	HQMC	簧	438
HOBC	顧	441	HOLLN	彿	191	HOYIN	衍	550	HQMMR	牾	361
HOBGN	衢	552	HOLMY	徘	192	HOYLO	徙	193	HQMQJ	拜	224
HOBM	徂	191	HOLQ	律	191	HPA	昏	259	HQNBG	犄	362
HOBOU	徭	194	HOMB	篔	441	HPA	筍	432	HQNKQ	键	362
HOBRN	衛	551	HOMG	筌	432	HPD	笆	431	HQO	失	133
HOBVK	徯	194	HOMMN	行	550	HPDK	筷	434	HQOK	牧	361
HOCMN	衛	646	HOMNF	徇	721	HPHH	笏	431	HQP	牝	361
HODBN	衛	551	HOMO	簽	439	HPLB	鬲	174	HQPD	他	360
HODHE	彼	190	HOMR	笿	433	HPLN	剩	57	HQPHH	物	361
HODI	符	431	HOMRN	衍	551	HPM	氏	308	HQR	筘	433
HODOO	徐	193	HOMVM	徑	192	HPMBC	顋	691	HQSB	箍	435

HQSHI	牣	361	HSIT	籃	440	HUFF	毯	307	HWGTI	窰	403
HQTGS	犠	362	HSK	笋	431	HUHAF	鷗	725	HWJR	笛	434
HQTM	箱	435	HSKO	簏	436	HUHUU	毳	307	HWK	囚	112
HQU	毛	307	HSLMY	扉	216	HUIHQ	毽	307	HWLG	羅	441
HQWJ	簜	440	HSLY	箒	436	HUIJ	毹	307	HWLI	箋	440
HQYRB	橘	362	HSMB	簾	436	HUIJE	毹	307	HWML	箅	436
HQYV	忙	360	HSMG	箟	433	HUIK	臭	493	HWMVS	粵	443
HRBC	賣	437	HSMR	筒	431	HULMC	犢	425	HWNI	囟	113
HRHAF	鴇	722	HSN	戸	215	HUMB	篙	436	HWNL	郵	631
HRHAF	鳹	722	HSNIN	家	216	HUMBC	頬	690	HWNOO	翻	694
HRHKP	舔	496	HSOG	雇	675	HUNKQ	毽	307	HWP	息	201
HRHR	筥	433	HSOK	歈	252	HUNWA	氌	308	HWSMM	翻	471
HRHVP	舐	496	HSP	怎	198	HUP	息	200	HWTJ	篳	438
HRJ	阜	668	HSQF	篤	437	HUP	想	210	HX	臼	494
HRLB	帥	175	HSR	筥	432	HUTCA	瓘	308	HXBC	興	495
HRLN	刮	53	HSRAU	扈	216	HUWML	鼻	735	HXBT	盥	398
HRLN	箚	435	HSSMM	扇	216	HUYR	毡	307	HXH	舁	605
HRMBC	頷	689	HSYHS	房	215	HUYTJ	臯	612	HXHU	兒	42
HRMLB	師	176	HSYHV	庪	216	HVAJV	鬛	735	HXJC	輿	610
HRNL	邹	628	HSYJ	戽	215	HVBVK	鬚	735	HXLE	叟	74
HROG	雒	676	HT	升	67	HVCSH	鼢	734	HXNO	歙	300
HROK	啟	93	HTCE	簇	440	HVHI	魏	711	HXO	臾	494
HRRJ	箪	439	HTHHV	脈	550	HVHU	兜	42	HXT	臾	494
HRTM	甜	379	HTJS	勒	438	HVIF	系	446	HXVYV	鼠	734
HRYF	烏	348	HTKR	箬	436	HVIKK	戠	734	HXWKS	舅	494
HS	户	215	HTMC	箕	435	HVIL	籥	441	HXYC	與	494
HS	乍	6	HTMC	簧	439	HVIO	瓜	377	HXYF	鳶	494
HSB	肩	479	HTMF	虾	550	HVJP	鼨	734	HXYF	鳶	494
HSBR	局	216	HTNG	鈕	550	HVLW	鼬	734	HYBG	籬	441
HSBT	扁	216	HTOE	箧	440	HVMMR	鼳	735	HYBP	籠	441
HSFF	庶	216	HTSL	屮	69	HVMR	鼦	734	HYCI	舩	497
HSHML	所	215	HTTB	箄	437	HVNO	篆	436	HYCK	笈	433
HSHNE	殷	304	HTTWI	蟻	550	HVP	氏	308	HYCR	船	497
HSHR	笞	432	HUBUC	賛	592	HVPR	鼩	734	HYFB	艄	497
HSIK	戻	215	HUD	臭	493	HVSL	卬	69	HYGOW	艪	441

HYHA	舶	497	HYYO	簾	441	IFGNI	禱	419	IFVNE	祿	418
HYHAF	鵃	498	HYYPS	艏	498	IFGRR	禧	419	IFWLM	禰	419
HYHAF	鶹	722	HYYPT	艫	498	IFHAF	鷁	725	IFYBB	祎	418
HYHE	版	497	HYYTG	鐘	438	IFHK	祆	417	IFYBC	禎	418
HYHJ	舫	497	HYYVI	舷	497	IFHML	祈	416	IFYHS	祊	416
HYHNE	般	497	I	戈	212	IFHN	凴	49	IFYLM	祉	416
HYHR	艖	438	IAIE	廠	182	IFHPM	祇	417	IFYRV	禳	419
HYHS	簉	441	IAV	良	498	IFHS	祚	417	IGB	膺	490
HYHS	舴	497	IBCN	廁	182	IFHVP	祇	416	IGHAF	鷹	727
HYHXE	艘	498	IBG	塑	126	IFIKK	祓	417	IGP	應	211
HYJP	舳	497	IBNL	鄘	631	IFJR	祜	417	IGSK	廒	183
HYLW	舳	497	IBPP	能	483	IFKR	祐	417	IGTI	廛	183
HYM	舡	496	ICNL	鄜	631	IFLMO	祧	418	IH	戊	212
HYMNR	舸	497	ID	床	180	IFLWL	神	417	IHHQU	斜	307
HYNDT	艋	498	IDBU	庙	182	IFMFB	禰	419	IHI	戌	212
HYNKG	艇	497	IDFD	糜	445	IFMR	祐	417	IHM	戌	212
HYNV	簏	441	IDHI	魔	712	IFMRW	福	419	IHMR	咸	88
HYNWA	艧	498	IDHQU	麾	730	IFMWG	禋	418	IHMV	甙	141
HYOII	舲	497	IDLMY	靡	682	IFNHS	礽	416	IHPM	底	180
HYOIR	艙	498	IDMR	磨	413	IFNL	祁	416	IHPU	廒	183
HYPU	虎	533	IDQ	摩	240	IFP	憑	209	IHQ	年	360
HYRB	篤	437	IDVI	麼	730	IFP	感	209	IHS	成	212
HYRL	節	437	IDVIF	麾	730	IFPH	祓	418	IHU	允	46
HYRN	艎	441	IE	冰	310	IFQHK	褉	418	IHXE	庚	183
HYSD	箍	436	IEA	昶	261	IFRHU	祝	417	IHXO	庚	182
HYSIT	艦	498	IEDHE	敏	395	IFRRJ	禪	419	IHYMF	威	213
HYSK	簇	438	IEOK	救	251	IFRU	祀	416	II	戋	213
HYT	笠	431	IEYHV	裘	555	IFRYO	禜	602	IIB	朗	269
HYTBO	艨	498	IFBBR	禍	418	IFSME	褆	418	IIBT	盞	397
HYTGI	艤	498	IFBK	廠	181	IFSMR	禍	417	IIIH	參	72
HYTWA	艚	498	IFBM	祖	417	IFSQF	禡	419	IIL	庶	182
HYU	舢	496	IFBUU	視	562	IFTGF	禭	419	IILN	剗	56
HYWV	簑	437	IFDMQ	禕	419	IFTMC	祺	418	IINL	郎	628
HYYHN	航	496	IFG	社	416	IFTQ	祥	418	IIOBO	廎	486
HYYHS	舫	497	IFGI	祛	417	IFTWT	禮	419	IJ	戎	212

IJB 甫 380
IJC 朮 271
IJCC 麻 730
IJE 庋 180
IJE 求 310
IJJB 廟 184
IJWJ 庫 181
IK 犬 362
IKBT 盔 396
IKHNI 飆 693
IKLU 庵 182
IKMM 叁 72
IKNF 為 347
IKNO 欸 299
IKRM 彧 189
IKU 尤 160
IKW 畚 382
ILB 庸 182
ILE 康 182
ILIL 州 172
ILN 划 51
ILO 庚 181
ILOC 賡 590
ILR 唐 92
IMBGR 凋 48
IMBSD 凈 48
IMDCI 凇 48
IMDK 决 47
IMDW 凍 48
IME 冰 47
IMGCE 凌 48
IMGWC 凟 49
IMHGU 冼 48
IMIHR 减 48
IMIR 冶 47
IMJLV 凄 48
IML 冲 47
IMMNN 冽 48
IMMVM 冱 47
IMMWD 凓 49
IMNO 次 299
IMOG 准 48
IMOII 冷 47
IMP 惑 203
IMPKO 凝 49
IMQKK 凑 48
IMQMB 凊 48
IMRHU 况 48
IMSLL 臧 492
IMSQF 馮 700
IMTCL 凘 49
IMUE 廈 183
IMYRF 凉 48
IMYWD 凜 49
INBQ 廨 184
INE 永 310
ININ 序 180
INKG 庭 181
INLI 廕 183
INO 之 6
INOE 廢 184
IOBUC 資 589
IOD 庥 181
IODI 府 181
IOFD 粢 443
IOHAF 鴜 723
IOK 矣 406
IOMVN 瓷 378
IOOG 座 181
IOOIV 餈 696
IOP 恣 200
IOR 咨 87
IOTF 廡 184
IOV 姿 141
IP 弋 185
IP 庀 180
IPC 鏖 656
IPF 熊 353
IPFD 麋 728
IPFDQ 麟 729
IPG 塵 126
IPHAF 鳶 720
IPHD 麇 728
IPHHI 麝 729
IPHN 麂 728
IPHXU 麑 728
IPIPP 麤 729
IPM 式 185
IPMC 廎 183
IPMMC 貳 587
IPNL 鄘 631
IPP 忒 195
IPP 庇 180
IPP 麀 728
IPP 態 207
IPPRU 麅 728
IPRU 庖 181
IPTM 甙 186
IPTMC 麒 728
IPWHD 麕 729
IPYG 麈 728
IPYKR 麐 728
IPYTJ 麞 729
IR 台 76
IRD 枲 275
IRF 烕 347
IRM 或 213
IRMBC 顑 690
IRNBG [illegible] 564
IRNL 邰 628
IRNL 郕 630
IRP 怠 198
IRP 感 206
ISBT 盛 397
ISGP 廳 184
ISMH 廖 183
ISOK 敷 252
IT 弁 185
IT 戒 213
ITCL 廝 183
ITE 度 181
ITF 庶 182
ITLB 席 175
ITMC 廣 183
ITQ 庠 181
ITSO 庹 182
ITXC 廉 183
IV 戊 212
IWCG 廛 184
IWLB 厲 182
IXE 慶 208
IXF 廌 183
IXP 鹿 728
IYBP 龐 184
IYDL 廓 183
IYLN 劘 59
IYPT 廬 184
IYR 店 181
IYWD 廩 184
J 十 67

JABUU	視 562	JCHIO	窆 427	JDHAF	鵠 722	JJBTV	輞 609
JAF	煮 351	JCHOO	窳 428	JDI	守 151	JJDMQ	韓 685
JAF	煑 350	JCHS	窅 426	JDKS	勃 60	JJEEE	輟 609
JAMO	竈 155	JCHSK	竂 429	JDOK	教 251	JJFDQ	轒 611
JANL	都 629	JCHWK	窗 427	JE	支 248	JJGRV	轅 611
JASMM	素 470	JCHWP	窻 428	JEG	擊 128	JJHBY	輶 608
JAV	宴 153	JCHXV	竄 428	JEMLS	麵 729	JJHER	輅 608
JBBUC	賞 591	JCIK	突 426	JEQ	擊 244	JJHFD	軒 607
JBBUC	賣 592	JCIP	窓 427	JESE	㝉 155	JJHKB	橋 611
JBD	宋 154	JCKN	究 426	JESMM	翅 469	JJHML	斬 255
JBHOD	橐 297	JCLB	帘 175	JETW	麵 729	JJHQO	軼 607
JBM	宜 152	JCLMO	窕 427	JEVIF	繫 462	JJHXU	蜺 609
JBMC	真 400	JCLWV	橐 428	JFB	宵 153	JJI	戩 213
JBMM	直 399	JCM	空 426	JFE	妥 74	JJIJB	輔 608
JBMRD	橐 293	JCMBC	顛 691	JHDW	審 156	JJIPM	軾 608
JBMRI	囊 549	JCMIG	窒 427	JHER	客 152	JJIRP	轗 612
JBND	宇 148	JCMVH	穿 426	JHP	宅 150	JJIXP	轤 611
JBOF	察 155	JCN	穹 426	JHQ	牢 360	JJJII	轉 611
JBRRV	糞 111	JCN	空 426	JHU	穴 150	JJJJJ	轟 612
JBTJ	南 68	JCNI	穸 426	JHXF	寫 156	JJJQR	轄 611
JBVIF	索 448	JCNLM	窿 428	JIBI	博 68	JJJR	帖 607
JBWNO	寨 385	JCOMN	窬 428	JID	戎 279	JJKN	軌 606
JC	穴 426	JCOR	容 153	JIDI	專 157	JJLW	軸 607
JCBBR	窩 427	JCPU	窀 426	JIHS	戌 152	JJMBK	輭 610
JCBU	宦 427	JCQOU	窺 428	JIJWJ	載 608	JJMIG	輊 608
JCEGG	窪 428	JCSKR	窨 427	JIMVN	甄 378	JJMJ	軒 606
JCGFO	窯 428	JCSUU	窟 427	JIOBO	裁 482	JJMLB	輔 610
JCGRU	竈 429	JCTGF	窖 428	JIOG	戠 214	JJMNR	軻 607
JCGWC	寘 429	JCTT	弁 426	JIP	惠 204	JJMRW	輻 610
JCHAF	寫 428	JCVIS	窈 427	JIR	哉 157	JJMSU	軛 607
JCHDB	窩 429	JCWD	窠 427	JIWTC	戴 215	JJMU	軌 606
JCHDP	窓 428	JCYOJ	窣 427	JIYHV	裁 554	JJMVM	輕 608
JCHGR	窨 427	JCYTA	窨 427	JJABT	輼 610	JJNAU	輗 609
JCHHL	㝡 427	JD	不 270	JJAPP	輥 609	JJNO	軟 607
JCHHN	窮 428	JD	宋 151	JJB	朝 269	JJOD	軨 289

JJOHH	軿 607	JKMSH	勢 57
JJOMB	輪 609	JKMV	耄 145
JJOMG	軺 608	JKMWG	薹 638
JJOMJ	幹 179	JKN	尢 150
JJOMN	輸 610	JKND	孝 149
JJON	乾 8	JKP	老 471
JJOSM	翰 470	JKPR	耆 472
JJOYJ	斡 254	JKSS	協 68
JJQKK	轃 612	JKYS	考 472
JJRC	輖 607	JLA	暫 264
JJRSJ	輯 610	JLC	鑒 657
JJSHI	軔 606	JLD	斬 291
JJSHR	軺 607	JLG	塹 126
JJSJU	輗 608	JLK	吏 79
JJSMH	翏 611	JLLN	事 9
JJSTV	輚 610	JLP	斬 289
JJTAV	轗 612	JLV	妻 139
JJTCW	轖 610	JLW	宙 152
JJU	軋 606	JM	士 130
JJVID	櫟 612	JMAM	宣 152
JJVVW	輻 609	JMCH	寡 155
JJWLV	輾 611	JMD	宇 152
JJWOT	轀 611	JMFC	寶 157
JJYBK	轍 611	JMHC	賓 589
JJYCK	較 607	JMIG	室 152
JJYPT	轤 612	JMJMM	晶 405
JJYRF	轒 610	JMLC	寅 154
JK	丈 3	JMMF	宗 151
JKA	者 472	JMMU	完 151
JKB	宥 152	JMMV	宸 154
JKCF	寮 156	JMP	惠 204
JKI	宏 151	JMR	宕 151
JKMHQ	犨 362	JMRW	富 154
JKMHU	馨 308	JMSO	家 153
JKMR	寄 154	JMUC	寶 157

JMUE	寇 154	JSLL	宦 152
JMYO	定 152	JSLL	宦 154
JND	字 148	JSMH	寥 155
JNIHQ	難 729	JT	卉 67
JNIU	宛 152	JT	吉 67
JNLN	剚 56	JTAK	寞 155
JNMWL	麵 729	JTBC	貢 588
JNPFD	麩 729	JTBI	寬 156
JNQO	麩 472	JTCC	賽 592
JOMA	宿 154	JTCD	寨 146
JONI	麥 729	JTCF	騫 703
JP	它 150	JTCG	塞 125
JPA	耆 472	JTCO	塞 601
JPBN	寧 155	JTCQ	寨 238
JPBQ	甯 380	JTCR	賽 577
JPH	宓 151	JTCV	賽 558
JPHI	蜜 541	JTCY	寒 155
JPHQU	耄 472	JU	七 2
JPHU	密 154	JUDI	尅 157
JPMIG	臺 472	JUHAF	雞 723
JQMP	憲 210	JUJRU	競 42
JQMR	害 151	JULN	剋 56
JR	古 75	JULN	剋 56
JRB	胡 481	JV	安 151
JRBHF	黷 724	JVD	案 280
JRCOR	豁 582	JVHAF	鴠 721
JRHAF	鴣 721	JVMBC	頞 689
JRHR	宮 151	JVMD	宋 154
JRHU	克 41	JVME	痠 155
JRLN	割 57	JVMR	窑 155
JRLR	官 151	JVNL	郵 629
JRMBC	額 690	JVTLJ	搴 683
JROK	故 250	JWJ	車 606
JRRYE	蝦 103	JWJC	賈 155
JRYTJ	辜 612	JWLB	寓 155

Code	字	Pg	Code	字	Pg	Code	字	Pg	Code	字	Pg
JWLV	襄	156	KFCB	痹	390	KHITC	獷	368	KHQHL	狮	364
JYBP	龐	157	KFF	炎	388	KHJC	㹴	364	KHQKD	獉	366
JYFE	寂	154	KFFS	癆	391	KHJDI	狩	367	KHQMB	猜	365
JYTJ	宰	153	KFHAF	鶉	726	KHJPN	獰	367	KHRB	狷	364
K	乂	6	KGDI	痔	387	KHJRB	猢	366	KHRRK	玃	368
K	大	132	KGG	奎	135	KHKCF	獠	367	KHS	疟	386
KAM	疽	386	KGP	痣	388	KHKMR	猗	365	KHSQF	猲	366
KAMH	瘍	389	KHAA	猖	365	KHKN	犰	363	KHSU	犯	363
KANB	瘋	391	KHAHM	猩	366	KHKOO	猴	363	KHTBO	獴	365
KAU	疤	385	KHAHU	猥	366	KHLLN	狒	363	KHTCW	猶	365
KAV	痕	387	KHAL	癇	392	KHMFB	獮	367	KHTOE	獲	367
KB	疒	45	KHAV	狠	364	KHMFM	㹠	363	KHTRG	玁	368
KB	有	268	KHBBB	猾	366	KHMG	狂	363	KHUB	瘔	392
KBCV	慶	392	KHBM	狙	364	KHMJ	犴	363	KHVVV	獵	368
KBHNE	毅	305	KHBME	猨	366	KHMTO	獱	367	KHWB	猵	366
KBM	疳	386	KHBSD	猙	365	KHNBQ	獬	367	KHWG	狸	365
KBMR	痌	387	KHBUC	狠	364	KHNDF	猻	366	KHWL	犲	363
KBMVN	瓶	378	KHDAM	猹	366	KHNDT	猛	365	KHWLG	玀	368
KBNL	郁	628	KHDLC	獺	368	KHNE	疫	386	KHWLI	獨	367
KBNL	郁	629	KHDN	猁	388	KHNG	狃	363	KHWMV	猥	365
KBNO	欷	299	KHDV	㺢	388	KHNGU	狗	167	KHXE	瘦	389
KBOF	療	390	KHEY	疹	386	KHNHD	猭	365	KHXO	瘀	389
KBUG	癰	392	KHF	狄	363	KHNI	瘋	389	KHYCK	㺙	364
KCHNE	殺	305	KHGRV	猿	366	KHNMB	獼	368	KHYE	癀	390
KCIPM	弒	186	KHHBN	猁	365	KHOK	癋	392	KHYMR	猎	364
KCLN	刻	54	KHHDN	猁	365	KHOMA	獐	367	KHYOJ	猝	365
KDHE	疲	386	KHHJ	狎	388	KHOMD	狳	365	KHYPU	猶	365
KDLC	癩	392	KHHL	㺵	134	KHOMO	狻	365	KHYRF	狼	365
KDLN	痢	389	KHHRB	獅	363	KHOMR	猞	365	KHYRK	獄	366
KE	友	73	KHHVO	狐	363	KHONK	猴	366	KHYTJ	獐	367
KEFH	痧	388	KHHW	瘤	390	KHOO	瘈	390	KHYTU	猄	367
KEII	癭	390	KHHXU	狨	365	KHPPG	狴	364	KI	太	133
KF	灰	346	KHIAV	狼	364	KHPR	狗	363	KIBT	盍	396
KF	疾	386	KHICE	㺤	364	KHPRU	狍	364	KICE	瘦	388
KFBT	盔	397	KHIHU	犰	363	KHQHK	獇	366	KIIH	瘆	391

KIKU	疣	385	KMN	疒	385	KOMP	癒	392	KSWP	膃	63
KINL	郄	628	KMNR	奇	134	KON	疤	385	KTAK	瘼	391
KIOG	雄	675	KMNR	疴	386	KONK	瘭	389	KTM	瘄	391
KJCC	癲	393	KMOB	病	386	KONL	郟	629	KTMC	瘺	391
KJKA	奢	136	KMRT	痘	387	KOO	夾	134	KTOG	癱	393
KJT	奔	134	KMSO	瘃	388	KOOG	痤	388	KTOR	瘖	390
KK	爻	358	KMVM	瘞	388	KPBLB	帶	176	KTOV	癀	392
KKB	肴	479	KMWF	療	390	KPKO	癡	392	KTQM	瘗	390
KKCF	尞	358	KMYM	症	387	KPRU	疱	385	KTWB	瘌	391
KKHAF	鵎	725	KN	九	8	KQHK	瘐	389	KU	疝	385
KKHAF	鷔	727	KN	夷	134	KQHP	瘛	390	KUHAF	鶛	723
KKKK	爽	358	KNA	旮	259	KR	右	77	KUMG	尪	161
KKLB	希	174	KNA	旭	259	KRBUC	賀	588	KUOLL	尬	160
KKN	獀	387	KNBK	瘓	389	KRD	架	274	KUPI	尥	160
KKOG	瘥	390	KNFQ	瘃	392	KRJE	敂	249	KUSIT	尷	161
KKRB	瘭	391	KNHAF	鳩	720	KRLN	剞	56	KUTXC	尶	161
KKS	夯	133	KNI	丸	1	KRMNR	智	91	KVUG	癃	392
KKSR	痂	386	KNIB	痛	387	KRNO	欨	300	KWJR	瘤	388
KLB	布	174	KNIN	麥	135	KRRJ	瘁	391	KWLE	瘰	390
KLG	在	115	KNLM	癃	391	KRRU	癌	390	KWOT	盦	389
KLLL	夼	134	KNLP	癟	392	KRSQF	駕	611	KWVF	瘟	392
KLLN	痱	386	KNO	疚	385	KRYE	瘕	389	KYG	痒	387
KLMY	痱	388	KNTHU	道	699	KRYHV	袈	553	KYMP	疵	387
KLN	刘	51	KNYMR	尨	565	KS	力	59	KYOJ	痒	388
KLND	存	148	KNYPU	虓	533	KSCE	癜	391	KYPM	瘥	389
KLWU	奄	134	KOGI	奪	136	KSHVO	瓠	377	KYR	痁	387
KM	左	173	KOGW	奮	136	KSJ	脋	472	KYSY	瘀	388
KMAA	奕	136	KOHH	瘆	390	KSKSB	脅	483	KYTJ	瘒	390
KMDM	癀	392	KOIR	瘡	390	KSLN	剠	53	KYTP	懚	391
KMFR	痞	388	KOK	疾	386	KSMH	瘳	390	KYVI	疙	386
KMGG	瘒	391	KOKR	痴	388	KSMI	套	135	KYVO	痪	387
KMMF	奈	135	KOLL	疥	385	KSPRU	匏	65	L	中	5
KMMR	痞	387	KOMBC	頰	689	KSR	加	59	LAM	祖	554
KMMR	痛	387	KOMG	痊	387	KSRJ	癖	391	LANA	襉	558
KMMS	夸	134	KOMN	瘀	389	KSRR	奩	136	LAPH	褐	556

LAPV	褐	557	LBYTG	幢	177	LIBUG	蠼	549	LIITC	蠊	547
LASM	褟	558	LBYTJ	幃	177	LIBUU	蜆	539	LIJB	補	555
LAV	裉	554	LCOR	裕	555	LICI	蚣	537	LIJBJ	蛹	543
LB	巾	174	LDDF	襟	557	LICRU	蛻	540	LIJIP	蟀	546
LBABU	幌	176	LDDQ	襻	560	LIDHL	蜥	540	LIJJ	裸	558
LBAFU	幌	176	LDHE	被	554	LIFB	蛸	539	LIJLO	蜻	541
LBAWE	幔	177	LDK	袂	553	LIFBG	蟶	544	LIJNU	蜿	541
LBCRU	帨	175	LEEE	裰	556	LIFFD	蝶	548	LIJP	蛇	537
LBDHE	帗	175	LEI	衩	552	LIFQU	蜷	541	LIJR	蛄	537
LBDMQ	幃	177	LFBW	襠	559	LIGB	蚺	537	LIJRB	蝴	543
LBGNI	幬	178	LFQ	祥	554	LIGG	蛙	538	LIKB	蛏	539
LBGR	裯	556	LGA	書	267	LIGGU	蟯	546	LIKGG	蟶	542
LBHA	帕	175	LGAM	畫	262	LIGRR	蟲	546	LIKOO	蚨	539
LBHDW	幡	177	LGGY	掛	557	LIGTH	蟊	546	LILII	蠱	546
LBHNI	帆	174	LGI	祛	554	LIHAG	蝗	542	LILIT	疊	549
LBHQO	帙	175	LGWM	畫	383	LIHDJ	蝌	542	LILW	蚰	537
LBIGI	幗	178	LHBK	襖	557	LIHDN	蜊	540	LILWV	蟈	537
LBJJ	裈	557	LHER	袼	555	LIHDP	蟋	545	LIM	虹	535
LBJNU	帵	176	LHG	衽	553	LIHDW	蟠	547	LIMBB	螞	548
LBK	央	133	LHHH	衫	552	LIHEJ	蜂	539	LIMBK	蝢	543
LBMRW	幅	176	LHHJ	裨	556	LIHHJ	蜱	540	LIMHF	蝝	543
LBNCR	幨	177	LHSB	褊	557	LIHJD	蛛	538	LIMIG	蛭	538
LBOG	帺	176	LHVP	祇	553	LIHJR	蛾	539	LIMRW	蝠	542
LBQMC	幘	177	LHYU	襪	558	LIHQI	蛾	539	LIMTB	蟠	548
LBSMG	幄	177	LIAPH	錫	541	LIHRB	蟵	543	LIMVH	蚜	536
LBSMV	帳	176	LIAPV	蝎	543	LIHS	蚱	537	LIMWF	螺	545
LBSTT	帲	177	LIAVO	蠻	547	LIHSB	蝙	541	LIMWJ	蟬	546
LBT	盅	396	LIBAC	蜈	544	LIHUP	緫	543	LINBQ	蠎	547
LBTBO	幪	178	LIBBR	蝸	543	LIHXE	蟥	543	LINCR	蟾	547
LBTMO	幙	177	LIBGR	蜩	541	LIHXU	蜆	541	LINDT	蝗	541
LBTT	帡	175	LIBM	蛆	537	LIIHQ	蚌	538	LINIB	蛹	539
LBWIM	幗	177	LIBMM	蚰	537	LIIIL	蟓	543	LINKG	蜓	540
LBYBC	幀	176	LIBND	蚜	540	LIIKU	虼	537	LINKM	蜒	540
LBYIA	幟	177	LIBP	襱	557	LIILR	塘	543	LINL	蚓	536
LBYR	帖	175	LIBUE	蟆	549	LIIRM	蜮	541	LIOAE	蝮	542

LIOB	蚋	536	LITLX	蠟	549	LK	史	77
LIOII	蛉	537	LITM	蚶	537	LKBT	盞	396
LIOKR	蚼	541	LITMC	蜞	541	LKHAF	鴦	721
LIOLL	蚧	536	LITMC	蟆	546	LKMS	袴	555
LIOM	蚯	537	LITOE	蠖	548	LKOO	袂	555
LIOMD	蜍	540	LITQ	蚌	538	LL	串	6
LIOMN	蝓	542	LITW	蚰	539	LLAMH	暢	264
LIOMR	蛤	538	LITWA	蟦	544	LLGWC	贐	360
LION	蛇	536	LITWI	蟣	548	LLHE	版	359
LIOPC	蠙	547	LIU	虬	535	LLHHJ	牌	359
LIPD	虵	536	LIUMT	蟥	544	LLHJX	牖	360
LIPP	虮	536	LIVII	蟻	548	LLHSB	牖	360
LIPTD	蝶	543	LIVIS	蚴	538	LLII	牋	359
LIQJ	蚌	536	LIVL	蚪	535	LLL	川	172
LIQKD	蟓	544	LIVVV	蠣	548	LLLC	順	687
LIQMB	蜻	540	LIWB	蜎	542	LLML	片	359
LIQO	蚨	536	LIWD	蝶	541	LLN	弗	186
LIRB	蜎	540	LIWIM	蟈	545	LLP	患	202
LIRRJ	蟬	546	LIWLI	蠋	547	LLPB	褙	557
LIRVK	蜈	540	LIWR	蚓	538	LLPTD	牒	360
LIRXU	蠅	547	LIWVF	螺	545	LLW	袖	553
LIRYE	蝦	542	LIYBS	蝏	543	LLWV	褸	558
LISAV	蝦	542	LIYCK	蛟	538	LMBB	褊	559
LISQF	螞	544	LIYG	蛀	537	LMBUC	貴	587
LISRG	蝗	547	LIYIJ	蜂	545	LMFBT	盡	397
LITA	蜡	541	LIYJ	蚪	536	LMLN	劃	58
LITAK	蝰	545	LIYK	蚊	536	LMMM	韭	686
LITB	褛	558	LIYRO	蟓	548	LMP	北	65
LITBO	蠑	542	LIYSD	蝣	542	LMPNL	邶	628
LITCW	蟎	542	LIYTJ	螑	546	LMUO	兆	40
LITGI	蟻	547	LIYUB	蝓	546	LMUOC	頫	689
LITGR	蟷	546	LIYV	虻	536	LMVI	褙	557
LITGU	蟯	540	LIYX	蠐	547	LMYYN	荆	55
LITIT	蟀	546	LJIC	襯	560	LMYYY	非	681
LITLB	蟎	545	LJKA	褚	557	LN	門	710

LNBUC	費	588
LNHXU	閟	710
LNII	襁	558
LNNAU	鮑	499
LNNXU	圖	499
LNTC	関	710
LNYJ	閂	710
LNYLB	鬧	710
LOAE	複	557
LOB	衲	553
LOGD	襟	557
LOGTE	襞	734
LOHG	袿	555
LOIK	袱	554
LOIN	衿	553
LOMO	襝	559
LOMR	袷	554
LORD	褓	557
LP	忠	196
LPB	背	480
LPRU	袍	553
LPWTC	冀	45
LQ	聿	477
LQMV	裱	556
LRHG	裎	555
LSH	初	52
LSIT	襤	559
LSJJ	福	560
LSJR	裙	555
LSKR	裙	555
LSMA	褶	558
LTCO	襆	559
LTOR	褚	558
LTWI	襪	559
LUHAF	鳩	720

Code	Char	No.	Code	Char	No.	Code	Char	No.	Code	Char	No.
LVBU	胤	481	MBBME	霖	679	MBOII	零	678	ME	汞	311
LVOK	數	252	MBBUU	殿	563	MBOWY	雪	679	MEM	亟	10
LW	由	380	MBCN	厠	71	MBP	恋	200	MF	不	4
LWB	胄	480	MBCSH	雰	677	MBPHE	憂	209	MFBK	廠	71
LWD	裸	556	MBDBU	霜	679	MBPRU	雹	678	MFBK	爾	358
LWG	裡	555	MBDD	霖	679	MBRMR	露	680	MFBQ	甫	380
LWK	裯	554	MBDI	耐	472	MBRRM	靈	681	MFBT	盃	396
LWL	申	381	MBEBG	霊	680	MBRYE	雪	677	MFHNI	飄	693
LWLP	襉	559	MBED	霖	678	MBSM	雪	677	MFHVO	飘	377
LWLV	妻	143	MBEJB	霈	678	MBSMM	翻	470	MFJ	吋	178
LWP	曳	266	MBEYR	霧	679	MBSRJ	霹	680	MFK	夭	134
LX	疇	477	MBEYS	霧	680	MBTBK	戲	680	MFLN	剔	57
LXHAF	鶴	726	MBFB	胄	678	MBTJB	霸	561	MFM	丕	4
LYAV	褪	557	MBHAF	鵰	720	MBTJF	籤	680	MFMBC	願	691
LYDU	裀	559	MBHAF	鵰	720	MBTJF	籤	680	MFMYM	歪	302
LYJJ	褳	558	MBHHW	蕾	679	MBTJR	轟	561	MFNL	鄒	631
LYJWJ	褋	609	MBHXU	霓	679	MBUC	頁	686	MFP	愿	207
LYLMI	蜑	541	MBI	憂	213	MBUC	頁	586	MFR	否	80
LYMB	褙	557	MBKS	勵	63	MBV	耍	473	MFVND	孬	149
LYP	悲	203	MBLL	而	472	MBW	雷	678	MG	王	368
LYSMM	翡	470	MBLMI	融	543	MBWU	雷	678	MGABU	瑁	374
LYUB	褠	558	MBLMY	霏	679	MBYHS	雰	677	MGAMH	琍	374
LYYHV	裴	556	MBM	亙	10	MBYK	雯	677	MGAPP	琨	372
LYYK	斐	254	MBMBC	顡	692	MBYMR	書	679	MGAU	琶	373
M	一	1	MBMBL	需	678	MBYRV	靄	680	MGAYF	璟	375
MA	百	394	MBMDM	靂	680	MBYTV	霙	679	MGB	再	46
MABK	厭	71	MBMGI	蕫	376	MBYX	雯	677	MGB	玥	369
MAD	辴	297	MBMMI	雲	677	MCW	西	560	MGBBE	瑗	376
MAI	戴	214	MBMMS	雩	677	MCWM	酉	632	MGBCD	琛	372
MAKP	壓	211	MBMMV	震	678	MD	于	9	MGBCV	環	376
MAMA	皕	395	MBNHS	霧	680	MDA	曆	265	MGBGR	琱	372
MAMR	碧	411	MBNKG	霆	678	MDBT	盂	396	MGBJJ	璀	373
MAND	厚	70	MBNL	邴	628	MDBU	厢	71	MGBME	瑗	374
MBBHG	靃	680	MBNNN	霧	679	MDM	五	10	MGBOU	瑤	374
MBBHV	霆	679	MBOG	霍	679	MDYLM	歷	302	MGBSD	琤	372

MGBT 珊 370	MGJBC 填 374	MGOK 致 493	MGYED 璨 376
MGBUU 現 371	MGJCR 瑢 375	MGOLL 玠 369	MGYIU 琉 372
MGD 珡 372	MGJMF 琮 372	MGOMN 瑜 378	MGYJJ 珌 372
MGDD 琜 372	MGJMM 瑰 372	MGPA 珣 371	MGYKG 斑 254
MGDHE 玻 370	MGJNU 瑰 372	MGPH 瑟 374	MGYOG 璀 375
MGDK 玦 369	MGJRB 瑚 373	MGPP 琵 373	MGYPO 璩 376
MGDMQ 瑋 373	MGJRR 瑄 372	MGQKD 臻 494	MGYPU 琥 372
MGFBC 瑣 374	MGKMR 琦 372	MGQKQ 瑧 373	MGYR 玷 369
MGFBW 璠 376	MGKSR 珈 370	MGQMY 瑃 374	MGYRV 瑢 376
MGFDQ 瑒 375	MGLMO 珧 370	MGRMR 璐 375	MGYSO 璇 375
MGFF 琰 373	MGLMY 琲 373	MGRR 噩 107	MGYTJ 璋 375
MGG 匡 70	MGLN 到 53	MGRRD 璪 375	MGYUB 璃 375
MGGG 珪 371	MGLWL 坤 370	MGRUP 珉 370	MGYWV 瓔 376
MGGI 珐 370	MGMBC 項 687	MGRYE 瑕 373	MH 厂 70
MGHA 珀 370	MGMGI 玨 369	MGSJ 珥 370	MHAF 原 71
MGHDS 瑇 371	MGMHL 瑯 372	MGSJR 琞 372	MHDD 厎 71
MGHDW 璠 375	MGMJ 玕 369	MGSKR 珺 371	MHHAF 鴉 720
MGHER 珞 370	MGMMU 玩 369	MGSMH 璆 375	MHNL 邪 627
MGHHE 璙 376	MGMN 玎 369	MGSQF 瑪 374	MHOG 雅 675
MGHI 瑰 374	MGMNR 珂 370	MGT 弄 185	MHOIV 餐 697
MGHJD 珠 370	MGMSO 琢 372	MGTC 珙 371	MIBBE 鬟 681
MGHLB 璠 375	MGMVH 瑂 373	MGTCO 璞 375	MIG 至 493
MGHNB 珮 371	MGMVN 甄 378	MGTLK 瑛 373	MIHI 魂 711
MGHON 珩 370	MGNBE 瓊 376	MGTLM 瑾 375	MIIA 晉 262
MGHOO 瑽 375	MGNF 玝 370	MGTMC 琪 372	MIYLE 韃 680
MGHUC 瓚 377	MGNKG 珽 372	MGTMC 璂 375	MJ 干 178
MGHXC 璵 376	MGNL 郅 628	MGTRG 瓘 377	MJD 枀 280
MGI 玉 369	MGNL 鄄 630	MGUMB 瑞 373	MJLN 刊 51
MGIAV 瑗 373	MGNO 玖 369	MGUOG 璜 375	MJMBC 邗 627
MGIHR 瑊 373	MGOHH 珍 370	MGVII 璣 375	MJNL 邗 627
MGII 瑧 372	MGOII 玲 369	MGVVW 瑙 374	MJOK 敢 252
MGIIL 瑯 374	MGOIN 琴 372	MGWG 理 371	MJWJ 庫 70
MGIJE 球 371	MGOIP 玭 370	MGWLV 環 376	MK 天 132
MGILG 班 371	MGOIR 璿 374	MGYBP 瓏 376	MKG 壓 129
MGILR 瑭 375	MGOK 玫 369	MGYBU 璿 376	MKHI 魘 712

MKHQM	甦	380	MMR	吾	82	MNP	死	302	MRDDO	礎	415
MKMWL	麗	682	MMU	元	40	MNP	恐	200	MRDHE	破	408
MKOIV	髻	699	MMUE	厦	71	MNPA	殉	303	MRE	泵	314
MKP	憨	210	MMUU	黿	733	MNR	可	76	MREED	磲	413
MKS	功	59	MMVS	巧	173	MNRBC	殯	304	MRESD	磔	415
MKU	无	258	MMYIU	虩	173	MNRRJ	殫	304	MRFB	硝	410
MKWGF	鷿	732	MN	丁	2	MNRYO	殡	598	MRFBQ	礴	415
MKWL	犀	72	MNBM	殂	303	MNTLJ	肇	683	MRFDQ	磷	414
ML	引	186	MNBND	殍	303	MNTLM	薩	304	MRFH	砂	407
MLB	帀	174	MNF	烈	348	MNYHV	裂	554	MRGG	硅	410
MLBO	兩	43	MNG	型	119	MO	仈	13	MRGGU	磽	415
MLBY	雨	677	MNGBT	殭	304	MOB	丙	4	MRGI	砝	408
MLLM	亞	10	MNHAF	鴛	722	MOBUU	覘	562	MRGIT	磕	413
MLM	工	172	MNHJ	胏	377	MOF	贅	356	MRHDW	碢	415
MLVS	丐	3	MNHJD	殊	303	MOGC	贄	592	MRHER	砥	409
MLWK	更	267	MNHK	歼	303	MOHF	鷹	720	MRHHJ	碑	411
MM	二	9	MNI	歹	302	MOJKA	豬	584	MRHIO	砣	408
MMBBP	麗	729	MNII	殘	303	MOJTC	貕	584	MRHJD	硃	409
MMBC	項	687	MNIR	殆	303	MOK	攻	249	MRHKB	礄	415
MMF	示	416	MNJBM	殖	303	MOKKB	稀	584	MRHML	斫	255
MMG	坴	122	MNJMC	殠	304	MOLN	剔	57	MRHNI	碗	412
MMHAF	鷁	723	MNL	邛	627	MOO	丞	173	MRHPM	砥	410
MMHAF	鶍	723	MNLBK	殃	303	MOOG	雁	675	MRHQI	硪	410
MMI	云	10	MNLMC	殞	304	MPHAF	鷓	727	MRHS	砟	408
MMIG	屋	70	MNLMI	蜑	538	MPNL	鄘	632	MRHSB	碥	412
MMKS	勁	60	MNLN	列	52	MPYLM	武	302	MRHWK	碖	409
MML	兀	10	MNMBC	頂	686	MR	石	407	MRIDR	磋	416
MMLN	到	55	MNMEM	殮	304	MRAMH	碅	412	MRIHR	碱	412
MMM	三	2	MNMWM	殰	304	MRAPV	碣	413	MRIIH	磣	414
MMMBC	頸	690	MNNE	歿	303	MRBB	硼	411	MRITC	礦	415
MMMV	辰	613	MNOAH	殤	304	MRBGR	碉	411	MRJII	磚	414
MMN	于	10	MNOHH	殄	303	MRBL	砳	710	MRJMM	碴	412
MMNL	邧	628	MNOIM	殲	304	MRBMR	硐	409	MRJMO	碇	411
MMOK	政	250	MNOIV	殮	304	MRBUU	視	410	MRJNU	碗	411
MMP	惡	204	MNOMO	殨	304	MRDAM	碴	412	MRJP	砣	409

MRJWJ 碲 410	MRPKO 磑 415	MRWWW 礧 416	MULMI 厖 535
MRKMR 碕 411	MRPP 砒 408	MRYBB 碚 412	MULN 刕 52
MRKOO 碳 410	MRPRU 碯 409	MRYBS 磅 413	MUMBC 頑 689
MRLWL 砷 409	MRPSH 砌 408	MRYCV 磙 413	MUNMU 脆 70
MRMBC 碩 412	MRPTD 碟 412	MRYDK 礅 415	MVB 胥 484
MRMBU 礌 416	MRPU 砷 408	MRYG 硅 409	MVDH 牙 360
MRMBW 礨 415	MRQMC 磺 414	MRYIU 硫 410	MVDI 脣 613
MRMCW 硒 409	MRQMY 磚 412	MRYOJ 碎 411	MVLMI 鷹 539
MRMFJ 砰 408	MRRRJ 碑 407	MRYR 砧 408	MVNI 瓦 377
MRMJ 矸 407	MRSEG 礎 414	MRYT 硈 409	MVNM 互 10
MRMLK 硬 410	MRSFK 礅 415	MRYTR 碚 411	MVR 唇 93
MRMN 矴 407	MRSLB 砸 409	MS 万 2	MWABT 醒 635
MRMNR 砢 409	MRSMH 磿 414	MSHO 豕 583	MWAHM 醒 635
MRMRR 磊 413	MRSQF 碼 413	MSNL 鄩 631	MWAJ 覃 560
MRMT 矴 407	MRSTV 碥 413	MSOK 攷 249	MWAMO 醒 635
MRMTB 礴 415	MRT 豆 582	MSU 厄 70	MWAPP 醒 635
MRMTN 砌 410	MRTBC 碘 411	MTA 盾 71	MWBDI 耐 634
MRMVH 矷 408	MRTBF 礤 415	MTCL 厮 71	MWBMR 酮 633
MRMVM 硜 410	MRTBO 磲 415	MTHHH 形 189	MWBUC 賈 589
MRMWM 礓 415	MRTEI 磚 416	MTJE 豉 583	MWBUU 覥 682
MRNBG 确 410	MRTK 砝 409	MTJNU 豌 583	MWCSH 酚 633
MRNI 矽 407	MRTMC 碏 411	MTLN 刑 52	MWD 酊 277
MRNL 部 629	MRTMV 碟 412	MTM 豇 582	MWDI 耐 632
MRNL 酇 632	MRTQM 磋 412	MTMBC 頭 689	MWEEE 醾 635
MRNO 砍 408	MRTTC 碰 411	MTNL 邢 627	MWFD 粟 442
MRNO 歌 300	MRTVI 磁 413	MTP 憨 209	MWG 厘 71
MRNOT 磴 414	MRTVS 礮 414	MTUO 厥 71	MWGNI 醻 636
MRNQD 磔 413	MRTWA 碏 414	MTWB 屬 71	MWHD 酥 633
MRNR 哥 90	MRTYV 砫 410	MU 兀 40	MWHER 酪 633
MROBG 確 412	MRUMF 碳 412	MUALI 龔 549	MWHGF 醵 636
MROG 確 411	MRUON 砰 410	MUF 禿 346	MWHGR 酷 634
MROGF 礁 415	MRVID 磔 415	MUHAF 鶱 727	MWHGU 酰 633
MROK 敔 250	MRVII 磯 414	MUHE 夏 130	MWHI 醜 635
MROM 砼 409	MRVNE 磏 411	MUI 夐 213	MWHOE 覆 560
MRON 砣 407	MRWMV 碨 412	MUKLL 昪 136	MWHQU 酕 632

MWHS	酢	633	MWRRK	釀	637	NBG	角	563	NFAGI	鱍	717
MWHSK	蘸	561	MWSMH	膠	636	NBG	墮	128	NFAIL	鯽	714
MWICE	酸	634	MWSU	配	632	NBHAF	鷁	726	NFAMO	鯷	715
MWIDD	醶	637	MWTA	醋	635	NBHPM	舤	564	NFAPP	鯤	715
MWIDF	醆	637	MWTCO	醭	636	NBHQU	舷	308	NFASM	鯣	716
MWIDY	醷	637	MWTLF	醼	637	NBHVO	舢	564	NFAWE	鰻	717
MWIJB	醋	634	MWTM	酣	633	NBK	奐	135	NFBCN	鯛	715
MWILL	酬	633	MWTOG	醛	635	NBKS	舫	564	NFBGR	鮦	714
MWILR	醮	635	MWTWT	醴	636	NBKS	勇	60	NFBMR	鰤	715
MWJDI	酎	633	MWTWV	醲	636	NBOAH	觴	565	NFBOU	鰩	717
MWJKD	醉	634	MWUK	醐	633	NBOP	膌	674	NFCNH	鮮	714
MWJP	酡	633	MWV	要	560	NBP	惠	201	NFDHE	皴	713
MWJR	酤	633	MWWOT	醞	635	NBRRJ	觶	565	NFDN	粥	443
MWJRB	醐	635	MWYFD	醿	635	NBSHQ	解	564	NFFBA	鱧	719
MWKI	猷	633	MWYL	面	682	NBUC	負	585	NFFDQ	鱗	718
MWKLU	醃	634	MWYOJ	醉	634	NBWLI	觸	565	NFGCE	鮫	715
MWKRT	醣	636	MWYPO	釀	636	NBYJ	斛	254	NFGG	鮭	713
MWKS	動	61	MWYRD	醇	634	NC	小	159	NFGR	鮚	714
MWLBU	酰	633	MWYRV	釀	637	NCYMR	詹	570	NFHA	鉑	713
MWLN	副	56	MWYTR	醋	634	ND	子	147	NFHAE	鰓	716
MWMJ	酐	632	MWYUB	醣	636	NDBT	孟	149	NFHAG	鰉	716
MWMMF	票	418	MWYUT	醖	636	NDHVF	孫	149	NFHD	穌	424
MWMMP	釃	637	MYBP	麗	72	NDHVO	孤	149	NFHDF	鰍	716
MWMN	酊	632	MYLF	焉	349	NDLN	孙	53	NFHPL	鉚	713
MWNIR	酪	633	MYLM	正	301	NDMBB	孺	150	NFHS	鮓	712
MWNOB	醅	635	MYP	芯	195	NDOK	孜	149	NFHSB	鯩	715
MWNOE	釃	636	MYVS	丐	3	NDPRU	孢	149	NFHVF	鯀	714
MWOGF	醮	636	N	弓	186	NDU	孔	148	NFIKK	鮁	713
MWOMD	醵	634	NAHU	免	42	NDYVO	孩	149	NFIKU	魷	712
MWOWY	酶	634	NAPO	象	583	NE	冰	8	NFILB	鱺	718
MWPA	酯	634	NAU	色	499	NEM	丞	5	NFILE	鰜	718
MWPI	酌	632	NBBUE	夐	131	NEMF	烝	349	NFIR	鲐	713
MWPOU	陶	635	NBDK	觖	564	NEMSU	耆	70	NFJMU	鮠	714
MWR	回	87	NBDL	觯	564	NFAA	鯧	715	NFJPA	鯺	717
MWRHG	醒	634	NBFMU	觥	564	NFABT	鰮	716			

碼	字	頁	碼	字	頁	碼	字	頁	碼	字	頁
NFJV	鮫	713	NFTXC	鰊	716	NILI	強	187	NLBMP	隱	674
NFKB	鮪	713	NFVVW	鯔	715	NINH	矛	406	NLBOF	際	673
NFMBJ	鱄	719	NFWG	鯉	714	NINI	多	131	NLDHE	陂	669
NFMBM	鯒	718	NFWLE	鰺	717	NINN	夥	9	NLDW	陌	671
NFMFJ	鮃	713	NFWOT	鱲	716	NIOIV	飧	694	NLFB	陥	670
NFMGR	鱷	719	NFWP	鰓	716	NIQ	夘	496	NLFDQ	隣	673
NFMLK	鯁	714	NFYBS	鯑	717	NIR	名	79	NLFHF	陳	673
NFMMP	鱸	719	NFYCK	鮫	713	NITC	彊	188	NLGCE	陵	671
NFMTO	鱉	718	NFYHS	魴	712	NIWTJ	圅	113	NLGCG	陸	671
NFMWF	鮞	717	NFYJJ	鱘	719	NIXP	庱	728	NLGYO	陛	670
NFNAU	鮸	714	NFYPT	鱸	719	NIY	外	131	NLHAG	隍	672
NFNFF	鱻	719	NFYR	鮎	712	NJLII	蝨	542	NLHBK	陳	673
NFOAE	鰒	716	NFYRF	鯨	715	NK	又	73	NLHE	阪	668
NFODI	魝	712	NFYVI	鉉	713	NKBU	督	403	NLHEM	隆	672
NFOIP	鯰	715	NFYWM	鱣	719	NKC	叕	653	NLHEQ	降	669
NFOLD	鰊	717	NFYX	鱀	719	NKF	叔	351	NLHI	隗	672
NFOMA	鱠	719	NG	丑	4	NKHA	皈	185	NLHJ	阡	668
NFOMK	鯜	715	NGI	丠	72	NKHAF	驚	724	NLHJM	陲	672
NFPRU	鮑	712	NGMBC	頙	689	NKHG	廷	184	NLHRF	隔	673
NFPTD	鰈	716	NGMWM	疆	384	NKHYM	延	185	NLHS	阼	669
NFPU	魠	712	NHBCR	商	406	NKLMI	蝥	543	NLHTG	陸	670
NFQKA	鯖	716	NHD	柔	276	NKLQ	建	184	NLHXG	陷	672
NFQMB	鯖	716	NHE	枩	73	NKLW	迪	185	NLJMU	院	670
NFRRJ	鱓	718	NHLI	虱	535	NKMCW	遒	185	NLJP	陀	669
NFRRS	鱷	716	NHLII	蟊	544	NKSQF	驚	703	NLJWJ	陣	670
NFSEG	鯉	717	NHOIN	矜	406	NKV	婺	144	NLKMB	隋	672
NFSH	魛	712	NHOKS	務	61	NKVVV	巡	184	NLKOO	陝	670
NFSJE	鰍	715	NHS	乃	6	NKWR	迴	185	NLMA	陌	669
NFSMA	鰡	717	NHSQF	驚	703	NL	弔	186	NLMBV	隕	669
NFSMI	鰏	718	NHVO	弧	186	NLAG	陘	670	NLMMU	阮	668
NFTGR	鱔	718	NI	夕	131	NLAMH	陽	672	NLMNR	阿	669
NFTJS	鰣	717	NI	弘	186	NLAMO	隍	672	NLMRB	陽	673
NFTQ	鮮	713	NIBQ	甬	380	NLAV	限	670	NLMSU	陀	668
NFTWI	鱒	718	NIHQ	犟	362	NLAVF	隰	674	NLMU	阢	669
NFTWT	鱧	719	NIJMC	貪	132	NLBM	阻	669	NLMVM	陘	672

Code	字	No.	Code	字	No.	Code	字	No.	Code	字	No.
NLNHX	陌	671	NMYIU	疏	385	NTI	戧	214	OBMR	侗	23
NLODI	附	669	NN	了	9	NTKS	勐	61	OBND	俘	26
NLOII	陰	671	NNM	子	148	NTNL	鄧	631	OBO	肉	477
NLOMD	除	670	NNMBC	預	688	NU	乙	7	OBOF	儌	35
NLOMO	險	673	NNMRB	驀	710	NUBU	曶	400	OBOU	傜	34
NLOSI	陰	672	NNNAO	豫	584	NUE	函	50	OBP	憊	210
NLPOU	陶	671	NNO	孓	148	NUE	弳	187	OBQ	俑	21
NLPPA	階	672	NNPR	夠	132	NUHAF	鶩	721	OCB	伃	22
NLPPG	陛	670	NNQO	承	221	NUI	兔	42	OCOR	俗	26
NLRBC	隕	672	NO	久	6	NUKS	勉	60	OCSH	份	17
NLSJE	陬	671	NO	欠	298	NUMBC	頫	689	OCWA	僧	37
NLSKO	陜	672	NOAM	蛋	384	NUP	怨	199	OD	休	18
NLTCT	隘	673	NOB	胥	481	NWF	魚	712	ODE	叙	74
NLTPO	隊	672	NOF	灸	346	NWFA	魯	712	ODF	煲	352
NLTT	阱	668	NOG	墜	127	NXFF	餤	355	ODG	堡	124
NLWLB	隅	672	NOHTO	飛	693	NXHAF	鵨	723	ODHF	橋	722
NLWMV	隈	672	NOLMI	蚤	538	NXNO	欲	300	ODI	付	15
NLYBP	隴	674	NOMK	癸	393	NXU	蟲	738	ODMQ	偉	31
NLYHS	防	668	NOMRN	凳	49	NYO	疋	384	ODOK	敘	251
NLYJ	阡	669	NOMRT	登	393	NYRF	強	187	ODP	悠	198
NLYKB	隨	673	NONHE	發	393	NYVI	弦	187	ODSMG	羅	445
NLYLH	陟	670	NPD	弛	186	O	人	12	ODYE	敓	250
NLYLM	阯	669	NQD	弴	279	OAA	倡	43	ODYJ	斜	254
NLYR	阽	669	NQLMI	蟹	547	OALN	創	58	OE	余	310
NLYTJ	障	673	NRRJ	彈	188	OAM	但	19	OE	余	310
NLYTO	隧	673	NSBT	盈	396	OAN	們	28	OF	伙	18
NLYTR	陪	671	NSBUL	肅	733	OANL	鄶	631	OFB	俏	25
NLYVO	陔	670	NSD	朵	271	OAPV	偈	31	OFBC	償	39
NMAN	弱	188	NSD	縣	295	OB	內	43	OFBF	儻	40
NMDL	疎	385	NSF	尔	159	OBCN	側	32	OFBR	倘	29
NMFB	彌	188	NSHR	弨	187	OBD	保	31	OFHAF	鶬	726
NMLMI	蠱	540	NSJ	弭	187	OBGR	倜	29	OFLN	剡	58
NMNIM	弱	187	NSMV	張	187	OBHD	穌	738	OFMBC	顑	691
NMSU	危	69	NSND	孕	148	OBHF	偏	37	OFP	您	202
NMWM	彊	188	NSP	急	198	OBMC	俱	27	OFQ	伴	19

Code	字	頁	Code	字	頁	Code	字	頁	Code	字	頁
OFQU	倦	31	OHFP	懲	38	OICE	俊	25	OILB	傭	34
OG	年	115	OHG	任	17	OIG	垡	119	OILMC	饋	698
OG	仕	14	OHGS	働	36	OIGBT	體	698	OILMI	蝕	542
OG	佳	674	OHHJ	伸	27	OIGGU	饒	698	OIMBC	領	688
OGBUC	賃	588	OHI	仫	16	OIGIT	鑑	698	OIMN	飣	694
OGD	集	675	OHI	傀	33	OIHAF	鴿	720	OIMO	伙	22
OGDI	侍	23	OHJ	仟	14	OIHBR	銅	695	OIMRT	鈕	696
OGE	隻	674	OHJD	侏	23	OIHDV	矮	697	OIMVN	領	377
OGE	雙	674	OHJJ	併	27	OIHE	飯	694	OIN	今	14
OGF	焦	350	OHKB	僑	24	OIHER	餃	695	OINC	貪	14
OGG	佳	22	OHN	仉	13	OIHG	飪	694	OINHX	餡	697
OGGU	僬	36	OHNB	佩	21	OIHHW	餾	698	OINI	令	15
OGHAF	鶴	724	OHOA	偕	33	OIHI	饞	698	OINO	飲	694
OGHN	凭	49	OHPM	低	20	OIHJR	餂	695	OINP	念	196
OGIJ	儀	38	OHQ	件	16	OIHK	妖	694	OINR	含	80
OGJ	隼	676	OHQI	俄	25	OIHN	飢	694	OINRI	餞	698
OGLMS	雋	675	OHQO	佚	21	OIHP	飥	694	OINT	盦	398
OGLN	剉	55	OHS	作	21	OIHQ	侔	23	OINV	衾	553
OGNI	儔	39	OHSB	偏	31	OIHQI	餓	696	OIO	飢	694
OGP	恁	200	OHSG	僱	37	OIHXE	餿	697	OIOHG	餁	696
OGR	倍	24	OHSK	傲	38	OIIBI	餿	696	OIOI	俯	27
OGR	售	93	OHUC	儻	38	OIICE	餕	696	OIOK	俟	26
OGRR	儡	36	OHVF	係	25	OIIDR	饞	699	OIOKS	筋	694
OGSK	傲	35	OHVL	仰	16	OIII	餞	697	OIOLB	飾	695
OGTJ	倖	29	OHWP	偬	36	OIIJB	舖	696	OIOMD	餘	695
OGYMR	讐	581	OHXU	倪	30	OIIR	飴	695	OIOMR	鉿	695
OGYRG	讎	581	OI	伐	18	OIJBD	錞	699	OIOND	餽	697
OH	入	14	OIAMH	賜	697	OIJBV	饟	699	OIONK	餒	697
OHA	伯	18	OIAPP	餛	696	OIJE	伐	27	OIP	代	15
OHBY	侑	22	OIAR	倉	28	OIJRB	鰗	697	OIPRU	飽	694
OHCE	傻	35	OIAV	食	694	OIJRR	館	697	OIPU	飩	694
OHDN	俐	25	OIAWE	饅	698	OIK	伏	17	OIRUC	鑣	698
OHDV	倭	30	OIBBB	餚	697	OIKF	偽	32	OISJ	餌	696
OHEW	備	29	OIBI	傅	34	OIKKB	餚	697	OISMM	翎	469
OHEY	佟	21	OIBV	餕	696				OISMR	餇	695

碼	字	頁	碼	字	頁	碼	字	頁	碼	字	頁
OITAK	鏌	698	OK	矢	406	OLOB	脩	484	OMMM	仨	16
OITBK	鏺	698	OKB	侑	23	OLOD	條	281	OMMP	僵	39
OITGF	鏏	698	OKCF	僚	36	OLOF	條	452	OMMV	佞	17
OITGR	鏽	698	OKCWA	熷	407	OLOF	倏	714	OMMW	會	383
OITLM	鐽	698	OKHDV	矮	407	OLOH	修	27	OMN	仃	13
OITQG	鏵	698	OKHKB	矯	407	OLOK	攸	249	OMN	气	308
OITT	餅	695	OKJT	佛	30	OLOK	倏	31	OMNL	邱	628
OIUU	飿	695	OKLB	佈	20	OLOM	儵	470	OMNN	例	23
OIVII	饑	698	OKLU	俺	27	OLWL	伸	19	OMNO	歙	301
OIWD	餜	697	OKM	仉	29	OLWS	傅	26	OMNR	何	20
OIWMV	餵	697	OKMR	倚	29	OLWV	僂	35	OMR	合	77
OIYCK	餃	695	OKMRT	短	406	OM	丘	4	OMRB	龠	738
OIYRV	釀	699	OKMS	侉	21	OM	仝	16	OMRL	命	85
OJ	什	13	OKN	仇	13	OMA	佰	24	OMRM	禽	470
OJ	午	67	OKNL	剁	406	OMBB	儒	38	OMRO	僉	36
OJBM	值	30	OKNWF	繁	717	OMBE	優	34	OMRP	龕	737
OJCM	矼	30	OKOG	雉	675	OMBN	俞	43	OMRQ	拿	227
OJE	伎	17	OKOO	俠	26	OMBP	愈	205	OMRT	弇	185
OJHP	佗	24	OKOOG	雊	407	OMBT	侖	23	OMRT	盒	397
OJII	傳	35	OKP	悠	202	OMC	兵	44	OMRW	僵	33
OJIP	憘	37	OKR	佑	20	OMD	余	20	OMSL	卸	70
OJK	仗	14	OKR	知	406	OMDM	伍	17	OMU	岳	165
OJKP	佬	23	OKS	劜	13	OMDW	會	383	OMUA	偕	36
OJLK	使	22	OKSR	伽	19	OMFJ	伻	18	OMVH	仞	18
OJLN	俥	30	OKSS	矩	406	OMFM	伾	18	OMVN	佤	18
OJLO	健	31	OKTOE	獲	407	OMG	全	43	OMWA	會	267
OJMC	債	38	OKVIF	繁	460	OMGN	倒	28	OMWC	償	37
OJMN	佇	20	OL	仲	16	OMH	乒	7	OMWD	傈	34
OJMO	傢	33	OLHF	倏	31	OMI	乓	11	OMWD	傈	37
OJP	佗	21	OLL	介	14	OMIG	侄	24	OMWL	値	31
OJR	估	18	OLLN	佛	21	OMJR	舍	495	OMWM	僵	37
OJRK	做	32	OLMO	佻	23	OMLB	倆	28	OMWU	傷	36
OJRR	信	28	OLMT	儘	39	OMLK	便	25	ON	乞	8
OJTC	債	36	OLMY	俳	27	OMM	仁	13	ONABT	氳	310
OJU	缶	464	OLNK	候	29	OMMF	余	20	ONAO	像	36

Code			Code			Code			Code		
ONAU	俛	26	OOAH	傷	35	OQ	年	178	OSMG	偓	33
ONBUU	鎙	562	OOBG	催	35	OQHK	偰	33	OSMR	伺	19
ONCR	儨	38	OOBM	俎	25	OQKE	倭	33	OSMV	俟	27
ONCSH	氣	309	OOG	坐	117	OQKQ	俸	27	OSND	儒	37
OND	仔	14	OOGF	僬	37	OQMB	情	30	OSRJ	僻	38
ONF	你	18	OOGS	儁	38	OQMC	債	35	OSRR	傴	35
ONFD	氣	309	OOII	伶	19	OQMV	俵	27	OSS	佢	19
ONFF	氪	310	OOIR	傖	34	OQO	伕	17	OSSR	侚	25
ONHEY	氫	309	OOJ	仟	16	ORA	智	263	OSUU	倔	29
ONHQU	鎱	307	OOLL	佾	16	ORD	保	26	OTA	借	26
ONHS	仍	14	OOLN	劍	58	ORHAF	鵠	724	OTC	供	24
ONIB	俑	26	OOMA	儈	38	ORHAF	鴿	721	OTCO	僕	36
ONIN	侈	23	OOMB	倫	30	ORHR	侣	25	OTF	無	350
ONJRU	氛	310	OOMG	全	24	ORHU	侃	22	OTGI	儀	38
ONJV	氬	309	OOMN	偷	33	ORI	戯	214	OTHB	備	34
ONKG	俓	22	OOMO	俊	38	ORIJB	鋪	496	OTKR	偌	31
ONKQ	健	32	OON	乞	15	ORJRR	錧	496	OTLM	僅	36
ONL	气	309	OOOJ	傘	34	ORLN	創	57	OTNIQ	舞	496
ONLL	氕	309	OOOK	敫	253	ORMBC	領	688	OTOG	儺	39
ONLLL	氘	309	OOSHI	劎	59	ORMBC	頜	690	OTQ	佯	21
ONLLN	氝	309	OOWY	侮	24	ORNIN	舒	496	OTRK	儆	37
ONMK	侯	24	OP	化	65	ORNL	部	628	OTT	併	21
ONMLM	氫	310	OPBUC	貨	586	ORNO	欨	299	OTWV	儂	38
ONMU	俺	24	OPBUC	貸	588	ORRK	儼	40	OU	仙	15
ONMVM	氥	310	OPD	他	14	ORVK	俁	25	OUAMI	纜	465
ONNHS	气	309	OPHQ	华	361	ORYE	假	31	OUCE	傻	38
ONNO	飲	300	OPKP	您	33	ORYO	促	25	OUDK	缺	464
ONQD	傑	34	OPMC	傾	35	OSAV	偲	33	OUDM	缽	464
ONQMB	氰	309	OPP	此	16	OSD	桀	289	OUM	缸	464
ONTQ	氧	309	OPPA	借	32	OSHI	叨	11	OUMWJ	鐔	465
ONU	氙	309	OPR	佝	20	OSJ	佴	23	OUOG	催	34
ONVNE	氬	310	OPU	岱	165	OSJL	倻	31	OUTRG	罐	465
ONWK	氫	309	OPUU	傯	34	OSJR	倨	30	OUTT	缾	464
ONWOT	氬	310	OPWGF	黛	731	OSK	伊	17	OUTWI	鐱	464
ONYVO	氛	309	OPYHV	袋	553	OSME	侵	24	OUYPD	罅	464

Code	字	頁	Code	字	頁	Code	字	頁	Code	字	頁
OUYPT	罐	465	OYSK	做	31	PDI	付	195	PHS	怍	197
OVIO	佀	19	OYT	位	20	PDK	快	196	PI	勺	63
OW	佃	19	OYTG	僅	37	PDL	悚	196	PI	勾	63
OWD	倮	30	OYTP	悖	38	PDLC	懶	211	PICE	悛	201
OWG	俚	25	OYTR	倍	28	PDMBC	穎	425	PIIH	慘	207
OWJR	個	28	OYUB	禽	420	PEEE	慀	204	PIJB	匍	64
OWLB	偶	33	OYX	僑	39	PEG	怪	198	PIJC	恍	198
OWLG	儸	39	OYYIU	毓	306	PEMBC	潁	336	PILB	愊	208
OWLV	儂	37	P	心	194	PFB	悄	201	PILE	懷	208
OWMV	偎	37	PA	旬	259	PFBR	愶	201	PIM	勻	63
OWP	偲	32	PA	旨	258	PFDQ	憐	209	PIR	怡	197
OWWW	儡	39	PABT	慍	206	PFMBC	穎	419	PIRP	憋	210
OWYI	每	306	PAHM	惺	204	PFMU	恍	199	PIYR	恬	203
OY	仆	13	PAIU	慨	204	PFQU	惓	203	PJBC	慎	206
OYAJ	倬	30	PAM	怛	197	PGDI	恃	199	PJBD	悖	201
OYBC	偵	33	PAMJ	悍	201	PGI	怯	198	PJE	恔	196
OYBP	儱	39	PANK	憫	209	PGTJ	悻	202	PJHAF	鎢	720
OYBS	傍	34	PANL	邨	628	PH	必	195	PJIP	憶	209
OYCK	佼	23	PAPH	惕	202	PHA	怕	197	PJJL	慚	208
OYFE	俶	27	PAV	恨	199	PHAG	惶	204	PJLV	慺	202
OYFU	僦	37	PAWE	慢	207	PHBK	懷	210	PJMF	悰	203
OYG	住	20	PAYF	愃	209	PHBQ	鵗	380	PJNU	愧	206
OYGQ	健	38	PBCN	惻	205	PHBT	恤	195	PJR	怙	197
OYHN	优	17	PBGR	悁	202	PHDD	悸	202	PJTC	慎	210
OYHS	仿	17	PBJJ	惲	204	PHDF	愀	205	PKF	恢	199
OYHV	依	24	PBMR	恫	199	PHER	恪	199	PKK	勾	64
OYKK	傲	34	PBTV	惘	203	PHGS	慟	207	PKLB	怖	197
OYLM	企	17	PBUG	懽	212	PHH	勿	64	PKLG	怔	199
OYMR	信	26	PCI	心	197	PHI	愧	206	PKLQ	肆	477
OYMY	佧	17	PCKS	勘	63	PHJR	恬	200	PKMB	惰	204
OYOJ	倅	29	PCNH	悌	201	PHLN	劽	51	PKNIO	疑	385
OYOK	敏	251	PCRU	悦	201	PHML	忻	196	PKNO	欵	299
OYR	佑	20	PCWA	憎	209	PHP	忽	196	PKP	忽	198
OYRA	儲	39	PD	也	8	PHPA	惛	203	PL	仲	196
OYRN	停	32	PDDO	憻	210	PHQM	性	197	PLBK	快	197

PLBU	忱	196	PPHP	惚	203	PUDHE	斂	396	QABT	搵	236
PLLN	怫	198	PPPH	崚	307	PUHAF	鵪	725	QAM	担	225
PLMC	憒	209	PPUK	恂	199	PUK	匐	64	QAMH	揚	235
PLMY	悱	202	PQMB	情	202	PUK	恂	197	QAMJ	捍	221
PMAK	懂	211	PQMF	悽	206	PULN	刉	53	QAMO	提	234
PMBB	懦	211	PR	句	75	PUMB	惴	204	QAN	扪	229
PMBC	項	687	PR	呇	82	PUMBC	頓	688	QANR	攔	246
PMBM	恒	199	PRAU	悒	201	PUMT	愷	206	QANW	攔	247
PMCW	悟	200	PRHAF	鴝	721	PUNL	邨	627	QAPV	揭	236
PMFJ	忤	197	PRKS	劬	60	PUNL	邶	630	QASE	撮	232
PMMR	悟	201	PRRJ	憚	209	PUOG	雛	676	QASM	揚	238
PMRW	匋	64	PRRS	愕	205	PUPU	芻	502	QAU	把	219
PMWD	慄	206	PRU	包	64	PVVW	惱	204	QBBB	揹	237
PMYM	怔	199	PRVK	悮	201	PW	甸	381	QBBE	授	230
PN	乜	7	PSEG	慳	208	PWD	悃	201	QBBSD	靜	681
PNBQ	懈	210	PSH	切	51	PWG	怛	201	QBBUU	靚	681
PNG	悁	196	PSH	忉	195	PWJC	憒	209	QBCD	探	232
PNO	忱	196	PSHR	怊	197	PWLJ	懌	210	QBCV	攪	247
POAE	複	204	PSJJ	懼	212	PWLS	愣	206	QBD	採	232
POG	惟	203	PSKO	愜	205	PWOT	愠	206	QBDI	将	228
POGF	憔	209	PSMA	憎	208	PYAJ	悼	202	QBHAF	鵝	723
POIM	懺	212	PSMV	悵	202	PYHN	忱	196	QBHX	掐	237
POIR	慥	206	PSP	怩	197	PYHR	慥	209	QBJJ	揮	236
POJ	忖	196	PSRR	恒	208	PYMR	匈	565	QBJMO	靛	681
POMN	愉	205	PT	世	4	PYOJ	悴	202	QBKF	撚	242
POMR	恰	200	PTA	惜	203	PYR	怗	197	QBME	援	236
POND	懍	206	PTBUC	賷	587	PYRD	惇	202	QBOU	搖	237
POTF	無	210	PTHG	懂	210	PYTA	愔	206	QBSD	掙	231
POWY	悁	201	PTRG	懼	211	PYTG	愝	209	QBTU	掬	234
PP	比	306	PTWU	懵	211	PYTP	憶	210	QBUE	攫	248
PPA	恂	199	PTXC	慊	207	PYV	忙	195	QBV	挼	228
PPA	悁	201	PTYU	慌	207	PYWD	懍	210	QC	扒	217
PPAD	惇	204	PU	屯	164	PYWV	懷	211	QCHQ	掰	233
PPBC	慎	206	PUA	屑	260	PYY	忭	196	QCKS	勤	63
PPHA	皆	394	PUB	肻	482	Q	手	216	QCNO	撤	241

QCSH	扮 218	QFBQ	撐 241	QHMY	拆 223	QIT	拼 224
QD	未 473	QFBQ	撑 242	QHNE	投 220	QITC	擴 246
QDAU	杷 473	QFBW	擋 244	QHP	托 217	QITF	摭 240
QDBM	揸 236	QFF	炏 232	QHP	恕 200	QIYR	掿 230
QDBMS	耡 473	QFFS	撥 241	QHPM	抵 222	QJ	丰 5
QDFBR	稍 474	QFH	抄 219	QHQ	犁 227	QJBF	擦 245
QDFFS	榜 474	QFQ	拌 223	QHQO	抶 222	QJBV	擴 248
QDFH	秒 473	QFQU	捲 230	QHRF	搗 239	QJCM	控 232
QDHE	披 221	QGDI	持 226	QHSB	搧 233	QJCN	挖 227
QDHQU	耗 473	QGGU	撓 242	QHSK	扱 229	QJCS	搾 238
QDIDR	糖 474	QGGY	掛 231	QHSM	搧 237	QJCV	攫 247
QDJ	抹 222	QGIT	搕 237	QHUC	擴 248	QJE	技 219
QDK	抉 219	QGNI	攜 246	QHUL	攓 246	QJHP	扡 225
QDLWV	樓 474	QGR	括 225	QHUU	撬 242	QJHR	搭 235
QDMBE	樱 474	QGRC	擷 246	QHVIF	絜 451	QJII	搏 240
QDMMI	秾 474	QGRG	搁 240	QHVL	抑 220	QJJJ	搿 244
QDMVI	耨 474	QHA	拍 223	QHVP	抵 220	QJKS	拷 226
QDND	籽 473	QHAU	搗 237	QHWP	揔 241	QJLO	捷 230
QDOMR	秲 473	QHBF	攦 248	QHXE	搜 236	QJMC	擴 245
QDRLR	粗 473	QHBU	攪 248	QHXM	捏 229	QJMM	揎 234
QDTT	耕 473	QHD	契 279	QHXM	捏 236	QJMR	搴 407
QDTTB	構 474	QHDF	揪 236	QHYE	搬 238	QJNL	邦 627
QDWF	槺 234	QHDW	播 242	QHYMU	醫 737	QJPN	擤 245
QDWLB	耦 474	QHE	扳 218	QHYU	撅 237	QJQR	搷 238
QDYBS	榜 474	QHHJ	押 229	QI	找 219	QJSM	彗 189
QDYWV	櫇 474	QHJ	扞 218	QIBI	搏 237	QJSMP	慧 208
QEC	鋈 649	QHJM	捶 234	QIIH	摻 241	QJV	按 226
QEED	操 239	QHJR	括 225	QIJB	捕 229	QKA	春 260
QEEE	掇 230	QHJX	插 235	QIJE	捄 228	QKALI	蠢 548
QEFH	抄 228	QHK	契 135	QIKK	拔 224	QKAP	舂 206
QEI	扐 218	QHKB	撟 242	QILR	搪 238	QKCF	撩 242
QEII	搔 237	QHKP	捺 233	QIOK	挨 227	QKE	泰 318
QFB	捎 229	QHLO	掀 230	QIPM	拭 225	QKHD	秦 421
QFBF	攡 248	QHLO	抓 220	QIR	抬 225	QKHK	奏 135
QFBK	撤 241	QHML	折 220	QIRP	撼 243	QKHX	舂 494

Code	字	No.	Code	字	No.	Code	字	No.	Code	字	No.
QKJA	撦	239	QMJ	扜	218	QODI	拊	223	QQO	扶	218
QKLU	掩	233	QMJK	撒	241	QOG	推	232	QQOJ	攉	246
QKMF	捺	233	QMLM	控	233	QOGS	攜	239	QQQ	矗	233
QKMR	掎	233	QMMR	捂	227	QOII	捻	230	QR	扣	217
QKMS	拷	226	QMMV	振	228	QOIP	捻	230	QRAU	挹	228
QKNS	抛	221	QMN	打	217	QOIR	搶	238	QRB	捐	229
QKOO	挾	228	QMR	拓	223	QOJWJ	肇	609	QRBC	損	236
QKQ	奉	135	QMSU	扼	219	QOMB	揄	230	QRLN	劃	57
QKUS	拋	221	QMTO	搋	241	QOMG	拴	225	QRRD	操	244
QLLMI	蓋	540	QMV	表	552	QOMN	揻	234	QRRJ	撢	243
QLLN	拂	222	QMVIF	素	448	QOMO	撿	245	QRSH	拐	223
QLMO	挑	226	QMWF	摽	240	QOMR	捨	229	QRSJ	揖	235
QLMY	排	231	QMWJ	撣	243	QOMR	拾	227	QRSN	捌	229
QLPB	搢	236	QMWYF	矗	464	QOMT	揞	235	QRUC	撰	243
QLR	哲	91	QMWYI	專	306	QONV	揍	237	QRVP	抿	223
QLRYO	斷	599	QNAU	挽	229	QOOG	挫	228	QRYO	捉	228
QLVK	撳	246	QNBK	換	235	QOPD	拖	224	QSAV	擐	243
QLW	抽	222	QNCR	擔	245	QORQ	挦	238	QSEG	攉	244
QLWL	抻	222	QNEM	拯	225	QOTF	無	242	QSHR	招	224
QLWP	拽	227	QNG	扭	218	QOYB	摛	243	QSJJ	攜	247
QLWV	捷	239	QNHD	揉	234	QPA	指	226	QSJL	揶	229
QLYMR	誓	571	QNHS	扔	217	QPFD	捐	217	QSJR	据	229
QM	扛	217	QNHX	掐	231	QPKO	擬	246	QSKR	捃	228
QMB	青	681	QNIB	捅	228	QPOU	掏	233	QSMA	摺	240
QMBB	攜	246	QNIN	抒	220	QPP	批	218	QSMB	掃	230
QMBC	擯	239	QNKG	挺	227	QPPA	揩	236	QSMG	握	235
QMBE	擾	246	QNMM	搦	237	QPR	拘	224	QSMG	攉	245
QMBG	攉	247	QNOE	撥	241	QPRU	抱	221	QSMI	搏	241
QMBUC	責	587	QNOK	揆	234	QPT	拽	221	QSQL	揶	221
QMBW	擂	244	QNRI	攙	247	QPU	扡	220	QSRJ	揪	244
QMF	坏	220	QO	夫	133	QPUU	搦	237	QSRR	摳	240
QMFJ	抨	221	QOA	替	267	QPYR	掏	236	QSS	拒	221
QMGG	捱	229	QOBG	摧	237	QQHK	揳	235	QSTT	摒	236
QMGN	捌	233	QOBUC	贊	591	QQKK	搱	236	QSTV	振	239
QMIA	撞	237	QOBUU	規	561	QQKQ	捧	229	QSUU	掘	231

QSWU	攬	248
QTA	措	232
QTAK	摸	240
QTAV	擄	243
QTBC	掛	234
QTBK	撒	242
QTC	拱	225
QTCL	撕	242
QTCO	撲	243
QTKL	擲	246
QTM	拑	221
QTOD	搽	238
QTOG	攤	248
QTOR	搭	238
QTQM	搓	236
QTT	拼	226
QTTB	搆	239
QTUB	搠	239
QTW	描	234
QTWI	撙	242
QTXC	搛	237
QU	扎	216
QUD	檗	292
QUMB	揣	235
QUOB	攜	247
QUOG	摧	240
QUU	拙	224
QUVIF	繫	449
QVFU	擻	243
QVIS	抝	221
QVIS	拗	224
QVNO	掾	234
QVVN	拶	225
QWD	捆	228
QWHR	搯	240
QWIM	摑	239
QWJC	摜	239
QWKP	摁	239
QWL	押	222
QWLJ	擇	244
QWLP	擺	246
QWLV	擐	245
QWOT	搵	237
QWP	揌	234
QWVF	摞	240
QWYI	拇	223
QYAJ	掉	230
QYBB	撾	245
QYBK	撤	242
QYBP	攏	247
QYBS	搒	238
QYCB	摘	239
QYDK	擻	242
QYG	拄	222
QYGQ	撻	243
QYHN	抗	220
QYHR	搋	236
QYIJ	摔	239
QYJ	抖	220
QYK	抆	219
QYLM	扯	218
QYMB	揹	233
QYOJ	捽	230
QYOK	掖	231
QYPM	攎	241
QYPO	據	244
QYPP	攄	247
QYPS	擄	243
QYR	拈	223
QYRB	搞	239
QYRF	掠	232
QYRV	攘	247
QYT	拉	223
QYTA	揞	235
QYTG	撞	242
QYTR	掊	231
QYTV	接	232
QYVG	擁	243
QYVW	播	239
QYWM	擅	244
QYX	擠	245
QYY	抃	218
R	口	74
RAA	唱	93
RAIL	唧	91
RAPV	喝	98
RASE	噕	104
RAU	吧	82
RAU	邑	626
RAV	哏	90
RBBE	嗳	108
RBBR	嗝	98
RBCV	嚶	110
RBGR	啁	94
RBHAF	鵑	722
RBM	咀	85
RBSMR	嗣	102
RBUC	唄	91
RBUC	員	90
RBWI	嚼	110
RC	叭	76
RC	只	76
RC	唫	96
RCIM	嗡	102
RCKN	嗲	100
RCKS	勛	62
RCL	吖	79
RCNL	鄖	630
RCSH	吩	80
RCWA	噌	105
RD	呆	82
RDAM	喳	99
RDD	啉	94
RDDF	噤	107
RDI	吋	78
RDLN	喇	97
RDLO	嗽	102
RDRD	槑	290
REDE	啵	95
REED	嗓	101
REEE	啜	94
REOY	嗨	100
RFB	哨	90
RFBA	嚐	109
RFBC	嗩	101
RFBG	噔	103
RFBW	噹	108
RFD	咪	87
RFF	啖	96
RFFS	嘮	104
RFH	吵	81
RG	吐	79
RGBT	噎	105
RGCC	嚇	109
RGG	哇	89
RGGU	嘵	105
RGIT	嗑	102
RGLC	啉	92
RGNL	郢	629
RGRR	嘻	105

RGSK	嗷	102
RGTJ	啈	93
RGYO	⿰口走	91
RHAF	鳴	720
RHAG	喤	98
RHAJ	嗥	102
RHAP	唣	92
RHBK	噢	107
RHBU	咱	88
RHDF	啾	96
RHER	咯	87
RHEY	咚	87
RHFD	呼	85
RHG	呈	81
RHHH	彭	189
RHHJ	啤	93
RHHV	哌	88
RHJD	咮	88
RHJM	唾	97
RHMO	噬	108
RHOA	喒	100
RHP	吒	79
RHQ	吽	81
RHQI	哦	90
RHR	呂	82
RHRF	嗚	101
RHS	咋	83
RHSK	唳	93
RHU	兄	40
RHUJ	嘷	105
RHUK	嗅	100
RHVO	呱	84
RHXE	嗖	100
RHYU	嗁	102
RICE	唆	92
RIHF	嘁	104
RIHQ	哞	88
RIHR	喊	97
RIHU	吮	80
RIIL	喞	96
RIJB	哺	91
RIJC	嘛	103
RIK	吠	80
RINE	咏	86
RIOG	雖	676
RIOK	唉	92
RITF	嗻	103
RJ	叶	77
RJAL	嘟	102
RJBC	嗔	101
RJBF	嚓	109
RJBF	嗦	101
RJBJ	喃	97
RJBO	嚏	109
RJBV	囔	111
RJD	味	84
RJE	吱	82
RJHP	咤	87
RJHR	喀	96
RJI	戢	214
RJI	戰	214
RJJB	嘲	105
RJJI	囀	111
RJKD	哮	91
RJMM	喧	98
RJNL	鄲	631
RJPA	嗜	101
RJPN	嚀	109
RJPU	嘧	104
RJQR	嗐	100
RJR	咕	86
RJSTV	囅	111
RJTC	噴	106
RJTG	噻	108
RKA	暋	264
RKCF	嘹	105
RKGG	喹	99
RKHF	⿰口狄	92
RKI	呔	79
RKI	吰	81
RKKB	唏	92
RKLU	唵	94
RKMS	咵	90
RKN	咦	87
RKP	⿱吠心	205
RKS	叻	76
RKS	另	75
RKSR	咖	86
RLB	吊	79
RLMO	咷	90
RLMY	啡	94
RLWL	呻	85
RLWV	嘍	103
RLX	嘯	107
RMAPH	踢	600
RMASM	蹋	601
RMAV	跟	598
RMB	跀	597
RMBB	嚅	109
RMBC	嗊	101
RMBD	踩	600
RMBHX	蹈	601
RMBT	跚	597
RMBUE	躩	605
RMBVK	蹊	602
RMC	趴	596
RMCW	哂	89
RMCWA	蹭	603
RMD	吁	78
RMDAM	蹅	601
RMDHE	跛	598
RMDM	嚦	110
RMEA	踏	599
RMF	吥	80
RMFBG	蹚	602
RMFCB	蹐	602
RMFFE	躞	604
RMFM	呸	83
RMFQU	踡	600
RMGG	跬	598
RMGGU	蹺	603
RMGNI	躊	604
RMHDV	踒	600
RMHDW	蹯	603
RMHER	路	599
RMHGU	跣	598
RMHJG	踵	601
RMHKB	蹻	603
RMHLB	踽	601
RMHLC	躓	604
RMHML	斲	255
RMHMY	跅	597
RMHND	跺	599
RMHOO	蹤	602
RMHQO	跌	597
RMHSB	蹁	601
RMHUC	躦	605
RMHYU	蹏	602
RMIAV	踉	599
RMIGI	躕	604

碼	字	頁	碼	字	頁	碼	字	頁	碼	字	頁
RMII	踐	599	RMOKR	跔	600	RMVID	蹀	604	ROG	唯	93
RMIKK	跋	597	RMOMN	踰	601	RMVMI	蹣	602	ROGF	噍	105
RMITE	蹚	601	RMPI	跑	596	RMVVV	躝	604	ROIN	吟	80
RMITF	蹠	602	RMPRU	蹄	597	RMWD	跟	600	ROIP	唸	96
RMIYR	踮	600	RMPTD	蹀	601	RMWF	嘿	102	ROIR	噲	100
RMJCV	躚	605	RMQKA	踦	601	RMWG	喱	99	ROMA	噌	108
RMJE	跂	596	RMQMC	蹟	602	RMWLI	蹈	604	ROML	呷	94
RMJK	噉	106	RMQO	趺	596	RMWTJ	蹕	602	ROMN	喻	98
RMJMF	踪	600	RMRB	噪	100	RMYAJ	跡	600	ROMR	哈	89
RMJP	跎	597	RMRRD	躁	605	RMYBB	蹄	601	ROMR	哈	96
RMKCF	蹽	603	RMSJJ	蹋	605	RMYCB	蹢	602	RON	吃	78
RMKMS	跨	598	RMSJR	踞	600	RMYCK	跤	599	RONK	喉	97
RMKSR	跐	597	RMSMG	躍	604	RMYDK	蹰	604	ROOG	唑	91
RMLB	喃	95	RMSO	啄	95	RMYFE	蹴	600	RORY	嗓	105
RMLK	哽	91	RMSRJ	蹄	604	RMYFU	蹜	603	ROSK	呷	89
RMLM	哑	94	RMSS	距	599	RMYLC	跡	599	ROTF	嘸	105
RMLMO	跳	599	RMSSR	踊	599	RMYLM	趾	596	ROYB	嘻	106
RMLWP	踐	598	RMSTV	踉	601	RMYMP	趾	598	RP	叱	77
RMMCW	晒	598	RMSU	呢	82	RMYMU	躪	604	RP	吣	196
RMMP	噫	106	RMSUP	跽	599	RMYR	跕	597	RPHH	吻	81
RMMR	唔	92	RMTA	踏	600	RMYTR	蹭	600	RPHP	唸	96
RMMR	跙	597	RMTAG	躇	605	RMYX	蹭	604	RPLII	矗	546
RMMT	踦	597	RMTCO	蹼	603	RNBK	唤	98	RPOU	啕	107
RMMTO	蹶	603	RMTJA	蹐	603	RNDU	叽	82	RPP	吡	81
RMMVM	踁	599	RMTKL	躕	604	RNHE	吸	81	RPPA	喑	97
RMN	叮	76	RMTLB	蹣	602	RNHX	哈	96	RPR	响	83
RMNBS	踦	600	RMTO	噘	106	RNIN	哆	89	RPRU	咆	85
RMNHD	蹂	601	RMTQM	蹉	601	RNL	叼	81	RPTD	喋	107
RMNHE	跛	602	RMTWI	跨	603	RNLR	啊	93	RPUC	嗔	108
RMNMU	跪	598	RMUA	嘈	105	RNO	吹	81	RQHA	啪	95
RMNN	咧	88	RMUBB	蹦	602	RNOT	噔	106	RQHK	喫	99
RMNOT	蹬	603	RMUE	嗄	100	RNWA	嗡	109	RQHL	哳	92
RMNR	呵	84	RMUI	嘎	104	ROB	呐	81	RQHU	囁	111
RMODI	跗	597	RMUMB	踹	600	ROD	咻	88	RQKD	嗉	100
RMOIR	蹌	602	RMVH	呀	82	RODI	咐	86	RQKQ	哞	95

碼	字	頁	碼	字	頁	碼	字	頁	碼	字	頁
RQMC	噴	103	RSMI	嘷	106	RTXC	嗛	101	RYBB	啼	96
RQMF	嗦	101	RSNL	鄂	630	RTYB	嶠	109	RYBP	嚨	110
RQMN	叻	87	RSO	呎	82	RU	巳	173	RYBS	嗙	102
RQYT	啦	95	RSP	呢	83	RUBB	喘	104	RYCB	嘀	103
RRBYJ	斝	254	RSQF	嗎	101	RUMB	喘	98	RYCK	咬	87
RRHAF	鷩	726	RSQL	哪	92	RUMI	嵯	102	RYGQ	嘩	107
RRHN	兕	83	RSRJ	辯	107	RUOIV	饕	699	RYHN	吭	80
RRHU	呪	86	RSRR	喕	103	RUTC	巽	174	RYIB	唷	95
RRIK	哭	91	RSYI	囑	110	RUU	咄	85	RYJ	叫	83
RRIK	獃	368	RSYPU	號	534	RVE	呶	84	RYMB	啃	95
RRIKR	器	107	RTAV	噶	107	RVFF	嗦	105	RYMH	喊	108
RRMCR	鷖	111	RTC	哄	89	RVFI	喲	97	RYMP	呲	87
RRMMK	嚴	110	RTCL	嘶	105	RVI	吆	78	RYMR	唁	91
RRMRR	嚣	107	RTCO	嘆	106	RVII	嘰	105	RYMU	嚙	109
RRR	品	89	RTCT	嗌	101	RVIS	呦	84	RYMY	咔	83
RRRD	嗓	107	RTGI	嗤	101	RVL	叫	91	RYO	足	596
RRRU	喦	169	RTJS	勘	103	RVNK	吳	81	RYOJ	啐	107
RRSLR	嚚	109	RTK	哎	87	RVNO	喙	98	RYPB	嘴	107
RRSQF	駡	108	RTK	咲	88	RVP	民	308	RYPD	啤	103
RRUC	嘆	105	RTKR	咭	96	RWB	喟	98	RYPM	噓	104
RRWJ	單	99	RTLF	噍	110	RWG	哩	90	RYPO	嗦	108
RRWMU	龘	733	RTLO	嘆	104	RWGF	嘿	106	RYPU	唬	96
RSBN	唰	95	RTM	咁	83	RWGG	壘	109	RYRN	哼	91
RSH	叨	75	RTMJ	咩	93	RWK	咽	88	RYRO	嗦	109
RSHAF	鴉	721	RTMJ	嘩	106	RWKP	嗯	101	RYRV	嚷	110
RSHAF	鵐	724	RTND	嚇	111	RWL	呷	84	RYSK	喉	102
RSJJ	囁	110	RTOE	嗾	109	RWLB	喟	97	RYTA	喑	98
RSL	叩	75	RTOR	嗒	100	RWLG	嚙	111	RYTG	噇	105
RSLB	咂	86	RTOR	啣	104	RWMV	喂	97	RYTP	噫	107
RSLN	別	52	RTQ	咩	90	RWNL	鄙	630	RYTV	嗳	93
RSM	叼	77	RTQM	嗟	100	RWTJ	嘩	102	RYVO	咳	88
RSMBC	頦	690	RTUB	嗍	102	RWYI	喝	86	S	尸	161
RSME	嗳	91	RTW	喵	96	RXU	鼉	733	SAMMU	甂	470
RSMG	哐	90	RTWA	嘈	102	RY	卟	75	SBCC	屬	164
RSMG	喔	98	RTWV	囔	107	RYAO	嗷	108	SBLN	刷	53

Code	Char	Page	Code	Char	Page	Code	Char	Page	Code	Char	Page
SC	匹	66	SFHSM	騙	704	SFTT	駢	702	SHI	戮	214
SCHNE	殿	305	SFHWP	驄	704	SFUCE	驛	703	SHIKK	髮	708
SCWA	屬	164	SFICE	駿	702	SFWC	駟	702	SHJMC	鬒	709
SE	尿	162	SFIIH	駢	703	SFWD	駻	703	SHJJ	屏	163
SEB	腎	485	SFIOK	駛	702	SFWLJ	驛	705	SHJMC	鬢	709
SEB	臀	490	SFIR	駘	701	SFWVF	驟	704	SHJMF	鬃	709
SEBU	臂	404	SFJMF	騄	703	SFYCK	駮	702	SHJPA	鬐	709
SEBUC	臀	590	SFJP	駝	702	SFYG	駐	701	SHJRB	鬍	709
SEG	堅	122	SFK	馱	700	SFYHV	駴	558	SHKS	勁	63
SEHAF	鷩	725	SFKK	馭	700	SFYPT	驢	705	SHLLN	髡	708
SEMCW	醫	636	SFKMR	騎	702	SFYRV	驤	705	SHML	匠	65
SEMOO	翳	306	SFLK	駃	701	SFYTJ	騞	702	SHMLS	髺	708
SEMRT	豎	583	SFLLL	馴	700	SFYVO	駮	702	SHMU	髡	708
SEOG	匯	66	SFLMY	騑	703	SGI	戳	215	SHOB	屬	164
SEOOO	眾	475	SFLPC	驤	705	SGJWP	聽	476	SHOD	屢	164
SESMR	鬻	471	SFLWS	驪	703	SGKS	劻	80	SHOD	㞷	708
SEV	婜	143	SFMMP	驫	705	SH	刀	50	SHOE	展	163
SEVIF	緊	455	SFMWF	騍	704	SHAF	鳩	720	SHOE	履	164
SEVIF	緊	460	SFNOK	騍	703	SHAWE	鬐	709	SHOO	屝	164
SEYT	堅	430	SFODI	尉	701	SHBB	鬍	709	SHOOG	壂	708
SFAMO	騠	703	SFOG	雛	702	SHBMM	髩	708	SHOT	屟	163
SFB	屑	163	SFOIP	驗	703	SHCNH	髹	709	SHOV	屢	164
SFBBR	騸	703	SFOMO	馳	701	SHD	枲	708	SHPD	髢	708
SFBM	駔	701	SFOPD	馳	701	SHDBN	鬈	709	SHQU	尾	161
SFD	屍	163	SFPD	馳	700	SHDCI	鬆	709	SHR	召	76
SFDI	尉	158	SFPR	駒	701	SHFQU	鬜	709	SHSB	圖	66
SFDK	駃	700	SFPUU	騎	703	SHGB	髯	708	SHSHR	髻	708
SFE	馭	700	SFQJR	騎	703	SHGR	髻	708	SHTBN	鬈	709
SFEII	騷	704	SFSEO	騷	702	SHHAF	雞	726	SHTXC	髯	709
SFGGU	驍	705	SFSME	鬆	702	SHHDF	髮	708	SHVVV	鬣	709
SFHER	駱	702	SFSND	驃	705	SHHDN	鬍	708	SHWLV	鬣	709
SFHHW	騮	704	SFSRR	驅	704	SHHHC	鬃	709	SHYHS	髣	708
SFHKB	騎	704	SFTMC	騏	702	SHHN	髧	708	SHYMP	髭	708
SFHLM	駈	701	SFTMJ	驊	705	SHHQU	髦	708	SIBT	監	397
SFHSB	騗	703	SFTRG	騷	705	SHI	刃	50	SIF	熨	354

碼	字	頁	碼	字	頁	碼	字	頁	碼	字	頁
SILQ	肆	477	SJSH	劦	58	SMWTC	翼	471	SS	巨	173
SIP	忍	195	SJSJJ	聶	476	SMYOJ	翠	470	SSR	局	162
SIP	慰	208	SJV	變	147	SMYRB	翠	470	SSU	凹	56
SJ	革	474	SJVIT	聯	559	SMYT	翌	469	STKR	匿	66
SJB	臂	490	SJYHV	襲	559	SNDD	屛	150	STQQ	屬	469
SJBMM	聃	475	SJYIA	職	476	SNLR	屌	163	STT	屏	163
SJC	屍	162	SJYMR	聲	580	SO	尺	161	STV	展	163
SJC	鑒	659	SK	刃	50	SOMO	匜	66	SU	己	173
SJD	槳	296	SK	尹	161	SOMR	匝	66	SU	已	173
SJE	取	74	SKN	尻	161	SONL	邜	631	SUF	熙	352
SJENL	耶	629	SKR	君	79	SORC	咫	87	SUG	屆	162
SJF	耿	475	SLB	匝	65	SP	尼	161	SUHU	兕	42
SJG	壁	128	SLMBC	頤	689	SPD	匹	65	SUOK	改	249
SJGB	聯	475	SLMC	匱	66	SPP	屁	162	SUP	忌	195
SJHHL	聊	475	SLMY	匪	66	SQNL	那	627	SUU	屈	162
SJHJR	聒	475	SLO	臥	492	SQSF	馬	700	SVNL	鄧	630
SJHWP	聰	476	SLORR	臨	492	SR	叵	77	SWBT	鹽	728
SJIRM	職	476	SLQMC	賾	592	SRHAF	鷗	725	SWBUU	覽	563
SJJN	藝	66	SLSL	臣	492	SRHG	聖	475	SWC	鑒	660
SJJPN	聤	476	SLWV	屢	164	SRHNE	歐	305	SWL	匣	66
SJKA	屠	163	SLY	臥	492	SRKS	劭	60	SYHN	医	65
SJLBU	耽	475	SM	刁	492	SRLB	帬	163	SYYI	屬	164
SJLMC	聩	476	SMBJJ	聾	470	SRLB	帮	175	SYYQ	犀	362
SJLN	刞	54	SMBLB	帚	175	SRMVN	甌	378	T	廿	185
SJLWS	聘	475	SMG	匡	66	SRNL	郡	629	TA	昔	260
SJMBC	顒	692	SMHA	習	469	SRNL	邵	627	TAA	菖	512
SJMGI	壁	376	SMIG	屋	162	SRNO	歐	300	TAB	萌	514
SJMN	耵	474	SML	翀	469	SRP	慝	208	TAGI	蒔	519
SJMVN	甓	378	SMMRI	尋	158	SRRR	品	66	TAHAF	鵲	726
SJNL	耶	474	SMNP	屍	163	SRSL	卲	69	TAJ	草	508
SJOII	聆	475	SMOG	翟	470	SRTQ	羣	468	TAK	莫	511
SJP	恥	200	SMR	司	77	SRTQ	群	468	TAKA	暮	264
SJQ	擘	245	SMSIM	羽	469	SRYE	歐	252	TAKB	幕	177
SJR	居	162	SMT	羿	469	SRYJF	鷗	726	TAKF	驀	704
SJRYO	矕	604	SMV	長	662	SRYTJ	辟	612	TAKG	基	126

TAKI	慕	545	TBOF	蔡	524	TDJ	茉	506	TGDI	對	158
TAKP	慕	208	TBOK	散	251	TDLO	荻	524	TGENO	羨	468
TAKQ	摹	240	TBP	愬	207	TDM	苹	504	TGF	羔	467
TAKS	募	63	TBR	蒲	504	TDMQ	摹	517	TGFTK	羹	469
TANG	蘭	531	TBSE	蕿	512	TDNL	鄺	631	TGGI	封	517
TANW	蘭	533	TBU	苜	503	TDOO	萊	514	TGGI	埶	523
TAPV	葛	517	TBUU	莧	511	TDR	蒈	510	TGGU	冀	526
TASE	蕿	526	TBV	葜	510	TEAH	蕩	526	TGHAF	鸛	727
TAU	芭	501	TBYJ	斳	255	TEBM	蒩	514	TGHDS	義	469
TAV	茛	501	TC	共	44	TEC	鑿	661	TGHQI	義	468
TAWE	蔓	523	TCA	普	263	TEDE	菠	512	TGHU	羌	467
TBBB	莽	522	TCB	期	269	TEFH	莎	510	TGIF	熱	356
TBBR	萬	516	TCBT	益	396	TEHR	落	516	TGII	藝	530
TBBUU	覿	562	TCBUU	艋	562	TEHW	藩	531	TGIT	蓋	521
TBC	典	45	TCD	萁	286	TEIB	蒲	520	TGK	美	467
TBD	菜	512	TCFB	崙	733	TEII	薄	526	TGKS	羚	63
TBD	粱	290	TCG	甚	122	TEIV	蒗	519	TGMBC	顝	692
TBFE	藤	530	TCHAF	鷄	725	TELN	劐	59	TGNO	美	467
TBG	塑	125	TCHE	夔	131	TEM	芷	507	TGNO	硁	509
TBHU	羲	530	TCHML	斯	255	TEMF	藻	529	TGNO	歡	301
TBIJB	黼	733	TCIM	翁	521	TEMJ	萍	514	TGOW	薔	528
TBIKK	蔽	733	TCMR	碁	411	TEMR	菊	515	TGP	羞	200
TBJJ	葷	518	TCNO	欣	300	TEOT	菇	519	TGRG	善	97
TBKS	勤	63	TCNO	歎	300	TERD	藻	531	TGTR	善	97
TBLI	蘭	462	TCP	恭	200	TESD	蔡	525	TGV	姜	140
TBLN	前	55	TCP	慧	203	TESE	蔆	522	THAA	蕌	530
TBLN	蒯	520	TCRU	巷	174	TESU	范	505	THAF	蔦	524
TBM	苴	505	TCSD	菜	515	TETC	莁	517	THAI	茐	515
TBMBC	顓	691	TCSH	菥	521	TEYV	茳	507	THAU	葩	517
TBMO	蒙	519	TCTD	業	287	TFBK	蔽	525	THBU	首	699
TBMR	苘	507	TCTE	叢	74	TFF	炗	512	THDB	藚	529
TBND	芓	511	TCVIF	慕	453	TG	芏	499	THDE	穢	527
TBNF	煎	351	TCWM	酋	632	TGB	苒	505	THDF	萩	516
TBNH	剪	57	TCYR	踮	730	TGBUU	觀	563	THDN	莉	509
TBNM	翦	470	TDCI	菘	512	TGCE	菱	513	THDS	葵	510

Code	Char	Page	Code	Char	Page	Code	Char	Page	Code	Char	Page
THDV	姜	515	TIDD	蘓	524	TJGG	鞋	683	TJR	苦	504
THDW	蕃	525	TIDR	蘑	532	TJHDF	鞦	684	TJRB	胡	517
THGF	薰	529	TIDY	蘼	533	TJHKB	鞽	685	TJRHG	䋿	684
THHE	藜	530	TIH	茂	505	TJHML	靳	684	TJRR	菅	511
THHJ	革	514	TIHAF	鵡	724	TJHYO	靴	683	TJSHI	靮	683
THHL	茆	506	TIHC	藏	525	TJII	尃	522	TJSHR	韶	683
THI	莧	519	TIHV	葳	518	TJIP	憓	526	TJSK	靮	683
THIO	莁	505	TIJB	莆	509	TJJCM	鞑	684	TJTCW	鞧	684
THJ	芊	499	TIKT	芽	512	TJJV	鞍	683	TJTHB	韛	684
THJD	茉	507	TIMO	茨	507	TJKA	著	515	TJTIF	韆	685
THJD	孽	150	TIMS	蔵	530	TJKS	勒	61	TJTMQ	韀	685
THJD	蘖	533	TINO	芝	500	TJLBK	鞅	683	TJTOR	鞳	685
THJD	蘗	445	TIP	懃	211	TJLV	婁	514	TJTTB	韝	684
THJG	董	517	TIPF	蕭	531	TJME	寇	523	TJTWI	韯	686
THKB	蕎	525	TIR	苔	503	TJMM	萱	516	TJVIS	靿	683
THKP	荖	513	TITB	蓆	521	TJMN	芧	504	TJYDL	韏	685
THML	芹	502	TITF	蔗	523	TJMN	釘	512	TJYGQ	韃	685
THNE	芰	500	TIXF	薦	528	TJMR	若	512	TJYMU	韃	685
THNI	芃	499	TJ	卅	67	TJMU	莞	510	TJYRD	鞽	684
THOK	薇	527	TJAM	粗	683	TJMU	軏	682	TK	艾	499
THON	荇	508	TJAPV	鞨	684	TJMWM	韁	685	TKD	檠	295
THON	蘅	532	TJAU	靶	683	TJNCR	韄	685	TKHF	荻	511
THOO	藋	523	TJB	苄	502	TJNHD	鞁	684	TKHW	猶	525
THOO	蓗	523	TJBD	莘	509	TJNHE	鞁	684	TKLG	荏	506
THOO	蓰	524	TJBVK	鞎	685	TJNKQ	鞬	684	TKLU	莛	515
THOQ	葎	517	TJC	穴	504	TJNL	鞈	683	TKMF	荼	515
THQI	莪	511	TJCK	葵	516	TJNU	莞	511	TKN	尤	499
THRJ	薛	528	TJCN	蔚	531	TJOA	蓿	523	TKNL	鄭	630
THS	茛	504	TJCR	莟	521	TJOMK	鞭	684	TKNL	鄭	631
THUP	芪	501	TJDHE	鞍	683	TJOMT	鞴	684	TKOK	蔵	520
THVU	莬	524	TJDJ	靺	683	TJOP	靴	683	TKOO	英	511
THWP	蘆	520	TJE	芰	501	TJPA	著	521	TKPB	蒂	524
THWP	蕙	524	TJFB	鞱	684	TJPFD	鞠	684	TKQ	擎	243
THXO	荬	516	TJFBR	鞱	684	TJPYR	鞠	684	TKR	若	504
TIAV	茛	511	TJFQ	鞶	683	TJQYT	鞑	684			

TKRI	蘁 548	TMLM	董 514	TNKG	莛 511	TONO	歎 300
TKRP	惹 204	TMMC	其 44	TNLI	薩 522	TONWF	蒹 715
TKSQF	驚 705	TMMI	芸 502	TNLM	藤 528	TOOG	莝 511
TKSR	茄 505	TMMU	芫 501	TNMM	蒻 520	TOOG	難 677
TKSS	荔 506	TMMV	甚 378	TNMU	蔬 519	TOOK	蔽 532
TKYMR	警 579	TMNL	邯 628	TNNC	蕷 527	TOOM	菹 519
TLBK	英 505	TMNL	鄞 631	TNO	芡 500	TOP	花 501
TLBR	萜 515	TMNM	蓮 528	TNOK	葵 518	TOQB	蒨 519
TLJ	革 682	TMNR	苛 503	TNUE	菡 513	TORD	葆 516
TLLN	荓 505	TMOM	苟 503	TNUI	菟 515	TOSE	薐 517
TLMC	黇 526	TMPT	葬 518	TOAV	艱 498	TOTF	蕪 526
TLMM	菲 519	TMRT	荳 511	TOB	芮 501	TOWY	蓓 510
TLMT	蘁 530	TMTJ	華 513	TOD	茶 506	TOYR	蓓 521
TLMY	菲 513	TMTN	荊 508	TODI	符 505	TOYT	茳 511
TLPF	燕 355	TMTO	媵 526	TOF	茶 505	TP	芯 501
TLPF	鷰 726	TMVH	芽 502	TOG	荏 506	TPA	荀 507
TLVK	藪 531	TMVI	蕁 521	TOG	萑 506	TPFD	菊 512
TLWV	藄 524	TMVM	莝 510	TOGF	蕉 525	TPH	芯 505
TLX	蕭 526	TMWC	黃 730	TOGX	舊 495	TPI	芍 500
TM	甘 378	TMWJ	蕈 525	TOHG	荏 508	TPI	苟 501
TMBB	蕭 529	TMWM	薑 527	TOIAV	蓑 695	TPIB	葡 517
TMBG	藿 531	TMYF	蕎 524	TOII	芩 503	TPKP	惹 518
TMBI	薆 525	TN	芎 500	TOIK	荍 507	TPMW	葡 523
TMBUU	觀 562	TNDF	蒜 520	TOIN	芩 501	TPOU	葡 514
TMBW	蕾 527	TNDO	菰 513	TOIR	蒼 520	TPPD	藥 532
TMCW	茜 506	TNDU	芤 502	TOKG	薤 528	TPPP	蕊 525
TMD	芋 499	TNEF	蒸 520	TOLD	檾 522	TPR	苟 504
TMD	某 275	TNFD	蘇 532	TOLK	荻 510	TPRU	苞 503
TMDM	歷 531	TNFQ	蘚 533	TOLL	茫 500	TPTD	葉 517
TMF	茮 501	TNHE	芨 501	TOMA	薈 524	TQ	羊 467
TMFF	蒜 519	TNHS	芴 499	TOMD	茶 509	TQ	半 467
TMFJ	苹 505	TNHX	蕾 515	TOMG	荃 508	TQAPV	羯 468
TMFM	莖 506	TNIH	茅 505	TOMO	葵 528	TQBU	着 401
TMGF	蕪 533	TNIR	茗 506	TOMR	荅 509	TQDA	藉 529
TMKS	勤 63	TNIU	苑 503	TOMR	荷 509	TQDB	藉 530

碼	字	頁		碼	字	頁		碼	字	頁		碼	字	頁
TQHNE	殺	467		TSLL	茞	510		TVII	茲	506		TWMMV	農	614
TQHPM	羝	468		TSMH	蓼	523		TVIN	蓺	378		TWP	蕙	518
TQICE	羡	468		TSMI	蕁	525		TVIO	苁	503		TWR	茴	507
TQIJ	戎	514		TSMV	萇	514		TVIP	慈	207		TWTJ	華	523
TQJM	篲	523		TSP	勲	210		TVJR	菇	512		TXC	兼	45
TQKD	虀	521		TSRJ	薛	528		TVKS	勘	61		TYBB	蒂	518
TQKQ	奉	515		TSS	苣	503		TVLK	茇	509		TYBP	蘢	532
TQM	差	173		TSU	芑	500		TVMG	莊	509		TYBS	芳	519
TQMB	菁	512		TT	井	10		TVMI	蒣	528		TYCK	茭	507
TQMHF	羰	469		TT	丼	179		TVMI	蔣	524		TYDL	薪	514
TQMVM	羥	468		TTC	並	5		TVR	茹	507		TYFE	菽	514
TQNG	羞	468		TTHAF	鶄	725		TVVW	畱	512		TYHC	蘋	532
TQO	羑	500		TTM	苷	503		TVYJ	斟	254		TYHJ	蓬	522
TQOG	萑	523		TTMC	其	514		TW	曲	266		TYHS	芳	502
TQOII	羚	467		TTMV	甚	517		TW	苗	503		TYIU	芫	508
TQPU	菴	514		TTMVN	瓶	378		TWA	曹	267		TYJJ	葉	
TQSMM	翔	470		TTSK	㓞	56		TWBI	薑	547		TYLM	芷	502
TQUMF	猍	468		TTUB	朔	520		TWBO	釁	604		TYMM	茈	526
TQWJ	攘	531		TTWLI	闍	549		TWD	菓	512		TYOJ	萃	514
TQYWM	糧	469		TTXC	兼	520		TWDI	尊	158		TYPT	蘆	532
TRHR	莒	510		TUB	朔	269		TWHAF	鶀	723		TYR	苫	504
TRJI	戴	528		TUIRM	鹹	699		TWHD	茵	512		TYRA	蕗	530
TRJL	薪	531		TUU	苼	505		TWK	獣	366		TYRB	蒿	520
TRLR	莒	506		TVFH	芏	160		TWK	莫	507		TYRD	藉	529
TRNL	鄯	631		TVFI	葯	518		TWK	奠	136		TYRE	蘐	532
TROK	敬	252		TVFI	茦	518		TWKP	慈	521		TYRN	莝	519
TRRS	葶	516		TVFM	苷	518		TWLA	薯	528		TYRV	蕣	531
TRSJ	茣	518		TVFT	蘊	531		TWLB	萬	516		TYRV	蘘	532
TRVP	莨	505		TVFT	蕴	532		TWLC	黄	525		TYSD	薖	519
TRYE	葭	518		TVFU	芚	521		TWLG	蘿	533		TYSK	蔟	524
TSFI	蔚	524		TVHL	薌	526		TWLI	莀	523		TYSY	荾	514
TSHR	苔	503		TVI	戳	214		TWLN	蕘	378		TYTJ	莘	510
TSIC	蘇	528		TVID	藥	530		TWLN	夢	132		TYTP	蕙	527
TSIT	藍	529		TVID	孹	150		TWLN	薆	528		TYTR	茟	513
TSJ	茸	507		TVIF	蕩	724		TWLU	薈	404		TYTR	蓊	519

TYV	芒	500	UGDI	峙	166	UKJJ	崟	608	UPR	峋	166
TYVG	薙	527	UGGU	嶢	171	UKKB	崤	168	URRK	巖	172
TYVO	菱	508	UGNO	崁	167	UKLU	崦	168	URVP	岷	166
TYVU	荒	500	UH	匕	65	UKMR	峒	167	USHR	岩	165
TYVW	蕾	521	UHDP	嶔	169	UKOO	峽	167	USMA	嵋	170
TYWV	萎	521	UHDW	嶓	170	ULW	岫	165	USRR	嶇	170
TYX	薺	529	UHEJ	峯	167	ULWV	嶁	170	USU	屺	165
TYY	芊	502	UHEJ	峰	167	UMBL	崗	473	USUU	崛	168
TYYO	薩	533	UHEY	峂	166	UME	岈	165	UTBUU	覶	562
U	山	164	UHI	寛	170	UMF	炭	347	UTCE	嶁	171
UAHU	帽	169	UHKB	崥	170	UMGG	嵯	168	UTGIT	豔	583
UAPP	崑	168	UHLL	岍	166	UMGG	崖	168	UTHN	凱	49
UAU	岜	165	UHMB	嶿	171	UMGT	弄	167	UTIK	猷	366
UBB	崩	169	UHNI	嵐	169	UMLI	蚩	537	UTLN	剬	57
UBMBC	顥	690	UHQI	峨	166	UMMJ	岸	166	UTMO	嵌	169
UBMR	峒	166	UHQI	峩	166	UMNR	岢	165	UTNAU	艶	499
UBSD	峥	167	UHVI	巍	171	UMOO	圈	584	UTNL	鄩	632
UBTU	崗	168	UHXC	嶼	171	UMR	岠	165	UTQM	嵯	170
UBUU	峴	166	UIAV	峎	167	UMRT	豈	583	UTVI	磁	170
UC	釜	168	UICE	峻	167	UMT	岍	165	UTWV	嵝	171
UC	峇	168	UIHH	歲	170	UMVH	岈	165	UU	屾	499
UCNO	嶔	171	UIHV	歲	169	UNBQ	嶙	171	UUMMF	崇	417
UCOR	峪	167	UIP	岊	710	UNHE	发	165	UVII	幽	180
UCWA	嶒	170	UJCC	崊	172	UNRI	崔	168	UWJR	崗	169
UDAM	嵖	169	UJCM	崆	167	UOG	崔	168	UWL	岬	165
UDCI	崧	169	UJE	岐	165	UOGB	嶲	676	UWLB	崵	169
UDOO	崍	169	UJFD	嶷	445	UOGS	嶲	171	UWLJ	嶂	171
UDSMG	羅	445	UJJL	嶄	170	UOIC	嶺	171	UWP	崽	165
UDW	東	168	UJMF	崇	167	UOIN	岑	165	UYBK	巇	172
UE	凶	50	UJMRT	豐	583	UOMB	崗	165	UYCK	峧	167
UFB	峭	166	UJND	擊	150	UOMN	嵩	169	UYOJ	崋	167
UFDQ	嶠	170	UJR	岵	166	UON	屹	165	UYOJ	崒	167
UFFD	嶸	171	UK	凶	49	UOS	岞	166	UYRB	薦	170
UFFS	嶗	170	UKHK	嶽	171	UPA	峋	166	UYRD	嶂	168
UGCE	崚	167	UKHU	兇	40	UPKO	嶷	171	UYTJ	嶂	170

碼	字	頁	碼	字	頁	碼	字	頁	碼	字	頁
V	女	137	VFBB	綳	456	VFGRC	纈	463	VFJMN	紵	449
VAA	娟	143	VFBB	嫦	146	VFGWC	續	463	VFJMO	綻	455
VABT	媼	144	VFBBE	綬	454	VFH	妙	138	VFJOA	縮	459
VABU	媚	144	VFBBR	綢	457	VFHAB	綿	455	VFJRR	縉	454
VAHU	媚	144	VFBCV	纊	463	VFHAE	線	456	VFKCF	綟	461
VAM	妲	139	VFBD	綵	454	VFHAF	鷟	726	VFKI	紘	448
VANB	嬾	146	VFBGR	綱	453	VFHAF	鷟	727	VFKKB	絺	452
VAND	嬾	146	VFBHX	綃	459	VFHDW	繕	461	VFKMR	綺	454
VAWE	嫚	146	VFBM	組	450	VFHEQ	絳	452	VFKMS	綺	452
VBBE	媛	146	VFBME	緩	457	VFHER	絡	451	VFKNI	執	447
VBBR	媧	144	VFBR	絅	454	VFHEY	終	455	VFLLL	紃	446
VBHF	媚	146	VFBTU	綱	454	VFHG	絍	449	VFLLN	綳	450
VBHG	娌	144	VFBTV	網	454	VFHJE	緞	456	VFLMC	續	461
VBM	姐	140	VFBUH	緲	457	VFHON	絎	452	VFLMI	纍	549
VBME	媛	144	VFBUU	緄	452	VFHOO	縱	459	VFLMY	緋	455
VBT	姍	140	VFBV	綏	453	VFHOR	絡	454	VFLW	紬	449
VCNH	娣	142	VFC	纝	661	VFHSB	編	458	VFLWL	紳	450
VDKS	勮	63	VFCNH	綈	453	VFHSK	繳	462	VFLWP	綫	451
VDLC	嬾	147	VFCOR	綌	453	VFHUC	續	464	VFLWV	縷	460
VDLK	嫩	146	VFCSH	紛	448	VFHVP	紙	448	VFLX	纏	461
VDLN	剺	57	VFCWA	繪	461	VFHWP	總	460	VFM	紅	447
VE	奴	137	VFD	樂	298	VFIBI	縛	458	VFMD	紆	446
VEKS	努	60	VFDBU	緗	456	VFIHR	織	455	VFMGK	緻	457
VELB	帑	175	VFDI	紂	446	VFII	綫	456	VFMIA	繪	458
VELN	剝	56	VFDMQ	緯	457	VFIJ	絨	451	VFMIG	經	452
VEMR	臵	408	VFDWF	練	457	VFIKK	紱	449	VFMLB	綢	453
VEN	弩	187	VFEEE	綴	454	VFIR	給	450	VFMLK	綆	453
VEND	孥	149	VFFB	綃	452	VFITC	纊	463	VFMMI	紜	448
VEP	怒	198	VFFBR	緔	456	VFIWG	纏	463	VFMVI	將	458
VEQ	挐	225	VFFH	紗	448	VFJBC	縝	458	VFMVM	緝	453
VESQF	驚	701	VFFQ	絆	450	VFJIP	總	461	VFMWF	縹	460
VFABT	縕	458	VFFQU	綣	453	VFJKA	緒	454	VFMWL	緬	457
VFAMO	緹	458	VFGCE	綾	455	VFJMC	纘	462	VFMWM	繮	462
VFAPP	緄	455	VFGGU	繞	461	VFJMC	繽	459	VFN	彎	188
VFAWE	縵	459	VFGR	結	450	VFJMF	綜	453	VFND	孿	150

VFNG	紐 447	VFRSJ	緝 456	VFYBB	締 456	VHUP	媳 145
VFNHE	級 448	VFRXU	繩 462	VFYCK	絞 451	VHWP	媲 145
VFNII	緸 461	VFSHI	初 447	VFYGQ	縫 462	VHXE	嫂 144
VFNIN	紓 447	VFSHR	絅 447	VFYHJ	絨 459	VI	厶 72
VFNL	紉 449	VFSHU	絕 451	VFYHR	縋 448	VI	幺 179
VFNRI	縷 464	VFSJE	緲 453	VFYHS	紡 448	VIAV	娘 142
VFOB	納 447	VFSMH	纕 460	VFYIA	織 461	VID	槳 291
VFOG	維 454	VFSU	紀 446	VFYIU	統 452	VID	樂 291
VFOIM	纖 463	VFSWU	纔 464	VFYK	紋 447	VIDI	嬢 147
VFOIN	給 448	VFTBK	繼 463	VFYLR	纊 463	VIE	麑 336
VFOK	變 581	VFTCT	縊 458	VFYRB	綺 458	VIF	糸 446
VFOLD	緕 461	VFTGR	緒 461	VFYUB	縞 459	VIHI	幾 180
VFOMA	繪 462	VFTLJ	緯 457	VFYVI	絃 450	VIHML	斷 256
VFOMB	綸 454	VFTM	紺 450	VFYVQ	縪 459	VIIK	獎 367
VFOMG	紙 452	VFTXC	纊 458	VFYWV	緣 459	VIIL	娜 144
VFOMK	緵 456	VFU	嚠 172	VGG	絓 141	VIKF	媯 144
VFOMR	給 451	VFUBB	蠣 460	VGGU	嬈 146	VIKS	幼 179
VFON	紇 447	VFUU	絀 450	VGK	娄 135	VILN	劃 59
VFONK	緱 458	VFV	變 147	VGOW	爐 147	VIMCW	醬 636
VFOPD	絁 449	VFVIF	絲 452	VGRR	嬉 146	VIO	以 16
VFP	戀 212	VFVL	糾 446	VGTJ	婞 143	VIOK	娭 142
VFPA	絢 460	VFVNE	緣 456	VGYHV	裝 556	VIR	始 139
VFPI	約 446	VFVNO	絛 456	VHAV	孃 147	VIS	幻 179
VFPMM	緬 457	VFVVD	纆 461	VHG	妊 138	VIW	畿 384
VFPP	紕 448	VFVVI	繼 463	VHHJ	婢 143	VJD	妹 139
VFPT	緇 450	VFVVW	緇 455	VHI	媿 145	VJE	妓 138
VFPU	純 447	VFW	細 449	VHIIL	鄉 630	VJHP	姹 141
VFPUU	緦 458	VFWD	綑 453	VHJD	姝 140	VJHW	嬙 147
VFQ	攣 248	VFWK	絽 442	VHK	妖 138	VJKP	姥 141
VFQJL	綁 453	VFWLJ	繹 462	VHKB	嬌 146	VJLO	婕 143
VFQMC	績 460	VFWLV	纝 462	VHP	妃 138	VJMC	嬪 147
VFR	彎 612	VFWOT	縕 458	VHPA	婚 143	VJMO	嫁 144
VFRB	絹 452	VFWP	總 456	VHQI	娥 142	VJNU	婉 143
VFRPA	緟 456	VFWVF	纝 459	VHQM	姓 140	VJR	姑 140
VFRRD	線 462	VFYAJ	綽 455	VHS	妒 138	VKMS	婷 141

Code	字	頁	Code	字	頁	Code	字	頁	Code	字	頁
VKN	姨	141	VMR	姑	140	VSLL	姬	142	W	田	380
VKOK	嫉	145	VMT	妍	139	VSMB	婦	143	WB	胃	480
VLHBR	嬲	110	VMTQ	祥	359	VSP	妮	139	WBMBC	顒	691
VLLLM	屮	6	VMV	妝	138	VSQF	媽	205	WBP	愚	205
VLM	爿	358	VMWF	嫖	145	VSQL	娜	142	WC	四	111
VLMO	姚	140	VMYF	媽	146	VSRR	嫗	145	WD	果	274
VLOIV	饗	699	VNAU	娩	142	VSU	妃	138	WD	困	112
VLOK	收	249	VND	好	137	VTAK	嫫	146	WDMBC	順	690
VLW	妯	139	VNG	妞	138	VTKR	娝	144	WDMQ	圍	114
VLWS	娉	142	VNHS	妁	137	VTMD	媒	144	WDNIN	彩	205
VLXH	妷	139	VNIN	妁	139	VTT	姘	141	WFGR	點	732
VLXL	孄	144	VNLR	婀	142	VTTB	媾	145	WFGWC	黷	732
VLYTA	響	686	VNMM	焗	145	VTXC	嫌	145	WFICE	黻	732
VMAM	姮	141	VNMO	彖	189	VUMI	幟	145	WFIK	默	731
VMBDI	將	158	VNMU	娩	140	VUOG	雛	677	WFJBC	黥	732
VMBU	嫱	147	VNOB	婿	144	VVF	災	346	WFNCR	黮	732
VMBWD	彙	189	VOIN	妗	138	VVIO	妕	139	WFNIN	黔	731
VMD	淋	358	VOLII	蠡	548	VVRAU	巤	626	WFOIN	黔	731
VMFB	孀	147	VOMG	姓	141	VVV	姦	141	WFQ	畔	382
VMFFT	彝	189	VOMN	諭	144	VVW	甾	381	WFQU	圍	113
VMFHT	彞	189	VOTF	嫵	146	VVWD	巢	172	WFUU	黜	732
VMG	壯	130	VPD	她	137	VWG	娌	142	WFVIS	黝	732
VMGOW	㿿	359	VPI	妁	138	VWK	姻	141	WFYR	點	732
VMHF	嫄	145	VPP	妣	139	VWLV	環	147	WFYRF	黥	732
VMHML	斨	255	VPR	姁	139	VWOT	媼	145	WFYTA	黯	732
VMI	戕	213	VQMV	婊	143	VWVF	蠕	146	WG	里	638
VMIG	婬	141	VR	如	138	VWYI	姆	139	WGF	黑	731
VMIK	狀	363	VRB	娟	142	VYAJ	婥	143	WGFG	墨	127
VMJ	奸	137	VRP	恕	200	VYCB	嫡	145	WGG	畦	383
VMJJ	妍	141	VRRJ	嬋	146	VYCK	姣	141	WGNI	疇	383
VMLM	婭	143	VRVIF	絮	452	VYHS	妨	139	WGNIN	野	638
VMMNR	牁	359	VRVK	娛	142	VYRN	婷	144	WGRV	圃	114
VMMV	娠	142	VRYO	娗	142	VYRV	孃	147	WGTJ	圍	114
VMPM	斌	143	VSHU	娓	142	VYTJ	嬅	145	WHD	困	112
VMPOP	叢	189	VSJE	嫩	143	VYWM	嬗	147	WHE	畈	382

WHER	略	382	WLMYM	罖	465	WSL	囲	112	YBLBR	嗇	96
WICE	畯	383	WLOOO	眾	401	WSVWS	勰	147	YBMCU	睿	403
WIJB	圃	113	WLPLI	蜀	539	WTC	異	383	YBMO	遞	624
WIK	眨	382	WLPOG	罹	465	WTJ	畢	382	YBMVN	甋	378
WIRM	圏	113	WLRB	胃	465	WTT	畊	382	YBNL	鄗	630
WJ	毋	306	WLSQF	罵	466	WV	囚	112	YBOG	離	676
WJBUC	貫	587	WLTJF	羈	467	WVIF	累	449	YBOK	敵	252
WJII	團	114	WLVFG	羅	466	WVSMM	翽	471	YBOU	遙	623
WJNU	晚	383	WLWP	罳	466	WWLV	圍	115	YBR	迴	615
WJOK	敗	253	WLYAJ	罩	466	WWWF	疊	463	YBUC	貞	586
WJR	囧	113	WLYMR	詈	568	WWWG	畾	129	YBYE	敲	252
WK	因	112	WLYRN	罰	466	WWWM	疊	384	YBYHS	旁	257
WKB	囿	113	WMHQU	甐	308	WWWU	壘	465	YBYSP	龍	737
WKMR	崎	384	WML	界	381	WYI	母	306	YC	六	44
WKP	恩	200	WMMR	囿	113	WYPD	馳	306	YCBR	商	94
WKS	男	381	WMN	町	381	WYTG	瞳	384	YCHHJ	豐	692
WL	甲	381	WMV	畏	381	WYV	毗	381	YCIHV	袞	553
WLBI	禺	419	WND	団	112	Y	卜	68	YCK	交	11
WLBM	置	465	WNG	墅	126	YAD	桌	279	YCK	奕	135
WLBND	罜	465	WO	囚	111	YAJ	卓	68	YCP	龡	212
WLBUC	買	587	WOHH	畛	382	YANO	歗	300	YCRHU	兗	42
WLCWA	罾	466	WOII	圀	113	YAOG	蓮	265	YCRHV	袞	553
WLGG	罜	465	WOK	畋	381	YAPH	遇	185	YCT	弈	185
WLHAF	鴨	721	WOLL	界	381	YAPV	過	622	YDBUU	親	562
WLIBP	罷	466	WOMB	圖	114	YARBC	韻	686	YDHAF	鵣	723
WLIPF	罷	467	WOP	囮	113	YASHR	韶	686	YDHML	新	255
WLJBJ	闔	466	WP	思	198	YASM	邊	623	YDKNI	執	149
WLJBM	置	466	WPHH	囫	113	YAV	退	616	YDL	速	618
WLJKA	署	466	WPIM	昀	382	YBBR	啇	94	YDMQ	達	623
WLJR	罟	465	WPMBC	顆	690	YBGR	週	619	YDNL	郭	629
WLKLU	罨	466	WPP	毗	307	YBHG	望	269	YDOG	雜	676
WLLL	刪	381	WPU	囤	112	YBHU	邈	626	YDOK	敦	252
WLLMY	罪	465	WQMB	圓	114	YBIK	獻	368	YDRRJ	鞾	110
WLMF	罘	465	WRBC	圓	114	YBJJ	運	621	YEBU	督	403
WLMFN	罽	466	WRYW	圕	114	YBLB	帝	175	YEFD	粲	443

YEG	墼 129	YHML	近 614	YJLII	蠻 549	YLW	迪 615
YEOIV	餐 696	YHMR	逅 616	YJMBC	頜 690	YMB	肯 479
YEP	怨 203	YHN	亢 11	YJMBC	輻 593	YMBUC	贊 592
YFB	逍 617	YHQO	迭 615	YJRR	逭 620	YMBUU	觀 562
YFD	迷 616	YHRR	追 616	YJVFJ	辮 463	YMCW	酒 617
YFDQ	遵 624	YHS	方 256	YJWJ	連 619	YMD	迁 614
YFE	叔 74	YHS	迮 615	YJYRJ	辯 613	YMDHE	廠 396
YFIKU	就 161	YHSB	遍 621	YK	文 253	YMF	朿 160
YFKS	勃 61	YHSK	邀 625	YKANW	爛 254	YMFB	還 626
YFLN	剃 56	YHUS	遂 625	YKCF	遼 625	YMHAF	鸛 727
YG	主 1	YHV	衣 552	YKHAF	鵁 721	YMHQU	甗 308
YGCG	達 620	YHVL	迎 614	YKHAF	鷟 726	YMHV	衰 553
YGGU	邊 624	YHXV	袁 554	YKHF	迯 617	YMI	戲 214
YGIV	褰 558	YHYU	遞 623	YKHG	逛 618	YMIHH	歲 302
YGMMS	廒 535	YIB	育 479	YKJT	逢 622	YMJE	歧 302
YGRV	遠 623	YICE	逡 619	YKKS	効 60	YMLN	剗 57
YGSK	遨 624	YIF	熟 353	YKLII	蟊 544	YMMBC	鑀 691
YGTQ	達 622	YIFH	沙 368	YKMPM	斌 254	YMMP	邐 626
YHA	迫 615	YIG	塾 126	YKND	李 149	YMMR	言 565
YHAG	遑 622	YIHU	充 41	YKNL	郊 628	YMNO	獻 301
YHBM	臺 12	YIJB	逋 617	YKOK	效 250	YMP	此 301
YHBR	迥 616	YIJC	述 615	YKP	憨 210	YMP	志 195
YHDS	透 617	YIJE	逑 617	YKQ	擎 244	YMPOG	遣 675
YHDV	邊 620	YIOJ	率 368	YKR	吝 80	YMRT	逗 617
YHE	返 614	YIR	迫 615	YKSR	迦 615	YMRW	逼 620
YHEJ	逢 619	YITD	棄 283	YKVIF	紊 447	YMSO	逐 617
YHEQ	逢 616	YITF	遮 624	YLB	市 174	YMUOO	齒 736
YHGR	造 619	YJ	斗 254	YLE	逮 619	YMVH	迂 614
YHHHH	彥 189	YJCO	遂 626	YLHV	衷 553	YMVM	遲 625
YHHQM	產 379	YJDL	辣 612	YLM	止 301	YMWU	遷 625
YHHW	遛 623	YJHEC	贛 593	YLMC	遺 624	YMY	卡 68
YHJU	遁 620	YJHHH	彰 190	YLMH	步 301	YNBQ	邂 625
YHLN	劃 58	YJHOJ	瓣 377	YLMO	逃 616	YNDF	遜 623
YHMBC	頻 690	YJILJ	辨 613	YLMR	遣 623	YNHB	遍 624
YHMBC	顏 690	YJKSJ	辦 613	YLNC	亦 11	YNHV	表 554

YNIB	通	618	YPOBO	觫	481	YRBSD	譁	574	YRHMR	訴	570

YRMD	訐	566	YROMG	詮	570	YRTGI	讓	582	YRYLR	譖	580
YRMFJ	評	569	YROMN	諭	575	YRTKR	諾	576	YRYOJ	誶	573
YRMJ	訐	566	YRON	訖	566	YRTLF	讌	581	YRYPM	諄	574
YRMMR	語	572	YROP	訛	567	YRTLM	謹	578	YRYRD	諄	574
YRMN	訂	565	YROWY	誨	572	YRTMD	謀	576	YRYRF	諒	574
YRMNR	訶	568	YRPA	詢	569	YRTMJ	諱	579	YRYRV	讓	581
YRMOO	誣	572	YRPA	詣	569	YRTMV	諶	576	YRYTA	譜	576
YRMRR	謂	573	YRPHT	諂	577	YRTOE	護	580	YRYVO	該	570
YRMSO	諑	574	YRPPA	諧	576	YRTQ	許	570	YRYYB	譆	581
YRMUA	譖	579	YRPTD	諜	575	YRTRG	諱	581	YSG	堲	123
YRMVH	訝	567	YRPUK	詢	571	YRTTB	講	577	YSHDW	牆	258
YRMVN	頷	378	YRPUU	謅	577	YRTXC	譖	577	YSHR	迢	615
YRMWJ	譚	574	YRQD	誅	571	YRTYU	誑	577	YSNL	邡	627
YRMYM	証	569	YRQMB	請	571	YRU	卲	8	YSOBY	牐	257
YRNCR	譮	580	YRRRD	譟	579	YRU	訕	566	YSOHL	牱	257
YRND	享	11	YRRRS	噩	575	YRUC	譀	624	YSOHM	牂	257
YRNF	烹	349	YRRV	襄	558	YRUK	譏	568	YSOHU	牞	257
YRNHB	譖	579	YRRVK	誤	572	YRUU	訕	569	YSOHV	牁	257
YRNHX	諂	568	YRSHI	訒	566	YRVII	讒	579	YSOJB	牘	256
YRNIB	誦	572	YRSHR	詔	569	YRWB	謂	576	YSOK	放	249
YRNJ	訊	566	YRSIM	譅	580	YRWCE	謨	578	YSOKR	㛮	258
YRNKM	誕	574	YRSIP	認	571	YRWD	譯	578	YSONO	族	257
YRNL	部	629	YRSJE	諫	574	YRWLJ	譯	580	YSOOK	族	257
YRNMU	詭	570	YRSMG	誆	571	YRY	訃	565	YSOPD	施	256
YRNN	亨	11	YRSMH	謬	578	YRYBB	諦	576	YSOSP	旎	257
YRNOB	謂	575	YRSMM	翃	569	YRYBK	讞	582	YSOTC	旗	257
YRNOT	證	579	YRSMR	詞	569	YRYBS	謗	577	YSOY	於	256
YRNRI	譴	581	YRSRR	謳	578	YRYCB	謫	578	YSOYU	旒	257
YROB	訥	567	YRSS	詎	568	YRYE	敓	250	YSRJ	避	625
YROG	誰	573	YRSU	記	566	YRYE	遐	622	YSYQ	遲	624
YROGF	譙	579	YRTAK	謨	578	YRYFD	謎	577	YT	立	429
YROHH	診	568	YRTBH	讀	578	YRYG	註	568	YTA	音	686
YROIM	識	581	YRTBM	讚	580	YRYHH	諺	577	YTAHU	竟	429
YROIP	諗	575	YRTCA	譜	579	YRYHS	訪	567	YTAJ	章	429
YROJ	許	567	YRTCT	謐	577	YRYIA	識	579	YTAP	意	205
YROMB	論	575	YRTGI	議	579						

YTAPV	碣	430	YTWI	遵	624	YVB	簹	488	YWLB	遇	621
YTBUU	醜	563	YTYR	站	429	YVBCR	裔	555	YWLE	逕	623
YTCW	逎	622	YTYT	立	429	YVBQ	牽	361	YWLG	邏	626
YTDL	竦	430	YUAV	齦	737	YVBU	盲	398	YWLV	還	625
YTHAF	鶵	727	YUBM	齟	736	YVGG	壅	128	YWMV	衰	552
YTHNI	颯	693	YUDI	導	159	YVGN	甕	378	YWNO	猷	382
YTHU	道	622	YUE	叡	74	YVGU	罋	465	YWOMO	齡	728
YTI	戲	214	YUHAF	鷔	726	YVGV	襄	699	YWR	迴	616
YTICE	竣	430	YUHHH	彪	190	YVHG	毫	675	YWRD	稟	423
YTIOK	竢	430	YUHLB	齣	737	YVHO	亥	11	YWRF	稟	418
YTJ	辛	612	YUHML	齗	736	YVHVO	飄	377	YWRM	亶	12
YTJMN	竚	429	YUMB	逍	621	YVI	玄	368	YWS	卣	68
YTK	送	616	YUMMR	齬	737	YVIW	畜	382	YWTQM	齹	728
YTKI	竑	429	YUOII	齢	736	YVKS	勠	63	YX	齊	735
YTMBC	遨	692	YUON	齔	736	YVLII	蛮	543	YXBUC	齎	736
YTPO	遂	621	YUP	虬	736	YVNE	逡	620	YXF	齋	736
YTQMB	靖	681	YUPR	齣	736	YVNL	邙	627	YXLMM	齏	736
YTSMM	翊	469	YUPRU	齙	736	YVP	忘	195	YXLN	剷	58
YTT	迸	617	YURRS	齶	737	YVRVP	氓	308	YY	卞	68
YTTB	邁	623	YURYO	齯	737	YVV	妄	138	YYAJ	連	620
YTU	逆	616	YUSHR	齠	736	YVVV	巡	172	YYCB	逾	624
YTUB	遄	623	YUSMG	齷	737	YVVV	邐	626	YYHN	远	616
YTUMB	端	430	YUYCK	齩	737	YWDV	裹	556	YYLC	迹	616
YTV	妾	139	YUYMP	齟	736	YWGV	裏	555	YYMR	這	618
YTWA	遭	624	YUYTU	競	430	YWIHR	鹹	728	YYPO	遽	625
YTWB	邁	625	YV	亡	10	YWII	圜	727	YYSD	遊	621
YTWG	童	430	YVB	育	478	YWKB	處	420	YYWM	遭	626

部首索引